BIBLIOTHÈQUE
DE LA PLÉIADE

FRANCIS PONGE

Œuvres complètes

I

ÉDITION PUBLIÉE SOUS LA DIRECTION
DE BERNARD BEUGNOT,
AVEC, POUR CE VOLUME, LA COLLABORATION
DE MICHEL COLLOT, GÉRARD FARASSE,
JEAN-MARIE GLEIZE, JACINTHE MARTEL,
ROBERT MELANÇON ET BERNARD VECK

GALLIMARD

*Tous droits de traduction, de reproduction et d'adaptation
réservés pour tous les pays.*

*© Éditions Gallimard, 1999,
pour l'ensemble de l'appareil critique et des Ateliers.*

CE VOLUME CONTIENT :

Introduction
par Bernard Beugnot

Le *Scriptorium* de Francis Ponge

Chronologie
par Bernard Beugnot et Bernard Veck

Note sur la présente édition
par Bernard Beugnot

DOUZE PETITS ÉCRITS
*Texte présenté, établi et annoté
par Michel Collot*

LE PARTI PRIS DES CHOSES
Dans l'atelier du « Parti pris des choses »
*Textes présentés, établis et annotés
par Bernard Beugnot*

LIASSE
*Texte présenté, établi et annoté
par Bernard Beugnot*

LE PEINTRE À L'ÉTUDE
Dans l'atelier du « Peintre à l'étude »
*Textes présentés, établis et annotés
par Robert Melançon*

PROÊMES
Dans l'atelier de « Proêmes »
*Textes présentés, établis et annotés
par Michel Collot*

LA SEINE

Dans l'atelier de « La Seine »

*Textes présentés, établis et annotés
par Bernard Beugnot*

L'ARAIGNÉE

Dans l'atelier de « L'Araignée »

*Textes présentés, établis et annotés
par Bernard Beugnot*

LA RAGE DE L'EXPRESSION

Dans l'atelier de « La Rage de l'expression »

*Textes présentés, établis et annotés
par Jean-Marie Gleize et Bernard Veck*

LE GRAND RECUEIL

LYRES

*Texte présenté, établi et annoté
par Bernard Beugnot*

MÉTHODES

*Texte présenté, établi et annoté
par Bernard Beugnot et Gérard Farasse*

PIÈCES

*Texte présenté, établi et annoté
par Jacinthe Martel*

Dans l'atelier du « Grand Recueil »

*Textes présentés, établis et annotés
par Bernard Beugnot, Gérard Farasse et Jacinthe Martel*

À LA RÊVEUSE MATIÈRE

*Texte présenté, établi et annoté
par Jacinthe Martel*

Notices et notes

INTRODUCTION

> Les personnes trop curieuses de tout expérimenter perdent le bénéfice d'une expérience extrêmement intéressante qui est celle de l'INCRUSTATION, je veux dire d'une longue pratique d'un exclusif mode.
>
> J. Dubuffet, lettre à J. Berne,
> 11 juillet 1949.

> Ce taciturne, ce têtu, cet homme beaucoup plus proche du «Siècle des lumières» ou de quelque savant moderne que des poètes maudits du XIXe qui, d'ordinaire, ont influencé la poésie contemporaine.
>
> Ph. Jaccottet, *La Nouvelle Revue de Lausanne*,
> octobre 1950.

*Dans la reconnaissance, lente et tardive, de la place unique qu'occupe l'œuvre poétique de Francis Ponge dans la poésie contemporaine de langue française, l'étranger (Allemagne, Belgique, États-Unis, Italie, Suisse) a globalement devancé la France. Une vocation tenace, sans cesse réaffirmée jusque dans les moments de doute, voire presque de désespoir, y aura aussi beaucoup contribué : «Ainsi ai-je longtemps écrit dans le désert, sans recevoir aucune réponse. Pour moi cela a duré à peu près vingt ans, le désert, une espèce d'éternité » («*Tentative orale*», 1947). En effet, les* Douze petits écrits *(1926) et* Le Parti pris des choses *(1942), qui a acquis désormais un statut emblématique, n'ont pas suffi à assurer le passage d'une réputation de cénacle — quelques amis et un cercle de spécialistes et de bibliophiles — à un public plus large. Il a fallu d'abord, entre 1948 et 1952, la publication groupée de recueils aussi décisifs que* Liasse, Le Peintre à l'étude, Proêmes, La Rage de l'expression *; puis, entre 1960 et 1963, la conférence de Philippe Sollers du 17 juin 1960, «Francis Ponge ou la Raison à plus haut prix», sa monographie dans la collection «Poètes d'aujourd'hui » chez Seghers, la relation dont la nature n'est pas dépourvue d'ambiguïté avec* Tel quel *et les trois tomes du* Grand

Recueil. *Depuis, livres, articles, hommages s'accumulent, non sans redites, véritable maquis critique où il est malaisé de s'orienter*[1].

Ce n'est ici le lieu ni d'esquisser une biographie dont la chronologie fournit les lignes principales et dont Jean-Marie Gleize en 1988 a finement dessiné la courbe intellectuelle et poétique, ni d'insister sur le caractère génétique de cette poésie dont traite plus loin le Scriptorium *et, plus minutieusement, le numéro 12 de la revue* Genesis. *C'est, en revanche, l'occasion de brosser un Ponge par lui-même et un Ponge en son temps. Dès les premiers textes en effet, qu'ils soient publiés ou gardés sous le boisseau, se mêlent ordre poétique et ordre « métatechnique », c'est-à-dire réflexif ; cette symbiose explique sans doute, en dehors des entretiens dont l'essentiel figurera dans le tome II, la rareté des préfaces et le caractère si souvent tautologique de la critique, tentée par la paraphrase de l'incessante rumeur de commentaire qui parcourt les poèmes, justifications et clarifications qu'apporte Ponge lui-même aux démarches qui les fondent.*

*

Éditions et traductions, prix et affiliations à des académies étrangères sont venues sur le tard consacrer une vie pourtant dès l'origine tout entière vouée à la littérature. Les conversations et les échanges épistolaires de Ponge avec son père dont ne subsistent que de sporadiques traces affinent et affirment la volonté d'écrire qui trouve aussi appui dans les premières amitiés, avec Jean Hytier, avec Gabriel Audisio, nouées à Strasbourg, autour du Mouton blanc, *« revue du classicisme moderne ». Déterminé à vivre de sa plume, malgré d'épisodiques activités professionnelles dont sont douloureusement vécues les contraintes, perturbatrices de la « pratique de la littérature », Ponge se heurte à des difficultés matérielles permanentes qui connaissent leur acmé entre 1947 et 1952, date à laquelle il est nommé professeur à l'Alliance française. La pugnacité, voire l'agressivité dans les négociations contractuelles avec les éditeurs, souvent longues et difficiles, trouvent là leur explication.*

---

1. Outre un premier bilan (B. Beugnot et R. Melançon, « Fortunes de Ponge 1924-1980 », *Études françaises*, vol. XVII, n° 1-2, avril 1981), voir la substantielle bibliographie signalétique de Bernard Veck (*Francis Ponge ou le Refus de l'absolu littéraire*, Liège, Margada, 1993) et celle, critique cette fois, due à Bernard Beugnot, Jacinthe Martel et Bernard Veck, dans la collection « Bibliographie des écrivains français » aux éditions Memini (Paris et Rome, 1999).

La continuité de son projet poétique s'élargit, s'approfondit sans jamais se renoncer, avec la fidélité propre à tout artiste véritable, écrivain ou peintre comme Matisse, qui déclarait à André Marchand : « On n'a qu'une idée, on naît avec, toute une vie durant, on développe son idée fixe, on la fait respirer. » Dès 1922, Ponge écrit à Gabriel Audisio : « Si je dois satisfaire mon public, je le satisferai sans rien changer à mon inspiration » ; on ne voit pas qu'il ait ultérieurement désavoué un tel propos. Et en 1923, dans une lettre également inédite, lorsque Jean Hytier lui adresse la préface « Conditions d'une poésie » de son recueil La Belle Sorcière, *Ponge, sensible aux poncifs d'un lyrisme traditionnel que dissimule mal le voile d'une « métaphysique expérimentale », exprime ses réserves devant cette « manière un peu facile ». La poésie est une exigence profonde, l'exercice de la parole est indissociable d'une dimension morale, rémanence possible d'un vieux fond protestant ; dix ans avant la clausule d'« Escargots » (21 mars 1936) souvent citée : « quelle est la notion propre de l'homme : la parole et la morale », Ponge écrivait « avoir au moins un lecteur pour justifier de l'extérieur l'ordre qu'au fond on ne tend qu'à mettre en soi-même » (notes inédites sur Napoléon, 26 octobre 1925).*

L'étiquette de « poète des objets » qui a, non sans distorsion grave, lié parfois Le Parti pris des choses *et le nouveau roman des années cinquante, la critique d'inspiration trop exclusivement formaliste ont occulté tout ce que les textes portent de traces biographiques, tout ce qui les ancre dans le concret de l'existence. Les archives non seulement autorisent, mais appellent des ajustements et des déplacements d'accents. Bien avant que ne paraissent des fragments explicitement autobiographiques tels que les « Souvenirs interrompus[1] », la démarche introspective et rétrospective s'insère naturellement dans l'activité scripturale ou l'accompagne, au point de jalonner les dossiers de notes où Ponge s'observe en train d'écrire, où il s'assigne des buts à atteindre, compatibles avec sa personnalité. Encore inédit, le « Premier essai d'analyse personnelle », rédigé à Metz et Chantilly (janvier-février 1919), se présente sous la forme d'un dialogue entre Nogère, pseudonyme dont il avait signé un sonnet dans* La Presqu'île[2], *et Reusal, évident jeu anagrammatique sur le nom de sa famille maternelle, Saurel. Tentative pour échapper à l'« abrutissement des premiers mois de vie militaire », c'est*

---

1. *N.R.F.*, octobre-décembre 1979.
2. N° 4, 1916.

aussi un regard jeté sur ses maîtres de naguère, Maurice Souriau, J. Bernès, André Bellessort, et le « *contact de grands esprits (Chauvet, Ricard, Chauvelon entre autres)* » ; de là serait né en lui le conflit entre le plan et l'idée, entre l'ordre, la méthode et sa cruelle et « *continuelle manie d'analyse personnelle* » ; le souci d'originalité lui fait percevoir l'équilibre comme une menace de médiocrité, source d'un « *désespoir qui naît du désordre logique* ». Ces pages qui oscillent entre l'aveu et la fiction sur le thème de la folie, menace qui émergera à la mort du père en 1923, trahissent une inquiétude et comme une division de l'être dont le dialogue est l'expression : « *J'ai eu peur d'avoir bravé le déséquilibre, mon démon [...]. Je veux rester à mi-côte pour bâtir mon observatoire et mon palais de travail* ». C'est au point que, dans le même temps, il répliquait à son père, qui lui conseillait de se détourner de lui-même : « *Il m'est beaucoup plus naturel et beaucoup plus facile de prendre des notes sur mon esprit.* » Tout se passe comme si, à l'aube de la carrière, pesait déjà la tradition du journal intime appelée à engendrer, par translation à l'activité poétique, le « *journal d'exploration textuelle* » que sera La Rage de l'expression. Les textes écrits pendant le séjour algérien, à la fin de 1947 et au début de 1948, le Pour un Malherbe entrent dans cette catégorie dont Jean-Marie Gleize pressent la présence dès les Proêmes. Une telle démarche n'est donc pas restreinte aux années de jeunesse, ni isolée ; elle s'inscrit dans les archives sous la forme de bilans, de notes chronologiques, de mémorandums, elle se fait aussi besoin de revenir sur le déjà écrit. Dans le dossier de La Chèvre, en date du 3 janvier 1956, figure une page très griffonnée et corrigée dont rien n'indique qu'elle entretienne avec le texte une parenté autre que chronologique. La relecture de l'article « *si excellent* » — il est effectivement lucide et prophétique — que Jean Hytier lui avait consacré dans le numéro inaugural du Mouton blanc *(1924)* et de ses « *Trois impromptus sur Fargue* » *(1927)*, qui « *ressemblent tant à* » « *La Cheminée d'usine* », « *Le Lézard* », « *Le Volet* », fait prendre conscience à Ponge de trois éléments constants de sa personne :

« *1. Générosité, fougue, foucade, enthousiasme* baroques. *Sentiment d'une matière épaisse à modeler.*

2. Fougue, générosité, enthousiasme philanthropique.

3. Goût de l'harmonie, goût de la rigueur, laconisme, pyrrhonisme classiques. »

La lecture de soi passe bien évidemment ici par la lecture de Mal-

herbe, en vue du livre entrepris dès *1951*, abandonné en *1957* et finalement publié sous forme de journal en *1965*. Mais les tensions qui s'inscrivent dans les textes entre des modèles formels antagonistes n'ont-elles pas pour corollaire ou pour origine celles de la personnalité ? Le laconisme classique s'exprimerait dans la forme close du proverbe, comme la fougue baroque dans le texte ouvert, dans le flot de l'expression sans cesse reprise. Ponge conclut en effet : « Tout cela se précède et se suit, se succède, se nuance réciproquement, se combat, lutte, m'empêche et m'exalte dans la moindre de mes œuvres. »

La nappe introspective et biographique, sourdement présente dès l'origine, devient patente dans les années cinquante avec la publication des chantiers textuels : « Depuis que j'ai ouvert, mis sur la table les différents états de mes textes, c'est-à-dire les brouillons, les éléments autobiographiques sont étalés comme les autres[1]. »

La vocation poétique demeure en outre greffée à des positions ou des options philosophiques et politiques qui transparaissent dans l'œuvre, fût-ce de manière cryptée. Ce que l'on devine de la jeunesse parisienne la place sous le signe de l'affranchissement tant à l'endroit de la formation protestante que d'une certaine morale bourgeoise, et ce au profit d'un épicurisme qui se réclame de Lucrèce ; l'inspiration érotique de nombreux poèmes s'ente sur l'invocation à Vénus qui ouvre le De natura rerum. La révolte, qui n'est pas étrangère à ce comportement, trouvera à s'exprimer aussi bien dans la satire sociale des Douze petit écrits *et du* Parti pris des choses *que dans le refus des moyens ordinaires d'expression ou les affiliations politiques. Cet engagement personnel le porte à appuyer le Front populaire et à donner dans le militantisme syndical, dont témoigne le long discours prononcé au Moulin de la Galette en 1937*[2]*. Publiquement, Ponge adhère à la S.F.I.O., puis en 1937 au parti communiste, qu'il abandonnera discrètement dix ans plus tard, non sans répondre encore, en juillet 1947, par un acte d'allégeance court mais longuement travaillé, à une sollicitation qu'adresse le secrétaire général Jacques Duclos aux intellectuels du parti en vue de prochaines élections.*

Une attitude et un ton de revendication parcourent ainsi l'œuvre

---

1. « Entretien avec Francis Ponge », *Cahiers critiques de la littérature*, n° 2, décembre 1976.

2. De ce texte, qui figurera dans le tome II, Claire Boaretto, éditrice de la correspondance avec Jean Paulhan, n'a donné que des extraits (voir J. Paulhan, F. Ponge, *Correspondance [1923-1968]*, coll. « Blanche », Gallimard, 1986, t. I, lettre 212, p. 212, n. 3).

au moins jusque dans les années soixante, où, malgré les relations avec le groupe Tel quel, les positions s'infléchissent vers la droite gaulliste, sans pourtant que se relâche le lien entre registre littéraire et plan politique. Évoquant Marx dans « La Tentative orale », Ponge fait de l'entreprise artistique et de l'action politique les deux faces d'une même alchimie, « un Grand Œuvre où les artistes sont dans une technique et les politiques dans une autre ; il s'agit au fond de la même chose ». Il suffit, pour s'en convaincre, de lire conjointement L'Écrit Beaubourg, qui célèbre l'inauguration du Centre Georges-Pompidou en 1977, et « Nous, mots français. Essai de prose civique[1] », rédigé à l'automne de la même année. Le travail poétique est un instrument de progrès ; la rhétorique n'est pas coupée de l'action. Donner la parole aux objets, libérer la langue des automatismes qui la brident, des procédés qui affichent son usure, lui restituer la profondeur et l'authenticité de son passé dont le dictionnaire de Littré est le dépositaire indispensable, sont des desseins poétiques qui relèvent du même effort de libération.

*

Voilà donc Ponge porté à l'écriture un peu par tradition familiale — son père et un oncle maternel écrivaient occasionnellement —, par sa formation et sa culture, par le hasard de ses premières fréquentations, mais aussi par des déterminations plus intimes : malaise que suscite l'expression orale — « trouble, chaos, désordre, saleté » (entretien de 1976) — qui ne souffre pas le repentir et s'épuise dans son instantanéité ; sentiment qu'on hésite à qualifier de pascalien d'un appel du gouffre auquel écrire se fait remède : « quand on est maladroit à ce point, quand on a une espèce d'abîme à sa gauche qui se creuse à chaque instant [...] que fait un homme qui arrive au bord du précipice, qui a le vertige ? Instinctivement il regarde au plus près » (« Tentative orale »).

Loin de n'être qu'une banale recette poétique inspirée par le souci de l'originalité, ou la quête d'une quelconque objectivité du regard, la description de l'objet, double réponse à un vertige et à ce que Ponge parfois nomme manque d'imagination, scelle la réconciliation de l'homme et du monde, travaille à une réhabilitation. C'est dire que le terme de chose

---

1. *N.R.F.*, mars 1978.

est source d'ambiguïté et de malentendus ; son extension déborde largement l'usage courant puisque, dès Le Parti pris des choses, *donc avant même d'inclure les œuvres d'art*, il embrasse êtres humains, animaux, paysages et jusqu'aux réalités sociales, sans se limiter au cageot raillé par François Mauriac, à l'appareil du téléphone ou à la cruche, et que la pierre et la fleur se font lieux privilégiés de déploiement d'un imaginaire auquel la description sert de tremplin sans l'épuiser. Il faut donc préférer le terme d'objet de plus vaste prise.

D'où la nécessité de réaffirmer qu'à travers la pratique du langage, « c'est l'homme qui est le BUT », humanisme affirmé à la fin d'« Escargots ». En mars 1944, le « Proême » dédié à Paul Éluard, initialement intitulé « Passage critique », développe ce lien essentiel : l'« exercice de rééducation verbale » qu'est le poème est une prise de parole destinée à susciter l'homme, à conduire la société à l'existence : « Il faut que l'homme, tout comme d'abord le poète, trouve sa loi, son dieu en lui-même. Qu'il veuille l'exprimer, mort et fort, envers et contre tout. C'est-à-dire s'exprimer. L'homme social ». Nulle déclaration mieux que ces réflexions qui préludent à la mise en chantier de « L'Homme à grands traits » ne saurait mettre en évidence la profonde cohérence du projet pongien et l'impossibilité d'isoler la démarche scripturale de ses déterminations morales, sociales, politiques.

★

Telle est la toile de fond sur laquelle s'élabore une poétique qui a ses constantes par-delà les modalités changeantes, les métamorphoses et l'éventail des manières ou des genres qui en accompagnent la courbe. Invention de la fable, emprise rhétorique, retour du texte sur lui-même, la poétique s'organise autour de ces trois pôles fondamentaux.

Dans une lettre inédite de remerciement à Gabriel Audisio (25 janvier 1922) pour la « franche critique » de ses poèmes, Ponge reconnaît l'influence décisive de Mallarmé qui a « produit une grosse impression » sur lui ; il s'y déclare « disciple » de la démarche mallarméenne qui ne fut pas seulement « une splendide expérience » — l'expression est d'Audisio —, mais « le point de départ d'une nouvelle poésie (classique si l'on veut), plus objective et de forme moins éloquente et plus sévère que le romantisme et le symbolisme ». Il partage aussi avec Mallarmé une constante difficulté d'écrire — « ces petits machins en huit vers me coûtent quelquefois huit ou dix *heures de travail »* — *et le rêve du Livre dont chaque texte et chaque recueil ne sont que des approximations. Suit une déclaration d'une clarté incisive et anticipatrice pour qui l'envisage depuis le terme de l'œuvre :* « Je crois que je vais me fixer à la forme de la parabole. » *Le mot, à cette date surtout, n'est pas sans connotation religieuse ; on sait que Ponge avait reçu de sa mère la traduction de la Bible protestante par Louis Segond, dont la présentation en deux colonnes séparées par des renvois lui laissa dans l'esprit l'empreinte d'un modèle possible pour ses propres textes. Mais il installe déjà à l'horizon de la pratique scripturale le double niveau de sens appelé à demeurer une caractéristique constante, et de plus en plus explicitement découverte, affirmée, poursuivie au fur et à mesure qu'en était prise une conscience plus vive. Le terme de parabole sera alors relayé par ceux d'apologue, de fable, placés sous l'invocation de La Fontaine, inspirateur et intercesseur. Ce clivage du texte qui conjoint la description et l'élaboration d'un art poétique réveille la pratique d'une vieille figure de rhétorique, définie comme métaphore continuée, l'allégorie.*

Par rapport à la tradition, l'expansion qu'elle connaît n'en modifie pas le mode de fonctionnement, mais plutôt les points d'application et la nature des rapports qu'entretiennent les deux plans de signification. L'exercice de la satire sociale allusive sous le voile de l'allégorie est d'usage ancien ; elle ressuscite dans les textes de la résistance (« Détestation », « Sombre période »*). Ensuite, sous forme discrète dans* Le Parti pris des choses, *mais insistante dans* « La Chèvre » *et* « La Figue (sèche) » *entre 1950 et 1960, Ponge passe à un régime descriptif qui glisse de façon plus explicite vers la méditation d'un problème poétique, celui de la métamorphose du langage courant en langage littéraire et celui de la nature du poème et de sa beauté cachée. La description devient allusivement porteuse d'une réflexion poétique, l'objet sert en s'élevant à la dignité textuelle de masque et de truchement à un art poétique ; il y a là une structure récurrente et une démarche qui s'inventent dans le cours du dossier, se découvrent parfois très tôt et dont la trace se repère souvent dans la version finale grâce à un mot pivot (*« ainsi »*) ou grâce à la reprise de la formule ésopique :* « Cette fable montre que ». *La reconnaissance de Ponge par le groupe de* Tel quel *et par la théorie des années soixante, selon laquelle tout texte littéraire ne parle jamais que de lui-même, en fut sans doute facilitée. Ponge avait aussi ouvert la voie* *aux positions telqueliennes en insistant, à la suite des surréalistes, sur la coupure que représentent Lautrémont et Rimbaud, auxquels il ajoutait Mallarmé.*

Le lien découvert et tissé entre le plan descriptif, qui jamais ne s'abolit ni ne perd une relative autonomie, et le plan réflexif tend même à s'ériger très consciemment en critère d'un certain achèvement; il devient une condition de « la multiplication intérieure des rapports, des significations bouclées à double tour », selon la définition souvent alléguée de l'« objeu » dans « Le Soleil placé en abîme », une condition aussi de l'« objoie », plaisir du texte qui réunit l'écrivain et son lecteur. Seulement, s'il s'inspire du modèle allégorique, le texte, apothéose de la syllepse, figure rhétorique qui conjoint le propre et le figuré, esquive toute équivalence rigide qui s'érigerait en système, interdit toute correspondance terme à terme, et refuse la traditionnelle division de la fable entre récit et moralité. L'objet n'est pas prétexte vite oublié à la figuration d'un article d'art poétique. S'il sert effectivement de support à une idée, à une préoccupation expressive, à un fantasme qu'il allégorise, il demeure une marge de jeu ou de flou grâce à laquelle la description conserve sa pleine capacité évocatrice et sa spécificité tandis que ses significations secondes n'échappent pas à une indétermination qui les conduit au seuil du symbole.

La figure allégorique n'est qu'un aspect, privilégié il est vrai, du recours de Ponge à la rhétorique dont les vieux traités font partie, à ses yeux comme à ceux des surréalistes, du bagage minimum de l'écrivain. Gérard Farasse en a amorcé un lexique, tandis que Giovanella Fusco-Girard en a inventorié avec précision les points forts et les enjeux[1]*. La relation avec Jean Paulhan a joué ici un rôle déterminant, qu'il est aisé de suivre dans la correspondance, de la gestation des* Fleurs de Tarbes *à la coordination par Ponge des « Questions rhétoriques », qui occupent plusieurs livraisons des* Cahiers du Sud *en 1949 et 1950. Cette préoccupation continue se manifeste dans l'expression récurrente d'« une rhétorique par poème » ou « par objet », c'est-à-dire la nécessité de réinventer à chaque fois le code, de le réinscrire dans un objet; programme difficile et ambitieux et dont la formulation oxymorique n'est pas dépourvue d'obscurité, mais qui a pour objet d'endiguer les flots de la sentimentalité issus du*

---

1. « Éléments de rhétorique à l'usage des amateurs de Ponge », *L'École des lettres*, n° 8, 1988-1989 ; *Questioni di metodo. La retorica di Francis Ponge*, Salerne et Rome, Edizioni Ripostes, 1991.

romantisme et d'assurer la communication avec son lecteur. La rhétorique ancienne était une technique, ce qui est de nature à séduire celui qui se voulait artisan plus que poète ; mais son originalité consiste à proposer une rhétorique du singulier — singularité de l'objet et du sujet — contre celle des règles universelles, à abolir la frontière entre prose et poésie, entre le texte et son commentaire.

 C'est pourquoi formes et genres traditionnels s'affaiblissent ou s'effacent devant des tentatives neuves. Sur les constantes de la poétique se détache en effet une suite, au double sens d'accumulation et de succession, de manières où s'écrit une quête qui n'a cessé de se renouveler. Aucun des efforts critiques de typologie n'offre un cadre satisfaisant d'analyse où classer aisément les textes, non plus que la tripartition du Grand Recueil *(1961)* en Lyres, Méthodes, Pièces *ne correspond à une délimitation stricte des genres ; il s'agit bien plutôt, comme le dit l'adresse au lecteur, de « trouées » ou « d'allées principales ». D'ailleurs, dans la lettre à Jean Tortel du 29 décembre 1952, Ponge songeait à un recueil en quatre temps dont les dénominations sont loin d'être parfaitement transparentes :* « Textes d'ordre poétique / Textes d'ordre chasse poétique / Textes méthodologiques du genre chasses / Textes méthodologiques du genre trames[1]. » *Plutôt que de voir là une impuissance au classement ou un vague conceptuel, il faut y reconnaître la marque des interférences partout présentes au cœur de l'invention proprement poétique, le refus des délimitations et dénominations habituelles. Pour s'orienter donc deux recours seulement : ou les termes favoris de Ponge lui-même pour désigner ses textes, ou les images et métaphores qui en sont les représentations.*

 L'« eugénie » est une « chose venue presque complètement dans le moment, c'est-à-dire que je me suis trouvé en humeur, une bonne fois, de dire ce que depuis toujours m'évoquait le cheval, le plus authentiquement, sans vergogne, sans honte des expressions et de ce que je sentais » *(Pratique de la littérature, 1956) : ce néologisme aux racines grecques qui dit le texte de bonne race réveille dans sa définition le vieux mythe de l'inspiration et la séduction de l'improvisation ; mais le substantiel dossier du* « Cheval » *montre qu'il désigne plutôt le rapport euphorique au sujet ou au texte que la trouvaille soudaine. Une* « Préface aux Eugénies » *(29 juin 1952), inédite, commente :*

---

1. Voir la Notice générale du *Grand Recueil*, p. 1049-1055, et son Atelier, p. 811-817.

« Concernant ces petites piécettes ou notations, voici la critique que j'en ferais, voici mon malheur : Je crois, je veux cueillir un brin d'herbe et voici qu'il se transforme aussitôt. Voici que je ne puis cueillir un brin d'herbe. Chaque fois, c'est une pâquerette que je trouve entre mes doigts. » On en rapprochera, pour l'étymologie et la phonétique, l'*eulogie*, texte de célébration esthétiquement réussi. Le « sapate », figure du caché, diamant dans un citron selon l'exemple que donne Littré, s'applique parfaitement à un texte comme « La figue (sèche) » ; le « momon », jeu et masque, est une forme d'expression de l'humour ou du désespoir, double tentation pongienne, façon de maintenir une distance critique. La quatrième de couverture de la N.R.F., en septembre 1956, annonce toute la gamme parmi les publications prochaines : « FRANCIS PONGE, *Eugénies, Sapates, Momons* ». Le « conceptacle », terme emprunté à la biologie végétale où il est synonyme de follicule, figure à la fois la clôture et la latence, image si l'on veut de l'expression sentencieuse grosse de potentialités multiples, appel à la paraphrase, signe que le texte clos peut prêter à réécritures multiples. Le « proême » enfin, emprunté au vocabulaire de la rhétorique grecque, prélude, exorde ou petit poème lyrique, dit avec bonheur l'inachèvement de toute poésie et, par un jeu qui n'est pas pour déplaire à celui qui refuse d'être qualifié de poète, semble en français osciller entre prose et poésie. Car tout texte est aux yeux de Ponge d'abord un « exercice », terme dans lequel convergent une gymnastique verbale, une connotation spirituelle si l'on évoque Ignace de Loyola — la revue Fontaine dirigée par Max-Pol Fouchet n'avait-elle pas consacré un numéro en 1942 à « *La Poésie comme exercice spirituel* » ? — et peut-être un hommage à Paul Valéry qui affectionne le mot, fréquent dans les *Cahiers*. À Jacques Doucet, qui venait d'acquérir le manuscrit de *Charmes*, Paul Valéry écrit : « *Je considère presque toujours mes poésies comme des exercices, ce qui signifie que le travail même de leur composition a pour moi plus d'importance que le résultat final de mon effort.* » Voilà une phrase que Ponge n'aurait pas désavouée.

Cette gerbe lexicale, dont les éléments tantôt se recouvrent, tantôt se complètent pour enserrer dans leur réseau de sens l'idéal point de fuite du poème et son extrême souplesse, se double d'un imaginaire inscrit dans deux registres métaphoriques dominants, celui de la pierre et celui de l'eau. Chronologiquement premier, dans l'ombre mallarméenne et le souvenir de la Provence romaine, il y a le modèle *minéral du texte clos, gravé comme l'inscription, qui domine jusqu'au* Parti pris des choses *sans jamais disparaître complètement. Le texte donné en 1946 à l'*Album de la mode du Figaro, *« Merveilleux minéraux*[1] *», fait de la géode et des cristallisations qu'elle enferme l'image d'une perfection formelle, à la fois dure et régulière, comme le diamant. À l'hermétisme des premiers textes le cristal substitue en outre la vertu de transparence et de diaphanéité : « L'allégorie habite un palais diaphane »* — Ponge insère dans *« Le Verre d'eau » (1948) cette formule du poète Lemierre empruntée au Littré. Le privilège de la beauté minérale est d'échapper aux lenteurs de la gestation, toujours masquées, et aux dégradations du temps, un rêve pour le poète ; à la beauté ainsi soudaine et parfaite le végétal, arbre ou fleur, opposera une figure générative par excellence. Le modèle lithographique des épitaphes romaines n'entretient pas seulement la quête d'une expression ramassée de type sénéquien ou le goût de la sentence et de la formule à la manière de Tacite ; sa brièveté même et ses origines funéraires en font une manière d'apostropher le lecteur et de sauvegarder ce que René de Solier appelait, à propos des* Douze petits écrits, *le « tour oral*[2] *». Dans une lettre inédite du 23 août 1956, Ponge lui écrit : « Voici le plus étonnant : c'est dans les écrits les plus écrits qui soient, écrits inscrits, gravés dans la pierre (les plus dénués de ton ou de timbre personnel) […], dans les* ÉPITAPHES, *que ce* TOUR ORAL *me paraît paradoxalement le plus justifié […]. Ainsi s'agit-il (même dans* Le Parti pris des choses*) non tellement d'une "leçon de choses" que d'une* LEÇON DE LECTURE. *»*

À l'opposé, l'épopée en prose de La Seine, *commencée en 1946, inaugure un paradigme liquide ; le poète n'est plus identifié à l'oracle, mais au flot : « Emporté, en effet, par l'enthousiasme naturel aux poètes lorsqu'ils sont pleins d'un nouvel amour […], il se peut bien que nous donnions cours à une onde trop turbulente pour qu'elle rende justement compte de cette rivière-là. » Le langage ne lutte plus contre son objet pour le conquérir et l'enfermer dans sa prise ; il l'épouse dans un effort de complicité formelle. La rage de l'expression, avatar du* furor poeticus *des anciens et de la* copia verborum *des rhétoriciens, écriture sans vergogne, trouve là son lieu naturel ; c'est dans le*

---

1. Repris dans *Méthodes* sous le titre « Des cristaux naturels ».
2. Dans *Synthèses*, n° 122, juillet 1956.

même temps qu'elle s'apprête à devenir recueil : « sans doute n'est-il pas question de m'adonner brusquement à la pensée comme telle, et à son expression indéfinie, ni d'abandonner le souci d'organiser mes états. Mais il me semble plus raisonnable (et moins utopique) de prétendre réaliser l'adéquation des écrits aux liquides plutôt qu'aux solides ».

À la poétique adamantine se substitue une poétique de l'approximation ; de musée qu'il cherchait à devenir, le palais diaphane se replie sur l'atelier, sans renoncement à la quête d'un ordre dont attestent dans les dossiers les tentatives de plan. Dans ce passage d'un modèle à l'autre, la forme végétale, bien qu'ancienne, occupe une place de plus en plus décisive, métaphore idéale pour le « rosier des brouillons » (G. Farasse[1]*).*

Semblables tensions se retrouvent aisément au niveau des recueils. Des Douze petits écrits *(1926) au* Nouveau recueil *(1967), la collection obéit en général à une loi de succession chronologique, qui connaît néanmoins diverses distorsions et entorses où s'exprime une ambition autre. Les ensembles s'y déplacent, les groupements antérieurs s'y défont ou s'y modifient pour faire place à des effets ou des rouages d'interprétation délicate. Le bilan, provisoire et sélectif, ouvre les portes du cabinet dans lequel il puise sans s'organiser en exposition, sorte d'inventaire préalable à l'accrochage définitif. Le* Parti pris des choses *qui regroupe des textes composés entre 1924 et 1939 représente l'exception la plus notable ; mais l'on sait que Jean Paulhan en fut l'éditeur tandis que Ponge résidait en zone libre. À qui reviennent les effets organisationnels, les groupements thématiques, les échos qui se devinent entre les trente-deux textes de part et d'autre d'« Escargots » et du « Mollusque » ? Seul* Liasse *(1948) laisse soupçonner une configuration source de sens à l'intérieur de la séquence chronologique. Encore Ponge désavoue-t-il les termes d'inventaire ou d'ensemble : « J'écris une pièce, j'écris un texte et ensuite je recueille des textes écrits pour eux-mêmes et non pas pour faire un livre. C'est pourquoi j'appelle ça : "recueil". Il m'arrive de faire des livres, sur un sujet précis, par exemple* Le Pré*, mais alors je montre ma fabrique*[2] *. » Le clivage livre / recueil vient recouvrir partiellement l'opposition des deux*

---

1. Dans *Revue des sciences humaines*, n° 228, 1992.
2. Entretien avec Jean Daive (octobre 1984), *Fig.*, n° 5, 1991.

modèles fantasmatiques : au recueil les textes clos, au livre les textes ouverts.

*

Où convient-il, dès lors, de situer Francis Ponge ? En s'intitulant « Ponge inventeur et classique », le colloque de Cerisy la Salle, en 1975, avait mis justement l'accent sur le double rapport qu'entretient l'œuvre du poète avec la tradition et avec la modernité.

« Nous sommes vieux de toute la vieillesse de l'esprit humain » (« Note hâtive à la gloire de Groethuysen », 1948) ; « Impossible de refuser en nous ce qui vient de nos humanités *» (1976). Ces déclarations sonnent comme un rappel. Vers la tradition — entendons les littératures latine et française, que ses études au lycée Malherbe, puis à l'université, ses lectures et ses amis lui ont appris à fréquenter en intime —, il garde l'habitude d'un constant regard. Nourriture et recours, réalité vivante dont il mesure le poids sans le rejeter ; il n'est pas loin de reprendre à son compte les vieux concepts d'imprégnation ou d'innutrition : « C'était passé à l'intérieur de moi, c'était digéré, enfin évacué*[1]. *» Il n'y a pas dès lors à se surprendre de l'admiration qu'il voue au livre de E. R. Curtius,* La Littérature européenne et le Moyen Âge latin, *inventaire des topiques qui parcourent la littérature occidentale. Affirmer son originalité n'est pas se montrer un héritier ingrat. Si les références à Rimbaud et Lautréamont lui sont communes avec les surréalistes, Ponge remonte plus haut, et sa démarche recherche aussi bien ses origines chez Boileau, chez Buffon, chez Montesquieu ou Montaigne, sans parler des assises et des inspirations trouvées de façon plus lointaine chez Lucrèce et Horace dont l'*Art poétique *est très tôt et continûment lu et annoté. Sa tendance est, depuis « Le Parnasse » (1928) jusqu'à* Pour un Malherbe *— couronnement et bouquet final —, de se situer et de mesurer son entreprise poétique par rapport aux grandes figures du passé plutôt que par rapport à ses contemporains, et de dessiner touche à touche sa propre place dans le vaste paysage de la littérature française : « La littérature, c'est à la fois une grande vénération pour les très beaux textes anciens et une insatisfaction de ce que l'on voit actuellement dans le même ordre » (« La pratique de la littérature »). Cette manière*

---

1. « L'Art de la figue », *Digraphe*, n° 14, avril 1978, p. 122.

d'assumer et de placer à distance les héritages signe un rapport ambigu à la figure du père dont Michel Collot et Christian Prigent, entre autres, ont montré combien elle était prégnante ; Malherbe conjoindra en lui le portrait du père biologique et le statut de père littéraire ; sinon pourquoi cette fascination pour les généalogies, familiales ou non, dont les archives conservent les épaves ? Dans un mélange de modestie et d'orgueil, l'œuvre est le lieu d'une incessante quête, toujours inassouvie, mais qui se bâtit à la fois sur des refus divers, qui ne correspondent pas à une méconnaissance, mais à une manière de nihilisme qui la hante — refus du « ronron » et du « manège » des mots, refus des écoles et des genres codifiés —, et sur le besoin de s'inscrire dans une lignée : « Depuis le moment où j'ai eu à diriger les pages littéraires d'Action, il m'est arrivé plusieurs fois de songer à m'atteler à ma besogne d'ordre humaniste ou culturel — je veux dire historico-littéraire [...]. Mais j'ai vite compris que mon rôle le plus important, le plus efficace ne pouvait s'exprimer que négativement (par mon refus de collaborer à la N.R.F. par exemple). Aujourd'hui où en suis-je ? C'est toujours par certaines attitudes négatives que je manifeste historiquement ma position. Par un certain retrait, par certains refus » (note inédite des 16 et 17 février 1954).

À la modernité, Ponge demande moins de le porter que de lui fournir une stimulation, de susciter ses réactions et, ultérieurement, de servir sa réception par des inféodations dont il accepte d'être l'objet, tantôt avec distance, tantôt avec jubilation. Il ne ménage son admiration ni à Guillaume Apollinaire, ni à Paul Claudel, ni à Marcel Proust, ni même à Paul Valéry, malgré ses réticences lorsqu'il le compare à Mallarmé ; autant de sources d'une intertextualité envahissante et masquée dont Bernard Veck a entrepris l'exploration. Mais Ponge n'appartient à aucune école, ne se rattache à aucun mouvement, affirmant, à travers des doutes parfois douloureux, sa hautaine indépendance. À Gabriel Audisio, dans une lettre inédite du 11 mai 1941, Ponge fait part de son scepticisme à l'endroit de toute poétique de groupe ou d'école, impuissante à « formuler une technique », comme à l'endroit de toute prétention à « penser à une technique universelle », et il propose une autre règle : « *Qu'il s'applique à son propre objet et qu'il obéisse à ses lois intérieures, qu'il soit très difficile avec lui-même, qu'il songe plutôt à satisfaire son propre critique intérieur que je ne sais quel lecteur supposé.* » Comme le constate Jean-Marie Gleize, Ponge a très peu parlé des poètes ses contemporains : de Jean Hytier, de Gabriel Audisio et de Jean Tortel, il s'entretient surtout dans des correspondances privées ; l'éloge de Denis Roche est contemporain d'une polémique qui sanctionne la distance prise avec Tel quel, et celui d'André du Bouchet bien tardif[1].

Le signe le plus patent de cette indépendance est sa relation avec le mouvement surréaliste à la génération duquel il avoue à maintes reprises appartenir. Mais « contemporanéité » ne signifie pas « affiliation », et Ponge est demeuré, selon l'expression de Jean-Marie Gleize, « surréaliste à distance ». Il signa des tracts et des textes, en particulier le Second manifeste, auquel il adhère, pour des raisons plus morales que littéraires, l'année de la première rencontre avec André Breton, au moment des attaques virulentes dont le mouvement était l'objet. Pourtant, bien des pièces des années 1930-1935, recueillies ultérieurement dans les Proêmes, et d'autres demeurées dans ses archives, expriment des réticences, même si la longue lettre inédite qu'il adresse à Louis Aragon, André Breton et Paul Éluard le 30 janvier 1930 parle du surréalisme qui se trouvait naturellement en lui, du côté « subversif » de son caractère, de la « faculté d'indignation » qu'il veut entretenir. Dans des notes sur L'Homme révolté d'Albert Camus (novembre 1951), Ponge attribue ses réticences à l'endroit de la manifestation surréaliste à « ce côté publiciste, tréteaux, devant de la scène », tandis que dans une note du 16 février 1954 il reproche à la N.R.F. d'avoir relativement méconnu ce mouvement envisagé comme « une séquelle de la véritable révolution de 1870 (Lautréamont — Mallarmé — Rimbaud) ». Encore dans Pour un Malherbe, il rendra grâce au surréalisme d'avoir « réouvert les veines de la colère et les ressources de l'enthousiasme poétique » (13 avril 1957). Les affinités et les parentés d'attitude sont évidentes : un certain goût du manifeste, mais qui se réfugie dans un ton et un style plus qu'il ne s'expose sur la scène sociale, le refus de la société contemporaine, la légitimation du désir, même si les mêmes mots ne couvrent pas nécessairement les mêmes réalités. Mais Ponge demeure hostile à la théorie du rêve et au privilège de l'image, au retour vers les formes

---

1. « Voici déjà quelques hâtifs croquis pour un « portrait complet » de Denis Roche », *TXT*, n° 6-7, hiver 1974 ; « Pour André du Bouchet (quelques notes) », *L'Ire des vents*, n° 6-8, février 1983. Ces deux textes sont repris dans le tome III du *Nouveau nouveau recueil*, coll. « Blanche », Gallimard, 1992, p. 45-50 et 146-151.

traditionnelles que prônera plus tard Aragon, plus encore à l'écriture automatique qui lui paraît relever de l'imposture : « À l'encontre des surréalistes, il se trouve que les scrupules viennent en même temps que les audaces et que j'hésite, que je rectifie au fur et à mesure mon expression[1]. » *La rage de l'expression n'est aucunement un avatar de l'écriture automatique ; à une certaine mythification de la poésie il oppose le caractère artisanal de son travail, et à leur activité spectaculaire une forme de repli et de discrétion davantage apparentée au calvinisme ou à la vertu romaine.* Le Parti pris des choses *n'assume à cet égard aucune dette et le chapitre des* Entretiens *avec Philippe Sollers, « Vie et travail à l'époque du surréalisme », constate des parallélismes sans s'assimiler à un acte tardif d'obéissance. Maurice Nadeau n'a donc pas eu l'occasion de citer le nom de Ponge dans son* Histoire du surréalisme *en 1945.*

Hors de ce massif, l'histoire de la poésie moderne semble moins faite d'écoles que d'individualités dont chacune a son registre et son style ; l'assomption de l'objet chez un Guillevic, qu'on a parfois placé dans une même famille d'esprits, répond en fait à un propos tout différent et à un rapport existentiel d'autre nature avec l'objet. Soucieux de revendiquer son indépendance et de marquer sa singularité dans le paysage poétique, Ponge se dérobe aux affiliations ; sa modernité tient davantage à la recherche de voies poétiques nouvelles et à des parallélismes ou des synchronismes qui lui confèrent une position de choix dans des courants ou des tendances fortes sans l'y réduire — pensons à l'attention portée à la matérialité du texte et à la prise en compte poétique de l'objet artistique.

Le fameux Coup de dés *mallarméen, dont Paul Valéry fut l'un des premiers contemplateurs, a exhibé les significations dont la typographie et la mise en page peuvent être porteuses, et cette sensibilité sera désormais présente à l'horizon de toute la poétique contemporaine. Collectionneurs et bibliophiles avides d'éditions à tirage limité y voient d'abord l'aspect esthétique et l'insolite source de rareté ; les écrivains l'incorporent à leur projet à titre d'instrument nouveau. Ce n'est pas seulement l'effet calligrammatique, visuel et ludique à la fois, venu de la Renaissance à travers Guillaume Apollinaire, c'est le blanc comme espace signifiant autonome et secret qui acquiert statut*

---

[1]. Entretien d'avril 1979 avec Marcel Spada, publié dans *Le Monde* du 18 mai.

textuel : « Il n'y a pas plus obscur qu'un blanc » (G. Perec[1]). La typographie comme trace et comme graphe prend le relais de la main et relève finalement du même dessein que la publication en fac-similés de manuscrits, prolonge en son ordre tout ce qui déjà s'inscrit dans l'aspect visuel du mot devenu nature morte ou paysage comme l'attestent « Du logoscope » et « Un vicieux » des « Fables logiques » (1924-1928). Composé en 1957, « Proclamation et petit four » se présente comme un véritable manifeste typographique, et les correspondances avec les éditeurs, aussi bien que les épreuves corrigées, montrent dans la minutie des observations à la fois la défense d'un objet artistique et, surtout lorsqu'il y a voisinage dans une même livraison de revue avec des textes concurrents, la revendication d'une situation hiérarchique.

Par ce biais, le livre devient objet et lieu de rencontre d'une double activité esthétique, textuelle et graphique, comme l'est le livre illustré moderne qu'inaugure Le Fleuve de Charles Cros, illustré par Édouard Manet, avant la célèbre Prose du transsibérien (1913) de Blaise Cendrars et Sonia Delaunay[2]. Ponge ne demeure pas étranger à cette vogue ; encore faut-il distinguer les cas d'intégration de l'image et du texte, fruit d'une collaboration étroite ou d'une conception simultanée, et les traitements parallèles d'un même thème ; La Crevette (1948), ornée de burins de Gérard Vulliamy, Le Verre d'eau (1949), « recueil de notes et de lithographies » d'Eugène de Kermadec, et les Cinq sapates (1950) avec les eaux-fortes de Georges Braque n'ont sans doute pas même statut. En juillet 1965, travaillant à un projet pour L'Araignée, Albert Ayme écrivait très lucidement à Ponge : « Je compte apporter, au cours de mon travail de mise au point, des modifications à l'"accompagnement" que je vous avais montré. Je préfère ce terme d'accompagnement à celui d'illustration que j'ai toujours trouvé faux ; si proche soit-on d'un texte, c'est une utopie que de croire l'illustrer ; on ne peut donner qu'une preuve de son adhésion pour lui (un acte d'hommage en somme), pour lui dont l'antériorité est bien le signe de sa nécessité et de son évidence premières par rapport aux illustrations qui s'en inspirèrent. Ici il faut savoir s'incliner : c'est la parole qui est souve-

---

1. *La Disparition*, 1969.
2. Voir J. Damasc, *Révolution typographique depuis Mallarmé*, Genève, Galerie Motte, 1966 ; François Chapon, *Le Peintre et le Livre. L'âge d'or du livre illustré en France (1870-1970)*, Flammarion, 1990.

raine. *Accompagnement trop direct, il pêche par défaut en regard du texte ; trop libre, son autonomie le rend polyvalent, donc de vertu gratuite en dépit de sa beauté.* »

Ces initiatives, nées de la fréquentation des ateliers de peintres et de sculpteurs, confirment le décloisonnement que le XXe siècle opère entre les arts. Avec Le Peintre à l'étude *(1948)* aussi bien qu'avec L'Atelier contemporain *(1976)*, Ponge semble rejoindre André Breton, Jean Cocteau, Jean Paulhan, Jean-Paul Sartre, Michel Leiris ou Jean Genet qui, héritiers parfois des salons de Diderot et de Baudelaire — selon qui « *le meilleur compte rendu d'un tableau pourra être un sonnet ou une élégie* » —, réinventent le genre de l'écrit d'art, récit d'une rencontre, recherche d'une équivalence qui ne s'apparente guère au compte rendu critique. Ni descriptif ni proprement visuel, l'atelier pongien est une célébration, une démarche d'intelligence et de sympathie dont la nature n'est pas différente de celle qui l'introduit dans l'intimité de ses écrivains préférés.

Georges Braque et Pablo Picasso ont été d'emblée des admirateurs du Parti pris des choses ; mais, depuis l'article de Jean-Paul Sartre en *1944*, jusqu'à l'Allemand Max Bense et à Jacques Derrida, Ponge fut aussi le gibier des philosophes et esthéticiens contemporains ; la raison en réside dans le développement d'une réflexion philosophique sur le texte littéraire et sur le langage, et dans les points d'ancrage singuliers qu'elle pouvait trouver chez lui ; Julien Gracq parle d'un « *art de mettre le philosophe en appétit*[1] ». La relation avec Bernard Groethuysen, d'origine russo-hollandaise, né à Berlin, disciple de Wilhelm Dilthey et marxiste convaincu, qui le qualifiait de « *poète de la phénoménologie* », fut sans doute déterminante dans l'éveil philosophique de Ponge. Non sans équivoque, le principe d'Edmund Husserl, Zur Sache selbst *(« vers la chose même »)*, a pu paraître qualifier son entreprise poétique ; en réalité, il ne découvrira Husserl que tardivement et avouera, à la lecture d'une monographie en *1965*, comprendre enfin la formule de Bernard Groethuysen ; mais il vouera une grande admiration à l'essai d'Henri Maldiney, Le Legs des choses[2]. Est-ce à dire que la poésie de Ponge est aussi authentiquement nourrie de philosophie que celle d'un René Char ? L'épicurisme affiché, le refus du spiritualisme qui le

---

1. *Cahiers de l'Herne*, Francis Ponge, 1986.
2. Lausanne, L'Âge d'homme, 1974.

rend très hostile à Pascal — « *La matière est l'unique providence de l'esprit* » (« Note hâtive à l'éloge de Bernard Groethuysen », *1948*) — *ne suffisent pas à l'affirmer. On sait sa répugnance à l'idée, et son inspiration semble plus morale que philosophique ; disons même que l'expression poétique, que le travail sur le langage lui apparaissent comme des voies plus royales et plus fécondes. Après bien des réécritures, il adresse à Jean Paulhan le 5 août 1946 un texte symptomatique* « *Le poète propose la vérité au philosophe (pessimiste)* » *: seul le poète par le* « *bonheur d'expression* » *accède à une vérité qui soit aussi source de beauté et de plaisir,*

> Une floculation qui n'est pas la parole,
> Qui n'est pas le discours, qui est la poésie [...]
> Allez vous retourner sur vos couches sordides.
> Vous n'y trouverez pas le bonheur d'expression.

Récusant le « *facile plaisir du style analytique* »*, Ponge entretient avec la philosophie une relation de type séduction / répulsion et de l'ordre de l'analogie :* « *Il arrive que le philosophe s'occupe de l'art et le nie. Il arrive que l'artiste s'occupe du philosophe et le moque ou le singe ou l'imite* » *(note inédite sans date). Démarche artistique et travail philosophique empruntent des voies divergentes, ce qui ne leur interdit pas de se croiser ou de se rencontrer à terme. La création artistique demeure aux yeux de Ponge le seul remède aux erreurs du monde, le seul lieu de sa véritable possession.*

*

L'œuvre pongien ne se donne pas comme lieu de résolution des contradictions et tensions dont il sert au contraire souvent à prendre conscience ; il accueille des tentations antagonistes dont le conflit toujours ouvert lui donne sa marque et son dynamisme. Clôture / ouverture, obédience / indépendance, proverbe ou formule / dossier ou journal, inchoatif / définitif, description / art poétique, en plus d'un demi-siècle d'écriture, Ponge a obéi au rythme alternatif de ces postulations contraires et tenté d'apporter aux questions qu'elles soulèvent des réponses dont il ne méconnaissait pas le caractère précaire. Plus que renoncement aux interrogations et aux inquiétudes qui remontent à la jeunesse, ses réorientations, ses déplacements, son

« *inachèvement perpétuel* » — *sous-titre du dernier recueil publié par Ponge de son vivant* — *approfondissent un même sillon, demeurent attachés à quelques options permanentes qui servent de socles à ses démarches.* « *Je trouve dans Ponge un exemple typique de la fidélité poussée jusqu'à son extrême pointe qui est la fidélité à soi-même* », *ainsi en jugeait, dans un hommage inédit de 1949, Gabriel Audisio, l'ami de longue date.*

BERNARD BEUGNOT.

LE « SCRIPTORIUM »
DE FRANCIS PONGE[1]

> *On pourrait composer un traité sur le style d'après les manuscrits des grands écrivains ; chaque rature suppose une foule d'idées qui décident l'esprit souvent à son insu ; il serait piquant de les indiquer toutes et de les bien analyser.*
>
> Mme de Staël, *De la littérature*,
> 1800, IIe partie, chapitre VII, n. 2.

La remarque, incidente, de Mme de Staël vient rappeler que l'intérêt pour les manuscrits des grands auteurs et les leçons dont sont porteuses leurs ratures ne date pas de la génétique contemporaine, horizon des réflexions qui suivent, mais elle assigne aussi à l'éditeur un but — « les indiquer toutes » — que l'abondance des archives de Ponge rend totalement utopique, même s'il y a là une inépuisable mine pour des éditions singulières[2].

Dès 1926, les « Notes d'un poème (sur Mallarmé) » présentent tous les traits d'un texte en cours, peut-être par simple hâte éditoriale, et en 1927-1928, « Le Galet », finale du *Parti pris des choses*, conserve les marques d'un dossier. Ce caractère pourrait nous être devenu plus sensible rétrospectivement depuis qu'avec *Le Carnet du Bois de pins* (1947) Ponge a inauguré en toute conscience une pratique neuve poursuivie jusqu'en 1976, l'exhibition imprimée de tout son travail scriptural, ce qui va bien au-delà du *Journal des Faux-monnayeurs* (1927) d'André Gide ou des carnets de notes des *Mémoires d'Hadrien* (1951) de Marguerite Yourcenar. Ces chantiers offrent plus que des reliques ou des écorces destinées, selon la tradition philologique, à authentifier le *bon texte*, par comparaison de ses états successifs, démarche en l'occurrence inutile puisque, même les trois volumes posthumes du *Nouveau nouveau recueil* (1992) n'offrent que des états avalisés par Ponge de son vivant. En revanche, l'atelier mérite une visite avec Ponge pour

---

1. Ces pages adaptent et développent un article que nous avons publié sous le même titre (*Bulletin du bibliophile*, n° 2, 1993, p. 411-426) où figure en appendice la liste des textes publiés en fac-similés. On attend sur Ponge un livre analogue à celui de Robert Pickering, *Paul Valéry. La page, l'écriture*, Publications de la Faculté des lettres de Clermont-Ferrand, 1996.
2. « On croyait pousser la porte d'un anecdotique atelier d'amateur : on tombe en plein bagne, quelque vaste chantier où tout l'être est engagé » (Jean-Marie Dunoyer, texte inédit conservé dans les archives familiales).

guide, car il nous introduit au cœur de son invention et de sa poétique originale.

L'intérêt, en effet, se déplace du texte achevé vers le spectacle du texte en chantier, vers l'intelligence des processus de l'écriture, grâce à tous les instruments modernes d'analyse, techniques aussi bien que conceptuels[1]. Loin de n'être que l'antichambre de l'œuvre, le *scriptorium* s'en fait partie intégrante ; son organisation matérielle trahit des habitudes, des attitudes dont la création n'est pas indépendante et que Ponge affiche en se déclarant plus artisan que poète. Revendication singulière par rapport aux écrivains soucieux de préserver ce secret ; Nathalie Sarraute s'est toujours objectée à l'indiscrétion d'un tel regard, et Thomas Mann le jugeait contraire à l'esthétique platonicienne du beau qui orchestre *La Mort à Venise* (1913) : « Il est bon assurément que le monde ne connaisse que le chef-d'œuvre, et non ses origines, non les conditions et circonstances de sa genèse ; souvent la connaissance des sources où l'artiste a puisé l'inspiration pourrait déconcerter et détourner son public et annuler ainsi les effets de la perfection. »

L'inéluctable réécriture, sauf à en vouloir faire l'économie[2], engendre des matériaux qui deviennent signes tangibles d'une dépendance du temps, « ce confident de nos hésitations » (P. Oster[3]), et d'une inévitable préhistoire. Impossible pour qui aspire à ériger le monument de l'œuvre de ne pas donner accès à ces itinéraires habituellement masqués vers lesquels nous porte une naturelle curiosité : « Le goût que nous avons pour les choses de l'esprit s'accompagne presque nécessairement d'une curiosité passionnée des circonstances de leur formation. Plus nous chérissons quelque créature de l'art, plus nous désirons d'en connaître les origines, les prémisses, et le berceau qui, malheureusement, n'est pas toujours un bocage du Paradis terrestre » (P. Valéry[4]).

Inventaire du cabinet.

Dans l'espace des cabinets de travail, rue Lhomond, à Paris, et au mas des Vergers, au Bar-sur-Loup, voisinent ce que Ponge

---

1. Pour un état de la question, voir A. Grésillon, « Les Manuscrits littéraires : le texte dans tous ses états », *Pratiques*, n° 57, mars 1988 (repris dans *Proust à la lettre. Les intermittences de l'écriture*, Du Lérot, 1990, p. 15-41) ; « La Critique génétique française : hasards et nécessités », dans *Mimesis et Semiosis. Littérature et représentation*, Nathan, 1993, p. 123-133 ; *Éléments de critique génétique. Lire les manuscrits modernes*, P.U.F., 1994 ; et B. Beugnot, « Petit lexique de l'édition critique et génétique », *Cahiers de textologie*, n° 2, 1988, p. 69-79.
2. A. Camus, « C'est pour briller plus vite qu'on ne consent pas à réécrire. Méprisable » (*Carnets*, coll. « Blanche », Gallimard, 1962, t. I, 30 septembre 1937).
3. « L'Atelier universel », entretien avec M. Collot, *Genesis*, n° 2, 1992, p. 133.
4. Lettre adressée le 6 juillet 1922 à Jacques Doucet, qui venait d'acquérir le manuscrit de *Charmes*, citée dans F. Chapon, *Mystère et splendeurs de Jacques Doucet (1853-1929)*, J.-Cl. Lattès, 1984, p. 278.

nomme « le petit outillage minimum : l'alphabet, le Littré en quatre volumes et quelque vieux traité de rhétorique ou discours de distribution des prix » (« Le Dispositif Maldoror-Poésies », 1946), la bibliothèque des livres élus et reçus, cœur de la plus vaste bibliothèque que constituent toutes les lectures[1], les œuvres figuratives enfin des amis peintres et sculpteurs qui entretiennent ou stimulent l'imaginaire. D'un inventaire de la bibliothèque réelle, il y a peu à attendre : nombre d'ouvrages en ont été vendus ou dispersés ; beaucoup d'autres, politesses ou hommages d'écrivains et d'éditeurs, n'ont pas été ouverts ; parmi ces épaves, il n'y a guère à glaner que des envois parfois suggestifs qui ont pu inspirer une image ou un thème. Les archives manuscrites, seules ici prises en compte, comprennent trois ensembles documentaires.

Il y a en premier lieu la correspondance, histoire d'un réseau d'amitiés et de relations : lettres reçues, minutes ou copies de lettres envoyées, brouillons parfois de lettres retenues. Les échanges avec Gabriel Audisio (100 lettres de 1919 à 1944), avec Jean Tortel (172 lettres de 1944 à 1981) ou avec Philippe Sollers (58 lettres de 1959 à 1972) représenteraient pour une édition des ensembles significatifs s'il n'y avait pas d'inconvénient à privilégier des massifs isolés plutôt qu'une correspondance générale[2]. Les lettres constituent un double commentaire de l'œuvre, soit qu'émanant de Ponge elles éclairent la gestation des projets textuels, leurs méandres et leurs difficultés, voire les conflits plus ou moins déclarés qu'ils provoquent (avec Jean Paulhan notamment), qu'elles déplorent les contretemps éditoriaux, qu'elles apportent des précisions chronologiques et circonstancielles, soit que, s'adressant à lui, elles éclairent le contexte et donnent à lire, dans la réception immédiate des amis proches qui souvent ont été étroitement mêlés au travail poétique, les linéaments de la critique future. Ainsi, sans la correspondance avec Jean Tortel, les relations de Ponge et des *Cahiers du Sud* demeureraient un épisode flou de sa vie littéraire[3] ; ainsi la lettre de l'ami de vingt ans qu'était Gabriel Audisio présente la fraîcheur d'une première lecture du *Parti pris des choses* : « J. P[aulhan] m'a remis un parti pris dont je suis ravi. C'est un livre excellent qui doit marquer

---

1. L'inventaire commence seulement à en être dressé grâce à diverses contributions du *Cahier de L'Herne* en 1986 et de B. Veck, *Francis Ponge ou le Refus de l'absolu littéraire*, Liège, Mardaga, 1993.
2. Seules les correspondances avec Jean Paulhan et avec Jean Tortel ont fait l'objet d'une édition critique (J. Paulhan, F. Ponge, *Correspondance [1923-1968]*, éd. par Claire Boaretto, coll. « Blanche », Gallimard, 1986, 2 vol. ; F. Ponge, J. Tortel, *Correspondance [1944-1981]*, éd. par B. Beugnot et B. Veck, coll. « Versus », Stock, 1998). Pour les autres correspondants, ce sont des bribes ou des anthologies (*Treize lettres à Castor Seibel*, L'Echoppe, 1995). Voir B. Beugnot, « Les Amitiés et la Littérature : Ponge épistolier », *Romanic Review*, vol. LXXXV, n° 4, novembre 1994, p. 615-628.
3. Voir B. Beugnot, « Questions rhétoriques : Ponge et les *Cahiers du Sud* », *Revue des sciences humaines*, n° 228, octobre-décembre 1992, p. 51-69.

une date, pour toi et pour les autres. Comme je t'y trouve tout entier[1] ! »

Viennent en second lieu tous les documents qui, sans appartenir à l'ordre textuel, poétique ou méthodologique, représentent un matériau, simplement entreposé ou en attente d'exploitation ultérieure : notes de caractère autobiographique ; références à des lectures passées ou projetées, par exemple les 8 folios intitulés « À propos de Duranty », rédigés lorsque Jean Paulhan réédite en 1942 *Le Malheur d'Henriette Gérard* (1860) ; réflexions sans motivation circonstancielle apparente. Un dossier Mallarmé des années cinquante réveille des préoccupations apparues dès les « Notes d'un poème » de 1926 et qui se réactualiseront et s'orchestreront dans *Pour un Malherbe* entre 1951 et 1957. Francis Ponge a en effet lié très tôt son projet poétique à une observation attentive de l'histoire littéraire, ou plus largement culturelle, de ses temps forts et de ses figures de proue (« socles d'attributs », « pantagnières »), manière d'y inscrire à l'avance sa propre place. D'où la présence récurrente de listes, de chronologies et de notes sur les mouvements et écoles : 4 folios, dans une chemise dont l'essentiel est postérieur à 1941, font voisiner sous le titre « Symbolisme » noms, notices, citations, et notes thématiques (musicalité, vers libre).

Enfin, masse la plus importante, il y a les dossiers de textes parvenus à maturité et publiés en une version unique. Mais, autour du noyau principal que constituent les archives familiales, réunirons-nous jamais les *disjecta membra*[2] de ce *scriptorium* ? Pour des raisons affectives ou économiques, beaucoup ont été dispersés sans qu'il soit aisé ou possible aujourd'hui de les retrouver, même pour des manuscrits dont l'existence est attestée[3]. Entrent aussi dans cette dispersion diverses « copies autographes[4] » ou « brouillons conformes au manuscrit original », résurgence inattendue dans la modernité de l'opposition médiévale entre écriture commune et écriture d'apparat, et de la tradition classique, qui valorisait la copie calligraphiée en hommage à un mécène, dissimulant le manuscrit de travail. Raymond Roussel évoque une « machine à peindre » qui permet de faire une copie « rigoureusement conforme au modèle[5] »,

---

1. Lettre du 26 juillet 1942 qui a figuré en 1984 à l'exposition de la Maison de la poésie ; la lettre du 18 juillet 1942 à J. Paulhan (*Correspondance [...]*, t. I, lettre 267, p. 274-275) est aussi représentative des mécomptes de Ponge avec la revue *Fontaine*, dirigée à Alger par Max-Pol Fouchet et qui venait de publier *Le Mimosa*.
2. C'est ce que laisse entendre Ponge lui-même dans une intervention à Cerisy « [...] sur les motivations extra-littéraires qui ont fait que j'ai publié ces brouillons, c'est très clair, [...] c'est quand Gallimard a refusé à Mermod les droits du *Parti pris pour la Suisse*. [...] Mermod est venu me trouver en me disant : "Est-ce que vous n'avez pas autre chose ?" Je lui ai dit : "Je n'ai que des brouillons, des notes..." Il m'a dit : "Je prends", et m'a donné de quoi vivre deux ans » (*Ponge inventeur et classique*, colloque de Cerisy, coll. « 10/18 », U.G.E., 1977, p. 178).
3. Une liste de pistes est jointe à ces pages.
4. Le fac-similé de « La Pluie », publié en 1974 dans *Books Abroad*, a par exemple toutes les apparences d'une copie autographe.
5. *Impressions d'Afrique*, 1910.

et Ponge se plaît à citer le peintre Fautrier, inventeur de la technique des « originaux multiples » (« L'Art de la figue[1] »). La pratique était courante au temps des surréalistes, tantôt geste d'amitié par lequel l'écrivain recopie, parfois avec ses ratures et corrections, un état dont il honore un destinataire, tantôt geste lesté de considérations commerciales ; René Char en aurait même préalablement établi le tarif. Jacques Doucet se laissa à l'occasion séduire par ces manuscrits au statut ambigu, pensant à tort acquérir un authentique vestige du moment créateur. Il est vrai que ces documents appartiennent plus souvent aux fonds privés que publics.

L'archive manuscrite.

« Pour les textes qui peuvent paraître les plus clos du *Parti pris des choses*, au moment où je les écrivais, il se trouvait que je déchirais les brouillons, mais il y a eu des dossiers qui auraient pu être la Fabrique de l'huître, la Fabrique de ceci ou de cela. Je les déchirais, mais je me suis aperçu qu'il y avait ce que les peintres appellent des planches refusées qui étaient valables[2]. » Il est difficile de dire à quand remonte chez Ponge l'habitude de dater et de conserver toutes ses écritures. Dans un entretien de 1984[3], il cite Pablo Picasso, qui déclarait avoir commencé à dater chaque œuvre à titre de document utile à la connaissance de l'homme à travers le créateur ; Ponge a dû trouver dans ce propos une justification de sa propre démarche plutôt qu'une inspiration, car la datation qui gagne en minutie apparaît après la Libération[4], avant la rencontre avec Pablo Picasso.

Année, mois, heure quelquefois écrivent la gestation d'un texte singulier ; mais les chronologies représentent aussi un horizon de travail naturel : la généalogie familiale côtoie celle de *Pour un Malherbe* ou l'histoire des mouvements littéraires ; la succession des pièces à l'intérieur des recueils, à de légères distorsions près (*Liasse*, *Pièces*, *Lyres*), obéit à l'ordre de composition. Et l'on voit Ponge, dans un dossier qui couvre une large tranche chronologique (1932-1957) et concerne principalement *Le Grand Recueil*, insérer de place en place de petits feuillets — « Ici se situe chronologiquement » — pour des textes de *Liasse*, du *Peintre à l'étude*

---

1. *Digraphe*, n° 14, avril 1978, p. 216.
2. *Ponge inventeur et classique*, p. 178.
3. Les citations de Ponge qui ne proviennent pas des archives ou des textes publiés sont empruntées à trois entretiens : avec Jean Daive en 1984 (*Fig.*, n° 5, 1991), avec J.-F. Chevrier (*Cahiers critiques de la littérature*, n° 2, 1976) et avec Jean Ristat (« L'Art de la figue », *Digraphe*, n° 14, avril 1978). Les entretiens de Ponge seront publiés dans le tome II de la présente édition, soit intégralement pour les plus importants, soit sous forme d'extraits.
4. L'affirmation du 15 avril 1950 ne doit pas laisser croire à une habitude relativement récente : « Si, depuis un certain temps, j'ai pris l'habitude de dater en tête chacun de mes manuscrits, au moment même où je les commence… » (*Nouveau nouveau recueil*, « Nioque de l'avant-printemps », coll. « Blanche », Gallimard, 1992, t. II, p. 90).

ou « My creative method », « Note hâtive à la gloire de Groethuysen », *La Seine*, etc.

Dans un dossier textuel peuvent se consigner plusieurs années, voire quelques décennies, de travail selon des rythmes souvent journaliers, avec de longues interruptions pendant lesquelles d'autres dossiers sont ouverts, sont entrepris d'autres poèmes. Le dossier est donc un ensemble complexe et disparate où cohabitent de manière aléatoire et non systématique une succession d'états qui vont des formulations initiales et partielles aux versions raturées et aux mises au net (copie d'un état antérieur dans le but d'en proposer une version plus lisible et dénuée de ratures), aux listes de mots, aux extraits du Littré, aux notes de lecture (ouvrages consultés pour des textes de commande, comme *La Seine* en 1950 ou le « Texte sur l'électricité » en 1954), aux tentatives de plan. Chaque dossier possède ainsi sa physionomie, son rythme, sa respiration spécifiques. Les supports varient, carnet, cahier ou feuilles volantes ; non seulement le trait et les strates, mais la disposition des séquences et des ajouts se modifient d'un dossier, voire d'un feuillet à l'autre. Autant d'assises pour une étude, encore à entreprendre, de l'écriture pongienne où peut-être trouveront leur solution les difficiles problèmes de datation qui se poseront encore à l'archiviste. Sur les 194 folios que compte le dossier de « La Chèvre » (1953-1957), soixante-seize, qui concernent surtout les séquences finales, ne portent aucune date.

Le précieux rôle documentaire et génétique de l'archive manuscrite se double souvent d'une qualité visuelle dans des versions pourtant bien antérieures à tout essai calligraphique, illustrant chez l'écrivain un évident plaisir, un bonheur d'écrire, qui n'est pas dépourvu de sensualité et qui invite le regard à épouser une esthétique de la page, du trait, de l'écriture en gestation. Il convient donc de parler *des* manuscrits plutôt que globalement *du* manuscrit pongien, non seulement en raison de leur abondance, mais de l'éventail de leurs aspects et de leurs fonctions. C'est pourquoi sans doute tant de fac-similés ont déjà été publiés, pourquoi parfois Ponge lui-même n'a livré à l'impression que le manuscrit[1]. Volonté d'illustration peut-être ou facilité, mais aussi offrande d'un geste d'écriture, entrée proposée dans un univers du graphisme irréductible au caractère imprimé. « Je préférerais voir mes écrits photographiés plutôt qu'imprimés, car la typographie détruit l'écriture, chose charmante, vivante et pleine de caractère » (Vaslav Nijinski[2]).

Tant qu'il demeure dans le cabinet, le manuscrit est le témoin secret de l'intimité créatrice ; reproduit ou transcrit, il ouvre aux regards étrangers les portes de l'atelier. Changement de statut qui,

---

1. *With and to Henri Maldiney cheer up* (1972) ; *Grand hôtel de la rage de l'expression et des velléités réunies* (1976) ; *Pour Joan Miró* (1979) ; *J'avais dix ans en 1909* (1984).
2. *Journal*, Gallimard, 1953.

chez Ponge, ne tient pas d'un hasard circonstanciel, mais, lucidement choisi, confère à son entreprise poétique l'une de ses spécificités essentielles. L'ancienne notion de variante qui suppose une version considérée comme état de référence ne suffit plus à rendre compte de cette effervescence, de cette profusion de formes et de traits ; il faut lui préférer, selon la suggestion que Ponge en fait à Jean Ristat, le terme musical de variation. En effet, elle ne correspond plus seulement à une rédaction autre ; elle se fait tentative et illustration de la palette : « Variantes sont pour marquer ma faculté d'écrire en plusieurs genres » (« Justification des variantes[1] », 15 mai 1948). Les termes d'usage courant, dossier, manuscrit, note, page ne suffisent pas non plus à une description précise de l'atelier, et il faut enrichir le vocabulaire critique des apports de la génétique. La liasse regroupe des documents, classés par l'auteur, qui constituent un tout, thématique ou chronologique, à l'intérieur du dossier ; la séquence peut être définie comme une suite de rédactions bénéficiant d'une forte unité thématique ou stylistique et repérable par sa récurrence dans le dossier, ou sur l'imprimé comme une unité typographique délimitée par un espacement.

Le théâtre de l'invention.

À l'articulation des divers ordres de documents constitutifs du *scriptorium*, intervient la pratique des « carnets », antérieure à la fréquentation des peintres chez qui ils sont d'usage courant ; *sketchbook* où l'artiste travaille sur le motif avant de reprendre ses croquis et silhouettes sur le chevalet de l'atelier. L'habitude semble en tenir à la fois au geste naturel d'archivage et à la pénurie de papier qui sévissait pendant l'occupation allemande. Ponge en empruntait les titres à la couleur ou au nom inscrit sur la couverture. Le carnet préserve ses notations une fraîcheur d'impression que le peintre Eugène Boudin jugeait infiniment supérieure au souvenir d'atelier. C'est donc moins la pratique qui mérite attention, puisqu'elle est courante — Eugène Guillevic de 1923 à 1938, Albert Camus à compter de 1935, André Du Bouchet de 1950 à 1961 en tiennent aussi —, que la manière de l'exercer.

Le plus ancien Carnet rose et marron (1935-1936, 33 pages), récemment acquis par la bibliothèque littéraire Jacques-Doucet en provenance des archives Paul Éluard, contient des versions nouvelles et datées de textes parus dans *Le Parti pris des choses*, dans *Pièces* et dans *Lyres*, et quelques inédits, entre autres des notes sur *Les Fleurs de Tarbes* de Jean Paulhan. Le Carnet l'incomparable rose (novembre 1940 - mars 1941, 38 pages), très lié à la future *Rage de l'expression*, contient en outre quelques textes contemporains qui seront ultérieurement publiés, « La Lessiveuse » ou

---

1. Archives familiales.

« Tournoiements aveugles », quelques lettres, une citation de Novalis empruntée à un article des *Cahiers du Sud*. Le Carnet bois de rose (60 pages) est peut-être plus significatif encore. Ponge s'interrompt très vite pour établir un inventaire chronologique de son travail de l'année 1941 ; au jour le jour ou presque apparaissent le titre des textes, leur lieu de rédaction suivi des pages du carnet ou du dossier où ils figurent. Instrument de classement des archives, cette liste tient aussi lieu de bilan, esquisse de *La Rage de l'expression*, encore dans les limbes : « J'ai "rêvé" cette nuit aux Cahiers d'André Walter, à ceux de Rilke, il m'a semblé aussi que je devais désormais diriger mes écrits vers leur publication. J'ai donc été amené à songer à faire un volume de mes écrits épars depuis ma démobilisation » (10 août). Suivent une copie de l'*Ode à Salvador Dali* de Federico Garcia Lorca, une copie de sa lettre à Albert Camus sur *Le Parti pris des choses* (1943), un état des « Berges de la Loire », des lettres, une liste de lectures, des notes proches du journal qui seront plus tard publiées (« La Pensée comme grimace » ; « Je lis Montaigne »). Le Cahier nu à bandeau tomate (Roanne, 1941-1942), également conservé dans les archives familiales, est plus disparate : il contient des notes de journal, des ébauches et un brouillon de lettre.

Ce ne sont là que quelques cas. Un carnet sans titre de 1948 contient des notes sur Louis Guilloux et un diaire ; d'autres, les références et notes de lecture préparatoires à *La Seine*, les états du « Verre d'eau » ou de « My creative method » ; Ponge cite encore un Carnet marbre noir et blanc et un Carnet mauve et bistre. Le carnet du peintre est donc contaminé par le modèle du journal intime de tradition littéraire ; les formules que suggérait à Maurice Blanchot la lecture de Joubert conviendraient très bien à Ponge : « Mouvement hasardeux, frémissant sous le calme, vers un but qui ne se découvre qu'à de rares moments, dans la brève déchirure d'une éclaircie [...] ; merveille d'intimité qui fait de la parole littéraire à la fois une pensée et l'écho de cette pensée[1]. »

Les archives permettent aussi d'observer, à côté de la lente sédimentation des états d'un même texte, les phénomènes de migration ou de transfert d'un texte à un autre soit à l'intérieur d'une même campagne d'écriture (nouvelle opération d'écriture correspondant à une certaine unité de temps après une plus ou moins longue interruption), soit à des années de distance. Il s'agit là d'une expérience commune à bien des écrivains, qui voient resurgir des énoncés, des formulations d'abord abandonnées ou retirées d'un texte antérieur : « Certains éléments que je croyais pouvoir utiliser, rapetasser ou reprendre, étaient allés se loger ailleurs [...]. L'examen, même rêveur, de mes brouillons m'a maintes fois montré que certains étaient passés d'une composi-

---

1. *N.R.F.*, n° 36, décembre 1955.

tion à l'autre » (P. Oster[1]). Reprise, écho, citation, tous ces phénomènes que la théorie littéraire a nommés « autotextualité », communs à bien des écrivains, mais spécialement fréquents chez Ponge, témoignent non seulement d'une grande fidélité à soi-même, mais d'une présence intérieure de la textualité passée, toujours disponible, toujours apte à engendrer, dans un nouveau contexte, des significations latentes ou inédites. Les archives sont la mémoire et la matière de l'œuvre.

À parcourir les archives plus sans doute qu'à se fier aux textes publiés, il apparaît que Ponge oscille entre deux postulations contradictoires, entre deux « pulsations » (B. Veck[2]) : l'une le porte vers la quête de la notoriété, le souci d'une certaine gloire qu'il cultive par des déclarations péremptoires, par l'attention à la place qu'occupe un poème dans un numéro de revue, au corps dans lequel il est composé, à la situation de son œuvre dans l'histoire littéraire ; l'autre l'incite au repli, comme s'il devait être l'unique destinataire de ce qu'il écrit. Cette tension est manifeste dans des textes des années trente (« Des raisons d'écrire » ; « Des raisons de vivre heureux ») et dans une note du 17 juin 1943 : « Il me faut lire moins (plus du tout pour un temps) et écrire (bon gré mal gré foncer dans l'écriture chaque jour). Ainsi me rééduquerai-je. Oublier le public, mes amis, mon personnage. N'écrire que pour moi le plus directement possible. Comme si je ne devais m'attendre à être lu par personne, que par moi. Oublier les précautions, les explications. Crever le papier, que le style déchire vraiment la pierre. Tout texte ne devant être qu'un mémorandum. N'écrire que ce que je crains d'oublier, que ce qu'il m'importe de conserver (du point de vue moral, pour tenir debout). »

Les notes de cette nature, qui jalonnent les archives, mettent en évidence une dimension intime et autobiographique, qui est également inscrite, de manière peut-être moins visible au premier regard, dans les textes publiés, mais que la critique, préoccupée de questions formelles et poétiques, a méconnue ou occultée.

Le geste créateur.

Le *scriptorium*, c'est aussi le lieu où observer l'écrivain à sa table de travail. L'écriture oscille entre plusieurs rythmes. Malgré la note du « Verre d'eau » — « Cette mauvaise écriture, rapide, enthousiaste, est celle du meilleur moment de la création » —, la plus fréquente n'est pas l'écriture impulsive, fougueuse, d'une plume qui se révélerait incapable de maîtriser les

---

[1]. « L'Atelier universel », *Genesis*, n° 2, 1992, p. 131.
[2]. « Audace et scrupules : de l'exhibition des brouillons à l'invention d'un genre », *Genesis*, n° 12, 1997. Ce numéro, qui comprend bon nombre de reproductions, met en scène et développe ce qui est dit du *scriptorium* dans ces pages.

mots qui surgissent, les formulations, les suggestions de l'objet[1]. On a plus souvent l'impression d'un élan que contrôle l'écriture, d'une « inspiration à rênes courtes » selon le titre choisi pour un groupe de textes publié dans les *Cahiers du Sud*[2], d'une éclosion de mots et de formules qui prend le temps de se laisser conduire et transcrire par la main ; d'où la grande lisibilité de la plupart des manuscrits, même les plus travaillés : « [Le premier jet] est presque immédiatement freiné par des scrupules [...] ; en même temps, il y a une poussée quasi érotique, le désir qui me fait écrire, et d'autre part une espèce de retenue, le désir de ne pas sortir de l'objet [...]. La palette entière m'est donnée d'avance, si j'en sors, si peu que ce soit, je raye ou je n'écris pas[3]. »

C'est que le travail de Ponge est d'abord de résistance et de refus. Résistance à ce qui est courant, reçu dans la langue (« le magma », « le ronron », « le tas de vieux chiffons[4] ») : « J'appelle travailler, j'appelle exercice la façon de penser qui consiste à résister autant que possible aux formes conventionnelles de la parole, à n'avancer rien que dans la stricte suite logique de ce qu'on a débuté par dire » ; les manuscrits sont bien des « pages d'études où s'inscrivent toutes vives les péripéties du combat avec l'ange, enfin ces communiqués quotidiens de la guerre sainte » (« Braque dessins », 1950). Résistance peut-être aussi à un tempérament porté à l'ardeur et à l'enthousiasme plus qu'à la sereine méditation ; Jean Hytier, l'ami de jeunesse, dédicaçait un poème de *La Belle Sorcière* (1923) en ces termes : « À la partie vagabonde du cœur impulsif de Francis Ponge. » Refus de la trouvaille — « ne sacrifier jamais l'objet de mon étude à la mise en valeur de quelque trouvaille verbale » (note inédite du 24 mai 1941) —, même si sont épisodiquement enregistrées des « Phrases sorties du songe » : « La statue de l'être respire le néant (phrase surgie dans la nuit du 26 au 27 mars 1926)[5] » ; « Le raisin n'est pas autre chose que ce mot même » (note inédite[6]).

Plus que sur le *ductus* (caractéristiques telles qu'empâtement du trait, rapidité, régularité, etc., qui distinguent différentes mains ou différentes phases d'activité d'une même main) ou sur l'occupation de l'espace graphique (page écrite où voisinent blancs et signifiants graphiques), une typologie des manuscrits pongiens devrait sans doute reposer sur leur place dans le trajet de l'invention. Écritures et réécritures répondent à des intentions et des

---

1. On en trouvera pourtant un bel exemple, explicite, dans *La Fabrique du pré* (f° 2 du 11 octobre 1960, Skira, 1971, p. 43) : « À partir d'ici (sur ma page) voici le galop (le galop de l'écriture, selon l'inspiration). »
2. N° 311, 1952.
3. Entretien avec M. Spada, *Le Monde*, avril 1979.
4. *Méthodes*, « My creative method », p. 536 ; *La Rage de l'expression*, « Berges de la Loire », p. 338 ; *Proèmes*, « Des raisons d'écrire », p. 196.
5. Dossier des « Notes d'un poème (sur Mallarmé) », à la bibliothèque littéraire Jacques-Doucet.
6. Datée des Vergers, le 20 juillet 1977, au réveil (archives familiales).

besoins récurrents d'un dossier à l'autre, sans obéir à une même chronologie : notes de lecture et recherche de documents ; premières formulations qui sont un inventaire sans ordre apparent des facettes ou « qualités différentielles » de l'objet (« My creative method ») ; tentatives d'organisation des matériaux antérieurement accumulés ; reprises multiples qui à la fois ajoutent, reformulent, corrigent par retour sur le déjà écrit, qui font proliférer ajouts et ratures entre les lignes et dans des bulles marginales, essais dispositionnels où s'exprime une sensibilité très vive à l'espace de la page qui souvent n'est pas sans dette vis-à-vis du *Coup de dés* mallarméen. Le fastidieux qu'engendre la répétition a pour Ponge une valeur esthétique qui s'apparente à l'art musical[1] ; dépendant du lointain modèle religieux de la litanie, elle s'érige en rituel scriptural et sert de relance à l'esprit, lui permettant de « repartir en plein dans le truc » (« L'Art de la figue »), comme peut le faire l'ouverture simultanée de plusieurs chantiers qui s'imbriquent et brouillent le temps linéaire de la succession, remède à une stérilité passagère : « À de certains moments ces jours-ci, je suis tout proche du découragement. Non seulement je n'ai connu aucune satisfaction depuis longtemps du désir d'être compris ou même d'être lu. Mais encore, et sans doute est-ce bien plus grave, je ne parviens plus à me procurer aucune satisfaction à moi-même, serait-elle momentanée. Bien que je passe de longues heures de jour et de nuit dans la méditation (c'est un bien grand mot, mettons plutôt la songerie), bien que je m'efforce incessamment d'écrire, bien que pour multiplier mes chances je fasse porter mes efforts non pas sur un seul sujet (car il pourrait être un sujet "impossible"), mais alternativement sur plusieurs (écrits méthodologiques, note après coup, l'eucalyptus), je bute sur des difficultés sans cesse plus infranchissables, j'éprouve une fatigue croissante » (Carnet bois de rose, 13 septembre [1941]).

Inscription du temps, la réécriture en est aussi, par la reprise du même qui dit une permanence, la négation, manière d'échapper à son emprise puisque rien ne s'évanouit de ce qui est survenu sous la plume ; le lieu commun servait les mêmes fins dans la poétique humaniste et classique. « Confirmation » (« Nioque de l'avant-printemps », 1950), elle signe une résurrection du désir et réaffirme la conformité de l'expression à la sensation déposée dans la mémoire. D'autres fois, la reprise tient au caractère lapidaire, définitif de certaines formulations, noyaux intouchables, socles immuables. À l'intérieur du dossier, le geste est plutôt d'accumulation, selon le modèle végétal : pousses et feuilles s'ajoutent par reprise, redite et réécriture plus que par regard rétrospectif ou maturation lente. Ce trajet semble ne laisser place

---

1. « [...] ces répétitions, ces reprises *da capo*, ces variations sur un même thème, ces compositions en forme de fugue que vous admettez fort bien en musique, que vous admettez et dont vous jouissez — pourquoi nous seraient-elles, en matière de littérature, interdites ? » (début du *Savon* [1965], coll. « Blanche », Gallimard, 1967, p. 12).

ni à la novation ultime, ni à la dégénérescence et à l'oubli. « Ce que tendent à montrer mes poèmes, mes sapates, c'est l'infini tourbillon écœurant du logos, ce remous insondable » (Cahier l'incomparable rose). La collection des essais et des états qui pourrait être signe d'une impuissance témoigne d'une foi, d'une recherche, puisque le déjà écrit peut être infiniment repris : « On écrit pour faire plus ferme ou plus ambigu » (« Tentative orale », 1947). La réécriture est une approximation, mais de plus en plus fine, manifestation de l'avantage de l'écrit sur l'oral où les erreurs sont définitives, ce qui a toujours laissé Ponge si réticent à s'exprimer verbalement ; réécrire en revanche, c'est mettre à l'épreuve, c'est juxtaposer des possibles expressifs, c'est « soumettre une formulation à l'épreuve du temps » : « Je ne crois pas qu'une seule formulation soit possible[1]. »

Mais la quête expressive n'est pas un pur exercice de l'esprit ; le corps intervient et ses attitudes font partie du processus de l'écriture. Parallèlement aux étapes déjà mentionnées du processus générateur, de la sensation et de son empreinte mémorielle jusqu'au dernier état, souvent moins considéré comme définitif que provoqué par une circonstance comme la promesse ou la date de tombée, il y a les attitudes ou les phénomènes physiques. Ponge évoque volontiers sa position de mauvais élève, les pieds sur la table, manière d'« ouvrir la trappe[2] », ou les « roupillons » éphémères, « qui raniment l'inspiration » : « Il faudra bien que je m'applique à décrire un jour mon comportement *physique* en face des idées lorsque je pense [...]. Ma grimace de tension d'esprit, si accentuée qu'on me prendrait pour un fou sans doute si l'on m'apercevait en ces instants [...]. Mes brusques assoupissements, sommeils irrésistibles qui durent quelques minutes seulement (que j'appelle mes roupillons). Mes fringales, mon besoin de me bourrer l'estomac, de préférence de choses indigestes, pendant ces nuits de labeur » (Carnet bois de rose, août 1941).

Même les instruments (crayon, stylo à encre, stylo à bille, feutre, machine à écrire) font corps avec le cerveau qui les dirige : « J'ai la plume ou le crayon au bout des doigts, parce que je n'écris pas directement à la machine à écrire. J'écris presque toujours avec une pointe Bic, ce qu'on appelle un marqueur [...]. J'ai l'impression que c'est un prolongement de mon corps et que tout [se] passe comme si c'était une humeur, comme l'encre fait partie des humeurs corporelles » (« L'Art de la figue »).

À la gestuelle qui régit ou accompagne le travail poétique

---

1. *Cahiers critiques de la littérature*, n° 2, décembre 1976, p. 6.
2. « Il n'y a pas de différence entre les textes sur les choses et les textes sur les œuvres d'hommes ou d'artistes. C'est-à-dire qu'une fois que j'ai reçu commande, soit de mon propre chef, soit d'un marchand, d'une galerie, d'un peintre [...] j'ouvre la trappe » (Ponge à J. Chevrier). L'image de la trappe est déjà employée dans la « Tentative orale » de 1947.

s'ajoute le besoin de conditions extérieures favorables au recueillement créateur : « Ce qui m'est nécessaire, c'est le silence, la diète spirituelle (ou plutôt même la purge), la décantation sensible » (note des 8-9 décembre 1955 dans le dossier des « Hirondelles »).

« Pour travailler, il me faut le silence, pour écouter ce qui va m'être dit du fond de lui par (à travers) moi. Mais l'écouter, qu'est-ce à dire sinon la plume (ou la pointe) à la main (et voilà qui déjà *le ralentit*), l'inscrire (l'inscrire, mais ce n'est ainsi ralenti pour être tracé, qu'*autre chose*) — et je n'ai pas à m'en plaindre, puisque la première chose (supposée) n'existait pas, n'était rien (que mon attente vide), que je n'en savais rien.

« C'est, ensuite, corriger cette inscription de sorte qu'elle soit, autant qu'il se peut, proche de *ce* que je voulais dire, *adéquate* (à ce *ce* qui pourtant ne saurait lui être extérieur). »

Cette note du 25 octobre 1971 manifeste l'extrême lucidité de l'écrivain à sa table, qui s'observe en train d'écrire, qui analyse les rapports incertains entre l'idée, l'inspiration ou le désir et leur transcription, la trouvaille venue on ne sait d'où et le travail, le lien entre le donné textuel, les efforts qui le suivent et la satisfaction intérieure. Les textes « métalogiques » sont d'ailleurs traversés d'une poétique du silence, indispensable complément de la parole, selon des formules très tôt trouvées : « La parole me garde mieux que le silence » (*Excusez cette apparence de défaut...*, 1924-1925) ; « Le langage ne se refuse qu'à une chose, c'est à faire aussi peu de bruit que le silence » (ouverture des « Notes d'un poème sur Mallarmé », 1926). Et, dans une note datée du 15 mai 1951, dont Philippe Sollers reçoit copie en mars 1969, s'ébauche une véritable ode au silence : « Le silence est la respiration du monde [...]. Silence, le bruit des torrents. Silence, le bruit de la mer... »

De ce travail des mots qui « décide à vivre quelques jours encore » (« Raisons de vivre heureux », 1928-1929) résulte une masse documentaire considérable qui ne restitue encore que partiellement la complexité de l'invention. Il faudrait ajouter à cet atelier du poète les réflexions et rêveries, les réécritures auxquelles ne correspond nul dépôt manuscrit, seulement des sauts, des vides, des blancs qui supposent un invisible exercice sans lequel la succession des manuscrits n'est pas totalement intelligible[1]. Si Pascal, au témoignage de Marguerite Périer, ou Tahar Ben Jelloun pratiquent plus que d'autres le brouillon mental, préalable à toute transcription, nul écrivain n'échappe à toute cette part de cheminement intérieur qui parfois même n'est pas conscient, bien que Ponge confie à Marcel Spada en 1979 que l'expression immédiate, qui déjà possède sa forme et sa syntaxe, domine chez lui toute « écriture mentale ».

Ces tracés manuscrits, fermes ou hésitants, griffonnés ou

---

[1]. Voir B. Beugnot, « Silences et béances du manuscrit : le cas Ponge », *Romanic Review*, vol. LXXXVI, n° 3, mai 1995, p. 473-483.

sagement recopiés, signalent et signent un inachèvement plus fondamental, l'imperfection essentielle dont Ponge mentionne ou célèbre « la divine nécessité » (« La promenade dans nos serres », 1919), figure même de l'homme qui est échec, brouillon, variation de la nature. Les registres poétiques épousent une vision de nature philosophique[1].

Mise en scène du travail textuel, l'atelier illustre une tension constante entre la tentation formelle de l'inscription, du proverbe qui a qualité oraculaire, le goût parfois presque sénéquien de la formule, et le foisonnement, le surgissement de notes infinies qui obéissent plutôt au modèle du flot et de la végétation, partage toujours incertain entre le buisson et la fleur. Les textes de l'ordre poétique expriment figurativement ces processus de l'écriture dans une suite de métaphores récurrentes que ce n'est pas le lieu d'analyser, mais simplement de rappeler. Celle de la trappe pour signifier le surgissement, la réceptivité presque passive ; celle de la taupe pour dire « les matériaux rejetés » (« Réponse à une enquête sur la diction poétique ») dont le Carnet l'incomparable rose propose une variante : « Ce ne sont pas des poèmes, mais des machines creusées à la varlope. Je t'enlève un copeau, et j'en enlève un autre » ; celle de la forêt que la « Tentative orale » érige en apologue et qui s'épanouit en un authentique mythe de l'arbre[2] qui traverse toute l'œuvre, exemple de ce tissage permanent entre méthode et poésie, entre images et pratiques d'écriture.

Trace et témoin des plaisirs et des affres de l'écriture, le manuscrit est habité de multiples significations, que les signes graphiques expriment autrement et surtout avec une pluralité de moyens dont l'imprimé les prive. Équivalent de ce qui, dans le dessin et la gravure, se nomme « épargne » ou « réserve », espace laissé délibérément vide sur la feuille d'œuvre, volume autonome et dynamique qui n'a d'autre rôle que celui d'une forme différée, ou éliminée à titre provisoire. Ainsi, dans les marges du manuscrit littéraire viennent se loger des paratextes, réflexions ou dessins, « espace d'échange entre l'intérieur et l'extérieur » (S. Tisseron[3]). C'est une raison supplémentaire pour laquelle des éditeurs ne peuvent se dispenser de les consulter et, pour une intelligence plus fine des ambitions, de la portée et du sens des textes qu'ils établissent, de passer le plus souvent et systématiquement possible les portes du *scriptorium*.

Aussi l'annotation de ce volume, à quoi ces pages servent en quelque sorte de prologue se propose-t-elle non seulement

---

1. Sur les enjeux de cette exhibition des dossiers de travail, voir la Notice de *La Rage de l'expression*, p. 1009-1012, et B. Veck, « Audace et scrupules : de l'exhibition des brouillons à l'invention d'une genre », *Genesis*, n° 12, 1997, p. 11-26.
2. Voir B. Beugnot, *Poétique de Francis Ponge. Le palais diaphane*, coll. « Écrivains », P.U.F., 1990, p. 160-168.
3. S. Tisseron, « Fonctions du corps et du geste dans le travail d'écriture », *Genesis*, n° 8, 1995 ; « Psychanalyse », *ibid.*, p. 37-50 (avec une bibliographie).

de clarifier les allusions, les sources, les néologismes occasionnels et de rendre perceptibles les effets d'échos et les récurrences, mais aussi en plaçant sous les yeux un certain nombre de documents génétiques, décrits, transcrits ou reproduits en fac-similés dans des sections que nous avons appelées « Ateliers », de faire participer le lecteur aux mouvements et soubresauts de l'invention du texte qui ne sont pas l'aspect le moins fascinant de l'œuvre de Ponge : « Je lui sais gré de nous avoir montré exemplairement que la courbe qui dessine les états successifs d'un texte est une asymptote destinée à ne jamais rejoindre tout à fait l'axe de la création achevée et que l'œuvre, du fait qu'elle se montre ouvertement en devenir, se met à vibrer, au lieu d'en être diminuée, de toute sa fertile inaptitude à jamais combler l'intervalle qui la sépare de l'impossible produit fini » (J. Gracq[1]).

MANUSCRITS IDENTIFIÉS OU LOCALISÉS

Cette liste, établie d'après des notes inédites de Ponge et des catalogues de vente, est à compléter par l'inventaire de François Chapon[2] dont plusieurs descriptions ne sont pas accompagnées de localisation, et par une chemise des archives familiales intitulée « Affaires Robert Valette » qui contient des descriptions de dossiers. Sont bien sûr exclus les manuscrits accessibles dans les archives publiques et privées dont on trouvera l'inventaire dans la revue *Genesis*[3].

À la rêveuse matière (Lausanne, Éditions du Verseau, 1963) : selon le justificatif du tirage, l'exemplaire n° 1 contient le manuscrit de ce texte qui sert de préface, et les exemplaires 2 et 3 une page manuscrite dont la teneur n'est pas précisée dans le justificatif.

« L'Alexandrin » (inédit) : manuscrit donné à Jean Dubuffet.

L'Asparagus (Lausanne, Françoise Mermod, 1963) : selon le justificatif du tirage, l'exemplaire n° 1 comporte le manuscrit et 8 dessins de recherche de Jean Fautrier ; il aurait été acquis par la famille Mermod.

« La Bougie » (1930-1931) et « Le Cageot » (1932-1934), parus dans *Le Parti pris des choses*, « Berges de la Loire » (1941), paru dans *La Rage de l'expression* : manuscrits ou copies autographes vendus à Pierre Loeb, propriétaire de la Galerie Pierre.

« Le Carnet du Bois de pins » (été 1940), paru dans *La Rage de l'expression* : manuscrit vendu à Monny de Boully. En 1979, un

---

1. J. Gracq, « Une œuvre amicale », *Cahiers de l'Herne, Francis Ponge*, 1986, p. 28.
2. « Catalogue des manuscrits de Francis Ponge », *Francis Ponge*, Centre Georges-Pompidou, 1977, p. 17-66.
3. N° 12, 1997.

manuscrit de 49 feuillets (carnet à spirales avec couverture bleue) est passé en vente chez Éluard-Valette[1].

« De quelques stylistes », inédit : le manuscrit aurait été détenu par Jean Hytier, responsable du *Mouton blanc*[2]. Il n'est pas conservé par la famille Hytier.

« Discours au Moulin de la Galette » (1937), inédit : manuscrit donné à Léon-Gabriel Clayeux. Les archives familiales en contiennent une copie.

« L'Eau des larmes » (1944), paru dans *Liasse* et dans *Pièces* : manuscrit autographe de 2 feuillets avec deux dactylographies corrigées, vendu par la librairie Valette en 1987.

« La Fenêtre » (1955), paru dans *Pièces* : le dossier, très abondant, a été dispersé. Le libraire Jean Hugues achète l'exemplaire n° 1 avec 25 feuillets manuscrits ; Jean Aubier reçoit les dernières épreuves corrigées et 23 feuillets manuscrits ; Pierre Charbonnier reçoit un cahier manuscrit de 44 pages. La description du manuscrit figure dans l'exemplaire de l'édition originale conservé à la bibliothèque littéraire Jacques-Doucet.

« La Figue (sèche) » (1959), paru dans *Pièces* : manuscrit autographe signé de 8 feuillets, avec corrections, vendu par Robert Valette en 1978.

« La Guêpe », paru dans *La Rage de l'expression* : manuscrit donné à Jean-Paul Sartre. Il ne figurerait plus dans ses archives.

« Matière et mémoire » (février 1945), paru dans *Le Peintre à l'étude* et dans *L'Atelier contemporain* : plusieurs feuillets manuscrits étaient insérés dans l'exemplaire acquis le 9 novembre 1946, par le peintre Constant Rey-Millet, qui aurait aussi acheté « beaucoup de manuscrits[3] ».

« Le Mimosa », paru dans *La Rage de l'expression* : un manuscrit indépendant de celui de Henri-Louis Mermod a appartenu à Lise Deharme.

« Mœurs nuptiales des chiens » (1946), paru dans *Pièces* : le manuscrit a été donné à Gil de Kermadec.

« La Mounine » (1941), paru dans *La Rage de l'expression* : feuillets manuscrits vendus à Lionel Salem, professeur au C.N.R.S., en 1950.

« My creative method », paru dans *Méthodes* : manuscrit donné à Fritz Meyer, éditeur de *Trivium*, en mai 1952.

Nouveau recueil (coll. « Blanche », Gallimard, 1967) : manuscrit de 110 feuillets, dont 24 autographes vendus par la librairie Valette.

« La Nouvelle Araignée » (1954-1957), paru dans *Pièces* : autographe signé de 8 pages, avec corrections et indications d'imprimeur, vendu à l'hôtel Drouot le 31 octobre 1990.

---

1. *Divers livres rares*, n° 279.
2. Voir la lettre inédite de Jean Hytier à Francis Ponge du 27 juillet 1923 (archives familiales).
3. Entretien avec Jean Daive, *Fig.*, n° 5, 1991.

« Petit récit de l'assomption d'un ange... » (avril-mai 1979), paru dans *Nouveau nouveau recueil*, t. III : manuscrit autographe de 23 feuillets, avec une petite feuille de titre (« Brouillon (en désordre) de mon texte pour ANGE ») vendu par la librairie Valette.

La Rage de l'expression (Lausanne, Mermod, 1952) : le manuscrit du recueil a été acheté par l'éditeur Henri-Louis Mermod en juillet 1945. Il n'a pas été retrouvé dans les archives Mermod.

« Une demi-journée à la campagne » (mai 1937), paru dans *Pièces* : manuscrit autographe (avec indications typographiques de 3 feuillets) vendu par la librairie Valette en 1987. Envoi à Paul Éluard pour les *Cahiers d'art*.

BERNARD BEUGNOT et BERNARD VECK.

1900

Paul Léautaud publie son anthologie *Poètes d'aujourd'hui*.

Installation au centre ville d'Avignon (boulevard Victor-Hugo, puis au pavillon de la Croix dans le quartier Saint-Ruf), où Armand Ponge dirige, maintenant et pour neuf ans, l'agence du Comptoir national d'escompte.

1901

Vacances à Boulouris, en Savoie et en Auvergne.
Septembre: *le 27*, naissance d'Hélène, sœur de Francis. Installation dans une maison de campagne, la villa François-Marie, entre Rhône et Durance. Origines familiales et paysage méditerranéen constitueront les « déterminations enfantines ».

1904

Voyages d'Avignon à Paris pour rendre visite à sa grand-mère ; souvenir des fiacres qui le conduisent de la gare de Lyon à la place Péreire.

1905

Séparation des Églises et de l'État.

1906

Initiation précoce à la musique : leçons de piano chez une amie de sa mère, Mme de Salinelles, qui donnait des concerts de musique de chambre dans ses salons. Le jeune Francis y a joué *Le Gai Laboureur* de Schumann. Ponge insistera plus tard sur un double atavisme, musical du côté paternel, pictural du côté maternel.

1907

P. Claudel, *Art poétique*.

1908

Exposition des peintres cubistes. — Alain, *Propos (1908-1928)*; J. Romains, *La Vie unanime*.

Inscrit au lycée Frédéric-Mistral, Ponge suit les cours de l'école protestante. La Provence, plus qu'un emblème de mesure et de clarté, sera ressentie comme baroque et noire, et associée à « la forte impression de ces blocs de pierre et de la gravure des

CHRONOLOGIE

Les citations, jugements et précisions nouvelles de cette chronologie proviennent, sans autre référence, des archives, d'agendas tenus par Francis Ponge à compter de 1947, des correspondances souvent inédites avec Gabriel Audisio, Jean Paulhan, Jean Tortel et quelques autres ou des entretiens qui seront publiés pour partie dans le tome II, où figurera la chronologie détaillée pour les années 1965 et suivantes.

1898

9 septembre: décès de Mallarmé.

1899

27 mars: naissance à Montpellier (place de la Préfecture) de Francis Jean Gaston Alfred Ponge, d'une famille protestante: « Mes origines très proches d'une certaine retenue, réserve et presque austérité qui est ma tare protestante, très proche des Cathares, très proche aussi des Romains du temps de Caton. » « Il y a là un atavisme, une rigueur morale. » Sa mère, née Juliette Saurel le 1er avril 1874, et son père Armand, né le 4 juillet 1870 d'Alphonse Ponge et de Marguerite Cabane, sont originaires de Nîmes, où ils se sont mariés le 23 mai 1898. Armand est musicien, écrit et dirige l'agence du Comptoir national d'escompte de Paris. Ponge revendiquera ultérieurement Nîmes, où la famille s'installe peu après sa naissance, son père y ayant été muté, comme son lieu d'origine (NEMAUSENSIS POETA). L'arbre généalogique qu'il adressera à Paulhan le 25 avril 1958 exprime un sens profond de la tradition et des héritages: tout un dossier des archives est constitué de recherches généalogiques jusqu'à la dixième génération.

lettres et des mots latins »; « La présence de la nuit interastrale dans le ciel d'azur était le signe du mariage du jour et de la nuit — et un tronc d'olivier ou un lézard était une chose aussi baroque — et tous les lieux communs sur l'aisance et la clarté méditerranéennes étaient des bêtises ». Vacances d'*été* en Provence.

1909

Fondation du Mouvement futuriste (F. T. Marinetti). — Fondation de la *N.R.F.* (Jacques Copeau, André Gide, Jacques Rivière, Jean Schlumberger). — A. Gide, *La Porte étroite.*

Installation à Caen (13, place de la République, anciennement place Royale), où Armand Ponge a été nommé : « La Normandie est un peu le contraire de la Provence. Je n'aimais pas le gothique, je n'aimais pas les flèches, je préférais les tours carrées ou rondes. » Les étés se passeront au bord de la mer, en Normandie ou en Bretagne.

Jusqu'en 1916, l'adolescent poursuit ses études secondaires au lycée Malherbe, où il étudie le latin avec passion dans César et dans l'*Epitome historiæ graecæ* de Lhomond.

1912

Mai : F. T. Marinetti, *Manifesto tecnico della letteratura futurista.*

1913

Igor Stravinsky, *Le Sacre du printemps* ; G. Apollinaire, *Alcools* et *Les Peintres cubistes* ; Bl. Cendrars et S. Delaunay, *La Prose du Transsibérien* ; M. Proust, *À la recherche du temps perdu.*

Mars : le proviseur du lycée Malherbe porte ce jugement sur un bulletin trimestriel : « Élève intelligent qui réussit généralement assez bien et à assez bon compte, et qui, en s'astreignant à une méthode plus ferme et plus égale, peut obtenir d'excellents résultats. » Ponge étudie alors l'allemand comme langue vivante. *Le 17*, à l'occasion de sa communion, il reçoit de sa mère la Bible protestante de Louis Segond, qui venait de paraître ; la disposition typographique sur deux colonnes, avec les références au centre, aura pour lui valeur de modèle formel.

Été : pendant les vacances, Ponge rejoint à Dunkerque sa tante, son oncle paternel, professeur d'anglais au lycée Condorcet et assez bohème ! Il fume ses premières cigarettes et fréquente avec eux les cafés. Voyage en Belgique, Hollande, Écosse, Pays de Galles, Angleterre. Il rédigera des notes sur une partie de son voyage quatre ans plus tard.

« Vers l'âge de quatorze ans, je me suis mis à lire le Littré. »

1914

10 mai : majorité de gauche aux élections législatives.
28 juin : attentat de Sarajevo.
31 juillet : assassinat de Jean Jaurès.
Exposition Marc Chagall à Paris et à Berlin.

Juillet : bref séjour à Friedrichroda en Thuringe pour perfectionner son allemand ; il retrouve son père à Zurich pour rentrer en France juste avant la déclaration de guerre. Il arrive gare de l'Est en même temps que Poincaré dont il suit le cortège dans le groupe barrésien.

Octobre : en classe de première (rhétorique), il est l'élève de Maurice Souriau, spécialiste de Bernardin de Saint-Pierre.

1915

1915-1916 : Albert Einstein formule la théorie de la relativité généralisée. Apparition du terme « jazz ». — P. Reverdy, *Poèmes en prose*.

« Je lis, avec un certain dégoût, Gide (*Le Voyage d'Urien*) et les symbolistes (A. Samain, H. de Régnier, F. Vielé-Griffin, Gustave Kahn) ; avec plus de goût Barrès. Qu'est-ce que j'aimais ? Je crois Verlaine et Francis Jammes » (*Pour un Malherbe*, p. 210). Ponge écrit ses premiers poèmes (« Impressions de soleil un jour de printemps »). La guerre avait « par crainte de la mort prochaine » avivé « le désir de profiter de la vie immédiatement et le désir d'une culture ».

Printemps : il commence un travail où il s'efforce « de portraiturer ses camarades de classe » : « Je me persuadai alors que les plus médiocres étaient cependant intéressants à disséquer comme représentants du type commun et le plus répandu d'humanité » ; ce serait chez lui « la première manifestation littéraire d'analyse personnelle. »

Il a des facilités en philosophie et travaille de nouveau assidûment le piano.

Août : il va chercher sa sœur aux Joncquiers près d'Avignon.

1916

S. Freud, *Introduction à la psychanalyse*. — Fondation à Bâle du mouvement Dada par Tristan Tzara.

Printemps : Ponge veut s'engager, mais une crise d'appendicite l'empêche de partir.

Juillet : le 12, il obtient son baccalauréat latin-sciences-philosophie avec mention et la meilleure note de l'académie en philosophie sur le sujet « De l'art de penser par soi-même » ; il se classe parmi les premiers en version latine. « Ce qui nous vient de la bibliothèque, dans les humanités, s'est intégré à notre nature profonde, à notre tempérament, à ce qui est le plus subjectif en nous. » Son diplôme est signé le 1ᵉʳ octobre par Paul Painlevé, ministre de l'Instruction publique.

Août : *le 24*, Ponge est convoqué à la revue symboliste *La Presqu'île*, rue de Vaugirard, par Jean de Bonnefon.

Septembre : il s'installe à Paris chez sa grand-mère (17, rue Faraday, XVIIᵉ), où il restera jusqu'en mars 1918.

Octobre : il est élève de l'hypokhâgne de Louis-le-Grand, où enseigne André Bellessort, essayiste et traducteur de Virgile, qui « avait le don de lire et de faire lire » : « Je lui dois Pascal, Stendhal, Mme de Staël [...]. Il est de ceux avec qui j'ai appris à densifier l'expression. » Dans un texte de janvier-février 1919, Ponge déclare avoir perdu « l'ordre et la méthode » avec Bernès et Bellessort, mais avoir, en revanche, bénéficié du « contact de grands esprits » : Chauvet, Ricard, Chauvelon. Dans les dissertations, « mon professeur trouvait que je ne m'intéressais qu'à un aspect du sujet et que ma prose était infiniment trop dense ». De cette époque date sans doute sa découverte de Lucrèce et de Tacite. Dans une lettre de quelques mois antérieure à la fin de l'année scolaire, son père lui écrit : « Tu me diras *Spiritus flat ubi vult et quando vult* ? J'ajoute *quando*, accorde le verbe s'il est nécessaire, mais tu me comprends. L'inspiration ne vient que par à-coups, tu n'es pas capable de faire à point nommé une dissertation philosophique, ou un devoir français, soit, mais si tu n'es pas en train pour tirer de ta cervelle des idées, tu peux toujours y en fourrer, copier des cours, étudier des auteurs. » Ponge publie son premier texte, « Sonnet » (sous le pseudonyme de Paul-Francis Nogères) dans *La Presqu'île*.

1917

6 avril : déclaration de guerre des États-Unis à l'Allemagne.
Octobre : les bolcheviks prennent le pouvoir en Russie.
17 novembre : ministère Georges Clemenceau.
Novembre : Guillaume Apollinaire prononce une conférence sur « L'Esprit nouveau ».

Bref passage de Ponge à la Sorbonne et à la Faculté de droit, où il suit les cours de Marcel Planiol pour le droit civil et ceux de Joseph Barthélemy pour le droit constitutionnel.

Il est reçu rue du Faubourg-Saint-Honoré chez Franc-Nohain.

Lectures philosophiques « commandées par l'idée de la mort » : sénéquisme, scepticisme, pessimisme de Schopenhauer.

Patriote barrésien, Ponge manifeste (« Ça pue Caillaux là-dedans ! ») contre le « défaitiste » Joseph Caillaux, président du Conseil depuis 1911, au cours inaugural de Victor Basch, professeur d'esthétique et de science de l'art à la Sorbonne, et président de la Ligue des droits de l'homme. Cela lui vaut de se retrouver au commissariat du Panthéon.

Il est séduit par la révolution russe : « J'étais jacobin et révolutionnaire ».

1918

Novembre: *le 9*, décès de Guillaume Apollinaire; *le 11*, armistice de Rethondes.

Manifeste de Le Corbusier, *Après le cubisme*. — G. Apollinaire, *Calligrammes*.

Mars: Ponge est reçu à la session spéciale en première année de droit; admissible à la licence de philosophie, il est recalé à l'oral pour incapacité à s'exprimer.

Avril: *le 16*, il est mobilisé au 5ᵉ régiment d'infanterie à Falaise sans avoir l'occasion de participer aux combats.

Juillet: il est atteint de grippe espagnole; il séjourne à l'hôpital de Lisieux.

Septembre: *le 13*, il est affecté au 9ᵉ bataillon du 38ᵉ régiment d'infanterie à Moisson.

Novembre: il est enfermé à Paris, à la Pépinière, pour « une échappée sans permission ».

Décembre: il est affecté à la 20ᵉ section des secrétaires d'état-major à Metz au Grand Quartier général des armées françaises.

1919

18 janvier: conférence de Versailles.
19 février: conférence socialiste internationale à Berne.
25 mars: loi instituant les conventions collectives.
6 juin: publication en Allemagne du manifeste « fasciste » (le mot n'apparaîtra qu'en 1924).
28 juin: signature du traité de Versailles.
11 août: adoption de la constitution de Weimar.
1ᵉʳ novembre: fondation de la C.F.T.C.

Fondation de la Société des nations. — Rencontre à Paris du dadaïsme et du surréalisme. — A. Gide, *La Symphonie pastorale*; M. Proust, *À l'ombre des jeunes filles en fleurs* (prix Goncourt).

Mars: Ponge est atteint de diphtérie; séjour à l'hôpital auxiliaire de Saint-Firmin près de Chantilly. Le cadre rigide de la vie militaire (« abrutissement forcé de plusieurs mois ») l'aurait sauvé de la mélancolie et de la désespérance (« le démon du déséquilibre »).

Juin: il se retrouve au Centre pour étudiants mobilisés de Strasbourg; il rencontre Jean Hytier et Gabriel Audisio.

Septembre: *le 25*, épreuves écrites du concours d'entrée à l'École normale.

Octobre: retour à Caen; il s'inscrit à la section de la S.F.I.O. *Le 20*, il est admissible à l'École normale supérieure; il échoue à l'oral *le 29*. En sursis d'études, il vit dans une chambre au 12 rue de Vaugirard à Paris. Malade, il retourne à Caen auprès de ses parents, avant de se brouiller avec eux. Période d'oisiveté où il fréquente les cafés du Quartier latin.

Novembre: il amorce avec Gabriel Audisio, dont il lira régulièrement les œuvres, une correspondance qui durera jusqu'en janvier 1978.

1920

Janvier : Paul Deschanel est élu président de la République ; Georges Clemenceau démissionne.
Février : le congrès socialiste se retire de la IIe Internationale.
Mai : longue grève des cheminots.
Juillet : 2e congrès de l'Internationale communiste.
Août : création du parti nazi en Allemagne.
Décembre : congrès de Tours, qui voit la fondation du Parti communiste français.
Publication des *Poésies* d'Isidore Ducasse (Lautréamont) dans *Littérature*.

Mars : *le 26*, il s'installe avec une amie rue de Vaugirard.
Juin : *le 22*, première lettre à Jules Romains, auquel Ponge soumet « quelques poèmes en prose ».

1921

Janvier : le gouvernement dissout la C.G.T.
Février : création du premier syndicat fasciste en Italie.
29 juillet : Hitler devient président du parti nazi.
Novembre : création du Parti national fasciste en Italie.
Bl. Cendrars, *Anthologie nègre*.

Automne : il renoue avec ses parents.
Décembre : il habite 57 rue de Seine ; relit dans la *N.R.F.*, découverte sous les galeries de l'Odéon, les poèmes de Gabriel Audisio qui, en réponse à sa lettre, lui parle de la revue *Le Mouton blanc*.

1922

Avril : Staline devient secrétaire général du parti communiste ; traité germano-russe de Rapallo.
Septembre : Louis Aragon publie dans *Littérature* le plan d'un « Projet d'histoire littéraire contemporaine ».
Octobre : arrivée de Mussolini au pouvoir.
Novembre : 4e congrès de l'Internationale communiste.
M. Jacob, *Art poétique*.

Janvier : à compter du *12* jusqu'en décembre 1924, échanges épistolaires de Ponge avec Jean Hytier. « J'ai beaucoup de travail sur la planche : satire sociale, un drame en 4 actes et les poèmes. » Il lit le « beau livre » des *Morceaux choisis* d'André Gide.
À Pâques, il séjourne à Caen, où il a de longs entretiens avec son père. La « vie commune » avec son amie prend fin.
Il acquiert *Charmes* de Paul Valéry dans l'édition imprimée par Coulouma, « superbe volume dont la réalisation typographique m'enthousiasma ».
Mai : *le 12*, il est incorporé à l'état-major du gouvernement militaire de Paris. Il habite rue de Seine. Projet de la revue *Le Mouton blanc* à la naissance de laquelle il est associé par Jean

Hytier ; il suggère en particulier d'y prévoir des « chroniques d'art ».

Juillet-août : *le 25 juillet*, il est renvoyé dans ses foyers. Il passe *l'été* à Anderville et à Caen. Les premiers symptômes de la maladie de son père apparaissent.

Octobre : il a déménagé rue des Écoles puis pris une chambre d'hôtel 3 rue Flatters dans le Ve arrondissement.

Novembre : selon une lettre de Jean Hytier, il viendrait de relire Nietzsche. Époque où se prépare le numéro du *Mouton blanc* consacré à Jules Romains, pour lequel Jean Hytier sollicite la participation de Ponge. C'est alors qu'il aurait été reçu par Jules Romains à son école de poésie du Vieux-Colombier.

Décembre : *Le Mouton blanc* accueille un premier texte de Ponge (« Esquisse d'une parabole ») et annonce la publication de ses « Réflexions sur Aricie ». Noël à Caen.

1923

Fondation par Romain Rolland et un groupe d'écrivains de gauche de la revue *Europe*, dirigée par Pierre Abraham. — J. Romains, J. Chennevières, *Petit traité de versification* ; G. Audisio, *Hommes au soleil*, Éditions du Mouton blanc.

Février : Jean Paulhan propose à Ponge une première rencontre. *Le 15*, il envoie les « Trois satires ».

Mars : *le 23*, Ponge est reçu à la *N.R.F.* par Jacques Rivière en présence de Jean Paulhan et de Roger Allard. Jean Paulhan lui remet *Jacob Cow le pirate ou Si les mots sont des signes*, paru l'année précédente aux Éditions du Sans Pareil, geste emblématique à l'aube de leurs relations. Début de leur correspondance, qui durera jusqu'en mars 1968. « Je n'avais pas 25 ans, non pas 24 même, quand je fus introduit par Paulhan dans la grande maison d'ateliers, 9 rue Campagne-Première […] ; au mur, deux grands paysages métaphysiques de Chirico, un (magnifique) papier collé de Braque, dans les rayons de la bibliothèque Valéry, me sembla-t-il surtout, et André Breton, et Bernard Groethuysen et Alix » (note du 19 avril 1938).

6 avril : il écrit à sa sœur Hélène : « J'écrirai demain à papa. Rivière a décidé de publier mes proses à la *N.R.F.* »

Mai : *le 18*, mort d'Armand Ponge, dont les obsèques ont lieu à Nîmes. Gaston Gallimard propose à Francis un poste de secrétaire à la fabrication de la *N.R.F.* qu'il quittera le 17 juillet. Jean Hytier lui adresse le manuscrit de *La Belle Sorcière* (qui paraîtra en 1924), recueil qui date des années vingt avec des dédicaces (datées pour la plupart du 4 mai) sur plusieurs pièces : « Musique » (*Pour F. Ponge, musicien*), « Vélo » (*Dédié aux beaux mouvements de la grande prose classique de F. Ponge, avec une confiance quasi solennelle et une bonne poignée de main*), « Arabesque » (*À la partie vagabonde du cœur impulsif de F. P., et en souvenir de notre rencontre à Mâcon…*), « Métaphysique » (*Pour F. P. idéologue, et aussi pour mon lecteur F. P., avec gratitude*) ;

« Songe » (*Dédié aux puissances de séduction de l'âme de mon cher vieux F. P.*), « Sommeil de la barque » (*À F. P., ce poème en « langue morte » qui n'a pour excuse que le souvenir de notre bonne amitié de Strasbourg*).

Juin: le 1ᵉʳ, la N.R.F. s'ouvre à un premier ensemble de textes, « Trois satires » (« Le Monologue de l'employé », « Dimanche ou l'Artiste », « Un ouvrier »). *Le 28*, « J'ai franchi l'arrêt du tramway où je descendais d'habitude pour me rendre rue de Grenelle et je suis allé jusqu'à la gare de Lyon [...]; j'ai pris un billet pour Fontainebleau et c'est au carrefour de la pyramide, de l'obélisque — à ce moment-là il passait peu de voitures la nuit — c'est là, assis sur un banc entre deux arbres que j'ai commencé à écrire mon texte, en pleine nuit, Nocturne du Père » qui deviendra « La Famille du sage », sur la mort de son père, et qui sera publié par la N.R.F. en septembre 1926.

Septembre: la revue *Le Mouton blanc* annonce la publication d'un texte intitulé « De quelques stylistes », dont Jean Hytier aurait détenu le manuscrit.

Octobre: Ponge s'installe avec sa mère et sa sœur Hélène à Paris (19 *bis* boulevard de Port-Royal), où sa mère restera jusqu'en février 1937. Début de la correspondance avec Franz Hellens, qui le sollicite pour sa revue, publiée à Bruxelles, *Le Disque vert*, après avoir lu « de belles proses » dans *Le Mouton blanc* et la N.R.F.; leur relation épistolaire durera jusqu'en septembre 1971. Il fréquente de nouveau les cafés du Quartier latin et continue à voir très souvent Jean Paulhan, ainsi que Bernard et Alix Groethuysen.

Décembre: première publication dans *Le Disque vert* (« Deux petits exercices »).

1924

Janvier: le 3ᵉ congrès du parti communiste élit Maurice Thorez au comité directeur.
Mai: victoire électorale du Cartel des gauches; Édouard Herriot remplace Poincaré.
Théorie de la mécanique ondulatoire de Louis de Broglie (prix Nobel 1929). — Premier manifeste du surréalisme. — Saint-John Perse, *Anabase*.

Année de la première rencontre avec Marc Chagall par l'intermédiaire de Jean Paulhan: « Ma vie n'est pas dissociable de la peinture. »
Avril: voyage en Italie (Florence, Pise), puis deux semaines à Agay, station balnéaire proche de Saint-Raphaël.
Mai: Georges Garampon amorce avec Ponge, en lui avouant qu'il relit souvent « La Famille du sage », une correspondance, qui durera jusqu'en août 1977.
Novembre: Jean Hytier consacre dans *Le Mouton blanc* une partie de son article critique « Préface à l'avenir » à Ponge; cet article sera réédité dans le *Cahier de l'Herne* en 1986.

1925

14 février : décès de Jacques Rivière.
Novembre : exposition « La Peinture surréaliste » (galerie Pierre).
Travaux de Werner Karl Heisenberg qui prolongent ceux de Max Planck sur la mécanique quantique. — Ch. Chaplin, *La Ruée vers l'or* ; S. Eisenstein, *Le Cuirassé Potemkine*. — La revue *Fortunio*, fondée en 1914, devient *Les Cahiers du Sud*, sous la direction de Jean Ballard. — Paul Valéry est élu à l'Académie française. — A. Gide, *Les Faux-monnayeurs*.

Février : « À la gloire d'un ami [Rivière] », qui paraît dans la livraison d'août de la *N.R.F.*
Pâques : second voyage de Ponge en Italie en compagnie de sa sœur ; il assiste à Florence à diverses manifestations fascistes (« autodafés place de la Seigneurie »).
Automne : premiers textes publiés dans *Commerce* (« Pauvres pêcheurs », « Rhum des fougères »). « Par des revues comme *Commerce* (princesse de Bassiano) et *Mesures* (Barbara Church) j'ai rencontré L.-P. Fargue et M. Leiris. »
Septembre-novembre : il travaille à une *Vie de Napoléon* ; il projette un roman *Arnold et Léatrice*, qualifié plus tard d'« à la manière d'*Adolphe* », et un « drame avorté », *Tigrane et Priscilla ou Fas vel nefas actum est* : « C'était un titre qui devait être un titre comme *Tite et Bérénice*, évoquant une tragédie ancienne, mais c'était une tragédie moderne, d'ailleurs en alexandrins. »
Jusqu'en 1930, étés au Chambon-sur-Lignon, village protestant des Cévennes (Haute-Loire).

1926

Juillet : chute du franc. Gouvernement d'union nationale sous la présidence de Raymond Poincaré.
Décembre : le pape Pie XI met *L'Action française* à l'index.
Mars : ouverture de la Galerie surréaliste, 16 rue Jacques-Callot.
Parution chez Kra de l'*Anthologie de la nouvelle poésie française*.

Ponge découvre Giuseppe Ungaretti dans la livraison XII de *Commerce*.
4 février : il assiste à la première réunion du comité de la *N.R.F.* au café Lutétia.
Mars : parution de *Douze petits écrits*, dans la collection « Une œuvre, un portrait », chez Gallimard (718 exemplaires) ; l'ouvrage est dédié à Jean Paulhan.
Mai : séjour à Balleroy en Normandie, où s'ébauche la conception du *Parti pris des choses*.
1ᵉʳ novembre : parution dans la *N.R.F.* de « Notes d'un poème (sur Mallarmé) ».
Décembre : Ponge reçoit l'écrivain suisse de langue allemande Kurt Vollmöller, adressé par Bernard Groethuysen.

1927

Avril : Ponge reçoit la visite de Joachim Schulz, étudiant berlinois, recommandé par Bernard Groethuysen et Jean Paulhan.
Juin : séjour de Ponge à Balleroy.
Août : séjour au Chambon-sur-Lignon.
24 septembre : décès de sa grand-mère, Anaïs Saurel, à Paris.
Octobre : séjour au Grau-du-Roi dans une famille de pêcheurs jusqu'à la fin de mars 1928.

1928

Henri Bergson reçoit le prix Nobel. — L. Aragon, *Traité du style* ; A. Breton, *Le Surréalisme et la Peinture (Arp, Braque, Chirico, Man Ray, Picabia, Picasso)*.

Juin : il lit l'*Art poétique* d'Horace et prend des notes qu'il enrichira jusqu'en 1977 pour la rédaction de « Nous, mots français ».
Juillet : voyage à Niort, La Rochelle, La Pallice ; il fait l'acquisition des poèmes de Poe, traduits par Mallarmé, et du *Traité du style* de Louis Aragon.
Août : séjour au Chambon-sur-Lignon ; il lit *Les Origines de l'esprit bourgeois* de Bernard Groethuysen, « un tout à fait beau livre », et les œuvres de Giuseppe Ungaretti et Rudolf Kassner.
Septembre : deuxième séjour au Grau-du-Roi. *Le 24*, « mort à Nîmes de ma grand-mère paternelle Marguerite Ponge ». Il écrit « La Dernière Simplicité ».

1929

Octobre : krach de la Bourse de New York.

Pendant *l'été* passé à La Fayolle-du-lac (par Le Chambon-sur-Lignon), Ponge rencontre Odette Chabanel, fille de magistrat. Elle a dix-sept ans. Il lit *Adolphe* de Benjamin Constant, *Léviathan* de Julien Green et l'œuvre de Marcel Proust.
Novembre : il est séduit par le film de Walter Rüttman, *Mélodie du monde*, un des premiers films sonores.

1930

Avril : création de l'assurance sociale.
Martin Heidegger publie *Qu'est-ce que la métaphysique ?* ; André Malraux, *La Voie royale*.
Mars-avril : exposition « Collages et papiers collés » (galerie Goemans).
Décembre : *Second manifeste du surréalisme* (*La Révolution surréaliste*, n° 12).

Janvier : le *30*, Ponge rédige, à la suite de la publication du second *Cadavre*, une longue « Lettre aux surréalistes », André

Breton, Louis Aragon, Paul Éluard, qu'il aurait méditée et récrite depuis sept ans.

Février: *le 20*, il se rend chez André Breton, 42 rue Fontaine, où se trouvent Louis Aragon et Paul Éluard. Il fréquente le café Cyrano, lieu de rencontre des surréalistes. Ces relations l'éloignent de Jean Paulhan, qui s'était en 1927 violemment accroché avec eux.

Il figure, à côté de Louis Aragon, André Breton, Joë Bousquet, Luis Buñuel, René Char, Salvador Dali, Paul Éluard, Paul Nougé, Tristan Tzara, etc., parmi les signataires du tract annonçant la publication du *Surréalisme au service de la Révolution* dans lequel paraît en juillet « Plus-que-raisons ».

Il signe l'une des cartes postales adressées par les surréalistes au général Gouraud, directeur de Saint-Cyr, à la suite de l'affaire Georges Sadoul, qui était passé en justice pour avoir sommé le major de Saint-Cyr de se démettre sous peine de « fessée publique ».

1931

Mai: encyclique *Quadragesimo anno* sur la doctrine sociale de l'Église ; *le 5*, inauguration de l'Exposition coloniale à Vincennes.
Décembre: un million de chômeurs en France et en Allemagne.

Janvier: « *Le Chien andalou* et *L'Âge d'or* sont les seuls films sérieux que j'aie encore vus » (à André Breton, Luis Buñuel et Salvador Dali).
Mars: fiançailles officielles de Ponge avec Odette Chabanel. Il occupe un emploi aux Messageries Hachette, « un bagne de premier ordre », où il fait la connaissance de Jean Tardieu et où l'usage quotidien de l'Édiphone l'aurait aidé à surmonter sa difficulté native à l'expression orale.
Juillet: mariage avec Odette *le 4*, au temple du boulevard Arago ; installation du couple boulevard de Port-Royal, où Ponge travaille au *Parti pris des choses*.

1932

Juin: ministère Édouard Herriot sans la participation des socialistes. Rapprochement avec Jean Paulhan.

Octobre: *le 21*, décès du père d'Odette.

1933

Janvier: Hitler devient chancelier.
Mars: victoire électorale des nazis ; pleins pouvoirs accordés à Hitler.
André Malraux publie *La Condition humaine* (prix Goncourt). — François Mauriac est élu à l'Académie française.

Ponge est nommé sous-chef au service Étranger et colonies dirigé par Pierre Lévy.

Janvier : il reçoit, d'Alger, une lettre de Jacques Heurgon, ami de Jean Tardieu, sur les *Douze petits écrits*.
Mai : séjour à Agay, où il écrit « Bords de mer », qu'il envoie à Jean Paulhan, aussi rentré à Paris.
Juillet-août : il lit et apprécie des textes de Marcel Jouhandeau.
Août-octobre : négociations avec Jean Paulhan au sujet du *Tableau de la poésie française* (*N.R.F.*, n° 241 et 242, octobre et novembre), où Ponge voulait figurer parmi les poètes naïfs et poètes du dimanche.
9 décembre : générale de *Coriolan* de Shakespeare ; il écrit « Coriolan ou la Grosse Mouche », qu'il enverra à Jean Paulhan au début de l'année suivante.

1934

Juin : rencontre Hitler-Mussolini à Venise.
Septembre : manifestation à Paris contre le fascisme et la guerre.
Albert Camus adhère au parti communiste. — Découverte de la radioactivité artificielle par Irène et Frédéric Joliot-Curie. — M. Leiris, *L'Afrique fantôme*.

Février : après l'émeute du 6 février place de la Concorde, Ponge manifeste en compagnie de Jean Tardieu à la République.
Mai-juin : séjour avec Odette au Grau-du-Roi chez son oncle Saurel. — « Tous les samedis soir », il rejoint aux Fleurys (Yonne), dans la maison que sa mère a achetée en 1930, Odette, qui attend un enfant et s'y repose.

1935

Janvier : meeting commun à Paris du parti communiste, de la S.F.I.O. et de la Fédération radicale de la Seine.
6 février : manifestation à la République à l'appel du parti communiste et de la S.F.I.O.
Juin : cycle de quatre conférences sur le surréalisme (André Breton, Paul Éluard, Salvador Dali, Hans Arp, Georges Hugnet).
André Bellessort élu à l'Académie française. — A. Honegger, *Jeanne au bûcher* ; Fr. Poulenc, *Cinq poèmes d'Éluard*.

Janvier : Ponge assiste à la naissance de sa fille Armande, *le 16*. « Le Cageot » est publié dans le premier numéro de *Mesures*, dirigé par Jean Paulhan.
Juillet : il assiste au Congrès international des écrivains à la Mutualité. *Le 13*, il note « la merveilleuse manifestation du Front populaire ».
Il souffre de n'avoir pas le temps de travailler et souhaite quitter les Messageries Hachette.
Septembre : séjour d'une semaine aux Fleurys.
Il fait la connaissance de Marcel Jouhandeau, ami de sa tante Mania Mavro (peintre qui fit son portrait pour *Douze petits écrits* en 1926).

8 décembre: chez Jean Paulhan, à Châtenay, lors d'une réunion de jeunes écrivains, il lit « Les Plaisirs de la porte » et quelques autres textes brefs.

1936

Mai: victoire du Front populaire au deuxième tour des élections; début des grèves avec occupation d'usines.
Juin: constitution du ministère Léon Blum; accords de Matignon.
Juillet: début de la guerre civile espagnole.
19 août: assassinat de Federico Garcia Lorca.
Ch. Chaplin, *Les Temps modernes*; L. Aragon, *Les Beaux Quartiers* (prix Renaudot).
1936-1938: Fernand Gregh publie *Portrait de la poésie française*.

Avril: six textes, sous le titre de « Sapates », paraissent dans *Mesures*, n° 2.
Juin: au titre de secrétaire-adjoint du syndicat C.G.T. des cadres, Ponge participe activement à la grève chez Hachette et fait la connaissance de Michel Pontremoli, auditeur au Conseil d'État, qui arbitrait les conflits entre les comités syndicaux et le patronat (« Très, très généreux, un peu emberlificoté peut-être, mais c'est son seul défaut »). Leur amitié durera jusqu'à l'exécution de Michel Pontremoli en 1944.
1er juillet: rencontre avec Henri Calet lors d'une soirée consacrée à *Mesures* chez Adrienne Monnier.

1937

16 mars: manifestation de gauche place Clichy (5 morts, 300 blessés).
26 avril: destruction de Guernica, qui inspirera la toile de Picasso.
Mai: Exposition internationale des arts et lettres à Paris. Conférence d'Éluard sur « L'avenir de la poésie ».
5 août: proclamation de la Phalange nationaliste; Franco est nommé « caudillo ».
Novembre: prix Nobel à Roger Martin du Gard.
Décembre: Exposition internationale des arts et des techniques de la vie moderne à Paris.
Germaine Richier reçoit le prix Blumenthal de sculpture. — J. Renoir, *La Grande Illusion*; J. Follain, *Paris*.

Ponge habite désormais rue Émile-Desvaux (XIXe arrondissement).
Janvier: il adhère au parti communiste.
18 avril: discours au Moulin de la Galette, devant un millier de militants, au meeting organisé par le comité intersyndical des éditions Hachette.
Printemps: la mère de Ponge se retire aux Fleurys (Yonne).
Juillet: vacances à La Suchère, près du Chambon-sur-Lignon (voir « Petite suite vivaraise », 1983).
Novembre: il est licencié par Hachette et s'inscrit au chômage.

1938

30 septembre : accords de Munich entre Hitler, Chamberlain, Daladier et Mussolini.
Janvier : Exposition internationale du surréalisme (Max Ernst, Salvador Dali) à la Galerie des Beaux-Arts.
Charles Maurras et André Maurois sont élus à l'Académie française. — M. Carné, *Quai des brumes* ; S. Eisenstein, *Alexandre Nevski* (musique de Prokofiev) ; M. Leiris, *L'Âge d'homme* ; J.-P. Sartre, *La Nausée*.
Avril : Ponge est toujours chômeur ; il étudie les assurances, avant de devenir démarcheur pour la compagnie d'assurances Soleil-Aigle et assureur-conseil par l'intermédiaire du portefeuille Wurmser ; cela durera jusqu'à sa mobilisation en 1939.
Été : *Le Parti pris des choses* est pour l'essentiel constitué durant les vacances à La Suchère. Accepté par Gallimard, pour la collection « Métamorphoses », il ne paraîtra qu'en 1942.

1939

Avril : *Fontaine*, que dirige Max-Pol Fouchet à Alger, remplace *Mythra*, fondée par le poète C. Autrand, et devient le rendez-vous des poètes hostiles à la collaboration. *Fontaine* disparaîtra en novembre 1947.
Août : pacte germano-soviétique de non-agression.
L.-P. Fargue, *Le Piéton de Paris*.
Septembre : le *13*, Ponge est mobilisé au château de Montmorency, Grand-Quevilly, faubourg de Rouen, dans un régiment de commis et ouvriers militaires d'administration ; Odette et Armande s'installent aux Fleurys.
Octobre-novembre : La N.R.F. s'est repliée en Normandie, d'où Jean Paulhan adresse le numéro de novembre à Ponge, qui lui écrit : « Il m'est bien difficile de travailler sans mon Littré. »

1940

10 mai : invasion allemande de la France (après la Norvège et le Danemark en avril).
18 juin : Appel du général de Gaulle à Londres.
22 juin : armistice de Rethondes.
2 juillet : installation du gouvernement à Vichy.
24 octobre : entrevue de Montoire entre Pétain et Hitler.
Ch. Chaplin, *Le Dictateur*. — Pierre Seghers commence à publier en zone Sud *Poésie 4**, qui cessera de paraître en 1947.
Janvier : une permission permet à Ponge de se rendre aux Fleurys.
Mai : il est nommé caporal. Il fait la connaissance de Paul Nougé, fuyant la Belgique, à l'hôtel de l'Écureuil de Rouen.
Juin : le marchand de tableaux, écrivain et éditeur, Daniel-Henry Kahnweiler, s'installe près de Limoges. Autour de lui se retrouvent Michel et Louise Leiris, Georges Limbour, André Beaudin,

qui illustrera *L'Araignée*. Ponge sera de plus en plus lié à ce groupe. Ponge participe à l'exode.

Juillet: *le 17*, il est démobilisé à Saint-Étienne. Il rejoint Odette et Armande au Chambon-sur-Lignon. Au cours de l'été, il écrit *Le Carnet du Bois de pins* à La Suchère.

Septembre: installation de la famille Ponge à Lyon, chez des amis d'Odette.

Octobre: Ponge a trouvé du travail dans un cabinet d'assurances, Le Patrimoine, à Roanne où il habite 12 rue Émile-Noirot.

1941

4 janvier: décès d'Henri Bergson.
Juillet: René Tavernier fonde à Lyon la revue *Confluences*.
Septembre: constitution du Comité national de la France libre.
Fondation de l'école de Rochefort (Jean Bouhier, René Guy Cadou, Marcel Béalu, Jean Follain, Eugène Guillevic). — M. Arland, *Anthologie de la poésie française*; J. Paulhan, *Les Fleurs de Tarbes*.

Agent de liaison dans la Résistance, Ponge héberge des agents du Front national communiste.

Mars: il retrouve à Tarare son ami Pascal Pia grâce à qui il entrera au *Progrès de Lyon*. Pascal Pia songe à fonder une revue, *Prométhée*, qui serait la *N.R.F.* de la zone libre. Il communiquera à Ponge les manuscrits des textes de Camus, *Caligula*, *L'Étranger* et le *Traité sur l'absurde* qui deviendra *Le Mythe de Sisyphe*; Ponge s'y familiarise avec la philosophie de Kierkegaard et d'Edmund Husserl qu'il s'était refusé à lire malgré l'invite de Bernard Groethuysen.

27 juillet: il copie l'*Ode à Salvador Dali* de Federico Garcia Lorca, traduite par Louis Parrot et Paul Éluard, dans l'exemplaire dédié à Georges Sadoul.

5 août: il lit le livre de Jean Hytier sur André Gide, paru en 1938, et éprouve « une forte impression » à la lecture de fragments traduits de *David Copperfield*.

Automne: il note dans le Carnet bois de rose (24 mai 1941 - 2 février 1943) le besoin de mobiliser son œuvre contre « la nouvelle barbarie », et il y copiera la *Lettre de Lord Chandos* de Hugo von Hofmannsthal.

Octobre: *le 1ᵉʳ et le 2*, Ponge lit Montaigne dans les trois volumes de l'édition Villey, à la suggestion de Michel Pontremoli. *Le 21 et le 22*, il acquiert le cinquième livre du *De natura rerum* de Lucrèce, le *Phédon*, *La Campagne de France* de Goethe, les *Œuvres choisies* de Guez de Balzac et de Voiture dans les « Classiques Larousse » et une anthologie de Tacite dont il commence par lire le *Dialogue des orateurs* et les *Annales*.

Novembre: *le 4*, Ponge achète *Les Fleurs de Tarbes* de Jean Paulhan, qu'il lit deux fois et trouve « simples et grandioses ».

1942

19 août : débarquement de Dieppe.
Septembre : loi sur le Service de travail obligatoire.
8 novembre : débarquement en Afrique du Nord.
11 novembre : entrée des Allemands en zone libre.
Exposition surréaliste à New York (André Breton, Hans Arp).
Mars-avril : livraison de *Fontaine*, « De la poésie comme exercice spirituel ». — M. Carné et J. Prévert, *Les Visiteurs du soir* ; A. Camus, *L'Étranger* et *Le Mythe de Sisyphe* ; E. Guillevic, *Terraqué* ; P. Éluard, *Poésie involontaire et poésie intentionnelle*.

Février : Ponge lit *Les Malheurs d'Henriette Gérard* (1860) de Duranty et l'article de Jean Paulhan consacré à cet ouvrage. *Du 11 jusqu'au 6 mai*, il publie 53 billets quotidiens dans *Le Progrès de Lyon* (« Billets hors sac »).
Mai : Ponge occupe un emploi à Lyon au journal *Le Progrès* à compter du *15*. Il y fait la connaissance de René Leynaud. Il effectue un court stage dans les bureaux et à l'imprimerie avant d'être nommé « chef de centre », c'est-à-dire responsable régional auprès des correspondants et dépositaires, à Bourg-en-Bresse ; il y réside jusqu'en décembre, d'abord à l'Hôtel de Paris, route de Mâcon, puis à l'Hôtel Comtet. Visite des Paulhan à Lyon. *Le 19*, *Le Parti pris des choses* paraît dans la collection « Métamorphoses » (n° 13), chez Gallimard. Paraissent simultanément *L'Étranger* d'Albert Camus, *Heureux les humbles* de Jean de La Varende et les *Carnets* de Léonard de Vinci.
Juillet : *le 11*, il mentionne dans sa correspondance avec Gabriel Audisio un « échange violent avec Max-Pol Fouchet » à propos de la publication de « Mimosa » dans *Fontaine*.
Août : il prend connaissance de l'article de Maurice Blanchot sur *Le Parti pris des choses*. *Entre le 8 et le 9*, il se rend à Villeneuve-lès-Avignon, à l'appel de Louis Aragon.
Novembre : *le 11*, inquiétudes à cause du sabordage du *Progrès*, à la suite de l'entrée des Allemands en zone libre ; Ponge reçoit un an de salaire en indemnités.
Décembre : il s'installe à Coligny, quartier de Fronville, pour vivre plus modestement. François Mitterrand viendra donner à Hélène, la sœur de Ponge, des nouvelles de son mari, prisonnier en Bavière, dans le Stalag d'où il s'est lui-même évadé. Ponge demeurera à Fronville jusqu'en mai 1944, et y passera des vacances d'été en 1945 et 1946.
De 1942 à 1944, il publie des textes dans les principales revues résistantes : *Fontaine, Messages, Poésie 42, Confluences, Domaine français*, et dans les recueils *Chroniques interdites* et *L'Honneur des poètes* (Éditions de Minuit clandestines).

1943

Mai: implantation en France du Comité national de la Résistance, dirigé par Jean Moulin.
Juillet: débarquement des Alliés en Sicile. Parution de *L'Honneur des poètes, I* aux Éditions de Minuit clandestines.
Septembre: débarquement français en Corse.
J.-P. Sartre, *L'Être et le Néant*; parution de *Surréalisme encore et toujours*, recueil collectif.

Ponge parcourt la zone Sud pour le compte de la Résistance comme « voyageur politique » du Front national des journalistes, sous le pseudonyme de M. François. Il rencontre Louis Aragon à Villeneuve-lès-Avignon, Joë Bousquet à Carcassonne, Paul Éluard à Clermont-Ferrand, Luc Estang à Limoges, Jean Tortel à Marseille. Il appartient à une triade avec Georges Sadoul et Molina.

Janvier: *le 17* à Lyon, première rencontre avec Albert Camus en compagnie de Pascal Pia. *Le 20*, il écrit à Camus; il lui exprime le plaisir qu'il a eu de le rencontrer et lui envoie *Le Parti pris des choses*. La correspondance durera jusqu'au 14 juin 1957. Selon Ponge, la biographie d'Albert Camus par Lottman (*Albert Camus*, trad. française, Le Seuil, 1978) offrirait l'historique le plus fidèle de leurs relations. Albert Camus fut l'un des premiers lecteurs du *Parti pris des choses* et l'aurait communiqué à Jean-Paul Sartre : « C'est Camus qui est à l'origine de l'essai de Sartre sur moi. »

Février: *le 1ᵉʳ*, voyage au Chambon-sur-Lignon, qui servait de refuge à des juifs persécutés; il y rencontre Albert Camus, qui est en cure, et apprécie le paysage : « Beau pays, un peu grave. Des prés, des bois, des sources jusqu'à l'infini. Des odeurs d'herbe et des bruits d'eau pendant toute la journée. » Dans une note, où il dresse le bilan de sa vie partagée entre plaisir et retraite, il ajoute : « Mais il y a quelque chose de manqué, c'est mon œuvre : je veux dire la *présentation* de mon œuvre, de mes œuvres. »

Mars: *le 4*, « Départ pour Paris » (chez sa sœur Hélène Saurel, porte Champerret).

Mai: Camus à Coligny lit des passages de *La Peste*.

Juin: Raymond Queneau envisage de faire figurer Ponge dans l'*Anthologie des poètes de la N.R.F. Le 13*, à Lyon, celui-ci rencontre Camus, qui aurait parlé à Gaston et Michel Gallimard d'un projet d'épopée de l'objet et annoncé ses *Moments critiques* pour la collection « Les Essais »; lecture du *Malentendu* par Camus chez René Leynaud à Lyon, en présence de Ponge et de Michel Pontremoli.

Été: lecture de *Moby Dick* de Melville à la suggestion d'Albert Camus. Ponge travaille pour la bibliothèque de la Marine. *Le 21 juillet*, il envoie son « Prélude au Savon » à Camus, qui lui reproche « un excès d'ellipse ». *Le 22 juillet*, *La Rage de l'expression*, premier état, est envoyée à Seghers, « enthousiaste ». *Le 17 août*, Albert Camus propose à Ponge une situation au Studio d'essai de la Radio nationale dirigée par Pierre Schaeffer.

Novembre : Ponge a reçu un recueil de René Magritte, dédicacé par Paul Nougé, en souvenir de leur rencontre en mai 1940. *Du 13 au 27*, exposition Raoul Ubac à la librairie Francis Dasté, rue de Tournon.

Décembre : *le 2*, la préfecture de Lyon établit à Ponge une carte d'identité à titre de représentant des revues *Confluences* et *Poésie 43*. Refus de *La Rage de l'expression* par les éditions suisses Ides et Calendes ; le manuscrit avait été envoyé à Fred Uhler en juillet.

1944

6 juin : débarquement en Normandie.
20 juillet : attentat contre Hitler.
15 août : débarquement en Provence.
Décembre : traité franco-soviétique d'alliance et d'assistance mutuelle.
Juillet : *le 9*, disparition de Michel Pontremoli. *Le 25*, le général de Gaulle fait son entrée à Paris.
27 octobre : une soirée de gala sous la présidence du général de Gaulle célèbre la poésie de la Résistance. Présentation par François Mauriac.
M. Carné, J. Prévert, *Les Enfants du paradis* ; le tome II de *L'Honneur des poètes* paraît en *juillet-octobre* aux Éditions de Minuit clandestines ; G. Audisio, *Poèmes du lustre noir*.

Janvier : les Éditions du Seuil refusent la publication du *Galet* avec des illustrations de Raoul Ubac.

Mars : rencontre avec Joë Bousquet à Carcassonne, puis avec Jean Tortel à Marseille.

Avril : *le 16*, la Gestapo encercle Coligny et déporte la plupart des hommes. *Le 25*, début d'une correspondance avec Jean Tortel, qui durera jusqu'au 23 juillet 1981.

Mai : Ponge se réfugie dans l'Yonne, près de Sens, où sa mère possède une maison, Les Fleurys. Il assiste avec Eugène Guillevic à la première de *Huis clos* de Jean-Paul Sartre au Vieux-Colombier. Arrestation de René Leynaud, place Bellecourt à Lyon ; il sera fusillé le 13 juin. À l'occasion de l'exposition « Dessins de Gabriel Meunier et d'Émile Picq », à la galerie Folklore de Lyon, est publié un « premier texte sur la peinture ».

Août : *le 28*, la division Patton libère Les Fleurys.

Octobre : Ponge habite à Paris chez sa sœur au 17 rue Faraday. *Le 5*, première rencontre avec Jean Dubuffet dans son atelier, en présence de Georges Limbour ; *le 20*, Jean Dubuffet tient à la galerie René Drouin sa première exposition, dont le catalogue s'ouvre sur une « Lettre à Jean Dubuffet » de Jean Paulhan. Ponge se rend au vernissage.

Novembre : Ponge vit à Paris avec Odette et Armande chez la mère d'Odette, rue de Lille. Louis Aragon lui confie la direction des pages culturelles du journal communiste *Action*. Hebdomadaire *de l'indépendance française.* L'équipe des chroniqueurs, dont on ne sait quelle part prend Ponge à sa constitution, compte Pierre Leuwen et Pierre Fauchery pour la littérature, Jean Tardieu et Paul-Louis Mignon pour le théâtre, Alexandre Astruc et Gabriel Audisio pour le cinéma, Antimoine Chevalet (pseudonyme de Georges Limbour) pour l'art. Cette équipe subit de profonds changements quand Ponge quitte la rédaction en avril 1946. Entre le 24 avril 1945 et le 4 juillet 1947, celui-ci signe deux chroniques, deux comptes rendus et huit textes, et publie des contributions de Louis Aragon, René Char, Paul Éluard, Eugène Guillevic, Georges Limbour, Jean Paulhan, Gaëtan Picon, Jacques Prévert, Raymond Queneau, Jean-Paul Sartre, Jean Tortel, ainsi qu'une chronique d'Elsa Triolet, « En plein Paris ». On y trouve aussi des illustrations de Gérard Vulliamy, des contributions d'Auguste Anglès, Franz Hellens et un article sur l'historien Albert Soboul signé d'Hélène Saurel, sœur de Ponge. Jean Dubuffet propose à Ponge d'écrire un texte sur ses lithographies qu'il tire chez Mourlot. Les mois suivants est publié *Matière et mémoire ou les Lithographes à l'école.*

Décembre : Jean-Paul Sartre publie « L'Homme et les Choses » (sur *Le Parti pris des choses*) dans *Poésie 44*, n° 20-21, octobre-décembre (repris en plaquette par Seghers, puis dans *Situations I*, coll. « Blanche », Gallimard, en 1947). De cette année 1944 datent les premières collaborations de Ponge avec des peintres (Georges Braque, Jean Dubuffet, Jean Fautrier, Émile Picq, Pablo Picasso), et il publie un texte dans *Cahiers d'art* (« Une demi-journée à la campagne »). Il aurait été invité à rencontrer Pablo Picasso, peu après la Libération, par sa compagne Dora Maar, lors d'un hommage à Max Jacob, et le peintre lui aurait été présenté par Paul Éluard lors d'un déjeuner au Catalan. Selon une autre note, c'est en 1945 que Paul Éluard aurait conduit Ponge chez Picasso rue des Grands-Augustins.

1945

Février : *du 4 au 11*, conférence de Yalta pour le partage du monde en zones d'influence. *Le 6*, exécution de Robert Brasillach pour collaboration.

7 mai : capitulation de l'Allemagne.

Juin : charte de l'Organisation des Nations unies (elle sera ratifiée le 26 octobre).

Août : *le 6*, première bombe atomique sur Hiroshima ; *le 15*, condamnation à mort du maréchal Pétain. *Le 20*, décès de Paul Valéry.

2 septembre : capitulation du Japon.

21 octobre : élection de l'Assemblée constituante. Instauration de la IVᵉ République.

Novembre : fondation de l'U.N.E.S.C.O., qui s'installera à Paris en 1958. *Le 13*, investiture du général de Gaulle.

Création du C.N.R.S. et du commissariat à l'Énergie atomique. — Jean

Lurçat fonde l'Association des peintres cartonniers de tapisserie. — Pablo Picasso se met à la lithographie pour l'éditeur Mourlot. — G. Audisio, *Feuilles de Fresnes* ; J. Bousquet, *La Connaissance du soir* ; M. Nadeau, *Histoire du surréalisme*.

Paul Éluard dédicace à Ponge *Dignes de vivre*, réédition de *Poésie et vérité* (1942), avec des illustrations de Jean Fautrier : « "Le Regard de telle sorte qu'on le parle", cette rencontre avec toi après la dédicace de "Façons de parler façons de voir" est le juge de notre indestructible amitié. » Une copie autographe du poème figure dans l'édition dédicacée de *Médieuses*, poèmes illustrés par Valentine Hugo. Pierre Seghers dédie à Ponge « Sapates » dans *Le Domaine public* (Paris, 1945, et Montréal, 1946).

Ponge collabore au premier numéro des *Temps modernes*, fondé par Jean-Paul Sartre et Raymond Aron (il y publie « Notes premières de l'homme »).

Février : à la demande de Jacques Charpier, secrétaire départemental du Comité national des intellectuels, il accepte de figurer dans l'*Anthologie des écrivains de la Résistance* ; il envoie son texte en mars et suggère de vendre le manuscrit au profit du C.N.I.

Mars : le *10*, il rencontre Georges Braque chez lui avec Jean Paulhan.

Avril : second tirage du *Parti pris des choses*, relié d'après une maquette de Paul Bonet. Le *14*, exposition des trente-cinq lithographies de *Matière et mémoire* à la galerie André.

Mai : Ponge signe un contrat avec les Éditions du Seuil pour la traduction des poèmes de Gongora, pour le *Polyphème* de qui il avait déclaré son admiration à Jean Paulhan, dans une collection dirigée par Pierre Leyris ; l'édition de *Vingt sonnets* (*Les Cahiers d'art*, 1928) figure dans sa bibliothèque. Discussion chez Gallimard pour l'attribution du second prix de la Pléiade. C'est Roger Breuil qui l'obtient, malgré l'appui de Camus, de Malraux, d'Éluard et de Sartre à *Proêmes*. Le jury était composé de Marcel Arland, Maurice Blanchot, Paul Éluard, Jean Grenier, André Malraux, Jean Paulhan, Raymond Queneau, Jean-Paul Sartre, Roland Tual.

Juin : photo au balcon d'*Action* par Robert Doisneau. Dans une note inédite, datée de la fin du mois, Ponge dresse le bilan rétrospectif de quelques lectures : *Le Centaure* de Maurice de Guérin, lu « en allant et revenant du cimetière, route d'Alès, et le long des quais de la Fontaine à Nîmes » ; *Le Corbeau* d'Edgar Poe et le *Traité du style* de Louis Aragon, « à Niort où j'allai voir Hélène » ; « j'ai lu *Connaissance de l'Est* [de Paul Claudel], rue Flatters »...

Juillet : refus de faire partie du Comité national des écrivains (aux côtés de Jacques Debû-Bridel, Claude Morgan, Gabriel Audisio), suite à une ordonnance sur l'épuration des gens de lettres, auteurs, compositeurs (lettre de Jean Hytier, conseiller pour les lettres à la direction générale des Arts et des lettres). La correspondance avec Jean Paulhan se fait l'écho de ce débat. Voir à ce sujet Jean Paulhan, *De la paille et du grain*, et *Lettre aux directeurs de la Résistance.* Gaston Gallimard souhaiterait une édition de luxe du *Parti pris des choses*, avec des illustrations de Pierre Roy.

Septembre: *La Guêpe. Irruption et divagations*, Seghers. Ponge s'installe au 34 rue Lhomond dans l'appartement que lui sous-loue Jean Dubuffet.

Octobre: début de la collaboration aux *Cahiers du Sud* avec la publication de « Baptême funèbre ».

Novembre: *Matière et mémoire ou les Lithographes à l'école*, Mourlot (lithographies de Jean Dubuffet). L'éditeur de Lausanne, Henry-Louis Mermod, achète les manuscrits de *La Rage de l'expression*.

Décembre: *du 11 au 29*, première exposition de la galerie Louise Leiris (ancienne galerie D. H. Kahnweiler) intitulée « André Masson : œuvres rapportées d'Amérique 1941-1945 ». Ponge, travaillant aux « Notes prises pour un oiseau » en 1938, avait sous les yeux une œuvre d'André Masson. Jusqu'en 1957, il y aura régulièrement dans cette galerie des expositions (André Beaudin, Eugène de Kermadec, Pablo Picasso).

1946

20 janvier: démission du général de Gaulle.
13 octobre: adoption par référendum de la constitution de la IVᵉ République.
Novembre: début de la guerre d'Indochine. Jules Romains est élu à l'Académie française. Pierre Bourgeois et Arthur Haulot fondent en Belgique *Le Journal des poètes*. Lancement de la revue *Derrière le miroir* d'Aimé Maeght.
Mars: première parution du *Figaro littéraire*, bi-hebdomadaire.
Juin: Georges Bataille fonde la revue *Critique*.
J. Bousquet, *Le Meneur de lune*; R. Char, *Feuillets d'Hypnos*; P. Éluard, *Poésie ininterrompue*; H. Pichette, « Apoèmes », *Fontaine*, n° 53 et 61 (1946, 1947); J. Prévert, *Histoires*; J. Tortel, *Paroles du poème*.

Courte méditation réflexe aux fragments de miroir, Lyon, M. Audin.
Mars: à la galerie Charpentier, exposition de natures mortes, « La Vie silencieuse », dont Georges Limbour rend compte dans *Action* (« La Révolution des objets », 22 mars 1946). Projet avec les Éditions des Trois Collines à Genève d'un ouvrage collectif sous la direction de Ponge, *Pour ou contre l'existentialisme*; le refus de Jean-Paul Sartre fait avorter le projet.
Avril: *L'Œillet. La Guêpe. Le Mimosa*, Lausanne, Mermod, collection du Bouquet, n° 20. Ponge quitte *Action*, Louis Aragon et Elsa Triolet auraient trouvé ses choix trop larges.
Mai: *Note sur les Otages. Peintures de Fautrier*, Seghers. *Le 16*, début de la correspondance avec Jean Ballard, directeur des *Cahiers du Sud*; elle durera jusqu'au 30 décembre 1963. Première rencontre avec Eugène de Kermadec, qui expose à la galerie Louise Leiris *du 7 au 25*.
Septembre: *le 8*, première rencontre avec Jean Ballard. *Le 17*, décès à Luxembourg de Bernard Groethuysen, d'un cancer du

poumon. André Berne-Joffroy publie une notice dans le numéro 290 des *Cahiers du Sud*.

Octobre : *Dix courts sur la méthode*, Seghers.

Décembre : *Braque le réconciliateur*, coll. « Les Trésors de la peinture française », Genève, Skira. Première rencontre, chez Alberto Giacometti, avec le peintre Jean Hélion, qui avait entendu parler de l'auteur du *Parti pris* par Jean-Paul Sartre à New York. Ponge fréquentera beaucoup l'atelier de cet artiste, avenue de l'Observatoire. Il lie connaissance avec Giuseppe Ungaretti.

1947

Mars-avril : conférence de Moscou sur le traité de paix avec l'Allemagne ; rupture entre les deux blocs.

Mai : le parti communiste entre dans l'opposition.

Janvier : texte d'Antonin Artaud pour l'exposition Van Gogh.

Octobre : I. Isou, « Qu'est-ce que le lettrisme ? » et « Instances de la poésie en 1947 », *Fontaine*, n° 62.

13 novembre : André Gide reçoit le prix Nobel.

24 novembre : décès de Léon-Paul Fargue.

G. Bataille, *La Haine de la poésie* (réédité en 1962 sous le titre *L'impossible*) ; A. Césaire, *Cahier d'un retour au pays natal* ; Ph. Jaccottet, *Requiem* ; J. Tardieu, *Jours pétrifiés* ; J. Paulhan, *Poètes d'aujourd'hui*.

Ponge aurait quitté discrètement le parti communiste, en ne renouvelant pas sa carte : « Je me suis aperçu que c'était le parti de la dénonciation, le contraire de la fraternité. » Mais, le 16 juillet, il répond favorablement à une circulaire de Jacques Duclos qui prépare un document sur les intellectuels membres du parti, et une suite de notes non datées, dans le même dossier, précisent pourquoi Ponge est communiste : « Comment ne pas adhérer au parti qui se propose de réaliser une société parfaite et qui s'y emploie (qui est seul à s'y employer) avec intelligence et ténacité ? Je n'en ai pas trouvé le moyen. » Guillevic, dans *Exécutoire*, lui dédie son poème « Le Temps ». Au cours de l'année, Ponge rencontrera fréquemment Georges Braque, Jean Dubuffet, Paul Éluard et Jean Paulhan.

Janvier : *le 8*, rue Lhomond, lecture privée de « Tentative orale » devant Alix Guillain, André Berne-Joffroy, Henri Calet, Georges Limbour, Jean Paulhan, René de Solier, Jean Tardieu. Puis, *le 16*, lecture publique devant de jeunes étrangers au club Maintenant à l'invitation de François Guillot de Rode, chroniqueur de danse au journal *Action*, qui le présente. Ponge est sollicité par les Éditions des Portes de France (Porrentruy, Suisse) pour des textes destinés à accompagner des photos. *Le 22*, il donne sa « Tentative orale », sous le titre « La Troisième Personne du singulier », au palais des Beaux-Arts de Bruxelles, à l'invitation de René Micha, qui le présente. *Le 23*, émission à la Radio nationale belge.

Avril : *Le Carnet du Bois de pins*, Lausanne, Mermod.

Mai : sollicité par R. Milliex, secrétaire général de l'Institut français d'Athènes (lettre du 28 avril), il composera en juin un texte pour « un Livre d'or d'hommages d'intellectuels français à la Grèce héroïque des années 1940-1944 ». *Le 16*, il assiste à un dîner chez Cyril Connolly avec Jean Paulhan, Henri Michaux, Sylvia Beach et Adrienne Monnier.

Juin : jusqu'en août, Jean Dubuffet peint une douzaine de portraits qui figurent en partie dans différents musées ou collections particulières (voir *Catalogue des travaux de Jean Dubuffet*, Pauvert, 1966, III. « Plus beaux qu'ils croient »). *Les 17, 18, 23* et *2 juillet*, Ponge pose pour ses portraits. *Le 30*, pendant qu'il écrit « Ébauche d'un poisson », il est photographié de 16 à 19 heures par Mme Rogy-André.

Août : Bernard Dorival, pour les Éditions d'art Mazenod, sollicite Ponge pour un essai sur Georges Braque (*Les Peintres célèbres*) ; *le 22*, « proposition saugrenue laissée sans réponse ».

Septembre : *le 7*, il assiste à la représentation de *Richard II*, de Shakespeare, mis en scène par Jean Vilar au palais des Papes en Avignon.

Octobre-novembre : il vend des livres de sa bibliothèque à des libraires et des bouquinistes, et fréquente le Mont-de-Piété.

Octobre : *du 7 au 31*, exposition à la galerie René Drouin, place Vendôme, des *Portraits* de Jean Dubuffet : « Les gens sont bien plus beaux qu'ils croient. Vive leur vraie figure. » Sont exposés *Ponge feu follet noir* (n° 25), *Francis Ponge jubilation* (n° 27), *Ponge plâtre meringué* (n° 28). Jean Dubuffet y a travaillé depuis juin : « Je me suis un peu retiré du désert pour opérer un peu dans le portrait de Francis Ponge. » « Je suis occupé à des peintures maçonnées en ciment et chaux et divers mortiers qui m'intéressent beaucoup (avec comme thème : portrait de Ponge). »

Novembre : *le 2*, il assiste à une représentation de *Britannicus* au Théâtre-Français. *Le 4*, au vernissage de l'exposition Constant Rey-Millet, à la galerie Pierre (2, rue des Beaux-Arts), Ponge prend rendez-vous pour aller à l'atelier de Giacometti *le 6*. Christiane Faure, belle-sœur d'Albert Camus, téléphonant alors chez Giacometti, propose à Ponge un séjour au Centre culturel de Sidi-Madani dont elle était chargée avec Charles d'Aguesse. Ponge à René de Solier : « Votre texte pour Rey-Millet était très bien. L'exposition aussi. » *Le 10*, Constant Rey-Millet lui achète *Matière et mémoire*. Un projet d'édition de *L'Œillet*, illustré par Jean Dubuffet, chez Gallimard, avorte à cause de l'édition de Lausanne. Pour subvenir à ses besoins, Ponge vend une partie de sa bibliothèque — en particulier les Pléiade de Rimbaud et Chateaubriand — à des libraires et à des particuliers. Monny de Boully lui achète des éditions originales (de Jean-Paul Sartre, de Georges Braque, *Dix courts sur la méthode* ; *L'Œillet. La Guêpe. Le Mimosa*) et le manuscrit original du « Carnet du Bois de pins », et Pierre Loeb des copies manuscrites du « Cageot », de « La Bougie », des « Berges de la Loire ».

Décembre: *le 11*, Ponge entre en possession d'un tableau donné par le peintre, *Chat sauvage en Floride*. *Le 12*, Ponge s'embarque avec Odette sur le *Lépine d'Oran* à Port-Vendres pour séjourner à Sidi-Madani, dans l'Algérois où il restera jusqu'au 9 février de l'année suivante, en compagnie tour à tour de Henri Calet, Michel Leiris, Eugène de Kermadec qui lui fait découvrir Victor Segalen. Il y rédigera quelques textes essentiels (« My creative method », « Pochades en prose ») publiés dans *Méthodes* et « Prose sur le nom de Vulliamy » (*Lyres*). Il figure dans *La patrie se fait tous les jours* (Éditions de Minuit), une anthologie de textes de la Résistance préparée par Jean Paulhan et Dominique Aury.

1948

30 janvier: assassinat de Gandhi.
Avril: Congrès constitutif de la C.G.T.-F.O.
15 mai: naissance de l'État d'Israël.
Juin: rupture de Tito avec le Kominform.
J.-P. Sartre, *Qu'est-ce que la littérature ?* ; R. Char, *Fureur et mystère*.

Année où Ponge aurait, selon Jean Thibaudeau, acquis sa première machine à écrire. L'écriture et la publication, l'année suivante, du *Verre d'eau* l'amènent à fréquenter Daniel-Henry Kahnweiler, Louise et Michel Leiris et le peintre Eugène de Kermadec.
Janvier: contrat chez Gallimard pour un recueil intitulé *Sapates*. Ponge établit, à cette fin, une liste de textes possibles. Il est sollicité par *Présence africaine* à l'occasion d'une enquête « Le Mythe du nègre » dont lui avait parlé Michel Leiris.
Février: *du 6 au 28*, exposition « Portraits français. Hommes et rues », de Gertrude O'Brady à la librairie Pierre à feu, galerie Maeght, rue de Téhéran ; portrait de Ponge en couverture. *Le 9*, il quitte l'Algérie. *Du 10 au 14*, il séjourne à Marseille, puis, *du 15 au 27*, au Grau-du-Roi, où il travaille à un texte sur Chardin, avant de revenir à Paris *le 28*. Il lit l'*Apologie de Socrate* et déclare son admiration pour *Sens plastique* (préface de Jean Paulhan) de Malcolm de Chazal.
Mars: Ponge voit les tableaux de Chardin au Petit Palais et au Louvre. *Le 13*, il voit avec Kermadec *Monsieur Verdoux*, film de Chaplin auquel *Le Verre d'eau* fera référence.
30 avril: il signe le contrat pour *Le Verre d'eau* avec Daniel-Henry Kahnweiler. Il travaille assidûment à ce texte jusqu'au 8 septembre, et le lira à Daniel-Henry Kahnweiler et Georges Limbour le 28 septembre.
11 mai: il voit le film d'Alfred Hitchcock *Les Enchaînés*.
Juin: lecture du *Lézard* à l'émission « Le Club d'essai ». Jean Sénac, de la Radiodiffusion française en Algérie, lui adresse un poème qui lui est dédié, *Vers Fort national (notes d'un voyage en car)*.

Juillet: *La Crevette dans tous ses états*, Vrille, avec des burins de Gérard Vulliamy ; *Liasse*, Lyon, Les Écrivains réunis. Ponge diffère l'édition des *Sapates* (*Parti pris des choses II*).

Août: séjour, jusqu'à la mi-septembre, à Saint-Léger-en-Yvelines, où est composée la « Note hâtive à la gloire de Groethuysen ». *Le 4*, « lettre de Georges Bataille me demandant pour *Critique* un article sur moi », sollicitation que Ponge élude tout en demandant à Georges Bataille une contribution à ses « Questions rhétoriques » (*Cahiers du Sud*). *Le 16*, il lit l'*Arrêt de mort* de Maurice Blanchot. *Le 26*, il travaille sur les *Sapates*. *Le 27*, il lit François Coppée et, *le 29*, des *Morceaux choisis* de Victor Hugo.

Septembre: *Proêmes*, Gallimard. *Le 3*, invitation à Lausanne par la Société « Belles lettres » (Charles H. Favrod), « société d'étudiants assez vivante qui, à l'occasion, organise des manifestations littéraires » (A. Mermoud). *Le 12*, Ponge travaille aux « Bûches » et aux « Maisons enveloppes » (textes intégrés dans « Nouvelles pochades en prose », qui paraîtront dans *Nouveau nouveau recueil*). Financièrement, il est toujours aux abois et ses amis, dont Jean Paulhan, lui cherchent un point de chute dans un musée ou une bibliothèque.

Octobre: *le 1ᵉʳ*, il dactylographie *Le Savon*. *Le 2* et *le 3*, il travaille à la « Cinquième lettre d'Algérie » (qui devait faire partie du futur « Porte-plume d'Alger ») et, *du 4 au 7*, à un texte sur Germaine Richier. *Le 5*, il assiste au vernissage d'une exposition Picasso chez Daniel-Henry Kahnweiler. *Le 8*, il rend visite à Alberto Giacometti dans son atelier. *Le 19*, il assiste au vernissage d'une exposition Miró chez Maeght.

Novembre: *le 9*, il rend visite à Jean Hélion dans son atelier. *Le 25*, il dîne chez sa sœur Hélène avec François Mitterrand. *Le 28*, il rencontre Maurice Merleau-Ponty, qui le sollicite pour une contribution aux *Temps modernes*.

Décembre: *Le Peintre à l'étude*, Gallimard. Ponge rencontre trois fois Pablo Picasso dans son atelier.

1949

8 mai: naissance de la République fédérale d'Allemagne.
13 juillet: décret du Saint-Office sur l'excommunication des communistes et des progressistes.
21 septembre: proclamation de la République populaire de Chine.
11 octobre: formation de la République démocratique allemande.
  M. Arland, *Anthologie de la poésie française* ; A. Gide, *Anthologie de la poésie française*, « Bibliothèque de la Pléiade ».

Des cristaux naturels, coll. « L'Air du temps », s.l.n.d [Pierre Bettencourt, Saint-Maurice-d'Ételan]. Cette année, Ponge voit beaucoup René Char et Michel Leiris. Il fréquente aussi Georges Braque, Pablo Picasso, Eugène de Kermadec, Pierre Charbonnier et Alberto Giacometti ; à plusieurs reprises, il rencontre Jean-Paul Sartre.

Janvier : Ponge est sollicité à nouveau par Jean Amrouche pour son émission « Des idées et des hommes ».

Mars : *le 10*, il est à Lille. *Le 15*, il est à Lausanne ; il assiste, à La Guilde de Lausanne, à la conférence de Jean Jeggé, « La Tentative poétique de Ponge dans *L'Œillet* » ; *le 19*, à Zurich, conférence et séance de signature au Salon du livre français de la librairie Elsässer.

Avril : *le 6*, Ponge arrive à Royaumont en compagnie de Jean Follain, Jean Fougère et Henri Calet ; il y reste jusqu'au *16*.

Juin : Georges Garampon lui envoie l'article destiné à *Combat*, « Position de F. Ponge » (8 pages dactylographiées). Vers cette date, un premier projet d'hommage lancé par Jean-Paul Sartre, Jean Paulhan, Albert Camus et René Char avorte, Paul Éluard refusant de signer la circulaire qui l'annonce : « Le poète dont un critique anglais a pu dire que "son génie de la solitude lui permettait d'accéder à une dimension interdite", poursuit son œuvre, nous le savons, dans des conditions de ce fait *justement* les plus difficiles. Mais aussi bien savons-nous que dans ces conditions mêmes, il nous appartient de l'aider en l'assurant de la résonance humaine de sa démarche et de l'attentive admiration qui l'entoure. » Émilie Noulet avait promis sa collaboration. Les textes conservés dans les archives (G. Audisio, J. Dunoyer, J. Duvignaud, G. Limbour, C. Rey-Millet) pourraient être les épaves de ce projet.

Août : *du 4 au 20*, séjour chez Anne Heurgon-Desjardins à Cerisy-la-Salle.

Octobre : troisième tirage du *Parti pris des choses*, chez Gallimard. Ponge poursuit son enquête sur les questions rhétoriques pour les *Cahiers du Sud*.

Novembre : *le 1ᵉʳ*, début d'un échange épistolaire avec Piero Bigongiari qui durera jusqu'au 10 octobre 1971. *Le 14*, Ponge est menacé de saisie de ses meubles par la Direction des impôts. *Le 18*, il rencontre Georges Braque dans son atelier « en face de plusieurs grands tableaux récents, auxquels il vient de travailler tout l'été à Varengeville ; nous avons eu une conversation merveilleuse ».

Décembre : *le 13*, rencontre avec Balthus. *Le 15*, *Le Verre d'eau*, galerie Louise Leiris. Lithographies d'Eugène de Kermadec. L'éditeur est Daniel-Henry Kahnweiler.

1950

6 novembre : révocation des maires communistes de Paris.
Septembre : décès de Joë Bousquet.
Michel Butor, Alain Robbe-Grillet, Nathalie Sarraute, Claude Simon sont considérés comme initiateurs du « nouveau roman ». — R. Char, *Les Matinaux*.

Première édition du *Panorama de la nouvelle littérature française* (réédité en 1958, 1960, 1976, 1988) de Gaëtan Picon, où Ponge figure dans le chapitre « Quatre poètes » à côté de René Char, Henri Michaux et Jacques Prévert. C'est dans cet ouvrage que Philippe Sollers aurait découvert son œuvre.

Janvier: le 18, Jean Paulhan suggère par lettre le nom de Ponge à René Étiemble, qui cherche « un critique d'art » pour la revue italienne *Letteratura*.

Avril: séjour aux Fleurys, où il lit une anthologie épistolaire, une histoire de l'humanisme et de la Réforme, Théocrite, Lucien, Virgile. Ponge figure parmi les premiers auditeurs du Collège de pataphysique.

Mai-juin: voyage en Italie; conférences à Florence, Rome, Venise. Ponge rencontre Giuseppe Ungaretti à Rome et Piero Bigongiari à Florence. Des notes pour la conférence de Florence sont conservées dans les archives.

21 juin - 2 juillet: au Centre culturel international de l'abbaye de Royaumont, il dirige avec Marcel Arland une décade sur « Littérature et peinture ». Nathalie Sarraute lui écrit en juin pour y participer.

Août: vacances à Trie-Château dans l'Oise jusqu'en septembre. Entretien avec Jean Duché, publié dans la revue *Synthèses*, n° 50. À la suggestion d'André Beaudin, Ponge est sollicité par Stéphane Faniel, directeur artistique de la maison Christofle, pour participer à la manifestation de l'assiette peinte.

Septembre: *La Seine*, Lausanne, La Guilde du livre. Photos de Maurice Blanc. Pour préparer ce texte, Ponge est allé faire des lectures dans plusieurs bibliothèques parisiennes. *Du 14 au 28*, il est à Jullouville chez Kermadec.

Octobre: Raymond Queneau insiste pour qu'il donne quelques pages sur Lucrèce destinées à un ouvrage publié en Suisse.

Décembre: rencontre de Ponge avec Jean Tardieu et Marcel Arland. *Cinq sapates*, [imprimerie A. Tournon], eaux-fortes de Georges Braque. L'ouvrage sera exposé à la librairie Auguste Blaizot, faubourg Saint-Honoré, du 24 mai au 2 juin 1951.

1951

Loi sur les activités antiaméricaines : début du maccarthysme aux États-Unis.

19 février: décès d'André Gide.

Alain reçoit le Grand Prix national des lettres quelques mois avant sa mort. — G. Audisio, *Rhapsodies de l'amour terrestre*; P. Éluard, *Première anthologie vivante de la poésie du passé* (3 vol. jusqu'en 1954).

20 janvier - 5 février: exposition Constant Rey-Millet au musée de Mulhouse.

Mars: André du Bouchet dédie à Ponge l'ensemble des textes de *L'Âge de la rue*.

Avril: conférences à Liège. Exposition d'œuvres à la IXe Triennale de Milan (section française) jusqu'en octobre.

Mai: *Un poème* [« Ma pierre au mur de la poésie »], La Presse à bras. Placard (4 exemplaires). À l'invitation de Jean Hippolyte, Ponge rencontre Alphonse de Walhens, professeur de philosophie à Louvain, spécialiste de Martin Heidegger, d'Edmund Husserl et de Gaston Bachelard.

Juin: selon Jean Ballard, directeur des *Cahiers du Sud*, Ponge aurait promis une préface pour une lettre inédite d'Antonin Artaud et une traduction d'Horace « avec laquelle vous établiriez des rapprochements assez piquants ».

Août: *Note hâtive à la gloire de Groethuysen*, Lyon, Les Écrivains réunis.

30 septembre - 1ᵉʳ octobre: voyage à Caen.

Novembre: *du 23 novembre au 8 décembre*, exposition, inaugurée *le 20*, « L'Assiette peinte » chez Christofle, 12 rue Royale. Le catalogue réunit les noms de Leonor Fini, Raymond Queneau, Jean Cocteau, Michel Leiris, Georges Auric, Man Ray, Georges Braque, André Beaudin, Joan Miró, Gérard Vulliamy, Hans Arp. Ponge lit *L'Homme révolté* de Camus, prêté par Henri Calet.

Décembre: *le 10*, contrat avec les Éditions du Seuil pour un *Malherbe par lui-même* dans la collection « Écrivains de toujours »; *le 12*, conférence à l'université de Lille. Stéphane Faniel lui envoie deux assiettes de chez Christofle. Publication par les *Cahiers du Sud* d'un numéro spécial sur « Le Préclassicisme français ». Ponge y participe, à la sollicitation de Jean Tortel, avec « Malherbe d'un seul bloc à peine dégrossi »; avec le travail entrepris (à partir de juin 1951) pour ce texte débute l'écriture de ce qui deviendra *Pour un Malherbe*.

1952

Marcel Arland reçoit le Grand Prix de littérature de l'Académie française.

6 novembre: François Mauriac reçoit le prix Nobel.

17 novembre: décès de Paul Éluard.

Janvier: Ponge lit *L'Anxiété de Lucrèce* de Benjamin-Joseph Logre (Paris, 1946). Jean Paulhan lui propose la chronique des poèmes dans *Arts*.

Mars: projet refusé chez Gallimard d'une édition du *Galet* illustrée par Ferdinand Springer. Correspondance avec Francis Jeanson, des *Temps modernes*, auxquels avait été soumis le manuscrit de *L'Araignée* avec la présentation de Georges Garampon. Jean-Paul Sartre avec qui les relations s'étaient distendues n'avait pas répondu.

Avril: *La Rage de l'expression*, Lausanne, Mermod. Entretien avec André Breton et Pierre Reverdy à la radio pour l'émission d'André Parinaud, « Rencontres et témoignages »; le texte en sera repris dans *Méthodes*. Ponge est sollicité par *La Gazette de*

Lausanne pour un numéro spécial sur Paris que préfacerait Georges Limbour.

Juin : *L'Araignée publiée à l'intérieur de son appareil critique*, Aubier, 3 eaux-fortes d'André Beaudin dans les exemplaires de tête. Ont été en même temps réimposés 15 exemplaires (I-XV) en format in-plano Jésus ; ce tirage a été exposé à la librairie « À la balance » (2, rue des Beaux-Arts, Paris, VI⁰) *du 18 au 30*, en même temps que le livre et un ouvrage d'André Rouveyre, *Apollinaire*, illustré par Henri Matisse.

Juillet : à l'invitation d'Anne Heurgon, Ponge passe dix jours à Cerisy-la-Salle. Il y rencontre Germaine Richier, René de Solier, André Berne-Joffroy, Jean Follain, Marcel Lecomte, Christiane Martin du Gard, Clara Malraux, Marcel Arland, Jean Schlumberger. Il y parle du style de Proust.

Septembre : la tension dans les relations avec Jean Paulhan, à propos de la collaboration avec la nouvelle *N.R.F.*, amorce un silence épistolaire de près de dix-huit mois. Ponge figure dans l'*Anthologie de la poésie française depuis le surréalisme*, préfacée par Marcel Béalu (Editions de Beaune, p. 69-76) avec six textes : extrait de l'*Œillet*, « La Bougie », « Le Gymnaste », « Carrousel », « L'Insignifiant », « La Métamorphose », « La Lessiveuse ».

Octobre-novembre : André Pieyre de Mandiargues lui dédie son texte « Les Corps platoniciens » publié dans la *Revue de Paris*. Il est nommé professeur à l'Alliance française dont le secrétaire général était Marc Blancpain.

Décembre : dans une lettre à Jean Tortel du *29*, Ponge développe le projet d'un recueil en quatre temps : « Textes d'ordre poétique / Textes d'ordre chasse poétique / Textes méthodologiques du genre chasses / Textes méthodologiques du genre trames. »

Durant l'année universitaire *1952-1953*, Henri Maldiney dispense un cours sur Ponge à l'École des hautes études de Gand.

1953

5 mars : décès de Staline.

Avril : enquête du *Figaro littéraire*, « Muse es-tu là ? Comment nos écrivains éveillent l'inspiration ».

Juillet : enquête du *Figaro littéraire*, « Cachez-vous des vers dans un tiroir ? ».

23 décembre : René Coty devient président de la République.

Marcel Arland partage avec Paulhan la direction de la *N.R.F.* — Fernand Gregh est élu à l'Académie française. — Louis Aragon succède à Claude Morgan à la direction des *Lettres françaises* et y instaure avec Elsa Triolet un débat sur la « poésie nationale ». — Y. Bonnefoy, *Du mouvement et de l'immobilité de Douve* ; A. du Bouchet, *Air*.

Janvier : *Ode inachevée à la boue*, coll. « Points de mire », Bruxelles, La Sirène.

Février : *à compter du 20 février* (jusqu'au 11 mars), exposition de peintures et aquarelles de Sekiguchi chez Alex Cazelles, rue du Faubourg-Saint-Honoré. Conférences à Liège (*le 3*, sur « Pratique de la poésie »), à Bruxelles (*le 5*, à La Sirène à l'occasion de la sortie de l'*Ode inachevée à la boue*) et à Gand (*le 6*, sur « Pratique de la poésie »). *Le 5*, entretien à Radio-Bruxelles. Georges Matoré, directeur des cours de civilisation à la Sorbonne, avait sollicité Ponge en octobre 1952. Celui-ci envoie son programme de cours le *22 février*, mais le projet n'aboutira pas, Matoré jugeant ce programme trop difficile.

22 mai : « Hommage à Franz Hellens » à la librairie Max Ph. Delatte, rue de la Pompe.

Juin : de simple auditeur du Collège de pataphysique depuis sa fondation en avril 1950, Ponge devient commandeur ; une carte du Protodataire aulique de la rogation, datée du 20 merdre 80 [20 octobre 1953] annonce que lui sont décernés « les privilèges de l'Emphytéose glorificatrice des Coopérateurs dignes et efficients du Collège ».

Août : *à compter du 3*, il travaille le matin à l'Office général d'édition et de publicité.

Octobre : *le 30*, *Le Lézard*, Éditions Jeanne Bucher. Eaux-fortes de Jean Signovert.

1954

Janvier : enquête du *Figaro littéraire*, « Comment faut-il lire les vers ? ».
Mars : Philippe Jaccottet reçoit le prix Francis Jammes.
Avril-juillet : Conférence de Genève qui met fin à la guerre d'Indochine.
Juin (jusqu'en février 1955) : ministère Mendès-France.
Novembre : *le 1ᵉʳ*, début de l'insurrection en Algérie ; *le 3*, décès d'Henri Matisse.
Fondation par Fernand Verhesen du Centre international d'études poétiques (Bruxelles). — S. de Beauvoir, *Les Mandarins* (prix Goncourt) ; J. Prévert, *La Pluie et le Beau Temps* ; J. Tardieu, *Une voix sans personne*.

Février : Ponge participe au disque Festival, « Anthologie des poètes contemporains », coll. « Leur œuvre et leur voix » ; il y côtoie André Breton, Blaise Cendrars, René Char, Paul Fort, Henri Michaux, Pierre Reverdy, Jules Supervielle. Il relit le premier livre du Tao à l'occasion de son travail sur *La Chèvre*.

Mars : *le 2*, déjeuner avec Jean Follain dont la poésie lui évoque Chardin. *Le 14*, décès de Juliette Ponge. Séjour à Nîmes jusqu'au *22*.

25 mai - 13 juin : exposition Pierre Charbonnier à la galerie Diderot, boulevard Saint-Germain.

Juin : Ponge signe un contrat avec les Éditions du Sagittaire, dont le directeur littéraire est Pascal Pia, pour la publication de « L'Opinion changée quant aux fleurs » dans la collection « L'art fantastique » que dirige René de Solier. Le projet avortera.

Novembre : *Parade pour Jacques Hérold*, Paris, galerie Furstenberg. *Le 25*, Ponge lit les *Mémoires* de Beaumarchais. *Le 28*, il assiste à Saint-Cloud à une conférence d'Albert-Marie Schmidt sur « Quelques aspects de la poésie baroque protestante entre 1570 et 1630 ».

Décembre: *Le Soleil placé en abîme*, s.l., eaux-fortes de Jacques Hérold, coll. « Drosera ». Dans une note pour lui-même, Ponge envisage de prendre option aux Éditions du Seuil pour une série de monographies sur Du Vair, Du Bartas, Alcuin, Lessing, Gautier, Lautréamont, Mallarmé. Il travaille à la Bibliothèque nationale, à la bibliothèque Sainte-Geneviève et à la Mazarine pour préparer son étude sur Malherbe.

1955

Octobre: exposition à la Bibliothèque nationale, « Malherbe et les poètes de son temps ».

Jean Cocteau élu à l'Académie française. — J. Tortel, *Naissance de l'objet*.

Février: contrat avec les Éditions de L'Arche pour un ouvrage sur Beaumarchais; occasion de rassembler un volumineux dossier de notes. Le projet n'aura pas de suite autre que le texte publié dans *Bref* en décembre 1956.

31 mars: conférence de Ponge à Gand sur Malherbe à l'invitation de Gaëtan Picon, qui est professeur de littérature à l'École des hautes études.

17 mai: cérémonie commémorative à la Sorbonne pour le *Quatrième Centenaire de Malherbe (1555-1628)*.

Juin: Ponge propose un *Malherbe* dans la « Bibliothèque de la Pléiade »; refus de Gallimard. Jusqu'en avril 1956, il essuie de multiples refus (Le Seuil, Club français du livre, Éditions du Rocher, Fasquelle) pour l'édition monumentale en quatre volumes dont il a le projet.

Juillet: *La Fenêtre*, John Devoluy, gravures de Pierre Charbonnier. Ponge participe à une décade de Cerisy pendant laquelle, selon Jean Follain, il se serait affronté avec André Chamson.

4 août: il vend à Claude Hersent, banquier ami de Paulhan, *Bocal à vache*, une huile sur toile de 1943 de Jean Dubuffet.

Octobre: Ferdinand Springer demande à la galerie Der Spiegel de Cologne de publier *Le Galet*; le projet n'aboutit pas; quelques-unes des gravures de Ferdinand Springer seront reproduites dans le *Cahier de l'Herne* en 1986. Refus, *le 11*, d'une édition des œuvres de Malherbe par le Club français du livre.

Décembre: Ponge vend à Robert Valette et Cécile Éluard de nombreux manuscrits.

1956

Janvier: victoire du Front républicain (socialistes et radicaux); ministère Guy Mollet. *Le 12*, les *Lettres françaises* publient un éditorial de Pierre Seghers qui constate l'absence d'écoles poétiques contemporaines.

Février : XXᵉ congrès du parti communiste de l'U.R.S.S. ; début de la déstalinisation.
10 juin - juillet : exposition au musée Arbaud d'Aix, « Malherbe et la Provence ».
14 juillet : décès d'Henri Calet à Vence.
Octobre-novembre : insurrection hongroise et intervention des troupes soviétiques.
20 octobre - 5 novembre : exposition « Malherbe et son temps », Caen, lycée Malherbe.
A. du Bouchet, *Le Moteur blanc* et *Sol de la montagne* ; J. Dupin, *Art poétique* ; « Malherbe et son temps », *Dix-septième siècle*, nº 31.

Paroles à propos des nus de Fautrier, Paris, galerie Rive droite.
Les Presses universitaires de France publient la traduction du livre de Ernest Robert Curtius, *La Littérature européenne et le Moyen Âge latin*, paru en allemand en 1949, que Ponge qualifiera de maître-livre qui a figuré à son chevet.
Février : il est reçu membre du Cercle littéraire international, section française du Pen Club.
Juillet : conférence à Stuttgart sur « La Pratique de la poésie », qui paraîtra sous le titre de « Pratique de la littérature ». Jean-Jacques Pauvert propose un contrat, assorti de mensualités, pour un *Malherbe* à remettre en juillet 1957.
Septembre : « Hommage à Francis Ponge », dans la *N.R.F.*, nº 45 (textes de Georges Braque, Albert Camus, Jean Grenier, Philippe Jaccottet, André Pieyre de Mandiargues, José Carner, Betty Miller, Piero Bigongiari, Gerda Zeltner-Neukomm). Projet d'un *Malherbe par lui-même* pour Le Seuil. De l'automne jusque dans le courant de 1957, Ponge est étroitement associé, avec Christiane Martin du Gard, à la gestion de la succession d'Henri Calet.
Octobre : *Le Murmure. Condition et destin de l'artiste*, Lyon, Les Écrivains réunis. Il adresse à J. H. Sainmont, provéditeur des phynances du Collège de pataphysique, une épigramme, « L'Âne Onimus et le Ver Saillet ».
Décembre : il fait la connaissance de Philippe Sollers à l'issue d'une conférence publique à l'Alliance française.

1957

17 octobre : Albert Camus est récipiendaire du prix Nobel.
M. Butor, *La Modification* (prix Renaudot) ; J. Follain, *Tout instant* ; Ph. Jaccottet, *La Promenade sous les arbres*.

Ponge envoie à Paulhan les premiers poèmes de Philippe Joyaux (Sollers).
Juillet : décade de Cerisy-la-Salle sur « Le langage » ; Ponge est tenu au courant des décades par Anne Heurgon-Desjardins, et il est souvent associé aux réunions préparatoires.
Août : séjour aux Fleurys.

Septembre : Ponge demande à Jean Ballard de publier dans les *Cahiers du Sud* l'essai que lui a consacré Piero Bigongiari.
Novembre : mariage de sa fille Armande.

1958

Mai-juin : insurrection à Alger ; retour du général de Gaulle.
19 septembre : instauration par référendum de la Ve République.
21 décembre : de Gaulle est élu président de la République.
27 décembre : création du franc lourd.
Exposition « De l'impressionnisme à nos jours ».

Janvier : Ponge collabore au numéro 1 de l'*Arc* avec « Prose à l'éloge d'Aix ».
Février : conférences à Sarrebrück *le 5* et à Strasbourg *le 6*, à l'invitation de Paul Imbs, directeur du Centre d'études romanes ; Ponge y parle de son œuvre et de sa conception de la poésie.
Mars : il doit annuler pour raison de santé une conférence prévue à Gand, à l'invitation de Charles Wagemans ; elle sera reportée au début de mai.
Avril : Victor Hell, proche de Max-Pol Fouchet à la revue *Fontaine*, directeur de l'Institut français de Fribourg-en-Brisgau et auquel Ponge avait obtenu en 1942 un poste de correspondant au *Progrès de Lyon*, invite ce dernier à donner une conférence où il rencontrerait Martin Heidegger ; projet « éludé », Ponge ne se sentant pas armé pour une discussion abstraite et philosophique sur la poésie.
Mai : conférences à Strasbourg, Sarrebrück et Gand.
8 juin : naissance d'un premier petit-fils, Paul.
Juillet : conférence à l'Institut français de Stuttgart à l'invitation de Max Bense, esthéticien qui a introduit en Europe les concepts peirciens, et à l'occasion de l'exposition « Visuelle Texte », qui se tient à la galerie Gänsheide *du 5 au 20*. *Cinq sapates* y sont exposés.
Octobre : Ponge ne peut pas participer au Congrès international des écrivains qui se tient à Naples *du 18 au 21*.
Octobre-novembre : il s'associe avec René Char pour protester contre un article de Jean Wahl, directeur du Collège de philosophie et professeur à la Sorbonne, dans *Les Temps modernes* ; le texte, « La Philosophie sur le pot », est demeuré inédit. *Entre le 22 octobre et le 24 novembre*, il échange une correspondance à ce sujet avec René Char et Jean Paulhan.
Décembre : pour une exposition « Hommage à *Commerce* » à la fondation Primoli de Rome, il prête divers documents (manuscrit de « La Tortue » ; *Cinq sapates* ; photo de Mariette Lachaud, secrétaire de Braque ; portrait dessin de Charbonnier, etc.). *Le 4*, sortie de l'*Anthologie des poètes de la N.R.F.*, préfacée par un texte de Paul Valéry (« Questions de poésie ») ; six textes y figurent : « Le Martyre du jour », « Pauvres pêcheurs », « Le Pain », « Végétation », « Le Tronc d'arbre », « Le Soleil se levant sur la littérature ».

1959

Traduction en allemand de *Proêmes* par Katharina Spann, Karl Henssel Verlag. Cinq textes (« Le Tronc d'arbre » ; « Les Trois Boutiques » ; « L'Huître » ; « Le Papillon » ; « Notes pour un coquillage ») figurent dans *The Penguin Book of French Verses. The XXth Century*, traduits par Anthony Harthley. — Philippe Sollers va écouter les cours de Ponge sur la poésie à l'Alliance française.

17 janvier - 7 février : exposition Ferdinand Springer à la galerie d'art André Droulez, à Reims.

Mars : *du 19 au 21*, Ponge inaugure une exposition Jean Fautrier à Düsseldorf. Le numéro 6 de la revue *Augenblick* lui rend hommage. Henry-Louis Mermod refuse d'éditer les œuvres de Malherbe, mais propose une préface à un *Grand bestiaire* qui ne verra finalement pas le jour.

Avril : conférence sur « Prévert, Queneau, Tardieu : l'humour et la complainte, la poésie de cabaret ». *Le 10, 14 juillet* lance une enquête auprès des intellectuels français : faut-il un mouvement de résistance contre le pouvoir issu du 13 mai 1958 ? L'appel est signé Maurice Blanchot, André Breton, Dionys Mascolo et Jean Schuster ; le numéro du 18 juin publie un lot de réponses, parmi lesquelles celles d'André Pieyre de Mandiargues, de Jean Paulhan, Marguerite Duras, Yvon Belaval, Jean Beaufret, Edgar Morin, Brice Parain, Roland Barthes. Ponge ne s'est pas associé à ce mouvement : « C'est alors que j'ai fait l'éloge des moments où la France était tenue d'une main ferme, comme sous Henri IV, Richelieu, Louis XIV. »

Juillet : séjour à l'île de Ré, chez Philippe Sollers. Correspondance avec André Malraux pour faire subventionner l'édition des œuvres complètes de Malherbe. *Le 31*, mort de Germaine Richier.

Août : projet d'une décade autour d'Ungaretti que Ponge organiserait ; le projet avortera. Rencontre avec Max Bense aux Fleurys.

Septembre : *le 16*, Ponge quitte Paris avec les Tardieu et arrive à Naples *le 17*. Après avoir visité le musée de Capodimonte, il embarque pour Capri *le 18*, visite Anacapri et la Grotte bleue et, *le 20*, il reçoit, avec Pierre Emmanuel, le Secondo Premio internazionale di poesia pour « La Figue (sèche) ». Il quitte Capri *le 21*, visite Herculanum et Pompéi, puis, *le 22*, Paestum. *Le 23*, à Rome, il visite Saint-Clément, le Palatin et la maison de Livie, les jardins Borghese, la place Navone, le Capitole, et assiste au spectacle son et lumière au Forum. Quittant Rome *le 24*, il visite Assise *le 25*, écoute de la musique à Arezzo *le 26*, « dans le chœur décoré par Piero della Francesca », et parvient *le même jour* à Florence, où il visite Santa Maria Novella et la place de la Seigneurie ; puis, *le 27*, le musée des Offices et Fiesole. *Le 28*, il visite la chapelle des Médicis, voit les fresques de Benozzo Gozzoli au palais Médicis-Riccardi, visite le Carmine et San Miniato, et enfin, *le 29*, le Musée étrusque, l'Académie, avant de gagner Porto Venere, puis, *le 30*, Nice.

Octobre : la Caisse nationale des lettres refuse de subventionner le *Malherbe*.

Novembre : il est nommé chevalier de la Légion d'honneur par décret du *18* (*J.O.* du 21 novembre).

Décembre : il est sollicité par Bernard Pingaud pour un numéro de *L'Arc* sur la peinture ; il remettra en janvier 1960 un article, « Fautrier et l'art poétique », qui sera refusé pour des raisons de contrat.

1960

Septembre : Manifeste des 121 qui dénonce la torture en Algérie.
4 janvier : Albert Camus meurt dans un accident de voiture.
26 octobre : Saint-John Perse reçoit le prix Nobel.
Exposition « Les Sources du XXe siècle ». — Décès de Pierre Reverdy. — J. Follain, *Des heures*.

Janvier : *le 24*, conférence sur Georges Braque à l'École des beaux-arts du Mans.

30 mars (8 clinamen 87) : le Collège de pataphysique publie le portrait du Commandeur Ponge par Jean Dubuffet, avec commentaires.

Mars-décembre : Ponge bénéficie d'une bourse de la Caisse nationale des lettres pour « un recueil de poèmes et de plusieurs ouvrages en prose » ; il avait été recommandé par Jules Supervielle et Octave Nadal.

Avril : il reçoit une invitation à se rendre en Yougoslavie.

Printemps : il collabore, avec « La Figue (sèche) » et le « Proême » de 1924 dédié à Bernard Groethuysen, au premier numéro de *Tel quel* dont il juge « très bien » la déclaration liminaire. Selon Jean Thibaudeau (*Mes années Tel quel*, 1994), il aurait par la suite procuré à la revue les inédits d'Éluard, obtenus par Cécile Éluard, et le premier inédit d'Antonin Artaud grâce à Paule Thévenin, avant d'y introduire André Berne-Joffroy, Jean Bottéro, Henri Calet, Jean Fautrier, Jean Tortel et les articles que Piero Bigongiari, Denis Hollier et Elisabeth Walther consacrent à son œuvre. Il vend des panneaux muraux peints par Dubuffet dans l'appartement de la rue Lhomond.

Juin : *du 14 au 25*, importante exposition rétrospective à la bibliothèque littéraire Jacques-Doucet (catalogue de François Chapon, préface d'Octave Nadal). *Le 17*, conférence de Philippe Sollers à la Sorbonne, salle Louis-Liard, « Francis Ponge ou la Raison à plus haut prix », qui paraît dans le *Mercure de France* de juillet. À la suite d'une visite, Yusuf Al-Khal publie à Beyrouth un article en arabe avec une photo. *Le 26*, Ponge signe avec

André Breton, Julien Gracq, Pierre Jean Jouve, André Pieyre de Mandiargues, Jean Paulhan, Philippe Soupault, Giuseppe Ungaretti, une note (« Qui après Fort ? ») pour nier la nouvelle selon laquelle Jean Cocteau aurait été nommé Prince des poètes au décès de Paul Fort.

Juillet : voyage en Suisse.

Août : *du 3 au 16*, séjour au Chambon ; *du 17* jusqu'au 13 septembre, à Nice.

Octobre : *Dessins de Pablo Picasso*, Lausanne, Mermod.

Novembre : *le 15*, Ponge signe avec les mêmes qu'en juin une note (« Suite princière ») sur le refus de Saint-John Perse d'accepter le titre de Prince des poètes. Il refuse de faire partie du jury des Courts métrages à Tours. Négociations avec la Caisse nationale des lettres où interviennent Philippe Jaccottet, Jean Paulhan, Gaëtan Picon, Jules Supervielle.

1961

Mai (jusqu'en mars 1962) : conférence d'Évian sur l'Algérie.
Janvier : *le 21*, décès de Blaise Cendrars.
Juillet : *le 1ᵉʳ*, décès de Louis-Ferdinand Céline.
13 août : construction du mur de Berlin.

Traduction anglaise par Richard R. Strawn, sous le titre *Seven prose poems* (*New directions in prose and poetry*, nº 17, édité par J. Laughlin, Norfolk, Connecticut), d'« Escargots », « Pluie », « Les Mûres », « Le Cageot », « L'Orange », « Le Cycle des saisons », « Notes pour un coquillage », qui appartiennent au *Parti pris des choses*.

Ponge achète le Mas des Vergers au Bar-sur-Loup — « dont le paysage rappelle la Toscane et l'Ombrie » — grâce à la vente d'un dessin au crayon de Seurat légué par Alix Guillain, compagne de Bernard Groethuysen, et de la murale de Jean Dubuffet qui se trouvait rue Lhomond. « J'ai beaucoup désiré revenir sur les bords de la Méditerranée, tout près de la mer intérieure, qui est le lieu des anciennes civilisations dont nous sommes issus. »

Février : écriture de « Pour Fenosa » en vue de l'exposition des sculptures de l'artiste chez Jacques Dubourg en avril. *Le 28*, par les soins de l'attaché culturel à l'ambassade américaine, enregistrement d'un choix de poèmes pour la Poetry Room de Harvard College.

Avril-mai : conférences en Italie et en Yougoslavie, *à partir du 10* à Gênes, Plaisance, Mantoue, Padoue ; *entre le 15 et le 17* à Venise et à Trieste (« La Pratique de la poésie ») ; *à partir du 19* à Belgrade, Zagreb, Trieste, Ravenne ; *le 27* à Bologne, puis à Florence. Retour à Paris *le 6 mai*. Entretien avec Piero Bigongiari publié dans *Approdo letterario*, VII.

Avril-juillet : Jean-Pierre Clavel, directeur de la Bibliothèque cantonale et universitaire de Lausanne, organise deux expositions où

Ponge occupe une place importante : « Pour l'anniversaire d'un éditeur [Henry-Louis Mermod] » jusqu'en *mai*, puis *du 12 juin au 12 juillet*, « Hôtes de Fantaisie [nom de la maison des Mermod] ».
Juillet : séjour au Tertre, chez Christiane Martin du Gard, puis aux Fleurys jusqu'au 20 août.
Novembre : *Ubac, ardoises taillées*, Éditions Maeght ; *Le Grand Recueil*, coll. « Blanche », Gallimard, 3 vol. (I. *Lyres* ; II. *Méthodes* ; III. *Pièces*). Selon la correspondance avec Philippe Sollers, ce recueil aurait pu s'appeler *La Vie textuelle*.
24 août - 7 septembre : séjour à Nice.
Décembre : pendant la nuit de Noël au Tertre, Ponge entend chanter par Alix Tardieu le *Lamento d'Ariane* de Monteverdi, qui suscite chez lui « une émotion très violente ». « Il me semble que l'expression des sentiments par la musique atteint là à une perfection qu'elle n'a jamais, en aucun genre de littérature, pu retrouver » (lettre du 23 janvier 1962 à Paul-Martin Du Bost, qui préparait un hommage pour Radio-Canada).

1962

15 avril : Georges Pompidou devient Premier ministre.
3 juillet : indépendance de l'Algérie.
28 octobre : référendum sur l'élection du président de la République au suffrage universel.
R. Char, *La Parole en archipel*.

Janvier : *le 31*, il déjeune avec Jean Follain qu'il entretient de Malherbe.
Mars : exposition *L'Objet* au Musée des arts décoratifs. *Le 15*, décès de la mère d'Odette Ponge. Émission « Une œuvre, un portrait » à Radio-France.
Avril : *le 14*, décès brutal de Henry-Louis Mermod ; à la demande de Freddy Buache, de la Cinémathèque suisse, Ponge rédige un texte qui paraît dans la *Gazette de Lausanne* du 20 mai (« La Suisse a perdu un ange, ou un elfe »). Il est sollicité par Pierre Abraham, directeur d'*Europe*, pour un numéro spécial (n° 403-404, novembre-décembre) à l'occasion du dixième anniversaire de la mort de Paul Éluard ; il en subsiste un volumineux dossier, « Qualité de Paul Éluard », dont quelques extraits figurent dans R. D. Valette, *Éluard. Livre d'identité*, Tchou, 1967. Deuxième quinzaine d'avril, séjour à Nice.
8 mai : à Nancy, émission au Cercle littéraire des étudiants ; texte de J. Levaillant, « Pour saluer Francis Ponge ».
Juillet : déménagement des Fleurys pour le Mas des Vergers. *Le 19*, naissance d'un deuxième petit-fils, François.

1963

31 août : décès de Georges Braque.
11 octobre : décès de Jean Cocteau.

Jean Paulhan est élu à l'Académie française. — D.-H. Kahnweiler, *Confessions esthétiques*; A. Robbe-Grillet, *Pour un nouveau roman*.

Projet d'édition du *Parti pris des choses* avec des eaux-fortes de Jean Rigal.

Janvier: première monographie française sur Ponge par Philippe Sollers dans la collection « Poètes d'aujourd'hui » chez Seghers. Dans Giuseppe Ungaretti, *Il tacuino del vecchio. Apocalissi* (Milan, Edizioni Apollinaire, gouaches de Jean Fautrier) figurent des extraits traduits par Ponge.

Février: il reçoit de François Mauriac *Ce que je crois*, et s'en dit « profondément touché ».

Mars: rencontre avec Jacques Garelli, qui doit parler de son œuvre dans des « Entretiens sur la poésie ».

Mai: *À la rêveuse matière*, [Lausanne], Éditions du Verseau; la correspondance avec les imprimeurs Roth et Sauter sur cette « plaquette estampe » a commencé en mars. *Du 17 au 27*, exposition « Vues sur la matière » à la galerie Bonnier de Lausanne pour laquelle sont fournis des textes.

Juin: *le 12*, prise de parole lors d'une cérémonie à la mairie du XIVe arrondissement en l'honneur d'Henri Calet. *Le 15*, sortie de *Deux poèmes*, « ouvrage réalisé en un exemplaire unique dédié à Francis Ponge »; ce livre de grand format contient en copie manuscrite « La Métamorphose » et « La Tortue ».

Juillet: séjour au Bar-sur-Loup de Sylvie et Jean Thibaudeau. Ponge se plaint dans une lettre à Philippe Sollers de « l'article imbécile de Clancier dans les *Cahiers du Sud* ».

Août: *le 21*, naissance d'un troisième petit-fils, Philippe.

19 septembre: vernissage à la galerie Bernier de Lausanne de *L'Asparagus*, coll. « L'Aurore », F. Mermod, lithographies de Jean Fautrier.

Octobre: *Braque lithographe*, Monte-Carlo, André Sauret.

Décembre: à la Galleria Apollinaire de Milan, exposition « Otages et nus de Fautrier », pour laquelle un texte qui devait être traduit par Piero Bigongiari est demandé à Ponge.

1964

21 juillet: décès de Jean Fautrier.
22 octobre: Jean-Paul Sartre refuse le prix Nobel.

Traduction en allemand d'extraits du *Grand Recueil*, surtout de *Méthodes*, par Gelda Zeltner: *Die literarische Praxis*, Fribourg-en-Brisgau, Walter Verlag AG.

Au cours de cette année, Ponge a de fréquentes conversations avec Philippe Sollers, Jean Thibaudeau, Marcelin Pleynet, du groupe *Tel quel*, qui sont des assidus de la rue Lhomond.

C'est une période intense d'écriture, depuis « Feuillet votif », consacré à Georges Braque et achevé *le 28 janvier*, jusqu'aux révisions de *Pour un Malherbe* à compter *de février* et au travail du *Pré* en *juin* et *juillet*.

Ponge relit les articles d'Henri Calet sur Paris ; il lit en une nuit les *Mémoires* de Simone de Beauvoir, *Biefs* de Michel Deguy. Il relit *La Semaison* de Philippe Jaccottet ; lit *La Bête de la jungle* d'Henry James, « L'absurde traduction de Virgile, par Klossowski » dans la *N.R.F.*, *L'Art fantastique* de René de Solier, un « Livre sur Élie Faure » de P. Desange, le livre de Léon-Gabriel Gros sur John Donne, un livre de Leconte de Noüy publié chez Hermann, la traduction de *Der Andere* de Lothar Streblow, la monographie d'Émilie Noulet sur Tardieu (Seghers), *Analogues* de Jean-Pierre Faye, *Capriccio italiano* d'Eduardo Sanguinetti, les tomes IV et V des *Œuvres complètes* d'Antonin Artaud, « La Pensée contraire » de Marcelin Pleynet (*Tel quel*, n° 17), *A mesure haute* d'Octave Nadal, *Le Livre du ça* de Groddeck, le livre de Brassaï sur Picasso, *En toute candeur* de Kenneth White, *Drame* de Philippe Sollers (lu et relu pendant plusieurs jours), *Propos sur la littérature* d'Alain.

Il voit *Le Mépris* de Jean-Luc Godard, *Le Guépard* de Luchino Visconti, *Phaedra* de Jules Dassin, *Méditerranée* de Jean-Daniel Pollet, *Le Journal d'une femme de chambre* de Luis Buñuel, *Le Désert rouge* de Michelangelo Antonioni.

En ce qui concerne le domaine musical, il assiste à des concerts. Il écoute à la radio *Platée* de Rameau, puis, du même compositeur, *Dardanus* et le motet *In convertendo*. Il assiste à la représentation d'*Hippolyte et Aricie* de Rameau au festival du Marais. Il achète des disques de Mozart, de Bach et de Rameau. Il écoute à la radio *Oh ! les beaux jours* de Samuel Beckett.

Il visite les galeries à plusieurs reprises.

Grâce à Nathalie Sarraute, qui lui fait rencontrer Édouard Morot-Sir (attaché culturel à New York), et à Marcel Spada, se mettent au point deux tournées de conférences aux États-Unis et en Italie, pour 1965. Ponge classe en plusieurs séances ses archives, il dépouille des correspondances, se livre à des « déchirages », en vue d'une biographie destinée à un hypothétique avant-propos de *Pour un Malherbe*, et au travail de Jean Thibaudeau, qui prépare son *Ponge* pour Gallimard (« Bibliothèque idéale »).

Janvier : le *26*, en compagnie d'André Berne-Joffroy, il rend visite à Jean Fautrier. « Il était très maigre dans une houppelande vermillon. » Du *28* au 1ᵉʳ février, il « met dans le goût français » les « Quatre pièces de Morsztyn ».

Février : du *4* au 6 avril, écriture de « Quelques notes sur E. de Kermadec ». *Le 27*, il assiste à la réception de Jean Paulhan à l'Académie française, puis au cocktail qui suit à l'hôtel Meurice.

Mars : le *5*, il participe à une émission de Robert Valette consacrée à *L'Objet* (France-Culture, *5* mars, 19 h 45). *Le 13*, il inaugure les « Conférences » *Tel quel* — « place Saint-Germain des Prés, remarquable conférence de Ponge » (Jean Follain) — et « palabre » ensuite avec Roland Barthes au café de Flore. *Le 21 et le 22*, escapade à Honfleur. Du *29 au 11 avril*, séjour au Mas des Vergers.

Avril : Paule Thévenin suggère à Gallimard de proposer Ponge pour le prix Nobel. *Le 15*, ce dernier assiste au vernissage de la rétrospective Jean Fautrier au Musée d'art moderne.

Mai-juin : à plusieurs reprises, il reçoit Roger Quillot, éditeur des *Œuvres* de Camus dans la « Bibliothèque de la Pléiade ». *Du 9 au 30 juin*, exposition chez Christofle « Cent assiettes décorées par des peintres contemporains » pour laquelle Ponge est sollicité. Gallimard met une secrétaire à sa disposition pour la préparation du *Malherbe*.

Mai : le « témoignage » sur le film *Méditerranée* de Jean-Daniel Pollet et Philippe Sollers, entrepris *le 3*, est emporté *le 7* par Philippe Sollers. *Du 26 au 31*, écriture de « Pour Kosice ».

Juin : *le 11*, Ponge assiste à la conférence de M. Pleynet et D. Roche sur « la nouvelle poésie ». *Le 20*, il est invité chez Louise et Michel Leiris pour le quatre-vingtième anniversaire de Daniel-Henry Kahnweiler.

Juillet : *le 28*, il participe à un dîner pour l'inauguration à Saint-Paul-de-Vence, sous la présidence d'André Malraux, de la fondation Aimé et Marguerite Maeght, où Gaëtan Picon le sollicite pour un texte sur Jean Fautrier. *Le 29*, Ponge rencontre aussi Werner Spies, qui servira d'intermédiaire pour un projet d'édition allemande du *Savon*. Rencontres avec Saint-John Perse, Joan Miró, Marc Chagall, Alberto Giacometti, Henri Maldiney, Jean Tardieu, Gaëtan et Geneviève Picon... À compter du *30* jusqu'au 31 août, il travaille aux « Nouvelles notes sur Fautrier ».

Septembre : *à partir du 2*, *Le Savon* est repris pour répondre à une commande des radios de Stuttgart et de Cologne.

Octobre-décembre : *du 5 octobre au 2 novembre*, exposition au Musée d'art moderne, « Grands et jeunes d'aujourd'hui. Hommage à Fautrier ». Entretiens rue Lhomond avec Jean Thibaudeau pour la monographie qui paraîtra en septembre 1967.

Novembre : du *14 au 16*, voyage à Caen et à Cherbourg où, *le 15*, il donne une conférence. *Le 17*, il assiste à une conférence de Roland Barthes. Projet d'une série télévisée, « Le Langage et la Vie », confiée à Bernard Bing ; trois films seraient réalisés sur Alain Robbe-Grillet, Ponge et Julien Green. Le projet avortera en avril 1965, à la suite d'un synopsis de sept pages et d'une longue lettre de Bernard Bing qui juge le projet insuffisamment mûr. *Du 21 au 26*, Ponge écrit « Hélion-Dessins ». *Le 20*, il rencontre Gaëtan Picon, qui lui promet une aide de la Caisse nationale des lettres.

Décembre : *le 18*, il assiste avec Odette, rue Soufflot, au transfert des cendres de Jean Moulin au Panthéon.

1965

Janvier : *Pour un Malherbe*, coll. « Blanche », Gallimard.
Janvier-février : conférences dans divers centres culturels français en Italie.
12 mars : Ponge rédige sa lettre de démission de l'Alliance française, qu'il quittera définitivement à la fin du mois.
Mai : *Pour l'araignée*, 25 gouaches d'Albert Ayme, Aux dépens d'un amateur, in f°, 44 p.
Septembre-décembre : séjour au Canada et aux États-Unis.
Octobre : *Tome premier*, coll. « Blanche », Gallimard, qui contient *Douze petits écrits*, *Le Parti pris des choses*, *Proêmes*, *La Rage de l'expression*, *Le Peintre à l'étude*, *La Seine*.

1966

Septembre-janvier : Ponge est Visiting Professor à l'université Columbia.

1967

Janvier : *le 5*, *Le Savon*, coll. « Blanche », Gallimard.
Avril-mai : entretiens avec Philippe Sollers sur France-Culture.
Septembre : *Nouveau recueil*, coll. « Blanche », Gallimard. Publication du *Parti pris des choses*, suivi de *Proêmes* dans la collection « Poésie », Gallimard.

1968

Juillet : *le 6*, décès de la sœur de Ponge, Hélène, avec laquelle il entretenait des liens étroits d'ordre affectif et intellectuel.
Octobre : *le 9*, décès de Jean Paulhan.

1969

Janvier : conférences à Zurich, Gand, Amsterdam et Utrecht.
Juillet : il est nommé membre correspondant de la Bayerische Akademie der schönen Künste.

Il est promu officier de la Légion d'honneur par décret du 11 (*J. O.* du 13 juillet).

1970

Avril : *du 12 au 29*, voyage aux États-Unis. *Entretiens avec Philippe Sollers*, Gallimard - Le Seuil.
Juin : Ponge est invité à Bonn et Cologne pour des séances de lectures et de signature.

1971

Février: *La Fabrique du pré*, coll. « Les Sentiers de la création », Genève, Skira.
Avril-mai: tournée de conférences en Angleterre. Numéro spécial de *TXT*, n° 3-4, « Ponge aujourd'hui ».
Novembre: le *18*, il doit renoncer à des lectures commentées prévues à l'École polytechnique de Zurich, car il est souffrant.

1972

Mai: réalisation scénique du *Savon* à Bruxelles.
Automne: exposition Ponge à la librairie Leuwers à Bruxelles. Ponge est invité par Victor Hell au congrès « Art et littérature » de l'université de Strasbourg.

1973

Avril: film *Le Galet*, réalisé par Colette Picquet au Centre audio-visuel de l'École normale supérieure de Saint-Cloud. Ponge reçoit le prix international de l'Ingram Merrill Foundation.
Septembre: la *Revue des sciences humaines* consacre son numéro 151 à Ponge: « Y a-t-il des mots pour F. Ponge ? »

1974

Les Monnaies et médailles frappent une pièce à l'effigie de Ponge, gravée par Robert Couturier.
Février: affaire *Art-Press*; tract de Ponge *Mais pour qui donc se prennent maintenant ces gens-là ?*
Juin: il se voit remettre le prix international de poésie Books-Abroad Neustadt auquel sa candidature a été présentée par Michel Butor.
Septembre: il accepte de participer à Cambridge, en 1975, à un International Festival of Poetry; mais il y renoncera.

1975

Août: du *2 au 12*, colloque de Cerisy-la-Salle, « Ponge inventeur et classique ».

1976

Mars: lecture de *Pour un Malherbe* au théâtre Récamier.
Avril: numéro spécial de la revue *Digraphe*.
Septembre: voyage en Italie du Nord. Publication de *La Rage de l'expression* dans la collection « Poésie », chez Gallimard.

Octobre : *Abrégé de l'aventure organique suivi du développement d'un détail de celle-ci*, Paris, lithographies de Roger Derieux.

1977

Janvier : *L'Écrit Beaubourg*, Centre Georges-Pompidou.
Février : *L'Atelier contemporain*, coll. « Blanche », Gallimard ; *Comment une figue de paroles et pourquoi*, coll. « Digraphe », Flammarion.
25 février - 4 avril : exposition au Centre Georges-Pompidou, « Francis Ponge : manuscrits, livres, peintures ».
8 avril : Ponge passe à l'émission « Apostrophes » de Bernard Pivot.

1979

Première monographie anglaise par Ian Higgins dans la collection « Athlone French Poets » et édition du *Parti pris des choses*, The Athlone Press.
Mai : le *18*, numéro du *Monde* (« Francis Ponge, un classique qui révolutionne ») à l'occasion des quatre-vingts ans de l'écrivain. *Le 27*, départ pour l'Italie ; séjour à la Villa Médicis jusqu'au 8 juin.

1980

Lyres, coll. « Poésie », Gallimard (ensemble nouveau composé d'extraits du *Grand Recueil* et du *Nouveau recueil*). Ponge est élu membre honoraire de l'American Academy and Institute of Arts and Letters (New York).
Avril : *du 20 jusqu'au début de juin*, exposition au Musée de la Libération (manuscrits fournis par Ponge).

1981

Avril : numéro de la revue *Études françaises*, Montréal, coordonné par B. Beugnot et R. Melançon (première publication du dossier de *La Table*). *Du 27 au 30*, hommage à Ponge, par Marcel Spada et le Théâtre quotidien de Montpellier.
Septembre : le *10*, émission « Souvenirs d'égotisme ». *Le 21*, « Revue parlée » à Beaubourg : lecture du *Savon* par Nelly Borgeaud, Reine Courtois, Tatiana Mouchkine ; musique d'Alain Lithaud ; présentation scénique de Christian Rist.
Novembre : le *8*, France-Culture diffuse la lecture du *Savon*.
Décembre : Ponge est lauréat du premier Grand Prix national de poésie créé par Jack Lang (parmi les membres du jury, Eugène Guillevic, Bernard Noël, Denis Roche, Claude Simon, François Maspero).

1982

Août : tournage au Mas des Vergers du film de Jean Paul Roux, *Francis Ponge un vieux poète toujours jeune*.
Décembre : *La Table*, Montréal, Éditions du silence.

1983

Janvier : *Nioque de l'Avant-printemps*, Gallimard.
Février : *Petite suite vivaraise* [Montpellier], Fata Morgana. Ponge reçoit le Prix de poésie de la Mairie de Paris.
Avril : il est promu commandeur de la Légion d'honneur par décret du *1ᵉʳ* (*J. O.* du 3 avril).

1984

Mars : *le 5*, au Centre Georges-Pompidou, « Improvisation » de Francis Ponge, sur des lectures de Christian Rist. Visite de Denis Roche au Mas des Vergers.
Avril : exposition « Hommage à Francis Ponge » à la Maison de la poésie.
Juin : Ponge reçoit le grand prix de Poésie de l'Académie française.
Automne : *Pratiques d'écriture ou l'Inachèvement perpétuel*, Hermann.

1985

Mai : *le 21*, Ponge reçoit le grand prix de la Société des gens de lettres pour l'ensemble de son œuvre.
Juillet : *du 15 au 18*, à Avignon, *Pièces et morceaux*, montage de textes par J. Thibaudeau, mis en scène par Nelly Borgeaud ; *les 19 et 20*, *Le Monologue du Malherbe*, mis en scène par Christian Rist et Jean-Marie Villégier ; *le 21*, *Francis Ponge au verger d'Urbain V. Le concert de vocables*, coproduction Studio classique, Maison de la poésie, Festival d'Avignon. Exposition à la bibliothèque municipale d'Avignon.
Novembre : *les 15 et 16*, à la Maison de la poésie, reprise du *Concert de vocables*, et, *le 21*, du *Monologue du Malherbe*.

1986

Février-mars : *le 20 février*, *le 28* et *le 5 mars*, présentation du *Savon* par Christian Rist à la Comédie-Française.
18 avril : hommage à l'Athénée, salle Louis-Jouvet.
Juin : *Correspondance (1923-1968)* avec Jean Paulhan, coll. « Blanche », Gallimard, 2 vol. (édition critique annotée par Claire Boaretto) ; *Francis Ponge*, *Cahiers de l'Herne*, n° 51, volume coordonné par Jean-Marie Gleize.

Octobre: émission de France-Culture sur la correspondance avec Paulhan.

1987

Film d'Isabelle de Vigan et Alain Taïeb, *Francis Ponge ou la Rage de l'expression*.
12 avril: *Première et seconde méditations nocturnes*, L'Ire des vents, deux aquatintes de Geneviève Asse.
23 mai - 28 mai: exposition à l'École d'art, La Vieille Charité, Marseille (« La Mounine. Francis Ponge »).
Septembre: Ponge est nommé Commandeur exquis (ou Petit-fils Ubu) dans l'ordre de la Grande Gidouille *le 22 absolu* [septembre]. Au Centre Georges-Pompidou : lecture par Christian Rist et A. Leveugle d'extraits de la correspondance avec Paulhan ; lecture de pages du *Pour un Malherbe* par Christian Rist.

1988

Juillet: exposition « Francis Ponge et le Chambon-sur-Lignon », organisée par Paul Riou.
Août: *le 6*, décès de Ponge au Bar-sur-Loup ; *le 10*, il est inhumé au cimetière protestant de Nîmes.
Septembre: le numéro 12 du magazine de la Mairie de Paris, *PARIS. Tête d'affiche*, lui consacre sa page de couverture, avec un hommage de Jacques Chirac, maire de Paris. *Le 20*, inauguration à Montpellier d'une place Francis-Ponge.
Décembre: dossier « Francis Ponge », *Le Magazine littéraire*.

1989

2 février: les Postes émettent dans la série « Poètes français du XXe siècle » (Paul Éluard, André Breton, Louis Aragon, Jacques Prévert, René Char) un timbre à l'effigie de Ponge.
Une partie du numéro 433 de la *N.R.F.* est consacrée à « Francis Ponge (1899-1988) ».

1991

Septembre: réédition de *La Table*, Gallimard (présentation de Jean Thibaudeau).

1992

Janvier: *Nouveau nouveau recueil*, coll. « Blanche », Gallimard, 3 vol. (édition établie par Jean Thibaudeau).
Numéro 228 de la *Revue des sciences humaines*, « Ponge à l'étude », Lille, coordonné par Gérard Farasse.

Nouvelle édition du *Savon* (coll. « L'Imaginaire », Gallimard).

1993

10 mars - 6 avril: exposition « L'Œil et Ponge » à la galerie de l'Échaudé, rue Jacob.

1995

Mai: le poème « Le Pigeon » est retenu par la R.A.T.P. pour ses affiches « Poésie en vers et en bleu ».
Octobre: le numéro 9 des « Dossiers et documents littéraires » du *Monde* est partiellement consacré à « Francis Ponge, l'enragé de l'expression » (montage de Bernard Veck).

1996

Septembre: numéro spécial du C.R.I.N. (Cahiers de recherche des instituts néerlandais de langue et littérature françaises), université d'Anvers.

1998

Septembre: *Genesis*, n° 12, « Autour de Ponge : d'une poésie génétique » (coordonné par B. Beugnot).
Novembre: édition par Bernard Beugnot et Bernard Veck de F. Ponge, J. Tortel, *Correspondance (1944-1981)*, coll. « Versus », Stock.

BERNARD BEUGNOT et BERNARD VECK.

NOTE SUR LA PRÉSENTE ÉDITION

Les principes de cette première édition des *Œuvres complètes* de Francis Ponge appellent des justifications. L'organisation d'ensemble devait répondre à une répartition des textes entre le premier et le second volume qui ne tînt pas seulement au hasard du nombre de pages. Le choix de 1965 comme date charnière dans la chronologie éditoriale répond à cette recherche d'équilibre. Le tome I, si l'on excepte *À la rêveuse matière*, se clôt sur les trois volumes du *Grand Recueil* qui, en conjoignant bilan rétrospectif et nouveauté, ont joué un rôle décisif dans la fortune de l'œuvre ; le tome II s'ouvre sur *Pour un Malherbe*, journal intime d'un livre inaccompli et autobiographie poétique qui couronne une démarche éditoriale inaugurée près de vingt ans plus tôt, l'exposition du chantier textuel. Les textes publiés obéissent en effet à une chronologie complexe, où interfèrent trois moments qui sont aussi des lieux : l'atelier, travail rédactionnel qui peut à l'occasion s'étendre sur des années, voire des décennies ; la revue ou plus rarement l'édition bibliophilique, publication ponctuelle ; enfin le recueil, plus ou moins étoffé et complexe, dont l'organisation prend figure d'inventaire et scande la carrière. C'est pour éviter à la fois l'émiettement d'une pure succession chronologique qui aurait en outre constamment oscillé entre la date de rédaction, parfois incertaine, et la date de première publication, et le démembrement des recueils qui aurait dénaturé les intentions qui les régissent, qu'on a retenu comme premier principe éditorial la suite des volumes, depuis les *Douze petits écrits* (1926) jusqu'au *Nouveau nouveau recueil* (3 vol., 1992) publié à titre posthume, mais conçu par Ponge. Les recueils publiés à petit tirage figureront à leur date sous forme d'un simple témoin ; le plus souvent, le groupement initial éclate ; parfois il est conservé et constitue une manière d'implicite recueil dans le recueil ; ainsi les *Cinq sapates*

(1950) font retour dans *Pièces*, tome III du *Grand Recueil* (1961) ; ainsi *L'Atelier contemporain* (1977) rapatrie *Le Peintre à l'étude* (1948) qui devait néanmoins exceptionnellement appartenir au tome I, à titre de premier ensemble de textes sur l'art. Pour les nombreux textes isolés qui ont fait l'objet d'éditions bibliophiliques, ils sont mentionnés à leur date dans la Chronologie, sans faire l'objet d'un témoin dans le volume et sans les détails bibliographiques que fournit l'annotation à l'occasion de leur reprise en recueil[1].

Le second principe est de donner le dernier état revu — à l'exception des éditions de poche — afin de restituer une vue globale de la carrière poétique « officielle » sur laquelle la « Liste chronologique des textes », donnée en fin de tome II, permet de jeter un autre regard, fidèle cette fois au rythme du travail d'écriture, à ses lenteurs, ses accélérations ou ses méandres. Quelques exceptions toutefois : *L'Araignée* est publié à la fois dans l'édition de 1952 et dans *Pièces* (1961) parce que le recueil a gommé tous les effets typographiques de l'originale ; « La Figue (sèche) » demeure à sa place à la fin de *Pièces*, bien que le dossier génétique complet (*Comment une figue de paroles et pourquoi*, Flammarion, 1977) soit appelé à figurer dans le tome II.

Pour tous les dossiers de travail que Ponge n'a pas pris l'initiative de publier, les contraintes éditoriales ont imposé des règles de sélection. Les ateliers qui suivent chaque recueil accueillent quelques documents textuels et, plus rarement, iconographiques. L'annotation y joint de courts extraits soit en raison d'un rapport organique de nature chronologique ou thématique avec d'autres textes, soit lorsqu'une difficulté ou une obscurité du texte se trouvent levées par ce recours. Les dossiers permettent en effet de reconstituer les étapes de la gestation, de découvrir les circonstances et les lectures préparatoires qui souvent n'apparaîtront plus dans la version dernière que sous forme de trace exténuée, si allusive qu'elle en devient obscure, de rendre intelligible un mot qui seul subsiste comme une épave dans le naufrage de toutes les tentatives qu'il abolit, triomphe ultime de l'unique sur toutes les virtualités expressives. Loin en effet d'être une facilité éditoriale, l'ouverture des dossiers complique les trajets, multiplie problèmes et obscurités.

Restait la question des textes et notes non repris en recueil ou demeurés inédits dans les archives. Il n'était pas question de les insérer à leur date, ce qui eût introduit une fâcheuse disparate par

---

1. Pour des inventaires plus ou moins complets, voir : *Francis Ponge. Bibliographie sommaire*, mars 1951, librairie Max Ph. Delatte (24 titres) ; *Liasse*, 1948 (13 titres) ; C. Boaretto, « Bibliographie des textes de Francis Ponge parus en volume jusqu'à ce jour (mars 1926 - octobre 1976) », *Bulletin du bibliophile*, 1976, n° 3, p. 266-292 (105 titres). Le *Cahier de l'Herne* de 1986 (p. 596-615) donne une liste chronologique des publications de Ponge (avec quelques erreurs et lacunes). Enfin Michel Collot (*Francis Ponge entre mots et choses*, Seyssel, Champ Vallon, 1991, p. 245-266) a établi le premier « essai de chronologie des textes de Francis Ponge ».

rapport aux principes énoncés précédemment ; ils seront donc regroupés à la fin du tome II.

C'est dire aussi que l'annotation, hormis les traditionnelles informations sur les états du texte et sur sa genèse, les indispensables éclaircissements historiques et lexicologiques, privilégie le recours aux archives inédites, limitant le repérage des multiples échos qui résonnent d'un texte à l'autre. Elle se limite aussi, sauf pour les textes de jeunesse les plus hermétiques ou ceux qui représentent des mutations significatives dans les parcours de l'œuvre, à proposer des pistes de lecture sans entrer dans le détail d'une interprétation dont, de toute façon, ce n'était pas le lieu.

La répartition des œuvres entre les collaborateurs s'est faite selon les préférences de chacun et en fonction des travaux antérieurs qu'il avait menés ; mais il importe de préciser qu'il s'agit aussi d'une entreprise collective dont les principes ont été définis lors de réunions de travail et dont les fruits ont fait l'objet d'une relecture par tous et d'une coordination par le responsable principal.

Pour les sigles et abréviations, se reporter à la page 872[1].

Une entreprise aussi complexe que de réunir les *Œuvres complètes* de Ponge ne se mène pas à terme sans contracter de multiples dettes, dont il faut ici reconnaître les principales. Au premier chef, envers Odette et Armande Ponge, qui nous ont ouvert sans réticence les archives familiales et ont fait preuve à l'égard du projet non seulement d'un intérêt soutenu, mais d'une constante disponibilité. Ensuite, envers les amis de Ponge ou leurs héritiers : Michel Audisio, fils de Gabriel, qui nous a donné accès à une riche correspondance ; Jeannette et Jean Tortel, trop tôt disparu pour voir cette édition dont le projet l'a d'emblée réjoui ; envers tous ceux, Ian Higgins, Philippe Jaccottet, Serge Koster, Françoise Mermod, Philippe Sollers, Élisabeth Walter qui nous ont ouvert leur dossier de lettres. Comment ne pas nommer aussi Jacques Cotin, dont les conseils et le protocole Pléiade ont été précieux à l'aube de l'entreprise, et ce collectionneur qui, sans vouloir sortir de l'anonymat, nous a fourni généreusement copie de nombreux manuscrits — et ils sont nombreux — qu'il détient. Il faut ajouter Mmes Florence Callu et Florence de Lussy, conservateurs au Département des manuscrits de la Bibliothèque nationale de France, François Chapon, puis Yves Peyré, directeurs de la bibliothèque littéraire Jacques-Doucet, Mme Marie-Thérèse Lathion, des Archives littéraires suisses à Berne, Jean-Louis Willemin, de la

---

1. Le dossier de « Notes d'un poème (*sur Mallarmé*) » (*Proêmes*), de *La Rage de l'expression*, du « Mariage en 57 » (*Lyres*), du « Texte sur l'électricité » (*ibid.*), de « Société du génie » (*Méthodes*), de « La Figue » (*Pièces*) et les épreuves corrigées du « Soleil placé en abîme » (*Pièces*), qui, dans l'appareil critique, sont signalés comme appartenant aux archives familiales, ont été, très récemment, cédés à la bibliothèque littéraire Jacques-Doucet.

Bibliothèque d'art et d'archéologie (fonds Doucet). Enfin, le Conseil canadien de recherche sur les humanités nous a octroyé une généreuse subvention sans laquelle eussent été difficiles l'enquête documentaire, les échanges et les indispensables séjours dans les archives européennes. Nous ne voudrions pas omettre l'équipe de la Pléiade, notamment Georges Kempf, dont nous avons apprécié l'ouverture, la disponibilité et le dévouement pour fixer le visage d'une œuvre à laquelle la richesse des archives encore à explorer n'ôte pas toute la mouvance.

B. B.

DOUZE PETITS ÉCRITS

À J. P.[1]

© *Éditions Gallimard,* 1926.

I

Excusez cette apparence de défaut dans nos rapports. Je ne saurai jamais m'expliquer.

Vous est-il impossible de me considérer à chaque rencontre comme un bouffon ? Je ris maintenant d'en parler d'une façon si sérieuse, cher Horatio ! Tant pis ! Quelconque de ma part la parole me garde mieux que le silence. Ma tête de mort paraîtra dupe de son expression. Cela n'arrivait pas à Yorick quand il parlait.

II

Forcé souvent de fuir par la parole, que j'aie pu seulement quelquefois retourné d'un coup de style le défigurer un peu ce beau langage, pour bref qu'il renomme Ponge selon Paulhan[1].

TROIS POÉSIES

I

Pour la ruée écrasante
De mille bêtes hagardes
Le soleil n'éclaire plus
Qu'un monument de raisons[1].

Pourront-ils, mal venus
De leur sale quartier,
La mère, le soldat,
Et la petite en rose,

Pourront-ils, pourront-ils
Passer ? Ivre, bondis,
Et tire, tire, tue,
Tire sur les autos !

II

Quel artificier
Tu meurs ! Fauve César !

Bigarre le parterre
Aux jeux avariés !

Brandis ta rage courte
En torche ! Rugis rouge* !

Et roule mort, gorgé
D'empire et de nuées[1] !

III

Ces vieux toits
quatre fois
résignés

Ce hameau
sans fenêtre
sous les feuilles

C'est ton cœur
quatre fois
racorni

ta sagesse
hermétique
ô tortue !

---

* Var. : Hurle, cruel !

QUATRE SATIRES

I. LE MONOLOGUE DE L'EMPLOYÉ

« Sans aucun souci du lendemain, dans un bureau clair et moderne, je passe mes jours.

Je gagne la vie de mon enfant qui grandit et grossit d'une façon convenable, non loin de Paris, avec quelques autres jolis bébés, dans une villa qu'on voit du chemin de fer.

La mère ayant repris son travail un mois après l'événement, la fatalité s'en est mise : malade encore, aspirant au repos, elle est partie avec cet Américain dont la concierge faisait peu de cas.

Que faire à cela ? Hélas !

Je gagne la vie de mon enfant, et je gagne ma vie, paisiblement. Je peux aller, vers le milieu de la journée ensoleillée, manger ; et manger encore le soir quand l'activité de la ville, après une période d'intensité considérable, décroît et meurt avec la lumière.

Je peux aussi me coucher, je peux rentrer me coucher dans une chambre modeste, il est vrai, mais située au bon air, dans la plus grande rue d'un quartier populaire, que j'aime, où vivent quelques amis.

Je gagne ma vie paisiblement, sans peine, en faisant un travail régulier et facile pour lequel je ne risque pas du tout d'être ennuyé gravement.

Tout a été soigneusement nettoyé et mis en place lorsque j'arrive ; quand je ferme la porte et m'en vais, saluant mes chefs, aucun souci ne sort avec moi.

Ainsi je gagne ma vie qui s'écoule avec assez de

lenteur et d'aisance, et que je goûte beaucoup, à sa valeur. »

« Cependant le soir, libre de mon temps, je prends conscience d'être un homme pensant : je lis et je réfléchis, réservant une demi-heure[1] à cet effet avant de dormir.

Dans ce moment, une amertume coutumière m'envahit et je me prends à songer que vraiment je suis un être humain supérieur à sa fonction sociale. Mais je dis alors une sorte de prière où je remercie la Providence de m'avoir fait petit et irresponsable dans un si mauvais ordre de choses.

Si la colère m'anime[2] je me calme aussitôt, songeant à cette fortune d'être placé, par mes intérêts comme par mes sentiments, dans la classe qui possède la servitude et l'innocence.

Esclave, je me sens plus libre qu'un maître chargé de soins et de mauvaise conscience.

Je rêve quelquefois au monde meilleur que mon enthousiasme refroidi me représente plus rarement depuis quelques années. Mais bientôt je sens que je vais dormir.

Et je tourne encore mon esprit vers mon enfant qui me lie à l'ordre social, et dont l'existence aggrave ma condition de serf. Je pense aussi à cette femme… Alors ma respiration devient tout à fait régulière car la tranquillité m'apparaît comme le seul bien souhaitable, dans un monde trop méchant encore pour être capable de se libérer, d'après ce que disent les journaux. »

II. LE COMPLIMENT À L'INDUSTRIEL

Sire, votre cerveau peut paraître pauvre, meublé de tables plates, de lumières coniques tirant sur des fils verticaux, de musiques à cribler l'esprit commercial,
mais votre voiture, autour de la terre, promène visiblement Paris, comme un gilet convexe, barré d'un fleuve de platine, où pend la tour Eiffel avec d'autres breloques célèbres, et lorsque, revenant de vos usines, déposées au creux des campagnes comme autant de merdes puantes, vous soulevez une tapisserie et pénétrez dans vos salons,

plusieurs femmes viennent à vous, vêtues de soie, comme des mouches vertes.

III. LE PATIENT OUVRIER

À Ch. Falk[1].

Des camions grossiers ébranlent la vitre sale du petit jour[2].

Mal assis, Fabre, à l'estaminet, bouge sous la table des souliers crottés la veille. L'acier de son couteau, attaqué par la pomme de terre bouillie, il le frotte avec un morceau de pain, qu'il mange ensuite. Il boit un vin dont la saveur affreuse hérisse les papilles de la bouche, puis le paye au patron qui a trinqué.

À sept heures ce quartier a l'air d'une cour de service. Il pleut.

Fabre pense à son wagonnet qui a passé la nuit dehors, renversé près d'un tas de sable, et qu'il relèvera brutalement, grinçant, décoloré, dans le brouillard, pour d'autres charges.

Lui est encore là, à l'abri, avec, dans une poche de sa vareuse, un carnet, un gros crayon, et le papier de la caisse des retraites.

IV. LE MARTYRE DU JOUR
OU
« CONTRE L'ÉVIDENCE PROCHAINE »

Considération, baie des nuits, pure vitre d'une ennuyeuse entrelueur à l'aube embue, le volet bleu fermé d'un coup il fait jour à l'intérieur.

*

Aussitôt sur Oscar[1] l'incisif outil du soleil brille. Il divise ses cils. Dès l'œil ouvert, à bas du songe coursier, Oscar est mis debout sur le plan de la mer. Et son corps culbuteur toujours contre l'attrait du sol efforce ses muscles : animaux, d'une vaine chaleur mécanique, vaincus. Terre à terre tout saute et grouille autour de lui. Pour se dépêcher, il faut multiplier les regards et faire attention tout près.

*

Dans une anthologie romantique, Julie, la peau dorée, les cuisses aérées sous une robe légère, lisait. Il la bouscule devant un bazar[2]. On y voit des tapis étalés comme des campagnes, et des bronzes dessus comme des rochers. Des coffrets ouvrés ressemblent à des villes. De l'or des genêts, du violet des bruyères une carpette est brochée. « C'est trop, dit Oscar, et pas cher dans le Catalogue moderne. »

*

On torréfie du café par là, le toit d'en face est rouge, un jet de vapeur siffle. Oscar est tout à fait accaparé. Réduit, stérilisé, il s'agite[3] sur une chaise de fer. Un éblouissement confond le ciel et la rue. Derrière une grille de lumière, on voit sur les murs bleus des nuages affichés.

*

Mais enfin les ombres autour des architectures tournent, tout court se tasser dans le fond pour le drame des perspectives car[4] une majesté puissamment avenue étouffe la lampe tyrannique. Tandis que Julie doit fermer son livre, Oscar, prunelles élargies, les étalages rentrés, voit se rétrécir vite l'intérêt du soleil[5].

TROIS APOLOGUES

I. LE SÉRIEUX DÉFAIT

À Charlie Chaplin.

« Mesdames et messieurs, l'éclairage est oblique. Si quelqu'un fait des gestes derrière moi qu'on m'avertisse. Je ne suis pas un bouffon.

Mesdames et messieurs : la face des mouches est sérieuse. Cet animal marche et vole à son affaire avec précipitation. Mais il change brusquement ses buts, la suite de son manège est imprévue : on dit que cet insecte est dupe du hasard. Il ne se laisse pas approcher : mais au contraire il vient, et vous touche souvent où il veut ; ou bien, de moins près, il vous pose la face seule qu'il veut. Chassé, il fuit, mais revient mille instants par mille voies se reposer au chasseur. On rit à l'aise. On dit que c'est comique.

En réfléchissant, on peut dire encore que les hommes regardent voler les mouches.

Ah ! mesdames et messieurs, mon haleine n'incommode-t-elle pas ceux du premier rang ? Était-ce bien ce soir que je devais parler ? Assez, n'est-ce pas ? vous n'en supporteriez pas davantage. »

II. LA DESSERTE DU SANG BLEU

Un certain nombre d'êtres organisés, sensiblement différents des espèces communes, se prétendaient animés de sang bleu.

Pour avoir le cœur net de cette étrangeté, on installa une nouvelle machine publique. Tout y fut mis en question devant une foule de témoins, et chaque fois le couteau rougit au lieu du secret de la corde.

Ainsi, rien de grave : ce sang bleu n'était qu'une façon de parler, et les mœurs seulement s'y étaient compromises.

D'ailleurs les espèces ne se différencient pas si vite que cela ; on le rappelle de temps en temps, depuis Darwin, dans les classes supérieures.

III. SUR UN SUJET D'ENNUI

De Grandes Choses[1] ont eu lieu entre les gens ces temps derniers, quand la plupart se voyait uniforme.

Il s'est formé des tas de corps lourds à traîner, des tas d'expressions, de choses à dire.

Et il faut bien pourtant les déplacer, en faire des arrangements ; il faut soigner publiquement leurs traces.

Pauvre lecteur, parfois j'en suis maussade ! Leurs maladies honteuses, à la bonne heure, ne nous gênent plus beaucoup.

LE PARTI PRIS DES CHOSES

© Éditions Gallimard, 1942.

PLUIE

La pluie, dans la cour où je la regarde tomber, descend à des allures très diverses. Au centre c'est un fin rideau (ou réseau) discontinu, une chute implacable mais relativement lente de gouttes probablement assez légères, une précipitation sempiternelle[1] sans vigueur, une fraction intense du météore[2] pur. À peu de distance des murs de droite et de gauche tombent avec plus de bruit des gouttes plus lourdes, individuées. Ici elles semblent de la grosseur d'un grain de blé, là d'un pois, ailleurs presque d'une bille. Sur des tringles, sur les accoudoirs de la fenêtre la pluie court horizontalement tandis que sur la face inférieure des mêmes obstacles elle se suspend en berlingots convexes. Selon la surface entière d'un petit toit de zinc que le regard surplombe elle ruisselle en nappe très mince, moirée à cause de courants très variés par les imperceptibles ondulations et bosses de la couverture. De la gouttière attenante où elle coule avec la contention d'un ruisseau creux sans grande pente, elle choit tout à coup en un filet parfaitement vertical, assez grossièrement tressé, jusqu'au sol où elle se brise et rejaillit en aiguillettes brillantes[3].

Chacune de ses formes a une allure particulière ; il y répond un bruit particulier. Le tout vit avec intensité comme un mécanisme compliqué, aussi précis que hasardeux, comme une horlogerie[4] dont le ressort est la pesanteur d'une masse donnée de vapeur en précipitation[5].

La sonnerie au sol des filets verticaux, le glou-glou des gouttières, les minuscules coups de gong se multiplient et résonnent à la fois en un concert sans monotonie, non sans délicatesse[6].

Lorsque le ressort s'est détendu, certains rouages quelque temps continuent à fonctionner, de plus en plus ralentis, puis toute la machinerie s'arrête. Alors si le soleil reparaît tout s'efface bientôt, le brillant appareil s'évapore : il a plu[7].

LA FIN DE L'AUTOMNE

Tout l'automne à la fin n'est plus qu'une tisane froide. Les feuilles mortes de toutes essences macèrent dans la pluie. Pas de fermentation, de création d'alcool : il faut attendre jusqu'au printemps l'effet d'une application de compresses sur une jambe de bois.

Le dépouillement se fait en désordre. Toutes les portes de la salle de scrutin s'ouvrent et se ferment, claquant violemment. Au panier, au panier ! La Nature déchire ses manuscrits, démolit sa bibliothèque, gaule rageusement ses derniers fruits.

Puis elle se lève brusquement de sa table de travail. Sa stature aussitôt paraît immense. Décoiffée, elle a la tête dans la brume. Les bras ballants, elle aspire avec délices le vent glacé qui lui rafraîchit les idées. Les jours sont courts, la nuit tombe vite, le comique perd ses droits.

La terre dans les airs parmi les autres astres reprend son air sérieux. Sa partie éclairée est plus étroite, infiltrée de vallées d'ombre. Ses chaussures, comme celles d'un vagabond, s'imprègnent d'eau et font de la musique.

Dans cette grenouillerie, cette amphibiguïté[1] salubre, tout reprend forces, saute de pierre en pierre et change de pré. Les ruisseaux se multiplient.

Voilà ce qui s'appelle un beau nettoyage, et qui ne respecte pas les conventions ! Habillé comme nu, trempé jusqu'aux os.

Et puis cela dure, ne sèche pas tout de suite. Trois mois de réflexion salutaire dans cet état ; sans réaction vasculaire, sans peignoir ni gant de crin[2]. Mais sa forte constitution y résiste.

Aussi, lorsque les petits bourgeons recommencent à

pointer, savent-ils ce qu'ils font et de quoi il retourne, — et s'ils se montrent avec précaution, gourds et rougeauds, c'est en connaissance de cause.

Mais là commence une autre histoire, qui dépend peut-être mais n'a pas l'odeur de la règle noire qui va me servir à tirer mon trait sous celle-ci.

PAUVRES PÊCHEURS

À court de haleurs deux chaînes sans cesse tirant l'impasse à eux sur le grau[1] du roi, la marmaille au milieu criait près des paniers :
« Pauvres pêcheurs ! »
Voici l'extrait déclaré aux lanternes[2] :
« Demie de poissons éteints par sursauts dans le sable, et trois quarts de retour des crabes vers la mer. »

RHUM DES FOUGÈRES

De sous les fougères et leurs belles fillettes ai-je la perspective du Brésil ?

Ni bois pour construction, ni stères d'allumettes : des espèces de feuilles entassées par terre qu'un vieux rhum mouille.

En pousse, des tiges à pulsations brèves, des vierges prodiges sans tuteurs : une vaste saoulerie de palmes ayant perdu tout contrôle qui cachent deux tiers chacune du ciel.

LES MÛRES

Aux buissons typographiques constitués par le poème[1] sur une route qui ne mène hors des choses ni à l'esprit, certains fruits sont formés d'une agglomération de sphères qu'une goutte d'encre remplit.

*

Noirs, roses et kaki ensemble sur la grappe, ils offrent plutôt le spectacle d'une famille rogue[2] à ses âges divers, qu'une tentation très vive à la cueillette.

Vue la disproportion des pépins à la pulpe les oiseaux les apprécient peu, si peu de chose au fond leur reste quand du bec à l'anus ils en sont traversés.

*

Mais le poète au cours de sa promenade professionnelle, en prend de la graine à raison : « Ainsi donc, se dit-il, réussissent en grand nombre les efforts patients d'une fleur très fragile quoique par un rébarbatif enchevêtrement de ronces défendue. Sans beaucoup d'autres qualités, — *mûres*, parfaitement elles sont mûres — comme aussi ce poème est fait. »

LE CAGEOT

À mi-chemin de la cage au cachot la langue française a cageot[1], simple caissette à claire-voie vouée au transport de ces fruits qui de la moindre suffocation font à coup sûr une maladie.

Agencé de façon qu'au terme de son usage il puisse être brisé sans effort, il ne sert pas deux fois[2]. Ainsi dure-t-il moins encore que les denrées fondantes ou nuageuses qu'il enferme.

À tous les coins de rues qui aboutissent aux halles, il luit alors de l'éclat sans vanité du bois blanc[3]. Tout neuf encore, et légèrement ahuri[4] d'être dans une pose maladroite à la voirie jeté sans retour, cet objet est en somme des plus sympathiques, — sur le sort duquel il convient toutefois de ne s'appesantir longuement.

LA BOUGIE

La nuit parfois ravive une plante singulière dont la lueur décompose les chambres meublées en massifs d'ombre[1].

Sa feuille d'or tient impassible au creux d'une colonnette d'albâtre par un pédoncule très noir.

Les papillons miteux[2] l'assaillent de préférence à la lune trop haute, qui vaporise les bois. Mais brûlés aussitôt ou vannés dans la bagarre, tous frémissent aux bords d'une frénésie voisine de la stupeur.

Cependant la bougie, par le vacillement des clartés sur le livre au brusque dégagement des fumées originales encourage le lecteur, — puis s'incline sur son assiette et se noie dans son aliment.

LA CIGARETTE

Rendons d'abord l'atmosphère à la fois brumeuse et sèche, échevelée, où la cigarette est toujours posée de travers depuis que continûment elle la crée.

Puis sa personne : une petite torche beaucoup moins lumineuse que parfumée, d'où se détachent et choient selon un rythme à déterminer un nombre calculable de petites masses de cendres.

Sa passion enfin : ce bouton embrasé, desquamant en pellicules argentées, qu'un manchon immédiat formé des plus récentes entoure[1].

L'ORANGE

Comme dans l'éponge il y a dans l'orange une aspiration à reprendre contenance après avoir subi l'épreuve de l'expression. Mais où l'éponge réussit toujours, l'orange jamais : car ses cellules ont éclaté, ses tissus se sont déchirés. Tandis que l'écorce seule se rétablit mollement dans sa forme grâce à son élasticité, un liquide d'ambre s'est répandu, accompagné de rafraîchissement, de parfum suaves, certes, — mais souvent aussi de la conscience amère[1] d'une expulsion prématurée de pépins.

Faut-il prendre parti entre ces deux manières de mal supporter l'oppression ? — L'éponge n'est que muscle et se remplit de vent, d'eau propre ou d'eau sale selon : cette gymnastique est ignoble. L'orange a meilleur goût, mais elle est trop passive, — et ce sacrifice odorant... c'est faire à l'oppresseur trop bon compte vraiment[2].

Mais ce n'est pas assez avoir dit de l'orange que d'avoir rappelé sa façon particulière de parfumer l'air et de réjouir son bourreau. Il faut mettre l'accent sur la coloration glorieuse[3] du liquide qui en résulte, et qui, mieux que le jus de citron, oblige le larynx à s'ouvrir largement pour la prononciation du mot[4] comme pour l'ingestion du liquide, sans aucune moue appréhensive de l'avant-bouche dont il ne fait pas se hérisser les papilles.

Et l'on demeure au reste sans paroles pour avouer l'admiration que mérite l'enveloppe du tendre, fragile et rose ballon ovale dans cet épais tampon-buvard[5] humide dont l'épiderme extrêmement mince mais très pigmenté, acerbement sapide[6], est juste assez rugueux pour accrocher dignement la lumière sur la parfaite forme[7] du fruit.

Mais à la fin d'une trop courte étude, menée aussi rondement que possible, — il faut en venir au pépin[8]. Ce grain, de la forme d'un minuscule citron, offre à l'extérieur la couleur du bois blanc de citronnier, à l'intérieur un vert de pois ou de germe tendre. C'est en lui que se retrouvent, après l'explosion sensationnelle[9] de la lanterne vénitienne de saveurs, couleurs[10] et parfums que constitue le ballon fruité lui-même, — la dureté relative et la verdeur (non d'ailleurs entièrement insipide) du bois, de la branche, de la feuille : somme toute petite quoique avec certitude la raison d'être du fruit.

L'HUÎTRE

L'huître, de la grosseur d'un galet moyen, est d'une apparence plus rugueuse, d'une couleur moins unie, brillamment blanchâtre[1]. C'est un monde opiniâtrement clos. Pourtant on peut l'ouvrir[2] : il faut alors la tenir au creux d'un torchon, se servir d'un couteau ébréché et peu franc, s'y reprendre à plusieurs fois. Les doigts curieux s'y coupent, s'y cassent les ongles : c'est un travail grossier. Les coups qu'on lui porte marquent son enveloppe de ronds blancs, d'une sorte de halos.

À l'intérieur l'on trouve tout un monde[3], à boire et à manger : sous un *firmament* (à proprement parler) de nacre, les cieux d'en dessus s'affaissent sur les cieux d'en dessous, pour ne plus former qu'une mare[4], un sachet visqueux et verdâtre[5], qui flue et reflue à l'odeur et à la vue, frangé d'une dentelle noirâtre[6] sur les bords.

Parfois très rare une formule perle à leur gosier[7] de nacre, d'où l'on trouve aussitôt à s'orner[8].

LES PLAISIRS DE LA PORTE

Les rois ne touchent pas aux portes.

Ils ne connaissent pas ce bonheur : pousser devant soi avec douceur ou rudesse l'un de ces grands panneaux familiers, se retourner vers lui pour le remettre en place, — tenir dans ses bras une porte.

... Le bonheur d'empoigner au ventre par son nœud de porcelaine l'un de ces hauts obstacles d'une pièce ; ce corps à corps rapide par lequel un instant la marche retenue, l'œil s'ouvre et le corps tout entier s'accommode à son nouvel appartement.

D'une main amicale il la retient encore, avant de la

repousser décidément et s'enclore, — ce dont le déclic du ressort puissant mais bien huilé agréablement l'assure.

LES ARBRES SE DÉFONT
À L'INTÉRIEUR D'UNE SPHÈRE
DE BROUILLARD

Dans le brouillard qui entoure les arbres, les feuilles leur sont dérobées ; qui déjà, décontenancées par une lente oxydation, et mortifiées par le retrait de la sève au profit des fleurs et fruits, depuis les grosses chaleurs d'août tenaient moins à eux[1].

Dans l'écorce des rigoles verticales se creusent par où l'humidité jusqu'au sol est conduite à se désintéresser des parties vives du tronc.

Les fleurs sont dispersées, les fruits sont déposés. Depuis le plus jeune âge, la résignation de leurs qualités vives et de parties de leur corps est devenue pour les arbres un exercice[2] familier.

LE PAIN

La surface du pain est merveilleuse d'abord à cause de cette impression quasi panoramique qu'elle donne[1] : comme si l'on avait à sa disposition sous la main les Alpes, le Taurus ou la Cordillère des Andes.

Ainsi donc une masse amorphe en train d'éructer fut glissée pour nous dans le four stellaire, où durcissant elle s'est façonnée en vallées, crêtes, ondulations, crevasses... Et tous ces plans dès lors si nettement articulés, ces dalles minces où la lumière avec application couche ses feux, — sans un regard pour la mollesse ignoble sous-jacente[2].

Ce lâche et froid sous-sol que l'on nomme la mie a son tissu pareil à celui des éponges : feuilles ou fleurs y sont comme des sœurs siamoises soudées par tous les coudes à la fois. Lorsque le pain rassit ces fleurs fanent et se rétrécissent : elles se détachent alors les unes des autres, et la masse en devient friable[3]...

Mais brisons-la[4] : car le pain doit être dans notre bouche moins objet de respect que de consommation[5].

LE FEU

Le feu fait un classement : d'abord toutes les flammes se dirigent en quelque sens[1]...

(L'on ne peut comparer la marche du feu qu'à celle des animaux : il faut qu'il quitte un endroit pour en occuper un autre ; il marche à la fois comme une amibe et comme une girafe, bondit du col, rampe du pied[2])...

Puis, tandis que les masses contaminées avec méthode s'écroulent, les gaz qui s'échappent sont transformés à mesure en une seule rampe de papillons[3].

LE CYCLE DES SAISONS

Las de s'être contractés tout l'hiver les arbres tout à coup se flattent d'être dupes. Ils ne peuvent plus y tenir : ils lâchent leurs paroles, un flot, un vomissement de vert. Ils tâchent d'aboutir à une feuillaison complète de paroles[1]. Tant pis ! Cela s'ordonnera comme cela pourra ! Mais, en réalité, cela s'ordonne ! Aucune liberté dans la feuillaison... Ils lancent, du moins le croient-ils, n'importe quelles paroles, lancent des tiges pour y suspendre encore des paroles : nos troncs, pensent-ils, sont là pour tout assumer[2]. Ils s'efforcent à se cacher, à se confondre les uns dans les autres. Ils croient pouvoir dire tout, recouvrir entièrement le monde de paroles variées : ils ne disent que « les arbres ». Incapables même de retenir les oiseaux qui repartent d'eux, alors qu'ils se réjouissaient d'avoir produit de si étranges fleurs. Toujours la même feuille, toujours le même mode de dépliement, et la même limite, toujours des feuilles symétriques à elles-mêmes, symétriquement suspendues ! Tente encore une feuille ! — La même !

Encore une autre! La même! Rien en somme ne saurait les arrêter que soudain cette remarque : « L'on ne sort pas des arbres par des moyens d'arbres[3]. » Une nouvelle lassitude, et un nouveau retournement moral. « Laissons tout ça jaunir, et tomber. Vienne le taciturne état, le dépouillement, l'AUTOMNE. »

LE MOLLUSQUE

Le mollusque est un *être* — *presque une* — *qualité*. Il n'a pas besoin de charpente mais seulement d'un rempart, quelque chose comme la couleur dans le tube.

La nature renonce ici à la présentation du plasma en forme. Elle montre seulement qu'elle y tient en l'abritant soigneusement, dans un écrin dont la face intérieure est la plus belle[1].

Ce n'est donc pas un simple crachat, mais une réalité des plus précieuses.

Le mollusque est doué d'une énergie puissante à se renfermer. Ce n'est à vrai dire qu'un muscle, un gond, un blount[2] et sa porte.

Le blount ayant sécrété la porte. Deux portes légèrement concaves constituent sa demeure entière.

Première et dernière demeure. Il y loge jusqu'après sa mort.

Rien à faire pour l'en tirer vivant.

La moindre cellule du corps de l'homme tient ainsi[3], et avec cette force, à la parole, — et réciproquement.

Mais parfois un autre être vient violer ce tombeau, lorsqu'il est bien fait, et s'y fixer à la place du constructeur défunt.

C'est le cas du pagure[4].

ESCARGOTS

Au contraire des escarbilles qui sont les hôtes des cendres chaudes, les escargots aiment la terre humide. *Go on*[1], ils avancent collés à elle de tout leur corps. Ils en emportent, ils en mangent, ils en excrémentent. Elle les traverse. Ils la traversent. C'est une interpénétration du meilleur goût parce que pour ainsi dire ton sur ton — avec un élément passif, un élément actif, le passif baignant à la fois et nourrissant l'actif — qui se déplace en même temps qu'il mange.

(Il y a autre chose à dire des escargots. D'abord leur propre humidité. Leur sang froid. Leur extensibilité.)

À remarquer d'ailleurs que l'on ne conçoit pas un escargot sorti de sa coquille et ne se mouvant pas. Dès qu'il repose, il rentre aussitôt au fond de lui-même. Au contraire sa pudeur l'oblige à se mouvoir dès qu'il montre sa nudité, qu'il livre sa forme vulnérable. Dès qu'il s'expose, il marche.

Pendant les époques sèches ils se retirent dans les fossés[2] où il semble d'ailleurs que la présence de leur corps contribue à maintenir de l'humidité. Sans doute y voisinent-ils avec d'autres sortes de bêtes à sang froid, crapauds, grenouilles. Mais lorsqu'ils en sortent ce n'est pas du même pas. Ils ont plus de mérite à s'y rendre car beaucoup plus de peine à en sortir.

À noter d'ailleurs que s'ils aiment la terre humide, ils n'affectionnent pas les endroits où la proportion devient en faveur de l'eau, comme les marais, ou les étangs. Et certainement ils préfèrent la terre ferme, mais à condition qu'elle soit grasse et humide.

Ils sont friands[3] aussi des légumes et des plantes aux feuilles vertes et chargées d'eau. Ils savent s'en nourrir en laissant seulement les nervures, et découpant le plus tendre. Ils sont par exemple les fléaux des salades.

Que sont-ils au fond des fosses? Des êtres qui les affectionnent pour certaines de leurs qualités, mais qui ont l'intention d'en sortir. Ils en sont un élément constitutif mais vagabond. Et d'ailleurs là aussi bien qu'au plein jour des allées fermes leur coquille préserve leur quant-à-soi.

Certainement c'est parfois une gêne d'emporter partout avec soi cette coquille mais ils ne s'en plaignent pas et finalement ils en sont bien contents. Il est précieux, où que l'on se trouve, de pouvoir rentrer chez soi et défier les importuns. Cela valait bien la peine.

Ils bavent d'orgueil de cette faculté, de cette commodité. Comment se peut-il que je sois un être si sensible et si vulnérable, et à la fois si à l'abri des assauts des importuns, si possédant son bonheur et sa tranquillité. D'où ce merveilleux port de tête.

À la fois si collé au sol, si touchant et si lent[4], si progressif et si capable de me décoller du sol pour rentrer en moi-même et alors après moi le déluge, un coup de pied peut me faire rouler n'importe où. Je suis bien sûr de me rétablir sur pied et de recoller au sol où le sort m'aura relégué et d'y trouver ma pâture : la terre, le plus commun des aliments.

Quel bonheur, quelle joie donc d'être un escargot. Mais cette bave d'orgueil ils en imposent la marque à tout ce qu'ils touchent. Un sillage argenté les suit. Et peut-être les signale au bec des volatiles qui en sont friands. Voilà le hic, la question, être ou ne pas être[5] (des vaniteux), le danger.

Seul, évidemment l'escargot est bien seul. Il n'a pas beaucoup d'amis. Mais il n'en a pas besoin pour son bonheur. Il colle si bien à la nature, il en jouit si parfaitement de si près, il est l'ami du sol qu'il baise de tout son corps, et des feuilles, et du ciel vers quoi il lève si fièrement la tête, avec ses globes d'yeux si sensibles ; noblesse, lenteur, sagesse, orgueil, vanité, fierté.

Et ne disons pas qu'il ressemble en ceci au pourceau. Non il n'a pas ces petits pieds mesquins, ce trottinement inquiet[6]. Cette nécessité, cette honte de fuir tout d'une pièce. Plus de résistance, et plus de stoïcisme. Plus de méthode, plus de fierté et sans doute moins de goinfrerie, — moins de caprice ; laissant cette nourriture pour se jeter sur une autre, moins d'affolement et de précipitation dans la goinfrerie, moins de peur de laisser perdre quelque chose.

Rien n'est beau comme cette façon d'avancer si lente et si sûre et si discrète, au prix de quels efforts ce glissement parfait dont ils honorent la terre ! Tout comme un long navire, au sillage argenté. Cette façon de procéder est majestueuse, surtout si l'on tient compte encore une fois de cette vulnérabilité, de ces globes d'yeux si sensibles.

La colère des escargots est-elle perceptible ? Y en a-t-il des exemples ? Comme elle est sans aucun geste, sans doute se manifeste-t-elle seulement par une sécrétion de bave plus floculente et plus rapide. Cette bave d'orgueil. L'on voit ici que l'expression de leur colère est la même que celle de leur orgueil. Ainsi se rassurent-ils et en imposent-ils au monde d'une façon plus riche, argentée.

L'expression de leur colère, comme de leur orgueil, devient brillante en séchant. Mais aussi elle constitue leur trace et les désigne au ravisseur (au prédateur). De plus elle est éphémère et ne dure que jusqu'à la prochaine pluie.

Ainsi en est-il de tous ceux qui s'expriment d'une façon entièrement subjective sans repentir, et par traces seulement, sans souci de construire et de former leur expression comme une demeure solide, à plusieurs dimensions. Plus durable qu'eux-mêmes[7].

Mais sans doute eux, n'éprouvent-ils pas ce besoin. Ce sont plutôt des héros, c'est-à-dire des êtres dont l'existence même est œuvre d'art, — que des artistes, c'est-à-dire des fabricants d'œuvres d'art.

Mais c'est ici que je touche à l'un des points principaux de leur leçon, qui d'ailleurs ne leur est pas particulière mais qu'ils possèdent en commun avec tous les êtres à coquilles : cette coquille, partie de leur être est en même temps œuvre d'art, monument. Elle, demeure plus longtemps qu'eux.

Et voilà l'exemple qu'ils nous donnent. Saints, ils font œuvre d'art de leur vie, — œuvre d'art de leur perfectionnement. Leur sécrétion même se produit de telle manière qu'elle se met en forme. Rien d'extérieur à eux, à leur nécessité, à leur besoin n'est leur œuvre. Rien de disproportionné — d'autre part — à leur être physique. Rien qui ne lui soit nécessaire, obligatoire.

Ainsi tracent-ils aux hommes leur devoir. Les grandes pensées viennent du cœur. Perfectionne-toi moralement et tu feras de beaux vers[8]. La morale et la rhétorique se rejoignent dans l'ambition et le désir du sage.

Mais saints en quoi : en obéissant précisément à leur nature. Connais-toi donc d'abord toi-même[9]. Et accepte-toi tel que tu es. En accord avec tes vices. En proportion avec ta mesure.

Mais quelle est la notion propre de l'homme : la parole et la morale. L'humanisme.

Paris, 21 mars 1936.

LE PAPILLON

Lorsque le sucre élaboré dans les tiges surgit au fond des fleurs, comme des tasses mal lavées, — un grand effort se produit par terre d'où les papillons tout à coup prennent leur vol.

Mais comme chaque chenille eut la tête aveuglée et laissée noire[1], et le torse amaigri par la véritable explosion d'où les ailes symétriques flambèrent[2],

Dès lors le papillon erratique[3] ne se pose plus qu'au hasard de sa course, ou tout comme.

Allumette volante, sa flamme[4] n'est pas contagieuse. Et d'ailleurs, il arrive trop tard et ne peut que constater les fleurs écloses. N'importe : se conduisant en lampiste, il vérifie la provision d'huile de chacune[5]. Il pose au sommet des fleurs la guenille atrophiée qu'il emporte et venge ainsi sa longue humiliation amorphe de chenille au pied des tiges.

Minuscule[6] voilier[7] des airs maltraité par le vent en pétale superfétatoire[8], il vagabonde au jardin.

LA MOUSSE

Les patrouilles de la végétation s'arrêtèrent jadis sur la stupéfaction des rocs. Mille bâtonnets du velours de soie s'assirent alors en tailleur.

Dès lors, depuis l'apparente crispation de la mousse à même le roc avec ses licteurs[1], tout au monde pris dans un embarras inextricable et bouclé là-dessous, s'affole, trépigne, étouffe.

Bien plus, les poils ont poussé ; avec le temps tout s'est encore assombri.

Ô préoccupations à poils de plus en plus longs ! Les profonds tapis, en prière lorsqu'on s'assoit dessus, se relèvent aujourd'hui avec des aspirations confuses. Ainsi ont lieu non seulement des étouffements mais des noyades.

Or, scalper tout simplement du vieux roc austère et

solide ces terrains de tissu-éponge, ces paillassons humides, à saturation devient possible.

BORDS DE MER

La mer jusqu'à l'approche de ses limites est une chose simple qui se répète flot par flot. Mais les choses les plus simples dans la nature ne s'abordent pas sans y mettre beaucoup de formes[1], faire beaucoup de façons, les choses[2] les plus épaisses sans subir quelque amenuisement. C'est pourquoi l'homme, et par rancune aussi contre leur immensité qui l'assomme, se précipite aux bords ou à l'intersection des grandes choses pour les définir. Car la raison au sein de l'uniforme dangereusement ballotte et se raréfie : un esprit en mal de notions doit d'abord s'approvisionner d'apparences[3].

Tandis que l'air même tracassé soit par les variations de sa température ou par un tragique besoin d'influence et d'informations[4] par lui-même sur chaque chose ne feuillette pourtant et corne[5] que superficiellement le volumineux tome marin, l'autre élément plus stable qui nous supporte y plonge obliquement jusqu'à leur garde rocheuse de larges couteaux terreux qui séjournent dans l'épaisseur. Parfois à la rencontre d'un muscle énergique une lame ressort peu à peu : c'est ce qu'on appelle une plage[6].

Dépaysée à l'air libre[7], mais repoussée par les profondeurs quoique jusqu'à un certain point familiarisée avec elles, cette portion de l'étendue s'allonge entre les deux plus ou moins fauve et stérile, et ne supporte ordinairement qu'un trésor de débris[8] inlassablement polis et ramassés par le destructeur.

Un concert élémentaire, par sa discrétion plus délicieux et sujet à réflexion, est accordé[9] là depuis l'éternité pour personne : depuis sa formation par l'opération sur une platitude sans bornes de l'esprit d'insistance qui souffle parfois des cieux[10], le flot venu de loin sans heurts et sans reproche enfin pour la première fois trouve à qui parler[11]. Mais une seule et brève parole est confiée aux cailloux et aux coquillages, qui s'en montrent assez remués, et il expire en la proférant ; et tous ceux qui le suivent expireront aussi en proférant la pareille, parfois par temps à peine un peu plus fort clamée[12]. Chacun par-dessus l'autre parvenu à l'orchestre se hausse un peu le col, se découvre, et se nomme à qui il fut adressé. Mille homonymes seigneurs ainsi sont admis le même jour à la présentation par la mer prolixe et prolifique en offres labiales[13] à chacun de ses bords.

Aussi bien sur votre forum, ô galets, n'est-ce pas, pour une harangue grossière, quelque paysan du Danube[14] qui vient se faire entendre : mais le Danube lui-même, mêlé à tous les autres fleuves du monde après avoir perdu leur sens et leur prétention, et profondément réservés dans une désillusion amère seulement au goût de qui aurait à conscience d'en apprécier par absorption la qualité la plus secrète, la saveur.

C'est en effet, après l'anarchie des fleuves, à leur relâchement dans le profond et copieusement habité lieu commun[15] de la matière liquide, que l'on a donné le nom de mer. Voilà pourquoi à ses propres bords celle-ci semblera toujours absente : profitant de l'éloignement réciproque qui leur interdit de communiquer entre eux sinon à travers elle ou par de grands détours, elle laisse sans doute croire à chacun d'eux qu'elle se dirige spécialement vers lui. En réalité, polie avec tout le monde, et plus que polie : capable pour chacun d'eux de tous les emportements, de toutes les convictions successives, elle garde au fond de sa cuvette à demeure son infinie possession de courants. Elle ne sort jamais de ses bornes qu'un peu, met *elle-même* un frein à la fureur de ses flots[16], et comme la méduse qu'elle abandonne aux pêcheurs pour image réduite ou échantillon d'elle-même, fait seulement une révérence extatique par tous ses bords.

Ainsi en est-il de l'antique robe de Neptune, cet amoncellement pseudo-organique de voiles sur les trois quarts du monde uniment répandus[17]. Ni par l'aveugle poignard des roches, ni par la plus creusante tempête tournant des paquets de feuilles à la fois, ni par l'œil attentif de l'homme employé avec peine et d'ailleurs sans contrôle dans un milieu interdit aux orifices débouchés des autres sens et qu'un bras plongé pour saisir trouble plus encore, ce livre au fond n'a été lu.

DE L'EAU

Plus bas que moi, toujours plus bas que moi se trouve l'eau. C'est toujours les yeux baissés que je la regarde. Comme le sol, comme une partie du sol, comme une modification du sol.

Elle est blanche et brillante, informe et fraîche, passive et obstinée dans son seul vice : la pesanteur, disposant de moyens exceptionnels pour satisfaire ce vice : contournant, transperçant, érodant, filtrant.

À l'intérieur d'elle-même ce vice aussi joue : elle s'effondre sans cesse, renonce à chaque instant à toute forme, ne tend qu'à s'humilier[1], se couche à plat ventre sur le sol, quasi cadavre, comme les moines de certains ordres. Toujours plus bas : telle semble être sa devise : le contraire d'excelsior.

*

On pourrait presque dire que l'eau est folle, à cause de cet hystérique besoin de n'obéir qu'à sa pesanteur, qui la possède comme une idée fixe.

Certes, tout au monde connaît ce besoin, qui toujours et en tous lieux doit être satisfait. Cette armoire, par exemple, se montre fort têtue dans son désir d'adhérer au sol, et si elle se trouve un jour en équilibre instable, elle préférera s'abîmer plutôt que d'y contrevenir. Mais enfin, dans une certaine mesure, elle joue avec la pesanteur, elle la défie : elle ne s'effondre pas dans toutes ses parties, sa corniche, ses moulures ne s'y conforment pas. Il existe en elle une résistance au profit de sa personnalité et de sa forme.

LIQUIDE est par définition ce qui préfère obéir à la pesanteur, plutôt que maintenir sa forme, ce qui refuse toute forme pour obéir à sa pesanteur. Et qui perd toute tenue à cause de cette idée fixe, de ce scrupule maladif. De ce vice, qui le rend rapide, précipité ou stagnant ; amorphe ou féroce, amorphe *et* féroce, féroce térébrant, par exemple ; rusé, filtrant, contournant ; si bien que l'on peut faire de lui ce que l'on veut, et conduire l'eau dans des tuyaux pour la faire ensuite jaillir verticalement afin de jouir enfin de sa façon de s'abîmer en pluie : une véritable esclave.

... Cependant le soleil et la lune sont jaloux de cette influence exclusive, et ils essayent de s'exercer sur elle lorsqu'elle se trouve offrir la prise de grandes étendues, surtout si elle y est en état de moindre résistance, dispersée en flaques minces. Le soleil alors prélève un plus grand tribut. Il la force à un cyclisme perpétuel[2], il la traite comme un écureuil dans sa roue.

*

L'eau m'échappe... me file entre les doigts. Et encore ! Ce n'est même pas si net (qu'un lézard ou une grenouille) : il m'en reste aux mains des traces, des taches, relativement longues à sécher ou qu'il faut essuyer. Elle m'échappe et cependant me marque, sans que j'y puisse grand-chose.

Idéologiquement c'est la même chose : elle m'échappe, échappe à toute définition, mais laisse dans mon esprit et sur ce papier des traces, des taches informes.

*

Inquiétude de l'eau : sensible au moindre changement de la déclivité. Sautant les escaliers les deux pieds à la fois. Joueuse, puérile d'obéissance, revenant tout de suite lorsqu'on la rappelle en changeant la pente de ce côté-ci.

LE MORCEAU DE VIANDE

Chaque morceau de viande est une sorte d'usine, moulins et pressoirs à sang.

Tubulures, hauts fourneaux, cuves y voisinent avec les marteaux-pilons, les coussins de graisse.

La vapeur y jaillit, bouillante. Des feux sombres ou clairs rougeoient.

Des ruisseaux à ciel ouvert charrient des scories avec le fiel.

Et tout cela refroidit lentement à la nuit, à la mort.

Aussitôt, sinon la rouille, du moins d'autres réactions chimiques se produisent, qui dégagent des odeurs pestilentielles.

LE GYMNASTE

Comme son G l'indique le gymnaste porte le bouc et la moustache que rejoint presque une grosse mèche en accroche-cœur sur un front bas.

Moulé dans un maillot qui fait deux plis sur l'aine il porte aussi, comme son Y, la queue à gauche.

Tous les cœurs il dévaste mais se doit d'être chaste et son juron est BASTE !

Plus rose que nature et moins adroit qu'un singe il bondit aux agrès saisi d'un zèle pur. Puis du chef de son corps pris dans la corde à nœuds il interroge l'air comme un ver de sa motte.

Pour finir il choit parfois des cintres comme une chenille, mais rebondit sur pieds, et c'est alors le parangon adulé de la bêtise humaine[1] qui vous salue.

LA JEUNE MÈRE

Quelques jours après les couches la beauté de la femme se transforme.

Le visage souvent penché sur la poitrine s'allonge un peu. Les yeux attentivement baissés sur un objet proche, s'ils se relèvent parfois paraissent un peu égarés. Ils montrent un regard empli de confiance[1], mais en sollicitant la continuité[2]. Les bras et les mains s'incurvent et se renforcent. Les jambes qui ont beaucoup maigri et se sont affaiblies sont volontiers assises, les genoux très remontés. Le ventre ballonné, livide, encore très sensible ; le bas-ventre s'accommode du repos, de la nuit des draps.

... Mais bientôt sur pieds, tout ce[3] grand corps évolue à l'étroit parmi le pavois utile à toutes hauteurs des carrés blancs du linge, que parfois de sa main libre il saisit, froisse, tâte[4] avec sagacité, pour les retendre ou les plier ensuite selon les résultats de cet examen.

R. C. SEINE N°

C'est par un escalier de bois jamais ciré depuis trente ans, dans la poussière des mégots jetés à la porte, au milieu d'un peloton de petits employés à la fois mesquins et sauvages, en chapeau melon, leur valise à soupe à la main, que deux fois par jour commence notre asphyxie.

Un jour réticent règne à l'intérieur de ce colimaçon délabré, où flotte en suspension la râpure du bois beige. Au bruit des souliers hissés par la fatigue d'une marche à l'autre, selon un axe crasseux, nous approchons à une allure de grains de café de l'engrenage broyeur[1].

Chacun croit qu'il se meut à l'état libre, parce qu'une oppression extrêmement simple l'oblige, qui ne diffère pas beaucoup de la pesanteur : du fond des cieux la main de la misère tourne le moulin[2].

*

L'issue, à la vérité, n'est pas pour notre forme si dangereuse. Cette porte qu'il faut passer n'a qu'un seul gond de chair de la grandeur d'un homme, le surveillant qui l'obstrue à moitié[3] : plutôt que d'un engrenage, il s'agit ici d'un sphincter. Chacun en est aussitôt expulsé, honteusement sain et sauf, fort déprimé pourtant, par des boyaux lubrifiés à la cire, au fly-tox[4], à la lumière électrique. Brusquement séparés par de longs intervalles, l'on se trouve alors, dans une atmosphère entêtante d'hôpital à durée de cure indéfinie pour l'entretien des bourses plates, filant à toute vitesse à travers une sorte de monastère-patinoire dont les nombreux canaux se coupent à angles droits, — où l'uniforme est le veston râpé[5].

*

Bientôt après, dans chaque service, avec un bruit terrible, les armoires à rideaux de fer s'ouvrent, — d'où les dossiers, comme d'affreux oiseaux-fossiles familiers, dénichés de leurs strates, descendent lourdement se poser sur les tables où ils s'ébrouent. Une étude macabre commence. Ô analphabétisme commercial, au bruit des machines sacrées c'est alors la longue, la sempiternelle célébration de ton culte qu'il faut servir.

Tout s'inscrit à mesure sur des imprimés à plusieurs doubles, où la parole reproduite en mauves de plus en plus pâles finirait sans doute par se dissoudre dans le dédain et l'ennui même du papier, n'étaient les échéanciers, ces forteresses de carton bleu très solide, troués au centre d'une lucarne ronde afin qu'aucune feuille insérée ne s'y dissimule dans l'oubli.

Deux ou trois fois par jour, au milieu de ce culte, le courrier multicolore, radieux et bête comme un oiseau des îles, tout frais émoulu des enveloppes marquées de noir par le baiser de la poste[6], vient tout de go se poser devant moi.

Chaque feuille étrangère est alors adoptée, confiée à une petite colombe de chez nous, qui la guide à des destinations successives jusqu'à son classement.

Certains bijoux servent à ces attelages momentanés : coins dorés, attaches parisiennes[7], trombones attendent dans des sébiles leur utilisation.

*

Peu à peu cependant, tandis que l'heure tourne, le flot monte dans les corbeilles à papier. Lorsqu'il va déborder, il est midi : une sonnerie stridente invite à disparaître instantanément de ces lieux. Reconnaissons que personne ne se le fait dire deux fois. Une course éperdue se dispute dans les escaliers, où les deux sexes autorisés à se confondre dans la fuite alors qu'ils ne l'étaient pas pour l'entrée, se choquent et se bousculent à qui mieux mieux.

C'est alors que les chefs de service prennent vraiment conscience de leur supériorité : « Turba ruit ou ruunt[8] » ; eux, à une allure de prêtres, laissant passer le galop des moines et moinillons de tous ordres, visitent lentement leur domaine, entouré par privilège de vitrages dépolis, dans un décor où les vertus embaumantes sont la morgue, le mauvais goût et la délation, — et parvenant à leur vestiaire, où il n'est pas rare que se trouvent des gants, une canne, une écharpe de soie, ils se défroquent tout à coup de leur grimace caractéristique et se transforment en véritables hommes du monde.

LE RESTAURANT LEMEUNIER
RUE DE LA CHAUSSÉE-D'ANTIN

Rien de plus émouvant que le spectacle que donne, dans cet immense Restaurant Lemeunier, rue de la Chaussée-d'Antin[1], la foule des employés et des vendeuses qui y déjeunent à midi.

La lumière et la musique y sont dispensées avec une prodigalité qui fait rêver. Des glaces biseautées, des dorures partout. L'on y entre à travers des plantes vertes par un passage plus sombre aux parois duquel quelques dîneurs déjà à l'étroit sont installés, et qui débouche dans une salle aux proportions énormes, à plusieurs balcons de pitchpin[2] formant un seul étage en *huit*, où vous accueillent à la fois des bouffées d'odeurs tièdes, le tapage des fourchettes et des assiettes choquées, les appels des serveuses et le bruit des conversations.

C'est une grande composition digne du Véronèse pour l'ambition et le volume, mais qu'il faudrait peindre tout entière dans l'esprit du fameux *Bar* de Manet[3].

Les personnages dominants y sont sans contredit d'abord le groupe des musiciens au nœud du huit, puis les caissières assises en surélévation derrière leurs banques, d'où leurs corsages clairs et obligatoirement gonflés tout entiers émergent, enfin de pitoyables caricatures de maîtres d'hôtel circulant avec une relative lenteur, mais obligés parfois à mettre la main à la pâte avec la même précipitation que les serveuses, non par l'impatience des dîneurs (peu habitués à l'exigence) mais par la fébrilité d'un zèle professionnel aiguillonné par le sentiment de l'incertitude des situations dans l'état actuel de l'offre et de la demande sur le marché du travail.

Ô monde des fadeurs et des fadaises, tu atteins ici à ta perfection! Toute une jeunesse inconsciente y singe quotidiennement cette frivolité tapageuse que les bourgeois se permettent huit ou dix fois par an, quand le père banquier ou la mère kleptomane ont réalisé quelque bénéfice supplémentaire vraiment inattendu, et veulent comme il faut étonner[4] leurs voisins.

Cérémonieusement attifés, comme leurs parents à la campagne ne se montrent que le dimanche, les jeunes employés et leurs compagnes s'y plongent avec délices, en toute bonne foi chaque jour. Chacun tient à son assiette comme le bernard-l'hermite à sa coquille, tandis que le flot copieux de quelque valse viennoise dont la rumeur domine le cliquetis des valves de faïence[5], remue les estomacs et les cœurs.

Comme dans une grotte merveilleuse, je les vois tous parler et rire mais ne les entends pas. Jeune vendeur, c'est ici, au milieu de la foule de tes semblables, que tu dois parler à ta camarade et découvrir ton propre cœur. Ô confidence, c'est ici que tu seras échangée !

Des entremets à plusieurs étages crémeux hardiment superposés, servis dans des cupules d'un métal mystérieux, hautes de pied mais rapidement lavées et malheureusement toujours tièdes, permettent aux consommateurs qui choisirent qu'on les disposât devant eux, de manifester mieux que par d'autres signes les sentiments profonds qui les animent. Chez l'un, c'est l'enthousiasme que lui procure la présence à ses côtés d'une dactylo magnifiquement ondulée, pour laquelle il n'hésiterait pas à commettre mille autres coûteuses folies du même genre ; chez l'autre, c'est le souci d'étaler une frugalité de bon ton (il n'a pris auparavant qu'un léger hors-d'œuvre) conjuguée avec un goût prometteur des friandises ; chez quelques-uns c'est ainsi que se montre un dégoût aristocratique de tout ce qui dans ce monde ne participe pas tant soit peu de la féerie ; d'autres enfin, par la façon dont ils dégustent, révèlent une âme noble et blasée, et une grande habitude et satiété du luxe.

Par milliers cependant les miettes blondes et de grandes imprégnations roses sont en même temps apparues sur le linge épars ou tendu.

Un peu plus tard, les briquets se saisissent du premier rôle ; selon le dispositif qui actionne la molette ou la façon dont ils sont maniés. Tandis qu'élevant les bras dans un mouvement qui découvre à leurs aisselles leur façon personnelle d'arborer les cocardes de la transpiration, les femmes se recoiffent ou jouent du tube de fard.

C'est l'heure où, dans un brouhaha recrudescent de chaises repoussées, de torchons claquants, de croûtons écrasés, va s'accomplir le dernier rite de la singulière cérémonie. Successivement, de chacun de leurs hôtes, les serveuses, dont un carnet habite la poche et les cheveux un petit crayon, rapprochent leurs ventres serrés d'une façon si touchante par les cordons du tablier : elles se livrent de mémoire à une rapide estimation. C'est alors que la vanité est punie et la modestie récompensée. Pièces et billets bleus[6] s'échangent sur les tables : il semble que chacun retire son épingle du jeu[7].

Fomenté cependant par les filles de salle au cours des derniers services du repas du soir, peu à peu se propage et à huis clos s'achève un soulèvement général du mobilier, à la faveur duquel les besognes humides du nettoyage sont aussitôt entreprises et sans embarras terminées.

C'est alors seulement que les travailleuses, une à une soupesant quelques sous qui tintent au fond de leur poche, avec la pensée qui regonfle dans leur cœur de quelque enfant en nourrice à la campagne ou en garde chez des voisins, abandonnent avec indifférence ces lieux éteints, tandis que du trottoir d'en face l'homme qui les attend n'aperçoit plus qu'une vaste ménagerie de chaises et de tables, l'oreille haute, les unes par-dessus les autres dressées à contempler avec hébétude et passion la rue déserte.

NOTES POUR UN COQUILLAGE

Un coquillage est une petite chose, mais je peux la démesurer[1] en la replaçant où je la trouve, posée sur l'étendue du sable. Car alors je prendrai une poignée de sable et j'observerai le peu qui me reste dans la main après que par les interstices de mes doigts presque toute la poignée aura filé, j'observerai quelques grains, puis chaque grain, et aucun de ces grains de sable à ce moment ne m'apparaîtra plus une petite chose, et bientôt le coquillage formel, cette coquille d'huître ou cette tiare bâtarde[2], ou ce « couteau », m'impressionnera comme un énorme monument, en même temps colossal, et précieux, quelque chose comme le temple d'Angkor, Saint-Maclou[3], ou les Pyramides, avec une signification beaucoup plus étrange que ces trop incontestables produits d'hommes.

Si alors il me vient à l'esprit que ce coquillage, qu'une lame de la mer peut sans doute recouvrir, est habité par une bête, si j'ajoute une bête à ce coquillage en l'imaginant replacé sous quelques centimètres d'eau, je vous laisse à penser de combien s'accroîtra, s'intensifiera de nouveau mon impression, et deviendra différente de celle que peut produire le plus remarquable des monuments que j'évoquais tout à l'heure !

*

Les monuments de l'homme ressemblent aux morceaux de son squelette ou de n'importe quel squelette, à de grands os décharnés : ils n'évoquent aucun habitant à leur taille. Les cathédrales les plus énormes ne laissent sortir qu'une foule informe de fourmis, et même la villa, le château le plus somptueux faits pour un seul homme sont encore plutôt comparables à une ruche ou à une fourmilière à compartiments nombreux, qu'à un coquillage. Quand le seigneur sort de sa demeure il fait certes moins d'impression que lorsque le bernard-l'hermite laisse apercevoir sa monstrueuse pince à l'embouchure du superbe cornet qui l'héberge.

Je puis me plaire à considérer Rome, ou Nîmes[4], comme le squelette épars, ici le tibia, là le crâne d'une ancienne ville vivante, d'un ancien vivant, mais alors il me faut imaginer un énorme colosse en chair et en os, qui ne correspond vraiment à rien de ce qu'on peut raisonnablement inférer de ce qu'on nous a appris, même à la faveur d'expressions au singulier, comme le Peuple Romain, ou la Foule Provençale[5].

Que j'aimerais qu'un jour l'on me fasse entrevoir qu'un tel colosse a réellement existé, qu'on nourrisse en quelque sorte la vision très fantomatique et uniquement abstraite sans aucune conviction que je m'en forme ! Qu'on me fasse toucher ses joues, la forme de son bras et comment il le posait le long de son corps.

Nous avons tout cela avec le coquillage : nous sommes avec lui en pleine chair, nous ne quittons pas la nature : le mollusque ou le crustacé sont là présents. D'où, une sorte d'inquiétude qui décuple notre plaisir.

✽

Je ne sais pourquoi je souhaiterais que l'homme, au lieu de ces énormes monuments qui ne témoignent que de la disproportion[6] grotesque de son imagination et de son corps (ou alors de ses ignobles mœurs sociales, compagniales[7]), au lieu encore de ces statues à son échelle ou légèrement plus grandes (je pense au David de Michel-Ange) qui n'en sont que de simples représentations, sculpte des espèces de niches, de coquilles à sa taille, des choses très différentes de sa forme de mollusque mais cependant y proportionnées (les cahutes nègres me satisfont assez de ce point de vue), que l'homme mette son soin à se créer aux générations une demeure pas beaucoup plus grosse que son corps, que toutes ses imaginations, ses raisons soient là comprises, qu'il emploie son génie à l'ajustement, non à la disproportion, — ou, tout au moins, que le génie se reconnaisse les bornes du corps qui le supporte.

Et je n'admire même pas ceux comme Pharaon qui font exécuter par une multitude des monuments pour un seul : j'aurais voulu[8] qu'il employât cette multitude à une œuvre pas plus grosse ou pas beaucoup plus grosse que son propre corps, — ou — ce qui aurait été plus méritoire encore, qu'il témoignât de sa supériorité sur les autres hommes par le caractère de son œuvre propre.

De ce point de vue j'admire surtout certains écrivains ou musiciens mesurés, Bach, Rameau, Malherbe, Horace, Mallarmé[9] —, les écrivains par-dessus tous les autres parce que leur monument est fait de la véritable sécrétion commune du mollusque homme, de la chose la plus proportionnée et conditionnée à son corps, et cependant la plus différente de sa forme que l'on puisse concevoir : je veux dire la PAROLE[10].

Ô Louvre de lecture, qui pourra être habité, après la fin de la race peut-être par d'autres hôtes, quelques singes par exemple, ou quelque oiseau, ou quelque être supérieur, comme le crustacé se substitue au mollusque dans la tiare bâtarde.

Et puis après la fin de tout le règne animal, l'air et le sable en petits grains lentement y pénètrent, cependant que sur le sol il luit encore et s'érode, et va brillamment se désagréger, ô stérile, immatérielle poussière, ô brillant résidu, quoique sans fin brassé et trituré entre les laminoirs aériens et marins, ENFIN ! *l'on* n'est plus là et ne peut rien reformer du sable, même pas du verre, et C'EST FINI !

LES TROIS BOUTIQUES

Près de la place Maubert[1], à l'endroit où chaque matin de bonne heure j'attends l'autobus, trois boutiques voisinent : Bijouterie, Bois et Charbons[2], Boucherie. Les contemplant tour à tour, j'observe les comportements différents à mes yeux du métal, de la pierre précieuse, du charbon, de la bûche, du morceau de viande.

Ne nous arrêtons pas trop aux métaux, qui sont seulement la suite d'une action violente ou divisante de l'homme sur des boues ou certains agglomérés qui par eux-mêmes n'eurent jamais de pareilles intentions ; ni aux pierres précieuses[3], dont la rareté justement doit faire qu'on ne leur accorde que peu de mots très choisis dans un discours sur la nature équitablement composé.

Quant à la viande, un tremblement à sa vue, une espèce d'horreur ou de sympathie m'oblige à la plus grande discrétion. Fraîchement coupée, d'ailleurs, un voile de vapeur ou de fumée *sui generis* la dérobe aux yeux même qui voudraient faire preuve à proprement parler de cynisme[4] : j'aurai dit tout ce que je peux dire lorsque j'aurai attiré l'attention, une minute, sur son aspect *pantelant*[5].

Mais la contemplation du bois et du charbon est une source de joies aussi faciles que sobres et sûres, que je serais content de faire partager. Sans doute y faudrait-il plusieurs pages, quand je ne dispose ici que de la moitié d'une[6]. C'est pourquoi je me borne à vous proposer ce sujet de méditations : « 1°) LE TEMPS OCCUPÉ EN VECTEURS[7] SE VENGE TOUJOURS, PAR LA MORT. — 2°) BRUN, PARCE QUE LE BRUN EST ENTRE LE VERT ET LE NOIR SUR LE CHEMIN DE LA CARBONISATION, LE DESTIN DU BOIS COMPORTE ENCORE — QUOIQU'AU MINIMUM — UNE GESTE, C'EST-À-DIRE L'ERREUR, LE FAUX PAS, ET TOUS LES MALENTENDUS POSSIBLES[8]. »

FAUNE ET FLORE

La faune bouge, tandis[1] que la flore se déplie à l'œil.

Toute une sorte d'êtres animés est directement assumée par le sol.

Ils ont au monde leur place assurée, ainsi qu'à l'ancienneté leur décoration.

Différents en ceci de leurs frères vagabonds, ils ne sont pas surajoutés au monde, importuns au sol. Ils n'errent pas à la recherche d'un endroit pour leur mort, si la terre comme des autres absorbe soigneusement leurs restes[2].

Chez eux, pas de soucis alimentaires ou domiciliaires, pas d'entre-dévoration : pas de terreurs, de courses folles, de cruautés, de plaintes, de cris, de paroles. Ils ne sont pas les corps seconds de l'agitation, de la fièvre et du meurtre.

Dès leur apparition au jour, ils ont pignon sur rue, ou sur route. Sans aucun souci de leurs voisins, ils ne rentrent pas les uns dans les autres par voie d'absorption. Ils ne sortent pas les uns des autres par gestation.

Ils meurent par dessication et chute au sol, ou plutôt affaissement sur place, rarement par corruption. Aucun endroit de leur corps particulièrement sensible, au point que percé il cause la mort de toute la personne. Mais une sensibilité relativement plus chatouilleuse au climat, aux conditions d'existence.

Ils ne sont pas... Ils ne sont pas...
Leur enfer est d'une autre sorte.

Ils n'ont pas de voix. Ils sont à peu de chose près paralytiques. Ils ne peuvent attirer l'attention que par leurs poses. Ils n'ont pas l'air de connaître les douleurs de la non-justification. Mais ils ne pourraient en aucune façon échapper par la fuite à cette hantise[3], ou croire y échapper, dans la griserie de la vitesse. Il n'y a pas d'autre mouvement en eux que l'extension. Aucun geste, aucune pensée, peut-être aucun désir, aucune intention, qui n'aboutisse à un monstrueux accroissement de leur corps, à une irrémédiable *excroissance*.

Ou plutôt, et c'est bien pire, rien de monstrueux par malheur : malgré tous leurs efforts pour « s'exprimer », ils ne parviennent jamais qu'à répéter un million de fois la même expression, la même feuille. Au printemps, lorsque, las de se contraindre et n'y tenant plus, ils laissent échapper un flot, un vomissement de vert[4], et croient entonner un cantique varié, sortir d'eux-mêmes, s'étendre à toute la nature, l'embrasser, ils ne réussissent encore que, à des milliers d'exemplaires, la même note, le même mot, la même feuille.

L'on ne peut sortir de l'arbre par des moyens d'arbre.

*

« Ils ne s'expriment que par leurs poses. »
Pas de gestes, ils multiplient seulement leurs bras, leurs mains, leurs doigts, — à la façon des bouddhas. C'est ainsi qu'oisifs, ils vont jusqu'au bout de leurs pensées. Ils ne sont qu'une volonté d'expression. Ils n'ont rien de caché pour eux-mêmes, ils ne peuvent garder aucune idée secrète, ils se déploient entièrement, honnêtement, sans restriction.

Oisifs, ils passent leur temps à compliquer leur propre forme, à parfaire dans le sens de la plus grande complication d'analyse leur propre corps. Où qu'ils naissent, si cachés qu'ils soient, ils ne s'occupent qu'à accomplir leur expression : ils se préparent, ils s'ornent, ils attendent qu'on vienne les lire.

Ils n'ont à leur disposition pour attirer l'attention sur eux que leurs poses, que des lignes, et parfois un signal exceptionnel, un extraordinaire appel aux yeux et à l'odorat sous forme d'ampoules ou de bombes lumineuses et parfumées, qu'on appelle leurs fleurs, et qui sont sans doute des plaies.

Cette modification de la sempiternelle feuille signifie certainement quelque chose.

*

Le temps des végétaux : ils semblent toujours figés, immobiles. On tourne le dos pendant quelques jours, une semaine, leur pose s'est encore précisée, leurs membres multipliés. Leur identité ne fait pas de doute, mais leur forme s'est de mieux en mieux réalisée.

*

La beauté des fleurs qui fanent : les pétales se tordent comme sous l'action du feu : c'est bien cela d'ailleurs : une déshydratation. Se tordent pour laisser apercevoir les graines à qui ils décident de donner leur chance, le champ libre[5].

C'est alors que la nature se présente face à la fleur, la force à s'ouvrir, à s'écarter : elle se crispe, se tord, elle recule, et laisse triompher la graine qui sort d'elle qui l'avait préparée.

*

Le temps des végétaux se résout à leur espace, à l'espace qu'ils occupent peu à peu, remplissant un canevas sans doute à jamais déterminé. Lorsque c'est fini, alors la lassitude les prend, et c'est le drame d'une certaine saison.

Comme le développement de cristaux[6] : une volonté de formation, et une impossibilité de se former autrement que *d'une manière*.

*

Parmi les êtres animés on peut distinguer ceux dans lesquels, outre le mouvement qui les fait grandir, agit une force par laquelle ils peuvent remuer tout ou partie de leur corps, et se déplacer à leur manière par le monde, — et ceux dans lesquels il n'y a pas d'autre mouvement que l'extension.

Une fois libérés de l'obligation de grandir, les premiers *s'expriment* de plusieurs façons, à propos de mille soucis de logement, de nourriture, de défense, de certains jeux enfin lorsqu'un certain repos leur est accordé.

Les seconds, qui ne connaissent pas ces besoins pressants, l'on ne peut affirmer qu'ils n'aient pas d'autres intentions ou volonté que de s'accroître mais en tout cas toute volonté d'expression de leur part est impuissante, sinon à développer leur corps, comme si chacun de nos désirs nous coûtait l'obligation désormais de nourrir et de supporter un membre supplémentaire. Infernale multiplication de substance à l'occasion de chaque idée! Chaque désir de fuite m'alourdit d'un nouveau chaînon!

*

Le végétal est une analyse en acte, une dialectique originale dans l'espace. Progression par division de l'acte précédent. L'expression des animaux est orale, ou mimée par gestes qui s'effacent les uns les autres. L'expression des végétaux est écrite, une fois pour toutes. Pas moyen d'y revenir, repentirs impossibles : pour se corriger, il faut ajouter. Corriger un texte écrit, et *paru*, par des appendices, et ainsi de suite. Mais, il faut ajouter qu'ils ne se divisent pas à l'infini. Il existe à chacun une borne.

Chacun de leurs gestes laisse non pas seulement une trace comme il en est de l'homme et de ses écrits, il laisse une présence, une naissance irrémédiable, *et non détachée d'eux*.

*

Leurs poses, ou « tableaux vivants » :
muettes instances[7], supplications, calme fort, triomphes.

*

L'on dit que les infirmes, les amputés voient leurs facultés se développer prodigieusement : ainsi des végétaux : leur immobilité fait leur perfection, leur fouillé, leurs belles décorations, leurs riches fruits.

*

Aucun geste de leur action n'a d'effet en dehors d'eux-mêmes.

*

La variété infinie des sentiments que fait naître le désir dans l'immobilité a donné lieu à l'infinie diversité de leurs formes.

*

Un ensemble de lois compliquées à l'extrême, c'est-à-dire le plus parfait hasard, préside à la naissance, et au placement des végétaux sur la surface du globe.
La loi des *indéterminés déterminants*.

*

Les végétaux la nuit.
L'exhalaison de l'acide carbonique par la fonction chlorophyllienne, comme un soupir de satisfaction qui durerait des heures, comme lorsque la plus basse corde des instruments à cordes, le plus relâchée possible, vibre à la limite de la musique, du son pur, et du silence.

*

BIEN QUE L'ÊTRE VÉGÉTAL VEUILLE ÊTRE DÉFINI PLUTÔT PAR SES CONTOURS ET PAR SES FORMES, J'HONORERAI D'ABORD EN LUI UNE VERTU DE SA SUBSTANCE : CELLE DE POUVOIR ACCOMPLIR SA SYNTHÈSE AUX DÉPENS SEULS DU MILIEU INORGANIQUE QUI L'ENVIRONNE. TOUT LE MONDE AUTOUR DE LUI N'EST QU'UNE MINE OÙ LE PRÉCIEUX FILON VERT PUISE DE QUOI ÉLABORER CONTINÛMENT SON PROTOPLASME, DANS L'AIR PAR LA FONCTION CHLOROPHYLLIENNE DE SES FEUILLES, DANS LE SOL PAR LA FACULTÉ ABSORBANTE DE SES RACINES QUI ASSIMILENT LES SELS MINÉRAUX. D'OÙ LA QUALITÉ ESSENTIELLE DE CET ÊTRE, LIBÉRÉ À LA FOIS DE TOUS SOUCIS DOMICILIAIRES ET ALIMENTAIRES PAR LA PRÉSENCE À SON ENTOUR D'UNE RESSOURCE INFINIE D'ALIMENTS : *L'immobilité*[8].

LA CREVETTE

Plusieurs qualités ou circonstances font l'un des objets les plus pudiques au monde, et peut-être le plus farouche gibier de contemplation, d'un petit animal[1] qu'il importe sans doute moins de nommer d'abord que d'évoquer avec précaution, de laisser s'engager de son mouvement propre dans le conduit des circonlocutions, d'atteindre enfin par la parole[2] au point dialectique où le situent sa forme et son milieu, sa condition muette et l'exercice de sa profession juste.

Admettons-le d'abord, parfois il arrive qu'un homme à la vue troublée par la fièvre, la faim ou simplement la fatigue, subisse une passagère et sans doute bénigne hallucination : par bonds vifs, saccadés, successifs, rétrogrades suivis de lents retours, il aperçoit d'un endroit à l'autre de l'étendue de sa vision remuer d'une façon particulière une sorte de petits signes, assez peu marqués, translucides, à formes de bâtonnets, de virgules, peut-être d'autres signes de ponctuation, qui, sans lui cacher du tout le monde l'oblitèrent en quelque façon, s'y déplacent en surimpression, enfin donnent envie de se frotter les yeux afin de re-jouir[3] par leur éviction d'une vision plus nette.

Or, dans le monde des représentations extérieures, parfois un phénomène analogue se produit : la crevette, au sein des flots qu'elle habite, ne bondit pas d'une façon différente, et comme les taches dont je parlais tout à l'heure étaient l'effet d'un trouble de la vue, ce petit être semble d'abord fonction de la confusion marine. Il se montre d'ailleurs le plus fréquemment aux endroits où même par temps sereins cette confusion est toujours à son comble : au creux des roches, où les ondulations liquides sans cesse se contredisent, parmi lesquelles l'œil, dans une épaisseur de pur[4] qui se distingue mal de l'encre, malgré toutes ses peines n'aperçoit jamais rien de sûr. Une diaphanéité utile autant que ses bonds y ôte enfin à sa présence même immobile sous les regards toute continuité.

L'on se trouve ici exactement au point où il importe qu'à la faveur de cette difficulté ou de doute ne prévaille pas dans l'esprit une lâche illusion, grâce à laquelle la crevette, par l'attention déçue presque aussitôt cédée à la mémoire, n'y serait pas conservée plus qu'un reflet, ou que l'ombre envolée et bonne nageuse des types d'une espèce représentée de façon plus tangible dans les bas-fonds par le homard, la langoustine, la langouste, et par l'écrevisse dans les ruisseaux froids. Non, à n'en pas douter elle vit tout autant que ces chars malhabiles, et connaît, quoique dans une condition moins terre à terre, toutes les douleurs et les angoisses que la vie partout suppose... Si l'extrême complication intérieure qui les anime parfois ne doit pas nous empêcher d'honorer les formes les plus caractéristiques[5], d'une stylisation à laquelle elles ont droit, pour les traiter au besoin ensuite en idéogrammes indifférents[6], il ne faut pas pourtant que cette utilisation nous épargne les douleurs sympathiques que la constatation de la vie provoque irrésistiblement en nous : une exacte compréhension du monde animé sans doute est à ce prix.

Qu'est-ce qui peut d'ailleurs ajouter plus d'intérêt à une forme, que la remarque de sa reproduction et dissémination par la nature à des millions d'exemplaires à la même heure partout, dans les eaux fraîches[7] et copieuses du beau comme du mauvais temps ? Que nombre d'individus pâtissent de cette forme, en subissent la damnation particulière, au même nombre d'endroits de ce fait nous attend la provocation du désir de perception nette. Objets pudiques en tant qu'objets, semblant vouloir exciter[8] le doute non pas tant chacun sur sa propre réalité que sur la possibilité à son égard d'une contemplation un peu longue, d'une possession idéale un peu satisfaisante ; pouvoir prompt, siégeant dans la queue, d'une rupture de chiens à tout propos : sans doute est-ce dans la cinématique plutôt que dans l'architecture par exemple qu'un tel motif enfin pourra être utilisé... L'art de vivre d'abord y devait trouver son compte : il nous fallait relever ce défi.

VÉGÉTATION

La pluie ne forme pas les seuls traits d'union entre le sol et les cieux : il en existe d'une autre sorte, moins intermittents et beaucoup mieux tramés, dont le vent si fort qu'il l'agite n'emporte pas le tissu. S'il réussit parfois dans une certaine saison à en détacher peu de choses, qu'il s'efforce alors de réduire dans son tourbillon, l'on s'aperçoit à la fin du compte qu'il n'a rien dissipé du tout.

À y regarder de plus près, l'on se trouve alors à l'une des mille portes d'un immense laboratoire[1], hérissé d'appareils hydrauliques multiformes, tous beaucoup plus compliqués que les simples colonnes de la pluie et doués d'une originale perfection : tous à la fois cornues, filtres, siphons, alambics.

Ce sont ces appareils que la pluie rencontre justement d'abord, avant d'atteindre le sol. Ils la reçoivent dans une quantité de petits bols, disposés en foule à tous les niveaux d'une plus ou moins grande profondeur, et qui se déversent les uns dans les autres jusqu'à ceux du degré le plus bas, par qui la terre enfin est directement ramoitie[2].

Ainsi ralentissent-ils l'ondée à leur façon, et en gardent-ils longtemps l'humeur et le bénéfice au sol après la disparition du météore. À eux seuls appartient le pouvoir de faire briller au soleil les formes de la pluie, autrement dit d'exposer sous le point de vue de la joie les raisons aussi religieusement admises, qu'elles furent par la tristesse précipitamment formulées. Curieuse occupation, énigmatiques caractères[3].

Ils grandissent en stature à mesure que la pluie tombe ; mais avec plus de régularité, plus de discrétion ; et, par une sorte de force acquise, même alors qu'elle ne tombe plus. Enfin, l'on retrouve encore de l'eau dans certaines ampoules qu'ils forment et qu'ils portent avec une rougissante affectation[4], que l'on appelle leurs fruits.

Telle est, semble-t-il, la fonction physique de cette espèce de tapisserie à trois dimensions[5] à laquelle on a donné le nom de végétation pour d'autres caractères qu'elle présente et en particulier pour la sorte de vie qui l'anime[6]… Mais j'ai voulu d'abord insister sur ce point : bien que la faculté de réaliser leur propre synthèse et de se produire[7] sans qu'on les en prie (voire entre les pavés de la Sorbonne[8]), apparente les appareils végétatifs aux animaux, c'est-à-dire à toutes sortes de vagabonds, néanmoins en beaucoup d'endroits à demeure ils forment un tissu[9], et ce tissu appartient au monde comme l'une de ses assises.

LE GALET

Le galet n'est pas une chose facile à bien définir.

Si l'on se contente d'une simple description l'on peut dire d'abord que c'est une forme ou un état de la pierre entre le rocher et le caillou.

Mais ce propos déjà implique de la pierre une notion[1] qui doit être justifiée. Qu'on ne me reproche pas en cette matière de remonter plus loin même que le déluge[2].

*

Tous les rocs sont issus par scissiparité d'un même aïeul énorme. De ce corps fabuleux l'on ne peut dire qu'une chose, savoir que hors des limbes il n'a point tenu debout.

La raison ne l'atteint qu'amorphe et répandu parmi les bonds pâteux de l'agonie. Elle s'éveille pour le baptême d'un héros de la grandeur du monde, et découvre le pétrin[3] affreux d'un lit de mort.

Que le lecteur ici ne passe pas trop vite, mais qu'il admire plutôt, au lieu d'expressions si épaisses et si funèbres[4], la grandeur et la gloire d'une vérité qui a pu tant soit peu se les rendre transparentes et n'en paraître pas tout à fait obscurcie.

Ainsi, sur une planète déjà terne et froide[5], brille à présent le soleil. Aucun satellite de flammes à son égard ne trompe plus. Toute la gloire et toute l'existence, tout ce qui fait voir et tout ce qui fait vivre, la source de toute apparence objective s'est retirée à lui. Les héros issus de lui qui gravitaient dans son entourage se sont volontairement éclipsés. Mais pour que la vérité dont ils abdiquent la gloire — au profit de sa source même — conserve un public et des objets, morts ou sur le point de l'être, ils n'en continuent pas moins autour d'elle leur ronde, leur service de spectateurs.

L'on conçoit qu'un pareil sacrifice, l'expulsion de la vie hors de natures autrefois si glorieuses et si ardentes, ne soit pas allé sans de dramatiques bouleversements intérieurs. Voilà l'origine du gris chaos de la Terre, notre humble et magnifique séjour[6].

Ainsi, après une période de torsions et de plis pareils à ceux d'un corps qui s'agite en dormant sous les couvertures, notre héros, maté (par sa conscience) comme par une monstrueuse camisole de force, n'a plus connu que des explosions intimes, de plus en plus rares, d'un effet brisant sur une enveloppe de plus en plus lourde et froide.

Lui mort[7] et elle chaotique sont aujourd'hui confondus.

*

De ce corps une fois pour toutes ayant perdu avec la faculté de s'émouvoir celle de se refondre en une personne entière, l'histoire depuis la lente catastrophe du refroidissement ne sera plus que celle d'une perpétuelle désagrégation[8]. Mais c'est à ce moment qu'il advient d'autres choses : la grandeur morte, la vie fait voir aussitôt qu'elle n'a rien de commun avec elle. Aussitôt, à mille ressources.

Telle est aujourd'hui l'apparence du globe. Le cadavre en tronçons de l'être de la grandeur du monde ne fait plus que servir de décor à la vie de millions d'êtres infiniment plus petits et plus éphémères que lui. Leur foule est par endroits si dense qu'elle dissimule entièrement l'ossature sacrée qui leur servit naguère[9] d'unique support. Et ce n'est qu'une infinité de leurs cadavres qui réussissant depuis lors à imiter la consistance de la pierre, par ce qu'on appelle la terre végétale, leur permet depuis quelques jours de se reproduire sans rien devoir au roc.

Par ailleurs l'élément liquide, d'une origine peut-être aussi ancienne que celui dont je traite ici, s'étant assemblé sur de plus ou moins grandes étendues, le recouvre, s'y frotte, et par des coups répétés active son érosion.

Je décrirai donc quelques-unes des formes que la pierre actuellement éparse et humiliée par le monde montre à nos yeux.

*

Les plus gros fragments, dalles à peu près invisibles sous les végétations entrelacées qui s'y agrippent autant par religion[10] que pour d'autres motifs, constituent l'ossature du globe.

Ce sont là de véritables temples : non point des constructions élevées arbitrairement au-dessus du sol, mais les restes impassibles de l'antique héros qui fut naguère véritablement au monde.

Engagé à l'imagination de grandes choses parmi l'ombre et le parfum des forêts qui recouvrent parfois ces blocs mystérieux, l'homme par l'esprit seul suppose là-dessous leur continuité.

Dans les mêmes endroits, de nombreux blocs plus petits

attirent son attention. Parsemées sous bois par le temps, d'inégales boules de mie de pierre, pétries par les doigts sales de ce dieu.

Depuis l'explosion de leur énorme aïeul, et de leur trajectoire aux cieux abattus sans ressort, les rochers se sont tus.

Envahis et fracturés par la germination, comme un homme qui ne se rase plus, creusés et comblés par la terre meuble, aucun d'eux devenus incapables d'aucune réaction ne pipe plus mot.

Leurs figures, leurs corps se fendillent. Dans les rides de l'expérience la naïveté s'approche et s'installe. Les roses s'assoient sur leurs genoux gris, et elles font contre eux leur naïve diatribe[11]. Eux les admettent. Eux, dont jadis la grêle désastreuse[12] éclaircit les forêts, et dont la durée est éternelle dans la stupeur et la résignation.

Ils rient de voir autour d'eux suscitées et condamnées tant de générations de fleurs[13], d'une carnation d'ailleurs quoi qu'on dise à peine plus vivante que la leur, et d'un rose aussi pâle et aussi fané que leur gris. Ils pensent (comme des statues sans se donner la peine de le dire) que ces teintes sont empruntées aux lueurs des cieux au soleil couchant, lueurs elles-mêmes par les cieux essayées tous les soirs en mémoire d'un incendie bien plus éclatant, lors de ce fameux cataclysme à l'occasion duquel projetés violemment dans les airs, ils connurent une heure de liberté magnifique terminée par ce formidable atterrement[14]. Non loin de là, la mer aux genoux rocheux des géants spectateurs sur ses bords des efforts écumants de leurs femmes abattues[15], sans cesse arrache des blocs qu'elle garde, étreint, balance, dorlote, ressasse, malaxe, flatte et polit dans ses bras contre son corps ou abandonne dans un coin de sa bouche comme une dragée, puis ressort de sa bouche, et dépose sur un bord hospitalier en pente douce parmi un troupeau déjà nombreux à sa portée, en vue de l'y reprendre bientôt pour s'en occuper plus affectueusement, passionnément encore.

Cependant le vent souffle. Il fait voler le sable. Et si l'une de ces particules, forme dernière et la plus infime de l'objet qui nous occupe, arrive à s'introduire réellement dans nos yeux, c'est ainsi que la pierre, par la façon d'éblouir qui lui est particulière, punit et termine notre contemplation[16].

La nature nous ferme ainsi les yeux quand le moment vient d'interroger vers l'intérieur de la mémoire si les renseignements qu'une longue contemplation y a accumulés ne l'auraient pas déjà fournie de quelques principes.

*

À l'esprit en mal de notions qui s'est d'abord nourri de telles apparences, à propos de la pierre la nature apparaîtra enfin, sous un jour peut-être trop simple, comme une montre dont le principe est fait de roues qui tournent à de très inégales vitesses, quoiqu'elles soient agies par un unique moteur[17].

Les végétaux, les animaux, les vapeurs et les liquides, à mourir et à renaître tournent d'une façon plus ou moins rapide. La grande roue de la pierre nous paraît pratiquement immobile, et, même théoriquement, nous ne pouvons concevoir qu'une partie de la phase de sa très lente désagrégation.

Si bien que contrairement à l'opinion commune[18] qui fait d'elle aux yeux des hommes un symbole de la durée et de l'impassibilité, l'on peut dire qu'en fait la pierre ne se reformant pas dans la nature, elle est en réalité la seule chose qui y meure constamment.

En sorte que lorsque la vie, par la bouche des êtres qui en reçoivent successivement et pour une assez courte période le dépôt, laisse croire qu'elle envie la solidité indestructible du décor qu'elle habite, en réalité elle assiste à la désagrégation continue de ce décor. Et voici l'unité d'action qui lui paraît dramatique : elle pense confusément que son support peut un jour lui faillir, alors qu'elle-même se sent éternellement ressuscitable. Dans un décor qui a renoncé à s'émouvoir, et songe seulement à tomber en ruines, la vie s'inquiète et s'agite de ne savoir que ressusciter[19].

Il est vrai que la pierre elle-même se montre parfois agitée. C'est dans ses derniers états, alors que galets, graviers, sable, poussière, elle n'est plus capable de jouer son rôle de contenant ou de support des choses animées. Désemparée[20] du bloc fondamental elle roule, elle vole, elle réclame une place à la surface, et toute vie alors recule loin des mornes étendues où tour à tour la disperse et la rassemble[21] la frénésie du désespoir.

Je noterai enfin, comme un principe très important, que

toutes les formes de la pierre, qui représentent toutes quelque état de son évolution, existent simultanément au monde. Ici point de générations, point de races disparues. Les Temples, les Demi-dieux, les Merveilles, les Mammouths, les Héros, les Aïeux voisinent chaque jour avec les petits-fils. Chaque homme peut toucher en chair et en os tous les possibles de ce monde dans son jardin. Point de conception : tout existe ; ou plutôt, comme au paradis, toute la conception existe[22].

*

Si maintenant je veux avec plus d'attention examiner l'un des types particuliers de la pierre, la perfection de sa forme[23], le fait que je peux le saisir et le retourner dans ma main, me font choisir le galet.

Aussi bien, le galet est-il exactement la pierre à l'époque où commence pour elle l'âge de la personne, de l'individu, c'est-à-dire de la parole.

Comparé au banc rocheux d'où il dérive directement, il est la pierre déjà fragmentée et polie en un très grand nombre d'individus presque semblables. Comparé au plus petit gravier, l'on peut dire que par l'endroit où on le trouve, parce que l'homme aussi n'a pas coutume d'en faire un usage pratique, il est la pierre encore sauvage, ou du moins pas domestique.

Encore quelques jours sans signification dans aucun ordre pratique du monde, profitons de ses vertus.

*

Apporté un jour par l'une des innombrables charrettes du flot, qui depuis lors, semble-t-il, ne déchargent plus que pour les oreilles leur vaine cargaison[24], chaque galet repose sur l'amoncellement des formes de son antique état, et des formes de son futur.

Non loin des lieux où une couche de terre végétale recouvre encore ses énormes aïeux, au bas du banc rocheux où s'opère l'acte d'amour de ses parents immédiats, il a son siège au sol formé du grain des mêmes, où le flot terrassier le recherche et le perd.

Mais ces lieux où la mer ordinairement le relègue sont les plus impropres à toute homologation. Ses populations y gisent au su de la seule étendue. Chacun s'y croit perdu parce qu'il n'a pas de nombre, et qu'il ne voit que des forces aveugles pour tenir compte de lui.

Et en effet, partout où de tels troupeaux reposent, ils couvrent pratiquement tout le sol, et leur dos forme un parterre incommode à la pose du pied comme à celle de l'esprit.

Pas d'oiseaux. Des brins d'herbe parfois sortent entre eux. Des lézards les parcourent, les contournent sans façon. Des sauterelles par bonds s'y mesurent plutôt entre elles qu'elles ne les mesurent. Des hommes parfois jettent distraitement[25] au loin l'un des leurs.

Mais ces objets du dernier peu, perdus sans ordre au milieu d'une solitude[26] violée par les herbes sèches, les varechs, les vieux bouchons et toutes sortes de débris des provisions humaines[27], — imperturbables parmi les remous les plus forts de l'atmosphère, — assistent muets au spectacle de ces forces qui courent en aveugles à leur essoufflement à la chasse de tout hors de toute raison.

Pourtant attachés nulle part, ils restent à leur place quelconque sur l'étendue. Le vent le plus fort pour déraciner un arbre ou démolir un édifice, ne peut déplacer un galet. Mais comme il fait voler la poussière alentour, c'est ainsi que parfois les furets de l'ouragan déterrent quelqu'une de ces bornes du hasard à leurs places quelconques depuis des siècles sous la couche opaque et temporelle du sable.

*

Mais au contraire l'eau, qui rend glissant et communique sa qualité de fluide à tout ce qu'elle peut entièrement enrober, arrive parfois à séduire ces formes et à les entraîner. Car le galet se souvient qu'il naquit par l'effort de ce monstre informe sur le monstre également informe[28] de la pierre. Et comme sa personne encore ne peut être achevée qu'à plusieurs reprises par l'application du liquide, elle lui reste à jamais par définition docile.

Terne au sol, comme le jour est terne par rapport à la nuit, à l'instant même où l'onde le reprend elle lui donne à luire. Et quoiqu'elle n'agisse pas en profondeur, et ne pénètre qu'à peine le très fin et très serré agglomérat, la très mince quoique très active adhérence du liquide provoque à sa surface une modification sensible. Il semble qu'elle la repolisse, et panse ainsi elle-même les blessures faites par leurs précédentes amours. Alors, pour un moment, l'extérieur du galet ressemble à son intérieur : il a sur tout le corps l'œil de la jeunesse[29].

Cependant sa forme à la perfection supporte les deux milieux. Elle reste imperturbable dans le désordre des mers. Il en sort seulement plus petit, mais entier, et, si l'on veut aussi *grand*, puisque ses proportions ne dépendent aucunement de son volume.

Sorti du liquide il sèche aussitôt. C'est-à-dire que malgré les monstrueux efforts auxquels il a été soumis, la trace liquide ne peut demeurer à sa surface : il la dissipe sans aucun effort.

Enfin, de jour en jour plus petit mais toujours sûr de sa forme, aveugle, solide et sec dans sa profondeur, son caractère est donc de ne pas se laisser confondre mais plutôt réduire par les eaux. Aussi, lorsque vaincu il est enfin du sable, l'eau n'y pénètre pas exactement comme à la poussière. Gardant alors toutes les traces, sauf justement celles du liquide, qui se borne à pouvoir effacer sur lui celles qu'y font les autres, il laisse à travers lui passer toute la mer, qui se perd en sa profondeur sans pouvoir en aucune façon faire avec lui de la boue[30].

*

Je n'en dirai pas plus, car cette idée d'une disparition de signes me donne à réfléchir sur les défauts d'un style qui appuie trop sur les mots.

Trop heureux seulement d'avoir pour ces débuts su choisir *le galet* : car un homme d'esprit[31] ne pourra que sourire, mais sans doute il sera touché, quand mes critiques diront : « Ayant[32] entrepris d'écrire une description de la pierre, il s'empêtra[33]. »

*Dans l'atelier
du « Parti pris des choses »*

HONTE ET REPENTIR
DES « MÛRES »

À vrai dire la perfection factice du poème ci-dessus me dégoûte. Il manque trop de choses à ces mûres qui font partie de leur réalité.

D'abord les mûres ne sont jamais composées de trois sphères seulement, comme le signe typographique en question. Et pour commencer elles ne sont pas composées de sphères véritables, mais de sphères imparfaites, aplaties l'une contre l'autre surtout à leur base par où elles s'agglomèrent. Et l'ensemble ne s'inscrirait pas non plus dans une sphère parfaite. Le nombre des sphères est au moins de douze ou treize.

Ce qui me frappa d'abord *nouvellement*[1], c'est « kaki, roses ou noires sur la même grappe ». Mais grappe, non, ce n'est pas cela, plutôt des branches, branches flexieuses, hors des buissons faisant un signe semblable à celui des palmes, mais à la fois bénisseuses et accrocheuses. La présence simultanée sur la même branche de ces baies de maturité très inégale[2], aux couleurs très tranchées, m'avait paru à la fois très agréable à l'œil par le caractère peu commun du rapprochement de ces couleurs, et très caractéristique, très particulier à ce genre de fruits.

Puis je ne[3] fus touché, à la réflexion, et par le nombre et par la modestie, sinon leur modestie du moins le fait qu'ils sont peu recherchés, peu considérés, que l'on n'y fait pas attention. Et cette réflexion me les rendit plus précieuses encore. Ils me parurent touchants d'accomplir ainsi leur devoir malgré le regard clos et le bec clos des oiseaux.

Rouge violacé très foncé, de la forme d'un grain de grenade mais molles.

HISTOIRE DE L'HUÎTRE

I. Avant toute parole, le monde clos comme une coque bivalve.
Eaux et cieux non séparés remplirent entièrement cette huître.
II. Un jour pour parler elle voulut s'ouvrir, et dès lors les cieux d'en dessus s'affaissèrent sur les eaux d'en dessous, pour former une mare verdâtre qui vécut peu de temps, fluant et refluant à la vue et à l'odeur, puis bientôt sécha et pourrit.
III. Alors les cieux communs entrèrent par le haut sous ce superciel de nacre, et l'eau commune par le bas avec son fonds de gravier.

... ET PERSONNE NE SAIT COMMENT DIEU LA PRÉFÈRE...

LE FEU

Le feu est un classement.
D'abord toutes les flammes se dirigent en quelque sens... (l'on[1] ne peut comparer la marche du feu qu'à celle des animaux : il faut qu'il quitte un endroit pour en occuper un autre ; il marche à la fois comme une amybe et comme une girafe, bondit du col et rampe du pied)...
Puis tandis que les masses contaminées avec méthode s'écroulent, les gaz[2] qui s'échappent sont transformés à mesure[3] en une seule rampe de papillons.

Février 1935.

[L'ESCARGOT]

Justice pour l'escargot ! Cet animal vaut mieux que son pesant de morve.
Froid comme elle, extensible, d'un gris parfois verdâtre de sa coque natale pénible à extirper,

il a pour lui ces yeux si sensibles, ce merveilleux port de tête, et la beauté de ce baiser de tout un corps à la terre, qu'il honore d'ailleurs, au prix de quels efforts, d'un glissement parfait, — comme un long navire, au sillage argenté[1].

2 mars 1936.

D'UN PAPILLON

Le papillon, allumette enflammée, a la tête noire et le corps aminci par la poussée des ailes.

L'allumette est une chenille avant son inflammation. Tête et corps de couleurs tranchées. Mais les flammes feront oublier tout ça.

C'est par la tête qu'elle a pris. Véritable explosion. Aveuglée aussitôt et laissée noire.

Le papillon dès lors erratique ne se pose plus qu'au hasard de la fatigue de sa course ou tout comme. Il se délecte. Il se venge au sommet des fleurs de sa longue et lente humiliation autour du pied des tiges.

Qui a gratté la chenille pour l'allumer papillon ? L'âge, le temps tout à coup l'érosion du temps a atteint le lieu d'un ressort qui s'est déclenché.

LE PAPILLON

Lorsque le sucre qui s'élaborait dans les tiges surgit au fond des fleurs, poisseuses comme des tasses non rincées, le papillon à la tête noire et le corps aminci par la flambée des ailes, tout à coup prend son vol.

Il se venge au sommet des fleurs de sa longue humiliation de chenille au pied des tiges. Il se délecte à leur calice.

Allumette volante, le lampiste vérifie par sondage la provision d'huile des fleurs.

Il faut noter aussi que sa flamme n'est pas contagieuse[1].

Sans doute la chenille eut-elle la tête aveuglée et laissée noire par une véritable explosion, d'où les ailes sont sorties.

Dès lors le papillon erratique ne se pose plus qu'au hasard

de la fatigue de sa course. Il arrive trop tard et constate les fleurs[2] écloses.

Paris, Pâques, 12 avril 1936.

SUR LES BORDS MARINS

Poudre de riz d'éraflures sur la corne. Râpés.
Les rayures d'une surface polie poudroient.
Rayures de (cerebos) sur le glacier transparent.

Airs feuilletants, airs feuilletons,
Cornes du volume marin, Atolls micaschisteux.
Dessins profonds, huis clos, rien n'est connu.
Feuilleton des bords d'une épaisseur.

*

Bleus paillons. Atolls de sucre. Bristols. Papillotte.
Ô dessous crisse l'épée, la cuisse,
Ô dessous d'acier.

*

Profonds cahiers de stagnation berceurs, foulons du gravier.

*

Tu vas sur mes brisées.

*

Océans moutonneux.

*

Poussière, écume de la glace, cristaux très divisés et vus à contre-jour. Paillettes du savon lux, sous le pilon la colophane blanchit.

*

Ô profonds dessous vous n'avez point été lus.

*

Soc léger de charrue, ongle de la brise,
pas en lame de couteau des patineurs.

*

Car à n'en pas douter ce sont les mêmes fonds avec quelques habitants en plus.

*

Rare et précieux temps de l'immobilité presque du fond des mers.
Ces morceaux grossiers sont aussi rarement aperçus que des gemmes[1] à cause du mouvement incessant et du milieu interdit à l'habitation (perdus, rangés en ce milieu interdit, etc.).

*

La mer comme un coupon de soie pâle, comme une carafe. Avec aucun moyen de la distribuer (à Marina di Pisa).

*

Ondes, fonds s'immobilisant aux yeux.
Reposez, ô mers qui mêlez tellement tout.

*

La froideur des mers compense leurs bonds, leurs déformations, leur étrangeté, leur monstruosité.

*

Un verre d'eau pure avec au fond du marc de rochers et de végétaux.

*

tous ses bords[2].
Ainsi donc de la pleine mer l'on ne peut connaître que le feuillet de surface tandis que sur les bords du moins l'on aperçoit, l'on a un aperçu de ses fonds. L'air superficiellement

feuillette et corne les volumineux tomes marins. Tandis que la terre y plonge obliquement jusqu'à leur garde rocheuse de larges couteaux terreux qui séjournent dans la profondeur. Parfois d'ailleurs à la rencontre d'un muscle énergique une lame ressort peu à peu : c'est ce que l'on appelle une plage. Partout ailleurs toutes ces longues épées ne montrent plus que leurs rocailleuses coquilles.

Mais toutefois répétons-le même par la plus creusante tempête l'énorme cahier bleu ne peut point être lu. Ces registres humides que j'oppose à ceux noirs et impalpables mais cependant encore en forme de mes classes sur les brasiers de ma demeure, la tempête les manie cependant par paquets de feuillets, tourne et retourne des paquets de feuilles à la fois. Sa colère fait bomber toutes les portes de son appartement. Les bibelots se brisent, le mobilier

*

La mer bouge comme la faune. La vague, le flot se déplie à l'œil comme la flore.

*

Ondes salies par les terres, les restes jetés, les verres, les pierres de couleur, les pavés arrondis, mosaïque à plusieurs dimensions, omelettes de poissons et de crabes, bouchons de liège, bûches noircies. Belles salissures, bleuissures des mers.

*

Eaux aux fonds imprévus, aux fonds terrestres
Il suffit de mettre de la terre ou des graviers au fond d'un verre pour que l'eau change entièrement d'expression.

*

Pénombre de neptune.

*

Abîmes interdits aux trous débouchés de nos sens, aux pavillons débouchés de nos instruments de musique, de respiration et autres.

[DOSSIER DE « LA JEUNE MÈRE »]

Son visage s'allonge et tend vers le bas ses bras et ses mains s'assouplissent et se renforcent : ils s'incurvent. Les jambes qui maigrirent beaucoup et furent et sont très affaiblies sont volontiers cessées les genoux très remontés. Le ventre ballonné, livide assez sensible le bas ventre s'accommodent de l'immobilité et ça n'est —

lorsqu'elle a *[illisible]* beaucoup de *[illisible]* et de vapeurs de toutes sortes de *[illisible]*

lorsqu'elle est *[illisible]* l'enfant *[illisible]* son *[illisible]*

Elle ne tend *[illisible]* un air animal *[illisible]* qui sent les bras, *[illisible]* fleur *[illisible]*

LA JEUNE MÈRE (2)

22.2.39

Quelques jours après les couches la beauté de la femme se transforme.

Le visage souvent penché vers la poitrine s'allonge un peu. Les yeux, non fixement mais attentivement baissés sur un objet proche, et s'ils se relèvent semblent d'abord légèrement égarés. Lorsqu'elle est très aidée la jeune mère pourtant a dans le regard une expression de confiance. Mais sans doute elle la sollicite continuellement et chacun de ses regards vous rappelle qu'elle y compte.

La jeune mère (3) 10-3-39

Son grand corps évolue à l'étroit parmi un pavois utile à toutes hauteurs de carrés blancs de linge que saisit parfois de sa main libre elle, les tâte ou les froisse avec sagacité, pour les étendre ou plisser ensuite selon les résultats de son examen.

(4) elle   correction simplificatrice du 16-3-39

À d'autres moments ~~son grand corps~~ évolue à l'étroit parmi ~~utile parmi~~ à toutes hauteurs de les blancs carrés de linge que parfois de sa main libre elle saisit, tâte, froisse avec sagacité, pour les plier ou les étendre ensuite selon les résultats de son examen.

(10-3-39)

⑤

A D'autres moments elle évolue à l'étroit entre les blancs carrés de linge étendus à toutes hauteurs, que parfois de sa main libre elle saisit, tâte, froisse avec sagacité, pour les ranger ou les exposer à nouveau selon les résultats de son examen.

(16-3-28)

c'est le soir de jour où je devais rencontrer Jouhandeau chez Maria

(16-3-28)

Quelques jours après les couches la beauté de la femme se transforme.
Voici comme on la voit le plus souvent : le visage souvent penché sur la poitrine s'allonge un peu, il semble qu'il se recompose selon des lignes verticales. des yeux attentivement baissés sur un objet proche, ils se relèvent parfois, paraissent un instant égarés. Lorsqu'elle est très aidée la jeune mère pourtant montre un regard rempli de confiance, mais qui semble la soutenir continuellement. Les bras et les mains s'incurvent et se renforcent. Les jambes qui ont beaucoup maigri et sont très affaiblies, sont volontiers assises les genoux remontés. Le ventre, ballonné, livide assez sensible, le bas ventre qui s'accommode de l'immobilité et de la nuit

[PLAN DE « FAUNE ET FLORE »]

I. Entre le sol et les cieux a lieu le phénomène végétal, se dressent les appareils végétatifs, tirant leur nourriture de l'un et de l'autre.

II. Ce qui caractérise le végétal par rapport au sol et aux cieux (monde minéral) c'est une richesse de réactions chimiques dans le protoplasme qui est appelé la vie.

III. Ce qui distingue la végétation de l'animation c'est, en raison d'abord de cette nourriture, l'immobilité des appareils végétatifs et leur vie réduite au déploiement : c'est sur ce point que l'on insistera surtout.

CREVETTE (AUTRE)

La crevette, de la taille ordinaire du petit doigt, a la consistance de l'ongle ; elle vit en suspension dans la pire confusion marine au creux des rochers.

Elle gît au milieu du fouillis de ses armes, la tête sous un heaume soudée au thorax, abondamment gréée d'antennes et de palpes d'une tatillonnerie extravagante.

Douée du pouvoir prompt siégeant dans la queue d'une rupture de chiens à tout propos, par bonds vifs, imprévus, saccadés, rétrogrades elle échappe à la ruée en ligne droite des gueules dévoratrices, et se refuse aussi à la contemplation.

Une diaphanéité utile autant que ses bonds ôte d'ailleurs à sa présence même immobile sous les regards toute continuité.

Mais son audace la reconduit aussitôt à l'endroit même d'où sa terreur la retire.

Tandis que d'autres formes d'un dessin simple et ferme traversent seulement ces salles sous-marines en sombres ou pailletés en tout cas opaques fuyards sans retour, la crevette à peu près immobile comme un lustre [lecture conjecturale] y semble étroitement condamnée par ses mœurs.

Ô translucide nef, sensible à l'attention, insensible aux amorces, tu as trop d'organes de circonspection, tu en seras trahie. À mon sac échapperont mieux ces stupides fuseaux de vitesse qui goûtent le nez aux algues et ne me laissent qu'un nuage de boue, à moins que bonds par bonds tu ne réussisses ton assomption dans les soupentes spacieuses sous la roche d'où je ne me relève pas aussitôt déçu.

[SUITE DE « VÉGÉTATION »]

Voilà[1] des appareils d'une invention et d'une organisation merveilleuses, mais leur disposition à la surface du globe est laissée au gré du vent qui porte ici ou là les graines d'où elles se développent. Quelle dérision ou quelle insolente gageure ! Tout le monde admire que certains insectes soient chargés d'apporter dans la fleur qu'ils mettent à contribution la semence qui la fécondera. Mais d'abord personne ne s'indigne que cette plante soit née là, parmi des essences hostiles qu'elle ne peut fuir et qui peuvent l'étouffer. Tout se passe en réalité comme si la nature se désintéressait de ses créatures une fois produites, et les abandonnait sans souci de leur destinée, après avoir placé toutefois en chacune d'elles une volonté de vivre qui lui fait imaginer dans le désespoir mille expédients, mille vains perfectionnements de son organisme. Quel esthétisme, quel splendide détachement ! Partout la douleur en conséquence, partout les passions ! En vérité nulle créature n'adore son créateur. Mais si quelques-uns qui nous sont proches par je ne sais quelle extrême complication de leur nature se font un esprit fort de l'admirer, ce ne saurait être que pour son sadisme. « Eli ! Eli ! Lamma sabactani ! » Tout créateur n'est qu'un sadique, tentateur et brouillon.

*

Messieurs, je ne m'éloigne pas tant de mon propos qu'il vous semble. À la différence en effet qu'ils n'ont pas droit à la parole et ne disent pas de naïvetés, à quoi ressemblent plus les arbres qu'à votre croix, chargée d'un innocent[2] absurde ? — Peut-être parce qu'ils sont foule, moins médiocrement significatifs et condamnés pour des abominations plus diverses, plus encore aux deux larrons.

*

Torses et chefs sans cous, grands larrons de verdure,… etc.

[À PROPOS DU « GALET »]

Mon cher ami,

J'ai été heureux de vous retrouver dans *Le Galet* tel que vous êtes et tel que je vous aime. Je n'aurai qu'une ou deux questions à vous poser, entr'autres celle-ci : dans quelle mesure la phénoménologie poétique comporte-t-elle des comparaisons, ou métaphores ? Vous seriez tout à fait gentil de venir nous voir.

Lundi vers les 9 heures, vous conviendrait-il ? Bien affectueusement à vous.

BERNARD GROETHUYSEN.

Mon cher ami,

Vous me demandez à propos du galet « dans quelle mesure je pense que la phénoménologie poétique comporte des comparaisons ou métaphores ? » Je pense que c'est dans la mesure où elle se conçoit elle-même, comme une connaissance non exacte.

Je ne voudrais pas que vous pensiez, et je ne le crois d'ailleurs pas possible, que le Galet tout entier ne soit qu'une seule « métaphore continuée ». Cette interprétation assurément fausse écartée, je m'expliquerai peut-être en disant, que si pour exprimer *quelques-unes* des « idées qui me sont venues par la perception sensible* » (des qualités de cet objet) j'ai eu recours à des métaphores, c'est sans doute comme d'autres esprits, différents du mien, auraient eu recours à d'autres *figures*, par exemple *l'Ironie*.

Si la phénoménologie poétique se prenait pour une science exacte, si elle concevait les idées dont elle se compose comme des (*vérités*) ou des *réalités*, la métaphore n'y aurait point de place, ou témoignerait alors de quelque imperfection dans le chef-d'œuvre phénoménologique.

Mais comme pour ma part je me suis toujours défié de l'idée qu'« une seule expression soit valable », un « langage absolu » possible, et comme je pense, ainsi que vous l'avez très bien écrit à propos de mon premier petit livre, que les *mots* et les *idées* font partie de deux mondes séparés, je pense aussi que les *choses*, et les *idées* que leur perception fait naître dans l'esprit, font elles aussi partie de deux mondes impossibles à rejoindre. Pour une seule *chose*, mille « *compositions de qualités logiques* » sont possibles. (Et par conséquent mille *sentiments*, mille *morales*, mille *vices et vertus* pour l'homme, mille *politiques*, etc.)

C'est pourquoi, ayant été amené par l'abondance et la force (la *nécessité*) des idées qui me sont venues à propos du Galet à tenter de les exprimer, — et cependant comprenant que ces idées, pour si *nécessaires* qu'elles soient (et cela sans aucun doute) n'étaient toutefois rien moins que *vraies* (ni par conséquent *suffisantes*) — mon style s'est trouvé tout naturellement

---

* N'est-ce point là une définition possible de la phénoménologie ?

amené à rendre compte, par quelque ruse, de cette disposition d'esprit.

Si mon esprit avait été essentiellement « philosophique » sans doute la figure que j'eusse alors inconsciemment employée eût été l'Ironie*. Mais comme une certaine *passion***, pour les objets qu'il se propose, une certaine chaleur d'esprit (Enthousiasme poétique) peut être regrettable, mais pourquoi ? lui étaient naturelles, c'est à la métaphore (plus encore qu'à la simple Comparaison) qu'il a eu recours pour indiquer *ses réserves* (dans tous les sens du mot) et même ses menaces***.

Toute la question est de savoir si ces figures, par leurs qualités propres, ont ajouté ou au contraire retiré de la force à l'espèce de *proposition de valeurs* que par son existence même (dans le monde ?... dans mon esprit ?), et sa tendance vers l'expression, — mais sans la concevoir du tout lui-même bien entendu comme une morale —, le galet tente.

Pardonnez-moi ce PATHOS, mon cher ami ! Et à lundi. Bien affectueusement vôtre

FRANCIS PONGE.

---

* « Si j'avais à choisir une favorite parmi les figures, à l'exemple de Socrate, qui se saisit de l'*ironie* pour sa part, ce ne serait pas la *métaphore continuée* qui toucherait mon inclination » (Bayle).
** « La tragédie admet les métaphores, mais non pas les comparaisons : pourquoi ? Parce que la métaphore, quand elle est naturelle, appartient à la passion ; les comparaisons n'appartiennent qu'à l'esprit » (Voltaire).
*** « J'aime un langage *hardi*, *métaphorique*, plein d'images... » (Voltaire).

DIX COURTS SUR LA MÉTHODE

[Les textes de ce recueil ont été repris dans Proêmes. *Voir « La Dérive du sage » (p. 183), « Pelagos » (p. 183-184), « Fable » (p. 176), « La Promenade dans nos serres » (p. 176-177), « L'Antichambre » (p. 184), « Le Tronc d'arbre » (p. 231), « Flot » (p. 173), « Le Jeune Arbre » (p. 184-185), « Strophe » (p. 201) et « L'Avenir des paroles » (p. 168).]*

L'ŒILLET.
LA GUÊPE. LE MIMOSA

[Ces textes ont été repris dans La Rage de l'expression, *respectivement p. 356-365, p. 339-345 et p. 366-376.]*

LIASSE

© Francis Ponge, 1948, pour la première édition.
© Éditions Gallimard, 1999, pour la présente édition.

I. 1921-1924

ESQUISSE D'UNE PARABOLE

[Repris dans Nouveau recueil, *t. II de la présente édition.]*

CARROUSEL

[Repris dans Le Grand Recueil, *I.* Lyres, *p. 448.]*

FRAGMENTS MÉTATECHNIQUES

[Repris dans Nouveau recueil, *t. II de la présente édition.]*

LE JOUR ET LA NUIT
DIMANCHE OU L'ARTISTE
PEUT-ÊTRE TROP VICIEUX

RÈGLE

[Ces quatre textes sont repris dans Le Grand Recueil, *I.* Lyres, *p. 449, p. 450-451, p. 449 et p. 449-450.]*

L'INSIGNIFIANT

[Repris dans Le Grand Recueil, *III.* Pièces, *p. 695.]*

II. 1930-1935

DIALECTIQUE NON PROPHÉTIE

[*Repris dans* Nouveau recueil, *t. II de la présente édition.*]

SOIR D'AOÛT

CINQ SEPTEMBRE

FEU ET CENDRES

[*Ces trois textes sont repris dans* Le Grand Recueil, *I.* Lyres, *p. 454-455.*]

14 JUILLET

[*Repris dans* Le Grand Recueil, *III.* Pièces, *p. 718-719.*]

III. 1941-1945

SOMBRE PÉRIODE

Quand plus que les lointains le prochain devient sombre et qu'après un long temps de songerie funèbre la pluie battant soudain jusqu'à meurtrir le sol fonde bientôt la boue, un regard pur l'adore : c'est celui de l'azur ragenouillé déjà sur ce corps limoneux trop roué de charrettes hostiles dans les longs intervalles desquelles pourtant d'une sarcelle à son gué opiniâtre la constance et la liberté guident nos pas.

(1942)

LE PLATANE
LA POMME DE TERRE

[Ces deux textes sont repris dans Le Grand Recueil, *III.* Pièces, *p. 729 et p. 733-734.]*

DÉTESTATION

[Repris dans Le Grand Recueil, *I.* Lyres, *p. 459.]*

LA LESSIVEUSE

[Repris dans Le Grand Recueil, *III.* Pièces, *p. 737-740.]*

L'EAU DES LARMES

— « Tu pleures ? Pleurer et voir pleurer gênent un peu pour voir. Mais de voir à pleurer il est trop de rapports, entre voir et pleurer s'insèrent trop de charmes, — pleurer ou voir pleurer nous défiant d'y voir —, qu'entre pleurer et voir nous ne scrutions les larmes... *(il prend la tête de la femme dans ses mains).* Chère tête, au fond que se passe-t-il ?... Accolée au rocher crânien la petite pieuvre la plus sympathique du monde y resterait parfaitement coite c'est sûr, — faisant à chaque battement de cils fonction strictement de burette —, si quelque accès soudain de houle sentimentale, un brusque saisissement parfois (regrettable ou béni) ne la pressaient plus fort de s'exprimer mieux *(Il se penche).* Cher visage ! Alors qu'en résulte-t-il ?... Une formule perle au coin nasal de l'œil. Tiède, probante *(elle sourit)*... Claire, salée... Ainsi parfois un visage s'illumine-t-il, ainsi parfois peut-on recueillir de la tête de l'homme ce qui lui vient des réalités les plus profondes, — du milieu marin *(il se redresse).* D'ailleurs, la cervelle sent le poisson *(elle se remet à pleurer)*, contient pas mal de phosphore. Ah ! De voir à savoir s'il est quelque rapport, de savoir à pleurer faut-il qu'il en soit d'autres !... Pleurer et voir pleurer gênent un peu pour voir. Mais pourtant *(il cueille une larme au bord des cils)* : de l'œil à la vitre du microscope n'est-ce pas (à l'inverse) une larme qui convient ? ô PERLES D'AMPHITRITE, EXPRESSIONS RÉUSSIES ! Entre l'eau des larmes et l'eau de mer il ne doit y avoir que peu de différence (si dans cette différence tout l'homme peut-être). Camarades des laboratoires, prière de vérifier. »

(1943-1944.)

LA MÉTAMORPHOSE

[Repris dans Le Grand Recueil, *III.* Pièces, *p. 741.]*

BAPTÊME FUNÈBRE

[Repris dans Le Grand Recueil, *I.* Lyres, *p. 465-466.]*

LE PEINTRE À L'ÉTUDE

© *Éditions Gallimard,* 1948.

ÉMILE PICQ

Il faut à Lyon considérer Picq.

Lyon, le Lyon moral, a beaucoup à apprendre de ce jeune homme — à l'égard duquel il n'a jamais d'ailleurs montré trop d'indifférence, l'ayant plusieurs fois fait prisonnier ou mis à la porte, — non seulement des écoles ou collèges que notre héros a fréquentés dans sa jeunesse, mais de plusieurs autres institutions: académies, hôpitaux, établissements divers. Picq, pourtant, n'a jamais recherché le scandale. Il s'est contenté de vivre selon sa pente, selon le génie particulier qui l'habite — qui a sa pureté et ses exigences.

Claudel, parlant de Nijinski, dit à peu près qu'au repos, à la ville, il frémissait incessamment, comme ces voitures hypersensibles que l'on appelait des huit-ressorts[1]. Picq de même. Il faut le voir se dépêcher dans les rues ou traverser la salle du restaurant populaire que tiennent ses parents. Rentré dans l'espèce d'arrière-cuisine qui lui sert d'atelier, il se jette sur le papier[2].

*

Ce papier nu comme une assiette
Cette plume comme une fourchette
  Avoir faim

C'est un petit poème de Picq, une confidence de Picq, dessinateur et poète. Vous ne trouvez pas que cela fait très tempérament d'artiste authentique ? Très réalité-44, par-dessus le marché ?

Le public, lui aussi, a faim. Et les critiques peut-être, malgré leur petite bouche. Il est probable que les œuvres de Picq leur donneront plus faim encore (mais l'on n'entre pas dans une exposition, je suppose, comme dans une pâtisserie)...

*

L'on ne peut dire que les tableaux de Picq soient rassasiants. Éprouvants plutôt. Ils vous forcent à une drôle de gymnastique. La satisfaction vient pourtant : une certaine chaleur, suite d'effort ou d'exercice.

Certainement, Picq a tendance à abuser de tout ce qu'on lui propose : son corps, sa plume, le papier blanc, les tubes de couleur, et vous et moi qui regardons ses œuvres.

Il dessine comme l'écolier couvre de croquis, les plus éprouvants possible (je ne trouve pas de mot meilleur), ses cahiers, les murs de sa prison. Il dessine, il peint ce qu'il sait bien être l'important pour lui. Ses désirs et ses prétentions. Il dessine à défaut de paraître sur le théâtre — ou de s'envoler — ou de se perdre dans l'éternel amour...

Et peu importe après tout ce qu'il exprime (et qui est bien — sans grandiloquence — à la mesure de ce que nous vivons). Mais toujours cette vérité du mouvement[3], toujours cette infaillibilité du trait dans la représentation du corps humain, qui est son unique objet.

Et sans doute Picq a-t-il une profonde expérience du corps humain, dont il a dû, tout jeune, commencer la « magique étude[4] ». À travers plaisirs et douleurs, triomphes personnels, cerceaux enflammés, extases, fièvres, rechutes diverses.

Comme il a toujours plutôt dansé que marché, dès sa jeunesse brûlant ses vaisseaux, brûlant les planches — il a toujours écrit, brûlant les lieux communs, brûlant l'orthographe —, toujours dessiné *de même* et colorié ses dessins.

Voilà pourquoi sans doute ces anémones chargées d'encre, qui se sont ouvertes d'abord au vent du songe ou de la frénésie la plus pure, se découvrent aujourd'hui si précieuses pour nous, au cœur d'une tourmente moins particulière.

... Mais c'en est trop sans doute. Assez peut-être pour

que l'on ait saisi ce que je voulais dire... À savoir que j'aime l'art d'Émile Picq, et que je considère comme un honneur et comme une réjouissance d'avoir été appelé à le présenter à Lyon, au Lyon moral, comme son enfant d'exception et son plus grand artiste.

Avril 1944[5].

NOTE SUR « LES OTAGES »
PEINTURES DE FAUTRIER

Ce serait trop peu dire que je ne suis pas sûr des pages qui suivent : voici de drôles de textes, violents, maladroits. Il ne s'agit pas de paroles sûres.

Il est un moment de la création où l'on se sent comme bousculé par la grêle[1] de coups que vous assène votre sujet. L'on peut réagir alors par une grêle de coups désordonnés (beaucoup portant à faux ou dans le vide). À peu près comme un arbre réagit au vent. Est-ce que les feuillages enregistrent les coups de vent ou y répondent[2] ? Qu'on en décide (si l'on veut).

Ceci, qui peut être vrai s'agissant d'un sujet quelconque, l'est a fortiori s'agissant de ceux qui, par nature, affectent si violemment la sensibilité que dès le premier round ils la mettent groggy : pour les sujets trop ravissants ou trop atroces.

Mais supposez que l'atrocité même *soit le sujet…*

Alors, il s'agit seulement de tenir debout, de finir à tout prix le combat et de ne s'écrouler qu'ensuite, après le coup de gong[3].

I

Celui qui regarde les *Esclaves* de Michel-Ange[4] n'en reçoit pas une impression d'horreur mais, au contraire, de beauté. Les contorsions auxquelles leurs liens obligent ces corps ne sont pas « laides » ; elles ne surprennent pas l'œil ni l'âme d'un sentiment ou d'un affect pénible, ni à plus forte raison insupportable. Mais, au contraire, d'une sorte de plaisir, de satisfaction : à cause de l'harmonie des lignes, de la noblesse des attitudes, du calme, de la hauteur, de la majesté, de la grâce dont elles sont empreintes.

Ces corps sont des corps magnifiques, il est vrai, des corps d'hommes jeunes, en pleine santé : on les sent pleins de vie, de sang sain et chaud, de vigueur, de force. Ils donnent confiance, comme peut donner (ou laisser) confiance celui d'une jeune veuve, également pleine de santé et de fraîcheur malgré son accablement, ses larmes, parce qu'elle est visiblement capable encore des gestes de l'amour, de la procréation, de la maternité. On se dit qu'il ne s'agit, pour eux comme pour elle, que d'un accablement passager, que d'une crise, que d'une contorsion non fatale ; et pourtant cette veuve ne sera peut-être plus jamais remplie, ces esclaves[5] ne seront jamais libres : leurs corps vieilliront dans leurs chaînes, ils s'y abîmeront, puis s'y décomposeront. Mais rien dans l'apparence fixée n'autorise cette idée, ce pronostic et le désespoir qui, pour le contemplateur, en résulte.

Il en est de même — et il n'en est pas de même pour *Les Otages* de Fautrier. Il en est de même pour la beauté de l'œuvre, du spectacle qui nous est proposé, et qui est pourtant au moins aussi horrible, qui est même beaucoup plus horrible que celui d'un corps jeune à jamais chargé de liens. Il s'agit ici de corps et de visages torturés, déformés, tronqués, défigurés par les balles, par la mitraille, par la torture. Aucune laideur pourtant, aucune impression insupportable, voire pénible : au contraire, une impression de beauté sereine, éternelle, de satisfaction sans fin et qui s'accroît sans cesse. Et pourtant ici pas le moindre espoir (même illusoire) ne reste : un corps amputé ne se recompose pas, un visage défiguré ne redeviendra jamais symétrique, tranquille, serein, heureux.

L'on ne peut dire que ces documents aient été composés, nous soient présentés dans l'intention de stigmatiser les tortionnaires, ni la civilisation qui les engendra (pas plus que chez Michel-Ange).

On ne peut dire non plus (pas plus que chez Michel-Ange) qu'il y ait là trace de sadisme, à savoir intention de nous faire jouir à propos de la souffrance ou du désespoir du sujet (du patient) dont le corps ou le visage a servi de modèle.

Ce dont on nous fait jouir, c'est d'une harmonie de couleurs (comme Michel-Ange d'une harmonie de lignes et de volumes), c'est d'un accord de couleurs et d'un accord de couleurs et de lignes (de formes) qui correspond à quelque constante du goût.

C'est, plus encore, d'un calme, d'une hauteur de vues sublimes, qui n'ont rien à voir avec l'indifférence (et qui sont sans doute leur contraire).

Pourquoi leur contraire ?

*

Il ne faut pas en ces matières aller, ni juger trop vite.

Ce n'est probablement pas à présent chose bonne à dire que de laisser entendre que devant l'horreur deux attitudes sont possibles : l'une étant le refus de considérer l'horreur, et l'accent mis sur le beau côté des choses, — et l'autre étant la résolution de lutter contre les causes présumées de cette horreur. Actuellement, cela ne fait pas de doute, il faut lutter et seulement lutter[6].

... Qu'il peut y avoir plus de délectation (et moins d'efficace) dans la dénonciation de l'horreur comme telle, dans sa représentation horrifique, purement réaliste (?), que dans la tentative de transformer l'horreur en beauté.

L'on ne pouvait certes se taire devant de pareilles horreurs, ni devant de pareilles détresses. L'on ne pouvait ignorer de tels sujets. Ils vous hantaient. Dès lors, comment les traiter ?

Je ne vois pas qu'il faille penser qu'un débat se soit instauré dans l'esprit du peintre à ce sujet. Non : la manière de traiter le sujet s'est imposée à lui étant donné l'homme qu'il était, en même temps que le sujet lui-même.

*

La plainte d'Apollinaire est certainement plus touchante d'avoir été longtemps retenue, masquée par un enthousiasme, par une volonté de ravissement, par un ravissement sincère, par une cécité, un aveuglement passionnés devant les horreurs de la guerre et de la condition humaine, par une bonté, une indulgence poussées jusqu'à l'héroïsme, à quel héroïsme modeste et souriant. Quand elle perce malgré tout, dans le concert des éloges adressés à la nature et à la guerre elle-même, elle est alors déchirante. Elle teinte alors le ravissement lui-même. Elle oblige à le considérer à sa valeur, comme une sublime indulgence envers la nature, la guerre et la condition humaine[7].

Je ne dis pas qu'il en est de même chez Fautrier ; non, pas du tout. Mais pourtant, que les visages des *Otages* soient si *beaux*, peints de couleurs si charmantes, si harmonieuses, si pareilles à la carnation rose, bleue, jaune, orange ou viride des fleurs[8], n'y pouvons-nous pas voir une sorte d'héroïsme, de mensonge héroïque semblable, — et de divine, d'obstinée résistance[9], opposition à l'horreur par l'affirmation de la beauté ?

*

À quels mobiles obéissent ceux qui décrivent ou peignent des scènes ou des objets horribles, épouvantables ou simplement effrayants, attristants ?

Certains peuvent être tentés par le côté exceptionnel, rare, et par là même *facile*, de ces sujets.

D'autres, qu'une telle facilité repousserait plutôt, par le souci de témoigner véridiquement, de rendre compte d'événements humains extraordinaires et presque incroyables, et cela malgré et contre la facilité apparente de tels sujets.

Chez d'autres, ce qui les amène à peindre cela, c'est au contraire le fait que de tels événements aient été ordinaires, habituels à une époque, et prennent leur importance de ce fait. Ils peignent ainsi l'horreur de la condition humaine. Et là a pu jouer une certaine obsession, avec le besoin de s'en délivrer[10].

Je ne veux pas insister trop sur d'autres mobiles possibles : et par exemple le goût sadomasochiste pour de telles scènes ou de tels objets. Je pense que la reproduction photographique satisferait ceux-là davantage.

Chez certains encore, il peut s'agir du désir de faire honte à l'homme, de le révolter contre lui-même, ou contre les assassins, et de l'amener ainsi à résipiscence, ou à vengeance.

Enfin, quand il n'y a peinture que des victimes, l'on peut y voir une volonté de glorification, de ferveur expiatoire, ou seulement de sollicitude, de soins, de parure.

Je pense qu'il peut y avoir eu un peu de tout cela en Fautrier. Sujet à la fois extraordinaire, incroyable et malheureusement devenu ordinaire, caractéristique d'une époque : à la fois critique et endémique, intolérable (aigu) et obsédant.

Sujet à la fois facile et difficile (pour un artiste scrupuleux) à cause de cette facilité même.

*

Les artistes faits pour le ravissement sont peut-être ceux auxquels l'horreur est aussi le plus sensible. Et peut-être ont-ils choisi d'emblée le ravissement par défense contre leur sensibilité à l'horreur.

Je ne suis pas sûr que Fautrier soit un peintre du ravissement. Il n'y a en tout cas chez lui aucune volonté de peindre ravissant. Mais une telle nécessité commande chacune de ses toiles, il est emporté chaque fois par une telle passion, une telle fureur d'expression... emporté, dis-je..., que l'on peut appeler cela du ravissement[11].

Il est plutôt le peintre de certains conflits, de certaines gênes.

*

En somme, il satisfait par le choix de son sujet notre goût de la vérité (de la hiérarchie des valeurs, de la vérité relative, de la vérité humaine), et par la façon dont il le traite, notre goût de la beauté.

Il transforme en beauté l'horreur humaine actuelle[12].

*

Quand je dis qu'il satisfait, non : plutôt il insatisfait.

Il y a là toutes sortes possibles de gê(h)nes.

Dans quelle mesure le sujet gêne-t-il l'artiste ? Dans quelle mesure un tel sujet est-il gênant en tant que sujet ? Dans quelle mesure l'horreur et la beauté (le charme, la suavité) se gênent-elles ?

Dans quelle mesure la couleur et le trait se gênent-ils ?

Dans quelle mesure les sens : odorat, goût, vision se gênent-ils entre eux ? Etc., etc.

Nous avons tout cela avec Fautrier.

L'humanité de Fautrier est gênée, gênante. Elle est loin d'être pure, autoritaire.

Mais dans la même mesure (du même coup) tout y est : tout mêlé, tout *compris*. Rien de satisfaisant au détriment du reste : forme, couleur, lumière, idée.

Et cela est méritoire[13].

II

Que je le dise à présent : c'est répondre à une tentation assez grossière, tendue par malice et pour se faire valoir par les peintres et leurs marchands, c'est se jeter tête baissée dans le panneau qu'ils vous tendent pour vous faire servir de repoussoir à l'œuvre peinte elle-même, que d'accepter de parler ou d'écrire à propos de la peinture[14].

L'on est à peu près (que dis-je à peu près : c'est à coup sûr) assuré de verser illico dans l'absurde, l'incohérent, le cafouilleux.

Pourquoi ?

On verra cela par la suite.

*

Que veulent les peintres qui vous demandent d'écrire sur leur peinture ?

Ils veulent que leur manifestation (exposition, recueil) retentisse, en même temps qu'à ses yeux, aux oreilles du monde.

Qu'il y ait une sorte d'imposition à la pensée par des mots à propos de leur peinture. Qu'on fournisse des mots (en vrac) à ceux qui visiteront l'exposition ou feuilletteront l'album.

Ils veulent aussi que l'amateur se dise :

« En effet, il y a ceci ou cela dans la peinture d'un tel », ou bien : « Non, il n'y a pas ceci, il n'y a pas cela — mais plutôt ceci et cela. »

Bien entendu, il y a (au moins) une autre chose : il y a un objet original, il y a la toile et la peinture.

Ils veulent d'abord que l'amateur soit frappé de ce que l'on puisse penser et dire tant de choses à propos des œuvres du peintre en question, car à l'amateur cela semble une garantie. La bonne peinture serait-elle donc celle dont on parle beaucoup et dont on parlera beaucoup toujours ? Celle qui provoquera longtemps des controverses, enfin des explications ? Ou bien au contraire ne serait-elle pas celle dont on reçoit l'impression (évidente) qu'on aurait tort de rien dire à son sujet, qu'elle ridiculise d'avance toute tentative d'explication ? Qu'il faut se borner à s'exclamer : comme c'est joli ou beau, ou agréable à avoir près de soi ?

De toute façon, la bonne peinture sera celle dont, essayant toujours de parler, on ne pourra jamais rien dire de satisfaisant.

Importerait-il donc que nous parlions beaucoup et de façon non satisfaisante ?

N'est-ce pas tomber dans le panneau ?

*

Y a-t-il des mots pour la peinture ? On peut se le demander (en voici bien la preuve). Et se répondre : Évidemment, on peut parler à propos de tout.

Mais pour commencer ne faut-il pas éviter de se demander cela, et plutôt entrer dans le jeu ?

Ou se répondre plus simplement : voyons... essayons, nous verrons bien.

Ou au contraire : non, évidemment non, pas de mots valables ; la peinture est la peinture, la littérature est autre chose, et c'est évidemment pour la littérature que sont faits les mots, non pour la peinture.

Mais à ce compte, il y a des mots pour tout, et il n'y a de mots pour rien. Nous ne sommes guère plus avancés.

... Et puis, tout le monde s'en moque. Voyons vos mots, se borne-t-on à penser.

*

Dans quel jeu dès lors entrons-nous ?

Les peintres, ou leurs marchands, semblent désireux que leurs tableaux donnent lieu à paroles. On pourrait pourtant très bien concevoir que les choses se passent autrement. Comme suit par exemple :

Des tableaux sont exposés dans une galerie. Le public ne vient pas, ou au contraire vient, regarde. Ça ne lui plaît pas, ou ça lui plaît, il achète. Les tableaux sont décrochés (des billets de mille sont empochés), puis accrochés chez les amateurs qui les regardent à loisir. Voilà, c'est tout.

Mais non, les choses semblent devoir être un peu compliquées. C'est qu'il faut (enfin, cela paraît non seulement tolérable mais utile), il faut *attirer* le public. On pourrait décider de le laisser venir, se dire : il viendra s'il veut, il faut que ça reste naïf. S'en remettre aux hasards (ou aux lois) de la curiosité, de la flânerie et du besoin de peinture de la foule.

Non, on trouve mieux d'attirer le public. Bon. Eh bien, on pourrait le faire tout autrement que par de la littérature, voire même que par des paroles. Par exemple, on pourrait se borner à diffuser des reproductions sur petits papiers. Sans un mot (sinon l'adresse de la galerie).

On pourrait même, dans telle galerie, interdire toute parole, n'accepter que les billets de mille, et le geste d'emporter la toile.

Mais non, plus il y a de paroles, plus il y a de public.

Donc, voici le public à la galerie. Le public se décide encore (parfois) autant sur idée que sur plaisir des yeux. On lui dit : c'est bien, pour telle ou telle raison. On lui fournit des raisons pour s'expliquer cela à lui-même et à ses amis. Il faut cela. Nous sommes chez les hommes, après tout. Espèce à paroles, espèce bavarde, espèce qui change d'avis selon paroles[15]. Espèce pas très sûre de ses désirs ou plaisirs. Espèce douchée, qui sait par expérience qu'elle se plaira demain (et puis toujours) à ce qui lui déplaît (le plus violemment) aujourd'hui[16]. Mais encore, si elle savait cela, il n'y aurait pas besoin de paroles. Mais elle l'oublie, il faut le lui rappeler.

Or, quand même, quand on achète un tableau (cher), ne vaut-il pas mieux qu'il vous plaise demain et toujours, voire dans trois mois et toujours plutôt qu'aujourd'hui même et peut-être aujourd'hui seulement ?

Alors écoutez ces messieurs littérateurs amis du peintre. S'ils sont devenus amis, ce peut être, évidemment, pour beaucoup de raisons (variées, diverses). Ils peuvent y avoir eu intérêt, bien sûr. Et il faut tenir compte de cela. Mais enfin, le monde n'est pas forcément toujours si méchant, si simplement, si uniment méchant. Il peut y avoir eu des raisons valables (j'entends valables aussi pour vous) à ces amitiés, un véritable *goût* de l'un pour l'autre. Alors, ça aussi, il faut en tenir compte.

Écoutez donc ces messieurs littérateurs amis du peintre : gens de goût par définition, et qui ont fait leurs preuves (littéraires). Car eux, ils ont emporté ces tableaux chez eux, les ont gardés un bon bout de temps. Ça c'est une garantie. Et ils en disent du bien. Voilà qui peut être déterminant. Non ?

*

Mais encore... Mais nous, littérateurs amis des peintres, ne tombons-nous pas dans un piège grossier ? Ne sommes-nous pas condamnés à des expressions confuses, à l'absurde ? N'allons-nous pas servir seulement d'ilotes, de repoussoirs ?

Eh bien ! prenons-le comme un défi.

Ou bien, acceptons-le comme une ascèse (par masochisme ?).

De toute façon ce sera un exercice.

Et puis cela doit nous rapporter quelque argent (bien utile l'argent, ne serait-ce que pour nous permettre d'écrire d'autres choses, des écrits d'une autre sorte[17]).

Quelque argent et une ou deux de ces peintures.

Pour nous rincer l'œil *ad vitam aeternam*. Allons ! Cela vaut bien la peine : *J'aime les peintures de Fautrier*.

*

N'en dirais-je qu'une chose, ce devrait être : *J'aime les peintures de Fautrier*.

Mais entrons plus avant dans le jeu. Cherchons des mots. Engageons sérieusement la partie.

III

Il arrive au corps humain *pour finir* des aventures diverses : *La plus simple* (et je dirais bien la plus ordinaire si je n'écrivais pas dans le temps où j'écris) est le vieillissement et la mort par vieillesse ou par maladie. Cela donne lieu à des sentiments, réflexions et représentations nombreuses, dont certaines comportent une part de révolte contre la condition humaine, et nous ne voulons pas dire que cette protestation ou révolte soit tout à fait injustifiée (sinon vaine). Mais l'homme a essayé aussi, contre les nécessités inéluctables de sa condition, l'acquiescement et la félicitation. Il existe par exemple de fort rassurants, fort consolants portraits de vieillards, et même de cadavres (récents).

Quant à l'aventure du corps humain après la mort, elle est plutôt passée sous silence. Il n'y a guère de littérature, de peinture de la décomposition. Par contre, le squelette est un objet esthétique bien admis, fort connu, fort utilisé.

Une moins ordinaire est la mort par accident : le corps humain dans toute sa jeunesse, force, vitalité, est brutalement arrêté, tronqué net, brisé, écrasé. Il en résulte un épanchement vif, la découverte de l'intérieur de la vitalité. On a ainsi la vie en coupe. D'où naît un sentiment à la fois d'orgueil et d'injustice.

Mais le côté accidentel d'un tel événement lui ôte, semble-t-il, tout intérêt esthétique. Je ne connais pas de représentation artistique de pareilles défigurations. Il y a là quelque chose d'indifférent, de fortuit, de sans cause (sinon une *destinée* ou fatalité individuelle dont nous n'avons plus trop le sentiment, qui ne nous émeut pas d'un sentiment bien fort). Or le hasard n'est pas poétique, pas tragique, a du mal à paraître tragique.

Une autre moins ordinaire encore est l'assassinat ; là aussi, il s'agit d'un fait divers dont la cause est à peu près fortuite, mais avec un élément surajouté de mélodrame qui le rend plutôt *trop* « considérable comme objet d'art[18] ». Cependant l'assassinat passionnel pourrait tenter. La femme assassinée parce que trop belle. L'homme assassiné parce que sa femme était trop belle et qu'il la gênait. Mais le motif de l'assassinat est le plus souvent sordide, et (j'oubliais de le dire) il n'y a là que blessure (et le plus souvent il n'y a pas défiguration), il n'y a pas la mise en bouillie du corps humain.

Pour continuer, nous découvrirons encore une autre aventure : c'est la guerre, les horreurs de la guerre (voyez Goya[19], etc.). Ici les cadavres, ici une fatalité dont nous avons bien le sentiment, une sorte de fatalité d'espèce (de l'espèce), et la misérable condition humaine. Voilà qui est tout à fait digne du pinceau de l'artiste à une époque donnée. À noter cependant le côté habituellement anecdotique de ces représentations.

Il y a aussi la mort pour une idée (*La Liberté conduisant le Peuple*[20], de Delacroix, etc.). Mais là encore, il s'agit plutôt d'une fatalité d'espèce, d'une sorte d'épidémie (*Les Pestiférés de Jaffa*[21]) ou de rage collective. Il n'y a pas lieu à une telle protestation, il n'y a rien de si tragique que dans ce que nous avons connu depuis quelques années.

Pour mémoire, je citerai encore la chirurgie (Rembrandt[22]) et ses effets (les Mendiants culs-de-jatte de Breughel, ou ses Aveugles[4]). Il s'agit là de bonnes mutilations, de mutilations salutaires qui continuent la vie.

Enfin venons-en à notre dernière aventure, la plus récente.

*

On s'indignait — peu s'en faut — on se moquait pour le moins des expressions de la radio russe traitant les nazis de *cannibales*. Il faut pourtant se rendre à l'évidence. C'étaient les Russes objectivement qui avaient raison. Une telle sauvagerie collective ne se vit même pas au Moyen Âge (sinon peut-être dans l'Inquisition).

Mais les otages, mais les nazis ? Nous voici vraiment en plein cannibalisme. Cannibalisme bourgeois. Certes, nous nous doutions, depuis la répression de la Commune, de ce dont les bourgeois étaient capables. Nous ne les avions pas encore vus sous les espèces de leurs gens de main, *les nazis*.

*

Ni vous, monsieur (cher amateur), ni moi ne sommes des sauvages. Pourtant la sauvagerie est là, elle inonde le siècle. Cher amateur, nous vivons en pleine sauvagerie.

Comment cela se fait-il ? N'en sommes-nous pas complices ? Au moins dans la mesure même où nous ne la reconnaissons pas, où nous ne la dénonçons pas avec assez de constance.

Peut-être dans la mesure où nous nous occupons d'autre chose (mais il faut bien se distraire et vivre).

*

Comment se comporter en face de l'idée des otages ?
On peut dire que voilà une des questions essentielles de l'époque.

La réaction la plus ordinaire est l'indignation, l'imprécation et le désir de tuer le tortionnaire, comme ennemi dangereux du genre humain. La réaction est la colère vengeresse.

En face de l'idée de la torture du corps humain, l'homme réagit ordinairement par un sentiment complexe où se mélangent la honte, un certain dégoût de vivre dans ces conditions, mais surtout la stupéfaction, puis la colère et le désir de tuer (sans tortures) le tortionnaire, de l'annihiler d'un seul coup.

Le désir du tortionnaire — compte non tenu d'un certain sadisme qui se développe, paraît-il, dans l'exercice de la torture — est de provoquer des aveux (par conséquent, de justifier le tortionnaire) ; des dénonciations, c'est-à-dire de faire progresser l'action de ce qu'il considère comme sa justice, — enfin d'inspirer une terreur salutaire, c'est-à-dire d'assurer son pouvoir et sa paix.

Il est remarquable que généralement ces procédés ne réussissent pas.

Chez toute âme bien née, l'idée de la torture des autres inspire, beaucoup plus que la terreur et la panique, l'horreur et la colère vengeresse. Et il y a toujours assez d'âmes bien nées pour entraîner l'histoire.

Chez les plus intelligents ou les plus ambitieux elle inspire la résolution de tout faire pour supprimer à sa racine ou à sa source la cause profonde d'une telle horreur, de changer le monde et de changer l'homme[23] pour qu'il ne soit plus susceptible de tels crimes. Elle peut enfin inciter à peindre cela en termes éternels.

*

Il faut que dans l'expression de mes visages et de mes corps soit inclus le reproche (je ne sais quelle rancœur, quelle douloureuse surprise, quel mépris, quel dédaigneux ou quel simple pardon peut-être) — car ils ne sont pas morts, ils n'ont pas été défigurés, tronqués, abîmés par accident. Et sans doute la maladie, l'accident causent-ils des défigurations pareilles. Mais toute la gravité de celles-ci vient de ce qu'elles sont le fait de l'homme (de l'ennemi à figure d'homme) et qu'elles ont été voulues par chaque tortionnaire pour chaque victime, voulues de tout près, en gros plan. Et plus encore, ce n'est pas dans le tumulte et le feu de la bataille, mais dans le silence et le sang-froid des *occupations* qu'elles ont été perpétrées. Et plus encore, sur des otages, c'est-à-dire, par définition, des innocents, des innocents abusés, livrés sans défense (et d'abord presque sans conscience), sans plaintes, sans lutte possible, des faibles.

IV

À l'idée intolérable de la torture de l'homme par l'homme même, du corps et du visage humains défigurés par le fait de l'homme même, il fallait opposer quelque chose. Il fallait, en constatant l'horreur, la stigmatiser, l'éterniser.

Il fallait la refaire en reproche, en exécration, il fallait la transformer en beauté.

Pas de gestes. Aucune gesticulation. La stupéfaction, le reproche. Aucun mouvement, sinon le mouvement de l'image qui envahit le champ de l'esprit; du visage torturé qui monte du fond de l'ombre, qui approche en gros plan[24]; sinon le mouvement giratoire des faces des martyrs dans notre ciel comme des astres, comme des satellites, comme des lunes[25].

*

Torture physique, et c'est le corps mutilé, roidi, sanglant, tronçonné — et c'est la tête écrasée, déformée, gonflée, tuméfiée. Torture morale en même temps, comme il s'agit de justes ou d'innocents, — et c'est l'expression de ces corps et de ces visages. Expression dont je n'ose trop parler par crainte d'interprétation. Pourtant, dans le raidissement du corps fusillé, l'on peut voir un défi, de la protestation; dans les visages, une expression de stupéfaction douloureuse, et parfois dédaigneuse. Et quelque chose de plus haut et de plus fier que le reproche: quelque chose comme une assez hautaine *constatation*.

Torture physique, avons-nous dit d'abord, et j'y reviens de préférence, car, quoi d'autre que de physique après tout pourrait être peint? Mais peint de telle façon (avec une telle passion, une telle émotion, une telle rage) que l'on ne peut pas dire qu'il s'agisse seulement d'un constat. C'est évidemment une autre émotion que celle qui peut accompagner la clairvoyance qui fait peindre : c'est le sentiment fort que fait naître dans l'âme l'idée de telles actions ou passions.

*

Qu'on compare cela aux autres expressions que la guerre ou la terreur ont inspirées (par exemple les œuvres réunies dans l'album « VAINCRE[26] »). Ici point de gestes (d'ailleurs pour ainsi dire pas de membres : des têtes, des troncs), pas d'attitudes théâtrales. Ce n'est pas l'*acte* de la torture, ni la souffrance dans la torture, qui sont décrits ou évoqués. C'est le résultat de tout cela, c'est l'objet inerte ou pantelant : c'est le cadavre, le tronçon, le lambeau. Voilà le résultat horrible, voilà le cadavre, le moignon, la face meurtrie contre nature, insoutenable, avec sa hideur, sa beauté, sa musique d'horreur et de faute, de remords, de rage et de résolution.

*

Point de portraits. Et nous n'avons donc pas la sympathie pour un être déterminé, mais une nécessité beaucoup plus poignante, irrésistible. Une émotion religieuse (générale) ou métaphysique, en même temps que la rage et la résolution.

*

Ces faces, ce sont aussi des lunes et je suppose que chaque amateur qui en possédera une accrochée dans son intérieur la considérera ainsi, aura une tête martyrisée ainsi tournant à jamais comme un satellite-à-face[27] tournant autour de sa propre tête et à jamais inséparable de lui.

Moralement il est bon qu'il en soit ainsi. Chacun voudra avoir ainsi son satellite. Il en est qui en auront plusieurs. Les miens s'appellent R. L. et M. P.[28]

*

Certains matins quand, me réveillant, j'aperçois ma tête

d'otage, j'ai très vivement l'impression de la *sanguine*, avec le blanc viride et le noir comme complémentaires du sang, du roux[29].

*

Oblitérées par la torture, partiellement obnubilées par le sang. Offusquées par un atroce brouillard roux de sang, un brouillard poisseux comme le sang.

*

La déformation de la face humaine par la torture, son offuscation par son propre sang venu de l'intérieur, par le sang dont elle déborde qu'elle recelait, qu'elle brusquement libère…
Chaque face s'offusque de son propre sang[30].

*

Les masques nègres, les *Esclaves* de Michel-Ange, le *Guernica* de Picasso, les crucifixions, les descentes de croix, les saintes faces.

*

Il s'agit de tableaux religieux, d'une exposition d'art religieux.

*

Le fusillé remplace le crucifié. L'homme anonyme remplace le Christ des tableaux.
Ailleurs, ce sont les saintes faces, dont certaines rappellent tant le linge de Véronique[31] (celle qui a pris l'empreinte du visage du Christ).

*

Et de même que les artistes du Moyen Âge et de la Renaissance ont vraiment très peu peint les bourreaux du Christ, et qu'on ne voit pas sur leurs toiles figuré l'acte de la crucifixion (je veux dire qu'on ne voit pas les soldats avec des marteaux clouer le corps sur la croix ou avec quels palans dresser celle-ci) et qu'ils ont au contraire beaucoup, à chaque instant, à toute occasion représenté le corps de la victime, prenant celle-ci comme prétexte à leurs études de nu, ceci sans doute parce qu'ils considéraient le Christ comme l'homme par excellence et son corps comme le corps masculin par excellence et qu'ainsi ils s'identifiaient tout naturellement à lui, de même — bien qu'il eût été sans doute, pour stigmatiser les horreurs nazies, plus logique et plus facile de montrer l'acte de torture, afin de ne laisser aucun doute sur l'origine, la cause, la responsabilité de ces défigurations —, Fautrier ne s'est pas senti de goût pour peindre le bourreau, ne s'en est pas senti le cœur ni l'âme ; il n'en avait donc pas le pouvoir. Tandis que la victime, la victime, ah ! je sais bien que j'aurais pu l'être, je m'en sens l'âme et le cœur.

★

Nous voilà donc en face d'un sujet nouveau, d'une importance (négative) telle qu'il peut en résulter une nouvelle mythologie, une nouvelle religion, une nouvelle résolution humaine. Cette religion n'est pas tout à fait celle de la liberté : c'est celle de l'humanité, avec ce qu'elle implique de discipline consentie et aussi, en face de ses bourreaux et de leurs complices, d'intransigeance.

★

L'unanimité antiallemande, l'unanimité humaniste contre de telles exactions, nous a redonné une âme commune — comme au Moyen Âge —, une âme dont nous n'avons pas à nous occuper, qui va de soi[32].

★

Comme les artistes du Moyen Âge adoraient le Christ, la Vierge et les saints, cela ne faisait pas question et c'était leur sujet tout indiqué, leur unique sujet, un sujet qu'ils peignaient avec une ferveur évidente, donnée, allant de soi, sur laquelle il n'y avait pas à revenir ni rien à dire, ce qui leur permettait d'autre part de ne considérer ces sujets que comme prétextes et de se donner tout entiers aux problèmes proprement picturaux, techniques, — ainsi de cette nouvelle unanimité nationale, internationale, humaine et de Fautrier.

*

Fautrier n'a donc pas craint le sujet. Il y a chez lui la rage de l'expression (du tube de couleur[33]). Il ne s'est pas mis à peindre pour ne rien dire, ou pour dire n'importe quoi. Voilà le tour de force. Comment se fait-il ? Comment se fait-il que je reconnaisse là l'horreur et la sympathie que la torture des chairs humaines, la déformation du corps et des visages humains m'ont procurées par ailleurs ; l'horreur, le remords et en même temps la volonté de vaincre, la résolution ?

*

Ainsi donc Fautrier nous montre des visages tuméfiés, des profils écrasés, des corps roidis par la fusillade, démembrés, tronqués, mangés aux mouches.

Il a raison, car voilà l'affaire la plus importante du siècle : l'affaire des Otages.

Et deuxièmement il nous montre cela comme il faut : de façon si saisissante (à la longue de plus en plus saisissante), et si irréfutable, si *belle* que cela va demeurer aux siècles.

(Parce que l'homme ne conserve, même de l'horreur, que les images qui lui plaisent.)

V

Dirons-nous à présent que les visages peints par Fautrier sont pathétiques, émouvants, tragiques ? Non : ils sont épais, tracés à gros traits, violemment coloriés ; ils sont de la peinture. Voilà ce qu'on peut dire. Puisqu'on ne peut pas dire qu'ils soient de chair. Ils n'imitent pas la chair. La peinture sort du tube, elle s'étale par endroits, ailleurs elle se masse ; le dessin se trace, s'informe ; chacun de son côté, chacun pour sa part.

C'est toute une sorte, une famille de sentiments nouveaux que Fautrier vous propose : qui vont du ravissement d'œil à l'horreur, à l'épouvante d'œil.

*

Nous l'avons dit : il serait vain de tenter d'exprimer par le langage, par les adjectifs, ce que Fautrier a exprimé par sa peinture. — Les adjectifs, les mots ne conviennent pas à Fautrier. — Ce que Fautrier a exprimé par sa peinture ne peut être exprimé autrement. Comment pourrait-on tourner la difficulté ? Peut-être pourrait-on tenter un éloge du blanc de zinc sortant du tube ? Un éloge du pastel écrasé dans l'enduit, un éloge de l'huile colorée ?

*

Si la fin justifie les moyens ? On en voit le résultat : des atrocités sans nom et presque sans figure.
Eh ! Donc qu'*en art* du moins la fin justifie les moyens ! Pour ce résultat : la beauté.

*

Les productions de Fautrier tendent à s'éloigner de plus en plus du tableau et à se rapprocher d'autre chose. Notamment à cause de l'épaisseur de la pâte. Ce qui est très remarquable d'ailleurs, c'est qu'il ne s'agit pas à proprement parler d'une épaisseur de couleur, comme on le croit d'abord. Il s'agit d'une épaisseur de blanc.
Épaisseur informée au pinceau ou au couteau, possédant une forme ou au moins une limitation déterminée : par quoi ? Par le goût de l'artiste et les nécessités du sujet. Cette épaisseur possède évidemment aussi un relief. Elle n'est pas la même en tous endroits. Elle est appliquée de telle ou telle façon. Elle affecte le plus souvent l'apparence de pétales superposés, mais elle est parfois profondément striée ou ramassée en crêtes, ravins, crevasses. Sur cette base, ou plutôt cette assiette, la couleur est appliquée en couche le plus souvent très mince.

*

... (Continuer en développant sur l'application de la

couleur. Le rôle de cette pâte pour accrocher la lumière ou servir à autre chose, selon la conception de la toile.)

*

Les parties de la toile qui ne sont pas couvertes de cette épaisse couche de blanc coloré sont traitées d'une autre façon, d'ailleurs aussi extraordinaire. Là un enduit *spécial*[34], brillant, est appliqué à chaud, et c'est sur cet enduit encore chaud qu'est appliquée enfin, écrasée de la poudre de pastel. Celle-ci s'incorpore à l'enduit pour constituer, selon les dires de l'artiste, une matière d'une résistance plus certaine encore que la couleur à l'huile. Le tout prend une apparence curieuse : à la fois brillante et grenue, comme un crépi sur fond verni.

Cette technique très particulière impose ses conditions au travail du peintre. Celui-ci se prépare assez longuement au tableau qu'il aura à réaliser, mais cette préparation est toute platonique. Au contraire, l'exécution devra être rapide et intense[35]. Le jour où le tableau conçu devra être peint, Fautrier se lève avant l'aube. Il commence par tendre sa toile sur châssis, puis il colle sur cette toile aussi fortement que possible une ou plusieurs couches de papier. C'est alors qu'intervient la chauffe et l'application de l'enduit et tout aussitôt l'intégration à cet enduit du pastel écrasé. Enfin les tubes de blanc sont saisis, exprimés, transportés sur la toile, et le dessin au pinceau intervient ensuite en même temps que la coloration superficielle, pelliculaire (plus mince encore qu'épidermique) du blanc par huiles colorées.

En quelques heures et en tout cas dans la journée, l'œuvre doit être terminée. Elle est bonne ou mauvaise. On voit qu'en tous les cas elle a coûté fort cher.

Pour certaines parties (celles où la couche de blanc est particulièrement épaisse), elle mettra jusqu'à un an pour sécher.

*

Une chose que répond Fautrier, à qui croyant lui faire un compliment lui dit qu'il a dépassé le tableau de chevalet, qu'il écrit pour le mur, l'architecture : « Non ! car le mur détermine trop l'œuvre, il y a la lumière, il y a le mur lui-même avec quoi l'on doit s'arranger. Fernand Léger, lui, ferait un fresquiste merveilleux. »

Il est clair que Fautrier a une autre ambition. Il veut rompre le mur. Il a une idée du tableau comme œuvre artistique supérieure, comme Rembrandt par exemple pouvait l'avoir, ou Vinci.

Comme météore, aussi comme musique (psaume), comme lune.

Fautrier connaît tant de contraintes intérieures : il a affaire à une telle exigence (d'une part), d'autre part à tant de scrupules intérieurs, qu'il n'a nul besoin de s'en imposer d'extérieurs[36]. Sa passion lui suffit.

Pour une fois cette passion lui est imposée par la passion d'autres hommes, de l'humanité anonyme.

*

J'ai parlé d'une hautaine constatation. J'ai parlé ailleurs de constat. Il s'agit, en effet, de quelque chose de statique. Si bien[37] qu'au lieu de vous inciter à l'immobilité, comme tout spectacle animé, dramatique vous oblige pour le suivre à une immobilité de spectateur, — chaque toile vous attire, vous amène à elle, provoque en vous un mouvement, vous incite à une action virile.

Et c'est ainsi que je rejoins ce que j'ai envie de dire sur le côté féminin de cette peinture opposée par exemple à celle de Picasso.

*

Après Picasso : masculin, léonin, solaire, membre viril, érection, ligne se dressant, généreux, rugissant, offensif, s'extériorisant, conduisant à l'attaque, Fautrier représente le côté de la peinture féminin et félin, lunaire, miaulant, étalé en flaques, marécageux, attirant, se retirant (après tentatives de provocation). Attirant chez lui. Appelant chez lui, à son intérieur. Pour vous griffer ?

*

Autre chose : Fautrier est un chat qui fait dans la braise[38]. Il a sa façon bien à lui d'être fauve. Une des façons les plus caractéristiques des fauves. Leur façon d'excréments :

en mortier pâteux, adhésif. Et par là-dessus, par l'application de leurs griffes sur la cendre, par un peu de terre, un peu de cendres (puis ils flairent), leur façon ainsi de recouvrir rituellement l'excrément.

Tout se passe comme si Fautrier après s'être, dans ses précédentes toiles, débarrassé du côté peaux de lapins, sangliers, fleurs de chardon, forêts de Port-Cros, peluches, fourrures et œil de braise du grand fauve félin[39], en était venu et demeuré dès lors à son côté excrément, manie des petits ou gros tas de mortier blanchâtre (à cause de la manie contractée d'expression du tube de couleur, d'expulsion de la couleur hors du tube) — avec la nécessité de recouvrir, de cacher, de bénir ces excréments de quelques traits rapides de cendre ou de poussière. De recouvrir la couleur, la matière par un genre de dessin pour masquer cette trace. Pour enfouir sa trace. Qu'on perde la piste. Que l'odeur ne se puisse plus trop flairer. Et c'est alors tantôt citrons, tantôt couteaux ou poissons ou visages[40]. Selon ce qu'il ingurgita ? Ou selon le dessin, le signe dont il recouvre maniaquement l'excrément, toujours le même excrément (dont l'épaisseur, la présence doit rester fort sensible).

Qu'il me pardonne. S'il y a dans ce que je viens de dire un jugement de valeur, c'est la grande valeur de cela que cela veut dire : la valeur d'une telle nécessité, d'une telle exigence, si peu reconnue esthétiquement jusqu'à lui, jusqu'à moi, pourtant si inéluctable.

Et comment ne pas noter à ce propos cette confirmation que fournit le rapprochement — comme il devait tôt ou tard se produire — de Lord Auch et de Fautrier : Lord Auch défini, depuis l'*Histoire de l'œil*, comme celui[41] qui confond le sperme et l'urine, la production et la déjection ; Fautrier, comme celui qui devant l'obligation de déposer une quantité considérable d'excréments, les recouvre, les cache (d'une patte adroite) d'un glacis de significations variées[42].

*

Comme les musiques exotiques (nègres, arabes, chinoises, hindoues, etc.) nous paraissent à peine différentes du bruit, les arts en général nous paraissent s'élever à peine au-dessus du matériau. Des tentatives d'oiseau non capable ou à peine capable de se détacher du sol...

Ainsi les peintures de Fautrier, comme toutes celles qui rompent avec les charmes confirmés et habituels, nous paraissent extraordinairement maladroites, proches de la laideur congénitale au matériau employé.

Il accorde un nouvel instrument. Ce n'est pas avec le violon qu'il veut nous faire de la musique, mais avec une nouvelle boîte d'harmonie, qui ne nous apparaît d'abord que comme une boîte ou une casserole plutôt que comme un instrument de musique. Et rien de plus touchant que cela.

*

Une certaine expérience cependant nous avertit, nous aide à supputer œuvres valables et durables celles où paraissent à la fois une certaine épaisseur, certaines complications et une certaine irréductibilité dans une certaine variété (études, variations, modulations). La même qui nous a averti d'abord que rien de longtemps aimable qui plaise du premier coup à un œil informé ; et qu'il faut déplaire d'abord pour plaire plus sûrement ensuite.

*

Démonstration laborieuse et pénible. Insistance comme de temps battus par les tambours ou les cuivres. Enfoncez-vous bien cela dans la tête. Résistance bon signe[43].

*

Et en même temps ce trait noir pour cerner la tête, comme un lacet dérisoire. Mais s'il n'était pas là ?

*

Le (*T*) d'OTages : sigle.

*

Aussi simple que la croix.

*

C'est par sa mort parfois qu'un homme montre qu'il était digne de vivre.

C'est dans le recueil de poèmes d'Éluard intitulé *Dignes de vivre* que se montrèrent pour la première fois les dessins de têtes d'otages telles que les propose Fautrier[44].

Rien de plus saisissant que ces faces réduites à leur plus simple expression.

*

De l'intérieur de la tête quelque chose rappelle le dessin, le trait vers l'intérieur, le tient à rênes courtes[45], le rentre, si bien qu'il apparaît rongé, retenu, caché.

*

Petit à petit, sûr de sa valeur de peintre, sûr de son pinceau et de sa palette, Fautrier a refusé de plus en plus de choses, a réduit au minimum la concession à la peinture traditionnelle, s'est trouvé seul avec son idée et ses couleurs et ses pinceaux, ayant tout aboli. Non ! Que dis-je ? Il en est à abolir encore.

*

Gêne et rage éclatent en bouquet suave.

*

Cela tient du pétale de rose et de la tartine de camembert.

*

Il est méritoire en ce moment, au moment du triomphe de Picasso (Ingres) d'avoir le courage de faire penser à Turner, à Ziem, à Carrière, à Monet. De Giotto ou de Raphaël, de nous ramener au Corrège, à Guardi. D'aller à l'extrême de cette tendance[46].

Qu'on y songe : c'était la seule réaction possible[47].

*

Avec Fautrier, la « beauté » revient.

*

Ainsi donc, le corps humain torturé, le visage humain torturé, l'idée de la torture du corps et de la tête humaine — au xxe siècle — par le fait de l'homme même — en grande série — anonymement, cette idée elle-même (quoiqu'à un autre degré) torturante ont donné lieu, pour leur expression plastique, à une série d'œuvres du peintre le plus révolutionnaire du monde après Picasso, de Fautrier.

Le hurlement de l'Espagne martyrisée avait été exprimé plastiquement par la toile illustre de Picasso, *Guernica*. Huit ans après, voici *Les Otages*[48] : l'horreur et la beauté mêlées dans le constat.

Paris, janvier 1945.

MATIÈRE ET MÉMOIRE

L'esprit non prévenu, à qui l'on porte une pierre lithographique, s'étonne d'abord. Ainsi Lili[1], la première fois, se plaignant gentiment qu'on transforme la chambre en cimetière de petits chiens. Et il est vrai que l'atelier d'un imprimeur-lithographe, celui de MM. Mourlot Frères, rue de Chabrol par exemple (c'est le meilleur exemple[2]), ressemble, beaucoup plus encore qu'à une dépendance du British Museum, section des architectures anciennes, à un dépôt, ou à une bibliothèque, de pierres tombales de petites dimensions[3]. Là plusieurs ouvriers et artistes s'affairent, se hâtent lentement[4]. Pas de marteau pourtant ni de ciseau à froid. Une musique plus discrète — comme une musique de chevet[5]. Meules douces, archets tendres, grands moulinets, petits éventails ; et longs regards, légers mouillages, pressions calculées : ces pierres-là sont traitées par la douceur. Un conservatoire plutôt, ou un sous-sol de luthier.

Mais l'écrivain ou le dessinateur : « Quel lourd bloc-notes ! » Il est un peu déçu, qui attendait une pierre : voici une page. Tellement d'équerre. Tellement lisse. Pourtant, qu'il y regarde (ou tâte) de plus près. Sous la page il ne tardera pas à retrouver la pierre. Pierre singulière, il est vrai. Elle a été poncée avec le plus grand soin. Doucement écorchée. On lui a mis le grain — le plus fin — à fleur de peau. On l'a sensibilisée. Rendue pareille à une muqueuse[6]. De la façon la plus humaine, en frottant. Et peut-être faudrait-il encore reconnaître là quelque chose du luth.

Interrogé sur la provenance de ces pierres, M. Mourlot

déclare les avoir chez lui depuis très longtemps (son père déjà…). Quand il a envie de rafraîchir sa collection, il en fait venir d'Europe centrale : sur les bords du Danube, près de Pappenheim, la carrière de Solenhofen… Ainsi, une pierre allemande. Philosophe, qui a le goût des arts. Dure et molle à la fois. Compacte, lourde, un peu servile[7]. Bien : il faudra en tenir compte.

Ce ne sont pas pierres à sculpter, ni même à graver. Elles ne sont pas proposées à l'artiste pour qu'il modifie leurs formes. Il ne doit pas les retourner, les regarder par-derrière. Ni non plus les lacérer. Ce ne sont pas des pierres pour la lumière, le soleil. Elles ne ressemblent pas du tout aux pierres des Alyscamps[8].

Non. Elles doivent être traitées chacune comme une page. Mais ici, attention ! Il s'agit d'une page fort particulière. Chacune, je l'ai dit, ressemble à un gros bloc-notes, un bloc-notes impossible à feuilleter. Duquel on ne dispose jamais que de la première feuille. Blanche à peu de chose près. Parfois à peine grise ou mastic. Et toutes les autres feuilles lui sont intimement soudées, adhérentes. Faites pour supporter la première, pour l'assumer, venir à son appui. Mais non par des affirmations différentes. C'est toujours la même chose. Toujours la même chose qui sera imprimée jusqu'à une certaine profondeur, au-dessous de laquelle plus rien ne sera imprimé du tout[9]. Il faut une certaine épaisseur où soient affirmées les mêmes raisons, et, par-dessous, une certaine épaisseur où rien ne soit affirmé du tout. Cela est nécessaire… Ce gros album met donc une certaine insistance à recevoir ce qu'on lui impose. Il le reçoit par plusieurs pages. Il s'en convainc profondément. Tout cela, d'ailleurs, sans manifestation aucune, assez secrètement, dans l'ombre, d'un air assez renfermé. Il s'opère là comme une thésaurisation subreptice.

Si donc l'artiste doit traiter cet instrument comme une page, ce sera comme la première page (ultra-sensible) d'une pierre. Et il peut être bon qu'il ait réfléchi d'abord là-dessus (ou là-dessous)…

*

Quand on inscrit sur la pierre lithographique, c'est comme si l'on inscrivait sur une mémoire. C'est comme si ce que l'on parle[10] en face d'un visage, non seulement s'inscrivait dans la pensée de l'interlocuteur, dans la profondeur de sa tête, mais apparaissait en même temps en propres termes à la surface, sur l'épiderme, sur la peau du visage. Voilà donc une page qui vous manifeste immédiatement ce que vous lui confiez, si elle est également capable de le répéter par la suite un grand nombre de fois. Pour prix de ce service, ou en compensation, elle collabore à la facture, à la formulation de l'expression. Elle réagit sur l'expression ; l'expression est modifiée par elle. Et il faut tenir compte de cette réaction. Car ce qu'elle répétera, c'est cette expression modifiée. Mais par bonheur, c'est déjà cette expression modifiée qu'elle vous manifeste dès le premier moment...

Mais j'y songe... Peut-être est-ce justement le fait qu'elle réagit qui la rend capable de mémoire ?

Certes, je sais bien que ce qui aurait été inscrit sur elle sans précaution, sans égards pour sa susceptibilité, elle pourrait aussi le reproduire. Mais elle l'aurait aussi modifié. Même si cette réaction n'a pas été consciente à l'artiste, pas consentie ou ménagée par lui. Et dès lors, ne vaut-il pas mieux savoir cela, et en tenir compte ? Ne faut-il pas dès l'abord lui faire sa part ? Lorsqu'une personne, vous le savez par expérience (et d'ailleurs vous avez la chance de le lire immédiatement sur son visage), réagit à vos formulations, n'allez-vous pas en tenir compte, vous adressant à elle ? Et donc, ne lui parlerez-vous pas un peu comme elle a envie qu'on lui parle ? Ne lui direz-vous pas, sinon ce qu'elle a envie qu'on lui dise, du moins ne prononcerez-vous pas ce que vous voulez dire de telle façon qu'elle l'accepte, qu'elle l'accueille comme il faut ?

Et si l'on me fait remarquer qu'en l'occurrence on ne s'adresse pas à la pierre, ou qu'on s'adresse à elle plutôt comme témoin que comme interlocuteur, ou plutôt encore comme intermédiaire et dépositaire, et qu'il ne s'agit pas du tout de la persuader, je répondrai sans plus attendre qu'il serait bon, peut-être, pourtant, de la persuader. De l'intéresser, en tout cas. De l'intéresser à l'expression. Oui ! D'une façon générale, il ne peut qu'être bon d'intéresser l'instrument à l'ouvrage, le matériau à l'exécution. Car enfin si on la dédaigne, si on la traite en simple album... Eh bien ! non : elle n'est pas un simple album, et elle vous le fera bien voir. Tandis que si, au contraire, l'on s'occupe d'elle, si l'on tient compte de son caractère avide, intéressé, quelle joie de sa part! Quelles réponses! Comme elle vous récompense! Comme elle vous paye — avec intérêts — non de la confiance mais de la défiance (en somme) que vous lui avez témoignée!

*

Venons-en donc à ces réactions de la pierre, et d'abord dans ce moment à proprement parler poétique (avant toute préparation sinon l'antérieur ponçage) : lorsque l'artiste lutte ou joue avec elle, pour enfin lui imposer son sceau.

Si elle n'oblige à rien le crayon, qu'à une démarche plus ou moins sautillante, à un cross ou un steeple[11] varié selon les obstacles de son grain — elle laisse l'encre grasse (et dans l'humidité davantage — et l'humidité pure elle-même encore davantage) s'étaler à sa surface, elle la disperse, elle l'attire (un peu) vers ses bords. Comme si, peut-être, de chaque trait elle tenait à s'imprégner entièrement, à ne faire qu'un avec lui, comme si elle voulait transformer chaque ligne en surface (et d'abord en chenille), mais en même temps ne pouvait y parvenir, ou ne pouvait y parvenir qu'à peine, permettant ainsi que d'autres traits soient tracés à côté du premier. Et des suivants comme du premier elle désire bien faire le même abus, jamais elle ne semble fatiguée ou découragée par son échec précédent — mais finalement elle est bien battue, zébrée, sabrée en tous sens, complètement empaquetée, nassée[12], emmaillotée... Sa seule victoire est en profondeur. Ineffaçable, monsieur! Ineffaçable jusqu'à une certaine profondeur en moi, monsieur, votre victoire. Et je la répéterai comptez-y (peut-être plus souvent qu'il ne vous aurait plu).

Mais qu'un artiste à la fois non trop prétentieux à son égard, et non aveugle à ses désirs, un artiste soucieux d'elle, amoureux d'elle se présente, et réserve à ses réactions la place convenable, elle paraît alors heureuse d'avoir eu sa part, de s'être exprimée elle aussi, et ce bonheur sera communiqué aux planches, à l'œuvre elle-même.

Pour cela, il aura fallu réserver une certaine place aux taches, il aura fallu la laisser traiter certains traits, certaines taches jusqu'au bout (ou pas tout à fait jusqu'au bout), sans leur opposer trop d'autres traits. Quitte à utiliser par la suite ces taches ou bavures, dussent-elles vous amener à changer le caractère de l'ensemble, pourquoi pas? Ce qui importe, c'est le bonheur d'expression, et l'on ne peut trouver le bonheur tout seul, où votre instrument (votre épouse) ne le trouve pas. Du moins n'y a-t-il guère d'enfant probable sans cette condition. Il aura fallu lui permettre d'étaler jusqu'au bout — chaque trace, chaque tache — jusqu'à la fin de son désir, jusqu'à la fin du mouvement qu'il provoque, jusqu'à l'immobilité. Ou du moins, d'avoir donné de ce désir une indication suffisante.

Mais il faut pour être juste constater encore ceci : il arrive que l'artiste, même le plus amoureux de la pierre, ait besoin de la brutaliser quelque peu pour lui faire avouer ses désirs, lui faire rendre son maximum. Il est parfois agacé par le manque de réactions, ou par leur lenteur, ou leur côté exagérément discret, refoulé, limité dans l'étendue, la vigueur ou l'intensité. Alors, coups de tampons, coups de chiffons, coups de bouchons, nouveaux traits à l'encre, griffures au tesson de bouteille, rayures au papier de verre, grinçants grattages à la lame de rasoir ou à la lime à bois, empreintes digitales, pinceaux d'eau arrachant sur noirs imparfaitement secs, application de feuilles de journal, etc., etc. (Avec ses instruments l'artiste aussi joue. Il préfère les outils un peu indépendants, un peu capricieux, ceux dont on ne peut prévoir exactement la course.)

C'est qu'il faut bien noter en effet que la réaction de la pierre aux différents produits dont on l'excède est discrète, et presque faudrait-il un microscope, parfois, ou une grosse loupe pour l'observer. À l'œil nu, mine de rien. Que le trait d'encre à sa surface crée des rubans de savon de chaux, personne à l'œil nu qui puisse s'en douter. Et lorsque la « préparation » acidulée, puisque nous y venons, lui est appliquée, ce n'est qu'un grouillement microscopique : rien des bouillons de la craie sous le vinaigre. Il ne se produit que d'imperceptibles mouvements browniens : comme une « information » sinon hésitante — non elle n'est pas hésitante, très résolue et tragiquement précipitée au contraire — du moins presque muette, comme désirant se produire sans attirer l'attention. Exactement comme une personne maniaque accomplit ses rites subrepticement, pour elle seule (des gestes pour soi seul : curieux, cette extériorisation sans fin extérieure...). Et pourtant, bien entendu, elle a tellement le besoin de ces rites, ils lui sont à tel point nécessaires, qu'elle les accomplirait aussi bien à la vue de tous, sous les sunlights, sous la caméra mise au point pour les gros plans[13]…

Et peut-être, après tout, ne s'agit-il là que d'une question d'échelle, d'optique, de proportions.

★

La question semble controversée, ou du moins pendant un certain temps a-t-elle pu l'être, à savoir si l'application acidulée fait baisser le niveau de la pierre, crée un relief. Et bien entendu il est probable qu'elle en crée un, mais infinitésimal. Je n'aime pas beaucoup négliger quoi que ce soit[14] : pourtant il semble bien qu'ici, étant donné d'ailleurs l'épaisseur du papier qui est ensuite opposé, qui est donné à épouser à la pierre, un relief, même non infinitésimal, même relativement important, serait aboli dans ces épousailles. Enfin, à cette question, il doit être répondu, et il a été répondu, en effet, par la négative.

Non. L'intérêt, le mystère, la gravité viennent justement du fait qu'il n'y a pas gravure, pas de relief, que tout se passe dans le statique : puis-je dire sans destruction moléculaire[15] ? Il s'agit d'une transformation immobile. Comme un visage tout à coup s'empreint de pâleur. Comme le tournesol tourne brusquement au bleu… Cela semble venir de plus loin (dans l'intérieur), être l'effet superficiel d'une émotion ou décision profonde ; comme un phénomène vasculaire ; comme d'un cœur dans la pierre, de quelque muscle caché.

Une telle émotion devient surtout sensible au moment de l'opération appelée « enlevage[16] », qui est un nettoyage à l'essence de térébenthine. Car cette pierre, traitée à la fois comme page et comme visage, comme dépositaire et comme interlocuteur, c'est-à-dire par laquelle votre authentique trace doit être à la fois manifestée et enfouie, un moment arrive, en effet, où l'on va (mon Dieu ! Le premier ouvrier venu) l'effacer délibérément en surface, la priver du trop de visibilité, lui enlever l'immédiateté du dépôt. Et elle ne s'en défend pas, elle ne demande pas mieux sans doute, sachant bien qu'elle a bu, englouti aussitôt ce qu'elle voulait conserver.

Mais c'est au cours et à la suite de cette opération, c'est dans l'état où elle se trouve alors, pâle, retenue, le dessin devenu à peu près invisible, que la figure de la pierre apparaît la plus émouvante.

Il s'agit bien ici d'une profondeur de mémoire, d'une profonde répétition intérieure du thème qui fut inscrit à la surface, et non d'aucune autre profondeur. C'est la mémoire, l'esprit (et la confiance qu'ils impliquent en l'identité personnelle) qui font ici la troisième dimension. Et voici donc une inscription dans le temps aussi bien que dans la matière. Et cette inscription, c'est d'une autre façon que la façon habituelle qu'elle répond au proverbe : *scripta manent*. Elle ne demeure pour ainsi dire que dans le possible. Dans l'immanent[17].

On voit que je cherche mes mots, et à travers mes mots mes idées, ou plutôt les qualités de cette pierre et la caractéristique (et les lois) de cet art. Ce qui se conçoit bien s'énonce clairement : sans doute[18]... Mais seulement ce qui ne se conçoit pas bien mérite d'être exprimé, le souhaite, et appelle sa conception en même temps que l'expression elle-même. La littérature, après tout, pourrait bien être faite pour cela... Être considérée à juste titre dès lors comme moyen de connaissance[19].

*

C'est dans l'amour encore, c'est dans un baiser, dans une série de baisers que la pierre est amenée à délivrer sa mémoire. Il lui faut une sollicitation de tout près, un accolement parfait (sous la presse). Il faut que le papier l'épouse parfaitement, s'allonge sur elle, y demeure — dans un silence sacramentel[20] — un certain temps. Et la pierre alors non seulement laisse copier sa surface, mais véritablement elle se rend au papier, veut lui donner ce qui est inscrit au fond d'elle-même. Peut-être cette délivrance profonde est-elle facilitée par la création d'un vide (celui dont la nature a horreur[21]), peut-être est-ce par une action de capillarité (mais n'est-ce pas la même chose), toujours est-il que vers le papier, sous la presse, le dessin remonte de l'intérieur de la pierre. Et je n'en veux pour preuve que ceci. Quand une pierre a ce qu'on appelle un passé (comme une femme a eu plusieurs amants), si bien poncée qu'elle ait pu être, il arrive qu'elle rappelle dans l'amour le nom d'un de ces amants anciens, il arrive que sur l'épreuve d'une affiche (par exemple) l'imprimeur étonné voie apparaître, comme un souvenir involontairement affleuré, le trait d'un très ancien Daumier[22] dont la pierre, à une certaine profondeur, et d'une façon tout à fait insoupçonnable, avait gardé l'empreinte. De cette pierre, plus rien à faire. Cette pierre est bonne à tuer. À tuer avec ses souvenirs. Qu'on essaye de les effacer en elle, de les lui extirper, on l'exténuera plutôt, si bien qu'à la prochaine opération de presse elle ne pourra résister — et se brisera.

Mais quelle est la condition sans laquelle le papier n'obtiendrait rien du tout, et tout ne resterait que possible ? Il faut qu'avant le baiser le corps entier de la patiente ait été recouvert d'une autre sorte d'encre que celle qui a servi à l'historier. Comme d'une sorte de rouge à lèvres. Qu'il ait été entièrement maquillé. Mais encore le maquillage n'a-t-il *pris* que selon l'histoire précédemment racontée, selon les termes mêmes de la séduction. Et encore seulement selon la façon dont la pierre l'aura comprise et amodiée[23] selon son petit entendement particulier.

Dans ce baiser, la pierre ne donne rien du fond d'elle-même : elle se borne à rendre ce qui lui a été imposé comme elle a pu le modifier dans le même genre. Pour le reste, semble-t-elle dire, je suis bien trop polie, j'ai été bien trop aplanie, vous n'aurez de moi que du blanc, rien de mon gré(s[24]), rien de ma nature muette. Il est à venir, celui qui me fera parler[25].

Mais c'est ici qu'intervient, que peut intervenir le merveilleux artiste[26], celui qui a ménagé le plus de tentations possible à la pierre, qui l'a engagée ainsi à se pâmer quelque peu… Et quoi de plus émouvant que ces égarements, ces faveurs, — ces oublis obtenus d'une pierre ? C'est ce que plusieurs amateurs préféreront dans la planche tirée, c'est ce dont ils seront reconnaissants à l'artiste merveilleux.

Paris, février 1945.

COURTE MÉDITATION RÉFLEXE
AUX FRAGMENTS DE MIROIR

À tout désir d'évasion, opposer la contemplation et ses ressources. Inutile de partir : se transférer aux choses qui vous comblent d'impressions nouvelles, vous proposent un million de qualités inédites.

Personnellement, ce sont les distractions qui me gênent, c'est en prison ou en cellule, seul à la campagne que je m'ennuierais le moins. Partout ailleurs, et quoi que je fasse, j'ai l'impression de perdre mon temps. Même, la richesse de propositions contenues dans le moindre objet est si grande, que je ne conçois pas encore la possibilité de rendre compte d'aucune autre chose que des plus simples : une pierre, une herbe, le feu, un morceau de bois, un morceau de viande.

Les spectacles qui paraîtraient à d'autres les moins compliqués, comme par exemple simplement le visage d'un homme sur le point de parler, ou d'un homme qui dort ou n'importe quelle manifestation d'activité chez un être vivant, me semblent encore de beaucoup trop difficiles et chargés de significations variées (à découvrir, puis à relier dialectiquement) pour que je puisse songer à m'y atteler de longtemps[1]...

Dirai-je que je fus très content quand Pierre Charbonnier me demanda de reproduire ces quelques phrases en guise de préface à son exposition[2] ? Pas tellement, d'abord. Ces sortes de déclarations, à les relire, en *vérités*, comme dans un miroir, m'agacent. Puis, était-il bien sûr que celles-là justement convinssent à la peinture en question ? Mais enfin d'un autre côté, oui, j'ai été content : parce que Charbonnier en pratique, dans mon espace de relations, se propose à moi comme un bon ami, dont je me figure par moments percevoir les ambitions (ou le manque d'ambition) et les problèmes, les difficultés et les réussites, — et je suis sûr de l'en aimer bien.

Si donc je lui dois (et sans doute) quelques mots de mon cru plus particuliers, les voici. Je n'imagine pas Charbonnier comme un peintre à tempérament. À problèmes, plutôt, ou à réflexions.

D'ailleurs modeste. Il semble à la nature ne présenter qu'un miroir. N'intervenant, dirait-on, qu'à peine, pour supprimer seulement ce que les photographies, par exemple, ou les « peintures idiotes [3] », gardent fastidieusement de trop.

Mais que me semble de la nature par fragments vue dans un miroir ? Précisément qu'elle m'interroge. Un vif parfum d'absurdité alors s'en dégage, bizarrement mêlé d'évidence, ou quant à moi de « lucidité »...

La nature hors-les-miroirs, ce monde à chaque instant où je m'engage (quand je saisis ce porte-plume, par exemple), notre espace tactile en somme comme Braque le restitue [4], ah ! ce n'est pas du tout la même chose... C'est un endroit, pour l'œil même, où se promener, à explorer, des objets à tâter, à étreindre, enfin à interroger. Il y a là (indéfiniment) à « croire s'approprier » : à jouir.

Mais la même aussitôt par fragments dans un miroir, coucou ! Si je peux jouir encore de quelque chose, ce n'est plus que de cette (absurde) « lucidité ». Les rôles ont bien changé ! Ça vous narguerait plutôt... Ça vous interroge. Et plus on ouvre de grands yeux, plus ça ouvre de grands yeux. Plus ça vous questionne. Quel drôle de problème ! Faites-en l'expérience, je vous prie. Et tâchez de vous en tirer autrement que par des grimaces...

Charbonnier s'en tire très bien, demeurant là-devant (en apparence du moins) très frigide, tendant à *reproduire seulement la question* [5].

Allons donc, me direz-vous ! En quels termes ? Et la peinture, ce peintre, n'a-t-il pas dû *y passer* ? Voilà l'écueil, sans doute (ou le miracle). N'a-t-il fallu entre-temps sacrifier les questions de la peinture, ou l'empêcher, plutôt, de substituer ses réponses (sa magie, ses illusions et les jouissances qu'elles procurent) à l'austère question du miroir ?

Vingt dieux, comme cela se complique, par ma tête, je n'en finirai point, si je ne rétablis à ce point (où j'en suis) quelques lignes, subséquentes à celles que Charbonnier paradoxalement voulut choisir[6] :

... Dès lors, comment pourrais-je décrire une scène, faire la critique d'un spectacle ou d'une œuvre d'art ? Je n'ai là-dessus aucune opinion, n'en pouvant même conquérir la moindre impression un peu juste, ou complète[7]...

C'est pourtant la vérité ! Et comment se fait-il que je ne m'y tienne pas constamment ?

Sans doute parce que, dans ce monde où je m'engage, j'accorde et accorderai toujours volontiers bien des choses — et d'abord, par exemple (tenez), qu'existence précède essence *ou* déterminisme liberté — jusqu'à préfacer des catalogues ou donner ma vie pour une idée...

Pourvu qu'aux miroirs on m'accorde — ou mettons seulement qu'aux fragments de miroir on m'accueille, on m'accepte — *expression avant mots ou pensée*[8].

Paris, mai 1946.

BRAQUE
LE RÉCONCILIATEUR

Lecteur, pour commencer il faut que je l'avoue : ayant accepté d'écrire ici sur Braque (sans doute parce que j'ai d'abord beaucoup désiré le faire sans me demander en quel lieu), me voici bien embarrassé.

Non que beaucoup d'idées ne se pressent en moi au sujet de Braque. Trop au contraire et qui ne me viennent pas toutes de moi[1], — qui toutes cependant pourraient t'être utiles. Mais trop, et je vois bien que je ne pourrais tout dire. Si bien que l'important a pu me paraître d'abord de ne dire du tout que ce que je suis seul à pouvoir dire. Et comment dès lors mieux le dire que par une sorte de compte rendu de mon idée globale intime de Braque, pour si arbitraire ou puérile qu'elle puisse paraître : une sorte de poème à ma façon ?

Mais en ce lieu* ? Comme introduction à un recueil de reproductions ? Non sans doute. Puisque ces pages que tu t'apprêtes, les lisant ou non, à faire tourner sur leurs gonds pour pénétrer au plus tôt dans l'œuvre même, pourquoi donc sont-elles faites, sinon pour cet office (d'être tournées), si bien que rien en elles ne doive s'amasser qui trop les alourdisse, ou les rende enfin plutôt qu'à des portes semblables à quelque rideau tiré sur le spectacle, — épaissi de mes propres couleurs.

Ainsi ne trouveras-tu pas ici ce que je sais faire le

---

* Ce texte a été composé pour servir de préface à un album de reproductions (*N.D.A*).

mieux, je veux dire que je ne vais pas m'occuper de fonder sérieusement en réalité (c'est-à-dire en paroles) le magma de mes authentiques *opinions* selon lesquelles, par exemple, Braque pour moi, eh bien, se situe à peu près à égale distance de *Bach*, prononcé à la française, et de *Baroque*, — avec une légère attraction du second côté à cause de l'adjectif commun *Braque*, lequel existe bien aussi, je n'y peux rien, et présente quelque rapport de sens avec Baroque[2] ; selon lesquelles encore le bon chien fruste et plutôt grave et très fidèle qui porte le même nom intervient bientôt alentour, comme aussi ces *Barques* (retournées dès lors sur le sable) qui peuvent très bien être peintes de toutes sortes de couleurs vives[3], elles n'en sont pas moins plutôt marron, comme est le bois en général, qu'il s'agisse de celui des hangars ou des granges dans la campagne verte ou des boiseries de salles à manger, des lutrins, des tribunes d'orgues ou simplement des violons ou des guitares, — à la moitié droite, c'est-à-dire gauche[4] desquels ressemble indiscutablement beaucoup le B initial du nom de notre grand homme, tandis que le Q avec son manche évoque irrésistiblement soit une casserole de terre, soit une cuiller à pot, soit un miroir à main, — et que l'A de son unique syllabe sonnante sonne ouvert et grave, comme brame la rame... Non ! Je ne dois pas ici fonder cela en réalité[5]. Cela serait trop suggestif, trop imposant, trop lourd à ta mémoire. Je risquerais que tu m'en veuilles trop (de ne plus pouvoir l'oublier). Et ne doute pas, pourtant, que cela puisse te paraître aussi sérieux un jour, aussi précis et indiscutable, et objectif ni plus ni moins que par exemple ceci (qui semble plutôt l'annuler, c'est pourquoi j'estime utile de le proférer à la suite) : que Braque, eh bien, est né en 1882, — à Argenteuil, — puis a vécu au Havre jusqu'à vingt ans, — époque à laquelle il vint à Paris s'adonner, c'est comme je vous le dis, à la peinture, — et après une brève période fauve puis cézannienne, — a fait en 1908 la connaissance de Picasso, — avec lequel il fonda l'école cubiste, — puis vint la période des papiers collés, ... etc., et qu'enfin Braque habite actuellement telle rue, tel numéro, mais ne reçoit jamais, je vous en préviens, que sur rendez-vous... Non ! Au lecteur qui se présente ici il faut seulement qu'après l'avoir ainsi dans mon antichambre plusieurs fois fait tourner sur lui-même, je le lance à cheval sur mes moutons dans le couloir dialectique au fond duquel s'ouvre *ma* porte sur Braque, pour l'y laisser enfin tête à tête avec les reproductions.

*

Voici donc, quelques pages plus loin, des reproductions, et cet album rend compte d'une œuvre *artistique*, et cette collection s'appelle *trésor*[6]. Comment se fait-il, les œuvres du passé étant si satisfaisantes, qu'elles ne soient pas suffisantes ; comment se fait-il qu'on devienne encore peintre (ou poète) ? Et comment se fait-il, d'autre part, que *seules* (on peut le constater plus facilement depuis quelques lustres) s'installent aux musées, au trésor, justement les œuvres de ceux qui ont d'abord ou à un moment donné fait fi des œuvres précédentes, n'ont pas voulu faire œuvre artistique mais tout autre chose ?

Les deux choses pour la même raison.

Parce que les œuvres du passé, après tout, ne sont sans doute pas si satisfaisantes. Du moins pour certains hommes. Simplement parce que le passé est le passé et qu'à chaque minute tout change. Que tout redevient par chaque personne hétérogène. Que chaque personne remet tout en question.

Cette personne qui éprouve sa différence (toutes, certes, ne l'éprouvent pas ; et pourtant, une classe entière, parfois...) peut dès lors ressentir *au moins* un désir : d'abord (peut-être) d'apparaître comme telle, de se conserver, s'affirmer : je dirai mieux, de se distinguer. Mais il lui arrive aussi de concevoir sa singularité dans l'angoisse. Et que désire-t-elle alors ? Redevenir un homme du commun.

Je ne parle pas ici des artistes par persuasion, ni de ces gens qui cherchent des sensations, plongent dans l'inconnu pour trouver du nouveau[7], demandent à être projetés, secoués, aiguillonnés, chatouillés, exaltés : ceux-là ne m'intéressent guère. Mais de ceux au contraire qui ressentent violemment le chaos et le dangereux balancement du monde, la légèreté de la personne, sa vertigineusité[8], sa tendance à sa propre perte, — et qui désirent violemment des mœurs d'équilibre. Qu'on s'en persuade, lorsqu'un rossignol chante, c'est que son équilibre l'exige, et qu'il tomberait de la branche s'il ne chantait à l'instant. C'est qu'il corrige ainsi à la fois ses précédentes démarches et le monde qui tournerait à sa confusion et à sa perte s'il ne chantait à l'instant. Voilà aussi pourquoi, chère Société, certains de tes fils ne sont pas muets[9] !

J'affirmerai à ce moment, et il me semble en cela être d'accord avec Braque, que la meilleure façon pour la personne de retrouver le commun est de s'enfoncer dans sa singularité (quitte, sur d'autres plans, à compenser cela, comme elle peut aussitôt en sentir la nécessité, par quelque adhésion plus étroite, civique ou familiale par exemple, quelque volontaire imitation). C'est de ne pas concevoir sa différence comme un malheur. Et de trouver le moyen de l'exprimer. C'est de prendre enfin son propre parti. Et aussitôt la joie est retrouvée, et tout souci et scrupule disparaissent, concernant par exemple la vérité ou l'invraisemblance de ce qu'on exprime. Que voyons-nous en effet ? Sinon que ce qui paraît invraisemblable ou fantastique à une époque, tout imprégnée qu'elle est des vérités de l'époque précédente, a de ce fait plus de chances d'être vrai, que ce qui lui paraît naturel ou vraisemblable, puisque le vraisemblable n'étant que l'académie de l'ancien vrai, est donc faux, par définition[10].

Peut-être ne s'agit-il jusqu'ici que de portes déjà ouvertes, et que je n'ai fait que vous faire traverser à nouveau. Mais voici ce que quelques artistes modernes ont trouvé (ou retrouvé), et parmi nous au premier rang Braque, — et qui nous a paru plus important même que les précédentes propositions.

Il nous est arrivé de constater que pour nous satisfaire, ce n'était pas tant notre idée de nous-mêmes ou de l'homme que nous devions tâcher d'exprimer, mais en venir au monde extérieur, au parti pris des choses[11]. Et qu'enfin l'homme — son chant le plus particulier il ait des chances de le produire au moment où il s'occupe beaucoup moins de lui-même que d'autre chose, où il s'occupe plus du monde que de lui-même. Et quoi qu'en dise ici l'homme, qui n'y voit pas plus loin que le bout de son nez, force est bien de rapprocher cela de sa manie ou faculté de dominer quelque peu le monde, de s'inventer quelque prise sur lui, enfin de sa faculté scientifique. Disons qu'il arrive à l'homme de s'oublier, pour considérer le monde, et croire y découvrir quelque chose. Et jamais plus qu'alors il ne se montre homme, jamais il ne répond mieux à sa définition, ou destination. Jamais il ne rend mieux compte de lui-même.

Or il se trouve justement que nous sommes « gorgés d'éléments naturels[12] », d'impressions sensorielles, gorgés dès l'enfance. Il s'agit dès lors simplement de libérer cela. Sans vergogne. Cela n'est déjà pas si facile. Étant donné le plus simple objet, l'on peut tenir que chaque personne possède de lui une idée profonde, à la fois naïve et complexe, simple et nourrie (épaisse, colorée), puérile et pratique ; qui plus est, arbitraire et commune. Ce n'est pas le *bon sens*, ce n'est pas l'idée raisonnable : c'est, dit Jean Paulhan, « ce qu'il a en tête à tout moment[13] ». Voilà ce qu'il s'agit de rendre honnêtement, sans autre scrupule. Si chacun y parvenait, quelle poésie (faite par tous[14]) !

D'où vient cette idée, à laquelle ne correspond encore aucun mot, qui se forme *contre* la simplicité abusive du mot qui désigne communément jusqu'alors la chose ? Est-elle innée ? Est-ce l'idée enfantine (Braque dit qu'on cesse de voir après 25 ans[15]) ? Ou plutôt, formée par une sédimentation incessante, la somme à ce jour des impressions reçues ? Reçues dans le silence aussi bien que par la science ? Le résultat d'une lente et profonde imprégnation... par laquelle il se fait que le monde extérieur et le monde intérieur sont devenus indistincts ? À la faveur de quoi se produit alors la saturation, le besoin de rendre, de dégorger, le besoin de se débarrasser de l'idée, de la remplacer par un objet esthétique[16] ? Quels sont ses caractères, une fois communiquée ? Quels sont ses pouvoirs ? Telles sont quelques-unes des questions que pose et que résout le moindre tableau de Braque.

Il est bien sûr, en tout cas, que nos sujets de dilection seront alors les objets les plus proches, ceux dont nous sommes le plus sérieusement imprégnés, ceux aussi dont le « mutisme-jusqu'à présent[17] » nous paraît un beau jour insupportable, et qui prétendent tout à coup, mort et fort, et toutes affaires cessantes, à travers nous prendre la parole.

Mais comme c'est notre personne entière qui s'exprimera à propos de ces objets les plus communs, et qu'ils ne sont pas communs qu'à nous-mêmes, ils deviendront aisément mythologiques. Guitares, violons, brocs et cuvettes remplacent ainsi lyres et urnes[18].

C'est à ce point qu'il me faut dire quelques mots d'une tentation puissante qui s'offre alors aux artistes pressés, et qui est de prendre à la nature ses éléments. C'est ainsi qu'il leur arrive d'aller chercher, comme l'hirondelle la paille, n'importe quoi pour faire leur nid. Papiers collés, fils de fer, bribes de conversation, lieux communs[19]. Je voudrais bien que ce ne soit pas une préoccupation sordide qui ait fait abandonner à nos artistes le collage ou les papiers collés, et je vais leur trouver des raisons nobles. Dans les papiers collés, il faut bien voir autre chose qu'une « matière ». Il y faut voir la critique de la peinture. Il y faut voir ce qui répond le mieux, chez l'artiste et l'amateur surintoxiqués, au dégoût (qui peut survenir) de la peinture, — et le besoin d'appuyer le tableau à quelque chose d'indiscutable. Certes, par ailleurs, la pauvreté du papier collé m'enchante. S'il y manque la couleur, tant mieux. Elle y est pourtant, pour les amateurs les plus fins. Mais il a fallu dépasser cela. Parce que trop facile, une fois conçu. Parce qu'indigne d'être continué. Parce que truc immanquable, en somme. Il a fallu remplacer l'indiscutable-élément-irrépressible par autre chose. Par quelque chose de plus aléatoire, de plus héroïque, d'à première vue moins révolutionnaire. En s'en tenant à la peinture à l'huile, celle des mauvais peintres, des pompiers. Le comble, le véritable défi aura été d'abandonner l'idée de mettre le feu à l'eau. Puisque, nous le voyons bien, nous faisons des tableaux, faisons des tableaux, faisons de la peinture. Nous aurons la peau de la peinture à l'huile en la traitant d'une certaine façon. Démarche de l'esprit surréaliste (et *souvent* de l'esprit révolutionnaire) à son comble ? Peut-être. Démarche aussi bien de l'esprit classique, *à sa formation*. Ce qui rendra désormais le tableau indiscutable, ce ne sera plus un élément hétérogène au moyen d'expression, ou mettons au genre, choisi (ou consenti) : ce sera une qualité empirique, comportant par conséquent le jugement de la durée. Ce sera sa réussite magique, son côté plus-que-raison, au-delà-des-significations[20]. Son autorité inconcevable, constatée à de nombreuses reprises, sa résistance à tous les points de vue critiques, à tous les dégoûts. Et qui ne voit que dans les derniers tableaux de Braque, ce *Billard*[21], par exemple, le tour magique est aussi réussi, beaucoup plus méritoirement réussi sans doute, que dans les papiers collés ? C'est peut-être, c'est, a-t-on dit, parce que renonçant à arracher à la nature des *éléments*, nous lui avons demandé ses secrets. Oui sans doute, en y regardant bien, dans la plupart des tableaux de Braque l'on pourra reconnaître quelque chose, ici comme le secret de la cristallisation, ailleurs de la lignification (regardez la *Patience*[22], comme elle a pris racine, et non seulement racine), ailleurs encore de la chitinisation[23] ou de l'apparence en coupe des silex.

Mais encore, que va-t-il résulter, pour le ton de notre œuvre, du choix de ses sujets et de notre comportement général, ci-dessus esquissé ? D'une part une grande intensité : « La tension de la lyre », dit simplement Héraclite, — et en effet, pour qu'elle sonne, il faut qu'elle soit tendue[24]. D'autre part, un ton sourd, une volonté de modestie : les choses habituellement muettes ne parlent pas d'un ton arrogant, ni sur un mode ivre ou dansant[25].

En bref, un noble intimisme.

*

Mais peut-être en suis-je arrivé où je dois me résumer, ou ramasser, pour conclure.

J'ai dit que la seule raison et justification de l'art était une impérieuse nécessité d'expression. Non pour troubler, mais pour rassurer[26]. J'ai dit que la seule façon de nous exprimer authentiquement était de nous enfoncer dans notre différence, — de l'exprimer, à travers une matière traitée sans vergogne, non à partir de nous-mêmes mais à partir du monde, — et donc des objets les plus familiers, dont nous sommes le plus sérieusement imprégnés, — rendus avec l'intensité et la modestie qui leur convient.

J'ai dit que nous allions parvenir ainsi à la chose à la fois classique et magique, qui est tout le contraire d'une idée. Et ainsi à ce qui stationnera aux musées, qui exprimera authentiquement non seulement nous-mêmes mais notre époque.

Je conclurai en affirmant qu'il s'agit ici de la spécialité française. Et qu'à l'intérieur même de l'art français, c'est en ce genre d'œuvres, modernes, qu'il atteint à la perfection[27]. Car rencontrant enfin le trouble le plus profond, il le résout, — si *bien* que son succès ne soit plus l'honnête-homme, mais l'Homme — avec la Nature des Choses *par son action* enfin réconcilié[28]. Que peut-on nous demander de mieux ?... Et qu'on nous laisse à notre laboratoire.

Tout ce qui désormais va suivre n'est qu'afin d'épanouir un peu cette conclusion.

Quels moyens emploie Braque, en somme, pour me

satisfaire ? Me plaçant à la fois à la hauteur ou profondeur de mon trouble et au confort de la nature familière à l'homme d'aujourd'hui, il m'étaye de tous les côtés. À la hauteur du goût le plus exigeant, il provoque un effet sédatif. Dans le mezza voce et le grave. Il se trouve que le marron et plusieurs autres couleurs fondamentales : celle des portants de bois, des labours, de la végétation, le noir des fourneaux, le blanc-bleu des nuages avaient besoin d'être un peu domptés, d'être répartis un peu plus sérieusement que dans la nature ; pour notre aise, notre confort. Et je dirai la même chose des formes : les voilà toutes, je parle des plus familières, recoupées à notre mesure, celle de ce que nous nous attendons bien (car nous sommes sages) à rencontrer là : des tableaux, de dimensions moyennes. C'est à tel point que dans une exposition où ne figure aucun Braque nous avons toujours tendance à nous approcher de la fenêtre, si par hasard il y en a une, ou, à défaut de fenêtre, de toute autre chose : le bureau du directeur par exemple. Mais cela ne va pas sans quelque honte, remords ou inquiétude quant à notre bon goût. Lorsqu'il y a des Braques nous voilà dispensés de tout sentiment de ce genre. Ce sont bien des tableaux que nous nous sommes surpris à préférer, c'est bien à des peintures que nous avons tendance à aller nous reposer (des autres tableaux). Pour rejoindre notre identité personnelle à la minute en question, et cette espèce d'accord ou d'unisson avec notre solidité particulière : notre santé. Nous voilà justifiés de notre *manque de goût*[29]. Enfin, réconciliés avec nos yeux.

Cet équilibre ne comporte aucun manque. Rien qui soit inférieur là-dedans à ce qui se fait d'étrange ou d'excessif dans d'autres nations ou civilisations. C'est à la hauteur ou profondeur de n'importe quoi. Rien n'y manque, en somme, sinon l'excès. Sinon aussi, grâce à une certaine ampleur, densité et même lourdeur, ce que la perfection a parfois de dangereux : mièvrerie, élégance, grâce. Il y a là un *luxe* (de *précautions*), une *harmonie* (de *censures*[30]).

Ainsi se trouve-t-il que les totems, les objets magiques de certaines civilisations (Grèce autrefois, France peut-être maintenant) sont *tranquillisants*. Et je n'aurai pas besoin de l'expliquer davantage, si je cite à la suite les noms de La Fontaine et Boileau ; de Rameau ; de Poussin, Chardin, Cézanne et Braque.

Maintenant, l'on entend dire parfois que Braque a tout

du bourgeois[31]. Et pourquoi le dit-on ? C'est qu'il arrive que ce plein contentement qu'une telle œuvre nous procure, sans nous faire aucunement violence, nous lui soyons ingrats, nous oubliions le bien qu'il nous a fait, le déséquilibre d'où il nous a tirés, et le jugions médiocre ou facile. C'est la rançon d'une perfection telle, si à notre mesure, où nous nous installons si bien, que nous ne la sentons plus (aux entournures), que nous nous y habituons très vite.

C'est enfin que dans l'espace d'une vie (celle de Braque), une révolution a été accomplie et un nouveau régime amené à sa perfection[32].

Par rapport à Chardin, notamment, un grand esprit[33], récemment disparu, et qui s'y connaissait bien dans les « origines de l'esprit bourgeois en France », me disait que Braque représentait son « pendant » dans l'histoire, le second terme, le terme, les derniers jours[34]. Oui, ainsi veux-je le comprendre. Mais voyons bien pourtant la différence des deux époques, et le mérite, par là, et l'importance du chef-d'œuvre actuel.

Personne, je pense, qui ne le sente : le trouble est dans la nôtre beaucoup plus étendu et profond, et donc, pour un art rassurant, la difficulté bien plus grande. C'est que chacun, enfin, en a pris conscience : sinon comme chaos ou remous innommables, fort éprouvants pour la sensibilité, ni l'Homme, ni la Société, ni la Nature même, à vrai dire, n'existent encore. Sinon dans l'avenir de leur réconciliation.

Mais chacun aussi bien ne peut qu'il ne le constate : par la vertu d'une action patiente, opérant sans vergogne à partir du plus profond de l'individu, et de la nature et du peuple — à partir du plus bas, du plus vil (si l'on veut l'estimer ainsi), oui vraiment à partir du plomb, il arrive que parfois, dans le cours de notre préhistoire même, la future réconciliation se préfigure.

Bornons ici ce peu du « rien qu'on puisse dire[35] » de choses expressément faites pour être vues...

Braque est, visiblement, l'un de ces réconciliateurs provisoires. Que peut-on lui demander de mieux ? Et qu'on nous laisse à notre laboratoire.

Paris, juin-octobre 1946.

BRAQUE

OU L'ART MODERNE
COMME ÉVÉNEMENT ET PLAISIR

Quitter la proie pour l'ombre, je n'en ferai pas ma prouesse, et ce n'est pas de gaieté de cœur, certes non, que j'échangerais par exemple le plaisir que me donne l'œuvre de Braque, contre celui, mêlé d'embêtement et d'ennui, d'échafauder à son propos quelque théorie.

Mais il ne s'agit pas de cela. Que me propose-t-on seulement ? De justifier ici, c'est-à-dire à un grand public*, ce plaisir, l'intérêt que je porte à cette œuvre, et mon désir enfin (tout cela est certain) de les voir partagés.

Eh bien ! aux réalistes en politique dont je me flatte d'être l'élève et l'ami je rappellerai pour commencer, m'excusant d'avoir à le faire pour qu'ils m'en donnent acte d'abord, que Braque est tenu à juste titre l'un des plus importants parmi les peintres de l'école de Paris. Or, je m'excuse de le rappeler aussi, l'école de Paris dans le bouleversement actuel des civilisations, c'est un peu comme l'école italienne au moment de la Renaissance : un signe seulement peut-être, mais aussitôt si visible (par définition), et avec tant de bonheur, tant d'autorité formulé, qu'il risque d'être dans ce bouleversement au moins aussi actif que toute autre chose et d'en devenir (d'en être considéré plus tard) à tort ou à raison origine et centre.

Les peuples de ce monde, les guides des peuples de ce monde auraient intérêt à y venir voir. Cela les concerne directement. Cela peut avoir des suites de plusieurs siècles.

---

* Écrit pour une feuille à grand tirage (*N.D.A.*).

Braque ou l'Art moderne comme événement et plaisir 137

★

Peut-être un jour viendra-t-il où le public n'aura plus besoin qu'on attire son attention sur de tels événements, où il en éprouvera spontanément l'importance, parce qu'il ne sera plus réactionnaire en peinture (pour me limiter à cet art). Il y a deux façons d'être réactionnaire en art : la première est de ne pas y attacher d'importance, la seconde d'y attacher de l'importance mais aux œuvres qui n'en ont pas. Je n'aimerais pas que mes amis se trompent ainsi. Le fait est que beaucoup se trompent, que le public est plutôt réactionnaire en art (je parle du public le plus avancé par ailleurs). Plusieurs bonnes raisons à cela sans doute. La principale, pour parler bref, doit être que le peuple a trop à faire (on m'entend). Qu'il y a un ordre des urgences, et qu'on ne peut se demander tout à la fois. Peut-être. J'ai dit que j'étais élève en réalisme, élève par choix et sûr de mes maîtres. Au surplus, quel découragement en concevrais-je ? Cela n'empêche rien. Ne m'empêche nullement, par exemple, autant que je m'en crois capable, de me demander (à moi-même) tout à la fois...

J'entends (c'est un bourdonnement constant, mais je l'entends quand même), OUI j'entends bien que les œuvres d'art doivent être d'abord pour me plaire, me divertir, m'exalter au besoin : CERTES. (Je mâche aussi mon foin de vérités premières.) MAIS — et de cela je me persuade tout seul, du moins en de certains chemins — il leur faut avant tout me CHANGER. Et donc d'abord me tendre, contracter : bouleverser un peu cette partie de moi-même qui n'a pas encore changé[1].

Je parle ici d'art moderne. Le goût, en fait d'art moderne, va alors consister en quoi ? Sans doute à savoir reconnaître, parmi les raisons de surprise ou d'irritation que me donnent les œuvres, celles qui sont, par quelque appel *au fond* de moi-même, efficientes et motivées. À savoir reconnaître aux *désagréments* ou *défauts* de telle œuvre un tel support de qualités (en somme à ces défauts même tant de qualité) que par la suite ils seront eux-mêmes jugés qualités.

L'homme est ainsi fait, et en particulier l'artiste (qui n'est qu'un homme comme les autres, un peu plus sensible peut-être et plus enragé d'expression) — tout d'ailleurs autour de lui change à chaque instant à tel point — qu'il ne peut faire preuve de ses *qualités* les plus constantes, passées comme futures s'entend, qu'en les réinventant chaque fois à partir de zéro (comme on dit), c'est-à-dire à partir de ses plus simples rapports d'individu à Société et d'homme à Nature, et (qui plus est) à propos de ses *défauts* les plus particuliers, à propos de sa révolte, de son inadaptation, et des grincements que provoque l'insertion dans la nature de sa personne, cette *nouveauté*[2].

Les créateurs (ceux que l'on nomme ainsi) sont ceux qui éprouvent à la fois beaucoup de difficulté à s'insérer dans le monde, et beaucoup de persévérance et de *pouvoir* à s'y insérer : ils font alors grincer l'assemblage, de façon qu'ils attirent l'attention sur eux, provoquent d'abord de l'agacement et de la colère, enfin déforment le tout de manière irrémédiable, si bien que le monde dès lors sera conformé selon eux. La satisfaction vient alors.

Quand je dis qu'il leur faut du pouvoir à s'y insérer, c'est que ce pouvoir seulement les distingue des utopistes ou des simples fous. Voyez les fous, par exemple. Malgré leur rage d'expression souvent, ils n'ont jamais réussi à changer le monde (notre vision du monde). Le monde a changé, mais eux c'est toujours la même chose, la même inadaptation sans pouvoir.

Mais les artistes (et les révolutionnaires) changent le monde. Ils changent la demeure humaine. Ils changent la nature, la société et l'homme lui-même. C'est, me dira-t-on, qu'ils vont, qu'ils *sont* dans le sens de l'évolution historique. Sans doute. Ils sont cette évolution, son outil le plus perçant. Ouvrant des rainures telles que le monde y pénètre après eux.

En somme, qu'est-ce qu'un artiste ? C'est quelqu'un qui n'explique *pas du tout* le monde, mais qui le change. Vous reconnaissez à peu près la formule ? Très bien[3]. N'y voyez de ma part aucun sacrilège. Voyez plutôt ce tableau. Ce tableau vous met fort en colère : il ne *représente* rien. Bien sûr, puisqu'il vous présente l'avenir. L'avenir de la nature, l'avenir de l'homme. Cela ne vous intéresse pas davantage ? Plus que n'importe quelle représentation (ressemblante), théorie ou explication ?

*

Braque maintenant a passé soixante ans et le monde a commencé d'entrer dans sa rainure.

D'autres, depuis, ont entrepris de faire grincer le monde à leur tour. Certains le feront grincer jusqu'à leur dernier souffle, continueront inlassablement à tarauder : ils perceront, ils aboutiront peut-être à plus profond. Ou peut-être à si profond, que l'homme n'entrera jamais dans leur rainure qu'agité d'une vibration exceptionnelle, comportant exécration, ironie. Avec Braque, il en est un peu autrement.

Avec lui, l'orifice, la libération sont aussitôt trouvés.

Peut-être en est-il ainsi seulement de certains chefs-d'œuvre spécifiquement français[4]. Je ne prétends pas qu'il s'agisse là d'une supériorité (ni d'une infériorité) : seulement d'une particularité, d'une différence. L'orifice, la libération y sont trouvés et en même temps quelque peu cachés, amortis, voilés : de telle façon qu'on ne ressente plus tellement la trouvaille, la hardiesse, que la satisfaction, l'harmonie. Le moteur est sous carter ; rodé ; il tourne (dès l'abord) au-dessous, semble-t-il, de sa puissance. À un régime (sans jeu de mots) où il ne *vibre* plus. Où il rend une musique (discrète) au diapason de la nature, quelque chose comme le chant de la toupie parfaite[5].

Et plus d'échafaudage, si prestigieux soit-il. Plus d'idées. L'idée, dit Braque, est le *ber* du tableau[6]. C'est-à-dire l'échafaudage d'où le bateau se libère, pour glisser à la mer. Point de porte-à-faux. Surtout point de recherche du porte-à-faux. Le tableau est fini quand il a chassé l'idée, qu'on est arrivé au fatal. La tête libre.

*

Ce qui m'assure aussi bien de la profondeur où s'est livré le combat, du niveau auquel la victoire est atteinte, la cause gagnée, c'est le choix des sujets dans cette peinture.

Il s'agit des objets les plus communs, les plus habituels, terre à terre. C'est à eux que nous devions nous réadapter. Voilà qui rend bien compte de la profondeur de notre trouble. Nous sommes de nouveau jetés nus, comme l'homme primitif, devant la nature. Les canons de la beauté grecque, les charmes de la perspective, l'historiographie, les fêtes galantes, il n'en est vraiment plus question. Ni même de décoration. Qu'aurions-nous à décorer ? Notre demeure est détruite, et nos palais, nos temples : dans notre esprit du moins ; ils nous dégoûtent. Et certes, cela ne veut pas dire que nous fassions fi des civilisations englouties. Comment pourrions-nous ne pas en tenir compte ? Mais nous sommes bien forcés de jeter tout cela dans le même sac de sauvagerie. Sinon, qu'aurions-nous à faire ici, je vous le demande [7]...

Comment cela se fait-il ? D'où vient ? De la conscience maintenant prise — enfin ! Mieux vaut tard que jamais ! — de la conscience donc enfin prise — à la faveur de quelles désillusions, quels désastres ! Mais aussi de quel espoir ! — que nous vivons seulement, depuis la nuit des temps — et quand finira la nuit ? — *la préhistoire de l'homme*. Que l'homme est vraiment à venir. Que nous avons à le construire. Que l'individu, encore, n'existe pas à vrai dire, sinon comme désordre innommable et chaos, plus que la société, que la nature [8].

Innommable ? Qu'est-ce à dire ? Voilà que nous atteignons le point.

Car enfin nous voilà aux prises avec les casseroles, les brocs, les caisses de bois blanc, un outil, un caillou, une herbe, un poisson mort, un morceau de charbon.

Voilà des objets à qui nous demandons, car d'eux *nous savons l'obtenir*, qu'ils nous tirent hors de notre nuit, hors du vieil homme (et d'un soi-disant humanisme), pour nous révéler l'Homme, l'Ordre à venir [9].

Comme nous les avons choisis aussi éloignés que possible de l'ancien pittoresque, de l'ancien décor, voire de l'ancien langage, nous avons donc et n'avons plus dès lors qu'à les renommer, honnêtement, hors de tout anthropomorphisme, comme ils nous apparaissent chaque matin, à l'aube, *avant* la pétition de principe, avant le sempiternel lacis des explications par le soleil, avant le prétoire garni à sa dévotion et son apparition, sous un dais, nimbé d'un trémolo de folie [10].

Voilà le juste, le modeste propos de l'artiste moderne, voilà la nécessité où sa nature honnête le met. Voilà comment il travaille, parallèlement au savant et au militant politique, *comme eux avec passion dans une lumière froide*. Voilà comment il œuvre, dans sa spécialité, pour le peuple [11]. À lui forger les qualités de l'homme à venir. À aménager sa demeure : une nature dont il n'ait pas honte, dont il jouisse, à son avènement.

Mais pourtant, comme cette synthèse que constitue tout

chef-d'œuvre de l'art ne figure qu'un palier dans la dialectique, cela, malgré la satisfaction que nous en ressentons, ne justifierait aucun son de cloche ou de buccin, aucun *Te Deum*, aucun cri de triomphe.

À notre homme, en tout cas, rien ne conviendrait moins.

... Une constatation seulement, sur le ton le plus simple ; sans grand mots[12].

Les Fleurys, mai 1947.

PROSE
SUR LE NOM DE
VULLIAMY

Que nôtre[1] pour des raisons diverses Vulliamy veuille tels mots ici que notre plume lia mis, quels mettrai-je sinon que dans l'œil du mille j'ai rarement vu mettre[2] le doigt, maître Gérard, comme tu l'y as mis.

Par goût de la volubilité alliée à de l'ironie nous ne te lâcherons plus, notre Vulliamy, pourvu, parce que tu vis dans la jungle en famille non loin du meilleur goût et de la plus fameuse poésie[3], que tu ne lances pas trop négligemment ton lasso dans ce siècle-ci.

Voilà donc ou plutôt vullia un ami (vullia mis ici, c'est, s'il est lu hardiment, plus que juste, et si clair même que je l'aime ainsi); vullia donc un ami doué, adroit, sensible dont, s'il prétend à lui, et c'est peut-être à quoi je puis lui être utile en préférant d'abord qu'il ne nous émerveille, je m'étonnerais fort qu'il ne nous ymarvuille[4].

Violence et vaillance encore lui refuserons-nous au profit (qui n'en est pas loin) d'une vulliance, que pour ce qu'elle en diffère je leur préfère.

De la voyance enfin à ta vulliance s'il n'est qu'un pas qu'un poète tout seul puisse faire franchir, puisque Francis du moins fit qu'à la fin tu l'oses, vulliamment à ton tour franchis-le, mon ami.

Sidi-Madani, janvier 1948.

Dans l'atelier du « Peintre à l'étude »

[LETTRE D'ÉMILE PICQ]

Mardi 8 février.

Mais pourrez-vous lire ça ? Avant de déchirer, me pardonnant de ne savoir écrire autrement.

Cher Ami Ponge

J'ai votre CARTE-LETTRE depuis quelques jours. Pour Renaud[1], mieux de passer chez lui entre 10 h et 12 h. Le 12 février nous irions ensemble, car il y a quelques difficultés
TSVP

pour transporter dessins et peintures « pour lui ». Donc j'attends votre réponse pour prendre rendez-vous ? Quant à Michaud[2], votre article sur Picq devra lui être remis s.v.p. à la fin mars début avril — l'exposition « m'ouvre » les premiers jours de mai, pense-t-il. Michaud écrira l'article pour présenter les dessins de Meunier[3].

(Mais pouvez-vous lire mon écriture ?) Oui, il est dangereux de m'interroger sur mon passé, puisque chaque jour je répondrai à la même question par une version différente, ma mémoire ne me livrant qu'*une petite quantité* documentaire *à la fois* et *des images chaque fois dissemblables*. Puis… il y a le FADING de certains jours.

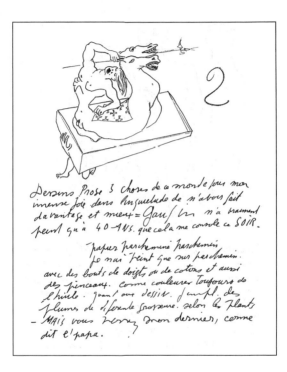

Dessins, prose, 3 [sic] choses de ce monde pour mon immense joie dans l'inquiétude de n'avoir fait davantage et mieux. Gauguin n'a vraiment peint qu'à 40 ans. Que cela me console ce soir.

Papier parcheminé, parchemin. Je n'ai peint que sur parchemin avec des bouts de doigts ou de coton et aussi des pinceaux. Comme couleurs toujours de l'huile. Quant aux dessins, j'emploie des plumes de différentes grosseurs selon les plans. MAIS vous verrez mon dernier, comme dit l'papa.

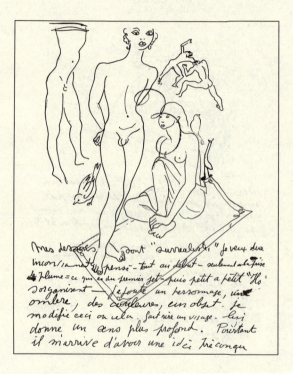

Mes dessins sont « surréalistes », je veux dire inconsciemment pensés, tout au début, seulement à la prise de plume : ce qui est du premier jet. Puis, petit à petit, ils s'organisent. J'ajoute un personnage, une ombre, des couleurs, un objet ; je modifie ceci ou cela, fais rire un visage, lui donne un sens plus profond. Pourtant il m'arrive d'avoir une idée préconçue.

Lettre d'Émile Picq

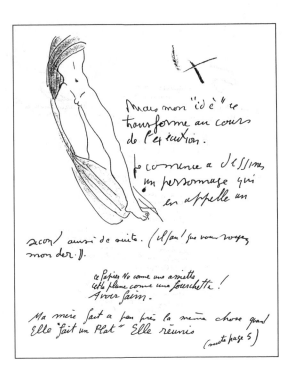

Mais mon « idée » se transforme au cours de l'exécution. Je commence à dessiner un personnage, qui en appelle un second, ainsi de suite. (Il faut que vous voyiez mon der.)

        Ce papier nu comme une assiette
        cette plume comme une fourchette !
        Avoir faim.

Ma mère fait à peu près la même chose quand elle « fait un plat ». Elle réunit une gousse d'ail, un morceau d'épaule de veau. Je lui dis de remplacer les champignons par des algues marines — ce qu'elle ne fait pas bien sûr — car préparé d'une certaine façon cela a le goût de nos cèpes. À Marseille, dans un restaurant chinois, j'ai mangé des algues marines à la provençale! Je disais donc: elle réunit une gousse de vanille, un morceau de veau, des champignons, des épices etc. Jusque-là on ignore ce qui se passera, ce qui résultera, et maintenant seulement commence la chose. Voici où le talent entre en application. Malaxé, battu, dosé, épicé. Quant à la sauce? à la cuisson? à la présentation? Au plaisir du client…

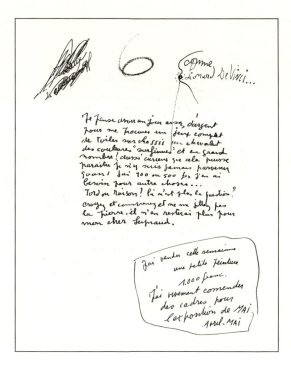

Je pense avoir un jour assez d'argent pour me procurer un jeu complet de toiles sur chassis, un chevalet, des couleurs « surfines » comme Léonard de Vinci... et en grand nombre ! Aussi curieux que cela puisse paraître, je n'y suis jamais parvenu ; quand j'ai 100 ou 500 francs, j'en ai besoin pour autre chose... Tort ou raison ? Là n'est plus la question. Croyez et comprenez et ne me jetez pas la pierre, il n'en resterait plus pour mon cher Leynaud[4].

J'ai vendu cette semaine une petite peinture 1000 francs. J'ai vivement commandé des cadres pour l'exposition de mai, avril-mai...

Je vous disais donc que j'avais appris la peinture et oublié les théories, comme vous me l'auriez conseillé ; retenu quelques trucs du jeu des ombres, etc. avec un maître très honnête, Prix de Rome justement oublié. Je ne suis pas sûr que ses leçons furent inutiles... En vérité, personne ne m'a jamais rien enseigné. En ce temps-là, ma raison, ma sensibilité, mon imagination faisaient plus de bruit que leurs voix, et dans mon premier poème écrit à l'institution R., je donnais des conseils à Dieu le Père. Et cela sur un petit cahier quadrillé rouge qui, confisqué, me priva d'une sortie de fin de mois, de la part du pion défroqué dont les mains pleines de verrues se glissaient sous mes draps, la nuit, des mains répugnantes, à vous dégoûter de l'homosexualité pour la fin de vos jours[5].

Lettre d'Émile Picq

Enfant, les méthodes qui convenaient à d'autres échouaient sur « moi ». Et nous sommes nombreux comme ce « moi ». Il suffirait peut-être de trouver une méthode moins conventionnelle. J'avais une mémoire visuelle prodigieuse, une lanterne magique à la place de ce pâle conférencier. Des couleurs pour chaque voyelle, ou des musiques remplaçant les froids commandements du moniteur de gymnastique. Que sais-je... L'ennui, toujours l'ennui, voilà mon seul compagnon d'étude au collège. Et si je n'avais souvenance d'un cours de botanique fait dans un jardin, d'un poème déclamé sur un ton qui fit dire au prof. d'une voix courroucée : « Ici on n'est pas au THÉÂTRE, Monsieur Picq », de quelques compositions verbales où je fus puni, pour excès de FANTAISIE, d'une bonne paire de gifles qui m'apprit la grandeur de la haine, je n'aurais qu'un vague malaise au souvenir de ces années d'études, de cette époque de ma 1re jeunesse après laquelle mes parents décidèrent de mon enseignement à domicile. Mais connaissez-vous Miss Prost[6] ?

[PREMIÈRES NOTES MANUSCRITES PRÉPARATOIRES D'« ÉMILE PICQ »]

Dessins

Les dessins de Picq gesticulent, se contorsionnent, crient, hurlent — et pourtant ils ne sont pas grandiloquents. Pas du tout oratoires.

Ils sont petits, très proportionnés à leur format. Comme les dessins et les tableaux de Raphaël, qui sont à peu près les seuls à ne pas jurer avec leurs cadres (je parle du cadre de bois doré qui les entoure).

Encres noires et peintures sur parchemin

Parmi les fleurs les plus touchantes, il faut placer les anémones. Leurs couleurs sont toutes mélangées d'encre. Elles s'ouvrent dans le vent. Leurs tiges s'adaptent aux vases. Jéricho fut une anémone, dont les murailles tombèrent au premier coup de trompette sonnant la dislocation des fleurs[1].
Il en est de même des peintures de Picq.
Elles s'ouvrent au vent d'une sensibilité effrénée.

> Ce papier nu comme une assiette
> Cette plume comme une fourchette
> Avoir faim

C'est un petit poème de Picq, une confidence de Picq dessinateur. Ne trouvez-vous pas que cela fait très réalité européenne 1944 ? Cela fait aussi très grand dessinateur.

*

C'est au cours d'une frénésie, d'une danse inspirée que Picq trouve la formule de la vérité. Picq est un grand dessinateur[2].
Tant pis, ou tant mieux.
Picq est un grand réaliste.

[PREMIÈRE MISE AU NET D'« ÉMILE PICQ »]

C'est une justice à rendre à Picq : il ne plaît pas du premier coup[1]. Il choque plutôt, il énerve… Il repousse, il crispe, il excède. Mais lorsqu'enfin il s'est saisi de vous, il ne vous lâche plus.

*

Picq, à propos des couleurs : « L'œil de l'âme a autant de facettes que le ciel a d'étoiles et chaque couleur enregistrée par lui aussitôt savourée, aussitôt morte. Impossible de se souvenir. Il faut se souvenir avant… La chose que l'on regarde est aussi la chose qui regarde. Impossible de savoir : l'extase. »
— à propos d'autre chose : « J'ai trop attendu de la vie et

des êtres pour ne pas compter aujourd'hui que sur ma solitude »... « Peut-être ne suis-je pas sorti du cerceau enflammé avec un veston toujours impeccable ? »

— à propos de ses dessins : « Ce papier nu comme une assiette
cette plume comme une fourchette !
avoir faim. »

— à propos de son éducation artistique : « J'ai appris la peinture et oublié la théorie. Retenu quelques trucs du jeu des ombres etc. avec un maître très honnête. Prix de Rome justement oublié. Je ne suis pas sûr que ses leçons furent inutiles. En vérité personne ne m'a jamais rien enseigné. En ce temps-là ma raison, ma sensibilité, mon imagination faisaient plus de bruit que leurs voix. Et dans mon premier poème écrit à l'institution R. je donnais des conseils à Dieu le Père. »

*

Certaines[2] courtisanes les plus attachantes, ce n'est pas sûr, fort efficaces en tout cas, sont aptes à vous crever plus qu'à vous combler, à vous donner faim plus qu'à vous repaître. Vous exténuent, vous raidissent. Certainement (d'ailleurs), ce n'est pas pour leur faire des enfants qu'on va voir une courtisane. On ne vas pas non plus à une exposition de peinture comme on entre dans un restaurant (ou une pâtisserie).

On ne peut dire que les dessins de Picq soient rassasiants ni même satisfaisants. On ne peut dire non plus qu'ils soient inspirants, ni même excitants : plutôt éprouvants, fatigants. Ils vous obligent à une drôle de gymnastique. La satisfaction vient ensuite : une certaine chaleur suite d'effort, ou d'exercice.

*

Certainement Picq a tendance à abuser de tout ce qu'on lui propose : son corps, sa plume, le papier blanc, les tubes de couleurs, les mots, et vous et moi qui regardons ses œuvres. Il en tire, en un tour de main, tout ce qu'on peut en tirer, de jouissance (ou de torture). Puis tombe dans une espèce de rêve, de stupeur, de catalepsie.

C'est un garçon fort expert. Il dessine pour vous le prouver. Exactement comme ces graffiti qui tendent à montrer (et d'abord à leur auteur lui-même) ce dont leur auteur est capable, ce qu'il souhaite faire (ou obtenir) de lui et de vous.

Si, laissant la stupeur et la vitupération aux bourgeois, vous supportez cela, alors vous en voilà digne. Pas exactement suggestifs : éprouvants plutôt. « Mais, allez-vous dire sans doute, non : cela n'a pas tant d'effet sur moi ; allez-y, je n'y vois pas d'inconvénient. J'en ai vu d'autres. » — « Aucun en tout cas de plus authentique, de plus pur. De plus pitoyable à la fois et de plus noble. » Je pense toujours au graffiti et au petit garçon qui s'en rend coupable. Peut-être le dessin, chez Picq, la peinture sont-ils une activité de remplacement. Il peint parce que le corps se fatigue trop vite pour pouvoir danser toute la vie, faire l'amour toute la journée et toute la nuit. Mais il ne cesse pas pour autant de danser ou de faire l'amour : seulement c'est sa plume qui travaille le papier blanc.

*

Peu importe après tout *ce* qu'il exprime. Et certainement, il exprime plus souvent une angoisse ou une frénésie morbides, etc. etc. que la grandeur simple ou la grâce tranquille… Mais toujours cette vérité du mouvement dont Baudelaire affirme (avec une certaine redondance) qu'elle est « la grande qualité du dessin des artistes suprêmes »[3]. Toujours cette infaillibilité du trait dans l'expression du corps humain, qui est son unique sujet. (C'est dans ses poèmes seulement qu'on trouvera le décor.) Le corps humain, une écharpe posée par-ci par-là, un oiseau, une pique, des bougies, un tapis volant.

Et sans doute Picq a-t-il une profonde expérience du corps humain, dont il a dû tout jeune commencer « la magique étude »[4]. À travers plaisirs et douleurs, gloire et flammes, cerceaux enflammés, extases, fièvres, maladies diverses.

Oui, il faut à Lyon considérer Émile Picq. Lyon, le Lyon moral a beaucoup à apprendre de ce jeune homme dont la vie et l'œuvre nous paraissent de plusieurs points de vue exemplaires. Lyon d'ailleurs n'a jamais montré d'indifférence à son égard. Picq a été mis à la porte de toutes les écoles ou institutions qu'il a fréquentées dans sa jeunesse. Plus tard on l'a jeté en prison. Maintenant il fait une exposition de ses peintures. Que va-t-il en résulter ? Picq, pourtant, n'a jamais recherché le scandale. Il s'est contenté de vivre selon ses penchants, selon le génie particulier qui l'habite, — qui a sa pureté et ses exigences. Picq a joué sa vie, dès sa jeunesse brûlant ses vaisseaux, brûlant les planches. Claudel, parlant de Nijinski, dit à peu près qu'au repos même, à la ville, il frémissait incessamment comme ces voitures hypersensibles que l'on appelait des huit-ressorts[5]. Picq de même. Son corps ressemble à quelque violon habitué à ce qu'on tire de lui des sons suraigus. (À d'autres moments il paraît plongé dans une rêverie profonde, voisine de l'hébétude. Alors ses prunelles s'élargissent démesurément.)

Voilà pourquoi sans doute il est plutôt peintre que musicien. Il *voit* alors : « il regarde ce qui regarde. Impossible de savoir. » Il dessine comme l'écolier couvre de croquis le plus raides possible ses cahiers, les murs de sa prison : il dessine ce qu'il sait bien être l'important pour lui, il dessine ses désirs et ses prétentions, il dessine à défaut de paraître sur le théâtre, de s'envoler, de caresser ou de jouir. Il sait très bien aussi ce que c'est que la mort. Qui vous attend plus sûrement encore que l'amant ou que la maîtresse. Comme il a toujours plutôt dansé que marché, il a toujours écrit (brûlant les lieux communs, brûlant l'orthographe), il a toujours dessiné et plus récemment il s'est mis à peindre comme *un mort se parfume* (l'expression est de lui).

En voilà trop sans doute. Assez en tout cas pour que l'on ait saisi ce que je voulais dire : à savoir que j'admire les dessins de Picq et que je considère comme un honneur et comme une réjouissance d'avoir été appelé à le présenter à Lyon, au Lyon moral, comme son enfant d'exception et son plus grand artiste.

Francis Ponge
1944

[Ajout postérieur, d'une autre écriture, au bas du feuillet.]

L'homme est un curieux vermisseau. Évidemment prédestiné à devenir papillon (plusieurs indices *à présent* prouvent que cela ne va plus tarder), il tord l'élastique de son cœur pour accumuler les chances d'envol.

Ce n'est pourtant pas comme vermisseau qu'il sera admis, *bientôt*, dans les calices des fleurs.

[EXTRAITS DES PREMIÈRES NOTES MANUSCRITES À « MATIÈRE ET MÉMOIRE »]

Le dessinateur trace une ligne puis la ligne suivante est pour corriger la première, et la suivante pour corriger encore. Il a besoin de voir les précédentes pour tracer les suivantes. Et même il *continue* le dessin d'une seule ligne, il la poursuit *selon* le chemin qu'elle vient de parcourir pour arranger cela avec ce qu'elle a déjà fait. Cela n'est pas propre à la lithographie.

La pierre lithographique est une page — une espèce de page assez singulière — qui s'intéresse à ce qu'on lui raconte, à ce qu'on inscrit à sa surface. Elle l'absorbe, elle l'apprend. Et même si on l'efface superficiellement elle pourra le réciter. Mais cela est beaucoup plus compliqué encore. Ce qu'on fait : il faut que cela lui laisse la possibilité, lui donne l'occasion d'en faire le plus possible. À cette condition elle récitera fidèlement sa leçon. 1re) Ce n'est pas exactement ce qu'on inscrit sur elle qu'elle récite. C'est d'une part ce qu'elle en a conservé. C'est d'autre part ce qu'elle en a fait : quelque chose d'un peu différent. 2e) Elle ne le raconte qu'à de certaines conditions.

La pierre lithographique est une pierre singulière.
Quelle pierre singulière. Elle ressemble à la pierre tombale d'un petit chien (comme l'a remarqué très poétiquement Lily). Et d'autre part à un grand, un grand et gros bloc-notes, compact. Et lourd ! Mais quelle drôle de bloc-notes. Si vous notez quelque chose sur la première page il en sera imprégné jusqu'à son tréfonds (j'exagère un peu).

Cela est nécessaire. Ce gros bloc-notes met une certaine insistance à recevoir (à écouter). Il écoute par premières pages. Il fait attention. Il s'y intéresse. Tout cela sans le dire, sans le manifester. D'une façon assez renfermée. Il y a là comme une thésaurisation presque subreptice.
Enfin, il s'agit d'une page profonde. Quand on inscrit sur la pierre lithographique, c'est comme si l'on inscrivait sur une mémoire.
Elle a été poncée pour devenir vivante, sensible. On lui a mis le grain à fleur de peau. On l'a sensibilisée. D'une drôle de façon : en frottant. Cela ressemble un peu à une muqueuse.

[EXTRAITS DU DOSSIER MANUSCRIT
DE « BRAQUE LE RÉCONCILIATEUR »]

XVIII[1]

Parce qu'il ne s'est pas agi d'abord pour Braque de faire des tableaux plutôt qu'autre chose. Il s'est trouvé par la suite qu'il avait fait les plus *beaux* tableaux du monde. Tant pis pour lui. Et en même temps les plus significatifs de l'époque où il a vécu.

Voilà le plan de cette petite étude.

Parce encore qu'il était l'homme qu'il était, c'est-à-dire un bourgeois français du XXe siècle *mais* un enfant révolutionnaire de cette bourgeoisie.

Parce qu'il a travaillé dans la fraternité et l'émulation avec un Espagnol du peuple.

IX

Que je ne différencie pas tellement Braque d'avec moi qu'il me soit facile d'en parler.

Une lente et profonde imprégnation… par laquelle il se fait que le monde extérieur et le monde intérieur sont devenus indistincts. À la faveur de *quoi* se produit alors la saturation, le besoin de rendre, d'exprimer… ? La nécessité de se débarrasser de la chose — et en même temps de se continuer par elle ? C'est lorsque le temps de l'accouchement est venu… puis le cordon ombilical est coupé.

Que sont « plus-particulier », on ne peut le porter au jour que dans la mesure où il a nourri (ou seulement coloré, qu'il s'est adonné, qu'il s'est nourri, qu'il a parasité) tout autre chose que soi-même : des objets extérieurs qu'il peut alors rendre.

XI[2]

À partir de l'endroit où s'arrête Paulhan[3].

Le problème que me force à, que me donne l'occasion de considérer Braque (sa perfection bourgeoise).

Que les artistes sont ceux qui ont la sensation la plus aiguë et la plus forte[4].

Je tiens que chacun a une idée de toute chose, d'abord de lui-même, de chaque chose, une idée profonde, naïve, complexe, métaphysique, enfantine, nourrie, épaisse, colorée, simple, pratique. Ce n'est pas *le bon sens*, ce n'est pas l'idée raisonnable : c'est *ce qu'il a en tête à tout moment*[5] et qu'il s'agit de rendre honnêtement. Si chacun y parvenait, quelle poésie ! *C'est son plus-particulier.*

C'est cru, c'est vif, c'est l'intérieur de la vitalité, c'est la coupe du silex, l'intérieur du galet, la coupe du jaspe[6].

A) D'où vient cette idée, à laquelle ne correspond aucun *mot*, qui se forme *contre* la simplicité abusive du mot qui désigne communément la chose pour qu'il donne l'épaisseur du monde et la particularité de l'être ? Comment se forme-t-elle ? est-elle *innée* ? est-ce la *première impression sensorielle* (de l'ensemble esthétique que constitue chaque chose, par ex.) ? est-ce l'*idée enfantine* (Braque dit jusqu'à 25 ans) ? Est-ce l'idée *actuelle* : formée d'une sédimentation incessante, infinie, qui ne finit jamais : la somme à ce jour des impressions reçues ? Reçues dans le silence aussi bien que dans la science ? Le résultat de l'imprégnation ?

B) Quels sont ses caractères ? Quelle est-elle ?
　Elle est *particulière* à l'individu
　mais elle est significative des conditions de l'individu,
　elle a des chances d'être *spécifique*.

C) À quel moment, pourquoi cherche-t-on à la communiquer ?

D) Est-elle communicable ?
Comment la communique-t-on ?
Différence entre les différents arts. Littérature, peinture.

E) Quels sont ses caractères, une fois communiquée ?
Quels sont *ses pouvoirs* ?

Autre chose. Chaque toile de Braque est comme un instrument de musique, ou une machine, un outil mis à notre disposition. Nous avons envie, nous pouvons la prendre sur nos genoux et nous en servir pour notre effusion, notre expression, notre explication du monde, en en jouant comme d'une mandoline ou d'une machine quelconque. En jouer. La mettre au centre du monde en lui demandant de nous l'expliquer, de nous l'interpréter[7].

Il est arrivé que les artistes pressés vont chercher (comme l'hirondelle la paille) n'importe quoi pour faire leur nid : papiers collés, fil de fer, boîtes d'allumettes.

Et l'objet qu'ils réalisent satisfait leur besoin d'équilibre. Ils *s'assoient* dans le monde à sa faveur.

Mais là-dessus ils s'aperçoivent que la chose la plus importante *n'est pas de s'exprimer au plus vite*, c'est de s'exprimer à partir du monde et non à partir d'eux-mêmes.

Et ils narguent le monde, ils jouent la difficulté.

Je voudrais bien que ce ne soit pas une préoccupation sordide qui ait fait abandonner à nos artistes le collage ou les papiers collés.

Et je vais leur trouver des raisons plus nobles.

La *pauvreté* du papier collage m'enchante. Et s'il y manque la couleur, tant mieux. Elle y est, pourtant, pour les amateurs les plus fins.

Non, il s'agit d'autre chose, il s'agit d'un défi jeté aux mauvais peintres, et aux générations précédentes, il s'agit de *redescendre aux pompiers*.

La couleur à l'huile existe, comme existe l'eau pour les pompiers.

Le comble, le véritable défi surréaliste sera d'abandonner l'idée de mettre le feu à l'eau. (Puisque, nous le voyons bien, nous ne faisons que de la peinture, faisons de la peinture.)

Nous *aurons* la peau de la peinture à l'huile en la traitant d'une certaine façon.

Démarche de l'esprit surréaliste à son comble, ai-je dit. Démarche aussi de l'esprit classique.

Et qui ne voit que dans les dernières toiles de Braque, le tour magique est aussi réussi ; beaucoup plus méritoirement réussi sans doute que dans le papier collé.

Il s'agit aussi un peu de *cacher la chose*. De la rendre allusive et modeste : comble du défi et de l'orgueil.

Passage de VII à VIII

24 juin 46 a.m. I

Dans les papiers collés il faut bien voir autre chose qu'une *matière* : il y faut voir la critique de la peinture. Il y faut voir ce qui répond le mieux chez l'artiste et l'amateur surintoxiqué au dégoût (qui peut survenir) de la peinture. Il y faut voir le besoin d'appuyer le tableau à quelque chose d'*indiscutable*.

D'indiscutable, parce qu'involontairement poétique (ou pittoresque), parce que poétique non par destination.

Voilà où nous en sommes (étions), vers 1912 (et plus tard).

Mais il a fallu dépasser cela aussi. Parce que trop facile (une fois conçu). Parce qu'indigne donc d'être continué. Parce que valable en tout cas, parce que truc immanquable, en somme.

Il a fallu remplacer l'indiscutable-élément-irrépressible par *autre chose*. Par quelque chose de plus aléatoire, de plus héroïque[8].

Cette autre chose n'est (ne sera) pas un élément hétérogène. Ce qui rendra désormais le tableau indiscutable, ce sera (peut-être les cernes blancs, la petite marge blanche) une qualité empirique, d'expérience (comportant par conséquent jugement de la durée) : ce sera sa réussite magique, son côté plus-que-raison, au-delà-des-significations. Son autorité inconcevable, constatée à de nombreuses reprises, sa résistance à tous les points de vue, à tous les dégoûts.

(Et il y entrera, *dans une certaine mesure*, l'imitation de l'effet du papier collé, la leçon du papier : authentiquement, cela ne devait pas entièrement disparaître.

Lier des hétérogènes[9].

Que tout ce que je viens de dire est valable peut-être pour toute œuvre d'art (classique?). Il faut maintenant donner (et c'est peut-être là que j'aurais dû commencer, peut-être est-ce seulement cela que j'ai à dire) la particularité de l'instrument Braque : ses particularités tiennent aux conditions historiques du moment où elle apparaît.

Que tous les hommes peuvent devenir artistes. Que tous les hommes sont gorgés d'éléments naturels.

PROÊMES

© *Éditions Gallimard, 1948.*

Dans l'atelier de « Proêmes »:
© *A.D.A.G.P., Paris, 1999, pour l'eau-forte de G. Braque.*

Tout se passe (du moins l'imaginé-je souvent) comme si, depuis que j'ai commencé à écrire, je courais, sans le moindre succès, « après » l'estime d'une certaine personne.

Où se situe cette personne, et si elle mérite ou non ma poursuite, peu importe.

Du Parti pris des choses, *il me parut qu'elle avait surtout pensé que les textes de ce recueil témoignaient d'une* infaillibilité un peu courte[1].

Je lui montrai alors ces Proêmes *: j'en ai plutôt honte, mais du moins devaient-ils, à mon sens, détruire cette impression (d'infaillibilité).*

Elle leur reprocha aussitôt ce tremblement de certitude[2] *dont ils lui semblaient affligés.*

Hélas! Voilà qui devenait bien grave, et comme rédhibitoire. Sans doute, elle le sentit, car redoublant bientôt de rigueurs, elle[3] *me fit part de sa consternation « songeant à tous ceux près de qui ce petit livre pouvait me rendre ridicule ou odieux*[4] *».*

Dès lors, je me décidai. « Il ne me reste plus, pensai-je (je ne pouvais plus reculer), qu'à publier ce fatras à ma honte, pour mériter par cette démarche même, l'estime dont je ne peux me passer. »

Nous allons voir... Mais déjà, comme je ne me fais pas trop d'illusions, je suis reparti d'ailleurs sur de nouveaux frais.

I. NATARE PISCEM DOCES

MÉMORANDUM

Étonnant que je puisse oublier, que j'oublie si facilement et chaque fois pour si longtemps, le principe à partir duquel seulement l'on peut écrire des œuvres intéressantes, et les écrire bien. Sans doute, c'est que je n'ai jamais su me le définir clairement, enfin d'une manière représentative ou mémorable.

De temps à autre il se produit dans mon esprit, non pas il est vrai comme un axiome ou une maxime : c'est comme un jour ensoleillé après mille jours sombres, ou plutôt (car il tient moins de la nature que de l'artifice, et plus exactement encore d'un progrès de l'artifice) comme la lumière d'une ampoule électrique tout à coup dans une maison jusqu'alors éclairée au pétrole... Mais le lendemain on aurait oublié que l'électricité vient d'être installée, et l'on recommencerait à grand-peine à garnir des lampes, à changer des mèches, à se brûler les doigts aux verres, et à être mal éclairé...

« *Il faut d'abord se décider en faveur de son propre esprit et de son propre goût*[1]. *Il faut ensuite prendre le temps, et le courage, d'exprimer toute sa pensée à propos du sujet choisi* (et non seulement retenir les expressions qui vous paraissent brillantes ou caractéristiques). *Il faut enfin tout dire simplement, en se fixant pour but non les charmes, mais la conviction.* »

1935.

L'AVENIR DES PAROLES

Quand aux tentures du jour, aux noms communs drapés pour notre demeure en lecture on ne reconnaîtra plus grand-chose sinon de hors[1] par ci nos initiales briller comme épingles ferrées sur un monument de toile,

Une croupe aux cieux s'insurgera contre les couvertures, le vent soufflera par un échappement compensateur du fondement, les forêts du bas-ventre seront frottées contre la terre, jusqu'à ce qu'au genou de l'Ouest se dégrafe la dernière faveur diurne :

Le corps du bel obscur hors du drap des paroles alors tout découvert, bon pour un bol à boire au nichon de la mère d'Hercule[2] !

1925.

PRÉFACE AUX « SAPATES »

Ce que j'écris maintenant a peut-être une valeur propre : je n'en sais rien. Du fait de ma condition sociale, parce que je suis occupé à gagner ma vie pendant pratiquement douze heures par jour, je ne pourrais écrire bien autre chose : je dispose d'*environ vingt minutes*, le soir, avant d'être envahi par le sommeil.

Au reste, en aurais-je le temps il me semble que je n'aurais plus le goût de travailler beaucoup et à plusieurs reprises sur le même sujet. Ce qui m'importe, c'est de saisir presque chaque soir un nouvel objet, d'en tirer à la fois une jouissance et une leçon ; je m'y instruis et m'en amuse, enfin : à ma façon.

Je suis bien content lorsqu'un ami me dit qu'il aime un de ces écrits. Mais moi je trouve que ce sont de bien petites choses. Mon ambition était différente.

Pendant des années, alors que je disposais de tout mon temps, je me suis posé les questions les plus difficiles, j'ai inventé toutes les raisons de ne pas écrire. La preuve que je n'ai pourtant pas perdu mon temps, c'est justement ce fait que l'on puisse aimer quelquefois ces petites choses que j'écris maintenant sans forcer mon talent, et même avec facilité.

1935.

OPINIONS POLITIQUES
DE SHAKESPEARE

Si incroyable que le fait, un jour (et déjà), doive paraître, l'on a pu constater une certaine corrélation entre la reprise de *Coriolan* au Théâtre-Français et l'émeute du 6 février.

Alors qu'à propos de cette reprise l'on entend dire partout que cette pièce est une apologie du pouvoir personnel (et déjà il y a plusieurs années M. Léon Blum avait cru devoir chercher des excuses aux opinions antidémocratiques de Shakespeare[1]) il est sans doute bon de rappeler les phrases suivantes, mises dans la bouche de Cassius dans *Jules César* (acte I, scène II) :

« De quels aliments se nourrit donc ce César, pour être devenu si grand ? Quelle honte pour notre époque ! Quelle est la génération depuis le déluge universel qui n'a eu qu'un seul homme dont elle pût s'enorgueillir ? C'est pour le coup que nous pouvons appeler Rome un désert puisqu'un seul homme l'habite. »

Et de *Coriolan* même celles-ci, qui éclairent toute l'œuvre dont le ton est, entre *Troïlus et Cressida* et *Jules César*, celui de la tragi-comédie :

« D'homme qu'il était il est devenu dragon ; il a des ailes, il ne touche plus terre. L'aigreur empreinte sur son visage suffirait pour faire tourner une vendange… Sa voix ressemble au son d'une cloche funèbre, et son murmure au bruit d'une batterie[2]. »

Pour nous séduire à la dictature il faudra trouver autre chose.

L'on s'en doutait.

1934.

TÉMOIGNAGE

Un corps a été mis au monde et maintenu pendant trente-cinq années[1] dont j'ignore à peu près tout, présent sans cesse à *désirer* une pensée que mon devoir serait de conduire au jour.

Ainsi, à l'épaisseur des choses ne s'oppose qu'une *exigence* d'esprit, qui chaque jour rend les paroles plus coûteuses et plus urgent leur besoin.

N'importe. L'activité qui en résulte est la seule où soient mises en jeu toutes les qualités de cette construction prodigieuse, la personne, à partir de quoi tout a été remis en question et qui semble avoir tant de mal à accepter franchement son existence.

1933.

LA FORME DU MONDE

Il faut d'abord que j'avoue une tentation absolument charmante, longue, caractéristique, irrésistible pour mon esprit.
C'est de donner au monde, à l'ensemble des choses que je vois ou que je conçois pour la vue, non pas comme le font la plupart des philosophes et comme il est sans doute raisonnable, la forme d'une grande sphère, d'une grande perle, molle et nébuleuse, comme brumeuse, ou au contraire cristalline et limpide, dont comme l'a dit l'un d'eux le centre serait partout et la circonférence nulle part, ni non plus d'une « géométrie dans l'espace », d'un incommensurable damier, ou d'une ruche aux innombrables alvéoles tour à tour vivantes et habitées, ou mortes et désaffectées, comme certaines églises sont devenues des granges ou des remises, comme certaines coquilles autrefois attenues à un corps

mouvant et volontaire de mollusque, flottent vidées par la mort, et n'hébergent plus que de l'eau et un peu de fin gravier jusqu'au moment où un bernard-l'ermite les choisira pour habitacle et s'y collera par la queue, ni même d'un immense corps de la même nature que le corps humain, ainsi qu'on pourrait encore l'imaginer en considérant dans les systèmes planétaires l'équivalent des systèmes moléculaires et en rapprochant le télescopique du microscopique.

Mais plutôt, d'une façon tout arbitraire et tour à tour, la forme des choses les plus particulières, les plus asymétriques et de réputation contingentes (et non pas seulement la forme mais toutes les caractéristiques, les particularités de couleurs, de parfums), comme par exemple une branche de lilas, une crevette dans l'aquarium naturel des roches au bout du môle du Grau-du-Roi, une serviette-éponge dans ma salle de bains, un trou de serrure avec une clef dedans[1].

Et à bon droit sans doute peut-on s'en moquer ou m'en demander compte aux asiles, mais j'y trouve tout mon bonheur.

1928.

PAS ET LE SAUT

Parvenu à un certain âge, l'on s'aperçoit que les sentiments qui vous apparaissaient comme l'effet d'un affranchissement absolu, dépassant la naïve révolte : la volonté de savoir jouer tous les rôles, et une préférence pour les rôles les plus communs parce qu'ils vous cachent mieux, rejoignent dangereusement ceux auxquels leur veulerie ou leur bassesse amènent vers la trentaine tous les bourgeois.

C'est alors de nouveau la révolte la plus naïve qui est méritoire.

Mais est-ce que de l'état d'esprit où l'on se tient en décidant de n'envisager plus les conséquences de ses actes, l'on ne risque pas de glisser insensiblement bientôt à celui où l'on ne tient compte d'aucun futur, même immédiat, où l'on ne tente plus rien, où l'on se laisse aller ? Et si encore c'était soi qu'on laissait aller, mais ce sont les autres, les nourrices, la sagesse des nations, toute cette majorité à l'intérieur de *vous* qui vous fait ressembler aux autres, qui étouffe la voix du plus précieux.

Et pourtant, je le sais, tout peut tourner immédiatement au pire, c'est la mort à très bref délai si je décide un nouveau décollement, une vie libre, sans tenir compte d'aucune conséquence. Par malchance, par goût du pire, — et tout ce qui se déchaîne à chaque instant dans la rue... Dieu sait ce que je vais désirer ! Quelle imagination va me saisir, quelle force m'entraîner !

Mais enfin, si se mettre ainsi à la disposition de son esprit, à la merci de ses impulsions morales, si rester capable de tout est assurément le plus difficile, demande le plus de courage, — peut-être n'est-ce pas une raison suffisante pour en faire le *devoir*.

À bas le mérite intellectuel ! Voilà encore un cri de révolte acceptable.

Je ne voudrais pas en rester là, — et je préconiserai plutôt l'abrutissement dans un abus de technique, n'importe laquelle ; bien entendu de préférence celle du langage, ou RHÉTORIQUE.

Quoi d'étonnant en effet à ce que ceux qui bafouillent, qui chantent ou qui *parlent* reprochent à la langue de ne rien savoir faire de propre ? N'ayons garde de nous en étonner. Il ne s'agit pas plus de parler que de chanter. « Qu'est-ce que la langue, lit-on dans Alcuin ? C'est le fouet de l'air[1]. » On peut être sûr qu'elle rendra un son si elle est conçue comme une arme. Il s'agit d'en faire l'instrument d'une volonté sans compromission, — sans hésitation ni murmure. Traitée d'une certaine manière la parole est assurément une façon de *sévir*.

1927.

CONCEPTION
DE L'AMOUR EN 1928

Je doute que le véritable amour comporte du désir, de la ferveur, de la passion. Je ne doute pas qu'il ne puisse : NAÎTRE que d'une disposition à approuver quoi que ce soit, puis d'un abandon amical au hasard, ou aux usages du monde, pour vous conduire à telles ou telles rencontres ; VIVRE que d'une application extrême dans chacune de ces rencontres à *ne pas gêner* l'objet de vos regards et à le laisser vivre comme s'il ne vous avait jamais rencontré ; SE SATISFAIRE que d'une approbation aussi secrète qu'absolue, d'une adaptation si totale et si détaillée que vos paroles à jamais traitent tout le monde comme le traite cet objet par la place qu'il occupe, ses ressemblances, ses différences, toutes ses qualités ; MOURIR enfin que par l'effet prolongé de cet effacement, de cette disparition complète à ses yeux — et par l'effet aussi de l'abandon confiant au hasard dont je parlais d'abord, qu'il vous conduise à telles ou telles rencontres ou vous en sépare aussi bien.

1928.

LES FAÇONS DU REGARD

Il est une occupation à chaque instant en réserve à l'homme : c'est le regard-de-telle-sorte-qu'on-le-parle, la remarque de ce qui l'entoure et de son propre état au milieu de ce qui l'entoure.

Il reconnaîtra aussitôt l'importance de chaque chose, et la muette supplication, les muettes instances qu'elles font qu'on les parle, à leur valeur, et pour elles-mêmes, — en dehors de leur valeur habituelle de signification, — sans choix et pourtant avec mesure, mais quelle mesure : la leur propre.

1927.

FLOT

Flot, requiers pour ta marche un galet au sol terne
Qu'à vernir en ta source au premier pas tu perdes.

1928.

DE LA MODIFICATION
DES CHOSES PAR LA PAROLE

Le froid, tel qu'on le nomme après l'avoir reconnu à d'autres effets alentour, entre à l'onde, à quoi la glace se subroge[1].

De même les yeux, d'un seul coup, s'accommodent à une nouvelle étendue : par un mouvement d'ensemble nommé l'attention, par quoi un nouvel objet est fixé, se prend.

Cela est le résultat d'une attente, du calme : un résultat en même temps qu'un acte : en un mot, une modification.

À une, de même, onde, ou à un ensemble informe qui comble son contenu, ou tout au moins qui en épouse, jusqu'à un certain niveau la forme, — par l'effet de l'attente, d'une accommodation, d'une sorte d'attention de même nature encore, peut entrer ce qui occasionnera sa modification : la parole.

La parole serait donc aux choses de l'esprit leur état de rigueur[2], leur façon de se tenir d'aplomb hors de leur contenant. Cela une fois fait compris, l'on aura le loisir, et la jouissance, d'en étudier calmement, minutieusement, avec application les qualités décomptables.

La plus remarquable et qui saute aux yeux est une sorte de crue, d'augmentation de volume de la glace par rapport à l'onde, et le bris, par elle-même, du contenant naguère forme indispensable.

1929.

JUSTIFICATION NIHILISTE DE L'ART

Voici ce que Sénèque m'a dit aujourd'hui[1] :

Je suppose que le but soit l'anéantissement total du monde, de la demeure humaine, des villes et des champs, des montagnes et de la mer.

L'on pense d'abord au feu, et l'on traite les conservateurs de pompiers. On leur reproche d'éteindre le feu sacré de la destruction.

Alors, pour tenter d'annihiler leurs efforts, comme on a l'esprit absolu l'on s'en prend à leur « moyen » : on tente de mettre le feu à l'eau, à la mer.

Il faut être plus traître que cela. Il faut savoir trahir même ses propres moyens. Abandonner le feu qui n'est qu'un instrument brillant, mais contre l'eau inefficace. Entrer benoîtement aux pompiers. Et, sous prétexte de les aider à éteindre quelque feu destructeur, tout détruire sous une catastrophe des eaux. Tout inonder.

Le but d'anéantissement sera atteint, et les pompiers noyés par eux-mêmes.

Ainsi ridiculisons les paroles par la catastrophe, — l'abus simple des paroles.

1926.

DRAME DE L'EXPRESSION

Mes pensées les plus chères sont étrangères au monde, si peu que je les exprime lui paraissent étranges. Mais si je les exprimais tout à fait, elles pourraient lui devenir communes.

Hélas ! Le puis-je ? Elles me paraissent étranges à moi-même. J'ai bien dit : les plus chères...

Une suite (bizarre) de références aux idées, puis aux paroles, puis aux paroles, puis aux idées.

1926.

FABLE

> Par le mot *par* commence donc ce texte
> Dont la première ligne dit[1] la vérité,
> Mais ce tain sous l'une et l'autre
> Peut-il être toléré ?
> Cher lecteur déjà tu juges
> Là de nos difficultés...
>
> (APRÈS *sept ans de malheurs*
> *Elle brisa son miroir.*)

LA PROMENADE DANS NOS SERRES

Ô draperies des mots, assemblages de l'art littéraire, ô massifs, ô pluriels, parterres de voyelles colorées, décors des lignes, ombres de la muette, boucles superbes des consonnes, architectures, fioritures des points et des signes brefs, à mon secours ! au secours de l'homme qui ne sait plus danser, qui ne connaît plus le secret des gestes, et qui n'a plus le courage ni la science de l'expression directe par les mouvements.

Cependant, grâce à vous, réserves immobiles d'élans sentimentaux, réserves de passions communes sans doute à tous les civilisés de notre âge, je veux le croire, on peut me comprendre, je suis compris. Concentrez, détendez vos puissances, — et que l'éloquence à la lecture imprime autant de troubles et de désirs, de mouvements commençants, d'impulsions, que le microphone le plus sensible à l'oreille de l'écouteur. Un appareil, mais profondément sensible.

Divine nécessité de l'imperfection[1], divine présence de l'imparfait, du vice et de la mort dans les écrits, apportez-moi aussi votre secours. Que l'*impropriété* des termes permette une nouvelle induction de l'humain parmi les signes déjà trop détachés de lui et trop desséchés, trop prétentieux, trop plastronnants. Que toutes les abstractions soient intérieurement minées et comme fondues par cette secrète chaleur du vice, causée par le temps, par la mort, et par les défauts du génie. Enfin qu'on ne puisse croire sûrement à nulle existence, à nulle réalité, mais seulement à quelques profonds mouvements de l'air au passage des sons, à quelque merveilleuse décoration du papier ou du marbre par la trace du stylet.

Ô traces humaines à bout de bras, ô sons originaux, monuments de l'enfance de l'art, quasi imperceptibles modifications physiques, CARACTÈRES, objets mystérieux perceptibles par deux sens seulement et cependant plus réels, plus sympathiques que des signes, — je veux vous rapprocher de la substance et vous éloigner de la qualité. Je veux vous faire aimer pour vous-mêmes plutôt que pour votre signification[2]. Enfin vous élever à une condition plus noble que celle de simples désignations.

1919.

NATARE PISCEM DOCES

P.[1] ne veut pas que l'auteur sorte de son livre pour aller voir comment ça fait du dehors.

Mais à quel moment sort-on? Faut-il écrire tout ce qui est pensé à propos d'un sujet? Ne sort-on pas déjà en faisant autre chose à propos de ce sujet que de l'écriture automatique?

Veut-il dire que l'auteur doive rester à l'intérieur et déduire la réalité de la réalité ? Découvrir en fouillant, en piquant aux murs de la caverne ? Enfin que le livre, au contraire de la statue qu'on dégage du marbre, est une chambre que l'on ouvre dans le roc, en restant à l'intérieur ?

Mais le livre alors est-il la chambre ou les matériaux rejetés ? Et d'ailleurs n'a-t-on pas vidé la chambre comme l'on aurait dégagé la statue, *selon son goût*, qui est tout extérieur, venu du dehors et de mille influences ?

Non, il n'y a aucune dissociation possible de la personnalité créatrice et de la personnalité critique[2].

Même si je dis tout ce qui me passe par la tête, cela a été travaillé en moi par toutes sortes d'influences extérieures : une vraie routine.

Cette identité de l'esprit créateur et du critique se prouve encore par l'« ANCH'IO SON' PITTORE » : c'est devant l'œuvre d'un autre, donc comme critique, que l'on s'est reconnu créateur[3].

*

Le plus intelligent me paraît être de revoir sa biographie, et corriger en accusant certains traits et généralisant. En somme noter certaines associations d'idées (et cela ne se peut parfaitement que sur soi-même) puis corriger cela, très peu, en donnant le titre, en faussant légèrement l'ensemble : voilà l'art. Dont l'éternité ne résulte que de l'*indifférence*.

Et tout cela ne vaut pas seulement pour le roman, mais pour toutes les sortes possibles d'écrits, pour tous les genres.

*

Le poète ne doit jamais proposer une pensée mais un objet, c'est-à-dire que même à la pensée il doit faire prendre une pose d'objet.

Le poème est un objet de jouissance proposé à l'homme,

fait et posé spécialement pour lui. Cette intention ne doit pas faillir au poète.

C'est la pierre de touche du critique.

Il y a des règles de plaire, une éternité du goût, à cause des catégories de l'esprit humain. J'entends donc les plus générales des règles, et c'est à ARISTOTE que je pense[4]. Certes quant à la métaphysique, et quant à la morale, je lui préfère, on le sait, PYRRHON OU MONTAIGNE[5], mais on a vu que je place l'esthétique à un autre niveau, et que tout en pratiquant les arts je pourrais dire par faiblesse ou par vice, j'y reconnais seulement des règles empiriques, comme une thérapeutique de l'intoxication.

1924.

L'AIGLE COMMUN

— Puisque je suis descendu parmi vous...
— Salut ! Bravo ! Nous t'entendons.
— Voilà l'effet de la première conjonction[1]. Ô parole ! Ô mouvement regrettable de mes ailes, où, dans quelle honte, à quelle basse région ne m'amènes-tu pas. Où ne descendrai-je pas ? Chaque syllabe m'alourdit, trouble l'air, de chute en chute.

« Où es-tu, pur oiseau ? Je ne suis plus moi. Comme c'est mal. Je ne puis m'arrêter de parler, de descendre. Ô inextricable filet ! Chaque effort ajoute à ma chaîne. Tout est perdu. Ô ! Assez. Espaces du silence, que je remonte ! Mais non ! Vous parlez tous. Qui parle ? C'est nous ! Ô confusion ! Je les vois tous. Je me vois tous. Partout des glaces. »

Ainsi parle l'aigle commun.

1923.

L'IMPARFAIT
OU
LES POISSONS VOLANTS

La scène est au-dessus des eaux.

Personnages*: APIO   — Esprits de l'imparfait.
P   VOSCA
I   PASKO — Apparitions de
S   POSKI — poissons volants,
C   VASCO — ou du même :
A   IOPA   — PISCAVIO.
V
I
O

APIO

« Oui, oui, présent ! C'est beau, ça sent bien bon.

« Mais tout de suite fuit : parfait, parfait, j'en quitte la suite.

« Que voulez-vous ? Un rêveur[1]... »

VOSCA

« Ces petites têtes qui volent si haut, si vite, sont imbéciles.

« Moi, c'est humain : je me sens retenu par tout ce que j'oublie.

« Je veux, que voulez-vous, par lentes ambages, décrire dans l'air toute ma pensée. »

PASKO

« J'étais, j'étais en train sans trace d'épaissir l'air. Mes pareils[2] se taisaient. Par deux grandes blessures ouvertes à leurs gorges ils respiraient mal. Leurs bras restaient soudés au buste, seules les mains aux hanches faiblement battaient.

---

* *N. B.* — Ces bouches ne peuvent parler que dans le présent (au-dessus des eaux), et ne peuvent parler que du souvenir (de sous les eaux). Elles n'en parlent donc qu'à l'imparfait, ou imparfaitement.

« Pourtant, s'ils commençaient à se mouvoir, dans les passages végétaux quelle vivacité singulière, dans les allées aux cieux quelle aisance de concert !

« Aucune voix ne parvenait d'eux, même avec la plus extrême lenteur³. »

POSKI

« Naturellement il y avait des poulains cabrés dans les branches, des chars articulés pour gravir les rochers.

« Un vent fort lentement me poussait, circulait à travers les étages des cieux, où des parcs suspendus s'agitaient, recouvraient quelquefois au quartier des nuages immeubles les escaliers, les monumentales rocailles.

« Nos pareils⁴ s'y cachaient, ils tenaient l'œil tout rond. Sans doute quand j'y pense Vénus naissait ailleurs⁵. »

VASCO

« Inférieur, supérieur ? Osé, qui signera ?

« À cet étage les paroles regrettent les espaces du silence sans en avoir l'air.

« Hélas ! Mon aile est imparfaite, quittons cette impossible songerie. »

IOPA

« Dites : le Souvenir se Présente à l'Imparfait, l'Habitude Marine, Piscavio peut-être ?

— Non plus. »

1924.

NOTES D'UN POÈME
(sur Mallarmé)

Le langage ne se refuse qu'à une chose, c'est à faire aussi peu de bruit que le silence¹.

L'absence se manifeste encore par des loques (cf. Rimbaud²). Tandis que n'importe quels signes, sauf peut-être ceux de l'absence, nous laissent absents.

Mallarmé n'est pas de ceux qui pensent mettre le silence

aux paroles[3]. Il a une haute idée du pouvoir du poète. Il trahit le bruit par le bruit.

Il ne décourage personne de l'ordre, de la folie.

Il a coffré le trésor de la justice, de la logique, de tout l'adjectif[4]. Les magistrats de ces arts repasseront plus tard.

Moments où les proverbes ne suffisent plus. Après une certaine maladie, une certaine émeute, peur, bouleversement[5].

À ceux qui ne veulent plus d'arguments, qui ne se contentent plus des proverbes en fonte, des armes d'enferrement mutuel, Mallarmé offre une massue cloutée d'expressions-fixes, pour servir au coup-par-supériorité[6].

Il a créé un outil antilogique. Pour vivre, pour lire et écrire[7]. Contre le gouvernement, les philosophes, les poètes-penseurs. Avec la dureté de leur matière logique.

À brandir Mallarmé le premier qui se brise est un disciple soufflé de verre[8].

Chaque désir d'expression poussé à maximité[9].

Poésie n'est point caprice si le moindre désir y fait maxime.

Non à tout prix l'*idée*, non à tout prix la *beauté*, la forme reconnue, mais ce qui mérite à la fois les éloges de l'esprit de recherche et les éloges de l'esprit de découverte[10].

Il y a autant de hasard d'appétition[11] que de hasard d'imagination. Autant de hasard de « il faut vivre » que de hasard de « on ne peut vivre ».

Affranchissement non pas de l'imagination, du rêve, de la fuite des idées, mais affranchissement de l'appétition, du désir de vivre, de chaque caprice d'expression.

Nécessité purement cristalline, purement de formation[12].

N'importe quel hasard élevé au caractère de la fixité. Proverbes du gratuit. Folie, capable de victoire dans une discussion pratique.

Plus tard on en viendra à faire servir Mallarmé comme proverbes. En 1926 il n'a pas encore beaucoup servi. Sinon beaucoup aux poètes, pour se parler à eux-mêmes[13]. Il s'est nommé et demeurera au littérateur pour socle d'attributs.

Malherbe, Corneille, Boileau voulaient plutôt dire « certainement ». La poésie de Mallarmé revient à dire simplement « Oui ». « Oui » à soi-même, à lui-même, chaque fois qu'il le désire[14].

Poète, non pour exprimer le silence.

Poète, pour couvrir les autres voix surprenantes du hasard.

1926.

LA DÉRIVE DU SAGE

Parce qu'on est tout seul dans son île (seul avec l'ombre de son sage), acteur maniaque de signaux que personne ne remarque, — c'est toujours par : « *Pitié ! Voyez ma maladresse* » qu'il faudrait s'essayer à se faire comprendre ?

Non ! (la dérive de mon sage est prête). C'est ma dernière provision d'orgueil que je flambe, — au lieu de m'en nourrir quelques heures de plus !

Je mettrai le feu à mon île ! Non seulement aux végétations ! Je me chaufferai à blanc jusqu'au roc ! Jusqu'à l'inhabitable ! J'allumerai peut-être un soleil !

« Le Verbe est Dieu ! Je suis le Verbe ! Il n'y a que le Verbe[1] ! »

(La dérive de l'ombre, dans la barque, est toujours prête, prête à ruer du bord.)

1925.

PELAGOS

Le désastre se peint à l'aube
sur le pont du paquebot de secours
et le visage des hommes
sur le point de parler.

La terre, les poches pleines de cailloux,
à la barre des flots
proteste de par les cieux
qu'elle désavoue l'homme.

Lui, ne voit qu'écorces, épluchures,
fragments honteux de masques qui s'incurvent,
et décide d'avorter la Mémoire
mère des Muses.

L'ANTICHAMBRE

Présent à quelque jeu où l'ombre tolérée
Forte à questionner ne répond que par monstres
Accueille un visiteur qui t'étrangera[1] mieux
Et par un front rebelle activera ton jeu.
Montre-toi connaisseur des façons de l'abord
Et dès ta porte ouverte afin qu'on ne s'éloigne
Hôte à tort ne te montre oublieux de promettre
Une lueur soudaine entre tes quatre murs.

Hiver 1925-1926.

LE JEUNE ARBRE

Ta rose distraite et trahie
Par un entourage d'insectes
Montre depuis sa robe ouverte
Un cœur par trop empiété[1].

Pour cette pomme l'on te rente
Et que t'importe quelqu'enfant[2]
Fais de toi-même agitateur[3]
Déchoir le fruit comme la fleur.

Quoiqu'encore malentendu
Et peut-être un peu bref contre eux
Parle ! Dressé face à tes pères

Poète vêtu[4] comme un arbre
Parle, parle contre le vent
Auteur d'un fort raisonnement[5].

Hiver 1925-1926.

CAPRICES DE LA PAROLE

Voici d'abord ce que j'eus soudain de noté :
« Distraite et même trahie par mille envolées d'insectes, chaque jeune fille mérite à peine un coup d'œil, à son con noir toujours par trop empiété.

N'importe quel jeune homme comme un arbre vêtu de rectangles de drap me semble beaucoup plus sympathique, parce qu'il ne songe qu'aux entrées dramatiques des souffles dans le jardin. »

Ce n'était que l'expression d'une opinion, trop farouche.

Durant plusieurs mois ensuite je m'acharnai afin d'obtenir à partir de cela une *poésie* qui surprenne sans doute d'abord le lecteur aussi vivement ou aigûment que la Note, mais enfin surtout qui le *convainque* ; qui se soutînt par tant de côtés que le lecteur critique enfin renonce, et admire. Serait-ce mieux ? C'était difficile.

Enfin, par lassitude, distrait d'ailleurs par mille autres piqûres, injections de poésie, je ne m'en occupai plus, fort déprimé de n'avoir su en obtenir que ce qui suit :

POÉSIE DU JEUNE ARBRE

Ta rose distraite et trahie
Par un entourage d'insectes
Offre depuis sa robe ouverte
Un cœur par trop empiété

*Pour cette pomme l'on te rente
Mais que t'importe quelqu'enfant
Fais de toi-même agitateur*[1]
Déchoir le fruit comme la fleur.

*Quoiqu'encore malentendu
Et peut-être un peu bref contre eux
Parle ! dressé face à tes pères*[2]

*Jeune homme vêtu comme un arbre
Parle, parle contre le vent
Auteur d'un fort raisonnement.*

J'avais compté d'abord beaucoup sur les mots. Jusqu'à ce qu'une espèce de corps me sembla sortir *plutôt de leurs lacunes*. Celui-là, lorsque je l'eus reconnu, je le portai au jour.

1928.

PHRASES SORTIES DU SONGE

A : « Coryza authentique, pipe, et bulles d'eau. »
B : « Chemise molle... sed... (ici un trou)... le venin s'allie aux quatre venins. — DANTE. »

Ces phrases ont été formées par moi en songe, m'y semblant parfaitement belles et significatives.

Il me sembla chaque fois que j'avais trouvé comme la pierre philosophale de la poésie. Il fallait que je la ramène au jour. La difficulté consistant alors à effectuer deux opérations à la fois : 1° me réveiller ; 2° ne pas perdre ma phrase en route. Exactement comme un sauveteur.

Je ne conservais ces phrases qu'en les répétant à chaque instant. Cette répétition n'était nullement mécanique. Il me fallait chaque fois faire un effort : en même temps prononcer fermement chaque mot et toutefois le faire assez vite, parce qu'il semblait que les mots s'éteignaient aussitôt que je les avais prononcés. Le malheur était que les efforts de cette répétition ne me laissaient, semblait-il, aucun loisir pour l'autre besogne, qui était de sortir du songe, de remonter au jour.

Mais si je cessais de répéter ma phrase elle replongeait soit entière, soit par morceaux, dans un fond sombre, sorte de représentation de l'oubli. Alors que dans le moment précédent, où il me semblait possible de la saisir, elle se trouvait en pleine lumière. (Il y aurait donc un milieu lumineux, un *ciel* du songe.)

Il me fallait alors replonger moi-même, c'est-à-dire me rendormir plus profondément, et comme attendre, ou parfois rechercher. On aurait dit que c'était par une sorte de coup de pied au fond que les mots perdus revenaient, remontaient à ma conscience. Je devais les attendre toujours un temps, celui qui leur était nécessaire pour aller rebondir au fond.

Enfin, après de nombreux efforts, je parvins comme on l'a vu à ressortir ces deux phrases, la partie centrale de la phrase B s'étant toutefois effondrée sans retour.

Quant à la qualité de ces formules, je renonce à en tenter le jugement. Pourquoi me parurent-elles si belles, si décisives ?

Tout ce qu'on peut remarquer est, semble-t-il, que dans la première (A) toutes les voyelles sont représentées. La seconde (B) est rendue plus bizarre du fait que je la considérais non pas seulement comme *digne* du Dante, mais effectivement comme une citation de ce poète, — et cependant j'en étais très fier.

1927.

LE PARNASSE

Je me représente plutôt les poètes dans un lieu qu'à travers le temps.

Je ne considère pas que Malherbe, Boileau ou Mallarmé me précèdent, avec leur leçon[1]. Mais plutôt je leur reconnais à l'intérieur de moi une place.

Et moi-même je n'ai pas d'autre place que dans ce lieu.

Il me semble qu'il suffit que je m'ajoute à eux pour que la littérature soit complète.

Ou plutôt : la difficulté est pour moi de m'ajouter à eux de telle façon que la littérature soit complète.

… Mais il suffit de n'être rien autre que moi-même.

1928.

UN ROCHER

De jour en jour la somme de *ce que je n'ai pas encore dit* grossit, fait boule de neige, porte ombrage à la signification pour autrui de la moindre parole que j'essaye alors de dire. Car, pour exprimer aucune nouvelle impression, fût-ce à moi-même, je me réfère, sans pouvoir faire autrement, bien que j'aie conscience de cette manie, à tout ce que je n'ai encore si peu que ce soit exprimé.

Malgré sa richesse et sa confusion, *je me retrouve* encore assez facilement dans le monde secret de ma contemplation et de mon imagination, et, quoique je me morfonde de m'y sentir, chaque fois que j'y pénètre de nouveau, comme dans une forêt étouffante où je ne puis à chaque instant admirer toutes choses à la fois et dans tous leurs détails, toutefois je jouis vivement de nombre de beautés, et parfois de leur confusion et de leur chevauchement même.

Mais si j'essaye de prendre la plume pour en décrire seulement un petit buisson, ou, de vive voix, d'en parler tant soit peu à quelque camarade, — malgré le travail épuisant que je fournis alors et la peine que je prends pour m'exprimer le plus simplement possible, — le papier de mon bloc-notes ou l'esprit de mon ami reçoivent ces révélations comme un météore dans leur jardin, comme un étrange et quasi *impossible* caillou, d'une « qualité obscure » mais à propos duquel « ils[1] ne peuvent même pas conquérir la moindre impression ».

Et cependant, comme je le montrerai peut-être un jour, le danger n'est pas dans cette forêt aussi grave encore que dans celle de mes réflexions d'ordre purement *logique*, où d'ailleurs personne à aucun moment n'a encore été introduit par moi (ni à vrai dire moi-même de sang-froid ou à l'état de veille)...

Hélas! aujourd'hui encore je recule épouvanté[2] par l'énormité du rocher qu'il me faudrait déplacer pour déboucher ma porte...

Hiver 1928-1929.

FRAGMENTS DE MASQUE

À quel calme dans le désespoir je suis parvenu sous l'écorce la plus commune, nul ne peut le croire; nul ne s'y retrouve, car je ne lui en fournis pas le décor, ni aucune réplique: je parle seul.

Nul ne peut croire non plus à l'absolu creux de chaque rôle que je joue.

Plus d'intérêt aucun, plus d'importance aucune: tout me semble fragment de masque, fragment d'habitude, fragment du commun, nullement capital, des pelures d'aulx.

1924.

LA MORT À VIVRE

« Nous subissons la chose la plus insupportable qui soit. On cherche à nous couvrir de poux, de larves, de chenilles. On a peuplé l'air de microbes (Pasteur). Il y a maintenant dans l'eau pure à boire et à manger.

L'imprimé se multiplie. Et il y a des gens qui trouvent

que tout cela ne grouille pas assez, qui font des vers, de la poésie, de la surréalité, qui en rajoutent.

Les rêves (il paraît que les rêves méritent d'entrer en danse, qu'il vaut mieux ne pas les oublier). Les réincarnations, les paradis, les enfers, enfin quoi : après la vie, la mort encore à vivre ! »

1926.

IL N'Y A PAS À DIRE

Celui qui crève les cercueils à coups de talons de souliers ou d'autre chose, par définition c'est un ange.
Cet ange-là — que veux-tu que j'y fasse ? — je l'emm... comme les autres.
Rimbaud, Vaché, Loti, Dupneu, Barrès et France... : il n'y a pas à dire : quand on parle, ça découvre les dents.
Viens sur moi : j'aime mieux t'embrasser sur la bouche, amour de lecteur.

1929.

MON ARBRE

Mon arbre dans un siècle encor malentendu,
Dressé dans la forêt des raisons éternelles
Grandira lentement, se pourvoira de feuilles,
À l'égal des plus grands sera tard reconnu.

Mais alors, il fera l'orage ou le silence,
Sa voix contre le vent aura cent arguments,
Et s'il semble agité par de nouveaux tourments,
C'est qu'il voudra plutôt se débarrasser de son trop de
    science.

1926.

PROSPECTUS DISTRIBUÉS
PAR UN FANTÔME

La fortune des poésies ressemble beaucoup à celle de ces horoscopes dérisoires qu'une sorte de messagers magnifique pose sur les tables des consommateurs aux terrasses des cafés.

Feuilles roses de l'arbuste « besoin d'argent », ce commerce est de loin le seul honorable.

« Personne d'ailleurs n'est tenu de lire. » À cette épreuve les idiots et les brutes se font vite reconnaître. Qu'ils décachètent, ne décachètent pas, lisent, ne lisent pas, ou payent sans avoir lu, ils s'imaginent faire l'aumône, alors que, sur le point de reprendre l'air sérieux pour acheter d'un camelot beaucoup mieux noté par la police les ignobles torchons du Sentier[1] ou d'ailleurs, — des mains paresseuses de ceux-là, de ces magnifiques simulateurs, de ces fugitifs et dédaigneux informateurs aux bouches closes, sous la forme parfaitement vague et décevante qui leur convient, manifestement ils la reçoivent.

1930.

LES ÉCURIES D'AUGIAS

L'ordre de choses honteux à Paris crève les yeux, défonce les oreilles.

Chaque nuit, sans doute, dans les quartiers sombres où la circulation cesse quelques heures, l'on peut l'oublier. Mais dès le petit jour il s'impose physiquement par une précipitation, un tumulte, un ton si excessif, qu'il ne peut demeurer aucun doute sur sa *monstruosité.*

Ces ruées de camions et d'autos, ces quartiers qui ne logent plus personne mais seulement des marchandises ou les dossiers des compagnies qui les transportent, ces rues où le miel de la production coule à flots, où il ne s'agit plus jamais d'autre chose, pour nos amis de lycée qui sautèrent à pieds joints de la philosophie et une fois pour toutes dans les huiles ou le camembert, cette autre sorte d'hommes qui ne sont connus que par leurs collections, ceux qui se tuent pour avoir été « ruinés », ces gouvernements d'affairistes et de marchands, *passe encore*, si l'on ne nous obligeait pas à y prendre part, si l'on ne nous y maintenait pas de force la tête, si tout cela ne parlait pas si fort, si cela n'était pas seul à parler.

Hélas, pour comble d'horreur, *à l'intérieur de nous-mêmes*, le même ordre sordide parle, parce que nous n'avons pas à notre disposition d'autres mots ni d'autres grands mots (ou phrases, c'est-à-dire d'autres idées) que ceux qu'un usage journalier dans ce monde grossier depuis l'éternité prostitue. Tout se passe pour nous comme pour des peintres qui n'auraient à leur disposition pour y tremper leurs pinceaux qu'un même immense pot où depuis la nuit des temps tous auraient eu à délayer leurs couleurs.

... Mais déjà d'en avoir pris conscience l'on est à peu près sauvé, et il ne reste plus qu'à se crever d'imitations, de fards, de rubriques, de procédés, à arranger des fautes selon les principes du mauvais goût, enfin à tenter de faire apparaître l'idée en filigrane par des ruses d'éclairage au milieu de ce jeu épuisant d'*abus mutuels*[1]. Il ne s'agit pas de nettoyer les écuries d'Augias, mais de les peindre à fresque au moyen de leur propre purin : travail émouvant et qui demande un cœur mieux accroché et plus de finesse et de persévérance qu'il n'en fut exigé d'Hercule pour son travail de simple et grossière *moralité*.

1929-1930.

RHÉTORIQUE

Je suppose qu'il s'agit de sauver quelques jeunes hommes du suicide et quelques autres de l'entrée aux flics ou aux pompiers. Je pense à ceux qui se suicident par dégoût, parce qu'ils trouvent que « *les autres* » ont trop de part en eux-mêmes.

On peut leur dire : donnez tout au moins *la parole* à la minorité de vous-mêmes. Soyez poètes. Ils répondront : mais c'est là surtout, c'est là encore que je sens les autres en moi-même, lorsque je cherche à m'exprimer je n'y parviens pas. Les paroles sont toutes faites et s'expriment : elles ne m'expriment point. Là encore j'étouffe.

C'est alors qu'enseigner l'art de *résister aux paroles* devient utile, l'art de ne dire que ce que l'on veut dire, l'art de les violenter et de les soumettre. Somme toute fonder une rhétorique, ou plutôt apprendre à chacun l'art de fonder sa propre rhétorique, est une œuvre de salut public.

Cela sauve les seules, les rares personnes qu'il importe de sauver : celles qui ont la conscience et le souci et le dégoût des autres en eux-mêmes.

Celles qui peuvent faire avancer l'esprit, et à proprement parler changer la face des choses.

1929-1930.

À CHAT PERCHÉ

Je ne peux m'expliquer rien au monde que d'une seule façon : par le désespoir. Dans ce monde que je ne comprends pas, dont je ne peux rien admettre, où je ne peux rien désirer (nous sommes trop loin de compte), je suis obligé par surcroît à une certaine tenue, à peu près n'importe laquelle, mais une tenue. Mais alors si je suppose à tout le monde le même handicap, la tenue incompréhensible de tout ce monde s'explique : par le hasard des poses où vous force le désespoir.

Exactement comme au jeu du chat perché. Sur un seul pied, sur n'importe quoi, mais pas à terre : il faut être perché, même en équilibre instable, lorsque le chasseur passe. Faute de quoi il vous touche : c'est alors la mort ou la folie.

Ou comme quelqu'un surpris fait n'importe quel geste : voilà à tout moment votre sort. Il faut à tout moment répondre quelque chose alors qu'on ne comprend rien à rien ; décider n'importe quoi, alors qu'on ne compte sur rien ; agir, sans aucune confiance. Point de répit. Il faut « n'avoir l'air de rien », être perché. Et cela dure ! Quand on n'a plus envie de jouer, ce n'est pas drôle. Mais alors tout s'explique : le caractère idiot, saugrenu, de tout au monde : même les tramways, l'école de Saint-Cyr, et plusieurs autres institutions. Quelque chose s'est changé, s'est figé en cela, subitement, au hasard, pourchassé par le désespoir. Oh ! s'il suffisait de s'allonger par terre, pour dormir, pour mourir. Si l'on pouvait se refuser à toute contenance ! Mais le passage du chasseur est irrésistible : *il faut*, quoiqu'on ne sache pas à quelle force l'on obéit, il faut se lever, sauter dans une niche, prendre des postures idiotes.

... Mais il est peut-être une pose possible qui consiste à dénoncer à chaque instant cette tyrannie : je ne rebondirai jamais que dans la pose du *révolutionnaire* ou du *poète*.

1929-1930.

LA LOI ET LES PROPHÈTES

« Il ne s'agit pas tant de connaître que de naître. L'amour-propre et la prétention sont les principales vertus[1]. »

Les statues se réveilleront un jour en ville avec un bâillon de tissu-éponge entre les cuisses. Alors les femmes arracheront le leur et le jetteront aux orties. Leurs corps, fiers jadis de leur blancheur et d'être sans issue vingt-cinq jours sur trente, laisseront voir le sang couler jusqu'aux chevilles : ils se montreront *en beauté*.

Ainsi sera communiquée à tous, par la vision d'une réalité un peu plus importante que la rondeur ou que la fermeté des seins, la terreur qui saisit les petites filles la première fois.

Toute idée de forme pure en sera définitivement souillée.

Les hommes qui courront derrière l'autobus ce jour-là manqueront la marche et se briseront la tête sur le pavé.

Cette année-là, il y aura des *oiseaux* de Pâques.
Quant aux poissons d'avril on en mangera les filets froids à la vinaigrette.
Alors les palmes se relèveront, les palmes écrasées jadis par la procession des ânes du Christ.

De tous les corps, nus comme haricots pour sac de cuisine, un germe jaillira par le haut : la liberté, verte et fourchue. Tandis que dans le sol plongeront les racines, pâles d'émotion.

Puis ce sera l'été, le profond, le chaleureux équilibre. Et l'on ne distinguera plus aucun corps. Plus qu'une ample moisson comme une chevelure, tous les violons d'accord.

Tout alors ondoie. Tout psalmodie fortement ces paroles :
« Il ne s'agit pas tant d'une révolution que d'une révolution et demie. Et que tout le monde à la fin se retrouve sur la tête. »
Une tête noire et terrible, pleine de conséquences en petits grains pour les prés.
Un grief, une haute rancune que n'impressionne plus aucun coup de trompettes sonnant la dislocation des fleurs.

1930.

DES RAISONS D'ÉCRIRE

I

Qu'on s'en persuade : il nous a bien fallu quelques raisons impérieuses pour devenir ou pour rester poètes. Notre premier mobile fut sans doute le dégoût de ce qu'on nous oblige à penser et à dire, de ce à quoi notre nature d'hommes nous force à prendre part.
Honteux de l'arrangement tel qu'il est des choses, honteux de tous ces grossiers camions qui passent *en nous*, de ces usines, manufactures, magasins, théâtres, monuments

publics qui constituent *bien plus* que le décor de notre vie, honteux de cette agitation sordide des hommes non seulement *autour* de nous, nous avons observé que la Nature autrement puissante que les hommes fait dix fois moins de bruit, et que la nature *dans l'homme*, je veux dire la raison, n'en fait pas du tout.

Eh bien! Ne serait-ce qu'à nous-mêmes nous voulons faire entendre la voix d'un homme. Dans le silence certes nous l'entendons, mais dans les paroles nous la cherchons: *ce* n'est plus rien. *C'*est des paroles. Même pas: paroles sont paroles.

Ô hommes! Informes mollusques[1], foule qui sort dans les rues, millions de fourmis que les pieds du Temps écrasent! Vous n'avez pour demeure que la vapeur commune de votre véritable sang: les paroles. Votre rumination vous écœure, votre respiration vous étouffe. Votre personnalité et vos expressions se mangent entre elles. Telles paroles, telles mœurs, ô société! Tout n'est que paroles.

II

N'en déplaise aux *paroles* elles-mêmes, *étant donné les habitudes que dans tant de bouches infectées elles ont contractées*, il faut un certain courage pour se décider non seulement à écrire mais même à parler. *Un tas de vieux chiffons pas à prendre avec des pincettes, voilà ce qu'on nous offre à remuer, à secouer, à changer de place*[2]. Dans l'espoir secret que nous nous tairons. Eh bien! relevons le défi.

Pourquoi, tout bien considéré, un homme de telle sorte doit-il parler? Pourquoi les meilleurs, quoi qu'on en dise, ne sont pas ceux qui ont décidé de se taire? Voilà ce que je veux dire.

Je ne parle qu'à ceux qui se taisent (un travail de suscitation[3]), quitte à les juger ensuite sur leurs paroles. Mais si cela même n'avait pas été dit on aurait pu me croire solidaire d'un pareil ordre de choses?

Cela ne m'importerait guère si je ne savais par expérience que je risquerais ainsi de le devenir.

Qu'il faut à chaque instant *se secouer de la suie des paroles* et que *le silence est aussi dangereux dans cet ordre de valeurs que possible*.

Une seule issue : *parler contre les paroles*. Les entraîner avec soi dans la honte où elles nous conduisent de telle sorte qu'elles s'y *défigurent*[4]. Il n'y a point d'autre raison d'écrire. Mais *aussitôt conçue* celle-ci est absolument déterminante et comminatoire. On ne peut plus y échapper que par une lâcheté rabaissante qu'il n'est pas de mon goût de tolérer.

1929-1930.

RESSOURCES NAÏVES

L'esprit, dont on peut dire qu'il s'abîme d'abord aux choses (qui ne sont que *riens*[1]) dans leur contemplation, renaît, par la nomination de leurs qualités, telles que lorsqu'au lieu de lui ce sont elles qui les proposent.

Hors de ma fausse personne c'est aux objets, aux choses du temps que je rapporte mon bonheur lorsque l'attention que je leur porte les forme dans mon esprit comme des compos[2] de qualités, de façons-de-se-comporter propres à chacun d'eux, fort inattendus, sans aucun rapport avec nos propres façons de nous comporter jusqu'à eux. Alors, ô vertus, ô modèles possibles-tout-à-coup, que je vais découvrir, où l'esprit tout nouvellement s'exerce et s'adore.

1927.

RAISONS DE VIVRE HEUREUX

L'on devrait pouvoir à tous poèmes donner ce titre : « Raisons de vivre heureux ». Pour moi du moins, ceux que j'écris sont chacun comme la note que j'essaie de prendre, lorsque d'une méditation ou d'une contemplation jaillit en mon corps la fusée de quelques mots qui le rafraîchit et le décide à vivre quelques jours encore. Si je pousse plus loin l'analyse, je trouve qu'il n'y a point d'autre raison de vivre que parce qu'il y a d'abord les dons du souvenir, et la faculté de s'arrêter pour jouir du présent, ce qui revient à considérer ce présent comme l'on considère la première fois les souvenirs : c'est-à-dire, garder la jouissance présomptive d'une *raison* à l'état vif ou cru, quand elle vient d'être découverte au milieu des circonstances uniques qui l'entourent à la même seconde. Voilà le mobile qui me fait saisir mon crayon. (Étant entendu que l'on ne désire sans doute conserver une *raison* que parce qu'elle est *pratique*, comme un nouvel outil sur notre établi.) Et maintenant il me faut dire encore que ce que j'appelle une raison pourra sembler à d'autres une simple description ou relation, ou peinture désintéressée et inutile. Voici comment je me justifierai : Puisque la joie m'est venue par la contemplation, le retour de la joie peut bien m'être donné par la peinture. Ces retours de la joie, ces rafraîchissements à la mémoire des objets de sensations, voilà exactement ce que j'appelle raisons de vivre.

Si je les nomme raisons c'est que ce sont des retours de l'esprit aux choses. Il n'y a que l'esprit pour rafraîchir les choses. Notons d'ailleurs que ces raisons sont justes ou valables seulement si l'esprit retourne aux choses d'une manière acceptable par les choses : quand elles ne sont pas lésées, et pour ainsi dire qu'elles sont décrites de leur propre point de vue[1].

Mais ceci est un terme, ou une perfection, impossible. Si cela pouvait s'atteindre, chaque poème plairait à tous et à chacun, à tous et à chaque moment comme plaisent et frappent les objets de sensations eux-mêmes. Mais cela ne se peut pas : il y a toujours du rapport à l'homme... Ce ne sont pas les choses qui parlent entre elles mais les hommes entre eux qui parlent des choses et l'on ne peut aucunement sortir de l'homme.

Du moins, par un pétrissage, un primordial irrespect des mots, etc., devra-t-on donner l'impression d'un nouvel idiome qui produira l'effet de surprise et de nouveauté des objets de sensations eux-mêmes.

C'est ainsi que l'œuvre complète d'un auteur plus tard pourra à son tour être considérée comme une chose. Mais si l'on pensait rigoureusement selon l'idée précédente, il faudrait non point même une rhétorique par auteur mais une rhétorique par poème. Et à notre époque nous voyons des efforts en ce sens (dont les auteurs sont Picasso, Stravinsky, moi-même[2] : et dans chaque auteur une manière par an ou par œuvre).

Le sujet, le poème de chacune de ces périodes correspondant évidemment à l'essentiel de l'homme à chacun de ses âges ; comme les successives écorces d'un arbre, se détachant par l'effort naturel de l'arbre à chaque époque[3].

1928-1929.

AD LITEM

Mal renseignés comme nous le sommes par leurs expressions sur le coefficient de joie ou de malheur qui affecte la vie des créatures du monde animé, qui, malgré sa volonté de parler d'elles, n'éprouverait au moment de le faire un serrement du cœur et de la gorge se traduisant par une lenteur et une prudence extrêmes de la démarche intellectuelle, ne mériterait aucunement qu'on le suive, ni, par suite, qu'on accepte sa leçon.

Alors qu'à peu près tous les êtres à rangs profonds qui nous entourent sont condamnés au silence, ce n'est pas comme il s'agit d'eux un flot de paroles qui convient ; une allure ivre ou ravie non plus, quand la moitié au moins enchaînés au sol par des racines est privée même des gestes, et ne peut attirer l'attention que par des poses, lentement, avec peine, et une fois pour toutes contractées.

Il semble d'ailleurs, *a priori*, qu'un ton funèbre ou mélancolique ne doive pas mieux convenir, ou du moins ne faudrait-il pas qu'il soit l'effet d'une prévention systématique. Le scrupule ici doit venir du désir d'être juste envers un créateur possible, ou des raisons immanentes, dont on nous a dès l'enfance soigneusement avertis, et dont la religion, forte dans l'esprit de beaucoup de générations de penseurs respectables, est née du besoin de justifier l'apparent désordre de l'univers par l'affirmation d'un ordre ou la confiance en des desseins supérieurs, que le petit esprit de chacun serait incapable de discerner. Or, la faiblesse de notre esprit... il faut bien avouer que la chose est possible : nous en avons assez de signes manifestes au cours de notre lutte même avec nos moyens d'expression.

Et pourtant, bien que nous devions nous défier peut-être

d'un penchant à dramatiser les choses, et à nous représenter la nature comme un enfer, certaines constatations dès l'abord peuvent bien justifier chez le spectateur une appréhension funeste.

Il semble qu'à considérer les êtres du point de vue où leur période d'*existence* peut être saisie tout entière d'un seul coup d'œil intellectuel, les événements les plus importants de cette existence, c'est-à-dire les circonstances de leur naissance et de leur mort, prouvent une propension fâcheuse de la Nature à assurer la subsistance de ses créatures aux dépens les unes des autres, — qui ne saurait avoir pour conséquence chez chacune d'entre elles que la douleur et les passions.

Je veux bien que du point de vue de chaque être sa naissance et sa mort soient des événements presque négligeables, du moins dont la considération est pratiquement négligée. J'accepte encore que pour toute mère concevoir dans la douleur soit une piètre punition, très rapidement oubliée.

Aussi n'est-ce pas de telles douleurs, ni celles qui sont dues à tels accidents ou maladies, qu'il serait juste de reprocher à la Nature, mais des douleurs autrement plus graves : celles que provoque chez toute créature le sentiment de sa *non-justification*, celles[1] par exemple chez l'homme qui le conduisent au suicide, celles chez les végétaux qui les conduisent *à leurs formes*…

… Une apparence de calme, de sérénité, d'équilibre dans l'ensemble de la création, une perfection dans l'organisation de chaque créature qui peut laisser supposer comme conséquence sa béatitude ; mais un désordre inouï dans la distribution sur la surface du globe des espèces et des essences, d'incessants sacrifices, une mutilation du possible, qui laissent aussi bien supposer ressentis les malheurs de la guerre et de l'anarchie : tout au premier abord dans la nature contribue à plonger l'observateur dans une grave perplexité.

Il faut être juste. Rien n'explique, sinon une mégalomanie de création, la profusion d'individus accomplis de même type dans chaque espèce. Rien n'explique chez chaque individu l'arrêt de la croissance : un équilibre ? Mais alors pourquoi peu à peu se défait-il ?

. . . .

Et puis donc, aussi bien, qu'il est de nature de

l'homme d'élever la voix au milieu de la foule des choses silencieuses, qu'il le fasse du moins parfois à leur propos[2]...

1931.

STROPHE

Qu'une émeute[1] affluant d'audace et de scrupules
Au Louvre du parler se massacre et s'emmure,
Ô de quelle rigueur perpétrant ta rupture,
Sobre jarre à teneur de toute la nature[2],
Nœud par nœud en ton for espéré-je la crue[3],
Strophe ! Heureux, subrogée à ton urne abattue,
À de tacites bords lorsque tu prends tournure...

Non ! Quoique de mon corps j'aie acharné ce leurre,
Faucons à d'autres buts lâchez-moi tout à l'heure,
Hardis par ce déboire aux tournois de la nue[4] !

INTRODUCTION AU « GALET »

Comme après tout si je consens à l'existence c'est à condition de l'accepter pleinement, en tant qu'elle remet tout en question ; quels d'ailleurs et si faibles que soient mes moyens comme ils sont évidemment plutôt d'ordre littéraire et rhétorique ; je ne vois pas pourquoi je ne commencerais pas, arbitrairement, par montrer qu'à propos des choses les plus simples il est possible de faire des discours infinis entièrement composés de déclarations inédites, enfin qu'à propos de n'importe quoi non seulement tout n'est pas dit, mais à peu près tout reste à dire.

Il est tout de même à plusieurs points de vue insupportable de penser dans quel infime manège depuis des siècles tournent les paroles, l'esprit, enfin la réalité de l'homme. Il suffit pour s'en rendre compte de fixer son attention sur le premier objet venu : on s'apercevra aussitôt que personne ne l'a jamais observé, et qu'à son propos les choses les plus élémentaires restent à dire. Et j'entends bien que sans doute pour l'homme il ne s'agit pas *essentiellement* d'observer et de décrire des objets, mais enfin cela est un signe, et des plus nets. À quoi donc s'occupe-t-on ? Certes à tout, sauf à changer d'atmosphère intellectuelle, à sortir des poussiéreux salons où s'ennuie à mourir tout ce qu'il y a de vivant dans l'esprit, à progresser — enfin ! — non seulement par les pensées, mais par les facultés, les sentiments, les sensations, et somme toute à accroître *la quantité de ses qualités*. Car des millions de sentiments, par exemple, aussi différents du petit catalogue de ceux qu'éprouvent actuellement les hommes les plus sensibles, sont à connaître, sont à éprouver. Mais non ! L'homme se contentera longtemps encore d'être « fier » ou « humble », « sincère » ou « hypocrite », « gai » ou « triste », « malade » ou « bien portant », « bon » ou « méchant », « propre » ou « sale », « durable » ou « éphémère », etc., avec toutes les combinaisons possibles de ces pitoyables qualités.

Eh bien ! Je tiens à dire quant à moi que je suis bien autre chose, et par exemple qu'en dehors de toutes les qualités que je possède en commun avec le rat, le lion, et le filet[1], je prétends à celles du diamant, et je me solidarise d'ailleurs entièrement aussi bien avec la mer qu'avec la falaise qu'elle attaque et avec le galet qui s'en trouve par la suite créé, et dont l'on trouvera à titre d'exemple ci-dessous la description essayée[2], sans préjuger de toutes les qualités dont je compte bien que la contemplation et la nomination d'objets extrêmement différents me feront prendre conscience et jouissance effective par la suite.

*

À tout désir d'évasion, opposer la contemplation et ses ressources. Inutile de partir : se transférer aux choses, qui vous comblent d'impressions nouvelles, vous proposent un million de qualités inédites.

Personnellement ce sont les distractions qui me gênent, c'est en prison ou en cellule, seul à la campagne que je m'ennuierais le moins[3]. Partout ailleurs, et quoi que je fasse, j'ai l'impression de perdre mon temps. Même, la richesse de propositions contenues dans le moindre objet est si grande, que je ne conçois pas encore la possibilité de rendre compte d'aucune autre chose que des plus simples : une pierre, une herbe, le feu, un morceau de bois, un morceau de viande.

Les spectacles qui paraîtraient à d'autres les moins compliqués, comme par exemple simplement le visage d'un homme sur le point de parler, ou d'un homme qui dort, ou n'importe quelle manifestation d'activité chez un être vivant, me semblent encore de beaucoup trop difficiles et chargés de significations inédites (à découvrir, puis à relier dialectiquement) pour que je puisse songer à m'y atteler de longtemps[4]. Dès lors, comment pourrais-je décrire une scène, faire la critique d'un spectacle ou d'une œuvre d'art ? Je n'ai là-dessus aucune opinion, n'en pouvant même conquérir la moindre impression un peu juste, ou complète.

*

Tout le secret du bonheur du contemplateur est dans son refus de considérer *comme un mal* l'envahissement de sa personnalité par les choses. Pour éviter que cela tourne au mysticisme, il faut : 1° se rendre compte précisément, c'est-à-dire expressément de chacune des choses dont on a fait l'objet de sa contemplation ; 2° changer assez souvent d'objet de contemplation, et en somme garder une certaine mesure. Mais le plus important pour la santé du contemplateur est la *nomination*, au fur et à mesure, de toutes les qualités qu'il découvre ; il ne faut pas que ces qualités, qui le TRANSPORTENT, le transportent plus loin que leur expression mesurée et exacte.

*

Je propose à chacun l'ouverture de trappes intérieures, un voyage dans l'épaisseur des choses, une invasion de qualités, une révolution ou une subversion comparable à celle qu'opère la charrue ou la pelle, lorsque, tout à coup et pour la première fois, sont mises au jour des millions de parcelles, de paillettes, de racines, de vers et de petites bêtes jusqu'alors enfouies. Ô ressources infinies de l'épaisseur des choses, *rendues* par les ressources infinies de l'épaisseur sémantique des mots !

*

La contemplation d'objets précis est aussi un repos, mais c'est un repos privilégié, comme ce repos perpétuel des plantes adultes, qui porte des fruits. Fruits spéciaux, empruntés autant à l'air ou au milieu ambiant, au moins pour la forme à laquelle ils sont limités et les couleurs que par opposition ils en prennent, qu'à la personne qui en fournit la substance ; et c'est ainsi qu'ils se différencient des fruits d'un autre repos, le sommeil, qui sont nommés les rêves, uniquement formés par la personne, et, par conséquent, indéfinis, informes, et sans utilité : c'est pourquoi ils ne sont pas véritablement des fruits.

*

Ainsi donc, si ridiculement prétentieux qu'il puisse paraître, voici quel est à peu près mon dessein : je voudrais écrire une sorte de *De natura rerum*[5]. On voit bien la différence avec les poètes contemporains : ce ne sont pas des poèmes que je veux composer, mais une seule cosmogonie.

Mais comment rendre ce dessein possible ? Je considère l'état actuel des sciences : des bibliothèques entières sur chaque partie de chacune d'elles... Faudrait-il donc que je commence par les lire, et les apprendre ? Plusieurs vies n'y suffiraient pas. Au milieu de l'énorme étendue et quantité des connaissances acquises par chaque science, du nombre accru des sciences, nous sommes perdus. Le meilleur parti à prendre est donc de considérer toutes choses comme inconnues, et de se promener ou de s'étendre sous bois ou sur l'herbe, et de reprendre tout du début.

*

Exemple du peu d'épaisseur des choses dans l'esprit des hommes jusqu'à moi : du *galet*, ou de la pierre, voici ce que j'ai trouvé qu'on pense, ou qu'on a pensé de plus original :

Un cœur de pierre (Diderot) ;
Uniforme et plat galet (Diderot) ;
Je méprise cette poussière qui me compose et qui vous parle (Saint-Just) ;

*Si j'ai du goût ce n'est guère
Que pour la terre et les pierres* (Rimbaud[6]).

Eh bien ! Pierre, galet, poussière, occasion de sentiments si communs quoique si contradictoires, je ne te juge pas si rapidement, car je désire te juger à ta valeur : et tu me serviras, et tu serviras dès lors aux hommes à bien d'autres expressions, tu leur fourniras pour leurs discussions entre eux ou avec eux-mêmes bien d'autres arguments ; même, si j'ai assez de talent, tu les armeras de quelques nouveaux proverbes ou lieux communs : voilà toute mon ambition.

1933.

II. PAGES BIS

I

RÉFLEXIONS EN LISANT
L'« ESSAI SUR L'ABSURDE* »

26-27 août 1941.

Il ne recense pas parmi les « thèmes de l'absurde » l'un des plus importants (le plus important historiquement pour moi), celui de l'infidélité des moyens d'expression, celui de l'impossibilité pour l'homme non seulement de s'exprimer mais d'exprimer n'importe quoi.

C'est le thème si bien mis en évidence par Jean Paulhan et c'est celui que *j'ai vécu*[1].

Il y est fait une allusion seulement au moment de la citation de Kierkegaard (que je ne connaissais pas !) : « Le plus sûr des mutismes n'est pas de se taire, mais de parler », vérité (?) que j'ai réinventée, sortie de mon propre fonds[2], lorsque j'ai écrit vers 1925 : « Quelconque de ma part la parole me garde mieux que le silence. Ma tête de mort paraîtra dupe de son expression. Cela n'arrivait pas à Yorick quand il parlait[3]. » Historiquement voici ce qui s'est passé dans mon esprit :

1° J'ai reconnu l'impossibilité de m'exprimer ;

2° Je me suis rabattu sur la tentative de description des choses (mais aussitôt j'ai voulu les transcender !) ;

3° J'ai reconnu (récemment) l'impossibilité non seulement d'exprimer mais de décrire les choses[4].

Ma démarche en est à ce point. Je puis donc soit décider de me taire, mais cela ne me convient pas : l'on ne se résout pas à l'abrutissement.

---

* *Le Mythe de Sisyphe*, d'Albert Camus, fut communiqué en manuscrit à l'auteur par l'intermédiaire de Pascal Pia.

Soit décider de publier des descriptions ou relations *d'échecs de description*.

En termes camusiens, lorsque le poème m'est pressant, c'est la *nostalgie*[5]. Il faut la satisfaire, s'épancher (ou tenter de décrire).

Naturellement je m'aperçois vite que je ne parviens pas à mes fins.

À ce moment-là, je commence à me taire.

Quand j'ai pris mon parti de l'Absurde, il me reste à publier la relation de mon échec. Sous une forme plaisante, autant que possible. D'ailleurs l'échec n'est jamais absolu.

*

Car il y a une notion qui n'intervient jamais dans l'essai de Camus, c'est celle de mesure (quand je dis jamais, c'est très faux. D'abord elle est dans l'épigraphe, où il est question du « possible » — dans certains autres passages aussi, où il reconnaît une valeur *relative* à la raison[6]). Toute la question est là. Dans une certaine mesure, dans certaines mesures, la raison obtient des succès, des résultats. De même il y a des succès *relatifs* d'expression.

La sagesse est de se contenter de cela, de ne pas se rendre malade de nostalgie.

Transposant la parole de Littré : « Il faut concevoir son œuvre comme si l'on était immortel et y travailler comme si l'on devait mourir demain[7] », l'on pourrait dire :

Il faut concevoir son œuvre comme si l'on était capable d'expression, de communion, etc., c'est-à-dire comme si l'on était Dieu, et y travailler ou plutôt l'*achever*, la limiter, la circonscrire, la détacher de soi comme si l'on se moquait ensuite de sa nostalgie d'absolu : voilà comment être véritablement un homme[8]. Lorsqu'à propos du donjuanisme Camus écrit qu'il faut épuiser le champ du possible, il sait bien pourtant que l'on n'*épuise* jamais la plus petite parcelle du champ[9].

Lorsqu'il évoque la possibilité de cinquante maîtresses, il sait bien qu'on n'en possède jamais absolument une seule.

S'il s'agit du résultat qui consiste à obtenir l'abandon momentané d'une maîtresse, comparable à celui qu'on obtient de son voisin de table en prononçant les mots : « Passez-moi du sel » (et un tel résultat suffit bien — qu'on m'entende — à justifier le langage) alors nous sommes d'accord.

C'est bien un résultat, un très important résultat. Mais il ne faudrait pas, comme il semble le faire quand il critique l'interprétation de don Juan comme un perpétuel insatisfait, laisser croire que don Juan satisfasse un besoin d'absolu. Il obtient un résultat pratique, voilà tout : 1° son propre orgasme ; 2° l'exhibition de son orgasme ; 3° l'orgasme de sa partenaire ; 4° la contemplation de cet orgasme. C'est déjà grand-chose, nous sommes d'accord.

Mais en termes camusiens la nostalgie, c'est l'amour, la communion impossible (et *permanente* encore plus impossible) des deux êtres.

Or c'est cette nostalgie qui a poussé don Juan vers telle ou telle femme.

— Mais non ! mais non ! cette nostalgie est la sublimation morbide, la bovarysation de l'instinct sexuel. Et justement don Juan est sain de ne s'y pas laisser aller.

*

En un sens, rien de plus utile que cette critique de Kierkegaard, Chestov, Husserl :

« Le but du raisonnement que nous poursuivons ici est d'éclaircir la démarche de l'esprit lorsque, parti d'une philosophie de la non-signification du monde, il finit par lui trouver un sens et une profondeur » (page 43 [10]).

J'aboutirais volontiers pour ma part, en termes camusiens, à une formule comme la suivante :

Sisyphe heureux [11], oui, non seulement parce qu'il dévisage sa destinée, mais parce que ses efforts aboutissent à des résultats relatifs très importants.

Certes, il n'arrivera pas à *caler* son rocher au haut de sa course, il n'atteindra pas l'absolu (inaccessible par définition) mais il parviendra dans les diverses sciences à des résultats positifs, et en particulier dans la science politique (organisation du monde humain, de la société humaine, maîtrise de l'histoire humaine, et de l'antinomie individu-société).

*

Il faut remettre les choses à leur place. Le langage en particulier à la sienne — (obtention de certains résultats pratiques : « Passez-moi du sel », etc.).

L'individu tel que le considère Camus, celui qui a la nostalgie de l'*un*, qui exige une explication claire, sous menace de se suicider, c'est l'individu du XIXe ou du XXe siècle dans un monde socialement absurde.

C'est celui que vingt siècles de bourrage idéaliste et chrétien ont *énervé*.

*

L'homme nouveau n'aura *cure* (au sens du *souci* heideggerien[12]) du problème ontologique ou métaphysique, — qu'il le veuille ou non primordial encore chez Camus.

Il considérera comme définitivement admise l'absurdité du monde (ou plutôt du rapport homme-monde). Hamlet, oui ça va, on a compris[13]. Il sera l'homme absurde de Camus, toujours debout sur le tranchant du problème, mais sa vie (intellectuelle) ne se passera pas à maintenir son équilibre sur ce tranchant comme l'homme-danseur de corde du XXe siècle. Il s'y maintiendra *aisément* et pourra s'occuper d'autre chose, sans déchoir.

*

Il n'aura pas d'*espoir* (Malraux[14]), mais n'aura pas de *souci* (Heidegger). Pourquoi ? Sans jeu de mots, parce qu'il aura trouvé son *régime* (régime d'un moteur) : celui où il ne *vibre plus*[15].

II

C'est surtout (peut-être) contre une tendance à l'idéologie patheuse[1], que j'ai inventé mon parti pris.

*

Pour mettre les choses au plus simple, voulez-vous que nous disions ceci :

1° Je suis (absurdement peut-être) tourmenté par un sentiment de « responsabilité civile » ;

2° Je n'admets qu'on propose à l'homme que des objets de jouissance, d'exaltation, de réveil. (« Qu'est-ce que la langue ? lit-on dans Alcuin. — C'est le fouet de l'air[2]. »)

En conséquence : pas d'étalage du trouble de l'âme (à bas les pensées de Pascal). Pas d'étalage de pessimisme, *sinon dans de telles conditions d'ordre et de beauté que l'homme y trouve des raisons de s'exalter, de se féliciter.*

Pas de romans qui « finissent mal », de tragédies, etc., *sinon...* (voir ci-dessus).

Rien de désespérant. Rien qui flatte le masochisme humain.

Bourg, printemps 1943.

III

C'est bien là que nous en étions restés avec mon pasteur[1] : où ma doctrine fait confiance à l'homme quand la sienne lui refuse à jamais toute confiance.

Et comprenez-moi : ce que je méprise, c'est cela.

Je ne sais pas comment je suis fait, mais il me semble que ceux qui forcent la créature à baisser la tête ne méritent de cette créature au moins que le mépris. Si faible soit-elle. Et d'autant plus qu'elle est plus faible.

Vous me dites que vous comprenez pourquoi je suis (*activiste**). Si je me comprends bien, ce n'est pourtant pas par goût de la brutalité, au contraire.

Mais parce que j'ai très intensément l'impression d'une « responsabilité civile », d'autant plus astreignante qu'on est plus conscient, éduqué, « intellectuel ».

---

* C'est-à-dire : *communiste*, mot interdit en 1943.

Je ne peux me concevoir que prenant parti, et je crois que ne pas prendre parti, c'est encore en prendre un (le mauvais). Je choisis donc celui qui — sur le plan de l'expérience politique — me paraît le moins mauvais. C'est tout. Une sorte de radicalisme : oui, c'est bien cela.

... Monde nouveau ? Voici pourquoi : je crois (encore ce ton messianique, ridicule vous avez raison) que l'homme sera mentalement changé du fait que sa condition sociale le sera. Mettons seulement, si vous voulez, son état psychique.

Fraternité et bonheur (ou plutôt joie virile) : voilà le seul ciel où j'aspire. Ici-haut.

Bourg, 1943.

IV

Certainement, en un sens, *Le Parti pris*, *Les Sapates*, *La Rage* ne sont que des exercices. Exercices de rééducation verbale. Cherchant un titre pour le livre que deviendra peut-être un jour *La Rage*, j'avais un instant envisagé ceux-ci : *Tractions de la langue* ou *La Respiration artificielle*[1].

Après une certaine crise[2] que j'ai traversée, il me fallait (parce que je ne suis pas homme à me laisser abattre) retrouver la parole, fonder mon dictionnaire. J'ai choisi alors le parti pris des choses.

Mais je ne vais pas en rester là. Il y a autre chose, bien sûr, plus important à dire : je suis bien d'accord avec mes amis[3].

J'ai commencé déjà, à travers le Parti pris lui-même, puis par la Lessiveuse, le Savon, enfin l'Homme[4]. La lessiveuse, le savon, à vrai dire, ne sont encore que de la haute école : c'est l'Homme qui est le but (Homme enfin devenu centaure, à force de se chevaucher lui-même...)

1° Il faut parler ; 2° il faut inciter les meilleurs à parler ; 3° il faut susciter l'homme, l'inciter à être ; 4° il faut inciter la société humaine à être de telle sorte que chaque homme soit.

Suscitation[5] ou surrection ? Résurrection. Insurrection. Il faut que l'homme, tout comme d'abord le poète, trouve sa loi, sa clef, son dieu en lui-même. Qu'il veuille l'exprimer mort et fort[6], envers et contre tout. C'est-à-dire s'exprimer. Son plus particulier (cf. le tronc d'arbre[7]). L'homme social...

(Développement) : *Il faut parler* : le silence en ces matières est ce qu'il y a de plus dangereux au monde[8]. On devient dupe de tout. On est définitivement fait, bonard. Il faut d'abord parler, et à ce moment peu importe, dire n'importe quoi. Comme un départ au pied dans le jeu de rugby : foncer à travers les paroles, malgré les paroles, les entraîner avec soi, les bousculant, les défigurant.

Puis, ne plus dire n'importe quoi. Mais dire (et *plutôt indirectement* dire) : « homme, il faut être. Société, il faut être » (et d'abord « France, il faut être »). Et cependant faire attention que les paroles ne vous repoissent pas, qui vous attendent à chaque tournant. Il faut faire attention à elles. Pas trop d'illusion qu'on les domine. Un jeu d'abus réciproque[9], voilà pour quoi *indirectement dire*.

*

Certains poètes (voir les variantes de Baudelaire : exemple typique « qui *tords* paisiblement » substitué à « qui *dors* paisiblement[10] ») n'ont qu'à moitié compris : ils ont compris combien les paroles sont redoutables, autonomes et (comme dit Valéry : « Il faut vouloir... et ne pas excessivement vouloir[11]... ») ils les laissent faire, se bornant à donner le coup de pouce pour obtenir l'arrondissement de la sphère ou de la bulle de savon (sa perfection, et son détachement, son envol[12]). Ils obtiennent ainsi un poème parfait, qui dit ce qu'il veut dire, ce qu'il a envie de dire, ce qu'il se trouve qu'il dit. Eux, ils s'en moquent. Ils n'ont ou du moins s'en vantent, rien de plus à dire.

C'est très bien ça.

Mais avec un peu d'héroïsme, de goût de la difficulté, du tour de force, on peut tenter au-delà encore. On peut malgré tout, parce qu'on y tient vraiment (et comment, homme vivant, n'y tiendrait-on pas ?) tenter d'exprimer *quelque chose*, c'est-à-dire soi-même, sa propre volonté de vivre par exemple, de vivre tout entier, avec les sentiments nobles et purs de bon petit garçon ardent qui existent en vous. Et qui contiennent toute la morale, tout l'humanisme, tout le principe d'une société parfaite.

Voilà ce que je vais tenter avec l'*Homme*.

Fronville, 14 mars 1944.

V

Je ne pense pas qu'il faille *chercher* sa pensée, plus que *forcer* son talent.

Il me paraît qu'il y a là quelque chose d'*indigne*, plus encore que de pénible ou de ridicule.

Or qu'est-ce que *penser*, sinon chercher sa pensée ? À bas donc la *pensée* !

Rien n'est bon que ce qui vient tout seul. Il ne faut écrire qu'en dessous de sa puissance[1].

(Comme on voit je me porte aussitôt aux extrémités.)

*

Bien entendu le monde est absurde ! Bien entendu, la non-signification du monde !

Mais qu'y a-t-il là de tragique ?

J'ôterais volontiers à l'absurde son coefficient de tragique.

Par l'expression, la création de la Beauté Métaphysique (c'est-à-dire Métalogique[2]).

Le suicide ontologique n'est le fait que de quelques jeunes bourgeois (d'ailleurs sympathiques[3]).

Y opposer la naissance (ou résurrection), la *création métalogique* (la POÉSIE).

*

Si j'ai choisi de parler de la coccinelle c'est par dégoût des idées. Mais ce dégoût des idées ? C'est parce qu'elles ne me viennent pas à bonheur, mais à malheur. Allez à la malheure, allez, âmes tragiques ! C'est qu'elles me bousculent, m'injurient, me battent, me bafouent, comme une inondation torrentueuse.

Ce dégoût des idées ? — « Ils sont trop verts », dit il[4].

(Non que je ne les atteigne pas, mais je ne domine pas leur cours.)

Eh bien ! Par défi, écrirai-je donc un brouillon d'ouvrage de philosophie ? Comme Edgar Poe *Euréka*, dont le plaisir était de parler d'Anabel Lee ou d'autres jeunes filles[5] ?

Non !

Si je préfère La Fontaine — la moindre fable — à Schopenhauer ou Hegel, je sais bien pourquoi[6].

Ça me paraît : 1° moins fatigant, plus plaisant ; 2° plus propre, moins dégoûtant ; 3° pas inférieur intellectuellement et supérieur esthétiquement.

Mais, à y bien voir, si je goûte Rameau[7] ou La Fontaine, ne serait-ce pas *par contraste* avec Schopenhauer ou Hegel ? Ne fallait-il point que je connusse les seconds pour goûter pleinement les premiers ?

... Le chic serait donc de ne faire que de « petits écrits » ou « Sapates », mais tels qu'ils *tiennent*, satisfassent et en même temps reposent, lavent après lecture des grrrands métaphysicoliciens[8].

*

Il semblerait dans le même sens que je dusse préférer encore (à La Fontaine, Rameau, Chardin[9], etc.) un caillou, un brin d'herbe, etc.

Eh bien ! oui et non ! Et plutôt non ! Pourquoi ?

Par amour-propre humain. Par fierté humaine, prométhéenne.

J'aime mieux un objet, *fait de* l'homme (le poème, la création métalogique) qu'un objet sans mérite de la Nature.

Mais il faut qu'il soit seulement descriptif (je veux dire sans intrusion de la terminologie scientifique ou philosophique). Et descriptif si bien qu'il me reproduise l'objet par le compos des qualités extraites, etc.

Bourg, 1943[10].

VI

Vous me demandez, dirai-je à C., de devenir philosophe[1].

Mais non, je n'en tiens pas pour la confusion des genres. Je suis artiste en prose (?)

Vous dirais-je — lui murmurerai-je insidieusement — que la philosophie me paraît ressortir à la littérature comme l'un de ses genres... Et que j'en préfère d'autres. Moins volumineux. Moins tomineux. Moins volumenplusieurstomineux[2]...

Reste qu'il faut que je reste *in petto* philosophe, c'est-à-dire digne de plaire à mes professeurs de philosophie, quoique persuadé de l'absurdité de la philosophie et du monde, pour rester un bon littérateur, pour vous plaire... j'en conviens et j'y tâcherai.

*

Oui, le Parti pris naît à l'extrémité d'une philosophie de la non-signification du monde[3] (et de l'infidélité des moyens d'expression).

Mais en même temps il résout le tragique de cette situation. Il dénoue cette situation.

Ce qu'on ne peut dire de Lautréamont, ni de Rimbaud, ni du Mallarmé d'*Igitur*, ni de Valéry.

Il y a dans *Le Parti pris* une déprise, une désaffection à l'égard du casse-tête métaphysique... *Par création* HEUREUSE *du métalogique*.

*

« Calmes blocs ici-bas chus d'un désastre obscur[4] », peut-être mais ne le disant jamais. Disant seulement les *calmes* blocs, et leur *permanence*[5].

*

Ceci aussi : je suis persuadé qu'il faut écrire en dessous de sa puissance.

Ne pas chercher sa pensée en écrivant.

Penser d'abord sans doute… Écrire beaucoup plus tard ensuite.

Laisser rouler du haut de la montagne.

Et en somme, d'abord, moins encore *avoir pensé* qu'*avoir été*[6].

1943.

VII

« Elle décrit parce qu'elle échoue » (Lettre de C.[1]). — Échoue à quoi ? — à expliquer le monde ? Mais elle n'y tendait pas !

Toute tentative d'explication du monde tend à décourager l'homme, à l'incliner à la résignation. Mais aussi toute tentative de démonstration que le monde est inexplicable (ou absurde).

Je condamne donc *a priori* toute métaphysique (pardonnez le côté bouffon d'une telle déclaration). Le souci ontologique est un souci vicieux. Du même ordre que le sentiment religieux, etc.

Et (je condamne) plus encore tout jugement de valeur porté sur le Monde ou la Nature.

Dire que le Monde est absurde revient à dire qu'il est inconciliable à la raison humaine[2].

Cela ne doit amener aucun jugement ni sur la raison (impuissante) ni sur le monde (absurde).

Le Triomphe de la raison est justement de reconnaître qu'elle n'a pas à perdre son temps à de pareils exercices, *qu'elle doit s'appliquer au relatif*.

De quoi s'agit-il pour l'homme ?

De vivre, de continuer à vivre, et de vivre heureux.

L'*une* des conditions est de se débarrasser du souci ontologique (une autre de se concevoir comme animal social, et de réaliser son bonheur ou son ordre social[3]).

Il n'est pas tragique pour moi de ne pas pouvoir expliquer (ou comprendre) le Monde.

D'autant que mon pouvoir poétique (ou logique) doit m'ôter tout sentiment d'infériorité à son égard.

Puisqu'il est en mon pouvoir — métalogiquement — de le *refaire*.

Ce qui seulement est tragique, c'est de constater que l'homme se rend malheureux à ce propos.

Et s'empêche par cela même de s'appliquer à son bonheur relatif (certains savent bien cela — et en usent…)

*

Vous me dites que je fais consentir au mutisme par une science prestigieuse du langage[4].

Peut-être au *mutisme quant* à un certain nombre de sujets…

Mais non au mutisme absolu. Car, bien au contraire, toute mon œuvre tend à prouver qu'il faut parler, *résolument*.

Quant à la métaphysique de la pierre (« indifférence » et « renoncement total ») ou à l'immobilité de la végétation… Oui, mais ce ne sont là que *qualités-parmi-d'autres*.

« L'objet, dites-vous encore, est l'imagerie dernière du monde absurde[5]… » Mais il ne figure pas seulement certains sentiments ou certaines attitudes. Il les figure toutes : un nombre immensément varié, une variété infinie de qualités et de sentiments possibles[6].

(« *De varietate rerum* » : G.[7] me disait que j'aurais pu ainsi intituler mon livre mieux que *De natura* seulement.)

La « beauté » de la nature est dans son *imagination*, cette façon de pouvoir sortir l'homme de lui-même, du manège étroit, etc. *Dans son absurdité même…*

Le Freudisme, l'Écriture automatique, le Sadisme, etc. ont permis des découvertes.

Scruter les objets en permet bien d'autres.

« Nostalgie de l'Unité », dites-vous…

— Non : de la variété[8].

*

Enfin, sur le point de savoir si je dois exprimer cela philosophiquement.

Mais ma théorie même (?) me fournit la réponse.

Je n'ai pas de temps à perdre, de douleurs, de marasme, à prêter à l'ontologie… tandis que je n'ai pas assez de temps pour scruter les objets, les refaire, en tirer qualités et jouissances...

Une question : si vous aviez lu naïvement *Le Parti pris*, sans me connaître *du tout*, pensez-vous que vous y auriez attaché de l'importance, ou même que vous l'auriez vraiment *lu* ?

Vous aurait-il accroché ? (P.⁹ m'écrivait récemment encore : « Aussi *pris* que la première fois. »)

Cela est essentiel pour moi.

Car si votre réponse est affirmative, alors plus aucun *devoir* pour moi de m'expliquer autrement...

(Or seulement un certain sentiment du devoir me pourrait faire passer outre aux ennuis et aux difficultés de cette *bonne-œuvre*.)

1ᵉʳ février 1943 dans le train.

VIII

Nous ferons une œuvre classique (le choix de parler et d'écrire — et d'écrire selon les genres) mais *après avoir dit pourquoi* (Boileau¹).

*

Pourquoi c'est seulement par la littérature littérante² qu'on peut choisir de vivre :

On pourrait, semble-t-il, choisir d'être un bon bourgeois, un bon artisan, maire de sa commune, etc., ou roman-feuilletoniste comme Jules Mary ou marchand de n'importe quoi comme son ami Rimbaud*³.

Mais non, car cela est *insignifiant*, peut prêter à confusion : l'expérience l'a bien montré.

Seule la littérature (et seule dans la littérature celle de description — par opposition à celle d'explication — : parti pris des choses, dictionnaire phénoménologique, cosmogonie) permet de jouer le grand jeu : de refaire le

---

* Rimbaud : j'estime que tout ce que dit C. de mon échec signifié par ma maîtrise est vrai *d'abord*, ou vrai *plutôt* de Rimbaud.

monde, à tous les sens du mot *refaire*, grâce au caractère à la fois concret et abstrait, intérieur et extérieur du VERBE, grâce à son épaisseur sémantique.

Ici Camus et moi nous rejoignons Paulhan.

*

Différence entre expression et connaissance (voir texte de moi à ce sujet dans *Le Carnet du Bois de pins, in fine*), — et texte de C. dans sa lettre à moi au sujet du *Parti pris*[4]).

À la vérité, expression est plus que connaissance; écrire est plus que connaître[5]; au moins plus que connaître analytiquement: c'est *refaire*.

*

C'est, sinon reproduire la chose: du moins produire *quelque chose*, un objet de plaisir pour l'homme.

*

Je choisis[6] avec calme l'ordre, mais l'ordre nouveau, l'*ordre futur*, actuellement persécuté… et qui supporte cette persécution avec la plus magnifique *froideur*.

*

Quand je vous disais qu'il s'agissait pour nous de sauver *du suicide* quelques jeunes hommes, je n'étais pas complet[7]: il s'agit aussi de les sauver de la *résignation* (et les peuples de l'inertie).

Notre devise doit être:

« Être ou ne pas être ? » — « ÊTRE RÉSOLUMENT ».

*

Mon titre (peut-être): *La Résolution humaine*, ou *Humain, résolument humain*[8] ou *Homme, résolument*.

Février 1943.

IX

L...[1] est venu l'autre jour. Je lui ai montré les *Proêmes* (premier livre[2]). Ce que j'en ai dit de mieux c'est, à la fin, qu'il y aurait honte pour moi à publier cela.

Ce sont vraiment mes *époques*, au sens de menstrues (cela, je ne l'ai pas dit). En quoi les menstrues sont-elles considérées comme honteuses : parce qu'elles prouvent que l'on n'est pas enceint (de quelque œuvre).

Oui, mais, en même temps, elles prouvent que l'on est encore capable d'être enceint. De produire, d'engendrer.

Quand je ne serai plus capable de ces saignées critiques, plus astreint à ces hémorragies périodiques, il est à craindre que cela signifie que je ne suis plus capable non plus d'aucune œuvre poétique...

Réfléchir[3] à ceci et se renseigner pourquoi la femme (comment l'explique-t-on ?) est (l'est-elle ?) le seul mammifère femelle soumis à ces « règles[4] ».

Le défaut de ce genre d'écrits, c'est que je m'y montre trop sérieux, trop shinssèhre... Cela diminue la grandeur de mon personnage. Ma seule expression sincère, valable, à propos du monde autour de nous et en nous, est celle-ci : « Nous sommes trop loin de compte... »

Alors je décris, par rage froide, parce qu'il faut bien faire quelque chose, prendre quelque pose, sous peine de mort ou de folie immédiates (ou à brève échéance).

Or, il se trouve que j'y ai trouvé des ressources — et des ressources de joie. — À tel point que j'ai failli m'y prendre !

*

Autre chose. Nous avons parlé de partiprisme. Et alors L... (comme, pas tout à fait comme, T... jadis[5]) m'a demandé si ça ne me gênait pas de pouvoir ainsi décrire à perpétuité, à jet continu. Et il a semblé souhaiter que je rencontre une modification de ma manière (vers l'*épique*, car il y a tendance et le considère en conséquence comme au sommet de la prétendue hiérarchie des genres[6]... mais moi je préfère, et de beaucoup, une fable de La Fontaine à n'importe quelle épopée). A semblé souhaiter que j'aboutisse dans mon travail de *L'Homme* (je lui ai parlé aussi de *La Femme et Odette*[7]).

À ce propos, je peux dire que cela m'agace un peu, cette façon de me lancer l'homme dans les jambes, et j'ai envie d'expliquer pourquoi l'*homme* est en réalité le contraire de mon sujet.

En gros, voici : si j'ai un dessein caché, second, ce n'est évidemment pas de décrire la coccinelle ou le poireau ou l'édredon[8]. Mais c'est surtout de ne pas décrire l'homme.

Parce que :

1° *l'on* nous en rebat un peu trop les oreilles ;
2° etc. (la même chose à l'infini).

Fronville, 1943.

X

L'expression est pour moi la seule ressource. La rage froide de l'expression.

*

C'est aussi pour vous mettre le nez dans votre caca, que je décris un million d'autres choses possibles et imaginables.

Pourquoi pas la serviette-éponge, la pomme de terre, la lessiveuse, l'anthracite[1] ?
... Sur tous les tons possibles.

Dans ce monde avec lequel je n'ai rien de commun, où je ne peux rien désirer (nous sommes trop loin de compte), pourquoi ne commencerais-je pas, arbitrairement... etc.

Ah ! vous êtes lion, superbe et généreux[2] ! Eh bien ! mon ami, je vais vous montrer tout ce qu'on peut être d'autre, aussi légitimement[3]...

La ridiculisation de l'expression… La poésie, la morale ridiculisées…

Exemples de tout ce qu'on peut mettre au monde en poésie, en morale, si l'on y tient.

1943.

III. NOTES PREMIÈRES
DE « L'HOMME »

L'homme religieux de son propre pouvoir...

*

L'*homme physiquement* ne changera sans doute pas beaucoup (si l'on peut concevoir pourtant certaines modifications de détail : une plus complète atrophie des orteils par exemple, une disparition presque totale du système pileux). Nous pouvons donc le décrire. De là nous passerons à autre chose[1].

*

Ce ne serait dire que trop peu de l'homme que décrire seulement son corps. Car la caractéristique de l'homme, quelles que soient les particularités de son corps (nous en parlerons brièvement tout à l'heure), est d'être déterminé — ou dominé — par tout autre chose que les nécessités de la bonne santé ou de la perpétuation de ce corps.

*

Du visage. Qu'est-ce que le visage de l'homme ou des animaux ? C'est la partie antérieure de la tête. Où sont réunis les organes des sens principaux, avec l'orifice buccal. C'est là que se lisent les sentiments. De là que s'extériorisent la plupart des expressions.

Un corps animal sans visage ne se conçoit pas beaucoup mieux qu'un corps animal sans tête.

C'est, dit-on, la fenêtre de l'âme (les yeux). Les yeux pourtant ne sont pas des fenêtres. Mais des sortes de périscopes. Par eux la lumière n'entre pas dans le corps[2].

*

L'*on* ne peut s'approcher de l'homme, l'esprit de l'homme ne peut s'approcher de l'idée de l'homme, qu'avec respect et colère à la fois. L'homme est un dieu qui se méconnaît.

*

Insouciance. L'homme ignore à peu près tout de son corps, n'a jamais vu ses propres entrailles ; il aperçoit rarement son sang. S'il le voit, il s'en inquiète. Il n'est autorisé par la nature à connaître que la périphérie de son corps. Qu'ai-je là-dessous ? se dit-il en regardant sa peau. Il ne peut que l'inférer en se rapportant aux livres et figures, à son imagination, à sa mémoire. Il ne suppose rien de lui-même que d'après ses observations sur ses semblables. Mais son propre corps, jamais il ne le connaîtra. Rien de lui demeure plus étranger.

Sa curiosité en ces matières est punie de graves souffrances.

Reconnaissons d'ailleurs qu'il n'en a cure. Rien n'est plus flagrant (ni plus étonnant) que la faculté de l'homme de vivre tranquillement en plein mystère, en pure ignorance de ce qui le touche au plus près, ou le plus gravement.

*

Reconnaissons-le : l'homme s'en moque. Il semble avoir constamment autre chose à faire qu'à s'occuper de son propre corps.

L'homme n'a aucune curiosité, ni aucun amour de son corps, de ses parties. Au contraire il montre une assez étrange indifférence à leur égard.

*

L'homme tient mieux debout que le plus anthropoïde des singes. Il a fini de se redresser.

L'on ne peut assurer pourtant qu'il ait tout à fait achevé son évolution physique. Certains indices au contraire, semblent prouver, etc.

(Je ne le prends pas d'assez haut.)

*

Il faut remettre l'homme à sa place dans la nature : elle est assez honorable. Il faut replacer l'homme à son rang dans la nature : il est assez haut.

*

L'homme juge la nature absurde, ou mystérieuse, ou marâtre. Bon. Mais la nature n'existe que par l'homme. Qu'il ne s'en rende donc pas malade.

Qu'il se félicite plutôt : il dispose de moyens pour :

1º s'y tenir en équilibre : l'instinct (semblable à celui de ces magots à cul de plomb qui se redressent toujours), la science, la morale (c'est-à-dire l'art de la santé physique et mentale) ;

2º l'exprimer, la réfléchir, se défaire de tout complexe d'infériorité à son égard : la littérature, les arts.

*

L'homme est jusqu'à présent un animal social pas beaucoup plus policé que les autres (abeilles, fourmis, termites, etc.). Plutôt moins. Pourtant il semble à certains indices, etc.

Il a sorti de lui-même l'idée de Dieu. Il faut qu'il la réintègre en lui-même.

*

« Je suis venu au monde avec ce corps, pense l'homme : je ne peux pas dire qu'il m'encombre, il m'est bien utile. Non, il ne m'encombre pas exagérément, il m'incombe[3] au minimum. Mais vraiment je n'éprouve pour lui aucun sentiment d'attachement ou de fidélité, voire de curiosité. Tel est-il ? — Bon ! Ainsi soit-il ! Je ne m'en occuperai pas davantage. Allons notre chemin. »

Il n'en veut à son corps que lorsqu'il l'oblige à perdre son temps avec lui.

Curieuse insouciance...

D'une façon générale, l'insouciance de l'homme n'a pas fini de nous étonner.

Disons qu'elle est au moins *remarquable* (sinon admirable) ; certainement un trait caractéristique de l'homme.

L'homme *est* intrépidité et progrès. Il va de l'avant avec gaieté, enthousiasme, courage. Il a le sentiment d'avoir essentiellement quelque chose à découvrir. Il procède à peu près comme ces insectes qui battent incessamment des antennes, aveugles qu'ils sont au milieu d'un mystère géographique total.

Ainsi l'homme est-il curieux plutôt de son entourage que de lui-même. Du monde, de ses accidents, de ses ressources. Il tend à s'y promener à toutes les allures possibles (et à l'aise) — à le détruire — à le recomposer.

*

Traitant de l'homme, le jeu consiste non à découvrir à propos de lui des vérités nouvelles ou inédites : c'est un sujet qui a été fouillé jusque dans ses recoins (?). Mais à le prendre de haut et sous plusieurs éclairages, de tous les points de vue concevables. À en dresser enfin une statue solide : sobre et simple.

La difficulté consiste dans le recul à prendre. Il faut s'en détacher, gagner assez de recul et pas trop.

Ce qui n'est déjà pas facile. Il vous attire (il attire l'auteur, la parole, le porte-plume) comme un aimant. Il vous recolle à lui, il vous absorbe comme un corps tend toujours à absorber son ombre. L'ombre d'ailleurs ne parvient jamais à se détacher du corps, ni à donner de lui une représentation qui ne le déforme aucunement...

*

Le caillou, le cageot, l'orange : voilà des sujets *faciles*. C'est pourquoi ils m'ont tenté sans doute. Personne n'en avait jamais rien dit. Il suffisait d'en dire la moindre chose. Il suffisait d'y penser : pas plus difficile que cela.

Mais l'homme, me réclame-t-on...

L'homme a fait — à plusieurs titres — le sujet de millions de bibliothèques.

Pour la même raison que personne n'a jamais parlé du caillou, personne qui n'ait parlé de l'homme. On n'a parlé de rien, sinon de lui.

Pourtant l'on n'a jamais tenté, — à ma connaissance — en littérature un sobre portrait de l'homme. Simple et complet. Voilà ce qui me tente. Il faudra dire tout en un petit volume... Allons ! À nous deux !

*

L'homme est un sujet qu'il n'est pas facile de disposer, de faire sauter dans sa main. Il n'est pas facile de tourner autour de lui, de prendre le recul nécessaire. Le difficile est dans ce recul à prendre, et dans l'accommodation du regard, la mise au point.

Pas facile à prendre sous l'*objectif*.

*

Comment s'y prendrait un arbre qui voudrait exprimer la nature des arbres ? Il ferait des feuilles, et cela ne nous renseignerait pas beaucoup[4].

Ne nous sommes-nous pas mis un peu dans le même cas ?

*

L'*homme* (comme espèce) se maintient par des vibrations[5] continues, par une multiplication incessante des individus. Voilà peut-être l'explication de la multiplication des individus de même type dans l'espèce : l'espèce maintient son *idée* à la faveur de cette multiplication, elle s'en rassure...

*

La notion de l'homme est proche de la notion d'équilibre.

Une sorte de ludion.

Fantastiquement hasardeux, insouciant.

(Cf. le somnambule qui ne tombe pas du toit — le dieu

qui évite aux ivrognes... — l'instinct qui fait que l'homme ne choisit pas de traverser les ponts plutôt dans le sens de la largeur, etc.)

Entre deux infinis, et des milliards de possibles, un ludion...

*

L'homme et son appétit d'absolu — sa nostalgie d'absolu (Camus) : Oui, c'est une caractéristique de sa nature. Mais l'autre, moins remarquée, est sa faculté de vivre dans le relatif, dans l'absurde (mais cela n'est jugé absurde que par volonté[6]).

Le pouvoir du sommeil : récupération, — la distraction, la *récréation*.

Il faut que je relise Pascal (pour le démolir[7]).

Qu'est-ce que cet appétit d'absolu ? Un reliquat de l'esprit religieux. Une projection. Une extériorisation vicieuse.

Il faut réintégrer l'idée de Dieu à l'idée de l'homme.

Et simplement vivre.

*

Une certaine vibration de la nature s'appelle l'homme.

*

Vibration : les intermittences du cœur[8], celles de la mort et de la vie, de la veille et du sommeil, de l'hérédité et de la personnalité (originalité).

*

Mouvements browniens[9].

*

Une des décisions de la nature, ou des résultats (une des coagulations fréquentes) de la nature est l'homme. Une de ses réalisations (la nature s'y réalise).

Influx de vie dans les proportions choisies. Symétrie du corps de l'homme. Complexité intime. Mais la nature se réalise entièrement sans doute dans chacune des coagulations qu'elle réussit.

*

— « Non, l'homme décidément m'est beaucoup trop imposant pour que j'en puisse parler ! Il y a trop de choses à en dire, et ce sujet m'impose trop de respect. C'est un sujet trop touchant et trop vaste. Il me décourage... »

*

Pour prendre des notes sur l'homme, j'ai choisi d'instinct un cahier assez extraordinairement plus haut que large : on voit assez pourquoi.

*

C'est à un homme simple que nous tendrons. Blanc et simple. Nouveau classicisme.
À partir du plus profond et du plus noir (où les précédents siècles nous ont engagés).
À sortir des brumes et des fumées religieuses et métaphysiques, — des désespoirs...

*

Puisque c'est un sujet si difficile, nous n'en dirons qu'*une chose* : cette faculté d'équilibre, ce *pouvoir vivre* entre deux infinis, et ce qui résulte moralement de la prise de conscience, du dégagement de cette qualité.

*

Rabaissant les yeux depuis le ciel étoilé jusqu'à moi, jusqu'à l'homme, je suis frappé de l'opiniâtreté que je montre à vivre.
Me concevoir un si petit rôle et vouloir le remplir !
Mais, surtout, comment puis-je perdre la conscience du côté mesquin de ce petit rôle ? Par quelle heureuse inconscience le joué-je sérieusement ?
C'est qu'il faut bien vivre.

Et que tout n'est qu'une question de niveau, ou d'échelle.

*

Cet homme sobre et simple, qui veut vivre selon sa loi, son équilibre heureux, sa densité propre de ludion — il se forge dans la tuerie actuelle (ou plutôt c'est sa dernière épreuve, son dernier feu de forge après des siècles d'une longue ferronnerie).

Il s'y forge comme il se forge aussi dans l'esprit de quelques hommes, dont moi qui m'occupe *à la fois* de sa rédemption sociale et de la rédemption des choses dans son esprit[10].

*

Le Parti pris des choses, *Les Sapates* sont *de* la littérature-type de l'après-révolution.

*

L'*Homme* est à venir. L'homme est l'avenir de l'homme.

*

« *Ecce homines* » (pourra-t-on dire plus tard...) ou plutôt non : *ecce* ne voudra jamais rien dire de juste, ne sera *jamais* le mot juste.

Non pas *vois (ci)* l'homme, mais *veuille* l'homme.

1943-1944.

IV. LE TRONC D'ARBRE

Puisque bientôt l'hiver va nous mettre en valeur
Montrons-nous préparés aux offices du bois

Grelots par moins que rien émus à la folie
Effusions à nos dépens cessez ô feuilles
Dont un change d'humeur nous couvre ou nous dépouille
Avec peine par nous sans cesse imaginées
Vous n'êtes déjà plus qu'avec peine croyables

Détache-toi de moi ma trop sincère écorce
Va rejoindre à mes pieds celles des autres siècles

De visages passés masques passés public[1]
Contre moi de ton sort demeurés pour témoins
Tous ont eu comme toi la paume un instant vive
Que par terre et par eau nous voyons déconfits
Bien que de mes vertus je te croie la plus proche
Décède aux lieux communs tu es faite pour eux
Meurs exprès De ton fait déboute le malheur
Démasque volontiers ton volontaire auteur...

Ainsi[2] s'efforce un arbre encore sous l'écorce
À montrer vif ce tronc que parfera la mort.

Dans l'atelier de « Proêmes »

[FRONTISPICE
DE L'ÉDITION ORIGINALE]

PLUS-QUE-RAISONS

Indépendamment des deux poings qu'il fera bien d'ailleurs d'armer à la dernière mode, il n'est point d'homme qui n'ait son petit couteau entre les dents[1]. Beaucoup ne savent point s'en servir. Quoi d'étonnant que ceux qui bafouillent, qui chantent ou qui *parlent*, reprochent à *la* langue ne savoir rien faire de propre ? Les gens de talent[2] et moi nous n'avons garde de nous en étonner. Il ne s'agit pas plus de parler que de chanter. Traitée[3] d'une certaine façon la parole est certainement une façon de sévir. Il s'agit d'en faire l'instrument d'une volonté morale sans compromission — sans hésitation ni murmure. Il s'agit de vouloir. Il s'agit d'avoir plus besoin de parler que de bien parler... etc. Les deux poings liés derrière le dos ou occupés à quelque occupation nécessaire et sordide, ce qui est la même chose, Mozart piqua du nez une note médiane sur le piano. Il en est ainsi de la parole. On peut être tranquille qu'elle rendra un son, si elle est conçue comme une arme etc.

[FEUILLETS ÉCARTÉS DE LA VERSION DÉFINITIVE DE « PAGES BIS »]

Au moins aussi unique, aussi irremplaçable que la méthode du Parti pris des choses, est la leçon de l'histoire de mon esprit, et aussi (également) celle (la leçon) de ma « personnalité » : mon attitude envers la gloire, en particulier. Mon cheminement héroïque par les défilés les plus étroits, les rocs les plus abrupts (ascension), sans pourtant rien abandonner du siècle (tour à tour, étudiant brillant, gigolo, homme du demi-milieu, homme à grandes passions, dilettante sans argent (cafés à femmes, dancings, boîtes de nuit, tripots, champs de course ; je connais cela comme ma poche) — employé de bureau, militant politique et syndicaliste — soldat — chômeur, agent d'assurances — journaliste. Paris — la Province, la Campagne, etc.

Et à travers tout cela une vie monastique (les bois de pins du Chambon, la chambre du Bd Port-Royal, le Grau-du-Roi, les 20 minutes par jour du temps de chez Hachette, la salle à manger glaciale de Roanne, le petit bureau meublé de Bourg-en-Bresse, etc : *mes ateliers*) toute de longues méditations *élémentaires*. En quoi ont-elles consisté, somme toute ? À me dresser en haute-école, moi poulain de grande classe, qui aurais pu gagner tranquillement toutes les courses. À justifier mon non-engagement dans ces courses, ma paresse, ma négligence. À me torturer, contorsionner, assouplir. Tout m'était donné (mes *premiers* écrits ont été *aussitôt* publiés par Rivière. Paulhan disait alors à tout le monde que j'étais le plus grand poète vivant. Gide : « rien n'empêche le génie » etc.) : je n'en ai pas voulu. Trop facile.

Ce qui ne m'était pas donné, j'ai voulu m'en emparer à droite et à gauche chez les gens à révélation : en musique chez Bach, Mozart, Rameau, Satie, Stravinsky — Paulhan, les Surréalistes, les activistes, Proust, la revue Nègre, les petits maîtres, la peinture.

Ce qui m'était donné, certains me le confirmerait *[sic]* (en musique Schumann) ; à la fois Voltaire, Malherbe et Chateaubriand, Rimbaud, Lautréamont, Mallarmé, Gide et Barrès, Claudel...

Plongeons entre temps dans la matière, l'amour, le sommeil, la vie brutale... etc.

Ressorties éveillées, et même émerveillées...

Et toujours repêtri en pâte brute (grosse)

Au point de vue personnalité (pour moi), c'est très certainement très réussi : forte pâte, peut-être un peu trop nouée (fougasse), pas assez levée...

Mais il y a quelque chose qui est manqué, c'est mon œuvre... Je veux dire la *présentation* de mon œuvre, de mes œuvres.

Je pense parfois qu'il suffirait que je m'amène un jour en taxi chez Gaston Gallimard avec tous mes manuscrits, ou qu'il vienne passer deux heures chez moi, pour qu'il se convainque qu'il peut sans aucun risque — étant donné cette mine, ce trésor, cette accumulation de richesses pendant 20 ans), m'entretenir à raison de 4 ou 5 mille francs par mois...

Puis on organiserait l'exploitation de ça, par l'édition de luxe avec gros lancement... et le résultat serait *magnifique*.

Mais il faudrait qu'on s'en occupe sérieusement pendant quelque temps (ensuite cela irait tout seul), qu'on s'y applique.

Et cela je crois que j'ai bien mérité tout de même ! Pendant 20 ans, je n'ai pas été très encombrant ! D'aucuns disent que j'ai été héroïque.

Alors que ceux-là m'aident (étude de Paulhan, étude Groethuysen, étude d'Éluard, étude de Camus, étude de Sartre)... et que les éditions fassent l'effort utile.

Bourg, 7 février 1943.

DES CRISTAUX NATURELS

[Le recueil contient trois pièces. « Des cristaux naturels » a été repris dans Le Grand Recueil, *II.* Méthodes, *p. 632-633. « L'Atelier » a été repris dans* Le Grand Recueil, *III.* Pièces, *p. 759-762, puis dans* L'Atelier contemporain *(voir t. II de la présente édition). « Svlptvre » a été repris dans* Le Grand Recueil, *I.* Lyres, *puis dans* L'Atelier contemporain *(voir t. II de la présente édition, où il figurera).]*

LA SEINE

© *Éditions La Guilde du livre, Lausanne, 1950.*

LA SEINE[1]

Connaissons bien de quelle difficulté à se promettre notre onde en premier lieu sourcille[2]...

À l'instant même où de ses *douix* profonds, — lesquels ne sont que sources vauclusiennes[3], un peu plus nordiques seulement —, le premier flot de notre *Seine* par ces mots déjà abondant et nourri prend son cours, comme un frisson à rebours la conscience l'effleure de l'insolite présomption de notre part qu'aura été, non tellement d'avoir choisi un objet liquide, ni même liquide fluent, un fleuve, — nous le savons assez, notre ressource est infinie —, mais bien d'avoir parmi les fleuves, choisi la Seine.

Emporté, en effet, par l'enthousiasme naturel aux poètes lorsqu'ils sont pleins d'un nouvel amour — pour nous ce nouvel amour n'étant autre chose que le liquide lui-même —, il se peut bien que nous donnions cours à une onde trop turbulente pour qu'elle rende justement compte de cette rivière-là.

Impatient, au surplus, comme toute rivière, de nous rendre incontinent à la mer, et bien plus encore qu'aucune pressé d'ailleurs par le temps, comment trouverions-nous aussitôt notre profil d'équilibre, notre lenteur, notre miroitement ?

Mais sans doute devions-nous être choisi pour cette difficulté même...

Car le refroidissement en nous du génie de cette civilisation très ancienne qui s'abreuve et fleurit précisément sur ces bords, quelque expérience aussi de la naïveté du désordre pourront ralentir peut-être et aplanir à mesure ces flots de l'inspiration.

Par ailleurs, de quelque façon que dans un écrit trop rapide s'arrangent d'eux-mêmes les mots, leur miroitement enfin sans doute devra se produire, puisqu'il s'agit de mots comme ceux que j'emploie : par un long usage sur toutes leurs faces déjà frottés et polis.

De loin s'en faut pourtant qu'un tel espoir nous acquitte de surveiller sans relâche la contention de notre flux.

*

Mais sapristi, il est cinq heures… Et que devient la Marquise ? — Monsieur, elle vient de sortir[4]. — Pour se promener donc du côté de la Seine ? — Du côté de la Seine dans un autre ordre d'idées…

Eh bien, elle n'y trouve pas trop de changements. Toujours la même satisfaction, qu'elle ne sent pas du tout le besoin de définir.

Cette Seine lui appartient, en somme, comme n'importe quelle rue de Paris.

Bien qu'elle n'en sache pas grand-chose — et peut-être pour cette raison —, elle la regarde d'un œil assez tendre, avec un certain amour.

Voici[5] donc un fleuve célèbre, familier à la fois et célèbre, comme tant de choses à Paris. Un peu plus qu'autre chose aimable, peut-être parce que plus vivant.

Les poètes en ont dit du bien (dans le même ordre d'idées…).

D'ailleurs, une rivière commode : on la traverse aisément. Combien y a-t-il de ponts à Paris ?

Mais où donc prend-elle sa source ? Je ne m'en souviens plus très bien. Pas très loin d'ici, en tout cas. Et la mer, où elle se jette, n'est pas trop loin dans ma pensée non plus.

Tout est bien. Au revoir donc, à demain, chère Seine. Nous nous sommes fort bien comprises. Peut-être ai-je un peu trop réfléchi aujourd'hui, mais cette brève confrontation me fait toujours du bien.

Demain, nous aurons encore changé de robe, mais c'est toujours imperceptiblement. Et nous n'en portons jamais de tapageuses.

Ton flot est presque toujours très tranquille. Au point que je le trouve parfois un peu lent.

Quand il devient plus rapide, que tu bouillonnes, c'est à la fin de l'hiver, au printemps : je n'ai aucune peine alors, je t'assure, à te trouver en moi des raisons.

Grossis, grossis donc, ma chère. Il s'en trouvera quelques lignes dans les journaux. Ce seront tes jours impurs[6], comme ils disent. J'en serai bien contente pour toi. Contente, sans la moindre inquiétude. Ah ! De nous inquiéter plaise au ciel, ma chère, qu'il ne nous pleuve d'autres raisons...

Dans le même ordre d'idées, ou presque, la Seine, comme à la Marquise de Cinq Heures (ou comme Elle, enfin, mais pas plus), appartient au géographe, à son concierge, à l'historien, au marinier, au pêcheur, au poète, à tout Français, au touriste, au philosophe — à l'écolier, qu'il soit blanc ou noir, aussi.

Et toi, cher abonné de la Guilde*, sans doute en as-tu ton idée...

Pourtant, considère ta chance, — pour peu que la Seine (comment m'y prendre ?) au cours de ce livre entre dans le jeu...

(Pour polir seulement les quelques pages qui précèdent, il m'y faudrait revenir cent fois.)

*

Si je veux donner d'abord de la Seine une définition provisoire qui ne heurte indéfiniment personne, mais contourne plutôt les difficultés pour passer sous les arches du pont selon la pente régulière des esprits[8], enfin qui ne se gonfle pas exagérément au-dessus du niveau de l'époque, je dirai que l'on nomme ainsi de nos jours ce cours perpétuel d'eau froide qui traverse lentement Paris.

Ainsi ne devras-tu m'en vouloir, cher lecteur, si c'est dans le continuel, dans le lent, le fade et le froid que je te plonge. Ni non plus si, adoptant un genre proche du discours, j'en fais assez loin remonter la source.

J'examinerai d'abord comment mon esprit s'est trouvé

---

* Ce texte a été écrit en 1947 à la demande de la Guilde du Livre à Lausanne, qui l'a édité en 1950, illustré de photographies de Maurice Blanc. Il y est jonglé, en plusieurs endroits, avec des expressions, parfois des paragraphes entiers, pris d'ouvrages savants, notamment de Darmois ou d'Emmanuel de Martonne[7].

amené à s'appliquer à un tel sujet, ou pour mieux dire, pendant une certaine période, à s'y confondre (ou morfondre).

Ayant enfin, malgré beaucoup d'occupations et de traverses, malgré aussi toutes sortes d'engagements de la personne entière auxquels nous forcèrent les batailles de ce temps (et quel homme joignant à la moindre clairvoyance le moindre courage, aurait pu au mépris de lui-même s'en dispenser[9] ?), — ayant donc, ne serait-ce que provisoirement, ainsi pu arranger ma vie, — je ne fais plus depuis quelque temps, tu le sais, cher ami, profession que de penser et d'écrire.

Et plutôt même, si tu acceptes en ces matières la plaisanterie, plutôt que de penser, d'écrire.

Tu le sais aussi, il m'est naturel (et à vrai dire je ne puis faire autrement) pour penser et pour écrire, de m'appuyer sur les choses extérieures.

Si bien qu'il a pu, après tout, me paraître raisonnable de borner mon ambition à un recensement et à une description à ma manière de ces choses extérieures.

Non que je quitte pour autant l'homme : tu me ferais pitié de le croire. Mais sans doute m'émeut-il trop, à la différence de ces auteurs qui en font le sujet de leurs livres, pour que j'ose en parler directement. Il suffit ! J'ai pu m'en expliquer ailleurs[10]. Pourtant ce trouble où me met l'homme permet aussi de comprendre mon choix et mon comportement parmi les objets extérieurs. Si mon esprit s'est appliqué d'abord aux objets solides, sans doute n'est-ce pas par hasard. Je cherchais un étai, une bouée, une balustrade. Plutôt donc qu'un objet liquide ou gazeux devait bien me paraître propice un caillou, un rocher, un tronc d'arbre, voire un brin d'herbe, et enfin n'importe quel objet résistant aux yeux par une forme aux contours définis, et aux autres sens par une densité, une compacité, une stabilité relatives également indiscutables. Les sens de l'homme et la densité relative de son corps font ici, serait-ce inconsciemment, office de critères. Mais enfin l'homme voit aussi les liquides, il les éprouve par tous ses sens, que les gaz aussi bien affectent. Il me fallait donc y venir. Du moins à partir du moment où d'avoir pu moi-même me prouver au monde, et non seulement par ma propre rencontre dans les miroirs, ou par quelque expérience bien certaine d'une persévérance dans mon identité (c'est ici un domaine par d'autres expériences étranges, d'autres forces étranges toujours dangereusement menacé), mais par la procréation d'un enfant par exemple, ou seulement (ou plus encore) par celle d'un livre, d'un seul poème, d'une seule parole de caractère indestructible, — j'ai cru acquérir quelque assurance et quelque droit à la témérité.

Mais ici je touche à d'autres choses qu'il faut soigneusement considérer.

C'est que ce trouble où me jette l'homme, m'y jette aussi bien la pensée. Comme si d'un côté l'on pouvait trouver ensemble l'homme et les sentiments qu'il éprouve ou procure et d'ailleurs tout ce qui est idée ou pensée, — et de l'autre les objets extérieurs (l'homme aussi bien, lorsqu'il est considéré comme tel) et les sensations et les associations d'ordre non logique qu'ils provoquent, et d'ailleurs ainsi toutes les œuvres de l'art et les écrits. Comme si les objets du second groupe étaient employés ou constitués *contre* les sujets du premier. Et c'est ainsi qu'il est naturel peut-être de concevoir un proverbe, voire n'importe quelle formule verbale et enfin n'importe quel livre comme une stèle, un monument, un roc, dans la mesure où il *s'oppose* aux pensées et à l'esprit, où il est conçu pour s'y opposer, pour y résister, pour leur servir de parapet, de voile, de pantagnère[11], enfin de point d'appui. Ou encore dans la mesure où il est conçu comme leur état de rigueur, leur état solide.

Tel, en tout cas, a été pendant de longues années mon sentiment, telle la vue irraisonnée et quasi instinctive d'où a résulté mon comportement, ma décision d'écrire, et mon genre d'écrits, et mon art poétique.

Et certes, je ne veux pas dire que j'en aie tellement changé depuis lors, ni que je songe le moins du monde à renier mon comportement ni mon parti pris. Mais peut-être cette nouvelle assurance dont je parlais tout à l'heure et ce désir nouveau de témérité, enfin une vue plus hardie et plus froide de la nature des choses et de celle des œuvres de l'esprit, m'ont-ils amené à les modifier quelque peu.

Car enfin, s'il est toujours vrai que je veuille m'en tenir à un recensement et à une description des choses extérieures, ayant dû reconnaître qu'il existe au monde d'autres choses que celles, d'une matière informée et solide, sur lesquelles il m'a semblé naturel d'abord d'appuyer et de conformer mes écrits, c'est-à-dire qu'il n'y existe pas moins d'objets fluides que d'objets solides, je dois dire, en second lieu, que je me sens maintenant porté à me féliciter de ce qu'ils existent, car ils me semblent présenter avec la parole et les écrits tant de caractères communs qu'ils vont sans doute me permettre de rendre compte de ma parole même et de mes écrits, ou si l'on préfère de ma propension à parler et à écrire, sans que je doive pour autant cesser de m'appuyer sur le monde extérieur, puisqu'ils en font partie.

Oui, depuis que j'ai entrepris de considérer ces objets (et la difficulté que j'éprouve à les appréhender m'incite également à le croire), j'ai été amené à penser qu'ils ressemblent beaucoup plus aux écrits que les cristaux, les monuments ou les rocs. Et tenté dès lors de considérer comme une perversion d'avoir pu naguère souhaiter organiser mes textes comme des solides à trois dimensions, enfin de m'adonner à la poésie plastique.

Et sans doute n'est-il pas question de m'adonner brusquement à la pensée comme telle, et à son expansion indéfinie, ni d'abandonner le souci d'organiser mes écrits. Mais il me semble maintenant plus raisonnable (ou moins utopique) de prétendre réaliser l'adéquation des écrits aux liquides plutôt qu'aux solides. Enfin, le succès de cette tentative me paraît moins improbable.

Je dois le dire, j'ai été puissamment aidé dans le franchissement de cette étape par la révélation des plus récentes hypothèses de la science physique, selon lesquelles l'état liquide de la matière serait plus proche du solide que, comme on l'avait cru d'abord, du gazeux (il s'agit, ici, note-le bien, d'une proximité quantitative, avec toutes les conséquences que cela comporte).

Hélas ! il m'est impossible d'exposer de façon satisfaisante les théories scientifiques récentes, concernant l'état liquide de la matière. Je ne possède aussi bien ni la compétence indispensable, ni le temps (ni par conséquent le désir) d'acquérir cette compétence. Pourquoi n'ai-je pas vraiment ce désir ? Parce que j'en ai beaucoup d'autres, qui viennent le refréner et l'annuler. Et je ne me vante pas de cela, ni ne le conçois, certes, comme une supériorité de ma nature. Mais seulement comme ma « différence », que j'ai bien dû constater. Et à laquelle, l'ayant constatée, je dois bien obéir...

La relation du drame que termine (tragiquement) une

telle décision, je te l'épargnerai, — s'il ne m'a pas été possible, je m'en excuse, d'étouffer complètement la plainte qui peut te le révéler.

Il faudra donc que m'excusent les personnes véritablement compétentes en ces matières, sous les yeux desquelles pourra venir cet écrit, — tout comme je les excuse pour ma part lorsque, leurs propres essais s'offrant à mes regards, certaines imperfections m'y apparaissent, où se manifestent leurs différences, lesquelles en définitive me touchent d'admiration et d'enthousiasme bien plus que d'agacement ou d'ironie.

En effet, si je ne peux exposer leurs théories de façon satisfaisante, il m'en faut pourtant dire quelques mots. Cela entre nécessairement dans mon sujet[12].

L'on croyait, il y a peu de temps encore, que le désordre moléculaire était complet dans les liquides autant que dans les gaz, le liquide différant seulement du gaz par la moindre intensité du mouvement thermique, cette moindre intensité s'expliquant elle-même par le fait que les distances entre les molécules y sont environ mille fois plus petites que dans les gaz à pression normale. En fait, les conséquences de l'adoption de la théorie quantique, d'une part, et d'autre part les études aux rayons X ont amené les physiciens à considérer que si, dans les liquides, les molécules ne sont pas en contact (comme dans les solides), toutefois elles y sont *presque*. La densité (et donc la condensation de la matière) est à peu près la même dans les deux états. D'autre part, au moins pour les liquides les plus simples (où la forme des molécules est approximativement sphérique et les champs intermoléculaires à symétrie sphérique), l'image que l'on peut s'en faire d'après les études aux rayons X ressemble beaucoup à celle du solide, avec le mouvement en plus. Enfin, ce mouvement lui-même, et plus précisément deux propriétés importantes des liquides, celle de se rassembler en masse et celle de couler, ont été analysées de telle façon que la proximité des deux états s'en trouve encore plus certainement prouvée. L'étude des forces intermoléculaires a conduit à diverses théories, dont les unes font intervenir plus ou moins expressément la loi de forces entre molécules (certaines imaginant les molécules enfoncées dans des puits de potentiel dont elles ne sortent que rarement), les autres abandonnent entièrement (ou plutôt laissent de côté, selon les principes de la théorie quantique) la structure moléculaire, en introduisant des ondes pour remplacer l'agitation thermique. Je résumerai l'essentiel de ce qui me paraît pouvoir en être facilement retenu dans les quelques propositions suivantes :

Un gaz est tout à fait isotrope et tout à fait désordonné. Dans un solide cristallin, au contraire, toute molécule est entourée par un nombre défini et invariable de voisins immédiats. Dans un liquide, le nombre des proches voisins est aussi bien déterminé, mais en moyenne seulement, car ces voisins sont mobiles par rapport à la molécule centrale. Cette constance moyenne donne du liquide une image assez analogue à celle d'un solide, avec cette différence que le liquide est caractérisé par des points de coordination anormale, qui, si peu nombreux qu'ils soient par rapport aux points de coordination normale, suffisent pour détruire toute régularité à grande distance de la molécule centrale. Ainsi donc, l'on peut dire d'une part qu'il existe dans les liquides un ordre à petite distance, et d'autre part que le liquide est susceptible de trouver une configuration d'énergie libre minimum, impossible pour le cristal. Le liquide serait une sorte de solide à trous qui tend à se réarranger (d'où sa fluidité), et qui n'y parvient jamais par son mouvement propre, mais au contraire par l'effet d'une cause extérieure, en fait son refroidissement. Et voici comment se pourrait décrire au contraire le phénomène de la fusion. Dans le solide, au-dessous du point de fusion, les atomes vibreraient sans s'influencer. Il s'agirait plutôt d'une libration que d'une vibration. Si la température augmente, l'amplitude des oscillations s'accroît à mesure, et peut devenir telle que certains atomes ne reviennent pas à leur place. À une certaine température, le nombre de ces changements de place à son tour devient tel que, pratiquement, le réseau se détruit, le cristal fond. Disons encore que la fluidité, ou écoulement visqueux, caractéristique des liquides, est considérée par certains comme une vaporisation à une seule dimension. Dans la vaporisation, c'est l'atome qui se vaporise. Dans l'écoulement, ce serait seulement l'ion positif...

Si j'ai pénétré, durant les quelques paragraphes qui précèdent, — et à la vérité d'une démarche combien maladroite et grossière —, dans le merveilleux domaine de la science quantitative, domaine qui n'est pas le mien, c'est peut-être, pour une part, afin d'y tenter quelques-uns des profanes parmi mes lecteurs qui, plus irrésistiblement que je ne le suis moi-même, s'y sentiraient décidément attirés. C'est surtout, je dois l'avouer, pour montrer que les plus récentes hypothèses viennent à l'appui d'une conviction qui s'est peu à peu formée en moi, seulement destinée peut-être à justifier le choix du sujet de cet écrit et le genre (proche du discours) que j'ai adopté pour le traiter, et selon laquelle il est un état *de la pensée* où elle est à la fois trop agitée, trop distendue, trop ambitieuse et trop isotrope pour être du tout exprimable, — et cet état correspond à celui d'un gaz nettement au-dessus de sa température critique, alors qu'il n'est pas liquéfiable ; un autre état de la pensée où elle se rapproche de l'exprimabilité, — et cet état est analogue à celui d'un gaz liquéfiable, ou vapeur ; il suffit que la pression s'accroisse et que la température s'abaisse encore, pour que *la parole* à ce moment puisse apparaître, d'abord en suspension et il s'agit alors d'un état logique comparable à celui d'un gaz à l'état de vapeur à saturation ; puis apparaît une surface de séparation, lorsque pensée et écrit coexistent sous la même pression, et c'est comme lorsque le liquide tombe au fond du vase. Mais voici le plus important : dès ce moment, et malgré la très certaine non-discontinuité entre la pensée et son expression verbale, comme entre l'état gazeux et l'état liquide de la matière, — l'*écrit* présente des caractères qui le rendent *très proche de la chose signifiée*, c'est-à-dire des objets du monde extérieur, tout comme le liquide est très proche du solide. La différence étant qu'il présente la faculté de trouver une configuration d'énergie libre minimum. Si bien que l'adéquation d'un écrit aux objets extérieurs *liquides* est non seulement non utopique, mais pour ainsi dire fatale, et comme sûre d'avance d'être réalisée, à la seule condition que tout soit fait pour que l'écrit soit tel qu'un écrit par définition doit être… c'est-à-dire pourvu de toutes les qualités analogues à celles des liquides.

L'analogie, ou, si l'on veut, l'allégorie ou métaphore, pourrait être très longuement et quasi indéfiniment poursuivie, avec une satisfaction croissante, mais je ne tiens pas à y consacrer plus de temps qu'il n'est raisonnable et je m'en tiendrai là.

Je veux seulement ajouter un mot, à propos de la notion si importante, on l'a vu, de température critique, et plus précisément de la limite inférieure de l'état liquide, ou solidification (ou en sens contraire fusion). L'ensemble du monde extérieur (les objets, la nature) ne pourrait-il être comparé aux solides ? L'apparition, au milieu de ce monde, de l'homme, du *sujet* créant des conditions d'élévation de température telles que la nature *fonde*, devienne malléable, — si bien que nous aurions alors, avant même toute pensée, l'expression, le poème ?... Je vous le laisse à penser...

*

Ayant ainsi traité du liquide dans l'absolu et montré, d'une façon grossière et imparfaite, et en somme quasi liquide puisqu'il s'agit ici moins d'idées que d'expressions poétiques, — c'est-à-dire de choses à l'instant de leur *mobilisation* par l'esprit —, les raisons qu'un écrivain (et plus généralement tout homme soucieux de l'expression) a de s'y intéresser, pourquoi aussi il doit le faire dans une forme intermédiaire entre le poème en prose et le discours, j'expliquerai en quelques mots pourquoi, parmi les objets liquides, j'ai choisi la Seine.

Tout d'abord, je devais choisir sans doute quelque forme de *l'eau*[13], ce liquide étant celui qui se montre le plus communément à nous parmi la nature. Et il est bien certain que j'aurais pu, pour d'autres raisons, choisir le sang, par exemple, ou l'alcool ou la glycérine, que sais-je ? et sans doute un jour ou l'autre y viendrai-je, — mais il me fallait commencer par l'eau, que la nature nous prodigue en quantités plus qu'industrielles, dont nous sommes habitués dès l'enfance à recevoir quotidiennement des impressions sensorielles, que nous pouvons, enfin, considérer avec volupté et détachement à la fois. Il est sûr que le sang, qui fait peut-être plus intimement encore partie de notre vie, est offert plus rarement à notre vue. Lorsqu'il nous apparaît, c'est d'ailleurs, le plus souvent, en des conjonctures exceptionnelles, plutôt impropres à l'observation sereine. Enfin l'eau nous est offerte fréquemment en masse, si bien que nous pouvons la ressentir et l'observer de manières très diverses. Nous pouvons l'ingérer, en boire un verre, mais nous pouvons aussi nous y plonger entièrement, voire nous y noyer et tout cela très naturellement, sans que cela nécessite aucun effort d'imagination excessif, susceptible de déranger notre appareil de perception et de raisonnement. Il s'en faut de peu, en somme, que nous puissions vivre continuellement en l'eau ; il s'en faut de peu, même, que continuellement nous y vivions. Nous en sortons juste assez pour qu'il nous soit permis de la considérer, — un peu moins aquatiques seulement que les phoques ou les dauphins, et donc, à son égard à peine plus *justes*. Justes, peut-être pourtant, sans doute exactement comme il faut pour pouvoir en parler dignement quoique en connaissance intime de cause, ruisselants mais terraqués[14]. Tout brillants, tout imprégnés d'elle, mais hors d'elle et pouvant à chaque instant nous y replonger, et donc y replonger notre esprit chaque fois que sur une expression, par exemple, il aurait un peu trop « séché ».

Bien, et l'on comprend dès lors pourquoi, désirant pouvoir la considérer en masse et d'un œil tranquille, et parfois, s'il en est besoin, d'un point de vue comme panoramique, nous n'ayons pas choisi parmi ses diverses formes, la pluie[15]. Et pourquoi, plutôt que l'océan, qu'un lac ou qu'un bassin, un fleuve ? Eh bien, c'est principalement à cause de la notion ou idée de *discours* (après ce que j'ai dit sur les rapports du liquide et de notre rhétorique, il me paraît inutile d'y insister). Aussi pour toutes sortes de raisons qui deviendront sensibles au fur et à mesure du déroulement de ce discours, et qui finalement le constitueront, feront de la Seine ce livre. Le voudrais-je, je ne pourrais donc pas m'arrêter ici, pour les définir. Mais enfin, pourquoi, parmi les fleuves, voire parmi les eaux courantes, pourquoi la Seine ? Ainsi terminerai-je ce chapitre en en rappelant le début.

Parce que la Seine, ai-je laissé entendre, est un fleuve tranquille et constant. Et qu'ainsi elle nous oblige, cette contrainte étant pour nous plaire, à surveiller sans relâche la contention de notre flux. Et encore pour d'autres raisons. Parce que la Seine coule au sein de la civilisation dont nous utilisons naturellement la langue. Parce qu'elle coule à Paris où nous pouvons commodément la saisir, ou plutôt, à vrai dire, nous désespérer (ou nous exalter) de ne pouvoir la saisir. Enfin, parce que c'est un fleuve, au long de son cours, qui ne présente du point de vue géographique aucune monstrueuse anecdote, n'est bordé par aucune montagne, ne montre aucune gorge, aucun cañon, aucune cataracte, enfin aucun accident grandiose ni pittoresque qui exige de nous des sentiments violents ou difficiles susceptibles de nous ravir à la contemplation et à l'expression, à la connaissance et à la jouissance des qualités communes et essentielles des fleuves, et en définitive du liquide fluent, du simple, du plus simple *discours liquide fluent*.

*

La Seine, donc, coule à Paris, et je t'avais proposé de la définir provisoirement comme ce cours perpétuel d'eau fade et froide qui traverse inlassablement notre grande ville. Mais voici ce qu'il faut considérer aussitôt :

Certes, Paris est l'une des plus célèbres villes du monde. Et certes, il y a probabilité qu'elle le reste longtemps encore. Longtemps encore, comme Ninive ou Babylone, après avoir été matériellement effacée de la surface de la terre. Nos écrits, et leur souvenir dans la mémoire des hommes, contribueront principalement à cette longue survivance. Mais nos écrits eux-mêmes pourront à leur tour avoir disparu, et même de la mémoire des hommes, et toute humanité, toute vie même de la surface du globe, que la Seine y coulera encore. Nous le voyons par le Tigre et l'Euphrate. Nous pouvons l'inférer aussi autrement. Car depuis quand croyez-vous que coule la Seine ? Certes, elle coulait déjà depuis fort longtemps lorsque les Parisiens la choisirent pour s'établir sur ses bords[16]. Elle est déjà dans Ptolémée, dans Strabon[17]. Ce n'est pas très ancien encore. Mais voici ce que depuis peu nous savons : les sables blancs dont il reste de nos jours quelques amas visibles dans la forêt de Fontainebleau y ont été déposés par une mer, qui, à une époque très ancienne, couvrit entièrement nos régions. Quand cette mer se retira, c'est alors que la Seine courut après elle, et, ne se laissant pas arrêter par le mascaret[18], s'y jeta. Depuis lors, elle y court encore (mais peut-être n'est-ce qu'à la ressemblance de la lumière de ces étoiles, mortes depuis des millénaires, qui ne cesse pourtant de nous parvenir ?). Or, le sait-on ? La science moderne date le dépôt de ces fameux sables environ de l'an vingt millions avant notre ère, ou si l'on préfère, vers le deux cent millième siècle avant Jésus-Christ. Les mêmes savants nous apprennent que des ossements de rennes et de mammouths, correspondant à une époque glaciaire, ont été trouvés dans les alluvions de notre fleuve, mais aussi des os de tigres et d'éléphants, témoins ceux-ci d'une époque où la Seine coulait au sein d'une forêt tropicale. Et quand donc des hommes apparurent-ils sur ses bords ? Peut-être nos ancêtres furent-ils d'abord des animaux marins ? Rien ne l'enseigne. Toujours est-il qu'ils ont pris l'habitude de boire et de cuire leurs aliments à l'eau douce, quittes à ingurgiter sous la forme solide le sel qui leur est également nécessaire. Voilà pourquoi ils choisirent souvent les bords des rivières pour s'y installer. Peut-être aussi parce que ces bords constituaient les seules clairières dans une forêt obscure où ils se seraient étiolés. Et pour d'autres raisons encore, qu'il n'est pas à présent dans mon propos de supputer. Car voici seulement ce que je veux dire (ce que nous venons de rappeler permet assurément de l'affirmer) : bien avant qu'aucune notion ait pu en être formée, bien avant tout entendement, bien avant la formation d'aucun crâne, un fleuve ici déjà coulait, sans nom. Et il coulera encore, de nouveau sans nom, lorsque toute notion en aura disparu, faute d'entendement qui lui survive, faute d'humanité, faute de crânes.

Voici donc à quelles grandeurs notre esprit doit se mesurer. Et s'y mesure-t-il aisément ? — Tu le vois. Mais notre écrit ? C'est autre chose !... Pourtant, comment notre esprit s'y mesure-t-il ? Eh bien, en se rendant l'idée contraire possible, et en se donnant à tâche de la réaliser. J'entends par là que la seule réaction digne de l'homme, c'est-à-dire d'un être doué d'une telle force d'esprit qu'il soit ainsi capable d'envisager son avenir comme limité par rapport à celui du monde, n'est nullement la terreur ou la résignation, mais une telle confiance dans son esprit qu'il entreprenne de durer plus longtemps que le monde ne paraît disposé à le lui permettre, et de vaincre enfin sa catastrophe de vitesse.

En d'autres termes il m'est naturel, quant à moi, ayant conçu l'idée que la Seine doive survivre à mon écrit (et même à la mémoire de cet écrit), de former aussitôt l'hypothèse contraire, et donc de concevoir cet écrit organisé par moi et réussi de telle façon que la Seine ne lui survive pas. Soit qu'elle le préfère aussitôt (ou quelque jour) à son lit, et dès lors brusquement (ou insensiblement) renonce à sa déambulation dérisoire, soit que la Seine continuant à couler dans l'éternité, en dépit de beaucoup de catastrophes possibles, ou même ayant disparu à la suite d'une catastrophe infiniment plus grave, mon écrit cependant lui survive, si l'homme, — et il faut donc que mes écrits soient faits pour l'y aider, quoique d'une façon différente sans doute de ses découvertes scientifiques — si l'homme dis-je, ayant enfin percé les intentions de la nature et appris à les déjouer, a su (par exemple) déménager avec armes et bagages (ces bagages comportant mon livre) sur une autre planète avant la catastrophe de celle-ci.

Loin de moi, en effet, la pensée, bien qu'on ait cru pouvoir me l'attribuer[19], de désirer une catastrophe telle que l'homme y disparaisse et que mes écrits, seuls incorruptibles témoins de son passage sur la terre, y demeurent comme tels coquillages vides sur une grève déserte, au su et au vu de la seule étendue. Et loin de moi, aussi bien, l'idée naïve que l'homme puisse jamais à proprement parler domestiquer la nature et la plier à sa volonté. Je ne suis pas dénaturé au point de me désolidariser d'avec mon espèce, ni fou au point de considérer l'homme bien autre chose qu'un ciron[20].

Songe-t-on à tout ce qui peut fondre sur nous à chaque instant du fond de l'espace intersidéral ? La moindre aggravation un peu conséquente du phénomène des taches solaires suffirait à provoquer un tel refroidissement à la surface de notre globe que toute vie en disparaisse à jamais. Et certes, il serait déjà magnifique d'avoir conçu les moyens de prévoir une telle éventualité et d'y parer. Mais cela n'est rien. Songe-t-on aux catastrophes que provoque dans une quantité incalculable d'univers microscopiques le moindre de nos gestes, ou même, sans que nous bougions le petit doigt, la moindre périclitation d'une des innombrables cellules qui composent le tissu dont est fait l'ongle de ce petit doigt ? Il se peut que des millions de civilisations microscopiques s'y trouvent irrémédiablement englouties. Et qui nous dit que notre système solaire, au sein duquel les taches de notre soleil peuvent avoir une importance si décisive pour la vie de l'humanité, n'est pas infime partie intégrante de l'ongle du petit doigt de quelque pygmée, auquel après tout il peut bien arriver de désirer le bouger, ou dans l'esprit duquel, depuis quelques centaines de millions de nos années, se prépare, sans peut-être seulement qu'il s'en doute, une velléité de ce genre ? Je n'y vois aucune impossibilité pour ma part. Nous voilà donc, je l'avoue, dans la position d'un ciron. Mais cet aveu, cette conscience de notre petitesse est-elle de nature à nous obliger à changer quelque chose dans notre comportement ? Voilà qui ne me paraît pas fatal. Car à supposer que nous apercevions un ciron, préférerions-nous le contempler en prière, dans l'attitude de la contrition et de la résignation, ou ne serions-nous pas réjouis au contraire de l'observer, si fort assuré qu'il soit de sa petitesse, penché sur quelque microscope ou l'œil à quelque lunette, et fort acharné à tâcher de découvrir les secrets de l'univers, aux fins d'y perpétuer un peu plus longtemps son espèce et de jouer quelque tour aux génies de notre petit doigt ? Oui certes, je préférerais le second, et si j'étais le pygmée dieu souverain de ce petit monde, je serais fort tenté de ne prendre aucunement en considération les prières du premier et de l'écraser au contraire pour le justifier en lui confirmant ainsi ma puissance, tandis que je montrerais au second à la fois mon estime et ma puissance en différant volontiers, eu égard à sa fière prétention et peut-être à l'amusement qu'elle me procure, en différant donc la taille de l'ongle de mon petit doigt pendant quelques jours, ce qui permettrait à des milliers de générations de ces cirons de vivre et de progresser dans la connaissance de leur univers. Et à qui m'objecterait que nos cirons auraient mieux à faire, et par exemple s'adonner sans ambitionner davantage à la jouissance chacun des biens qu'ils possèdent, des charmes de leur cirone ou de celle de leur voisin et des festins qu'une ou l'autre leur préparent, il me serait naturel de répondre que je ne vois aucun plaisir approchant de celui que procure la nourriture d'une telle espérance, et l'enthousiasme d'une telle ambition. Les deux espèces de jouissance sont d'ailleurs assez voisines pour pouvoir très bien être conjuguées, et certes le désir de perpétuer sa vie et celle de son espèce procède tout simplement de l'amour de cette vie et des personnes de cette espèce. Je n'y vois aucune contradiction, et nous trouverions aisément leçon de tout cela dans l'immortel Épicure.

Certes, il serait vain de ma part de recommencer l'éloge de ce penseur incomparable, après celui que Lucrèce lui a dédié[21], mais il m'appartient peut-être de constater qu'après plusieurs siècles de notre cironie, la crainte des dieux qu'il nous avait ôtée est revenue plusieurs fois à la charge sans triompher définitivement pour autant. Oui, c'est à moi de le dire, l'estime qu'il a su inspirer aux dieux nous a valu en tout cas ce long sursis à notre catastrophe spécifique. De notables progrès ont pu être accomplis par notre espèce dans la connaissance de son univers. Mais depuis moins d'un siècle l'allure de ce progrès s'est à tel point accélérée, que sans doute les dieux tremblèrent et que plusieurs avatars par eux nous furent opposés.

Tout d'abord certains parmi nos cirons, oubliant tout à fait sciemment à quelles fins se développait la science (c'est-à-dire à des fins de connaissance et de prise sur les forces naturelles en vue de notre salut spécifique) la détournèrent de son but et l'utilisèrent pour leur seul profit à la fabrication de marchandises destinées à assouvir des besoins immédiats artificiellement créés dans le même temps. Mais comme bientôt s'accumula une telle pléthore de marchandises que le profit risquait de s'en perdre, la science fut alors, plus criminellement encore, utilisée à des fins militaires pour imposer par la force à des peuples arriérés l'ingurgitation de ces produits. Par ailleurs, une classe entière de cirons avait été pratiquement réduite à la misère et à l'esclavage par le développement de ces industries. Il s'agit alors pour nos cirons de la classe dominante d'éteindre dans l'esprit de la multitude de leurs esclaves les lumières qu'Épicure et ses successeurs y avaient allumées. Des efforts gigantesques furent accomplis en ce sens. La crainte des dieux fut à nouveau restaurée, des spectacles, des sports infâmes utilisés pour abrutir la misérable masse des cirons. Les religions s'avérant défaillantes, des idéalismes de remplacement furent essayés en grand nombre. Des massacres devinrent bientôt nécessaires.

Que la catastrophe humaine soit chaque jour possible et qu'elle puisse précéder la découverte par l'homme des parades qu'il pourrait lui opposer, rien, hélas, n'interdit de le supposer. Mais la rupture d'une veine de mon cerveau peut aussi à chaque instant se produire et je n'en entreprends pas moins. Tout au plus la conscience de ce risque fait-elle que j'entreprenne plus décidément, et travaille plus énergiquement et sans relâche. Et je ne prétends pas être tout seul dans cette disposition. De plus en plus nombreux se rencontrent des hommes parmi notre espèce pour confondre leur propre entreprise avec celle à quoi l'humanité bientôt s'adonnera tout entière et qui est celle de son salut spécifique.

À l'appel d'un homme du plus grand mérite et dont

l'enseignement et l'action ne le cèdent pas en importance à ceux de l'antique philosophe, la masse immense des exploités s'éleva peu à peu à la conscience de sa puissance et de sa destinée historique, qui est d'assumer les intérêts de l'espèce humaine tout entière. Un parti d'hommes frustes et courageux prit à tâche d'unir et de guider dans chaque nation l'ensemble des hommes conscients de ce magnifique devoir. À la faveur des bouleversements sanglants causés par l'anarchique développement de la production industrielle, une grande nation se libéra d'abord, entraînant à sa suite un continent presque entier. Guidée par des hommes pleins de sagesse et de génie, nous l'avons vue récemment résister aux assauts des plus cruels assassins que notre espèce ait enfantés, et aider le plus puissamment les autres peuples du globe à se défaire de leur tyrannie. Mais les ennemis du genre humain partout se regroupent. La lutte gigantesque n'est pas finie. Certes, à la suite de cette première victoire d'envergure, la puissance des idées nouvelles s'est accrue dans chaque nation. Mais beaucoup d'efforts sont encore nécessaires pour les faire triompher sur la surface entière du globe, et que l'humanité puisse enfin, débarrassée des ennemis absurdes et malfaisants qu'elle porte en son sein, s'adonner à la seule lutte dont elle soit digne et qui lui importe finalement, la lutte contre les forces cosmiques qui la menacent de sa perte à chaque instant[22]...

Voilà, cher ami, décrite de la façon la plus sommaire, la situation où nous nous trouvons présentement. Mais c'est ici que je dois parler du second avatar dont nous menacent les dieux.

Cette précipitation du progrès de l'humanité dans sa connaissance des choses naturelles, qui a produit les effets sociaux dont je viens de te faire un bref tableau, a conduit à d'autres conséquences, à l'intérieur même de l'esprit humain, qui, si elles n'étaient clairement aperçues, pourraient contrecarrer gravement sa démarche.

En bref, les succès dont je parle ayant été, certainement à tort, mis par l'homme au compte de sa seule raison, dont il se félicitait par ailleurs qu'elle lui ait permis de se débarrasser de la crainte des dieux, une certaine infatuation s'établit dans son esprit en faveur de cette faculté, au détriment de certaines autres dont il est probablement abusif et présomptueux de la séparer.

Un observateur haut placé devrait sans doute le constater : de même que l'espèce humaine en progrès taille son corps en pièces, l'esprit en use également ainsi. Son pathétique manège, longtemps commandé par la distinction arbitraire de l'âme et du corps, l'est maintenant par celle, non moins arbitraire, de la raison et des facultés intuitives.

Et, bien que ce nouvel idéalisme qu'est au fond le rationalisme ait été dépassé en pratique par un activisme qui fait leur part au risque, à l'erreur, aux défauts et aux défaites de l'esprit elles-mêmes, l'on est bien obligé de constater une dangereuse survivance des illusions qu'il propage.

Les nécessités de la lutte quotidienne dans laquelle ils se trouvent engagés portent les guides de la partie progressive de l'humanité à intégrer en quelque sorte la vérité à l'action. Dans la mesure où cette action est efficace, où elle nous rapproche du moment où l'humanité entière pourra s'adonner au devoir spécifique que j'ai défini ci-dessus, — dans la mesure où, dans cette action quotidienne, ils engagent totalement leurs personnes, celles-ci étant pour ainsi dire porteuses de la vérité, ils n'ont pas à rechercher théoriquement cette dernière, ni à l'exprimer d'une autre manière[23].

Il se trouve pourtant que les nécessités mêmes de leur action les amènent à lutter idéologiquement contre leurs adversaires. C'est ici que le bât les blesse, — le bât que leur inflige la société arriérée dans laquelle ils vivent, bât qui a la forme des catégories de cette société.

Car cette action à laquelle ils s'obligent constamment, — et qui est certainement *plus* qu'une pensée ou une théorie mise en action —, qui est vraiment une opération d'ordre quasi magique et comme un incessant *miracle*, — assurément sa vertu de propagande est très grande. Mais seulement dans la mesure où elle reste action, nullement dans la mesure où elle se fait thèse, philosophie ou critique dans l'absolu. Car elle perd alors tout pouvoir, toute vertu. Dans cette seconde mesure, elle agit comme son propre frein, contre sa propre propagation : elle fait contre-propagande.

Car elle rencontre alors des individus, des hommes liés au monde par leur destin individuel et susceptibles des réflexes sentimentaux ou idéologiques que leur individuation comporte, en dehors même de leur situation de classe et de leur intuition de la volonté générale. Des hommes qui ont affaire, seul à seul et à chaque instant, à la nature, à leurs proches, à leur femme, à chacun de leurs semblables, à leur propre corps, à leur propre pensée, à leur parole, au jour, à chaque objet, à la nuit, au temps, aux étoiles, à la maladie, à l'idée de la mort.

Or ces hommes, comment les considère-t-on ? Uniquement comme personnes politiques. Que leur propose-t-on ? La seule action politique. Eh bien, je dis que cela n'est pas intelligent, parce que cela ne tient pas compte de la réalité des individus qu'il s'agit d'atteindre, et que l'on risque alors de ne pas atteindre, de *manquer*; qui plus est, de rejeter dans la réaction, de transformer en renégats puis en transfuges, — et les meilleurs en désespérés.

Sans doute en ai-je assez dit sur ce point pour que l'on reconnaisse que, dans sa péripétie contemporaine, l'action spécifique de l'homme connaît un étrange nœud.

Peut-être cela vient-il de ce qu'il ne faut pas que l'évolution aille trop vite ? Peut-être d'autres raisons...

Et croit-on que, traitant de ces questions et parvenu à ce point, nous nous soyons éloignés de la Seine ? Nous n'avons pas quitté ses bords, nous longeons une de ses berges : c'est ici que beaucoup, hélas, et je ne parle pas par métaphore, prennent le parti de s'y jeter. Laissons. Je remets à plus tard (à quelques pages plus loin) l'hommage qu'il est dans mon intention (et dans mon sujet) de rendre aux noyés de la Seine.

Il m'aura suffi d'évoquer ces terribles réalités... L'on pense bien, pourtant, que je ne vous aurais pas amené à ce point si je n'avais su être en mon pouvoir de ne vous y abandonner et de vous éloigner aussitôt de cette constatation déprimante et de l'affreuse méditation qui s'ensuit.

S'il fallait que je vous y laisse, que cela signifierait-il en effet ? Sinon qu'il n'existe de vérité autre que politique, que tout ce qui n'est pas dans l'action immédiate, tactique, — c'est-à-dire aussi bien littérature et beaux-arts que sciences elles-mêmes —, et d'autre part toute vie de relations individuelles (d'homme à homme, à femme, à enfants, à nature...) est dans l'erreur.

Mais enfin, puisque les sciences du moins paraissent échapper (je ne sais à la vérité pourquoi, mais cela semble être par définition), à cette condamnation plénière, je puis, semble-t-il, tenter d'appuyer sur elles le levier de mon argumentation, et je me bornerai à demander si l'on conçoit un état, même futur, de la science (et j'y comprends la science politique, objet des militants) où elle ne s'appuierait pas sur de solides définitions mais d'où, d'autre part, l'HYPOTHÈSE serait exclue ?

Eh bien ! Si un tel état de la science ne peut, du moins à notre époque, se concevoir, il faut alors reconnaître aux poètes eux-mêmes, et aux artistes en général, et dans tout homme à cette part de lui où jouent le mystère, le risque, l'imagination, la fantaisie, le caprice, l'hypothèse, — un droit à l'existence, et qui plus est un rôle dans l'action[24]. Je dis plus, il faut reconnaître à la paresse elle-même un rôle dans l'action. Supposez que Newton ne se soit pas étendu un jour à l'ombre d'un pommier : c'est à l'instant de sa paresse qu'il a trouvé[25].

Et quant à moi, s'il est vrai que la science (dont la fin n'est pas seulement connaissance mais puissance) doive s'appuyer pour commencer sur de solides définitions et d'autre part se confier parfois à la paresse et dans une certaine mesure aux hasards de la contemplation, alors peut-être mon entreprise n'est-elle pas folle ni totalement injustifiée. Car ce sont bien des définitions que je prétends formuler, mais telles que, n'impliquant nullement que j'aie fait d'abord table rase mais plutôt rassemblé au contraire, en un premier temps, les connaissances déjà élaborées (aussi bien en moi-même) sur chaque sujet, elles contiennent également des éléments nouveaux et si l'on veut une part du futur de nos connaissances sur le même sujet. Mais comment y parviens-je, si j'y parviens ? En repétrissant avec les connaissances anciennes les acceptions morales et symboliques, et toutes les associations d'idées, la plupart du temps très variées et contradictoires, auxquelles cette notion peut ou a pu donner lieu, — y compris celles habituellement considérées comme puériles, gratuites et sans intérêt, celles-là même de préférence peut-être, parce qu'ayant plus de chance d'apporter quelque élément non encore utilisé.

Si bien que par l'agglomérat de toutes ces qualités (ou qualifications) contradictoires — et plus elles sont contradictoires et semblent irrationnelles, mieux cela vaut —, j'obtiens un conglomérat *neutre*, dépourvu de toute tendance ou résonance morale propre à offusquer les vérités nouvelles et inouïes dont je désire passionnément qu'elles s'y incorporent, et de la sorte effectivement elles s'y incorporent. Il ne s'agit que d'un retour, d'un incessant appel au concret, à la fois par le pétrissage, la perte dans la masse des acceptions logiques, et par la considération attentive de l'objet, et la volonté d'imitation logique ou de nomination sans choix non seulement de ses qualités distinctes, mais de son comportement total, de son unité, de sa différence, de son style.

Je conçois bien qu'il s'agit là d'une tentative dont l'ambition et les difficultés sont inouïes : c'est pourquoi sans doute je dois maintenant à chaque propos les rappeler afin de m'exhorter à les vaincre et d'abord de ne les sous-estimer.

Et puisqu'il s'agit de la Seine et d'un livre à en faire, d'un livre qu'elle doit devenir, allons !

Allons, pétrissons à nouveau ensemble ces notions de fleuve et de livre ! Voyons comment les faire pénétrer l'une en l'autre !

Confondons, confondons sans vergogne la Seine et le livre qu'elle doit devenir !

*

Et d'abord, faut-il que je couche mon papier dans le sens large et ne résiste même, peut-être, à la tentation de le plier par le milieu ?

Hélas ! Mais comment faire pour que les marges paraissent abruptes, ou enfin si peu que ce soit pareilles à des berges ? Nous bornerons-nous à supposer que le fleuve, pour la commodité de la cause, s'est empressé d'affleurer justement le niveau supérieur de ses bords ? Voilà qui ne se produit qu'en certaines périodes de crue bien exceptionnelles : je ne puis honnêtement recourir à un subterfuge de ce genre, bien qu'il ne se présente pas ici comme particulièrement *rabaissant* et soit exactement rehaussant au contraire.

Dans le même ordre d'idées, ne devrais-je pas imaginer et obtenir de mon éditeur une mise en pages de ce livre telle que le texte relatif aux eaux proprement dites, lorsqu'on tiendrait le livre ouvert, en occuperait tout le milieu, la justification couvrant chaque double page, tandis que les marges droite et gauche de chacune seraient occupées par les textes relatifs à la description des bords ? Quels caractères adopter alors, pour que le rapport de ceux choisis pour les textes relatifs aux eaux et ceux pour les textes relatifs aux bords représente de façon satisfaisante celui que nous voyons dans la nature entre ces deux ordres de réalités ?

Mais encore, la profondeur des eaux comment en rendre compte ? Et le lit de vase ou de cailloux sur lequel elles roulent, comment le leur préparer ? Et les herbes, les joncs, les roseaux qu'elles font bouger, qu'elles peignent plus ou moins désordonnément, passionnément au passage ?

Et ne faudrait-il pas que la justification du texte central soit très étroite au début, pour s'élargir au fur et à mesure de la réception des affluents successifs, jusqu'à tenir, sans plus de marge aucune, la surface totale des doubles pages ouvertes du livre, parvenu au marais Vernier[26] ?

Enfin, il faudrait bien qu'il échancre la côte normande et qu'il se jette à la mer ?

Mais les affluents eux-mêmes, comment figurer leur approche et leur confluent ? Devront-ils traverser obliquement les marges, comme ils le font dans la réalité ? Certes, il serait possible, en divisant verticalement le texte central, de rendre compte du fait que certains, longtemps après le confluent théorique, ne mêlent pourtant pas leurs eaux sans couler d'abord quasi parallèlement à la Seine elle-même, du côté de la rive qu'ils échancrèrent pour entrer dans le lit commun, ce qui se voit à la différence de couleur ou de transparence[27] de leurs eaux (différence qui pourrait encore être rendue par l'emploi de caractères différents et de lignes différemment interlignées et blanchies)... et ne se décident à mêler leurs jambes avec celles de l'autre rivière et à se confondre vraiment en elle qu'après un assez long cheminement dans la rêverie côte à côte, et quelque obstacle rencontré qui les fait brusquement s'embrasser. Voilà, dit-on, ce qui se passe notamment au confluent de la Seine et de l'Aube, cette dernière rivière devant son nom à la blancheur et pureté relative de ses eaux. Voilà aussi, paraît-il (mais j'avoue n'avoir pu, malgré ma bonne volonté, le constater bien certainement de mes yeux), ce qui aurait lieu pour la Marne, dont Maxime du Camp[28] prétend que ses eaux ne se mélangent nullement à celles de la Seine au confluent de Charenton, mais continuent de couler parallèlement à ces dernières le long de la rive droite et jusque vers le milieu du lit pendant toute la traversée de Paris, le mélange n'étant que très progressivement réalisé à partir de

Meudon et ne devenant parfait qu'après Sèvres, les fortes courbes du lit vers ces endroits faisant les eaux se jeter les unes vers les autres comme les corps des jeunes amoureux dans les courbes de ces *scenic railways* où ils aiment monter à l'occasion des fêtes foraines.

Mon texte devrait-il comporter finalement quatre cent soixante et onze pages, en supposant qu'il *descende* un mètre par page, sous prétexte que la Seine naît à quatre cent soixante et onze mètres d'altitude ? Ou devrait-il en comporter sept cent soixante-seize, parce que la Seine coule selon une ligne d'eau de sept cent soixante-seize kilomètres ? Devrais-je m'arranger pour que soient employés à son impression soixante-dix-sept mille sept cent soixante-neuf caractères typographiques, parce que l'ensemble du bassin du fleuve qui m'occupe mesure un tel nombre de kilomètres carrés (77 769 kilomètres carrés), ou ne serait-ce plutôt la surface des feuilles employées pour chaque volume, ou pour son édition complète, qui devrait être en rapport avec ce chiffre ?

Mais je n'ai rien laissé entrevoir encore des plus difficiles parmi les problèmes qu'un tel souci d'exactitude poserait !

Tant il en est qu'il serait indigne de ne pas s'être posés, à défaut même de pouvoir leur imaginer aucune solution satisfaisante !

Comment, par exemple, faire se refléter à l'envers dans le miroir du texte liquide central les expressions (ou devrait-ce être seulement des *idées*) tantôt de nature végétale, tantôt de nature minérale, et ces beaux et grands monuments d'éternelle structure[29] dont la description ferait la matière des textes marginaux ?

Et comment la lumière, les cieux, les nuages, qui devraient jouer aussi, mais d'une bien autre manière, sur les objets solides évoqués sur les bords. Lumières solaires qu'il faudrait remplacer la nuit (la nuit, qu'est-ce donc pour un livre ?) par celles du ciel étoilé ? Comment le beau et le mauvais temps ?

Comment faire passer à l'intérieur du texte central, supposé présentant les caractères de la matière liquide, ou flotter à sa surface, ce qui nage ou flotte à l'intérieur ou à la surface des eaux ? La croisière infaillible des poissons, le crucifix ou la roue horizontale en matière molle, ou les molles cabrioles intra-utérines de quelque noyé, voyageant dans la position du fœtus ?

Et comment l'animation régnant à la surface ou sur les bords ? Comment les baigneurs, les canotiers, les laveuses, les pêcheurs, les remorqueurs, toueurs, les péniches ?

Allons ! malgré le charme et l'intérêt que présenterait un monument typographique répondant seulement à une petite partie de ces exigences — puisqu'elles ne pourraient y être toutes adéquatement et comme indéniablement comblées, je vois bien qu'il faut que j'y renonce, heureux si, d'en avoir énoncé seulement quelques-unes, certaines caractéristiques de mon objet se sont trouvées évoquées, qui, sans doute, n'auraient pu l'être autrement !

Voyons donc si par quelque autre procédé...

Mais n'est-il pas temps (cher ami, n'en juges-tu pas ainsi ?) qu'abandonnant maintenant toute idée, tout souci du livre, je replonge mon esprit dans l'eau du fleuve, comme à corps perdu ? Et ne dois-je pas me féliciter, dès lors, d'avoir choisi un tel sujet ? Car enfin, quoi qu'il en soit, à la bonne heure ! Voilà un sujet plus qu'en nul autre où nous allons pouvoir nous plonger, afin de le saisir de l'intérieur. Ses parties (ses molécules même) ne résistent pas trop à la division... À tel point... À tel point qu'aussitôt il m'enveloppe, me pénètre, tend à envahir physiquement mon entendement... Ah !

Ah ! Ne souhaite donc pas, cher ami, qu'un discours trop véridique de la Seine pénètre ton entendement ! Tu risquerais d'y frissonner, au moins. C'est une masse d'eau hostile qu'il ne ferait pas bon subir brusquement chez soi. Tu ne la supporterais pas aisément, ne serait-ce qu'en ton entour familier, en ton appartement... Mais en ton entendement, ce serait encore bien pire ! Si elle entrait par trop dans ta tête, les orifices de tes sens s'en trouveraient aussitôt bouchés et tu risquerais d'y perdre toute notion, pour avoir voulu prendre une notion trop complète de cet objet seulement. D'y perdre la raison et l'équilibre. Toute raison, au surplus, de parler, de lire ou écrire. L'on pourrait te voir rapidement tournoyer alors, et tes membres se débattre un instant, mais bientôt ensuite tu pourrais, curieusement pelotonné, descendre au fond pour être roulé et emporté jusqu'au prochain emmêlement d'herbes ou jusqu'aux squales croiseurs sous-marins à l'embouchure du fleuve dans l'océan... Voilà un sujet qui nous entraîne et tend à nous jeter à la mer, avec tout ce que nous en pensons, ou que déjà, plutôt nous n'en pensons plus...

Voilà un sujet, aussi souvent que je m'y plonge (et cela peut bien m'être nécessaire, en effet), dont je dois ressortir presque aussitôt.

Mais voici le moment sans doute d'évoquer le souvenir anonyme de tous ceux, innombrables, qui s'étant un jour décidés à plonger dans les eaux du fleuve, ne voulurent ou ne purent en resurgir.

Certains s'y jetèrent peut-être, poussés par un désir de connaissance intime comparable à celui que j'ai éprouvé. D'autres, pour ne plus le connaître — au contraire —, parce que le sempiternel passage sous leurs yeux d'un phénomène de ce genre leur avait donné de l'indicible et de l'insaisissable une idée susceptible de les désespérer ou de les lasser seulement. Ou peut-être, certains ont-ils fini par y lire une révélation insupportable, qu'ils préférèrent nous taire avant de se donner la mort, qu'une telle révélation inévitablement comportait.

Très nombreux parmi les malheureux que j'évoque ont pu être ceux qui voulurent ne plus rien connaître (et non seulement cet objet particulier), ayant jugé, à la suite de rapports déplaisants avec les réalités les plus diverses, que ce monde désormais ne pouvait plus rien leur offrir d'agréable ou de tolérable.

Enfin, s'il faut en croire les chroniqueurs, les poètes, les romanciers, une quantité considérable de personnes ont pu choisir de terminer ainsi un seul, un simple épisode de leur vie, celui-ci leur ayant, pour un instant seulement parfois, mais combien fatal et irrémédiable, apporté la certitude et le désespoir de ne *jamais rien* connaître, ne serait-ce par exemple que le cœur d'un de leurs semblables et la place qu'eux-mêmes pouvaient prétendre y occuper.

Le fait est qu'à Paris notamment, la Seine est un des modes de suicide les plus constamment employés. Beaucoup semblent ainsi préférer les flammes froides du liquide à celles de quelque incendie (voire allumé par eux), ou l'asphyxie dans un liquide à l'asphyxie dans un gaz comme le gaz d'éclairage, ou l'écrasement sous les roues lentes et froides de ce sauvage, de cet immémorial charroi naturel à l'écrasement sous les roues de quelque autobus, métro ou train de chemin de fer.

À tous ces désespérés, affolés ou raisonnables, effrayés ou courageux, gribouilles, don quichottes ou lafcadios[30], misérables ou magnifiques, théâtraux ou discrets ou secrets, saisis du dépit ou du dédain, va naturellement notre hommage ou notre pitié, notre approbation ou notre résignation : nous pensons à eux avec une véritable fierté. Ce n'est jamais sans être saisis de ce sentiment, mêlé d'une sorte d'horreur à vrai dire, que nous contemplons, au hasard de notre passage sur les ponts ou le long des berges, les objets et les monuments nombreux et importants que leur propre nombre et leur persévérance au cours des siècles et des semaines a obligé la ville à consacrer à leur passion : ceintures de sauvetage, bouées, vedettes rapides de secours, et ce morne et affreux bâtiment de la Morgue[31].

Quant à la Seine elle-même, de quels nouveaux sentiments à son égard, depuis que nous la concevons roulant tant de cadavres, allons-nous nous trouver saisis ? Sera-ce de rancune et de colère, parce qu'elle accepte d'un air parfaitement impassible ces sacrifices, et même parfois les attire, y incite, semble perfidement les solliciter ? Sera-ce de reconnaissance, au contraire, songeant qu'elle a été ainsi choisie pour lieu de repos, pour suprême maîtresse, sœur, mère ou infirmière par tant de malheureux incurables, et qu'elle a rempli ce rôle à leur satisfaction dernière, qu'elle ne les a pas déçus ?

Pour ma part, elle ne m'inspire, de ce fait, ni plus d'attirance ni plus de répulsion ; ni plus de confiance ni plus de défiance : je sais bien qu'aucun de nos sentiments humains ne lui convient, et je ne lui en ferai pas hommage, n'ayant ni temps ni substance nerveuse à y perdre en unilatérale dépense, mais tous mes efforts plutôt à donner à l'entreprise contraire : à savoir obtenir d'elle (et je sais bien que ce sera à son corps défendant) l'avantage de quelques sentiments inouïs, non encore éprouvés par l'homme, que sa contemplation attentive (et active, c'est-à-dire nominative) peut, j'en ai fait sur d'autres objets (ni plus ni moins rétifs qu'elle) l'expérience certaine, nous permettre de découvrir et de nous approprier.

Ainsi, ne nous verra-t-on pas plus longtemps, ni moi-même ni toi par conséquent, cher lecteur, attardés à un spectacle si humain, si lamentablement humain. Nous avons déjà rebondi sur pied, nous étant secoués (comme les chiens qu'on envoie se laver ou se noyer dans le même fleuve après les avoir choyés, caressés ou tondus sur ses berges) de l'excès d'eau qui embarrasse notre épiderme, gêne nos mouvements, et rend inconfortables nos rapports avec les êtres et les objets de la terre ferme.

Aussi bien, même à l'intérieur d'un scaphandre, dont je puis bien, et cette fois sans excès ou perversité d'imagination, supposer qu'il soit mis à la disposition de notre désir ou besoin d'observation un jour, même dis-je de l'intérieur d'un scaphandre, quelles vérités importantes parce que vraiment particulières à l'eau profonde des fleuves (et parmi les fleuves de la Seine seulement) pourrions-nous espérer apercevoir ?

Certes, nous pourrions considérer pour la première fois et faire de cette considération notre profit, les fonds de notre fleuve, connaître enfin son lit, savoir de quelle vase, de quelle boue, de quels cailloux ou graviers il est, ici et là, constitué. Nous pourrions aussi sans doute nous ravir et nous étonner des objets de toutes sortes, fort hétéroclites, fort singuliers, qui ont pu, par volonté, négligence de l'homme, ou par quelque accident y être précipités. Que n'entend-on pas dire à cet égard ! Et peut-être une étude attentive de ces fonds et des épaves qui les jonchent, comparés aux fonds et aux épaves d'autres fleuves célèbres, roulant leurs eaux au milieu de civilisations différentes ou de régions désertes au contraire, serait-elle intéressante, curieuse, pleine d'enseignements. L'on ne met pas souvent à sec des fleuves de cette importance. Je n'ai pas entendu dire que pour la Seine une telle opération ait été depuis longtemps entreprise. Peut-être, en dehors des difficultés techniques qu'elle comporterait, recule-t-on devant la nature des révélations qui s'en trouveraient mises sous le regard du public. Peut-être éprouve-t-on à cet égard quelque pudeur, ou quelque effroi, plus ou moins conscient. Peut-être imagine-t-on que quelque frénésie subite, comparable à celle qui anime les pillards, ou quelque honte, ou quelque découragement au contraire, aux conséquences politiquement ou religieusement imprévisibles, puisse saisir alors les témoins de ces révélations. Peut-être préfère-t-on ne pas se donner à voir cela, ignorer à jamais ce qu'il y a là-dessous, tout comme certains, se sentant malades, reculent d'aller chez le médecin dans la crainte de ce qu'il va devoir leur révéler, qui changera désormais leur existence de façon définitive. Tout comme aussi, beaucoup plus communément encore, l'homme semble préférer ne pas savoir, pour ne pas s'en inquiéter, ce qui se passe à l'intérieur de ses viscères, — et peut-être tout fonctionne-t-il mieux ainsi.

Toujours est-il que de tels sondages et curages sont peu fréquents, immanquablement partiels, et ne se déroulent pas en présence d'une affluence de public. Les dragues qui y sont employées ne sont l'objet d'aucune dévotion, ni même d'aucune curiosité particulière de la part des individus ou des foules. Leurs petites bennes, pourtant, doivent théoriquement être beaucoup plus intéressantes à égrener que les perles d'aucun chapelet bénit... Mais la boue, je ne sais pourquoi, a mauvaise réputation ces jours-ci par le monde ; personne ne voudrait s'y trop intéresser. Peut-être est-ce que dans le langage commun des hommes elle est depuis longtemps affectée du pire coefficient de désapprobation. Il fallait bien en affecter quelque *chose*, puisqu'il fallait bien qu'un mot exprime ce genre de sentiments ; eh bien, l'on a choisi la boue, et depuis lors celle-ci ne sert pratiquement plus à autre chose qu'à remplacer dans la bouche des hommes je ne sais quelle moue dégoûtée, quels crachats. Ainsi sur la boue elle-même a rejailli le dégoût qu'elle sert à exprimer. Curieuse conséquence, curieuse duperie. Les hommes depuis lors se trouvent privés de tous autres sentiments qu'elle pourrait, sans doute aussi légitimement, leur faire concevoir, et en somme de toutes ses autres qualités, de toutes ses qualités autres que les dégoûtantes. Mais laissons... La boue n'est ici pas tellement notre sujet et nous trouverons bien l'occasion de nous adonner quelque jour à sa réhabilitation particulière... Toujours est-il que cette précieuse, cette phénoménale boue du fond de la Seine, de la Seine de Paris (la précieuse, la monstrueuse cité), ne fait l'objet d'aucun culte, d'aucune curiosité[32]. Alors qu'on pourrait s'attendre à en voir des échantillons dans tous les musées et dans tous les laboratoires du monde, à la savoir soumise à des projecteurs puissants, à l'œil des microscopes, à mille expériences, à mille réactifs, et qu'il serait légitime qu'on veuille en faire boire une tasse à tous ceux que l'on nomme, sans aucune épreuve préalable, au petit bonheur de la mode, de la célébrité ou des intérêts les plus sordides, citoyens d'honneur de Paris. Car enfin, même si toutes ces observations, toutes ces dévotions, toutes ces expériences ou réactions devaient s'avérer dérisoires, parce qu'elles aboutiraient à la preuve que la boue de la Seine ressemble à toutes les autres boues du monde, eh bien, certes, cela ne serait pas inutile, et de cela encore quelque enseignement pourrait être tiré.

Pourtant, ce n'est pas à un objet de cette sorte que va la dévotion populaire. Celle-ci s'exerce, il faut le constater, en faveur d'un objet bien différent. Reproduite à des millions d'exemplaires et vendue par tous les marchands d'objets d'art ou de piété, par tous les marchands de souvenirs de Paris, comme aussi par les petits sculpteurs ambulants qui installent leurs éventaires sur les margelles des quais et des ponts, une tête de plâtre, figurant l'*Inconnue de la Seine*, est l'objet de cette ferveur. De cette figure l'on vend aussi beaucoup de photographies, souvent imprimées au dos de cartes postales. Des écrivains à leur façon ont utilisé ce mythe : un auteur allemand en a fait un livre entier, et il en est longuement question dans un roman des plus célèbres, paru ces dernières années[33]. La légende est fort simple : elle veut que le corps inanimé d'une jeune femme ait été retiré un jour de la Seine. Son visage, d'une beauté merveilleuse, paraissait n'avoir été nullement altéré par les affres de la mort ni par le séjour dans les eaux. D'autre part, l'on ne put recueillir aucune indication sur la personne de la mystérieuse noyée, ni sur les circonstances de son drame. Voilà tout. Le masque de ce visage aurait été moulé en plâtre avant l'inhumation de la morte, et c'est de ce masque que nous serait offerte la reproduction. Il s'agit du visage d'une toute jeune personne, presque une enfant. Les yeux en sont clos, la bouche affectée d'une sorte de sourire assez pareil à celui de la *Joconde* de Vinci. Mais il s'agit d'un visage français, semblable à celui qu'on voit aux vierges de Reims ou de Chartres. Cela est simple et touchant, beaucoup plus touchant, paraît-il, qu'une poignée de boue. Pourtant, ceux qui en décident ainsi (et vous jugent fort mal d'en juger autrement) aiment aussi à dire ou entendre dire que l'homme n'est qu'un peu de boue[34]. Mais, pour moi, je n'en veux rien dire, sinon que la boue me paraît bien différente de l'homme, et que peut-être l'homme pourrait devenir bien différent de ce qu'il est (et qui n'est pas de la boue), si seulement il s'attachait moins à contempler ses propres images qu'à considérer une fois honnêtement *la boue*...

Ainsi donc, la Seine vue de l'intérieur, à l'aide d'un scaphandre par exemple, pourrait sans doute nous révéler quelque chose de la nature de ses fonds, et cela ne serait en aucune façon négligeable. Mais si, restant à la même place et relevant nos regards à l'horizontale, nous contemplions ensuite les eaux elles-mêmes, je ne pense pas que nous y prenions connaissance de vérités bien particulières aux eaux du fleuve qu'entre tous nous avons choisi. Au contraire, nous nous trouverions privés alors des éléments de comparaison constitués par ces objets fixes entre lesquels s'écoule le courant des eaux, et qui nous permettent d'en saisir plus distinctement les caractères.

Il nous faut donc, en cet instant, remonter décidément à la surface, sortir des eaux, nous en secouer, nous en défaire, et les considérer désormais depuis leurs ponts[35] ou leurs berges.

Mais allons-nous, pour autant, nous mêler à la foule des soupirants qu'a toujours connue la Seine, au chœur de ceux qui lui dédient leurs romances, aux soupirants de ses ruelles et de ses ponts? Certes, il ne nous est pas interdit de réinventer en cet instant pour nous-mêmes les chants que ce fleuve a inspirés. Penchés sur lui, aussi longtemps qu'il nous plaira, depuis quelque pont, ou installés à son chevet, ou nous promenant la guitare à la main le long de ses ruelles, tant que nous sentirons notre cœur battre, notre poitrine respirer, tant que l'air respirable environnera confortablement notre corps, nous pourrons chanter, tout chauds et malgré nos soupirs tout gaillards, les airs les plus mélancoliques ou les plus désespérés.

Oui, la Seine est aussi ce fleuve qui a inspiré maint poète, illustre ou anonyme : il ne serait pas juste d'oublier cela, de n'en tenir aucun compte. Oui, la Seine est aussi ce fleuve au sujet duquel Bernardin de Saint-Pierre[36] écrivit ceci, Nodier cela, Apollinaire cela encore. Oui,

> *Bergère, ô tour Eiffel, le troupeau des ponts bêle ce matin.*

Oui,

> *Sous le pont Mirabeau coule la Seine*
> *Et nos amours...*
> *Les mains dans les mains restons face à face*
> *Tandis que sous*

*Le pont de nos bras passe
Des éternels regards l'onde si lasse...*

Oui,

*L'amour s'en va comme cette eau courante
L'amour s'en va...
Vienne la nuit sonne l'heure
Les jours s'en vont je demeure.*

Oui,

*Le fleuve est pareil à ma peine
Il s'écoule et ne tarit pas
Quand donc finira la semaine...*

Oui,

*Le fleuve épinglé sur la ville
T'y fixe comme un vêtement
Partant à l'amphion docile
Tu subis tous les dons charmants
Qui rendent les pierres agiles.*

Oui,

*Terre
Ô déchirée que les fleuves ont reprisée,*

Oui,

*Je suis ivre d'avoir bu tout l'univers
Sur le quai d'où je voyais l'onde couler et dormir sous les
 bélandres
Écoutez-moi je suis le gosier de Paris
Et je boirai encore s'il me plaît l'univers*

Écoutez mes chants d'universelle ivrognerie

*Et la nuit de septembre s'achevant lentement
Les feux rouges des ponts s'éteignaient dans la Seine
Les étoiles mouraient le jour naissait à peine*[37]...

Certes, cela est joli, ravissant, touchant. Certes, nous ne

sommes pas près de renier de telles voix, de souhaiter qu'elles se taisent, de ne leur accorder audience, de ne nous en faire l'écho (on le voit), sans crainte aucune qu'après elles la nôtre pâlisse ou s'éteigne. Mais certes aussi, de telles chansons ne sont nullement notre propre. Nous ne sommes pas trop désigné pour les dire. Il ne nous intéresse donc pas trop de les dire. Ni vous de les entendre de nous.

Non. Ni plus ni moins que ceci, par exemple, à savoir que la Seine prend sa source à sept kilomètres de Saint-Germain-la-Feuille et coule en direction du nord-nord-ouest sur un parcours de sept cent soixante et onze kilomètres, jusqu'à son embouchure par tel ou tel degré de latitude et de longitude, après avoir traversé les provinces de Bourgogne, Champagne, Île-de-France et Normandie, les départements de la Côte-d'Or, de l'Aube, de la Seine-et-Marne, de la Seine-et-Oise, de la Seine, de l'Eure et de la Seine-Inférieure, les villes de Châtillon, Troyes, Montereau, Melun, Paris, Mantes, Rouen et Le Havre, et reçu sur sa droite tels affluents, sur sa gauche tels autres, et par exemple dans la Côte-d'Or seulement, d'abord la Coquille grossie du Revinson, le Brévon et quelques sources, entre autres le Douix de Châtillon, puis en dehors de ce département recueilli les eaux de quatre rivières qui en partie au moins lui appartiennent, à savoir : la Laignes et l'Ource qui y ont leur source, l'Aube et l'Yonne. Et si je veux considérer la Laignes, me faut-il dire qu'elle sort d'une superbe fontaine et qu'une partie de ses eaux lui viennent souterrainement d'une autre rivière du même nom dont la source est près de Baigneux-les-Juifs ? L'Ource, que son bassin est très boisé, et ses affluents principaux la Douix, l'Arce, la Groême, la Dijonne, le ruisseau du Val-des-Choux, la fontaine de Brion, les sources de Thoires et de Belan, la fontaine de Pré-l'Abbé, les sources de Riel-les-Eaux et du Clos-de-Champigny, le Bedan et la source de Moulin-Pingat ? L'Aube, que son cours est de deux cent vingt-cinq kilomètres, qu'elle naît près d'un rocher couvert de mousse et de bruyères, à quatre cents mètres de haut, au nord-ouest de Praslay dans la Haute-Marne, que ses eaux sont transparentes comme le cristal, et qu'elle garde même après son confluent dans le lit commun son flot clair à côté des eaux vertes du fleuve[38] ?

Cela est-il moins poétique, ou moins intéressant ? Ni

plus ni moins que ceci, par exemple à savoir que la Seine est ce fleuve sur lequel les Parisii s'établirent, et que les Normands remontèrent jusqu'à Paris (et plus exactement jusqu'à la tour gardant alors le Petit-Pont), ce fleuve dans lequel le corps de tel prince assassiné fut précipité[39], où les flammes de la Commune se reflétèrent, et qui fut un boulevard désert sous l'Occupation ?

Mais cela encore, est-ce bien mon genre ? D'autres ne le diront-ils mieux que moi ?

Mais moi ? Eh bien, cette perfide et froide horizontale qui se moque depuis des siècles des générations qui se pressent dans sa ruelle ou qui enjambent son lit pour lui roucouler de stupides romances en la regardant bouger indolemment les jambes et s'amuser à de petits effets de langue ou à de petits étalages plus ou moins vicieux et retardataires sur ses bords, je la considérerai (comme je l'ai fait jusqu'ici) avec plus d'attention, d'amour à la fois et de méfiance, pour l'envelopper enfin dans ses propres draps, content si j'ai pu seulement lui assener au passage quelques solides définitions.

Et sans doute, la Seine, est-ce le moment de l'avouer, la Seine, je m'en rendis assez vite compte dès le moment que je commençai à réfléchir à son sujet, la Seine ne m'inspire naturellement aucun des sentiments tendres ou idylliques que je vois si communément montrés dans les écrits auxquels elle a jusqu'à présent donné lieu.

Certes, comme il semble d'abord que tout le monde s'entende parfaitement à son propos, que tout le monde sache très bien ce qu'on entend par la Seine, et que chacun en particulier possède une idée simple à son sujet, ainsi, lorsque ce thème me fut proposé, et bien qu'il me l'ait été non par moi-même, mais par une personne située nettement à l'extérieur de moi, l'ai-je accepté comme possible, et plutôt même comme probable. Il n'a pas trop fait question pour moi jusqu'au moment où j'ai tenté vraiment de l'appréhender...

Entre-temps, le talentueux et intelligent photographe qui devait collaborer à cet ouvrage était venu en France. Et sans doute pour lui la question ne devait-elle pas se poser de la même façon que pour moi : quoi qu'il en soit, il se promena le long de la Seine, prit des photographies... Le tour pour lui était joué.

Par ailleurs, aucun des amis à qui il m'advint d'en dire un mot ne parut particulièrement surpris. Plusieurs même réagirent de façon à me faire croire qu'ils voyaient bien comme j'allais m'y prendre pour traiter ce sujet.

Mais voici qui pourtant déjà devait quelque peu m'inquiéter, m'intriguer : chaque fois que j'avais l'occasion de traverser la Seine ou de la longer, j'étais surpris de n'en recevoir qu'une impression assez peu vive, assez peu nette, assez peu profonde, — comme un effleurement superficiel. À la vérité, cette lenteur même de nos approches avait quelque chose pour m'émouvoir. Rentré chez moi, quand j'y réfléchissais, j'étais partagé entre deux sentiments. Ou bien la difficulté même du sujet m'apparaissait, et dans le même temps son intérêt, l'ampleur des problèmes de tous ordres qu'il soulevait, — et cela me tentait et m'effrayait à la fois. Ou bien, songeant le plus concrètement du monde aux eaux de mon fleuve, j'en ressentais plutôt une certaine aversion. Parfois ces deux impressions se combinaient. Comment saisir l'être de cela, me disais-je ? De quoi s'agit-il ? Voilà une troupe qui s'écoule sans cesse depuis des millions d'années, qui n'a pas fini de venir ou de s'enfuir de moi (si je me figure établi sur un pont), ou de passer, de défiler devant moi (si je me place sur une de ses berges). Toujours dans le même sens, ce qui est fastidieux et désespérant... Une masse de matière enveloppante, hostile, fort capable de noyer. Une troupe fade, froide, douce et perfide, à laquelle je ne me rallie pas volontiers, qu'il ne ferait pas bon subir chez soi. Je n'y ai pas tellement de goût. Cela ne me convient pas tellement. Paris (et la Seine) m'ont toujours paru situés un peu trop au nord pour mon goût... Mais encore, c'est une eau comme les autres. Une partie de l'eau ruisselant à la surface du monde emprunte ce couloir, cette rigole, — et voilà tout. Et la Seine, en somme, c'est beaucoup plus ce couloir, ses bords, ses fonds, ses cieux que l'eau elle-même, laquelle est une eau indifférente[40], jamais la même, et toujours de même nature, qui par hasard s'est trouvée précipitée par là et engagée dans cette rigole. D'ailleurs, cette eau-là ne prend dans cette rigole aucune allure qui me ravisse ou m'enthousiasme particulièrement. Ce ne m'apparaît pas du tout comme une force de la nature, un fougueux événement à bouillons, à crinières, à naseaux comme ce Rhône[41], par exemple, à quoi neige et torrents participèrent. Qui descend des hauteurs, des glaciers. Autant j'aime les rivières qui sautent sur les cailloux, qui rient, qui chahutent, bondissent comme la jeunesse en descendant le cours de la vie, autant j'ai du mal à me résoudre à cet écoulement comme tel, à ce morne résultat des pluies. Non, la Seine, je le regrette, ne m'inspire pas. Pas autre chose qu'une aversion. Comme les rivières en général et surtout les rivières lentes. Et surtout les rivières profondes. J'ai horreur de cette eau qui se prétend pure et transparente, mais dont je ne vois pas le fond. De ces eaux surtout, qui par leur paresse et leur négligence, par leur veulerie à s'écouler, souillent et pourrissent leurs fonds.

J'aime beaucoup l'eau des robinets. J'aime cette activité, ce rire, cette précipitation, cet affairement. J'aime aussi l'eau de la carafe, l'eau de mon verre[42]. Mais je ne suis pas trop sensible aux charmes de cette eau profondément souillée, impure, — et qui miroite pourtant de sa surface entre les bosquets.

Non, le Rhin n'est pas mon père, la Seine n'est pas ma femme, et s'il est une littérature que j'abhorre, c'est bien celle, en termes lyriques, qui divinise l'Ève, l'Onde : cette littérature à la Reclus[43].

Quant à définir les rivières comme des chemins qui marchent et portent où l'on veut aller[44], eh bien j'en laisse la responsabilité au *profond* auteur de cette remarque : cela ne paraît pas tout à fait suffisant.

Ah ! Penché sur ces eaux depuis un pont, il me faut en parler plutôt comme d'un flux d'idées non plastiques, quasi songeuses, qui me vient d'amont, que je ne peux retenir, qui continue sa route vers l'aval, après m'avoir en quelque façon traversé, et finit par se perdre dans le remous, dans le chaotique repos de l'Océan, avant — faute d'avoir été le moins du monde saisi ou retenu par la mémoire, et toujours pressé par celui qui vient ensuite — d'avoir du tout pu prendre forme.

Oui, c'est le flux incessant des idées songeuses, sauvages, non retenues et à vrai dire non pensables, ce flux qui traverse Paris, — ce Paris tout plein de beaux et grands monuments d'éternelle structure, — beaucoup moins éternelle en somme que ce flux, ce flux incessant.

Mais Paris justement s'est formé où ce flux pouvait être le plus aisément *traversé*, et le penseur sur ces ponts, établi perpendiculairement au cours du fleuve, peut, s'y accoudant, sentir très fort son identité personnelle.

Oui, le fleuve est ce cours d'eau sauvage qui passe à travers tout, à travers les monuments des civilisations les plus raffinées, — d'une allure à la fois fatale et stupide, profonde, parfois fangeuse, — c'est le courant du non-plastique, de la non-pensée qui traverse constamment l'esprit, — écoulant ses détritus, ses débris, ses ressources, les jetant à la mer. Aveugle et sourd. Froid, insensible.

Fente, sillon, pli creux, rigole, aine, vallée.

Je sens bien qu'à partir de cette notion de pli creux, de vallée, de rigole, je vais pouvoir rendre compte d'un grand nombre des caractères du fleuve. J'entrevois de longs développements à en partir.

Mais il me faut, auparavant, profitant de ma position de spectateur examinant de sur un pont le fleuve, rendre compte de certains autres caractères, essentiels aussi, dont j'ai hâte de me débarrasser.

Me voici donc immobilisé dans cette sorte d'éternel présent qui est celui du spectateur, immobilisé devant le fleuve mobile. Je ne bouge, ni n'agis, ni non plus ne vois tout ce qui déjà est passé (et ce serait alors savoir), car le fait même que le fleuve continue à passer m'oblige à ne clore aucunement ce passé et me force à anticiper l'avenir. Mais comment, le futur n'étant qu'ignorance, quand il est futur du spectateur et non de l'acteur qui fait ce futur, comment puis-je conclure autre chose que ceci : cela va continuer éternellement. Chaque fois, me dis-je, que je vois ce qui se passe, je vois le même fleuve couler. Tout se passe donc comme si rien ne se faisait, puisque rien ne reste, rien ne demeure acquis. Ainsi, le fleuve est-il l'image concrète de ce qu'un grand esprit de notre époque, à qui je viens d'emprunter déjà plusieurs expressions[45], nomma « le temps *transdialectique* : un temps sans contradictions, un temps sans lutte, un temps apaisé, un temps où tout ne fait que s'écouler », une sorte de « substratum neutre », l'image d'un « temps qui n'a pas de forme », où « tout est sacrifié à son unité ». Le fleuve est l'image de ce temps vide d'événements, de ce temps supra-vital que les métaphysiciens se sont souvent donné à tâche de concevoir, « et dont il est fort naturel, observe le même maître à penser, qu'après l'avoir ainsi saisi comme donnée (alors qu'il ne s'agit que d'une fiction), ils la déclarèrent donnée *unique* ». « Les métaphysiciens, dit-il encore, n'ont jamais fait autre chose », et il conclut très justement que « lorsqu'on veut en venir au monde complexe des phénomènes, à la vie, à l'histoire, on ne saurait les interpréter. C'est pourquoi ce n'est pas le temps comme tel qu'il faudra chercher à concevoir, mais le mouvement ou les mouvements du temps, sa structure dialectique, telle qu'elle apparaît dans la vie et dans l'histoire* ».

Mais je conclurai, pour ma part, que les métaphysiciens n'ont sans doute pu concevoir cette fiction qu'à partir des données très réelles que constituent en particulier les rivières, l'eau quasi éternellement fluente ; et qu'à moi, il me suffit bien de cette rivière, ou plutôt que je l'adore d'être autrement concrète, autrement épaisse et complexe, et ainsi de m'obliger, comme je m'en fais fort à partir d'elle, à appréhender bien d'autres notions, absolument différentes (et contradictoires aussi bien), où me rafraîchir, m'épaissir, me rassurer enfin et renforcer dans mon élan même.

Revenons, par exemple, à notre notion de vallée : cette notion ne nous amène-t-elle pas aussitôt à celle de bassesse, avec son coefficient péjoratif, et corollairement à celle d'humiliation ? Ah, je suis bien content, entre parenthèses, que le rapport phonétique entre les racines *humid* et *humil* me soit enfin justifié[46] ! Je le savais bien, qu'un jour ou l'autre le fondement m'en serait offert ! Oui, n'est-il pas évident, pour qui réfléchit une minute, que la vallée, le pli creux, la rigole (scientifiquement l'on dit *thalweg*) est par définition la ligne de la plus grande bassesse, de la plus grande humiliation de toute cette région, elle-même désignée par le mot de *bassin*. Ainsi s'expliquent (entre autres) certains sentiments puérils, notés naïvement comme ce qui suit, par exemple, retrouvé dans mes papiers. L'eau, telle qu'elle tombe du ciel, je la prends plutôt en bonne part. Mais l'eau des rivières, eh bien, je le regrette, je n'ai jamais pu la sentir. Qu'on m'entende. C'est très bien qu'il pleuve, et c'est parfait que l'eau imprègne la terre, la rendant propre à la végétation, je n'y vois aucun inconvénient, au contraire. Ce qui m'agace, je ne sais pourquoi, c'est la divinisation de ces rivières, de ces rigoles...

Maintenant, je sais bien pourquoi !

---

* Bernard Groethuysen.

C'est que le lit des fleuves est le lieu de l'humiliation (active, sensible, visible, en acte) de toute une région. Quand on arrive à la Seine, on est au lieu géographique le plus bas. À ce qui est au plus bas de la superficie de tout son bassin. Dans son lit convergent toutes les humiliations, toutes les bassesses (de tous ses affluents, et de leurs propres affluents). L'humidité et les humiliations de toute une région.

Ce lit est la ride, la façon dont, de par les avatars, les événements, les malheurs, et par et pour les larmes et autres sécrétions qui en résultent, se creuse la surface de la terre en notre région.

Oui, c'est le flux incessant des idées sauvages dont je parlais tout à l'heure, oui c'est le flux du non-plastique, du non-pensable, mais c'est aussi le flux de tout ce qui a été *vécu*, le résidu de tout ce qui a été agi, le flux de ce qui n'a pu être assimilé, et qui doit être rejeté, évacué. Oui, c'est bien ainsi que la nature fauve entre dans Paris, le traverse et en sort, — mais fauve, je sais bien maintenant comme quoi : je sais bien aussi que fauve est l'urine.

Flux quotidien, de toutes les heures, flux de tous les instants.

Égout, égout à ciel ouvert. Et je ne parle pas au figuré.

Car enfin, c'est vrai ! Nulle goutte de liquide produite à la surface de ce bassin, ni rien de ce qui s'écoule aussi bien du corps des hommes ou des animaux que de la terre ou des cieux, rien, s'il ne fait partie des deux tiers qui s'évaporent en route, qui ne se retrouve enfin dans ce lit. Et quand je parle des deux tiers qui s'évaporent, cela n'est vrai que des eaux de pluie, mais les autres eaux en ont beaucoup moins l'occasion : les eaux-vannes ne s'évaporent quasi nullement. Oui encore ! Car ce qui s'infiltre en route sur la surface du bassin, en ressort enfin par quelque autre endroit, et rejoint à la fin le lit, après avoir été plus ou moins filtré, il est vrai.

Songez-y : chaque fois que vous pissez ou crachez...

Chaque fois que vous tordez une chaussette au-dessus de votre évier, au rez-de-chaussée de votre petite maison de paysan en Champagne, d'ouvrier dans l'Aisne ou dans la Seine-et-Oise, ou au septième étage de l'immeuble parisien où vous pourrissez, vieux malade, vous ajoutez à la Seine un peu de ce qu'elle fait joliment miroiter entre les coteaux boisés de Saint-Germain ou de Chatou. Et vous voudriez alors que cela s'écoule plus vite, sous les espèces au besoin d'un large courant d'eaux bourbeuses et jaunâtres. Mais non. Le plus souvent, c'est en toute tranquillité, — miroitant —, laissant douter que cela dorme ou s'écoule. La plus ignoble incontinence donne ainsi lieu par moments à un joli miroir naturel.

« Elle entre comme un cygne et sort comme une truie » : Heine, je crois, parla ainsi de la Sprée de Berlin[47]. Et certes, voilà qui peut s'appliquer non seulement à la Bièvre ou au Rouillon, mais à la Seine de Paris elle-même, si l'on songe que ce fleuve, dont le cours dans le département qui porte son nom est de soixante kilomètres, dont plus de douze dans Paris, doit être assez fortement contaminé en aval par son passage au milieu d'une agglomération de cinq à six millions d'hommes ! Et l'on pourra souhaiter alors que s'achèvent les travaux commencés, que la formule « tout à l'égout, rien à la Seine » devienne une vérité, et que les eaux-vannes, au lieu d'entrer en rivière à Asnières, aillent enfin se verser sur les champs d'épandage de Gennevilliers, d'Achères et de Méry-sur-Oise[48]. Certes, la plus grande partie de ces eaux ne manqueront pas pour autant de rejoindre le lit du fleuve plus ou moins loin en aval, mais du moins auront-elles été filtrées dans les terrains sous-jacents aux champs d'épandage que nous venons complaisamment de citer.

Pour l'heure, tout va à la Seine, et il me faut pour ma part jeter ici certaines choses qu'on m'a dites, que je n'ai pas vérifiées, mais dont l'évocation m'a causé une impression si forte que je souhaite m'en débarrasser au plus tôt.

Il paraît qu'en certains endroits de la proche banlieue, en aval de Paris, peuvent se voir les installations d'entreprises industrielles relativement importantes, conçues et dirigées par des individus qui n'ont pas craint de consacrer leur vie, leur nom, et de gagner des fortunes qu'ils peuvent bien dépenser par la suite à doter leurs filles de linges immaculés, — qui n'ont pas craint, dis-je, d'occuper leur temps et leur esprit à la récupération des matières collectées par la Seine au cours de son passage dans l'agglomération parisienne. C'est ainsi que plusieurs, ayant établi certains barrages superficiels, y récoltent des flottes entières de bouchons, lesquels plus ou moins nettoyés et retaillés selon des formats réduits, serviront à boucher par la suite beaucoup de flacons de pharmacie ou de parfums. D'autres vivent leur existence sur des bachots spéciaux, meublés en leur centre d'une grande caisse en forme de cercueil. Ceux-là, armés de longues gaules munies de harpons, repêchent au passage les animaux crevés dont les cadavres, convenablement traités, leur procureront des revenus appréciables. Les graisses, fondues et décolorées, entreront dans la composition de diverses margarines, tandis que les os fourniront les poudres calcaires servant à la fabrication de nombreux produits pharmaceutiques ou autres, tels que les craies, poudres ou pâtes dentifrices par exemple. Mais les plus modernes parmi ces entreprises, les plus considérables parmi ces industriels, les plus riches, les mieux outillés, les mieux notés, ceux dont les filles sont les plus recherchées, sont ceux dont les barrages, constitués par des poutres ou des claies flottantes, ne retiennent que la crème[49], l'écume, cette pellicule souvent fort épaisse d'huiles, de graisses et de crasses, qui vient se fixer à leur surface qu'elle enduit et imprègne. Il ne s'agit alors que de gratter ces surfaces, de faire dégorger ces claies, puis de traiter chimiquement la pâte obtenue, pour se lécher bientôt les doigts des meilleures margarines, des plus fines savonnettes, de mille autres ingrédients de luxe, de délectation et de beauté.

Voilà qui va bien, et je ne me donnerai pas le ridicule de flétrir de pareilles occupations.

Il me tarde d'ailleurs de quitter une vision si anecdotique des choses : aussi bien Heine, ses prétendus cygnes et ses prétendues truies, que nos égoutiers et autres raffineurs de banlieue.

Comme j'ai eu l'occasion de le laisser entendre, la Seine, en aval de notre agglomération, de ses latrines et de ses fumiers, ne paraît pas moins pure que dans son cours d'amont : elle présente sous les ombrages de l'Eure et de la Seine-Inférieure de fort jolis miroirs naturels. Et sans doute cela est-il un signe qu'*en effet* elle n'est pas moins pure, qu'elle ne l'est guère plus ni guère moins. La seule chose qu'il soit de notre dignité (et de notre goût d'abord) de retenir, car il s'agit d'une notion de principe, c'est, — si nous poursuivons honnêtement notre dialectique, si nous la menons à son terme, si nous nous autorisons enfin de ce que sans doute nous voyons, mais que nous aurions peut-être tendance à nous cacher plutôt s'il nous intéressait davantage de poursuivre une métaphore séduisante que d'atteindre une vérité inouïe et déconcertante, — c'est donc que le lieu même de l'humiliation et de la bassesse, le lieu de l'écoulement des turpitudes et des hontes est aussi un lieu de miroitement, de pureté et de transparence, et qu'enfin c'est *seulement* en ces lieux, les plus bas, et en ces eaux, résiduelles, oui, là et là seulement que ce qui est au plus haut, qu'enfin les cieux trouvent (ou consentent) à se refléter.

Et certes, cela est sensible non seulement à l'esprit de quiconque réfléchit, mais encore au regard le moins prévenu, le moins préparé, au plus distrait des regards : à la surface des terres rien d'autre n'est réfléchissant, aucun autre miroir naturel que les étendues liquides. Un aviateur s'en rend compte aussitôt. Le miroitement est l'apanage de ces étendues, de ces nappes horizontales, de ces lits de prostituées. Et ils miroitent d'autant plus, ils reflètent d'autant plus nettement, clairement, que d'une part ils sont plus immobiles, ou plus lents, plus paresseux, — que d'autre part leurs fonds sont plus sombres, leur tain plus serré et plus uniformément étendu.

Voilà qui va me permettre de me rendre bien exactement compte, de m'expliquer à moi-même certaines sensations ou sentiments qu'il m'arriva fréquemment de constater en moi lorsque j'approchai de ma Seine.

Oui, lorsque j'atteins sa vallée, serait-ce à l'intérieur de Paris, serait-ce au débouché d'une rue ou ruelle, lorsque enfin je me trouve près de cette eau, souvent c'est moins l'eau que je regarde (je ne la regarde que du coin de l'œil), et lorsque de mon cabinet j'y pense, souvent c'est moins de l'eau enfin que je me souviens, que de cette sorte d'ample tranchée irrégulière, de cette grande ornière dans les terrains, de ce grande crevasse bleue ou grise ou jaunâtre, enfin de ce brusque éclaircissement du paysage, de cette soudaine éclaircie.

De cette clairière, qui semble intéresser non seulement la surface, mais l'intérieur même de la terre, je m'en souviens aussi (ou m'aperçois) comme d'une paire de ciseaux ouverts, fendant un coupon de soie tendue. Vous savez, quand la lame inférieure avance invisiblement sous l'étoffe, affleurant brillante à mesure que le tissu, tissu ici d'asphalte et de pierre de taille, d'immeubles de pierre, est fendu. Et la lame supérieure, qui avance en même temps, mais il semble qu'elle ne fasse que suivre l'autre, cette lame supérieure n'est que la bande de ciel qui correspond au fleuve, lui-même lame inférieure de nos ciseaux ouverts.

Je la perçois, il m'en souvient aussi comme d'un fruit ouvert, ou enfin dont il manque, dont avant de l'exposer on a enlevé un morceau, une tranche, un quartier : afin de prouver sa qualité intérieure, son innocuité, son innocence.

Oui, il semble bien, arrivant dans une vallée, qu'on ait enlevé un quartier au paysage ; dans Paris, aux abords de la Seine, qu'on ait enlevé un quartier à Paris.

Et comme enfin, sans aucun doute, nous aimerions bien avoir la certitude que l'intérieur de notre fruit, — de notre pomme, de notre orange, de notre terre, de notre région, de notre Paris — est une pulpe savoureuse et claire, sous l'écorce la plus boueuse, la plus fangeuse[50], — une pulpe semblable à la pulpe, à l'immatérielle pulpe des cieux : eh bien, ici nous en est donnée l'illusion.

Et même s'il ne s'agit que d'une illusion, au moins ce désir que j'éprouvai est-il bien une certitude. Oui, sans doute suis-je au moins assuré de ce que je désire. Si bien que *merci*, ô Seine, car en tout cas tu me le prouves : le ciel n'est pas plus pur que le fond de mon cœur[51] !

Certes, j'entends ce que vous allez me dire : à savoir que le ciel n'est pas toujours pur et serein, pur et rassérénant, — et qu'alors aussi bien le liquide le reflète, — et que l'impression désespérante qu'on en ressent s'en trouve alors aggravée d'autant, c'est-à-dire en somme du double. Oui, mais de cela encore fera-t-on justement hommage au liquide. Car ainsi avons-nous l'avantage non seulement de jouir (tristement ou joyeusement) du ciel deux fois, mais d'en jouir d'une façon quelque peu plus tangible, parce que nous pouvons nous plonger dans cette eau, dans cette image suave ou désespérante des cieux, nous pouvons assouvir notre désir de l'étreindre ou de la prendre à bras le corps, pour la baiser ou pour la combattre, nous pouvons aussi en distraire un verre et le placer à l'intérieur de notre corps.

Et sans doute toutes les qualités que nous venons de saisir sont-elles communes à toutes les étendues de liquide à la surface des terres et même elles sont plus parfaites, plus accomplies en n'importe quel étang, lac ou bassin naturel ou artificiel qu'en les ruisseaux ou les rivières. Pourquoi donc l'impression nous en est-elle donnée de façon plus fatale, plus ample, plus dramatique par n'importe quel ruisseau ou quel fleuve, que par tel lac ou bassin ?

Eh bien, pour deux raisons (pour le moins) sans doute.

En premier lieu, parce que le fait que la tranchée ici nous apparaisse comme d'une longueur indéfinie (puisqu'elle vient de plus loin que l'horizon et se poursuit de l'autre côté plus loin que l'horizon encore) ce fait nous donne l'impression d'une blessure plus grave, d'une épreuve plus décisive, d'une certitude mieux établie. C'est aussi seulement alors que l'image des ciseaux est applicable, la commissure des deux lames se trouvant alors à l'horizon d'amont.

En second lieu, le mouvement nous rend la chose plus présente, plus actuelle et donc plus touchante, plus sensible, si d'ailleurs l'on voulait — et l'on aurait tort — ne pas tenir compte de toutes les impressions d'autres sortes, comme celles dont j'ai parlé auparavant, en rapport avec notre notion du temps supra-vital par exemple, et qui, s'ajoutant aux précédentes, concourent à notre sentiment.

Quoi qu'il en soit, par un tel sentiment mon esprit se trouve assez comblé pour qu'enfin il déborde et que j'entonne mon hymne au liquide.

Oui, cela m'est bien évident maintenant, la Seine coule moins entre ses deux rives qu'entre deux parties de moi-même, qui se ressemblent mais qu'elle sépare, et que ses eaux rajointent et reflètent. Il est évident qu'elle a trouvé une pente importante ; qu'elle suit, creuse et comble une vallée importante, un défaut important de mon corps. Oh ! que voilà donc une fort heureuse chance, une fort heureuse réussite !

Oh[52] ! comme il est bon que le liquide existe, et creuse et comble ainsi et satisfasse, panse, abreuve certaines fentes naturelles de la terre et de mon corps ! Comme il est bon que la nature entière ne soit pas seulement solide et gazeuse ; que quelque chose de pesant, de dense et de tangible comme le solide s'écoule et fuie pourtant ; et puisse être aisément divisé, habité ; et puisse s'infiltrer en mes vides, en mes sécheresses et les ranimer. Que quelque chose ainsi, susceptible de mouvement, fasse miroir, miroite, et réfléchisse le reste du monde, solide ou gazeux ; multiplie le ciel et les choses ; paraisse à la fois éternel et passager, fatal et accidentel, profond et superficiel, stupide et doué de réflexion.

Comme il est bon que les nuées fondent et que l'éparpillement, la dispersion des pluies, se rassemble en sources profondes puis en ruisseaux et fleuves qui donnent l'impression du volume, de la force, de la musculature, de l'abondance, de la générosité, et à la fois d'une assurance sereine, d'intentions précises, de persévérance, de continuité... et que cela s'écoule tranquillement vers les grands reposoirs, les grands réservoirs de l'Océan.

Comme il est bon que cette collecte se poursuive, attirant irrésistiblement à elle les eaux éparses. Comme il est satisfaisant qu'il y ait ainsi en chaque région de la terre un flux central, une majestueuse avenue centrale, bien trouvée, de plus en plus appuyée et confirmée, où tout se réunisse et prenne sa direction juste et son plus court chemin vers sa fin, son magnifique repos.

Comme il est plaisant et joli que les eaux ruisselantes ayant cherché leur route avec inquiétude et précipitation, la trouvent enfin et quelle joie de se glisser un beau jour dans le lit commun !

Et plus généralement, comme il est bon que la nature ainsi se présente sous trois états et nous permette de passer par tous nos sens de l'un à l'autre selon que le précédent nous a saoulé ou assoiffé[53], et que nous désirons en changer.

Et plus particulièrement que le liquide naturel le plus répandu soit cette eau, cette eau qui lave et qui désaltère personnes et choses ; qui les dépouille de ce qui ne tient pas essentiellement à elles, les rafraîchit, les rajeunit, entraîne loin d'elles leurs résidus, leurs déchets, leurs parties mortes ou trop vieilles.

Cette eau pureté et miroir. Cette eau qui console et panse leurs rides, leurs fentes, bouche leurs fissures, apaise leurs craquelures, leurs sécheresses, leur soif.

Cette eau qui ranime, qui fait revivre, qui monte dans leurs troncs et dans leurs membres. Cette eau dont l'application ôte le mal à la tête, et compense ce que comporte d'excessif la chaleur créée par l'énergie, le travail, les peines, les exercices corporels et intellectuels.

Cette eau, enfin, cette eau du monde, peut-être particulière à notre terre qu'elle enveloppe entièrement de ses voiles liquides ou vaporeux — et dont je veux maintenant examiner un peu plus sérieusement les caractères, puisque la Seine enfin n'en est qu'une petite partie.

*

Que la nature à l'intérieur comme à l'extérieur de nous-mêmes, se présente sous ses trois états, cela est bien remarquable et j'ai dit que nous devions nous en féliciter.

S'il est admis que notre Terre, à son origine, ne fut qu'un fragment détaché du Soleil, nous ne sommes pas sûrs pourtant que les minéraux se formèrent à partir du liquide : peut-être fut-ce à partir d'espèces stables à température plus élevée. Il nous est possible, en effet, de nous représenter le Soleil, et par conséquent l'actuel noyau central de notre Terre, et donc cette Terre entière à son origine comme une masse gazeuse incandescente, et même comme un simple ensemble ou système de charges électriques.

Quoi qu'il en soit, il semble que par l'effet d'un refroidissement progressif, certains des éléments gazeux de cet ensemble au contact des couches plus froides encore de l'éther intersidéral consentèrent en vapeurs diverses, parmi lesquelles la vapeur d'eau. L'on peut se figurer alors un âge premier de la Terre où son histoire se réduisit à une sorte d'orage perpétuel. Gaz s'élevant du seul fait de leur énergie cinétique, puis se condensant et tombant en pluies qui, au contact du noyau central, se vaporisaient aussitôt, pour se condenser à nouveau, retomber en averses et ainsi de suite, entraînant dans leurs mouvements de nombreuses cendres jusqu'à ce qu'à la faveur du refroidissement continu une croûte peu à peu se forme, celle-ci bien que solide brûlante encore si bien que l'orage se poursuit mais peu à peu les mouvements d'évaporation se font plus lents et le liquide enfin peut un moment séjourner dans des dépressions de la surface.

Ainsi advient-il que le liquide ne s'évapore plus qu'en partie et les océans sont alors constitués, mais à une température telle (température de couveuse) que toutes sortes de corps simples, phosphore, carbone, etc., se trouvant alors intimement mêlés et dissous dans l'eau, ceux dont la combinaison complexe constitue la matière organique peuvent s'associer et donner lieu dans l'intérieur des océans aux premiers phénomènes de la vie, dont le plankton actuellement nous offre encore l'image.

Voilà donc, cher ami, comment notre imagination nous permet de décrire ce que les précédents livres sacrés nommèrent la Genèse[54].

Mais la chose la plus merveilleuse à dire, écoute bien, la voici : il reste à l'eau chimiquement pure, et même à celle que l'on sait obtenir par synthèse dans les laboratoires, quelque chose de ce caractère monstrueux et quasi divin.

Oui, lorsqu'on étudie l'eau comparativement aux autres liquides, l'on y constate des anomalies telles qu'elles peuvent bien confirmer l'hypothèse de son caractère originel.

Désireux de t'épargner de nouvelles fatigues, je ne t'entraînerai pas fort avant cette fois dans les merveilleux jardins de la science quantitative, hérissés de formules et d'appareils bizarres. Mais puisque nous nous en sommes approchés de nouveau, laisse-moi pourtant te montrer, comme à travers leurs grilles, quelques-uns des trésors qui y sont accumulés.

Prise autrefois comme type de l'état liquide, l'eau y est un phénomène presque unique en son genre. Pour expliquer ses anomalies diverses, dont la plus communément expérimentée est son augmentation de volume par solidification (mais il en est bien d'autres, plus étonnantes encore), la physique moderne vient d'abandonner l'hypothèse selon laquelle elle serait un liquide associé, mélange de divers hydrols. Elle préfère se représenter maintenant une masse d'eau quelconque comme une gigantesque molécule unique, à liaisons internes mobiles (mais cependant solides), avec des vides importants dont le comblement partiel rendrait compte notamment de son anomalie de densité.

De plus il est tout à fait établi, et je te prie de mesurer l'importance de cette découverte, que certains corps dissous, loin de détruire la régularité de l'assemblage coordonné de l'eau, le consolident au contraire.

Si bien, que nous souvenant du fait que certains organismes marins, comme la méduse par exemple, renferment plus de quatre-vingt-dix pour cent d'eau, nous jugerons en définitive bien autrement qu'une boutade cette formule du physicien Langmuir : « L'Océan tout entier n'est qu'une grosse molécule un peu lâche et la sortie d'un poisson est la conséquence d'un processus de dissociation[55]. »

Ici, un signe de mon doigt suffira sans doute pour te faire souvenir des analogies développées dans la première partie de ce discours, et saisir immédiatement le magnifique écho dans la rhétorique d'une telle proposition. Je n'y veux pas insister.

Ainsi, nous nous trouverions donc présentement à un âge du monde, ou si tu le préfères, cela revient au même, à une température du monde, où les trois états de la matière peuvent exister simultanément, d'une manière relativement stable quoique fort mouvante, agitée, d'où la vie résulte. Et non seulement dans ce que nous avons pris l'habitude d'appeler la Nature, mais encore dans notre corps lui-même, c'est-à-dire dans l'une des formes dites supérieures de la vie, et non seulement dans notre corps, mais dans les formes de notre esprit, comportant coexistence, là comme partout, de l'*objet*, de l'*esprit* et de la *parole*.

Mais puisque nous avons choisi ici un objet liquide particulier, un fleuve : la Seine, et que nous avons choisi de le traiter selon la forme rhétorique qui lui convient, — il nous reste à exemplifier, selon cet objet et selon notre mode d'expression, notre hypothèse générale et à l'y restreindre.

Eh bien, cela est facile. Disons seulement que l'orage, dont nous parlions tout à l'heure, continue. Bien que selon des proportions et avec une intensité incomparablement moindres. Il s'est atténué, fragmenté ; il est entrecoupé d'espaces et de périodes de beau temps. Beau temps ? À vrai dire ne le souhaitons pas trop, ne le souhaitons pas absolument, car ce que nous appelons ainsi préfigure sans doute un âge du monde où le liquide ayant disparu, et tout s'étant asséché, il est probable que notre espèce aura beaucoup changé... jusqu'à disparaître sans traces. Quoi qu'il en soit, l'eau accomplit toujours son cycle tel que nous l'avons décrit, et c'est aux jours du beau temps qu'elle s'élève vers les hauteurs de l'atmosphère. Qu'est-ce donc que la Seine, au sein de ce cycle ? Rien qu'une, et non de loin la plus importante, des rigoles qu'emprunte indifféremment une partie de l'eau lorsqu'elle ruisselle à la surface de la Terre, pour rejoindre les lieux où elle s'évapore en masse : l'Océan. Et n'est-il pas plaisant de penser, une telle idée de notre fleuve étant acquise, que de pareilles rigoles aient pu jamais être divinisées ! Mais certes elles pouvaient l'être, par les cirons que nous sommes ! Je ne m'en étonnerai pas plus longtemps.

Il me plaît davantage de considérer avec un peu d'attention le mécanisme exquis selon lequel joue et fonctionne cette horlogerie amusante du monde d'à présent. Oui, nous pouvons bien le considérer ainsi, depuis que les plus terribles orages, trombes, cyclones, ouragans n'affectent vraiment plus de façon bien désastreuse la vie de notre univers. J'aimerais bien voir cela d'un peu haut, ou qu'on me le représente en plus petit, pour constater alors quelle minutie, quelles complications, quelles infimes nuances dans le fonctionnement de ce délicat appareil ! Comment jouent toutes sortes d'influences, de souffles, de rouages subtils dans la formation, la course, l'arrêt et la précipitation des nuages. Comme tout se déclenche, inopinément semble-t-il, mais c'est de la façon et à l'heure la plus précise, exactement au lieu déterminé ! Quelle variété de formes, de météores, de musiques, d'effets, de phénomènes. Ah ! Un petit jet d'eau ici, et regarde par là cet orage qui se forme, éclate et se précipite et se défait, ces eaux qui filtrent drôlement dans cette petite cuvette de terrain, regarde toutes ces rigoles. Choisissons-en une pour l'étudier. Celle-ci ? Ne la quitte pas des yeux, ne la perds pas, c'est la Seine... Mais attends, laisse-moi observer d'abord comment s'agence le mécanisme dont elle n'est qu'un des petits couloirs, le mécanisme qui l'alimente.

Et constate aussitôt, du point élevé où nous nous trouvons, comme il est sensible, bien que les eaux, à l'opposé du feu, ne soient pas une source de chaleur et n'aient pas d'activité propre, que leur mobilité (et la fluidité des vapeurs qui en naissent), leur sensibilité aussi aux impulsions venant soit des mouvements de l'atmosphère, soit des attractions des astres, communiquent au globe tout entier une apparence d'animation et de vie. Constate que les changements les plus importants à l'intérieur même des continents, sont dus à la circulation des eaux courantes[56], car elles y causent, même dans les couches profondes, des perturbations plus variées et au moins aussi importantes, beaucoup plus continues en tout cas que celles, comme les volcans, qui lui viennent du feu intérieur.

Vois maintenant comment les choses se passent.

En fait, presque tous les contrastes de climat viennent de ce que l'atmosphère, constamment en mouvement, se trouve en contact tantôt avec l'eau des océans, tantôt avec la terre ferme. La terre se réchauffe et se refroidit à peu près deux fois plus vite que l'eau. Or c'est aux environs du 65ᵉ parallèle nord que la masse continentale est la plus étendue. Ce sera donc en ce point que se montreront les anomalies thermiques les plus fortes, les contrastes de climat les plus accentués. C'est là aussi que les perturbations atmosphériques seront les plus fréquentes et les plus irrégulières.

De fait, nos régions de l'Europe occidentale, bien que situées un peu au-dessous de cette latitude, connaissent une instabilité de temps caractérisée par un ciel changeant d'un jour à l'autre, des coups de froid interrompant au printemps le réchauffement, des montées de nuages et des averses succédant rapidement aux heures ensoleillées, des journées torrides brusquement interrompues par un orage.

C'est que l'atmosphère qui les baigne nous apporte tour à tour l'haleine du tropique et celle des régions polaires, le souffle de l'Océan et celui des steppes asiatiques.

Entre les hautes pressions océaniques subtropicales centrées sur les Açores et les basses pressions océaniques subarctiques centrées sur l'Islande, l'air doit s'écouler, dévié par la rotation de la Terre, vers l'est-nord-est.

C'est ce grand flux océanique, venant de l'ouest-sud-ouest, qui, progressivement refroidi ou réchauffé selon les saisons mais naturellement humide, porte les systèmes nuageux, dont l'extension se trouve limitée en hiver par une pointe de hautes pressions qui prolonge jusqu'à la Suisse et même jusqu'au Massif central français le grand maximum de l'Asie[57].

D'autre part, nous subissons ici le contrecoup affaibli des perturbations passagères mais profondes, dues à des aires cycloniques qui se déplacent rapidement sur l'Océan au cours d'une même journée, entraînant souvent des anticyclones migrateurs. L'élément actif dans la formation de ces perturbations est l'air polaire qui chasse en hauteur l'air tropical. Elles se produisent sur le front constamment oscillant où se rencontrent les masses d'air tropical et d'air polaire, et leur énergie est d'autant plus grande qu'elles naissent à de plus hautes latitudes. Les nuages naissent et s'épaississent sur des surfaces de discontinuité inclinées, au long desquelles s'affrontent ces masses d'air d'origines différentes. Ils se présentent là en masses puissantes génératrices de pluies, tandis que des nuages légers apparaissent dans les intervalles. Ces systèmes nuageux survivent le plus souvent aux perturbations qui les ont engendrés et poursuivent leur route vers l'ouest en se dissipant peu à peu...

Quoi qu'il en soit, et que l'origine s'en trouve dans le

flux régulier de l'atmosphère entre les grands centres d'action que j'ai décrits tout d'abord ou dans l'écho des perturbations passagères d'ordre cyclonique, la pluie dans tous les pays de l'Europe occidentale vient de l'Océan, apportée par des trains de nuées qui abordent le continent poussés par les grands vents d'ouest régulateurs de nos climats.

Mais rapprochons un peu plus encore nos regards de la région qui nous intéresse : nous constaterons aussitôt la sensibilité des précipitations aux moindres aspérités du relief. Nous constaterons aussi qu'il pleut de moins en moins à mesure que l'on s'enfonce à l'intérieur du continent. Quant aux variations des précipitations par rapport au relief, nous observerons que ce sont les pentes « au vent » qui sont le plus arrosées, les pentes « sous le vent » qui sont relativement plus sèches. Tout se passe comme si les collines du Bocage normand, les plateaux du Haut Perche et du pays de Caux faisaient fonction d'écran ou d'abri pour l'ensemble du Bassin parisien, où tout est transition, dès lors, et nuances délicates.

D'autre part, comme du point de vue où nous nous sommes placés, les années passent vite (n'est-ce pas, cher ami) et plus encore les saisons, il nous a été tôt donné de remarquer qu'en raison de la situation cosmique de notre globe, et du fait que les fronts polaires tendent en hiver à se rejoindre, la fréquence et l'énergie des perturbations d'origine cyclonique se trouvent alors fort accrues, et l'écho que nous en ressentons sur notre continent proportionnellement renforcé. C'est en cette saison que les trains de nuées aborderont nos régions le plus fréquemment et en plus grandes masses, c'est alors que les précipitations seront les plus abondantes, que nos fleuves connaîtront leurs crues.

Pourtant, si nous abandonnons définitivement la considération des nuages et des précipitations qui en résultent, pour fixer nos regards sur le bassin de notre fleuve, et sur ce fleuve lui-même, nous constaterons que si toute son eau lui vient des précipitations atmosphériques, il présente un important déficit d'écoulement. D'où cela vient-il ? Une partie de l'eau ruisselle et arrive directement aux thalwegs ; une partie s'évapore ; une autre s'infiltre mais reparaît sous forme de sources, ou est restituée à l'atmosphère (principalement en été) par la respiration des plantes. Une très faible partie enfin est fixée par les roches décomposées et la végétation[58].

C'est pourquoi, en dehors même du climat (lequel influe sur l'abondance et la régularité des précipitations, — et aussi sur le coefficient d'évaporation des eaux une fois précipitées) dont nous venons de voir qu'il est en nos régions tempéré et tout en transitions et nuances, c'est pourquoi[59], dis-je, le relief du sol (donnant des thalwegs en pentes plus ou moins accentuées), et la structure géologique du terrain (selon laquelle l'infiltration s'opérera plus ou moins facilement), sont des facteurs importants du régime et des caractères généraux des cours d'eau.

Eh bien, tous les cours d'eau nés dans les plaines atlantiques ont un indice d'écoulement peu élevé et un coefficient d'écoulement[60] qui atteste la perte des deux tiers des eaux tombées du ciel. Ceci s'explique par le faible relief en même temps que par le climat. Dans tout le Bassin parisien très peu d'altitudes dépassent deux cents mètres, les fortes pentes sont toujours trop courtes pour lancer le ruissellement, la neige est rare et ne dure jamais assez pour jouer un rôle notable dans l'alimentation, qui est exclusivement due à la pluie. Mais, grâce à une harmonieuse combinaison dans cette région des terrains perméables et imperméables, et à l'alternance des couches calcaires, sableuses et argilo-marneuses signifiées en surface par l'alternance des plateaux découverts et des dépressions verdoyantes, la Seine coule au-dessus d'autres Seines profondes, les étangs, les lacs de son bassin reposent eux-mêmes sur d'autres étangs, d'autres lacs : c'est que l'étendue des terrains assez perméables pour emmagasiner des nappes et restituer lentement les réserves est ici estimé à soixante pour cent de la surface du bassin. Voilà le facteur de régularisation le plus souvent signalé[61].

En définitive, si la Seine est le fleuve de nos régions dont l'indice d'écoulement est le plus faible par rapport aux eaux tombées, aucun grand fleuve de France pourtant n'écoule des eaux aussi abondantes par un thalweg en pente aussi faible et n'offre au cours de l'année des variations moyennes aussi peu marquées. Aucun dont les crues soient plus faciles à prévoir[62]. Et certes, la carapace des hauts quais protégeant les rues de Paris n'a été mise en place et ne se justifie qu'en raison du caractère particulièrement précieux, en cette capitale, des archives de pierre ou de papier qui y sont entreposées : la Seine, à vrai dire, de par son caractère même, ne méritait pas une telle défiance.

Ici, cher ami, mon esprit se retourne invinciblement vers toi. Ne crois pas utile, non plus, je t'en prie, d'opposer de trop hautes digues au flot d'apparence un peu tumultueux qui s'écoule dans ces pages, dont les marges blanches te semblent peut-être insuffisantes à protéger les trésors précédemment entreposés dans les précieux monuments et les vastes avenues de ton esprit. Ou si tu dois pourtant les lui opposer, songe cependant que cet écrit encore n'écoule aussi qu'à peine un tiers des précipitations qui se sont produites à son sujet dans mon esprit, le reste s'étant évaporé ou infiltré à mesure. Confie-toi je t'en prie à la constance sous nos climats d'une telle loi : rassure-toi. Ton esprit lui-même ne laissera ruisseler à sa surface qu'un tiers à peine des précipitations qui s'y produisent de mon fait. Tu en emmagasineras un autre tiers, que tu restitueras un jour ou l'autre par tes propres sources. Et quant au troisième tiers, il s'évaporera de lui-même...

Et je vois bien ce que tu vas m'objecter. Que cet écrit, de mon aveu même (selon mon intention avouée, en tout cas), n'est nullement comparable à ces pluies qui tombent du ciel et dont les eaux aux deux tiers se perdent, mais plutôt à son objet lui-même, c'est-à-dire au fleuve qui écoule le tiers survivant, sans laisser évaporer en route grand-chose. Certes, c'est bien ainsi que je le souhaite et te remercie d'en montrer quelque effroi. Cet effroi est justifié en une certaine mesure ; en une autre il ne l'est pas tout à fait.

Liquide est ce qui coule et tend toujours à se mettre de niveau. L'on pourrait ajouter : qui tend à y mettre le reste du monde. Oui, dépité de cette damnation qui le poursuit, il tend à y condamner sinon tout le reste du monde, du moins ce qui en est prochain de ses bords... et il y parviendra peut-être si le temps lui en est laissé. Ainsi les fleuves dans leur jeunesse montrent-ils une activité très grande, on leur voit des gorges, des cascades. Dans leur maturité, quand ils ont trouvé leur profil d'équilibre, les modifications s'y font plus lentes, l'écoulement des eaux plus constant. Dans leur période de sénilité enfin, ils ont transformé leur bassin en pénéplaine, où s'accumulent en grand nombre des produits de décomposition. Le ruissellement se fait de plus en plus faible. Les rivières lentes et paisibles ne charrient plus que des particules argileuses. L'accumulation n'y est pas plus active que le creusement, et il semble que toutes les forces soient alors endormies.

Ma Seine, je te l'ai dit en commençant, risque certes de paraître relativement plus jeune en ce sens qu'elle ne devrait... Je m'en plains, certes, ou plutôt, je t'autorise volontiers à t'en plaindre.

Reconnais pourtant que, si j'ai dû, comme un néophyte, lui rendre un peu trop de jeunesse en montrant de préférence son aspect cosmique, j'ai tenu aussi, ne serait-ce que par cette façon dans mon discours de multiplier les sinuosités, les lenteurs, les digressions, les retours, les méandres, à donner une chance considérable à l'évaporation.

Insistant à peine un peu plus, je pourrais dire que le tiers dans un liquide qui s'infiltre assure au monument liquide ses fondations, tandis que ce qui s'en évapore n'a d'autre intérêt que de rendre plus précieux le tiers enfin, semblable au tonneau des Danaïdes, qui, quoique se dirigeant incessamment vers le bas, vers sa perte dans le milieu salin originel, demeure pourtant dans sa fuite même tangible. Tangible comme eau douce, comme eau fade et froide, damnée, non plastique, inerte. Inerte, je veux dire substantiellement, inerte sauf dans sa mobilité justement, dans son mouvement vers l'Océan, vers la salure, la vie; inerte sauf dans son désir, sauf dans son intention.

Et aussi bien, pour être en ce sens tout à fait sincère, que m'importe!

Mille fois depuis qu'à propos de la Seine j'ai tenté de donner à mon esprit libre cours, mille fois, tu l'as constaté, cher lecteur, j'ai rencontré sur ma route des obstacles précipitamment dressés, par mon esprit lui-même, pour se barrer la route. Mille fois, il m'a semblé que mon esprit lui-même courait le long du bord pour gagner de vitesse son propre flot, lui opposer des plis de terrain, des digues ou des barrages... Effrayé peut-être de le voir courir à ce qu'il croyait être sa perte. Ou désireux, qui sait, de vérifier la force et la persévérance de son désir, et de le voir se manifester de façon plus spectaculaire ou expressive, en l'obligeant à s'enfler ou se renforcer bellement. Mille fois il m'a paru qu'auprès de chacun de ces obstacles dressés par lui-même, mon esprit s'attendait (sous une autre espèce) pour se provoquer à les prendre longuement en considération, à y buter quasi indéfiniment.

Mais, chaque fois, j'ai su me comporter de façon à continuer ma course. Chaque fois, après avoir reconnu l'obstacle, j'ai trouvé presque aussitôt la pente qui m'a permis de le contourner. Et sans doute n'étais-je pas d'abord tellement fixé sur mon dessein ni sur le point de la côte que j'échancrerais pour me jeter à l'Océan, que certains obstacles n'aient pu faire dévier mon cours, — mais qu'importe, puisque j'ai trouvé décidément mon passage, et su creuser un lit qui ne comporte désormais guère plus d'hésitations ni variantes. Qu'importe, puisque étant donné les obstacles qui me furent opposés, j'ai quand même trouvé le plus court chemin. Oui, chaque fois qu'un obstacle m'apparut, il me sembla insensé d'y buter indéfiniment et je l'ai laissé de côté, ou submergé, lentement enrobé, érodé, selon la pente naturelle de l'esprit et sans trop inonder pour autant les plaines environnantes. Oui, chaque fois j'ai trouvé mon issue, puisque je n'eus jamais d'autre intention que de continuer à écouler ma ressource. Qu'importe donc. Qu'importe que le soleil et l'air prélèvent sur moi un tribut, puisque ma ressource est infinie. Et que j'ai eu la satisfaction d'attirer à moi, et de drainer tout au long de mon cours mille adhésions, mille affluents et désirs et intentions adventices. Puisque enfin j'ai formé mon école et que tout m'apporte de l'eau, tout me justifie. Je vois bien maintenant que depuis que j'ai choisi ce livre et que malgré son auteur j'y ai pris ma course, je vois bien que je ne puis tarir. Qu'importe, puisqu'on a renoncé à m'endiguer, qu'on ne songe plus qu'à m'enjamber, à me ménager des arches. Qu'importe, puisque pour me traverser il faut des ponts. Qu'importe enfin, puisque loin de me jeter dans un autre désir, dans un autre fleuve, je me jette directement à l'Océan. Qu'importe, puisque j'interprète maintenant toute ma région, et que non seulement on ne se passera plus de moi sur les cartes, mais n'y inscrira-t-on qu'une ligne, ce sera moi.

Et je sais bien que je ne suis ni l'Amazone, ni le Nil, ni l'Amour. Mais je sais bien aussi que je parle au nom de tout le liquide, et donc qui m'a conçu peut tous les concevoir.

Parvenu à ce point, pourquoi coulerais-je encore, puisque je suis assuré de ne cesser de couler en toi, cher ami ? Ou plutôt, pourquoi coulerais-je encore, sinon pour m'étendre et me relâcher enfin ?

Comme en la mer...

Mais là commence un autre livre, — où se perd le sens et la prétention de celui-ci[63]...

Paris, 1947.

Dans l'atelier de « La Seine »

[BIBLIOGRAPHIE]

* *Dictionnaire de géographie*[1].
* *La Grande Encyclopédie* [*du* XIXe *siècle*, vol. XXIX, p. 888 et suiv.].
* *Guide nautique du bassin de la Seine*, [édité par la revue *Camping*,] tome II. Nationale 8° V 51851 (2).
* *La Seine à Paris*, 47 photos de René-Jacques, préface de A. T'Serstevens, Paris, [Calmann-Lévy,] 1944. Nationale Fol L [19] 219.
* [E.] Belgrand, *La Seine*. [*Le Bassin parisien aux âges préhistoriques*, Paris, 1873].
* G. Bertrand, *La France géologique, la Seine. Étude hydrologique*, Paris, 1872.
* Coquiot, Gustave, *La Seine*[2], Paris, 1894. Nationale L[19] 70 pièce.
* Coquiot, Gustave, *En suivant la Seine*[3], Paris, 1926. Nationale Rés 4° Li [2-3] 1263.
* Delaire, Alexis, *L'Hydrologie du bassin de la Seine*, Paris, 1874.
* René Dumesnil, *La Seine normande* [*du Vernon au Havre. Documents photographiques de la Maison de France*, Paris, 1935]. Mazarine 73.029.
* Focillon, Henri, *Méandres. La Seine de Paris à Rouen*[4], Paris, 1938. Nationale Rés 4° L[19]211.
* F. Hoffbauer, *Les Rives de la Seine à travers les âges. Paris*[5], Paris, Renouard et H. Laurens, 1904, Préface de Victorien Sardou. [Photos.] Nationale Lk[7] 35708.
* Louis Barron, [*Les Fleuves de France.*] *La Seine*, Paris, [Renouard et H. Laurens,] 1890. Nationale L[19] 56.

* Pierre Mac Orlan, *La Seine*. [Deux bois d'Auguste Rouquet, collection « Visages de Paris », Paris, 1927.] Mazarine 72.335.
* Emmanuel de Martonne, *Les régions [géographiques] de France*, A. Colin.
* E. de Martonne, *Abrégé de géographie physique*, Paris, A. Colin, 1922.
* E. de Martonne, *Traité de géographie physique*[6], Paris, A. Colin, 1925, 3 vol. (Les tomes I et II seuls m'intéressent, surtout le II).
* Charles Nodier, *La Seine et ses bords*[7]. Vignettes par Marville et Faussereau, Paris, 1836. Mazarine 75.518.
* Préandeau et Lemoine, *Manuel hydrologique du bassin de la Seine*, Paris, 1884.
* Paul Rivet, Michel Leiris, *Civilisation de la Seine*.
* Olivier Reclus, *Le plus beau royaume sous le ciel*, Paris, 1899. [Sainte-Geneviève] L8° sup2138 (rés).
* Charles Simond, *Un coin de grande ville. Paris au bord de la Seine (souvenirs historiques)*, Paris, 1908[8]. Nationale Lk7 36004.

PLAN DU DISCOURS

I) Raisons pour un écrivain d'en venir aux objets liquides. Raisons que j'ai à l'intérieur de mon œuvre. Le liquide et la rhétorique. Raisons d'en faire un poème en prose ou un discours.

II) Raisons particulières à l'écrivain que je suis (...)

III) Pourquoi je choisis la Seine, Je suis à Paris. Elle n'a pas d'anecdotes. Elle me force à considérer le plus profond des choses liquides.

IV) Définition provisoire. À quelles grandeurs nous nous mesurons.

V) Des catastrophes possibles et que le devoir spécifique de l'homme est de les prendre de vitesse. Que faut-il pour cela : qu'il organise sa société. Qu'il développe sa connaissance de la nature.

VI) Nouvelle justification du P[arti] Pris des ch[oses] de ce point de vue. Mes définitions.

VII) Faut-il donc que je couche mon papier dans le sens large. Comme morceau de bravoure. Par ce biais comme le résumé de l'Encyclopédie : 77 km etc.

VIII) Quoi qu'il en soit. À la bonne heure voilà un sujet dans lequel nous allons pouvoir nous plonger. Pas de discours trop véridique.

IX) Hommage aux noyés de la Seine.

X) Qu'il nous faut resauter sur le bord.

XI) Nous mêlerons-nous pour autant aux soupirants des ruelles et des ponts. Les romances.

XII) Non, nous l'examinerons avec plus de sérieux. Nous l'envelopperons dans nos propres draps : Ponts : le non plastique. Berges : le Temps.

XIII) Idée de l'humiliation que cela représente. Long développement.

XIV) Passage au ton laudatif. La clairière. La *[un mot illisible]* tranchée. Le miroitement.

XV) Allons plus au fond. Il est merveilleux que la nature se présente sous ses trois états.

XVI) Hymne au liquide.

XVII) De l'eau en particulier. Liquide plastique ou non plastique.

XVIII) Du globe terrestre considéré comme une horlogerie amusante. Du mouvement perpétuel.

XIX) Voyons-le du point de vue de la Seine avec plus de détail.

XX) Évaporation. Formation des masses nuageuses au-dessus de l'Océan (eau douce, eau salée, c'est la matière inerte qui s'évapore, la matière vivante reste éternellement présente au monde). Vents. Précipitations. Nature géologique du bassin. Évaporation. Infiltration. Ruissellement. Écoulement[1]. Eau douce, eau salée. La nature inerte retourne à la vie. Profil d'équilibre. Âge de la Seine. Faune et flore. Géographie humaine.

Enfin. Avenir de la Seine.

TABLE

Table des *morceaux poétiques* que je pourrais composer pour les ajouter en appendice au discours central si celui-ci ne donnait pas un volume (en nombre de pages) suffisant.

1. Les douix. 2. Le douix de Châtillon. 3. La Seine et ses affluents. 4. Le confluent de l'Aube. 5. Le confluent de la Marne. 6. Le passage dans Paris. 7. La Seine vue du Pont-Neuf. 8. La Bièvre et le Rouillon. 9. L'ancien Méandre. 10. L'établissement des Parisiens sur la Seine.

Suite de la table des appendices. 11. L'indice d'écoulement.

12. Les pertes subies du côté de la Loire. 13. Les Méandres de Seine-Inférieure. 14. Le Marais Vernier. 15. Le Mascaret (Bernardin de Saint-Pierre). 16. La lacune dans la Côte.

32 pages, peut-être 40.

Restent 48 pages à trouver, ou 40 pages.

[CALLIGRAMMES]

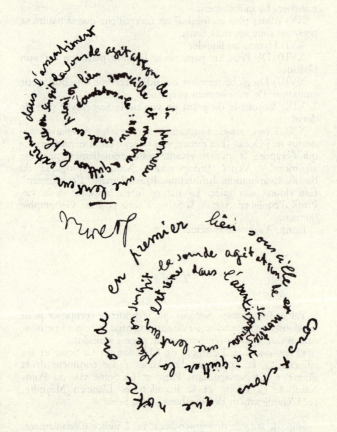

CINQ SAPATES

[Les textes ont été repris dans Le Grand Recueil, III. Pièces. *Voir «La Terre», p. 749-750 ; «Les Olives», p. 753-754 ; «La Cruche», p. 751-752 ; «Ébauche d'un poisson», p. 754-757 ; «Le Volet suivi de sa scholie», p. 757-759.]*

L'ARAIGNÉE

© Francis Ponge, *1952, pour la première édition.*
© Éditions Gallimard, *1999, pour la présente édition.*
© *A.D.A.G.P., Paris, 1999,*
pour l'eau-forte d'André Beaudin
figurant au verso du faux titre.

EXORDE EN COURANTE

PROPOSITION (Thème de la Sarabande)

COURANTE EN SENS INVERSE (Confirmation)

SARABANDE, LA TOILE OURDIE
(Gigue d'insectes volant autour)

FUGUE EN CONCLUSION

EXORDE EN COURANTE

Sans doute le sais-je bien...
(pour l'avoir quelque jour dévidé de
　moi-même ? ou me l'a-t-on jadis
　avec les linéaments de toute science
　appris ?)
que l'araignée secrète son fil, bave le
　fil de sa toile...
et n'a les pattes si distantes, si distinctes,

*la démarche si délicate — qu'afin
de pouvoir ensuite arpenter cette
toile — parcourir en tous sens son
ouvrage de bave sans le rompre ni
s'y emmêler,*
*tandis que toutes autres bestioles non
prévenues s'y emprisonnent de plus
belle par chacun de leurs gestes
ou cabrioles éperdues de fuite...*

Mais d'abord, comment agit-elle?
*Est-ce d'un bond hardi? ou se laissant
tomber sans lâcher le fil de son
discours,*
*pour revenir plusieurs fois par divers
chemins ensuite à son point de départ, sans avoir tracé, tendu une*

> ligne que son corps n'y soit passé
> — n'y ait tout entier participé —
> à la fois filature et tissage ?

> D'où la définition par elle-même de sa
> toile aussitôt conçue :

27

PROPOSITION THEMATIQUE

                     DE RIEN D'AUTRE
QUE DE SALIVE PROPOS EN L'AIR MAIS
AUTHENTIQUEMENT TISSUS, OÙ J'HABITE
AVEC PATIENCE — SANS PRÉTEXTE QUE
MON APPÉTIT DE LECTEURS.

COURANTE EN SENS INVERSE

*A son propos ainsi — à son image —
me faut-il lancer des phrases à la fois
　　assez hardies et sortant unique-
　　ment de moi, mais assez solides —
et faire ma démarche assez légère,
pour que mon corps sans les rompre
　　sur elles prenne appui
pour en imaginer — en lancer d'autres*

*en sens divers — et même en sens
   contraire —
par quoi soit si parfaitement tramé
   mon ouvrage, que ma panse dès
   lors puisse s'y reposer,
s'y tapir,
et que je puisse y convoquer mes proies :
vous, lecteurs,
vous, attention de mes lecteurs —
afin de vous dévorer ensuite en silence
(ce qu'on appelle la gloire)...*

*Oui, soudain,
d'un angle de la pièce me voici à grands
   pas me précipitant sur vous, attention de mes lecteurs prise au piège
   de mon ouvrage de bave,*

*— et ce n'est pas le moment le moins
réjouissant du jeu !
C'est ici que je vous pique...*

...et vous endors :

31

SARABANDE LA TOILE OURDIE

SCARAMOUCHES AU CIEL QUI MENEZ DEVERS MOI LE BRANLE IMPÉNITENT DE VOTRE VÉSANIE...

GIGUE D'INSECTES VOLANT AUTOUR

MOUCHES ET MOUCHERONS,
ABEILLES, ÉPHÉMÈRES,
GUÊPES, FRELONS, BOURDONS,
CIRONS, MITES, COUSINS,

SPECTRES, SYLPHES, DÉMONS,
MONSTRES, DROLES ET DIABLES,
GNOMES, OGRES, LARRONS,
LURONS, OMBRES ET MANES,

BANDES, CLIQUES, NUÉES,
HORDES, RUCHES, ESPÈCES,
ESSAIMS, NOCES, COHUES,

    COHORTES, PEUPLES, GENS,
        COLLÈGES ET SORBONNES,

            DOCTEURS ET BALADINS,
            DOCTES ET BAVARDINS,

BADINS, TAQUINS, MUTINS,
ET LUTINS ET MESQUINS,

      TURLUPINS,

           CÉLESTINS,

  SÉRAPHINS,

        SPADASSINS,

REITRES, SBIRES, ARCHERS,
SERGENTS, TYRANS ET GARDES,

           POINTES, PIQUES, FRAMÉES,
           LANCES, LAMES ET SABRES,

TROMPETTES ET CLAIRONS,
BUCCINS, FIFRES ET FLUTES,

HARPES, BASSONS, BOURDONS,
ORGUES, LYRES ET VIELLES,

BARDES, CHANTRES, TÉNORS,
STRETTES, SISTRES, TINTOUINS,

HYMNES, CHANSONS, REFRAINS,

RENGAINES, RÊVERIES,

BALIVERNES, FREDONS,

BILLEVESÉES, VÉTILLES,

DÉTAILS, BRIBES, POLLENS,
GERMES, GRAINES ET SPERMES,

MIASMES, MIETTES, FÉTUS,
BULLES, CENDRES, POUSSIÈRES,

CHOSES, CAUSES, RAISONS,
DIRES, NOMBRES ET SIGNES,

34

LEMMES, NOMES, IDÉES,
CENTONS, DICTONS ET DOGMES,

PROVERBES, PHRASES, MOTS,
THÈMES, THÈSES ET GLOSES,

... FREDONS, BILLEVESÉES, SCHÈMES EN ZIZANIE! SACHEZ, QUOI QU'IL EN SOIT DE MA PANSE SECRÈTE ET BIEN QUE JE NE SOIS QU'UN ÉCHRIVEAU CONFUS, QU'ON EN PEUT DÉMÊLER POUR L'HEURE CE QUI SUIT : A SAVOIR QU'IL EN SORT QUE JE SUIS VOTRE PARQUE — SORT, DIS-JE, ET IL S'EN SUIT QUE BIEN QUE JE NE SOIS QUE PANSE DONC JE SUIS (SACHET, COQUILLE EN SOIE QUE MA PANSE SECRÈTE) VOTRE MAUVAISE ÉTOILE AU PLAFOND QUI VOUS GUETTE POUR VOUS FAIRE EN SES RAIS CONNAITRE VOTRE NUIT.

FUGUE EN CONCLUSION

... *Beaucoup plus tard, — ma toile abandonnée —*
de la rosée, des poussières l'empèseront, la feront briller — la rendront de toute autre façon attirante...

*Jusqu'à ce qu'elle coiffe enfin,
de manière horrible ou grotesque,
quelque amateur curieux des buissons
   ou des coins de grenier —
qui pestera contre elle, mais en restera
   coiffé...*

Et ce sera la fin...

*Mais fi!
De ce répugnant triomphe,
payé par la destruction de mon œuvre,
ne subsistera dans ma mémoire orgueil
   ni affliction,*

car
*(fonction de mon corps seul et de son
  appétit)*
quant à moi mon pouvoir demeure!
Et dès longtemps,
— pour l'éprouver ailleurs —
j'aurai fui...

Dans l'atelier de « L'Araignée »

[EXTRAITS
DU DOSSIER DE TRAVAIL]

(2)

de la rosée, de la poussière l'alourdiront ensuite abandonnée jusqu'à
ce qu'elle coiffe enfin de manière horrible ou grotesque quelque
archiviste aérien des taillis ou des coins greniers.

Il y aura longtemps que j'aurai fui ailleurs.
Et ce sera la fin, mais mon pouvoir demeure et depuis longtemps
je n'aurai essayé ailleurs j'aurai fui, pour avoir été l'essayer
ailleurs. —

Qui perdra contre elle mais en demeurera coiffé —

(X. 42)

                                            géométrique
Le nid d'autre que de ma salive — propre par l'air
mais authentiquement tissu

Mon propos que de ma salive en l'air soit authentiquement tissée
d'autre propos que ma salive

Prenant texte que de ma faim de lecteur

                                            mobile de la lourdeur
Ony habite avec patience   le nid d'une proie est le seul   de l'image
le mobile de l'araignée et   son   des rives mers
de la proie. Dans quelle mesure sa   qui se forme
toile est-elle glorieuse.   attend la rosée
                                et la rosée —

Extraits du dossier de travail

Paris, 3-IV-48 toile ourdie
⑪ L'Araignée par

Sachez quoiqu'il en soit de ma pensée
secrète et parsque je ne suis qu'un
écrivain confus qu'on peut en démêler
pour l'heure ce qui suit : Il en sort

~~TOILE AUTOGRAPHE~~

sachet   quoiqu'il en soit
        qu'on secret sorti
de {qu'a pensée secrète et bien

que jeune soie qu'un écheveau
{obscur qu'il   Devider
{confus qu'on peut en démêler
 coucher
pour l'heure ce qui suit : qu'il
en sort que je sois ma propre
jeune parque ~~et~~ sortis dis-je
       qu'il
et ~~ ~~ s'ensuit que bien que
jeune soie que pause donc je
suis sachet coquille en soie
de ma pensée secrète
 mon secret sorti   DE L'ARAIGNÉE

(left margin, vertical):
DISQUE COURT SUR LA MÉTHODE DE L'ARAIGNÉE
PATUSCRIPT-AUTOGRAPHE

11-4-48 / (2) Notes pour l'Araignée

>

Scaramouches au ciel, qui ballez devant moi (voltigeans à ma barbe), ~~jouans~~ au son des *Insectes en zizanie* violons de votre Zizanie et le goût aciduté (des) (moucherons) de votre Vésanie

mon filet met un terme à votre vésanie (zyzanie)

Affriolants proies, vous m'affriolz.

le ballet éternel de votre zizanie

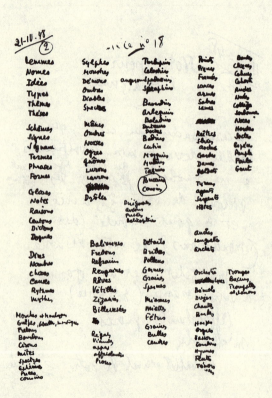

DIVERS(es)LIGNES POUR UNE Toile d'Araignée

15-IV-48

Insectes au soleil qui dansez devers moi
Scaramouches au ciel qui vous moquez de moi
Scaramouches au ciel qui menez devers moi
Corpuscules en l'air qui dansez devers moi
Scaramouches au ciel qui ballez devant moi
               à ma vue

Billevesées, fredons, cousins en zizanie,
Fredons, billevesées, mouches en zizanie,
Frelons
Balivernes, fredons, vétilles, zizanie,

Un branle illuminé par votre vésanie
Le branle ensoleillé de votre vésanie
Le bal étourdissant de votre vésanie
Le branle étincelant de votre vésanie
Le bal ensorcelé de votre vésanie
un branle ensorcelé par votre vésanie
le branle impénitent de votre vésanie

Sachez, quoiqu'il en soit {de ma pensée secrète
                       {de ma panse secrète

Et { jeune soie   écheveau }
Que{bien que je ne sois qu'un échriveau}confus
                        {échrivain
              qu'un tisserand obtus

Que j'en puis
Je puis en
L'on en peut dévider pour l'heure ce qui suit
Il s'en peut démêler
Qu'on en peut
Qu'il s'en peut

A savoir qu'il en sort que je suis votre parque
Il en sort a savoir que je suis votre parque

Sort, dis-je, et il s'en suit

Dans l'atelier de « L'Araignée »

```
          Que bien que je ne sois que panse donc je suis
                         jeune soie
```
───────────────────────────────────────

```
   Sachez!          en soi
   Sachet  coquille en soie de ma panse secrète
              quoiqu'il en soitde ma pensée secrète
                             que ma panse secrète
```
───────────────────────────────────────

```
   Cette             en plein jour
   Votre mauvaise étoile au plafond qui vous guette
             étoile velue
   Cette étoile ouvrière
   Ce soleilouvrier
   Ce soleil tisserand              qui s'apprête
   L'étoile tisserande en plein jour puis s'apprête
```
───────────────────────────────────────

```
   A vous faire       rets
   Pour vous faire en ses rais connaître votre nuit
                                     comprendre
               en ces rais
                 enserrés
```

(Pour) A moucher les lampions de votre vésanie
(Pour) A mettre un point final à votre zizanie

                                     15 Avril 1948.

                                     Francis Ponge

IN-PLANO

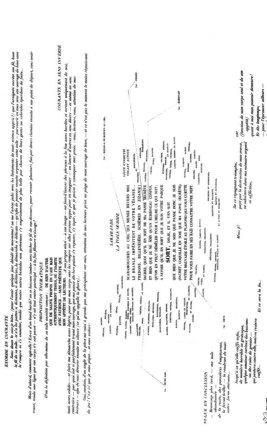

LA RAGE DE L'EXPRESSION

© Éditions Mermod, 1952.
Dans l'atelier de « La Rage de l'expression » :
© Fonds Jean Paulhan / Archives I.M.E.C.,
pour « Recherche du titre ».
© A.D.A.G.P., Paris, 1999,
pour les gouaches de J. Dubuffet.

BERGES DE LA LOIRE

Roanne, le 24 mai 1941 [1].

Que rien désormais [2] ne me fasse revenir de ma détermination : ne sacrifier jamais l'objet de mon étude à la mise en valeur de quelque trouvaille [3] verbale que j'aurai faite à son propos, ni à l'arrangement en poème de plusieurs de ces trouvailles.

En revenir toujours à l'objet lui-même, à ce qu'il a de brut, de *différent* [4] : différent en particulier de ce que j'ai déjà (à ce moment) écrit de lui.

Que mon travail soit celui d'une rectification continuelle de mon expression (sans souci *a priori* de la forme de cette expression) en faveur de l'objet brut.

Ainsi, écrivant *sur* la Loire d'un endroit des berges de ce fleuve, devrai-je y replonger sans cesse mon regard, mon esprit. Chaque fois qu'il aura *séché* sur une expression, le replonger dans l'eau du fleuve.

Reconnaître le plus grand droit de l'objet, son droit imprescriptible [5], opposable à tout poème... Aucun poème n'étant jamais sans appel *a minima* de la part de l'objet du poème, ni sans plainte en contrefaçon.

L'objet est toujours plus important, plus intéressant, plus capable (plein de droits) : il n'a aucun devoir vis-à-vis de moi, c'est moi qui ai tous les devoirs à son égard.

Ce que les lignes précédentes ne disent pas assez : *en conséquence*, ne jamais m'arrêter à la forme *poétique* — celle-ci *devant* pourtant être utilisée à un moment de mon étude parce qu'elle dispose un jeu de miroirs qui peut faire apparaître certains aspects demeurés obscurs de l'objet.

L'entrechoc des mots, les analogies verbales sont *un* des moyens de scruter l'objet[6].

Ne jamais essayer d'*arranger les choses*. Les choses et les poèmes sont inconciliables.

Il s'agit de savoir si l'on veut faire un poème ou rendre compte[7] d'une chose (dans l'espoir que l'esprit y gagne, fasse à son propos quelque pas nouveau).

C'est le second terme de l'alternative que mon goût (un goût violent des choses, et des progrès de l'esprit) sans hésitation me fait choisir.

Ma détermination est donc prise...

Peu m'importe après cela que l'on veuille nommer poème ce qui va en résulter. Quant à moi, le moindre soupçon de ronron poétique m'avertit seulement que je rentre dans le manège, et provoque mon coup de reins pour en sortir[8].

LA GUÊPE

*À Jean-Paul Sartre
et Simone de Beauvoir.*

Hyménoptère[1] au vol félin, souple, — d'ailleurs d'apparence tigrée —, dont le corps est beaucoup plus lourd que celui du moustique et les ailes pourtant relativement plus petites mais vibrantes et sans doute très démultipliées, la guêpe vibre à chaque instant des vibrations nécessaires à la mouche dans une position ultracritique (pour se défaire du miel ou du papier tue-mouches, par exemple).

Elle semble vivre dans un état de crise continue qui la rend dangereuse. Une sorte de frénésie ou de forcènerie[2] — qui la rend aussi brillante, bourdonnante, musicale qu'une corde fort tendue, fort vibrante et dès lors brûlante ou piquante, ce qui rend son contact dangereux.

Elle pompe avec ferveur et coups de reins. Dans la prune violette ou kaki, c'est riche à voir : vraiment un petit appareil extirpeur particulièrement perfectionné, au point. Aussi n'est-ce pas le point formateur du rayon d'or qui mûrit, mais le point formateur du rayon (d'or et d'ombre) qui emporte le résultat du mûrissement.

Miellée, soleilleuse ; transporteuse de miel, de sucre, de sirop ; hypocrite et hydromélique[3]. La guêpe sur le bord de l'assiette ou de la tasse mal rincée (ou du pot de confiture) : une attirance irrésistible. Quelle ténacité dans le désir ! Comme elles sont faites l'une pour l'autre ! Une véritable aimantation au sucre.

*

Analogie de la guêpe et du tramway électrique. Quelque chose de muet au repos et de chanteur en action. Quelque chose aussi d'un train court, avec premières et secondes, ou plutôt motrice et baladeuse. Et trolley grésilleur. Grésillante comme une friture, une chimie (effervescente).

Et si ça touche, ça pique. Autre chose qu'un choc mécanique : un contact électrique, une vibration venimeuse.

Mais son corps est plus mou — c'est-à-dire en somme plus finement articulé — son vol plus capricieux, imprévu, dangereux que la marche rectiligne des tramways déterminée par les rails.

*

Un petit siphon ambulant, un petit alambic à roues et à ailes comme celui qui se déplace de ferme en ferme dans les campagnes en certaines saisons, une petite cuisine volante, une petite voiture de l'assainissement public : la guêpe ressemble en somme à ces véhicules qui se nourrissent eux-mêmes et fabriquent en route quelque chose, si bien que leur apparition comporte un élément certain de merveilleux, parce que leur raison d'être n'est pas seulement de se déplacer, ou de transporter, mais qu'ils ont une activité intime, généralement assez mystérieuse. Assez savante. Ce qu'on appelle avoir une vie intérieure[4].

... Un chaudron à confitures volant, hermétiquement clos mais mou, le train arrière lourd basculant en vol.

*

Il fallait bien, pour classer les espèces, les prendre par quelque endroit, partie ou membre, et encore un endroit assez solidement attaché à elles pour qu'il ne s'en sépare pas lorsqu'on le saisit, ou que, s'en séparant, il permette du moins à lui seul de les reconnaître. Ainsi a-t-on choisi l'aile, des insectes. Peut-être avec raison : je n'en sais rien, n'en jurerais nullement.

Hyménoptère, quoi qu'il en soit, à propos des guêpes, n'est pas tellement mauvais. Non qu'à l'hymen des jeunes filles ressemble à vrai dire beaucoup l'aile des guêpes. Apparemment pour d'autres raisons : voilà un mot abstrait, qui tient ses concrets d'une langue morte. Eh bien, dans la mesure où l'abstrait est du concret naturalisé, diaphanéisé — à la fois mièvre et tendu, prétentieux, doctoral — voilà qui convient assez à l'aile des guêpes...

... Mais je ne m'avancerai pas beaucoup plus loin en ce sens.

*

Qu'est-ce qu'on me dit ? Qu'elle laisse son dard dans sa victime et qu'elle en meurt ? Ce serait assez bonne image pour la guerre qui ne paye pas[5].

Il lui faut donc plutôt éviter tout contact. Pourtant, lorsque le contact a lieu, la justice immanente est alors satisfaite : par la punition des deux parties. Mais la punition paraît plus sévère pour la guêpe, qui meurt à coup sûr. Pourquoi ? Parce qu'elle a eu le tort de considérer le contact comme hostile, et s'est aussitôt mise en colère défensive, qu'elle a frappé. Faisant preuve d'une susceptibilité exagérée (par suite de peur, de sensibilité excessive sans doute... mais pour les circonstances atténuantes, hélas ! — il est déjà trop tard). Il est donc évident, répétons-le, que la guêpe n'a aucun intérêt à rencontrer un adversaire, qu'elle doit plutôt éviter tout contact, faire détours et zigzags nécessaires pour cela.

« Je me connais, se dit-elle : si je me laisse aller, la moindre dispute tournera au tragique : je ne me connaîtrai plus. J'entrerai en frénésie : vous me dégoûtez trop, m'êtes trop étrangers.

« Je ne connais que les arguments extrêmes, les injures, les coups — le coup d'épée fatal.

« J'aime mieux ne pas discuter.

« Nous sommes trop loin de compte.

« Si jamais j'acceptais le moindre contact avec le monde, si j'étais un jour astreinte à la sincérité, s'il me fallait dire ce que je pense !... J'y laisserais ma vie en même temps que ma réponse — mon dard.

« Qu'on me laisse donc tranquille ; je vous en supplie : ne discutons pas. Laissez-moi à mon train-train, vous au vôtre. À mon activité somnambulique, à ma vie intérieure. Retardons autant que possible toute explication... »

Là-dessus, elle reçoit une petite tape — et tombe aussitôt : il n'y a plus qu'à l'écraser.

Susceptible aussi peut-être à cause du caractère si précieux, trop précieux de la cargaison qu'elle emporte : qui *mérite* sa frénésie.

... De la conscience de sa valeur.

*

Mais cette stupeur qui peut la perdre (un coup de main, et elle tombe à terre) peut aussi sinon la sauver, du moins prolonger curieusement sa vie.

La guêpe est tellement stupide — je le dis en bonne part — que si on la coupe en deux, elle continue à vivre, elle met deux jours à comprendre qu'elle est morte. Elle continue à s'agiter. Elle s'agite même plus qu'avant.

Voilà le comble de la stupéfaction[6] *préventive*. Un comble aussi dans le défi.

*

Essaim : de *exagmen*, de *ex agire* : pousser hors[7].

*

Frénétique peut-être à cause de l'exiguïté de son diaphragme.

(On sait que chez les Grecs la pensée siégeait dans le diaphragme... et que le même mot désignait les deux choses : φρήν, justement.)

*

Pourquoi, de tous les insectes, le plus actif est-il celui aux couleurs du soleil ?

Pourquoi aussi les animaux tigrés sont-ils les plus méchants ?

*

La guêpe et le fruit.
Transport de pulpe baisée, meurtrie, endommagée,

contaminée, mortifiée par la trop brillante dorée-noire, gipsy, don-juane.

Intégrité perdue par le contact d'un visiteur trop brillant. Et non seulement l'intégrité — mais la qualité même de ce qui demeure.

Entre les oiseaux et les fruits il n'y a pas cet amour-haine, cette passion. La chair des fruits conserve une belle indifférence, entamée par l'oiseau. Entre eux il y a l'indifférence. L'oiseau n'est qu'un agent physique.

Mais des insectes aux fruits, quels effets profonds, quelle chimie, quelles réactions! La guêpe est un agent physico-chimique. Elle précipite la postmaturation, la décomposition de la pulpe végétale, qui emprisonnait la graine.

✶

La prune dit: « Si le soleil me darde ses rayons, ils dorent ma peau. Si la guêpe me darde son aiguillon, il navre ma chair. »

✶

Toujours fourrée dans la nectarothèque[8]: tête vibrante, pompant avec ferveur, et coups de reins.

Sorte de seringue à ingurgiter le nectar.

✶

D'abord le brasier.

Que la guêpe sorte de terre, et si frémissante, si dangereuse, cela n'est pas indifférent à l'homme, parce qu'il reconnaît là la perfection de ce qu'il tente ailleurs par ses grands garages, ses aérodromes.

Il y a là comme un brasier dont les étincelles jaillissent loin, avec des trajectoires imprévues.

Elles s'envolent de leurs aéroports souterrains... Offensives, offensantes...

Le mot *dynamo*.

Elles bondissent parfois comme si elles ne pouvaient maîtriser leur moteur.

... D'abord le brasier pétillant, crépitant, puis les vols s'accomplissent, vols de durée, avec offensives brusquées de temps à autre, plongées silencieuses dans les pulpes, où la guêpe accomplit son devoir — c'est-à-dire son crime.

*

L'essaim de mots justes, ou guêpier.

Halte !... Ce fâcheux pétillement du sillon, n'est-ce la sédition d'une secte de graines, passionnées contre le semeur ? — Oui, leur forcènerie d'abord les ramène à son tablier.

Non ! Arrière ! Il y a là comme un brasier, dont les étincelles jaillissent loin, avec des trajectoires imprévues... J'y vois la perfection de ce qu'on tente ailleurs par ces grands garages, ces aérodromes. Mais voyons mieux.

Aïe ! Ô naturelle ferveur ailée ! C'est ton peuple assemblé qui crépite, en la préparation d'une émeute offensive. Oui, dardez-moi... Mais voilà leur animosité déjà qui se dissipe en randonnées furieuses...

*

Un barbare essaim parcourt la campagne. Le jardin en est parcouru[9].

*

Balle de fusil.

C'est aussi comme une balle de fusil, mais en liberté, mais molle, qui muserait. D'apparence nonchalante, elle retrouve par instants sa vertu et sa décision — et se précipite de tout près sur son but.

C'est comme si, au sortir du tromblon, les projectiles éprouvaient un brusque ravissement qui leur fasse oublier leur intention première, leur mobile, leur rancune.

Comme une armée qui aurait été commandée pour occuper rapidement les points stratégiques d'une ville, et qui dès la porte s'intéresserait aux vitrines, visiterait les musées, boirait aux pailles des consommateurs à toutes les terrasses des cafés.

*

Comme de balles aussi, à petits coups pensifs, elle crible les parois verticales de bois vermoulu.

★

Forme musicale du miel.
La guêpe peut encore être dite la forme musicale du miel. C'est-à-dire une note majeure, diésée, insistante, commençant faiblement mais difficile à lâcher, poissante, claire, avec des alternances de force et de faiblesse, etc.[10]

★

Et caetera...
Et enfin, pour le reste, pour un certain nombre de qualités que j'aurais omis d'expliciter, eh bien, cher lecteur, patience ! Il se trouvera bien quelque critique un jour ou l'autre assez pénétrant pour me REPROCHER cette *irruption* dans la littérature de ma guêpe de façon *importune*, *agaçante*, *fougueuse* et *musarde* à la fois, pour DÉNONCER l'allure *saccadée* de ces notes, leur présentation *désordonnée*, en *zigzags*, pour S'INQUIÉTER du goût du *brillant discontinu*, du *piquant* sans profondeur mais non sans danger, non sans *venin dans la queue* qu'elles révèlent — enfin pour TRAITER superbement[11] mon œuvre DE TOUS LES NOMS qu'elle mérite[12].

Paris, août 1939 - Fronville, août 1943.

NOTES PRISES
POUR UN OISEAU

Pour Ébiche.

L'oiseau. Les oiseaux. Il est probable que nous comprenons mieux les oiseaux depuis que nous fabriquons des aéroplanes.

Le mot OISEAU[1] : il contient *toutes les voyelles*. Très bien, j'approuve. Mais, à la place de l's, comme seule consonne, j'aurais préféré l'L de l'aile : OILEAU, ou le v du bréchet, le v des ailes déployées, le v d'*avis* : OIVEAU. Le populaire dit *zozio*. L's je vois bien qu'il ressemble au profil de l'oiseau au repos. Et *oi* et *eau* de chaque côté de l'*s*, ce sont les deux gras filets de viande qui entourent le bréchet.

*

Leur déploiement nécessite leur déplacement en l'air, et réciproquement. C'est alors que s'aperçoit l'envergure dont ils sont capables (non pour la montrer). Ils étonnent à la fois par leur vol (commençant brusquement, souvent capricieux, imprévu) et par le développement de leurs ailes.

À peine a-t-on le temps de revenir de sa surprise que les voilà reposés, recomposés (recomposés dans la forme simple, plus simple, de leur repos). Il y a d'ailleurs une perfection de formes dans l'oiseau replié (comme un canif à plusieurs lames et outils) qui contribue à prolonger notre surprise. Les membres sont escamotés, les plumes par là-dessus s'arrangent de façon que rien de l'articulation ne reste visible. Il faut fouiller pour trouver les jointures. Sous cet amas de plumes il y a certains endroits où le corps existe, d'autres où il fait défaut.

*

Certains oiseaux vivent seuls[2], ou avec leur seule famille immédiate, d'autres en petites bandes, d'autres en grandes bandes. Certains en compagnies serrées, d'autres en bandes éparses, qui semblent indisciplinées. Certains volent en ligne droite, d'autres tracent volontiers de grands cercles, certains selon leur gré, capricieusement. Il en est qui plus que d'autres paraissent déterminés par un instinct fatal, ou des manies rédhibitoires.

Il en est peu qu'on puisse approcher de plus près que quelques mètres, certains s'enfuient de trente ou cinquante mètres. Quelques espèces citadines s'habituent au proche voisinage de l'homme et parfois sollicitent de lui, de quelques centimètres, en certaines circonstances, leur nourriture.

Mais ce sont les caractères communs à toute cette classe d'animaux que je veux seulement reconnaître. Bêtes à plumes. Faculté de voler. Caractères spéciaux du squelette. Attitudes ou expressions caractéristiques.

Je n'ai pas encore dit grand-chose de leur squelette. C'est quelque chose qui donne l'impression d'une grande légèreté et d'une extrême fragilité, avec une prédominance de l'abdomen et une disproportion marquée de ce squelette par rapport au volume de l'animal vivant. Ce n'est vraiment presque rien qu'une cage, qu'un très léger, très aérien châssis : le crâne rond, extrêmement petit avec une énorme cavité oculaire et un gros bec, le cou généralement long et ténu, les membres inférieurs insignifiants, le tout très facile à broyer, sans aucune résistance à une pression mécanique, protégé par très peu, et au maximum assez peu de chair, de chair d'ailleurs peu élastique ou amortissante. Le squelette des poissons est sans doute plus mince et plus fragile encore, mais incomparablement mieux protégé par la chair.

L'oiseau trouve son confort dans ses plumes. Il est comme un homme qui ne se séparerait pas de son édredon et de ses oreillers de plume, qui les emporterait sur son dos et pourrait à chaque instant s'y blottir. Tout cela d'ailleurs souvent fort pouilleux. À la réflexion, rien ne ressemble à un moineau comme un clochard, à une volière comme un camp de romanichels.

*

Tout cela est trop grossier. L'état d'esprit de l'oiseau doit être bien différent. Mettez-vous à la place de ce manchot aux jambes grêles et entravées, obligé de sautiller pour marcher, ou de traîner un énorme ventre. Heureusement, un cou très mobile, autant pour diriger le bec à l'appréhension des proies que l'oreille aux monitions[3] funestes, car il ne peut en tout cas devoir son salut qu'à la fuite — et l'œil rond, aux aguets à la fois de la proie et du prédateur, constamment écarquillé — le cœur et les ailes battantes.

La grâce des orbes tracés en vol, la gentillesse des mines, et des petits cris ou des roulades, font généralement que les oiseaux sont pris en bonne part.

Ce sont pourtant pour la plupart des mignons crasseux et pouilleux, aux fraises sales, aux crevés, aux bouillons fripés et déchirés, aux collerettes et aiguillettes poussiéreuses, et qui plus est, crottant en vol, crottant au pas, partout. Très « Grand Siècle[4] ».

*

Comment apparaît l'oiseau dans la vie d'un homme ? Comme une surprise dans le champ de sa vision. Éclairs viandeux[5], plus ou moins rapides. Zébrures dans la troisième dimension. À Paris deux sortes : moineaux et pigeons. Toutes les autres, en cage : surtout les petits oiseaux jaunes : perruches ou serins.

L'oiseau parfait évoluerait avec une grâce... il descendrait nous apporter du ciel, par l'opération du Saint-Esprit bien entendu, en des orbes gracieux comme certains paraphes, la signature du Dieu bon et satisfait de son œuvre et de ses créatures. Demander à Claudel quelle est la signification de la colombe du Saint-Esprit. Y a-t-il d'autres oiseaux dans la religion chrétienne, en général dans les religions ? J'aperçois les vautours de Prométhée qui me font signe, le cygne de Léda... En voilà plusieurs prêts à s'ébrouer et à renaître, hors de la compilation. Merci bien, je n'en ai que faire !

Somme toute, ce que je décris est surtout le moineau, le perdreau, l'hirondelle, le pigeon[6]. (L'oiseau parfait : je crois que je me réfère au pigeon quand j'y songe, ou à la colombe. D'ailleurs le Saint-Esprit *était* bien une colombe, si je ne m'abuse (Buse[7]).)

*

Je croyais pouvoir écrire mille pages sur n'importe quel objet, et voici qu'à moins de cinq je suis essoufflé, et me tourne vers la compilation ! Non, je sens bien que de moi (et de l'oiseau) je peux naïvement tirer autre chose. Mais au fond ce qui importe, n'est-ce pas de saisir le nœud ? Lorsque j'aurai écrit plusieurs pages, en les relisant j'apercevrai l'endroit où se trouve ce nœud, où est l'essentiel, la qualité de l'oiseau. Je crois bien que je l'ai déjà saisi. Deux choses : le petit sac de plumes, et le foudroyant départ capricieux en vol (l'étonnant départ en vol). À côté de ça, aussi la petite tête, le crâne broyable, les pattes allumettes, le truc du déploiement-déplacement, la bizarrerie des courbes de vol. Quoi encore ? Allons, cela ne va pas être facile. Je vais retomber peut-être dans mes erreurs de la crevette. Il vaudrait mieux alors en rester à ces notes, qui me dégoûtent moins qu'un *opus* raté[8].

J'ai eu aussi l'idée à plusieurs reprises — il faut que je la note — de faire parler l'oiseau, de le décrire à la première personne. Il faudra que j'essaie cette issue, que je tâte de ce procédé[9].

*

Que dit Littré de l'oiseau ? Encore la compilation qui me tarabuste. Tant pis. Allons-y voir. Un effort. Je me lève de mon fauteuil :

OISEAU (impossible à recopier, il y en a trois colonnes, toute la page 813 du tome I-P et plusieurs lignes encore à la page 814. Je copie seulement les têtes de chapitres) : « 1. Animal ovipare à deux pieds, ayant des plumes et des ailes. 2. Terme de zoologie : classe du règne animal comprenant les animaux vertébrés dont le corps est couvert de plumes, et dont les membres antérieurs ont en général la forme d'ailes, la tête terminée en avant par un bec corné qui recouvre des mâchoires allongées, dépourvues de dents. 3. Le roi des oiseaux, l'aigle. L'oiseau de Jupiter, l'aigle. L'oiseau de Junon, le paon. L'oiseau de Minerve, la chouette, le hibou. L'oiseau de Vénus, la colombe, le pigeon. 4. Terme de fauconnerie. Absolument, *l'oiseau* : l'oiseau de proie dressé à la chasse. (Et tous les termes de fauconnerie.) 5. Oiseau-mouche. 6. Oiseau moqueur. 7. Oiseau d'Afrique, la pintade. Oiseau de cerises, le loriot, etc. 10. L'oiseau de saint Luc, le bœuf. 11. Oiseau désigne quelquefois l'avicule commune (coquille). 12. Terme de blason. 13. Terme de chimie. 14. À vue d'oiseau. 15. À vol d'oiseau. 16. Populairement : aux oiseaux, très bien. Divers proverbes. ÉTYMOLOGIE : ital. : ucello, augello. Bas latin : aucellus (dans la loi salique) : d'un diminutif non latin, avicellus, de avis, oiseau.

« Il y a un autre mot OISEAU, s. m. Terme de maçon. Sorte de petite auge qui se met sur les épaules pour porter du mortier. Porter l'oiseau, être manœuvre auprès de maçons. ÉTYMOLOGIE : Ainsi dit par comparaison avec un oiseau, ou peut-être corruption d'*augeau*, dérivé d'*auge*. »

Dans le chapitre oiseau de Littré les plus belles expressions citées, que je veux retenir, sont les suivantes : « *Tous* les oiseaux de proie sont remarquables par une singularité dont il est difficile de donner la raison : c'est que les mâles sont d'environ un tiers moins grands et moins forts que les femelles. » (Buffon, *Oiseaux*, t. I, p. 89.) « L'acteur tragique Esopus se fit servir un plat dans lequel étaient toutes les espèces d'oiseaux qui chantent ou imitent la parole humaine, oiseaux qui lui coûtaient dix mille sesterces la pièce : aussi estime-t-on le plat à cent mille sesterces (22 500 francs) (Pastoret). » Aux termes de fauconnerie : « Oiseau branchier, celui qui n'a encore que la force d'aller de branche en branche. Oiseaux ignobles, oiseaux de bas vol. Oiseaux nobles, oiseaux de haut vol. Oiseaux niais, oiseaux pris au nid et qui n'ont pas encore volé. » Etc. À propos de l'oiseau-mouche : « Légèreté, rapidité, prestesse, grâce et riche parure, tout appartient à ce petit favori. » (Buffon, *Oiseaux*, t. XI, p. 2.) « Oiseau de cerises, le loriot. Oiseau-chameau, l'autruche. Oiseau-mon père, à Cayenne, le choucas chauve. » À l'historique : « De put oef put oisel. » (Leroux de Linay, *Proverbes*, t. I, p. 188.)

Et voilà. Il y a de bonnes choses à prendre, apprendre. Satisfaction pourtant de constater que rien n'est là de ce que je veux dire et qui est tout l'oiseau (ce sac de plumes qui s'envole étonnamment). Je n'arriverai donc pas trop tard. Tout est à dire[10]. On s'en doutait.

Il faut aussi que je recopie un petit morceau[11] assez récent que j'avais bien prétentieusement intitulé *L'Oiseau* après l'avoir écrit. Le voici : « L'oiseau… grince et crisse, vrille et trille, comme ces robinets de bois qu'on adapte aux douves (douves?). Il pépie, piaille. Là sont grains et pépins. De grains à distillation il n'y a pas loin. À quoi est destiné ce petit alambic? Que distille-t-il? Toute la vie ne sont ces vocalises, ce kirsch de tête de moineau. Puis, aux jours de la mort, ces rares gouttes de sang noir à l'étalage du giboyeur (giboyer?). »

★

Où l'oiseau apparaît-il? Dans un paysage non citadin, sur fond bistre de labours, là où l'air est brodé de nombreux fils verts jusqu'à une certaine hauteur.

★

Relisant ce que j'ai écrit jusqu'ici je trouve plusieurs mots à chercher dans Littré :

BRÉCHET : Nom donné à la crête saillante et longitudinale qui se trouve à la face externe du sternum des oiseaux.

(*Sternum* : Os impair situé chez l'homme au devant et au milieu du thorax. Partie analogue chez les animaux. La forme du sternum des oiseaux, en quille de navire, qui est indispensable pour l'équilibre de leur vol, leur rendrait l'attitude accroupie très pénible. Dupont de Nemours.)

BOMBER : 1. V. actif. Rendre convexe à la façon d'une bombe, c'est-à-dire de manière à présenter un segment sphérique ou à peu près. 2. V. n. bomber : être convexe. Ce mur bombe.

Rebomber ou rebombir n'existent pas, mais rebondir, rebondi (arrondi par embonpoint).

DOUVES : Nom de planches disposées en rond qui forment le corps du tonneau et qu'on fait tenir ensemble avec des cercles.

ORBES : Employé faussement par moi. Orbite serait mieux — qui est à l'orbe ce que la circonférence est au cercle. Courbes serait mieux pour ce que je veux décrire (ou paramètres).

À propos de n'importe quoi, même d'un objet familier depuis des millénaires à l'homme, il reste beaucoup de choses à dire. Et il y a *intérêt* à ce qu'elles soient dites. Non seulement pour le progrès de la science, mais pour celui (moral) de l'homme par la science. Il y a un autre point : pour que l'homme prenne vraiment possession de la nature, pour qu'il la dirige, la soumette, il faut qu'il cumule en lui les *qualités* de chaque chose (rien de mieux à cet effet que de les dégager par la parole, de les nommer).

C'est là me semble-t-il un point de vue bolchevique[12].

... Mais (autre développement) la dictature de l'homme sur la nature, les éléments, ne sera qu'une période vers l'état d'harmonie parfaite (que l'on peut bien imaginer) entre l'homme et la nature, où celle-ci recevra de l'homme autant qu'il lui prendra.

Le poète (est un moraliste qui) dissocie les *qualités* de l'objet puis les recompose, comme le peintre dissocie les couleurs, la lumière et les recompose dans sa toile.

*

(Merveilleux couple d'oiseaux d'Ébiche vu avant le départ de son œuvre en Pologne le 2 septembre 1938[13].)

Sagement assis côte à côte dans un panier rond comme un nid, dans la pose des couveuses dominant leur effroi, leurs plumes multicolores légèrement hérissées et bouffantes, cataleptiques (ou vraiment héroïques ?), tête immobile et l'œil écarquillé.

*

Fines fléchettes ou courts et gras javelots,
Au lieu de contourner les arêtes des toits,
Nous sommes rats du ciel, éclairs viandeux, torpilles,
Poires de plumes, poux de la végétation[14].
Souvent, posté sur une haute branche,
Je guette là, stupide et tassé comme un grief.

*

NOTES PRISES POUR UN OISEAU

Mon nom unit les voyelles françaises
À commencer par celle en forme d'œuf
En deux diphtongues autour de la couleuvre
Proche de moi aux classifications.
Niais d'abord, branchier ensuite, je m'envole
De la tapisserie à trois dimensions[15].
J'en tombe comme un fruit mais découvrant mes ailes
Je les déploie et je me sauve aux cieux...
Cercles charmants, zigzags précautionneux,
Bonds successifs quoique à peu de distance,
Mines gentilles, petits cris, roulades
Font qu'on nous traite en petits favoris.
L'on ne nous voit ce que souvent nous sommes :
Mignons pouilleux aux collerettes sales,
Jabots crasseux, sphincters impénitents...
Hors de nos nids faits plutôt pour nos œufs,
Ovoïdes paniers d'où le duvet floconne,
Notre confort réside dans nos plumes,
Édredons et coussins emportés sur le dos,
Où nous pouvons à peine nous blottir,
Capot sous l'aile et parfois une patte,
Comme un clochard couché sur ses ballots,
Un voyageur tête sur sa valise
Sur la dure banquette au milieu des cahots...
Vous-même, au panier rond, couveuses héroïques,
Les plumes hérissées dominant votre effroi,
Comprend-on seulement votre peine physique ?...
Cageot léger[16] facilement broyable,
Dont le bréchet seul est flanqué de chair,
Manchot bossu monté sur allumettes,
L'allure déhanchée ou le pas sautillant,
Épaule faible et constamment démise
Mais que je peux en aile déployer,
Sternum de rachitique en quille de navire
Très nécessaire à l'équilibre en vol
Mais qui fait mal dans la pose accroupie,
Tête inquiète, œil rond parfois cataleptique,
Long cou mobile, enfin bec corné recouvrant
Des mâchoires fort longues et dépourvues de dents.
Aucune graisse en aucun de ses membres.

Dans ma carène j'ai tout entreposé
Mon gésier est plein des graines de septembre.
D'acides moucherons assurent mes diarrhées.
D'un poids certain je reconnais mon ventre,
Ventre qu'aux nues mes ailerons emportent,
Mieux innervés que les feuilles d'automne,
Articulés mieux que voiles de jonques...
Et j'ai mes serres, j'ai mon bec féroce
Lorsque à sévir je me sens disposé.
Que j'empiète la branche ou pique dans l'écorce,
La corne de mes bec ou serres vaut l'acier.

*

NOUVELLES NOTES POUR MON OISEAU

Lorsque je me déploie il faut qu'en l'air je vole,
Sur fond de ciel, de moissons, de labours,
Au prix de mon repos montrant mon envergure
Qu'on ne peut donc jamais contempler à loisir ;
Et je me recompose aussitôt reposé —
Membres escamotés en lames de canif —
Les plumes là-dessus s'arrangeant de manière
À ne plus laisser voir les articulations.
. . . .
D'autres bêtes s'enfuient à l'approche de l'homme
Mais c'est pour s'enfoncer au plus proche fourré ;
Moi sur l'album des cieux la ligne que je trace
Tient longtemps attentif avant qu'elle s'efface
L'œil inquiet de me perdre au guillochis des nues...
Cependant, dans les bois, mystérieux échanges,
Activité diplomatique intense aux cintres,
Retraits précipités, tentatives peureuses,
Courts trajets d'ambassadeurs, démarches polies
Et nobles pénétrant profondément les feuilles...
. . . .
Nous somm' aussi planeurs à moteur musculé,
Élastiques tordus d'une façon spéciale
Et sommes à nous-mêmes nos propres catapultes.

*

Somme toute il reste encore :

1. Les bandes éparses indisciplinées.
2. L'oiseau comme robinet de bois qui grince et crisse, pépie, piaille...

*

Reprenant la première phrase de ce cahier *d'observations*, celle où je disais (instinctivement) : « Il est probable que nous comprenons mieux les oiseaux depuis que nous fabriquons des aéroplanes », voici comment je veux conclure :

Si je me suis appliqué à l'oiseau, avec toute l'attention, toute l'ardeur d'expression dont je suis capable, et donnant même parfois le pas (par modestie raisonnée de la raison) à l'expression intuitive sur la simple description ou observation — c'est pour que nous fabriquions des aéroplanes perfectionnés, que nous ayons une meilleure prise sur le monde.

Nous ferons des pas merveilleux, l'homme fera des pas merveilleux s'il redescend aux choses (comme il faut redescendre aux mots pour exprimer les choses convenablement) et s'applique à les étudier et à les exprimer en faisant confiance à la fois à son œil, à sa raison et à son intuition, sans prévention qui l'empêche de suivre les *nouveautés* qu'elles contiennent — et sachant les considérer dans leur essence comme dans leurs détails. Mais il faut en même temps qu'il les refasse dans le logos à partir des matériaux du logos, c'est-à-dire de la parole.

Alors seulement sa connaissance, ses découvertes seront *solides*, non *fugitives*, non fugaces.

Exprimées en termes logiques, qui sont les seuls termes humains, elles lui seront alors acquises, il pourra en profiter.

Il aura accru non seulement ses lumières, mais son pouvoir sur le monde.

Il aura progressé vers la joie et le bonheur non seulement pour lui, mais pour tous[17].

Paris, mars-septembre 1938.

L'ŒILLET

À Georges Limbour.

Relever le défi des choses au langage[1]. Par exemple ces œillets défient le langage. Je n'aurai de cesse avant d'avoir assemblé quelques mots à la lecture ou l'audition desquels l'on doive s'écrier nécessairement : c'est de quelque chose comme un œillet qu'il s'agit.

Est-ce là poésie ? Je n'en sais rien, et peu importe. Pour moi c'est un besoin, un engagement, une colère, une affaire d'amour-propre et voilà tout.

*

Je ne me prétends pas poète. Je crois ma vision fort commune.

Étant donné une chose — la plus ordinaire soit-elle — il me semble qu'elle présente toujours quelques qualités vraiment particulières[2] sur lesquelles, si elles étaient clairement et simplement exprimées, il y aurait opinion unanime et constante : ce sont celles que je cherche à dégager.

Quel intérêt à les dégager ? Faire gagner à l'esprit humain ces qualités, dont il est *capable* et que seule sa routine l'empêche de s'approprier.

Quelles disciplines sont nécessaires au succès de cette entreprise ? Celles de l'esprit scientifique sans doute, mais surtout beaucoup d'art. Et c'est pourquoi je pense qu'un jour une telle recherche pourra aussi légitimement être appelée *poésie*[3].

L'on apercevra par les exemples qui suivent* quels importants déblais cela suppose (ou implique), à quels outils, à quels procédés, à quelles rubriques l'on doit ou l'on peut faire appel. Au dictionnaire, à l'encyclopédie, à l'imagination, au rêve, au télescope, au microscope, aux deux bouts de la lorgnette, aux verres de presbyte et de myope, au calembour, à la rime, à la contemplation, à l'oubli, à la volubilité, au silence, au sommeil, etc.

L'on apercevra aussi quels écueils il faut éviter, quels autres il faut affronter, quelles navigations (quelles bordées) et quels naufrages — quels changements de points de vue[4].

*

Il est fort possible que je ne possède pas les qualités requises pour mener à bien une telle entreprise — en aucun cas.

D'autres viendront qui utiliseront mieux que moi les procédés que j'indique. Ce seront les héros de l'esprit de demain[5].

(Un autre jour.)

Quoi de particulier, en somme, dans le naïf programme (valable pour toute expression authentique) exposé solennellement ci-dessus ?

Sans doute seulement ceci, le point suivant : ... où je choisis comme sujets non des sentiments ou des aventures humaines mais des objets les plus indifférents possible... où il m'apparaît (instinctivement) que la garantie de la nécessité d'expression se trouve dans le mutisme habituel de l'objet.

... À la fois garantie de la nécessité d'expression et garantie d'opposition à la langue, aux expressions communes.

Évidence muette opposable.

---

* *L'Œillet* n'est qu'un de ces exemples.

1

Opiniâtre : fortement attaché à son opinion.
Papillotes, papillons, papilles : même mot que *vaciller*.
Déchiré : d'un mot allemand *skerran*. Déchiqueter.
Dents et *dentelles*.
Chiffons. Crème, crémeux.
Œillet : Linné l'appelle bouquet parfait, bouquet tout fait[6].
Satin.
Festons : « Ces belles forêts qui découpaient d'un long feston mobile le sommet de ces coteaux[7]. »
Fouetté : crème fouettée, qui à force d'être battue devient tout en écume.
Éternuer.
Jacasse et *Jocaste* ?
Jabot : appendice de mousseline ou de dentelle.
Froisser : chiffonner, faire prendre des plis irréguliers. (L'origine est un bruit.)
Friser (une serviette) : la plier de façon qu'elle forme de petites ondes.
Friper, au sens de chiffonner, se confond avec *fespe*, de *fespa*, qui veut dire chiffon et aussi frange, sorte de peluche.
Franges : étymologie inconnue. 2°. Terme d'anatomie : repli des synoviales.
Déchiqueter : découper en chiquettes, en faisant diverses taillades. *Se déchiqueter*, se faire des entailles.

2

L'opposer aux fleurs calmes, rondes : arums, lis, camélias, tubéreuses.
Non qu'elle soit folle, mais elle est violente[8] (quoique bien tassée, assemblée dans des limites raisonnables).

3

À bout de tige, hors d'une olive, d'un gland souple de feuilles, se déboutonne le luxe merveilleux du linge.

Œillets, ces merveilleux chiffons.
Comme ils sont propres.

4

À les respirer on éprouve le plaisir dont le revers serait l'éternuement.
À les voir, celui qu'on éprouve à voir la culotte, déchirée à belles dents, d'une fille jeune qui soigne son linge.

5

Pour « se déboutonner », voir bouton. Voir aussi cicatrice.
Bouton : vu, il ne faut pas rapprocher bout et bouton ni déboutonner dans la phrase, car c'est le même mot (de bouter, pousser).

6

Et naturellement, tout n'est que mouvement et passage, sinon la vie, la mort, seraient incompréhensibles.
Si bien qu'inventerait-on la pilule à dissoudre dans l'eau du vase pour rendre l'œillet éternel — en nourrissant de sucs minéraux ses cellules — cependant il ne survivrait pas longtemps en tant que fleur, la fleur n'étant qu'un moment de l'individu[9], lequel joue son rôle comme l'espèce le lui enjoint.
(Ces six premiers morceaux, la nuit du 12 au 13 juin 1941, en présence des œillets blancs du jardin de Mme Dugourd.)

7

À bout de tige se déboutonne hors d'une olive souple de feuilles un jabot merveilleux de satin froid avec des creux d'ombre de neige viride[10] où siège encore un peu de chlorophylle, et dont le parfum provoque à l'intérieur du nez un plaisir juste au bord de l'éternuement.

8

Papillote chiffon frisé
Torchon de luxe satin froid
Chiffon de luxe à belles dents
Torchon frisé de satin froid
Mouchoir de luxe à belles dents
Fripes de luxe en satin froid
De lustre

9

Jabot papillote ou mouchoir
Torchon de luxe à belles dents
Chiffon
Du satin froid à belles dents
Odorant hors de lui fouetté
À bout de tige bambou vert
À renflement d'ongle poli
Se gonfle un gland souple de feuilles
Sachets multiples odorants
D'où jaillit la robe fouettée

13 juin.

10

Phare de boutonnière
Projecteur
Baladeuse
Magondo[11]

Jabot chiffon papillote ou mouchoir
Hardes fripes haillons

Bouillons de linge ou ruches
De satin froid
Riche opulent assemblage
Compétition association

> Manifeste réunion
> De pétales d'un tissu humide
> Froidement satiné

Foule sortant en delta de la communion
Ou culotte à belles dents de fille soigneuse de son linge
Répandant des parfums d'une sorte à chaque instant
Qui risque quel plaisir de vous mettre au bord de l'éter-
nuement

Trompettes pleines gorgées bouchées
Par la redondance[12] de leur propre expression

Gorges entièrement bouchées par des langues

Leurs pavillons leurs lèvres déchirées
Par la violence de leurs cris de leurs expressions

Froncés froissés frisés fripés
Frangés festonnés fouettés
Chiffonnés bouclés gondolés
Tuyautés gaufrés calamistrés
Tailladés déchirés pliés déchiquetés
Ruchés tordus ondés dentelés

Crémeux écumeux blanc neigeux
Homogène uni
Bouquet parfait Bouquet tout fait
Hors du gland souple de l'olive souple et pointue
Qu'il fait s'entrouvrir qu'il fend
Au bout de sa tige fin bambou vert
Aux renflements espacés polis
Et langus aussi simplement que possible

Ains[13] aux approches de juillet
Se déboutonne l'œillet

14 juin.

11

À l'extrémité de sa tige fin bambou vert aux espacés renflements polis d'où se dégainent deux feuilles symétriques très simples petits sabres gonfle à succès un gland une olive souple et pointue que force à s'entrouvrir que fend en œillet d'où se déboutonne

un jabot de satin froid merveilleusement chiffonné un ruché à foison de languettes tordues et déchirées par la violence de leur propos :

tout spécialement un parfum tel qu'il produit sur la narine humaine un effet de plaisir presque sternutatoire

15 juin.

12

La tige
de ce magnifique héros — exemple à suivre —
est un fin bambou vert
aux énergiques renflements espacés
polis comme l'ongle

Sous chacun d'eux se dégainent c'est le mot
deux très simples petits sabres
symétriquement inoffensifs

À l'extrémité promise au succès
gonfle un gland une olive souple et pointue

Qui soudain donnant lieu à une modification
bouleversante
la force à s'entrouvrir qui la fend
et s'en déboutonne ?

Un merveilleux chiffon de satin froid
un jabot à foison de flammèches froides
de languettes du même tissu
tordues et déchirées
par la violence de leur propos

Une trompette gorgée
de la redondance de ses propres cris
au pavillon déchiré par leur violence même

Tandis que pour confirmer l'importance du phénomène
se répand continûment un parfum tel
qu'il provoque dans la narine humaine
un effet de plaisir intense
presque sternutatoire.

13

À l'extrémité d'un chaume énergique
les trompettes du linge
déchirées par la violence de leur propos :
un parfum d'essence sternutatoire

*

L'herbe aux rotules immobiles[14].

*

Le bouton d'un chaume énergique
se fend en œillet

14

O fendu en œ
O ! Bouton d'un chaume énergique
fendu en ŒILLET !
L'herbe, aux rotules immobiles
ELLE ô vigueur juvénile
L aux apostrophes symétriques
O l'olive souple et pointue
dépliée en Œ, I, deux L, E, T
Languettes déchirées
Par la violence de leur propos
Satin humide satin cru

etc.[15]

(Mon œillet ne doit pas être trop grand-chose : il faut
qu'entre deux doigts on le puisse tenir.)

15

Rhétorique résolue de l'œillet

Parmi les jouissances comportant leçons à tirer de la contemplation de l'œillet il en est de plusieurs sortes et je veux, graduant notre plaisir, commencer par les moins éclatantes, les plus terre à terre, les plus basses, les plus près du sol et les plus solides peut-être, celles qui sortent de l'esprit en même temps que sort de terre la petite plante elle-même...

Cette plante d'abord ne diffère pas beaucoup du chiendent. Elle s'agrippe au sol qui paraît en cet endroit à la fois tôlé et sensible comme une gencive que percent des canines pointues. Si l'on cherche à extraire la petite touffe l'on n'y parvient pas sans difficulté, car l'on s'aperçoit qu'il y avait là-dessous une sorte de longue racine soulignant horizontalement la surface du sol, une longue volonté de résistance très tenace, relativement très considérable. Il s'agit d'une espèce de corde fort résistante et qui déroute l'extracteur, le force à changer la direction de son effort. C'est quelque chose qui ressemble fort à la phrase par laquelle j'essaie « actuellement » de l'exprimer, quelque chose qui se déroule moins qu'elle ne s'arrache, qui tient au sol par mille radicules adventices — et dont il est probable qu'elle cassera net (sous mon effort) avant que j'aie pu en extraire le principe. Connaissant ce danger je le risque vicieusement, sans vergogne, à différentes reprises.

Assez là-dessus, n'est-ce pas ? Lâchons la racine de notre œillet.

— Nous la lâcherons, certes, mais, revenus à un état d'âme plus tranquille, nous nous demanderons pourtant, avant de laisser nos regards monter vers la tige — nous asseyant dans l'herbe par exemple non loin de là, et la contemplant sans plus y toucher — les raisons de cette forme qu'elle a prise : pourquoi une corde, et non un pivot ou une simple arborescence souterraine comme les racines d'habitude ?

Nous ne devons pas céder en effet à la tentation de croire que ce soit seulement pour nous causer les tracas que je viens de décrire que l'œillet se comporte ainsi.

Mais on peut déceler peut-être dans le comportement du végétal une volonté d'enlacer, de ficeler la terre, d'en être la religion, les religieux — et par conséquent les maîtres.

Mais revenons à la forme de ces racines. Pourquoi une corde plutôt qu'un pivot ou qu'une arborescence comme les racines d'habitude ?

Il peut y avoir eu, au choix de ce style, deux raisons, valables l'une ou l'autre selon qu'on décidera qu'il s'agit d'une racine aérienne ou d'une tige rampante au contraire.

Peut-être, s'il s'agit d'un arbuste atrophié, d'un arbuste las et sans force et sans assez de foi pour s'élever verticalement du sol, peut-être quelque expérience millénaire lui aura-t-elle appris qu'il valait mieux réserver son altitude à sa fleur.

Ou peut-être cette plante doit-elle conduire à travers une vaste étendue de terrain la quête des rares principes convenables à la nourriture de l'exigence particulière qui aboutit à sa fleur ?

L'ampleur même de ces paragraphes consacrés à la seule racine de notre sujet répond à un souci analogue, sans doute... mais voici la mesure atteinte.

Sortons de terre à cet endroit choisi...

*

*Ainsi, voici le ton trouvé, où l'*indifférence *est atteinte.*
C'était bien l'important. Tout à partir de là coulera de source... une autre fois.
Et je puis aussi bien me taire[16].

Roanne, *1941* - Paris, *1944.*

LE MIMOSA

Le génie et la gaieté produisent assez souvent ces petits enthousiasmes soudains.

FONTENELLE[1].

Sur fond d'azur le voici, comme un personnage de la comédie italienne[2], avec un rien d'histrionisme saugrenu, poudré comme Pierrot, dans son costume à pois jaunes, le mimosa.

Mais ce n'est pas un arbuste lunaire : plutôt solaire, multisolaire…

Un caractère d'une naïve gloriole, vite découragé.

Chaque grain n'est aucunement lisse, mais, formé de poils soyeux, un astre si l'on veut, étoilé au maximum.

Les feuilles ont l'air de grandes plumes, très légères et cependant très accablées d'elles-mêmes ; plus attendrissantes dès lors que d'autres palmes, par là aussi très distinguées. Et pourtant, il y a quelque chose actuellement de vulgaire dans l'idée du mimosa ; c'est une fleur qui vient d'être vulgarisée.

… Comme dans tamaris il y a tamis, dans mimosa il y a mima.

*

Je ne choisis pas les sujets les plus faciles : voilà pourquoi je choisis le mimosa. Comme c'est un sujet très difficile il faut donc que j'ouvre un cahier.

Tout d'abord, il faut noter que le mimosa ne m'inspire pas du tout. Seulement, j'ai une idée de lui au fond de moi qu'il faut que j'en sorte parce que je veux en tirer profit. Comment se fait-il que le mimosa ne m'inspire pas du tout — alors qu'il a été l'une de mes adorations, de mes prédilections enfantines ? Beaucoup plus que n'importe quelle autre fleur, il me donnait de l'émotion. Seul de toutes il me passionnait. Je doute si ce ne serait pas par le mimosa qu'a été éveillée ma sensualité, si elle ne s'est pas éveillée aux soleils du mimosa. Sur les ondes puissantes de son parfum je flottais, extasié. Si bien qu'à présent le mimosa, chaque fois qu'il apparaît dans mon intérieur, à mon entour, me rappelle tout cela et fane aussitôt.

Il faut donc que je remercie le mimosa. Et puisque j'écris, il serait inadmissible qu'il n'y ait pas de moi un écrit sur le mimosa.

Mais vraiment, plus je tourne autour de cet arbuste, plus il me paraît que j'ai choisi un sujet difficile. C'est que j'ai un très grand respect pour lui, que je ne voudrais pas le traiter à la légère (étant donné surtout son extrême sensibilité[3]). Je ne veux l'approcher qu'avec délicatesse...

... Tout ce préambule, qui pourrait être encore longuement poursuivi, devrait être intitulé : « Le mimosa et moi. » Mais c'est au mimosa lui-même — douce illusion ! — qu'il faut maintenant en venir ; si l'on veut, au mimosa sans moi[4]...

*

Nous dirons plutôt qu'une fleur, une branche, un rameau, peut-être même une plume de mimosa.

Aucune palme[5] ne ressemble plus à une plume, à de la plume jeune, à ce qui est entre le duvet et la plume.

Sessiles à ces branches, de nombreuses petites boules, pompons d'or, houppettes de duvet poussin.

Les minuscules poussins d'or du mimosa, pourrions-nous dire, les grains gallinacés, les poussins vus à deux kilomètres du mimosa.

L'hypersensible palmeraie-plumeraie, et ses poussins d'or à deux kilomètres.

Tout cela, vu à la lunette d'approche, embaume.

*

Peut-être, ce qui rend si difficile mon travail, est-ce que le nom du mimosa est déjà parfait. Connaissant et l'arbuste et le nom du mimosa, il devient difficile de trouver mieux pour définir la chose que ce nom même.

Il semble qu'il lui soit parfaitement *appliqué*, que la chose ici ait déjà touché des deux épaules...

Mais non ! Quelle idée ! Puis, s'agit-il tellement de le définir ?

*

N'est-il pas beaucoup plus urgent d'insister, par exemple, sur le caractère à la fois glorieux et doux, caressant, sensible, tendre du mimosa ? Il y a de la *sollicitude* dans son geste et son exhalation. L'une et l'autre sont des épanchements, au sens qu'en donne Littré : communication de sentiments et de pensées intimes.

Et de la *déférence* : condescendance mêlée d'égards et dictée par un motif de respect.

Tel est le tendre salut de sa palme. Par là peut-être voulant faire excuser sa gloriole.

*

Bosquet de plumes grises aux derrières d'autruches[6]. Des poussins d'or s'y dissimulent (mal), sans cachotterie.

*

Accessoire de cotillon, accessoire de la comédie italienne. Pantomime, mimosa.

> Un fervent de la pantomime osa
> Enfer ! Vendre la pente aux mimosas.

(Ex-martyr du langage, on me permettra de ne le prendre plus tous les jours au sérieux. Ce sont tous les droits qu'en ma qualité d'ancien combattant — de la guerre sainte — je revendique. — Non, vraiment ! Il doit y avoir un juste milieu entre le ton pénétré et ce ton canaille.)

*

Embaume cette page, ombrage mon lecteur, rameau léger aux plumes retombantes, aux poussins d'or !

Rameau léger, gratuit, à floraison nombreuse.

Plumets découragés, poussins d'or.

*

Épanouies, les boulettes du mimosa dégagent un parfum prodigieux puis se contractent, se taisent : elles ont vécu.

Je dirai que ce sont fleurs de tribune (ou encore une fois : de tréteaux).

Qu'elles ont des qualités de poitrine, d'ut de poitrine. Leur parfum porte loin. Elles sont unanimement écoutées et applaudies, par la foule narines bées.

Le mimosa parle à haute et intelligible voix ; il parle d'or.

C'est une bonne action répandue, un don gratuit et agréable à recevoir.

Le mimosa et sa bonne action spécifique.

Mais ce n'est pas un discours qu'il tient, c'est une note prestigieuse, toujours la même, assez capable de persuasion.

*

Le mimosa (poème en prose). — D'hypersensibles plumes à poussins d'or l'avenue a deux kilomètres dont un seul brin vu à la lunette d'approche embaume la maison. Épanouies, les boulettes du mimosa dégagent un parfum prodigieux puis se contractent : elles ont vécu. Sont-ce fleurs de tribune ? Leur parole, unanimement écoutée et applaudie par la foule narines bées, porte loin :

« MIraculeuse
MOmentanée
SAtisfaction !

MInute
MOusseuse
SAfranée[7] ! »

« Peignes découragés par la beauté des poux d'or qui naissent de leurs dents ! Basse-cour haute-cour d'autruches enracinées, jaillissantes de poussins d'or ! Brève fortune, jeune millionnaire la robe épanouie, liée par le bas, agitée en bouquets ! Houppette neuve, faibles poussins de cygne, douce au contact et très fort parfumée ! Geyser de plumes poussinantes ! Panaches, de soleils soutenables constellés ! ...

Et décorés à pois de soleils soutenables ! Orgueil souple et retombant avec déférence pour lui-même comme pour les spectateurs.

— La floraison est un paroxysme. La fructification est déjà sur le chemin du retour.

— L'enthousiasme (qui est beau par lui-même) porte ses fruits (qui sont bons ou mauvais).

— La floraison est une valeur esthétique, la fructification une valeur morale : l'une précède l'autre.

— Le bon est la conséquence du beau. L'utile (graine) est la conséquence du bon.

— Le bon peut être aussi beau que le beau (oranges, citrons). L'utile est le plus souvent esthétiquement modeste.

— La fleur est le paroxysme de la jouissance de l'individu.

— Le fruit n'est que l'enveloppe, le protecteur, le frigidaire, l'humidaire de la graine.

— La graine est le joyau spécifique, c'est la chose, le rien.

— La graine qui n'a l'air de rien est — en effet — la chose. »

*

Au paroxysme de sa propre jouissance spécifique et de la satisfaction visuelle et olfactive qu'il cause, le panache du mimosa retombe et les soleils qui le constellent se contractent et jaunissent : ils ont vécu.

Vision paradisiaque, bosquet de nobles autruches empêchées, par quel scrupule s'éteignent-elles, montrent-elles tant de découragement ?

— Par déférence pour elles-mêmes et pour les spectateurs : oh ! pardon, semblent-elles dire, de nous être si ostensiblement réjouies ! D'avoir si ostensiblement joui... Bosquet de fumées végétales... Le mimosa ne se concevrait-il pas lui-même comme une fumée, un encens ? Et ne serait-il pas découragé par son poids et sa fixité ?

*

Il y a foule de poussins d'or
sur l'avenue bosquet d'hypersensibles plumes

Il y a foule de poussins d'or
entre deux infinis d'azur
piaillant la note complémentaire.

*

Parvenu à ce point, j'allai à la bibliothèque consulter le *Littré*, la *Grande Encyclopédie*, le *Larousse* :

Paroxysme, de παρά, indiquant l'adjonction — et ὀξύνειν, rendre aigre. La plus forte intensité d'un accès, d'une douleur.

Paroxyntique, les jours paroxyntiques : les jours où les paroxysmes ont lieu.

Enthousiasme, de ἐν, en et θεός, dieu. Premier sens : fureur divine : état physique désordonné comme celui des sibylles qui rendaient leurs oracles en poussant des cris, écumant, roulant des yeux.

Geyser : non, ne convient pas.

Mimosa, s. f. (mais d'après les botanistes s. m.) : nom latin d'un genre de légumineuses dont la plus connue est la sensitive (*mimosa pudica*). Étymologie : voir mimeux.

Mimeux[8] : se dit des plantes qui, lorsqu'on les touche, se contractent. Les plantes mimeuses. Étym. : de *mimus*, parce qu'en se contractant ces plantes semblent représenter les grimaces d'un mime.

Eumimosa. Ce curieux petit arbuste aime la pleine lumière et des arrosages fréquents en été. Fleurs petites, sessiles. Inflorescences ressemblant à des houppes soyeuses à cause du très grand nombre de longues étamines qui les hérissent.

Floribonde.

Mimosées. Cette famille forme le passage des légumineuses aux rosacées.

*

1ᵉʳ avril 1941.

Petits soleils déjà trop tolérables : jaunissant encore, ils ont vévu.

*

Le Brin de mimosa (poésie)

À tue-tête, à décourage-feuilles,
Les poussins d'or du mimosa
Entre deux infinis d'azur
Piaillent la note complémentaire.

*

Non, hélas ! Ce n'est pas encore à propos du mimosa que je ferai la conquête[9] de mon mode d'expression. Je le sais trop déjà, je me suis trop essayé sur de trop nombreux feuillets blancs.

Mais si du moins j'ai gagné quelque chose à ce propos, je ne veux pas le perdre.

Il ne me reste qu'un procédé. Il faut que je prenne le lecteur par la main, que je sollicite de sa part une assez longue complaisance, le suppliant de se laisser conduire au risque de s'ennuyer par mes longs détours, en lui affirmant qu'il goûtera sa récompense lorsqu'il se trouvera enfin amené par mes soins au cœur du bosquet de mimosas, entre deux infinis d'azur.

*

Les Vanités complémentaires (poésie)

À tue-tête à foison à décourage-plumes
Les poussins du mimosa
Sur la côte d'azur piaillent d'or.

Variante

Floribonds, à tue-tête, à décourage-plumes
Entre deux blocs indéfinis d'azur
Pépiaillent d'or cent glorioleux[10] poussins.

*

Autre

Ô glorieux naïfs que nous fûmes
Éclos sous l'azur oméga
À tue-tête et à navre-plumes
Les poussins d'or du mimosa.

*

Autre

D'autant qu'une fidèle assistance d'azur
Narine bée inspire leurs oracles
Floribonds à tue-tête à décourage-plumes
Les poussins du mimosa piaillent d'or.

*

6 avril, 3 heures du matin.

Quand on apporte du mimosa, c'est presque comme si l'on apportait (une surprise!) le soleil lui-même. Comme un rameau bénit (le rameau bénit du culte de Râ[11]). Comme une petite torche allumée. Les torchères du mimosa...

(Il est trois heures du matin et nous voici, comme par hasard, au dimanche des Rameaux 1941.)

... Comme par exemple s'il avait plu, qu'on ait l'idée d'apporter une branche constellée de gouttelettes, eh bien! le mimosa c'est la même chose: il y est accroché du soleil, de l'or.

Je songe que Debussy[12] avait là un sujet tout à fait à sa mesure.

*

Dais, ombrelles, chasse-mouches.
À ce point de ma recherche je décidai de retourner au *Littré*, d'où je retins ce qui suit:
Autruche: le plus gros des oiseaux connus, et à cause de sa grandeur incapable de voler.

Floribond : ce mot ne figure pas au *Littré*. Il figurera donc dans les éditions futures.

Il y a un échassier (genre grue) du nom de *florican*.

Faire *florès*, c'est fleurir.

Florilège : 1° Synonyme d'anthologie. 2° Titre de quelques ouvrages qui traitent de plantes remarquables par la beauté de leurs fleurs.

Houppe : 1° Assemblage de fils de laine, de soie, formant un bouquet, une touffe. 2° Terme de zoologie : flocon de plumes que certains oiseaux... Petite touffe étalée de poils... 5° Anatomie : houppes nerveuses, papilles. — Graine houppée : qui est disposée en façon de houppes.

La *houppée*, terme de marine : écume légère du choc de deux vagues.

Panache : faisceau de plumes qui, liées par le bas, voltigent par le haut, forment une espèce de bouquet (de *penna*, plume).

« Quand le paon met au vent son panache pompeux. »

(D'Aubigné.)

Paradis : grands parcs, jardins délicieux. Les parcs des rois achéménides (Renan). Mot persan.

Oiseau de paradis : à longues plumes effilées (tiens !).

Paradis des jardiniers : saule pleureur (tiens, tiens !).

Pompe, pompons, Pompadour, rococo.

Poussin : de *pullicenus*, diminutif de *pullus* : poule (poulet nouvellement éclos).

Le mot *poussinée* existe : troupe de poussins.

Poussinières : nom vulgaire de la constellation des Pléiades.

Inutile de dire que j'ai considéré ces trouvailles comme, en faveur de ce que j'avais écrit, un bouquet de preuves *a posteriori*[13].

*

Ainsi, après avoir beaucoup tourné autour de cet arbuste, m'être égaré souvent, avoir plus souvent désespéré que joui, l'avoir plus dénaturé qu'obéi, en reviens-je (me trompé-je encore ?) à considérer la qualité caractéristique du mimosa comme celle-ci : « glorioleux, vite découragé ».

Mais voulant y mettre plus de nuances, j'ajouterai encore ceci :

1. Chaque branche de mimosa est un perchoir à petits soleils tolérables, à petits enthousiasmes soudains, à joyeuses petites embolies terminales. (Oh ! qu'il est difficile d'approcher de la caractéristique des choses !) Il est réjouissant de voir un être en développement aboutir par un si grand nombre de ses extrémités à de pareils et éclatants *succès*. Comme dans un feu d'artifice réussi les fusées se terminent en éclatements de soleils.

Cela est *plus* vrai du mimosa que des autres plantes ou arbustes à fleurs, parce que vraiment aucune autre fleur n'est aussi simplement une éclosion comme telle, purement et simplement un déploiement d'étamines au soleil.

2. Toutes ces papilles turgescentes, toutes ces petites gloires ne sont pas encore éteintes, contractées, jaunissantes, mortes que le rameau entier présente des signes de découragement, de désespoir.

Disons mieux : au moment même de la gloire, dans le paroxysme de la floraison, le feuillage présente déjà des signes de désespoir, au moins des indices de nonchaloir aristocratique. On dirait que l'expression des feuilles dément celle des fleurs — et réciproquement.

L'on dit que ces feuillages ressemblent à des plumes, mais à quelles plumes ? Seulement à celles des autruches, à celles qui servent pour les chasse-mouches orientaux, à celles qui ont des retombées, qui semblent incapables de se soutenir, à plus forte raison de soutenir en l'air leur oiseau.

3. Mais en même temps ce violent parfum, qui porte loin ; cet oracle, les yeux exorbités ; ce violent parfum, presque animal, par quoi il semble que la fleur s'extravase...

... Et donc, puisqu'elle s'extravase, jusqu'au prochain printemps disons-lui au revoir !

*

Floribonds à tue-tête à décourage-plumes
D'un bosquet jusqu'au cœur remué par la simple
Approche sous l'azur d'une mémoire d'homme
Narine bée inspirant leurs oracles,
Piaillent, pépiaillent d'or un milliard de poussins

*

Le Mimosa (variantes incorporées)

Odorants à tue-tête à décourage-plumes
Piaillent, ils piaillent d'or les glorieux poussins
L'azur[14] narines bées inspire leurs oracles
Par la muette autorité de sa splendeur

Floribonds à tue-tête à démentir leurs plumes
Déplorant le bosquet offusqué jusqu'au cœur
Par la violette austérité de ta splendeur
Azur narines bées inspirant leurs oracles

Floribonds odorants à décourage-plumes
Piaillent, ils piaillent d'or les glorieux poussins

*

Le Mimosa

Floribonds, à tue-tête, à démentir leurs plumes
Déplorant leur bosquet offensé jusqu'au cœur
Par la violente austérité de ta splendeur,
Azur ! narines bées inspirant leurs oracles,
Piaillent, ils piaillent d'or les glorieux poussins !

*

LE MIMOSA

FLORIBONDS À TUE-TÊTE À DÉMENTIR VOS PLUMES
DÉFAITES D'UN BOSQUET OFFENSÉ JUSQU'AU CŒUR
PAR UNE AUTORITÉ TERRIBLE DE NOIRCEUR
L'AZUR NARINES BÉES INSPIRANT VOS ORACLES
PIAILLEZ VOUS PIAILLEZ D'OR GLORIOLEUX POUSSINS[15]

Roanne, 1941.

LE CARNET DU BOIS DE PINS

À mon ami disparu Michel Pontremoli.

LEUR ASSEMBLÉE

Leur assemblée   RECTIFIA *ces arbres*
De leur vivant   *à fournir du bois mort*[1]

LE PLAISIR DES BOIS DE PINS

7 août 1940.

Le plaisir des bois de pins :
L'on y évolue à l'aise (parmi ces grands fûts dont l'apparence est entre le bronze et le caoutchouc). Ils sont bien débarrassés. De toutes les basses branches. Il n'y a point d'anarchie, de fouillis de lianes, d'encombre. L'on s'y assied, s'y étend à l'aise. Il règne un tapis partout. De rares rochers les meublent, quelques fleurs très basses. Il y règne une atmosphère réputée saine, un parfum discret et de bon goût, une musicalité vibrante mais douce et agréable.

Ces grands mâts violets, encore dans leur gangue de lichens et d'écorces ravinées, feuilletées.

Leurs branches se dépoilent[2] et leurs troncs se décortiquent.

Ces grands fûts, tous d'une espèce parfaitement définie. Ces grands mâts nègres ou tout au moins créoles.

7 août 1940 — *Après midi.*

Évolutions à pied faciles entre ces grands mâts nègres ou tout au moins créoles, encortiqués encore et lichéneux jusques à mi-hauteur, graves comme le bronze, souples comme le caoutchouc.

*

(Je ne dirai pas *robuste*[3] car cet adjectif revient plutôt à une autre espèce d'arbres.)

*

Point de fouillis de cordes ni de lianes, point de planches mais des tapis épais au sol.

*

Robuste revient à une autre sorte d'arbres, mais le pin l'est pourtant, bien que plus qu'aucun autre il plie et ne rompe pas...

*

Une hampe et un cône et des pommes coniques.

8 août 1940.

Parmi la profusion... Au pied de ces grands mâts nègres ou tout au moins créoles, aucun imbroglio, nulle gêne de lianes ni de cordes, nulles planches lavées au sol, mais un tapis épais.
Du pied à mi-hauteur frisés et lichéneux...

*

Aucun serpentement de lianes ou de cordes qui gêne le promeneur parmi la profusion de ces grands mâts nègres ou créoles, du pied jusqu'à mi-hauteur encore tout lichéneux.

*

Débarrassés (jusqu'à mi-hauteur) de leurs branches, à la fois par leur propre souci exclusivement du faîte vert (du cône vert à leur faîte) et par la sérieuse obscurité concertée dans leur foule...

C'est ainsi que les oiseaux eux-mêmes sont relégués dans les hauteurs.

*

C'est merveilleux, ces tapis de jade, dans ces régions d'où il eût semblé que tout intérêt végétal se désaffectât, où toutes les branches basses s'abattirent mortes en masse.

*

Le pin n'est-il pas l'arbre qui fait le plus de bois mort[4] ? Qui désaffecte le plus grand nombre de ses membres, la plus grande partie de lui-même, qui s'en désintéresse le plus totalement, lui retirant toute sève au seul profit du faîte (cône vert) ? D'où cette odeur de sainteté qui règne aux parages des troncs...

Il ne flambe que par son faîte extrême[5] : un peu comme une chandelle.

C'est un arbre fort odoriférant, et non pas seulement par sa fleur.

9 août 1940.

Cela relègue très haut et très doux les effets du vent, les oiseaux et les papillons eux-mêmes. Et le concert vibrant de myriades d'insectes.

*

D'aspect sénile, chenu comme la barbe des vieillards nègres.

*

On est très bien là-dessous, tandis qu'aux faîtes il se

passe quelque chose de très doucement balancé et musical, de très doucement vibrant.

*

Il faut qu'à travers tous ces développements (au fur et à mesure caducs, qu'importe) la hampe du pin persiste et s'aperçoive.

*

Tels mâts du pied jusques à mi-hauteur
Tout frisés, lichéneux comme un vieillard créole,
Sans nulle gêne entre eux de lianes ou de cordes,
{ (Sans planche lisse au sol)
{ Sans planches lavées au sol mais des tapis épais,
Et portant au ciel des { (coiffures)
{ chapeaux coniques et verts
Que traverse le vent, qui tamisent la lumière...
Non des voiles tendues, mais quelques fruits serrés
Comme des ananas...

9 août 1940 — Le soir.

Non !
Décidément, il faut que je revienne *au plaisir du bois de pins*.

De quoi est-il fait, ce plaisir ? — Principalement de ceci : le bois de pins est *une pièce de la nature*, faite d'arbres tous d'une espèce nettement définie ; pièce bien délimitée, généralement assez déserte, où l'on trouve abri contre le soleil, contre le vent, contre la visibilité ; mais abri non absolu, non par isolement. Non ! C'est un abri relatif. Un abri non cachottier, un abri non mesquin, un abri noble.

C'est un endroit aussi (ceci est particulier aux bois *de pins*) où l'on évolue à l'aise, sans taillis, sans branchages à hauteur d'homme, où l'on peut s'étendre à sec, et sans mollesse, mais assez confortablement.

Chaque bois de pins est comme un sanatorium naturel, aussi un salon de musique... une chambre, une vaste cathédrale[6] de méditation (une cathédrale sans chaire, par bonheur) ouverte à tous les vents, mais par tant de portes que c'est comme si elles étaient fermées. Car ils y hésitent.

*

Ô respectables colonnes, mâts séniles !
Colonnes âgées, temple de la caducité.

*

Rien de riant, mais quel confort salubre, quelle températion des éléments, quel salon de musique sobrement parfumé, sobrement adorné, bien fait pour la promenade sérieuse et la méditation.

*

Tout y est fait, sans excès, pour laisser l'homme à lui seul. La végétation, l'animation y sont reléguées dans les hauteurs. Rien pour distraire le regard. Tout pour l'endormir, par cette multiplication de colonnes semblables. Point d'anecdotes. Tout y décourage la curiosité. Mais tout cela presque sans le vouloir, et *au milieu de la nature*, sans séparation tranchée, sans volonté d'isolation, sans grands gestes, sans heurts.

Par-ci, par-là, un rocher solitaire aggrave encore le caractère de cette solitude[7], force au sérieux.

*

Ô sanatorium naturel, cathédrale heureusement sans chaire, salon de musique où elle est si
{ discrète
{ douce et reléguée
dans les hauteurs (à la fois si sauvage et si délicate), salon de musique ou de méditation — lieu fait pour laisser l'homme seul au milieu de la nature, à ses pensées, à poursuivre une pensée...

... Pour te rendre ta politesse, pour imiter ta délicatesse, ton tact (instinctivement je suis ainsi) — je ne développerai à ton intérieur aucune pensée qui te soit étrangère, *c'est sur toi que je méditerai* :

« Temple de la caducité, etc. »

*

« Je crois que je commence à me rendre compte du plaisir propre aux bois de pins. »

12 août 1940.

Une infinité de cloisonnements et de chicanes fait du bois de pins l'une des pièces de la nature les mieux combinées pour l'aise et la méditation des hommes.

Point de feuilles s'agitant. Mais au vent comme à la lumière tant de fines aiguilles sont opposées qu'il en résulte une températion et comme une défaite presque complète, un évanouissement des qualités offensives de ces éléments et une émanation de parfums puissants. La lumière, le vent lui-même y sont tamisés, filtrés, freinés, rendus bénins et à proprement parler inoffensifs. Alors que les bases des troncs sont parfaitement immobiles, les faîtes sont seulement balancés...

12 août 1940 — Le soir.

Le bois de pins est aussi une sorte de *hangar*, il est bâti comme un hangar, un préau, ou une halle (hall).

Mâts séniles coiffés de toupets coniques verdoyants. À propos de toupets, les *sapins* sont des toupies vert foncé (mais c'est une autre histoire).

*

Halle aux aiguilles odoriférantes, aux épingles à cheveux végétales, auditorium de myriades d'insectes, ô temple de la caducité (caducité des branches et des poils) dont les cintres, — auditorium — solarium de myriades d'insectes — sont supportés par une forêt de mâts séniles tout frisés, lichéneux comme des vieillards créoles...

Lente fabrique de bois, de mâts, de *poteaux*, de perches, de poutres.

Forêt sans feuilles, odoriférante comme le peigne d'une rousse[8].

*

Vis-je, insecte, au milieu de la brosse ou du peigne odoriférant d'une géante... ?
... Forêt dont les houppes se dépoilent.

*

Si les feuilles ressemblent à des plumes, les aiguilles de pins ressemblent plutôt à des poils.

*

Poils durs comme des dents de peigne.
Poils de brosse mais durs comme des dents de peigne.
Vis-je au milieu de la brosserie (brosse, peigne et cheveux) d'une odoriférante géante rousse... Et musique, vibrante aux cintres, de myriades d'insectes, million d'étincelles animales (pétillement)... ?
... Tandis qu'un de ses fins mouchoirs flotte au ciel bleu par-dessus.

13 août 1940 — Matin.

Tâchons de nous résumer. Il y a :
L'aisance

    a) *de la promenade* :
    pas de basses branches
    pas de hautes plantes
    pas de lianes.
    Tapis épais. Quelques rochers les meublent.

    b) *et de la méditation* :
    températion de la lumière,
             du vent.
    Parfum discret.
    Bruits, musique discrète.
    Atmosphère saine.

    Vie à la cantonade.
    Doux accompagnement musical en sourdine.

Évolutions aisées, parmi tant de colonnes, d'un pas presque élastique, sur ces tapis épais faits d'épingles à cheveux végétales. Labyrinthe aisé.

Qu'on se promène à l'aise au milieu de ces colonnes, de ces arbres si bien débarrassés de leurs branches caduques !

13 août 1940 — *Après-midi.*

Il se forme, grandit et épaissit incessamment sur le même type, en de nombreux endroits du monde, des bâtiments plus ou moins vastes dont je vais essayer de décrire un modèle :

Ils comportent un rez-de-chaussée très haut de plafond (quoique ce dernier terme soit impropre), et au-dessus une infinité d'étages, ou plutôt une charpente compliquée à l'extrême qui constitue étages supérieurs, plafond et toiture.

Pas plus de murs que de toit à proprement parler : ils tiennent plutôt de la halle ou du préau.

Une infinité de colonnes supportent cette absence de toiture.

17 août 1940.

J'ai relu les noms d'Apollinaire, Léon-Paul Fargue… et j'ai honte de l'académisme de ma vision : manque de ravissement[9], manque d'originalité. Ne rien porter au jour que ce que je suis seul à dire. — En ce qui concerne le bois de pins, je viens de relire mes notes. Peu de choses méritent d'être retenues. — Ce qui importe chez moi, c'est le sérieux avec lequel j'approche de l'objet, et d'autre part la très grande justesse de l'expression. Mais il faut que je me débarrasse d'une tendance à dire des choses plates et conventionnelles. Ce n'est vraiment pas la peine d'écrire si c'est pour cela.

Bois de pins, sortez de la mort, de la non-remarque, de la non-conscience !

Profusion à perte de vue, préau de $\begin{cases} \text{colonnes,} \\ \text{mâts séniles,} \end{cases}$
coiffés en étages supérieurs et toit d'un million d'épingles vertes entrecroisées.

Et par terre une épaisseur élastique d'épingles à cheveux, soulevée parfois par la curiosité maladive et prudente des champignons.

*

Fabrique de bois mort. (J'entre dans cette importante fabrique de bois mort.) Ce qui est agréable là-dedans c'est la *parfaite sécheresse*[10]. Qui assure vibrations et musicalité. Quelque chose de métallique. Présence d'insectes. Parfums.

Surgissez, bois de pins, surgissez dans la parole. L'on ne vous connaît pas. — Donnez votre formule. — Ce n'est pas pour rien que vous avez été remarqués par F. Ponge…

18 août 1940.

Au mois d'août 1940 je suis entré dans la familiarité des bois de pins. À cette époque, ces sortes particulières de hangars, de préaux, de halles naturelles ont acquis leur chance de sortir du monde muet, de la mort, de la non-remarque, pour entrer dans celui de la parole, de l'utilisation par l'homme à ses fins morales, enfin dans le Logos, ou, si l'on préfère et pour parler par analogie, dans le Royaume de Dieu.

20 août 1940.

Ici, où se dresse une profusion relativement ordonnée de mâts séniles, coiffés de cônes verdoyants, ici, où le soleil et le vent sont tamisés par un infini entrecroisement d'aiguilles vertes, ici où le sol est couvert d'un épais tapis d'épingles à cheveux végétales : ici se fabrique lentement le bois. En série, industriellement, mais avec une lenteur majestueuse ici se fabrique le bois. Il se parfait en silence et avec une majestueuse lenteur et prudence. Avec une assurance et un succès certains aussi. Il y a des sous-produits : obscurité, méditation, parfum, etc., fagots de moindre qualité, pommes de pins (fruits serrés comme des ananas), aiguilles à cheveux végétales, mousses, fougères, myrtilles, champignons. Mais, à travers toutes sortes de développements l'un après l'autre caducs (et qu'importe),

l'idée générale se poursuit et s'entrevoit la hampe, le mât :
— la poutre, la planche.

Le pin (je ne serais pas éloigné de dire que) est l'idée élémentaire de l'arbre. C'est un I, une tige, et le reste importe peu. C'est pourquoi il fournit — de ses développements obligatoires selon l'horizontale — tant de bois mort. C'est que seule importe la tige, toute droite, élancée, naïve et ne divergeant pas de cet élan naïf et sans remords ni retouches ni repentirs. (Dans un élan sans repentir, tout simple et droit.)

Tout évolue aussi vers une parfaite sécheresse...

*

Pénétré-je dans la brosserie (brosses, peignes aux manches fins ciselés de lichens, épingles à cheveux) d'une gigantesque rousse, créole, parmi ces enchevêtrements, ces lourds parfums ? Ces grosses pierres par-ci par-là, quittées sur la tablette de la coiffeuse ? Oui certes, j'y suis et voilà qui ne manque pas de charme ni de sensualité. C'est une grande idée qu'un poète mineur[11] se fût contenté de développer.

Mais pourquoi tant de branches mortes cherraient-elles, pourquoi ce massif dépouillement des troncs, et pourquoi en conséquence cette aisance de la promenade parmi eux, sans lianes, ni cordes, ni plancher lisse, ce tapis épais, cette obscurité méditative, ce silence ? Parce que le pin n'est-il pas l'arbre qui fournit le plus de bois mort, qui se désintéresse le plus totalement de ses développements latéraux passés, etc. ? Ainsi viens-je à une idée peut-être moins séduisante d'abord (moins reluisante, moins cosmétique), mais plus sérieuse et plus proche de la réalité de mon objet..., etc.

21 août 1940.

Parlons simplement : lorsqu'on pénètre dans un bois de pins, en été par grande chaleur, le plaisir qu'on éprouve ressemble beaucoup à celui que procurerait le petit salon de coiffure attenant à la salle de bains d'une sauvage mais noble créature. Brosserie odoriférante dans une atmosphère surchauffée et dans les vapeurs qui montent de la baignoire lacustre ou marine. Cieux comme des morceaux de miroirs à travers les brosses à longs manches fins tout ciselés de lichens. Odeur *sui generis* des cheveux, de leurs peignes et de leurs épingles. Transpiration naturelle et parfums hygiéniques mélangés. Laissées sur la tablette de la coiffeuse, de grosses pierres ornementales par-ci par-là, et dans les cintres ce pétillement animal, ce million d'étincelles animales, cette vibration musicale et chanteuse.

À la fois brosses et peignes. Brosses dont chaque poil a la forme et le brillant d'une dent de peigne.

Pourquoi a-t-elle choisi des brosses à poils verts et à manches de bois violets tout ciselés de lichens vert-de-gris ? Parce que cette noble sauvage est rousse peut-être, qui se trempera ensuite dans la baignoire lacustre ou marine voisine. C'est ici le salon de coiffure de Vénus, avec l'ampoule Phébus insérée dans la paroi de miroirs.

Voilà un tableau dont je ne suis pas mécontent, parce qu'il rend bien compte d'un plaisir que chaque homme éprouve lorsqu'il pénètre en août dans un bois de pins. Un poète mineur, voire un poète épique s'en contenterait peut-être. Mais nous sommes autre chose qu'un poète et nous avons autre chose à dire.

Si nous sommes entrés dans la familiarité de ces cabinets particuliers de la nature, s'ils en ont acquis la chance de naître à la parole, ce n'est pas seulement pour que nous rendions anthropomorphiquement compte de ce plaisir sensuel, c'est pour qu'il en résulte une co-naissance[12] plus sérieuse. Allons donc plus au fond.

FORMATION D'UN ABCÈS POÉTIQUE

22 août 1940.

L'hiver : Temple de la caducité.

Rongées de lichens les basses branches sont déchues. Et point d'encombre à mi-hauteur. Point de serpentement de lianes ni de cordes. L'on évolue à l'aise entre ces mâts séniles (tout frisés, lichéneux tels des vieillards créoles), dont les tignasses sont emmêlées dans les hauteurs.

En août : C'est, tout entourée de miroirs, une halle aux épingles à cheveux odoriférantes, soulevées parfois par la curiosité maladive et prudente des champignons ; une brosserie aux longs manches de bois pourpre ciselés, aux poils verts, choisie par la noble et sauvage rousse qui sort de la baignoire lacustre ou marine fumante au bas-côté.

Variante

Temple de la caducité ! *L'hiver*, rongées de lichens, les basses branches sont déchues. Et point d'encombre à mi-hauteur, point de serpentements de lianes, ni de cordes. L'on évolue à l'aise entre ces mâts séniles dont les tignasses ne s'entremêlent qu'aux cieux.

En août, c'est, tout entourée de miroirs, une halle aux épingles à cheveux odoriférantes (soulevées parfois après quelque pluie par la curiosité maladive et prudente des champignons) — une brosserie aux longs manches ciselés, aux poils verts, pour la flamboyante créature[13] qui sort de la baignoire marine ou lacustre fumante au bas-côté.

24 août 1940.

Expressions simples et justes à retenir du bois de pins :

Lente fabrique de bois.

*

Le pin n'est-il pas l'arbre qui fournit le plus de bois mort ?

*

Une épaisseur élastique au sol d'épingles à cheveux odoriférantes dont la sécheresse est soulevée parfois après quelque pluie par la curiosité maladive des champignons.

*

... Et point de feuilles s'agitant entre ces mâts séniles dont les toupets coniques s'entremêlent aux cieux.

*

Mots à chercher dans Littré[14] :

(j'en suis à ce point*)

Caduc : qui est sur le point de tomber.
Caducité : défaut de persistance d'une partie.
Fournaise : 1° grand feu ; 2° feu très ardent ; 3° par exagération, lieu très échauffé.
Cosmétique : même origine que *cosmos* : monde, ordre, parure.
Encombre : accident qui empêche, mais vient de *incombrum* : amas de *bois abattu* (voilà une confirmation magnifique).
Serpentement : vu.
Lichen : végétaux agames dont la vie est interrompue par la sécheresse.
Halle, halliers : vu.
Élastique : qui revient à sa première forme.
Champignon : qui vient dans les lieux champêtres (*étym.*).
Brosserie [15] : non. Brossailles. Broussailles.
Négligentes : de *nec legere*, ne pas prendre, ne pas cueillir. Convient mal.

*

C'est avant tout une lente fabrique de bois.

*

Il faut qu'à travers tous les développements latéraux successifs — au fur et à mesure lichéneux et caducs qu'importe (par superposition exagérée de lichens) — la hampe s'aperçoive, qui persiste à la faveur du seul et de plus en plus excelsior[16] toupet conique qui dresse plusieurs fois sept candélabres aux cieux.

*

---

* J'étais, à La Suchère, sans moyen de me procurer un Littré. Je notai donc seulement les mots à chercher. Ce que j'ai retenu des définitions du Littré n'a été inscrit en face de ces mots que plusieurs semaines plus tard, vers la fin septembre.

Hangar surchauffé
Antre cosmétique en été
Halle aux épingles à cheveux odoriférantes, où parmi toute sa brosserie à poils verts, à longs manches ciselés, sèche aussitôt la noble et sauvage rousse qui sort de la baignoire marine ou lacustre fumante au bas-côté.

*

Halle surchauffée en été, tout entourée de miroirs — où sur une épaisseur élastique au sol d'épingles à cheveux odoriférantes, parmi toute une brosserie aux longs manches de bois pourpre ciselés, aux poils verts, vient sécher aussitôt la noble et sauvage rousse qui sort de la baignoire marine ou lacustre fumante au bas-côté.

25-26 août 1940.

Halle surchauffée en été. Halliers élémentaires tout entourés de miroirs. À la pénombre surchauffée d'une brosserie nombreuse aux poils verts, aux longs manches de bois pourpre ciselés, sèche aussitôt sur l'épaisseur élastique au sol d'épingles à cheveux odoriférantes toute forme qui sort de la baignoire marine ou lacustre fumante au bas-côté.

*

Le bois de pins

Alpestre brosserie entourée de miroirs
Aux manches de bois pourpre haut touffus de poils verts
Dans ta pénombre chaude entachée de soleil
Vint se coiffer Vénus sortant de la baignoire
Ou marine ou lacustre au bas-côté fumante...
D'où l'épaisseur au sol élastique et vermeille
Des épingles à cheveux odoriférantes
Secouées là par tant de cimes négligentes
{ — Et mon plaisir aussi d'y goûter mon sommeil
{ Et cette écharpe oblique au tissu sans sommeil
{ ... Flotte une oblique écharpe au tissu sans sommeil.

*

Variante

L'alpestre brosserie — entourée de miroirs —
Aux manches de bois pourpre haut touffus de poils verts...
Sur l'épaisseur au sol élastique et vermeille
Des épingles à cheveux odoriférantes
Secouées là par tant de cimes négligentes,
Dans la pénombre chaude entachée de soleil
Sèche aussitôt la nue sortant de la baignoire
Ou marine ou lacustre au bas-côté fumante
Sous ces rubans tendus au tissu sans sommeil.

*

Autre

La haute brosserie entourée de miroirs
Aux manches de bois pourpre aux touffes de poils verts.
Dans son peignoir, pénombre entachée de soleil,
Sèche aussitôt Vénus sortant de la baignoire
Ou marine ou lacustre au bas-côté fumante
Sur l'épaisseur au sol élastique et vermeille
Des épingles à cheveux odoriférantes
Secouées là par tant de têtes négligentes...

Flotte l'écharpe oblique au tissu sans sommeil.

*

Un aspect du bois de pins

L'alpestre brosserie haut touffue de poils verts
Aux manches de bois pourpre entourés de miroirs...
Dans sa pénombre chaude entachée de soleil
Vint se coiffer Vénus sortant de la baignoire
Ou marine ou lacustre au bas-côté fumante.
D'où l'épaisseur au sol élastique et vermeille
Des épingles à cheveux odoriférantes
Secouées là par tant de cimes négligentes,

Var. { Et ces rubans tendus au tissu sans sommeil.
      { Et ces tissus de biais par mouches sans sommeil.

*

Variante

La haute brosserie, entourée de miroirs,
Aux manches de bois pourpre haut touffus de poils
  verts...
Dans ces peignoirs faits d'ombre entachée de soleil,
Séchez, corps vaporeux issus de la baignoire
Ou marine ou lacustre au bas-côté fumante,
Sur l'épaisseur au sol élastique et vermeille
Des épingles à cheveux odoriférantes
Secouées là par tant de cimes négligentes
Et parmi { ces rubans au tissu sans sommeil.
   Var. { ces rubans obliques sans sommeil.
         { ces tissus obliques sans sommeil.

28 août 1940.

La haute brosserie entourée de miroirs
Aux manches de bois pourpre haut touffus de poils
  verts...
Dans un peignoir fait d'ombre entachée de soleil
Vénus vint s'y coiffer sortant de la baignoire
Ou marine ou lacustre au bas-côté fumante...
D'où l'épaisseur au sol élastique et vermeille
Des épingles à cheveux odoriférantes
Secouées là par tant de cimes négligentes,
{ Et ces rubans { de biais au tissu sans sommeil.
{   Var.   { tissus d'atomes sans sommeil[17].
{ Et ces flots de rubans au tissu sans sommeil.

*

Variante

La haute brosserie haut touffue de poils verts
Aux manches ciselés entourés de miroirs...
Vénus s'y coiffa-t-elle issue de la baignoire
Ou marine ou lacustre au bas-côté fumante ?

Reste, sur l'épaisseur élastique et vermeille
Des épingles à cheveux odoriférantes
Secouées là par tant de cimes négligentes,
Un peignoir de pénombre entaché de soleil,
Obliquement tissu d'atomes sans sommeil.

*

Autre

L'antique brosserie, haut touffue de poils verts,
Aux manches ciselés entourés de miroirs...
Dans un peignoir fait d'ombre entaché de soleil,
Vénus s'y escamote, issue de la baignoire
Ou marine ou lacustre au bas-côté fumante.
Il ne reste, au tapis élastique et vermeil
Des épingles à cheveux odoriférantes
Secouées là par tant de cimes négligentes,
Que des rubans tissus d'atomes sans sommeil.

*

Autre

Toute une brosserie haut touffue de poils verts
Aux manches de bois pourpre entourés de miroirs
Escamote une forme issue de la baignoire
Ou marine ou lacustre au bas-côté fumante
Qui ne laisse au tapis élastique et vermeil
Des épingles à cheveux odoriférantes
Secouées là par tant de cimes négligentes
Qu'un peignoir de pénombre entachée de soleil
Obliquement tissu d'atomes sans sommeil.

*

Autre

L'alpestre brosserie haut touffue de poils verts
Aux manches de bois pourpre entourés de miroirs :
Vénus s'y coiffa-t-elle, issue de la baignoire
Ou marine ou lacustre au bas-côté fumante ?
— Il reste un peignoir d'ombre entachée de soleil

Sur l'épaisseur au sol élastique et vermeille
Des épingles à cheveux odoriférantes
Secouées là par tant de cimes négligentes,
Et des rubans tissus d'atomes sans sommeil.

*

Autre

L'alpestre brosserie haut touffue de poils verts
Aux manches de bois pourpre entourés de miroirs.
Du corps étincelant sorti de la baignoire
Ou marine ou lacustre au bas-côté fumante,
Sur l'épaisseur au sol élastique et vermeille
Des épingles à cheveux odoriférantes
Secouées là par tant de cimes négligentes,
Il reste un peignoir d'ombre entachée de soleil
Obliquement tissu d'atomes sans sommeil.

*

Autre

Dans cette brosserie haut touffue de poils verts
Aux manches de bois pourpre entourés de miroirs,
De vous, corps radieux issu de la baignoire
Ou marine ou lacustre au bas-côté fumante,
Il ne reste au tapis élastique et vermeil
Des épingles à cheveux odoriférantes
Secouées là par tant de cimes négligentes,
Qu'un peignoir de pénombre entachée de soleil
Obliquement tissu d'atomes sans sommeil.

31 août 1940.

Le soleil dans le bois de pins

L'alpestre brosserie aux touffes de poils verts,
Aux manches de bois pourpre entourés de miroirs...
Que Phoebus s'y présente, issu de la baignoire
Ou marine ou lacustre au bas-côté fumante,
Il n'en reste — au tapis élastique et vermeil
Des épingles à cheveux odoriférantes

Secouées là par tant de cimes négligentes —
Qu'un peignoir de pénombre entachée de soleil
Var. { Obliquement tissu d'atomes sans sommeil
    { Constamment traversé de mouches sans sommeil.

*

(Var.)
Que pénombre habitée d'atomes de soleil
Fréquemment traversée de mouches sans sommeil.

*

Variante

Par cette brosserie aux touffes de poils verts,
Aux manches ciselés entourés de miroirs,
Var. { De tout corps radieux
    { Du flamboiement divin issu de la baignoire
Ou marine ou lacustre au bas-côté fumante

Sur l'épaisseur au sol élastique et vermeille
Des épingles à cheveux odoriférantes
Secouées là par tant de cimes négligentes

Ne reste que pénombre entachée de soleil
Et des rubans tissus d'atomes sans sommeil.

*

Du soleil dans un bois de pins

Dans une brosserie haut touffue de poils verts
Aux manches de bois pourpre entourés de miroirs
Qu'un corps radieux pénètre issu de la baignoire
Ou marine ou lacustre au bas-côté fumante
Il n'en reste tissu de mouches sans sommeil
Sur l'épaisseur au sol élastique et vermeille
Des épingles à cheveux odoriférantes
Secouées là par tant de cimes négligentes
Qu'un peignoir de pénombre entachée de soleil.

*

*Les mouches plaintives
ou le soleil dans les bois de pins*

Par cette brosserie haut touffue de poils verts
Aux manches de bois pourpre entourés de miroirs
Qu'un corps radieux pénètre issu de la baignoire
Ou marine ou lacustre au bas-côté fumante
Rien n'en reste au rapport de mouches sans sommeil
Sur l'épaisseur au sol élastique et vermeille
Des épingles à cheveux odoriférantes
Secouées là par tant de cimes négligentes
Qu'un peignoir de pénombre entachée de soleil.

*Francis Ponge,
La Suchère, août 1940.*

*

Variante

Vers 3ᵉ : Du corps étincelant sorti de la baignoire
Vers 5ᵉ : Rien ne reste...

2 septembre 1940.

NOTA BENE

Si l'on adopte cette variante, et tenant compte que les distiques PA et DO et le triolet SDS sont indéformables, leur ordre et celui des vers R et Q deviennent à volonté interchangeables, Q devant toutefois être toujours placé après R.

*

Voici les éléments indéformables :

1 { Par cette brosserie haut touffue de poils verts
    Aux manches de bois pourpre entourés de miroirs

2 { Du corps étincelant sorti de la baignoire
  { Ou marine ou lacustre au bas-côté fumante

3 { Rien ne reste au rapport de mouches sans sommeil
  { Sur l'épaisseur au sol élastique et vermeille

4 { Des épingles à cheveux odoriférantes
  { Secouées là par tant de cimes négligentes

5   Qu'un peignoir de pénombre entachée de soleil.

On pourra dès lors disposer ces éléments *ad libitum* comme suit :

```
        1 2 3 4 5           1 4 2 3 5

        1 2 4 3 5           1 4 3 2 5
        1 2 3 5 4           1 4 3 5 2
        1 3 2 4 5
        1 3 5 4 2           2 3 4 5 1
        1 3 4 2 5           2 4 3 5 1
        1 3 2 5 4
        1 3 5 2 4           2 3 1 4 5
        1 3 4 5 2                           etc.
```

Toutefois la suite 4-1 est à déconseiller (*par* tant de cimes négligentes *par* cette brosserie...)

TOUT CELA N'EST PAS SÉRIEUX

Tout cela n'est pas sérieux. Qu'ai-je gagné pendant ces onze pages[18] (p. 387 à 397) et ces dix jours ? — Pas grand-chose pour la peine que je me suis donnée.

Seulement ceci :

1° que le bois de pins est comme entouré de miroirs, de glaces (mais cela est noté déjà page 386-387) ;

2° l'expression *haut touffue* qui est juste ;

3° que les épingles à cheveux sont « secouées là par tant de cimes négligentes », ce qui est assez joli, rend assez bien compte du balancement paresseux des sommets des pins — mais il me va falloir chercher *négligent* dans le *Littré*... ;

4° l'image du peignoir, le mot de *peignoir* qui est juste en parlant de Vénus, car c'est le vêtement qu'on met sur ses épaules avant de se peigner ;

5° *entaché*, qui est très juste parlant d'une ombre entachée de soleil, car cela contient un sens péjoratif, une indication d'imperfection du sujet qui est précieuse ;

6° ET SURTOUT, l'idée, la prise de conscience de la réalité suivante : du soleil à travers le bois de pins il ne reste que de la pénombre, des rubans obliques tendus et des mouches sans sommeil.

Si je n'ai gagné que cela en dix jours de travail ininterrompu et *acharné* (je puis bien le dire), c'est donc que j'ai perdu mon temps. Je serais même tenté de dire, le temps du bois de pins. Car après une éternité d'inexpression dans le monde muet, il est pressé d'être exprimé maintenant que je lui en ai donné l'espoir, ou l'avant-goût.

Pourquoi ce dérèglement, ce déraillement, cet égarement ? Je me suis, une fois de plus — après être parvenu au petit poème en prose des pages 387-391 — souvenu du mot de Paulhan[19] : « Désormais le poème en prose n'est plus pour toi » et j'ai voulu de ce poème en prose faire un poème en vers. Alors que j'aurais dû défaire ce poème en prose pour intégrer les éléments intéressants qu'il contenait dans mon rapport objectif (*sic*) sur le bois de pins.

Paulhan certes avait raison. Mais ici mon dessein n'est pas de faire un poème, mais d'avancer dans la connaissance et l'expression du bois de pins, d'y gagner moi-même quelque chose — au lieu de m'y casser la tête et d'y perdre mon temps comme j'ai fait.

NOTE

Il faut en passant que je note un problème à repenser quand j'en aurai le loisir : celui de la différence entre connaissance et expression[20] (rapport et différence). C'est un grand problème, je m'en aperçois à l'instant. Petitement, voici ce que je veux dire : différence entre l'expression du concret, du visible, et la connaissance, ou l'expression de l'idée, de la qualité propre, différentielle, comparée du sujet.

Pour me faire mieux comprendre : dans certains poèmes (tous ratés) : la grenouille, la danseuse, surtout l'oiseau, le guêpier, et ce dernier (le soleil dans le bois de pins), je fais de l'expressionnisme (?), c'est-à-dire que j'emploie après les avoir retrouvés les mots les plus justes pour décrire le sujet. Mais mon dessein est autre : c'est la connaissance du bois de pins, c'est-à-dire le dégagement de la qualité propre de ce bois, et sa *leçon* comme je disais. Cela me paraît être deux choses assez différentes, bien qu'ordinairement à la limite de perfection de l'une et de l'autre elles doivent se rejoindre...

Revenons donc au plus vite à notre recherche de *tout* ce que l'on peut dire à propos du bois de pins *et seulement* à son propos.

Ici il y a encore des distinguo :

Primo, il est évident que le bois ou la forêt ont une qualité propre et que je risque souvent de m'égarer en ce sens.

Mais là je ne m'égarerai pas gravement, car le bois *de pins* possède évidemment toutes les qualités du bois ou de la forêt en général, *plus* des qualités particulières en tant que bois de pins. Il suffit d'avoir pris conscience de cela pour ne point trop errer ensuite.

(Si j'erre d'ailleurs dans mon bois de pins, cela ne sera que demi-mal, cela sera même bien, car les bois sont évidemment des lieux propices à l'errement, ou à l'errance, il y a du labyrinthe dans tout bois.)

Secundo, il y a des qualités propres au pin, et des qualités particulières du pin en tant que partie d'un bois de pins[21]. Le pin est différent selon qu'il vit isolé ou en société. Il est différent aussi selon qu'il est situé dans l'intérieur ou à la lisière du bois dont il fait partie. Et j'aime assez ces pins de l'orée, tenus à certains sacrifices dans leur partie tournée vers le bois, mais plus libres de leur développement dans leur partie face aux champs, au vide, au monde non boisé.

Il leur revient la fonction de border leur société, d'en cacher les arcanes, d'en cacher le dénuement intérieur (l'austérité, les sacrifices, les manques) par le développement de leurs parties basses : il faut qu'ils soient moins sévères pour leurs { expansions successives / développements successifs } que le pin social (entièrement social). Il leur est permis de conserver la mémoire et l'exhibition de leurs anciens développements.

Ils vivent même par ces bouts-là autant que par leurs sommets (oh que je m'exprime mal).

3 septembre 1940.

Si les individus de l'orée (orée ou lisière : termes à vérifier dans *Littré*) cachent assez bien l'intérieur aux regards de l'extérieur, ils ne cachent que très mal l'extérieur aux regards de l'intérieur. Ils se comportent à la façon de vitraux, ou mieux (car ils ne sont pas translucides) à la façon d'un vitrage d'étoffe, ou de pierre, ou de bois sculpté.

Lorsque le bois est suffisamment vaste ou épais, du cœur l'on n'aperçoit pas le ciel latéral, il faut avancer vers l'orée, jusqu'au point où le cloisonnement n'apparaît plus étanche à la vue. Voilà ce qui serait sublime réalisé dans une cathédrale : une forêt de colonnes telle que l'on arriverait progressivement à l'obscurité totale (crypte).

Et c'est pourtant bien à peu près cela qui est réalisé dans le bois, *bien qu'il n'y ait à la limite aucun mur*, que le monument par tous ses pores respire en pleine nature, mieux qu'un poumon, comme des branchies.

L'on pourrait même dire que ce devrait être là le critérium de l'achèvement, la borne de ce genre d'architecture : le point où l'obscurité totale serait réalisée, compte tenu par exemple qu'entre chaque colonne doit être ménagé un espace de *tant* qui permette une promenade aisée, etc.

En somme, qu'est-ce qu'une forêt ? — À la fois un monument et une société. (Comme un arbre est à la fois un être et une statue.) Un monument vivant, une société architecturale. Mais les arbres sont-ils des êtres sociaux ? À remarquer que certains arbres sont plus que d'autres prédisposés à vivre en société. Par la lourdeur de leurs graines, ainsi peu transportables par le vent et destinées à tomber au pied du père ou à très peu de distance. Ainsi notamment la pomme de pin, le gland du chêne, tous les arbres à gros fruits : pommiers, orangers, poiriers, citronniers, abricotiers, amandiers, oliviers, dattiers.

D'autres y sont disposés par l'énorme quantité de fleurs, donc de graines, si bien qu'il en reste fatalement un certain nombre à leurs pieds : je pense aux acacias.

Les arbres à petites baies sont moins disposés à cela parce qu'évidemment ce sont les oiseaux qui sont chargés de leur dissémination : cerisiers, sorbiers, etc.

D'autres sont visiblement prédisposés à la vie plus ou moins solitaire par le caractère indubitablement éolien de leurs graines : notamment les érables (en couples).

En ce qui concerne notre pin, il est donc probablement par nature un arbre social. À quelle distance est projetée la graine au moment où la pomme de pin s'ouvre (le fait-elle brusquement comme le haricot des genêts voisins) ? Cette distance, l'a-t-on seulement mesurée ? Que résulte-t-il pour le pin de sa qualité d'arbre social ? Dirons-nous des droits et des devoirs ? Pourquoi pas ? Devoirs : celui de restreindre sa liberté de développement à celle de ses voisins ; il y est d'ailleurs bien forcé par eux et il ne semble pas que la force de l'individu compte ici pour beaucoup, mais son âge évidemment beaucoup : il y a une priorité de l'âge, etc.

4 septembre 1940.

Chez le pin, il y a une abolition de ses expansions successives (chez le pin des bois spécialement), qui corrige heureusement, qui annule la malédiction habituelle aux végétaux[22] : devoir vivre éternellement avec le poids de tous ses gestes depuis l'enfance. — À cet arbre plus qu'à d'autres il est permis de se séparer de ses développements anciens. Il a une permission d'oubli. Il est vrai que les développements suivants ressemblent beaucoup aux anciens caducs. Mais qu'à cela ne tienne. La joie est d'abolir et de recommencer. Et puis c'est toujours plus haut que cela se passe. Il semble qu'on ait gagné quelque chose.

9 septembre 1940.

Leur assemblée { rectifia
modifia ces êtres qui, seuls, se seraient bellement tordus de désespoir ou d'ennui (ou d'extase), qui auraient supporté tout le poids de leurs gestes, ce qui aurait finalement constitué de très belles statues de héros douloureux. Mais leur assemblée les a délivrés de la malédiction végétale. Ils ont faculté d'abolir leurs expressions premières, permission d'oublier.

(La sujétion des parties au tout. Oui, mais quand chaque partie est un être, un individu : arbre, animal [homme], ou mot, ou phrase ou chapitre — alors cela devient dramatique !)

Leur assemblée aussi les protège du vent, du froid.

Seuls, c'eût été tout ou rien, ou peut-être successivement l'un puis l'autre : développement parfait jusqu'à un certain point — ou atrophie, empêchement de grandir du fait des éléments contraires.

En société le développement est normalisé, de plus cela crée quelque chose d'autre : *le bois*.

Quelques-uns ont pu penser que la solution optima serait d'élever les jeunes pins en pépinières, puis — sans d'ailleurs en sacrifier aucun — les repiquer de place en place pour que chacun prenne alors sa chance complète de développement.

Il faudrait cependant les avoir conservés en assemblée assez longtemps pour qu'ils aient acquis déjà la force et la rectitude du tronc.

Mais là une question du premier intérêt se pose.

Alors qu'en l'air les branches des pins se respectent mutuellement, se tiennent isolées, ne s'entremêlent pas vicieusement (voilà d'ailleurs qui est assez curieux, remarquable), en est-il de même dans la terre de leurs racines ? Serait-il possible de dissocier par la base une forêt sans amputer dangereusement chaque individu ? Qui le sait ? Qui veut me répondre ? Cela est nécessaire à la suite de ma recherche...

*

Mots cherchés après coup dans Littré :

Branches : bras (celtique).
  Mère branche.
  Ne pas s'attacher aux branches (à ce qui n'est pas l'essentiel).
  Branche gourmande : celle qui prend trop de place.
  Branches de charpente : celles qui constituent la forme de l'arbre et portent les petites branches et les fruitières.
  Proverbe : « Il vaut mieux se tenir au gros de l'arbre qu'aux branches. »
Branchu : qui a beaucoup de branches. Une idée branchue est qui offre deux branches, deux alternatives. « Croyez-vous que cette idée branchue et affreuse de l'une ou l'autre de ses branches... » (*Saint-Simon*.)
Halle : 1° place publique généralement couverte ; 2° bâti-

ment ouvert à tous les vents. *Étym.*: *Halla*, temple (all.). Il paraît y avoir eu confusion dans l'ancien français entre halle et le latin *aula* (cour).

Hallier: réunion de buissons fort épais (Buffon dit: lieux anciennement défrichés et qui ne sont couverts que de petites broussailles.) Bas latin: *hasla*: branche.

Hangar: remise ouverte de différents côtés et destinée à recevoir les outils. De *angaros*: courrier (*ange*, mot persan). Lieux où s'arrêtaient les courriers (ou les anges !).

Fournilles: ramilles et branchages provenant de la coupe des taillis ou gaulis et propres à chauffer les fours.

Gaulis: branches d'un taillis qu'on a laissé croître. Branches qui arrêtent les chasseurs courant dans l'épaisseur des bois.

Touffe, touffu: vu.

Cimes: de *cuma*, tendron, de κύω: être gonflé par ce qui est engendré (la jeune pousse).

Peignoir: oui, manteau qu'on met pour se peigner.

Taché: vu.

Entaché: peut se prendre dans un sens favorable, vu que tache se dit de qualités.

Pénombre: 1° terme d'astronomie; 2° demi-jour en général.

Bois: 1° ce qui est placé sous l'aubier; 2° réunion d'arbres.

Forêt: de *foresta*, terrain prohibé (étranger) à la culture.

Futaie: forêt de grands arbres (voir ci-après). Futaie s'oppose à taillis. Terme courant en vieux français: clères futaies.

Taillis: vu.

Pin: rien de spécial. La pigne, ou pistache. Pignon.

Conifère: oui, vu: qui a des fruits en forme de cônes.

Lisière: de *liste*, bordure.

Orée: de *ora*, bords (cela vieillit).

Expansion: épanchement, de *expandere*: déploiement.

Vitrage: vu.

Vitrail: vu.

Rideaux: vu.

Chicane: vu.

Branchie: non, n'a pas la même étymologie que branches.

Rectifier: vu.

Conidie: poussière qui recouvre les lichens, de κόνις.

Préau: tout à fait impropre, vient de *pré*. Serait juste pour la clairière et non pour le bois.

Thalle: vu.

Orseille: sorte de lichen, du nom de qui l'a classé.

Un bois de   40 ans se nomme futaie sur taillis
   »   40 à 60   »   »   demi-futaie
   »   60 à 120   »   »   jeune haute futaie
   »   120 à 200   »   »   haute futaie
Un bois de plus de 200 ans se nomme haute futaie sur le retour.

Et donc, tout ce petit opuscule n'est qu'(à peine) une « futaie sur taillis[23] ».

FIN DU BOIS DE PINS
À PARTIR D'ICI L'ON SORT DANS LA CAMPAGNE

APPENDICE
AU « CARNET DU BOIS DE PINS »

1. PAGES BIS

> Le texte qui précède fut écrit, à partir du 7 août 1940, dans un bois près de La Suchère, hameau de la Haute-Loire où l'auteur, après un mois et demi d'exode sur les routes de France, venait de retrouver sa famille. L'auteur demeura près de deux mois à La Suchère, mais sur ce même carnet de poche qui constituait alors tout son stock de papier, *rien* ne se trouva écrit que ce texte et les quelques notes qu'on va lire, paginées *bis* aux dates indiquées.

6 août 1940.

« Ce que j'aurais envie de lire » : tel pourrait être le titre, telle la définition de ce que j'écrirai.

Privé de lecture depuis plusieurs semaines et mois, je commence à avoir envie de lire.

Eh bien ! C'est ce que j'aurais envie de lire qu'il me faut écrire (justement, pas trop ceci...).

Mais, si je m'ausculte un peu plus attentivement : ce n'est pas seulement de lecture que je me trouve avoir envie ou besoin ; aussi de peinture, aussi de musique (moins). Il me faut donc écrire de façon à satisfaire ce complexe de besoins.

Il me faut garder cette image constamment présente à mon esprit : mon livre, seul (par force), sur une table : que j'aie envie de l'ouvrir et d'y lire (quelques pages seulement) — et de m'y remettre le lendemain.

20 août 1940.

Que de choses j'aurais à écrire, si j'étais un simple écrivain[24]..., et peut-être le devrais-je.

Le récit de ce long mois d'aventures depuis mon départ de Rouen jusqu'à la fin de l'exode et mon arrivée au Chambon ; aujourd'hui (par exemple), la relation de ma conversation avec Jacques Babut ; chaque jour, celle de mes promenades et méditations, ou d'autres conversations semblables ou différentes ; la peinture des gens qui m'entourent, qui traversent ma vie et à qui j'ai prêté attention à quelque titre ; mes réflexions sur la situation politique de la France et du monde en un moment historique si important ; celles sur notre propre situation, notre incertitude du lendemain...

Mais quelque défaut m'en empêche, qui n'est pas seulement paresse ou peur de la difficulté : il me semble que je ne pourrais m'intéresser exclusivement, comme il le faudrait pourtant, et successivement à aucun de ces sujets. Il me semble qu'à entreprendre l'un d'eux j'aurais aussitôt le sentiment qu'il n'est pas essentiel, que j'y perds mon temps.

Et c'est au « bois de pins » que je reviens d'instinct, au sujet qui m'intéresse entièrement, qui accapare ma personnalité, qui me fait jouer tout entier. Voilà un de ces seuls sujets où je me donne (ou perde) tout entier : un peu comme un savant à sa recherche particulière.

Ce n'est pas de la relation, du récit, de la description, mais de la *conquête*.

Plus tard, le même jour.

Quelque chose d'important (à retenir) dans ma conversation d'aujourd'hui avec Jacques Babut, le pasteur.

Nous étions déjà parvenus au-delà du point où nos doctrines se séparent : la mienne faisant confiance à l'homme, la sienne lui refusant à jamais toute confiance.

Nous parlions de ce qu'il appelle le Royaume de Dieu, et moi, d'un autre nom. Et il me disait que la Rédemption, d'après les Écritures, ne serait parfaite pour chaque homme que lorsque ce Royaume serait advenu (cela cadre assez bien avec notre propre théorie)... « Mais encore, me disait-il, faut-il que ce Royaume vienne universellement, non seulement chez les hommes, mais chez les choses... » et il me citait, je crois bien, saint Paul[25].

— Oui, les choses dans l'esprit de l'homme, répliquai-je en incidente.

Et plus tard, décrivant l'homme nouveau de mes propres rêves, je lui disais que sans doute cet homme aurait la faculté de se poser beaucoup plus librement les problèmes essentiels, celui du mystère ambiant, celui de la parole aussi, qui m'intéresse particulièrement (ajoutai-je).

De ces instants de notre conversation date un pas nouveau dans ma « pensée ».

Je commence à percevoir un peu clairement comment se rejoignent en moi les deux éléments premiers de ma personnalité (?) : le poétique et le politique[26].

Certainement, la rédemption[27] des choses (dans l'esprit de l'homme) ne sera pleinement possible que lorsque la rédemption de l'homme sera un fait accompli. Et il m'est compréhensible maintenant pourquoi je travaille en même temps à préparer l'une et l'autre.

... La naissance au monde humain des choses les plus simples, leur prise de possession par l'esprit de l'homme, l'acquisition des qualités correspondantes — un monde nouveau où les hommes, à la fois, et les choses connaîtront des rapports harmonieux : voilà mon but poétique et politique. « Cela vous paraîtrait-il encore fumeux... » (Il faudra que j'y revienne.)

II. CORRESPONDANCE[28]

Le manuscrit du *Carnet du bois de pins*, abandonné le 9 septembre 1940, fut, vers le début de l'année suivante, confié par l'auteur à l'un de ses amis, M. P., habitant alors Marseille, qui voulut le taper à la machine à écrire. Une copie en fut bientôt remise à un autre ami, G. A., lequel, en relations avec les milieux littéraires de la zone « libre », s'était enquis de la production récente de l'auteur. G. A. ayant lu ce texte, il s'en ensuivit la correspondance ci-après.

DE G. A. À L'AUTEUR

Marseille, le 7 mars 1941.

... Mes articles du *Figaro*[29] ont excité une bande de jeunes poètes qui me regardent de travers... Mais je n'ai pas fini : j'ai donné au *Jour* un article sur le « métier de poète » qui fera grincer les dents des inspirés. Je te l'enverrai... Et j'en ai préparé un autre sur l'inspiration mise à poil.

Tout cela m'amène naturellement (y compris le poil) à ton bois de pins. Inutile — si, utile — de te dire que je trouve cela profondément passionnant... Je ne peux m'empêcher cependant de déplorer que ton « héroïsme » devant le problème de l'expression ait pour résultat de t'amener malgré tout devant une espèce d'impasse[30]. Car l'aboutissement de tes efforts risque trop d'être une perfection quasi scientifique qui, à force d'avoir été purifiée, tend à l'assemblage de matériaux interchangeables. Chaque chose en soi, rigoureusement spécifique et aboutie, est excellente. Le total devient une marqueterie. Tu vois ce que je veux dire, même mal dit.

La chimère, c'est de vouloir restituer intégralement l'objet. Tu n'arriveras jamais qu'à donner une idée, un moment, d'*un* objet. (Et peut-être même si tu choisis, au lieu d'un bois de pins, frémissant, évolutif, un objet en apparence aussi fixe que le galet, qui est quand même un organisme infiniment changeant.)

As-tu refait « l'expérience » du bois de pins en hiver, au printemps ? As-tu songé que tes pins sont pins des régions où tu as vécu ? Le pin rigide à long fût vertical (pareil à celui que l'on nomme *pariccio* dans les forêts des montagnes corses, et dont on fait les mâts de navires), mais qu'il n'a rien de commun avec le bois de pins maritimes de mes rivages — tordus, tourmentés — ni avec les pins parasols majestueux et volontiers solitaires — ni avec les pins légers, dessinés au crayon, des régions terriennes de la Provence ou de l'Attique ?

Au lieu de « momentanéiser » l'éternité de la chose en soi (Dieu lui-même le pourrait-il, ô orgueilleux Francis qui as ce cri sublime sur ce que les pins te doivent pour avoir été remarqués par toi ?), je crois que l'artiste ne peut pas prétendre à mieux que d'éterniser le moment conjoint de la chose et de lui.

Humilité ? Sans doute. Mais non sans grandeur, et qui recouvre déjà une assez forte ambition.

Tout ceci sur le fond de ta recherche. Mais l'exposé, la révélation de la méthode, encore un coup me passionne...

... Nous nous retrouvons ici ! Te rappelles-tu la plaquette *Poèmes en commun*[31] que je publiai jadis avec C. S. ? C'était déjà un essai de ce genre (*mutadis mutandis*). J'y faisais allusion à un travail que je n'ai jamais publié, que j'ai toujours, inédit : *Genèse d'un poème*.

Ce que tu as fait, avant et pendant, pas à pas, mot à mot, pour *Le Bois de pins* (à la manière un peu du *Journal des faux-monnayeurs* pour le roman), je l'ai fait, après, rétrospectivement, pour la *Ballade du Dee-Why* (qui est dans *Antée*) — à la manière des commentaires de Dante pour les sonnets de la *Vita nova*, ou de Poe pour *Le Corbeau*, etc.[32]

Je crois qu'il y a là deux tentatives parentes ; chacune à sa manière jette des lumières étonnantes sur les voies de l'imagination créatrice. Si l'on pouvait décider quelque revue à les réunir dans une espèce de numéro spécial qui pourrait s'appeler *Naissance du Poème*[33], par exemple, avec une introduction, un « chapeau » (et précisément, ô mystérieuse corrélation, mon article sur l'inspiration mise à poil a pour objet de préconiser les examens de ce genre), je crois que ce pourrait être extrêmement intéressant.

Qu'en penses-tu ?

G. A.

DE L'AUTEUR À M. P.

Roanne, le 16 mars 1941.

... Sans doute ai-je l'esprit dérangé par le printemps : la proposition que j'ai reçue de G. A. concernant *Le Bois de pins* m'a comme affolé. Je t'envoie sa lettre. Je ne m'attendais vraiment pas à une telle utilisation de ce pauvre texte. Il est des moments où je me sens tout à fait hérissé (défensivement) à l'idée d'être *expliqué*; d'autres où ça retombe, et où je me sens découragé, capable de laisser faire...

Non! G. A. n'a pas compris (évidemment) qu'il s'agit, au coin de ce bois, bien moins de la naissance d'un poème que d'une *tentative* (bien loin d'être réussie) *d'assassinat d'un poème par son objet.*

Puis-je me prêter à un tel contresens ? Honnêtement, je ne le crois pas.

Note qu'à part cela, je suis d'accord sur la *marqueterie* (s'agissant d'une salle de bains, j'aurais peut-être préféré *mosaïque*).

Au cas où tu ne l'aurais pas lu, trouve ci-joint l'article de G. A. dans *Le Jour* de jeudi dernier.

F. P.

P.-S. (Deux heures après.) Ci-joint projet de réponse. Si tu l'approuves, jette-le à la boîte. Merci. Sans omettre d'y joindre l'article du *Mémorial*[34] aboutissant à Louis le Cardonnel et Pierre de Nolhac.

DE L'AUTEUR À G. A.

Roanne, le 16 mars 1941.

J'ai lu ton article du *Jour* (ainsi nommé par antiphrase). Je te suis jusqu'au moment où ça devient (un peu vaguement à mon avis) positif.

Primo : Personnellement, quoi que tu en penses (peut-être) et quoi qu'en pensent la plupart des gens, je ne crois pas relever de ta critique car *je ne me veux pas poète.*

Secundo : Je tiens en tous cas que chaque écrivain « digne de ce nom » doit écrire *contre* tout ce qui a été écrit jusqu'à lui (*doit* dans le sens de *est forcé de*, *est obligé à*) — contre toutes les règles existantes notamment. C'est toujours comme cela, d'ailleurs, que se sont passées les choses ; je parle des gens à tempérament.

Bien entendu, comme tu l'as bien saisi, je suis farouchement imbu de technique. Mais je suis partisan d'une technique par poète, et même, à la limite, d'une technique *par poème*[35] — que déterminerait son objet.

Ainsi, pour *Le Bois de pins*, si je me permets de le présenter ainsi, c'est que le pin n'est-il pas l'arbre qui fournit (de son vivant) *le plus de bois mort ?*...

Comble de la préciosité ? — Sans doute. Mais qu'y puis-je ? Une fois qu'on a imaginé ce genre de difficultés, l'honneur veut qu'on ne s'y dérobe... (et puis, c'est très amusant).

*

Autre chose, à propos de ta série d'articles (mais ici je ne puis insister) : il me semble que proposer actuellement ce que j'appellerais des « mesures d'ordre » en poésie, c'est faire le jeu de ceux qui proclament : *primo* : « Jusqu'à présent il y a eu désordre » et *secundo* : « Nous sommes ceux qui mettent de l'ordre » : ce qui représente l'imposture fondamentale de ce temps... Non, vois-tu, en art (du moins) c'est, ce doit être la révolution, la terreur permanentes, et, en critique, c'est le moment de se taire, à défaut de pouvoir dénoncer les fausses valeurs qu'on prétend nous imposer[36]. À ce propos, et pour te montrer *le danger*, je joins un article paru dans le *Mémorial de Saint-Étienne* le même jour que dans *Le Jour* le tien.

Ceci posé, tu feras pour le *Bois de pins* exactement ce qui te paraîtra le meilleur. Tu saisis maintenant que, dans mon esprit, il ne s'agit pas *du tout* de la naissance d'un poème mais plutôt d'un effort *contre* la « poésie ». Et non pas, bien entendu, en faveur du bois de pins (je ne suis pas tout à fait fou) ; mais en faveur de l'esprit, qui peut y gagner quelque leçon, y saisir quelque secret moral et logique (selon la « caractéristique » universelle[37], si tu veux).

F. P.

Le Bois de pins *resta inédit. Mais voici encore un extrait d'une seconde lettre adressée par l'auteur à G. A., à propos du « métier poétique » :*

Roanne, le 22 juillet 1941.

... Qu'entends-tu donc par « métier poétique » ? Pour moi, je suis de plus en plus convaincu que mon affaire est plus scientifique que poétique. Il s'agit d'aboutir à des formules claires, du genre : *Une maille rongée emporta tout l'ouvrage. Patience et longueur de temps*, etc.[38].

J'ai besoin du magma poétique, *mais c'est pour m'en débarrasser*.

Je désire violemment (et patiemment) en débarrasser l'esprit. C'est en ce sens que je me prétends combattant dans les rangs du parti des lumières, comme on disait au grand siècle (le XVIIIe). Il s'agit, une fois de plus, de cueillir le fruit défendu, n'en déplaise aux puissances d'ombre, à Dieu l'ignoble en particulier.

Beaucoup à dire sur l'obscurantisme dont nous sommes menacés, de Kierkegaard à Bergson et à Rosenberg[39]...

Ce n'est pas pour rien que la bourgeoisie dans SON COMBAT au XXe siècle nous prône le retour au moyen âge.

Je n'ai pas assez de *religiöses Gemüt*[40] pour accepter passivement cela. Toi non plus ? — Bon...

Fidèlement à toi,

F. P.

FIN DE L'APPENDICE
AU
« CARNET DU BOIS DE PINS »

LA MOUNINE

OU

NOTE APRÈS COUP
SUR UN CIEL DE PROVENCE[1]

Pour Gabriel Audisio.

Cahier ouvert à Roanne le 3 mai 1941.

Il n'a fait jour résolument qu'aux Martigues.
À Port-de-Bouc aucune odeur.
L'homme de Saint-Dié assis en face de moi était agacé par le panache de la locomotive. Je le fus donc aussi.
Énormes graffiti à Marseille et dans sa banlieue.

*

Vers neuf heures du matin dans la campagne d'Aix, autorité terrible des ciels[2]. Valeurs très foncées. Moins d'azur que de pétales de violettes bleues. Azur cendré. Impression tragique, quasi funèbre. Des urnes, des statues de bambini dans certains jardins; des fontaines à masques et volutes à certains carrefours aggravent cette impression, la rendent plus pathétique encore. Il y a de muettes implorations au ciel de se montrer moins fermé, de lâcher quelques gouttes de pluie, dans les urnes par exemple. Aucune réponse. C'est magnifique.

*

À Aix, trois fontaines moussues[3] scintillent. La mousse est roussie. L'eau n'en jaillit que faiblement. Y brille en tresses molles et mobiles.
Il y a des rues entières d'hôtels de robe. Décor pour *Les*

Plaideurs. Ressemblance d'Aix et de Caen. On se croirait dans une dépendance de la bibliothèque Mazarine. L'absence totale d'automobiles favorise naturellement cette illusion.

*

Nuit du 10 au 11 mai.

Décidément, la chose la plus importante dans ce voyage fut la vision fugitive[4] de la campagne de Provence au lieu dit « Les Trois Pigeons » ou « La Mounine » pendant la montée en autocar de Marseille à Aix, entre huit heures trente et neuf heures du matin (sept heures trente à huit heures au soleil).

Campagne à végétation grise, avec du vert-jaune d'émail perçant malgré tout, sous un ciel d'un bleu plombé (entre la pervenche et la mine de crayon), d'une immobilité, d'une autorité terribles, et ces urnes, ces statues de bambini, ces fontaines à volutes des carrefours constituant œuvres, signes, traces, preuves, indices, testaments, legs, héritages, marques de l'homme — et supplications au ciel.

Au fond, les lointains de Berre et des Martigues, sans vue de mer mais avec vue d'un grand viaduc.

De ce paysage il faut que je fasse conserve, que je le mette dans l'eau de chaux (c'est-à-dire que je l'isole[5], non de l'air ici, mais *du temps*).

Il ne me faut pas l'abîmer. Il faut que je le maintienne au jour. Pour que je le maintienne il faut d'abord que je le saisisse, que j'en lie en bouquet pouvant être tenu à la main et emporté avec moi les éléments sains (imputrescibles) et vraiment essentiels — que je le *com-prenne*[6].

*

(Le peintre Chabaud[7].) Ce qui m'a frappé, c'est le bleu de lavande, l'atmosphère si « pesante » (ce n'est pas le mot), si fermée sur le paysage, gris et vert-jaune naissant. (Plus d'azote que d'H ou d'O ?) Si cendrée, plombée : si bon repoussoir aux couleurs délicates, comme le miroir noir des peintres.

Cela était déjà impressionnant. Mais à la première apparition de statue selon la marche de l'autobus (urne, bambino ou fontaine), c'est devenu saisissant, beau à pleurer, tragique. Donc deux temps : 1° le paysage, 2° les statues.

*

Rien ne ressemble plus à la nuit que ce jour bleu cendres-là[8]. C'est le jour de la mort, le jour de l'éternité. (Rapprocher mon émotion à Biot en 1924[9].) Il y a silence, mais moins silence qu'oreilles bouchées (tympan tout à coup convexe ? par changement de pression ?). Tambour voilé, trompettes bouchées[10], tout cela naturellement comme dans les marches funèbres. Quelque chose d'éclatant voilé, de splendide voilé, d'étincelant voilé, de radieux voilé.

Ce qui est curieux, c'est que la chose éclatante en question soit voilée par l'excès même de son éclat.

*

Rien ne ressemble plus à la nuit... C'est trop dire. Disons seulement : il a quelque chose de la nuit, il évoque la nuit, il n'est pas si différent de la nuit, il a une valeur de nuit, il a les valeurs de la nuit, il a la même valeur, les mêmes valeurs que la nuit, il vaut la nuit. Ce jour vaut la nuit, ce jour bleu cendres-là.

Comme un son éclatant vous assourdit, vous voile le tympan et dès lors vous ne l'entendez plus que comme à travers des épaisseurs de voiles, de liège, de coton — ne se peut-il qu'un soleil trop splendide dans une atmosphère trop sèche vous voile les yeux, d'où interposition de voiles funèbres ? — Non. (Je me rappelle un petit matin avec mon père à Villeneuve-lès-Avignon près du château du roi René, un jour que d'abord nous avions été à la gare accompagner ma mère. J'avais moins de dix ans. — Ce jour vaut nuit, ce jour du roi René. Peut-être était-ce la première fois que je voyais le petit jour. Non ce n'était plus le petit jour, mais le grand matin. — Mais ce n'avait pas ce caractère accablant — accablant est trop dire[11].)

(Je me rappelle aussi : « Le volet bleu fermé d'un coup, il fait jour à l'intérieur[12]. »)

*

Le ciel n'est qu'un immense pétale de violette bleue.

Et tout, là-dessous, les maisons, les routes, les oliviers, les arbres verts, les champs d'émail, tout est comme braise de couleurs variées, sur le point de s'éteindre, sur le point de renaître comme la braise cendreuse si l'on souffle dessus : des lueurs comme phosphorescentes, comme d'un feu intérieur (secret) qui n'irradie pas.

À certains endroits la cendre, à d'autres la braise (ce n'est pas tout à fait cela). Il ne faut à ces choses du paysage donner trop d'éclat, prêter trop d'éclat. Non, ce qui était *sur-tout*, presque uniquement remarquable, c'était l'appesantissement de lavande sur tout cela, à travers les branches en particulier, etc.

D'ailleurs le paysage est gris, généralement quelconque, noblement notarié[13] (?). C'est le lieu, c'est la campagne du droit romain, abstrait, individuel et social (??). (La lavande est le parfum qui convient à la toile propre.)

*

11 au 12 mai.

Sur la campagne de Provence
règne un pétale de pervenche
Ce jour bleu de cendres vaut nuit
Qui pèse sur la Provence.

Aux environs d'Aix-en-Provence
Pétale de violettes bleues
Pervenche ou mine de crayon
Il y a du rose sous ce bleu
Toutes choses égales d'ailleurs
Parfaitement Monsieur Chabaud
L'a vu mieux que Monsieur Cézanne

Rose pervenche à mine de crayon
Il tient son ombre estompée dans son éclat même
Son ombre est estompée dans son éclat même
L'ombre est estompée à l'intérieur des corps
Ainsi la mort dans la plus pure joie

    Pétales de violettes bleues
    Un azur à mine de plomb
    affleure aux jardins de Provence
    Ce jour de cendres-là vaut nuit
    Le peintre Chabaud l'a bien vu
    Son ombre dans son éclat
    tient estompée

        Le jour qui luit sur la Provence
        est un azur à mine de plomb
        Ce jour bleu de cendres-là vaut nuit
        Le peintre Chabaud l'a bien vu
        Son ombre dans son éclat
        tient estompée
                Toute disséminée.
    Tambours voilés, trompettes bouchées

Ce jour bleu de cendres-là vaut nuit
Son ombre à son éclat tient toute estompée
Il luit de jour sur la Provence
un azur à mine de plomb
Des cendres au lieu de gouttes y sont disséminées
Au lieu d'une vapeur imperceptible une imperceptible fumée
(mais stable, sans mouvement)
Des réseaux très fins de ténèbres y sont tendus
Un beau jour est aussi un météore
Il tient toute la nature sous le charme (la terreur)
de son autorité.
Il tient toute la nature muette sous son autorité.
Tout cœur s'arrête de battre. (Seuls les stupides hannetons et les autobus continuent à ronfler et à se cogner.)
Qui ne voit ici que le ciel est fermé ; l'immensité intersidérale est vue ici par transparence et c'est grandiose (aperçu sur l'infini). Ce ne sont que des gaz irrespirables. Comme à travers une eau claire les poissons au-dessus d'eux peuvent apercevoir l'atmophère (ou l'imaginer), nous apercevons le milieu éthéré.

    Certes, nous n'avions pas besoin de cela (de voir si évidemment le ciel fermé) pour juger que Dieu est une invention ignoble, une insinuation détestable, une proposition malhonnête, une tentative hélas trop réussie d'effondrement des consciences humaines — et que les hommes qui nous y inclinent sont des traîtres ou des imposteurs[14].

Ailleurs, la nature respire vers des cieux qui s'occupent d'autre chose, par exemple de voiturer les nuages. Ici, les cieux s'occupent décidément d'étouffer la nature. Il est clair, ici, que la nature étouffe.

Elle reste coite sous le ciel fermé, essaie pathétiquement de vivre. Les urnes, les statues se font ses interprètes, pour une supplication. Mais aucune réponse : c'est splendide.

✦

12 au 13 mai.

Je n'arriverais pas à conquérir[15] ce paysage, ce ciel de Provence ? Ce serait trop fort ! Que de mal il me donne ! Par moments, il me semble que je ne l'ai pas assez vu, et je me dis qu'il faudrait que j'y retourne, comme un paysagiste revient à son motif à plusieurs reprises.

Pourtant, il s'agit de quelque chose de simple ! Au lieu dit « La Mounine », entre Marseille et Aix, un matin d'avril vers huit heures, à travers les vitres de l'autobus... eh bien qu'ai-je ? Je ne parviens pas à continuer... Le ciel au-dessus des jardins (comme je levais les yeux vers la cime des arbres, et quoiqu'il fût pur de tout nuage) m'apparut tout mélangé d'ombre. Comme blâmé... Ciel blâmé... Tout mélangé d'ombre et de blâme (voir aussi blême)... Comme frappé de congestion...

    Ce jour vaut nuit, ce jour bleu cendres-là
    Il tient son ombre dans les serres de son éclat
    Son ombre à son éclat tient toute estompée
    Il tient son ombre dans son éclat estompée
    Il pèse sur la Provence (pèse n'est pas le mot)
    Il a sur elle l'autorité d'un miroir noir.

Paysage généralement quelconque mais { incandescent / embrasé

Son ombre à son éclat mêlée comme par une estompe.

✦

— La plus fluide des encres à style est-elle vraiment la bleue noire ?

*

Azur à mine de plomb
ce gaz lourd résulte en vase clos
d'une explosion de pétales de violettes bleues.

Ce jour vaut nuit, ce jour bleu cendres-là
Son ombre tient toute dans les griffes de son éclat
Une estompe les a mêlées.

Il a sur la Provence
— paysage généralement quelconque mais incandescent —
l'autorité du miroir noir des peintres.

Et puisque nous parlons des peintres
disons que Monsieur Chabaud, toutes choses égales d'ailleurs,
l'a mieux vu que le grand Cézanne.

A mieux rendu cette tragique permanence,
ce tragique encrage de la situation.

Quel poulpe a soupiré son envie aux cieux ?
Gros cœur, s'est épanché ?

Quel compte-gouttes a vidé son cœur gros ?

>   Un poulpe a-t-il reculé
>   dans les cieux de Provence ?
>   Ou l'air ici résulte-t-il
>   de l'explosion en vase clos
>   d'un pétale de violette bleue ?

*

Ce jour vaut nuit ce jour bleu cendres-là
Il tient son ombre dans (les serres de) son éclat
Les tempes des maisons sont serrées aussi
Congestion de l'azur
Quel gros cœur de poulpe reculant dans le ciel
s'est vidé, provoquant ce tragique
encrage de la situation ?

Occlusion, congestion, syncope.

*

Le temps est celui que les couleurs ont mis pour « passer ».
Sous l'effort de la lumière
Le cœur est serré par l'angoisse de l'éternité
et de la mort
Il s'arrête de battre (non, mauvais)
Paralysie, syncope ?
Immobilité
Silence.
Phosphorescence printanière
Contraction du paysage généralement quelconque.

*

Blême : très pâle, plus que pâle (?). Étym. : de l'ancien scandinave *blâmi*, couleur bleue, de *blâ*, bleu (voy. Bleu.)
Blâme : 1° Expression de l'opinion, du jugement par lequel on trouve quelque chose de mauvais dans les personnes ou les choses. 2° Reproche, tache (de *blasphemare*).
Congestion : de *congerere* : amasser.
Estompé : de *stumpf*, émoussé.
Incandescence : devenir blanc. *Luminescence* : n'existe pas au Littré.

*

10 juin.

Je me suis demandé ce soir, quand je ne dormais encore qu'à demi (maintenant c'est aux trois quarts) :
1° S'il ne serait pas plus « fidèle » d'écrire à partir de l'autobus où je me trouvais quand je ressentis ce paysage (plus fidèle et plus réussissable…).
2° Plus tard… mais était-ce en songe ? cela m'échappe !… je ressentis très fortement la difficulté du sujet, mon mérite, et le peu de chances que je possède de réussir à le traiter.

*

10 au 30 juin 1941.

Cette étude devrait-elle être très longue encore (elle peut aussi bien durer des années...), ne jamais me laisser entraîner à oublier ce de quoi il s'agit pour moi, simplement — de rendre compte :

1° L'autobus avançait (cinématique) ;
2° L'autorité du ciel sur le paysage
  a) le ciel
  b) le paysage
m'avait fortement surpris, ému, intrigué.

3° Quand apparurent les statues, les urnes, mon émotion tout à coup fut décuplée : il y eut sanglot[16].

*

L'autobus (autocar) — (autocar de Marseille à Aix) — (au lieu dit « La Mounine », ou à celui des « Trois Pigeons », ou à celui des « Frères Gris ») avançait (assez lentement il est vrai, cela montait).

J'étais contre la vitre (fermée) tassé, passant inaperçu (inaperçu de moi-même ?). L'heure importe : huit heures du matin fin avril.

... *Mais* (à vrai dire) l'avance de l'autobus ne m'a été sensible qu'au moment où les statues, les urnes apparurent.

Peut-être devrais-je donc intervertir 1° et 2° ? — Oui, il le faut.

Indispensable aussi de rapprocher cela de mon émotion à Biot et de celle à Craponne-sur-Arzon (sanglots). (Peut-être de celle au Vieux-Colombier (ou à la lecture) quand le staretz Zossima s'agenouille devant Dimitri Karamazov ; et encore dans *Les Misérables* quand Mgr Machin s'agenouille devant le vieux conventionnel (peut-être mais pas sûr). — Ces deux derniers sanglots-là, ce fut devant le coup de théâtre noble de la justice rendue, réparation donnée[17].) — Les autres, ce fut devant le tragique des paysages, la fatalité naturelle (météorologique) (à noter que toujours *les ciels*) (et aussi toujours la cinématique ; à Biot l'express : changement de décor tout à coup ; à Craponne ce fut en me retournant à moto).

À Craponne il y avait de l'humain, comme à La Mounine (ici statues et urnes, là clochers et tours de châteaux, et toits de villages). À Biot, non, c'était tout « naturel » : la mer seule.

La vue d'un Cézanne un jour (*Les Joueurs de cartes* ?) : noblesse de l'effort suppléant au manque de moyens (?) ; et modestie certaine.

La modestie des statues (de bambini) et des urnes y fut, dans le même sens, pour grand-chose.

1er au 12 juillet 1941.

À quelle heure — très matinale — le grand coup de gong[18] a-t-il été donné ?

Dont toute l'atmosphère vibre encore (sans déjà qu'aucun son ne se fasse plus entendre) et vibrera toute la journée ?

Le soleil trône — sur lequel il est impossible de maintenir le regard — et ses tambourinaires l'entourent, les bras levés au-dessus de leurs têtes.

Mais non ! Tout cela est effacé par l'ardeur même. L'on jurerait — de mémoire — qu'il n'y avait que le ciel bleu, plus vide assurément que le ciel nocturne.

Quelle autorité, quel poing irrésistible s'est abattu sur la tôle nocturne pour éveiller les vibrations du jour, qui durera jusqu'à ce qu'elles se rassoupissent ?

Notes après coup sur un ciel de Provence

Quel poulpe reculant dans le ciel de Provence a provoqué ce tragique encrage de la situation ? Mais non ! Il s'agit d'un gaz lourd et non d'un liquide. Quelque chose comme le résultat de l'explosion en vase clos d'un million de pétales de violettes bleues.

Il y a comme des cendres éparses dans l'azur, et aussi une odeur comparable à celle de la poudre.

C'est comme si le jour était voilé par l'excès même de son éclat. Ce jour vaut nuit ce jour bleu cendres-là. Il tient son ombre estompée dans son éclat. Il tient son ombre dans les griffes de son éclat.

Un coup de poing irrésistible a été donné sur la tôle de la nuit, jusqu'à ce qu'elle *vibre* au blanc[19]. De très bonne heure ce matin. Et les vibrations vont s'amplifiant jusqu'à midi.

Sauf ces vibrations il règne une immobilité, une stupéfaction pareille à celle qui suit les coups de feu, les actes irréparables, les crimes. — Voilà comment je rejoins les expressions habituelles sur la malédiction de l'azur : « Je suis hanté ! L'azur, l'azur, l'azur[20] ! » Que s'est-il passé ? Pourquoi cette autorité terrible des ciels sur ce paysage si simple, ce paysage notarié, ce paysage de droit romain ?

Pourquoi cette sévérité, cette punition par l'intensité de la lumière, infligeant ombre nette au moindre débris, aux moindres « roses » de la poussière ?

Pourquoi cet étouffement, cette brutalité, ces valeurs foncées ? N'est-ce que la rançon du beau temps ?

Toutes les bêtes sous les sunlights sont rentrées dans leur trou. Les pierres et les végétaux seuls supportent, restent en proie à la terrible lumière.

Et soudain à quelques statues se révèle la préoccupation de l'homme. Il expose ces statues au soleil, il les lui présente, les lui offre, en un sens aussi il les lui oppose. Il vient de les poser devant lui, en artisan, comme sur la plaque d'un four le boulanger offre, présente son pain au feu...

De tels météores ne sont pas parmi les plus faciles à décrire.

Chaque chose est comme au bord d'un précipice. Elle est au bord d'une ombre, si nette et si noire qu'elle semble creuser le sol. Chaque chose est au bord de *son* précipice — comme une bille au bord de son trou.

Notes après coup sur un ciel de Provence

12 juillet 1941.

La plus fluide des encres à style est-elle vraiment la bleue noire ? Azur à mine de plomb : quel poulpe reculant au fond du ciel de Provence a provoqué ce tragique encrage de la situation ?

Ou s'agit-il goutte à goutte d'une infusion du poison qui commence comme ciel, et qui finit comme azure[21] ?

Il s'agit d'une congestion. (Tant d'azur s'est amassé.)

Les maisons, les tuiles serrées, laissent closes leurs paupières. Les arbres ont mal à la tête : ils évitent de bouger la plus petite feuille. Non ! Il s'agit de l'explosion en vase clos d'un milliard de pétales de violettes bleues.

Roanne, 13 juillet 1941.

Au lieu dit « La Mounine » entre Marseille et Aix un matin d'avril vers huit heures par la vitre de l'autocar le ciel quoique limpide au-dessus des jardins m'apparut tout mélangé d'ombre.

Quel poulpe reculant hors du ciel de Provence avait-il provoqué ce tragique encrage de la situation ?

Ou n'était-ce plutôt quelque chose comme le résultat de l'explosion en vase clos d'un milliard de pétales de violettes bleues ?

Il y avait comme une dissémination de cendres dans l'azur, et je ne suis pas sûr que l'odeur n'en fût pas comparable à celle de la poudre.

L'on éprouvait comme une congestion de l'azur. Les maisons les tempes serrées tenaient closes leurs paupières. Les arbres avaient l'air atteints de maux de tête : ils évitaient de bouger la moindre feuille.

C'était comme si le jour était voilé par l'excès même de son éclat. Ce jour vaut nuit, pensais-je, ce jour bleu de cendres-là. Il tient son ombre dans les griffes de son éclat. Son ombre à son éclat tient toute estompée.

D'où vient cette autorité terrible des ciels ? Quel coup de poing a été donné sur la tôle de la nuit pour la faire vibrer ainsi, devenir si radieuse, de vibrations qui s'amplifieront jusqu'à midi ?

Et comment se fait-il que règne une telle immobilité, semblable à l'attente qui succède si curieusement aux actes décisifs, aux coups de feu, aux viols, aux meurtres ?

Pourquoi cette sévérité sur ce paysage si généralement quelconque, ce paysage notarié, ce paysage de droit romain ?

Pourquoi cet accablement pathétique ? Est-ce la rançon du beau jour ? Un beau jour est aussi un météore, le moins facile à décrire sans doute...

Roanne, 14 juillet 1941.

Au lieu dit « La Mounine » auprès d'Aix-en-Provence un petit matin de printemps le ciel pourtant limpide au travers des feuillages m'apparut tout mélangé d'ombre.

Je ne crois pas que la nuit rancunière, pour venger son

recul d'au-dessus ces régions, ait vidé de son encre à style la bleue noire son gros cœur de poulpe à notre détriment.

Je ne crois pas la nuit poulpe si rancunier pour son recul derrière l'horizon avoir voulu d'encre à style bleue noire vider son cœur à cette occasion.

> Je ne crois pas la nuit si rancunière
> D'avoir voulu poulpe à cette occasion
> Vider son cœur d'un flot d'encre bleue noire.
> Je ne crois pas la nuit si rancunière
> que reculant derrière l'horizon
> elle ait voulu vider d'encre à style bleue noire
> son cœur de poulpe à cette occasion.

Note (motion) d'ordre à propos du ciel de Provence

19 juillet 1941.

Il s'agit de bien *décrire* ce ciel tel qu'il m'apparut et m'impressionna si profondément.

De cette description, ou à la suite d'elle, surgira en termes simples l'*explication* de ma profonde émotion.

Si j'ai été si touché, c'est qu'il s'agissait sans doute de la révélation sous cette forme d'une loi esthétique et morale importante.

À l'intensité de mon émotion, à la ténacité de mon effort pour en rendre compte et aux scrupules qui m'interdisent d'en bâcler la description, je juge de l'intérêt de cette loi.

J'ai à dégager cette loi, cette *leçon* (La Fontaine eût dit cette morale). Ce peut être aussi bien une loi scientifique, un théorème.

... Donc, à l'origine, un sanglot, une émotion sans cause apparente (le sentiment du *beau* ne suffit pas à l'expliquer. Pourquoi ce sentiment ? *Beau* est un mot qui en remplace un autre).

Il s'agit d'éclaircir cela, d'y mettre la lumière, de dégager les raisons (de mon émotion) et la loi (de ce paysage), de faire *servir* ce paysage à quelque chose d'autre qu'au sanglot esthétique, de le faire devenir un outil moral, logique, de faire, à son propos, faire un pas à l'esprit.

Toute ma position philosophique et poétique est dans ce problème.

À noter que j'éprouve les plus grosses difficultés du fait du nombre énorme d'images qui viennent se mettre à ma disposition (et masquer, mettre des masques, à la réalité), du fait de l'originalité de mon point de vue (étrangeté vaudrait mieux) — de mes scrupules excessifs (protestants) — de mon ambition démesurée, etc.

Bien insister que tout le secret de la victoire est dans l'exactitude scrupuleuse de la description[22] : « J'ai été impressionné par *ceci* et *cela* » : il ne faut pas en démordre, ne rien arranger, agir vraiment scientifiquement.

Il s'agit une fois de plus de cueillir (à l'arbre de science) le fruit défendu, n'en déplaise aux puissances d'ombre qui nous dominent, à M. Dieu en particulier.

Il s'agit de militer activement (modestement mais efficacement) pour les « lumières » et contre l'obscurantisme — cet obscurantisme qui risque à nouveau de nous submerger au XXe siècle du fait du retour à la barbarie voulu par la bourgeoisie comme le seul moyen de sauver ses privilèges.

*

(On peut, pour saisir la qualité d'une chose, si l'on ne peut l'appréhender d'emblée, la faire apparaître par comparaison, par éliminations successives : « ce n'est pas ceci, ce n'est pas cela, etc. » — question métatechnique, ou technique simplement.)

19 juillet 1941.

Lorsque G. A. à propos du *Carnet du Bois de pins* m'écrivait récemment : « L'aboutissement de tes efforts risque trop d'être une perfection quasi scientifique qui, à force d'avoir été purifiée, tend à l'assemblage de matériaux interchangeables. Chaque chose en soi, rigoureusement spécifique et aboutie, est excellente. Le total devient une marqueterie[23] », il était au fond du débat. Oui, je me veux moins poète que « savant ». — Je désire moins aboutir à un poème qu'à une formule, qu'à un éclaircissement d'impressions. S'il est possible de fonder une science dont la matière serait les impressions esthétiques, je veux être l'homme de cette science.

« S'allonger par terre, écrivais-je il y a quinze ans, et tout reprendre du début[24]. » — Ni un traité scientifique, ni l'encyclopédie, ni Littré : quelque chose de plus et de moins... et le moyen d'éviter la marqueterie sera de ne pas publier seulement la formule à laquelle on a pu croire avoir abouti, mais de publier l'histoire complète de sa recherche, le journal de son exploration...

Et plus loin Audisio me disait encore : « Je crois que l'artiste ne peut pas prétendre à mieux que d'éterniser le moment conjoint de la chose et de lui. » Voyons, cher Audisio, lorsque à propos d'un lion dans les rets et d'un rat qui l'en délivre, La Fontaine parvient à ceci :

> Une maille rongée emporta tout l'ouvrage.
> . . . .
> Patience et longueur de temps
> Font mieux que force ni que rage[25]

où est en cela La Fontaine, où est le moment conjoint du lion ou du rat avec lui ? N'y a-t-il pas là plutôt une perfection quasi scientifique, une naissance de formule ? Il y a la vérité d'un acte du lion : force et rage empêtrées, et d'un acte du rat : une maille rongée... On a souvent besoin d'un plus petit que soi. — C'est à de pareils proverbes que j'aimerais aboutir. Ma chimère serait plutôt de n'avoir pas d'autre sujet que le lion lui-même. Comme si La Fontaine au lieu de faire successivement : *Le Lion et le Rat*, *Le Lion vieilli*, *Les Animaux malades de la peste*, etc., n'avait fait qu'une fable sur *Le Lion*. Ç'aurait été bien plus difficile. Une fable qui donnât la qualité du lion. Ainsi Théophraste et ses *Caractères*.

*

Trois lectures importantes[26] depuis quelques jours m'ont paru répondre d'une façon étonnante à mes préoccupations : a) *L'Obscurantisme du XXᵉ siècle*, article anonyme d'une revue sous le manteau — à propos du discours de Rosenberg au Palais-Bourbon ; b) *La Leçon de Ribérac* par Aragon dans *Fontaine*, n° 14 ; c) *Vigilantis narrare somnia* de Caillois dans les *Cahiers du Sud*, numéro de juin 1941.

Le premier texte, tout à fait convaincant, me confirme dans ma volonté de lutter pour les lumières, m'assure de l'urgence de ma mission (?), et m'oblige à repenser le problème du rapport entre mes positions esthétique et politique. Le second m'apporte aussi plusieurs confirmations : le langage fermé préparant l'acquiescement vulgaire (ce n'est pas tout à fait cela). Le troisième, assez faux dans son éloquence, assez conventionnel malgré sa prétention, me montre avec quels scrupules et en même temps avec quelles audaces constamment réacidifiées il faudrait toucher à cette sorte de problèmes. Et lorsque (quatrième texte important, cinquième en comptant celui d'Audisio) Pia m'écrit : « le café, le marc, le filtre, l'eau qui bout, etc. » je vois bien que : OUI, il est intéressant de montrer le processus de « ma pensée ». Mais cela ne veut pas dire qu'il faille sous ce prétexte me lâcher, car cela irait à l'encontre de mon propos. — Mais il est très légitime au savant[27] de décrire sa découverte par le menu, de raconter ses expériences, etc.

*

Roanne, 19 au 28 juillet.

(Il est temps d'y revenir !)
Au lieu dit « La Mounine » auprès d'Aix-en-Provence
Un matin d'avril vers huit heures
Le ciel pourtant limpide au travers des feuillages
M'apparut tout mélangé d'ombre

Un beau jour est aussi un météore, pensai-je, et je n'eus de cesse que j'eusse inventé quelque expression pour le fixer :

Je crus d'abord (ce n'était point) que la nuit rancunière
Pour venger son recul d'au-dessus ces régions
Avait voulu vider d'encre à style bleue noire
Son cœur de poulpe à cette occasion.
Ou peut-être me dis-je (ce n'était point) infusé goutte à goutte
S'agit-il du poison dont le nom qu'on redoute
Étrangement proche de sa couleur
Commence comme ciel et finit comme azure

*

Si je dis « voilée par son éclat même » je ne serai pas beaucoup plus avancé.

Peut-être le ciel n'est-il si noir qu'en comparaison avec les choses : arbres, maisons, etc., lesquelles sont tellement éclairées, des magasins de clarté !

Comme lorsqu'on sort d'une salle brillante, dehors il fait noir...

...

Comparaison avec les ciels du Nord.

25 juillet 1941, 1 h 30 du matin.

Un pas nouveau.

Comme un buvard, une serpillière imprégnés d'eau sont plus foncés (pourquoi ? est-ce que la science optique donne la réponse ?) que secs (secs, ils sont 1° plus cassants, 2° plus pâles), ainsi le ciel bleu est-il un buvard imprégné de la nuit interstellaire.

Plus ou moins imprégné, il est plus ou moins foncé : à Aix-en-Provence il est très imprégné (parce qu'il n'y a pas grand-chose entre les espaces interstellaires et lui).

Dans le Midi il y a beaucoup de soleil, c'est entendu, mais il y a beaucoup aussi la (concomitante) nuit interstellaire[28].

Ils luttent l'un contre l'autre (au sens où Verlaine dit : « Les hauts talons luttaient avec les longues jupes[29] »).

L'on peut dire que dans le Midi le soleil triomphe moins que dans le Nord : certes il triomphe davantage des nuages, brouillards, etc., mais il triomphe moins de son adversaire principal : la nuit interstellaire.

Pourquoi ? parce qu'il sèche la vapeur d'eau, laquelle constituait dans l'atmosphère le meilleur paravent de triomphe pour lui. Écran dont le défaut va se faire sentir : il en résulte une plus grande transparence et faculté d'imprégnation par l'éther intersidéral.

C'est la nuit intersidérale que, les beaux jours, l'on voit par transparence, et qui rend si foncé l'azur des cieux méridionaux.

Expliquer cela par analogie avec le milieu marin (ou plutôt aquatique).

29 juillet au 5 août.

Au lieu dit « La Mounine » auprès d'Aix-en-Provence
Un matin d'avril vers huit heures
Le ciel pourtant limpide au travers des feuillages
M'apparut tout mélangé d'ombre

Je formai tout d'abord que la nuit rancunière...

*

La Mounine.

a) La strophe I
b) puis :
  Sur le moment je restai tout stupide
  Un beau jour est aussi un météore, pensai-je,
  Aucune expression ne me vint à l'esprit
  Je subissais l'effet de ce météore
  Comme un accablement, comme une damnation
  J'éprouvais le sentiment du tragique
  De l'implacabilité.
  En même temps — sans doute par esprit conventionnel —
  je trouvais cela beau.
  Accablé par l'intensité du phénomène
  Chaque fois que je relevais les yeux
  je constatais à nouveau cette ombre mélangée au jour
  ce blâme
c) puis :
  c'est à ce moment que les statues apparurent et que je fus saisi d'un sanglot,
  l'élément humain introduit par les statues
  me semblant d'un caractère déchirant
d) Je restai accablé puis fus distrait par d'autres impressions : l'arrivée à Aix, les événements qui suivirent, etc.
e) Mais je devais évidemment me souvenir de mon émotion. Voilà bien le sujet de poème, ce qui me pousse à écrire : soit le désir de reformer le tableau pour en conserver à jamais la jouissance présomptive, soit le désir de comprendre la cause de mon émotion, de l'analyser.

f) M'étant mis au travail j'éprouvai de grandes difficultés et formai plusieurs images cohérentes : celle du poulpe, celle du cyanure, celle de l'explosion de pétale,
g) sachant bien qu'il fallait que je les dépasse, m'en débarrasse pour parvenir à l'explication vraie (?), celle de la clairière donnant sur la nuit intersidérale.

*

L'abîme supérieur (zénithal). Le soleil est fait pour nous aveugler, il transforme le ciel en un verre dépoli à travers quoi l'on ne voit plus la réalité : celle qui apparaît de nuit, celle de la « considération[30] ».

Mais dans certaines régions la transparence, la tranquillité (sérénité) de l'atmosphère est telle que la présence de cet abîme est sensible même en plein jour. C'est le cas de la Provence. Le ciel au-dessus de la Provence présente constamment une clairière, comme une fenêtre de vitre claire dans un plafonnier dépoli.

Certes le soleil empêche qu'on voie les étoiles en plein jour, mais l'on devine la nuit intersidérale, qui fonce le ciel, qui lui donne cette apparence plombée.

Si l'on aime tant venir dans la région méditerranéenne c'est à cause de cela, pour jouir de la nuit en plein jour et sous le soleil, pour jouir de ce mariage du jour et de la nuit, de cette présence constante de l'infini intersidéral qui donne sa gravité à l'existence humaine. Alliance plutôt que mariage. Ici point d'illusions comme dans le Nord, point de distraction par la fantasmagorie des nuages. Ici tout se passe sous le regard de l'éternité temporelle et de l'infini spatial.

Tout prend donc son caractère éternel, sa gravité.

Des événements comme un ciel nuageux, un orage, une tempête, me semblent d'un ordre sordide : ce sont là travaux d'office, lessive terrestre[31]. J'aime les régions où cette fastidieuse hydrothérapie a lieu le moins souvent possible, se produit brièvement.

L'orage comme douche, le soleil ensuite comme séchoir, vraiment cher Beethoven cela valait-il la peine d'en faire des représentations grandioses ? Voir plutôt l'orage de Léonard de Vinci, où l'importance d'un tel météore est bien remise à sa place[32].

★

C'est dans le sens de ce qui précède que devrait être continué et achevé le poème dont *le début* serait à peu près comme ci-après :

La Mounine

Au lieu dit « La Mounine » auprès d'Aix-en-Provence
Un matin d'avril vers huit heures
Le ciel pourtant limpide à travers les feuillages
M'apparut tout mélangé d'ombre.

L'on eût dit que la nuit rancunière
Pour venger son recul d'au-dessus ces régions
Avait voulu vider d'encre à style bleue noire
Son cœur de poulpe à cette occasion

Ou peut-être me dis-je infusé goutte à goutte
S'agit-il du poison dont le nom qu'on redoute
Étrangement proche de sa couleur
Commence comme ciel et finit comme azure

Mais non ! L'atmosphère était telle
Que je ne puis avec quelque raison
M'espérer voir fournir par l'élément liquide
Un terme de comparaison

Il s'agit d'un gaz lourd ou d'une congestion
Ou bien du résultat comme de l'explosion
En vase clos d'un milliard ou d'un seul
Pétale de violettes bleues...

Etc. . . . .

Mais il importe à présent de laisser reposer notre esprit, qu'il oublie cela, s'occupe d'autres choses, et cependant se nourrisse longuement, à petites bouchées — dans l'épaisseur muqueuse, dans la pulpe — de cette vérité dont nous venons à peine d'entailler l'écorce.

Un jour, dans quelques mois ou quelques années, cette

vérité aux profondeurs de notre esprit étant devenue habituelle, évidente — peut-être, à l'occasion de la relecture des pages malhabiles et efforcées qui précèdent ou bien à l'occasion d'une nouvelle contemplation d'un ciel de Provence — écrirai-je d'un trait simple et aisé ce *Poème après coup sur un ciel de Provence* que promettait le titre de ce cahier, mais que — passion trop vive, infirmité, scrupules — nous n'avons pu encore nous offrir.

Roanne, mai-août 1941 [33].

Dans l'atelier
de « La Rage de l'expression »

RECHERCHE DU TITRE

Recherche du titre

PHÉNOMÉNALES
EUGÉNIES
GNOSIENNES
MNÉMONIQUES
SAPATES
OPÉRATIONS FACILES
L'ATTENTION RÉMUNÉRATRICE
L'UNICITÉ MÊME
LES PHÉNOMÈNES DICTANT
LES RAISONS D'ÊTRE
LES RAISONS D'ÉCRIRE
LES MANIÈRES D'ÊTRE
LES CARACTÈRES
LA PAROLE AUX OBJETS
DICTIONNAIRE SANS FIN (FERMETURE)
LES DÉLICES DU DICTIONNAIRE
LE MODE DÉFINITIF
L'ART DE LA DÉFINITION
SUJETS DE RÉJOUISSANCE
OBJETS DE PRÉDILECTION
LE GOÛT DE LA DESCRIPTION
L'AVANTAGE DES DESCRIPTIONS
LES AVANTAGES DE LA DESCRIPTION
LE BAR AUTOMATIQUE
LA LITTÉRATURE LES CHOSES
LA PAROLE MISE AU MONDE
ISOLANTS
LE COMPENDIUM FAMILIER
COLLECTION PRIVÉE
COLLECTION PUBLIQUE
LE DICTIONNAIRE PRIVÉ
LES ABUS MUTUELS
L'ABUS RÉCIPROQUE
LA RESSOURCE PHÉNOMÉNALE
ABONDANCE DE MOTIFS
LES MOTIFS D'ÉCRIRE
RAISONS DE PARLER
LES OCCASIONS D'ÉCRIRE
LA FORME DÉFINITIVE
C'EST ÇA
SOIT
L'APPROBATION DE LA NATURE
LA CONSIDÉRATION DE LA RÉALITÉ
SENTIMENTS CHOISIS
POSSIBLES ET IMAGINABLES   LA GAGEURE
LA RAGE DE L'EXPRESSION   L'EXPRESSI...

EXPRESSION D'HOMMES MÉPRIS

EXPRESSION DE MES SENTIMENTS CHOISIS

LES AVANTAGES DE LA PAROLE
L'AVANTAGE DES PAROLES
LE BONHEUR DANS L'EXPRESSION
LES MAROTTES
LES LUBIES
L'OBSESSION PHÉNOMÉNALE
LA LIBERTÉ D'EXPRESSION
LE GENRE DÉFINITIF
LES PROPOS DE LA PAROLE
LE LIVRE UNIQUE DE FRANÇAIS
LES DÉFINITIONS ORIGINALES
L'OBJECTIF LITTÉRAIRE

OBJECTIFS
OBJECTIFS INTIMES
LA FAÇON DE VOIR
LA FAÇON DE PARLER
LA FAÇONS DE DÉCRIRE
LES FAÇONS D'ÊTRE
OBJETS ISOLÉS SUR LA PLAGE DU MUTISME
LES OBJETS ISOLÉS
LES RAISONS DE VIVRE
QUOI QUE CE SOIT
BÉNÉFICES QUELCONQUE
SUJETS QUELCONQUES
LES PENSÉES DU LANGAGE
LES OBJECTIFS IMMÉDIATS
OBJETS AU CHOIX
L'OBJET DES PAROLES
LA RÉÉDUCATION DE LA PAROLE
LA RESPIRATION ARTIFICIELLE
LA MANIE DE LA DESCRIPTION

PRIVILÈGES IMMÉDIATS
BÉNÉFICES IMMÉDIATS

LA TANGENTE par l'expression

LES PRIVILÈGES DE L'EXPRESSION
L'AVANTAGE DE LA DESCRIPTION

Non pas être mais êtres ils parlent, donc je suis.
être...

LA RAGE FROIDE DE LA DÉFINITION

LA MANIE DÉFINITIVE
LES RACINES DE L'EXPRESSION
VALEURS D'EXPRESSION
AUX SOURCES DE L'EXPRESSION
LA RESSOURCE DE L'EXPRESSION
LA RAGE DE L'EXPRESSION
À LA SOURCE DES EXPRESSIONS
LES PRIVILÈGES DE LA DESCRIPTION

LES BIENFAITS IMMÉDIATS
LES BIENFAITS DE L'EXPRESSION

[MANUSCRIT DE « LA GUÊPE »]

Hyménoptère au vol félin, d'ailleurs d'apparence tigrée, souple, hypocrite et hydromélique, avec un corps beaucoup plus lourd que le moustique et des ailes pourtant relativement plus petites, mais vibrantes et sans doute très démultipliées, qui pompe avec ferveur, et coups de rein *[sic]*. Miellée, soleilleuse, transporteuse de miel, de sucre, de sirop. (Jean Kussel, le fabricant de jus de fruits, m'est apparu dans son laboratoire comme une véritable guêpe.)

La guêpe fait à chaque instant les vibrations nécessaires à la mouche dans une position ultracritique, pour se défaire du miel ou du papier tue-mouches par exemple.

Dans la prune violette ou kakie *[sic]*, c'est riche à voir, vraiment un petit appareil extirpeur particulièrement perfectionné et au point.

Le poids de son croupion, d'où le balancement de son vol. Comme une palme. Avant de se poser le long d'une paroi verticale de bois vermoulu.

Analogie de la guêpe au tramway électrique. Quelque chose de muet au repos et de chanteur en action, quelque chose de court (une seule voiture) avec premières et secondes. Trolley grésilleur, et si ça touche, ça pique. Autre chose qu'un choc mécanique. NON : un contact électrique, une piqûre, une vibration venimeuse.

Mais son corps est plus mou, ou plus articulé, son vol plus capricieux imprévu, dangereux que la marche des tramways.

La guêpe sur le bord de l'assiette ou de la tasse ou du pot de confitures : une attirance vraiment irrésistible. Quelle ténacité dans le désir ! Comme elles sont faites l'une pour l'autre. Une aimantation au sucre...

Qu'est-ce qu'on me dit ? Qu'elle laisse son dard dans sa victime, et qu'elle en meurt ? Ce serait assez bonne image pour la guerre qui ne paie pas. Il lui faut donc éviter tout contact. Grésillante comme une friture.

Un petit siphon ambulant, un petit alambic à roues et à ailes comme celui qui se déplace de ferme en ferme dans les campagnes en certaines saisons, une petite voiture de l'assainissement public : la guêpe ressemble en somme à ces véhicules qui se nourrissent eux-mêmes et fabriquent en route quelque chose.

[GOUACHES DE JEAN DUBUFFET POUR « L'ŒILLET »]

[« LE MIMOSA »
(HONTE ET REPENTIR)]

Roanne, 1942.

comme un huit de pointe

Les feuillages sont comme une immense régate de huits de pointe en tous sens sur le lac vertical azuré ouvrant et fermant leurs rames, tandis que des soldats aux képis pomponnés d'or, des lampions des guinguettes s'égrènent sur la rive.

Le gui mimosa d'hiver

cependant qu'en ville les boules de gui des lampadaires dans la brume froide se coagulent et poissent le long des branches froides des avenues vernissées aux hélices nocturnes

[BROUILLON DE LETTRE
À LINETTE FABRE]

Roanne, 17 août 1941.

Ma chère Linette,

J'ai un très important service à te demander. Il me paraît que tu es particulièrement qualifiée pour me le rendre. Mais il faudrait d'abord que tu te persuades qu'il s'agit vraiment de quelque chose de sérieux. Voici : lors de mon voyage à la fin d'avril pour venir au chevet de ta mère malade j'avais quitté Roanne par un temps maussade. Après toute une nuit sur le chemin de fer, j'arrivai de bonne heure à Marseille, par un temps radieux qui ne me surprit pas. Je continuai mon voyage en autocar. Bien qu'afin de ne rien perdre des paysages je me fusse placé près d'une vitre, je ne pus, dès que je me fus habitué au rythme des cahots de la voiture, combattre la fatigue d'une nuit sans sommeil, et je m'assoupis bientôt sans m'endormir pourtant tout à fait. J'avais gardé les yeux ouverts, puisque je me souviens parfaitement de l'admiration que j'éprouvai à la vue des gigantesques graffiti ornant les murs de la banlieue de Marseille. Doriot par-ci pour les antiques, Darlan par-là pour les temps modernes en prenaient vraiment pour leur grade, égal au moins, j'en jugeai aussitôt, dans l'ordre national de la publicité à ceux de Byrrh ou de Dubonnet. J'avais les yeux ouverts mais la tête peu réceptive et peut-être imperceptiblement dodelinante, quand soudain, au haut de la côte, vers le lieu-dit La Mounine (ou bien fut-ce aux Trois Pigeons, c'était avant les Frères gris en tout cas), un spectacle d'une qualité différente brusquement me saisit. Sous le soleil ardent déjà — il était à peu près huit heures — les jardins, les oliviers brillaient. Mais je ne vais pas décrire ce paysage. Il me faut en venir à l'objet de ma lettre. Comme, tout à fait réveillé, je levais les yeux vers le ciel, pur de tout nuage, il me parut — au travers des feuillages — presque noir, comme mélangé d'ombre. Je ressentis une impression très vive. Une impression d'autorité implacable, de grandeur, tragique, quasi funèbre. Mais comme je cherchai aussitôt quelque expression pour l'empocher, la mettre en portefeuille, je n'y parvins pas tout de suite. J'avais beau relever les yeux au ciel, l'impression était chaque fois aussi vive, mais le mot, les mots, ne se présentaient pas. Au bout de quelques minutes je me sentis vraiment accablé. Je compris bientôt que ce phénomène, disons ce météore (un beau jour est aussi un météore sans doute) défiait le langage, et je me dis que je n'aurais de cesse de l'avoir conquis et exprimé… Quelques minutes après nous arrivions à Aix. Tu te souviens peut-être que j'évoquais ce paysage au cours de notre conversation. Je ne me souviens pas bien de sa réponse sinon qu'elle employa ce terme qui me frappa : « valeurs très foncées ».

[QUATRE PAGES DU CAHIER DE « LA MOUNINE »]

Premiers jours d'Août, 5 ou 6.

L'abîme supérieur (zénithéal).

Qu'est-ce que je voulais dire par là ? Je voulais évoquer cette profondeur du bleu sombre où se perd le coup de poing lancé contre dieu.

Ces lieux défendus, ces lacs de rêve où si l'on s'égare la pesanteur vous met la main au collet, vous rapplique brutalement contre terre.

Le soleil est fait pour nous aveugler. Il transforme le ciel en un verre dépoli à travers quoi l'on ne voit plus rien.

Mais dans certaines régions la transparence, la tranquillité de l'atmosphère est telle que la présence de cet abîme est sensible même en plein jour.

C'est le cas de la Provence. Le ciel au-dessus de la Provence présente constamment une clairière, comme une fenêtre de vitre claire dans un plafonnier dépoli.

Je dirai même que cette clairière s'étend, se produit au-dessus de la Méditerranée, de la région méditerranéenne (on sait que c'est une mer très profonde, une mer à abîmes). Elle a poli le ciel au-dessus d'elle il y a transparence, il y a passage, il y a communication.

On y vient à cause de cela, mais on croit que c'est pour tout autre chose.

En réalité on y vient pour jouir des avantages de la nuit en plein jour.

Ici la clarté par exception n'est pas une idée (une idée, une chose intérieure, une imagination que l'on cultive mieux à l'intérieur de chambres à vitraux, en se protégeant contre la tromperie du jour).

Ici par exception la clarté est un fait extérieur.

J'aime les régions où cette fastidieuse hydrothérapie a lieu le moins souvent possible.

Les baies sur le vrai monde extérieur, les clairières donnant sur la nuit interstellaire (les bords de la Méditerranée, la Provence par exemple).

*

Les orages comme douches, le soleil comme séchoir, vraiment, cher Beethoven, cela valait-il la peine d'en faire des symphonies si grandioses (de si grandioses machines) ?

Il y a autant de grandeur - Rameau a raison - dans la moindre poule, ou dans la moindre marionnette : l'indifférente ou la rieuse.

*

La vie la mort d'un individu, voire de millions d'individus, je m'en soucie comme d'une guigne.

Et l'on ne me verra pas pâlir pour la mienne propre.

Je suis assez enclin à me considérer homme parmi les autres hommes, fourmi terrassière, modifiant de façon infime la nature par des ouvrages d'art, ouvrageant à peine la ligne de l'horizon.

Pourtant les urnes comme ornements (au-dessus des colonnes de portails, les fontaines à volutes et à marques tragiques ; les statues de bambinos !)

Des événements comme un ciel nuageux, un orage si monstrueux soit-il, le soleil, me semblent d'un ordre sordide. C'est laver son linge sale en famille, ou étendre son linge. Ce sont les travaux d'office, c'est le ménage terrestre, quelque chose de pas beaucoup plus intéressant, ni ragoûtant, qu'une installation d'eau courante avec tout-à-l'égout dans ma maison, que ce qui se passe à l'intérieur de la lessiveuse, etc.

Petits poissons mes chers frères, venez avec moi, rassemblons-nous dans les clairières de l'aquarium, pour prendre une idée, par transparence, du monde supérieur, celui où nous ne pourrions respirer, où notre vessie natatoire éclaterait (car nous sommes faits pour des pressions plus fortes).

Messieurs, mesdames, mesdemoiselles, mes chers frères, venez avec moi, rassemblons-nous de même sous les cieux subtropicaux, ceux de la Provence par exemple, et ce pour les mêmes raisons que le poète des poissons convoquait ses frères en aquarium.

Ciel blâmé, il y avait une contemnation au ciel, une circondamnation de la terre par le ciel, une contamination du jour par la nuit éthérée, une transparence du jour à la nuit des espaces interstellaires
Une baie en plein jour ouverte sur la nuit.
Une clairière ou plutôt une sombrière

Le jour infini
le gouffre zénithéal
était béant

Mariage (non du Ciel et de l'Enfer mais) du jour et de la nuit
Alliage
c'est sous cette lumière que l'on vit dans mon cher midi classique
La nuit toujours présente
(clarté)
pas d'illusions, de nuages (formant écran)
Ici le ciel n'est pas un écran à représentations vagues et informes
— il ne s'occupe pas à véhiculer des nuages
il pèse, il est présent, immédiat à l'homme.

LE GRAND RECUEIL

Dans l'atelier de « Méthodes » :

© *A.D.A.G.P., Paris, 1999,
pour les pastels d'E. de Kermadec.*

Dans l'atelier de « Pièces » :

© *A.D.A.G.P., Paris, 1999,
pour le burin de G. Vulliamy.*

Droits réservés pour l'eau-forte de J. Signovert.

© *A.D.A.G.P., Paris, 1999,
pour les eaux-fortes de G. Braque.*

© *Bibliothèque littéraire Jacques-Doucet, Paris, 1999,
pour l'état dactylographié du « Soleil placé en abîme ».*

© *A.D.A.G.P., Paris, 1999,
pour l'eau-forte de J. Hérold.*

I
LYRES

© *Éditions Gallimard, 1961.*

LE GRAND RECUEIL rassemble ceux de mes textes qui ne l'ont pas été de façon commode jusqu'ici.

On trouvera dans ces trois volumes[1] tout ce que j'ai produit depuis la parution du *Parti pris des Choses*, de *La Seine*, de *Proêmes*, du *Peintre à l'étude*, de *La Rage de l'expression* ; et encore la plupart des morceaux, contemporains de ces ouvrages (voire antérieurs à eux : j'allais oublier *Douze petits écrits*), qui, pour une raison ou une autre, n'y furent pas incorporés[2].

Beaucoup étaient épars dans une foule de périodiques, et plusieurs isolés dans de luxueux étuis ; d'autres quittent pour la première fois mes tiroirs.

Comme cela faisait une contrée énorme, on y a ouvert quelques trouées ; et d'abord, ces trois allées principales : LYRES, MÉTHODES, PIÈCES ; puis, à l'intérieur de chaque volume, par les artifices de la mise en pages, plusieurs sentiers ou ronds-points : d'où, peut-être, quelques perspectives imprévues.

Tout cela, je ne sais trop comment, à vrai dire. Sans tricherie d'aucun ordre, en tout cas (l'ordre chronologique, entre autres, ayant éclaté, une retombée de millésimes sur les tables des matières permet au besoin de le rétablir).

Aurait-on réussi, LE GRAND RECUEIL, alors, serait un livre. Mais enfin, lecteur, je t'y laisse. Promène-toi au petit bonheur. Va et viens.

LA FAMILLE DU SAGE

Au bruit d'une source de nuit, sous une cloche de feuilles, d'un même arbre contre le tronc, calme et froid — Père — ainsi, dans une chambre fraîche, un jour ta présence nous fut.

Tu étais froid, sous un seul drap, voilé, une fenêtre ouverte.

Quel équilibre nous quatre ensemble, sans heure tous assis, toi-même mieux encore reposé, étendu, mort[1].

Quelle pure santé du vert-feuillu, du sol, et du liquide[2].

Égale en nous coulait une eau en silence du cou sans cesse dans le dos jusqu'aux membres sous l'herbe. Par la fenêtre sourde, un souffle, versé du fond obscur du ciel, essuyait sur les tempes des femmes la sueur du soir.

Et qu'une étoile aussi, pareille à l'œil du fils, s'avive[3],
Sans le dire, tu en jouissais, Père[4] !

★

NAISSANCE DE VÉNUS

« Oh ! la vague ne me ressouvient pas : je n'y suis plus :
Ici tout est exprès : ici la mer, limitée par deux autres éléments, s'évapore, et sent, et bleuit : les mots secs, en définitive, c'est une grande étendue d'eau salée :
Vénus d'ailleurs arrive, avec son peintre qui lève à chaque instant un œil indicatif pour la remarquer présente : il signe maintenant :
Oui, sur le sable où j'agonise, la voici : voici, c'est le présent où l'imparfait me quitte : je n'y suis plus. »

LE TROUPEAU DE MOUTONS

Les bêlements, la myopie resserrent le troupeau de moutons.
Le plus fort sentiment n'y dresse, par un court écartement, que deux pattes seulement de terre.
Non loin, le berger, à plat ventre, siffle par la bouche des expressions de rossignol.

CARROUSEL

Comme au carrousel
tourne un noir cheval

le galop fantôme
et muet du soir
tourne autour de la
cour monumentale

ouverte au fugace
espoir des lueurs
d'un couchant violet
comme un œillet rare

PEUT-ÊTRE TROP VICIEUX

Prince mal absorbé que je veux satisfaire
Signe qui crois régler l'allure nécessaire

L'heure bien enroulée a lancé dans le rêve
Ce ronfleur monotone et machin qui m'enlève.

C'est un rocher d'orgueil pourtant mal déterré...
Et, pour conclure, un peu, la mort, qui, se tairait ?

LE JOUR ET LA NUIT

Même fleuri sous la lampe
tyrannique je le hais
le parterre magnétique
colonie de mes ardeurs.

Mais la nuit c'est le martyre
des prunelles élargies,
le voyage, la morsure
sarcastique de la lune.

Ah que d'or l'arabesque
électrique jaillisse !
Sacrilège ! Refus
du miracle ! Suicide !

RÈGLE

C'est trop de la neige
à cause que chère
aux cartes postales.

Préférez le gel,
le gel et le vent
sans nuage au ciel,

le sérum, l'acide
et le frais d'avis
pour vos yeux vitreux,

pour vos doigts fragiles,
et pour le discret
escargot du sexe.

DIMANCHE, OU L'ARTISTE

Brutalement, à midi, la clameur des affiches, la réclame des avertisseurs, plante sa hache barbare dans la masse de Paris.

Elle tranche d'un coup cent grands murs verts et rouges, elle fend des rues où grincent à vif les rails nerveux, elle écartèle les carrefours roués et démembrés. Cornez, trompettes discordantes ! Croulez, gares !

D'épaisses ruées noires, marquées en traits pleins, s'entrecoupent vers quelques carrés blancs comme des glaces de poche. De plus près ce sont des lacs géométriques faits de la matière du ciel. Dix mille hommes, penchés sur le stade, y mirent un simple profil de foule, dessiné à plat par quatre chevaux précis, onze athlètes, deux boxeurs nus.

Mais le vent dont la course est mystérieuse, le ciel qui fait plier toute surface comme un toit, la confusion marine : une salle de musique l'éprouve avec plus de force, et même un homme qui ferme les yeux lorsque le souvenir, comme un géant qui descend dans une barque, enfonce la minute, et que tout le présent dans l'âme chavire[1].

De même Lucien, qui n'était pas sorti, arpentait et faisait sonner la chambre ; il raisonnait, calculait, discutait ; il tranchait d'un mot. Mille cubes dans sa pensée, heurtés, escaladés, composés, s'écroulaient d'un coup. Mais de lui vers Alice simplement un mince et ridicule filet de paroles coulait vite, comme une gamme de fifre, comme un jockey qui galope au déboulé de Saint-Cloud².

Il se tut et Alice leva les yeux. Le jour se troubla car un nuage passait. Alice était à contre-jour. Le regard, les cheveux mal traversés par la lumière, l'abattement d'épaules faibles, les mains pointues, tout en elle exprimait le mensonge.

Comme une grande rafale fut ressentie par Lucien. L'enthousiasme le saisissait. Dans un élan qui emportait tout son poids, il gifla trois fois fortement la femme. Révoltée, précipitée, hurlante, pleurante ; puis soulevée sur un coude, face à la vitre, elle montre des yeux lavés. Elle sourit.

Alors, écartant deux rideaux blancs, les bras en croix, Lucien ouvrit la fenêtre. Le soleil parut, mais la rue était vide. Lucien s'accouda, d'un mouvement qui lui haussait l'épaule.

Alice, relevée, s'insinua sous son bras, et elle contemplait vaguement Paris, dans le repos du dimanche.

FRÉNÉSIE DES DÉTAILS
CALME DE L'ENSEMBLE

Si l'une de ces fleurs, l'un de ces nœuds vibrants de sensations, par surprise, par-derrière, se détachant de sa tige venait en droite ligne à me toucher,

Quel hurlement elle tirerait de moi, quelle impression de fer rouge ! J'en mourrais ! Comme une balle explosive, je ne pourrais plus l'extirper de mon corps !

... (partout ailleurs qu'aux yeux dont elle fait la joie).

L'HERBE

Qu'y a-t-il en nous de pareil aux herbes ?
Fines et nues, toujours d'humeur froide,
Froides et unes,
Non pas mille grâces mais mille herbes,

D'attitude très naturelle.
Contentes sur place,
Sûres à l'ancienneté de leur décoration,
Elles assistent au bœuf.

LE NUAGE

Un linon humide et glacé flotte, dénoué du front qu'il sereina,
Où la transpiration a perlé...
Par mille étoiles.

Ainsi, lorsqu'il va fondre, bouge, et conçoit une molle chasse
Tout un bloc de cristaux plumeux.

COUPLE ARDENT

— J'adore vos boucles, ma chérie.
— J'adore votre ambition, mon amour.

Amour des héros à la folie. Folie forte et douce et agile pour sang noir. Quel grand sabre courbe fera jaillir des fleurs à ta joue ?
Cicatrices en œillet.

GRAND NU SOUS BOIS

Le corps d'un grand héros vivant seul marche d'abord dans un bois fait de plus de mille colonnes, puis s'allonge sur un pavois, pour une part lumineux, pour l'autre part d'ombre encore chaude, formé d'aiguilles de pins [1].
Il repose, sous la garde harmonieuse d'un quadrille de

mouches, tenues à distance respectueuse par les frissons circulairement tendus de la chair en vie.

Quelques longs arbres, des plumets de leurs faîtes, écartent au ciel tous flocons hasardeux. Prisonniers par leurs racines, solides mais flexueux sur leurs talons, ils font le large autour du précieux, de l'olympien personnage, — ils ouvrent à ses regards les cieux[2].

Lui, le corps propre, ni chaud ni froid, sans aucun besoin pressant, le regard prodigieusement nourri d'un milliard d'étincelles bleues, jouit au fond de sa gorge[3], au fond du pavillon de ses yeux, de ses oreilles et de ses narines, du secret vasistas, du store, des deux trappes de l'ordre et de l'oubli[4].

Tout alors frissonne et ne refuserait aucun ordre; chaque chose en particulier s'y sacrifierait volontiers.

Mais lui est aussi juste que puissant et sa pudeur ajoute à sa puissance : il redonne à tous à chaque instant plénière autorisation, selon leur propre appétence. Ayant tout pardonné, et nourri de son intelligence[5], il s'allonge comme on recule, pour eux déjà mort.

LE MONUMENT

Autour du monument, pierres placées pour l'ombre,
L'air circule, très pur quoique très habité.
Dans cette ombre le corps enfin se dénouant
A convoqué les vers pour son arrangement.
Ils l'ont débarrassé d'un fangeux oreiller
Puis ils ont retiré leur présence inutile.
Tes os se sont enfin installés en leur boîte.
Ils adhèrent sans gêne à cette couche droite
Qui pour ce pur débris ne paraît plus étroite.
Je peux rouvrir les yeux sur ta transformation.
Elle ne m'émeut plus, si complète soit-elle,
M'ôte le désespoir de ta forme mortelle
Et me satisfait mieux que tes anciens portraits.

LE MINISTRE

Qu'une M, majestueuse porte cochère assise sur deux piliers à même le sol de la rue, à l'entrée de la tortueuse venelle SINISTRE décapitée d'abord de l'enseigne au serpent qui s'y dresse, modifie (en mugissement) le sifflement des souffles venant de gauche qui s'y engouffrent : de cette opération naît le MINISTRE.

Ce sont, partant d'en bas, deux pieds chaussés de souliers à fortes semelles mais vernis, l'un affectant de n'y prendre garde dans les raclons[1] d'une exposition, l'autre sur le recèlement de poussière des tapis épais d'un salon.

Un habit noir à pans longs, de coupe rectiligne, le fait ressembler à un hanneton. Au besoin, quelque applaudissement de mains frénétique accuse le rapprochement. C'est quand les phrases du discours qui s'achève, lancées comme des serpentins, enrubannent la statue récente qu'elles lient à la foule, puis flottent comme ces panaches de fumée dont le vent forme et défait plusieurs fois les nœuds[2] avant de tout dissiper.

Et bientôt les signatures processionnent comme des cafards sur les feuillets qui jonchent en désordre[3] une table du mobilier national.

SOIR D'AOÛT

D'août le soleil du soir nous tisse des hamacs
À sa grosse patère au bat-flanc attachés ;
Toboggans de soie blonde, métrages de tissu
Où rebondissent comme de vivantes miettes
Les moustiques dorés dont le bruit donne chaud.

Allongeons-nous, goûtons ces quarts d'heure de miel
Où dans le taffetas nos douleurs sont pansées.
L'or fauve est la couleur d'une gloire au déclin,
Sympathique déjà, d'où l'orgueil est banni,
Plus nourrissante et moins fermée sur soi.

... C'est ainsi que le soir nous accueille et nous choie,
Et vous convoque, horizontales joies.

CINQ SEPTEMBRE

Le ciel hésite entre la nacre et l'ardoise ;
Tout se révèle un miroir à facettes
Et comme un coffre incrusté se renvoie ses feux
Blancs ou gris perle, — et même l'arbre ou l'herbe
Sont revêtus d'une écaille argentée.
Dotées d'un masque dessus leurs qualités
Les choses sont ainsi admises au concert
Et prévenues d'avoir à s'uniformiser.
Ce simulacre, en vue du proche hiver,
Est à l'honneur de la Nature fière
Qui s'avertit de ses propres malheurs,
Et règle à la faveur d'une fête, et sans fiel,
Son front et son maintien dans la ruine et le gel.

FEU ET CENDRES

Feu agile, cendres inertes. Feu grimaçant, cendres sereines. Feu simiesque, cendres félines. Feu qui grimpe[1] de branche en branche, cendres qui descendent et s'amoncellent. Feu qui s'élève, cendres qui se tassent. Feu brillant, cendres mates. Feu sifflant, cendres muettes. Feu chaud, cendres froides. Feu contagieux, cendres préservatrices. Feu rouge, cendres grises. Feu coupable, cendres victimes. Feu grégeois, cendres sabines. Feu vainqueur[2], cendres vaincues. Feu craint, cendres plaintes. Feu hardi, cendres facilement dispersées. Feu indomptable, cendres qu'on peut balayer. Feu gamin, cendres sérieuses. Feu animal, cendres minérales. Feu irritable[3], cendres intimidables. Feu démolisseur, cendres maçonnes. Feu rouge et cendres grises toujours rapprochés : l'un des étendards favoris de la nature.

CORIOLAN
OU LA GROSSE MOUCHE

Parmi un fort groupe de mouches, trône, assise dans l'or, une mouche plus grosse, diaprée : héros de l'histoire naturelle.

On nomme orgueil une sorte d'écailles dont son corps est en partie couvert ; modestie et désintéressement d'autres sortes, sous l'abdomen, qui le protègent moins. Par surcroît, de courts appendices, suçoirs trompeurs, oblongs et malhabiles, ornent la partie antérieure de sa tête. Ils attirent sur lui la suspicion de ses congénères : morgue et injure sont leurs noms.

Enfin, les femelles de sa famille montrent sur lui un étrange pouvoir : l'une pompe à sa gueule les forces accumulées par l'exil, lui procurant ainsi une satisfaction pernicieuse ; l'autre, la mère dont il est issu, l'encoconne dans un tissu de mots furieux et tristes dont il ne se dégagera plus.

Alors ses ennemis le percent. Raide mort, il est porté par eux en triomphe.

Ce thème : La Splendeur minérale infligée à tort à des individus d'un autre règne, privés de stupeur et d'inamovibilité, ne perd rien à ses variations les plus volumineuses, ni même à des interprétations tendancieuses ou de mauvais goût.

MARINE

Sous les sabots du ciel, de ce grand bœuf léger, poudroie la fleur du bris d'épaisses feuilles de colle.

Autour de la cuisse pilonnante des cieux se déploient les jupons des filles de la colophane bleue.

Puis, atolls de sucre cristallin, ballottés à demi fondus sur les profonds cahiers de stagnation berceurs...

BOIS DES TABACS

Bois des tabacs.
Bûches se déroulant en feuilles couleur marron.

Ô voûtes en faveur d'un soleil rougeoyant,
Sentes sous frondaisons, tunnels de longue haleine[1],
Pour descendre, à partir de l'ardente gemmule,
Jusqu'aux fondrières ou paillassons saturés de jus de chique,
D'où l'âcre et bonne fumée, comme le brouillard qui monte de terre à l'aube,
S'enrôle aux cieux.

Bois de Rambouillet.
Et le bruit à glouglous des ruisseaux d'automne dans les pipes.

À la sortie du bois, la corne de bœuf.

L'ALLUMETTE

Le feu faisait un corps à l'allumette.
Un corps vivant, avec ses gestes,
son exaltation, sa courte histoire.
Les gaz émanés d'elle flambaient,
lui donnaient ailes et robes, un corps même :
une forme mouvante,
émouvante.

Ce fut rapide.

La tête seulement a pouvoir de s'enflammer, au contact d'une réalité dure,
— et l'on entend alors comme le pistolet du starter.
Mais, dès qu'elle a pris,
la flamme

— en droite ligne, vite et la voile penchée comme un bateau de régate —
>
> parcourt tout le petit bout de bois,

Qu'à peine a-t-elle viré de bord
finalement elle laisse
aussi noir qu'un curé[1].

AU PRINTEMPS

Point de fumée sans feu ?
— Au printemps, une bouche de sous la terre tire sur les cigares à braise verte sous bois.

Un corps au supplice sur le fauteuil électrique dès sa transformation fume.
À brûle-pourpoint, l'odeur de la poudre.

L'écharpe autour du cou de la gueule de canon,
Après le coup que l'on n'a pas entendu,
Se relâche et rôde.

LE QUARTIER DES AFFAIRES

Le temps s'assombrit encore. Un maçon poudreux gravit son échelle : il va pleuvoir.
À plusieurs milliers nous habitons dans le quartier de la Bourse un groupe de vieilles maisons qu'une administration prospère fait rajeunir.
Elle dispose de beaucoup d'employés à son occupation sordide.
Ils manipulent un grand nombre de feuilles de papier, de la ficelle ; tandis que le téléphone et les machines à écrire fonctionnent ; huit heures par jour.
Le reste de leur temps, ils le dorment, ailleurs, ou s'acheminent.
À la fin du mois ils reçoivent un petit nombre de francs.

DÉTESTATION

Pour quel dérèglement
Toute action détestée

Par quel détournement
D'usages criminel

Les sabots[1] dans la rue
Tintant comme du verre
Me brisent-ils le cœur

Les wagons s'attelant
Trinquent[2] avec l'enfer

*

PROSE DE PROFUNDIS
À LA GLOIRE DE CLAUDEL

1

Caro[1]!
Crapaud, scarabot, caravelle,
Mon propos, je le regrette, sera tout intuitif.
De profundis ad te clamabo, cher Claudel!

2

Pour prononcer, à propos de Claudel, la moindre parole juste, comme il nous faut, d'abord, respirer largement,

Refermant donc sur nous — et sur tel lecteur qui s'y prête — les portes de la présente conduite intérieure, nous nous acheminerons rapidement hors d'ici.

Mais non bien au-delà des limites de l'Île-de-France, c'est inutile.

Sitôt franchi le pays de Racine et de La Fontaine, nous trouverons les conditions les meilleures.

Sur la route de Sens à Troyes, par exemple. Quelques kilomètres avant cette dernière ville.

Une étendue de tertres et de mamelons, à découvert.

3

Respirons donc largement ici, comme il nous a réhabitués à le faire, selon cette grandeur qu'il nous a réouverte, ces exercices pneumatiques auxquels il nous a soumis, ce regonflement grâce à lui des poumons de la littérature française[2].

Respirons assez largement pour balayer tout de suite, du revers de ce premier souffle comme de celui de la main,

Tout ce que cet homme et cette œuvre se figurent porter sur le dos.

Car il n'est point ici de cathédrale ; point de lutrin, et de bible non plus.

Des labours seulement, dans un air salubre et dramatique, sur un souvenir de légions.

Ce sont ici nos champs catalauniques[3].

4

Nous découvrons ici[4], entre Ardenne et Champagne, un espace pareil à celui de la Bretagne, un peu plus continental seulement, plus terrien ; un temps assez pareil à celui de l'île de Pâques.

Et voici mon Claudel comme et où je l'entends :

Comme et où je l'entends, c'est entre *clame* et *claudique*,

Mais comme clame et claudique un de ces gros dolmens branlants.

Non tout à fait pierre-qui-vire : pierre branlante.

5

Nous établirions facilement aussitôt, pour les besoins,

par exemple, de la Sorbonne, qu'une largeur lourde fait claudiquer.

Il nous suffirait de perdre notre temps, une minute, dans quelque ouvrage intelligent, du genre de *La Vie des formes*[5].

Et nous pourrions l'opposer ensuite à telle et telle de ces grandeurs, à la vérité beaucoup moindres, qui nous furent proposées dans le même temps : celle de Péguy[6], par exemple.

Claudiquer, ai-je dit, non piétiner.

6

Qu'il nous suffise de l'opposer à l'une de ces grandeurs seulement : celle qui lui doit tout,

Et qui entra dans la carrière avant que son aîné n'y soit plus.

Elle s'y nourrit de poussière, sans trace de ses vertus.

Oui, à cette autruche des sables :

« Le plus gros des oiseaux connus, dit Littré, et à cause de sa grandeur incapable de voler. »

Oui !

Et qui s'enfuit dès lors à grandes enjambées dans l'Orient désert, celui de l'Anabase, ne nous laissant plus voir qu'un cul de poule.

Oui, oui ! Léger. Léger plutôt deux fois qu'une.

Nous en ramasserons quelques plumes[7].

7

Notre Claudel, lui, ne montre aucune prétention à voler, ni à courir à grandes enjambées,

Puisque ce n'est qu'une grosse tortue, un dolmen.

Pierre branlante, ou pierre de Cybèle[8] ?

Pierre tout court.

8

Pierre tout court, mais si nous la portons à la température de l'homme, elle nous manifestera un peu de cette lourdeur,

Large, facilement moite et par endroits terreuse,
De certains de nos paysans devenus caporaux aux armées,
Qui, pour s'y être enterrés mieux encore,
Sans pour cela cesser de respirer,
Gagnèrent la Guerre de Quatorze.

9

Cet ambassadeur, en effet, a quelque chose d'un caporal.
Il s'étire en largeur comme un accordéon et fume du tabac de troupe.
Un accordéon, ai-je dit, afin qu'on hausse les épaules,
Et me dise que c'est un orgue.
Un orgue, si l'on veut (les Anglais parlent des pipes de l'orgue), mais alors établi dans le sens de la largeur.
Un orgue, je veux bien, mais un orgue crapaud.
Un porc, un gros lapin, comme il fume et respire encore, tombé sur le côté, dans la cour de la ferme de Tahure[9].

10

Nous l'avons vu s'avancer dans nos champs catalauniques cette grosse tortue pour nous défendre, claudiquant comme un tank, puis s'établissant par vaux et monts, écrasés sous son poids, réduits à tertres et mamelons.
Ce gros dolmen aux quatre pouces courts, qui s'avance en claudiquant et s'établit dans le même moment.
Oui : photographiés au ralenti pendant des siècles, puis projetés à l'accéléré en un instant,
On verrait ainsi, j'en suis sûr,
Les dolmens[10] progresser pour s'établir
À travers Bretagne et Champagne.

11

Et sans doute se croit-il une cathédrale, et porter toute la sculpterie judéo-chrétienne sur son dos,
Mais ce n'est, dieu merci, qu'une grosse tortue, un dolmen,

De beaucoup plus ancienne — et païenne — justification.

12

Nous t'aimons, cher Claudel, chère vieille tortue !
Quels imbéciles ont cru te renverser sur le dos ?
Nous te rétablirons sur tes fortes grosses courtes pattes,

Et tu nous garderas notre frontière à l'Est,
Fortement établi, bougeant à peine,
Juste ce qu'il faut pour nous défendre,
Par le travers de nos champs catalauniques :
Case par case, sur l'échiquier terreux,
Comme un roi,
Ou un virtuose du baby-foot.

13

Enfin, parfois, dans l'avenir encore
Tu t'en iras, plongeant à l'autre extrémité de l'Asie,
Nager dans les mers chaudes du Pacifique,
Comme une grosse tortue marine, la nôtre.

Quel poids tu déplaces alors ! Avec quelle aisance !
Quel bonheur dans la gravité !

Dans ce milieu étranger,
Grâce à tes courtes pattes-ailerons-nageoires,
Tu voles !
Oui ! Comme un vrai cerf-volant dans l'eau glauque,
Grâce à tes pouces-opposés-bigoudis-nageoires,
Tu voles,
Vers ta salade de champignons noirs, à la chinoise !

Quel ambassadeur !
Comme tu nous représentes bien !

Quel bon ambassadeur de la lourdeur française[11] !

14

De profundis ad te clamavi, cher Claudel !
Nous t'aimons, cher Claudel, chère vieille tortue !
Dos pavé, front bas, tête plate !
Requiescas in pace, chère vieille tortue !
Caro ! Cara ! Carapace !

★

À LA GLOIRE D'UN AMI

Lorsque, décidé à sortir, vous êtes apparu à la porte sérieuse[1], lorsque votre passage a commencé entre les premières haies : celles que vous pouviez savoir,

J'y fus, puisque j'y fus mis par l'âge quand je vous ai connu,

Ici, où je ne puis que tourner le dos avec mépris pour n'être point vu.

Mais à présent que vous êtes parvenu où vous continuez seul votre aventure, dans un pays inconnu de tous ces incapables, m'y voici, j'y suis ressorti, car la prévue du portique m'est permise, et même l'aisance académique dès à présent, si je dissimule sans but pour vous suivre la majesté de mes pas.

Oui, par plaisir, ainsi votre jeune nuque peut apparaître, par un reste d'humanité inclinée à votre gauche, à votre droite, sans pose à jamais. Et pourtant tous les autres sont bien coupés de vous. Ils forment le groupe depuis, des objets d'addition. Et vous-même ils ne peuvent plus vous avoir qu'en se croisant, comme le produit d'une chaise par une table.

Moi seul, et il suffit du fait que je le dise[2], qui tout vivant ai su détendre mon sourcil, su préparer ma dérive, qui, tout vivant, déjà chemine à votre hauteur, qui vois votre œil de profil et ne puis plus m'y gêner,

Je vous aurai, connaissez-le RIVIÈRE ! — en vérité selon ces signes — poursuivi, promené à l'aise du Parnasse.

*

BAPTÊME FUNÈBRE

> RENÉ LEYNAUD, journaliste et poète d'origine ardéchoise, blessé et arrêté par la Milice, livré aux Allemands, emprisonné au Fort-Montluc, en a été extrait le 13 juin 1944 avec dix-huit autres patriotes et fusillé dans la campagne lyonnaise. Son fils Pierre était âgé de deux ans.

Vivant LEYNAUD et présent parmi nous sans doute n'était pas parfait mais par un ensemble de qualités d'une harmonie (d'un naturel) et d'une grâce décourageantes préfigurait pour nous au plastique[1] une idée de la perfection telle qu'elle provoquait une certaine raréfaction des paroles.

Momentanément absent lorsque nous parlions de lui nous ne savions non plus rien en dire sinon quel merveilleux garçon peut être[2].

Si bien donc qu'aujourd'hui qu'une absence plus longue nous est infligée ses amis survivants entre eux se proposant sa mémoire et moi pour me joindre à eux quittant la grotte où se donne cours une manie trop pétrifiante dit-on[3] pour que j'ose y convoquer l'homme,

FACE À UN TEL SUJET QUE PUIS-JE[4] ?

Oh cette fumerolle ce point d'interrogation, Oh déjà par ce JE suivi de sa fumerolle ce léger empuantissement de l'atmosphère Oh FACE À UN TEL SUJET comme si je faisais partie du peloton ennemi[5].

Mais ressaisissons-nous.

Les oiseaux qui s'envolèrent au bruit des douze fusils se

reposèrent plusieurs fois ensuite au milieu des mêmes dangers.

Oui rassérénons-nous. Et réprimons enfin ce tremblement devant les paroles.

Le ciel ne tremble pas tous les jours à toute heure comme à midi l'été sur les pierres sèches.

La lavande à chaque printemps refleurit.

Le petit Pierre grandit bel et bien.

Et les ruisseaux de l'Ardèche comme ceux de notre langue maternelle coulent et couleront toujours[6].

AINSI qu'aux Lieux Communs ces vérités redites SOIT-IL et il suffit que ma bouche en décide par tout un chœur d'amis ICI RESSUSCITÉ :

TANDIS QU'APRÈS LA SALVE PAR LEURS FUMEROLLES SEMBLANT DIRE QUE PUIS-JE LES CANONS DES FUSILS HORIZONTAUX S'INTERROGEAIENT ENCORE TU ÉTAIS TOI DÉJÀ ET POUR TOUJOURS AU PARADIS DE NOS MÉMOIRES PUR HÉROS IMMÉDIATEMENT RENÉ.

*

NOTE HÂTIVE[1]
À LA GLOIRE DE GROETHUYSEN

> L'Auteur. — Au commencement était le Verbe.
> Le Lecteur. — Et ensuite rien d'autre ?
> L'Auteur. — C'est tout ce que je puis vous dire.
>
> (B. GROETHUYSEN, *Épistémologie du rêve*[2].)

Par le fait qu'il s'agisse d'un homme, d'abord empêché de parler (car toute Parole est Désinvolture, qu'Amour et le Respect désavouent aussitôt), et parce qu'il fut un sage, plus particulièrement encore inhibé (car ce que j'ai pu concevoir parfois[3] comme une supériorité de ma nature — ou mettons aux idées une antériorité seulement —, il me faut bien ici le nommer ma bêtise, et dès lors comment en jouer ?), un sentiment très fort cependant qui me presse a fait sauter la bonde on le voit : sans doute est-ce celui simplement de la justice — je veux dire de la justesse dans les termes — violée.

Plusieurs éminents esprits de notre époque ayant écrit de lui en effet, aucun des mots qui lui conviennent n'a pourtant été prononcé. D'où, bien que je ne puisse croire qu'il s'en forme en moi de meilleurs, une sorte de rage bien faite pour m'ouvrir la bouche à mon tour.

GROETHUYSEN : ainsi, pour la première fois à le lire, c'est déjà un curieux buisson ; et GROETH, plus court, plus actif, le loup dans ce buisson, à l'oreille ne se prononce pas comme il s'écrit. Voilà un premier point[4].

Quittant, comme on le voit, toute vergogne pour tenter de forcer mon lièvre aussitôt, je dirai (justement ?) que Groeth m'apparut toujours comme un buisson ; non un buisson ardent[5], mais un buisson ensoleillé ; et plutôt encore, comme le soleil dans les buissons. La gloire, par corollaire, ne peut donc manquer de lui venir, bien qu'aucun de nos beaux esprits à le peindre ne se soit avisé du mot. Gloire ici donc ! Gloire à notre Groeth un jour vienne, qui fut comme le soleil dans les buissons !

L'un des meilleurs peintres qui aient vécu. Le seul portraitiste de figures intellectuelles à vrai dire depuis Platon. Mais Platon, qui n'eut qu'un modèle, développa par la même occasion une philosophie ambitieuse. Groeth n'eut cure que de ses modèles successifs, les héros de la pensée antique et moderne.

L'on conjecture à tort, il me semble, du silence qu'il observa durant les mois de sa maladie mortelle. Quelle pensée alors aurait-il pu mimer ? Nous le savions marxiste. Ce fut un philosophe modeste. Les marxistes ne se donnent pas la mort à penser. Il se borna à vivre (ou à mourir) la sienne, sans paroles[6].

Groeth se jetait un peu en arrière en vous tendant la main avec un grand sourire, mais sa poigne était assez molle : c'est qu'il se promenait de long en large et parlait déjà depuis longtemps, avant votre arrivée dans le monde des idées, cher bourgeois ! Point de pignon sur rue, pas même de domicile fixe. Il couchait sous les ponts de la métaphysique, à la belle étoile de la métaphysique[7]. Il y avait en lui quelque chose du vaurien, du vagabond[8], quelque chose de l'homme des bois (mais ces yeux clairs ! Ces mains les plus belles du monde[9] !), et du gardien de nuit et de l'homme de ronde et du guide dans les Châteaux, les Systèmes, du guide en Votre Propre Pensée.

Il se met à l'intérieur de Votre Pensée pour la débrouiller. Enchevêtré de citations. Il vous guide par vos propres sentiers, les plus fins, dès lors ensoleillés de bonté, de sourire. Il emmène avec lui brindilles, folioles, fils de la vierge, toiles d'araignées. Lui-même est comme un buisson, un taillis, un fourré, une forêt. Une forêt *et* toutes les démarches, les déambulations en son intérieur qu'elle suppose, qui la parcourent et l'analysent, — et l'éclairent. Il est toutes les forêts. Il est tout dans la forêt, sauf le bûcheron. Ne détruit rien. Il dispose les pièges (et d'abord, ceux de la lumière), dispose les éclairages, les projecteurs.

Pourquoi mettrions-nous le feu aux buissons de la métaphysique, puisqu'on peut y goûter tant de délectation... ? — Parce qu'il y eut toujours quelques bandits de grands chemins cachés derrière ? — Oui, nous le savons depuis peu. Mais qu'est-ce à dire, sinon que les grands chemins de l'homme s'ouvrent, se sont toujours ouverts parmi les fourrés de la métaphysique. Craignons, à y mettre le feu, d'y griller l'homme, et nous-mêmes ! Des projecteurs, je ne dis pas non. Marx y a installé une sorte d'éclairage axial. Mais l'on peut (et lui-même peut-être) y préférer encore le soleil et sa dramatique inconstance qui tantôt les éclaire, tantôt les replonge dans l'ombre. Voir là comme une image de l'Histoire... Si tout cela, d'ailleurs, est assez pareil à un songe.

Les choses, par surcroît, sont un peu moins simples, peut-être. Ces broussailles[10], nous les aimons (autant, parfois, et plus encore que les fleurs) ; nous les aimons et nous en méfions. Aussi bien, nous jetant contre elles, risquons-nous de nous y blesser, de les maudire. Faisons-nous donc très petits et pénétrons en leur intérieur. Cela ne va pas sans quelques égratignures encore. Il faudrait se faire fourmi — ou soleil — et suivre patiemment leurs contours, y compris ceux de leurs épines. Plus aucun mal alors... Pour arriver, — nous y voici —, au réduit de la construction, à l'endroit où la charpente est le plus finement enchevêtrée. Charpentes plutôt que nids. Mais charpentes conçues non tant comme solidités que comme échafaudages, pièges à mouches. Déliateur de problèmes, de systèmes. Qu'on est content de tous ces problèmes, ces systèmes ! Quelle chose émerveillante que l'homme, — et ses buissons ! Comme cela va être amusant, intéressant, de débrouiller tout cela !

Mais c'est trop en rester absents encore, et trop présents à nous-mêmes. Absentons-nous donc mieux, présentons-nous en eux d'une façon plus sérieuse. Figurons-nous chaque buisson comme notre intention, notre volonté propre, notre propre désir. Figurons-nous en eux comme les devenant. Repensons de l'intérieur chaque buisson. Réinventons chacune de ses pousses, ses moindres idées, ses moindres propos ou manières. Il deviendra alors tout à fait inoffensif, imbécile. Et nous pourrons dès lors le laisser vivre, à l'ombre ou au soleil, ou sous la pluie, à sa place dans la forêt, à son époque dans l'histoire, l'histoire des caprices du soleil. Et poursuivre à travers lui notre route. Sans le saccager, sans y mettre le feu, comme nous y engagent dangereusement nos provocateurs, notre penchant parfois à notre propre perte.

Ainsi, dans la mesure où la philosophie (la métaphysique) est grenier, décrochez-moi-ça, carreau du Temple, place Maubert, sous les ponts de Paris, forêt de Bondy, buissons de Verrières, barbe qui pousse sans soin, noctambulisme, misère, hardes, haillons, antiquités, vieilleries, bric-à-brac, foire aux puces et à la ferraille, sénilité précoce et caetera (et je me demande si pour ceux-là il y a salut hors l'Armée du Salut), dans cette mesure il avait le physique de l'emploi. Il mimait le philosophe. Peut-être en avait-il la nostalgie ? Qu'importe.

Et naturellement, nous l'aimons comme tel, ce vieux bric-à-brac. Nous n'avons pas l'intention de tolérer qu'on nous empêche de l'aimer. Nous sommes vieux de toute la vieillesse de l'esprit humain[11], et voilà notre défroque, aussi bien notre guenille : notre personne, — et notre atelier (l'atelier de Groeth ressemblait à celui de Picasso...). Mais nous sommes jeunes aussi, puisque nous bougeons, nous vivons au milieu de tout cela, que nous y allumons la lampe, y fumons, mangeons et dormons, et réfléchissons.

Il est nécessaire de philosopher, parce qu'il faut entrer dans le jeu de l'adversaire et le battre (en lui-même) avec ses propres armes. Surtout lorsqu'on n'est armé soi-même que de cette façon-là. Qu'on a cette faiblesse, cette damnation[12]. Baudelaire avait aussi l'amour de l'adversaire (du mal) : c'est toujours la même chose.

Il faut se rendre sympathique à l'adversaire : on le diminue ainsi, on le divise, on lui soustrait des forces, des troupes (celles de la niaiserie, de la colère, de la brutale prétention). De toute façon, il sera en état de moindre résistance au moment décisif.

Avec toutes ses qualités qui le faisaient aimer de l'adversaire, il n'en reste pas moins que Groeth était marxiste. C'était un philosophe modeste *et* il était marxiste. La philosophie des philosophies peut donc être une forme du marxisme, ou l'une de ses applications. Celle de Dilthey, consciemment ou non, était faite pour diminuer l'importance de Marx. « Une des philosophies possibles... » : voilà ce qu'on trouvait à répondre à la philosophie qui jette une lumière aveuglante, et se montre si dangereuse pour l'ordre établi. Mais Groeth, élève de Dilthey, était marxiste, et sa philosophie des philosophies était une application de son marxisme.

L'amour des adversaires, dit à son propos Jean Paulhan, est une des formes de la liberté. Oui, mais peut-être aussi un moyen efficace de lutte. Groeth embrassait son rival... Non, le mot serait fort : disons pour le désarmer. Il suivait son adversaire dans ses chemins jusqu'au moment où il lui ôtait ses armes, ou l'aidait à s'en débarrasser lui-même, en le replaçant à son rang et à son importance dans l'histoire. Comprenant tout. Comprenant ses adversaires mieux qu'eux-mêmes. Fort contre eux à mesure. Il faisait coin en eux. Et non seulement à l'intérieur de leur groupe, mais à l'intérieur de chacun. Parce qu'il ne se donnait pas les arêtes d'un coin. Mais il les accompagnait en eux-mêmes. En quelque façon, cela suffisait.

Et souple à la provocation. Jamais ils n'ont pu se servir de lui. Il était trop modeste, trop effacé pour qu'on pût se servir de lui. C'est une des raisons de sa modestie : héroïque, mais toute tactique. Comment se servir de lui ? Il les empêchait de faire brèche en les accompagnant. En gênant leurs mouvements. En les occupant avec lui, à discuter avec lui (de ce qui les intéressait), au lieu de les laisser foncer ou de leur présenter la cape. Il leur faisait perdre leur temps et des forces, et la liberté de leurs mouvements. Ne les lâchant que devenus imbéciles. Leur prenant leurs armes à mesure. Les rangeant à la Panoplie. Séparant l'homme des panoplies.

Il disposait du sourire : bonté et humour. Du sens du ridicule. Mais cet humour n'oblitérait jamais en lui le sens de l'humain, la sympathie (comme c'est très souvent le cas, ce qui diminue la qualité du porteur, jusqu'à le rendre ridicule à son tour... Comme aussi l'intelligence rend bête).

Nous n'oublierons jamais son exemple. Nous nous souviendrons qu'on ne peut que gagner à connaître de l'intérieur son adversaire. Et ce qu'on gagne à cette connaissance (et qu'aussi bien on lui fait gagner à lui-même), on le lui fait perdre en force offensive[13].

Il s'agit de ne pas être gêné par nos meilleurs amis... Il s'agit de les empêcher (tendrement enlacés à nous) de nous gêner. D'empêcher, aussi bien, notre propre imbécillité de nous gêner. Puis d'utiliser notre force à rester nous-même. Chaque individu ainsi doit lutter sur deux fronts. Contre sa propre imbécillité (ou celle de son parti) qui a pour cause la fausse prétention, le sectarisme, l'assurance aveugle... Et d'autre part contre la force de ses adversaires, en l'épousant, en l'empêtrant. Ainsi la sollicitude peut-elle devenir une arme, *assez* terrible.

Mais c'est bien à partir d'ici, mon Groeth, si, comme je le pense, la Matière est l'unique providence de l'esprit[14], oui, c'est bien à partir d'ici qu'abandonnant le buisson hâtif de ces notes à ta gloire, je veux me rejeter aux véritables buissons. À ceux, pendant que j'écris, qui résistent dans la forêt voisine ; et qui, pour l'esprit lui-même, présentent le merveilleux avantage de s'opposer, quelque idée qu'il s'en forme, à jamais providentiellement à lui.

*

PAUL NOUGÉ

De Paul Nougé — non seulement la tête la plus forte (longtemps couplée avec Magritte[1]) du surréalisme en Belgique, mais l'une des plus fortes de ce temps,
Que dirais-je encore ?
Sinon (mais c'est toujours, bien sûr, la même chose),
Qu'on ne saurait mieux la définir — cette tête — que par les propriétés et vertus du quartz lydien,
C'est-à-dire comme une sorte de pierre basaltique, noire, très dure[2],
Et dont tout ce qui est du bas or craint la touche.
Tout à fait irremplaçable, on le voit.

HENRI CALET

Si, malgré mon amitié pour Calet, j'accepte de parler de lui dès aujourd'hui, c'est-à-dire dans les conditions les pires qui soient (pour moi comme pour lui), c'est seulement afin de couper court, aussitôt que possible, aux éloges impropres qu'il est aisé de lui prévoir.
Certes, étranglé de façon inadmissible, comme je suis, mes expressions aussi ne pourront être qu'impropres. Déjà, je les regrette. Du moins feront-elles sans doute en quelque mesure compensation ; ou protestation.

Pour faire comme tout le monde, Calet sucrait son café (et d'abord pour pouvoir l'avaler).
Mais je n'en connais pas de plus noir que celui qu'il se préparait, et nous faisait boire avec lui.
De plus dangereux pour le cœur. De plus éloigné de la tisane.
Nous en connaissons, d'autres que lui, qui nous préparent une boisson pour la nausée. Il en est de fort utiles, de merveilleusement écœurantes.

Lui, ce n'était pas son genre.

Rien qu'une tasse de café. Brève. Possible[1]. Mais qui fait battre le cœur et ouvre les yeux, beaucoup trop ; beaucoup trop bien.

Il est mort de ce café, d'une qualité[2] incomparable.

On vous dira qu'il était mélancolique et tendre. Humain. Sensible. D'une ironie discrète. Je ne sais quoi encore.

Non.

Par exemple, il était farouchement, sainement égoïste.

Par exemple encore, il était très partial, préférait les pauvres aux riches, dieu sait pourquoi.

Par exemple encore, il n'avait ce qu'on appelle préjugés, ni principes.

Ainsi, beaucoup de ces faiblesses, qui vous obligent, pour continuer à vivre, *par correction*, à quelque force.

Farouche, lugubre, profondément ruiné de l'intérieur, je ne connais pas d'écrivain plus noir que lui ; d'une noirceur à la Lautréamont, à la Lucrèce[3].

Il a parlé de tout autres choses[4] que ceux-là. Et d'un tout autre ton. Mais qu'on ne s'y trompe. Il s'agit de la même anxiété[5].

Il avait la pâleur de Raymond-la-Science. Celle aussi de Buster Keaton[6].

Il savait où il allait. Où nous allons. Sans réaction. Aboulique.

Debout néanmoins.

Tout cela en bon français. Sans se débattre. Sobre. Correct. Possible.

CHER HELLENS

Pourquoi Hellens, l'homme et l'œuvre, resteront-ils éternellement, je crois, sympathiques à tout le monde ?

Parce que notre cher Franz, le cœur le plus confiant qui soit, est doué de surcroît d'une fraîcheur d'esprit exceptionnelle.

Par exemple, *Le Disque vert*. Comment se fait-il que ç'ait

été, à deux reprises, la meilleure jeune-revue de l'époque ? Parce qu'à deux reprises (et à trente années d'intervalle) Hellens l'a ouverte toute grande, livrée de confiance à l'influence de quelques esprits du premier ordre.

Très attentif, en 1922-26, aux indications de Jean Paulhan, il fut secondé par Henri Michaux. Et c'est à René de Solier[1] qu'en 1953-55 il en confia la direction effective.

Mais un cœur confiant (confiant aussi bien en la parole), un esprit frais : ne sont-ce pas les meilleures qualités du conteur ?

Franz Hellens est surtout un excellent conteur, il me semble.

Maigre, grand, noueux mais relativement souple, il semble s'étirer vers le ciel ; mais ses gestes en ce sens sont un peu désordonnés, parfois bizarres ; il s'accroche volontiers aux murs, ou à d'autres troncs — ce qui l'entraîne en quelques déviations, mais telle est sa nature. Il pourrait lui arriver de laisser retomber à terre et ramper ses plus longues branches, s'il ne trouvait aucun support ou appui. Pas de tronc, à proprement parler, mais, à partir d'une souche fort enracinée, des ceps pleins d'élan et d'enthousiasme[2], d'un bois entre canne et liane, et donc (soit dit sans reproche) plutôt débile et tortu. Par là s'explique sa faculté d'attachement, sans rouerie : le moindre fil de fer, et il y trouve son élévation et sa grâce ; y suspend ses fruits les meilleurs.

Non taillé, il retournerait bientôt en l'état sauvage, buissonnant et ne produisant dès lors que des grappes maigres, serrées, moins savoureuses, parmi lesquelles trop de baies ne parviendraient[3] pas à maturité. Mais il se taille aisément ; par le vent d'hiver s'amputant volontiers lui-même.

Les ravines de son visage lui donnent une expression à la fois torturée et friponne, mais ses yeux sont célestes.

Il produit, ô merveille, des fruits doux, opalescents, translucides[4] ; sans saveur trop particulière ; en a donné déjà de fort nombreuses grappes, moins pour le vin que pour le vin doux, meilleures encore à consommer sur place ; frustes alors, un peu sucrées, simples et rafraîchissantes ; non sans tonicité.

Cher Hellens, de grâce, ne vous attardez pas devant ce croquis ! Non certes, ce ne saurait être vous. Hélas ! Vous le savez, je ne sais parler des hommes. Et pourquoi diable, à propos de vous, enfant du pays de la bière, avoir lancé un cep, et des grappes pamprées ? Vous n'êtes ni Mistral, ni Daudet ! Mais pourtant : Frédéric, Frédéri...

C'est absurde ! Pardonnez-moi.

*

POUR UNE NOTICE
(*sur Jean Paulhan*)

Jean Paulhan a dû naître vers 1885, d'une famille nîmoise qui vint s'établir à Paris vers 1900. Son père, Frédéric, était un philosophe connu[1].

Grand, d'allure athlétique, grâce au parallélépipède[2] de son buste interlocuteur imposant, il parle peu, d'une voix plutôt dans les hauts registres, mais douce.

Doué d'une grande curiosité, d'une force précautionneuse, il se donne parfois l'allure d'un lévrier[3] qui aurait affaire à un king-charles — dont, brusquement impatient, il se détourne en pivotant sur les talons.

Quelque chose d'un duc, par conséquent... Mais aussi — et plus souvent encore peut-être, — d'un de ces grands terrassiers à ceinture, comme il en est un dans Hamlet[4]. Debout dans la tranchée, tandis qu'autour de lui une action dramatique se déroule et qu'Hamlet, assailli d'idées et de sentiments, s'agite dans son manteau comme un jeune arbre, lui, qui ne dit pas grand-chose, il tient le crâne (de son interlocuteur) dans la main... Fossoyeur ? Ce n'est pas ce que je voulais dire.

Ce qui l'intéresse, à considérer ce crâne, c'est l'émouvant rictus de la parole.

Ce sont les rapports de la pensée et de la parole. C'est-à-dire de la pensée (ou de la parole) avec elle-même.

Il recherche les lois de l'expression[5]. C'est-à-dire (comme en optique) les lois des illusions de l'esprit. Cela peut aboutir, je pense, à quelques leçons pour la maîtrise des moyens de l'esprit. Et non pas tellement à un art de la pensée juste (ou Logique) qu'à un art de la pensée efficace (ou Dialectique). Cela aboutit en fait vraiment à tout autre chose : une sorte d'opération sur l'esprit, par quoi il se trouve changé[6].

Tout jeune encore, c'est à Madagascar (à défaut de la Chine) qu'il pense découvrir ces lois. Il traduit et commente les proverbes et dictons de la langue noble de cette île (*Les Hain-Tenys Merinas*[7]). Mais s'aperçoit[8] vite qu'on ne peut saisir une langue de l'extérieur ; rentre en France. Les Français, pour un linguiste français, sont une sorte privilégiée de Malgaches : de 1909 à 1914, Jean Paulhan est un des principaux rédacteurs du *Spectateur*[9] (directeur René Martin-Guelliot), qui n'est ni une revue philosophique, ni une revue littéraire, mais un « recueil mensuel d'observations et d'essais sur l'intelligence dans la pratique et la vie quotidienne ». Il y étudie, par exemple, la valeur d'arguments comme « un sou c'est un sou », « vous en êtes un autre », « je suis peut-être un imbécile », etc..., etc...

Après 1914, la guerre devient la vie quotidienne. Que chacun mène selon son tempérament. Barbusse, toutes choses égales d'ailleurs[10], fut un guerrier révolté ; Apollinaire (hélas ! à tous les sens du mot), un guerrier ravi ; Paulhan, mobilisé dans les zouaves, devient Maast, *Le Guerrier appliqué*[11]. Chacun de son côté (ils ne se connaissent pas), deux jeunes soldats, Breton et Éluard, aiment ce livre, écrivent à l'auteur. Quand Breton fondera *Littérature*, Paulhan lui présentera Éluard ; et voilà son premier acte comme mentor de la jeune littérature, rôle qu'il ne quittera plus désormais. Ainsi, chose curieuse mais très explicable de son point de vue, c'est par Dada, qui se proclame au premier chef antilittéraire, que Paulhan (poursuivant son principal souci, et sa vie quotidienne) aborde la littérature.

C'est qu'il a reconnu, sans doute, que la littérature et le monde littéraire constitueraient un champ privilégié pour ses recherches. Pourquoi ? Peut-être parce que les illusions de l'esprit s'y montrent en un grossissement favorable à l'observation et aux expériences ?

Ainsi peut être interprétée ou comprise[12] la carrière de Jean Paulhan à la N.R.F. Il y débute comme secrétaire ; puis, Rivière disparu, prend le pouvoir. Toute la comédie littéraire de l'entre-deux-guerres[13] va se jouer sous ses yeux et sous sa houlette.

Il publie peu, pas plus qu'un clinicien des hôpitaux, par exemple. Le bureau de la rue Sébastien-Bottin devient une sorte de prodigieux laboratoire. Aussi, une sorte de gymnase où Paulhan soumet ses visiteurs — acteurs passionnés, pâlissants, féroces, gentils, bouleversants, grotesques — à toutes les épreuves possibles : attentes, compliments, abandons, marches forcées, pas de gymnastique, etc. Méthode socratique ou « zen[14] » ? Peut-être... En tout cas, pour les plus doués, initiation.

De cette incomparable expérience clinique et opératoire naît ce chef-d'œuvre, en cours de publication : *Les Fleurs de Tarbes*[15].
Il aurait fallu suivre Paulhan pendant la guerre, fondateur avec Jacques Decour des *Lettres françaises*, avec Aragon (et d'autres) du C.N.E., avec Vercors (et d'autres) des Éditions de Minuit[16]. Mais voici que la place me manque...

Un jour, s'adressant à Julien Benda, Paulhan a déclaré : « Il est un intellectualisme, qui s'en tient à l'observation patiente et à l'expérience méthodique, tente de dégager quelques lois, évite les partis pris, si séduisants soient-ils, et se garde le plus longtemps possible de conclure. Je voudrais que ce fût le mien. »
On voit qu'il s'agit d'une attitude proprement scientifique. Et Paulhan sait très bien conclure, à certains moments — à certains niveaux : comme il faut. Témoin ses prises de position pendant la Résistance et depuis. Témoin sa découverte (au sens propre) du mystère de la parole (dans *Clef de la poésie*[17]).

On a dit[18] (trop dit) de Jean Paulhan qu'il était l'éminence grise de la littérature contemporaine. Que le Jour se lève (sur lui et sur nous), on l'apercevra bien plus haut encore que dans l'ombre actuellement il paraît. Car sa découverte est aussi une métamorphose : ce grammairien est un maître de vie[19].

[TEXTES REPRIS DANS « L'ATELIER CONTEMPORAIN »]

[Figurent ici, dans l'édition originale de Lyres, *dix-huit textes se rapportant à des artistes peintres ou sculpteurs. Ces textes ont été*

repris dans L'Atelier contemporain, *qui figurera dans le tome II de la présente édition.]*

PROSE À L'ÉLOGE D'AIX

Il s'agira ici d'un de nos lieux sacrés.
Certains de nos dieux (on les nomme aujourd'hui *valeurs*) en ont fait leur séjour favori.
Quelques mots seulement y sont dits, dans une langue parfaitement noble et simple.
Nulle part on ne serait mieux disposé à les entendre. Nulle part ils ne sont mieux entendus.

Il s'agit d'une ville, dans un paysage.
Dans le nom même de la ville, le paysage (certes de beaucoup plus important) est inscrit.
L'A y représente la montagne Sainte-Victoire. L'I, des eaux éternellement jaillissantes. L'X enfin, un séculaire croisement de routes, comme aussi la croix mise en ce lieu sur certaine entreprise barbare[1].

Mais à tout seigneur tout honneur! et donc à cette masse calcaire marmoréenne, de formes aujourd'hui magnanimement adoucies, qui culmine à 1 011 mètres, dressant, entre deux torrents du bassin de l'Arc, sa paroi formidablement abrupte du côté du Sud.
Son nom rappelle l'un des événements majeurs de l'histoire universelle, quand trois cent mille Teutons, exterminés par Marius, y furent laissés sans sépulture à Pourrières (Campi Putridi[2]).
Que serions-nous devenus sans elle? Les Barbares, plus tard, pouvaient bien revenir. Rome avait épanoui ses fleurs, porté ses fruits[3] et parsemé au loin sa graine impérissable.

Mais c'est ici pourtant, qu'un peu plus tard encore, sur l'antique séjour[4] des Ligures Salyes, pacifiés par Caius Sextius qui y avait édifié ses thermes, purent s'accoupler les valeurs angevines et provençales dont nous gardons le symbole à Valabre : sous un toit de tuiles romaines, les tours massives et les fines colonnes du pavillon de chasse du roi René[5].

C'est ici qu'Aragon, Anjou et Provence par Louis IX et Louis XI enfin se confondirent en la France, — mêlés encore à quelques valeurs sarrasines en une pâte douce-amère, dont certains petits pavés de mosaïque, distribués en losanges, nous conservent furtivement la saveur[6].

La grandeur française, d'ailleurs, ayant été ici constamment relancée,
 — Successivement par le grand Malherbe (entre Guillaume du Vair et Peiresc), par le grand Vauvenargues (entre Campra et Van Loo), enfin par le grand Cézanne[7] —
 Nous pouvons bien, Parlement et Lettres réunis sous de très-hauts et rapprochés platanes, en ce tunnel d'ombre et soleil où jaillissent toujours les fontaines[8],
 Palettes et pinceaux, archets et violons croisés,
 Y accueillir, à deux pas seulement de Pourrières et du triomphe de Marius, les services de l'amadoué[9] Mozart.

LES « ILLUMINATIONS » À L'OPÉRA-COMIQUE

Point de spectacle au théâtre depuis longtemps qui m'ait donné satisfaction pareille à celle que me procura l'Opéra-Comique l'autre matin.

Un matin, je dis bien, si peut-être spectacle n'est pas exactement le mot. Mais point aussi peut-être n'étais-je exactement réveillé. Pourtant, je n'aurais pas, je crois, cédé ma place pour un empire : à partir d'un bureau justement de ce style, elle fut entre deux messieurs qui me promenaient.

Et pourquoi me trouvais-je en ce lieu, à cette heure et dans un tel état, quasi somnambulique ? Une certaine force m'y obligeait.

Par suite de convention, d'accord conclu, mis en effet, je devais faire cette sorte de promenade, jouir de cette sorte de spectacle afin, précisément, de vous en parler.

Car, voici le moment de le dire, bien que cela me semble cruel, ce spectacle vous ne le verrez point.

Non. Vous continuerez à voir *Manon*, *Lakmé*, *Thaïs* et *Les Pêcheurs de perles* ou *Les Noces de Figaro*[1] ; et, certes, à raison, puisque cela vous plaît. Peut-être seulement y éprouverez-vous quelque plaisir accru, sans trop savoir par quoi ni pourquoi.

N'en doutez pas alors : ce sera par l'effet de ce que j'ai vu et que vous ne verrez pas[2].

Ce ne saurait, c'est sûr, être montré à trop de monde : il y faut accéder par des chemins trop étroits.

Puis, ce pourrait être dangereux ; non seulement pour votre conception du théâtre — pour *Manon*, pour *Thaïs*, qu'il vaut mieux, paraît-il, ne pas trop déranger ; mais dangereux encore, physiquement, pour vos personnes.

Figurez-vous, en effet, que cela commence par plusieurs têtes de morts. Oui. Plusieurs têtes de morts et tibias croisés, sur des grilles fermant certains cachots, dans le troisième sous-sol.

Voilà où je dus descendre, escorté par les deux messieurs.

Ces cachots, à la vérité, me parurent vides ; mais *à frémir* aussitôt que je les conçus pleins de ce qu'ils contiennent en effet : une sorte de fauve (invisible), ou de tigre du Bengale (abstrait) ; mortel, cela va sans dire ; tel, pourtant, qu'il ne manifeste sa présence que par de furieuses étincelles, par instants.

C'est par son troisième sous-sol, en effet, que notre second théâtre lyrique se trouve en relations depuis peu avec l'Olympe de notre époque : l'assemblée de ces dieux terribles siégeant, comme chacun sait, dans les montagnes de la Truyère ou dans les souterrains de Brommat[3]. C'est au niveau de ses fondations que débouche — grâce à des travaux entrepris en sous-œuvre, coûteusement, l'autre été — le puissant courant dont l'origine, près de Marèges, est dans le tonnerre des trente tonnes d'eau par seconde qui s'y écroulent.

Ce fut donc là, dans une immobilité frémissante, face à ces mystérieux cachots, que je crus, une fois de plus, entendre retentir à mes oreilles l'oracle héraclitéen : « Pour que la lyre sonne, il faut qu'elle soit tendue[4]. » Certes, il ne s'agit ici que de la lyre des lumières. Mais deux fois douze mille volts, ah ! voilà bien, je crois, une assez haute tension...

Puis, je devais aller de surprise en merveille, comme dans un spectacle bien réglé.

À peine étais-je entré dans les salles suivantes, je vis que le tigre formidable dont je venais de subir le magnétisme et d'encourir les éclairs, s'y trouvait — puisque c'est le mot — sans coup férir *transformé* en une multitude d'oiseaux multicolores, et la ménagerie en oisellerie.

Oui, par toutes sortes de fils et de mécanismes d'une précision et d'une douceur dans la modulation inouïes, transformé, ce tigre du Bengale, en une profusion de bengalis.

Ah ! me dis-je : « L'Azur rit sur la haie — et l'éveil de tant d'oiseaux en fleur gazouillant au soleil*⁵. » Ces milliers de *voyants*⁶ multicolores n'étant d'ailleurs ici que les signes en réduction et comme l'écriture sur des tableaux, des beaucoup plus nombreuses ampoules réelles s'allumant dans tout le théâtre au même instant. Ces dernières, d'ailleurs, *éclairant*. S'allumant sous les marquises dans la rue ; dans les vestibules, les escaliers, les couloirs ; éclairant la scène et la salle, de telle façon que l'état d'âme de toute la population du théâtre — spectateurs et acteurs — s'en trouve à chaque instant affectée, comme à volonté modifiée.

Mais où le spectacle qu'on me donnait en particulier ce matin-là devint grandiose, ce fut lorsque, continuant ma promenade, je me trouvai, par mon escorte, soudainement amené sur la scène, où je pénétrai par le fond.

Où étais-je ? Sur le pont de quelque navire, en pleine nuit, quand les constellations au-dessus des vergues se balancent ? Dans le chœur de quelque cathédrale, toutes orgues et verrières déchaînées ? Ou plutôt, oui plutôt au cœur de la forêt brésilienne, quand mille aras multicolores sur les hautes branches sont perchés ? Oui, plutôt là, car cela me parut étrangement vivace et criard.

Dieu terrible, tu sais pourquoi ce fut une merveilleuse phrase d'Agrippa d'Aubigné qui me revint alors en mémoire, évoquant la Saint-Barthélemy : « Huit jours après le massacre, il vint une grande multitude de corbeaux s'appuyer sur le pavillon du Louvre⁷. » Pour nous, ce fut, de façon tout aussi fatidique, beaucoup moins lugubre pourtant, sur les rampes, les herses et la haute passerelle de l'Opéra-Comique, cette multitude d'aras de nuit.

Jaunes, bleus, blancs, rouges : ces nombreux réflecteurs

* Mallarmé.

de la coupole en damier, ces huit projecteurs à arc, ces *casseroles* des coulisses, ces *bains de pieds* pour la correction des ombres portées, ces *appareils à nuages* et surtout ces vingt-quatre *lanternes d'horizon* au-dessus de nos têtes obliquement perchées de façon si menaçante.

Ah ! voilà bien le lieu, en effet, où ma conception du théâtre se trouva définitivement massacrée ! Mais de si merveilleuse façon que je souhaite une telle épreuve à tout le monde.

« Millions d'oiseaux d'or, ô future vigueur*! »
« Calices balançant la future fiole**[8]. »

Comment se peut-il, pensai-je, que tout cela ne serve qu'à éclairer un peu mieux *le passé*, quelques comédies à ariettes[9], que nous goûterions aussi bien aux chandelles ?

Ne se peut-il, comme le suggère le poète des *Illuminations*, que « les accidents de féerie scientifique... soient chéris comme restitution progressive de la franchise première[10] » ?

J'ai toujours soutenu, pour ma part, qu'au point où nous en sommes, ce n'est pas un utopique retour en arrière mais, seul, un progrès nouveau et décisif dans l'artifice, qui peut nous rendre notre naturelle liberté. Eh bien, ce progrès dans l'artifice, ne le voilà-t-il accompli ?

Que ces messieurs qui m'escortèrent[11] veuillent bien un instant y songer[12].

La récente histoire de l'Opéra-Comique est celle, en somme, d'une opération magique, dont voici énuméré le détail : *Primo*, violent besoin de rénovation, authentiquement ressenti. *Secundo*, budget consenti. *Tertio*, évacuation, exode. *Quarto*, reprise fondamentale en sous-œuvre. *Quinto*, communication établie avec le moderne Sinaï. *Sexto*, appel à une technique d'autant plus savante qu'elle est inconsciente de sa signification seconde. *Septo*, réintégration des lieux ; présence incessante du danger ; tigre dans la cave, bengalis voltigeurs, aras perchés.

Pour s'être bien soumis à ces règles *sine qua non*, l'Opéra-Comique vient enfin d'éprouver quelque chose (je ne parle pas au figuré) comme une subite illumination intérieure.

* Mallarmé.
** Rimbaud.

Et sans doute restait-il à en éprouver une sorte d'illumination seconde, celle qui ne peut être produite que par la Parole, puisqu'on a voulu qu'on en parle (et qu'on s'est adressé à moi).

Eh bien donc, si, convenablement proférée, la Parole devient tout à la fois la révélation *et la loi*, voici pour finir mon conseil.

L'Opéra, une fois l'an ou deux, présente un spectacle abstrait : le défilé du Corps de ballet. Pourquoi cela ne servirait-il de précédent ? Sans me faire trop d'illusions sur la possibilité de réalisation actuelle d'un tel spectacle, ne suffirait-il qu'à la place de la toile de fond, on dresse quelques éléments de miroir, pour que soit aperçu de la salle le grandiose spectacle que j'ai décrit ? Ne durerait-il que quelques minutes, ce spectacle renversé (me référant une fois de plus au prophète des *Illuminations*), qu'y verrait-on ?

« Des oiseaux comédiens s'abattent sur un ponton de maçonnerie mû par l'archipel couvert des embarcations des Spectateurs. » Puis « la féerie manœuvre au sommet d'un amphithéâtre couronné de taillis, ou s'agite et module pour les Béotiens dans l'ombre des futaies mouvantes, sur l'arête des cultures », pour qu'enfin « l'Opéra-Comique se divise sur notre scène à l'arête d'intersection de dix cloisons dressées de la galerie aux feux [13] ».

Ainsi soit-il [14] !

Oui ! Maintenant que le vin est tiré, il faut le boire : qu'on songe seulement à ce *miroir de fond*.

INTERVIEW À LA MORT DE STALINE

— *Quelle figure Staline fera-t-il dans l'histoire ?*

Diogène n'ayant pas fait école, les foules sont aussi éloignées que jamais de la sagesse qui consisterait à prier Alexandre — ou Staline — de ne pas leur cacher le soleil [1]. Qu'est-ce, en effet, aujourd'hui encore, que l'histoire, sinon ce petit cloaque où l'esprit de l'homme aime patauger ? Mais on ne m'y tiendra pas longtemps la tête, pardonnez-moi...

Staline, probablement, y fera bonne figure. Il y fut à son tripot. Par ses propres soins et ceux de sa confrérie, de son vivant même, plus que personne. Fort loin de nous en étonner, nous n'avons pas non plus à le taire (nous, ses contemporains).

Ce héros trouvera donc sa place dans cette partie du dictionnaire consacrée aux noms propres, où une chatte ne retrouverait pas ses petits. Comme d'autres en croix ou en tiare, il y figurera sous la vareuse et la casquette prolétariennes, qui le distinguent.

Pourtant, c'est *l'autre* partie du dictionnaire qui nous intéresse, vous le savez. Celle justement où se trouvent le soleil, l'eau, le creux de la main — à la gloire desquels, chaque matin, et en faveur de l'homme et de nous-mêmes, il ne s'agit que de briser délibérément notre écuelle.

RÉFLEXIONS SUR LA JEUNESSE

Certes, la jeunesse est une qualité : là-dessus, tout le monde s'accorde ; pourtant, une qualité assez curieuse, dès qu'on s'avise de la définir. De quelle définition, en effet, un esprit un peu exigeant pourrait-il se satisfaire, sinon de celle-ci : « Qualité d'un être ou d'une chose qui n'a pas encore acquis toutes les qualités dont il (ou elle) est susceptible. »

Voilà qui se présente comme un paradoxe. Pourtant, il n'est qu'apparent. N'est-ce pas ainsi, d'ailleurs, que, de préférence, la vérité (une vérité un peu fine) se montre parfois ?

Quoi qu'il en soit, tous les caractères de la jeunesse découlent de là, comme aussi tous les principes de sa conduite. J'entends sa propre conduite, comme celle qu'on doit observer à son égard.

Cette dernière ne peut avoir pour fin que de permettre à l'être jeune d'atteindre à la perfection de ses qualités. Mais qu'on le comprenne bien : il s'agit, pour chaque être, de ses qualités propres, différentielles, non du tout de qualités types que nous lui assignerions.

Sans vouloir y insister aujourd'hui, j'indiquerai que tout le problème de l'orientation est posé là ; et sans doute faudrait-il d'abord se demander si, des susceptibilités d'un être jeune, de ce dont il est capable, de son devenir enfin — et par conséquent de son devoir — quelque autre que lui-même peut se faire une idée juste. Peut-être s'agit-il seulement de lui offrir un peu de champ libre et, à la rigueur, de lui proposer, de lui préparer des expériences, qu'il aurait à aborder et à faire lui-même.

De toute façon, il ne saurait lui être proposé que des questions, ou, si l'on veut parler plus gravement, des mystères : en aucune façon des dogmes ou des modèles.

Quant aux traits de caractère de la jeunesse, nous y reconnaissons en premier lieu un certain élan, une certaine fougue, nécessaire au développement ; un violent désir, ou appétence.

Les dangers naissent ici de la témérité, de la méconnaissance des risques.

La jeunesse est une des époques où la sélection naturelle est la plus active, où s'éliminent un grand nombre de possibles.

Cette sélection se réalise dans l'immédiat (accidents, suicides), ou seulement par la suite (vies gâchées, etc.).

Nous devons reconnaître encore à la jeunesse une grande malléabilité ou plasticité, car ce qui doit se développer reste nécessairement plastique. Le risque apparaissant ici est celui d'un développement non authentique : de déviations ou déformations, qui peuvent devenir définitives[1].

Il est très nécessaire que la jeunesse elle-même prenne conscience de son caractère malléable, plastique — et s'écarte résolument de ceux qui voudraient lui imposer un conformisme, quel qu'il soit.

Nous en revenons ici à ce que nous disions de ce qu'on peut légitimement lui proposer, de ce qu'elle peut tolérer qu'on lui propose. Non des dogmes ni des doctrines, ni un engagement ; ni des règles, ni même peut-être une méthode. Non ! Un peu de champ libre, des laboratoires outillés, des expériences préparées, et cette sorte de conseils seulement qu'elle souhaite : ceux qui ne restent conseils qu'un instant, qui prouvent aussitôt leur justesse en s'avérant aussitôt[2] solutions.

Nous ne serions pas complets si nous n'indiquions que la jeunesse, chargée, pour une grande part, de la fonction procréatrice, est sexuellement obsédée ; que cela se transfère ou se sublimise de façons très variées, volumineuses et préoccupantes...

Je dirai enfin que les exercices, les jeux, les initiations diverses sont, dans notre civilisation, à mon sens, excessivement abstraits, ou très superficiels.

Non que je souhaite leur ôter leur caractère désintéressé ou ludique.

Mais je ne puis m'empêcher de songer à une initiation plus concrète, plus éprouvante, à une espèce de vaccination rituelle contre les douleurs physiques ou mentales qui naissent de la condition humaine.

Je pense que ce qui est proposé en ce sens, et qui ne l'est, dans notre société, que par les beaux-arts, la poésie et le théâtre, est loin d'atteindre à la violence salutaire de certaines initiations en pratique dans les civilisations qui n'ont pas perdu le sens, je ne dirai pas de l'harmonie, mais du fonctionnement universel.

LE « MARIAGE » EN 57

Si ce gai, ce fol ouvrage
Renfermait quelque leçon
En faveur du badinage
Faites grâce à la raison.

Tel est, mis dans la bouche de Suzanne, l'un des derniers couplets du vaudeville final du *Mariage de Figaro*.

Et voilà, certes, qui n'est pas trop bien dit — loin de là — et témoigne plutôt d'un relâchement assez indigne de la langue[1].

Nous nous souvenons pourtant de notre vive, de notre profonde émotion à l'entendre, pour ce que s'y expriment, dans une émulsion superficielle mais enivrante, hors toutes considérations d'époque et de lieu, certaines valeurs, françaises mais éternelles, dignes du Parnasse, vraiment.

Quelle sorte de plaisir et d'émotion pensons-nous donc que puisse prendre à la représentation du *Mariage* le public français d'à présent ?

À vrai dire, maintenant que les belles leçons qu'il

contient ont eu leur effet — que dis-je ? leur triomphe ! — et que nous nous apprêtons à verser[2] peut-être les dernières gouttes du sang et des larmes qu'elles nous auront coûtées, je pense que cette émotion doit être poignante[3].

Assez comparable à celle que procure l'évocation d'une dramatique erreur de jeunesse. Et sans doute est-ce dans certaines complaintes de Verlaine (les meilleures signées Rimbaud) que nous en trouverions, prophétiquement accordé, le ton[4]. Mais non ! Les leçons d'une telle expérience peuvent être utiles aussi, et le regret salutaire, d'une discipline et d'une grandeur perdues. Celles qui se sont absentées de la France vers 1750[5] (après Rameau, Montesquieu, Vauvenargues).

Puis, il peut être bien intéressant[6], utile également de se poser à ce propos un problème. Ce Beaumarchais n'était qu'un coquin, à tout prendre. Il apparaît dans le temps de la maltôte et du cotillon et n'a d'autre projet que celui, fort commun dans les couches inférieures d'une société en décomposition, de favoriser cette décomposition afin de s'élever rapidement, pour briller (et crever) en surface[7].

Pourtant, grâce à des qualités d'horloger, de physicien, d'*instrumentiste*, grâce aussi à une fièvre, à une nécessité de réussir (ici, à la vérité, sordide), ce produit du ruisseau de la rue Saint-Honoré parvint à porter chez la du Barry[8], sa congénère, puis devant le public parisien, à y porter au rouge, au rouge Fragonard (je sais ce que je dis), les valeurs extrêmes dont nous parlions en commençant. Mozart ne s'est pas trompé sur la qualité de ces valeurs et il a aidé aussitôt à leur envol dans la Musique (au sens grec), c'est-à-dire dans l'harmonie et le fonctionnement intemporels.

C'est à réfléchir froidement à ce problème que la prochaine représentation du *Mariage* pourra peut-être nous inciter, dès l'étanchement patriotique des quelques larmes dues au cuisant remords dit plus haut[9].

TEXTE SUR L'ÉLECTRICITÉ

Pour nous conformer au style de vie qui est le nôtre depuis que le courant électrique est à notre disposition, nous établirons le contact sans plus attendre et jetterons brusquement la lumière sur nos intentions[1].

Pourquoi nos gestes intellectuels après tout devraient-ils être[2] si différents de ceux que nous avons pris l'habitude d'accomplir chaque jour dans la vie courante ? Le premier hommage à l'électricité me paraît être de parler d'elle autrement que selon des formes académiques compassées, et bref d'en traiter intellectuellement comme nous en usons dans la vie pratique.

Quant à nos lecteurs, habitués eux aussi aux nouvelles façons de vivre, nous ne devons pas supposer *a priori* que nos manières les choquent. Et pourquoi souhaiterait-on entrer dans un livre comme dans je ne sais quel appartement obscur ou quel secret labyrinthe : à tâtons et tenu par la main, comme un enfant ou comme un infirme ? Nous ne pouvons croire que notre lecteur désire être ainsi traité, et nous sommes persuadé au contraire qu'il nous saura gré de notre franchise.

Nous ne nous adressons pas non plus, du reste, à un lecteur éventuel ni indéterminé. Nous tenons précisément quelqu'un en face de nous, ou plutôt quelqu'un tient ce livre. Il l'a ouvert. Ses yeux courent[3] maintenant sur ces lignes, et il commence probablement à désirer y saisir quelque chose, quelque chose de net, qui impressionne directement son esprit, et qu'il puisse aussi facilement conserver en mémoire : enfin quelque chose de déjà résolu, si je puis dire. Voici donc.

Ce livre s'adresse aux architectes*, mais il a été conçu en deux livraisons, dont celle-ci est la première. L'une de l'autre, d'ailleurs, nettement séparées : pourquoi ? Parce que la seconde, parfaitement technique, n'intéressera dans les architectes (ou dans ceux qui touchent d'assez près à cet art) que cette partie de leur esprit qui fonctionne professionnellement, pendant les heures de bureau ou de chantier. Tandis que cette première brochure, bien qu'elle ne doive d'aucune façon leur paraître inégale ou sans rapport avec la seconde (mais doive au contraire, dès l'abord comme à la longue, leur paraître heureusement la compléter), il faudrait pourtant qu'en eux elle puisse intéresser l'autre homme, je veux dire celui qui est encore un architecte[4], bien sûr, mais aussi un homme de loisir, un homme dont l'esprit et le goût sont ouverts à bien d'autres choses, un homme qui aime pouvoir laisser sur sa table — celle de son bureau ou celle de son salon — un beau livre, — qui aime le montrer à sa femme, aux amies de sa femme, à ses amis. Est-ce clair ? Il me semble que c'est clair.

Maintenant, il faut être un peu plus franc encore et dire *pourquoi* nous offrons un tel livre aux architectes, à leurs femmes et à leurs amis[5]. Car notre entreprise, on s'en doute, n'est pas — comment pourrait-elle être ? — entièrement désintéressée.

Nous nous occupons d'électricité. Dans l'électricité, pour l'homme de la rue, il y a deux choses. D'une part, la production et le réseau de distribution (ce réseau, en France, actuellement à peu près complet). D'autre part, il y a les machines, les appareils, l'orchestre des appareils qui fonctionnent à l'électricité. Mais *entre eux*, si je puis dire, il y a les bâtiments qui contiennent ces appareils, il y a les demeures et les ateliers des hommes qui les utilisent. Et, puisqu'il y a les bâtiments, il y a les architectes qui les construisent, et il y a aussi les clients, les femmes, les amis des architectes, qui leur commandent ces constructions, et généralement s'en remettent à eux, comme ils ont raison de le faire.

---

* Fait sur la commande de la Compagnie d'Électricité pour accompagner une brochure plus technique destinée à convaincre les architectes d'avoir à songer à l'électrification de leurs édifices quand ils en conçoivent les plans.

Or, et voilà qui *a priori* peut paraître étrange, mais qui a ses explications (nous en parlerons plus loin), il semble bien que certains architectes encore oublient parfois l'électricité. Je veux dire qu'il leur arrive de ne pas la prévoir — j'entends en première ligne : au même titre que l'air ou que le jour — dans le moment qu'ils établissent leurs plans. Cet ouvrage n'a qu'un but : c'est d'être assez je ne dis pas convaincant, mais plutôt inoubliable, pour qu'aucun de ses lecteurs, jamais, puisse[6] oublier que l'électricité existe, que les appareils d'application existent, qu'il s'en trouve ou va s'en trouver (de plus en plus nombreux) dans chaque bâtiment, dans chaque demeure, et qu'il faut donc prévoir, au moment que l'on conçoit ce bâtiment, l'arrivée, la « circulation » et le débouché au maximum d'endroits possible, du ou des courants mis à la disposition de chacun. Est-ce clair ? Je crois que c'est clair.

Et maintenant nous allons, sur ce livre et sur ses intentions, éteindre les plafonniers, allumer plutôt les lampes de bureau ou de chevet, et nous allons avoir un contact plus intime, une conversation plus familière, à voix un peu plus basse, si vous le voulez bien.

Et voyez ici déjà, entre parenthèses, comme il est plaisant de pouvoir ainsi varier instantanément les éclairages selon son état d'esprit, ou selon la mise en scène, l'atmosphère ou comme on dit l'ambiance que l'on veut créer.

Pourquoi donc maintenant cet aparté ? Croyez-le si vous voulez le croire : par simple pudeur de ma part. En effet, il va être question de moi, de moi à qui l'on a demandé ce texte et confié le soin de vous séduire. Nous allons nous demander pourquoi. Toujours dans le même esprit de franchise, mais la franchise n'exclut pas, comme vous allez le voir, la modestie. Je veux dire, bien entendu, la modestie de part et d'autre... Ni la pudeur, qui prélude si agréablement à l'intimité.

Ainsi, l'on s'est donc adressé à un profane. Oui, un profane, il faut que je l'avoue. Mais un profane d'une certaine sorte. Bref, une certaine catégorie de techniciens (intelligents) ayant à s'adresser à une autre catégorie de techniciens (également intelligents) a choisi l'intermédiaire d'un troisième personnage, parfaitement profane en l'une et l'autre technique. Voilà qui pourrait donner lieu à de nombreuses réflexions. Je ne vous en épargnerai pas quelques-unes[7].

Il est vrai que ce profane est lui-même un technicien d'une autre technique. Laquelle ? Celle du langage, tout simplement. Quand je dis tout simplement, c'est une façon de parler. Nous verrons cette simplicité tout à l'heure. Pour l'instant, ne compliquons pas les choses.

Il y a plusieurs sortes d'écrivains. Parmi ceux qui peuvent intéresser les techniciens dans leurs rapports avec un public quel qu'il soit, se trouvent les rédacteurs de publicité, les journalistes, les vulgarisateurs, puis les littérateurs proprement dits, c'est-à-dire ceux pour lesquels la perfection de l'ouvrage littéraire semble compter plus que toute autre chose, plus même que l'objet ou le contenu de cet ouvrage. Mais peut-être y a-t-il enfin une dernière sorte d'écrivains, pour lesquels entre en ligne de compte, au même titre que la perfection interne et la conditionnant, une certaine adéquation de leur ouvrage à son objet ou à son contenu. C'est parmi ces derniers que j'ai toujours désiré qu'on me range et sans doute y ai-je tant soit peu réussi puisque j'ai eu l'honneur d'être désigné.

Pourtant, il ne faut pas se le dissimuler, choisissant n'importe quel homme de l'art, on courait un risque. Lequel[8] ? Voici. Introduisant une troisième technique, on risquait un nouveau langage spécialisé. Car enfin, pourquoi les seuls techniciens du langage échapperaient-ils à la loi qui semble régir actuellement toutes les techniques ? Pourquoi ne s'enfonceraient-ils pas, eux aussi, dans leur spécialité, dans leurs problèmes, laissant à quelque catégorie intermédiaire (disons par exemple les critiques) le soin de les présenter au public ? Ne croit-on pas qu'ils puissent en sentir le besoin, et que ce besoin soit légitime, du fait qu'ils connaissent, eux aussi, beaucoup de difficultés dans leur technique : de difficultés, c'est-à-dire de satisfactions ? On serait assez imprudent de ne pas le croire, et, j'ose le dire, assez malvenu.

Pourquoi cependant fallait-il courir ce risque, pourquoi était-il intelligent de le courir ? Parce qu'à tout prendre *notre* langage est le seul auquel reste, dans la Tour de Babel des techniques, quelque chance d'être par tous et par toutes entendu. Ses matériaux, en effet, empruntés au bien commun de tous : la Parole, sont pour le moins autant que sensibles *intelligibles* : à condition d'être bien agencés[9].

Je ne suppose pas qu'on ait pu lire le passage précédent sans impatience, et pourtant il fallait y passer. Car nos trois techniques ont en commun quelque chose de noble, qu'il fallait que je fasse sentir : c'est qu'elles sont indispensables à toutes les autres. L'Architecture loge toutes les techniques. L'Électricité les éclaire et les anime. Et la Parole ? Eh bien, la Parole (en un autre sens, il est vrai) les loge, les anime et les éclaire à la fois. Électriciens, ô[10] mes profanes ! vous l'aviez instinctivement compris.

À présent, il faut que j'avance, c'est-à-dire que je refuse d'avancer dans mon seul sens. Il faut que je dévie brusquement et m'endigue : il faut que je revienne à mon plan.

Mon plan m'indique que je dois ici, à voix plus basse, encore plus basse, me donner pour ce qu'on nomme un poète. Qu'est-ce à dire ? Eh bien, un profane, mais profane en toutes choses, systématiquement. Et justement, paradoxalement, parce qu'en toutes choses il détecte, hume et profane le sacré. Parce que, ravi de toutes choses, ou plutôt de chacune tour à tour, il n'a de cesse qu'en chacune il n'ait fait floculer sa ressource intime, pour en faire jouir ses lecteurs[11].

Vous voyez bien qu'il me fallait parler à voix basse. Intensément basse, cela s'entend.

J'abrège. Vous voici préparé. Ou peut-être seulement agacé. Désireux (en tout cas) qu'il se passe tout de suite autre chose... Et voici donc le moment de rallumer brusquement les plafonniers.

Rassurez-vous, c'est pour les réteindre aussitôt. Mais vous avez senti, n'est-ce pas, comme il est merveilleusement en notre pouvoir de jeter tantôt sur vous, sur moi, sur les lieux de l'évidence et de l'activité, forte, vive et impitoyable lumière, et tantôt de nous replonger dans la nuit. Et vous goûterez maintenant la nuit, et vous goûterez la poésie qui va s'en ensuivre, avec une tout autre violence, une tout autre volupté.

Un petit paragraphe ici (un petit instant, je vous prie) — à noter sur mon carnet personnel — pour demander à mon architecte de prévoir, dans la maison qu'il me bâtit, des interrupteurs près des fenêtres (et non seulement près des portes ou des lits), pour me permettre de mieux goûter la nuit.

Nous voici donc dans la nuit et voici la fenêtre ouverte[12]. Que le temps, comme on dit, soit couvert, que l'obscurité soit sans faille et que nous devions alors, par exemple, nous attendre à quelque orage — ou que des myriades d'étoiles, au contraire, s'aperçoivent au firmament, notre sentiment fondamental est le même : nous sommes tout à coup remis en présence des forces naturelles, et de l'infini, spatial et temporel à la fois.

Ressentirions-nous d'abord l'infini spatial, l'astronomique, nous savons depuis quelque temps qu'il ne s'y agit que d'électricité. Notre science n'est pas ancienne, mais Henri Poincaré ayant produit sur ce sujet de belles et saisissantes formules, nous en sommes très intimement persuadés. Pourtant, laissons cela pour le moment, s'il vous plaît, et plongeons de préférence dans l'infini temporel : dans la Nuit des Temps.

La transition est facile, par l'intermédiaire par exemple de la notion d'années-lumière, et par l'idée (devenue un véritable cliché) que l'une de ces brillantes étoiles dont nous recevons la lumière pouvait être morte déjà à l'époque où les astronomes chaldéens observaient le même ciel, à l'époque où Thalès, étudiant dans les sanctuaires d'Égypte, connaissait déjà, par ailleurs, la propriété électrique de l'ambre jaune.

« Par ailleurs », ai-je dit, et pourquoi ai-je employé cette expression ? Parce que tous les articles de dictionnaires concernant l'électricité, tous les manuels et toutes les histoires des sciences nous ont habitués à faire commencer l'électricité à Thalès et à l'ambre jaune — étant entendu qu'il faut attendre Gilbert[13], médecin de la reine Élisabeth, pour que la propriété électrique soit reconnue à l'ensemble des corps terrestres, et Franklin pour que la liaison soit opérée entre ces phénomènes et ceux de l'électricité atmosphérique.

Sans doute les meilleurs parmi ces manuels nous indiquent-ils (presque aussitôt) que certaines lois se rapportant à l'électricité atmosphérique semblent avoir été connues, bien avant Franklin, bien avant Thalès même, par certains prêtres ou initiés, tels que Moïse, Salomon, Numa et même par les Gaulois. N'importe : on commence toujours par Thalès, et dans Thalès par l'ambre jaune, et il est toujours professé qu'aucune liaison n'avait été faite, avant le XVIIe ou le XVIIIe siècle, entre le phénomène de la foudre et celui de l'attraction de particules légères par les bâtons d'ambre frottés[14].

Pourtant, j'avoue qu'ici quelque chose me trouble et me porte irrésistiblement à douter. Étant, comme je le suis (comme tout le monde), sensible à la grande et pour ainsi dire supérieure beauté des choses de l'ancienne Égypte, de l'ancien Orient, de l'ancienne Grèce — et quand je dis des choses, je n'entends pas seulement la sculpture ou l'architecture, mais encore les fables et les constructions de l'esprit (par exemple la géométrie grecque) —, je n'accepte pas facilement l'idée qu'en fait de connaissance scientifique, l'on ait été alors très inférieur à nous. Je suis un peu gêné d'avoir à accepter l'idée d'une supériorité quelconque de l'homme moderne sur l'homme de ces époques. Instinctivement, je récuse cette prétention. Puis, autre chose encore vient recouper mon intuition. La voici.

Tous nos dictionnaires et manuels précités disent aussi que les phénomènes en question ont été nommés électriques parce que le succin[15] ou ambre jaune se nommait en grec Électron. Bien ! Et rien en cela que de plausible. Mais ce qui me paraît plus étonnant, c'est qu'on ne cherche nullement à savoir *pourquoi* l'ambre jaune avait été nommé *justement* Électron. Pardonnez-moi, mais je suis, quant à moi, plus curieux. Sans doute parce que les mots, fait bizarre, intéressent les poètes plus encore (c'est sensible) que les faiseurs de dictionnaires. Et peut-être parce que tout le passé de la sensibilité et de la connaissance m'y semble inclus.

Si bien que, naturellement, je rapproche (à mon tour) Électron d'Électre, celle de la mythologie des anciens Grecs. Et je vais aussitôt à Électre, et je vais aux origines d'Électre.

Fille d'Atlas, dont on sait par ailleurs qu'il portait le *ciel* sur ses épaules. Et donc petite-fille de Japet, et nièce de Prométhée (ravisseur du *feu*). Sœur par ailleurs de Cadmos (dont notons entre parenthèses primo que Thalès descendait de lui, et secundo qu'il représentait en Grèce centrale ce que Danaos représentait à Argos, c'est-à-dire l'influence égyptienne). L'une des Pléiades, et donc elle s'était *suicidée*, comme elles se suicidèrent toutes, par désespoir de la mort de leurs sœurs, les Hyades, dans le nom collectif desquelles il y a *la pluie*, et qui elles-mêmes se suicidèrent à la mort de leur père Atlas. Enfin, parmi les Danaïdes, car elle est aussi l'une de celles-ci, pourquoi ne serait-elle la même qu'Hypermnestre, seule à n'avoir pas tué son époux, Lyncée, lequel était doué d'une *vue si perçante qu'elle traversait même les murailles* ? En tout cas, ce fut elle qui apporta le Palladium à Troie, mais « apporta » qu'est-ce à dire ? puisque nous savons que cette idole *tomba du ciel* près de la tente d'Ilos.

Voilà donc qui était Électre. Si l'on veut bien noter encore que Thalès, ne se bornant nullement aux propriétés de l'ambre jaune, sut par ailleurs se rendre célèbre en prédisant l'éclipse solaire de 610 avant Jésus-Christ, je voudrais bien qu'on me dise en vertu de quel décret, faisant fi de tous ces indices, on lui refuserait, à lui et à nos ancêtres des anciennes civilisations de la Méditerranée, d'avoir connu le rapport de l'ambre et de la foudre, et d'avoir eu quelque idée, aussi juste que la nôtre, de ce que nous appelons (à leur suite) Électricité.

J'ai cité tout à l'heure les noms d'autres personnages, en particulier celui de Moïse, dont il ne semble pas tout à fait absurde de supposer qu'ils aient pu être initiés à certains de ces phénomènes, s'ils semblent en avoir usé seulement pour accroître leur prestige. Il paraît que le fameux Tabernacle des Juifs, l'Arche Sainte construite par Moïse, étant donné sa description comme elle figure au chapitre xxv du livre de l'Exode[16], pourrait être considérée comme un très savant condensateur. Faite, selon les ordres du Seigneur, en bois de sétim (isolant) recouvert sur ses deux faces, intérieure et extérieure, de feuilles d'or (conductrices), surmontée encore d'une couronne d'or destinée peut-être, grâce au classique « pouvoir des pointes », à provoquer la charge spontanée de l'appareil dans le champ atmosphérique, lequel, dans ces régions sèches, peut atteindre paraît-il jusqu'à des centaines de volts à un ou deux mètres du sol, — il n'est pas étonnant que cette Arche Sainte, toute prête à foudroyer les impies, ait pu être approchée sans danger seulement par les grands prêtres, tels Moïse et Aaron, dont l'Écriture nous apprend par ailleurs qu'ils portaient des vêtements « entièrement tissés[17] de fils d'or et ornés de chaînes d'or traînant jusqu'aux talons ». Comme l'ajoute le patient commentateur auquel nous empruntons cette hypothèse, cette ingénieuse « mise à la terre » leur permettait de décharger le condensateur sans dommage pour leur personne.

Dans le même ordre d'idées, et dans la même religion, on sait encore* que le Temple de Jérusalem nous est décrit

---

* Collection : « Que sais-je ? », *passim*.

par l'historien Josèphe comme hérissé de baguettes pointues en or, tandis qu'un érudit allemand fait remarquer que, durant une existence de mille années, ce Temple ne fut pas frappé une fois par la foudre. Il suffit de supposer, comme le font allégrement nos esprits forts, que ces pointes aient été reliées au sol par des conduites métalliques, destinées par exemple à l'écoulement des eaux, pour créditer Salomon d'une *science* dont certaines données de l'Écriture laissent penser d'ailleurs qu'elle ne le cédait pas à celle de Moïse.

Inutile d'ajouter, car chacun le sait*, que Moïse sortait d'Égypte, où il vécut entre le XVIe et le XVe siècle avant notre ère.

Mais Lucain, dans sa *Pharsale*, consacre quelques vers à un aruspice d'Étrurie, nommé Aruns, qui, vivant à la même époque, savait rassembler les feux épars de la foudre pour les engouffrer dans la terre avec un bruit sinistre. *Datque locis numen* : il consacre ainsi les lieux.

Beaucoup plus tard, Numa, l'un des premiers rois de Rome, connaissait le moyen d'invoquer le feu de Jupiter. Et je me suis laissé dire, chez l'un des meilleurs sculpteurs de notre temps, qu'il existait sous le Capitole une grotte ouverte où l'on exposait les nouvelles statues de bronze des dieux, afin qu'au cours d'un de ces orages, si fréquents à Rome vers les cinq heures du soir, elles aient la chance que la foudre un beau jour les consacre, au risque d'en fondre quelque partie : ainsi, en quelque façon les signant.

Je ne sais si mes lecteurs auront goûté comme vraiment poétique tout ce qui vient, dans les lignes précédentes, d'être rappelé[18]. Certains pourront, injustement je le crois, y mépriser un goût décadent pour l'archéologie, et d'autres, tout aussi injustement, juger au contraire que c'est là, en effet, que la poésie se trouve, et même qu'elle se trouve exclusivement là, mais à la condition cependant que la forme ancienne y soit maintenue. Pour moi, je ne suis de l'avis ni des uns ni des autres, et sachant pourquoi je m'y plais, j'espère le faire mieux entendre par la suite.

Quoi qu'il en soit, tout a bien changé depuis lors et une autre conception de l'homme a prévalu, ainsi que de ses rapports avec l'univers. Pas plus que nous ne l'avons fait

---

* Collection : « Que sais-je ? », *passim*.

pour la civilisation ou le magma des civilisations précédentes, nous ne traiterons exhaustivement de celle-ci, bien que cela soit, en quelque façon, plus méritoire, car, pour celle-ci, *nous le pourrions*.

Restons donc dans la nuit quelques instants encore, mais reprenons ici conscience de nous-même et de l'instant même, cet instant de l'éternité que nous vivons. Rassemblons avec nous, dans cette espèce de songe, les connaissances les plus récentes que nous possédions. Rappelons-nous tout ce que nous avons pu lire hier soir. Et que ce ne soit plus, en ce moment, qui songe, le connaisseur (un peu) des anciennes civilisations, mais celui aussi bien qui connaît quelque chose d'Einstein et de Poincaré, de Planck et de Broglie, de Bohr et de Heisenberg.

Comment vais-je alors considérer le spectacle que la nuit offre à mes yeux ? Certes, il me semble en comprendre confusément quelque chose, et une certaine représentation en figure globalement dans mon esprit. Par exemple, j'ai été profondément marqué par la très frappante image, proposée par Henri Poincaré, qui, rapprochant les deux infinis, nous fait concevoir l'atome comme un système solaire et ses électrons libres comme des comètes. Et certes je n'ignore plus que les phénomènes électriques s'interprètent maintenant à partir de la constitution même de la matière. Enfin, bien que je craigne instinctivement de reconnaître là comme un nouvel exemple de cette Illusion de Totalité récemment dégagée par un illustre logicien de mes amis[19], je veux bien concéder pour un moment que tout ne soit que charges électriques, champs électriques, etc.

Bien. Certes, j'ai retenu aussi et la loi de Planck[20], pas si difficile à « encaisser » qu'on pourrait le croire, et le principe d'incertitude, et la relativité de l'Espace et du Temps, et la notion de l'Espace courbe, voire l'hypothèse de l'extension indéfinie de l'univers.

Mais, en fin de compte, s'il faut que je le dise, eh bien, c'est la ressemblance de cette figure du monde avec celle que nous ont présentée Thalès ou Démocrite qui me frappe, plutôt que sa nouveauté.

Lorsque je regarde, par exemple, un schéma de la course des électrons libres, de leurs imprévisibles zigzags et de leur lent entraînement concomitant dans ce que nous appelons un courant électrique, je ne vois là rien qui ne me rappelle, compte tenu de la notion de quantum d'action et du principe d'incertitude — qui ne font que le confirmer —, le fameux *clinamen* de Démocrite et d'Épicure[21], appliqué aux corpuscules qu'ils avaient fort bien conçus.

Et certes j'admire que Planck ait pu calculer la constante h, j'admire le « progrès » des mathématiques, comme j'admirais déjà, je vous prie de le croire, les calculs un peu plus anciens qui furent confirmés par la découverte, un jour, de Neptune à la place où on l'attendait[22]. Mais comment ne me souviendrait-il aussitôt que Thalès a bien pu prédire l'éclipse de 610 avant notre ère, et comment m'empêcherais-je de me demander si par hasard il ne l'aurait pas calculée, et si les moyens de calculer cela ne se trouvaient pas justement dans les sanctuaires d'Égypte ?

Et puis, je relis Lucrèce et je me dis qu'on n'a jamais rien écrit de plus beau ; que rien de ce qu'il a avancé, dans aucun ordre, ne me paraît avoir été sérieusement démenti, mais au contraire plutôt confirmé. Et je sais bien qu'on a pu me le décrire comme un anxieux[23] et un fou, et prétendre, car cela arrangeait quelques-uns, qu'il se serait à la fin suicidé. Mais puisque nous sommes toujours sur notre balcon, l'électricité éteinte, et que le ciel nocturne est devant nos yeux, je peux aussi prétendre, me rappelant Électre, qu'il s'agit là d'un comportement divin ; et constater qu'il a été, lui aussi, comme il avait été fait d'Électre et de ses sœurs, placé parmi les astres, quoique seulement dans la mémoire des hommes, où sa lumière non plus ne s'est pas éteinte.

Enfin, considérant les conséquences, pour l'esprit, des dernières hypothèses, qui ne peuvent plus nous être communiquées que par les hautes mathématiques, et semblent plonger les physiciens, ou du moins les philosophes à leur suite, dans un touchant vertige, sinon (et je les en félicite) dans le moindre repentir, — il me semble apercevoir, quoique confusément encore, quelque raison de ce que je ne m'expliquais pas jusqu'ici.

Notez que nous n'avons pas encore rallumé. Je pressens que ce va être bientôt, mais il me faut profiter, quelques instants encore, de l'ombre et des possibilités de « constructions[24] », au sens psychiatrique, qu'elle contient ; des monstrueuses abstractions qu'elle permet.

Nous voici donc revenus, dirai-je, à un temps tout pareil à celui des Cyclopes, bien au-delà de la Grèce classique, bien au-delà de Thalès[25] et d'Euclide, et presque au temps du Chaos. Les grandes déesses à nouveau sont assises, suscitées par l'homme sans doute, mais il ne les conçoit qu'avec terreur. Elles s'appellent Angström, Année-Lumière, Noyau, Fréquence, Onde, Énergie, Fonction-Psi, Incertitude. Elles aussi, comme les divinités sumériennes[26], stagnent dans une formidable inertie mais leur approche donne le vertige. Et sur leurs tabliers sont inscrites les formules, en écriture abstraite, en hautes maths.

Aucun hymne, en langage commun, ne saurait s'élever jusqu'à elles. Il n'atteindrait pas leurs genoux. Et c'est aussi pourquoi nous ne saurions en entendre aucun (c'est un fait), ni non plus songer à en composer un qui vaille.

Nos formes de penser, nos figures de rhétorique, en effet datent d'Euclide : ellipses, hyperboles, paraboles sont *aussi* des figures de cette géométrie[27]. Que voulez-vous que nous fassions ? Eh bien, sans doute ce que nous faisons, nous artistes, nous poètes, lorsque nous travaillons bien. Et je ne dis pas, pour moi, que ce soit aujourd'hui. Sûrement non. C'est quand nous nous enfonçons, nous aussi, dans notre matière : les sons significatifs. Sans souci des formes anciennes et les refondant dans la masse, comme on fait des vieilles statues, pour en faire des canons, des balles... puis, quand il le faut, à nouveau des Colonnes, selon les exigences du Temps.

Ainsi formerons-nous un jour peut-être les nouvelles Figures, qui nous permettront de nous confier à la Parole pour parcourir l'Espace courbe, l'Espace non-euclidien.

Bien. Tout cela a quelque allure. Nous nous sommes fait aussi gros qu'un bœuf. À la faveur de la nuit sans limites, nous avons gonflé nos baudruches. Et si, jusqu'à présent, nous n'étions pas un poète, je crois que nous le sommes devenu. Il me faut avouer qu'en somme il y a quelque agrément. Mais enfin, je ne puis m'empêcher d'une remarque, me connaissant comme je me connais : à savoir que si je me suis payé cette fantaisie, c'est que je savais pouvoir l'abolir en un instant. Pour cela, que suffit-il de faire ? Eh bien, d'éclairer tout à coup.

Sans délai, dans le monde visible, me voici rétabli sur pieds. Et comme j'avais mieux goûté la nuit en supprimant le crépuscule, mieux que l'aube lente et sanglante je goûte la brusque aurore de la raison.

Aussitôt, à la lumière des ampoules, m'apparaissent plusieurs démentis éclatants à ce que la nuit me fit construire.

Tout d'abord, la différence évidente entre les profanes que nous sommes et ceux des anciennes religions. Puis, que les progrès de la science sont prouvés autrement que par des formules.

En effet, sur les genoux des colossales déesses, sont grimpées des myriades d'étudiants et de techniciens, de savants et de bricoleurs, enfin des gamins de tous âges, désinvoltes ou minutieux, imprudents ou précautionneux, taciturnes ou bruyants. Et ils n'y ont pas seulement inscrit leurs grimoires : ils y ont placé mille machines, mille appareils merveilleux.

Cela nous vaut, il faut bien le dire, de temps à autre quelque désagrément : court-circuit ou bombe atomique. Mais nous le prendrons comme il faut : indulgemment, avec philosophie. Nous nous occupons, à la vérité, d'autre chose et nous savons parfaitement choisir ce qui nous convient, dans le magasin qui, quelques années plus tard, en résulte. Dès que cela est bien « au point », nous l'adoptons.

Nous en sommes aux machines à laver, au magnétophone et au rasoir électrique. Pourquoi pas ? Nous aurions tort de nous en priver. Non, nous ne serons pas les derniers à nous en servir. Pas les premiers, mais pas les derniers : ce qui est plus sensé qu'on ne pense.

J'ai l'air de plaisanter, et peut-être que je scandalise, mais je demande qu'on me l'accorde : tel est l'état d'esprit général. Les électriciens l'ont bien compris, ayant constaté par exemple que, pour les seuls besoins domestiques, la consommation d'électricité double pratiquement tous les dix ans. Ou encore, que le développement de la seule télévision dans les seuls États-Unis d'Amérique, a fait s'accroître la consommation d'une quantité égale à celle exigée par l'ensemble des besoins en France, tant industriels que privés. Oui, y compris toutes nos grandes usines et l'électrification de nos réseaux de transport !

Ainsi, les électriciens l'ont compris, et peut-être serait-il temps que les architectes le comprennent. Pourtant, j'ai parlé de modestie réciproque, et il me faut revenir sur moi-même.

De l'électricité, telle qu'actuellement à la sensibilité de l'homme elle se propose, aucun grand texte, aucune grande chose dans l'ordre poétique, après tout, n'est sortie non plus. Ce retard, chez les architectes comme les poètes, ne tiendrait-il pas aux mêmes causes ? Les architectes, comme les poètes, sont des artistes. En tant que tels, ils voient les choses dans l'éternité plus que dans le temporel. Pratiquement, ils se défient de la mode. Je parle des meilleurs d'entre eux.

Est-ce que la rapidité même des progrès de la science n'inciterait pas les architectes, comme les poètes, à une certaine résistance quant à leur adhésion *profonde*, à leur affiliation, à leur « branchement » ?

Il me souvient fort bien de ce qui se passa, lors de ma première enfance — j'avais alors sept ou huit ans — quand fut accomplie la modernisation, quant à l'éclairage, de la grande maison que nous habitions dans un faubourg d'Avignon. La « suspension » de la salle à manger était équipée de la classique grosse lampe à pétrole. On modifia cette lampe, pour lui adapter un manchon « Auer », et une lumière beaucoup plus blanche et brillante en rayonna : c'était le « gaz ». Mais deux ans s'étaient à peine écoulés, que les ouvriers revinrent. L'on arracha ici et là des tuyaux de plomb, ailleurs on les écrasa. Et ce fut l'électricité. On plaça des interrupteurs, et dès lors, la suspension ne fut plus jamais abaissée ni remontée. Mais ces arrachements, ces écrasements, à vrai dire, je ne les ai jamais oubliés[28].

Tout le monde a une anecdote de ce genre en mémoire, et cela m'a paru assez inquiétant pour que je n'hésite pas à traverser Paris, afin d'interroger, dans les laboratoires de la rue Lord-Byron, un de mes amis[29] qui s'y occupe exclusivement de la nouvelle forme d'énergie à la mode, je veux dire de l'énergie nucléaire. Et je lui ai demandé si l'on devait penser qu'on arracherait bientôt les fils électriques, si l'on délogerait les compteurs, pour installer, à leur place, quelque cyclotron d'immeuble ou d'étage. Eh bien, vous pouvez m'en croire, j'en suis sorti rassuré. Il y avait suffi d'une remarque, dont il me semble que je l'avais faite déjà ; à savoir que pour désintégrer la matière, l'électricité est encore nécessaire, et qu'il est bien utile d'être branché.

Sortant de là, je fus dans la rue ébloui par toutes sortes de lumières[30], et je me rendis chez une duchesse de ma connaissance, qui me fit dîner aux bougies.

Si bien qu'une nouvelle évidence se fit bientôt jour dans mon esprit. C'est que l'électricité est une définitive merveille, non seulement parce qu'elle conditionne notre conquête de l'avenir, mais parce qu'elle ne nous empêche en aucune manière de goûter les plaisirs du passé, et peut-être nous les rend plus sensibles.

Il y avait trente-six personnes chez notre duchesse, aviateurs, chirurgiens, metteurs en scène, mais je ne voyais plus rien d'eux, à vrai dire, sinon leur auréole d'électricité. Je voyais ces projecteurs à faisceaux serrés, braqués pour les uns sur un nuage afin d'en mesurer la hauteur, pour les autres sur un organe malade ou sur une table d'opération, pour d'autres encore sur telles parties d'une scène qu'il s'agit à tel instant d'éclairer. Et je me dis que je pouvais aussi braquer ces faisceaux sur le fronton de tel monument pour en faire surgir comme jamais auparavant quelque détail, ou les prier, dans l'écrin des frondaisons nocturnes, de m'offrir le diamant de son volume d'ensemble. Je me dis que je pouvais grâce à eux éblouir un assaillant ou fasciner une proie. Et encore, contemplateur des choses, doubler, multiplier par eux mon attention. Enfin la diriger à ma guise, et provoquer les scandales ou les surprises, les stupeurs ou les grimaces parfois nécessaires à la révélation d'une vérité. Ces jeux, me dis-je, sont à ma volonté, comme ils sont à l'infini.

Rentré chez moi dans l'état d'esprit qu'on devine, je sentais à la fois, piqué par l'émulation, un impérieux besoin de m'asseoir à ma table pour écrire enfin un hymne[31] valable à l'Électricité, mais aussi, parce que telles sont les contradictions de la nature, un besoin non moins impérieux de fraîcheur, de silence et de recueillement dans la nuit.

Si bien qu'éteignant les lumières je me remis au balcon.

Où en étais-je resté, me disais-je, de mes déesses et de leurs genoux ? Mais aussitôt toutes choses se mêlèrent et je vis ces déesses assises sur les montagnes près de la Truyère, ou dans les souterrains de Brommat[32]. J'entendis crouler les trente tonnes d'eau par seconde de Marèges. J'évoquai les millions de volts, les transformateurs géants, et je n'oubliai pas *le danger*; et il ne me parut pas trop difficile de me lancer à partir de là dans mon hymne, enfin dans une certaine poésie. Vous savez*, ces princesses hindoues, ces intouchables, qu'il suffisait d'effleurer pour mourir[33] ? Bien. J'aime assez ça.

---

* Collection : Que sais-je ?, *passim*.

L'électricité, certes, est une princesse, et qu'elle ait le teint du cuivre ne me déplaît pas. Exact. Mais pourtant les yeux bleus, s'il vous plaît, ou plutôt un certain reflet bleu, à fleur de sa peau de cuivre. Très bien. Cela marche même avec ce que nous savons*, que la molécule de cuivre ionisée est bleue, tandis qu'à l'état neutre elle était rouge.

Mais pourtant, cette princesse est aussi une domestique[34] : comment vais-je arranger ça ?

C'est ici, je m'en rends compte, qu'il va me falloir rallumer.

Oui, que j'approche la main de l'interrupteur, instantanément la solution est trouvée.

Il suffit de saisir entre le pouce et l'index la petite oreille froide de cet enfant, pour qu'aussitôt, déchirant sa robe de soie qui se placarde, les ailes étendues, aux murs et au plafond, une éblouissante personne, sa mère, — est-ce notre princesse hindoue, en est-ce mille, sont-ce mille esclaves qui se précipitent toutes nues à notre service[35] ?

Quel ennoblissement[36], quel plaisir procure une telle domesticité !

Quel luxe d'être servi par cette grande figure métaphysique, vêtue de soie bruissante et frémissante, et d'ailleurs nue, coiffée d'aigrettes, parée de rivières de diamants ! Pourtant si agile, si zélée !

Ah ! *zélée* m'oblige à renvoyer toutes ces métaphores et à leur préférer celle de la libellule, et en effet, tournant le commutateur, il m'a paru parfois que l'abord de cette éblouissante personne était un peu frémissant, même commotionnant.

Elle attire puis repousse. Il n'y a en elle pas la moindre familiarité.

L'on dit de la meilleure domestique que c'est une perle, mais celle-ci n'est-elle pas un diamant, toutes les mines de diamants du monde ? Non, car certes, cela est tout aussi cristallin, étincelant[37], mais c'est beaucoup plus fluide : il faut y ajouter cette qualité.

Toutes les rivières, donc, toutes les rivières rapides et oxygénées du monde ! Toutes les rivières à truites, avec les truites qui fuient dedans !

Ainsi, vêtue comme une maharanée, en grande toilette

---

* Collection : Que sais-je ?, *passim*.

du soir, mais nue aussi, étincelante et parée, — ah ! je ne vivrai plus que la nuit, pour le plaisir d'être servi par elle ! — soudaine, élégante, fière, magnétique : c'est une domestique qui a le caractère d'une princesse. Ses origines sont des plus nobles, et elle ne dégénère jamais.

On me dit qu'elle me sert comme elle sert tout le monde, et que le moindre paysan peut se l'offrir. En effet, c'est une prostituée, mais ce qui m'importe, puisque jamais elle ne perd rien de sa distinction, de son éloignement par principe.

Elle ne participe nullement à ce qu'elle éclaire. Le vent ou l'orgie peuvent souffler. Elle ne titube ni ne cille. Et ni son corps, ni son âme ne s'en trouvent agités.

Viendrait-on à la toucher, l'intouchable ne vous mord pas, comme le faisait la flamme, cette sauvage ! Elle vous le rappelle par un frémissement, ou vous tue.

Disposant dans son appartement d'une telle ressource, d'un tel empressement à servir et d'une telle discrétion à la fois, comment ne voudrait-on la soumettre à mille épreuves, inventer mille jouets, mille instruments à lui offrir ? Ne serait-ce que pour la varier et en jouir. De ces instruments de son zèle, je me ferais bien collectionneur. Mieux, inventeur. Qui plus est, elle vous en suggère...

À partir de là, je rêvai beaucoup. J'inventai mille appareils... mais enfin : ne se pourra-t-il un jour, me dis-je, que *tout*, non seulement de l'actualité universelle, mais de l'intemporalité (voyez déjà le planétarium) soit automatiquement enregistré — je ne songe pas seulement au visuel — pour devenir à plaisir sensible, pour peu qu'ils le veuillent, à tous ceux qui n'en auraient pas la perception directe ?

Songeant à cela, je fixais stupidement mon ampoule, dont l'impassibilité brusquement me saisit. Je craignis aussitôt de m'être laissé entraîner en quelque excessif lyrisme, ou dans la fameuse illusion de totalité. Je devins très mécontent de mon hymne, et si je l'avais écrit, je l'aurais alors déchiré.

Finalement, me dis-je, car je me sentais fatigué, je crois que l'électricité a agi sur la poésie et l'art plutôt négativement. Son influence, nous l'éprouvons dans une modification générale du goût. Je veux dire qu'elle a contribué à faire préférer la clarté à la pénombre, peut-être les couleurs pures aux couleurs nuancées, peut-être la rapidité aux lentes manières et peut-être un certain cynisme à l'effusion.

Tout cela a joué, dans tous les arts, en faveur d'une certaine rhétorique : celle de l'étincelle jaillissant entre deux pôles opposés, séparés par un hiatus dans l'expression. Seule la suppression du lien logique permettant l'éclatement de l'étincelle[38].

Poésie et électricité s'accumulant dès lors et restant insoupçonnables jusqu'à l'éclair, voilà qui marche avec l'esthétique des *quanta*. Et bien sûr qu'aucun hymne ou discours dans le style soutenu n'est plus possible, quand triomphe, en physique, le discontinu.

Tel est l'état de fait qui doit être bien observé des architectes, car on se saurait revenir en arrière : il s'agit d'une modification irréversible du goût.

... Maintenant, ce que je me demande, c'est si je ne me moque pas de moi, et du lecteur. En effet, tant d'affirmations en tous sens, si contradictoires... Il est tard. Prenons un miroir. Face à mon visage, une forte lampe... Un penseur, le doigt sur la tempe ? Ou un bouffon qui se grime ? Mais les deux ensemble sans doute : un vieil homme, qui a compris.

Là-dessus, je me mis à rire, me sentant tout rajeuni. Je me levai, et tournant sur moi-même, je me fis un nouveau discours, reprenant le ton du début.

Il ne me semble pas que nous ayons, dans tout ce qui précède, manqué de montrer, bien qu'à notre façon seulement (et comment aurions-nous pu, sans devenir inauthentique et perdre alors toute vertu de persuasion, faire autrement ?), montrer, dis-je, l'importance de l'électricité dans l'habitation, le rôle ou plutôt les rôles de premier plan qu'elle y joue, et encore l'ennoblissement qu'elle apporte à la vie domestique.

L'homme n'en demeure pas moins, bien sûr, le protagoniste. Un nouvel homme dit-on, et je suis en partie d'accord. En effet, un homme renouvelé : rajeuni, plus propre, plus lisse, plus libre (comme on dit d'une roue libre) et en somme, plus *détaché*. Je n'ose, et pourtant sans doute le devrais-je, dire un homme mieux différencié.

Oui, ce que je voudrais démontrer pour finir, c'est qu'un tel homme est d'autant plus valable que sa transformation s'opère dans le sens de sa nature profonde, je veux dire de ce qui a toujours fait, parmi les êtres du monde, sa différence.

Je parle de différence, qu'on le note, me gardant de prononcer le mot de supériorité. Et je prie qu'on attache à cette nuance la valeur qu'à mon avis elle mérite. Que ceux auxquels l'idée d'une supériorité est nécessaire, qui en ont besoin pour vivre et déjà pour tenir debout, que ceux-ci se l'attribuent par surcroît, rien, dans ce que je viens de dire, ni non plus dans ce que je vais dire, ne saurait les en empêcher. Quant à moi, l'idée de ma différence me suffit, et le plus important me paraît être d'accepter, de bien connaître et d'aimer enfin sa différence, de la vouloir. Elle seule, à mon avis, suffit bien à nous justifier; à faire de nous, dans l'ordre et l'harmonie du monde, ou si l'on préfère des termes moins laudatifs, dans la machine, dans l'horlogerie du monde, un rouage parfaitement indispensable. Engrené, certes, parmi les autres, mais aussi important qu'aucun d'eux et donc sans sujet de souffrir d'aucun complexe (d'infériorité ou de non-justification). Je dirais même que l'orgueil de la supériorité, voilà ce qui me semblerait non seulement un peu ridicule, mais aussi un peu dangereux. Peut-être, après tout, n'est-il pas bon pour la santé d'un rouage, qu'il se figure être le rouage principal? Peut-être risque-t-il alors de s'emballer, de tourner à un régime trop rapide, usant et fatigant pour lui? Enfin, nous les connaissons, n'est-ce pas? ces dépressions qui suivent les exaltations? Pourquoi nous mettrions-nous en ce cas? Pourquoi risquerions-nous, chantant trop fort notre supériorité et notre gloire, de devoir un jour déchanter, nous placer trop bas, nous jeter dans le sentiment de notre impuissance; et descendre, un peu trop vite sans doute, l'escalier des caves… (vers les tabous!). Mais enfin que chacun choisisse. Cela ne change rien à ce que je vais dire.

Qu'on y voie, en effet, une supériorité ou seulement une différence, *sa* différence, il semble bien que, de tout temps, la nature de l'homme ait été de pouvoir, grâce à certaines facultés (que l'on a nommées d'*esprit*), évoluer, s'adapter et se perfectionner, en restant néanmoins simple et nu. Plus exactement encore, de pouvoir fabriquer des outils, des armes, des cuirasses, des instruments de détection, de combat, d'appréhension, de déplacement, des façons de rendre ses aliments plus faciles à digérer : enfin une infinité d'appareils, de plus en plus nombreux, variés et perfectionnés, *mais tous entièrement distincts de sa personne.*

Quand je dis qu'il a su s'adapter, voyez par exemple les autres espèces, mettons un mammifère (nous trouverions la même chose chez les poissons, les reptiles ou les oiseaux). Un porc doit-il vivre dans les forêts, il lui faut *devenir* tout à fait autre, que ses défenses s'allongent, etc. Qu'un cheval doive se nourrir dans une région où il y a moins d'herbe à brouter que de feuilles haut placées sur les arbres ou de régimes de bananes ou de dattes, et le voilà obligé de *perdre* beaucoup des qualités du cheval afin de devenir girafe. Ailleurs, mais je n'en finirais pas... Eh bien, remarquons que l'homme peut être amené à vivre sous telle ou telle latitude, il n'aura besoin de perdre aucune de ses qualités. Il inventera les outils et les armes convenant à sa nouvelle situation dans le monde et aux dangers ou aux ressources que cette situation comporte.

Et quand je dis qu'il a su perfectionner son outillage, le plus simple est de le comparer à ces arthropodes, dont l'observation d'ailleurs, pour l'invention des meilleurs appareils, n'est sans doute pas inutile. Voyez par exemple homards ou crevettes. N'est-il pas merveilleux d'admirer leurs cuirasses et leurs appareils d'estime et de détection, de combat et d'appréhension[39] ? Et pourtant ! Sans doute n'est-il pas très commode de ne pouvoir jamais quitter sa cuirasse, ni aucune de ses armes, ni aucun de ses appareils, et de toujours devoir vivre avec cet attirail sur le dos. Que dis-je ! non seulement sur le dos, mais intimement mêlé à sa chair, et donc à son psychisme, et donc vous faisant devenir entièrement autre, vous faisant devenir cuirassé, périscope, etc. Voilà qui peut être assez gênant quant à une vue un peu claire, une allure un peu dégagée, légère, une domination quelconque de la situation. On peut dire, dans tous les sens que ce mot comporte, y compris le sens argotique[40], que *ce qui devint* le homard s'est trouvé, par la Nature, et en somme comme en détail, monstrueusement *refait.*

Voilà l'avatar, qui, par merveille, se trouve à l'homme épargné. Qu'est-ce que l'homme ? C'est un homard qui pourrait laisser sa carapace au vestiaire, son périscope, et ses étaux, et ses cannes à pêche. Une araignée qui pourrait ranger son filet dans un hangar, et le réparer du bout des doigts, au lieu de devoir l'abandonner pour en tisser un autre, que dis-je, pour en baver un à nouveau. L'on imagine quelle infinité d'exemples je pourrais trouver dans la nature pour faire suite à ceux-là. N'insistons pas. Je pense que le point est acquis. D'ailleurs, il n'y a qu'à regarder le premier venu parmi nous. Sortant de son avion ou de sa voiture, qu'il laisse au garage, habillé de ses vêtements, qu'il laisse dans sa salle de bains, le voilà comme au premier jour : aussi nu, nu comme un ver, aussi rose, aussi intégralement propre et libre que possible. Je ne connais guère, non, sinon les anges, je ne connais guère d'animal plus nu.

Mais attention ! Vous n'aurez pas manqué de le remarquer, architectes, j'ai fait intervenir à chaque instant la notion de vestiaire, celle de hangar, d'atelier, de placard. C'est qu'en effet, avec des outils que l'on peut quitter, il faut bien quelque endroit pour les ranger, et lorsqu'on reste nu, quelque maison, caverne ou palace, pour s'y abriter au besoin. Et c'est ainsi que l'homme, dès les premiers temps, a dû se loger, non seulement pour établir le nid de sa compagne et de sa progéniture, mais pour ranger ses membres détachables et pouvoir les retrouver au besoin. Certes, l'on a connu, l'on connaît encore des populations humaines nomades, mais elles se font suivre généralement de chariots, et il faut bien reconnaître que la tendance n'est pas dans cette direction-là. J'ai vu ainsi, autour de la Méditerranée, les bateaux des pêcheurs diminuer, pendant que leurs installations à terre devenaient chaque année plus conséquentes.

Il se trouve encore, — c'est ici que je fais intervenir dans mon raisonnement un troisième terme — il se trouve que l'homme a pensé bientôt se dispenser de fournir lui-même tout ou partie de la force nécessaire au fonctionnement de ces appareils, c'est-à-dire de ses membres ou de ses organes séparés. Et il s'est ingénié à utiliser à cette fin, soit (en restant encore à la force musculaire) des animaux domptés et domestiqués à cet effet (bœufs, rennes ou chevaux) ; soit, constatant l'impétuosité des vents ou des eaux (et toujours en restant au domaine mécanique) à utiliser leur énergie pour faire tourner ses meules, et jusqu'à ses ascenseurs. Il a découvert ensuite les ressources de l'élasticité des métaux, ressorts, et de là les mouvements d'horlogerie. Mais il est depuis lors allé un peu plus loin encore. L'énergie cinétique des gaz et des vapeurs lui a fourni plusieurs nouvelles sortes de machines. Enfin il a réussi à capter l'énergie électrique, et si bien imaginé ses applications, si bien constaté sa puissance, que maintenant ses principaux appareils sont confiés à cette forme de l'énergie qui, comme il est naturel, à chaque instant lui en suggère d'autres. À tel point que, chose curieuse, ce n'est pas chez les nations les plus retardataires et qui commencent seulement à s'équiper, que les besoins en énergie électrique croissent le plus vite, mais bien chez les nations déjà les plus habituées à cette technique, parce qu'elles en subissent le charme, et pour ainsi dire la persuasion.

Je ne reviendrai pas sur les avantages merveilleux des appareils animés de cette façon ; il me semble en avoir assez dit. Je voulais seulement, en ce dernier chapitre, montrer que leur trouvaille et leur constant développement sont dans l'ordre exact de la différence caractéristique, enfin du *perpétuel* de l'homme. J'ai dit que l'homme était un animal à membres et organes séparés, qu'il pouvait quitter et reprendre, et dont il ne voulait pas s'empêtrer. Il donnera donc toujours la préférence à ce qu'il peut commander à distance, et du geste le plus facile. Eh bien, l'électricité à cet égard n'a pas sa pareille, puisque c'est la force qui se transmet le plus vite, le plus intégralement et par les conduites les moins encombrantes, les plus fines et presque les plus imperceptibles qui soient. Mais il faut évidemment qu'elle « débouche », commodément, à notre disposition.

Il me semble qu'à partir de là, la conclusion est facile, puisque j'en ai réuni tous les éléments.

Vous l'avez compris, chers architectes, c'est à sa demeure, Dieu merci, et non à lui-même, que doivent être attachés les appareils que l'homme sait s'inventer. Or ces appareils sont devenus électriques. Concluez.

Si vous voulez que l'homme, sans déroger à son *détachement* merveilleux, jouisse de tous ces outils et instruments qu'il s'est fabriqué et ne soit pas embarrassé par leur multiplication même, eh bien, puisque c'est par l'usage de l'électricité qu'il a commencé de se dépêtrer, et que ses appareils de proche en proche sont devenus électriques, concluez.

Si vous voulez contribuer à ce qu'il redevienne l'ange tout rose et tout nu qui fut déposé ici-bas par la Nature, et qu'enfin plus jamais il n'en démorde, en dépit des songes métaphysiques les plus orgueilleux ou du regret de l'état de nature qui lui vient parfois, — mais il n'aura plus rien à regretter et ici tous les pessimistes auront tort ;

Si vous voulez qu'il soit l'ange et l'athlète, à la fois nu et armé, spirituel et puissant, innocent et malicieux, désinvolte et songeur, ami de l'orgue et du cirque, enfin l'Ariel shakespearien[41] qu'il est ;

C'est facile. En lui construisant ses demeures, et au moment même de les concevoir, songez à l'électricité. Tous les réseaux de distribution sont prévus. Tous les instruments de la symphonie sont en place. Que dis-je tous ? Il en viendra s'ajouter mille autres. Prévoyez seulement dans nos demeures le chemin à plaisir de tout cela.

Aidez-nous à refaire de lui cet Ariel.

Nous comptons sur vous.

Ainsi soit-il[42].

Mais je songe que je m'adresse à des techniciens, qui se défient peut-être un peu du lyrisme et ne goûteront qu'à demi une prière qui les assimile à des dieux. J'en finirai donc autrement, et plutôt comme j'ai commencé.

Ouvrant mon dossier, dans une vive lumière, j'en ai défini les intentions. Pour le clore dans la même lumière, il me faut résumer ce que j'ai dit.

Il me semble avoir montré[43] que l'électricité a ses titres de noblesse, et, sans doute, de royauté ; oui, des parchemins très anciens.

Il me semble avoir détruit l'argument qu'elle puisse être détrônée.

J'ai montré de plusieurs façons qu'elle nous permet de conquérir l'avenir tout en nous faisant mieux goûter le passé.

Démontré aussi qu'elle a bouleversé sans doute nos façons de vivre et modifié d'une manière irréversible nos goûts,

Mais en nous replaçant dans notre véritable état de nature, si bien qu'aucun moraliste ne saurait lui rien reprocher.

Enfin peut-être, chemin faisant, ai-je élucidé les raisons

du retard, quant à l'Élcctricité, des poètes (et des architectes aussi bien).

Ces raisons sont de la nature des ombres. Sans doute suffisait-il de les éclairer pour qu'elles se dissipent[44]...

Ainsi soit-il.

INTERVIEW
SUR LES DISPOSITIONS FUNÈBRES

— *Souhaitez-vous que l'Église catholique renonce à interdire l'incinération ?*

La mort à vivre, mon cher journaliste ? Ah ! voilà bien, je crois, l'enquête par excellence. Que se passe-t-il en effet, dans l'instant même ? Vous m'asticotez (je parle très sérieusement), et je me laisse faire. Du même coup, vous avez ma réponse, dictée par la sympathie. Pourquoi frustrerions-nous la nature ? Il faut que tout le monde vive.

Mais encore. La crémation ? Pourquoi cette panique ? Tout geste de commande, en la matière, me paraît un peu théâtral. Théâtral et bureaucratique à la fois, souvent cela va ensemble.

Non. Qu'on m'inhume simplement, entouré d'un minimum de précautions. Le temps que le bois met à pourrir ou la pierre à s'effriter : voilà bien le temps véritable, la durée qui nous convient. Et vive après tout le ver agile et lustré, l'agent du Chronos, gainé d'énergie, chef de perce de nos corps !

II
MÉTHODES

© *Éditions Gallimard,* 1961.

MY CREATIVE METHOD

Sidi-Madani, jeudi 18 décembre 1947.

Sans doute ne suis-je pas très intelligent : en tout cas les idées ne sont pas mon fort[1]. J'ai toujours été déçu par elles. Les opinions les mieux fondées, les systèmes philosophiques les plus harmonieux (les mieux constitués) m'ont toujours paru absolument fragiles, causé un certain écœurement, vague à l'âme, un sentiment pénible d'inconsistance. Je ne me sens pas le moins du monde assuré des propositions qu'il m'arrive d'émettre au cours d'une discussion. Celles qui me sont opposées me semblent presque toujours aussi valables ; disons, pour être exact : ni plus ni moins valables. On me convainc, on me démonte facilement. Et quand je dis qu'on me convainc : c'est, sinon de quelque vérité, du moins de la fragilité de ma propre opinion. Qui plus est, la valeur des idées m'apparaît le plus souvent en raison inverse de l'ardeur employée à les émettre. Le ton de la conviction (et même de la sincérité) s'adopte, me semble-t-il, autant pour se convaincre soi-même que pour convaincre l'interlocuteur, et plus encore peut-être pour *remplacer* la conviction. En quelque façon, pour remplacer la vérité absente des propositions émises. Voilà ce que je sens très fort.

Ainsi les idées comme telles me paraissent ce dont je suis le moins capable, et elles ne m'intéressent guère. Vous me direz sans doute qu'il s'agit ici d'une idée (d'une opinion),... mais : les idées, les opinions me paraissent commandées en chacun de nous par tout autre chose que le libre arbitre, ou le jugement. Rien ne me paraît plus subjectif, plus épiphénoménal. Je ne comprends pas trop qu'on s'en vante[2]. Je trouverais insupportable qu'on prétende les imposer. Vouloir donner son opinion pour valable objectivement, ou dans l'absolu, me paraît aussi absurde que d'affirmer par exemple que les cheveux blonds bouclés sont plus *vrais* que les cheveux noirs lisses, le chant du rossignol plus près de la vérité que le hennissement du cheval. (En revanche[3] je suis assez porté à la formulation et peut-être y ai-je quelque don. « Voici ce que vous voulez dire... » et généralement j'obtiens l'accord de celui qui parlait sur la formule que je lui propose. Est-ce là un don d'écrivain ? Peut-être.)

Il en est un peu autrement de ce que j'appellerai les constatations ; mettons, si l'on préfère, les idées expérimentales. Il m'a toujours semblé souhaitable que l'on s'entende, sinon sur des opinions, au moins sur des faits bien établis, et si cela paraît encore trop prétentieux, au moins sur quelques solides définitions.

Peut-être était-il naturel qu'en de telles dispositions (dégoût des idées, goût des définitions) je me consacre au recensement et à la définition d'abord des objets du monde extérieur, et parmi eux de ceux qui constituent l'univers familier des hommes de notre société, à notre époque. Et pourquoi, m'objectera-t-on, recommencer ce qui a été fait à plusieurs reprises, et bien établi dans les dictionnaires et encyclopédies ? — Mais, répondrai-je, pourquoi et comment se fait-il qu'il existe plusieurs dictionnaires et encyclopédies en la même langue dans le même temps, et que leurs définitions des mêmes objets ne soient pas identiques ? Surtout, comment se fait-il qu'il semble s'y agir plutôt de la définition des mots que de la définition de choses ? D'où vient que je puisse avoir cette impression, à vrai dire assez saugrenue ? D'où vient cette différence, cette marge inconcevable entre la définition d'un mot et la description de la chose que ce mot désigne ? D'où vient que les définitions des dictionnaires nous paraissent si lamentablement dénuées de concret, et les descriptions (des romans ou poèmes, par exemple) si incomplètes (ou trop particulières et détaillées au contraire), si arbitraires, si hasardeuses ? Ne pourrait-on imaginer une sorte d'écrits (nouveaux) qui, se situant à peu près entre les deux genres (définition et description), emprunteraient[4] au premier son infaillibilité, son indubitabilité, sa brièveté aussi, au second son respect de l'aspect sensoriel des choses…

Sidi-Madani, samedi 27 décembre 1947 (1).

I

Si les idées me déçoivent, ne me donnent pas d'agrément, c'est que je leur donne trop volontiers le mien, voyant qu'elles le sollicitent, ne sont faites que pour cela. Les idées me demandent mon agrément, l'exigent et il m'est trop facile de le leur donner : ce don, cet accord ne me procure aucun plaisir, plutôt un certain écœurement, une nausée. Les objets, les paysages, les événements, les personnes du monde extérieur me donnent beaucoup d'agrément au contraire. Ils emportent ma conviction. Du seul fait qu'ils n'en ont aucunement besoin. Leur présence, leur évidence concrètes, leur épaisseur, leurs trois dimensions, leur côté palpable, indubitable, leur existence dont je suis beaucoup plus certain que de la mienne propre, leur côté : « cela ne s'invente pas (mais se découvre) », leur côté : « c'est beau parce que je ne l'aurais pas inventé, j'aurais été bien incapable de l'inventer », tout cela est ma seule raison d'être, à proprement parler mon *prétexte*; et *la variété des choses est en réalité ce qui me construit*. Voici ce que je veux dire : leur variété me construit, me permettrait d'exister dans le silence même. Comme le lieu autour duquel elles existent. Mais par rapport à l'une d'elles seulement, eu égard à chacune d'elles en particulier, *si je n'en considère qu'une*, je disparais : elle m'annihile. Et, si elle n'est que mon prétexte, ma raison d'être, s'il faut donc que j'existe, à partir d'elle, ce ne sera, ce ne pourra être que par une certaine création de ma part à son propos.

Quelle création ? *Le texte*.

Et d'abord comment en ai-je idée, comment en ai-je pu avoir idée, comment la conçois-je ?

Par les œuvres artistiques (littéraires).

Sidi-Madani, samedi 27 décembre 1947 (2).

2

L'imitation des héros artistiques. (Existences exemplaires. Dégoût des ménagements sordides. Pourtant, expérience qu'il faut rester entre les deux. Bonne mesure. Bon équilibre.) L'amour de la gloire. L'amour des héros (et des poètes) à la folie. J'aime mes livres de classe (Recueils de textes). Les latins[5].

Ce que je conçois comme tel : une œuvre d'art. Ce qui modifie, fait varier, change-quelque-chose-à la langue. C'est autre chose que ces héros guerriers !

Voilà une *autre* réalité, un *autre* monde extérieur, qui, lui aussi, me donne plus d'agrément qu'il ne sollicite le mien (côté scandaleux, provocant des nouveautés artistiques. Différence entre une nouveauté artistique et un paradoxe) ; qui, lui aussi, est pour moi une raison d'être, et dont la variété aussi me construit (me construit comme *amateur*) (amateur de poèmes).

Mais, ici aussi, *chacun d'eux* me repousse, me gomme (efface), m'annihile. Il me faut exister. Il faut une création de ma part à leur propos (différence, originalité).

Voici donc quelle création vis-à-vis du monde extérieur je conçois, tout naturellement : *une création d'ordre artistique, littéraire.*

3

On le voit : ici je rejoins mon dégoût des idées et goût des définitions.

Ce que je tenterai sera donc de l'ordre de la définition-description-œuvre d'art littéraire.

4

Il se trouve que j'en suis capable. Comment cela se fait-il ? Pourquoi ?

Qu'est-ce que c'est, le talent ?

Sidi-Madani, samedi 27 décembre 1947 (3).

J'ai commencé (vraiment* par dire que je ne saurais jamais m'expliquer. Comment se fait-il que je ne m'y tienne plus (à cette position) ?

Car non, vraiment, maintenant, je ne conçois nullement impossible, nullement déshonorant, niais, dupe ou grotesque (vaniteux) de tenter de m'expliquer.

Au contraire je trouve ça très gentil (qu'on me le demande ou propose) et je trouverais un peu ridicule maintenant de répondre par un fier refus de principe. C'est cela qui me paraîtrait niais, dupe et grotesque. Il est moins niais de risquer le ridicule que de le refuser obstinément par principe. On n'y échappe guère... !

Qu'est-ce donc qui a changé ?

Ce qui a changé, c'est mon existence par rapport aux autres, c'est qu'une œuvre existe, et qu'on en a parlé. Que cela est posé, s'est imposé comme existence distincte, et ma « personnalité » dans une certaine mesure aussi. Ainsi ces *choses* : mon œuvre, ma personnalité, je puis les considérer maintenant comme toute autre chose, et écouter (répondre à) l'appel *a minima* qu'elles objectent aux explications qui en ont été données. Il faut que je corrige leurs fausses interprétations (ou définitions).

En général on a donné de mon œuvre et de moi-même des explications d'ordre plutôt philosophiques[6] (métaphysiques), et non tellement esthétiques ou à proprement parler littéraires (techniques). C'est à cette statue philosophique que je donnerais volontiers d'abord quelques coups de pouce.

Rien de plus étonnant (pour moi) que ce goût pour moi des philosophes : car vraiment je ne suis pas intelligent, les idées ne sont pas mon fait, etc. Mais après tout...

---

* Première ligne du premier texte de ma première plaquette (*Douze petits écrits*, N.R.F., 1926).

Sidi-Madani, samedi 27 décembre 1947 (4).

... Je suis paresseux, et voyez, ce texte même, je suis persuadé que je n'ai pas tellement à le nourrir d'idées originales ou neuves, bien floconnantes, avançant en ordre nombreux et varié et cohérent, etc. (théorie de nuées).

Je suis persuadé que, pour qu'il soit bien, il me suffit de ne pas trop me tracasser à son sujet. Il me faut surtout (plutôt) ne pas trop en écrire, très peu chaque jour et plutôt comme ça me vient, sans fatigue, va-comme-je-te-pousse. Puis m'arranger pour composer avec cela un objet littéraire un peu original, un peu à part, drôlement éclairé, amputé à ma façon, maladroit à ma façon, qui vive de sa vie propre (il n'y a pas trente-six procédés pour ça : il faut enlever les explications).

Et que ça alors, ça tiendra le coup. Ce sera une petite chose de style.

Bien ! Pour aujourd'hui n'en disons pas plus.

Sidi-Madani, dimanche 28 décembre 1947.

De quoi s'agit-il ? Eh bien, si l'on m'a compris, de créer des objets littéraires qui aient le plus de chances je ne dis pas de vivre, mais de s'opposer (*s'objecter*, se poser objectivement) avec constance à l'esprit des générations, qui les intéressent toujours (comme les intéresseront toujours les objets extérieurs eux-mêmes), restent à leur disposition, à la disposition de leur désir et goût du concret, de l'évidence (muette) opposable, ou du représentatif (ou présentatif).

Il s'agit d'objets d'origine humaine, faits et posés spécialement pour l'homme (et par l'homme), mais qui atteignent à l'extériorité et à la complexité, en même temps qu'à la présence et à l'évidence des objets naturels. Mais qui soient plus touchants, si possible, que les objets naturels, parce qu'humains ; plus décisifs, plus capables d'emporter l'approbation.

Et faut-il pour cela — on pourrait le croire — qu'ils soient plus abstraits que concrets ? Voilà la question. ...
(Complètement abruti par la visite du préfet, je n'ai pu pousser plus loin...)

Sidi-Madani, lundi 29 décembre 1947.

(Aujourd'hui, c'est le défaut de courrier et notre inquiétude consécutive qui m'ont empêché... J'ai décidé alors de téléphoner par radio à Paris, et maintenant, ça va !)

Ce sont donc des descriptions-définitions-objets-d'art-littéraire que je prétends formuler, c'est-à-dire des définitions qui au lieu de renvoyer (par exemple pour tel végétal) à telle ou telle classification préalablement entendue (admise) et en somme à une science humaine supposée connue (et généralement inconnue), renvoient, sinon tout à fait à l'ignorance totale, du moins à un ordre de connaissances assez communes, habituelles et élémentaires, établissent des correspondances inédites, qui dérangent les classifications habituelles, et se présentent ainsi de façon plus sensible, plus frappante, plus agréable aussi.

En même temps, les qualités de tel ou tel objet choisies pour être explicitées seront de préférence celles qui ont été passées sous silence jusqu'à présent. Si nous parvenons ainsi à donner notre authentique impression et naïve classification puérile des choses, nous aurons rénové le monde des objets (des sujets d'œuvres d'art littéraire). Et comme il y a des chances que, pour subjective et originale qu'elle soit, notre impression puérile s'apparente pourtant à celle de plusieurs esprits ou sensibilités contemporains ou futurs, nous serons entendus et remerciés, admirés.

Mais devons-nous, pour les rendre plus frappantes et susceptibles d'approbation, tendre à l'abstraction de ces qualités ? Voici qu'à nouveau la question se repose. Eh bien, ici, dans une mesure importante, la réponse est plutôt *oui*. (Point à développer.)

Voyez, d'autre part, les dictionnaires que nous avons à notre disposition.

D'une part mettons Larousse (ou l'Encyclopédie?).

D'autre part Littré.

Leur différence est significative. Et la préférence que nous marquerons à l'un plutôt qu'à l'autre, le fait que nous nous servirons plutôt de l'un que de l'autre seront également significatifs.

(Traiter ici à fond la question vocabulaire.)

Quant à la syntaxe, aux formes prosodiques et d'une façon plus générale à la rhétorique, ici encore leur rénovation sera d'instinct, et sans vergogne (prudente pourtant, et tenant compte uniquement du résultat, de l'efficacité).

Mais avant tout cela, il faut dire que l'expérience des récents succès (et déboires) en fait de gloire littéraire ou picturale nous a été fort enseignante. (Mallarmé, Rimbaud.)

Nous avons constaté que la hardiesse en ces matières *payait*.

En somme voici le point important : PARTI PRIS DES CHOSES *égale* COMPTE TENU DES MOTS.

Certains textes auront plus de PPC à l'alliage, d'autres plus de CTM… Peu importe. Il faut qu'il y ait en tout cas de l'un *et* de l'autre. Sinon, rien de fait.

(Ce n'est qu'une des rubriques :)
« Partir des mots et aller vers les choses » (Rolland de Renéville[8]) : eh bien, c'est faux.

On nous reprochera d'un certain côté d'attendre nos idées des mots (du dictionnaire, des calembours, de la rime, que sais-je…) : mais oui, nous l'avouerons, il y faut employer ce procédé, respecter le matériau, prévoir sa façon de vieillir, etc. (Cf. les *Propos métatechniques*, déjà[9].) Nous répondrons pourtant que cela n'est pas exclusif et que nous demandons aussi à une contemplation non prévenue et à un cynisme, une franchise de relations sans vergogne, de nous *en* fournir aussi.

Genre choisi : définitions-descriptions esthétiquement et rhétoriquement adéquates.

Limites de ce genre : son *extension*. Depuis la formule (ou maxime concrète) jusqu'au roman à la *Moby Dick*[10] par exemple.

Ici nous pouvons expliquer que l'on a dans notre époque tellement perdu l'habitude de considérer les choses d'un point de vue un peu éternel, serein, sirien (de Sirius) que…

Sidi-Madani, lundi 29 décembre 1947 (tard, le soir).

(À placer au cours de la critique des idées comme telles. Après : « un certain sentiment d'écœurement comme devant l'inconsistance, la non-résistance, la défaite ».)

Défaite ou victoire (dans une discussion théorique non suivie d'un vote, résultat précis qui change le monde extérieur) défaite ou victoire (dis-je), c'est tout comme : aussi hasardeuse, éphémère, susceptible de remise-en-question l'une que l'autre.

Et, bien sûr, cette inconsistance, ce côté lâche et inquiétant des idées même victorieuses que j'émets, j'en souffre *moi-même* : c'est moi-même qui suis défait, qui n'existe plus qu'à peine, qui me juge réfutable, humilié plus encore que d'une défaite physique. Ma considération en souffre.

Comment donc accepterais-je de passer ma vie dans cette condition : lieu traversé d'erreurs, plein de vents, échafaudage qu'une chiquenaude peut renverser ? Qu'est-ce que ce coton, cette bouillie que j'ai dans l'esprit ? Même si elle est victorieuse.

Une belle image, au contraire, une représentation hardie, neuve et juste : j'en suis plus fier que si j'avais mis sur pied un système, fait une invention mécanique de première importance, battu un record, découvert un continent : c'est comme si j'avais découvert un nouveau métal, mieux encore : je l'ai découvert *à l'intérieur de l'homme*, et c'est signé : c'est moi, c'est la preuve de ma supériorité sur tout au monde (je suis sûr, par expérience, de l'admiration de ceux qui me ressemblent) : j'ai donné à jouir à l'esprit humain.

Sidi-Madani, dimanche, 4 janvier 1948 (1).

... Donner à jouir à l'esprit humain.

Non pas seulement donné à voir, donné à jouir au sens de la vue (de la vue de l'esprit), non ! donné à jouir à ce sens qui se place dans l'arrière-gorge : à égale distance de la bouche (de la langue) et des oreilles. Et qui est le sens de la formulation, du Verbe.

Ce qui sort de là a plus d'autorité que tout au monde :

de là sortent la Loi et les Prophètes[11]. Ce sens qui jouit plus encore quand on lit que quand on écoute (mais aussi quand on écoute), quand on récite (ou déclame), quand on-pense-et-qu'on-l'écrit.

Le regard-de-telle-sorte-qu'on-le-parle[12].

Sidi-Madani, dimanche 4 janvier 1948 (2).

Au commencement une certaine naïveté sans doute (ou bêtise).

Si les *idées* (entends-je par là les opinions seulement ? — peut-être) me procurent quelque écœurement, une sorte de légère nausée (c'est un fait), c'est sans doute que je ne suis pas très intelligent. D'instinct, je leur attribue une valeur absolue, alors qu'elles n'ont évidemment qu'une valeur *tactique*. Elles ne peuvent donc manquer de me décevoir. Le fait est qu'elles me déçoivent.

S'il m'arrive d'en émettre, comme je le fais avec la même naïveté, sans souci de leur unique valeur tactique, et poussé au contraire par je ne sais quelle conviction (?) momentanée, je m'en mords bientôt les doigts. Bien sûr ! À qui la faute ? C'était inévitable.

Ainsi les idées ne sont pas mon fort. Celui qui les manie aisément, il a toujours le moyen de s'en sauver : par la rhétorique. Mais elles me manient plutôt. J'en enrage. Je me sens dupe. Et que vais-je donc leur préférer ?

Eh bien ! la même naïveté me fait souhaiter qu'on s'entende sur des faits, des constatations, — ou du moins sur des définitions. Alors qu'évidemment il s'agit de rien moins que de s'entendre, mais seulement de discuter, et finalement d'en imposer — ce pourquoi, naturellement, nul besoin de définitions : au contraire !

Une certaine bêtise et beaucoup de putasserie (coquetterie). Je voudrais plaire à tout le monde.
On voit que je ne doute de rien !

Sidi-Madani, lundi 5 janvier 1948 (1).

Allons tout de suite au fait. Ou, si vous préférez, tâchons de nous prendre sur le fait, en flagrant délit de création[13]. Nous voici présentement en Algérie, tâchant...

Prenons-nous en flagrant délit de création.
Nous voici en Algérie, tâchant de rendre compte des couleurs du Sahel (vues à travers la Mitidja, du pied des monts Atlas). Il s'agit donc là, dans une certaine mesure, d'une besogne d'expression.
Après beaucoup de tâtonnements, il nous arrive de parler d'un rose un peu *sacripant*. Le mot nous satisfait *a priori*. Nous allons cependant au dictionnaire. Il nous renvoie presque aussitôt de Sacripant à Rodomont (ce sont deux personnages de l'Arioste) : or Rodomont veut dire Rouge-Montagne et il était roi d'Algérie. C.Q.F.D. *Rien de plus juste*[14].
Quelles leçons tirer de là :
1° Nous pouvons employer *sacripant* comme adjectif de couleur. Cela est même recommandé.
2° Nous pouvons modifier *rodomont* en l'employant très adouci : « La douce rodomontade. » En tout cas, nous allons pouvoir travailler là-autour.

Les idées ne sont pas mon fort. Je ne les manie pas aisément. Elles me manient plutôt. Me procurent quelque écœurement, ou nausée. Je n'aime pas trop me trouver jeté au milieu d'elles. Les objets du monde extérieur au contraire me ravissent. Il leur arrive de me causer de la surprise, mais ils ne paraissent en aucune mesure se soucier de mon approbation : elle leur est aussitôt acquise. Je ne les révoque pas en doute[15].

Je n'ai pas publié bien autre chose qu'un petit livre intitulé *Le Parti pris des choses*. Il y a cinq ou six ans de cela. Et voici que quelques personnes l'ayant lu, il s'en est trouvé un petit nombre pour me demander des explications à son sujet, souhaitant surtout que je dévoile un peu ma méthode créative comme elles disent.
Naturellement je trouve cela fort gentil. Un peu

embarrassant aussi à vrai dire, mais il fallait bien que je m'y attende.

Bien entendu, s'il me faut être tout à fait sincère, je ne conçois pas que l'on puisse valablement écrire autrement que je fais.

Le première question que je poserai est celle-ci : Comment peut-on écrire ?

Lundi 5 janvier 1948 (2).

Que je le dise *enfin*, car l'on se rendra compte peu à peu que je commence par la fin, que je le dise donc pour commencer : n'importe quel caillou, par exemple *celui-ci*, que j'ai ramassé l'autre jour dans le lit de l'oued Chiffa, me semble pouvoir donner lieu à des déclarations inédites du plus haut intérêt. Et quand je dis *celui-ci* et *du plus haut intérêt*, eh bien voici : ce galet, puisque je le conçois comme objet unique, me fait éprouver un sentiment particulier, ou peut-être plutôt un complexe de sentiments particuliers. Il s'agit d'abord de m'en rendre compte. Ici, l'on hausse les épaules et l'on dénie tout intérêt à ces exercices, car, me dit-on, il n'y a là rien de l'homme. Et qu'y aurait-il donc ? Mais c'est de l'homme inconnu jusqu'à présent de l'homme. Une qualité, une série de qualités, un compos de qualités inédit, informulé. Voilà pourquoi c'est du plus haut intérêt. Il s'agit ici de l'homme de l'avenir. Connaissez-vous rien de plus intéressant ? Moi, ça me passionne. Si je m'y passionne, pourquoi ? Parce que je me crois capable de réussir. À quelle condition ? À condition d'être têtu, et de *lui* obéir. De ne pas me contenter de peu (ou de trop). De ne rien dire qui ne convienne qu'à lui seul. Il ne s'agit pas tellement d'en tout dire : ce serait impossible. Mais rien que de convenable à lui seul, rien que de juste. Et à la limite : il ne s'agit que d'en dire une seule chose juste. Cela suffit bien.

Me voici donc avec mon galet, qui m'intrigue, fait jouer en moi des ressorts inconnus. Avec mon galet que je respecte. Avec mon galet que je veux remplacer par une formule logique (verbale) adéquate.

Heureusement 1° il persiste, 2° mon sentiment à sa vue

persiste, 3° le Littré n'est pas loin : j'ai le sentiment que les mots justes s'y trouvent. S'ils n'y sont pas, après tout, il me faudra les créer[16]. Mais tels alors qu'ils obtiennent la communication, qu'ils soient conducteurs de l'esprit (comme on dit conducteur de la chaleur ou de l'électricité). Après tout j'ai les syllabes, les onomatopées, j'ai les lettres. Je me débrouillerai bien !

Et je crois bien que les mots vont suffire...

Ce galet gagna la victoire (la victoire de l'existence, individuelle, concrète, la victoire de me tomber sous les yeux et de naître à la parole) parce qu'il est plus intéressant que le ciel. Non pas tout à fait noir, plutôt gris sombre, gros comme un demi-foie de lapin (mais aucun lapin n'a ici rien à faire), bien en mains. Pratiquement c'est la main droite, avec un creux où s'insère agréablement la face droite (quand autrui me regarde) de la dernière phalange de mon médius[17]...

Sidi-Madani, vendredi 9 janvier 1948.

Rien de plus banal que ce qui m'arrive, ni de plus simple que la solution du problème qui m'est posé.

Mon petit livre : *Le Parti pris des choses* ayant paru il y a près de six années a donné lieu depuis lors à un certain nombre d'articles critiques, — en général plutôt favorables, — qui ont fait connaître mon nom dans certains cercles au-delà même des frontières de la France[18].

Bien que les textes très courts dont est composé ce mince recueil ne contiennent explicitement aucune thèse philosophique, morale, esthétique, politique ou autre, la plupart des commentateurs en ont donné des interprétations relevant de ces diverses disciplines.

Plus récemment, deux ou trois critiques ont enfin abordé l'étude de la forme de mes textes[19].

La revue *Trivium* a publié l'une de ces études et comme j'en exprimais mon contentement, elle m'a demandé d'ajouter moi-même quelques commentaires sur ce que l'un de mes critiques les plus bienveillants, Mrs. Betty Miller, a appelé ma méthode créative[20].

Sidi-Madani, samedi 10 janvier 1948.

« M'adressant aux poètes, dit Socrate, je pris celles de leurs poésies qui me semblaient travaillées avec le plus de soin ; je leur demandai ce qu'ils avaient voulu dire, car je désirais m'instruire dans leur entretien. J'ai honte, Athéniens, de vous dire la vérité ; mais il faut pourtant vous la dire. De tous ceux qui étaient là présents, il n'y en avait presque pas un qui ne fût capable de rendre compte de ces poésies mieux que ceux qui les avaient faites. Je reconnus donc bientôt que ce n'est pas la raison qui dirige le poète, mais une inspiration naturelle, un enthousiasme semblable à celui qui transporte les devins et ceux qui prédisent l'avenir ; ils disent tous de fort belles choses, mais ils ne comprennent rien à ce qu'ils disent. Voilà, selon moi, ce qu'éprouvent aussi les poètes, et je m'aperçus en même temps que leur talent pour la poésie leur faisait croire qu'ils étaient aussi pour tout le reste les plus sages des hommes ; ce qu'ils n'étaient pas. Je les quittai donc aussi, persuadé que je leur étais supérieur...

... Enfin je m'adressai aux artistes. J'avais la conscience que je n'entendais pour ainsi dire rien aux arts, et je savais que je trouverais chez les artistes une infinité de belles connaissances. En cela je ne me trompais point, car ils savaient des choses que je ne savais pas, et sous ce rapport ils étaient plus habiles que moi. Mais, Athéniens, les grands artistes me parurent avoir aussi le même défaut que les poètes, car il n'y en avait pas un qui, parce qu'il excellait dans son art, ne se crût très versé dans les autres connaissances, même les plus importantes, et ce travers gâtait leur habileté. Je m'interrogeai donc moi-même... et me demandai si j'aimerais mieux être tel que je suis sans leur habileté et sans leur ignorance, ou bien avoir leurs avantages et leurs défauts. Je me répondis à moi-même... que j'aimerais mieux être comme je suis[21]. »

Que ressort-il de ce qui précède, sinon (je m'en excuse) une certaine sottise de Socrate ? Quelle idée, de demander à un poète ce qu'il a voulu dire ? Et n'est-il pas évident que s'il est seul à ne pouvoir l'expliquer, c'est parce qu'il ne peut le dire autrement qu'il ne l'a dit (sinon sans doute l'aurait-il dit d'une autre façon) ?

Et je tire de là aussi bien la certitude de l'infériorité de Socrate par rapport aux poètes et aux artistes, — et non de sa supériorité.

Car si Socrate est sage en effet dans la mesure où il connaît son ignorance et sait seulement qu'il ne sait rien, et en effet Socrate ne sait rien (sinon cela), le poète et l'artiste savent au contraire au moins ce qu'ils ont exprimé dans leurs œuvres les plus soigneusement travaillées.

Ils le savent mieux que ceux qui le peuvent expliquer (ou prétendent le pouvoir), car ils le savent *en propres termes*. D'ailleurs, tout le monde l'apprend en ces termes et le retient facilement par cœur.

Nous déduirons bientôt de cela plusieurs conséquences (ou idées consécutives). Mais il nous faut confesser d'abord qu'en effet les poètes et les artistes abandonnent fort souvent leur bonheur et leur sagesse, et croient pouvoir expliquer leurs poèmes et croient aussi que leur habileté dans cette technique les rend aptes à trancher en d'autres sortes de problèmes, ce qui n'est aucunement fatal.

Qu'on n'attende pas de moi une telle présomption. N'importe qui est plus capable que moi d'expliquer mes poèmes[22]. Et je suis évidemment le seul à ne pouvoir le faire.

Mais peut-être le fait qu'un poème ne puisse être expliqué par son auteur n'est-il donc pas à la honte du poème et de son auteur, mais au contraire à sa gloire ?

Et certes, ce qui serait seulement à ma honte peut-être, c'est qu'un autre dise mieux que moi ce que j'ai voulu dire et me persuade par exemple d'une faute (d'un manque) ou d'une redondance au contraire, que j'eusse pu éviter. Pour ma part, je corrigerais aussitôt cette erreur, car la perfection du poème m'importe certes davantage que je ne sais quel sentiment de mon infaillibilité.

Mais enfin, peut-être pourrait-on dire qu'un poème qui ne peut aucunement être expliqué est par définition un poème parfait ?

Non pas. Il y faut d'autres qualités encore, et peut-être

seulement *une* qualité. Socrate n'était peut-être pas si sot qu'il a pu nous sembler d'abord. Et peut-être n'aurait-il pas eu du tout l'idée de demander qu'on lui explique un poème *qui eût porté son évidence avec lui*… (Mais l'aurait-on encore appelé poème ?…)

Sidi-Madani, vendredi 30 janvier 1948.

À quoi se rapporte cette évidence ? À une vertu propre de l'expression (du moyen d'expression) ? Oui sans doute en un sens, mais en un sens seulement. Elle se rapporte également à une convenance, à un respect, à une adéquation (voilà le plus délicat) de cette expression (par rapport à elle-même absolument parfaite) à la perfection propre de l'objet (ou d'un objet) envisagé.

Égoïsme et charité sont ici confondus. Il faut être à la fois féroce et respectueux. Le moyen est que la chose elle-même soit féroce… et rentre cependant dans les normes, les catégories humaines. (Elle ne peut moins faire.)

— Eh bien ? — Hé bien !
— Soit… ? — Ainsi soit-il !…

Sidi-Madani, vendredi 30 janvier 1948.

1° Bien que de mes vertus je te croie la plus proche, (*Le plus particulier bien exprimé…*)

Décède aux lieux communs, tu es faite pour eux (… *crée le lieu commun*[23]).

2° Rien n'est intéressant à exprimer que ce qui *ne se conçoit pas bien* (le plus particulier).

Que ce qui ne se conçoit pas bien s'énonce clairement ! (À l'optatif[24].)

3° Le plus particulier, on le conçoit (mieux) (surtout) (seulement) *à propos du monde extérieur*. C'est celui-là, c'est ce plus particulier-là qui porte à la fois son évidence, son désir puissant d'expression (son exigence d'expression), et son objectivité confrontable[25].

Sidi-Madani, samedi 31 janvier 1948.

À chaque instant du travail d'expression, au fur et à mesure de l'écriture, le langage réagit, propose ses solutions propres, incite, suscite des idées, aide à la formation du poème.

Aucun mot n'est employé qui ne soit considéré aussitôt comme une personne[26]. Que l'éclairage qu'il porte avec lui ne soit utilisé ; et l'ombre aussi qu'il porte.

Lorsque j'admets un mot à la sortie, lorsque je fais sortir un mot, aussitôt je dois le traiter non comme un élément quelconque, un bout de bois, un fragment de puzzle, mais comme un pion ou une figure, une personne à trois dimensions, etc. et je ne peux en jouer exactement à ma guise. (Cf. la phrase de Picasso sur ma poésie[27].)

Chaque mot s'impose à moi (et au poème) dans toute son épaisseur, avec toutes les associations d'idées qu'il comporte (qu'il comporterait s'il était seul, sur fond sombre). Et cependant, il faut le franchir...

DE DEUX MÉCANISMES PERSONNELS.

Le premier consiste à placer l'objet choisi (dire comment *dûment* choisi) au centre du monde ; c'est-à-dire au centre de mes « préoccupations » ; à ouvrir une certaine trappe dans mon esprit, à y penser naïvement et avec ferveur (amour).

Dire que ce n'est pas tellement l'objet (il ne doit pas nécessairement être présent) que l'idée de l'objet, y compris le mot qui le désigne. Il s'agit de l'objet comme notion. Il s'agit de l'objet dans la langue française, dans l'esprit français (vraiment article de dictionnaire français).

Et alors là, un certain cynisme de relations s'établit. Cynisme, ce n'est pas le mot (mais il devait être dit).

Tout ce qui fut pensé entre en ligne de compte. Tout ce qui sera pensé et les mesures de l'objet, ses qualités comparées. Surtout les plus ténues, les moins habituellement proclamées, les plus honteuses (soit qu'elles apparaissent comme arbitraires, puériles, — ou qu'elles évoquent un ordre de relations habituellement interdit).

D'autres fois, ce n'est qu'*une* qualité de l'objet, ma réaction préférée, mon association d'élection à son propos (peler la pomme de terre bouillie, — et sa façon de cuire) qui sera mise en valeur, à laquelle toute l'importance sera donnée.

On y puise et l'on y découvre. Il s'agit ici de la trappe du rêve et du sommeil, autant que de celle du sang-froid et de la veille.

Il s'agit aussi de ne pas se laisser dérouter par les associations de qualités habituellement interdites. C'est même en cela que tout (ou le principal) consiste : avouer les anomalies, les proclamer, lui en faire gloire, les nommer : un nouveau *caractère*.

Oui, il s'agit du caractère que cela représente, pris du bon côté, loué, applaudi, approuvé, considéré comme une leçon, un exemple.

Un point qui doit être attentivement considéré est celui-ci :

J'ai dit tout à l'heure qu'il s'agissait de l'objet comme idée, ou notion, à laquelle contribue de façon très grave et sérieuse son nom, le mot français qui habituellement le désigne.

Oui. Bien sûr.

Ainsi parfois le nom m'aide, lorsqu'il m'arrive de lui inventer quelque justification ou de paraître (de me persuader) l'y découvrir.

Mais il se trouve aussi parfois que cet ensemble *partiel* de qualités qui concerne plus le nom de l'objet que l'objet lui-même prenne un peu trop le pas sur les autres. C'est un piège, parfois.

Quant aux qualités de l'objet qui ne dépendent pas tant de son nom que de tout autre chose, ma tentative d'expression de ces qualités doit se produire plutôt *contre le mot* qui les offusquerait, qui tendrait à les annihiler, remplacer, précipitamment emboîter (mettre en boîte), après les avoir simplifiées, pliées, condensées exagérément.

Et voilà une autre façon de tenter la chose : la considérer comme non nommée, non nommable, et la décrire *ex nihilo* si bien qu'on la reconnaisse. Mais qu'on la reconnaisse seulement à la fin : que son nom soit un peu comme le dernier mot du texte et n'apparaisse qu'alors.

Ou n'apparaisse que dans le titre (donné après coup).

Il faut que le nom ne soit pas utile.
Remplacer le nom.

Cependant, ici, d'autres dangers se font jour. Le souci de ne pas prononcer le nom peut transformer le poème en un jeu tel, si jeu, si peu sérieux, que le résultat soit comme les fameuses périphrases de l'abbé Delille[28].

Tandis qu'il ne s'agit pas tellement d'une description comparée, *ex nihilo*, que d'une parole donnée à l'objet : qu'il exprime son caractère muet, sa leçon, en termes quasi moraux. (Il faut qu'il y ait un peu de tout : définition, description, moralité.)

D'une forme rhétorique par objet (c.-à-d. par poème).

Si l'on ne peut prétendre que l'objet prenne nettement la parole (prosopopée), ce qui ferait d'ailleurs une forme rhétorique trop commode et deviendrait monotone, toutefois chaque objet doit imposer au poème une forme rhétorique particulière. Plus de sonnets, d'odes, d'épigrammes : la forme même du poème soit en quelque sorte déterminée par son sujet.

Pas grand-chose de commun entre cela et les calligrammes (d'Apollinaire) : il s'agit d'une forme beaucoup plus cachée.

... Et je ne dis pas que je n'emploie, parfois, certains artifices de l'ordre typographique ;

— et je ne dis pas non plus que dans chacun de mes textes il y ait rapport entre sa forme dirai-je prosodique et le sujet traité ;

... mais enfin, cela arrive parfois (de plus en plus fréquemment).

Tout cela doit rester caché, être très dans le squelette, jamais apparent ; ou même parfois dans l'intention, dans la conception, dans le fœtus seulement : dans la façon dont est prise la parole, conservée, — puis quittée.

Point de règles à cela : puisque justement elles changent (selon chaque sujet).

Sidi-Madani, samedi 31 janvier 1948.

PLAN. — Poèmes, non à expliquer (Socrate).
Supériorité des poètes sur les philosophes :
    a) (je ne sais trop si j'ai raison d'employer le mot poète),

b) (supériorité tant qu'ils ne se croient pas supérieurs en autre chose que leur poésie).

De l'évidence poétique. Évidemment, cela est sujet à caution. Voilà le risque. Connaissance poétique (poésie et vérité).

Du particulier au commun.

(Inclusion de l'humour : grands jeux de mots.)

Deux choses portent la vérité :
l'action (la science, la méthode), la poésie (merde pour ce mot[29]) ;
la qualification ?
— *la constatation de rapports d'expression.*

Si je définis un papillon *pétale superfétatoire*[30], quoi de plus *vrai* ?

Poèmes, non à expliquer :
1° Poèmes-poèmes : parce que non logiques. Objets.
2° Poèmes-formules : plus clairs, frappants, décisifs que toute explication.

Supériorité des poètes sur les philosophes :
ils savent ce qu'ils expriment en propres termes.

Du particulier au commun :
du particulier dans le monde extérieur ;
d'une rhétorique par objet[31] ;
c'est toujours au proverbe que tout langage tend.

Sidi-Madani, mardi 3 février 1948, dans la nuit (1).

Rien de plus flatteur sans doute que ce qui m'arrive, mais cela me fait tout de même un peu rire, quand j'y songe ! Faut-il que l'époque soit bizarrement dénuée pour qu'on attache à une littérature comme la mienne le moindre intérêt ! Comment peut-on se tromper à ce point ?

Je n'ai jamais, écrivant les textes dont quelques-uns forment *Le Parti pris des choses*, je n'ai jamais fait que m'amuser, lorsque l'envie m'en prit, à écrire seulement ce qui se peut écrire sans cassement de tête, à propos des choses les plus quelconques, choisies parfaitement au hasard.

Vraiment, il s'agit d'une entreprise conçue tout à fait à la légère, sans aucune intention profonde et même à vrai dire sans le moindre sérieux.

Je n'ai jamais rien dit que ce qui me passait par la tête

au moment où je le disais à propos d'objets tout à fait quelconques, choisis parfaitement au hasard.

Ainsi par exemple ces figuiers de Barbarie[32] : ...

Sidi-Madani, mardi 3 février 1948, dans la nuit (2).

Je ne suis pas un grand écrivain, Messieurs, vous vous trompez. Eu égard à La Fontaine (par exemple[33]) je ne serai jamais qu'un petit garçon. J'échafaude avec peine, bâtis avec beaucoup de lourdeur. Certes, je me donne beaucoup de peine... (mon stylo cracha violemment ici[34]).

... Cette grosse tache pour me démentir et me forcer à abandonner ce discours, — et mon humilité !

Sidi-Madani, mardi 3 février 1948 (dans la matinée).

Aussi bien ai-je sans doute beaucoup de chance, car à vrai dire l'on ne me demande pas tant d'expliquer tel ou tel de mes écrits que de dévoiler quelque peu la méthode selon laquelle ils se sont produits. Et peut-être puis-je penser qu'on admet ainsi dès l'abord qu'ils soient assez clairs pour être reconnus, pour qu'on les reconnaisse *inexplicables* et qu'on se borne alors à me prier de dire comment j'ai pu parvenir à produire des textes si *inexplicables*, si évidemment clairs, si évidents.

À la vérité, cette démarche présente elle-même quelque chose d'assez étonnant. Car enfin, comment se fait-il qu'on soit tellement surpris (ou intéressé) par le caractère évident d'un texte, qu'on songe à s'enquérir de la façon dont il a été produit ?

Comment expliquer, sinon par une impuissance ou une maladresse commune à écrire clairement, ce désir d'apprendre à écrire ainsi ?

Il me faudrait donc conclure de la demande qui m'a été faite à une certaine imbécillité (ou trop grande complication) des esprits de l'époque ?

Mais peut-être de cette demande — (je le préférerais, après tout) — puis-je inférer plutôt autre chose.

C'est que certains de mes textes, pour évidents qu'ils paraissent, présentent en même temps un caractère inouï, surprenant, — et que la surprise enfin qu'ils provoquent (et les questions consécutives à cette surprise) ne tiennent pas tellement à leur évidence qu'à leur étrangeté[35]?...

Il me faudrait donc conclure à deux sortes d'évidences: la commune, qui ne donne lieu à aucune question, et l'étrange (qui surprend en même temps qu'elle convainc).

Peut-être parviendrai-je ainsi insensiblement à mon propos...

Le Grau-du-Roi, 26 février 1948.

PROÈME. — Le jour où l'on voudra bien admettre comme sincère et *vraie* la déclaration que je fais à tout bout de champ que je ne me veux pas poète, que *j'utilise* le magma poétique *mais* pour m'en débarrasser, que je tends plutôt à la conviction qu'aux charmes[36], qu'il s'agit pour moi d'aboutir à des formules *claires*, et *impersonnelles*,
on me fera plaisir,
on s'épargnera bien des discussions oiseuses à mon sujet, etc.

Je tends à des définitions-descriptions rendant compte du contenu actuel des notions,
— pour moi et pour le Français de mon époque (à la fois *à la page* dans le livre de la Culture, et honnête, authentique dans sa lecture en lui-même).

Il faut que mon livre remplace: 1° le dictionnaire encyclopédique, 2° le dictionnaire étymologique, 3° le dictionnaire analogique (il n'existe pas), 4° le dictionnaire de rimes (de rimes intérieures, aussi bien), 5° le dictionnaire des synonymes, 6° toute poésie lyrique à partir de la Nature, des objets, etc.[37]

Du fait seul de vouloir rendre compte du *contenu entier de leurs notions*, je me fais tirer, *par les objets*, hors du vieil humanisme, hors de l'homme actuel et en avant de lui. J'ajoute à l'homme les nouvelles qualités que je nomme.

Voilà *Le Parti pris des choses*.

Le Compte tenu des mots fait le reste... Mais la poésie ne m'intéresse pas comme telle, dans la mesure où l'on nomme actuellement poésie le magma analogique brut. Les analogies, c'est intéressant, mais moins que les différences. Il faut, à travers les analogies, saisir la qualité différentielle. Quand je dis que l'intérieur d'une noix ressemble à une praline, c'est intéressant. Mais ce qui est plus intéressant encore, c'est leur différence. Faire éprouver les analogies, c'est quelque chose. Nommer la qualité différentielle de la noix, voilà le but, le progrès.

Paris, 20 avril 1948.

Il faut travailler à partir de la *découverte* faite par Rimbaud et Lautréamont[38] (de la nécessité d'une nouvelle rhétorique*).

Et non à partir de la *question* que pose la première partie de leurs œuvres.

Jusqu'à présent on n'a travaillé qu'à partir de la question (ou plutôt à reposer plus faiblement la question).

---

* Rimbaud : « Je sais maintenant saluer la beauté. » Lautréamont : les *Poésies (passim).*

POCHADES EN PROSE

Samedi 13 décembre 1947. En mer, 7 heures.

Modestie dans la façon dont la terre se quitte ; et d'abord comme on aboutit à quai à Port-Vendres... Côté opérette de la chose.

L'appréhension à bord : appréhension des rampes, des bastingages.

D'une autre sorte d'appréhension...

Les objets du bord la nuit : cordages, poulies, canots et radeaux de sauvetage, bouées, ceintures ; le gouvernail.
La dunette.

Balancement du ciel, et celui du fanal du grand mât.

La mer par houle légère.

Le réveil la nuit.
Au matin l'orage à l'arrière.

Comment il est agréable de se trouver au milieu des éléments nébuleux et mouvants, de l'informe et mystérieuse beauté des remous (couleurs, formes, phosphorescence, etc.). Les nuages, les vagues.
Que les bords mêmes (Pyrénées orientales) apparaissent comme des masses, d'une autre matière mais également informe, en mouvement.

La mer l'hiver.
Les dangers.
Que les objets évoquant le risque sont les plus apparents à bord[1].

De nuit sur le pont des navires, c'est une immémoriale cérémonie...

Sidi-Madani, samedi 13 décembre 1947 (tard dans la nuit[2]).

Les taches, les éclaboussures, les hasards et les surprises des formes, des matières : il y a beau temps qu'on a utilisé ces moyens rhétoriques[3]...
Le faux marbre de notre salle de bains, ici.
... Et certes, tout le monde est capable de jeter une poignée de matière-à-expressions (une poignée de plâtre, de couleur, d'encre, une poignée de sons, de paroles — que sais-je ? — une poignée de mots) contre le mur (la page[4]) à décorer, à orner (ou salir), à victimer (invectiver)... Puis d'attendre, de constater ce que ça fait... Cela fera toujours quelque chose... quelque chose de « bien », d'accrocheur pour la sensibilité et l'imagination... à condition primo : qu'on soit dans une telle période de l'histoire que de tels moyens rhétoriques pouvant être conçus puissent être compris (lapalissade) ; secundo (ou plutôt correction du « primo ») : que l'on soit à un moment où les gens sont exercés à *donner* plus à l'œuvre d'art qu'ils n'en reçoivent, — ou plutôt encore : exercés à considérer l'œuvre d'art (mot ici impropre : il ne s'agit pas d'art ici, ou à peine) comme suggestion, occasion de sensations et de sentiments inouïs (ou de combinaisons inouïes de sensations et de sentiments), plus que tout autre chose (plus par exemple que chose dont on jouit surtout pour le sentiment qu'elle est *juste* ou *bien faite*).
Et secundo : que cela soit réalisé pourtant d'une certaine façon, selon la rhétorique convenable à cette sorte d'expression. Voilà ce qui serait intéressant : dégager les lois de ce genre d'expression (la tache, l'éclaboussure suggestive).
Eh bien, il y a primo : (préparation de la matière à projeter) la plus ou moins bonne adhérence de la matière-choisie-à-projeter contre la matière-choisie-comme-cible (fond, support). La façon plus ou moins bonne dont elle s'y étale, ou y « rentre ». Le « bonheur » d'une première

tache renseignera sur les chances de succès (dans le genre) de la matière-projetée sur la matière-à-victimer.

Jeu des dégradés de couleur (du clair au foncé, etc.).

Jeu des processus de la forme (coulées, éclats, bavures, crachats, frottis, extensures) rappelant ou suggérant des formes types des processus de la nature (constellations, remous des liquides, effilochures en spirales des vapeurs, propagation du feu, taches d'huile, cassure des silex, palmures et arborescences des végétaux, de la foudre, cristallisation de certains minéraux en formes géométriques, etc.).

« Nous en sommes à accueillir, à souhaiter de *nouveaux sentiments*... » Et d'abord : « *Tout est permis* » : voilà le postulat de ce genre d'expression... Et je ne dis pas que son contraire ne vaille pas mieux, ah ! non, bien sûr je ne le dis pas !

Sidi-Madani, dimanche 14 décembre 1947. Matin.

J'éprouve le besoin, ce matin, de mettre un commencement d'ordre dans la suite de pensées que m'ont suggérées les faux marbres de notre salle de bains, ici.

Titre : « D'un genre moderne d'œuvres d'art : la tache, ou éclaboussure-suggestive. »

Plan : I. Un certain nombre d'œuvres d'art modernes se présentent sous la forme de taches, d'éclaboussures-suggestives.

II. Qu'est-ce que cela suppose comme besoin à satisfaire, comme prédisposition psychique ou métaphysique ? Cela suppose qu'on en soit à désirer éprouver (acquérir) des sentiments inouïs, des formes suggestives et complexes de sentiments encore inédits ; que l'on considère l'œuvre d'art comme moyen de modifier, de renouveler son monde sensoriel, de lancer l'imagination dans des directions nouvelles, inexplorées.

III. Description d'une œuvre de ce genre.

IV. Comment cela a-t-il été produit ? — Tout se passe comme si, après avoir choisi un fond comme cible et un matériau comme projectile, l'« artiste » se comportait comme suit : il projette ; il examine les résultats ; il les exploite, corrige, modifie... (ou non).

Tout est significatif, toute forme. Nous choisissons ici, comme phénomène à exploiter, nos éclaboussures, nos créations *ex nihilo*, plutôt que les choses déjà créées (non par nous), plutôt que les objets du monde extérieur (déjà existants).

Quel avantage ? C'est que la création ici *comporte* sa matière, qu'il y a unité ici entre la matière et la signification.

Nous créons le monde extérieur. Nous exprimons notre complexe intérieur déjà dans la projection, le jet, le lancer.

Dans quelle mesure ici y a-t-il *art* ? Dans 1° *le choix* du mur, de la page, du fond à décorer ; 2° *le choix* de la matière à projeter ; 3° la préparation du fond et de la matière de façon que l'adhérence soit bonne, les chances de bonheur d'expression nombreuses...

(Continuer un autre jour en ce sens...)

Sidi-Madani, même jour.

DU MARABOUT DE SIDI-MADANI. — Sur le flanc de la montagne, il se présente comme un bouton blanc, bouton de guêtre, bouton de fleur d'oranger, bouton de commutateur. Certainement les gens d'ici le considèrent comme un bouton de commutateur, permettant d'éclairer toute la coupole du ciel au-dessus.

Parce qu'un saint homme s'est retiré, a fait retraite ici, voici donc l'objet et voici le pouvoir qui en résulte : un pouvoir de commutateur.

Il ressemble aussi au pépin de citron ou d'orange. Oui, à un pépin de fruit, à un grain donc (un grain de riz, un petit haricot blanc). Aussi, à un caillou du Petit Poucet.

En même temps, et aussi, à une perle (perle d'huître[5]), donc un bouton encore : bouton de manchette, bouton de col ou de plastron de chemise.

Et il me donne à imaginer une étude ou poème basé sur les rapports de la perle avec la graine, de ce qui est bouton de fleur (d'oranger) avec ce qui est bouton de commutateur (aspérité accrocheuse au doigt et dont l'action sera décisive, illuminera ou plongera dans l'obscurité un immense espace, ciel et monde alentour), avec ce qui est grain, pépin de fruit, avec ce qui est perle, ornement de plastron...

Selon ma méthode, je n'en dirai pas beaucoup plus long aujourd'hui.

Pourtant, ceci encore : comme je m'aperçois qu'il y a autour de ce bouton une petite zone de verdure plus sombre, cela m'amène à le considérer comme un clitoris. Une petite verrue. Une petite induration de chair nacrée, émouvante... Autre sorte de commutateur, bien entendu... ou de bouton de fleur d'oranger.

L'ACTIVITÉ DU KABYLE, OU LE KABYLE INDUSTRIEUX. — La ferme (?) du Kabyle sur un palier (le dernier avant le sommet) du versant de la montagne d'en face, de l'autre côté de la gorge, ici déjà assez largement ouverte. Le terrain défriché par lui, les couleurs de cela, — dans le bistre-grisâtre et le bleu-vert, des notes orangées, et jusqu'à un rouge. L'aspect paillasson des petits bâtiments, à cause de leur couverture (chaume) et des champs défrichés autour, comme un carré de tapis. Paillassons sur lesquels court une fumée, une vapeur bleuâtre.

L'ÉPICIER et son épicerie. — Écriteau en arabe dans sa boutique. La ferme de cet épicier, où nous nous réfugiâmes par un orage ; les animaux de son étable. Ses déclarations de richesse (vaches suisses).

LES FEMMES VOILÉES. — Les pieds nus de la femme arabe, sa démarche. Un seul œil découvert, à Blidah.

PAS LA MÊME ÉCRITURE.
LES ORANGES.
L'AFRIQUE RONDE, les rondeurs de l'Afrique.
LA TERRE s'y effrite, s'en va très vite par les OUEDS.

TOUTES LES SAISONS sont ici mêlées. En quel mois sommes-nous ? Mars ? Avril ? Juin ? Novembre ? Nous sommes en décembre. Cela est signifié par les orangers verts à fruits d'or (rouge d'or), sur fond de prairie vert d'émail.
Vert et rouge mêlés produisant l'orange.
Très peu d'hiver à la dose, signifié par le très petit nombre d'arbres à feuilles caduques.

LES JARDINS ET TERRASSES. — Oh ! les roses de décembre, les orangers à fruits d'or rouge, le jardin des Hespérides, les bougainvilliers...

L'ARCHITECTURE, LE STYLE D'AMEUBLEMENT, LA DÉCORATION. — La maison. Promenades intérieures. Vestibules.

Notion de la promenade intérieure, au frais, à l'aise. Les mosaïques. Les lanternes. Bois sombres (tête-de-nègre) et laines blanches. Plâtre des murs.

Bois sombres et laines blanches et carreaux de mosaïque froide.

EXPLICATION DU LIEU.
La côte méditerranéenne.
Le Sahel.
La Mitidja (Boufarik, Blidah).
L'Atlas (Gorges de la Chiffa).
Les Hauts-Plateaux (Médéah).
Le premier Désert (Boghari).

LA POPULATION SUR LES ROUTES.

L'EUROPÉEN ICI ne doit pas sortir après six heures du soir, nous dit-on. ... Mais il est très bien reçu dans les cafés maures, les épiceries, les villages de montagne... Contradictions dans les déclarations du jeune Européen d'ici.

LA SYMPHONIE DE CE LIEU.
Le bruit du torrent.
On entend parfois cet oiseau (la chouette ?).
D'autres petits oiseaux chantent ou sifflent joliment.

À QUELLE ALTITUDE nous trouvons-nous ici ? à 220 mètres.

JOURNÉE À ALGER LE 16-12-47. — Restaurant 4, rue Ampère. Le balcon Saint-Raphaël ; El Biar.
Le port. Couleur de la mer. Le quartier d'Hussein-Dey. Mustapha supérieur. Fort-de-l'Eau. Cap Matifou. Jean-Bart.
Les absinthes. Le véritable aloès et sa fleur. Les roses. Les strélitzias. Bancs couverts de mosaïque (au balcon Saint-Raphaël).

Fort-l'Empereur. Casernes. Boqueteaux d'eucalyptus.
Le musée Franchet-d'Esperey.
La batterie turque. Le fort turc.
Vue sur la partie centrale d'Alger. L'Amirauté. Les mosquées (la mosquée de la Pêcherie, la Grande Mosquée). La synagogue. Le port des Barbaresques.

Vue sur la Casbah.
La rue Rovigo.

Le marché aux puces du haut de la Casbah (rue Rovigo). Les ânes du service des ordures ménagères. L'armoire à glace un beau soir. Rentrée en ville. Square Bresson. L'Opéra. Bab'Azoun.

Rue Dumont-d'Urville. Expédition de dattes et oranges par avion. Rue de l'Isly. Chaussures, pâtisserie. La poste centrale. Rue Michelet. Palais d'été. Bardo.

Retour de nuit. Lettre d'Armande (ses succès scolaires). La bibliothèque du centre. Lecture de Fromentin[6].

Sidi-Madani, mercredi 17 décembre 1947.

Non, ce petit palais maure n'avait rien d'une tente. La route passait à deux pas. Mais pourtant quelle solitude, et quel vent!

Quel vent!
La porte de la chambre était secouée moins par le vent lui-même, je crois, que par les différences de pression que provoquaient à l'intérieur de la maison close pour la nuit les violentes bourrasques qui soufflaient de la gorge[7].

Gorges de la Chiffa, vendredi 19 décembre 1947.

L'ocre brillant, ça c'est nouveau. Une sorte de mordoré, sur un lit bleu ardoise, ou argent-gris (mélangé d'ocre), ou argent-vert[8].

Il y a dans cet ocre comme un peu de blanc de céruse.

Le tout dans un écrin de velours roux et vert (surtout vert foncé).
Une rivière d'or très pâle.
Le ciel est une grosse perle de nacre, plutôt foncée (gris-bleu de l'intérieur des moules), du bleu au gris foncé-bleu, du beige clair au bleu-gris foncé.
Oui, l'intérieur d'une moule (non d'une huître).
Il y a là de l'orangé, et du vert d'algue neuve.

Les plages, d'un gris un peu d'asphalte.

Entre l'or très pâle, le mordoré, le mastic, le blanc de céruse... Un peu rose.

Les formes sont plates, comme de raquettes, de pochoirs.

Vous savez, ces coquillages bivalves quand on les ouvre (je pense surtout aux moules, ou aux coques) à l'intérieur on trouve comme une bourse, une glande, un ganglion de couleur sableuse, ocre pâle allant parfois jusqu'à l'orangé, dans un fond, sous un ciel allant de la nacre à l'ardoise (ou à l'argent niellé).
Eh bien! c'est un peu comme cela que nous est apparue la Chiffa au sortir de ses gorges.
Naturellement plutôt moins boursouflée, plus allongée et plutôt comme un boyau, un chapelet ganglionnaire, que comme un seul ganglion arrondi, une seule glande.
Mais de cette couleur, et un peu de cette matière: un peu charnue et assez sableuse, roulant sur l'ardoise, la pierre très mince et fort lisse, d'un bleu-gris foncé.

Voici donc ce panorama d'Afrique comme une moule entrouverte...
L'on voit qu'il s'agissait d'un ciel presque noir, d'un assez mauvais temps. Ce fut bien cela, au début.

Cela ressemble aussi à certaines clés plates pour les mécaniques (les bicyclettes), posées à plat et qui enserrent leurs boulons à plat.
Les boulons, ce sont les plages.

Aussi un peu comme lorsqu'on ouvre un haricot beurre (mûr), la façon dont la cosse enserre chaque graine (pour la *produire*).

Il y a là des formes très stylisées : de feuilles (plus ou moins lancéolées), ou de poissons.
Cela me rappelle un certain tableau de Braque, qui appartint à Zervos (Plante verte dans un intérieur ; avec des beiges et des gris sableux. Un peu dans ces mêmes formes°).

C'est comme du sable liquide. Une forme souple couchée à plat.

Il semble que le relief (le sol) s'en aille par là, rapidement.

Une sorte de lait, de café au lait. Mais non, cela n'évoque pas du tout le café, plutôt le thé au lait (avec beaucoup de lait et peu de thé très fort).
Oui c'est doré comme le thé.
Un ruisseau de thé au lait.
Cela s'écoule comme d'une commissure.
La montagne perd un ruisseau de thé au lait[10].
Dans une tasse (une sous-tasse) d'assez rugueuse terre grise.

Et la brèche dans la montagne est comme d'un pudding (ou cake, plutôt cake) assez friable. Une pâte assez levée, assez grasse, entre bien cuite et pas très bien cuite — et cela casse de la façon la moins géométrique — cela s'effrite plutôt, cela s'éboule. Par endroits, la pâte est plus sèche, comme sablée[11].

LA CHIFFA. — Un lait d'argile, une tisane de sable.

(Je l'ai cherchée longtemps, cette Chiffa. Il me semble que je la tiens à peu près, maintenant.)

LES BOUGAINVILLIERS. — Leurs fleurs sont le plus simplement du monde une modification de la sempiternelle feuille. Si évidemment que cela m'a fait grand plaisir, venant à l'appui de ce que j'avais récemment pensé de la fleur (une de mes dernières notes à Paris avant le voyage[12]).

Sidi-Madani, vendredi 19 décembre 1947.

TERRE D'AFRIQUE. — Vraiment, quand on voit la Chiffa comme nous la voyons, comme nous la vivons depuis bientôt une semaine, quand on voit de tels oueds dans un tel état, on est obligé de penser que le relief, les montagnes d'où ils sortent s'écroulent, se défont bien rapidement. On se dit que ça ne va pas pouvoir continuer bien longtemps sans effondrements graves, ni aplanissement prochain.

Et d'ailleurs, quand on examine les montagnes elles-mêmes, on trouve leurs sommets bien arrondis pour une chaîne qu'on nous dit contemporaine des Alpes, et si l'on s'approche et que l'on observe la roche dont elles sont composées on s'aperçoit qu'il s'agit le plus souvent d'une sorte de gâteau fait de feuillets d'ardoises ou de roches tendres entre lesquels comme une farce est à peine tassée une terre molle, argileuse, sans compacité ; le tout très facile à désagréger.

Le moindre filet d'eau creuse là-dedans une ride, un sillon assez profond et fait un dégât relativement considérable.

Cette terre paraît d'ailleurs très fertile, comme si la substance de la montagne entière dans toute son épaisseur était faite de terre végétale. Il y pousse une herbe extraordinairement verte, d'un vert d'émail, un peu jaune, de nombreux buissons, des pins, des chênes-lièges, des lauriers-roses, des figuiers de Barbarie, des agaves. Il y pourrait pousser sans doute bien autre chose, à peu près tout (je crois) ce que l'on s'aviserait d'y semer ou planter.

Terre extraordinairement fertile. Continent arrondi, jeune, encore tout plein, tout *capable* d'événements géologiques assez théâtraux.

Chiffa, chiffons, manteaux sales, crasseux, terreux.

Attitudes nobles, maintien distingué. Ils sont surtout beaux dans l'immobilité et le silence.

Nous vivons en Afrique, dans cette partie molle et arrondie qui lui fait la tête septentrionale (et tout le reste d'ailleurs) un peu comme une toupie de deux sous, un peu aussi comme une béquille (?).

Sidi-Madani, samedi 20 décembre 1947.

HIVER D'AFRIQUE DU NORD. — Ne rien faire, sommeiller... Je n'ai jamais connu un tel confort.

Cette chaleur si bien distribuée, ce silence, ces longs moments.

Cela m'endort.

Une marmotte savoyarde transportée en Afrique pour y passer l'hiver y dormit ni plus ni moins.

Rien à faire de plus. Nous sommes au fond du trou. Dans les jours noirs, les nuits longues.

Ici pourtant il semble que la végétation ne s'endort pas. Fleurs, fruits, feuillaison, et surtout cette herbe si neuve. La germination continue donc.

Les orangers sont très éveillés : tous ces petits boutons brillants...

C'est peut-être en cette saison, au contraire, qu'ici gens, animaux, plantes se trouvent éveillés. Les petits ânes sur la route marchent d'un pas très relevé.

... Mais nous, dormons...

Il y avait un mulet montant au labyrinthe, portant son homme et ses paniers. Chemin très raide, en petits lacets, dans les buissons.

Qu'ai-je vu encore ?

Ce minuscule oiseau vert. Roitelet des palmes.

Tiens ! Voici que vers le soir le vent se lève, balançant les arbustes, jetant des gouttes aux vitres.

Agités comme sans le vouloir, comme par un mouvement de foule qu'ils subissent, les arbres y semblent foncièrement indifférents.

De nouveaux festons se forment à l'horizon lointain, au-dessus du Sahel embrumé. Ils se colorent, se décolorent...

Fastidieuse hydrothérapie !

Nous sommes au flanc d'énormes bêtes couchées. Éléphants couchés l'un contre l'autre, qui ne bougent pas ; les pattes rentrées sous le ventre, le mufle aussi. Couverts d'une toison vert foncé, bouclés comme des caniches.

Ils font sous eux, entre eux, comme bœufs à l'étable, ce lait d'argile — sur une plage, une lèvre muqueuse de couleur grise, muqueuse un peu grenue, un peu poilue : vagin d'éléphante.

Ils se laissent peler, écorcher, défricher par endroits ; par d'autres éroder, crevasser. Peu leur importe. Relativement peu leur importe. J'admire leur monstrueuse impassibilité. Tout cela a aussi quelque chose de rassurant, de tutélaire.

La nuit tomba si vite ! entre quatre heures et demie et cinq heures moins vingt ! Brusquement la terre veuve rabattit ses voiles sur sa face...

Aussi vite qu'une veuve après s'être mouchée se revoile.

Dans ce petit palais mauresque la lumière se fait sans qu'on ait besoin d'agir soi-même les commutateurs.

Nous voici réduits au spectacle intérieur[13].

J'ai essayé de reproduire sur le papier le motif décoratif, sorte d'entrelacs en bas-relief, d'or gris sur fond bleuâtre, du petit bureau où je travaille. Eh bien, c'est beaucoup plus compliqué que ça n'en a l'air. Je n'ai pu en découvrir le principe. Il doit y avoir un truc, un secret. Cela évoque une sorte de cannage, c'est très joli. Le *cinq* des dés à jouer (quinconce : points en quinconce) y joue un grand rôle. Cela rappelle aussi la forme et la décoration de certains biscuits, nommés petits-beurre[14]... Voilà qu'il faut que j'y renonce encore... Plus bas il y a comme un entre-deux, un feston ajouré.

On me dit que la difficulté est la même concernant la notation des motifs de la musique arabe. Très simples, semble-t-il, très monotones, mais impossibles à noter.

Il pleut ici comme feuilles de palmiers. Il pleut comme palmes, palmes très fines, très aiguës, en squelettes d'éventails...

Admettons qu'il pleuve ici comme feuilles de palmiers...

Ces agaves sont merveilleux, merveilleusement forts. Quelle robustesse ! Cornets pointus se déroulant en épaisses courroies de transmission.

Quant aux raquettes des figuiers de Barbarie, dirigées selon des plans très divers, opposés, elles évoquent le télégraphe optique, les appareils à signaux aériens.

On dirait une analyse dans l'espace, une représentation (expliquée par B, A, BA) du mouvement hélicoïdal.

Cela prend l'air, cela prend le vent dans toutes les directions.

Mais de ces sortes d'hypothèses (ou hyperthèses), nul ne peut approcher de trop près. Il s'agit d'hypothèses exagérées, d'imaginations délirantes de la nature, fort acérées.

Figuiers de Barbarie, de Berbérie : c'en est donc ici le lieu véritable. Berbères, barbaresques : c'est évidemment le même mot[15]. D'ailleurs, selon l'accent *peurisien*, barbare se prononce berbère.

Sidi-Madani, dimanche 21 décembre 1947.

LES ARABES DANS LE PAYSAGE QUEL QU'IL SOIT.
— Quel qu'il soit, quel que le leur offre la nature ou le colonisateur, les Arabes dans le paysage se comportent identiquement.

Comme des hommes. À n'en pas douter.

Fort et amplement couverts, encapuchonnés des pieds à la tête, pieds nus.

Ils ont leur bourricot, soit. Leurs troupeaux, leurs moutons, bœufs, chameaux, chèvres noires, soit. La houppelande du berger : pour le soleil, et les nuits à la belle étoile.

Fort distants du paysage. Se conduisant en hommes. Empêtrés de rien. Misère et noblesse parfaites. Ils se tiennent très droits. Ou alors accroupis (en tailleurs turcs ou scribes égyptiens).

Parfaitement sûrs de leurs coutumes. N'en voulant changer un iota. Pourtant, ne semblent pas têtus du tout. Pas maniaques. Pas sauvages du tout. Ne semblent pas avoir peur du tout. Doivent être très braves. « Inch'Allah ! »

Mœurs patriarcales.

Drapés noblement dans leur misère et leur dignité. Le même vêtement, blanc (pas trop blanc, un peu gris), pauvre, simple, ample, et qui tombe bien, se drape bien, les protège à la fois du froid et du chaud.

Sidi-Madani, lundi 22 décembre 1947.

La journée a été merveilleuse.

Grand soleil, nuages blancs se dissolvant en l'air.

Promenade avec Odette le matin jusqu'à une ferme dans les collines.

Après déjeuner nous avons pu rester sur les terrasses jusque vers 15 heures. Papillons. Moucherons. Roses.

Un vent du sud, mais frais, s'est levé vers 16 heures. Violent, sifflant[16].

Je n'ai pas grand-chose à dire. Rien à prouver. Je ne voudrais non plus rien expliquer. Mais décrire plutôt. Ramener au plus simple. Étaler. Simplifier[17].

J'aimerais persuader quelques-uns que rien n'est plus simple que ce que j'ai à dire. Que je ne me reproche qu'une chose, à savoir de ne l'avoir pas dit plus simplement encore.

C'est de plain-pied que je voudrais qu'on entre dans ce que j'écris. Qu'on s'y trouve à l'aise. Qu'on y trouve tout simple. Qu'on y circule aisément, comme dans une révélation, soit, mais aussi simple que l'habitude. Qu'on y bénéficie du climat de l'évidence : de sa lumière, température, de son harmonie.

... Et cependant que tout y soit neuf, inouï : uniment éclairé, un nouveau matin.

Beaucoup de paroles simples n'ont pas été dites encore.
Le plus simple n'a pas été dit.

Pendant un court instant ce soir, cette petite fenêtre, une lucarne plutôt à vrai dire, qui troue le mur perpendiculaire à l'immense baie[18] vitrée devant laquelle nous aimons tant à nous asseoir,

cette lucarne fut comme un citron vert, entièrement éclairé.

Chaque citron vert est-il donc comme une fenêtre[19] ?
Au crépuscule le ciel mûrit vite.
Blanc d'amande, blanc de pulpe de noix, puis rose de coque-de-noisette.

Aujourd'hui, la première journée merveilleuse (on sait que pourtant je n'aime pas les grands mots).

Soudain tout a changé.

Malgré des souffles encore frais, le soleil a brillé dans le ciel bleu, où de grands nuages blancs se sont peu à peu éparpillés, puis dissous, volatilisés.

Nous avons pu rester assis sur l'une des terrasses devant la maison jusque vers trois heures de l'après-midi.

De nombreux moucherons en l'air, deux ou trois sauterelles très accomplies, volant presque aussi bien que des libellules,

— et même un papillon...

Sidi-Madani, mardi 23 décembre 1947.

Il me convient de dire avec ambages tout le bonheur que je conçois ici.

Il faut parler, il faut forcer la plume à rendre un peu...

Il faut parler, il faut tenir la plume…

Il faut fixer la plume au bout des doigts, et que tout ce qu'on éprouve parvienne à elle et qu'elle le formule… Voilà bien l'exercice littéraire par excellence. Toujours la plume au bout des doigts et que chaque « pensée », que chaque mouvement de l'arrière-gorge, du cervelet (?) se voit transcrit par les mots convenables sur le papier au moyen de la plume.

Formulation au fur et à mesure.

Tant que je n'aurai pas le parfait usage de ce moyen, de cet instrument, tant que je n'aurai pas acquis le maniement automatique de cet instrument, je ne pourrai me prétendre écrivain.

Oh, ce n'est pas sans de patients exercices que cela peut s'obtenir (si cela se peut) !

Mais comment, par quelle aberration continuée, se fait-il que je ne m'avise de cela que vers ma cinquantième année ?

Sidi-Madani, mardi 23 décembre 1947.

FORME DE L'AFRIQUE. — L'Afrique est ce continent aux formes bellement renflées, arrondies, au contour simple, un peu comme une toupie d'un sou. Tout y est ample et arrondi. Les frontières y sont à peine délimitées.

Quant à son relief, c'est un peu la même chose. Elle est posée face au ciel comme elle est posée face aux océans. Dunes et croupes, plateaux, grands lacs. Rien de déchiqueté.

Les glaces y sont je crois tout à fait inconnues. On y a plutôt trop chaud que trop froid.

L'Afrique est ronde comme un viscère : cœur, rein ou foie. Fort irriguée. D'un tissu assez homogène. Sans articulation, comme sans squelette.

Chaude et essentielle. Fort pigmentée. Compacte et tant soit peu élastique. Un muscle, plus qu'un muscle : le foie ou le cœur de l'organisme.

Elle est aussi plongée dans les mers chaudes, comme un têtard. Comme une amibe.

Comme un poupon. C'est le plus simple des chevaux à jupes, à jupe ronde. Elle est comme un gland, une olive, un jujube, plutôt encore comme une châtaigne, un marron débarrassé de sa bogue.

À cheval sur la croupe d'un marron d'Inde, voilà comme on est en Afrique du Nord. Croupe alezane sous un ciel bleu.

... J'en étais là de ces réflexions, fort hasardeuses, fort arbitraires, quand Charley Falk[20] arrivé dans sa voiture voulut nous emmener aussitôt. Nous sommes descendus d'abord dans la Mitidja où nous ont frappés ces nouveaux champs d'oxalys à fleurs d'un jaune extraordinairement soutenu, plus vif encore que celui du colza. Ces fleurs sont écloses au soleil depuis deux ou trois jours. Un peu avant Blidah, dans une sorte de grand terrain vague, paissait un troupeau de douze à quinze chameaux (dromadaires).

Nous avons traversé Blidah vers midi et avons pris la route montant en lacets vers le col de Chréa. Nous avons atteint les premiers champs de neige vingt minutes après, vers mille mètres d'altitude. La Mitidja nous apparaissait à chaque tournant de la route, comme vue d'avion. Le Sahel d'un rose cyclamen, un peu comme les ongles, s'abaissait et prenait valeur de dune par rapport à l'Atlas et au pic de la Mouzaïa qui montaient au contraire en même temps que nous. Plus loin que le Sahel c'était la mer, d'un bleu très doux, bombée, rejoignant le ciel sans ligne d'horizon marquée, d'une façon un peu globuleuse, très touchante.

Les hauteurs de Chréa sont couvertes de forêts composées uniquement de cèdres. La neige ne couvrait pas ces arbres mais à leur pied elle s'étalait en un tapis épais de près d'un mètre. La route, déblayée la veille par un chasse-neige, n'avait que la largeur de la voiture. Elle était bordée à droite et à gauche par un parapet de la même blanche matière, compacte, de 1,50 m de hauteur. Un peu avant le col la route se trouva barrée par deux camions militaires pleins de jeunes soldats de l'aviation accompagnés de quelques jeunes filles en costume de skieuses. Ces camions avaient stoppé afin que soient garnies leurs roues de chaînes qui leur épargnent de patiner sur la neige. Nous nous sommes rendu compte que l'opération risquait de durer quelques quarts d'heure et craignant d'arriver vraiment très en retard au déjeuner de Sidi-Madani nous avons donc rebroussé chemin. Le panorama durant la descente nous parut plus beau encore qu'à la montée. Ces vastes croupes offrent un aspect quasi pachydermique. Quelques groupes de maisons kabyles y sont accrochés par endroits. Les oueds apparaissent dans la plaine comme de curieuses pistes cendrées, ou comme des autostrades. La plaine elle-même offre un aspect assez varié. Mais rien n'égale en beauté les couleurs du Sahel, et celles de la mer. Il y a là comme une émotion, une carnation, une rougeur très touchante et cet étonnant gonflement des yeux de la mer. Comment exprimer cela. La rougeur du Sahel n'est du tout agressive, mais elle est très soutenue, sensible au plus haut point, comme celle d'un bout de sein, d'une lèvre mordue dans un mouvement de passion[21], non ce n'est pas cela encore : il y a là quelque chose comme un bleu qui deviendrait ardent, comme une flamme qui change de ton, comme un pétale, comme lorsque la teinture de tournesol vire du bleu au rouge, aussi comme certaines couleurs irréelles et habituellement très éphémères de l'aurore.

Quant à la mer, elle bombe par là-derrière ou là-dessus comme un sein qui serait aussi des yeux globuleux étonnés, quelque chose de bleu, de lacté. Cette mer…, pour ce pays, pour l'Afrique, est vraiment la mer du Nord[22], la mer aux yeux pâles, mais c'est aussi la Méditerranée, la mer du sud pour l'Europe, bleue tout de même ; et qui conduit à nos rives éblouies, à des rives qui ont le soleil dans les yeux.

Après un arrêt de quelques minutes dans Blidah à la recherche d'un pâtissier parmi les boulevards blanchis à la chaux et la population drapée dans la laine, aux pieds roses comme le Sahel, mêlée d'Européens, charrettes, camions, nous avons refait en sens inverse la partie de la Mitidja que nous avions traversée à l'aller et nous sommes remontés sur notre piton de Sidi-Madani, comme sur un escabeau au milieu de la gorge montagneuse et de ses ombres vertes. Nous y avons déjeuné dans notre petit palais mauresque. Nous avons pris le café, en plein air sur la terrasse bordée d'agaves, de figuiers de Barbarie aux troncs entrelacés de bougainvilliers en fleurs. Puis nous avons repris la voiture pour nous enfoncer dans la gorge jusqu'au ruisseau des Singes. À peine avions-nous mis pied à terre en cet endroit que l'un de nous se retournant vit à deux pas de lui, qui venait de sauter de la montagne sur la route, un assez gros singe cynocéphale, clignant fort humainement de ses yeux noisette. Nous lui donnâmes aussitôt quelques dattes emportées dans cette intention. D'autres singes descendirent alors des rochers, certains abandonnant leurs petits qui poussaient des cris de bébés désespérés. Et ces bêtes, sans nulle familiarité ni voracité apparente, fort intéressées pourtant, à peine effrayées, sollicitaient de nous, surtout par l'expression de leurs regards, quelques offrandes. Deux ou trois parmi les plus gros mâles étaient mêlés à nous comme auraient pu l'être quelques camarades d'une race un peu éloignée, mais sans différence très tranchée. On croit voir qu'ils nous considèrent un peu comme des leurs. L'un d'eux avait aussitôt pénétré dans la voiture dont il fallut le faire sortir et monter les glaces.

Au moment où nous nous apprêtions à remonter en voiture nous aperçûmes un de ces animaux qui dévalait de roche en roche pour nous rejoindre. Son petit, abandonné quelques mètres plus haut, commençant à piailler, l'animal remonta vers lui et l'enfant sauta sur son dos. C'est ainsi chargée de sa progéniture que la guenon nous rejoignit en quelques bonds et se fit offrir nos dernières dattes. L'enfant un peu craintif, agrippé, collé à plat ventre sur le dos de sa mère, montrait un visage fort éveillé et curieux.

Cependant, au pas décidé de leurs mules ou de leurs bourricots, de petites caravanes d'Arabes remontaient les lacets de la route dans le défilé, élégamment drapés dans leurs nobles haillons[23] et nous adressant parfois quelque aimable et fin sourire ou au contraire quelque sombre et farouche regard.

Sidi-Madani, jeudi 25 décembre 1947.

Dès le matin,
    le ciel se dalle, se marquette, se pave, se banquise, se glaçonne, se marbre, se cotonne, se coussine, se cimente, se géographise, se cartographise...
    (La forme pronominale convient bien ici, car ces formes se créent, en vérité : de l'intérieur[24].)

Le paysage ici semble de ruines buissonneuses, et par terre, dans le lit des oueds, de fragments de mosaïque, comme un pavage fêlé.

J'en ai assez, parfois, de cette tapisserie de laine vert foncé et ocre, brodée de boqueteaux, de cette ruine de falaises et de terrains ocre (d'ocres rouges), entre Hubert Robert et Derain, sous la soie des cieux.

C'est du crayolor (certaines couleurs sont à la Camoin, Picart Le Doux, mauvais Renoir, mauvais Bonnard[25])... Et cette Chiffa aujourd'hui cimenteuse, asphaltée, grise comme un trottoir de rue parisienne. Comme une coupe de silex gris veiné de gris plus clair ou de jaune.

Voici, sur le tard du jour, que le ciel se duvette, se plumotte, s'édredonne ; il se pompadourise, se douillette, se matelasse, se capitonne de soie grise, gris-rose bleu pervenche très pâle ; le voici qui se dos-de-fauteuille...

(Et là-bas que se passe-t-il ? C'est un dais, un lambris...)

Puis, vers l'Occident, il se chamoise, se gant-de-suédise, beurre-fraîchit... plus tard enfin se peluredoignonne[26].

Bien ! Passons à un autre exercice...

Sidi-Madani, jeudi 25 décembre 1947.

RANDONNÉE VERS LE SUD. — Aguesse[27] est venu nous prendre à 9 heures et demie, hier, et sur ma demande de l'autre jour (qu'il m'a fallu lui confirmer ; il m'a fallu somme toute une certaine ténacité) nous a emmenés vers le Sud.

Après avoir remonté les gorges de la Chiffa, par le village de Sidi-Madani, le ruisseau des Singes, la région des Cascades, Camp des Chênes, la haute vallée de la Chiffa, nous avons continué à monter par de larges lacets en pays découvert vers Médéah.

Vue grandiose sur les monts de la Mouzaïa et la chaîne de Chréa. Enneigés. Tente orange du cantonnier. Hameaux dans les eucalyptus. Troupeaux de petites vaches sur la haute route. Villages de chaumes aplatis dans les anfractuosités. Fontaines (abreuvoirs).

Descente banlieusarde sur Médéah.

Médéah. Le marché indigène. Les remparts. Tous ces ânes, ces Arabes prenant le café. Passé les remparts. Les couleurs. Rempart-aqueduc doré à fenêtres bleues. Petit boqueteau à gazon vert et ciel bleu.

Revenus au marché. Acheté une couverture. Descendu avec Calet[28], acheté des cigarettes chez le beau mozabite. Le Fondouk. Place du marché européen. Station Shell.

Sortie de Médéah. Fenêtres à linges.

Berrouaghia, par Loverdo. Les neiges, le col de Ben-Chicao. Gens à skis.

Le chaos du Tell. Couleurs des mamelons. Leurs formes. L'étendue de tout cela.

La descente après les hautes neiges et les vignes dans les neiges.

Bois de chênes-lièges dans la descente vers Berrouaghia (chacals au retour, la nuit, pris dans les phares de l'auto). Jeunes oliveraies drôlement irriguées. Vue sur le massif de l'Ouarsenis.

Berrouaghia. Nouveau marché, d'un tout autre caractère. Hommes droits, grands. À la sortie de ce village, huttes de terre. La bifurcation. Nous prenons la route de gauche par Brazza (le coiffeur) et Arthur.

La vallée d'un affluent du Cheliff, puis celle du Cheliff lui-même.

Grands troupeaux de chèvres noires à longs poils. Fermes de terre battue. Grandes meules de paille encroûtées.

Il semble qu'une seule charrue travaille tout cela, toujours invisible: d'immenses étendues. Vu un ou deux marabouts.

Il ne pousse que quelques céréales secondaires (orge). Ils moissonnent en laissant des chaumes assez longs et y mettent chèvres et moutons à brouter.

De plus en plus sableux. Les cañons des moindres ruisseaux.

Un peu plus loin, ce paysage de strates horizontales, comme s'il ne restait que le socle des montagnes, après des milliards d'années d'érosion.

Effondrements vaginaux dans certains mamelons.

Nous atteignons la région de Boghari, et, brusquement, à gauche, pénétrons dans BOGHARI, le « balcon du Sud ».

TROIS HEURES À BOGHARI. — Il est une heure de l'après-midi. Nous poussons jusqu'à la sortie opposée du village. Le Sud. Cimetière arabe. Terrain de football. Vue du village maure. La dune. Couleur des arbres sur le ciel.

Scène à la sortie du village. — Le football. Scène dans le cimetière arabe. Les jeunes eucalyptus, le ciel au-dessus. La dune, avec personnages se découpant sur le ciel. Le village, du genre des plus vieux et délabrés villages maures de Provence, plus la mosquée. Les croupes dénudées sur la droite. Le paysage vers le Sud. Safran, moutarde ou peau-de-lion. Quelque chose dans l'air rougit, ou carmino-groseille les lointains.

Remontés en voiture, nous demandons successivement à deux hommes jeunes qui nous semblent du genre français (colons ou fonctionnaires) ou algérien européanisé (l'accent du second m'étonne, étant donné son type, son allure et son vêtement, — mais à Marseille on connaît des surprises analogues) de nous indiquer un restaurant.

Celui qui nous est désigné est l'Atlantide-Hôtel que nous voyons à deux pas. Le long du trottoir, très passager en cet endroit, nous arrêtons la voiture, d'où nous nous extrayons, en même temps (sur les conseils d'Aguesse) que tous les objets nous appartenant.

L'accueil à Boghari.

Devant l'hôtel (HÔTEL est écrit en grosses lettres au-dessus d'une porte pleine condamnée, fort déteinte, — grisâtre, brunâtre ou violâtre — et poussiéreuse, sur le pan coupé à l'angle de la rue principale et d'une rue de moindre importance qui finit presque aussitôt), la façade sur la rue étant celle d'un grand bar-café, une ou deux grandes portes à vitres ouvrant de plain-pied sur le trottoir, un éventaire assez inattendu de marchand d'huîtres (!) entre les deux portes ; trottoir ai-je dit, fort passager en cet endroit...

(Je n'ai pu continuer plus avant la relation de cette randonnée.)

Safran, moutarde ou peau-de-lion. Quelque chose dans l'air rougit, ou plutôt carmino-groseille les lointains. Un rose extraordinairement sensible, à vrai dire assez sacripant. Serait-ce seulement un rose qui a du bleu dans le sang, ou du bleu sur les bords ? Oui, il y a bien quelque chose du feu dans cela, du feu artificiel aux joues. Les Arabes ont ce même rose aux pieds, autour des chevilles et à la base du mollet et sur le cou-de-pied. Parchemin rosâtre. Parchemin mais vivant. Bleu comme les noyés, dit-on. On pourrait dire ici : rose, rougeâtre comme les flambés. Rose assez flambant. Un violâtre, un violacé qui n'évoque pas le froid, mais la chaleur du feu, le reflet des flammes sur la chair. Certains pétales. Certains ongles. Bon dieu ! je n'y arriverai donc pas ! Il faudrait maintenant que j'enlève de l'épaisseur de pâte, que j'atteigne d'un seul coup, d'une seule touche[29] du pinceau à ce rose (mince comme un pétale).

BAFOUER : traiter avec une moquerie outrageante qui a quelque chose de cruel.

HONNIR : publier la honte de quelqu'un.

SACRIPANT : de Sacripante, personnage que l'Arioste a emprunté à Boïardo. Rodomont, tapageur, faux-brave. Par extension vaurien, mauvais drôle, capable de toutes les violences.

RODOMONT : de Rodomondo (Rougemontagne). Personnage du *Roland furieux*, roi d'Alger, brave mais altier et insolent[30].

Alger, mardi 30 décembre 1947.

DE LA BATTERIE TURQUE VUE SUR LA CASBAH D'ALGER. — Montés sur les canons de bronze vert de la batterie turque, le menton dans les mains, accoudés à la pierre large et dure du sommet des créneaux, nous contemplons la partie centrale de la grande ville d'Alger qui s'étage à partir de nous jusqu'à ses ports, jusqu'à la mer.

Aussitôt notre œil se trouve irrésistiblement attiré vers le spectacle extraordinaire qu'offre sur notre gauche la partie de là visible de la Casbah...

Sidi-Madani, vendredi 2 janvier 1948 (le soir après dîner).

LITTORAL DE BÉRARD À CHERCHELL. — Sur nos terrasses, présentement, la floraison des mimosas succède à celle des bougainvilliers.

Décidément, cette Mitidja, cette fameuse Mitidja dont tout le monde nous parle ici, dont le défrichement et la mise en culture sont considérés comme la gloire de nos colonisateurs, je ne l'aime guère. Pourtant il n'est pas mal, d'où nous sommes, de voir le Sahel avec le recul que sa vaste étendue nous impose. Mais quand on aborde les mamelons du Sahel, vers lesquels la route en lacets s'élève de façon à la fois très rapide et très souple, quel plaisir on éprouve alors ! Rien de plus avenant que cette région, si mollement accidentée. La couleur des sols y est étonnamment variée. Il arrive que le même mamelon montre je ne dirai pas toutes les couleurs de l'arc-en-ciel, mais de peu s'en faut. Il y a là-dessous une rousseur chaude, qui me paraît caractéristique de l'Afrique ; comme de la terre cuite au four, et qui affleure en de nombreux endroits ; comme si le sol était fait d'une boue de briques mais fertile, où des gazons d'un vert cru poussent comme lentilles sur une assiette.

Des villages d'apparence assez primitifs, sorte d'amas de paillotes aveugles entourés de figuiers de Barbarie souvent plus hauts que les gourbis eux-mêmes, buissonnent dans ces parages. Et jamais aux bords des routes, où c'est plaisir d'apercevoir au contraire parfois des maisons de construction plus récente, blanches avec des toits rouges, comme celles que nous connaissons dans les banlieues et les campagnes françaises : cela est gai, très fleuri, surtout de géraniums roses, ou rouges, de roses (thé ou roses) et de mimosas. (Il faut ici intervertir les termes : ce sont les habitations de style européen qu'on voit d'abord. Puis l'on découvre avec surprise les gourbis.)

Parfois, autour d'une construction, d'une ferme plus importante, s'élève haut et retombe du chef dépeigné comme en un immense geyser végétal, un boqueteau, un bouquet d'eucalyptus. (Est-ce ainsi : la savane ?)

(CONTINUÉ SUR LA TERRASSE DE NOTRE CHAMBRE DANS UN FLOT DE SOLEIL, le 3-1-48). — Bientôt, au détour de la route apparaît toute proche la mer, aujourd'hui bien calme et fort bleue jusqu'à la ligne d'horizon parfaitement dessinée, très ferme et relativement proche, sous un ciel de plusieurs tons plus pâles.

Encore quelques centaines de mètres en descente par la route qui s'insinue entre des bouquets de roseaux je ne dirais pas plumeux mais plumeteux, puis, traversant la route littorale au cœur de la petite agglomération riveraine de Bérard, voici que nous arrêtons la voiture sur une plate-forme de ciment qui surplombe d'un à deux (ou trois) mètres à peine la surface des eaux.

Nous n'avons encore rencontré âme qui vive. Il est 9 heures et demie du matin, le 2 janvier, et nous devons enlever nos manteaux pour vivre à l'aise.

Aussitôt je franchis le parapet, afin que je piétine et tâte les rochers dont l'apparence est ici celle d'une rocaille grise comme le fer mais d'une matière de pierre ponce, entre la pierre ponce et le mâchefer, érodée à la ressemblance du sol (paraît-il) de la lune ou bien d'une boîte crânienne, avec des alvéoles, des cratères, une dentelle genre crêpes bretonnes, dentelles pétrifiées, alvéoles, ruches, où l'eau de mer séjourne mêlée à celle de la pluie, et mouchetées en leur fond et sur leurs bords de minuscules escargots noirs, gros comme un pépin de raisin à peine.

Mes compagnons, demeurés sur la plate-forme où je les rejoins bientôt, semblent s'intéresser davantage au profil lointain de la côte et se désignent à l'extrémité droite, très diminué par la centaine de kilomètres qui nous en sépare, le cap Matifou ; à gauche, beaucoup plus près, le promontoire massif du Chenoua.

Ces noms propres une fois extirpés de la mémoire et prononcés dans le même moment qu'on a vu les réalités qu'on est convenu qu'ils désignent, une ou deux phrases entendues encore concernant le « charme » ou la « beauté » de l'endroit, et nous voilà remontés dans l'auto qui démarre en marche arrière et, rejoignant la route littorale, nous emmène vers Tipaza et Cherchell.

Sidi-Madani, samedi 3 janvier 1948, l'après-midi.

« Une côte de roseaux », m'étais-je écrié un peu hardiment, lorsque la mer nous apparut, toute proche, d'une des dernières hauteurs du Sahel d'où nous descendions vers Bérard. C'est que les roseaux s'y montraient en effet comme la nouveauté du paysage (avec la mer), mais ils n'étaient là encore à vrai dire qu'en petite minorité et pouvaient n'être qu'anecdotiques, ou épiphénoménaux, enfin très momentanés. La suite confirma pourtant au maximum mon hypothèse. Tout le long de notre route depuis Bérard, et tandis qu'à notre gauche venaient aux bords de la chaussée mourir en pentes douces les dernières ondulations du Sahel, faites ici de champs (labourés ou non), là de buissons de lentisques, là encore de petits bois de pins, d'oliviers, ailleurs de maigres vignobles, — tout ce que nous voyions à notre droite présentait un aspect à peu près uniforme, parfaitement inattendu. Un peu en contrebas de la route et jusqu'aux abords immédiats du rivage couverts à nouveau d'une frange de buissons (qui me parurent être de petits pins ou de lentisques), de hautes palissades de roseaux ceux-là non plus vivants et plumeteux, mais taillés et dressés perpendiculairement à notre chemin, clôturaient des jardins ou peut-être des potagers de nature assez mystérieuse, les plantations étant cachées à notre vue par d'autres haies de bien plus petite taille, celles-ci parallèles à la route, protégeant chaque sillon. Il m'a paru, par endroits, qu'on cultivait là des tomates, mais peut-être bien d'autres légumes ou fleurs encore : je ne sais. Très peu de travailleurs ou cueilleurs dans ces parages en cette saison, en tout cas.

Ces haies, dont il est inutile de souligner qu'elles donnent un aspect particulier et une couleur originale au paysage, ne sont pas assez hautes pour cacher du tout celui-ci et nous priver de l'apprécier...

BROUSSAILLES : groupe (touffe) de plantes.

BUISSONS : groupe d'arbustes bas et rameux. « Pousser en buisson. »

FOISON(NER) : de *fusio*, action de répandre et de se répandre.

VESTIGE(S) : vu.

PAILLOTES (un seul t) : huttes de paille dans les colonies.

GOURBI : cabane, hutte de branchages, de clayonnages, de terre sèche, employées par les Arabes. Les gourbis sont d'habitude enterrés partiellement.

BELLOMBRAS (n'existe pas au Larousse).

CLAYON : claie de pieux et de branchages, pour soutenir des terres, fermer un passage, etc.

CLAIE (origine celtique) : treillis d'osier à claire-voie.

TREILLAGE (en bois).

RABOUGRI : un bois rabougri est celui dont les fibres sont contournées en tous sens, et de plus enchevêtrées, tressées et nouées les unes aux autres[31].

Effet des vents contraires et violents (?) auxquels les arbres venant à une mauvaise exposition sont soumis au moment de leur croissance.

RAMEUX : qui est divisé en rameaux ; qui en a beaucoup.

Sidi-Madani, samedi 3 janvier 1948.

DU TOMBEAU DE LA CHRÉTIENNE. — Il faut que je date précisément cet écrit, car voilà un monument qui me paraît subir des atteintes de plusieurs sortes. J'ai sous les yeux une carte postale (non datée) qui le représente comme un amas quasi informe de blocs de pierre presque entièrement couverts de broussailles et de buissons.

D'autres buissons foisonnent sur le terrain qui s'étend au rez-de-chaussée, tandis que quelques tronçons de colonnes seulement, très disproportionnés au reste de l'ouvrage, amusent un peu son pourtour inférieur.

Sans doute la photographie a-t-elle été prise en été, voici d'assez nombreuses années.

Je viens de visiter ce vestige, hier le 2 janvier 1948, et il m'a présenté un aspect fort différent.

Nul buisson. Il est vrai que nous sommes en hiver. Pourtant je n'ai relevé aucune trace de végétation récente. Sur la face nord seulement, comme il est bien naturel, quelques mousses, d'ailleurs peu saillantes, incrustées plutôt. Quelques lichens timbrent la pierre, ici ou là. La couleur de la pierre y est certainement très différente de celle de la face orientée au midi : moins rousse, plus blafarde. Quant au pourtour, il est garni presque entièrement de colonnes sans doute relevées depuis qu'opéra notre photographe.

Je ne sais si les travaux de réfection (?) vont se poursuivre. C'est probable. Est-ce ou non souhaitable ? J'hésite à me prononcer. Certes il serait intéressant — si l'on en possède les moyens — de restituer au moins une apparence approchée du monument primitif. Mais j'ai un peu de crainte, sachant assez combien l'esprit et le goût sont de nos jours choses peu répandues, et combien le sont, au contraire, le zèle intempestif, la prétention et je ne sais quelle désinvolture envers la nature, le temps, l'oubli, qui sont des divinités au moins aussi respectables que bien d'autres.

Que le tombeau du roi carthaginois Juba II[32] nous soit parvenu en mauvais état sous le nom de tombeau de la Chrétienne, eh bien ! je ne vois là rien que de satisfaisant et de juste. Qu'il ne se présente que comme un tumulus à peine différencié des amas naturels de pierres, — assez pourtant pour qu'il n'y ait aucun doute sur son origine : une obscure prétention humaine à la gloire et à la *pérennence* ; qu'il doive persister ainsi de longues années encore, comme une verrue sur l'une des phalanges du Sahel, je le trouve fort bien. Et c'est ainsi que je l'aime. Monumental et presque informe. D'une forme du moins parmi les plus simples qui se puissent imaginer, plus simple que les pyramides ou les alignements de Carnac. D'une forme arrondie, sans autre prétention que de s'élever durablement un peu au-dessus du sol, et non pas en pointe ou comme une flèche, ni même comme une tour. Mais simplement comme un gros tas ou un petit monticule sur le sommet d'une montagne. Quelque chose d'insolite mais de peu prétentieux, attirant l'attention mais d'une façon assez modeste et très vague. Un tas, mais un tas durable, qui ne renie pas son origine et ne vise à rien autre qu'à changer un peu une ligne d'horizon. Voilà qui est certes grand-chose. Et je ne sais si Juba n'a pas eu la bonne part. Car enfin le tour est joué. Il était fort simple. Mais le voilà réussi.

... L'on pourra m'objecter sans doute que rien n'empêchait que les détails d'un monument aussi élémentaire dans sa forme générale, fussent précis, délicats, expressifs ?

Sidi-Madani, lundi 9 janvier 1948[33].

GORGES À SIDI-MADANI. — Les verts étincelants et les jaunes salades et les profonds, les aériens lilas foncés.

Boutons de guêtres blancs. Boutons de commutateurs à l'épaule ; puissantes épaules rondes, encolures et croupes (sellées de gazon vert).

Tous les ocres... et le lilas clair presque bleu de l'ample clé plate, posée à plat vers le nord.

Sidi-Madani, vendredi 23 janvier 1948.

LA FERME DU KABYLE. — Ce que je l'aime, cette ferme, la ferme du Kabyle — avec ce tapis autour d'elle bien nettement rectangulaire qui s'agrandit à mesure du travail de son homme. Comme il a bien travaillé, vite et bien, à son œuvre de défrichage, utilisant les jours succédant aux pluies (car on arrache, on déracine alors plus aisément).

Sidi-Madani, vendredi 23 janvier 1948.

TRACES DE L'HOMME DANS CES GRANDS PAYSAGES EN RUINES MOUSSUES. — Traînées (comme la traînée, la trace argentée de l'escargot), filons, cordelettes, chaînettes, broderies minuscules (un peu semblables, par leur proportion à l'ampleur de l'étoffe, à celles qui apparaissent sur certaines djellabas que nous avons aimées au marché indigène de Blidah, Odette et moi) : voilà tout ce que les hommes de par ici peuvent imposer durablement au paysage. Et les eaux ne peuvent guère faire plus (cascades dans les gorges sur la route du ruisseau des Singes au Camp des Chênes).

Filons ; je pense à ces minces filons de quartz, vite interrompus — sectionnés aux deux bouts — dans les ardoises, les schistes de cette région ; je pense aussi à ces filons plus minces encore qui sont comme un dessin très délié, blanc, crémeux, sur les galets d'ardoise gris-bleu, qui font comme des signes sur ces galets comme si ces galets portaient des signes, ou bien étaient simplement « signés ».

Le petit filon que constitue ainsi le petit village de Sidi-Madani, comme un filon incrusté au flanc de la montagne, très linéairement, chaque maison comme un petit cristal cubique (leurs façades sont chaque année repeintes à la chaux vive).

Le marabout, plus vivement blanc encore, avec son dôme arrondi, isolé, fait lui comme un bonbon, une perle. Quelque chose d'isolé, de (ou d'un) cabochon, quelque chose de voulu, de capricieux, de cabochard, — quelque chose de *plus précieux*.

Il y a aussi ces fils de la vierge, ces imperceptibles traînées de rubans des lignes télégraphiques avec leurs petits isoloirs de porcelaine qui brillent comme des gouttelettes.

La route et la rivière font aussi de pareilles traînées, plus persistantes (mais elles sont interrompues à la vision par les replis du paysage).

Et les sentiers qu'on aperçoit sont comme des sillons, de légères crevasses, comme lorsque l'ongle a gravé très superficiellement une peau foncée (mince elle-même) : à peine une trace.

On me dira que les hommes ont imposé à ce paysage toute une végétation (essences importées, cactées, agaves, oranges, citronniers, eucalyptus, trembles, etc.). — Oui, c'est exact... Et cela fait aussi des traînées comme une broderie en relief, ton sur ton.

Et il faut pour être honnête, pour rendre (hommage) à l'homme (de) ce qui est de l'homme, noter   car cela a grande — plus grande spatialement — importance : sa façon de peler le paysage, de défricher, d'enlever des carrés de mousse, mais cela rentre vite dans l'ordre : cela verdit d'abord de façon très vive, puis les tons se dégradent, les bords s'estompent et bientôt tout est fondu, mêlé : il n'y a plus qu'à recommencer (si l'on y tient).

Sidi-Madani, samedi 31 janvier 1948.

PHRASES DU DEMI-SOMMEIL (au réveil) À SIDI-MADANI. — Changer de tricot à mailles comme on change de mimosa, ou : changer de mimosa comme on change de tricot à mailles ?

Il s'agit en somme du rapport entre tricot à mailles et mimosa : très justifié dès qu'on connaît le mimosa à fleurs fanées sur l'arbre.

Sidi-Madani, lundi 2 février 1948.

NOUVELLES IMAGES DU DEMI-SOMMEIL. — Femme kalmouk, esquimaude ou mongole. Portant son enfant sur les bras. Conçue et notée comme étant d'une matière et d'une couleur de bougie : en stéarine. Quant à la forme, plutôt piriforme, comme Ubu, comme le Bibendum de la publicité des pneus Michelin, à bourrelets adipeux.

(Perdu plusieurs autres images, avec le sentiment que j'allais les perdre et le regret de n'avoir pas sous la main un carnet de notes.)

Sidi-Madani, jeudi 5 février 1948.

La montagne ruinée en falaise par le torrent, en face : un dolman, un shako de hussard autrichien. Du rose au vert, les brandebourgs (vieux brocart rosi), passementeries. Vieille soie rose à broderies vert foncé.

Montagnes comme selles, banquettes, accoudoirs de fauteuils, appuie-tête (têtières les bruyères).

Campagnes comme uniformes.

Sahel comme serpent à plumes.

Afrique comme béquille des culs-de-jatte (de Breughel[34]). Comme cheval d'arçon, appuie-tête des dentistes.
Grands et petits galets plats d'ardoise signés (de filons de quartz ou de rouille). Cf. certaines poteries de Joan Miró[35] ?

Sidi-Madani, 5 et 6 février 1948.

ACCUEIL ET GENTILLESSE ARABES. — (Au printemps de février en Afrique du Nord). — Il y a certainement une gentillesse arabe, quelque chose ! dans l'accueil et le sourire de ces gens... ! Et naturellement, surtout chez les femmes et les enfants, et aussi chez les simples paysans. Une joliesse et une grâce, fort souvent accompagnées de malice, de vivacité, d'enjouement : un sourire ou un fou rire un peu timide d'être ainsi saisi sur le vif, touché à vif. Quelque chose dont on ne peut s'empêcher, quelque chose de non commandé, qui s'échappe, qui bondit malgré eux. Quelque chose de caché, de soigneusement (et fort gracieusement) drapé, qui se livrerait volontiers, qui se livre, qui ne se découvrirait pas volontiers, mais qui est content, ravi, avide qu'on le devine, qu'on le soupçonne. Et le regard des femmes voilées appelle à cela. Ces femmes sont comme des lampes. Rien n'est si appelant que la flamme.

À la campagne, brusquement sur le seuil des portes, ces femmes non voilées qui apparaissent et se cachent aussitôt, ravies, en souriant. Cela ne dure pas beaucoup moins longtemps que la floraison des arbres fruitiers.

Est-ce qu'ils (et elles) sont habitués à une grande sévérité, et que la révélation (lue dans un œil étranger) de leur charme et de leur pouvoir les ravit d'un fou rire d'aise ? Est-ce comparable à mes fous rires-après-solitude, le soir, dans la salle de restaurant, en 1924 à Agay ? Beaucoup d'hommes sont plutôt mornes et tristes, empreints d'une dignité sympathique et un peu comique à la fois. Ils doivent se considérer tous à peu près comme des prêtres, chargés des rapports avec la Divinité (sauf peut-être les plus simples). Les femmes sont de gentils animaux (influents parfois).

Gentillesse et côté avenant, accueillant, de ce qui est soigné, préparé par les femmes : les maisons, la cuisine. Maisons et potagers — vergers dans les campagnes — le chez-soi est joli et paré (dans la plus grande simplicité et pauvreté). Vergers fleuris au printemps.

Il brille partout dans la campagne, le blanc de chaux des maisons derrière la haie de cyprès. Oh ! les jolis nids ! Petits mignons villages, petites mignonnes maisons blanches, petits mignons yeux et pieds des femmes. Jolis orteils brillant dans la montagne, maisons et marabouts. On n'en voit que l'œil ou l'orteil (la cheville, les mains, une main).

Rapport entre œil et orteil. Petits oignons.

Le fard, le charbon sous les yeux est comme le charbonnement de la mèche sous la flamme (de la lampe). Nécessité du fard. Et le rose aux joues c'est la surface proche sous l'abat-jour, que la lampe éclaire. (La chair qu'il s'agit d'éclairer, qui est ce qui est à offrir, à consommer, à caresser, à manger : la partie comestible, le repas servi, la nourriture offerte.)

Oh tu es ainsi comme une table servie, sous la lampe ! Mais table qui répond, est happée, se colle, est aimantée vers vous, contente, ravie d'être mangée et qui participe ainsi au festin... et nous l'aimons pour son goût du sacrifice. Et les fruits se multiplieront sur la nappe, parce que nous aurons ainsi pris le premier festin ensemble !

Ainsi de même des vergers fleuris.

À propos du rose (incarnat) du Sahel, parler du (ou de la) rose (rouge) de confusion ; de la confusion du sang, du ciel, des veines ; de la confusion des couleurs (profusion, confusion), carnation, incarnation, ongles.

LE PORTE-PLUME D'ALGER

À Henry-Louis Mermod.

I[1]

MON CHER AMI,

Entre l'action et la contemplation, c'est un étrange état que celui du voyage. Dans un corps agité par un mouvement qui ne lui est pas propre, l'esprit trouve un repos absolument contraire au sommeil. Car s'il doit, dans l'action, se tenir appliqué, forgeron convaincu des enchaînements qu'il conçoit, et si, dans la contemplation, il lui faut combiner encore, avec une certaine passivité, l'attention à tenir grande ouverte sa porte pour n'y laisser entrer qu'un objet seulement, il se soumet par le voyage à un abandon toujours réveillé, en raison du nombre, de la variété et du rythme ahurissant des impressions qu'il reçoit.

Et sans doute peut-il advenir que le voyage prenne l'allure de l'action ; si, n'étant qu'un moyen de se rendre quelque part, il doit être mené avec attention, avec soin et la ponctualité nécessaire. Mais, lors même qu'il en est ainsi (c'était mon cas), comme l'on se confie pendant des instants assez longs à quelque véhicule et qu'on n'a rien à y faire qu'à se laisser porter, la contemplation alors pourrait jouer, si... eh bien, si quelque objet s'y prêtait, mais il se trouve qu'aucun ne se prête[2]. Sinon à l'intérieur même du véhicule, une succession seulement s'en propose. Pour le contemplateur d'habitude ou de profession, la fenêtre du wagon ressemble au vase de Tantale[3]. Elle s'emplit par un côté et se vide aussitôt par l'autre. On n'y met pas la lèvre pour boire d'une eau donnée, que cette eau déjà s'en retire.

Pourtant, plus en français qu'en aucune autre langue...

Je ne serais pas l'homme que vous connaissez, cher ami, ne *sachant*[4] qu'en voyage il y a voir, qu'en voyage voir est venu et qu'il s'en est fallu de peu, sans doute, que voyager fût dit de l'action même de voir*. Qu'en tout cas, s'adonner au voyage, c'est à une certaine façon de voir. Et que si voyage en effet n'est pas voyance, qui est vision dans le présent de l'avenir, pourtant il n'en est pas loin : car c'est vision d'un présent fugace, d'un avenir qui cesse de l'être, d'un passé en passe de le devenir.

Cette vision, qui ne se commande guère mais s'impose de façon continuelle et imprévue, parfois monotone, n'est-elle pas un peu comparable à la fuite des idées, comme il est arrivé qu'on la note selon l'écriture automatique[5] ? Oui, à cette différence essentielle pourtant que ce qui se déroule alors, de manière automatique, ce n'est plus la pensée, mais le monde.

Ainsi, le voyage, qui tient un peu de l'une et de l'autre, me paraît-il bien propre à reposer de l'action et de la contemplation. Il en repose à la façon d'un massage, et sans doute est-il bon de s'y livrer quelquefois pour se désintoxiquer l'esprit et le corps.

Ce n'est pas d'une autre manière, mon cher ami, que j'ai conçu l'exercice que votre sollicitude me proposa en m'engageant à vous écrire ces lettres.

Il va falloir que, renonçant à mes habitudes — ne devrais-je dire à ma manie ? — je me laisse emporter par le train (de pensées[6]) où j'ai pris place — grâce à vous et un peu malgré moi — quand j'ai ouvert ce cahier et quand ma plume a commencé d'y courir. Emporter à la fois et masser — si j'ose dire — par le mouvement du monde à la rencontre de mon esprit. Si bien que je ne fasse à chaque instant que croiser[7] mes objets en un frottement énergique et constant mais, quant à chacun d'eux, parfaitement éphémère. Sans regret d'aucun, cependant, puisque les suivants déjà m'atteignent, qui n'auront pas davantage le loisir de m'occuper.

Ainsi, ne nous attardons pas. Continuons ! Allons sans trêve ! Il est bon de varier ses exercices[8]. Je vous sais gré de m'avoir mis en ce cas.

---

* Étymologistes, ne bondissez pas ! N'arrive-t-il pas que deux plantes aux racines fort distinctes confondent parfois leurs feuillages ? Voilà de quoi il s'agit.

2 [9]

Comment, MON CHER AMI, rester insensible aux paysages ? Bien que je ne les subisse, sans doute, à la manière des peintres, ils produisent en moi la plus vive impression : morale et matérielle à la fois. Je n'y échappe pas. Je ne puis d'eux, non plus, rien laisser échapper. Ils me paraissent plus qu'intéressants. Ils s'engouffrent en moi, ils m'envahissent, ils m'occupent[10]. Le personnage le plus imposant, la femme la plus touchante paraîtraient-ils alors aux portes de mon intérêt, et même viendraient-ils en contact avec moi, je ne cesserais pour autant d'éprouver avec une attention soutenue tout le reste, c'est-à-dire le paysage où nous sommes insérés.

C'est que je suis un animal inquiet, peut-être, et dois faire attention à tout. Qui sait ce qui peut fondre sur nous depuis l'horizon ? Je veux aussi jouir de tout. Je n'aime pas trop me laisser surprendre, ni manquer quoi que ce soit. Mais inversement...

Ainsi, dans notre wagon, tandis que nous roulions sur le chemin de fer entre Narbonne et Port-Vendres, vivement ébloui par l'étrangeté du paysage — soudain ces immenses nappes d'eau (les étangs de Sigean et de Salses) violemment battues par le vent des Corbières[11], si bien qu'il semblait que nous décollions d'une France déjà abandonnée par son sol même ou que nous roulions comme sur la piste d'envol d'un véhicule amphibie — je n'envisageais pas avec moins d'attention cette lumière qui se posait, comme un papillon vanné par l'intempérie[12], sur les parois de notre compartiment (ah ! je voudrais peindre tout cela à la fois), ni n'écoutais avec moins de sollicitude le bavardage de ce gros voyageur montpelliérain qui, penché galamment vers nos femmes, nous prédisait une traversée mouvementée et une dangereuse sauterie vers les Baléares, déclarant avec une amusante grossièreté qu'il n'abandonnerait pas volontiers contre le nôtre son destin proche, qui l'obligeait à descendre dès Perpignan[13] (où peut-être, où sans doute — comment me suis-je retenu de le lui dire ? — quelque tuile arrachée par ce vent même le tuerait !).

Quel bruit fait ce mistral ! Quel tintamarre ! Quelle agitation, quelle hâte fébrile et glaciale dès lors, comme si tout se précipitait en désordre et nous poussait malgré nous vers le petit navire, qui devait déjà nous attendre pour lever l'ancre aussitôt[14] !

Dès Perpignan, le train se trouva vide plus qu'à moitié. Sur le quai du chemin de fer, pèlerines et manteaux luttaient contre les rafales. La marchande de journaux dut replier son auvent. Nous repartîmes. Notre train s'en fut vers les Pyrénées enneigées faire à leur pied une salutation assez majestueuse, puis franchit les stations très rapprochées qui précèdent Port-Vendres, que nous atteignîmes enfin, avec un grand retard sur l'horaire.

Brusquement, nous eûmes, à notre tour, pied à terre. Le vent nous saisit, et le froid. Il fallut resserrer nos manteaux. Dans la cour, deux guimbardes automobiles se présentèrent. On nous y entassa, selon un mode d'agitato d'opérette qui ne nous laissait pas le temps de nous en divertir et déjà les bizarres véhicules, trimbalant chacun sa remorque aux valises, semblable à quelque casserole attachée à la queue d'un chat, dévalèrent à toute allure cahotante par des ruelles jusqu'au port[15].

Ce port, un drôle de petit théâtre ! où le *Gouverneur-Général-Lépine*, à lui seul emplissant le bassin, dominait de haut un quai de façades monumentales, ahuries de le voir ainsi plein jusqu'aux bords.

Quelques formalités en courant, plusieurs feuillets ou billets bleus à saisir ou lâcher s'envoler de nos mains[16], et nous mîmes le pied sur la passerelle, bons derniers pénétrant à bord derrière le porteur affairé déjà dans l'étroit couloir des cabines, où nous ne nous retînmes pas de l'interroger. Mais il devait aussitôt redescendre : « Vent arrière ; bonne traversée. » Telles furent ses dernières paroles. Dieu l'entende, ou plutôt Neptune ! Notre *Lépine* avait sa fumée dans les yeux.

3

MON CHER AMI,

Notre petit paquebot quittant Port-Vendres, nous étions à son bord suprêmement attentifs, je vous prie de le croire, notre attention pour l'heure siégeant plutôt dans l'estomac. Eh bien ! C'est à peine, d'abord, si nous le sentîmes bouger.

Ah ! j'aimerais que mon style rende compte de cela, mais je n'ai pas le temps de m'y appliquer[17]. Ni le droit, ni le goût à vrai dire, puisqu'il s'agissait du contraire, après tout : du contraire d'une application ; d'une molle chasse[18], plutôt, — comme d'un nuage au ciel par vent faible. Le vent pourtant était très fort.

Qu'un navire, d'ailleurs, soit aussi une châsse — et qu'il se désenchâsse avec précaution — cette image, un peu trop attachante, je la quitterai aussitôt. Nous voici en effet hors du bassin. L'épaule du pilote quitta notre hanche — et nous le vîmes qui se désintéressa de nous[19]. Nous de lui. Nos machines étaient en action.

J'entendis à mes côtés dire alors que c'était superbe, ce panorama des côtes de France, qui reculaient. Cela ne me saisit pas trop, malgré ma bonne volonté. J'eus seulement l'impression de m'éloigner (celle-là très forte), et de ne pas voir bien distinctement ce que je quittais — et qu'importe ! Le vent et le soleil nous cachaient tout.

Fort intéressé, je le fus, en revanche, bientôt par le spectacle inférieur : celui des eaux que nous fendions. Nous y organisions des remous, des jupons somptueux pour Thétis. Des figures dont un mathématicien maintenant, dit-on, pourrait donner les formules. Et moi non ? Eh bien, en tout cas, pas tout de suite. Cher ami, il faudra que j'y songe, pour vous en parler une autre fois. Il faudrait, n'est-ce pas, être aussi exact que le savant, à ma façon. Sinon, ce n'en vaudrait pas la peine. Suivit un océan de réflexions (ou de songeries)...

Un soleil très brillant, un vent très frais régnaient sur cet océan. Je ne me rappelle pas grand-chose des heures d'après-midi qui suivirent. Le paysage s'était bientôt réduit — élargi aussi bien — à celui d'une assiette à l'infini emplie d'une eau agitée d'une houle moyenne. Des notions aussi simples régnaient en moi. Je me rappelais avec joie que nous étions en décembre, que nous venions de quitter l'Europe, et que nous allions vers des pays réputés édéniques, du moins en cette saison.

À ces sentiments, pour tout dire, se mêlait un peu celui d'être à merci. À la merci du navire et de son capitaine, seule volonté à bord. Est-il au moins intelligent ? me demandais-je, je ne le vis qu'au dîner du soir, où son air me tranquillisa. Rien de considérable, pensais-je encore, ne peut plus nous venir que des météores, et je n'y connais rien, je suis à merci. Comme tout ce monde : mille à deux mille personnes, des militaires aussi, des bébés (la pensée des bébés était la plus rassurante).

Tard après dîner, parmi la gigantesque draperie des nuages, nous aperçûmes les feux des Baléares. De brefs éclats, comme on en tire du silex. Briquets à la pierre usée et qui ne s'allument pas, dieu merci ! sinon toute l'étoupe des cieux s'enflammerait et Zeus alors ! quelles torches ! Mais le monde est moins dangereux qu'on ne l'imagine. Tel est le bienfait négatif de l'incommunicabilité de ces feux ! Ils ne nous communiquèrent que de la confiance. Ainsi chaque nuit heureusement les Baléares battent-elles sans autre résultat le briquet[20].

Peut-être quelque déception au fond de mon esprit en naquit-elle, annulée bientôt par une récompense magnifique, dont je veux vous parler maintenant.

Je m'étais allongé dans notre cabine, déshabillé à moitié seulement — et combien d'heures avais-je dormi, quand je fus brusquement réveillé par un coup de roulis brutal qui fit s'ouvrir plusieurs portes. Le vacarme aussitôt me parut infernal. Hors les bruits proches : portes claquantes, meubles renversés et les gémissements aigus de la carcasse du navire, il me semblait que le vent soufflait en tempête, du ciel que des trombes se déversaient. La curiosité, une certaine frayeur me jetèrent à bas du lit. Je me couvris de mon manteau et, m'agrippant aux parois de l'étroit couloir qui desservait les cabines, je parvins à la salle à manger. J'y vis l'heure : c'était deux heures du matin.

Je montai sur le pont-promenade. Dehors, un temps très noir mais, à ma surprise, aucune pluie. La houle, certes, était très forte. Pourtant, nulle vague capable de franchir les hauts-bords du navire, qui — à peine gêné par un vent à la vérité très violent venant d'Espagne et qui le fouettait par tribord avant — avançait régulièrement, au bruit accéléré de ses machines. Voilà le vacarme qui m'avait réveillé.

Comme nous étions descendus en latitude, bien qu'il fût de bonne heure et que le temps fût à l'humide et à l'aigre, il ne faisait pas froid du tout. J'en fus agréablement impressionné, comme aussi par la solitude, et je fis plusieurs fois le tour du pont désert. Le tribord m'attirait davantage, il faut que je dise pourquoi : de là venait le vent, c'est-à-dire l'événement, auquel j'ai plutôt tendance à faire face. Non par courage, peut-être, plutôt par prudence et, somme toute, pour « voir venir ». Wait and see : n'est-ce pas le fait des nations maritimes ? Bien que je ne participe pas de ces nations, j'en épouserais ainsi les faiblesses.

Tout était désert, je l'ai dit. Je m'assis alors, et demeurai longtemps immobile, enchanté comme par une immémoriale cérémonie. Temps noir. Houle forte. Vent violent et assez tiède. Le navire avançait à force, mais régulièrement, au bruit précipité de ses machines. Plusieurs constellations brillaient vers le zénith, animées d'un balancement grandiose que j'observais pour la première fois.

Violemment éclairés, sur ce fond noir (si représentatif de notre éloignement de toute forme) brillaient seulement les objets du bord, peints en blanc et qui prenaient ainsi une valeur magnifique. Quels objets ? Ceux qui évoquent principalement le risque de la situation : chaloupes, radeaux, bouées, cordages. Chacun d'eux, d'ailleurs, de la forme la plus simple, qui fut de toute éternité choisie : canots types, bouées types, gouvernails, grands radeaux comportant les bonbonnes d'eau douce, et prêts à glisser à la mer.

Mais il y avait aussi, peints de la même couleur blanche, ces grands fauteuils évoquant le confort, la villégiature : une idée épicurienne de l'existence. Puis, ces constellations, ces hauts mâts, ces massifs sombres : je pus me croire un instant à Boboli[21]. J'invoquai nos anciens dieux, la mer étrusque : tout cela, par sa nature même, n'a nul besoin d'être développé. Si ma plume, au premier abord, refuse d'en dire davantage, cher ami, vais-je l'y forcer ? Cela n'est-il pas enfin à l'honneur de l'homme ?

Tout content, je rentrai dormir.

4[22]

Nous pouvions, nous devions, selon la littérature et les dires, beaucoup attendre de l'arrivée à Alger, des premières visions de l'Afrique. Cela nous fut refusé, ou épargné. Durant les dernières heures de notre navigation, des rideaux de pluie tour à tour retirés ou tirés nous cachèrent plutôt, nous montrèrent parfois les côtes vers lesquelles nous cinglions.

Quand la ville nous apparut, rien dans ses formes ni ses couleurs, rien dans son atmosphère pour nous persuader que nous étions sensiblement au sud de l'Espagne, ou de la Sicile. Tout, au contraire, nous laissait croire que nous abordions en n'importe quel port de la zone tempérée : Glasgow, Liverpool ou Nantes.

Nous recevions la preuve de l'uniformité du monde, des climats et des conditions. C'est la France qui venait à notre rencontre : architectures, véhicules, vêtements, comportements, cieux mêmes, rien de plus ni de moins. Et l'hôte très courtois et fin qui nous attendait sous la pluie, près de sa petite « conduite intérieure » et nous emmenait par les rues d'une capitale régionale, ni plus ni moins dépaysés qu'à Melun, Limoges ou Montpellier (selon le nuage passant au ciel), ne nous parut rien d'autre au premier abord qu'un fonctionnaire distingué, et comme il se doit mal payé, de notre quatrième République socialo-catholique du moment.

La littérature dit trop ou trop peu : nous le savions. Ce n'est pas nous qui pouvions en être surpris. Pas nous, non plus, mon cher ami (du moins en un écrit de ce genre), qui pouvons y changer rien. Il est sûr que le moindre objet familier, dévisagé durant deux minutes, devient beaucoup plus dépaysant pour le manège d'esprit qu'aucun paysage exotique. Il est sûr aussi, d'un point de vue différent, que tout au monde se ressemble et qu'il ne faut raisonnablement attendre des voyages que ce que la bonne humeur ou la bonne volonté y apportent. Nous n'en manquions pas. Nous nous sentions donc heureux et même ravis sous l'averse, qui redoublait.

Une des premières pensées de notre hôte[23] avait été pour nous offrir quelque chose. Cela aussi est bien français. On sait que cette expression en France signifie un verre au café. Nous nous trouvions donc au café. Cet établissement me parut vouloir ressembler à une auberge de la Forêt-Noire, mais comme il ne le voulait que modérément, il n'y parvenait pas du tout. Point de café, d'ailleurs ; rien de chaud. Nous bûmes du vin, et je me crus donc en Allemagne. Un orchestre, en vague uniforme, plutôt qu'il ne jouait, exécutait, enfin passait par les armes un morceau qui l'avait cent fois mérité.

À midi, il pleuvait plus fort quand nous remontâmes en voiture. Si fort qu'il y avait bien peu de monde sur cette place, le square Bresson. L'automobile démarra. Elle n'avait pas fait trois mètres, nous regardions par la vitre, qu'une forme voilée[24] traversa la rue. Ah! mon ami. Elle se dépêchait. Ce devait être une femme de ménage. Ses chaussures, du genre escarpin, les talons en mauvais état. Cette femme nous cachait donc sa figure. Un peu courbée, vêtue à l'antique, belle et misérable, furtive... Non tellement furtive. Il pleuvait. Elle était là, dans son Afrique. Mais quelle Afrique! Quelque chose comme le square Montholon ou la place de la Trinité, sans l'église, si elle donnait sur la mer.

Il y avait beaucoup de poésie à cela, et peut-être plus de misère encore[25]. Je reçus alors la révélation que les hommes, parmi les choses, entrent bien désarmés dans le jeu littéraire. Ô! journaux, ô! bibles, ô! corans. Je vis bien quelle littérature avait maintenu cette femme dans ses coutumes, nous dans les nôtres. Ô! infortune! Infortune réciproque! Ô! animaux piégés par leurs paroles!

Un bananier bientôt, selon l'accélération de notre voiture, la déroba complètement à nos yeux. Un bananier de Jardin des plantes; ici, simple arbre de square[26].

Moins qu'un arbre : une touffe d'énormes roseaux, dont les longues feuilles qui semblent un simple déroulement de la tige, se fendraient grâce à la minceur trop ligneuse du tissu. Entre la palme et les copeaux. Comme ces journaux tenus à une hampe dans certains cafés, mais déjà un peu déchirés, ou découpés comme aux ciseaux, à la manière du papier dont s'entourent parfois les manches des côtelettes. Feuilles à demi dépliées seulement, mais comme tailladées pour qu'on ne puisse les lire...

L'auto, déjà, avait passé. Elle se trouvait arrêtée devant une papeterie où nous avions souhaité acheter de quoi écrire, pour justifier un peu notre invitation; j'y achetai, cher ami, ce porte-plume... Elle nous conduisit ensuite à la poste.

Cette poste! J'en aurais bien pour cent pages! L'oblitération y fonctionnait à plein (mais prenez, je vous prie, cette abstraction au sens fort).

Je ne saurais vous en dire plus. Il nous fallait seulement faire savoir en France que nous étions bien arrivés. En effet, nous étions arrivés.

LE VERRE D'EAU

NOTE PREMIÈRE

Ci-après la note première qui, depuis vingt ans peut-être, figurait dans mes dossiers sous ce titre : LE VERRE D'EAU.

Quand je lus à Kermadec la liste de mes titres, celui-là lui plut. Mais nous avions décidé de travailler sans correspondre : je ne lui montrai pas cette note.

Comme elle était d'ailleurs antérieure à notre amitié et que je voulais partir du même point que lui, je n'en tins pas compte, non plus.

De tous les fruits la gelée est aux sources : des incomestibles comme des meilleurs ; des gros doux, des petits amers, de ceux encore inaperçus des bouches des chercheurs les plus consciencieux. De tous les fruits et de la cannelle des branches mortes...

Ô VERRE D'EAU, source bue de mémoire !

Sinon du souvenir, sinon de la science l'eau pure n'a pas de goût...

I

9 mars 1948.

D'une eau puisée non loin, cueillie tout près d'ici, c'est la quantité juste qu'on absorbe volontiers en une ou deux fois.

... Du liquide le plus répandu dans la nature, le plus commun ; inodore, incolore et sans saveur.

Désaltère les sobres.

Le verre : mesure de la capacité des sobres. Capacité pure, existe à peine.

RÉCIPIENT : sens assez particulier : vase d'alambic. Emploi à étudier.

RÉCEPTACLE : lieu où se rassemblent plusieurs choses de divers endroits. Ne convient pas.

... Spectacle
d'un
translucide réceptacle...

C'est le contraire du pot-au-noir.

Absorbe, sobre.
L'allégorie (ici) habite un palais diaphane[1].

ALLÉGORIE : dire autre chose que ce qu'on paraît dire.
CAPABLE : qui peut contenir en soi, au propre et au figuré.
Sens propre : « Une escuelle bien capable et profonde » (Rabelais). « Un bâtiment capable de deux ou trois cents âmes » (Montaigne). « La brèche était capable pour deux bataillons » (Saint-Simon). « De dire peu d'un sujet si capable » (Régnier).
Sens figuré : « Les plus impies sont capables de la grâce de leur rédemption » (Pascal). « Suivant les sentiments dont vous êtes capable » (Corneille). « Moi ! Voilà les soupçons dont vous êtes capable » (Racine). « Capable d'une erreur il ne l'est pas d'un crime » (Voltaire).
Avec de et l'infinitif : « Capables d'en être persuadés » (Pascal). « Capable de rendre également ce peuple raisonnable » (Corneille). « Capable de profiter des bontés qu'on aura pour vous » (Racine).
Idem, en parlant des choses : « Capable de réussir » (Pascal) (parlant d'un « procédé »). « Capable de nuire » (Molière) (parlant d'une « présence »). « Une autorité capable d'abaisser l'orgueil et de relever la simplicité » (Bossuet). « Capables de nous amuser » (Racine) (parlant de « livres »).

Mais cela a été condamné par des grammairiens : capable, pour eux, en parlant des choses, n'ayant qu'un sens physique.

Provençal capable ; bas-latin capabilis, de capere, contenir : QUI PEUT CONTENIR[2].

CAPACITÉ.
Sens propre : contenance d'une chose.

« Il est visible qu'elles (les pensées) ne sont plus que l'esprit même et qu'ainsi elles remplissent toute sa capacité » (Pascal).

(Cf. Paulhan dans Entretiens sur des faits divers : « L'Illusion de totalité [3] ».)

« Flotter dans sa capacité. »

Sens figuré : qualité de l'esprit capable « Selon ma capacité ».
Historique : « Ils faisaient tendre cette immense capacité (le cirque) de voiles de pourpre » (Montaigne).

Ainsi puis-je traiter le verre, et par exemple écrire : « dans cette petite capacité », « pour remplir cette petite capacité… », « cette petite capacité transparente… »

Étymologie : provençal capacitat ; de capacitatem, de capax, qui contient, de capere, prendre, contenir (voyez capture).

Je ne vois plus rien à capter au Littré…

Ah ! Ceci encore :

CAPTIEUX : qui tend à surprendre et à conduire à un sens trompeur.

Ainsi vais-je pouvoir dire : cette petite capacité n'est alors (quand elle est pleine d'eau) pas captieuse, elle ne contient aucun liquide capiteux.

TASSE : petit vase à boire, gobelet à anse, de l'arabe Thâça.

GOBELET : 1° Vase à boire, rond, sans anse, ordinairement sans pied.

2° Vase à l'usage des escamoteurs, fait ordinairement en fer-blanc.

Gobelet se dit de fleurs qui ont la forme d'un godet.

Le gobelet du gland : se dit au lieu de la cupule.

Étymologie : du latin gubellus, diminutif de cupa, tonneau (voir cave).

HANAP : terme vieilli. Grand vase à boire.

« Ces gens (les Allemands) ont des verres trop grands : notre nectar veut d'autres verres » (La Fontaine [4]). « Coupe remise au principal convive et que le chevalier comme le poète ont sans cesse à la bouche, l'un en le vidant en toute rencontre, l'autre en le chantant à toute occasion. »

VASE : Vase d'élite, de miséricorde, de colère.

VAISSEAU : vaisseau, vaisselle ; c'est le même mot que vase. Vase quelconque destiné à contenir des liquides.

VAISSELLE : est un pluriel neutre (terme collectif).

TIMBALE : vient de l'instrument de musique, car certains gobelets de métal en ont la forme. Timbalier.

Je suis le timbalier du verre d'eau. Je tape un peu dessus, pour lui faire donner sa note. D'une façon un peu têtue et fastidieuse comme font les enfants, quand ils ont une fois trouvé ça...

pot : s'oppose à verre. Sourd comme un pot, bête comme un pot.

godet : petit vase à boire sans pied ni anse.

gober : avaler sans savourer, sans mâcher (ce n'est pas mon fait). Saisir et avaler.

verre : le verre (matière) est de nature amorphe, dur et fragile. C'est le symbole de la fragilité. (J'aime assez « dur et fragile »).

Verre (dixième sens) : vase à boire fait de verre. Rincer un verre. Amusant que ce ne soit que le dixième sens.

« Faire voir dans le verre » : sortilège employant un verre pour y faire voir le présent et l'avenir. Bravo ! Je ne m'y emploierai pas, mais c'est ce qui m'arrivera sans que je le veuille.

Un verre d'eau, c'est la moindre des choses. « Ne pas le secourir du moindre verre d'eau. »

« Faire répandre le verre » : achever de perdre quelqu'un. « C'est la dernière faute qui a fait répandre le verre » (Sévigné).

coupe : Vase à boire ordinairement plus large que profond. Terme très usité en poésie. Voilà qui est merveilleux : la poésie, plus large (et arrondie) que profonde...

La coupe de ceci, la coupe de cela. (La coupe de la joie, la coupe amère.)

rincer : de rein, en allemand : propre. Ou de resincerare : rendre sincère. Je préfère le second.

« Bon vin et verre bien raincé » (Olivier Basselin).

sincère : de sincerus, de sine et cera : sans cire.

Homme net et sincère : qui exprime avec vérité ce qu'il sent, ce qu'il pense.

Sans cire est merveilleux, et (au lieu d'Homme) Verre net et sincère serait très bien [5].

De tout cela, il y a beaucoup à prendre, comme il y eut d'abord beaucoup de joie à trouver... précisément où l'on pensait trouver.

Voilà la poésie des mots.

Comme j'aime à dire que ce qui me plaît dans la nature, c'est son imagination (devant tel paysage, telles lumières, devant tel produit naturel, tel organisme, telle pierre, si je m'écrie : « C'est beau ! » C'est comme je dirais : « Ah ! par exemple, je ne l'aurais pas trouvé tout seul ! Je n'aurais pas inventé cela ») — ainsi de la nature enfouie dans les dictionnaires : des mots, ces pierres précieuses, ces merveilleux sédiments.

12 mars.

Altérer, Altération.
Désaltérer, Désaltération.

Il arrive que les sobres eux-mêmes connaissent la soif. Alors, un verre d'eau.

SOIF : sensation du besoin de boire, d'introduire des liquides dans l'estomac.
SOBRE : tempérant dans le boire et le manger.

« Le travail de l'imagination ne veut pas être embarrassé par celui des autres organes. Les Muses, a-t-on dit, sont chastes ; il aurait fallu ajouter qu'elles étaient sobres. » (Marmontel.)

Étymologie : de sinebrius, sans-vase-à-boire.
Ça, c'est être plus que tempérant !

14 mars.

Voilà un sujet dont il est par définition difficile de dire grand-chose. Il interrompt plutôt le discours. Cela est admis par l'auditoire. Je veux parler du verre d'eau du conférencier, qui ressemble à celui du condamné à mort, un peu comme son contraire. Une récompense (pour ce qu'on vient de dire), acceptée ou plutôt prise avec une componction souvent un peu amusante ; une précaution également amusante (pour ce qu'on va dire). Un verre de vin ou de lait ou de rhum serait moins aisément admis. Il semble qu'on imaginerait son travail dans le corps du conférencier : idée assez répugnante, — et que de toute façon la conférence changerait de ton, ce qu'il ne faut pas. Tandis qu'avec l'eau, rien de pareil. C'est qu'elle n'ajoute,

— du moins en a-t-on le sentiment, — point de matière. Ne se digère pas (on le croit). Lave plutôt, débarrasse plutôt de quelque quantité de matière (superflue), ce qui semble favorable au jeu de l'esprit, à son fonctionnement, déploiement.

En tout cas, cela passe très bien. L'auditoire d'accord. Aucune altération, pense-t-on. Plutôt le contraire (nous reviendrons là-dessus). D'ailleurs un verre, ce n'est pas une quantité telle...

Le verre d'eau et la gorge sèche.

« I never taste rhum... » : développer ici pourquoi cette réplique de Charlot condamné à mort par la société (dans *Monsieur Verdoux*, in fine[6]) m'a tellement ému, paru sublime. Parbleu ! C'est que je l'ai considérée comme une adhésion, fort sensationnelle après tout, au parti pris des choses. On ne peut me comprendre mieux, pensai-je (sans me prendre au mot, bien sûr !). On ne peut être plus authentiquement épicurien. En quoi cela ressemble au stoïcisme (et profondément en diffère).

15 mars.

L'eau (qu'il contient) ne change presque rien au verre, et le verre (où elle est) ne change rien à l'eau.

C'est que les deux matières ont plusieurs qualités communes, qui leur font une sorte de parenté[7].

La meilleure façon de présenter l'eau est de la montrer dans un verre. On l'y voit sous toutes ses faces : mieux même que dans une carafe, où sa face supérieure a trop peu d'étendue. On en tient là, dans la main, une quantité à proprement parler « considérable », en tout cas suffisante. On peut l'élever à hauteur des yeux, puis (pour l'éprouver, pour lui faire subir la dernière épreuve, — et le verre en ce sens est la plus simple des éprouvettes, — pour l'éprouver enfin comme on éprouve une contrariété ou de la joie ou de la surprise, pour l'éprouver au sens intransitif aussi, pour s'en faire subir l'épreuve), la boire à petites ou grandes gorgées.

D'autre part, la meilleure façon de présenter un verre (dans l'exercice de ses fonctions) est de le présenter plein d'eau.

16 mars[8].

Si les diamants sont dits d'une belle eau, de quelle eau donc dire l'eau de mon verre ? Comment qualifier cette fleur sans pareille ?
— Potable ?

18 mars.

LIMPIDE : clair et transparent.

EAU (d'un diamant) : sa transparence.

LUSTRE : à employer à une telle place que le doute soit laissé s'il est substantif ou qualificatif. C'est « le brillant et le poli qu'on peut donner à certaines surfaces ou qu'elles ont naturellement ». « Si, pour donner le bel œil et le lustre... »

Bel-œil : « lui donne parfois un œil bleuâtre ».

L'œil du verre d'eau.

22 mars.

Si des diamants sont dits d'une belle eau[9], de quelle eau donc dire l'eau de mon verre ? Comment qualifier cette fleur sans pareille ?
— Potable.

Si les diamants sont dits d'une belle eau
De quelle eau donc dire l'eau de mon verre ?
Si de belle eau sont dits certains diamants...
Que de belle eau soient dits certains diamants...

Moins précieuse non je ne puis trop le dire
Ni plus simple non plus mais plus courante oui
Mais d'usage plus libre et potable à mon goût

Plus ou moins précieuse on ne saurait le dire
Mais plus courante oui et potable à mon goût

Moins chère en quelque sens mais plus chère en quelque autre

Moins chère à acquérir Plus facile à avoir
Plus facile à cueillir à quelque robinet
Plus chère d'être libre à tous les robinets

La pureté court les rues, grimpe à tous les étages et se dispense sur tous les éviers. En vente libre à tous les robinets.

Ô pureté tu n'es donc pas si rare
Tu cours les rues
Grimpes à tous étages
Te dispenses sur tous éviers…
Et l'on te cueille à tous les robinets

Si les diamants sont dits d'une belle eau, de quelle eau donc dire l'eau de mon verre !
Perfection, ainsi tu cours les rues, tu grimpes aux étages et te dispenses sur tous les éviers, et l'on te cueille à tous les robinets.
Perfection, ainsi tu t'offres sur tous éviers.

Comment qualifier cette perfection qui se dispense ainsi sans compter, que tout le monde peut cueillir ?
Comment qualifier la pure perfection ?
Comment qualifier perfection pareille ?

La pureté ainsi court dans toutes conduites (étroites), avant d'être souillée et d'aller aux égouts.

Si les diamants sont dits d'une belle eau
De quelle eau donc dire l'eau de mon verre ?
La pure perfection comment qualifier ?
Perfection toute pure ne peux qualifier
Pure perfection reste inqualifiée…
Qui court les rues, grimpe à tous les étages
Se dispense sur tous éviers
Où chacun à sa soif peut en cueillir sa dose
L'élever à hauteur de ses yeux
Puis la boire d'un trait
(Mesure de la capacité des sobres.)

Pureté, l'eau de l'avenir court dans les conduites étroites.
La voici à présent dans mon verre.
(Seul le présent a bel œil.)
Mais celle du passé roule souillée dans les larges égouts.
(Lorsqu'elle entraîne des souillures il lui faut de larges égouts.)

25 mars (matin).

Une des choses que je tiens à dire du verre d'eau est la suivante. Je vois bien qu'il faut que je la dise (malgré le côté mesquin, superficiel et tournant au précieux que je lui prête) parce que je la ressens très authentiquement, — toujours tenté néanmoins de lui appliquer ma censure, mais elle me revient à chaque instant. Peut-être le seul moyen de m'en débarrasser est-il donc que je la confie à mon lecteur, après avoir toutefois pris la précaution de le prévenir qu'il ait à s'en défier, à ne la prendre trop au sérieux et à s'en débarrasser lui-même au plus tôt. Voici.

Le mot VERRE D'EAU serait en quelque façon adéquat à l'objet qu'il désigne... Commençant par un V, finissant pas un U, les deux seules lettres en forme de vase ou de verre. Par ailleurs, j'aime assez que dans VERRE, après la forme (donnée par le V), soit donnée la matière par les deux syllabes ER RE, parfaitement symétriques comme si, placées de part et d'autre de la paroi du verre, l'une à l'intérieur, l'autre à l'extérieur, elles se reflétaient l'une en l'autre. Le fait que la voyelle utilisée soit la plus muette, la plus grise, le E, fait également très adéquat. Enfin, quant à la consonne utilisée, le R, le roulement produit par son redoublement est excellent aussi, car il semble qu'il suffirait de prononcer très fort ou très intensément le mot VERRE en présence de l'objet qu'il désigne pour que, la matière de l'objet violemment secouée par les vibrations de la voix prononçant son nom, l'objet lui-même vole en éclats. (Ce qui rendrait bien compte d'une des principales propriétés du verre : sa fragilité.)

Ce n'est pas tout. Dans VERRE D'EAU, après VERRE (et ce que je viens d'en dire) il y a EAU. Eh bien, EAU à cette place est très bien aussi : à cause d'abord des voyelles qui le forment. Dont la première, le E, venant après celui répété qui est dans VERRE, rend bien compte de la parenté de matière entre le contenant et le contenu, — et la seconde, le A (le fait aussi que comme dans ŒIL il y ait là diphtongue suivie d'une troisième voyelle) — rend compte de l'œil que la présence de l'eau donne au verre qu'elle emplit (œil, ici, au sens de lustre mouvant, de poli mouvant). Enfin, après le côté suspendu du mot VERRE (convenant bien au verre vide), le côté lourd, pesant sur le sol, du mot EAU fait s'asseoir le verre et rend compte de l'accroissement de poids (et d'intérêt) du verre empli d'eau. J'ai donné mes louanges à la forme du U.

... Mais, encore une fois, je ne voudrais pas m'éblouir de ce qui précède... Plutôt me l'être rendu transparent, l'avoir franchi...

25 mars (après-midi).

L'eau du verre est une eau particulière, proche de certaines autres, bien sûr, surtout de l'eau de la carafe, de celle du bol, de l'éprouvette, différente d'elles pourtant, et très éloignée, cela va sans dire, de celle des fleuves, des cuvettes, des cruches et des brocs de terre ; plus éloignée encore de celle des bénitiers.

Et bien entendu, c'est sa différence en tous cas qui m'intéresse.

La nature de l'eau est telle qu'on ne puisse guère la considérer en dehors de son récipient. Certes, cela est vrai d'à peu près tous les fluides, mais l'eau, de par sa transparence, de par aussi sa viscosité et sa densité propres, enfin surtout de par son manque de qualités même, se trouve plus qu'aucun autre affectée par son récipient : elle attend à vrai dire d'être affectée par lui, elle attend de lui beaucoup de ses qualités.

26 mars.

C'est aux dents propres, fraîches et polies du verre que se marient le mieux les lèvres de l'eau, puis la langue et soudain l'âme profonde de l'eau, quand à ce verre j'appuie ma propre bouche.

J'aime moins la dentition grossière et un peu poreuse des tasses ou bols de terre ou de faïence, moins la dentition épaisse des carafes, moins le dentier métallique des timbales et gobelets.

Et la jolie dentition des tasses de porcelaine convient mieux, je ne sais pourquoi, à l'haleine brûlante du café et des infusions.

Mais baiser un verre d'eau, c'est tenir la fraîcheur de la joue, du buste ou de la taille de la fiancée dans ses mains, et boire à ses lèvres en la regardant jusqu'au fond des yeux.

Il s'agit de la plus pure, de la plus désaltérante des bien-aimées.

Rien de capiteux, rien de capiteux en elle.

Il est des bien-aimées qui désaltèrent et altèrent à la fois : ainsi du vin. Mais l'eau ne fait que désaltérer. Si l'on est altéré, elle vous désaltère, c'est-à-dire vous restitue en votre identité, votre moi[10].

Cela sans remplacer pour autant, voilà qui est merveilleux, votre précédente altération par une autre : celle de l'imagination débridée, de l'ivresse. (Votre altération par manque, par une altération par excès.)

C'est à partir d'ici, si vous avez bien lu (et appris par cœur) ce qui précède, que vous commencerez, cher lecteur, à savoir boire et goûter un verre d'eau. Vous ne l'oublierez plus, j'espère. Telle était ma seule ambition... À votre santé ! Ainsi soit-il !

27-28 mars.

J'entre aujourd'hui dans ma cinquantième année.

Toujours aussi gamin, aussi nul.

Avec en plus quelques-unes des turpitudes, quelques-uns des ridicules de la vieillesse ; un certain sentiment de déchéance.

Une volubilité de mauvais aloi, beaucoup de complaisance à moi-même, de pusillanimité esthétique, d'acceptation (honteuse) d'un respect qui ne m'est nullement dû.

Pas l'impression du tout d'avoir progressé.

Ma situation s'est améliorée, peut-être, mais moi j'ai accompli des actes honteux, je veux dire que j'ai publié des choses faibles et prétentieuses, je me suis ridiculisé à mes propres yeux. J'ai perdu plusieurs parties.

28 mars.

Fraîcheur, je te tiens. Liquidité, je te tiens. Limpidité, je te tiens. Je puis vous élever à la hauteur de mes yeux, vous regarder de l'extérieur, par les côtés, par en dessous. Sans fatigue ni dépense aucune.

Transparence (ou translucidité) douée de toutes les qualités négatives (incolore, inodore et sans saveur) mais douée de certaines qualités positives (de fraîcheur, d'agilité) : je te tiens.

Toi qui ris. Toi qui t'humilies et t'abîmes sans cesse, je puis t'élever à ma guise à hauteur de mes yeux.

Et tu es douée de fraîcheur, tu me rafraîchis : si bien que je t'absorbe, je t'ingurgite.

Je fais profiter de ta fraîcheur l'intérieur de mon corps.

29 mars (matin).

Avant de nous lancer dans la philosophie (voire dans la poésie), rinçons d'abord notre verre :

... Ce qui m'importe ici est de restituer la démarche de mon esprit à partir du moment où nous avons décidé, mon ami (mon nouvel ami) le peintre Kermadec[11] et moi, que notre livre (celui que notre nouvelle amitié nous invitait à composer ensemble) aurait pour sujet ou pour thème le Verre d'Eau.

Ainsi montrerai-je peut-être comment l'esprit s'exerce à propos d'un sujet fort commun et fort simple. Un peu comme certains musiciens (il en est parmi les plus grands) ont écrit des exercices : Clavecins bien Tempérés, Gradus ad Parnassum[12].

Si je le fais, c'est aussi pour montrer à chacun qu'il peut devenir poète[13], pour ouvrir à chacun les voies et les moyens, les difficultés et les plaisirs de la poésie.

29 mars (après-midi).

Si les diamants sont dits d'une belle eau, de quelle eau donc dire l'eau de mon verre ?

Ô verre d'abstractions pures[14] !

La pureté à venir court dans les conduites étroites ; elle se dispense sur tous les éviers.

La voici à présent dans mon verre.

Douées d'une agilité merveilleuse,

Fraîcheur et Limpidité étroitement embrassées voulaient en riant rouler ensemble au ruisseau.

Mais cueillies à présent dans mon verre,

Je les y tiens,

Les élève à la hauteur de mes yeux

Pour les contempler de tous côtés et par en dessous.

... Sans fatigue ni dépense aucune, aisément les voici

donc cueillies et je vais en faire profiter ma gorge et l'intérieur de mon corps.

30 mars.

Mesure de la capacité des sobres.

Ô pureté en ville tu n'es donc pas si rare !
Pureté, tu es l'eau de l'avenir qui cours dans les conduites étroites.
Tu cours les rues, grimpes à tous étages, te dispenses sur tous éviers,
Et l'on te cueille à tous les robinets.
Te voici à présent dans mon verre...

Avec une générosité merveilleuse,
Une fraîcheur, limpidité, agilité, avidité (ô jet réglable) merveilleuses,
Une générosité d'une insipidité merveilleuse...

(Une telle générosité est insipide, inodore, incolore et sans saveur.)

Ce manque de qualités fait qu'elle n'altère en aucune façon celui que d'abord elle désaltère.

Fraîcheur et Limpidité
Douées d'une Lasciveté merveilleuse,
Enclines à s'enlacer étroitement, se tresser
Et, en riant,
Rouler ensemble au ruisseau...
Ô verre d'abstractions pures !
Aisément cueillies, sans dépense aucune,
Pureté, Limpidité, Fraîcheur, Lasciveté réunies,
Elles voulaient en riant
S'humilier ensemble au ruisseau,

Mais les voici rengorgées dans mon verre :
Riant d'abord à gorges déployées
(Gorges chaudes je n'en puis faire mais gorge fraîche assurément),

Elles s'y pelotonnent coites et discrètes
Et mon verre lui-même en a ri aux larmes...
Un verre d'eau ne se goûte à vrai dire
Que si l'on a la fièvre ou le gosier très sec.
C'est un état où l'homme est mis souvent
Par le travail, la course ou la peine ou la gêne
Ou quelque spectacle décourageant.

... Et peut-être y a-t-il alors quelque mérite à s'en contenter, car il ne peut apaiser que physiquement, — et certes cela suffit à l'homme moralement fort, mais il ne produit aucune altération consécutive, aucun bonheur captieux, aucune illusion, comme font le vin ou l'alcool.

Notons que la fraîcheur de l'eau, on peut l'accroître encore, par l'addition dans le verre de quelque ingrédient : menthe, anis ou seulement glace. Mais c'est aux frais alors de la limpidité, et cela peut avoir quelques autres inconvénients (du même ordre).

Ah, j'en suis ravi ! On va bien voir que je ne suis pas poète. Cette fois, on ne m'ennuiera plus avec la poésie. Il faut que cela passe d'un trait, presque sans conséquence, avec l'insipidité, l'incoloration, le manque de qualités (et particulièrement de goût) voulus.

Si les diamants sont dits d'une belle eau
De quelle eau donc dire l'eau de mon verre ?
Belle va trop sans dire :
C'est plus que belle assurément.
Potable ?
Mais potable à présent signifie seulement un peu mieux que médiocre.
Ah ! Il y a quelque chose de pourri dans la langue française !
Mais comment en sortir ? (Va donc en sortir !...)

30-31 mars.

Sans doute ce sujet m'a-t-il plu parce qu'il a quelque chose d'une gageure. Mon esprit du moins s'y exercerait longuement. Sûr de ne pouvoir plus composer sur aucun sujet le texte qui me contente ; mais sûr (je m'en suis persuadé dans le même temps) d'en saisir la complexité et de parvenir à la longue au nœud de celle-ci.

Le verre d'eau avait dès l'abord quelque chose pour me séduire : c'est le symbole du rien, ou du moins, du peu de chose. Un verre d'eau, c'est moins que le minimum vital, c'est la moindre des aumônes, la moindre des choses que l'on puisse offrir.

Cela n'a aucun goût, aucune odeur, aucune couleur, presque aucune forme. Cela se signale surtout par un manque extraordinaire de qualités. Cela peut être considéré comme le résultat d'un nombre inouï de censures.

Mais voilà qu'en même temps ce peut être, en certaines circonstances, la chose la plus précieuse. C'est le remède par excellence, et parfois la dernière chose qui puisse sauver.

N'allons pas si loin. Dans certaines circonstances, c'est la chose qui fait le plus de plaisir.

… Un verre d'eau ne se goûte à vrai dire que si l'on a la fièvre ou le gosier très sec. Mais voilà un état où l'homme est mis souvent par le travail, la course ou la peine ou la gêne, ou quelque vif sentiment qui altère sa complexion. À notre époque plus qu'à aucune autre peut-être, ainsi le besoin du verre d'eau se fait-il sentir…

31 mars.

Fraîcheur et Limpidité réunies, étroitement embrassées, dissoutes l'une en l'autre, voulaient en riant, — douées d'une lasciveté merveilleuse, — rouler ensemble au ruisseau.

Les voici à présent dans mon verre — ô verre d'abstractions pures — très aisément cueillies, sans fatigue ni dépense aucune. Je les tiens à présent dans mon verre.

Riant d'abord à gorges déployées, elles s'y pelotonnent, coites et discrètes.

Et mon verre, lui aussi, en a ri aux larmes.

Je les élève à hauteur de mes yeux, les contemple de tous côtés et par en dessous, et vais en faire profiter ma gorge et l'intérieur de mon corps.

Parfois un voile de buée se forme, cachant leurs strictes amours : c'est lorsque la fraîcheur l'emporte sur la limpidité !

… Et lorsque c'est la générosité, toutes ces filles rient, tombent à la renverse. Il y a là jupons et gorges déployées, et mon verre, lui aussi, en rit aux larmes.

(Bien ! Voilà pour les amateurs de prosodie. Mais vais-je

continuer sur ce ton ? Non certes. Cela rend compte d'un certain plaisir donné par certains verres d'eau en certaines circonstances. Il en est d'autres.)

Pureté à Paris tu n'es donc pas si rare, qui cours les rues, grimpes à tous étages, te dispenses sur tous éviers.

... et l'on te cueille à tous les robinets.

Ô verre d'abstractions pures !

Mais à Marseille il lui faut passer par un petit filtre, goutte à goutte dans un petit baril.

3 avril.

Tout le reste du monde étant supposé connu, mais le verre d'eau ne l'étant pas, comment l'évoquerez-vous ? Tel sera aujourd'hui mon problème.

Ou en d'autres termes :

Le verre d'eau n'existant pas, créez-le aujourd'hui en paroles sur cette page.

Ou en d'autres termes :

Tout verre d'eau ayant à jamais disparu du monde, remplacez-le : son apparence, ses bienfaits, par la page que vous écrirez aujourd'hui.

Ce qui revient à dire :

Supposez que vous vous adressiez à des hommes qui n'ont jamais connu un verre d'eau. Donnez-leur-en l'idée.

Ou encore :

Vous êtes au Paradis, enchanté d'y être. Mais il y manque quelque chose dont vous vous souvenez soudain avec attendrissement : cette erreur, cette imperfection, le verre d'eau. Accomplissez ce péché de l'évoquer pour vous-même, le plus précisément possible, en paroles.

Le verre d'eau contient une tulipe d'eau.

Tube, tubulure, tubuleux, tubulé.
Tubéreux, tubérosité.
Tubercule.
Tulipe vient du turc.
Tulipend : turban. La tulipe vient de Turquie.
Turban, c'est de Dul Band : Dul (tour) et le persan Band (bande).

Le verre d'eau est donc aussi un turban d'eau.
Secouer l'oreille de la tulipe.

Bulbe.
Turbine, de turbo, toupie.
Turbine : en forme de cône renversé.
Tulle (plus fin que la mousseline).
Tumeur.
Loupe.
Turgescence : enflure causée par la surabondance des fluides dans un organe.
Turgide : gonflé d'humeur.

Le verre est donc aussi en quelque façon turgide.

Turion : le turion de l'asperge, bourgeon renfermant les jeunes pousses aériennes annuelles.
Tuyau, tube.
Turlupinade : plaisanterie basse, de mauvais goût, fondée sur quelque froid jeu de mots.

Voilà qui clôt brutalement mon enquête[15].

4 avril.

Style euphuistique, euphuisme : style précieux, trop élégant. Étymologiquement le même que bien-être.

Le verre d'eau qui m'attend sur la table rafraîchit tout, change tout à la pièce. Modifie tout.

Tout droit, il contient une tour, un tube, une tulipe d'eau. Ce qui est agréable, car on en a une certaine profondeur en quoi plonger la lèvre. Pensez ! S'il fallait boire en une assiette ! Nous aimons ne nous mouiller que la partie centrale de la bouche, que cela ne risque pas de couler par les commissures. Voilà la raison pourquoi les verres sont de cette grandeur, et ainsi tournés.

On boit au verre en le tenant d'une seule main. À la tasse, d'une seule main aussi (généralement par l'anse). Au bol et à la chope, à deux mains.

Dire aussi comment on penche le verre pour boire.

Le verre est plutôt euphotique[16] que photogénique.

Pour l'eau, c'est un étui (boîte disposée pour que les choses y soient étroitement serrées). L'eau considère tout vase comme un étui. (Mais non la flaque, non l'assiette[17].)

15 mai.

Bien sûr le verre est un objet de ravissement, une chose des plus précieuses, dont on peut à loisir, quoique ce soit sans fin, décompter et louer les beautés. Et j'ai eu raison de me laisser aller à ces extrémités de jouissance, raison de vous les proposer. Mais le plus difficile reste à faire, car maintenant il faut, — et comment faire —, il faut donner idée de sa particularité véritable, qui est à peu près la suivante : à savoir que la plus grande simplicité, unicité, égalité, platitude même, une invraisemblable nullité, non-valeur, un caractère rustique, fruste, sans goût, insipide (insipide et sans goût peuvent être maintenant dits l'un à la suite de l'autre sans pléonasme : ce n'est plus tout à fait la même chose), inodore, incolore, bon marché... TRAVERSE à chaque instant ses charmes, ses préciosités, ses beautés, les annule, aplanit, dissout, nivelle, cache, décolore, gomme, efface, digère, rend potables, stérilise, assainit, escamote (comme au bonneteau), rembourse...

Tout pour un verre d'eau ! Ma vie pour un verre d'eau[18] !

II

28 août.

Mon titre promet un verre d'eau. Sur la foi de ce titre, vous êtes venus quelques-uns. Quelques-uns seulement, car beaucoup n'ont plus foi dans la littérature. Et ceux-là, il est vrai, ont des excuses. D'aucuns n'y ont pas foi encore. Ne sachant du tout ce que c'est. Vous êtes donc venus quelques-uns. Pourquoi ? Pour retrouver votre verre d'eau peut-être ? Vous donc, il y a des chances pour que vous le retrouviez. Ah ! Vous le saviez bien, sur la foi de mon nom. Aussi vous êtes venus, et je ne dois pas vous décevoir. Mais qu'est-ce que ce verre d'eau que je veux vous offrir ?

Et d'abord, que signifie de ma part ce désir, cette volonté de vous offrir cela ? Que signifie de ma part cette offre ?

Un désir de vous désaltérer. De vous rafraîchir. De vous offrir une des réjouissances les plus simples, comparable seulement à ces autres : ouvrir la fenêtre, passer une chemise propre, se laver les mains, allumer un feu, allumer une lampe, recevoir une lettre ou une poignée de mains, ou un simple salut, ou un sourire, s'arrêter de marcher, ou de travailler ou de réfléchir une minute, que votre enfant ait une bonne note, que la mer fasse luire un caillou, ou le soleil un brin de paille, taratata, taratata...

Ouvrir ce livre, et le lire d'un bout à l'autre peut-il être égal à cela, pour vous ? Puis-je l'espérer ? Comment faire ? D'abord, sans doute, ne pas trop vous fatiguer de questions. Vous offrir quelque affirmation simple, qui ne vous choque pas, que vous puissiez aussi simplement admettre, et qui vous paraisse fraîche, neuve et limpide cependant.

Il faut que je vous apporte cela, comme on pose un verre d'eau sur la table, et toute l'atmosphère des relations est changée. Là, ici, sans façons, tout de go.

Quelque chose qui paraisse sans conséquence, et qui soit sans autre effet (en effet) qu'un bref rafraîchissement, divin mais passager. Qui vous désaltère sans altérer du tout pour autant votre complexion. Qui ne vous trouble aucunement. Mais soit.

Ainsi soit.

Pour vous, qui que vous soyez, dans quelque état que vous vous trouviez, un verre d'eau. Ce livre soit un verre d'eau.

28 août (le soir).

(Variante de la page précédente) :
Un verre d'eau. — Ainsi soit-il.

On voit le défaut de ce genre de prière. Nous nous référons instinctivement à la nature. La nature supposée connue. Et certes, la nature nous est redonnée sempiternellement, dérisoirement, chaque matin. Mais qu'elle n'existe pas, du moins pas encore, alors tout s'écroule. Or, pour tant d'êtres, elle n'existe pas ! Les Martiens connaissent-ils la fenêtre, le sourire, la poignée de mains, et connaissent-ils le soleil ? Pouvons-nous souhaiter qu'ils les connaissent ? Ainsi n'avons-nous fait que renommer *notre* nature. Il s'agit d'une tautologie.

Or, il s'agit de bien autre chose. Il s'agit du plaisir du

verre d'eau, que nous voudrions faire connaître aux Martiens, à vous-mêmes.

— Et qui ne dépend pas tellement, peut-être, du verre d'eau ?

— Si, il dépend du verre d'eau.

C'est le verre d'eau, *ex nihilo*, toutes choses par ailleurs restant ce qu'elles sont dans leur monde, c'est notre seul verre d'eau que nous voulons faire entrevoir aux Martiens, à vous-mêmes.

Je ne dis pas que nous allons y parvenir, que nous pouvons y parvenir. Mais nous allons y prétendre. Nous pouvons y prétendre. Il s'agit d'un changement de perspective, ou de méthode. Cela peut suffire pour qu'à l'intérieur de notre nature, de notre monde, certaines choses soient éclairées qui ne l'avaient pas encore été.

C'est ainsi demander le PLUS pour obtenir le MOINS (le moins mais Quelque Chose).

29 août.

Le verre d'eau dans notre langue est du masculin (cruche d'eau est féminin ; broc d'eau, masculin). Pourtant il est bien sensible qu'un verre d'eau n'est ni masculin, ni féminin (ni neutre d'ailleurs, ah Dieu non, Soleil non !). Il est un peu supérieur à ça. Pourquoi « supérieur » ? Pourquoi pas plutôt « antérieur » ou « postérieur » ? Je veux dire qu'il n'en dépend pas, qu'il s'en moque : il n'a pas de soucis de cet ordre, ne souffre pas (ni ne jouit) de limitations de cet ordre. Il ne pense pas à ça du tout, n'y perd pas son temps, n'y déperd pas ses forces, n'en meurt pas lentement, n'en mourra pas (il ne mourra pas). Dirons-nous qu'il est hermaphrodite ? Qu'il lui manque d'être sexué ? Non, non : il ne lui manque rien. Il donne l'impression d'être satisfait de ce qu'il est. Ou du moins d'avoir dépassé la satisfaction comme l'insatisfaction, dépassé son absurde, d'avoir décidé simplement de le vouloir. Il s'affirme comme tel, sans plus. Sans complaisance d'ailleurs, ce qui ne veut pas dire sans orgueil. Mais sans vanité, certainement. Vanité est trop proche de vacuité. Or un verre d'eau, par définition, n'est pas vide, ni le moins du monde proche du vide. Il est plein plus qu'à moitié. Cela suffit pour faire un verre d'eau, qu'il soit plein plus qu'à moitié. Mais plus qu'à moitié plein de quoi ? De lui-même.

Donc plus qu'à moitié plein de lui-même.

Il y a quelque chose d'épais, de trouble, de méditatif sur son propre sort, il y a une sorte de travail intérieur dans le verre de vin, une modification constante, qui n'existe pas, qui est en tout cas bien peu sensible dans le verre d'eau.

Cela se voit d'ailleurs facilement à la longue, par la façon dont chacun vieillit.

Le verre de vin aigrit, il se couvre d'une certaine fleur sous laquelle il est aigre.

Le verre de lait, lui, eh bien nous verrons cela une autre fois : il se divise curieusement en deux parts. L'une tend à devenir solide (sans y parvenir tout à fait, il faudra l'y aider) ; l'autre c'est le petit-lait, plus fluide que le lait lui-même et jaunâtre, pisseux, avec des qualités et des défauts bien à lui. Le lait se divise donc en ces deux couches bien distinctes, superposées horizontalement à cause de leur différence de densité. Or, c'est le solide qui vient au-dessus, voilà qui est curieux.

Mais je ne fais qu'indiquer cela, à coups d'hypothèses (comportant erreurs certaines) ; je ne veux pas m'y attarder. Revenons à notre sujet.

Le verre d'eau, lui, comment vieillit-il ? C'est-à-dire comment pouvons-nous vérifier à la longue ce que nous avons avancé sur son manque de sentiments ? Eh bien, nous n'allons pas le vérifier tout à fait. Nous n'allons plus pouvoir, à la longue, maintenir notre idée d'une parfaite indifférence, impassibilité.

Que voyons-nous en effet ? Eh bien, nous voyons qu'au verre d'eau, à la longue, il vient des gouttes d'air, des bulles. Signes d'une certaine vie (vie intime), d'une certaine modification, dont nous ne pouvons ne pas tenir compte. Le passé lui est donc sensible. Il l'affecte, légèrement.

Interprétons que le verre d'eau se montre légèrement affecté.

Par quel sentiment ? Disons par le regret, seulement, de ne pas avoir été bu.

Il ne se montre pas totalement impassible.

Il passe (au passé défini, défini par ces bullules) : sans aucune souillure certes, mais non sans un certain regret, très discrètement exprimé, une certaine humeur (gazeuse), une certaine transpiration (oxygénée ou carbonique) significative d'un fort sentiment retenu.

C'est tout ce que l'on peut dire, mais on peut le dire avec certitude.

Cette affirmation (comme son désir) est légitime : un verre d'eau doit être bu. Et il doit l'être dans un délai assez court.

Pourquoi nous priverions-nous de le boire ? Une fois ou deux, je ne dis pas : pour expérimenter, justement, ces bullules. Pour le soumettre à cette épreuve, pour lui apprendre à vivre, pour lui faire éprouver cette aventure (qui peut lui arriver) de vieillir, d'être oublié ou méprisé, tenu pour chose nulle ou boisson sans intérêt. Oui, une fois ou deux, pour le connaître mieux et qu'il se connaisse mieux lui-même. Non chaque fois, non en règle générale.

Un verre d'eau doit être bu.

Ou alors jeté, lorsqu'il a tant soit peu vieilli ; jeté et remplacé par un autre, plus pur, plus jeune, n'ayant perdu aucune de ses qualités.

Jetons donc celui-ci. Et cueillons-en un autre.

Voilà ce qui arrive au verre d'eau trop longuement contemplé. De n'avoir été bu, il ne sera point bu[19].

Celui-ci ne sera point bu.

(L'on pourrait d'ailleurs longuement discourir encore à propos de ces bullules. Nous y reviendrons à l'occasion, si c'est utile.)

Notons que c'est à peu près la même chose qui lui arrive, qu'à celui qui aura été cuit, qu'on aura fait bouillir. Bullescence ? Désoxygénation. D'où résulte, une fois l'opération terminée, une certaine platitude et domesticité qui n'incite plus à le boire. Le verre d'eau bouillie sert plutôt à des lavages ou gargarismes. C'est un remède, un peu écœurant. Il est rejeté, recraché avec un certain dégoût. Il ne comporte plus de risques. Ça ne vaut plus le coup. Beaucoup moins sauvage, beaucoup moins intéressant.

On aime une certaine sauvagerie dans la nature, sans exagération.

Ainsi la contemplation équivaut à la cuisson. Même, c'est pire. Il y a là domestication sans stérilisation. Un peu plus à la longue, peut-être pourrirait-il, croupirait-il. C'est ainsi que les individus domestiqués connaissent à la fois la platitude et le venin. Ils acquièrent la platitude et conservent leurs microbes, leur venin. Même ces derniers s'exagèrent.

Et peut-être y a-t-il compensation dans le verre d'eau jeune, sauvage, entre l'oxygénation et la microbicité. On sait qu'une eau fortement oxygénée devient antiseptique. Cela confirme. Une eau raisonnablement oxygénée peut n'être que raisonnablement microbienne et dangereuse.

Une eau trop fortement oxygénée est antiseptique mais non potable : elle devient dangereuse à boire.

Une certaine mesure en tout est donc utile.

Remercions le verre d'eau naturelle de comporter généralement cet équilibre, cette mesure (qui lui vaut d'être savoureux).

31 août.

Ce livre (il se doit — qu'on le comprenne — d'être d'un abord rafraîchissant) par sa première phrase se déconseille à une catégorie de lecteurs. Unique, à vrai dire, très particulière. Du moins je le suppose. Mais à ceux-là il conseille très fermement de se retirer, de ne pas tremper en lui leurs lèvres. D'attendre d'être en d'autres dispositions. Ce peut n'être qu'une question d'heures ou de minutes. Qu'ils les occupent autrement. Qu'ils patientent ce petit temps-là.

Quelle catégorie ? Eh bien ceux-là seuls auxquels le rafraîchissement justement pourrait nuire, parce qu'ayant dans leur journée tué une grande quantité de leurs ennemis, couverts dès lors de sang et trempés de sueur, ils n'attendent précisément qu'un verre d'eau pour sentir le frisson et le tremblement mortels qu'ores la peur ne leur fit connaître : les nobles émules du Grand Ferré.

Que ceux-là se désaltèrent plutôt de quelque infusion bouillante et se couvrent de laines ; qu'ils évitent les courants d'air. Ils ont bien défendu et avec succès leur cabane. Qu'ils ne se mettent pas dans le cas d'en sortir les pieds devant. Par quel sortilège un verre d'eau pourrait-il les abattre ? Les médecins ont leur manière de l'expliquer. Peut-être est-il réservé à une boisson si innocente de faire justice de cette catégorie de héros forcenés. Cette justice, le verre d'eau la rend-il à contrecœur ou de toute sa foi, au contraire ? Eh bien certes il n'en décidera pas lui-même.

On dit qu'un seul verre, ou de me lire une fois n'y saurait suffire. Qu'il faudrait plusieurs livres comme celui-ci... Peut-être est-ce l'avidité avec laquelle il est alors désiré qui l'offusque et rend sa consommation maléfique ? Ne nous mêlons pas de sentiments, fût-ce des nôtres mêmes.

Certes, j'aimerais bien être au fait de ses sentiments, mais je n'aimerais pas errer en trop d'hypothèses, lui faire peut-être des griefs injustes. Je ne me mêle pas de sentiments, de faits seulement.

Vous donc, à qui je m'adresse (je viens de dire de quelle catégorie de lecteurs il s'agit), vous donc, quittez ce livre, refermez-le au plus vite. Éloignez de vos lèvres cette coupe. Elle pourrait vous nuire. Soufflez, ahanez quelque temps encore, transpirez, faites de l'eau. Votre rôle est d'en faire par tous vos pores (dilatés autant que possible), non d'en ingurgiter. Vous vous réhydraterez un peu plus tard. Vous pourrez revenir dans un moment.

Mais à tous autres : qu'ils s'approchent. Je vais vous dire mon mot. Ce mot pourra vous être agréable. Et il sera sans trop de conséquence autre que votre rafraîchissement (non payé d'une fièvre consécutive).

Que tous autres viennent : il s'agit d'une offre simple, d'une affirmation tranquille et toute pure... etc. (placer ici le verre d'eau parfait : « J'ai dit qu'aucune méditation sur son propre sort n'y était sensible... » etc.).

1er septembre (matin).

Ce livre se doit, qu'on le comprenne, d'être d'un abord rafraîchissant : par sa première phrase, donc, qu'il se déconseille à une catégorie de lecteurs. Catégorie, à vrai dire, très particulière et que l'on peut estimer peu nombreuse. À ceux-là, du moins, conseille-t-il très fermement de se retirer, de ne pas tremper en lui leurs lèvres, d'attendre de se trouver en d'autres dispositions. Ce peut n'être qu'une affaire de quarts d'heure ou même de quelques minutes : qu'ils les occupent autrement ; qu'ils patientent ce peu de temps-là.

1er septembre (après-midi).

Nom de dieu, je ne ferai qu'un verre d'eau qui me plaise !

Je me déconseille, par ma première phrase, à une catégorie de lecteurs. Ceux-là, je le leur dis clairement : qu'ils se retirent ; que mon abord rafraîchissant les éloigne ; avant de tremper ici leurs lèvres ; qu'ils attendent d'être en d'autres dispositions.

Que ma première phrase, déjà, me déconseille à une catégorie de lecteurs.

2 septembre.

Ce qui peut être difficile, ce à quoi pourtant nous devons tendre, c'est à rester dans les limites du verre d'eau, à ne pas retomber dans nos errements du GALET qui ne devint galet que vers la fin de notre texte, après de longues pages sur la notion de la pierre (en général). Mais ici nous serons aidés par le fait que nous avons déjà plusieurs fois traité de l'eau (dans l'EAU du Parti pris des choses, dans LA SEINE), et que notre étude du VERRE D'EAU vient ensuite, et précisément à son heure[20].

Comme, lorsqu'il s'est agi pour moi, voulant rendre compte de la notion de la pierre, de reconnaître et de choisir les limites dans lesquelles il me serait raisonnablement, humainement possible de l'informer (je ne dis pas enfermer), j'ai finalement choisi le galet, ainsi, pour la notion de l'eau, dois-je (en toute lucidité) choisir le verre d'eau.

D'une eau cueillie tout près, c'est la quantité juste qui s'absorbe volontiers en une ou deux fois. C'est aussi, nous le verrons, une eau encore sauvage ou du moins pas domestique. C'est encore là, dans le verre, que l'eau reste le mieux elle-même. Elle n'y est pas trop séparée du monde, pourtant elle en est séparée, mais d'une certaine façon, celle qui lui convient le mieux. Enfin, nous pouvons l'élever à hauteur de nos yeux, et surtout nous pouvons lui faire subir la dernière épreuve, l'ingurgiter, la boire.

... D'un autre côté, depuis quelque vingt ans que j'ai composé le GALET, certes ma sensibilité a été éprouvée de plusieurs façons, et elle a pu s'affiner, elle a pu aussi bien s'abîmer peut-être. Le choix que je fais aujourd'hui de ce sujet est assez significatif. J'ai voulu choisir un élément aussi simple et commun et grandiose que la pierre. Je n'ai pas choisi un objet solide, mais solide pourtant en quelque façon (ou mesure) : par son contenant, par ce qui lui donne (et me force à lui donner) sa forme, et sa masse. Liquide (par ailleurs) par son contenu, mais limpide et plat en sa liquidité ; brillant cependant, étincelant même et permettant un ravissement d'ordre précieux. Tous les éléments de ma personnalité telle que j'ai la faiblesse de l'imaginer actuellement devraient donc pouvoir jouer ici. Reste l'activisme qui existe en moi : nous verrons que peut-être, il y a pu trouver part aussi.

2 septembre (le soir).

... Ainsi pourrons-nous décrire le verre d'eau en plusieurs états si je puis dire optiques (ou plastiques) :
1° Le verre d'eau parfait, tout jeune, sauvage, pur, limpide.
2° Le verre d'eau vieilli, trop contemplé, à bulles...
3° Le verre d'eau où la fraîcheur l'emporte sur la limpidité : entouré d'un voile, d'une buée.
Tout cela va bien, car cela reste dans le concret, et dans le concret du verre d'eau, c'est-à-dire la simplicité, la platitude.

3 septembre.

À relire la note précédente, je trouve aujourd'hui à y ajouter :
1° Le verre d'eau en train de se remplir, qui se remplit trop, déborde, se reverse, se reremplit, en rit aux larmes : bouillonnant, débordant de générosité, de génie, de gaieté.
2° Le verre d'eau apaisé, tout juste plein, ou du moins plus qu'à moitié plein de lui-même, tout jeune, rustique, calme. (C'est le verre d'eau n° 1 d'hier.)
3° Le verre d'eau qui vient d'être jeté (à placer en suite du n° 2 d'hier) : il s'en trouve tout couillon, appauvri, pleurant, pleurard, humide encore...

3 septembre (après-midi).

... Un verre d'eau donc doit être bu, ou alors jeté et remplacé par un autre, plus pur, plus jeune.
C'est à celui-ci que nous voilà revenus.

J'ai dit qu'aucune méditation sur son propre sort n'y

était sensible (elle ne naît qu'à la longue). Pour commencer il a toute sa confiance en lui-même (et il inspire aussi une telle confiance), sa sérénité lucide (et il l'inspire), son bon vouloir d'être bu (et il y incite), sa tranquillité. Tranquillité, oui, mais mieux que cela, car il lui reste quelque chose (et à la vérité à peu près tout) de la qualité de l'eau courante, de l'eau de source. Il s'agit d'une affirmation tranquille et toute simple, sans le moindre geste, une simple présence fraîche et attirante, une offre toute simple, une promesse tranquille d'un sûr bienfait sans conséquences (du moins fâcheuses ou comportant contreparties) ; mais il y a pourtant là autant de sauvagerie et de jeunesse, de franche rusticité que dans l'eau courante. Nous verrons qu'il y a aussi autant de risques à la fois et de salubrité ou de qualités thérapeutiques (oxygénées). Savez-vous ce que c'est que d'être frais ? Je suis tout disposé à vous l'apprendre... Mais ne sortons pas de notre sujet. Le verre d'eau dans sa perfection, à son moment privilégié, a donc pour qualité principale de conserver celles qui font le charme et l'intérêt de l'eau courante. C'est qu'en effet à peine vient-il d'être cueilli. Tout près d'ici. Au robinet. Comment cela s'est-il passé ? D'où vient-il ? Comment cette eau vient-elle à Paris ? Quelle vie y mène-t-elle ? C'est l'eau de l'avenir qui court dans les conduites étroites, etc. (placer ici tout ce que j'ai noté précédemment à ce sujet).

3 septembre (soir).

Et maintenant, je veux revenir à mon affirmation de tout à l'heure, à savoir que le verre d'eau n'est ni masculin, ni féminin (il me semble que je l'ai sinon prouvé — ce n'est pas mon genre — du moins fait sentir ou suffisamment entendre), et à mon exclamation consécutive à savoir qu'il n'est pas neutre non plus, ah Dieu non, Soleil non ! Voilà qui me paraît d'une certaine importance, car faudrait-il donc concevoir dès lors une sorte de quatrième genre, où il ne se placerait pas tout seul, bien sûr, mais avec lui toutes les autres choses du monde inanimé ? Ainsi, un quatrième genre qui ne ferait que remplacer le troisième (le neutre), je veux dire une sorte de neutre qui ne le serait pas au sens où nous entendons quasi péjorativement ce qualificatif, une sorte de neutre actif (comme la chimie des corps inorganiques n'en est pas moins active), doué d'une sorte de vie, de faculté radiante, de côté étincelant, brillant, pétillant, radiant, tout autant que dans leur genre respectif, le masculin ou le féminin. Enfin d'une sorte de vie (qui ne serait pas très différente de ce que l'on commence à nous raconter communément de la désintégration atomique, ou alors qui consisterait en la force de retenue-atomique qui précède la désintégration).

Est-ce que je fais sentir ce que je veux dire ? Et comprend-on comme cela définit bien en quelque façon le sens de mon œuvre ? Qui est d'ôter à la matière son caractère inerte ; de lui reconnaître sa qualité de vie particulière, son activité, son côté affirmatif, sa volonté d'être, son étrangeté foncière (qui en fait la providence de l'esprit[21]), sa sauvagerie, ses dangers, ses risques.

4 septembre[22].

PLAN DU VERRE D'EAU

I. Encore une petite chose, me disent-ils. Laissons-les dire. Notre grandeur (et je n'entends pas la mienne : celle du verre d'eau) leur est inaccessible.

II. Que ceux que le verre d'eau peut tuer se retirent. Il fut plus puissant un jour que la hache du Grand Ferré.

III. Sa principale qualité est de comporter, dans la tranquillité et dans une mesure qui permet de le tenir, considérer et absorber aisément, toutes les qualités de l'eau précédemment courante.

IV. Le cueillir au robinet. La pureté à Paris n'est pas si rare. L'eau de l'avenir qui court dans les conduites étroites. Les abstractions rengorgées dans mon verre. Si les diamants, etc.

V. Le verre d'eau sur la table. À tant le contempler nous l'avons laissé vieillir. Il vieillit comment ? Montre le regret de ne pas avoir été bu. Moralité : Il doit être bu (le précédent doit être jeté). C'est d'ailleurs le remède par excellence, aussi la chose du monde qui peut faire le plus de plaisir. Mais c'est en même temps la moindre des choses, la moindre des aumônes, des choses qu'on puisse offrir.
FIN.

DÉTAIL : PLAN DU MILIEU DU DISCOURS

Le verre d'eau cueilli au robinet.
Eau de l'avenir. Eau du passé.
Rengorgement d'abstractions.
Si des diamants...
Le verre d'eau contemplé dans son état de fraîcheur.
Offert. Peut-être à ce moment ce que j'ai à dire du mot.
Ravissement d'ordre esthétique. Préciosité, etc.
Le verre d'eau demeuré sur la table. Trop contemplé. Il a vieilli.
Vieillissement du verre d'eau (passé défini).
Le jeter.
En cueillir un autre.
Le boire. Boire un verre d'eau. Dents fraîches, etc.
Un pour les dents et la bouche. Un pour l'estomac.
C'est le remède par excellence... Et c'est la moindre des aumônes. FIN.

INTÉGRATION DES NOTES ANTÉRIEURES
DANS LE PLAN CI-DESSUS

Noter que le verre d'eau pour la notion de l'eau correspond au galet pour la notion de la pierre. C'est la quantité (d'eau courante) à laquelle je peux faire subir l'épreuve de la prendre et retourner dans ma main ; plus encore, la dernière épreuve, qui est de l'ingurgiter.

C'est la quantité qui est à la mesure humaine. Dont je peux faire œuvre circonscrite, à la fois grande et petite, mesurée (la piazza della Signoria à Firenze : miniatures colossales[23]).

C'est aussi l'eau encore sauvage, non encore domestique. Un verre d'eau bouillie est plat domestique, sans saveur, parce qu'il a perdu sa fraîcheur, c'est-à-dire sa température des profondeurs, sa température d'avant l'être, avant la vue et la considération, sa température de puits (la Vérité avant qu'elle sorte du puits), sa température de source. De là, toutes les autres qualités comprises ordinairement dans le terme frais en dehors de celles qui tiennent spécialement à la température (sens premier).

L'eau du verre est la plus intéressante de ce point de

vue (sauvagerie, rusticité et préciosité). Celles du broc, de la timbale, du bol ne peuvent être saisies aussi bien dans leurs qualités optiques, précieuses, dans leur transparence. La limpidité n'y est pas assez sensible.

PARENTHÈSE

Cette mauvaise écriture, rapide, enthousiaste, est celle du meilleur moment de la création.

Il est 9 h 30 et je travaille à cette allure depuis une demi-heure environ. Je m'étais levé à 7 heures, mis au travail après café vers 8 h 30, badiné, musé sur les papiers précédents pendant une demi-heure environ. Puis je me suis jeté sur celui-ci et ça a fonctionné.

Maintenant je suis près de m'arrêter. Mais peut-être réussirai-je à faire L'INTÉGRATION... avant de m'arrêter ?

Puisque ça y est, que voilà le verre d'eau conçu (il a suffi de deux jours, que dis-je, de deux séances d'une demi-heure chacune, après le travail préliminaire, le recueillement, la paresse, les notes, les marasmes et enthousiasmes de plusieurs mois, les déboires... Tiens, déboire me ramène à la STROPHE (urne et faucons), qu'il faut que je revoie à ce propos, il doit y avoir des choses à y prendre ; et aussi à DE LA MODIFICATION DES CHOSES PAR LA PAROLE ; il faut aussi ne pas oublier : 1° ce que j'ai dit du liquide (rhétorique) dans LA SEINE (que j'ai eu tort de m'adonner à la poésie plastique, etc.) et 2° ce que je viens de dire hier, dans ma parenthèse hugolâtre : « merci aux formes et aux masses... »

LE VERRE D'EAU EST EN FORME GRÂCE AU VERRE MAIS AUSSI LIQUIDE ÉVIDEMMENT. C'EST À LA FOIS LE CRISTAL (VERRE : attention ! Me référer à certain passage des CRISTAUX NATURELS (et me référer aussi aux TROIS BOUTIQUES [24] : pierres précieuses et bois comme errement dû à la geste) ET LE LIQUIDE. LES QUALITÉS COORDONNÉES DU LIQUIDE ET DU SOLIDE, VOILÀ LE VERRE D'EAU, C'EST PLUS ET MOINS : ON PERÇOIT SÉPARÉMENT QUOIQUE SIMULTANÉMENT LES DEUX ORDRES DE QUALITÉS, PAR LES DENTS COMME PAR LES YEUX : LE SOLIDE EN QUELQUE FAÇON CRISTALLIN (VERRE) ET LE LIQUIDE DANS SES QUALITÉS DE FRAÎCHEUR, LIMPIDITÉ, CURRENCE (EAU). CELA EST L'ESSENTIEL DU PLAISIR DU VERRE D'EAU. ICI, J'ATTEINS À SA QUALITÉ PARTICULIÈRE : JE SUIS AU CŒUR DU SUJET (CŒUR LIQUIDE). CELA DOIT ME DONNER LA RHÉTORIQUE DE MON TEXTE. PLUS

COURT QUE LA SEINE, PLUS PETIT EN CAPACITÉ ET BIEN DIVISÉ EN DEUX SOLIDE ET LIQUIDE L'UN CONTENANT L'AUTRE, MAIS AUSSI TRANSPARENT LE CONTENANT QUE LE CONTENU[25].

CEPENDANT LE SOLIDE EN FORME : SENSIBLE COMME SOLIDE ; ET LE LIQUIDE EN PETITE QUANTITÉ QUOIQUE DANS TOUTES SES QUALITÉS DE L'EAU SAUVAGE, RUSTIQUE, PURE, PRIMITIVE, ÉTERNELLE, COMMUNE, ETC.

POUR LA FORME DU VERRE, IL EST NÉCESSAIRE POUR QUE LE VERRE SOIT SENSIBLE, PERÇU, QUE LE MONDE (OBJETS SOMBRES, PLUS OU MOINS SOMBRES, COLORÉS) SOIT ALENTOUR, QUE LE VERRE REFLÈTE UNE PARTIE DU MONDE, EN MÊME TEMPS QU'IL CONTIENT L'EAU. QU'IL FASSE NON TOUT À FAIT MIROIR MAIS QU'IL Y AIT REFLET DU MONDE ALENTOUR (TABLE, OBJETS DIVERS SUR LA TABLE, LUMIÈRE VENANT DE LA FENÊTRE, ETC.).

ALORS LE VERRE DEVIENT SENSIBLE, EST PERÇU. CELA EST UTILE, INDISPENSABLE. CELA NE POSE PAS TELLEMENT QUESTION.

LE VERRE VIDE REFLÉTANT LE MONDE ALENTOUR D'UNE AUTRE FAÇON. QUAND L'EAU Y EST, ELLE Y EST, PAS DE DOUTE TOUT CHANGE. LE LIQUIDE Y EST, MAIS LE MONDE ALENTOUR Y EST ENCORE AUSSI. POURTANT LES REFLETS ONT CHANGÉ DE CARACTÈRE (ET LA TRANSPARENCE) : NOTAMMENT ILS ONT CHANGÉ DE PLACE, INVERSÉS, JETÉS AU BORD INVERSE, À L'AUTRE BORD, CURIEUSEMENT DÉPLACÉS. SANS QU'ON SACHE TROP COMMENT, DE QUELLE FAÇON, NI POURQUOI NI QUELLES EN SONT LES CONSÉQUENCES. LES VOICI : C'EST L'ÉVIDENCE MÊME, L'ÉVIDENCE SEULE QUE L'EAU Y EST, EST PRÉSENTE.

FUITE ET SORTIE DU SUJET[26]

Il va falloir que je tape cela, tel quel, à la machine (ce que j'ai écrit depuis ce matin), à grands interlignes de façon à y voir clair.

Voir aussi s'il est intéressant de conserver ce mouvement. En noter le rythme, ou plutôt l'allure, la cadence. J'aimerais qu'une heure sonne tandis que j'écris, puisque j'ai noté l'heure quand j'ai pris le départ, afin de déterminer ma vitesse horaire. Dix heures ne vont-elles pas bientôt sonner ?

Je vais voir. Vais-je voir ? N'ai-je pas, au cours de ce galop, d'autres pensées encore à attendre, ici, dans mon fauteuil, que je risque de perdre si je quitte cet endroit pour descendre voir l'heure à la salle à manger. Certes, il ne faut pas forcer son talent, d'accord, mais il peut importer de rester à sa disposition, même en se forçant un peu, je veux dire en se forçant à rester là, à attendre, quand on sent que quelque chose encore peut venir.

... Les coqs chantent. Le soleil luit plus jaune. Un léger brouillard bleu marine commence à monter de la vallée de la Vesgre[27]. C'est la conséquence de la montée du soleil qui, plus chaud, provoque une évaporation plus intense : pas la même que le brouillard du petit matin. Le bleu de la présente buée est plus sensible comme bleu à cause des surfaces voisines éclairées plus jaune par le soleil plus haut...

Tout cela n'a aucun rapport avec mon sujet. C'est parce que j'attends. C'est pendant que j'attends. Pour ne pas perdre le courant, l'élan acquis de la plume, l'allure du pourchas... Cela pourra d'ailleurs servir à autre chose...

... Le chant des coqs colore d'ailleurs, de couleurs vives, franchement appliquées, du jaune au rouge, le paysage en question. (Les coqs du verre d'eau.) Il y a quelques bruits humains : volets, pas, cris d'enfants et quelques cornes d'auto. Rôle du sonore dans le panoramique. Un certain silence profond, avec bruits et cris raréfiés au premier plan...

AH ! VOILÀ LES 10 HEURES MAINTENANT QUI SONNENT.
JE M'ARRÊTE.

Je vais essayer, après avoir roulé une cigarette, et dans un tout autre esprit (une sorte d'esprit administratif) ; de réaliser ou préparer l'INTÉGRATION DES NOTES PRÉCÉDENTES au plan ci-dessus, et à ce que je viens d'écrire jusqu'aux dernières lignes et lettres que voici.

> Armande se lève, j'entends les premiers bruits de volets dans notre propre maison. Roulons la cigarette et allons-y voir, allons l'embrasser. Odette ne tardera pas elle non plus... CAHIER, POSÉ. PLUME, POSÉE. Odette ouvre sa porte, elle frappe, LA VOICI.

nom de dieu je ne ferai qu'un verre d'eau qui me plaise ! (« La Matière est la seule Providence de l'esprit[28] »)
... Qu'ils se retirent !

IL ME SEMBLE QUE C'EST CLAIR, TRANSPARENT, LIMPIDE, CONTENANT COMME CONTENU !

QUE L'ALLÉGORIE HABITE ICI UN PALAIS DIAPHANE !

EH BIEN, TENEZ-VOUS-LE POUR DIT.

AINSI SOIT-IL.

(BU.)

À VOTRE SANTÉ.

Ah ! Un verre d'eau est une petite chose ! Vous trouvez ! Eh bien, NOUS ALLONS VOIR !

Bien sûr que c'est une petite chose... et pas la mer à boire ! Et pourtant... IL FUT PLUS PUISSANT, PLUS BRUTAL ET DÉCISIF UN JOUR QUE LA HACHE DU GRAND FERRÉ.

HEIN ? Qu'est-ce que vous en dites ? Je pense que vous allez VOUS LE TENIR POUR DIT ?

Que vous n'allez pas l'oublier, et que, chaque fois que vous apercevrez un verre d'eau, vous frissonnerez légèrement, vous souvenant de la PETITE BRUTALITÉ CI-DESSUS[29] !

Ceci posé, nous allons pouvoir nous amuser à notre aise, des qualités délicates et précieuses du verre d'eau. Ce genre de censeurs ne nous cassera plus les pieds. (Les pieds du verre à pied, naturellement !)

— Un pareil brutal, un pareil butor, faiseur de mauvais calembours, de pareilles turlupinades, oser nous parler de délicatesse !

— Pourtant, mes chers amis, un instant d'attention... Écoutez seulement ceci : SI LES DIAMANTS SONT DITS D'UNE BELLE EAU... DE QUELLE EAU DONC DIRE L'EAU DE MON VERRE (ici, placer la suite)... POTABLE ? POTABLE, dites-vous ? Ce n'est pas si simple non plus... (et la suite)............ et *in fine* :

(Le Verre d'Eau)

IL ME SEMBLE QUE C'EST CLAIR, TRANSPARENT, LIMPIDE ?

CONTENANT COMME CONTENU ?

L'ALLÉGORIE ICI HABITE UN PALAIS DIAPHANE !

ÇA VA ? VI, VA, VU ?

C'EST LU ? LI, LA, LU ?

C'EST BI ?

C'EST BA ?

C'EST BU[30] ?

(FIN[31])

FABLES LOGIQUES

1. UN EMPLOYÉ

Quand j'eus besoin d'employer souvenir[1] je le fis approcher et lui posai les questions habituelles. On ne saurait prendre chez soi quelqu'un qui n'a jamais travaillé. Mais celui-ci avait beaucoup travaillé. N'anticipons pas.

Je dis donc à souvenir :

— Qu'avez-vous fait jusqu'à présent ?

— Eh bien voilà, me dit-il ; comme tout le monde j'ai mené de front un service public et un office plus secret[2]. J'ai servi à signifier ce qui vient sous, etc. ... puis...

— Et pourquoi avez-vous changé de place ? Fûtes-vous renvoyé, votre emploi confié à un autre ?

— Non, pas précisément, mais je n'avais presque plus rien à faire, mon emploi a été supprimé, et dans la même maison on m'a fait servir à... etc.

— Enfin, n'êtes-vous pas trop usé ? Vous sentez-vous de force à occuper un poste de confiance dans la phrase où je veux vous faire entrer ? Il vous faudra remplir à la fois tous les offices que vous occupâtes au cours de votre longue carrière.

— J'en suis capable. Vous me réconfortez, Monsieur. On a usé, on a abusé de moi. Je vois que vous désirez à la fois rendre hommage à mes capacités et ménager mes susceptibilités[3]. C'est d'ailleurs la même chose. L'un n'irait pas sans l'autre. On m'a d'ailleurs confié plusieurs postes d'honneur, et il me montra des certificats signés de plusieurs personnes connues : Boileau, Voltaire, Paul-Louis Courier.

Mais je l'interrompis avec impatience :

— Après tout, lui dis-je, vous semblez bien fier de vos références ! D'avoir toujours servi « à quelque chose » ; il ne faut pas croire que je vous choisisse pour cela. Non, mais vos emplois successifs vous ont donné une physionomie curieuse. Je ne suis pas tant un homme d'affaires qu'un artiste, et je veux vous faire servir de modèle. Je vais faire votre portrait. Oui, mettez-vous là. Somme toute votre situation sociale a son importance, mais vous êtes autre chose, vous avez un caractère[4], une figure. Vous avez subi des épreuves. Vous ne ferez plus rien, cela va peut-être vous vexer ? Je le sais, sous prétexte de zèle, vous meniez parfois vos patrons par le bout du nez. Bout du nez : ma foi, c'est peut-être votre caricature que je vais faire, vieux tyran. Enfin vous êtes là sans que j'aie « besoin » de vous ! C'est presque du sadisme, n'est-ce pas ? Voyons, somme toute vous avez trois syllabes... SOUVENIR... ne bougez pas... vous ne voulez rien dire, vous n'avez rien à signifier... le point sur l'i est-il naturel ? etc. etc.

2. UN VICIEUX

Un écrivain qui présentait une grave déformation professionnelle percevait les mots hors leur signification, tout simplement comme des matériaux. Matériaux fort difficiles à œuvrer, tous différents, plus vivants encore que les pierres de l'architecte ou les sons du musicien, des êtres d'une espèce monstrueuse, avec un corps susceptible de plusieurs expressions opposées.

Cet écrivain nourrissait beaucoup d'illusions quant à la personnalité des mots, et s'il s'intéressait à leur être physique et moral, se gardait soigneusement des significations.

Dans le mot SOUVENIR par exemple, il voyait bien plutôt un être particulier dont la forme était dessinée en noir sur le papier par la plume selon la courbe des lettres, le dessin grandeur nature d'un être de deux centimètres environ, pourvu d'un point sur l'i, etc. enfin tout plutôt que la signification du mot « SOUVENIR ». Pour lui il y avait parmi les mots une race de cyclopes, les monosyllabes, etc.

Enfin je pense que j'ai assez expliqué quelle était la maladie de mon confrère. Il en avait d'ailleurs parfaite conscience. Il prétendait que les poètes s'en trouvaient tous plus ou moins atteints, et les plus grands le plus gravement. Il se demandait avec une anxiété renouvelée chaque nuit si pour le poète l'élément était précisément le mot, ou la syllabe, les signes de ponctuation, enfin tout ce qui forme sur le papier une tache noire distincte ? ou bien plutôt les racines des mots, les cellules étymologiques qu'il s'agissait d'accorder au mieux dans la phrase et dans le poème.

Quelquefois par l'effet de la même maladie, il considérait ces matériaux eux-mêmes comme sujets d'inspiration au même titre qu'une nature morte peut (ou un paysage) l'être pour un peintre.

Voici trois expressions de ces moments critiques[5] qui sont des descriptions de visions tout à fait folles, je pense.

Les deux premières sont des « natures mortes » du mot souvenir, la troisième un « paysage » d'un autre mot : multicolore.

Il s'agit de trois études, très courtes, que j'avais remises à Jacques Rivière, qui avaient été retenues par lui pour être publiées dans *La Nouvelle Revue française*, mais, c'était très peu de temps avant sa mort, il s'éleva une difficulté entre nous au sujet du caractère d'imprimerie, et Paulhan qui prit l'affaire en mains pendant la maladie de Rivière, décida de surseoir à la publication. Celle-ci n'eut jamais lieu, et ces écrits se sont trouvés égarés. Il ne me souvient rien d'aucun d'entre eux et je ne saurais donc les récrire : ils l'avaient été dans un état d'esprit tout à fait étrange ; c'est dommage (1928).

Ces textes viennent, assez miraculeusement, de m'être renvoyés par Franz Hellens, qui les avait reçus, me dit-il, pour les publier dans *Le Disque vert*. Les voici (1949).

3. DU LOGOSCOPE[6]

Souvenir

« Dans ce sac grossier, je soupçonne
une forme repliée, S V N R.
On a dû plusieurs fois modifier
l'attitude de ce mort.
Par-ci par-là on a mis des pierres,
O U E I.

Cela ne pouvait tomber mieux,
Au fond. »

Voici ce qui l'a tué

« On a dressé le cadavre entre deux
écrans, et je ne voyais plus
qu'un fantôme vitreux.
Mais plusieurs noyaux inégalement
répartis apparurent en noir.
Aussitôt on s'écria : Voici ce qui l'a
tué. »

Multicolore[7]

« Dans cette grise nuit ces contours
inconnus du paysage : hors du
monde !
À l'aurore je l'ai sur le bout de
la langue.
Ô couleurs du soleil, chacune à
son carré !
Parbleu : multicolore ! »

4. LA LOGIQUE DANS LA VIE

Bardy reprochait à un jeune homme d'avoir dit le 15 mars et prouvé son amour de l'Empereur : « Vous aviez le 2 janvier crié Vive la République. Quelle contradiction ! Vous vous êtes ruiné dans mon esprit. » Mais l'autre : « Était-ce bien crié ? »

Alors Bardy : « Si bien que paraissant l'une et l'autre fois vous exprimer avec sincérité, vous fûtes dupe l'une ou l'autre, vous que je reconnais une troisième fois, et vous m'avez dupé qui vous ai applaudi. »

Le jeune homme répondit : « Eh ! vous avez applaudi ? Allez, je ne veux point raisonner de nouveau. Vous pourriez m'applaudir. Ce serait monotone. »

« Quel homme ! » s'écria Bardy. Le comédien salua et recula pour sortir.

Le logicien juge le comédien illogique[8].
Le comédien juge le logicien monotone.
L'auteur doit plaire à tous, dit-il, c'est-à-dire à lui-même, dit-il.

L'HOMME À GRANDS TRAITS

DE LA MÉTHODE

À peine eus-je écrit mes *Notes premières sur l'homme*, je les fis parvenir à plusieurs amis. Nulle réaction[1], sinon de Paulhan aussitôt celle-ci : « Tout ce que tu dis de l'homme, j'en suis enchanté... Enchanté, cela ne veut pas dire que je sois de ton avis, ni que je ne te trouve pas étonnamment simpliste. »

Enchanté, étonnamment simpliste : Oui, car ce ne sont que les grandes lignes. Cela me confirme dans mon propos. Il n'y a plus qu'à persévérer.

À persévérer ? Ou bien est-ce que cela doit suffire ? Il ne faudrait pas que la suite, ou la continuation, aille désenchanter, ou compliquer, ôter le caractère (la qualité) simpliste... Pourtant je n'ai pas encore tout dit, assez dit...

Il faudrait tenir l'équilibre. Avancer, pousser plus avant et dans d'autres directions. Puis couper les ponts avec l'arrière. Ne donner que les premières lignes[2], les grands traits.

DE LA SYMÉTRIE, DES VIBRATIONS, DE LA PERSPECTIVE

Symétrie en général, et symétrie en particulier du corps et du visage de l'homme.

La symétrie peut être l'effet des vibrations[3]. Où l'on voit deux (et deux symétriques) il peut n'y avoir qu'un (un vibrant). Faites vibrer une corde et vous vous en rendrez compte.

Ainsi des deux yeux, deux bras, deux poumons, deux reins, deux jambes, deux mains, deux pieds.

Mais quand les vibrations diminuent (ou au contraire quand elles commencent, s'amplifient) elles tendent à l'un (ou en dérivent). Qu'on veuille bien noter au surplus qu'il y a là un phénomène absolument comparable à celui de la perspective. Les deux lignes parallèles qui se rejoignent. Qui se rejoignent non seulement à l'infini. Pas du tout seulement à l'infini.

DE L'INFINI

Qu'est-ce donc que l'infini ? Pratiquement c'est tout simplement l'horizon. Plus ou moins proche selon la qualité de la vue. Beaucoup plus proche pour le myope.

(Encore un endroit où je trouve Pascal[4] en défaut.)

L'infini est une question d'accommodation. La notion d'infini naît de l'infirmité de la vue. C'est quand on cesse d'y voir clair. Le besoin, la nostalgie d'infini, c'est le désir d'y voir trouble. Pourquoi exalter cela ? Il faut au contraire s'en défier. Et non le déifier.

Comparer à la position du sujet dans le monde (et dans la phrase ?) celle du *foyer*[5] en optique. La science de l'optique nous en apprendrait je crois beaucoup sur l'homme.

Est-ce à dire que j'aille décider de « m'y remettre », de réapprendre l'optique. Dieu m'en garde ! Dieu me garde de la reconsidérer sérieusement, même de loin. C'est ici comme pour les autres sciences (ou pseudo-sciences). Je suis trop content de les avoir désapprises. Il ne faut (du moins en ce qui nous concerne[6]) tenter le démon du détail (qui masque l'ensemble).

DU MANQUE DE SYMÉTRIE

Pour en revenir à la symétrie du corps et du visage humain (symétrie qui se retrouve dans l'esprit : dans le goût de la symétrie, etc., etc. : l'homme a deux yeux à cause de son goût de la symétrie mais ce goût de la symétrie c'est parce qu'il a deux yeux), cela (l'explication par les vibrations) ne rendrait-il pas compte de son caractère horrifique, repoussant. L'homme y tend, en a le goût, mais en même temps elle le repousse, il en frémit (tête de tortue, tête de serpent). Il y trouve quelque chose de dégradant. Dès que le goût s'affine, il n'aime que les défauts de la symétrie. Que ce qui la met en défaut.

[Alinéas du paragraphe sur la symétrie :
a) Symétrie en général et symétrie en particulier du corps et du visage de l'homme.
b) Goût de la symétrie, esprit de symétrie.

c) Son caractère horrifique, horripilant (tête de tortue) ; catalepsie (les deux yeux du médium).

d) Qu'elle n'est jamais parfaite.

La femme qui a deux jumeaux en met-elle un à chaque sein ?

La femelle qui a porté 11 petits et qui n'a que 10 mamelles étouffe-t-elle le onzième ?

Chez les autres mammifères il n'y a pas symétrie des mamelles mais alignement. L'équidistance des mamelons remplace ici la symétrie, satisfait la même exigence, ou la même manie[7].]

DES IDÉES

Parfois certainement quand il y a manque à la symétrie, une IDÉE remplace le membre absent. Cela doit être surtout vrai chez le végétal. Car l'animal peut la remplacer par autre chose encore : la fuite, le mouvement, l'action, les paroles[8]. Par conséquent les arbres et plantes ont bien des idées. Elles consistent justement en cela. Sinon, il y aurait chute ou suicide, ou désespoir se manifestant d'une façon ou d'une autre. Et cela, non, je ne veux pas l'envisager.

Donc de désespoir à idée il n'y a pas loin : c'est tout comme. Jusqu'à idée il y a désespoir.

Idée, égale désespoir-de-membre. Désespoir-de-forme-symétrique. Égale et remplace, tient lieu.

Chez les animaux il y a symétrie beaucoup plus parfaite que chez le végétal, beaucoup plus horrible, beaucoup plus fatale. Ils sont plus près de la sphère, de la perfection.

C'est seulement dans la mesure où cette symétrie est imparfaite, qu'il y a idées. (Non, l'idée peut être aussi le chant de la toupie parfaite.)

Je tiens donc qu'il y a beaucoup plus d'idées chez le végétal que chez l'animal, chez l'arbre que chez le poisson.

DES ESPÈCES

En termes d'arbre, le poisson n'est qu'une feuille : pas grand-chose. D'ailleurs il leur ressemble.

Les individus (dans le monde animal) sont les feuilles de l'espèce. Ses extrémités coupées d'elle et vagabondes.

L'arborescence de l'animal, sa recherche de la symétrie (comme l'arborescence chez les cristaux) c'est dans l'espèce qu'il faut la chercher[9], dans le rassemblement et la dissémination des individus à la même heure (mer des Sargasses[10]).

DU CORPS

C'est visiblement notre maladie, cette grande excroissance indolore — qui ne nous gêne pas beaucoup. Une de ces maladies dont on ne tient pas compte : on en a pris son parti. On la laisse suivre son cours. On l'oublie. Et sans doute le sait-on parfaitement, c'est à grand tort. Car dès lors elle s'aggrave, insensiblement, un peu chaque jour. On le sait bien, qu'ainsi on joue sa vie, qu'on la perd. Mais, après tout ! Mourir de cette façon ou d'une autre... Mourir de cette grande excroissance (qu'il faudrait soigner) ou de tout autre chose, qu'importe !

Hors quelques fulgurations dans la conscience, quelques poignants remords, on n'y pense jamais. On ne s'en rend compte, on ne le prend en considération qu'aux moments de crise. En période d'évolution rapide. Quand le processus se précipite. Quand, par une ou plusieurs de ses roues la machine sortie des rails, renversée, gît sur le côté (comme un malade dans son lit), et que les roues en question tournent follement, « à vide » comme l'on dit... N'est-ce pas à cela que la douleur physique ressemble ? Quand une de nos roues ou molettes, grande ou petite, lisse ou dentée, tourne sur place..., à vide ?

D'autres fois, quand tout va bien au contraire (mais n'est-ce pas, plutôt, mauvais signe ?), ce corps pendant quelques jours on décide de s'en occuper. On le lave soigneusement (et non plus machinalement), on fait de la gymnastique en chambre... Mais bientôt l'on se ressaisit : l'on s'aperçoit qu'il y a là de quoi rire ! Car enfin, pourquoi vouloir, à tout prix, astiquer, soigner, voire perfectionner son excroissance, sa maladie ?

Sûrement, la seule attitude conséquente à son égard — si l'on tient vraiment à s'en occuper, si (Dieu sait pourquoi !) l'on préfère, momentanément je suppose, en tenir compte, ne pas l'oublier — serait d'étudier les moyens d'en guérir, de s'en séparer, de la couper de soi, de se la rendre une fois pour toutes caduque, d'en pratiquer — et d'en supporter — l'ablation... Ce corps, enfin, de le déposer ! Car enfin, pouvez-vous me le dire ? Qu'est-ce que ce gros sac que je transporte en tous lieux avec moi ? Indolore, la plupart du temps, je le veux bien, mais toujours si volumineux, pesant, incommode ! Qui me fatigue, qui me donne sommeil[11] ?

DE LA BOUCHE

Bouche se dit par elle-même de l'orifice antérieur du tube digestif des animaux[12].

Donc située en chef. Mais au bas du visage. Fendue horizontalement — et munie, selon la nourriture spécifique de l'individu qui la porte, de divers dispositifs d'appréhension, succion, manducation, etc.

Les lèvres sont de chair et les dents sont de l'os. Chez beaucoup d'animaux seule partie visible du squelette. C'est pourquoi si nacrées, brillantes ; fringuées[13] comme des verres pour être rangés sur la table, ou des catéchumènes pour leur communion.

La bouche cache en son intérieur (mais pouvant au besoin être tiré à l'extérieur — pour appréhender quelque proie par exemple) un appendice assez monstrueux : sorte de petite pelle — plus ou moins plate et mobile — servant aussi bien à enfourner la proie qu'à la gâcher avec la salive, à la présenter ou retirer aux mâchoires le moment venu, pour la jeter enfin par derrière la glotte dans le gosier.

La bouche appelle, tente. Y pouvant même employer la voix. C'est un trou chaud qui appelle. Tiède fournaise humide. Grotte tiède : mais soumise à l'entendement et à la volonté.

Ce qui la différencie seulement du sexe (féminin), c'est d'être en chef. Dans la pierre ronde du chef. Sous le regard des yeux, et ventilée par les narines. De s'ouvrir et refermer à volonté, et non à l'insu de son maître.

La bouche en son palais — c'est le temple du goût[14] — procède à ses appréciations particulières. Elle s'y fait son opinion elle-même, puis la communique au cerveau, siégeant en chambre du conseil, par l'intermédiaire de l'arrière-nez, chargé de l'odorat, avec lequel tout au long de vestibules et d'escaliers intérieurs elle se concerte.

Il est alors décidé si l'aliment peut être ingurgité, ou doit être recraché avec dégoût.

Rien de trop grave jamais pour l'organisme du fait des contacts pris seulement dans cette antichambre.

La bouche est ainsi une sorte de salle des Gardes.

Par exemple, un aliment trop chaud est refusé dès la porte, ou bien entre deux portes on le fait attendre (tout le temps qu'il faut) : un trop évidemment toxique, dès les lèvres... etc.

DES PAROLES

Naturellement, comme d'une salle des Gardes, il en sort un continuel brouhaha : Paroles, Chansons... Le plus souvent, fort grossières, triviales. Soudain pourtant elles se taisent : quand passe le seigneur du corps ; armé ou non, accompagné de sa femme ou non ; mais toujours taciturne et fier[15].

Silence ! car précisément le voici... un par un qui nous dévisage, puis signe.

PROLOGUE
AUX QUESTIONS RHÉTORIQUES

« RHÉTORIQUE, pourquoi rappellerais-je ton nom ? Tu n'es plus qu'un mot à colonnes, nom d'un palais[1] que je déteste, d'où mon sang à jamais s'est exclu. La poésie, un kiosque en ruines dans ses jardins ; et toi, littérature de notre époque, au mieux la fête nocturne que s'y donne une société ennemie.

Mais je sais bien *à qui*[2] j'ai engagé ma parole, comme le destin l'a voulu ! Et voici donc, mes Amis, comment nous nous accommoderons pour l'entreprise que je projette, qui n'est — je le sais bien — qu'un moment de la Tragédie.

Voici mon plan.

Masqués nous pénétrerons ensemble dans ces palais, et participerons à la fête qui s'y donne.

Mieux, nous y tiendrons les flambeaux.

Oui ! Personne autre que nous, Ô mes Amis, sombres comme nous sommes, pour porter la lumière dans cette momerie nocturne, épisode central de la tragédie[3].

Chacun donc à votre flambeau, entourez-moi ! Puisque c'est dans cette société même, — chez ses parents, pour la leur ravir —, que j'ai rendez-vous avec la PERFECTION ADOLESCENTE, objet unique de mes amours ! »

LE MURMURE
(CONDITION ET DESTIN DE L'ARTISTE[1])

La science, l'éducation, la culture certes sont des bienfaits pour l'homme qu'elles élèvent à un niveau de vie supérieur : il ne serait, pour un Français du XXᵉ siècle, qu'excessivement honteux (donc un peu ridicule) de le nier.

Pourtant notre expérience aussi prouve qu'elles créent beaucoup de besoins, et davantage sans doute qu'elles n'en peuvent, à leur niveau même, assouvir.

(Les intérêts mercantiles s'insèrent ici. Tout, bientôt, n'est plus qu'un bazar.)

Il reste d'ailleurs une part de l'homme, toujours vive à leur échapper. Part animale peut-être... ou divine, je le veux bien... Part importante en tout cas. Part instinctive et farouche qui ne se laisse pas répudier. C'est celle que justement préserve un goût profond du loisir ; du dépouillement ; de leurs ressources ; et du réconfort naturel.

Bref, science-éducation-culture : tout risquerait de finir par une soif inextinguible de repos, de sommeil, de nuit, voire de sauvagerie et de mort, si n'intervenait, au fur et à mesure, quelque antidote de même niveau, qui ravisse et comble d'un coup l'homme entier, le trouble et le rassoie dans son milieu naturel, l'en affame et l'y nourrisse, et à proprement parler le récrée.

Si j'ai dit antidote du même genre, c'est qu'il en est

d'autres en effet. « Vive la mort, à bas l'Intelligence ! » ou : « Quand j'entends parler de Culture, je tire mon revolver[2] » : nous l'avons entendu, n'est-ce pas[3] ? Et quand je dis que tout finirait... Tout fut près récemment de finir.

Mais tout aussi bien peut finir par je ne sais quel fanatisme de la raison, quelle infatuation de l'intelligence, à qui nous verrions la même brutalité, et qui tirerait le revolver au nom cette fois de la culture... ou les ciseaux, pour s'émasculer.

Nous voici approchés peut-être à la fois d'une justification objective et d'une définition des Beaux-Arts (Littérature et Musique et Théâtre, etc., y compris).

Mais prenons pourtant les choses d'abord d'un autre côté.

Quel que soit[4] le lecteur de ces lignes, la vie, puisque enfin il peut lire, lui laisse donc quelque loisir. Et non seulement sa vie, mais sa pensée même, puisqu'il confie ce loisir à la pensée d'un autre homme. (Lecteur, entre parenthèses, sois donc le bienvenu en ma pensée...)

Mais si maintenant ma pensée est seulement celle-ci : de te conserver à ton loisir, de t'engager plus profondément en lui — et si j'y parviens... Alors peut-être suis-je un artiste.

Note que, si bref soit-il, ce loisir tu pouvais l'employer à contempler la nature, l'un de tes semblables ou enfin ta propre pensée. Tu pouvais l'occuper encore à chanter ou siffler quelque air improvisé de ton cru, ou à danser, courir, faire jouer ton corps. Certes tout cela est légitime et tu t'y adonnes parfois, et beaucoup d'hommes s'y adonnent. Toutefois cela ne suffirait guère à te distinguer des animaux.

Mais il se trouve que certains hommes sont capables — Dieu sait pourquoi — de produire — Dieu sait comment — des objets tels qu'ils puissent être choisis par toi pour que leur contemplation ou leur étude occupent profondément ton loisir, le satisfassent, lui suffisent et ne t'engagent en rien d'autre.

Voici que tombe sous nos sens quelqu'un de ces objets étranges... Oui, bien apparemment l'ouvrage d'un de nos semblables. Fait d'une matière et de parties que la nature ne fournit jamais que séparées ou dans un état brut fort différent. Or, cet objet nous paraît aussitôt intéressant, joli, beau ou sublime. Il semble ne servir pratiquement à rien[5], mais sa considération ou contemplation provoque en nous — d'abord je ne sais quel mouvement d'instinct, comme si une conformité secrète à nos organes dès sa rencontre nous appelait[6] — puis nombre de sentiments profonds ou élevés — et nous désirons nous l'approprier, ou du moins en conserver l'usage pour notre plaisir éternel. Ce plaisir en effet nous est confirmé par l'usage. L'envie cependant nous vient de le montrer à ceux que nous aimons, pour leur faire partager notre intérêt. Sur plusieurs d'entre eux il produit un effet pareil. L'on nous assure d'ailleurs que telle est sa seule destination, sinon forcément peut-être l'intention de son auteur.

Un tel objet est une œuvre d'art. Celui qui l'a produite est un artiste[7]. Et il semble que de tels objets, comme aussi l'intérêt ou l'amour qu'ils inspirent, ne se rencontrent que chez les hommes.

Jugerait-on maintenant que nous faisons des pas trop rapides, nous avancerons aussitôt que — miroirs à la fois et trésors — ils s'y rencontrent depuis toujours.

Et qu'on ne nous raille pas ici de sembler nous en remettre à l'Histoire... à l'un de ses principaux lieux communs. Ce serait bien à contresens. Justement nous n'en croyons rien, sinon ce qu'on peut en voir. Nous voyons les chefs-d'œuvre anciens. Et qu'en dirions-nous donc, sinon : voici le plus clair de l'Histoire, et parfois tout ce qui en reste... ?

Bien folles seraient donc les sociétés qui, ne tenant d'une observation séculaire aucun compte, chasseraient de leur sein les artistes. Elles couraient sûrement à leur perte, pour avoir méconnu en l'homme ce qui chez lui est premier : non les opinions — ni même les besoins — mais les goûts.

Et faut-il rappeler encore que les œuvres sereines ont plus de pouvoir pour changer l'homme que les bottes des conquérants[8] ?

Plus de pouvoir enfin, ajouterai-je, parlant du premier artiste à paraître, que les sermons ensemble de tous ses contemporains, qui ne peuvent avoir qu'un effet lassant par leur monotonie...

C'est sur ce dernier point, il me semble, qu'il convient d'insister maintenant. Car la tendance dominante (je n'entends pas seulement dans un camp) paraît bien être de méjuger des artistes, jusqu'à ne les considérer — n'est-ce pas le mot à la mode ? — que comme une catégorie d'*intellectuels*.

Sur l'importance de leur rôle et le pouvoir de leur bienfait, notre propos — on l'a compris de reste — est de leur valoir une plus sérieuse et plus juste considération.

Non du tout qu'opposant, selon l'antithèse courante, par exemple l'intuition à l'intellect et à la conviction les charmes, nous souhaitions pour eux seulement la considération et la condition de charmeurs... Non : charmer et convaincre sont, de notre point de vue, beaucoup trop près l'un de l'autre pour s'opposer autrement que comme les pôles du plus fastidieux des manèges.

Sans doute, nous le voyons bien : du mécénat à l'art dirigé, de l'état de bouffon à celui d'ingénieur des âmes, du poète badin au poète penseur, des tours d'ivoire aux tréteaux de meetings[9], du vrai au beau, au bien, et de l'aimable à l'utile, — la condition des artistes depuis des siècles s'est inscrite entre ces deux termes.

Mais c'est que tous deux ensemble impliquent de la part de l'homme une même idée de lui-même, dont pour forte et ancienne qu'elle soit, et de nos jours plus que jamais imposante, notre souhait justement est de l'aider à se dégager.

Quelle idée ? Eh bien ! celle précisément selon laquelle l'homme serait avant tout un esprit à convaincre, un cœur ou une sensibilité à charmer.

Voilà l'idée, à vrai dire plutôt humiliante, dont depuis des millénaires sont nés, non seulement tous les arts poétiques — ce ne serait peut-être pas trop grave — mais toutes les philosophies et toutes les religions — d'apparence contradictoires — et enfin tous les systèmes d'éducation et de gouvernement qui se sont succédé jusqu'ici, dans la société occidentale du moins, et au nom desquels les peuples, plus ou moins fanatiquement, il faut le dire, s'évangélisent, se subjuguent ou se jettent enfin les uns sur les autres.

Comment une telle idée a-t-elle pu s'ancrer si fortement dans l'esprit des hommes ? Sans doute parce qu'elle dérive[10] d'une idée antécédente, fort glorieuse en vérité celle-là, que l'homme semble s'être forgée peu à peu de lui-même dans les environs de Jérusalem, d'Athènes et de Rome à la fois, selon laquelle sa personne serait le lieu, quasi divin, où prennent naissance les Idées et les Sentiments, seules choses dignes de considération en ce monde ; et lui-même avant tout un esprit et un cœur.

L'on s'explique, après tout, que l'homme ait jugé cette idée non seulement glorieuse mais avantageuse, tant qu'il a pu garder l'illusion de progresser, grâce à elle, dans la connaissance de l'univers et dans son pouvoir sur celui-ci, comme dans l'organisation de sa propre société...

Il semble pourtant, à quelques indices, qu'il accepterait maintenant, assez volontiers, d'en changer...

Peut-être, comme je le laissais entendre tout à l'heure, les sermons, les objurgations — et certaines obligations qui s'ensuivent[11] — commencent-ils décidément à le lasser. Mais plus encore sans doute les punitions, dont la dernière époque ne s'est pas montrée trop avare...

Ainsi, beaucoup souhaiteraient changer... Comprenons cependant que ce puisse être difficile. Comment renoncer, en effet, à être un esprit et un cœur ? Aussi plusieurs imaginent-ils encore quelque explication — plus ou moins originale[12], qui leur permette de ne pas tout à fait en démordre. Je vous ferai grâce de ces théories de dernière heure, vous les connaissez comme moi. Par exemple, le monde serait absurde : il ne s'agirait que d'en convenir. Ce ne serait que de sa faute, et nous en sortirions indemnes, nous les esprits, nous les cœurs, à condition seulement de perdre un peu d'illusions. Ni bourreaux, non, ni victimes : juges seulement, dans l'abstrait : un peu tristes, mais fiers quand même et ma foi fort capables encore de quelques sentences par jour[13].

Sans doute faudra-t-il quelques *actualités* (comme on dit) plus sensationnelles encore, pour que l'intelligence ou l'âme comme telles enfin baissent pavillon (fût-il noir). Et que l'homme enfin s'en inquiète : ces idées, ces sentiments dont il est si fier qu'ils émanent de lui, n'en sortiraient-ils pas comme ces ficelles de certains pantins, qui tenues en main par quelques habiles... Que dis-je, quelques habiles ? C'est l'homme lui-même, devenu sa propre dupe, qui décide abusivement de son sort, selon les idées qu'il se fait. Il s'en trouve, comme en constant état d'ébriété intellectuelle, conduit quelque part hors du monde, sur je ne sais quel échafaudage... Mais pourquoi dire échafaudage ? Échafaud peint mieux ce que c'est[14] !

Oui, quelques hécatombes encore... Ah! que certains du moins moralement s'en exemptent, pour s'être donné à tâche de remédier seulement à ceci :

Jamais, certes, depuis que le monde est monde (j'entends le monde sensible, comme il nous est donné chaque jour), non, jamais, quelle que soit la mythologie à la mode, jamais le monde, ne serait-ce qu'une seconde, n'a suspendu son fonctionnement mystérieux. Jamais, pourtant, dans l'esprit de l'homme — et précisément sans doute depuis que l'homme ne considère plus le monde que comme le champ de son action, le lieu ou l'occasion de son pouvoir — jamais le monde dans l'esprit de l'homme n'a si peu, si mal fonctionné.

Il ne fonctionne plus que pour quelques artistes. S'il fonctionne encore, ce n'est que par eux[15].

Oui, c'est bien à ce point que doit réapparaître l'artiste, et devenir pour tous évidente la considération qu'on lui doit.

Supposons en effet que l'homme, las d'être considéré comme un esprit (à convaincre) ou comme un cœur (à troubler), se conçoive un beau jour ce qu'il est : quelque chose après tout de plus matériel et de plus opaque, de plus complexe, de plus dense, de mieux lié au monde et de plus lourd à déplacer (de plus difficile à mobiliser) ; enfin non plus tellement le lieu où Idées et Sentiments prennent naissance, que celui — beaucoup moins aisément (serait-ce par lui-même) violable — où les sentiments se confondent et où se détruisent les idées... Il n'en faudrait pas plus pour que tout change, et que la réconciliation de l'homme avec le monde naisse de cette nouvelle prétention[16].

Du même coup s'expliqueraient alors le pouvoir depuis toujours sur l'homme de l'œuvre d'art, et son amour éternel pour l'artiste : l'œuvre d'art étant l'objet d'origine humaine où se détruisent les idées ; l'artiste, l'homme lui-même en tant qu'il a fait la preuve (par œuvre) de son antériorité et postériorité aux idées.

La fonction de l'artiste est ainsi fort claire : il doit ouvrir un atelier, et y prendre en réparation le monde, par fragments, comme il lui vient. Non pour autant qu'il se tienne pour un mage. Seulement un horloger. Réparateur attentif du homard[17] ou du citron, de la cruche ou du compotier, tel est bien l'artiste moderne. Irremplaçable dans sa fonction. Son rôle est modeste, on le voit. Mais l'on ne saurait s'en passer.

D'où lui en vient cependant le pouvoir, et quelles sont les conditions nécessaires à son exercice ? Eh bien ! il lui vient sans doute d'abord d'une sensibilité au fonctionnement du monde et d'un violent besoin d'y rester intégré, mais ensuite — et cette condition est sine qua non — d'une aptitude particulière à manier lui-même une matière déterminée. Car l'œuvre d'art prend toute sa vertu à la fois de sa ressemblance et de sa différence avec les objets naturels. D'où lui vient cette ressemblance ? De ce qu'elle est faite aussi d'une matière. Mais sa différence ? — D'une matière expressive, ou rendue expressive à cette occasion[18]. Expressive, qu'est-ce à dire ? Qu'elle allume l'intelligence (mais elle doit l'éteindre aussitôt). Mais quels sont les matériaux expressifs ? Ceux qui signifient déjà quelque chose : les langages. Il s'agit seulement de faire qu'ils ne signifient plus tellement qu'ils ne FONCTIONNENT.

Ainsi, pour prendre un exemple dans les Belles-Lettres, la non-signification du monde peut bien désespérer ceux qui, croyant (paradoxalement) encore aux idées, s'obligent à en déduire une philosophie[19] ou une morale. Elle ne saurait désespérer les poètes, car eux ne travaillent pas à partir d'idées, mais disons grossièrement de mots[20]. Dès lors, nulles conséquences. Sinon quelque réconciliation profonde : création et récréation. C'est que pour eux enfin, qu'il signifie ou non quelque chose, le monde fonctionne. Et voilà bien après tout ce qu'on leur demande (aux œuvres comme au monde) : la vie.

Mais encore faut-il souhaiter qu'on *la* leur permette. Et donc, aux artistes, de travailler. Ce qui signifie d'abord ne rien faire, s'enfoncer dans leur fécond loisir.

Et je ne dis pas qu'on doive, pour autant, les entretenir. Non, nous le savons assez : même dans les plus mauvaises conditions[21], comme on dit : d'existence, l'artiste se sent tellement plus existant que quiconque, qu'il produira ce qu'il doit produire...

Seulement, qu'on ne le fatigue pas trop d'objurgations ni de semonces, qu'on ne tente pas de tuer en lui sa prétention, qu'on ne le persuade pas de sa non-justification.

Puis enfin, s'il se peut, qu'on accepte sa leçon.

L'humanité enfin aura le même destin que ses artistes.

Seule (aux hommes comme aux œuvres) permet de vivre une insubordination résolue aux idées.

L'homme n'est pas le roi de la création. Non, du tout. Plutôt son persécuteur. Persécuteur persécuté.

Persécuteur dérisoire, à vrai dire: non dérisoirement persécuté.

Un animal comme un autre? Je le crois. Mais l'un des mieux doués? Peut-être. Sûrement, l'un des plus insensés.

D'autant que, par son activité à le dominer, il risque de s'aliéner le monde, il doit à chaque instant, et voilà la fonction de l'artiste, par les *œuvres* de sa paresse se le réconcilier.

LE MONDE MUET
EST NOTRE SEULE PATRIE

M'adressant aux lecteurs d'un journal bien fait, c'est-à-dire prodigue en déclarations « capitales » des « plus grands » publicistes mondiaux, je n'ai pas à leur apprendre que nous courons sans doute sur les prodromes d'une nouvelle civilisation, tandis que se poursuit depuis des siècles la ruine de la précédente. Les indices de l'ère nouvelle se trouvent surtout dans la peinture de l'école de Paris, depuis Cézanne[1], et dans la poésie française des années 70. Il semble seulement que la poésie soit un peu en retard maintenant sur la peinture parce qu'elle a donné moins d'œuvres construites, résonnant par leur seule forme (mais nous nous en occupons).

Depuis la première guerre mondiale tout est dominé par le grand schisme de la civilisation finissante, qui précipite l'évolution. Seuls les génies de la peinture, Braque en tête, maintiennent l'esprit nouveau[2]. Enfin, depuis quelques années seulement nous pouvons être sûrs (après avoir, presque tous, cru précédemment le contraire) que nous avons à nous féliciter d'être logés *plutôt de ce côté*[3], du fait que la plaisante anarchie qui y règne permet du moins que les germes vivent, s'enfoncent (d'ailleurs le plus souvent dans la misère), mais enfin vivent, et viennent en surface parfois.

Nous savons enfin, depuis peu, et voilà ce qui est essentiellement MODERNE, comment naissent, vivent et meurent les civilisations[4]. Nous savons qu'après une période de découverte des nouvelles valeurs (toujours prises directement au cosmos, mais de façon magnifiante, non réaliste) vient leur élaboration, élucidation, dogmatisation, raffinement[5] ; nous savons surtout, parce que nous vivons cela en Europe depuis la Réforme, qu'aussitôt les valeurs dogmatisées naissent les schismes, d'où tôt ou tard catastrophe suit.

Oui. Voilà ce que nous ne pouvons oublier, voilà ce que plusieurs poètes ont compris. Voilà, si elle réside quelque part, la GRANDEUR de l'homme moderne et peut-être pour la première fois un PROGRÈS (?). Nous savons bien que nous devrons nécessairement en passer par tout le cycle que je viens de décrire, car l'esprit de l'homme est ainsi fait. Du moins nous arrangerons-nous pour ne nous attarder jamais en l'une ou l'autre de ces périodes, et surtout pour franchir aussitôt la redoutable période classique, celle de la mythologie parfaite, celle de la dogmatisation. Ainsi, plutôt que d'aboutir FATALEMENT à la catastrophe, ABOLIRONS-NOUS IMMÉDIATEMENT LES VALEURS, en chaque œuvre (et en chaque technique), DANS LE MOMENT MÊME QUE NOUS LES DÉCOUVRONS, ÉLABORONS, ÉLUCIDONS, RAFFINONS. C'est la leçon par exemple, en poésie, de Mallarmé. C'est d'ailleurs le fait de tous les grands chefs-d'œuvre et ce qui les rend éternellement valables ; LES SIGNIFICATIONS, comme dans le moindre OBJET ou la moindre PERSONNE, y étant BOUCLÉES À DOUBLE TOUR, rien ne les empêche de toujours *sonner l'heure*, l'heure sérielle[6] (celle de l'Enfer, *ou* du Paradis).

Dans ces conditions on aura compris sans doute quelle est selon moi la fonction de la poésie. C'est de nourrir l'esprit de l'homme en l'abouchant au cosmos. Il suffit d'abaisser notre prétention à dominer la nature et d'élever notre prétention à en faire physiquement partie, pour que la réconciliation[7] ait lieu. Quand l'homme sera fier d'être non seulement le lieu où s'élaborent les idées et les sentiments, mais aussi bien le nœud où ils se détruisent et se confondent, il sera prêt alors d'être sauvé[8]. L'espoir est donc dans une poésie par laquelle le monde envahisse à ce point l'esprit de l'homme qu'il en perde à peu près la parole, puis réinvente un jargon. Les poètes n'ont aucunement à s'occuper de leurs relations humaines, mais à s'enfoncer dans le trente-sixième dessous. La société, d'ailleurs, se charge bien de les y mettre, et l'amour des choses les y maintient ; ils sont les ambassadeurs du monde muet. Comme tels, ils balbutient, ils murmurent, ils s'enfoncent dans la nuit du logos, — jusqu'à ce qu'enfin ils se retrouvent au niveau des RACINES, où se confondent les choses et les formulations[9].

Voilà pourquoi, malgré qu'on en ait, la poésie a beaucoup plus d'importance qu'aucun autre art, qu'aucune autre science. Voilà aussi pourquoi la véritable poésie n'a rien à voir avec ce qu'on trouve actuellement dans les collections poétiques. Elle est ce qui ne se donne pas pour poésie. Elle est dans les brouillons acharnés de quelques maniaques de la nouvelle étreinte[10].

Sans doute est-ce donc enfin la beauté du monde qui nous rend la vie si difficile. Difficile, que dis-je ? Elle est l'impossible qui dure. Nous avons tout à dire... et nous ne pouvons rien dire ; voilà pourquoi nous recommençons chaque jour, à propos de sujets très variés et selon le plus grand nombre de procédés imaginables. Nous ne nous proposons absolument pas d'écrire un BEAU texte, une belle page, un beau livre. Non ! Tout simplement nous n'acceptons pas d'être DÉFAIT par : 1° La beauté ou l'intérêt de la Nature ou, à vrai dire, du moindre objet. Nous n'avons par ailleurs aucun sentiment d'une hiérarchie des choses à dire ; 2° Nous n'acceptons pas d'être défait par le langage. Nous continuons à essayer ; 3° Nous avons perdu tout sentiment de la réussite relative, et tout goût de l'admettre. Nous nous moquons des critères habituels. Nous ne nous arrêtons que par lassitude. Leur prise en charge par quelques baratineurs en surface, nous dégoûte absolument de prôner désormais la MESURE ou la DÉMESURE. Nous savons que nous réinventons successivement les PIRES erreurs des écoles stylistiques de tous les temps. Eh bien, tant mieux ! Nous ne voulons pas dire ce que nous pensons, qui n'a probablement aucun intérêt (on le voit ici). Nous voulons être DÉRANGÉS dans nos pensées. (L'ai-je assez dit ? Je le répète.)

Le monde muet est notre seule patrie[11]. Nous en pratiquons la ressource selon l'exigence du temps.

DES CRISTAUX NATURELS

> Oh ! les pierres précieuses qui se cachaient, — les fleurs qui regardaient déjà. (Rimbaud, « Après le déluge[1] ».)

L'on découvre au LITTRÉ, ce coffre merveilleux d'expressions anciennes[2], que Fontenelle, prononçant l'éloge de Tournefort (le botaniste[3]), en vint à évoquer la nature se cachant en des lieux profonds et inaccessibles (les grottes d'Antiparos) « pour y travailler, dit-il, à la végétation des pierres ». Comme René-Just Haüy, le cristallographe vers la même époque, parla de « fleurs[4] », il arrive que nos minéralogistes sans y croire retombent parfois dans ce lieu commun, par penchant sans doute vers un académisme dont notre raison d'être, s'il en existe, est évidemment de les dégoûter, comme avec eux tout le public.

Dominant donc, à la vue des cristaux naturels, ce *tout le contraire d'un trouble* mais fort violent qui nous saisit, et profitant d'un *sang-froid* en l'occurrence bien de mise, nous prierons d'abord l'idée de la fleur d'aller honnêtement se rasseoir. Et de même d'autres images, comme par exemple celle de l'oiseau-qui-se-pose, colombe ou mouette j'imagine, qui, pour ne plus correspondre à l'état actuel des sciences, n'entreront donc ni peu ni prou, je n'y peux rien, dans notre propre authentique conjecture.

Pourquoi donc, à la vue des cristaux, nous trouvons-nous si brusquement saisis ? C'est peut-être parce qu'il s'agit là de quelque chose comme les meilleures approximations concrètes de la réalité pure, *c'est-à-dire* de l'idée pure : qu'on le mette dans l'ordre qu'on veut ! Allons ! Il faut nous cacher à notre tour... et redescendre au moins plusieurs marches de suite !... Mais voyons à nouveau... VOILÀ ! Oui, voilà donc enfin avec les qualités de la pierre celles du fluide coordonnées[5] !

La solidité propre à la matière minérale suffit à expliquer[6] qu'elle ne soit pas intéressée à des processus de reproduction, ni même (généralement) à ceux de son extension. Elle se sait, à peu de chose près, éternelle et en arrive à négliger jusqu'à tout souci de son apparence ou de sa forme. Mais, comme elle n'en subit pas moins les assauts physiques les plus intenses et renouvelés (sans disparaître du tout, et cela seul lui importe), ainsi depuis longtemps n'est-elle plus qu'un chaos amorphe[7], si jamais elle fut ordonnée. On sait d'ailleurs que l'état solide de la matière est celui où l'énergie est la plus basse. Ainsi le règne minéral ne règne-t-il qu'à la façon dont on dit que règnent indifférence ou veulerie. Il y a dans les pierres une non-résistance passive et boudeuse[8] à l'égard du reste du monde, à quoi elles paraissent tourner le dos.

Mais voici qu'au sein du terne chaos — à la faveur de ses failles ou cavités — croissent[9] les rares exceptions à cette règle. D'où, à leur vue, notre saisissement à coup sûr ! Au lieu des sempiternels nuages, enfin le ciel pur momentanément avec des étoiles ! Enfin des pierres tournées vers nous et qui ont déclos leurs paupières[10], des pierres qui disent OUI ! Et quels signes d'intelligence, quels clins d'œil !

Il s'agit ici d'espèces homogènes, aux éléments parfaitement définis, qui croissent par juxtaposition[11] des mêmes atomes unis entre eux par les mêmes rapports, pour apparaître enfin selon leurs contours géométriques propres. Si bien que dans cette prétendue liberté offerte par les failles de leur société environnante, que développent-elles, sinon leur détermination particulière, dans sa plus grande pureté et rigueur. D'où leur élan, et d'où leurs limites, leurs merveilleuses limites ! Aussitôt, c'est la perfection. Il ne s'agit plus d'arguments, mais d'ÉVIDENCES concrètes et, par ces évidences (LIMITÉES), de quels pouvoirs ! Vides de toutes nuées, de toute ombre, la moindre lumière aussitôt s'y sent prise, et ne peut plus en sortir[12] : alors, elle crispe les poings, s'agite, scintille, cherche à fuir, se montrant quasi simultanément à toutes les fenêtres, comme l'hôte éperdu d'une maison (par lui-même) incendiée[13]...

LE DISPOSITIF MALDOROR-POÉSIES

Voyez les conditions de votre[1] vie intellectuelle comme elles sont, et ne sous-estimez pas le danger[2].

Bien rares sont aujourd'hui les spécialistes capables, sans

y perdre toute raison, de fabriquer pour se les fournir à eux-mêmes les livres qu'ils ont envie de lire, les paroles dont ils ont besoin.

Plus rares encore ceux qui, pour ce faire, se suffisent du petit outillage minimum : l'alphabet, le Littré en quatre volumes et quelque vieux traité de rhétorique ou discours de distribution des prix.

Mais pour peu que vous possédiez d'autres livres, il devient indispensable d'en pouvoir neutraliser l'effet au besoin.

Ce n'est pas pour rien que vers 1870, au temps d'une terrible humiliation française, un oiseau d'immense envergure, sorte de grande chauve-souris mélancolique, de condor ou de vampire des Andes, — un grand oiseau membraneux et ventilateur[3] est venu se percher rue Vivienne, dans le quartier de la Bibliothèque nationale qu'il ne cesse de survoler depuis lors, de surplomber comme d'une accolade menaçante et tutélaire à la fois, — faisant ses tours au crépuscule, avec le bruit d'une batterie, dans le ciel sépulcral de la bourgeoisie[4]...

Jugez des avatars qui menacent votre esprit d'après ceux qu'a soufferts notre littérature nationale.

Il fallait que ça lui arrive, cette crampe de la mâchoire ! et le rebouteux par la même occasion capable de l'en délivrer.

Profitez de cette leçon. Munissez votre bibliothèque personnelle du seul dispositif permettant son sabordage et son renflouement à volonté.

Ainsi, supposons qu'après je ne sais quelle lecture il pleure dans votre cœur comme il pleut sur la ville[5], ou que vous vous sentiez, au contraire, enfiévré et abruti à la fois comme par un coup de soleil...

Ouvrez Lautréamont ! Et voilà toute la littérature retournée comme un parapluie[6] !

Fermez Lautréamont! Et tout, aussitôt, se remet en place...

Pour jouir à domicile d'un confort intellectuel parfait, adaptez donc à votre bibliothèque le dispositif MALDOROR-POÉSIES.

Apprenez, faites apprendre à votre famille la manière de s'en servir.

... C'est à quoi, pour aujourd'hui, se borneront nos conseils.

LA SOCIÉTÉ DU GÉNIE

Baignés dans le monde muet[1], nous en pratiquons la ressource; à chacun selon ses moyens. Pour nous, ce seront ceux de notre langue maternelle, qui nous semblent, en effet, non seulement nos instruments de communication naturels, mais vraiment — hors l'amour — notre unique façon d'être.
Il s'ensuit que notre pouvoir — je m'excuse — de formuler originalement (et communicativement) en cette langue étant, bien entendu, *plus* que le moyen d'affirmer notre existence particulière : notre façon privilégiée de faire jubiler Autre Chose et d'en jouir, telle sera donc — et je ne dis plus hors l'amour — notre seule façon de vivre. Telle est aussi pour nous la Littérature.

À partir de là, nous aurions mille raisons de nous taire sur toute œuvre humaine du passé ou du présent, ayant assez à faire, sans doute, d'élever la voix à propos de la nature muette seulement[2].
Pourtant l'homme, il faut bien l'avouer, ne nous laisse pas tranquille. Tout ce qu'il fait nous émeut, et, notamment, le recommencement perpétuel de son œuvre artistique ou philosophique (malgré cette prodigieuse sédimentation, ce prodigieux oubli) nous touche et nous intrigue profondément.
Comme nous ne pouvons, d'ailleurs, nous illusionner

quant à notre entraînement personnel dans ce manège, notre émotion ne saurait être, bien sûr, désintéressée, ni sereine. C'est, à peu de choses près, une passion : comme une damnation portant espoir. Nous ne nous connaîtrons bien, pensons-nous (chose utile pour nos pouvoirs), que connaissant tout des épaisseurs et du cyclisme de l'homme[3].

Puis, il nous faut bien une société...

Cette société, nous commençons à la connaître. Parvenus à un certain niveau, tous les esprits se posent les mêmes questions et « travaillent » de la même façon. Ainsi, dans le début du XVIIIᵉ siècle, trouverait-on les mêmes problèmes (méthodologiques) chez Newton, Leibniz, Rameau, Locke, Montesquieu[4].

Toutefois, les artistes, à cause du caractère irrésistible de leurs intuitions, qui portent à chaque instant un nouveau défi, une nouvelle vive enchère (et parfois folle enchère) à leur raison, « travaillent » d'une façon plus bizarre[5]. C'est que, par honnêteté farouche à l'égard de leur objet, ou, si l'on veut, du contradictoire naturel, ils bouclent chaque fois leurs théories dans une forme inspirée par cet objet. Ou bien encore, ils accumulent les contradictions jusqu'à ce qu'une dernière provoque la résolution en clarté[6].

Ainsi peut-être, s'agissant de Rameau, par exemple, aurais-je dû préparer, pour le plaquer ici en tête, un accord péremptoire — mais délicat — un peu dissonant — frissonnant — mais énergique — afin de prouver à l'évidence que J.-Ph. Rameau est l'artiste au monde qui m'intéresse le plus profondément.

Je n'en finirais plus, en effet, si je voulais marquer point par point les éléments (de profonde similitude) qui font de lui, à bien vouloir m'en croire, mon parent : par exemple la table rase, le recours à l'harmonie naturelle[7], la pratique de la modulation enharmonique, le goût de la sympathie des tons, celui de la connaissance distincte, *mais* l'enchère constante à la raison... Certes, le susdit accord aurait été mieux sonnant.

Mais quoi ! L'actualité nous en presse : venons-en à lui cursivement.

Dans le moment même d'un de ses nouveaux triomphes, c'est sur la singularité de son œuvre que nous avons surtout envie d'insister.

Notre opinion sur cette œuvre est qu'elle brillera toujours au front de l'avenir — et non seulement comme le plus pur diamant de notre couronne intellectuelle — car elle rejoint, sur ce front nocturne, les joyaux des civilisations abolies.

Dans la mesure où nous avons besoin d'une étoile, nous pouvons choisir celle-ci : elle a subi l'épreuve de la Boue Philosophique, des Brouillards Romantiques, voire de ces Torrents de fumées Industrielles dont la catastrophe, en 1940, vint de l'incendie des pétroles de Rouen[8]. Elle brille toujours au Zénith ! Incorporée à l'harmonie des sphères, à la Musique de Pythagore.

Dans la mesure, dis-je, où nous pouvons avoir besoin d'une étoile... Moins pour marcher vers elle, que pour faire le point, parfois, dans notre obscure navigation. Pour nous guider, parfois, dans notre offensive intellectuelle — qui consiste, c'est sûr, les yeux dans les yeux de la Nuit, à nous enfoncer profondément dans ses flancs.

C'est la fronde du XVIIIe siècle français qui a lancé, dans l'éther intersidéral, ce caillou. Beaucoup mieux constitué, pour cette aventure, que les écrits des Philosophes, que la masse informe de l'Encyclopédie[9].

Merveilleusement profane, d'ailleurs.

Comme tous les esprits vraiment supérieurs, Rameau prit, dans son siècle même, le parti de ce qui y était recommandable : le cosmopolitisme, l'anticléricalisme, le sensualisme, etc. Rejoignant d'ailleurs notre courtoisie du Moyen Âge, et — bien au-delà de tout dogme convenant aux superstructures[10] d'alors — un fond mythique très obscur : par-delà Pétrone ou Horace, par-delà tout l'hellénisme[11], les figures noires et gambadantes de la plus ancienne Étrurie[12].

C'est ainsi que, transcendant les valeurs dogmatiques de sa propre civilisation, une œuvre vraiment inspirée, mais adamantine, rejoint celles des civilisations abolies. Qu'elle gagne l'harmonie sérielle et s'incruste au front de l'avenir.

Il est sensible, en tout cas, qu'au moment où apparaît Rameau, le schisme (rendu définitif dans la société française par la révocation de l'Édit de Nantes) a commencé de produire son effet.

Il y a gain de nouvelles valeurs (les Sauvages, ces figures

noires...) en même temps que la mythologie hellénistique est en perte de vitesse (cela est très apparent dans *Les Indes galantes*[13]).

On sait ce que, de l'Opéra, alors que la Tragédie déjà *marchait vers lui*, pensait la Sorbonne de 1693 (c'est-à-dire de la Maintenon), — et Bossuet ou Boileau : « lieux communs de la morale lubrique[14] ».

On allait — à travers Rameau et sa merveilleuse rigueur dans la sensualité harmonique[15] — vers Fragonard, vers Sade, vers ce *Mariage de Figaro* où, dès la première scène, grâce au travesti de Chérubin, l'on se trouve porté en pleine saison paroxystique du libertin et du libertaire à la fois.

Pourtant Rameau est plus grandiose et plus sûr. Il est nombreux, mais laconique. Fastueux, mais énergique. Profane, mais oraculaire, sibyllin. Aussi hardi que composé. Vraiment taillé en diamant[16].

Peut-être avons-nous une pierre à la place du cœur ? Il nous semble que, nous ouvrirait-on la poitrine, on y trouverait quelque chose comme la musique de Rameau. Qu'on s'avise pourtant de nous en plaindre, comme de je ne sais quelle affection, nous en tirerions aussitôt une formule meilleure encore : oui, c'est bien, en effet, une sorte de calcul du cœur.

Les ouvrages de l'esprit, tout comme ceux de la nature, croissent à la façon des cristaux[17]. Mais comme ils n'ont pas (eux) de bornes physiques, leurs limites ne sont pas assurées, aussi bien la surprise non plus. D'où vient que l'ennui nous y guette : psalmodie ou réitération. Ils ne vivent que de l'humeur et dépendent enfin de la nôtre. Voilà ce que Rameau a compris, contre Lulli peignant dans le camaïeu[18]. Il veut « étudier la nature » pour « y faire un choix de couleurs et de nuances[19]... » surprenantes avec rigueur. Il veut être savant *pour* distinguer et varier, et pour — comme l'a dit si bien M. Roland Manuel — « justifier l'audace de ses intuitions[20] ».

Son style est un style de réveil : mâle, énergique et ardent, jusqu'à « un paroxysme cohérent », atteint seulement par l'intérieur (Lifar[21]).

Il échappe à la sécheresse, il échappe à la préciosité[22], parce que toutes ses articulations harmoniques, si détaillées, si brillantes et parfois si nacrées soient-elles, naissent à partir de la grave musicalité d'une basse fondamentale exprimant l'épaisseur et le fonctionnement en profondeur du monde.

La mélodie, chez lui, n'est jamais que le profil ou comme la silhouette de l'harmonie[23] : sa musique a trois dimensions.

D'ailleurs, il coupe toujours court, à l'esprit comme à la grandeur.

Gide dit, à propos de Voltaire, qu'il n'est pas difficile d'être simple quand on commence par simplifier les choses (ou les idées[24]). Je ne sais si cela est très juste s'agissant de Voltaire, ni si Gide, lui, avait le droit de parler ainsi. Mais il me paraît très sûr que la simplicité n'est appréciable que conquise sur la complexité, comme la clarté sur l'obscur — et si ce n'est, en somme, un élément obscur de plus qui fait soudain virer l'obscurité en clarté.

De même, il est tout à fait sûr que la véritable grâce n'est qu'une rigueur plus finement articulée. Savoir où en rester dans l'obscur, dans la rigueur : voilà le hic. Et sans doute n'en sommes-nous pas juges. Peut-être suffit-il de s'enfoncer un peu plus, en serrant les dents, en serrant les lèvres... Alors soudain la clarté jaillit, la bouche s'ouvre.

On n'en finirait pas, à détailler les vertus de Rameau. D'où lui viennent-elles, surtout ? De ce qu'il vit enfermé dans son langage. Or, qu'est-ce qu'un langage, sinon un univers, mais fini. Comme il est aussi très sensible à la nature — elle, un univers infini — cela l'amène d'une part à adopter une théorie matérialisant la nature (afin d'en faire un univers fini), d'autre part à articuler vers l'infini son langage, afin de rapprocher autant que possible ces deux mondes. Voilà l'origine de ses vertus : rigueur et variété, et de son expression infaillible. Le coup de génie de Rameau est d'avoir considéré chaque instrument et la voix même, de s'être donc considéré lui-même, comme partie de la nature[25], d'avoir dès lors pratiqué la modulation des sentiments en imitant la modulation des harmoniques naturels. Épousant sans vergogne leur audace, ce lui permit d'articuler l'harmonie. (Mais toujours à partir d'une basse fondamentale[26].)

J'aurais voulu parler encore — et c'en était ici l'endroit

— du retour par ses soins dans l'art dramatique (le dialogue d'Huescar et de Phani, à l'acte des Incas, me paraît un sommet en ce genre de littérature[27]) à la sorte de mélopée dont Aristote[28] dit qu'elle est essentielle à la tragédie et qui fit encore les succès — assure Voltaire — de la Desœillets et de la Champmeslé[29].

Mais il me faut en finir plutôt par l'éloge, à mon avis très nécessaire, de la représentation d'aujourd'hui à l'Opéra.

Rien, en effet, ne peut aller sans dire dans le trouble actuel des consciences et du goût.

Eh bien, la manière parfaitement positive dont, compte tenu des données de l'époque, on a conçu, organisé et réussi le triomphe de Rameau, nous a aussi positivement réjoui.

Rien n'empêche assurément — l'intelligence seule mettant en scène (comme l'auteur d'*Igitur* pour son œuvre préféra à bon droit le suggérer[30]) — d'imaginer un opéra du même génial symphoniste sur un livret — que sais-je ? — de Malherbe ou de Montesquieu... ou de Mallarmé... et confié pour la décoration à Poussin ou Watteau, voire à Seurat ou Paul Klee[31]. Et certes, dans un tel « idéal » ensemble, plusieurs éléments du spectacle actuel trouveraient sans en rien changer leur place : oui, certes, la machinerie merveilleuse, la majorité des artistes du chant et le corps de ballet tout entier.

J'avoue que je ne m'y plairais guère, assez surréaliste encore pour préférer, dans le palais Garnier tel qu'il est — flanqué de tout près à gauche et à droite par les Galeries Lafayette et la gare Saint-Lazare, d'un peu plus loin par les Folies-Bergère et Chaillot — donnant sur cette avenue des Agences Touristiques dont l'horizon, par-dessus la barrière dérisoire du Louvre est plutôt l'aérodrome d'Orly — la fastueuse, la mirifique amplification que nous avons vue, bien faite pour assurer le triomphe recherché et la jubilation de la foule vivante qui débouche du métro sur ce carrefour des ornières lumineuses du Parisis, qui descend de ces taxis ou de ces voitures de maîtres, ou de ces *onze* crottées jusqu'aux paupières, rangées au long du trottoir de la rue Halévy, par quoi nous fut attesté l'autre soir — j'ai bien vu leurs numéros minéralogiques — que du fin fond des provinces, maintenant fort bien défrichées, de cette propriété rurale qu'est la France, on venait là — encore qu'on ait bien vendu son bétail ou son blé — comme à je ne sais quel brillant rendez-vous de chasse dans une Clairière de la Forêt, je ne sais quel Casino Féerique, je ne sais quelle Porcherie Monumentale ou Monumentale Folie[32].

PROCLAMATION ET PETIT FOUR

Point de doute que la littérature *entre en nous* de moins en moins par les oreilles, *sorte de nous* de moins en moins par la bouche (malgré la radio, tant pis pour elle, venue trop tard).

Point de doute qu'elle passe (entre et sorte) de plus en plus *par les yeux*. Elle sort de nous par la plume (ou la machine à écrire) : devant nos yeux. Elle entre en nous également par les yeux (et sans doute ne fait-elle par là que nous effleurer, pour atteindre aussitôt autre chose).

Mais point de doute, non plus, il me semble, que devant nos yeux elle passe de moins en moins sous la forme manuscrite.

Pratiquement, les notions de littérature et de typographie à présent se recouvrent (non du tout, évidemment, que toute typographie soit littérature : mais l'inverse, oui, c'est très sûr).

Nous travaillons à partir de cela, beaucoup plus que nous n'en avons conscience.

S'il est vrai, comme je le pense, qu'il n'y ait œuvre valable que l'auteur ne soit doué d'une égale sensibilité à ce dont il parle et au moyen d'expression qu'il emploie (et par exemple, quant à l'écrivain, au monde verbal[1], ressenti et traité comme émouvant par lui-même), je crois aussi que dans notre sensibilité actuelle entrent de plus en plus en composition — avec les qualités sonores — celles qui tiennent à l'apparence ou à la figure des mots.

L'orthographe, par exemple, n'a jamais été plus rigoureusement fixée et notre sensibilité en tient compte[2].

Je pense encore qu'il s'agit là d'une imprégnation de la sensibilité par la figure *typographique* du mot (le plus souvent selon le *bas de casse*, à cause de la quantité ingurgitée).

Ces mots donc, que vous êtes en train de lire, c'est ainsi que je les ai prévus : imprimés.

Il s'agit de mots usinés, redressés (par rapport au manuscrit), nettoyés, fringués[3], mis en rang et que je ne signerai qu'après être minutieusement passé entre leurs lignes, comme un colonel.

Et encore faudra-t-il pour que je les signe que l'uniforme choisi, le caractère, la justification, la mise en page, je ne dis pas me paraissent adéquats — mais non trop inadéquats, c'est bien sûr.

Il arrive même que je sois légèrement plus exigeant.

Ainsi, je travaille actuellement à deux ou trois écrits, dont l'un par exemple sur *l'abricot*. Eh bien, là, certainement, si j'ai voix au chapitre, je m'arrangerai pour que l'*a* du caractère choisi ressemble autant que possible à mon fruit. Et certes, vous ne vous en apercevrez qu'à peine. Mais cela y sera, tant soit peu.

Un autre de ces écrits traite de la *chèvre*[4]. Et là, bien sûr, l'*accent grave* est très important (bêlement, différence avec cheval, barbichette, etc.). Aussi le caractère choisi devra-t-il être tel que cet accent y ait une valeur qui me satisfasse. Vous ne vous en apercevrez pas du tout. C'est à peine si j'y attache moi-même quelque importance. Pourtant, je sais ce que je devrai refuser.

Pour finir, il faut bien que je dise encore qu'on a beaucoup usé ces temps derniers (Mallarmé, Apollinaire, les dadaïstes[5]) des artifices typographiques pour parvenir à des effets plus ou moins significatifs.

Eh bien ! je suis convaincu de l'intérêt de ces exercices et conseille à chacun d'en passer par là, voire de renchérir.

Pourtant, grâce à ces travaux, il me semble que nous en sommes au point maintenant où ces effets peuvent être un peu amortis, rentrés, réincorporés.

Et voici, puisque vous avez été bien sages, pour finir un petit four (ou mettons un fruit déguisé) :

« L'ASSYRIE, c'est une certaine façon de se coiffer la barbe, chez les hommes et les lions, et jusqu'à leurs ailes et leurs ongles.

« Assyriens, d'ailleurs, avec leurs trois sss, c'est comme un peigne passant difficilement dans une toison bouclée.

« L'Assyrie ainsi peut-elle encore être dite un encrassement cosmétique[6] de la Syrie.

« Tandis qu'avec ces curieux chapeaux hauts de forme des lions et des astronomes, là, nous approchons plutôt de la Chaldée et de ses plates-formes observatoires de la nuit étoilée. »

Qu'est-ce que cela veut dire ? — Je me le demande. Cela pose-t-il un problème typographique ? — Nous verrons bien.

À coup sûr, la sensibilité aux formes verbales est-elle là-dedans assez présente. Plus fort que de raison ? Peut-être.

C'est sans doute qu'il s'agit là de *raison ardente*[7], comme disait l'autre. Ou, comme j'aime à dire, de raison *à plus haut prix*[8].

L'USTENSILE

Il existe un rapport certain entre ustensile et utile — et d'autre part entre ustensile et ostensible. Un ustensile est donc quelque chose d'utile, généralement exposé de façon ostensible (par exemple au mur de la cuisine[1]). Il est évident d'ailleurs qu'il n'y a pas loin d'utile à outil. Il y a enfin dans ustensile une sorte de forme fréquentative par rapport à utile : c'est quelque chose dont on se sert fréquemment, quotidiennement ou bi-quotidiennement.

Littré dit qu'ustensile vient d'uti (servir, racine d'outil) et qu'il devrait s'écrire et se dire utensile. Il ajoute que l's est sans raison et tout à fait barbare[2]. Je pense pour ma part qu'il a été ajouté à cause justement d'ostensible, et qu'il n'y a là rien de barbare, quelque chose au contraire d'une grande finesse.

L'outil est un instrument qui sert aux arts mécaniques. L'ustensile est toute espèce de petit meuble servant au ménage, et principalement à la cuisine. D'où un rapprochement possible avec la racine ust : supin de urere, brûler, comme dans ustion, combustion[3].

Dans ustensile, il faut reconnaître aussi une parfaite convenance au caractère de l'objet, qui se pend au mur de la cuisine, et qui, lorsqu'on l'y pend, s'y balance un instant, y oscille, en produisant contre le mur un bruit[4] assez grêle (celui des objets en métal mince. L'ustensile est souvent en fer-blanc, ou en aluminium).

C'est un objet modeste, léger, nettement spécialisé dans

son utilité, assez peu brillant, un peu clinquant[5] toutefois, de petite envergure et qui se tient en mains sans leur peser beaucoup.

Il est d'ailleurs entendu qu'il ne présente rigoureusement aucun intérêt en dehors de son utilité précise.

S'il pouvait être en papier, il le serait : de fait, il est en feuille de métal.

Paysage des ustensiles : la cuisine, où ils sont pendus un peu comme des ex-voto[6].

RÉPONSE À UNE ENQUÊTE RADIOPHONIQUE SUR LA DICTION POÉTIQUE

Vous savez (je ne vais pas prétendre vous l'enseigner... non ! si je le rappelle, c'est seulement pour la commodité de ma réponse, enfin parce qu'il me semble commode de commencer par là), vous savez donc que *diction* en français a deux sens.

C'est d'abord[1] la manière de dire, de débiter un discours, un poème. Diction lourde, diction traînante.

C'est ensuite, écrit Littré, la manière de dire eu égard au choix et à l'arrangement des mots. Et il est évident qu'en ce second sens, *dire* est employé comme l'équivalent sinon tout à fait d'écrire... — mais enfin le sens de réciter à voix haute s'y perd — et dire ici signifie exprimer par des mots, par la parole. C'est *le dire*, au sens mallarméen du terme[2], l'expression par la parole. Littré l'exprime d'ailleurs fort bien par ses exemples. Quand Voltaire écrit : « Racine, qui a mis dans la diction un charme inconnu jusqu'à lui », il est évident qu'il s'agit d'autre chose — s'agissant de la diction de Racine — que de la diction de la Champmeslé : il s'agit à proprement parler du *style*. De même dans Pellisson écrivant : « Voiture fit ces vers espagnols — que tout le monde croyait être de Lope de Vega tant la diction en était pure. »

Eh bien, il me semble que tout ce que j'ai à dire, quant à moi, sur le ou les sujets que touche votre enquête, tient dans le fait même de ces deux sens du mot diction[3].

Non seulement n'importe quel poème mais n'importe

quel texte — quel qu'il soit — comporte (au sens plein du mot comporte), comporte, dis-je, sa diction.

Pour ma part — si je m'examine écrivant — il ne m'arrive jamais d'écrire la moindre phrase que mon écriture ne s'accompagne d'une diction et d'une écoute mentales, et même plutôt, qu'elle ne s'en trouve (quoique de très peu sans doute) *précédée*.

Est-ce à dire, — parce que je dis que chaque texte comporte au moment même où il est conçu, *sa* diction — que chaque texte *ne* comporte *qu'une* diction? Non, certes. Le propre d'un texte hautement valable est, justement, de valoir en dehors même de la façon dont l'a conçu son auteur, de valoir détaché de lui, d'exister par lui-même, et qu'est-ce que cela veut dire : exister par soi-même? Sinon exister à plusieurs reprises — et certainement de façon différente — successivement pour plusieurs contemplateurs, lecteurs, auditeurs ou récitateurs.

Naturellement il peut paraître agaçant à l'auteur d'un texte — que dis-je agaçant? insupportable, injuste, criminel, digne de punition — d'entendre son texte déformé (comme il dit) par un récitant. Et il est bien entendu que certains diseurs, par leur façon de dire un texte, ne prouvent que leur bêtise, leur maladresse, leur fatuité, que sais-je? Mais enfin il m'est arrivé, entendant un ami lire à haute voix un de mes textes — après avoir franchi une certaine surprise, voire une certaine révolte — de juger en définitive qu'il avait donné de ce texte une lecture meilleure que ma propre lecture mentale, qu'il me l'avait fait mieux comprendre.

Je m'explique. Fort souvent il m'arrive, écrivant, d'avoir l'impression que chacune des expressions que je profère n'est qu'une tentative, une approximation, une ébauche ; ou encore que je travaille *parmi* ou *à travers* le dictionnaire un peu à la façon d'une taupe[4], rejetant à droite ou à gauche les mots, les expressions, me frayant mon chemin à travers eux, malgré eux. Ainsi mes expressions m'apparaissent-elles plutôt comme des matériaux rejetés, comme des déblais et à la limite l'œuvre elle-même parfois comme le tunnel, la galerie, ou enfin la chambre que j'ai ouverte dans le roc, plutôt que comme une construction, comme un édifice, ou comme une statue. Ainsi pourra s'expliquer ma propre façon de dire un texte : avec quelque hargne, quelque colère, quelque frémissement, quelque impatience.

Mais voici qu'un ami lit ce texte : et quelle n'est pas ma surprise ! Il traite ces mêmes expressions, que j'avais, moi, jetées, ou rejetées, il traite ces déblais, ces gravats comme des choses valables, comportant leur charme, leur perfection, parfois presque comme des bijoux. Dans le meilleur des cas il les palpe, dorlote, les savoure, enfin ces déblais lui paraissent (et ne sont-ils pas en effet ?) l'œuvre elle-même qui, à lui, paraît non une chambre vide, mais une construction fort heureusement agencée, édifiée pierre à pierre, non seulement avec sagacité, mais même avec précision, et même avec bonheur. Oui, telle expression qui m'avait paru une approximation insuffisante, enrageante d'insuffisance, lui paraît à lui un bonheur d'expression et c'est ainsi, c'est sur ce ton-là qu'il la profère.

Vous me direz qu'il ne s'agit là que *d'une* sorte d'écrits, mais qu'enfin il doit bien m'arriver parfois d'être content d'une expression et de la proférer comme définitive, infaillible, bien trouvée, irrécusable, comme une sorte d'oracle.

Oui, certes, c'est à cela chaque fois que je tends — et il m'arrive parfois de croire y atteindre. Mais ce qui est merveilleux alors, c'est qu'une telle expression — sorte d'oracle, de maxime ou de proverbe — peut être dite *de n'importe quelle façon* : hurlée, murmurée, accélérée, ralentie, affirmée, posée interrogativement, voire même (Lautréamont l'a montré) retournée[5] : elle n'y perd rien. C'est qu'en effet elle signifie tout et rien ; c'est une lapalissade et c'est une énigme.

Il s'agit d'une sorte de langage absolu, parfaitement stupéfiant, imposant, détestable[6] !

On est très content, certes, de s'être prouvé à soi-même qu'on était donc capable de tels oracles. Peut-être quelque volonté de puissance s'y trouve-t-elle satisfaite. Mais il suffit de quelques instants pour déchanter, et pour désirer violemment changer de peau, changer de chambre, quitter cette chambre trop sonore — et repartir dans la vie, dans le risque, dans la maladresse, dans la forêt épaisse des expressions maladroites.

J'ai peur que tout cela soit bien subjectif !

Autre chose, qui me paraît essentielle[7], que j'aimerais dire. Vous savez que ce qui me porte ou me pousse, m'oblige à écrire, c'est l'émotion que procure *le mutisme* des choses qui nous entourent. Peut-être s'agit-il d'une sorte de pitié, de sollicitude, enfin j'ai le sentiment d'instances muettes de la part des choses, qui solliciteraient de nous qu'enfin l'on s'occupe d'elles et les parle...

Ne pourrait-on pas dire, poussant les choses un peu plus loin (ce n'est pas très loin encore) que les hommes eux-mêmes pour la plupart nous semblent privés de parole, sont aussi *muets* que les carpes ou les cailloux. Nous jugeons qu'ils ne disent *rien*, qu'ils ne disent que *riens*, quand ils parlent — qu'ils n'expriment rien de leur nature muette.

Et parfois, quand il s'agit au contraire de ceux qui tentent vraiment d'exprimer quelque chose, eh bien voilà que nous avons seulement l'impression qu'ils l'ont fait — mais voilà que nous ne comprenons pas. Cela nous paraît du sabir, du chinois. Incommunicabilité des personnes, des monades. Pourquoi ? parce que leur système de références nous est obscur...

Ainsi en un sens[8] pourrait-on dire que la nature entière, y compris les hommes, est une écriture, mais une écriture d'un certain genre, une écriture *non significative*, parce qu'elle ne se réfère à aucun système de signification, du fait qu'il s'agit d'un univers infini, à proprement parler *immense*, sans limites.

Tandis que : qu'est-ce qu'un langage ? Sinon un univers, comme l'autre, mais un univers *fini*, qui comporte moins d'objets que l'autre. (Voyez le langage des mots : 20 000, 30 000 mots, il est *tout entier* dans le dictionnaire.) Si bien que chacun des objets de cet univers — du fait même que ces objets sont en quantité limitée par rapport aux objets naturels — si bien donc que chacun des objets de ce monde, c'est-à-dire chaque mot doit forcément être un *signe* pour *plusieurs* des objets du monde. Il s'agit d'un système *signifiant*.

Maintenant, cela est valable pour tous les langages...

Mais quelle est la particularité du langage qu'emploient les écrivains, les poètes (non plus les musiciens, les peintres ou les architectes ou les mathématiciens) ?

Eh bien, c'est que leur langage : *la parole*, est fait de *sons significatifs*, et qu'on leur a dès longtemps trouvé une notation, laquelle est l'*écriture*. Si bien qu'il s'agit là d'objets très particuliers, particulièrement émouvants : puisque à chaque syllabe correspond un son, celui qui sort de la bouche ou de la gorge des hommes pour *exprimer* leurs sentiments intimes — et non seulement pour *nommer* les objets extérieurs… etc.

… Si bien qu'il suffit peut-être de *nommer* quoi que ce soit — d'une certaine manière — pour *exprimer* tout de l'homme…

TENTATIVE ORALE

> Tous ceux qui se prêtèrent à cette tentative s'en voient, pour n'en point rester dupes, dédier la transcription — et particulièrement GHYSLAINE et RENÉ MICHA, qui lui prêtèrent si obligeamment Bruxelles, le 22 janvier 1947.

Mesdames et Messieurs, ainsi c'en est fait, nous voici enfermés les uns avec les autres dans cette petite salle, et je ne peux pas dire que cela ne me semble pas en quelque mesure assez fantastique, certainement. Mais d'un autre côté, je trouve qu'il y a un élément rassurant : tout se passe après tout comme il était prévu, et c'est merveilleux en somme qu'on puisse décider qu'il y aura une conférence dans quelques jours, dans quelques semaines, et qu'enfin cela se passe. Cela pourrait sembler inquiétant ; pour ma part je vais plutôt m'en rassurer. Je n'en tirerai pas une théorie du pouvoir de l'homme, mais enfin cela me rassure.

Finalement, c'est comme cela que cela devait se passer, et cela se passe en fait : vous écoutant, moi parlant, malgré une certaine envie qui me prend, je l'avoue, de céder la place, car vous m'apparaissez, pardonnez-moi, comme une compagnie assez redoutable, si bien qu'il me semble (vous savez, c'est la première fois, sauf une petite fois il y a quelques jours à Paris, que j'affronte un public, que je me montre) il me semble que je dois vous aborder avec quelque précaution. J'ai assisté déjà à quelques conférences, surtout depuis que je dois en faire une, j'ai voulu voir comment ça se pratique, et j'ai toujours été un peu surpris, très surpris même, très émerveillé de la gentillesse, de la passivité du public (non que je vous demande de devenir actifs !) mais enfin oui ! de sa gentillesse, et en même temps d'une espèce de désinvolture, de brutalité, d'assurance enfin tout à fait extraordinaire du conférencier.

Je n'aimerais pas vous laisser une impression semblable, mais enfin il faut peut-être que j'abandonne ces manières et que j'entre dans mon propos.

Encore une parenthèse pourtant : je voudrais maintenant, et encore dans le ton joli cœur, vous remercier d'être venus, remercier aussi les organisateurs de cette petite soirée ; leur dire, vous dire ma reconnaissance, et la motiver un peu, et de cette manière peut-être aborderai-je insensiblement mon sujet.

Je pense qu'on peut considérer comme un projet ou un propos assez étrange de demander à un écrivain de parler en public. C'est constant, me direz-vous, mais enfin rien n'oblige qu'un écrivain soit le moins du monde fait pour parler. Il ne vient à l'idée de personne d'en proposer autant à un ébéniste, par exemple, ou à un orfèvre, ou à un chimiste de laboratoire. Comme ces autres artisans pourtant, l'écrivain peut avoir choisi son métier parce qu'il aime plutôt vivre seul, un peu caché à son établi. Parce qu'il y prend peut-être un déplaisir moins certain qu'à toute autre activité, celle de parler, par exemple. En tout cas le fait qu'il soit écrivain, comme d'autres sont orfèvres, n'implique aucunement qu'il soit désigné pour prendre la parole en public.

Il se trouve qu'avec les écrivains pourtant, on est beaucoup plus exigeant qu'avec les orfèvres, les ébénistes ou les chimistes de laboratoire. On leur demande d'avoir des idées. Dieu sait pourquoi ! Peut-être essaierai-je de l'analyser un peu tout à l'heure. Et bien entendu, je ne dis pas qu'un orfèvre ou un ébéniste ne puisse avoir des idées, comme tout homme en a, évidemment, mais enfin on leur permet d'avoir les idées de tout le monde, dans le genre de celles, par exemple, qu'on trouve dans les journaux. Des idées comme cela, bien sûr j'en ai, j'en ai de très fermes, et je ne suis pas prêt d'y renoncer, d'en démordre. De ces idées comme celles par exemple qu'on trouve dans les statistiques le lendemain des élections : 26,9 %, 14 %, etc.

Ces idées, j'en parle, j'en discute, je les mets au point quasi quotidiennement avec les ébénistes, avec les orfèvres, les ouvriers de mon quartier, mais je ne pense pas que ce soit ce genre de considérations que vous attendiez de moi ce soir. En tout cas, je ne me donnerai pas le ridicule d'exposer ici des choses à propos desquelles le moindre ébéniste, le moindre orfèvre peut me donner des leçons.

À ces artisans on ne demande pas davantage en somme, sinon évidemment de faire de beaux meubles ou de beaux bijoux. Chacun sait en effet que ce ne sont pas tellement des *idées* qui entrent en composition dans la fabrication des meubles et des bijoux.

Quant aux écrivains, pas de doute, on leur en demande, on leur demande des idées, et ils s'en demandent à eux-mêmes, *ils s'en font*. Pourquoi ? Sans doute, parce qu'ils font leurs écrits avec des mots (cela encore on l'admettrait, on l'oublie souvent, mais on arrive à l'admettre), et que les mots, les arrangements de mots, il se trouve que cela se transforme en idées beaucoup plus facilement que les bouts de bois ou les morceaux de métal qu'on emploie pour faire les meubles ou les bijoux. C'est une sale histoire ! Une histoire passionnante en un sens, mais enfin une sale histoire.

De là naissent[1] un tas de complications. Ici évidemment j'entre sur un terrain qui n'est pas le mien propre. Idées[2], mots ; mots, idées : il y a des spécialistes de la question, et pour moi c'est un peu la bouteille à l'encre, le puits de la vérité, si vous voulez.

Et, bien sûr, je pense parfois avoir trouvé un biais, une façon de sortir de cette bouteille à l'encre. Il se trouve en tout cas, j'en suis persuadé, qu'on ne sort pas de cette bouteille ou de ce puits en se regardant dans la glace, comme fait la Vérité, par exemple.

De là, de cette transformation fatale des mots, des arrangements de mots en idées, viennent donc des complications de tous genres. On nous parle, par exemple, de responsabilité. Et bien sûr qu'il y a une responsabilité de l'écrivain[3] puisque les mots se transforment en idées. Ce que j'en pense est difficile à exprimer en termes abstraits : je ne manie pas facilement les idées abstraites. Mais il m'est venu comme un petit apologue, que je vais vous dire.

Supposons que j'aie un ami (j'ai des amis : j'en ai dans la littérature, dans la philosophie, dans la politique, dans le journalisme). Mais supposons que cet ami que j'ai soit un arbre. Quel est le devoir des arbres, le fait des arbres ? C'est de faire des branches, puis des feuilles ; évidemment c'est leur devoir. Eh bien, cet arbre qui est mon ami, il pensait que sur ses feuilles, sur chacune de ses feuilles il avait écrit (dans le langage des arbres, tout le monde me comprend) il avait écrit sur une feuille *franchise*, sur une autre *lucidité*, sur une autre il avait écrit *amour des arbres, bien des arbres*, sur une autre encore *ni bourreau, ni victime*[4].

Et naturellement, tout cela était authentique et sincère, et tous les arbres en sont convaincus, connaissant cet arbre, ils savent que c'est sincère. Alors, un jour, arrive un bûcheron — ce sont des choses qui arrivent — et il abat une branche de cet arbre. Notre arbre considère cela comme normal ; enfin cela ne fait pas trop de mal à un arbre, quelquefois cela lui fait même du bien. En tout cas, notre arbre a considéré cela plutôt comme un succès. C'était un succès en un sens. Enfin, c'était bien. Et puis, quelque temps après le bûcheron revient et ce jour-là, cette seconde fois, je ne sais pas s'il avait l'air plus résolu, plus grave, plus menaçant, voilà notre arbre qui frémit un peu, et ses yeux d'arbre se portent sur la cognée que porte le bûcheron, qu'il n'avait presque pas remarquée la première fois, et il reconnaît dans le manche tout neuf de cette cognée le bois de la branche qu'on lui avait enlevée la première fois. Et cela commence à lui paraître inquiétant. Et en effet, le bûcheron entreprend d'abattre l'arbre. À ce moment-là, l'arbre commence à réagir. Comment va réagir notre arbre ? Qu'est-ce qu'il pense ? Il peut s'écrier intérieurement : ... *Tu quoque, fili mi*, ou il peut dire :

Tout, mais pas cela.

Je n'ai certainement pas voulu cela !

De toute façon, je ne crois pas qu'il faille pousser trop loin les métaphores. Elles ont ceci de dangereux qu'on peut les tirer dans tous les sens. Cela devient tragique au moment où notre arbre, non content de se plaindre, de dire : *Tu quoque, fili mi*, en arrive à penser : *Je suis donc du bois dont on fait les haches ?* Cela, c'est terrible.

Mais si je suis un peu honnête, c'est-à-dire si je cesse d'être un fabricant d'apologues, je dois éviter de tourner court aussitôt.

Faisant revenir encore la réalité, je constaterai qu'il fallait, de toute façon, même si cet arbre avait voulu devenir un bateau, une armoire, un tableau, quelque chose de bien, plutôt qu'une cognée, il fallait qu'une cognée l'abatte.

Vous voyez comme c'est compliqué. On ne peut pas trop tirer de conclusions quand on fait revenir la réalité.

Mais, d'un autre côté, il ne faut pas pousser les choses dans leur logique extrême, c'est le contraire de l'intelligence, je crois.

Les savants, par exemple (ils ne sont pas si loin des savants, les écrivains, qu'on veut bien le faire croire), les savants qui ont préparé les découvertes, qui ont fait les découvertes qui ont amené la bombe atomique — c'est d'actualité — s'ils en arrivaient à se dire : « je suis donc du bois dont on fait les bombes atomiques » ils iraient trop loin ! Cela n'est pas possible. Non, ce n'est pas sérieux !

Donc je crois qu'il faut laisser cela, cela ne peut aller plus avant, et pour les conclusions dans l'espèce, je crois très fermement qu'il faut en redescendre à ces idées dont je vous parlais tout à l'heure, où le moindre ébéniste, le moindre orfèvre sait comment se conduire.

Je crois que, pour ces questions de comportement, il faut en revenir aux sentiments simples de tous les jours.

Enfin, là n'est pas tout à fait mon sujet de ce soir, je ne veux pas insister là-dessus, mais tout cela vient de ce que je disais que les idées peuvent bien venir des mots, il n'en est pas moins bizarre pourtant d'exiger d'un écrivain des idées.

Mais en quoi aurait-on tort de penser qu'on ne doive pas demander à un écrivain de parler ? En ceci par exemple : si, à force de faire des tables ou des bijoux, notre ébéniste ou notre orfèvre a pris une petite idée à lui, une petite marotte, une petite lubie, s'il pense qu'il a trouvé sans doute quelque secret qui dépasse un peu sa technique — cela arrive, cela — pourquoi ne lui demanderait-on pas d'exposer cela en public, de le communiquer au public un peu plus *délibérément* que par son mode d'expression habituel ? Ce serait très bien ! Pourquoi ne demanderait-on pas aux bons artisans de prendre la parole devant du public choisi, cela leur ferait plaisir d'exposer ce qu'ils ont trouvé. Je ne vois pas pourquoi on ne le ferait pas. Eh bien, c'est la même chose, je ne vois pas pourquoi je n'enfourcherais pas mon dada, pourquoi on ne me demanderait pas de le faire.

Si l'on veut bien, au surplus, réfléchir que, s'agissant d'un écrivain, on ne lui demande pas de changer tellement de mode d'expression en faisant une conférence qui s'inscrit parmi les genres littéraires, après tout, alors il n'y a plus aucune raison de ne pas lui demander ni à lui de ne pas accepter, et cela peut même apparaître en un sens non pas pour vous, bien sûr, mais pour l'écrivain, comme une bénédiction quelquefois.

Quant à moi, pourtant, je m'étais, jusqu'à présent, refusé ce genre de satisfaction. C'est peut-être qu'il m'apparaissait plus prudent, plus facile peut-être, de retarder, enfin de différer cette rencontre jusqu'au moment où, assuré moi-même de mon existence par quelque réponse du public à ce que je lui aurais adressé par écrit, et comme par correspondance, j'arriverais devant lui avec une espèce de prestige, je le croirais tout au moins. (Ce peut être quelque chose comme cela. Pas très noble, c'est possible...) Enfin un prestige minimum, celui d'une existence distincte enfin probable...

Ainsi prépare-t-on souvent une entrevue par un échange de correspondances, ainsi certaines offres d'emploi précisent-elles *qu'on ait à écrire* avant de se présenter.

Il faut bien vous l'avouer aussi : en ce qui me concerne particulièrement, j'ai longtemps pensé que si j'avais décidé d'écrire, c'était justement *contre* la parole orale, contre les bêtises que je venais de dire dans une conversation, contre les insuffisances d'expression au cours d'une conversation même un peu poussée. Ressentant cela avec une espèce de malaise et de honte, bien souvent c'était contre cela, contre la parole orale que je me décidais à écrire, c'est ce qui me jetait sur mon papier. Pourquoi ? Pour m'en corriger, pour me corriger de cela, de ces défaillances, de ces hontes, pour m'en venger, pour parvenir à une expression plus complexe, plus ferme ou plus réservée, plus ambiguë peut-être, peut-être pour me cacher aux yeux des autres et de moi-même, pour me duper peut-être, pour parvenir à un équivalent du silence (si je parle d'expression plus ambiguë).

Voyez-vous, plus j'y songe, depuis que je prépare cette conférence, plus je pense que parler et écrire sont vraiment deux choses contraires. On écrit pour faire plus ferme ou plus ambigu[5], et je dois dire que quand on est dans cette erreur d'écrire (et tout au moins pendant le cours de cette tentative orale, il est naturel, me semble-t-il, que je considère le fait d'*écrire* comme une erreur), quand donc on est dans cette erreur d'écrire, eh bien ! faire plus ferme ou plus ambigu, au fond cela revient souvent à la même chose. Certaines gens saisis d'une brusque conviction veulent la mettre par écrit, essaient de faire très ferme, en font des maximes ou des mots d'ordre ; mais d'autres, les lisant, trouvent qu'il n'y a rien de plus ambigu. Oui, bien souvent cela revient au même. Voyez les maximes, ce n'est pas très loin des oracles, des énigmes ! Lautréamont a très bien montré que cela peut se retourner.

Je crois que si l'on écrit, même quand on ne fait qu'un article de journal, on tend au proverbe (à la limite bien sûr). On veut que cela serve plusieurs fois et, à la limite, pour tous les publics, en toutes circonstances, que cela gagne le coup quand ce sera bien placé dans une discussion. Même dans un marché, celui qui sort un proverbe (quand deux personnes discutent), celui qui sort un proverbe au bon moment, il a gagné[6]. C'est en cela que le jeu consiste. Quand on écrit il semble que ce soit au fond pour cela, qu'on s'en rende compte ou non. Ainsi tend-on à une espèce de qualité oraculaire[7].

Mais alors, quels sont les véritables oracles ? Quels sont ces oracles (également à la limite) qu'on peut toujours interpréter de toutes les façons, qui demeurent éternellement disponibles pour l'interprétation. Ne seraient-ils pas justement autre chose que les énigmes, si parfaites soient-elles ? Ne seraient-ce pas *les objets*.

Les *choses*, qu'on peut toujours interpréter de toute façon ? Donc, désirer créer quelque chose qui ait les qualités de l'objet, rien ne me semble plus normal. On m'a reproché de tendre à l'objet ; certains m'en ont félicité, d'autres me l'ont reproché. Eh bien, il me semble que c'est au fond à quoi tendent (selon le raisonnement que je vous tiens à l'instant) tous ceux qui écrivent, quels qu'ils soient.

Il me semble que c'est très simple, qu'on ne peut pas faire autrement, dès qu'on a décidé d'écrire.

Ainsi ai-je longtemps écrit dans le désert, sans recevoir aucune réponse. Pour moi cela a duré à peu près vingt ans, le désert, une espèce d'éternité, cela revient au même. Quand on songe que si j'écrivais, si je tenais si strictement compte des paroles, c'était pour arriver à cette qualité, il ne paraît pas étonnant qu'il faille le temps pour reconnaître cela : il faut plusieurs expériences pour reconnaître que c'est valable une fois ou deux fois ou trois fois. La troisième ou la quatrième fois, on dit : il doit y avoir quelque chose de valable.

On ne peut pas tout de suite comprendre des choses qui sont faites pour être comprises indéfiniment. Puis, petit à petit, les réponses viennent, au bout de très longtemps, cela. Il y a des preuves de lecture, il y a un article dans un journal, et brusquement on se trouve *changé*. On se trouve changé comme quand on se voit dans une glace pour la première fois. Jusqu'à présent on ne s'était pas réfléchi, on avait poursuivi son appétence propre comme s'il n'y avait pas de glace[8].

C'est comme quand on vous montre une photo : rien de plus désagréable ; je ne sais pas vous, mais moi, les miennes, il me semble que je ressemble à tout, sauf à cela. C'est très grave, on se trouve changé et on est changé.

Pour vous montrer à quel point j'ai horreur des photographies, je peux vous raconter une anecdote — j'appelle cela une anecdote, mais c'est assez grave. J'ai perdu mon père, il y a de cela très longtemps, et ce n'est pas parce qu'il y a très longtemps que cela m'a fait beaucoup de peine. Je ne pouvais plus, ensuite, supporter une photographie. Voilà qui est probablement fort commun. Ce n'était pas tant que ces photographies me parussent émouvantes, me troublassent exagérément, non : c'était parce que cela ne me paraissait correspondre à rien de réel. À ce propos, il me semble qu'il ne serait pas mal de continuer à photographier après la mort, de photographier le cadavre proprement dit, de photographier la suite. Ce n'est pas très drôle, il y a un mauvais moment, comme une sale maladie, le moment de la décomposition, mais après cela il y a un petit long moment, pendant lequel les vers se chargent de nettoyer tout très bien, et ensuite, cette image : quand les os sont dans la boîte, bien propres, bien nettoyés, bien rangés, il ne me semble pas que cela soit une image intolérable. Pour moi je la juge beaucoup plus rassurante pour l'esprit de celui qui la regarde, qu'une ancienne photographie. *Cela*, c'est vrai, et n'est pas intolérable.

Je le dis parce que j'en ai fait la réflexion à propos de mon père. Oh ! c'était vrai, je vous prie de le croire. Bien sûr la personne continue aussi autrement ; elle continue comme cela et elle continue aussi autrement, en revivant dans les enfants du fils, par exemple : cela aussi c'est vrai physiquement, mais tout vaut mieux qu'une photographie.

Quand on a eu cette impression, qu'on est arrêté par les miroirs, par les réponses du public, à ce moment-là il peut vous venir l'idée de casser un peu la glace ou de déchirer la photo. Vos textes, vos écrits, prennent aussi le même caractère. Ils vous paraissent comme des glaces, comme des miroirs, il semble que vous y soyez enfermé. On essaie de corriger par d'autres textes. Bien sûr c'est comme cela que l'œuvre continue, par des réflexions, des justifications, des explications, des théories. Quelquefois cela se produit, cette modification, ce changement, ces répercussions, cela se produit (même, si on ne fait pas d'explication, de théories), cela se produit dans l'intérieur des œuvres, de votre production authentique ; il s'y produit comme des *reflets* ; on arrive à répondre à l'intérieur, je trouve que c'est assez inquiétant. Peut-être vaut-il mieux, une bonne fois, pour une heure ou pour une heure et demie — je ne sais pas combien durera cette petite tentative — peut-être vaut-il mieux en revenir aux paroles, contre lesquelles, d'abord, on avait choisi d'écrire, et je dois dire qu'avant de le faire en public, il m'est arrivé de le faire en privé, quand il me vient un nouvel ami. Il se trouve, quand je sens que cela va être un ami, que c'est sûr, la deuxième ou troisième fois, il m'arrive de le prendre brusquement, et puis cela dure une heure, une heure et demie, et je lui explique que je ne suis pas ce qu'il croit, et j'explique : ce n'est pas cela, je ne veux pas que cela soit cela, je veux que cela continue autrement. Évidemment quand je fais cela avec un nouvel ami, j'éprouve une grande satisfaction, cela fait plaisir, et puis j'ai tout de suite un remords, parce que je me dis qu'après tout cet ami n'attendait pas tant de moi, peut-être qu'il désirait des cigarettes ou que je l'écoute. Il avait quelque chose à me dire sur lui, tandis qu'ici, quelle chance ! Vous avez été convoqués, comme je l'ai dit tout à l'heure, c'est bien entendu, vous êtes là pour m'écouter, de telle façon — vous êtes venus quand même — que je ne dois pas avoir honte de parler, je peux, comme je vous le disais tout à l'heure, enfourcher mon dada.

Et puis, à raison du titre volontairement un peu mystérieux — vous comprenez pourquoi — le titre un peu vague que j'ai pris la précaution de donner à cette tentative, je puis penser — puisque vous êtes venus malgré tout — que vous vous attendez un peu à n'importe quoi, et probablement à ce qu'il s'agisse de moi.

Généralement, vous dirais-je, quand j'ai un ami, quand il me vient un ami, il a lu *Le Parti pris des choses*. Je ne dis pas que ce soit nécessaire, non, peut-être quelques personnes dans cette salle se trouvent-elles dans ce cas, j'allais dire dans cet état, mais enfin je ne peux pas dire que ce soit nécessaire, parce qu'il s'agit de choses très simples, parce qu'on peut prendre le parti des choses à chaque instant, parce que je puis vous plonger dans le parti pris des choses d'un instant à l'autre, par l'ouverture d'une certaine trappe. Vous allez voir. À l'instant même !...

Voici par exemple comment j'aurais pu commencer cette conférence :

Mesdames, Messieurs,

Je ne voudrais pas commencer par une incongruité, alors c'est un peu en spirale. Vous vous êtes dérangés pour venir m'écouter (je vous en remercie), mus par un sentiment qu'il serait, comment dirais-je, dérisoire de vouloir percer, ce serait en pure perte, et qui peut aller de la sympathie à la curiosité plus ou moins bienveillante. En tout cas, vous êtes venus, et c'est tout doucement, en prenant bien garde de ne pas vous heurter, que je veux tout de même attirer votre attention sur un fait généralement peu considéré et qui pourtant paraît évident dès qu'on l'envisage : *Nous ne sommes pas seuls ici. Nous sommes loin d'être entre nous.*

Permettez-moi, Mesdames et Messieurs, d'*invoquer*, en même temps que je vous invoque, toutes les *choses* présentes dans cette salle, ces choses à qui une fois de plus nous avons ôté leur silence, ces choses que nous traitons, que nous avons traitées jusqu'à présent avec la désinvolture et la brutalité coutumières à cette espèce de sauvages à leur égard que nous sommes.

Je ne sais pas si je me fais bien comprendre ; je parle de ces murs, des lattes de ce parquet, je parle des clefs que vous avez dans vos poches, de tous ces objets qui nous ont accompagnés, ou qui nous ont attendus ici, et qui sont ici avec nous, et qui doivent par force se taire — peut-être à contrecœur — et dont nous ne tenons compte jamais, vous le savez, jamais.

Maintenant, je crois que si j'avais du talent oratoire — je pense qu'un tribun ou un orateur religieux vous ayant montré, rendu sensible le tort envers elles que nous avons, cet orateur réussirait à vous faire lever, comme dans une liturgie, en l'honneur de ces choses qui sont ici. Parce que je continue à parler, vous à écouter, nous sommes très contents, mais enfin elles sont ici, et elles se taisent. Ou peut-être en leur honneur à vous faire observer une minute de silence, comme on fait beaucoup maintenant. En l'honneur, justement, du silence auquel elles sont condamnées, peut-être à contrecœur, et pour écouter leurs muettes expressions, pour savoir d'elles si elles nous admettent, si elles nous tolèrent sans trop de rancœur ni de dégoût.

Voyez-vous, tout cela, qui est très simple, suffit, quant à moi, à me plonger dans le parti pris des choses.

Bien sûr je pourrais dire encore là-dessus beaucoup, et dans tous les sens, bien sûr : philosophique, etc. Il s'agit d'une chose absolument simple, je vais vous la montrer. J'ai appelé cela une trappe. Que se passe-t-il ? En ce moment, ici même ? Un homme parle, d'autres écoutent ; les choses se taisent. Nous venons d'accomplir quelque chose qui, d'une certaine manière, a arrêté le temps[9]. Mais, pour peu qu'on me le reproche, je prouverai aussitôt qu'à y réfléchir, c'est plutôt le contraire. Je crois que nous sommes au fort du courant, au milieu du lit, où la rivière est profonde !...

Je sais qu'il y a des poètes qui parlent de leur femme (de grands poètes que j'aime), de leurs amours, de la patrie. Moi, ce qui me tient de cette façon au cœur, je ne peux guère en parler. Voilà la définition des choses que j'aime : ce sont celles dont je ne parle pas, dont j'ai envie de parler, et dont je n'arrive pas à parler.

Voyez-vous, quand on est maladroit à ce point, quand on a une espèce d'abîme à sa gauche qui se creuse à chaque instant... C'est vrai cela, je ne méprise pas ; j'en ai souffert, j'en souffre encore très souvent... Vigny a dit : tout homme a vu le mur qui borne son esprit. Quant à moi je m'excuse, ce n'est pas un mur, c'est un précipice ; pour beaucoup, c'est un précipice. Un homme qui a le vertige comme cela, tout arrive à le donner, les événements un peu désagréables que nous avons connus ces temps-ci pour certains signifient ce trouble, mais il est certes aussi profond dans chaque individu. Que fait un homme qui arrive au bord du précipice, qui a le vertige ? Instinctivement il regarde au plus près — vous l'avez fait, vous l'avez vu faire. C'est simple, c'est la chose qui est la plus simple. On porte son regard à la marche immédiate ou au pilier, à la balustrade, ou à un objet fixe, pour ne pas voir le reste. Cela c'est honnête, cela c'est sincère, c'est vrai. L'homme qui vit ce moment-là, il ne fera pas de philosophie de la chute ou du désespoir. Si son trouble est authentique, ou bien il tombe dans le trou, comme Kafka, comme Nietzsche[10], comme d'autres, ou bien plutôt, il n'en parle pas, il parle de tout mais pas de cela, il porte son regard au plus près. Le parti pris des choses, c'est aussi cela. Je parlais d'une trappe, ce n'était qu'une image. Je veux vous montrer que c'est également le contraire. On regarde très attentivement le caillou pour ne pas voir le reste. Maintenant, il arrive que le caillou s'entrouvre à son tour, et devienne aussi un précipice. Oui, voilà un des principaux thèmes de l'absurde, que mon ami Camus n'a pas traité dans son mythe de Sisyphe. Il n'a pas traité le thème de l'expression, l'absurde de l'expression. Or c'est vraiment celui que quelques-uns de ma génération ont particulièrement éprouvé, vécu[11]. N'importe quel objet, il suffit de vouloir le décrire, il s'ouvre à son tour, il devient un abîme, mais cela peut se refermer, c'est plus petit; on peut, par le moyen de l'art, refermer un caillou, on ne peut pas refermer le grand trou métaphysique, mais peut-être la façon de refermer le caillou vaut-elle pour le reste, thérapeutiquement. Cela fait qu'on continue à vivre quelques jours de plus.

Tout cela, je ne voulais pas le dire, et je me suis laissé entraîner. Ce n'était pas dans mes notes. Je voulais dire seulement que le premier bénéfice que nous puissions tirer de cette évocation que je faisais tout à l'heure, à laquelle je reviens, c'est une espèce de modestie[12]. Car réintroduisons de nouveau les choses. Rouvrons la trappe. Que se passe-t-il? Il se passe qu'un homme parle et le reste se tait. Mais pour le reste (pour lui-même quand il y songe) un homme qui parle, qu'est-ce qu'il fait? Il accomplit sa manie. Comment peut apparaître à cette table un homme? Comme une espèce de grand singe, à queue rouge. C'est un fait, il accomplit sa manie quand il parle. Il n'y a absolument rien de méritoire ou de magnifique. Il parle comme les tables se taisent, il n'y a rien de plus intéressant. Leçon de modestie.

Je ne sais pas si vous vous en apercevez, mais c'est mon seul propos depuis le début de cette conférence : il s'agit de la prétention[13] et de la non-prétention.

À partir de là, peut-être vais-je pouvoir retrouver ce que je vous disais en commençant, mais d'une autre façon.

Mesdames et Messieurs, j'ai un peu devancé le printemps, peut-être eût-il été plus raisonnable, plus naturel d'attendre quelques semaines encore avant de vous convoquer ; peut-être auriez-vous mieux compris, enfin mieux compris s'il y a quelque chose à comprendre. Peut-être aurais-je été plus heureux ?

Supposez en effet que ce soit une forêt qui vous parle. On va trouver que c'est prétentieux peut-être ? Ne disons pas « forêt », disons buisson ou touffe, c'est la même chose, mais que cela ne soit pas un arbre, que ce soit un peu plus compliqué, un peu plus confus, disons une forêt, j'ai fait mes réserves.

J'ai parlé de printemps. Cette forêt a décidé de vous parler, mais pourquoi a-t-elle décidé de vous parler ? Parce que c'est le printemps. Une forêt commence à s'exprimer au printemps.

Voilà un peu ce que je pense de la liberté de l'esprit, du gouvernement de son esprit, dont on nous rebat les oreilles.

Vous me direz que ce n'est pas ainsi qu'une forêt parle, que cela s'appelle feuillir, folioler. Qu'une forêt parle, par exemple, parle à la rigueur quand elle bruisse, quand ses troncs gémissent, quand ses branches brament, oui, mais alors elle parle (tout haut) parce qu'il y a du vent. Elle n'a pas plus de mérite. Elle a pris la décision de parler ? Peut-être est-ce l'air qui l'a prise ? Mais autre chose encore : elle parle, qu'exprime-t-elle ? Elle rend un son. Peut-on dire qu'elle répond au vent ? Peut-on dire qu'elle exprime sa résistance au vent, qu'elle parle contre le vent ? ou au contraire qu'elle l'approuve ?

On peut dire aussi bien qu'elle prend à son compte ces mouvements de l'air, qu'elle danse, qu'elle chante, à l'unisson de cette musique, et voilà le ravissement ; et d'autres de dire : elle parle contre, elle a des arguments contre le vent, elle résiste, elle souffre, elle pleure.

Moi je ne sais pas. Tout ce que je constate, c'est que s'il n'y avait pas d'instrument, il n'y aurait pas de musique. Voilà ce que je pense[14]. Étant donné ce que je viens de dire, je peux encore dire ce que je pense du vent. Voilà ce que je pense de l'honnêteté de l'esprit, dont on nous rebat également les oreilles.

Mais encore, voilà une forêt qui veut vous parler. Nous venons de voir en quelle mesure cet acte est méritoire, est méritant. Pour moi, je ne doute pas qu'une forêt veuille vous parler ; elle veut vous montrer son cœur. Au printemps (cela se trouve comme cela), elle n'y tient plus :

après ce silence de plusieurs mois elle vomit du vert, elle s'exprime, elle pousse des feuilles, des tiges ; sur ces tiges des feuilles ; brusquement elle s'épaissit, quelle profusion ! Cela est magnifique, elle progresse, croit atteindre à la communication. De toute façon, je pense que vous êtes d'accord, elle s'épaissit. Cela me paraît tout à fait certain, on ne peut pas dire le contraire. Profusion, volubilité, elle s'épaissit. Là-dedans des oiseaux naissent, piaillent, fourmillent. Vous allez me dire qu'ils ne font pas partie de la forêt — voire ! Vous pouvez être tranquilles que la forêt les assume, elle les prend à son compte, elle les porte à son crédit, leurs magnifiques ambages, leurs cris, leur concert. Ainsi elle s'épaissit beaucoup. Or, quelle était son intention ? Elle voulait nous montrer son cœur, jamais elle ne nous l'a mieux caché. Jamais il ne nous a paru plus impénétrable. Allons, bon, voilà un beau résultat ! Chacun de ses efforts pour s'exprimer a abouti à une feuille, à un petit écran supplémentaire, à une superposition d'écrans qui la cachent de mieux en mieux.

Ainsi en usé-je moi-même depuis tout à l'heure.

Qu'est-ce que c'est que ce résultat auquel je suis parvenu ? Autant d'efforts pour m'exprimer, autant de feuilles, autant d'écrans, autant de mots, et je n'ai donc fait qu'épaissir l'écran qui me séparait de mon cœur. Pourtant, j'ai abouti à quelque chose, à une espèce de printemps de paroles, quelque chose de pas très volubile, je le reconnais, j'ai poussé des tiges, des feuilles, enfin je suis parvenu à une espèce de forêt au printemps. Que me reste-t-il donc à faire pour ne pas être tout à fait battu ? Il faut le reconnaître, et au lieu d'appeler cela *Mon cœur*, l'appeler *Quelques feuilles*[15].

Voilà un peu de ce que je pense de la démarche dite poétique. Une fois ce parti pris, il faut, bien entendu, rester à l'intérieur de la forêt. Mais, me direz-vous, mais, c'est bien simple, si elle voulait montrer son cœur, il lui fallait plutôt se dépouiller de ses feuilles, alors elle aurait découvert son cœur. Oui bien ! Il aurait donc fallu attendre l'automne. Car j'y pense... Oui, au fond, toute cette petite agitation que je viens de manifester ressemble bien davantage encore à l'automne qu'au printemps. Eh ! bien, il suffit de le décider, et par exemple cette volubilité dont je parlais tout à l'heure (volubilité, cela va bien avec les lianes, les volubilis) il suffit d'appeler cette volubilité : abattage (comme on dit d'un camelot : il a un fameux abattage), appelons volubilité abattage, nous avons l'automne.

Oui, ces mots que j'ai dits tout à l'heure, que je ne sais quel vent m'arrachait, ils tombaient de moi plutôt qu'ils ne se dépliaient à l'extrémité de mes tiges. Il s'agit là d'un événement d'automne. C'est très simple tout cela ; je ne sais pas si c'est de la poésie, je m'en moque, c'est sans doute plus simple, mais tout le monde est d'accord. Il s'agit donc d'un événement d'automne, il suffit de changer de mots. Il y a donc un tas de feuilles mortes : elles sont par terre, ou bien là, à ma gauche sur cette table... et je vous ai donc découvert mon cœur.

Votre cœur ?

Mais nous n'avons rien vu ! Tout est pareil, à l'orée comme au centre. Beaucoup de feuilles mortes, oui, il y a beaucoup de feuilles mortes. Nous appellerons donc cela un tas de feuilles mortes.

Êtes-vous contents ? Nous ne sommes pas beaucoup plus avancés.

Ce que j'en disais était pour vous donner idée de cette prétention et de cette non-prétention qui font tout mon sujet[16].

Vous voulez une maxime ? La voici : il s'agit de ne prétendre qu'à ce qui se trouve objectivement réalisé.

Ce qui m'a paru urgent, c'est de démolir quelque peu — oh, pas rageusement — ces photos, ces miroirs, ces idées qu'on a pu prendre de moi, que j'ai pu prendre de moi, et c'est la seule raison pour laquelle j'ai désiré, j'ai accepté et désiré même parler ce soir, parce qu'il m'a paru que ce que j'ai donné par écrit, comme je vous le disais tout à l'heure, pouvait apparaître comme un peu prétentieux, comme présentant une certaine assurance, parce qu'on en a un peu trop parlé, les philosophes en ont un peu trop parlé.

Je voulais vous montrer qu'en effet il y a prétention, mais seulement de ce que j'ai réussi, qui ne sont que des tas de feuilles mortes ou des printemps, ou si je prends un autre objet, il s'agit de cet autre objet, il ne s'agit autant que possible pas d'autre chose, en tout cas pas de mon cœur.

Je pourrais développer cela, et bien d'autres considérations à partir de là, sans doute. Sans aller chercher Sartre, Blanchot, Joë Bousquet, Claude-Edmonde Magny, Betty Miller, les passages qui me concernent dans le petit essai que René Micha[17] m'a fait lire il y a quelques heures et qui a servi d'avant-propos à cette série de conférences, pourraient me servir de point de départ pour des développements de ce genre. Non, cher Micha, je ne suis pas un mystique ! Que l'humour, ou si vous voulez, tout simplement, le sens du ridicule m'en garde ! Ce n'est pas l'unité que je cherche mais la variété. Bernard Groethuysen l'avait bien vu, qui me disait : mieux que *De natura rerum* votre œuvre pourrait s'intituler *De varietate rerum*[18]. Et à Georges Bataille me demandant si j'avais touché à l'insecte et si je n'avais pas peur d'y devenir fou, j'ai répondu que j'avais plusieurs insectes en préparation, retournés contre le mur, comme les peintres ont des tableaux qu'ils commencent, puis qu'ils retournent, qu'ils reprennent, etc., et qu'il me suffirait de passer au moment voulu, au *dernier moment* voulu peut-être, de la guêpe à l'araignée[19] par exemple, pour être sûr de ne pas m'y perdre.

Je pourrais développer aussi, dans le même sens, qu'il ne s'agit vraiment pas de contemplation à proprement parler dans ma méthode, mais d'une contemplation tellement active, où la nomination s'effectue aussitôt, d'une *opération*[20], la plume à la main, que je vois cela beaucoup plus proche de l'alchimie par exemple (hum !), et en général de l'action (aussi bien de l'action politique) que de je ne sais quelle extase qui ne vient que du sujet, et qui me ferait plutôt rire.

Non, voyez-vous, ce que je cherche, c'est à sortir de cet insipide manège dans lequel tourne l'homme sous prétexte de rester fidèle à l'homme, à l'humain, et où l'esprit (du moins mon esprit) s'ennuie à mourir. Et cela, n'importe quel objet me le procure.

Si vous voulez prendre la tangente, si cela vous ennuie de rouler toujours dans la même rainure (vous pouvez aller en Chine, à Madagascar, vous vous apercevrez que ce sont toujours les mêmes proverbes), si vous voulez prendre la tangente, suivez-moi — cela a l'air prétentieux — mais c'est en même temps si simple. Vous n'aurez pas à me suivre bien loin. Seulement jusqu'à ce mégot, par exemple, n'importe quoi à condition de le considérer honnêtement, c'est-à-dire finalement (sans souci de tout ce qu'on nous chante sur l'esprit, sur l'homme) à le considérer sans vergogne[21].

Jamais de référence à l'homme. Vous avez une idée profonde de la serviette-éponge[22], tout le monde en a une. Cela veut dire quelque chose pour chacun, mais jamais personne n'a eu l'idée que c'était cela la poésie, que c'était de cela qu'il s'agissait, de cette idée profonde. Il s'agit de sortir cela, sans vergogne. C'est cela la vérité, c'est cela qui sort du manège. Jusqu'à présent les objets n'ont servi à rien qu'à l'homme, comme intermédiaire. On vous dit : « un cœur de pierre ». Voilà à quoi sert la pierre. « Un cœur de pierre », cela sert pour les rapports d'homme à homme, mais il suffit de creuser un peu la pierre pour se rendre compte qu'elle est autre chose que dure ; dure, elle l'est, mais elle est aussi autre chose. Si l'on arrive à sortir de la pierre d'autres qualités qu'elle a en même temps que la dureté, on sort du manège[23]. Il me semble que cela vaut la peine. Et peut-être est-ce là cette troisième personne, qu'évoque le titre de cette conférence*, c'est comme cela que je la comprends. Troisième personne du singulier ou du pluriel.

J'ai parlé tout à l'heure de la variété, qu'il faut changer d'objet, etc., et voilà le pluriel, mais pour sortir la qualité dont on n'a pas parlé, qui est simple comme bonjour, mais on est buté sur l'histoire de la dureté de la pierre, là il faut prendre la chose au singulier ; c'est amusant parce que troisième personne... singulier en même temps... Cette idée profonde (je ne suis pas assez sot pour croire que c'est moi qui l'ai trouvée), il faut la sortir. Il s'agit en somme d'en arriver à ce point où l'objet vous impose toutes ses qualités, ou plusieurs, si différentes soient-elles de celles qui sont habituellement associées à lui. Il s'agit de ne jamais céder à un arrangement de qualités qui vous paraît harmonieux, même s'il y a des éléments nouveaux, comme ceux que les poètes trouvent (je pense aux plus goûtés, je pense à Baudelaire, à Apollinaire ou Éluard[24]), il s'agit de ne pas céder à un arrangement de qualités parmi lesquelles il y en a des nouvelles, et significatives : sublimes, évocatives. Pourquoi vous y arrêter ? Il y a des chances que ce soit parce qu'il correspond à quelque ronron, cet arrangement ? À quelque ronron de l'esprit d'hier. Insensiblement il vous remet dans la rainure. Il vous fait en vérité rentrer dans le manège. Attention ! Ainsi, un peu

---

* *La Troisième Personne du singulier :* titre sous lequel fut annoncée à Bruxelles cette conférence.

d'héroïsme, s'il vous plaît, c'est-à-dire un peu de modestie ! Si une qualité nouvelle de l'objet que vous avez en question vous apparaît, tant pis si elle vous paraît bizarre ou rapetissante, par exemple. Il vous arrive une autre idée : faire un poème magnifique sur le mégot, et vous vous apercevez que c'est petit par rapport à autre chose. Il ne faut pas se laisser aller. Cela rentre dans le ronron, vous rentrez dans le manège, et tout est perdu.

Il faut qu'elle rentre cette qualité, même si elle est rapetissante ou antipoétique, on s'en moque. Tant pis si cela ne fait plus des poèmes. Les poèmes nous nous en moquons ; en ce qui me concerne, j'ai fini par accepter que je fais des poésies ; j'ai tout fait pour qu'elles n'en aient pas l'air ; il paraît que c'est plus facile d'appeler ça des poèmes. En fait cela m'est égal. Il ne s'agit pas d'arranger les choses[25]. Vous comprenez ce que je veux dire : il ne s'agit pas d'arranger les choses (le manège), il ne faut pas arranger les choses au sens apache, argot. Il faut que les choses vous dérangent. Il s'agit qu'elles vous obligent à sortir du ronron ; il n'y a que cela d'intéressant parce qu'il n'y a que cela qui puisse faire progresser l'esprit. Peut-être avez-vous reconnu une des marques ou des qualités de l'esprit scientifique plutôt que de l'esprit poétique. Je ne sais pas, cela m'est égal. Tant pis, ou tant mieux. On pourrait encore bavarder longtemps là-dessus.

Revenons à l'essentiel. Voyez-vous, le moment béni, le moment heureux, et par conséquent le moment de la vérité, c'est lorsque la vérité *jouit* (pardonnez-moi). C'est le moment où l'objet jubile, si je puis dire, sort de lui-même ses qualités ; le moment où se produit une espèce de floculation : la parole, le bonheur d'expression.

Lorsque nous en sommes au moment où les mots et les idées sont dans une espèce d'état d'indifférence, tout vient à la fois comme symbole, comme vérité, cela veut dire tout ce que l'on veut, c'est à ce moment-là que la vérité jouit. La vérité ce n'est pas la conclusion d'un système, la vérité c'est cela. Il y a des gens qui cherchent la vérité, il ne faut pas la chercher, on la trouve dans son lit, mais comment l'amène-t-on dans son lit ? En parlant d'autre chose, comme souvent. En parlant d'autre chose, pas de philosophie, pas de vérité, mais d'autre chose. Souvent alors c'est considéré comme bien ; en effet, bien souvent c'est entouré de voiles, comme les mariées. Puis, il ne faut en user qu'après qu'elle ait joui — pardonnez tout cela[26]...

Il faut en tout cas avoir le moins d'idées préconçues possible. Le mieux c'est de prendre des sujets impossibles, ce sont les sujets les plus proches : la serviette-éponge... Sur les sujets de ce genre, pas d'idées préconçues, de celles qui s'énoncent clairement... Vous avez l'esprit libre d'idées. La moindre idée qui nous vient alors nous arrive en même temps que l'expression. Je crois que c'est comme cela qu'on peut sortir de la bouteille à l'encre.

Quelqu'un a dit — je ne vois pas pourquoi je ne dirais pas qui — c'est Marx (quand pour faire plus ferme, on arrive à une certaine qualité de formule, on peut en tirer tout ce que l'on veut. C'est ce qui lui arrive maintenant, de tous côtés. Cependant il a dit une chose qui pour moi comme pour beaucoup d'autres, compte) — il a dit que *l'homme subjectif* ne pouvait se saisir directement lui-même, sinon par rapport à la résistance que le monde lui offre, sinon par rapport à cette résistance qu'il rencontre. Ainsi dans une espèce d'opération, d'action.

Il s'agit là d'un Grand Œuvre, où les artistes sont dans une technique et les politiques dans une autre ; il s'agit au fond de la même chose.

Vous voyez comme c'est contraire à tout ce qu'on pense : on pourrait aussi bien dire qu'il n'y a qu'un seul parti magique, et que c'est le parti communiste. Enfin tout cela est un peu étranger à mon propos[27].

En conclusion : des sujets à première vue impossibles. Il faudrait que l'expression, si vous m'avez bien compris, il faudrait que l'expression et l'idée affleurent en même temps, viennent en même temps. Il faut que l'expression vienne avant les mots ou avant la pensée. Je vous l'ai dit, les mots se retransforment en pensées ou vice versa. Il faut saisir l'expression avant qu'elle se transforme en mots ou en pensées.

Avec les sujets impossibles, vous n'avez pas d'idées préconçues, pas de mots, pas de pensées. Quand le mot vient, quand la vérité jouit, vous avez quelque chose de nouveau ; il y a des chances pour qu'il en soit ainsi.

Maintenant, quand on me dit : vous ne vous occupez pas de l'homme et qu'on m'en fait grief — on me l'a fait — alors, je souris. Certes oui, j'en ai assez de l'homme, comme il est, j'en ai assez du manège. Sortons, faisons-nous tirer hors de là par nos objets. Donc, quand on me reproche cela, je souris, parce qu'évidemment l'homme n'est pas mon propos direct, c'est le contraire, mais je sais aussi que plus loin et plus intensément je chercherai la résistance à l'homme, la résistance que sa pensée claire rencontre, plus de chance j'aurai de trouver l'homme, non pas de retrouver l'homme, de trouver l'homme en avant, de trouver l'homme que nous ne sommes pas encore, l'homme avec mille qualités nouvelles, inouïes. Il est propre, sale, fou ou raisonnable, etc., mais le sortir de ce manège, lui trouver des qualités nouvelles, trouver l'homme en avant, l'homme que nous ne sommes pas encore, l'homme que nous allons devenir.

Allons! Cherchez-moi quelque chose de plus révolutionnaire qu'un objet, une meilleure bombe[28] que ce mégot, que ce cendrier. Cherchez-moi un meilleur mouvement d'horlogerie pour faire éclater cette bombe que le sien propre, celui qui à vrai dire ne la fait pas éclater, mais au contraire le maintient (c'est assez difficile de maintenir cela! on nous a appris la désagrégation; c'est assez curieux). Alors il s'agit à l'intérieur de tout cela d'un mécanisme d'horlogerie (je parlais de bombe) qui, au lieu de faire éclater, maintient, permet à chaque objet de poursuivre en dehors de nous son existence particulière, de résister à l'esprit. Ce mécanisme d'horlogerie c'est la rhétorique de l'objet. La rhétorique, c'est comme cela que je la conçois. C'est-à-dire que si j'envisage une rhétorique, c'est une rhétorique par objet[29], pas seulement une rhétorique par poète, mais une rhétorique par objet. Il faut que ce mécanisme d'horlogerie (qui maintient l'objet) nous donne l'art poétique qui sera bon pour cet objet.

Je crois qu'il ne faut pas être trop ambitieux, revenir à la modestie. Couper les ailes à la grandeur, à la beauté. Et peut-être nous faut-il donc ici même redescendre par degrés au seul ton convenable à ce *genre* de causerie, oui, au seul ton convenable, au ton joli cœur, par degrés. En France, une conférence ce n'est pas un manifeste, c'est quelque chose de gentil. Quand André Maurois parle, il ne tient pas à sortir des lois du genre.

Par degrés je vais donc redescendre, et ne vous inquiétez pas, nous allons redescendre assez vite. Nous y voici.

Voilà donc un tas de feuilles mortes. Nous avions tout à l'heure un printemps de paroles; peu s'en faut que nous ayons une forêt complète, et vous avez compris peut-être qu'en insistant nous pourrions y parvenir. Mais tout ce que j'ai dit à propos de la forêt, tout cela se rapproche plutôt de la conférence, du ton gentil, gracieux où l'on sait un peu d'avance ce qu'on veut dire.

Au contraire, si nous insistions...

Quand la forêt revient, quand elle fait appel contre nous[30] (je suis encore autre chose, dit la forêt), à ce moment-là on se rapproche du parti pris des choses et on s'éloigne de la conférence. Enfin, de toute façon, nous n'avons donc aujourd'hui qu'un tas de feuilles mortes ou un printemps de paroles, cela n'a pas d'importance. Et nous n'avons pas eu une conférence ? C'est bien possible. Mais aussi pourquoi l'avoir demandée à ce qu'on appelle communément un poète ?

Poète* ?

... Chère table, adieu !

(Voyez-vous, si je l'aime, c'est que rien en elle ne permet de croire qu'elle se prenne pour un piano.)

---

* Ici, la chronique rapporte que le conférencier se pencha vers la table, jusqu'à l'embrasser. (Note de l'Éditeur.)

LA PRATIQUE DE LA LITTÉRATURE

(Texte établi d'après l'enregistrement d'une conférence à la Technische Hochschule[1] de Stuttgart, le 12 juillet 1956.)

Mesdames et Messieurs,

Je ne pense pas représenter ici la littérature française, ni même la poésie moderne française, non, mais je suis ici peut-être le premier écrivain français depuis la mort de Gottfried Benn[2]. Et je dois dire que cette nouvelle nous a émus. Personnellement, je sentais dans Benn un poète très authentique, avec une forme très adéquate à l'époque actuelle, quelque chose de fort, quelquefois cynique un peu, mais bien énergique et sensible, et cette mort est certainement une des..., enfin, c'était un des hommes dont la réputation avait franchi la frontière.

En France, nous ne savons pas grand-chose des littératures étrangères, mais, dans le milieu le plus avancé de l'art, quelques noms...; il y a une espèce d'intuition, même si on ne lit pas la langue, et pour Benn, nous avions eu quelques traductions et nous le considérions comme l'un des plus importants parmi vos poètes. Et je voulais dire la peine que nous avons eue en apprenant sa mort... Heureusement, reste l'œuvre.

Maintenant, encore parce que c'est Stuttgart ici, je vais commencer par lire un texte de moi (presque inédit, je l'ai seulement dit à la radio française). Ce texte, pourquoi? J'ai appris très récemment dans le Larousse (qui est le dictionnaire français) en lisant l'article Stuttgart (parce qu'il est vrai que les Français sont ignorants en géographie et je voulais savoir...), j'ai vu que dans les armes, l'écusson ancien de Stuttgart, il y avait un cheval et que Stuttgart voulait dire :

« jardin des juments », « jardin des chevaux ». Alors je me suis souvenu ; je me suis rappelé ce poème sur le cheval. L'écrivant, je ne songeais pas à Stuttgart. Mais je vais le lire :

(Le Cheval)

. . . .

Qu'est-ce que ce poème ? Ce que j'appelle une eugénie[3] ; c'est-à-dire une chose venue presque complètement dans le moment ; c'est-à-dire que je me suis trouvé en humeur, une bonne fois, de dire ce que depuis toujours m'évoquait le cheval, le plus authentiquement, sans vergogne, sans honte des expressions et de ce que je sentais, qui est peut-être grossier par moments, qui est peut-être charnel, sensuel, mais la poésie est évidemment le résultat d'une sensibilité. Et comment est-on sensible ? On doit avoir le courage d'exprimer cette sensibilité comme elle est. Et je crois que la plus grande difficulté est cette honnêteté envers sa propre sensibilité. Et de ne pas craindre les critiques des autres. C'est un texte à psychanalyser peut-être, ça m'est égal. C'est un texte qui ne me contente pas complètement, naturellement. Pourquoi l'ai-je gardé comme tel ? Parce qu'il exprime cette impatience, ce côté nerveux du cheval, cette fierté, cette colère, et en même temps, dans le paragraphe sur le cheval à l'écurie, cette espèce de drame, de stupéfaction pathétique[4]. N'est-ce pas, c'est l'un ou l'autre. Et certes on peut toujours trouver une justification, dans l'objet qu'on prend pour thème, une justification de la forme qu'on a donnée à l'œuvre. C'est facile. Mais je sais que si j'avais fait du cheval un texte complètement en forme, rond ou cristallin, j'aurais perdu ce côté impatience, ce côté fougueux du cheval qui, quant à moi, est sa principale caractéristique.

Ce que je vous dis là est une introduction, une sorte d'introduction de biais, de piétinement de biais, en même temps que d'exhortation à moi-même[5], parce que je dois dire, peut-être, qu'il n'est pas si simple pour moi de m'élancer dans la parole, de vous parler. Je pense que vous excusez que je ne sois pas un orateur. Si j'ai choisi d'écrire ce que j'écris, c'est aussi contre la parole, la parole éloquente, parce que je ne suis pas éloquent. Et donc je ne veux pas essayer de l'être. Et souvent, après une conversation, des paroles, j'ai l'impression de saleté, d'insuffisance, de choses troubles ; même une conversation un peu poussée, allant un peu au fond, avec des gens intelligents. On dit tant de bêtises, on dit les choses sur un tempo qui n'est pas juste, on sort de la question. Ce n'est pas propre. Et mon goût pour l'écriture c'est souvent, rentrant chez moi après une conversation où j'avais eu l'impression de prendre de vieux vêtements, de vieilles chemises dans une malle pour les mettre dans une autre malle, tout ça au grenier, vous savez, et beaucoup de poussière, beaucoup de saleté, un peu transpirant et sale, mal dans ma peau[6]. Je vois la page blanche et je me dis : « Avec un peu d'attention, je peux, peut-être, écrire quelque chose de propre, de net. » N'est-ce pas, c'est souvent la raison, peut-être une des principales raisons d'écrire. Pour faire quelque chose qui puisse être lu, relu, aussi bien par soi-même, et qui ne participe pas de ce hasard de la parole. Contre le hasard[7]. Les hasards, ce sont peut-être des lois compliquées à l'extrême. Et peut-être un bon texte peut-il être hasard dans cette mesure. Très ambigu. Chaque lecture donnant une autre face. Mais une chose qui ne se défasse pas et qui continue à vivre en même temps que le lecteur présumé, serait-il moi-même.

Je crois que c'est Gide[8] qui a dit dans *Prétextes*, son meilleur livre, qu'une œuvre d'art véritable c'était celle qui donnait de la nourriture à plusieurs générations. Car les générations ne demandent pas les mêmes nourritures. Souvent elles demandent le contraire de la génération précédente.

Mais un bon texte nourrit aussi la génération contradictoire. Hm. Maintenant, ce que je peux dire aussi, c'est comment, peut-être pourquoi j'ai choisi de faire ce travail. Peut-être parce que c'est le contraire d'un travail. Parce que, en un sens, dans ma façon d'être ici, j'ai l'air un peu de professeur. Mais quand je travaille chez moi, je suis les pieds sur la table, il faut que je me mette dans la position du mauvais élève, et c'est pour écrire le contraire de ce que j'écrivais par devoir à l'école, que j'ai choisi de devenir écrivain[9]. Je pense que c'est peut-être une faiblesse d'attacher tant d'importance à ce qu'on a fait à l'école que de vouloir passer sa vie ensuite à faire le contraire, prendre l'attitude contraire (et je suis sûr que le professeur Bense ne m'en voudra pas de dire cela devant certains membres de cet auditoire qui sont ses élèves). Je crois que c'est bien d'être élève, et la preuve c'est qu'on peut avoir tellement envie ensuite d'être le contraire. Et je ne veux pas dire professeur, mais mauvais élève. Pourquoi ? Est-ce qu'on devient poète ainsi ? (Poète, c'est un mot, mauvais mot.) En raison de l'insatisfaction que vous donnent les œuvres récentes ou contemporaines dans la technique que vous avez choisie ? La littérature, c'est à la fois une grande vénération pour les très beaux textes anciens et une insatisfaction de ce qu'on voit actuellement dans le même ordre. On a tort, mais c'est cela. Je crois qu'on choisit la technique où on pense qu'on a quelque chose à dire, que ça ne va pas comme ça, qu'il faut bousculer un peu les choses. Pourquoi veut-on bousculer ? Ce n'est pas seulement par vénération pour les choses anciennes. Il y a cela. Mais il y a aussi la sensibilité présente au monde actuel. Et que cette sensibilité s'exprime par la révolte, comme ça a été le cas pour ma génération (vous savez, à peu près la génération surréaliste) ou que cette sensibilité s'exprime par l'extase, le ravissement... en tout cas, il faut une sensibilité. Parce qu'il faut dire qu'il y a un très grand nombre de gens qui sont parfaitement insensibles au monde, au monde des objets ou au monde des sentiments. Ils passent, ils vivent, ils ont raison, mais ils ne sont pas violemment atteints dans leur sensibilité, par ce qui se passe, par ce qui existe.

Alors, Mlle Walther a prononcé tout à l'heure le mot de « parti pris des choses ». C'est le livre de moi qui m'a fait connaître un peu. Qu'est-ce que ça veut dire ? C'est très facile de vous plonger dans le parti pris des choses.

Nous sommes ici, enfermés dans cette pièce[10]. C'est une chose concrète. C'est vrai. Nous sommes des hommes, des femmes, vous m'écoutez, je parle. Mais ça continue dehors. Tout fonctionne. La terre, le système, il faut se mettre dans cette idée, tout fonctionne, tout marche, ça passe, ça tourne, et non seulement les herbes poussent, très lentement mais très sûrement, les pierres attendent d'éclater ou de devenir du sable. Ici, les objets vivent aussi. Il y en a partout, nous sommes environnés de témoins muets, muets, tandis que nous... En tout cas, cette réalité non seulement du fonctionnement (ce serait presque rassurant), mais de l'existence probablement aussi dramatique que la nôtre, des moindres objets, — vous comprenez —, qui s'en occupe ? Tous les livres de la bibliothèque universelle depuis des siècles traitent de l'homme, de la femme, des rapports entre les hommes et les femmes — en France surtout — etc., etc. Souhaitons donc, une fois seulement, quelque chose de profondément respectueux, simplement un peu d'attention, de pitié peut-être ou de sympathie, pour ces rangs, ces rangées de choses muettes qui ne peuvent pas s'exprimer, sinon par des poses, des façons d'être, des formes auxquelles elles sont contraintes, qui sont leur damnation comme nous avons la nôtre[11]. Ces couleurs qu'elles prennent. Pourquoi ? Hm. On dit (je ne sais pas si c'est la plus récente théorie, c'est la seule que j'ai apprise) que si une chose est verte, c'est justement parce qu'elle ne peut pas laisser passer les rayons verts, parce que ceux-là, elle ne peut pas, elle les arrête. Toutes les choses voudraient être blanches, laisser passer tous les rayons. Mais elles ont toutes un défaut, une damnation. Ça c'est le sens tragique, dramatique, mettons le sens de Braque, si vous voulez, en peinture. C'est le sentiment que la couleur est... La chose ne peut pas être autrement, elle est de telle couleur parce qu'elle ne peut pas, c'est un défaut, elle ne laisse pas passer les rayons-là. C'est là sa faute, c'est là son manque. Elle ne peut pas. Chez Picasso c'est le contraire. Elle veut être rouge, elle dit : « Je veux ! » Et puis, allez, bleu, si bleu au lieu d'être rouge, mais c'est la même conception. C'est une autre humeur, une autre réaction. Mais ce que je veux dire, c'est que ce sentiment de la présence des choses, cette sensibilité au monde muet, moi je croyais, quand j'étais enfant, que tout le monde l'avait, avait cette sensibilité, et je trouvais, dans certains textes de certains poètes français ou étrangers, cette sensibilité. Dans tous les grands poètes il y a par-ci, par-là, des indications de la sensibilité aux choses, bien sûr, mais c'est toujours noyé dans un flot humain, lyrique, où on vous dit : « Les choses, on y est sensible, mais comme moyen de se parler d'homme à homme. » On vous dit : « Vous avez le cœur dur comme une pierre. » Or les pierres, c'est autre chose, elles ont peut-être le cœur dur, mais aussi d'autres qualités. Mais on entend une fois pour toutes « les pierres sont dures ». C'est fini. C'est fini, on n'en parle plus. Les autres qualités, non. C'est dur. C'est, somme toute, constamment comme moyen, moyen terme d'homme à homme, qu'on s'occupe des choses, jamais pour elles-mêmes[12].

Vous me direz : « votre attitude envers les choses est mystique ». Non, c'est un sentiment que rien n'a été dit proprement, honnêtement, en ne faisant pas la chose totale, on ne peut pas dénombrer toutes les qualités, ce n'est pas possible, il faudrait... Et c'est pour ça que je reste des années sur un objet, parce que je me dis : « Ah, il y a encore ça, ah, et puis j'ai dit qu'il était comme ça, il va protester, il dira : non, je suis encore autre chose. »

Alors, ça, c'est une attitude qui est une des attitudes de « Parti Pris des Choses ». Cette sensibilité aux choses comme telles, si vous voulez. Dans notre poète La Fontaine il y a tous les animaux, beaucoup d'animaux. Mais au lieu de faire « Le Lion devenu vieux », « Le Lion malade », « Le Lion et la Cigogne », etc., je voudrais faire « Le Cheval » ou « Le Lion[13] ». Mon cheval n'est pas suffisant non plus, parce qu'au lieu de dire quelques qualités je veux dire celles qui ne sont pas encore dites, celles qui sont..., il faudrait dire tout. Bon. Ainsi, il y a cette sensibilité au monde extérieur. Et puis il y a une autre sensibilité à un autre monde, entièrement concret également, bizarrement concret, mais concret, qui est le langage, les mots. Je crois qu'il faut les deux sensibilités pour être un artiste. C'est-à-dire avoir la sensibilité au monde et avoir la sensibilité à son moyen d'expression. Je me rappelle, quand j'étais tout enfant, mon père avait les dictionnaires dans sa bibliothèque, et j'étais là-dedans comme dans une malle avec des trésors, des colliers, des bijoux, comme la malle du maharadjah, le coffre à bijoux, plein de bijoux.

Nous avons un merveilleux dictionnaire en langue française, c'est le *Littré*. Littré était un philosophe positiviste, mais merveilleux, sensible, un poète magnifique, vous savez. C'était un disciple d'Auguste Comte (enfin il était de la même école), mais il a prouvé une sensibilité merveilleuse : dans le choix des exemples pour chaque mot, dans la façon de traiter l'historique, etc. Les mots sont un monde concret, aussi dense, aussi existant que le monde extérieur. Il est là. Pourquoi ? Parce que tous les mots de toutes les langues et surtout des langues qui ont une littérature, comme l'allemande, la française et qui ont aussi — comme dirais-je ? qui viennent d'autres langues qui ont déjà eu des monuments, comme le latin, ces mots, chaque mot, c'est une colonne du dictionnaire, c'est une chose qui a une extension, même dans l'espace, dans le dictionnaire, mais c'est aussi une chose qui a une histoire, qui a changé de sens, qui a une, deux, trois, quatre, cinq, six significations.

Qui est une chose épaisse, contradictoire souvent, avec une beauté du point de vue phonétique, cette beauté des voyelles, des syllabes, des diphtongues, cette musique... Somme toute, ce sont des sons, plutôt les syllabes sont des sons, chaque syllabe est un son. Les mots c'est bizarrement concret, parce que, si vous pensez... en même temps ils ont, mettons, deux dimensions, pour l'œil et pour l'oreille, et peut-être la troisième[14] c'est quelque chose comme leur signification. Parce qu'un mot, comment dirais-je ? Pour l'œil, c'est un personnage d'un centimètre ou d'un demi-centimètre ou de trois millimètres et demi, avec un point sur l'i ou un accent... ; un personnage, enfin un petit ver, un petit ver, et avec aussi, un regard. Quand on est sensible, on est sensible à cela, malgré tout, et il a aussi une existence sonore. On le sait beaucoup mieux depuis la radio. Mais on le savait quand la poésie était chantée, on ne lisait pas beaucoup, c'est juste. Actuellement, dans une langue comme le français (je suppose que pour l'allemand c'est la même chose) depuis que l'imprimerie a diffusé la littérature, pas seulement la littérature, aussi les journaux, les affiches ont rendu très public cela... Il y a encore les recoupements (ou coupes mentales ?) qui reviennent à cause de la radio... Enfin les mots sont des choses sonores, mais il y a très sensiblement la vision du mot et beaucoup plus importante qu'avant Gutenberg. Certainement, avant Gutenberg, la sensibilité au côté visuel du mot était réservée à quelques-uns. Actuellement, les gens écrivent proprement, sans fautes d'orthographe ou pas beaucoup, même une langue comme le français, où la moitié des lettres n'est pas prononcée. Il y a donc certainement, même dans le grand public, dans la foule, une sensibilité visuelle et puis il y a cette troisième dimension, qui est curieuse, cette histoire de signification, qui fait peut-être que le mot est un objet à trois dimensions, donc un objet vraiment. Mais la troisième dimension est dans cette signification.

Mais ce n'est qu'une chose, la signification. C'est une chose très importante, c'est ce qui fait la supériorité (que tous les artistes des autres techniques m'excusent), c'est ce qui fait la supériorité de la parole et de la poésie, considérée comme l'art de la parole, non pas la poésie de la chansonnette, mais la poésie-art de la parole, et la parole est une chose plus grave, plus importante à cause de cela justement[15].

La musique, c'est très bien, c'est très important, moi-même j'ai beaucoup aimé la musique et j'en ai beaucoup fait, et, quand j'étais jeune, c'était avec vos musiciens que j'ai connu mes premières émotions esthétiques[16]. Il s'agit là de sons, mais ce ne sont pas des sons significatifs. Les musiciens me diront : « Pardon, ils sont significatifs. » Mais je m'excuse. Le moyen de communication naturel de l'homme, malgré tout ce sont plutôt les mots. On a commencé peut-être par siffler, par appeler ou répondre en chantant ou en sifflant. Très bien pour les oiseaux. Les hommes parlent. C'est un fait. Il faut être positif, non ? Les hommes sont des animaux à paroles. Ceci, non pour vouloir dire que les musiciens sont des oiseaux. Mais je veux qu'on comprenne pourquoi, quand on a l'esprit un peu exigeant ou seulement positif, quand on aime la difficulté, on choisit plutôt la parole comme moyen d'expression. Quelle est la conséquence de cette signification ? C'est terrible ! C'est avec les mots que tout le monde emploie chaque jour, pour dire « Ne poussez pas » (dans le métro) ou pour dire « Passez-moi du sel » ou pour dire... C'est avec ces mots qu'il faut que nous travaillions, pas seulement ces mots, mais ceux aussi bien pour dire « j'ai peur », pour dire « vous voulez ? », pour dire des choses aussi... ou peut-être... beaucoup plus importantes, que peuvent penser les autres animaux.

Mais nous devons, pour exprimer notre sensibilité au monde extérieur, employer ces expressions qui sont souillées par un usage immémorial, souillées et épaissies et rendues plus lourdes, plus graves, plus difficile à manier.

Supposez que chaque peintre, le plus délicat, Matisse par exemple... pour faire ses tableaux, n'ait eu qu'un grand pot de rouge, un grand pot de jaune, un grand pot de, etc., ce même pot où tous les peintres depuis l'Antiquité (français mettons, si vous voulez) et non seulement tous les peintres, mais toutes les concierges, tous les employés de chantiers, tous les paysans ont trempé leur pinceau et puis ont peint avec cela[17]. Ils ont remué le pinceau, et voilà Matisse qui vient et prend ce bleu, prend ce rouge, salis depuis, mettons, sept siècles pour le français. Il lui faut donner l'impression de couleurs pures. Ce serait tout de même une chose assez difficile ! C'est un peu comme ça que nous avons à travailler. Quand je dis que nous devons utiliser ce monde des mots, pour exprimer notre sensibilité au monde extérieur, je pense, je ne sais pas si j'ai tort, et c'est en ça je crois que je ne suis pas mystique, en tous cas je pense que ces deux mondes sont étanches, c'est-à-dire sans passage de l'un à l'autre. On ne peut pas passer. Il y a le monde des objets et des hommes, qui pour la plupart, eux aussi, sont muets. Parce qu'ils remuent le vieux pot, mais ils ne disent rien. Ils ne disent que les lieux communs. Il y a donc d'une part ce monde extérieur, d'autre part le monde du langage, qui est un monde entièrement distinct, entièrement distinct, sauf qu'il y a le dictionnaire, qui fait partie du monde extérieur, naturellement. Mais les objets de ce genre sont d'un monde étrange, distinct du monde extérieur. On ne peut pas passer de l'un à l'autre. Il faut que les compositions que vous ne pouvez faire qu'à l'aide de ces sons significatifs, de ces mots, de ces verbes, soient arrangées de telle façon qu'elles imitent la vie des objets du monde extérieur. Imitent, c'est-à-dire qu'elles aient au moins une complexité et une présence égales. Une épaisseur égale. Vous comprenez ce que je veux dire. On ne peut pas entièrement, on ne peut rien faire passer d'un monde à l'autre, mais il faut, pour qu'un texte, quel qu'il soit, puisse avoir la prétention de rendre compte d'un objet du monde extérieur, il faut au moins qu'il atteigne, lui, à la réalité dans son propre monde, dans le monde des textes, qu'il ait une réalité dans le monde des textes. C'est-à-dire qu'il existe dans le monde des textes, qu'il y prenne une valeur de personne, vous comprenez, nous employons ce mot seulement pour les hommes, mais vous comprenez ce que je veux dire. C'est-à-dire que ça soit un complexe de qualités aussi existant que celui que l'objet présente. Il me paraît très important que les artistes se rendent compte de cela. S'ils croient qu'ils peuvent passer très facilement d'un monde à l'autre[18], alors c'est à ce moment-là qu'ils disent : « Ah, j'aime les chevaux ! Ah que je voudrais entrer dans la pomme ! » et tout ça. Il n'est pas question de ça. Il est question d'en faire un texte, qui ressemble à une pomme, c'est-à-dire qui aura autant de réalité qu'une pomme. Mais dans son genre. C'est un texte fait avec des mots. Et ce n'est pas parce que je dirai « j'aime la pomme », que je rendrai compte de la pomme. J'en aurai beaucoup plus rendu compte, si j'ai fait un texte qui ait une réalité dans le monde des textes, un peu égale à celle de la pomme dans le monde des objets. Je veux dire : en

Allemagne on aime beaucoup la musique, et moi aussi, mais il y a des opéras où on passe son temps à dire « dépêchons-nous, dépêchons-nous, nous allons manquer le train ». Alors... ça dure une demi-heure, alors certainement on a manqué le train. C'est sûr. C'est évident. On a manqué le train. Eh bien, les poètes qui disent « j'aime les choses, je veux entrer dans la pomme », quant à connaître bien une pomme, ils manquent le train. Quant à exprimer leur amour de la pomme, ils manquent encore le train. Et ils le manquent encore quant à exprimer quoi que ce soit d'eux-mêmes. Tandis que, comprenez-moi bien, entre une description parfaite et un cri, un appel, il n'y a pas tellement de distance. Une description parfaite c'est une façon de serrer les dents, une façon de *ne pas* crier, vous me comprenez bien ? (même une description de la pomme...). Ah, je ne sais pas pourquoi je parle de la pomme tout le temps, ah si, je sais, c'est parce que, c'est à cause d'un collègue[19] qui a dit « j'aimerais entrer dans la pomme ». Mais ce n'est pas à ça que je travaille :

Je travaille un texte sur l'abricot. Je ne suis pas content de cet abricot encore. Ce n'est pas suffisant. Mais je voudrais vous donner une idée de la difficulté :

« La couleur abricot qui d'abord nous contacte après s'être bouclée dans la forme du fruit, s'y retrouve en tous points de la pulpe homogène par miracle aussi fort que la saveur soutenue[20]. »

Authentiquement j'ai été d'abord sensible à la couleur de l'abricot. C'est une couleur très éclatante, une belle couleur, et c'est ce qui frappe d'abord. Je commence par la couleur abricot qui d'abord nous contacte. « Contacter » c'est prendre contact, fournir le contact. Ce qui est amusant (je répète que mon travail n'est pas fini), c'est que, il y a quelques semaines, l'Académie française a élu un nouvel académicien[21]. Dans les journaux, le soir, il y avait une interview de cet académicien. Cet académicien est un ambassadeur de France au Vatican, un homme du monde, très cultivé, très bien. Mais il a dit, « je suis bien content d'être élu à l'Académie française, parce que je vais pouvoir travailler au dictionnaire et à la défense de la langue française ; par exemple, il y a un mot qu'il faut absolument supprimer, c'est "contacter". » J'avais écrit ça, j'étais ennuyé. Puis je me dis : « Très bien, je veux le mettre. » Je suis sûr que je... d'autant plus que la raison certaine de l'impossibilité d'enlever « contacter », c'est parce que la sonorité *contacte* m'est utile pour l'abricot. Il y a ensuite *par miracle* dans la même phrase : « contacte par miracle ». C'est comme ça. Voilà où il n'y a pas seulement un travail d'énumération des qualités. Voilà un exemple que je peux citer. Il y en a bien d'autres, dont je suis conscient ou non, de ce genre de nécessité, de mots que je ne peux pas enlever, ou que j'attends, parce que j'ai besoin d'un accord phonétique.

Je crois que vous êtes un auditoire assez jeune pour que je n'aie pas à expliquer que, si nous avons pour la plupart des poètes actuels, sauf quelques « révolutionnaires » comme Aragon[22], abandonné les formes anciennes de la prosodie, les règles de l'alexandrin, de la rime et tout cela, ce n'est pas par faiblesse, ce n'est pas parce que nous ne voulons plus de règles. C'est fini l'histoire du vers libre. Nous avons des impératifs beaucoup plus graves, beaucoup plus sérieux, nous sommes commandés par quelque chose qui n'est pas édicté, qui n'est pas une loi ou des règles, mais qui comporte des impératifs beaucoup plus graves[23]. Je ne sais pas, je crois que je ne retrouverai pas facilement une manière adéquate de vous en parler, mais il y a quelques vers de Baudelaire où il ne pense peut-être pas dire ça, mais où il le dit, admirablement :

> *Ange ou sirène, qu'importe…*
> *Qu'importe si tu rends, — fée aux yeux de velours —*
> *Rythme, parfum, lueur, ô mon unique reine !*
> *L'univers moins hideux et les instants moins lourds.*

« Rythme, parfum, lueur, ô mon unique reine… » Bien sûr, c'est dans la mesure où nous nous tiendrons à *ce* genre d'impératifs, dans la mesure où nous nous serons satisfaits de ce point de vue (celui du complexe de nos manies les plus particulières), que nous trouverons, que nous conquerrons nos meilleurs lecteurs (dans l'avenir ; ceux qui nous assureront notre survie, notre résurrection au Parnasse, au Panthéon universels).

C'est ça : sans honte choisir son goût, mais être terriblement net avec ça. Le goût nous l'avons quand… On sait très bien au fond si on est honnête. On sait ce qu'on aime, il faut le choisir, il faut avoir le courage de son goût et pas seulement de ses opinions, parce que je crois que le goût est une chose plus vitale encore que les idées. Il y a des choses qui ne peuvent pas passer. C'est un sens vital. C'est une chose qu'on ne peut pas faire, qu'on ne peut pas dire, il s'agit d'attendre de n'être pas dégoûté par un mot. Il y a des artistes qui se classent dans la qualité pour cette, comment dirai-je, intransigeance quant à leur goût. Si un mot leur vient qui est assez bien, mais ce n'est pas tout à fait ça ce qu'ils veulent dire, ils ne le laisseront pas. Les moins bons artistes auront des mots assez bien, ils les laisseront, parce que c'est assez bien. Savoir que ce n'est pas ça. La chose est formée presque dans le goût avant de commencer seulement à être dite[24]. Il y a une aspiration, nous savons, je sais quelle émotion j'ai de l'abricot, quelle émotion, quelle sensation, quel complexe de sensations j'ai eu avec l'abricot. Je le sais ! Je sais que si je laisse un mot qui n'est pas dans cet ordre de sensations, ça n'ira pas. Il y a quelquefois des preuves *a posteriori* étonnantes. Je veux en citer une dont j'ai parlé dans un texte très rare (qui n'a été publié qu'à cinquante exemplaires), appelé *My creative method*. J'étais en Algérie, dans une maison adossée aux premiers contreforts de l'Atlas, d'où l'on voyait trente kilomètres de plaine et la ligne des collines qui bordent la mer, le Sahel, et cette chaîne de petites collines avait une couleur dont je voulais trouver l'adjectif, le mot. C'était un rose, un certain rose. Les couleurs ont des nuances, c'était un certain rose, mais ce rose, je ne pouvais pas le trouver. J'ai pensé que si ce rose m'intéressait... D'abord pourquoi voulais-je en parler ? Je n'ai pas pensé, j'ai senti que c'était un rose qui ressemblait un peu au rose des chevilles des femmes algériennes. C'est une des seules choses qu'on voit de leur peau. À Alger elles sont voilées comme ça. À Blida, c'était près de Blida, un seul œil est visible. Il n'y a qu'un seul œil découvert mais il est au fond du voile. On ne voit presque pas même cet œil, mais on voit la cheville. Et alors il y avait ce rose. Il y avait aussi un côté fard. J'ai cherché cette couleur rose, un rose ardent, intense, un peu violet et j'avais fini par trouver des mots de couleur. Ça ne marchait pas. Rose cyclamen, non, non, rose polisson, coquin, à cause du fard, à cause du côté sensuel de la chose : ça n'allait pas. Je mets en fait, je dis que beaucoup de poètes se seraient arrêtés là. Ils auraient dit : polisson ; ça marche. Je ne sais pas pourquoi ça ne marchait pas. Finalement j'ai trouvé un mot, il existe, je ne l'ai pas inventé, parce que c'est mon honneur de vouloir travailler justement avec cette mauvaise peinture, alors : sacripant, un rose sacripant. C'est un mot qui n'est pas très rare en français, qui veut dire un peu polisson. Sacripant, c'est un personnage qui est un peu escroc, un peu voleur, un peu... pas très catholique, comme on dit. Sacripant. Le mot me plaît. Rose sacripant. Ça y est. J'étais sûr que je l'avais. Ça y était. Je suis allé au dictionnaire après. J'étais dans une petite maison en Algérie, dans la campagne, je n'avais pas de dictionnaire. Je laisse mon rose sacripant et je vais au dictionnaire plusieurs semaines plus tard. Sacripant : de Sacripante, personnage de l'Arioste, tout comme Rodomonte. Rodomonte, qui signifie « rouge montagne » et qui était roi d'Alger. Voilà la preuve. Quand on a ça, on est sûr. C'est une chose qui n'arrive pas toujours, mais je veux dire que le sentiment d'avoir le mot était justifié. Là je savais, je pouvais laisser comme ça, intuitivement. Il n'y a pas toujours des preuves comme ça, naturellement. Ça serait trop beau. Mais c'est une indication que j'ai eu raison d'attendre et de refuser des cyclamens et des polissons, des mots, des roses qui étaient presque bien, mais qui n'étaient pas « rouge montagne », « roi d'Alger », jusqu'à celui qui était évidemment « rouge montagne d'Algérie[25] ».

Je ne sais plus où j'en suis. Ah, voilà, il y a l'abricot. Oui. Ce que je veux dire encore de l'abricot, c'est qu'il ne fallait pas me contenter de dire ce qui m'émeut profondément dans l'abricot, et qui est valable pour tous les fruits. C'est-à-dire que chaque fruit est une espèce de — vous connaissez *frigidaire* ? Un fruit, c'est le frigidaire de la graine ; pas seulement frigidaire, *humidaire*[26], pour conserver l'humidité, pour que la graine se forme complètement. Il y a cela à dire des fruits. Et en même temps, que le fruit, comme la fleur, doit être une chose attirante, charmante, au sens fort du mot, attirante pour les oiseaux. Pourquoi les oiseaux vivent-ils des fruits ? Vous me direz, c'est du... (comment appelle-t-on ce défaut en philosophie, d'arranger le monde, vous savez). Bernardin de Saint-Pierre disait : « Le melon est formé de tranches pour qu'on puisse le manger en famille. » Ce n'est pas tout à fait ça. Comment appelle-t-on ça ? Il y a un mot : finalisme. Il y a un peu de ça, de naïf finalisme peut-être dans ce *physisme*[27]. Et en même temps cette espèce de chose très colorée, très belle, pour attirer les oiseaux, les oiseaux vont la manger pour que la graine tombe, pour libérer la graine et peut-être la déplacer. C'est à la fois une chose dans l'intérêt de la graine bien sûr, c'est son humidaire, mais en même temps c'est assez pathétique. C'est un peu comme ces hommes qu'il y a à Marseille, en Algérie, qu'il y a à Napoli, qu'il y a ailleurs, qui mettent une belle robe à une femme et puis qui lui disent : va te promener sur le trottoir. Vous comprenez ce que je veux dire. Il y a cette belle enveloppe attirante pour les oiseaux. C'est pathétique. Voilà qui est peut-être dit d'une façon plus ou moins désinvolte, grossière, mais ça pourrait être dit d'une façon très grave, vous comprenez. Il faut trouver le ton juste. Il y a bien d'autres choses. Mais ceci pour vous dire qu'à propos de l'abricot je ne voulais pas faire « le fruit », je voulais faire un abricot seulement. Alors je suis obligé de chercher la couleur et de chercher encore bien autres choses, sans dire quasi un mot du pathétique du fruit[28]. J'ai peur d'être long. Je ne sais pas quelle heure il est. Il y a près d'une heure et demie que je parle. Je n'ai pas dit grand-chose. Si vous voulez me parler, m'interroger sur des choses qui vous intéresseraient ou sur quoi vous n'êtes pas d'accord, ou que vous trouviez que je n'ai rien dit, posez-moi des questions.

Vous avez compris que j'ai fait cette chose devant vous, improvisée, complètement par respect pour vous, pour la situation actuelle, c'est-à-dire le moment présent. Je suis un bonhomme, mais je voulais que ce moment soit authentique, c'est-à-dire que vous n'ayez pas un de ces badinages, une « conférence », des phrases toutes faites. Pour vous montrer aussi que les poètes sont des gens comme les autres, comme vous exactement. Que la poésie est à la portée de tout le monde. Si tout le monde avait le courage de ses goûts, de ses associations d'idées, si tout le monde en avait le courage et exprimait cela honnêtement ! Il faut les moyens de l'expression, évidemment. Je vous dis, il suffit d'attendre, hm, il suffit d'attendre. Les mots viennent même si on n'a pas le talent de les écrire du premier coup, de les trouver du premier coup. Voilà la poésie faite par tous, dont parlait Lautréamont[29]. C'est la seule façon, à mon sens, de comprendre ce mot. Si ma concierge voulait me dire quelles impressions, quelle sensibilité elle a sur l'ail, aux casseroles, ou aux balais ou au facteur, — elle a cette sensibilité — si elle me le voulait dire, sortir de sa tête ce qu'elle pense de cela, ça serait tellement intéressant. Ça serait un trésor, un trésor de beauté. Ça serait très très beau, certainement. C'est seulement la vérité qui est belle, naturellement. Et personne ne l'a dite, personne n'enlève la peau des choses. Il faut trouver la chose vive. La difficulté, c'est que les mots sont tellement poussiéreux, il faut leur redonner cette vivacité et il est possible de le faire en ayant la sensibilité aux mots et en aimant ses personnages.

Je me rappelle que Picasso — (beaucoup de critiques ont parlé de mes textes, etc., et très bien et d'une façon très intéressante mais Picasso est un être un peu exceptionnel) — en trois mots, dans le coin d'une fenêtre, un jour chez des gens ou un cocktail, je ne sais pas, il m'a dit : « Vous, vos mots, c'est comme des petits pions, vous savez, des petites statuettes, ils tournent et ils ont plusieurs faces chaque mot, et ils s'éclairent les uns les autres[30]. » C'est un peu ce que je vous ai dit sur le côté concret et à trois dimensions des mots. Picasso l'a senti comme ça. Il m'a dit seulement ça. Et je cite cette parole parce qu'elle est juste. Bon. Ça a l'air d'être un compliment ?... Bon. À vous de vous moquer de moi ou de me poser des questions.

*

ENTRETIEN
AVEC BRETON ET REVERDY

> Extrait des émissions « Rencontres et témoignages » dirigées par André Parinaud, et diffusées sur la Chaîne Nationale de la Radiodiffusion française.

Speaker : Je voudrais vous demander tout d'abord de nous préciser quelle est aujourd'hui, de votre point de vue, l'importance, dans la littérature contemporaine, de la poésie que vous servez.

PIERRE REVERDY : L'importance littéraire de la poésie, aujourd'hui, est immense. Elle n'a jamais été tant en honneur. Non seulement dans les Lettres mais encore dans les Arts. Les peintres qui comptent dans notre époque se réclament tous d'elle, ne prétendent tendre qu'à la poésie, leur appétit de collaboration avec les poètes est énorme, ce qui ne veut pas dire qu'ils consentent volontiers à partager la portion ou le repas avec les poètes, mais ils aiment bien à se mettre à table avec eux. Comparez par exemple leur attitude théorique envers les poètes d'aujourd'hui à celle de Delacroix envers Baudelaire, assez dédaigneuse, distante et incompréhensive, il me semble.

ANDRÉ BRETON : Je doute que la poésie soit aujourd'hui tellement en honneur et je connais trop bien Pierre Reverdy pour ne pas penser qu'il parle ainsi par euphémisme et qu'il rit — de pitié — dans son for intérieur. Il est vrai qu'au moins en apparence la « malédiction » qui pesait sur la haute poésie a été levée mais je ne suis pas sûr que cela vaut mieux. Il n'y a toujours pas, il ne saurait de reste y avoir de possibilité d'insertion de la poésie parmi les divers modes d'activité littéraire. Elle est d'une essence foncièrement différente : « Alchimie du verbe », il me semble qu'on n'a pas dit mieux. Rien de commun avec les opérations où le langage, tout donné, n'est plus utilisé que comme véhicule, ou monnaie d'échange. Je ne crois pas que Francis Ponge pense très différemment...

FRANCIS PONGE : Non, bien sûr, et je ferai seulement mon possible pour accentuer à ma manière cette déclaration. Dans un brouhaha croissant mené par les publicistes, les professeurs, les philosophes et même les concierges de la littérature (très en faveur en ce moment), nous naissons, nous, chaque fois (et aujourd'hui encore), muets dans un monde muet[1]. Il *ne* nous manque *que* la parole et il s'agit donc de la *prendre* puisque, au regard de ce que nous avons à dire, nous serions un peu loin de compte, nous en tenant à la langue telle qu'elle *se donne* (elle s'est un peu trop donnée depuis sept cents ans). Pour comble, on nous demande souvent de nous exprimer rationnellement. Étant entendu qu'aujourd'hui même, ici même, nous nous exprimons en langue morte, je ne pense pas que nous puissions valablement proclamer autre chose que notre différence et notre orgueil. Dans la langue de l'ennemi, nous ne pouvons guère qu'*invoquer* notre langue originelle. Nous ne pouvons qu'élargir autant que possible le fossé qui, nous séparant non seulement des littérateurs en général, mais même de la société humaine, nous tient proches de ce monde muet dont nous sommes un peu ici comme les représentants (ou les otages).

Speaker : *Estimez-vous que la poésie doit jouer ou qu'elle joue un rôle social ?*

PIERRE REVERDY : Socialement, l'importance de la poésie est nulle depuis longtemps ; il lui manque ce qui atteignait autrefois un plus grand nombre de gens : le sujet. Béranger[2] était un poète social, par exemple, et Hugo entre tant d'autres choses l'a été aussi et même davantage. Aujourd'hui même, la satire est inexistante, sous cette forme. Mais il y a la chanson qui hypnotise les masses ; aussi bas que ce soit, c'est elle qui joue le rôle social. Mais la véritable importance de la poésie du point de vue général n'a pas à être sociale, c'est-à-dire au fond politique, elle est vitale — elle a toujours été vitale. Je crois qu'elle est à la base de l'élévation de l'homme et de toute son évolution. Le sens poétique, inné chez l'homme, a même certainement été la source de toutes les religions. Je ne pense donc pas que la poésie doit se cacher de notre temps plus qu'elle n'a eu à se cacher dans aucun autre. Mais qu'elle doive puiser dans les profondeurs plutôt que se complaire aux éclats de la lyre, oui, parce que le temps est venu pour elle d'exploiter cette zone-là. Celle où le poète espère et risque de rencontrer ce qu'il pressentait le plus important en lui-même et qu'il ne connaît pas, qu'il ne peut rendre évident pour lui-même qu'en écrivant.

ANDRÉ BRETON : Oui, je vais même plus loin. J'estime que lorsqu'une œuvre qui présente extérieurement les apparences de la poésie prétend à une valeur immédiate sur le plan social ou se voit accorder d'emblée une importance sociale, elle n'a, en fait, plus rien à voir avec la poésie. De son temps, par exemple, le prestige social de Hugo s'est évidemment fondé sur des pièces à grand effet, humanitaire ou autre, qui sont poétiquement les plus faibles de son œuvre. Et c'est tout à fait abusivement que certains prêtent à Rimbaud des intentions sociales précises dans des poèmes comme : « Paris se repeuple » ou « Chant de guerre parisien » dont le sens — à tout prendre — est des plus ambigus. Je tiens la « chanson » d'aujourd'hui pour une petite mendiante effrontée qui spécule sur ce qu'il y a de plus sirupeux et de plus louche dans l'âme humaine. — Où je me sépare vivement de vous, cher Pierre Reverdy, c'est lorsque vous dites que la poésie a été la source de toutes les religions. S'il est incontestable qu'elle est à l'origine des mythes et des légendes dans lesquels l'homme primitif a projeté à la fois la misère de sa condition et la puissance de ses désirs, pour moi les religions ne sont que la rationalisation, à des fins d'exploitation par une caste bien limitée, de cet état de choses. Ce disant, il va sans dire que j'incrimine tout spécialement la religion judéo-chrétienne. La poésie vivante qui, comme vient de le dire si bien Pierre Reverdy, doit « puiser dans les profondeurs », entre nécessairement en conflit aigu avec cette religion à la fois figée et figeante, dont elle ne peut, selon moi, que rejeter violemment les commandements et les interdits.

FRANCIS PONGE : Ici encore, je n'éprouve que le besoin d'aggraver, autant qu'il est en mon pouvoir de le faire, ce que vient de dire Breton. Non seulement les religions (et en particulier la religion J.-Ch.) me paraissent en cause, mais l'humanisme tout entier : ce système de valeurs que nous avons hérité à la fois de Jérusalem, d'Athènes, de Rome, que sais-je ? et qui a ceinturé récemment la planète entière. Selon lui, l'homme serait au centre de l'univers, lequel ne serait, lui, que le champ de son action, le lieu de son pouvoir. Joli pouvoir, belles actions : nous en avons eu quelques échantillons ces derniers temps encore. Pourtant, il ne s'agit à mon avis que d'une *pseudo*-civilisation et d'une ceinture superficielle. Le fameux conflit dont on nous rebat les oreilles, ce conflit économique et militaire qui menace en surface le monde, ne me paraît que l'effet d'un schisme, finalement assez dérisoire bien qu'il doive lui être mortel, *à l'intérieur* de la pseudo-civilisation finissante... tandis que par-dessous cheminent, depuis près d'un siècle déjà et viennent en surface parfois, les germes d'un événement — ou avènement — plus sérieux. Ces indices sont surtout sensibles, et je ne vois pas pourquoi je ne dirais pas exclusivement sensibles, dans la nouvelle peinture depuis Cézanne et dans une certaine poésie depuis celle des années 70[3].

Maintenant, ce que nous savons de reste, c'est comment cela se passe pour les civilisations ; à savoir qu'après une période de découverte de valeurs viennent celles de leur élaboration, élucidation, dogmatisation, raffinement. Dès la dogmatisation naissent les schismes d'où tôt ou tard catastrophe suit. Peut-être la leçon est-elle qu'il faut *abolir les valeurs dans le moment même que nous les découvrons...* Voilà à mon sens, l'importance (et aussi bien l'importance sociale) de la poésie.

Speaker : Je sollicite quelques précisions sur les sources d'inspiration de votre poésie.

PIERRE REVERDY : Les sources de la poésie contemporaine ne doivent pas être très différentes de ce qu'elles ont toujours été : le poète lui-même en face de la réalité sociale surtout, à laquelle il ne s'adapte pas.

ANDRÉ BRETON : Puis-je faire observer qu'il a d'autant moins de chances de s'y adapter que sa vocation de poète témoigne — selon Freud — du besoin impérieux de compenser un trouble important du développement psychique qui mènerait autrement à la névrose. Il en résulte que cette révolte contre la « réalité » est chez lui constitutionnelle et, n'en déplaise à de non-poètes comme M. Albert Camus[4], inconditionnelle.

FRANCIS PONGE : Dirai-je qu'il me semble qu'une reconversion totale de l'industrie logique[5] s'avère utile pour que la fonction positive de la poésie s'exprime enfin et non seulement son rôle négatif. Lorsqu'un germe animal ou végétal se développe, non seulement il se disjoint et culbute le monde à l'entour de lui, mais il se construit lui-même selon sa nécessité interne dans la générosité, jusqu'à atteindre ses limites spécifiques, *sa forme*. Il y a là joie et audace autant qu'exécration et révolte. Il y a jubilation, floculation et semence. Voilà le côté positif qui s'exprime.

PIERRE REVERDY : L'impossibilité de se laisser absorber et assimiler, d'en jouir avec plénitude, oblige le poète à découvrir en lui les moyens de vivre et de respirer, sa raison d'être et de se supporter. Quant à la forme, on lui accorde une importance qu'elle ne peut pas avoir à notre époque où l'angoisse et le malaise de vivre obligent à se débattre surtout pour casser la vitre et ne pas étouffer. Du reste j'ai toujours pensé que la forme n'est que la partie la plus évidente du fond — ce que la peau est à ce qu'il y a dedans.

ANDRÉ BRETON : Absolument d'accord. La conception dualiste de la forme et du fond est un non-sens. À la limite au moins, une forme parfaite — j'entends qui ne laisse rien à désirer — mobilise certaine puissance de perfection qui réside dans la pensée. Mais, puisque vous parlez du rapport de la peau avec ce qu'il y a dessous, ne pensez-vous pas qu'il y a lieu de se méfier des cosmétiques ? Le don de l'image, de l'analogie, dont vous savez quel cas je fais — comme vous, comme Francis Ponge — peut malgré tout faire illusion, rehausser des teints, en imposer comme *La Dame aux camélias*. Voyez Claudel...

FRANCIS PONGE : Il est évidemment indispensable de

désaffubler périodiquement la poésie. Concernant l'analogie, je dirai que son rôle est important dans la mesure où une nouvelle image annule l'imagerie ancienne, fait sortir du manège et prendre la tangente. Rien n'est plus réjouissant que la constante insurrection des choses contre les images qu'on leur impose. Les choses n'acceptent pas de rester sages comme des images. Quand j'aurai dit qu'un rosier ressemble à un coq de combat[6], je n'aurai pourtant pas exprimé ce qui est plus important que cette analogie, la qualité *différentielle* de l'un et de l'autre. Quant à la forme, je dois dire ou plutôt répéter que j'y vois plus que la peau des choses : le cerne de leurs limites, dont on ne m'enlèvera pas de l'idée qu'il définit l'essentiel. Tout de même, ce qu'on vient de nous apprendre (à satiété) concernant la désagrégation atomique doit nous donner idée de la force fantastique de « retenue-atomique », *contenue* dans la moindre forme[7]. Voyez aussi une bulle de savon : le moment où elle se boucle et où elle se détache, n'a-t-il pas quelque intérêt ? Que l'on songe encore à l'œuf...

Speaker : Sans vouloir évoquer cette vieille lune baptisée mission de la poésie, je voudrais vous demander quelle est l'intention profonde du poète.

PIERRE REVERDY : Je crois que l'intention profonde du poète, c'est d'être, et d'être selon les exigences que lui impose sa nature et dont personne ni lui-même ne pourrait se rendre compte s'il ne parvenait pas à s'exprimer. C'est là que commence ce désir d'émouvoir dont on parle. Il y a d'abord l'impérieux besoin de s'exprimer, pour se prouver à lui-même son existence, trouver son identité, la seule qui compte à ses yeux. Le désir d'émouvoir ne vient qu'en second lieu. S'il est solitaire, c'est par fatalité, malédiction ou infirmité, pas du tout honteuse d'ailleurs, mais d'où il doit tout de même se tirer, et c'est pour sortir de cette solitude de toute façon assez difficile à supporter qu'il ambitionne d'émouvoir. C'est par l'émotion que son œuvre se montrera capable de provoquer chez d'autres âmes, si vous voulez, qu'il trouvera la preuve de l'authenticité de cette valeur pesante qu'il sent et porte plus ou moins péniblement en lui-même, et qu'il pourra rejoindre les autres hommes au seul point de contact où il pouvait les rencontrer. Une œuvre est le lieu de rendez-vous que le poète donne aux autres hommes, le seul où il vaille vraiment la peine d'aller le trouver.

ANDRÉ BRETON : C'est vrai, pourvu que son comportement par ailleurs n'en soit pas la négation trop appuyée comme il advient pour les peintres les plus célèbres d'aujourd'hui.

FRANCIS PONGE : Ici, sans doute devons-nous le dire : nous avons *choisi* la misère, afin de vivre dans la seule société qui nous convienne. Aussi, parce qu'elle est le seul lieu, je ne dirai pas de l'empire de la parole, mais de son exercice énergique, dans le trente-sixième dessous. Encore, parce que c'est en partant d'en bas qu'on a quelque chance de s'élever. Enfin, parce que c'est avec le plomb qu'on fait l'or, non avec l'argent ou le platine...

ANDRÉ BRETON : Plutôt que d'émouvoir, je crois en effet que le rôle du poète est d'*exalter* ce qu'il nomme. Musset, ou Heine, ou Laforgue ont eu l'intention d'émouvoir : ils ont ému à une échelle très vaste mais ne nous émeuvent plus. Ce qui me paraît être le secret de la poésie, c'est la faculté — départie à bien peu — de transmuer une réalité sensible en la portant tout d'abord à cette sorte d'incandescence qui permet de la faire virer dans une catégorie supérieure. Je crois qu'il suffit pour cela de grandes réserves d'amour. Peut-être justement le refus de la « réalité » prise dans son ensemble, telle qu'elle s'aliène sous nos yeux, appelle-t-il la remise au creuset de certains de ses éléments composants qui, au passage, semblent avoir quelque chose à dire, soit qu'ils apaisent, soit qu'ils déroutent notre regard. C'est ce qui vous fixe, Pierre Reverdy, dans la rue sombre[8] ; ce qui vous retient, Francis Ponge, dans le bois de pins.

FRANCIS PONGE : C'est justement du bois de pins[9], je crois, que j'ai pu le dire : si je m'adonne à un tel sujet, c'est parce qu'il me fait jouer tout entier, parce qu'il me défie, me provoque, me paraît propre à changer mon manège d'esprit, me force à changer d'armes et de manières, me refleurit enfin comme un nouvel amour. Voilà pourquoi je l'attends à ses rendez-vous, attends qu'il jubile de lui-même, et voilà ce dont je jouis à mon tour. Par les expressions que je viens d'employer (très consciemment) on pourra juger que je n'éprouve ce faisant aucun sentiment de devoir, de corvée : il s'agit d'une partie en tête à tête, à l'effet d'en perdre la tête. On me ferait rire, me parlant de *message* ou de *mission*...

PIERRE REVERDY : Il n'y a pas, il ne doit pas y avoir

d'idée de mission dans l'esprit du poète. Le résultat missionnaire d'une œuvre dépend plutôt de celui qui la lit que de celui qui la crée. Ce n'est pas l'intention du rôle que pourra jouer l'œuvre qui doit préoccuper le poète — il n'en pourrait préjuger que s'il savait exactement l'effet qu'elle va produire sur ceux qui vont l'aborder. C'est le cas de ceux qui écrivent pour un public donné. Au contraire, l'œuvre devant être révélatrice pour son auteur lui-même, et c'est là sa primordiale raison d'être, il est évident qu'il ne peut absolument pas se douter du genre d'émotion qu'elle va provoquer chez un autre que lui.

Speaker: La révolte est-elle aujourd'hui l'arme nécessaire du poète ?

PIERRE REVERDY : Je ne crois pas que la poésie soit une arme de combat ; sans doute, le poète n'est pas par définition un être social des plus parfaits, mais enfin, s'il n'adhère pas à l'ordre, si cet ordre terriblement désordonné le révolte, si son injustice le blesse et le rejette en dehors des rites dégradants de la société, son œuvre quelle qu'elle soit est un détour pour s'insérer, s'incorporer et, quoique au seul rang qu'il juge digne de lui, reprendre en définitive une place dans cette société.

ANDRÉ BRETON : Le poète a, en effet, un très bel avenir... de revenant, revenant d'ailleurs sans plus rien d'hostile et même paré de toutes les séductions, mais que voulez-vous, André Parinaud, cet avenir est le seul auquel il prétende. Vous me direz que c'est un peu fort mais c'est comme cela. Rappelez-vous cette fin de 1940 où le mot « Résistance » était à peine chuchoté, en tout cas n'avait encore, à l'intérieur du pays, aucun répondant concret. Tout alors pouvait paraître consommé ; sous la férule de Vichy semblait, au moral, devoir s'imposer coûte que coûte un code de niaiseries tonitruantes recouvrant de sordides rouieries, code bien en rapport avec la disette alimentaire. Eh bien ! c'est quand cet avilissement systématique paraissait le plus sans issue que tels accents de Baudelaire m'arrivaient comme portés par l'émotion de *tous* ceux qui, comme moi, y avaient été ou y étaient sensibilisés, avec *la certitude que cette sensibilisation ne pouvait être en vain* et que le cauchemar que nous traversions serait balayé. C'est cela la vraie insertion, la vraie incorporation du poète dans la vie sociale : que peut-il demander de plus que d'être cette bouée phosphorescente dans le naufrage ?

FRANCIS PONGE : Belle expression que vous venez d'employer, cher Breton : celle de « revenant ». Dirai-je que cette résurrection dans la Musique au sens où les Grecs employaient ce mot — mettons l'Harmonie ou le Fonctionnement (universel et intemporel) — est parfaitement imprévisible, qu'elle n'a sans doute chance de s'accomplir qu'à la faveur d'un choix constant par le poète de sa propre différence, de son propre goût, de son plus authentique désir (ses propres censures, au fur et à mesure, jouant automatiquement). J'en finirai quant à moi par une déclaration sans autre mérite que son insolence, qui la rend sans doute particulièrement « radiogénique ». S'agissant à la fois du premier objet, du premier écrivain et du premier écrit à paraître, je dirai qu'il ne s'y agit pas tellement de connaître que de naître. L'amour-propre et la prétention sont les premières vertus. *À leurs limites*, se définit *la personne*. L'important est qu'elle *fonctionne* plus encore qu'elle ne *signifie*.

PIERRE REVERDY : Oui, va pour les revenants. Aussi bien n'avons-nous pas surtout vécu nous-mêmes avec eux ? On pourrait aussi dire les *rémanents*, ceux qui restent. De notre vivant la seule vraie révolte eût été le silence, le refus absolu de collaborer. Mais le silence, dans ce monde où la masse des êtres ne vit que de bruit, équivaudrait au néant. Or, ce qui explique peut-être le mieux et qui excuse dans la plus large mesure le poète, c'est que ce besoin d'exprimer qui le caractérise lui vient, sans qu'il y paraisse toujours très clairement, de la surabondance d'*être* qu'il porte en lui.

III
PIÈCES

© Éditions Gallimard, 1961.

L'INSIGNIFIANT

« Qu'y a-t-il de plus engageant que l'azur si ce n'est un nuage, à la clarté docile ?
Voilà pourquoi j'aime mieux que le silence une théorie quelconque, et plus encore qu'une page blanche un écrit quand il passe pour insignifiant.
C'est tout mon exercice[1], et mon soupir hygiénique[2]. »

LE CHIEN

Libre en allant je lis beaucoup, m'efforce par devoir de penser[1] par ma foi par deux fois sur ces traces.
Amis…, voici… !
(Si j'ai pu m'exprimer j'aurai quelques lecteurs.)

LA ROBE DES CHOSES

Une fois, si les objets perdent pour vous leur goût[1], observez alors, de parti pris, les insidieuses modifications apportées à leur surface par les sensationnels événements de la lumière et du vent selon la fuite des nuages, selon que tel ou tel groupe des ampoules du jour s'éteint ou s'allume, ces continuels frémissements de nappes, ces vibrations, ces buées, ces haleines, ces jeux de souffles, de pets légers.

Aimez ces compagnies de moustiques à l'abri des oiseaux sous des arbres proportionnés à votre taille, et leurs évolutions à votre hauteur.

Soyez émus de ces grandioses quoique délicats, de ces extraordinairement dramatiques quoique ordinairement inaperçus événements sensationnels, et changements à vue.

Mais l'explication par le soleil[2] et par le vent, constamment présente à votre esprit, vous prive de beaucoup de surprises et de merveilles. Sous-bois, aucun de ces événements ne vous fait arrêter votre marche, ne vous plonge dans la stupéfaction de l'attention dramatique, tandis que l'apparition de la plus banale forme aussitôt vous saisit, l'irruption d'un oiseau par exemple.

Apprenez donc à considérer simplement le jour, c'est-à-dire, au-dessus des terres et de leurs objets, ces milliers d'ampoules ou fioles suspendues à un firmament, mais à toutes hauteurs et à toutes places, de sorte qu'au lieu de le montrer elles le dissimulent. Et suivant les volontés ou caprices de quelque puissant souffleur en scène, ou peut-être les coups de vent, ceux que l'on sent aux joues et ceux que l'on ne sent pas, elles s'éteignent ou se rallument, et revêtent le spectateur en même temps que le spectacle de robes changeant selon l'heure et le lieu.

LE PIGEON

Ventre nourri de grain, descends de ce côté[1],
Ventre saint gris de pigeon...

Comme un orage pleut, marche à très larges serres,
Surplombe, empiète le gazon,
Où d'abord tu as rebondi
Avec les charmants roucoulements du tonnerre.

Déclare-nous bientôt ton col arc-en-ciel...

Puis envole-toi obliquement, parmi un grand éclat d'ailes,

qui tirent, plissent ou déchirent la couverture de soie des nues.

LE FUSIL D'HERBE

Tel marche au bord de la route, ou sur l'étroit chemin de fer et de pierres qui la longe sur un côté,
Tel mâche à son bout le plus tendre, celui qui n'avait encore vu le jour,
Tel mâche le fusil d'herbe qu'il tire de sa juste-fourre[1], du fourreau poussiéreux que des racines retiennent au sol,

Qui rejette le jus amer, et de sa main le tube vide.

Le vent, l'ombre, le soleil passent des torchons, mettent tout en ordre dans cette pièce de la nature[2].

La veste ôtée, les manches de la chemise roulées au-dessus du coude, marchons jusqu'à l'endroit de notre repos, derrière une haie au coin d'un herbage.

Ici, faire intervenir un bourdon[3]...

PARTICULARITÉ DES FRAISES

Le bourgeon muqueux des fraises rougeoie sous les feuilles basses.
Collons-y les « roses » (débris cristallins) du sucre...
Le trèfle du pédoncule tire avec lui, et sort de la fraise, un petit pain de sucre relativement insipide.

Bêtes, allez sur la fraise que je vous ai découverte!

L'ADOLESCENTE

Comme une voiture bien attelée tu as les genoux polis, la taille fine ; le buste en arrière comme le cocher du cab.
Tu te transportes, tu te diriges ; ton esprit n'est pas du tout séparé de ton corps.
Pourquoi soudain t'es-tu arrêtée ?
— Les deux ampoules d'un sablier peu à peu se comprennent.

On jouit à la gorge des femmes de la rondeur et fermeté d'un fruit ; plus bas, de la saveur et jutosité[1] du même.

LA CREVETTE
DANS TOUS SES ÉTATS

LA CREVETTE DIX FOIS (POUR UNE) SOMMÉE

... C'est alors que du fond du chaos liquide et d'une épaisseur de pur[1] qui se distingue toutefois mais assez mal de l'encre, parfois j'ai observé qui monte un petit signe d'interrogation, farouche.

Ce petit monstre de circonspection, tapi tantôt d'aguet aux chambranles des portes du sous-marin séjour, que veut-il, où va-t-il ?

Arqué comme un petit doigt connaisseur, flacon, bibelot translucide, capricieuse[2] nef qui tient du capricorne, châssis vitreux gréé d'une antenne hypersensible et pleine d'égards, salle des fêtes, des glaces, sanatorium, ascenseur, — arqué, capon, à l'abdomen vitreux, habillé d'une robe à traîne terminée par des palettes ou basques poilues — il procède par bonds. Mon ami, tu as trop d'organes de circonspection. Ils te perdront.

Je te comparerai d'abord à la chenille, au ver agile et lustré, puis aux poissons.

À mon sac échapperont mieux ces stupides fuseaux de vitesse qui goûtent, le nez aux algues. Tes organes de circonspection te retiendront dans mon épuisette, si je l'extirpe assez tôt de l'eau — ce milieu interdit aux orifices débouchés de nos sens, ce cuvier naturel —, à moins que bonds par bonds rétrogrades (j'allais dire rétroactifs, comme ceux du point d'interrogation), tu ne rentres aux spacieuses soupentes où se réalise l'assomption, dans les fonds non mémorables, dans les hauteurs du songe, du petit ludion connaisseur qui caracole, poussé par quelle instigation confuse...

La crevette, de la taille ordinaire d'un bibelot, a une consistance à peine inférieure à celle de l'ongle. Elle pratique l'art de vivre en suspension dans la pire confusion marine au creux des roches.

Comme un guerrier sur son chemin de Damas, que le scepticisme tout à coup foudroie[3], elle vit au milieu du fouillis de ses armes, ramollies, transformées en organes de circonspection.

La tête sous un heaume soudée au thorax, abondamment gréée d'antennes et de palpes d'une finesse extravagante... Douée du pouvoir prompt, siégeant dans la queue, d'une rupture de chiens[4] à tout propos,

Tantôt tapie d'aguet aux chambranles des portes des sous-marins séjours, à peu près immobile comme un lustre, — par bonds vifs, saccadés, successifs, rétrogrades suivis de lents retours, elle échappe à la ruée en ligne droite des gueules dévoratrices, ainsi qu'à toute contemplation un peu longue, à toute possession idéale un peu satisfaisante.

Rien au premier abord ne peut en être saisi, sinon cette façon de s'enfuir particulière, qui la rend pareille à quelque hallucination bénigne de la vue...

Assidue susceptible...

Primo : circonstances. Elle vit au comble de la confusion marine, dans un milieu interdit au contrôle de nos sens.

Secundo : qualité. Elle est translucide.

Tertio : qualité. Elle est embarrassée d'une profusion d'organes de circonspection hypersensibles qui provoquent ses bonds en retrait au moindre contact.

Hôte élu de la confusion marine, une diaphanéité utile autant que ses bonds y ôte à sa présence même immobile sous les regards toute continuité.

Primo : le bond de la crevette, motif de cinématique. Provocation du désir de perception nette, exprimée par des millions d'individus.

Secundo : grâce à son caractère non de fuite, mais de hantise, l'on arrive à saisir peu à peu quoi :

Tertio : un guerrier d'une allure particulière, dont les armes ramollies se sont transformées en instruments d'estime[5] et de circonspection. Sa conquête en enquête.

Quarto : mais, justement, trop d'organes de circonspection la conduisent à sa perte[6].

Révélation par la mort. La mort en rose[7] pour quelques élues.

Chaque crevette compte un million de chances de mort grise, dans la gueule ou la poche à sucs digestifs de quelque poisson...

Mais quelques élues, grâce à une élévation artificielle de la température de leur milieu, connaissent une mort révélatrice, la mort en rose.

Le révélateur de la crevette est son eau de cuisson.

Jadis, peut-être, grâce à toutes leurs armes, ces bêtes connurent-elles une noble assurance...

Mais on ne sait à la suite de quelle déception ou grande peur elles sont devenues si farouches.

Pourtant elles n'ont pas encore pris l'habitude de tourner le dos et de fuir.

Elles reculent, faisant toujours face.

Coiffée d'un casque, armée d'une lance, comme une petite pallas,
à la fois fière et farouche, caponne mais non fugitive,
entre deux roches, entre deux eaux,
au plus fort du remous des eaux,
elle sort toute armée ;
elle part en conquête, en enquête...
Mais elle a trop d'organes de circonspection.
Elle en sera trahie.

Poursuivi par sa destinée, ou traqué par ses ennemis, un dieu naguère entre autres nommé Palémon entra aux flots, y fut adopté : galère évoluée, animal son propre forçat[8], sans matelots pentarème à branchies.

Tantôt tapi d'aguet aux chambranles des portes du

sous-marin séjour, coite épave, quasi morte, aux vergues sans repos, il tâte sa liberté.

Puis, parmi les circonvolutions d'eau froide au creux du crâne ouvert des roches, poussé par quelle instigation confuse se risque-t-il, ludion farouche, peut-être convoqué par la seule attention?

Le corps arqué toujours prêt à bondir à reculons, il progresse très lentement, et poursuivant toujours sa minutieuse enquête.

La tête sous un heaume soudée au thorax et l'abdomen qui s'y articule comprimés dans une carapace mais vitreuse et flexible,

Pattes-mâchoires, pattes ambulatoires, pattes-nageoires, palpes, antennes, antennules : soit en tout dix-neuf paires d'appendices différenciés,

Anachronique nef, tu as trop d'organes de circonspection, tu en seras trahie.

À mon sac (de filet pour être confondu par toi avec le liquide) échapperont mieux ces stupides fuseaux de vitesse qui goûtent le nez aux algues et ne me laissent qu'un nuage de boue.

À moins que bonds par bonds rétrogrades, saccadés, imprévus comme ceux du cavalier dans la jungle d'un échiquier à trois dimensions[9], tu ne réussisses une assomption provisoire dans les soupentes spacieuses du songe, sous la roche d'où je ne me relève pas aussitôt déçu.

La crevette ressemble à certaines hallucinations bénignes de la vue, à forme de bâtonnets, de virgules, d'autres signes aussi simples, — et elle ne bondit pas d'une façon différente.

C'est la forme envolée et bonne nageuse d'une espèce représentée dans les bas-fonds par le homard, la langoustine, la langouste, et, dans les ruisseaux froids, par l'écrevisse.

Mais est-elle plus heureuse? C'est une autre question...

Sa taille est beaucoup plus réduite que celle de ces lourdes machines, sa diaphanéité est égale à celle de l'ongle, la consistance de son tégument à peine inférieure.

Gréée d'antennes et antennules, palpes, pattes-mâchoires, etc. hypersensibles, toute sa force réside dans sa queue, prompte et qui l'autorise à des bonds qui déroutent la vue, et la sauvent de la ruée en ligne droite des gueules dévoratrices.

Toutes les cases d'un échiquier à trois dimensions lui sont permises, par bonds variés et imprévus.

Mais ces bonds sont retenus, sa fuite n'est pas lointaine, ses mœurs la condamnent étroitement à tel ou tel creux de roches.

Pas beaucoup plus mobile qu'un lustre, elle est donc l'hôte élu de la confusion marine au creux des roches.

C'est, dans un compartiment supérieur de l'enfer, un être victime d'une damnation particulière. Il tâte sans cesse sa liberté, il obsède le vide.

Gréé d'appendices hypersensibles et encombrants, il y est étroitement condamné par ses mœurs.

Prodigieusement armé, jusqu'aux plus minuscules articles, sa consistance est pourtant inférieure encore à celle d'un ongle.

Sa fuite n'est pas longue, ses bonds sont retenus, et sans cesse il revient aux lieux où sa susceptibilité est mise à l'épreuve...

Un compartiment de l'enfer : le creux des roches dans la mer, avec ses divers hôtes, victimes de damnations particulières.

Condamnation d'un être en ce milieu de la pire confusion marine, au creux des roches.

Par quelle instigation confuse quittes-tu ces bords, portée par le flot au milieu des ondulations qui se contredisent sans cesse et sans pitié ?

Gréée d'antennules plus fines qu'une lance de Don Quichotte, vêtue de cap en queue d'une cuirasse mais translucide et de la consistance de l'ongle, il semble que sa cargaison charnelle soit quasi nulle...

Plusieurs qualités ou circonstances font de la crevette l'objet le plus pudique qui soit au monde, celui qui met le mieux la contemplation en défaut.

D'abord elle se montre le plus fréquemment aux lieux

où la confusion est toujours à son comble : au creux des roches sous-marines où les ondulations liquides sans cesse se contredisent, parmi lesquelles l'œil, dans une épaisseur de pur qui se distingue mal de l'encre, malgré toutes ses peines n'aperçoit jamais rien de sûr.

Ensuite, pourvue d'antennes hypersensibles, elle rompt à tout contact. Ce sont des bonds très vifs, saccadés, rétrogrades, suivis de lents retours.

C'est pourquoi cet arthropode supérieur s'apparente à quelque hallucination bénigne de la vue provoquée chez l'homme par la fièvre, la faim ou simplement la fatigue.

Enfin, autant que ces bonds, qui la retirent aux cases les plus imprévues de l'échiquier à trois dimensions, — une diaphanéité utile ôte, même à sa présence immobile sous les regards, toute continuité.

… Elle rougit de mourir d'une certaine façon, par l'élévation de la température de son milieu…

Rien de plus connaisseur, rien de plus discret.

Un dieu traqué entra aux flots.
Une galère ayant sombré évolua.

De la rencontre de ces deux désastres
une bête naquit, à jamais circonspecte :

La crevette est ce monstre
de circonspection.

LA CREVETTE EXAGÉRÉE

L'on ne peut concevoir d'endroit à ton insu, étendue à plat ventre, au toit transparent d'insecte, objecté de tous les détails de l'univers, châssis vitreux gréé d'une antenne hypersensible et qui va partout, mais respectueuse de tout, sage, stricte, farouche, orthodoxe, inflexible.

Crevette de l'azur et de l'intérieur des pierres, monstre à la prompte queue qui déroute la vue ; sceptique, arquée, douteuse, fictive, caponne crevette, qu'un périscope plein d'égards universellement renseigne, mais se rétracte à tout contact, fugace, non gêneur, ne stupéfiant rien, pas le moindre battement de barbe de cœlentéré, ni la moindre plume…, voltigeant à leur guise.

Monstre tapi d'aguet, aux aguets de tout, aux aguets de la découverte de la moindre parcelle d'étendue, du moindre territoire jusqu'alors inconnu, par le plus quelconque des promeneurs; guetteuse et pourtant calme, assurée de la valeur, célérité et justesse de ses instruments d'inspection et d'estime : rien de plus connaisseur, rien de plus discret.

Mystérieux châssis, cadre de toutes choses, stable, immobile, détendu, indépendant de la froide activité de l'œil et du tact, promenant quelque chose comme le pinceau lumineux d'un phare en plein jour, et cependant le coup de son passage est sensible, perçu à date fixe aux endroits les plus déserts, les plages, les hautes mers de la terre, le théâtre intérieur aux pierres,
— Et jusqu'aux lieux où la solitude vue de trois quarts dos marche sans prendre garde au regard qui s'en abreuve, comme une mante religieuse, ou tout autre fantôme à petite tête attachée à un corps promeneur, — sans but, avec sérieux et une sorte de fatalité dans sa démarche, avec des voiles ou des membranes pour moins préciser sa forme,

Majestueusement, sentant passer sur sa face le coup lumineux du phare de l'étendue, mais sans retard, impassiblement, sans grimace, causant un appel d'air de noblesse et de grandeur, sorte d'ombre ou de statue me précédant de quelques mètres seulement :

Ce pouvait être un être humain, une figure d'allégorie, ou une sauterelle[10], quoiqu'elle ne procédât point par détentes ni par sauts, mais par une démarche continue, les pieds posant à plat alternativement sur le sol, la face dont on ne voyait qu'un profil perdu pouvant être aveugle, et ses voiles l'habillant de telle sorte que le volume de ses membres en soit fort accru, et le tout faisant constamment l'ondulation ou le geste propre à se faire suivre,

Non seulement par les tourbillons du sable, mais derrière quoi marche, la suivant de l'œil et du pas, avec un sentiment de respectueuse allégresse, sans obligation, sans tristesse, assuré de sa muette protection,

Ses voiles permettant de la suivre, de ne la point perdre de vue sans pour cela devoir déconsidérer le paysage, — elle conservant toujours son avance, sa pose, et ne tournant jamais la tête, — un homme, un enfant promeneur, ne se sentant point contrarié par la route qu'on lui fait suivre, ni par l'allure que l'on soutint, ni par la longueur de la promenade,

Et à qui tout à coup, toutes sortes de vents — lorsqu'il s'assit sur le bord de la dune, ce qui se produisit dès que la fatigue lui eut conseillé le repos et la résignation à ce que l'on appelle prendre conscience de soi-même —, toutes sortes de vents et de souffles d'une température délicieuse s'adressèrent alors, l'entourant et lui gardant fidèlement la face, les chevilles, les poignets et les joues, pendant l'assomption de la langouste dans l'azur.

LIEU DE LA SALICOQUE

Là, l'onde qui retourne à sa propre rencontre et que sa propre famille aussitôt rabroue, salive...; elle regimbe et se dit qu'elle a tort. Elle se livre au désespoir, montre des échevellements, des ressoudures autogènes, etc.

(Absurde confusion de la pesanteur.)

C'est là, au milieu de l'incessant remords, de l'incessant remue-ménage du remords (le contraire du ménage de la vie bourgeoise), du permanent repentir, c'est là, où la houle persiste, où s'agitent les froids bouillons (tandis qu'un caillou très rassuré et rassurant tombe au fond), que la crevette est étroitement condamnée par ses mœurs.

(Remords, quoi ? — Remords sa queue.)

C'est là,

Dans l'onde remuée,

Parmi les froids bouillons

(conséquence aussi d'une différence de chaleur qui fait démarrer, met en branle, met en route les vents et par suite les vagues),

Parmi l'absurde confusion de la pesanteur, en jeu, en lutte avec d'autres forces...

(Ce jeu : proprement celui du pendule.

C'est-à-dire un équilibre lent à s'établir, qui se dépasse, se redépasse, etc.)

C'est là, c'est là que la crevette a vivre…

(Le fait que la vie est un phénomène chimique explique aussi la confusion qui la caractérise, la lutte incessante des corps les uns avec les autres. Cela va ensemble. Et les repentirs[11]. Le remords.)

… est étroitement condamnée par ses mœurs.

Il semble évident que la crevette perçoit la confusion, les contradictions incessantes du milieu où elle vit, tandis que pour les poissons c'est le calme plat : ils ne sont gênés en aucune façon par les influences contradictoires et il semble qu'ils n'aient pas à les percevoir.

S'ils sont gênés par quelque chose, il semble que ce soit plutôt par la consistance du milieu, l'épaisseur de l'air qu'ils ont à respirer. On les voit la gueule béante, l'œil exorbité. Ils paraissent vivre constamment à la limite de l'asphyxie et de la résurrection.

C'est que la respiration chez eux comporte une usination compliquée. Il faut qu'ils dissocient l'air dans l'eau. Il est probable que la plus grosse partie de leur effort consiste à cela, y est employée. (Ici je pense à moi, dont la plus grande partie du temps est occupée à tenter de respirer économiquement : à gagner de l'argent. Il y faut neuf heures par jour… Alors que d'autres respirent si aisément : ils ont pour cela l'argent dans leur poche, cet oxygène… Mais nous, il faut qu'à grand'peine nous extrayions l'argent du travail, des heures, de la fatigue.)

… Mais la crevette, ce n'est pas cela. Non : il semble que si elle éprouve de la peine, ce ne soit pas à respirer, mais à se maintenir au milieu des courants contraires, qui la bousculent contre les roches… Ce soit aussi à fuir, en raison du caractère encombrant de ses trop nombreux organes de circonspection.

(Gêne qui me fait aussi penser à moi : nous en connaissons de semblables, dans une époque privée de foi, de rhétorique[12], d'unité d'action politique, etc., etc.)

Ainsi, tandis que d'autres formes, gainées, cernées d'un

contour simple et ferme, traversent seulement ces allées sous-marines (ces salles, ces cabinets, ces godets sous-marins) en sombres ou brillants ou pailletés, en tout cas opaques fuyards sans retour, — au cours de migrations mystérieuses aussi déterminées sans doute que celles des constellations —, la crevette, à peu près immobile comme un lustre, les hante, et semble étroitement condamnée par ses mœurs. Son audace la reconduit constamment au lieu d'où sa terreur aussitôt la retire.

Elle compose avec chacun de ces creux de roches une unité esthétique (pas seulement esthétique) permanente, grâce à sa densité particulière et à la diaphanéité de sa chair; aux complications de son contour qui s'y accrochent et intègrent comme par mille dents d'engrenage; grâce aussi aux bonds retenus qui l'y maintiennent (mieux encore sans doute que l'immobilité).

Comme le premier des cristaux qui se forment d'un liquide, comme la première constellation d'une nébuleuse, elle est l'Hôte pur, l'Hôte par excellence, l'Hôte élu, assorti à ce milieu.

Or elle ne cesse de le tâter, de le prospecter, de le sonder, de le scruter, d'y tâtonner, d'y mener une minutieuse et tatillonne enquête, d'y craindre (de tout y craindre), d'y ressentir douleurs et angoisses, de le découvrir, de le hanter, enfin de le rendre habité.

Si parfois elle oublie les chaînes de sa nature et tente de s'élancer à la manière des poissons, elle s'aperçoit vite de son erreur: c'est là, et c'est comme cela qu'elle est condamnée à vivre...

Elle est le lustre de la confusion.
Elle est aussi un monstre de circonspection.
(Ainsi, à son instar, dans les époques troublées, le poète.)

Il faut signaler encore que la crevette est l'ombre envolée, la forme capable d'envol, — moindre, ténue et bonne nageuse — d'une espèce représentée dans les bas-fonds par la langouste, la langoustine, le homard, et dans les ruisseaux froids par l'écrevisse: toutes bêtes beaucoup plus épaisses, grosses, fortes, cuirassées, terre à terre. Elle est comme l'ombre translucide et en plus petit, mais par merveille aussi matérielle, de ces énormes existences et lourdes machines. Est-ce à dire que son sort soit plus heureux ?

Jadis, peut-être grâce à toutes ses armes connut-elle une noble perfection et assurance, mais, à la suite d'on ne sait quelle déception ou grande peur, elle est devenue extrêmement farouche...

Le bond de la crevette : saut de côté, inattendu, comparable à celui du cavalier dans la jungle des échecs ; saut qui lui permet de s'écarter de l'attaque en ligne droite des gueules dévoratrices. Bonds saccadés et obliques.

Rompre à tout contact, sans bondir pourtant hors de vue (c'est plutôt lorsqu'elle ne bouge pas qu'on la perd de vue), se représenter aussitôt de façon à provoquer le doute non sur son identité mais sur la possibilité à ses dépens d'une étude ou contemplation un peu longue, enfin qui aboutisse à une sorte de prise de possession esthétique... Provocation ainsi du désir ou besoin de perception nette... Pudeur de l'objet en tant qu'objet.

Enfin, si armée soit-elle, si douée de perfection, elle a besoin d'une révélation pour devenir de sa propre identité tout à fait affirmative : et cette révélation peu d'individus parmi l'espèce la connaissent : par une mort privilégiée, la mort en rose, à l'occasion de l'élévation (vraiment peu habituelle) de leur milieu naturel à une haute température.

Le révélateur de la crevette est son eau de cuisson.

LA CREVETTE PREMIÈRE

La pire confusion marine au creux des roches comporte un être de la taille du petit doigt, de la consistance de l'ongle, dont rien qu'une façon de s'enfuir particulière au premier abord ne peut être saisi.

Doué du pouvoir prompt, siégeant dans la queue, d'une rupture de chiens à tout propos, — par bonds vifs, imprévus, saccadés, rétrogrades suivis de lents retours, il échappe à la ruée en ligne droite des gueules dévoratrices comme à toute contemplation.

Une diaphanéité utile autant que ses bonds ôte d'ailleurs à sa présence même persistante sous les regards toute continuité.

Mais la fatalité, ou sa manie, ou son audace, le reconduit incessamment à l'endroit d'où sa terreur aussitôt le retire. Tandis que d'autres hôtes, d'un contour simple et ferme, traversent seulement les grottes sous-marines en sombres ou pailletés, en tout cas opaques fuyards sans retour, la crevette, à peu près immobile comme un lustre, y semble étroitement condamnée par ses mœurs.

Elle gît au milieu du fouillis de ses armes, la tête sous un heaume soudée au thorax, abondamment gréée d'antennes et de palpes d'une susceptibilité extravagante.

Ô translucide nef, insensible aux amorces, tu as trop d'organes de circonspection : tu en seras trahie.

De mon sac se sauveront mieux ces stupides fuseaux de vitesse qui goûtent le nez aux algues et ne me laissent qu'un nuage de boue, — tandis que tu ne réussis qu'une assomption provisoire dans les soupentes spacieuses sous la roche d'où je ne me relève pas aussitôt déçu.

LA CREVETTE SECONDE

Plusieurs qualités ou circonstances font l'un des objets les plus pudiques au monde et le gibier le plus farouche peut-être pour la contemplation d'un petit animal qu'il importe sans doute moins de nommer d'abord que d'évoquer avec précaution, de laisser s'engager de son mouvement propre (aux fosses, aux galeries) dans le conduit des circonlocutions, d'atteindre enfin par la parole au point dialectique où le situent sa forme, son milieu, sa condition muette et l'exercice de sa profession juste.

Admettons-le d'abord : parfois il arrive qu'un homme à la vue troublée par la fièvre, la faim ou simplement la fatigue subisse une passagère et sans doute bénigne hallucination : par bonds vifs, saccadés, successifs, rétrogrades suivis de lents retours, il aperçoit d'un endroit à l'autre de l'étendue de sa vision remuer d'une façon particulière une sorte de petits signes assez peu marqués, translucides, à formes de bâtonnets, de virgules, peut-être d'autres signes de ponctuation, qui, sans lui cacher du tout le monde, l'oblitèrent en quelque façon, s'y déplacent en surimpression, enfin donnent envie de se frotter les yeux afin de rejouir par leur éviction d'une vision plus nette.

Or, dans le monde des représentations extérieures, parfois un phénomène analogue se produit : la crevette, au sein des flots qu'elle habite, ne bondit pas d'une façon différente, et comme les taches dont je parlais tout à l'heure étaient l'effet d'un trouble de la vue, ce petit être semble d'abord fonction de la confusion marine. Il se montre d'ailleurs le plus fréquemment aux endroits où, même par temps sereins, cette confusion est toujours à son comble : aux creux des roches, où les ondulations liquides sans cesse se contredisent, parmi lesquelles l'œil, dans une épaisseur de pur qui se distingue mal de l'encre, malgré toutes ses peines n'aperçoit jamais rien de sûr. Une diaphanéité utile autant que ses bonds y ôte enfin à sa présence même immobile sous les regards toute continuité.

L'on se trouve ici exactement au point où il importe qu'à la faveur de cette difficulté et de ce doute ne prévale pas dans l'esprit une lâche illusion, grâce à laquelle la crevette, par notre attention déçue presque aussitôt cédée à la mémoire, n'y serait pas conservée plus qu'un reflet, ou que l'ombre envolée et bonne nageuse des types d'une espèce représentée de façon plus tangible dans les bas-fonds par le homard, la langouste, la langoustine, et par l'écrevisse dans les ruisseaux froids. Non, à n'en pas douter elle vit tout autant que ces chars malhabiles, et connaît, quoique dans une condition moins terre à terre, toutes les douleurs et les angoisses que la vie partout suppose... Si l'extrême complication intérieure qui les anime parfois ne doit pas nous empêcher d'honorer les formes les plus caractéristiques d'une stylisation à laquelle elles ont droit, pour les traiter au besoin ensuite en idéogrammes indifférents, il ne faut pas pourtant que cette utilisation nous épargne les douleurs sympathiques que la constatation de la vie provoque irrésistiblement en nous : une exacte compréhension du monde animé sans doute est à ce prix [13].

Qu'est-ce qui peut d'ailleurs ajouter plus d'intérêt à une forme que la remarque de sa reproduction et dissémination par la nature à des millions d'exemplaires à la même heure partout, dans les eaux copieuses du beau comme du mauvais temps ? Que nombre d'individus pâtissent de cette forme, en subissent la damnation particulière, au même nombre d'endroits de ce fait nous attend la provocation du désir de perception nette. Objets pudiques en tant qu'objets, semblant exciter le doute non pas tant chacun sur sa propre réalité que sur la possibilité à son égard d'une contemplation un peu longue, d'une possession idéale un peu satisfaisante ; pouvoir prompt, siégeant dans la queue, d'une rupture de chiens à tout propos : sans doute est-ce dans la cinématique, plutôt que dans l'architecture par exemple, qu'un tel motif enfin pourra être utilisé... L'art de vivre d'abord y devait trouver son compte : il nous fallait relever ce défi[14].

LA MAISON PAYSANNE

J'entre d'abord par une profonde étable obscure où l'on voit mal en particulier trois chèvres plutôt grandes puis de nombreux objets bruts en bois dans les marrons à la Rembrandt[1]; j'y trouve une sorte d'escalier de bois par où je monte à ma chambre qui s'ouvre par la deuxième porte sur le couloir, si bien que je ne couche pas sur l'odeur de l'étable mais au-dessus d'une salle d'habitation qu'occupe notamment l'horloge dont la boîte touche au plafond.

Il y a dans la maison une vieille paysanne de quatre-vingt-cinq ans dans son armoire-lit (lit-placard), qui va mourir de sa vie sans avoir jamais été malade, et ses deux filles de quarante à cinquante ans, exactement de la même taille, assez courte : le corps entier de l'aînée penche à gauche, tandis que la seconde a un œil fermé et toute la face plissée vers l'autre pour essayer de le fermer aussi.
Par attention pour moi, qui suis leur seul pensionnaire, elles ont placé leur table ronde contre le mur sous ma fenêtre, d'où je vois la crosse d'une route, à gauche, et en face un horizon court et haut, décoré pour les premiers plans d'un arbre à cerises, et plus loin d'un champ de balais (sorte de genêts).
Tout cela tremble fortement par grand vent, comme un fagot.

La nuit, je m'éclaire à la bougie, dans cette cabane de

granit et de sapin. Il fait grand vent : cela menace et gémit aux portes, triomphe rageusement et ruisselle dans les feuilles en face : une fameuse tournée...

La fenêtre est ouverte, le ciel tout à fait net. L'ornant, des points et des broderies, comme un napperon étoilé.

Ni la musique de Pythagore[2], ni le silence effrayant de Pascal[3] : quelques choses très proches et très précises, comme une araignée doit apercevoir de l'intérieur sa toile quand il a plu et que des gouttelettes à chaque croisillon brillent.

*

LA FENÊTRE

VARIATIONS AVANT THÈME

Harem nombreux du jour
Humiliant tribut
Niches au ciel vouées
à raison d'un millier par rues.

Ô préposées aux cieux
avec vos tabliers.
Bleues contusions
Ecchymoses.

Fantômes immobiliers.

Appareils du faux-jour
et de l'imparfaite réflexion.

Foyers d'ardeurs
de flammes froides.
Nouvel âtre.

Atténuation au possible des murs.

Au fond de chaque pièce
de toute habitation
se doit au moins une fenêtre,

La Fenêtre

En soie de paravent
Un foyer d'ardeurs
de flammes froides,

de douce et plaintive harmonie.

Le corps plaintif d'une femme
de Barbe-Bleue-le-Jour
(Il Giorno).

Par ton corps en quartiers
à bras-le-corps tenu
tu subis une passion à intempéries.

Ô punchs !
Ô ponches !
Ponches dont jour et nuit
flamboie la barbe bleue !

Détenue au fond de chaque pièce
sous une penderie,

Par l'hôte dont les soins
opposés à la nue
t'auront le temps qu'il vit
lavée entretenue
réparée sans cesse
maintenue.

Par le propre maçon
porte aux ruines ouverte.

Sous un voile tu as poings liés
sur le milieu du corps
et de grands yeux élargis
jusqu'à l'extrême cadre de ton corps.

Lorsque d'un tour de main
je délie ta poignée
Ému intrigué
lorsque de toi je m'approche,

Je t'ouvre en reculant le torse
comme lorsqu'une femme
veut m'embrasser.

Puis tandis que ton corps
m'embrasse et me retient,
Que tu rabats sur moi
tout un enclos de voiles et de vitres,
tu me caresses, tu me décoiffes ;

Le corps posé sur ton appui
mon esprit arrive au-dehors.

POÈME[1]

OH BLEUS PAR TOUT LE CORPS DES BASTIONS AUX CIEUX
TRACES DES HORIONS DE L'AZUR[2] CURIEUX

DE TOUTE HABITATION TU INTERROMPS LE MUR
PAR LE PROPRE MAÇON PORTE AUX RUINES OUVERTE
CONJOINTE SOUS UN VOILE AUX ROIS EXTÉRIEURS

PAGE DE POÉSIE MAIS NON QUE JE LE VEUILLE
. . . .

PONCHES DONT JOUR ET NUIT FLAMBOIE LA BARBE BLEUE
LA CLARTÉ DU DEHORS M'ASSOMME ET ME DÉTRUIT

RIEN QUE N'EN POINT ÉMETTRE ET QU'ELLE SOIT LA SEULE
FAIT QUE JE LA SUBIS.

PARAPHRASE ET POÉSIE

Carrément avouées au ciel sur les façades de nos bâtisses, nous pouvons nous les voiler de l'intérieur, ces fautes moins qu'à demi pardonnées dans la continuité des parois ; elles n'en sont pas moins pour nous une nécessité inéluctable, et l'affiche au grand jour de nos faiblesses pour lui.

Qu'on en compte une au moins dans chaque pièce de

nos demeures nous oblige à multiplier, pour les répartir régulièrement dans nos murs, ces appareils du faux-jour et de l'imparfaite réflexion.

Pages de poésie, mais non que je le veuille...

Résolvons-nous[3] dès lors à la brillante opportunité d'un vitrage moins capable de définir son objet que de restituer par reflets infranchissables à la fois notre image sensible et son idée.

Pour l'hôte au demeurant n'étant meilleur système de s'en remettre au jour qui le doit éclairer,

Le manque seul d'un mot, rendant plus explicite l'atténuation au possible des murs, fasse de votre corps un texte translucide, ô préposées aux cieux avec vos tabliers !

<blockquote>
Faiblesse non dissimulée
Qui nous paraît démesurée
Bien qu'elle soit tout accordée
Aux regards de trop de pareilles[4],
</blockquote>

<blockquote>
LA FENÊTRE
DE TOUT SON CORPS
RIMANT AVEC ÊTRE
MONTRE LE JOUR
</blockquote>

<blockquote>
Puis nous aidant à respirer
Nous conjure l'air pénétré
De ne plus tant y regarder
Par grâce à la fin entr'ouverte.
</blockquote>

*

LA DERNIÈRE SIMPLICITÉ

L'appartement de notre grand-mère avait été réduit quelques années avant la fin de sa vie, tronqué de sa plus grande pièce au profit d'une veuve énorme et sanguine. Des trois pièces qui lui restaient elle n'occupait plus, chacune à son heure, qu'un coin. Dans la chambre, le désordre était limité au lit.

Ses fenêtres donnaient au-dessus des faîtes d'un jardin

sans humidité, dans un ciel toujours beau mais selon la saison d'azur ou de pervenche, parfois aussi pâle en hiver que son petit crachoir émaillé.

... À peine plus foulé, le tapis du petit salon. Dans la chambre, malgré quelques heures actives, plus aucun désordre. Je m'y assis une partie de la nuit, non loin d'une fenêtre entrebâillée. Elle ne remuait plus, au milieu de son lit retirée autant que possible.

Mais alors tout s'est rapidement modifié. La chambre d'un mort devient en quelques heures une sorte de garde-manger[1]. Pas grand-chose, plus personne : une sorte de scorie, de fœtus, de baby terreux, à qui l'on n'est plus tenté du tout d'adresser la parole, — pas plus qu'au baby rouge brique qui sort de sous le ventre d'une accouchée.

LA BARQUE

La barque tire sur sa longe[1], hoche le corps d'un pied sur l'autre, inquiète et têtue comme un jeune cheval[2].

Ce n'est pourtant qu'un assez grossier réceptacle, une cuiller de bois sans manche : mais, creusée et cintrée pour permettre une direction du pilote, elle semble avoir son idée, comme une main faisant le signe couci-couça.

Montée, elle adopte une attitude passive, file doux, est facile à mener. Si elle se cabre, c'est pour les besoins de la cause.

Lâchée seule, elle suit le courant et va, comme tout au monde, à sa perte tel un fétu.

14 JUILLET

Tout un peuple accourut écrire cette journée sur l'album de l'histoire, sur le ciel de Paris.

D'abord c'est une pique, puis un drapeau tendu par le vent de l'assaut (d'aucuns y voient une baïonnette), puis — parmi d'autres piques, deux fléaux, un râteau — sur les rayures verticales du pantalon des sans-culottes un bonnet en signe de joie jeté en l'air.

Tout un peuple au matin le soleil dans le dos. Et quelque chose en l'air à cela qui préside, quelque chose de neuf, d'un peu vain, de candide : c'est l'odeur du bois blanc du faubourg Saint-Antoine, — et ce J a d'ailleurs la forme du rabot[1].

Le tout penche en avant dans l'écriture anglaise[2], mais à le prononcer ça commence comme Justice et finit comme ça y est[3], et ce ne sont pas au bout de leurs piques les têtes renfrognées de Launay et de Flesselles[4] qui, à cette futaie de hautes lettres, à ce frémissant bois de peupliers à jamais remplaçant dans la mémoire des hommes les tours massives d'une prison, ôteront leur aspect joyeux.

LE GRENIER

Toute maison comporte, entre plafonds et toit, sa nef profane[1] sur la longueur totale de ses pièces. Lorsque l'homme en pousse la porte, la lumière entre avec lui. La vastitude l'en étonne. Quelques pierres noircies au fond signalent le mur de l'âtre.

Allongé sur la poutre de l'A, il poursuit volontiers un songe à la gloire du charpentier. Au défaut de ce firmament brillent cent étoiles de jour. Du fond de la cale aérienne, il écoute les vagues du vent battre les flancs de tuile rose ou ruisseler par le zinc.

À l'intérieur, à peine frémissent quelques hamacs de toile fine, voilettes pierreuses d'araignées, qui s'enroulent autour du doigt comme autour des visages d'automobilistes jadis aux temps héroïques du sport[2].

Marc filtré de la pluie aux tuiles, une poudre assez précieuse s'y dépose sur tous objets[3].

C'est là, loin du sol avide, que l'homme entrepose le grain pour l'usage contraire à germer. Séchez, distinctes et rassies, idées dès lors sans conséquences pour la terre dont vous naquîtes. Permettez plutôt la farine et ses banales statues grises, au sortir du four adorées[4].

FABRI
OU LE JEUNE OUVRIER

Fabri[1] porte une chemise lilas, dont le col échancré, le torse et les manches collantes l'enserrent sans trop de rigueur.

Le front nu, sur ses tempes très fraîches et très polies s'applique une ondulation de cheveux rejetés en arrière, comme deux petites ailes semblables à celles du talon de Mercure.

Il grandit encore beaucoup ; à trente-deux ans, il n'est pas adulte.

Il porte à la main droite un petit galet gris et un éclat de brique rose, à la gauche un cabochon d'anthracite, serti de la façon la plus soigneuse dans un anneau de bois blanc.

On l'aperçoit au petit jour, parfois monté sur une bicyclette, dans les environs de la place du Châtelet, où il se mêle à la foule, et se transforme bientôt en l'un quelconque des travailleurs qui s'y pressent à cette heure vers les Halles.

ÉCLAIRCIE EN HIVER

Le bleu renaît du gris, comme la pulpe éjectée d'un raisin noir.

Toute l'atmosphère est comme un œil trop humide, où raisons et envie de pleuvoir ont momentanément disparu.

Mais l'averse a laissé partout des souvenirs qui servent au beau temps de miroirs.

Il y a quelque chose d'attendrissant dans cette liaison entre deux états d'humeur différente[1]. Quelque chose de désarmant dans cet épanchement terminé.

Chaque flaque est alors comme une aile de papillon placée sous vitre,

Mais il suffit d'une roue de passage² pour en faire jaillir de la boue.

LE CROTTIN

Brioches paille, de désagrégation plutôt facile. Fumantes, sentant mauvais. Écrasées par les roues de la charrette, ou plutôt épargnées par l'écartement des roues de la charrette.

L'on est arrivé à vous considérer comme quelque chose de précieux. Pourtant, l'on ne vous ramasserait qu'avec une pelle. Ici se voit le respect humain. Il est vrai que votre odeur serait un peu attachante aux mains.

En tout cas, vous n'êtes pas du dernier mauvais goût, ni aussi répugnantes que les crottes du chien ou du chat, qui ont le défaut de ressembler trop à celles de l'homme, pour leur consistance de mortier pâteux¹ et fâcheusement adhésif.

LE PAYSAGE

L'horizon, surligné d'accents vaporeux¹, semble écrit en petits caractères, d'une encre plus ou moins pâle selon les jeux de lumière.

De ce qui est plus proche je ne jouis plus que comme d'un tableau²,

De ce qui est encore plus proche que comme de sculptures, ou architectures,

Puis de la réalité même des choses jusqu'à mes genoux, comme d'aliments, avec une sensation de véritable indigestion,

Jusqu'à ce qu'enfin, dans mon corps tout s'engouffre et s'envole par la tête, comme par une cheminée qui débouche en plein ciel.

LES OMBELLES

Les ombelles ne font pas d'ombre, mais de l'ombe[1] : c'est plus doux.

Le soleil les attire et le vent les balance. Leur tige est longue et sans raideur. Mais elles tiennent bien en place et sont fidèles à leur talus.

Comme d'une broderie à la main, l'on ne peut dire que leurs fleurs soient tout à fait blanches, mais elles les portent aussi haut et les étalent aussi largement que le permet la grâce de leur tige.

Il en résulte, vers le quinze août, une décoration des bords de routes[2], sans beaucoup de couleurs, à tout petits motifs, d'une coquetterie discrète et minutieuse, qui se fait remarquer des femmes.

Il en résulte aussi de minuscules chardons, car elles n'oublient aucunement leur devoir[3].

LE MAGNOLIA

La fleur du magnolia éclate au ralenti comme une bulle formée lentement dans un sirop à la paroi épaisse qui tourne au caramel.

(À remarquer d'ailleurs la couleur caramélisée des feuilles de cet arbre.)

À son épanouissement total, c'est un comble de satisfaction proportionnée à l'importante masse végétale qui s'y exprime[1].

Mais elle n'est pas poisseuse : fraîche et satinée au contraire, d'autant que la feuille paraît luisante, cuivrée, sèche, cassante.

SYMPHONIE PASTORALE

Aux deux tiers de la hauteur du volet gauche de la fenêtre, un nid de chants d'oiseaux, une pelote de cris d'oiseaux, une pelote de pépiements, une glande gargouillante cridoisogène[1],
Tandis qu'un lamellibranche[2] la barre en travers,
(Le tout enveloppé du floconnement adipeux d'un ciel nuageux)
Et que le borborygme des crapauds fait le bruit des entrailles,
Le coucou bat régulièrement comme le bruit du cœur dans le lointain[3].

LA DANSEUSE

Inaptitude au vol, gigots court emplumés : tout ce qui rend une autruche gênée la danseuse toujours en pleine visibilité s'en fait gloire, — et marche sur des œufs sur des airs empruntés.

D'âme[1] égoïste en un corps éperdu, les choses à son avis tournent bien quand sa robe tourne en tulipe et tout le reste au désordre. Des ruisseaux chauds d'alcool ou de mercure rose d'un sobre et bas relief lui gravissent les tempes, et gonflent sans issue. Elle s'arrête alors : au squelette immobile la jeune chair se rajuste aussitôt. Elle a pleine la bouche de cheveux qui s'en tireront doucement par la commissure des lèvres. Mais les yeux ne retinteront qu'après s'être vingt fois jetés aux bords adverses comme les grelots du capuchon des folies[2].

Idole jadis, prêtresse naguère, hélas ! aujourd'hui un peu trop maniée[3] la danseuse... Que devient une étoile applaudie ? Une ilote[4].

UNE DEMI-JOURNÉE
À LA CAMPAGNE

L'air acide et le vent corrosif, les émanations oxaliques et les injections formiques, les dards fichés d'abeilles ou d'orties, les révulsions cutanées sur le corps exposé au soleil : en une demi-journée à la campagne l'on a subi un drôle de traitement.

Sans compter l'absorption d'eau sombre de puits, de fruits chargés de leur duvet oxygéné ou carbonique, les incisions de ronces et les inhalations de parfums bruts, qui vont de la rose à l'œillet du poète[1], du moisi de la cave au séché du grenier en passant par le purin de la cour de ferme[2]...

Dans un profond silence, les mottes de labour, les touffes d'herbe trempée de pluie qui m'entourent se comportent en exhale-parfums.

Quelle majesté dans ce gros cheval portant son homme sur le chemin, dans ce long et calme roulement du tonnerre, dans cette pluie insistante qui grave le sol !

La fraîcheur, la vapeur d'eau, ces parfums imprègnent notre corps[3] ; l'amollissent, le détendent ; ces nobles démarches autour de lui le massent, le fortifient. Soins de beauté, soins de santé : quels émollients, quels toniques ; quelle salubrité !

Toute fatigue se dissipera bientôt, et quand nous aurons été une fois aux feuillées nous délester d'un gros tas de merde, — malgré nos pieds un peu froids dans nos souliers vernis par la rosée, nos muscles un peu gourds, mais la peau, les poumons, le foie et le cerveau nettoyés, — nos fonctions joueront de plus belle : l'homme de quarante ans se sentira réveillé.

... Vaseux comme il était, il ne pouvait goûter ce beau ciel lavé, ni cette fraîcheur qui maintenant filtre à travers son corps et le laisse transi et traversé d'azur, et justifié d'être au monde puisque toute la nature l'imprègne sans l'amoindrir, le tolère, le traite familièrement : sans précaution, mais sans dommage.

LA GRENOUILLE

Lorsque la pluie en courtes aiguillettes rebondit aux prés saturés, une naine amphibie, une Ophélie manchote, grosse à peine comme le poing, jaillit parfois sous les pas du poète et se jette au prochain étang[1].

Laissons fuir la nerveuse. Elle a de jolies jambes. Tout son corps est ganté de peau imperméable. À peine viande ses muscles longs sont d'une élégance ni chair ni poisson[2]. Mais pour quitter les doigts la vertu du fluide s'allie chez elle aux efforts du vivant. Goitreuse, elle halète... Et ce cœur qui bat gros, ces paupières ridées, cette bouche hagarde m'apitoyent à la lâcher.

L'ÉDREDON

> Méditation sans effort, formée de pensées légères et bouffantes, sur (et sous) l'édredon[1].

Dans un parallélépipédique sac de soie sont contenues des millions de plumes, et elles le font bouffer, en raison de la force expansive des plumes.

Plus elles sont jeunes et légères, plus les plumes ont de force expansive : oh! toujours très faible, mais elle existe.

Les Américains ont trouvé un moyen de la brimer, en cloisonnant par des piqûres leur enveloppe de soie. Ainsi l'homme couché là-dessous peut-il regarder au-delà de son nez, — ce qui lui semble commode.

Au moins cinquante volatiles dépouillés, et je couche là-dessous, — sans aucun remords.

Défaites-moi, pourtant, ces piqûres, que ces plumes du moins soient à leur aise. D'autant que je ne désire regarder rien au-delà de mon nez.

Si je désirais contempler quelque chose, sans doute serait-ce ces plumes elles-mêmes, si bien cachées.

Les marchands, entre parenthèses, ont bien peu d'imagination. Ne serait-ce pas mieux, quelque enveloppe transparente, et les plumes au-dedans toutes blanches, ou de couleurs harmonieusement assorties ? N'y a-t-il pas moyen de déposer cette idée ? N'aurait-elle pas, elle aussi, quelque force expansive ? Expansive, par la même occasion, du porte-monnaie ?

Ou bien alors, épargnez tous ces volatiles ! Gonflez-moi quelque enveloppe thermos d'un gaz tiède, dont la chaleur se déperde selon une allure réglée.

Mais sans doute le secret[2] des édredons fait-il leur charme.

Quant à moi, du moins, ce qui m'en a charmé, c'est l'évocation en leur intérieur de ces millions de plumes, sagement au repos, malgré leur légère force expansive, oh ! non trop exigeante, pas têtue, susceptible d'arrangement, de compromis : enfin, une force d'expansion philosophe.

Voilà, en dehors de la chaleur qu'il recèle et dispense — et dont c'est d'ailleurs l'origine — la principale qualité méconnue de l'édredon : celle qu'il offre en surplus au contemplateur, en récompense de quelques secondes d'une attention désintéressée.

L'APPAREIL DU TÉLÉPHONE

D'un socle portatif à semelle de feutre, selon cinq mètres de fils de trois sortes qui s'entortillent sans nuire au son, une crustace se décroche[1], qui gaiement bourdonne... tandis qu'entre les seins de quelque sirène sous roche, une cerise de métal vibre...

Toute grotte subit l'invasion d'un rire, ses accès argentins, impérieux et mornes, qui comporte cet appareil[2].

(Autre[3])

Lorsqu'un petit rocher, lourd et noir, portant son homard en anicroche[4], s'établit dans une maison, celle-ci doit subir l'invasion d'un rire aux accès argentins[5], impérieux et mornes. Sans doute est-ce celui de la mignonne sirène[6] dont les deux seins sont en même temps apparus dans un coin sombre du corridor, et qui produit son appel par la vibration entre les deux d'une petite cerise de nickel, y pendante.

Aussitôt, le homard frémit sur son socle. Il faut qu'on le décroche : il a quelque chose à dire, ou veut être rassuré par votre voix.

D'autres fois, la provocation vient de vous-même. Quand vous y tente le contraste sensuellement agréable entre la légèreté du combiné et la lourdeur du socle. Quel charme alors d'entendre, aussitôt la crustace détachée, le bourdonnement gai qui vous annonce prêtes au quelconque caprice de votre oreille les innombrables nervures électriques de toutes les villes du monde !

Il faut agir le cadran mobile, puis attendre, après avoir pris acte de la sonnerie impérieuse qui perfore votre patient, le fameux déclic qui vous délivre sa plainte, transformée aussitôt en cordiales ou cérémonieuses politesses[7]... Mais ici finit le prodige et commence une banale comédie.

LA POMPE LYRIQUE

Lorsque les voitures de l'assainissement public[1] sont arrivées nuitamment dans une rue, quoi de plus poétique ! Comme c'est bouleversant ! À souhait ! On ne sait plus comment se tenir. Impossible de dissimuler son émotion.

Et si l'on se trouve avec quelque ami, ou fiancée, l'on voudrait rentrer sous terre.

C'est une honte comparable seulement à celle de l'enfant dont on découvre les poésies[2].

Mais par soi-même comme c'est beau ! Ces lourds chevaux, ces lourdes voitures qui font trembler le quartier comme une sorte d'artillerie, ces gros tuyaux, et ce bruit profond, et cette odeur qui inspirait Berlioz, ce travail intense et quelque peu précipité — et ces aspirations confuses — et ce que l'on imagine à l'intérieur des pompes et des cuves, ô défaillance !

LES POÊLES

L'animation des poêles est en raison inverse de la clémence du temps.

Mais comment, à ces tours modestes de chaleur, témoigner bien notre reconnaissance ?

Nous qui les adorons à l'égal des troncs d'arbres, radiateurs en été d'ombre et fraîcheur humides, nous ne pouvons pourtant les embrasser. Ni trop, même, nous approcher d'eux sans rougir... Tandis qu'eux rougissent de la satisfaction qu'ils nous donnent.

Par tous les petits craquements de la dilatation ils nous avertissent et nous éloignent[1].

Comme il est bon, alors, d'entrouvrir leur porte et de découvrir leur ardeur : puis d'un tison sadique agir au fond du kaléidoscope, changeant du noir au rouge et du feu au gris-tendre les charbons en la braise, et les braises en cendres.

S'ils refroidissent, bientôt un éternuement sonore vous avertit du rhume accouru punir vos torts.

Les rapports de l'homme à son poêle sont bien loin d'être ceux de seigneur à valet.

LE GUI

Le gui la glu[1] : sorte de mimosa nordique, de mimosa des brouillards[2]. C'est une plante d'eau, d'eau atmosphérique.

Feuilles en pales d'hélice et fruits en perles gluantes.

Tapioca gonflant dans la brume. Colle d'amidon. Grumeaux.

Végétal amphibie.

Algues flottant au niveau des écharpes de brume[3], des traînées de brouillard,

Épaves restant accrochées aux branches des arbres, à l'étiage[4] des brouillards de décembre.

*

LE PLATANE

Tu borderas toujours notre avenue française pour ta simple membrure et ce tronc clair, qui se départit sèchement de la platitude des écorces,

Pour la trémulation virile de tes feuilles en haute lutte au ciel à mains plates plus larges d'autant que tu fus tronqué[1],

Pour ces pompons[2] aussi, ô de très vieille race, que tu prépares à bout de branches pour le rapt du vent,

Tels qu'ils peuvent tomber sur la route poudreuse ou les tuiles d'une maison... Tranquille à ton devoir[3] tu ne t'en émeus point :

Tu ne peux les guider mais en émets assez pour qu'un seul succédant vaille au fier Languedoc[4]

À perpétuité l'ombrage du platane.

ODE INACHEVÉE À LA BOUE

La boue plaît aux cœurs nobles parce que constamment méprisée.

Notre esprit la honnit, nos pieds et nos roues l'écrasent. Elle rend la marche difficile et elle salit : voilà ce qu'on ne lui pardonne pas[1].

C'est de la boue ! dit-on des gens qu'on abomine, ou d'injures basses et intéressées. Sans souci de la honte qu'on lui inflige, du tort à jamais qu'on lui fait. Cette constante humiliation, qui la mériterait ? Cette atroce persévérance !

Boue si méprisée, je t'aime. Je t'aime à raison du mépris où l'on te tient.

De mon écrit, boue au sens propre, jaillis à la face de tes détracteurs[2] !

Tu es si belle, après l'orage qui te fonde, avec tes ailes bleues !

Quand, plus que les lointains, le prochain devient sombre et qu'après un long temps de songerie funèbre, la pluie battant soudain jusqu'à meurtrir le sol fonde bientôt la boue, un regard pur l'adore : c'est celui de l'azur ragenouillé déjà sur ce corps limoneux trop roué de charrettes hostiles, — dans les longs intervalles desquelles, pourtant, d'une sarcelle à son gué opiniâtre la constance et la liberté guident nos pas[3].

Ainsi devient un lieu sauvage le carrefour le plus amène, la sente la mieux poudrée[4].

La plus fine fleur du sol fait la boue la meilleure, celle qui se défend le mieux des atteintes du pied ; comme aussi de toute intention plasticienne. La plus alerte enfin à gicler au visage de ses contempteurs.

Elle interdit elle-même l'approche de son centre, oblige à de longs détours, voire à des échasses.

Ce n'est peut-être pas qu'elle soit inhospitalière ou jalouse ; car, privée d'affection, si vous lui faites la moindre avance, elle s'attache à vous.

Chienne de boue, qui agrippe mes chausses et qui me saute aux yeux d'un élan importun !

Plus elle vieillit, plus elle devient collante et tenace. Si vous empiétez son domaine, elle ne vous lâche plus. Il y a en elle comme des lutteurs cachés, couchés par terre, qui agrippent vos jambes ; comme des pièges élastiques ; comme des lassos.
Ah comme elle tient à vous ! Plus que vous ne le désirez, dites-vous. Non pas moi. Son attachement me touche, je le lui pardonne volontiers. J'aime mieux marcher dans la boue qu'au milieu de l'indifférence, et mieux rentrer crotté que grosjean[5] comme devant ; comme si je n'existais pas pour les terrains que je foule... J'adore qu'elle retarde mon pas, lui sais gré des détours à quoi elle m'oblige.
Quoi qu'il en soit, elle ne lâcherait pas mes chausses ; elle y sécherait plutôt. Elle meurt où elle s'attache. C'est comme un lierre minéral. Elle ne disparaît pas au premier coup de brosse. Il faut la gratter au couteau. Avant que de

retomber en poussière — comme c'est le lot de tous les hydrates de carbone (et ce sera aussi votre lot) — si vous l'avez empreinte de votre pas, elle vous a cacheté de son sceau. La marque réciproque...

Elle meurt en serrant ses grappins.

La boue plaît enfin aux cœurs vaillants, car ils y trouvent une occasion de s'exercer peu facile. Certain livre, qui a fait son temps, et qui a fait, en son temps, tout le bien et tout le mal qu'il pouvait faire (on l'a tenu longtemps pour parole sacrée), prétend que l'homme a été fait de la boue[6]. Mais c'est une évidente imposture, dommageable à la boue comme à l'homme. On la voulait[7] seulement dommageable à l'homme, fort désireux de le rabaisser, de lui ôter toute prétention. Mais nous ne parlons ici que pour rendre à toute chose sa prétention (comme d'ailleurs à l'homme lui-même). Quand nous parlerons de l'homme, nous parlerons de l'homme. Et quand de la boue, de la boue. Ils n'ont, bien sûr, pas grand-chose de commun. Pas de filiation, en tout cas. L'homme est bien trop parfait, et sa chair bien trop rose, pour avoir été faits de la boue. Quant à la boue, sa principale prétention, la plus évidente, est qu'on ne puisse d'elle rien faire, qu'on ne puisse aucunement l'informer[8].

Elle passe — et c'est réciproque — au travers des escargots, des vers, des limaces — comme la vase au travers de certains poissons : flegmatiquement[9].

Assurément, si j'étais poète, je pourrais (on l'a vu) parler des lassos, du lierre, des lutteurs couchés de la boue. Ainsi sécherait-elle alors, dans mon livre, comme elle sèche sur le chemin, en l'état plastique où le dernier embourbé la laisse...

Mais comme je tiens à elle beaucoup plus qu'à mon poème, eh bien, je veux lui laisser sa chance, et ne pas trop la transférer aux mots. Car elle est ennemie des formes et se tient à la frontière du non-plastique. Elle veut nous tenter aux formes, puis enfin nous en décourager. Ainsi soit-il ! Et je ne saurais donc en écrire, qu'au mieux, à sa gloire, à sa honte, une ode diligemment inachevée...

L'ANTHRACITE
OU LE CHARBON PAR EXCELLENCE

Lancashire, tes pelouses grasses retournées — puis longuement encachées *here* — formèrent l'anthracite anglais[1].

Les charbons sont nos minéraux domestiques[2]. Issus des végétaux, dit-on, ce qui peut nous les rendre plus chers. Tous s'étant vainement essayés au diamant.

Il nous faut donc, à leur propos, faire notre deuil d'une certaine perfection[3].

Certains sont mats. Ignobles en quelque sorte. Tournant obstinément le dos. Point de réponse en eux au monde extérieur[4]. S'ils répondent, ce n'est qu'aux attouchements. Mais, avec quel empressement, quelle vilenie alors ! Laissant trop d'eux-mêmes… On dit qu'ils tachent.

D'aucuns, par contre, montrent un caractère magnifique. De l'un d'entre eux *anthracite* est le nom, — dont on voit à la troisième syllabe qu'il brille, si la dernière est tout à fait muette. Sa dominante toutefois brille. Il a en cet endroit quelque chose de réconfortant. À la vue, comme à la prononciation, de tonique.

En tas dans l'ombre, il brille. Sitôt la porte de la cave ouverte, il vous multiplie les signes d'intelligence. Avec la même inquiétude, la même noble timidité que les étoiles.

Et n'est-il pas plus édifiant encore de noter que cette créature du sous-sol, créature commune en certains sous-sols, et qui brille, comme elle en a assurément le droit, — n'use de son droit de briller que lorsqu'un opportun coup de pioche lui en donne l'occasion.

Elle n'en use que si on l'attaque, la morcèle… Arborant alors de magnifiques voiles de deuil.

Sa façon de se laisser concasser est aussi fort sympathique. Aucune prétention à l'infrangibilité[5]. Nul bond nerveux, nul éclat de dépit à distance. Elle se laisse faire presque sur place. Ne veut de nous aucune impatience, et cède au premier coup. Sous ce coup même, à peine devient-elle éparse...

Mais ce n'est pas pour si peu, pour la ruine de sa forme (ou sa prise de formes), qu'on l'en fera démordre : ses morceaux brillent, ils brillent de plus belle !

Dès lors, tout le monde est content : le charbonnier comme elle-même... De son problème résolu sans fatigue.

D'ailleurs, que lui importe ! En chacun de ses blocs, sous chacune de ses formes, elle est la nuit ensemble et les étoiles, la roche et le pétrole, la poêle et son huile.

Comme elle était aussi, dans sa masse, dans sa couche informe, le pouvoir de flamber durablement enfoui au sous-sol.

Je trouve cela à la fois beau et inquiétant. Et c'est là-dessus, en observant encore qu'après des millénaires d'obscurité et de préparation souterraines, elle n'apparaît au jour que pour disparaître bientôt — en cendres, certes, et fumées dispersées tout d'un coup — mais aussi en chaleur et force,

Que je veux, moi aussi, brusquement conclure.

LA POMME DE TERRE

Peler une pomme de terre bouillie de bonne qualité est un plaisir de choix.

Entre le gras du pouce et la pointe du couteau tenu par les autres doigts de la même main, l'on saisit — après l'avoir incisé — par l'une de ses lèvres ce rêche et fin papier que l'on tire à soi pour le détacher de la chair appétissante du tubercule.

L'opération facile laisse, quand on a réussi à la parfaire sans s'y reprendre à trop de fois, une impression de satisfaction indicible.

Le léger bruit que font les tissus en se décollant est doux à l'oreille, et la découverte de la pulpe comestible réjouissante.

Il semble, à reconnaître la perfection du fruit nu, sa différence, sa ressemblance, sa surprise — et la facilité de l'opération — que l'on ait accompli là quelque chose de juste, dès longtemps prévu et souhaité par la nature, que l'on a eu toutefois le mérite d'exaucer.

C'est pourquoi je n'en dirai pas plus, au risque de sembler me satisfaire d'un ouvrage trop simple. Il ne me fallait — en quelques phrases sans effort — que déshabiller mon sujet, en contournant strictement la forme : la laissant intacte[1] mais polie, brillante et toute prête à subir comme à procurer les délices de sa consommation.

... Cet apprivoisement de la pomme de terre par son traitement à l'eau bouillante durant vingt minutes, c'est assez curieux (mais justement tandis que j'écris des pommes de terre cuisent — il est une heure du matin — sur le fourneau devant moi).

Il vaut mieux, m'a-t-on dit, que l'eau soit salée, sévère : pas obligatoire mais c'est mieux.

Une sorte de vacarme se fait entendre, celui des bouillons de l'eau. Elle est en colère, au moins au comble de l'inquiétude. Elle se déperd furieusement en vapeurs, bave, grille aussitôt, pfutte, tsitte : enfin, très agitée sur ces charbons ardents.

Mes pommes de terre, plongées là-dedans, sont secouées de soubresauts, bousculées, injuriées, imprégnées jusqu'à la moelle.

Sans doute la colère de l'eau n'est-elle pas à leur propos, mais elles en supportent l'effet — en ne pouvant se déprendre de ce milieu, elles s'en trouvent profondément modifiées (j'allais écrire s'entrouvrent...).

Finalement, elles y sont laissées pour mortes, ou du moins très fatiguées. Si leur forme en réchappe (ce qui n'est pas toujours), elles sont devenues molles, dociles. Toute acidité a disparu de leur pulpe : on leur trouve bon goût.

Leur épiderme s'est aussi rapidement différencié : il faut l'ôter (il n'est plus bon à rien), et le jeter aux ordures...

Reste ce bloc friable et savoureux, — qui prête moins qu'à d'abord vivre, ensuite à philosopher[2].

LE RADIATEUR PARABOLIQUE

Tout ce quartier quasi désert de la ville où je m'avançais n'était qu'une des encoignures monumentales de sa très haute muraille ouvragée, rosie par le soleil couchant.

À ma gauche s'ouvrait une rue de maisons basses, sèche et sordide mais inondée d'une lumière ravissante, à demi éteinte. À l'angle se dressait, l'arbre un peu de travers, une sorte de minuscule manège pas beaucoup plus haut qu'un petit poirier, où tournaient plusieurs enfants dont l'un vêtu d'un chandail de tricot citron pur.

L'on entendait une musique faite comme par plusieurs violons grattés en cadence, sans mélodie.

De grands événements étaient en l'air[1], imminents, qui tenaient plutôt à une aventure intellectuelle ou logique qu'à des circonstances d'ordre politique ou militaire.

Attendu à dîner par cet écrivain, mon aîné, l'un des princes de la littérature de l'époque[2], je savais qu'il allait m'apprendre la victoire à jamais de notre famille d'esprits.

J'étais comme un triomphateur, accompagné par ce grattement de violons.

En même temps, je sentais sur mon visage et mes mains la chaleur comme d'un soleil bas mais tout proche, rayonnant, et je me rendis compte, brusquement, que je rêvais, lorsque, décidant de me réveiller, je m'aperçus que je ne pouvais plus rouvrir les yeux.

Malgré beaucoup d'efforts des muscles des paupières, je ne parvenais pas à les lever. En réalité, comme je le compris plus tard, je me trompais de muscle : j'agissais sur celui de l'œil même, je faisais les yeux blancs sous les paupières.

Cela commençait à tourner au tragique quand soudain, alors que j'avais cessé pour un instant mes efforts, mes paupières s'entrouvrirent d'elles-mêmes, et j'aperçus la spirale ardente du radiateur parabolique installé à proximité de mon fauteuil sur une haute pile de livres, qui m'éclairait.

Je m'étais endormi, le porte-plume aux doigts, tenant de l'autre main mon écritoire, sur la page vierge duquel il ne me restait plus qu'à consigner ce qui précède³, sous ce titre conservé ici pour la fin : « Sentiment de victoire au déclin du jour, et ses conséquences funestes ».

LA GARE

Il s'est formé depuis un siècle dans chaque ville ou bourg de quelque importance (et beaucoup de villages, de proche en proche, se sont trouvés atteints par contagion),

Un quartier phlegmoneux, sorte de plexus ou de nodosité tubéreuse, de ganglion pulsatile, d'oignon lacrymogène et charbonneux,

Gonflé de rires et de larmes, sali de fumées.

Un quartier matineux, où l'on ne se couche pas, où l'on passe les nuits.

Un quartier quelque peu infernal où l'on salit son linge et mouille ses mouchoirs.

Où chacun ne se rend qu'en des occasions précises¹, qui engagent tout l'homme, et même le plus souvent l'homme avec sa famille, ses hardes, ses bêtes, ses lares et tout son saint-frusquin.

Où les charrois de marchandises ailleurs plutôt cachés sont incessants, sur des pavés mal entretenus.

Où les hommes et les chevaux en long ne sont qu'à peine différenciés et mieux traités que les ballots, bagages et caisses de toutes sortes.

Comme le nœud d'une ganse où se nouent et dénouent, d'où partent et aboutissent des voies bizarres, à la fois raides et souples, et luisantes, où rien ne peut marcher, glisser, courir ou rouler sinon de longs, rapides et dangereux monstres tonnants et grinçants, parfois gémissants, hurlants ou sifflants, composés d'un matériel de carrosserie monstrueusement grossier, lourd et compliqué, et qui s'entourent de vapeurs et de fumées plus volumineuses par les jours froids, comme celles des naseaux des chevaux de poste.

Un lieu d'efforts maladroits et malheureux, où rien ne s'accomplit sans grosses difficultés de démarrage, manœuvre et parcours, sans bruits de forge ou de tonnerre, raclements, arrachements : rien d'aisé, de glissant, de propre, du moins tant que le réseau n'a pas été électrifié ; où tremblent et à chaque instant menacent de s'écrouler en miettes les verrières, buffets à verrerie, lavabos à faïences ruisselantes et trous malodorants, petites voitures, châsses à sandwiches et garde-manger ambulants, lampisteries où se préparent, s'emmaillotent, se démaillotent, se mouchent et se torchent dans la crasse de chiffons graisseux les falots, les fanaux suintants, les lumignons, les clignotantes, les merveilleuses étoiles multicolores, — et jusqu'au bureau du chef de gare, cet irritable gamin[2] :

C'est LA GARE, avec ses moustaches de chat.

*

LA LESSIVEUSE

PRISE À PARTIE.
RAPPORTS DE L'HOMME ET DE LA LESSIVEUSE.
LYRISME QUI S'EN DÉGAGE.
CONSIDÉRATIONS À FROID.
PRINCIPE DE LA LESSIVEUSE.
LE CRÉPUSCULE DU LUNDI SOIR.
RINÇAGE À L'EAU CLAIRE.
PAVOIS[1].

Pour répondre au vœu de plusieurs, qui me pressent curieusement d'abandonner mes espèces favorites (herbes ou cailloux, par exemple) et de montrer enfin un homme, je n'ai pas cru pourtant pouvoir mieux faire encore que de leur offrir une lessiveuse, c'est-à-dire un de ces objets dont, bien qu'ils se rapportent directement à eux, ils ne se rendent habituellement pas le moindre compte[2].

Et certes, quant à moi, j'ai bien pu concevoir d'abord qu'on ne doive en finir jamais avec la lessiveuse : d'autres objets pourtant me sollicitèrent bientôt — dont je n'eusse pas sans remords non plus subi les muettes instances longtemps. Voilà comment la lessiveuse, fort impatiemment écrite, s'est trouvée presque aussitôt abandonnée.

Qu'importe — si jaillit un instant sur elle l'étincelle de la considération...

Qui n'a vécu un hiver au moins dans la familiarité d'une

lessiveuse ignore tout d'un certain ordre de qualités et d'émotions fort touchantes, — dont un porte-plume bien manié toutefois doit pouvoir communiquer quelque chose.

Mais il ne suffit pas, assis sur une chaise, de l'avoir contemplée très souvent.

Il faut — bronchant — l'avoir, pleine de sa charge de tissus immondes, d'un seul effort soulevée de terre pour la porter sur le fourneau — où l'on doit la traîner d'une certaine façon ensuite pour l'asseoir juste au rond du foyer.

Il faut avoir sous elle attisé les brandons à progressivement l'émouvoir, souvent tâté ses parois tièdes ou brûlantes ; puis écouté le profond bruissement intérieur, et plusieurs fois dès lors soulevé le couvercle pour vérifier la tension des jets et la régularité de l'arrosage.

Il faut l'avoir enfin toute bouillante encore embrassée de nouveau pour la reposer par terre...

Peut-être à ce moment l'aura-t-on découverte. Et quel lyrisme alors s'en dégage, en même temps que les volumineuses nuées qui montent d'un coup heurter le plafond, — pour y perler bientôt... et ruisseler de façon presque gênante ensuite tout au long des murs du réduit :

> *Si douces sont aux paumes tes cloisons...*
> *Si douces sont tes parois où se sont*
> *Déposés de la soude et du savon en mousse...*
> *Si douce à l'œil ta frimousse estompée,*
> *De fer battu et toute guillochée.....*
> *Tiède ou brûlante et toute soulevée*
> *Du geyser intérieur qui bruit par périodes*
> *Et se soulage au profond de ton être.....*
> *Et se soulage au fond de ton urne bouillante*
> *Par l'arrosage intense des tissus*[3].....
> . . . .

Retirons-la, elle veut refroidir... Pourtant ne fallait-il d'abord — tant bien que mal comme sur son trépied — tronconiquement au milieu de la page dresser ainsi notre lessiveuse ?

Mais à présent c'est à bas de ce trépied, et même le plus souvent reléguée au fond de la souillarde, — c'est froide à présent et muette, rincée, tous ses membres épars pour être offerts à l'air en ordre dispersé, — que nous allons pouvoir la considérer... Et peut-être ces considérations à froid nous rapprocheront-elles de son principe : du moins reconnaîtrons-nous aussitôt qu'elle n'est pas en cet état moins digne d'intérêt ni d'amour.

Constatons-le d'abord avec quelque respect, c'est le plus grand des vases ménagers. Imposant mais simple. Noble mais fruste. Pas du tout plein de son importance, plein par contre de son utilité.

Sérieuse — et martelée de telle façon qu'elle a sur tout le corps des paupières mi-closes. Beaucoup plus modeste que le chaudron à confitures, par exemple — lequel, pendant ses périodes d'inactivité, fort astiqué, brillant, sert de soleil à la cuisine, constitue son pôle d'orgueil. Ni rutilante, ni si solennelle (bien qu'on ne s'en serve pas non plus tous les jours), l'on ne peut dire qu'elle serve jamais d'ornement.

Mais son principe est beaucoup plus savant. Fort simple tout de même, et tout à fait digne d'admiration.

Certes, je n'irai pas jusqu'à prétendre que l'exemple ou la leçon de la lessiveuse doive à proprement parler galvaniser mon lecteur — mais je le mépriserais un peu sans doute de ne pas la prendre au sérieux.

Brièvement voici :

La lessiveuse est conçue de telle façon qu'emplie d'un amas de tissus ignobles l'émotion intérieure, la bouillante indignation qu'elle en ressent, canalisée vers la partie supérieure de son être retombe en pluie sur cet amas de tissus ignobles qui lui soulève le cœur — et cela quasi perpétuellement — et que cela aboutisse à une purification[4].

Nous voici donc enfin au plein cœur du mystère. Le crépuscule tombe sur ce lundi soir. Ô ménagères ! Et vous, presque au terme de votre étude, vos reins sont bien fatigués ! Mais d'avoir ainsi potassé tout le jour (quel démon m'oblige à parler ainsi ?) voyez comme vos bras sont propres et vos mains pures fanées par la plus émouvante des flétrissures.

Dans cet instant, je ne sais comment je me sens tenté — plaçant mes mains sur vos hanches chéries — de les confondre avec la lessiveuse et de transférer à elles toute la tendresse que je lui porte : elles en ont l'ampleur, la tiédeur, la quiétude — si quelque chose me dit qu'elles peuvent aussi être le siège de secrètes et bouillantes ardeurs.

... Mais le moment n'est pas venu sans doute d'en détacher encore ce tablier d'un bleu tout pareil à celui du noble ustensile : car vous voilà derechef débridant le robinet. Et vous nous proposez ainsi l'exemple de l'héroïsme qui convient : oui, c'est à notre objet qu'il faut revenir encore ; il faut une fois encore rincer à l'eau claire notre idée[5] :

Certes le linge, lorsque le reçut la lessiveuse, avait été déjà grossièrement décrassé. Elle n'eut pas contact avec les immondices eux-mêmes, par exemple avec la morve séchée en crasseux pendentifs dans les mouchoirs.

Il n'en resta pas moins qu'elle éprouve une idée ou un sentiment de saleté diffuse des choses à l'intérieur d'elle-même[6], dont à force d'émotion, de bouillonnements et d'efforts, elle parvint à avoir raison — à séparer des tissus : si bien que ceux-ci, rincés sous une catastrophe d'eau fraîche, vont paraître d'une blancheur extrême[7]...

Et voici qu'en effet le miracle s'est produit :

Mille drapeaux blancs sont déployés tout à coup — qui attestent non d'une capitulation, mais d'une victoire — et ne sont peut-être pas seulement le signe de la propreté corporelle des habitants de l'endroit.

*

L'EAU DES LARMES

Pleurer ou voir pleurer gênent un peu pour voir : entre pleurer et voir s'insèrent trop de charmes[1]... Mais de voir à pleurer il est trop de rapports[2], qu'entre pleurer et voir nous ne scrutions les larmes.

(Il prend la tête de la femme dans ses mains.)

Chère tête ! Au fond, que s'y passe-t-il ?

Accolée au rocher crânien, la petite pieuvre la plus sympathique du monde y resterait coite, — faisant pour chaque battement de cils fonction strictement de burette —, si quelque accès soudain de houle sentimentale, un brusque saisissement parfois (regrettable ou béni) ne la pressait (plus fort) de s'exprimer (mieux).

(Il se penche.)

Cher visage ! Alors, qu'en résulte-t-il ?

Une formule perle au coin nasal de l'œil. Tiède, salée... Claire, probante...

(Elle sourit³.)
Ainsi parfois un visage s'illumine-t-il !
Ainsi parfois peut-on cueillir de la tête de l'homme ce qui lui vient des réalités les plus profondes, — du milieu marin...
D'ailleurs la cervelle sent le poisson ! Contient pas mal de phosphore...
(Elle se remet à pleurer.)
Ah ! De voir à savoir s'il est quelque rapport, de savoir à pleurer faut-il qu'il en soit d'autres !
Pleurer ou voir pleurer gênent un peu pour voir... Mais j'y songe...
(Il cueille une larme au bord des cils.)
De l'œil à la vitre du microscope, n'est-ce pas, à l'inverse, une larme qui convient ?
« Ô perles d'Amphitrite[4] ! EXPRESSIONS RÉUSSIES !
« Entre l'eau des larmes et l'eau de mer il ne doit y avoir que peu de différence, si, — dans cette différence, tout l'homme, peut-être[5]... »
Camarades des laboratoires, prière de vérifier.

LA MÉTAMORPHOSE

Tu peux tordre au pied des tiges
L'élastique de ton cœur

Ce n'est pas comme chenille
Que tu connaîtras les fleurs

Quand s'annonce à plus d'un signe
Ta ruée vers le bonheur
. . . .
Il frémit et d'un seul bond
Rejoignit les papillons.

MŒURS NUPTIALES DES CHIENS

Les mœurs nuptiales des chiens, c'est quelque chose ! Dans un village de Bresse, en 1946... (je précise, car étant donné cette fameuse évolution des espèces, si elle se précipitait... ou s'il y avait mutation brusque[1] : on ne sait jamais)...

Quel curieux ballet ! Quelle tension !
C'est magnifique, ce mouvement qu'engendre la passion spécifique. Dramatique ! Et comme ça a de belles courbes ! Avec moments critiques, paroxystiques, et longue patience, persévérance immobile maniaque, ambages à très amples révolutions, circonvolutions, chasses, promenades à allure spéciale.
Oh ! Et cette musique ! Quelle variété !
Tous ces individus comme des spermatozoïdes, qui se rassemblent après d'invraisemblables, de ridicules détours.
Mais cette musique !
Cette femelle traquée ; cruellement importunée ; et ces mâles quêteurs, grondeurs, musiciens.
Cela dure des huit jours... (plus peut-être : je corrigerai quand ce sera fini).

Quels maniaques, ces chiens. Quel entêtement. Quelles sombres brutes. Quels grands bêtas ! Tristes. Bornés. Quels emmerdeurs !
Ridicules d'entêtement. Plaintifs. L'air à l'écoute, au flair. Affairés. Affairés[2]. Haussant et fronçant tristement, comiquement les sourcils. Tout tendus : oreilles, reins, jarrets. Grondants. Plaintifs. Aveugles et sourds à toute autre chose qu'à leur détermination spécifique.
(Comparez cela à la grâce et à la violence des chats. À la grâce aussi des chevaux.)

Mais ce n'était pas ma chienne, c'était celle du voisin, le Facteur Féaux : je n'ai pas pu voir cela d'assez près, observer les organes de la dame, son odeur, ses traînées, ses pertes de semence.

Je n'ai pu me rendre compte si elle avait commencé par être provocante, ou si seulement cela lui était venu (son état d'abord, ses pertes, son odeur, puis les mâles et leurs si longues, si importunes assiduités), si ça n'avait été pour elle qu'un étonnement douloureux et qu'une plainte, timide, avec déplacements mesurés, consentants.

Enfin, quel drame ! Comme la vie, alors révélée, a dû lui paraître harassante, énervante, absurde !

Et la voilà blessée pour toujours, — moralement aussi ! Mais elle aura ses beaux petits chiots… Pour elle seule, pendant quelque temps… Alors les mâles lui ficheront la paix, et quel bonheur avec ses petits, quel amusement même, quelle plénitude, — malgré parfois beaucoup d'encombrement entre les pattes et sous le ventre, beaucoup de fatigue.

Enfin, nous n'avons pas beaucoup dormi, pendant ces huit jours… Mais ça ne fait rien : on ne peut pas jouir de tout à la fois, — du sommeil et de quelque chose comme une série de représentations nocturnes au Théâtre Antique[3].

La lune par là-dessus (au-dessus des passions) m'a paru tenir aussi un grand rôle.

LE VIN

Le rapport est le même entre un verre d'eau et un verre de vin[1] qu'entre un tablier de toile et un tablier de cuir.

Sans doute est-ce par le tanin que le vin et le cuir se rejoignent.

Mais il y a entre eux des ressemblances d'une autre sorte, aussi profondes : l'écurie, la tannerie ne sont pas loin de la cave.

Ce n'est pas tout à fait de sous terre qu'on tire le vin, mais c'est quand même du sous-sol : de la cave, façon de grotte.

C'est un produit de la patience humaine, patience sans grande activité, appliquée à une pulpe douceâtre, trouble, sans couleur franche et sans tonicité.

Par son inhumation et sa macération dans l'obscurité et l'humidité des caves ou grottes, du sous-sol, l'on obtient un liquide qui a toutes les qualités contraires : un véritable rubis sur l'ongle.

Et, à ce propos, je dirai quelque chose de ce genre d'industrie (de transformation) qui consiste à placer la matière au bon endroit, au bon contact… et à attendre[2].

Un vieillissement de tissus.

Le vin et le cuir sont à peu près du même âge.

Des adultes (déjà un peu sur le retour).

Ils sont tous deux du même genre : moyenne cuirasse.

Tous deux endorment les membres à peu près de la même façon[3]. Façon lente. Par la même occasion, ils libèrent l'âme (?). Il en faut une certaine épaisseur.

L'alcool et l'acier sont d'une autre trempe ; d'ailleurs incolores. Il en faut moins.

Le bras verse au fond de l'estomac une flaque froide, d'où s'élève aussitôt quelque chose comme un serviteur dont le rôle consisterait à fermer toutes les fenêtres, à faire la nuit dans la maison ; puis à allumer la lampe.

À enclore le maître avec son imagination.

La dernière porte claquée résonne indéfiniment et, dès lors, l'amateur de vin rouge marche à travers le monde comme dans une maison sonore, où les murs répondent harmonieusement à son pas,

Où les fers se tordent comme des tiges de liseron sous le souffle émané de lui, où tout applaudit, tout résonne d'applaudissement et de réponse à sa démarche, son geste et sa respiration.

L'approbation des choses qui s'y enlacent alourdit ses membres. Comme le pampre enlace un bâton, un ivrogne un réverbère[4], et réciproquement[5]. Certainement, la croissance des plantes grimpantes participe d'une ivresse pareille.

Ce n'est pas grand'chose que le vin. Sa flamme pourtant danse en beaucoup de corps au milieu de la ville.

Danse plutôt qu'elle ne brille. Fait danser plus qu'elle ne brûle ou consume.

Transforme les corps articulés, plus ou moins en guignols, pantins, marionnettes.

Irrigue chaleureusement les membres, animant en particulier la langue.

Comme de toutes choses, il y a un secret du vin[6]; mais c'est un secret qu'il ne garde pas. On peut le lui faire dire : il suffit de l'aimer, de le boire, de le placer à l'intérieur de soi-même. Alors il parle.
En toute confiance, il parle.
Tandis que l'eau garde mieux son secret ; du moins est-il beaucoup plus difficile à déceler, à saisir.

★

LE LÉZARD

ARGUMENT

> Ce petit texte presque sans façon montre peut-être comment l'esprit forme une allégorie puis à volonté la résorbe. Plusieurs traits caractéristiques de l'objet surgissent d'abord, puis se développent et se tressent selon le mouvement spontané de l'esprit pour conduire au thème, lequel à peine énoncé donne lieu à une courte réflexion *a parte* d'où se délivre aussitôt, comme une simple évidence, le thème abstrait au cours (vers la fin) de la formulation duquel s'opère la disparition automatique de l'objet[1].

Lorsque le mur de la préhistoire se lézarde, ce mur de fond de jardin (c'est le jardin des générations présentes, celui du père et du fils[2]), — il en sort un petit animal formidablement dessiné, comme un dragon chinois, brusque mais inoffensif chacun le sait et ça le rend bien sympathique. Un chef-d'œuvre de la bijouterie préhistorique, d'un métal entre le bronze vert et le vif-argent, dont le ventre seul est fluide, se renfle comme la goutte de mercure. Chic ! Un reptile à pattes ! Est-ce un progrès ou une dégénérescence ? Personne, petit sot, n'en sait rien. Petit saurien[3].

Par ce mur nous sommes donc bien mal enfermés. Si prisonniers que nous soyons, nous sommes encore à la merci *de l'extérieur*, qui nous jette, nous expédie sous la porte ce petit poignard. À la fois comme une menace et une mauvaise plaisanterie.

Ce petit poignard qui traverse notre esprit en se tortillant d'une façon assez baroque, dérisoirement.

Arrêt brusque. Sur la pierre la plus chaude. Affût ? ou bien repos automatique ? Il se prolonge. Profitons-en ; changeons de point de vue.

Le LÉZARD dans le monde des mots n'a pas pour rien ce *zède* ou *zèle* tortillard, et pas pour rien sa désinence en *ard*, comme fuyard, flemmard, musard, pendard, hagard. Il apparaît, disparaît, réapparaît. Jamais familier pourtant. Toujours un peu égaré, toujours cherchant furtivement sa route. Ce ne sont pas insinuations trop familières que celles-ci. Ni venimeuses. Nulle malignité : aucun signe d'intelligence à l'homme.

Une sorte de petite locomotive haut-le-pied. Un petit train d'allégations hâtives, en grisaille, un peu monstrueuses, à la fois familières et saugrenues, — qui circule avec la précipitation fatale aux jouets mécaniques, faisant comme eux de brefs trajets à ras de terre, mais beaucoup moins maladroit, têtu, il ne va pas buter contre un meuble, le mur : très silencieux et souple au contraire, il s'arrange toujours, lorsqu'il est à bout de course, d'arguments, de ressort dialectique, pour disparaître par quelque fente, ou fissure, de l'ouvrage de maçonnerie sur lequel il a accompli sa carrière...

Il arrive qu'il laisse entre vos doigts le petit bout de sa queue.

... Une simple gamme chromatique ? Un simple arpège ? Une bonne surprise après tout, si elle fait d'abord un peu sauter le cœur[4]. On reviendra près de cette pierre[5].

Ou bien on l'aperçoit tout à coup, plaqué contre la muraille : il était là, immobile.

Il a, dans sa seule silhouette alors, quelque chose d'un peu redoutable. C'est son côté trop dessiné, son petit côté dragon, ou poignard.

Mais on se rassure aussitôt : il n'est pas du tout aimanté vers vous (comme sont les serpents). Il vous laisse, mieux que l'oiseau, le loisir de le contempler un peu : il lui est naturel de s'arrêter ainsi sur la pierre la plus chaude... Hésitation ? Anxiété ? Stupeur ? Délices de Capoue[6] ? Affût ?

Ennemi de la mouche au sol ! On ne peut dire qu'il ne ferait pas de mal à une mouche, puisqu'il s'en nourrit. Il faut bien se nourrir de quelque chose quand on est un petit bibelot ovipare, obligé d'assurer soi-même sa perpétuation. Comme le bougeoir si par exemple ou quelque petit bronze sur la cheminée du docteur s'offrait un spasme, montrait sa brève contorsion spécifique. Il lance alors sa petite langue comme une flamme[7]. Ce n'est pourtant pas du feu, ce ne sont pas des flammes qui sortent de sa bouche, mais bien une langue, une langue très longue et fourchue, aussi vite rentrée que sortie, — qui vibre du sentiment de son audace. Et pourquoi donc s'affectionnent-ils aux surfaces des ouvrages de maçonnerie ? À cause de la blancheur éclatante (et morne étendue) de ces sortes de plages, laquelle attire à s'y poser les mouches, qu'eux guettent et harponnent du bout de leur langue pointue.

Le LÉZARD suppose donc un ouvrage de maçonnerie, ou quelque rocher par sa blancheur qui s'en rapproche. Fort éclairé et chaud.

Et une faille de cette surface, par où elle communique avec la (parlons bref) préhistoire... D'où le lézard *s'alcive* (obligé d'inventer ce mot[8]).

Et voici donc, car l'on se saurait trop préciser ces choses, voici les conditions nécessaires et suffisantes..., pratiquement voici comment disposer les choses pour qu'à coup sûr apparaisse un lézard.

D'abord un quelconque ouvrage de maçonnerie, à la surface éclatante et assez fort chauffée par le soleil. Puis une faille dans cet ouvrage, par quoi sa surface communique avec l'ombre et la fraîcheur qui sont en son intérieur ou de l'autre côté. Qu'une mouche de surcroît s'y pose, comme pour faire la preuve qu'aucun mouvement inquiétant n'est en vue depuis l'horizon... Par cette faille, sur cette surface, apparaîtra alors un lézard (qui aussitôt gobe la mouche).

Et maintenant, pourquoi ne pas être honnête, *a posteriori* ? Pourquoi ne pas tenter de comprendre ? Pourquoi

m'en tenir au poème, piège au lecteur et à moi-même ?
Tiens-je tellement à laisser un poème, un piège ? Et non,
plutôt, à faire progresser d'un pas ou deux mon esprit[9] ? À
quoi ressemble plus cette surface éclatante de la roche ou
du môle de maçonnerie que j'évoquais tout à l'heure, qu'à
une page, — par un violent désir d'observation (à y inscrire) éclairée et chauffée à blanc ? Et voici donc dès lors
comment transmuer les choses :

Telles conditions se trouvant réunies :
Page par un violent désir d'observation à y inscrire éclairée et chauffée à blanc. Faille par où elle communique avec
l'ombre et la fraîcheur qui sont à l'intérieur de l'esprit.
Qu'un mot par surcroît s'y pose, ou plusieurs mots. Sur
cette page, par cette faille, ne pourra sortir qu'un... (aussitôt gobant tous précédents mots)... un petit train de pensées grises, — lequel circule ventre à terre et rentre
volontiers dans les tunnels de l'esprit[10].

*

LA RADIO

Cette boîte vernie ne montre rien qui saille[1], qu'un bouton à tourner jusqu'au proche déclic, pour qu'au-dedans
bientôt faiblement se rallument plusieurs petits gratte-ciel
d'aluminium, tandis que de brutales vociférations jaillissent
qui se disputent notre attention.

Un petit appareil d'une « sélectivité[2] » merveilleuse ! Ah,
comme il est ingénieux de s'être amélioré l'oreille à ce
point ! Pourquoi ? Pour s'y verser incessamment l'outrage
des pires grossièretés.

Tout le flot de purin de la mélodie mondiale.

Eh bien, voilà qui est parfait, après tout ! Le fumier, il
faut le sortir et le répandre au soleil : une telle inondation
parfois fertilise...

Pourtant, d'un pas pressé, revenons à la boîte, pour en
finir.

Fort en honneur dans chaque maison depuis quelques
années — au beau milieu du salon, toutes fenêtres
ouvertes — la bourdonnante, la radieuse seconde petite
boîte à ordures !

LA VALISE

Ma valise m'accompagne au massif de la Vanoise, et déjà ses nickels brillent et son cuir épais embaume. Je l'empaume, je lui flatte le dos, l'encolure et le plat. Car ce coffre comme un livre plein d'un trésor de plis blancs : ma vêture singulière, ma lecture familière et mon plus simple attirail, oui, ce coffre comme un livre est aussi comme un cheval, fidèle contre mes jambes, que je selle, je harnache, pose sur un petit banc, selle et bride, bride et sangle ou dessangle dans la chambre de l'hôtel proverbial[1].

Oui, au voyageur moderne sa valise en somme reste comme un reste de cheval[2].

*

LA TERRE

(Ramassons simplement une motte de terre[1].)

Ce mélange émouvant du passé des trois règnes, tout traversé, tout infiltré, tout cheminé d'ailleurs de leurs germes et racines, de leurs présences vivantes : c'est la terre.

Ce hachis, ce pâté de la chair des trois règnes.

Passé, non comme souvenir ou idée, mais comme matière.

Matière à la portée de tous, du moindre bébé ; qu'on peut saisir par poignées, par pelletées.

Si parler ainsi de la terre fait de moi un poète mineur, ou terrassier, je veux l'être[2] ! Je ne connais pas de plus grand sujet.

Comme on parlait de l'Histoire, quelqu'un saisit une poignée de terre et dit : « Voilà tout ce que nous savons de l'Histoire Universelle. Mais cela nous le savons, le voyons ; nous le tenons : nous l'avons bien en mains. »

Quelle vénération dans ces paroles !

Voici aussi notre aliment ; où se préparent nos aliments[3]. Nous campons là-dessus comme sur les silos de l'histoire, dont chaque motte contient en germe et en racines l'avenir.

Voici pour le présent notre parc et demeure : la chair de nos maisons et le sol pour nos pieds.
Aussi notre matière à modeler, notre jouet.
Il y en aura toujours à notre disposition. Il n'y a qu'à se baisser pour en prendre. Elle ne salit pas.

On dit qu'au sein des géosynclinaux, sous des pressions énormes, la pierre se reforme. Eh bien, s'il s'en forme une, de nature particulière, à partir de la terre proprement dite, improprement appelée végétale, à partir de ces restes sacrés, qu'on me la montre ! Quel diamant serait plus précieux[4] !

Voici enfin l'image présente de ce que nous tendons à devenir.
Et, ainsi, le passé et l'avenir présents.
Tout y a concouru : non seulement la chair des trois règnes, mais l'action des trois autres éléments : l'air, l'eau, le feu.
Et l'espace, et le temps.

Ce qui est tout à fait spontané chez l'homme, touchant la terre, c'est un affect immédiat de familiarité, de sympathie, voire de vénération, quasi filiale.
Parce qu'elle est la matière par excellence[5].
Or, la vénération de la matière : quoi de plus digne de l'esprit ?
Tandis que l'esprit vénérant l'esprit... voit-on cela ?
— On ne le voit que trop[6].

LA CRUCHE

Pas d'autre mot qui sonne comme cruche. Grâce à cet U qui s'ouvre en son milieu, cruche est plus creux que creux et l'est à sa façon. C'est un creux entouré d'une terre fragile : rugueuse et fêlable à merci[1].

Cruche d'abord est vide et le plus tôt possible vide encore.
Cruche vide est sonore.
Cruche d'abord est vide et s'emplit en chantant.
De si peu haut que l'eau s'y précipite, cruche d'abord est vide et s'emplit en chantant.

Cruche d'abord est vide et le plus tôt possible vide encore.
C'est un objet médiocre, un simple intermédiaire.
Dans plusieurs verres (par exemple) alors avec précision la répartir.
C'est donc un simple intermédiaire, dont on pourrait se passer. Donc, bon marché ; de valeur médiocre.

Mais il est commode et l'on s'en sert quotidiennement.
C'est donc un objet utile, qui n'a de raison d'être que de servir souvent.
Un peu grossier, sommaire ; méprisable ? — Sa perte ne serait pas un désastre...
La cruche est faite de la matière la plus commune ; souvent de terre cuite.
Elle n'a pas les formes emphatiques, l'emphase des amphores.
C'est un simple vase, un peu compliqué par une anse ; une panse[2] renflée ; un col large — et souvent le bec un peu camus des canards.
Un objet de basse-cour. Un objet domestique.

La singularité de la cruche est donc d'être à la fois médiocre et fragile : donc en quelque façon précieuse. Et la difficulté, en ce qui la concerne, est qu'on doive — car c'est aussi son caractère — s'en servir quotidiennement.

Il nous faut saisir cet objet médiocre (un simple intermédiaire, de peu de valeur, bon marché), le placer en pleine lumière, le manier, faire jouer; nettoyer, remplir, vider.

Tant va la cruche à l'eau qu'à la fin elle casse[3]. Elle périt par usage prolongé. Non par usure : par accident. C'est-à-dire, si l'on préfère, par usure de ses chances de survie.
C'est un ustensile qui périt par une sorte particulière d'usure : l'usure de ses chances de survie.
Ainsi la cruche, qui a un caractère un peu simple et plutôt gai, périt par usage prolongé.
Certaines précautions sont donc utiles pour ce qui la concerne. Il nous faut l'isoler un peu, qu'elle ne choque aucune autre chose. L'éloigner un peu des autres choses[4].
Pratiquer avec elle un peu comme le danseur avec sa danseuse[5]. En rapports avec elle, faire preuve d'une certaine prudence, éviter de heurter les couples voisins.
Pleine elle peut déborder, vide elle peut casser.
Il ne faut pas, non plus, la reposer brusquement... lui laisser trop peu de champ libre.

Voilà donc un objet dont il faut nous servir quotidiennement, mais à propos duquel, malgré son côté bon marché, il nous faut pourtant calculer nos gestes. Pour le maintenir en forme et qu'il n'éclate pas, ne s'éparpille pas brusquement en morceaux absolument sans intérêt, navrants et dérisoires.

Certains, il est vrai, pour se consoler, s'attardent — et pourquoi pas? — auprès des morceaux d'une cruche cassée[6] : notant qu'ils sont convexes... et même crochus... pétalliformes..., qu'il y a parenté entre eux et les pétales des roses, les coquilles d'œufs... Que sais-je?
Mais n'est-ce pas une dérision?

Car tout ce que je viens de dire de la cruche, ne pourrait-on le dire, aussi bien, des *paroles*[7]?

LES OLIVES

Olives vertes, vâtres, noires.

L'olivâtre entre la verte et la noire sur le chemin de la carbonisation. Une carbonisation en douce, dans l'huile — où s'immisce alors, peut-être, l'idée du rancissement.

Mais... est-ce juste ?

Chaque olive, du vert au noir, passe-t-elle par l'olivâtre ? Ou ne s'agit-il plutôt, chez d'aucunes, d'une sorte de maladie ?

Cela semble venir du noyau, qui tenterait, assez ignoblement alors, d'échanger un peu de sa dureté contre la tendresse de la pulpe... Au lieu de s'en tenir à son devoir[1] ; qui est, tout au contraire, non de durcir la pulpe (sous aucun prétexte !), mais contre elle de se faire de plus en plus dur... Afin de la décourager au point qu'elle se décompose... et lui permette, à lui, de gagner le sol, — et de s'y enfoncer. Libre à lui, alors (mais alors seulement), de se détendre : s'entrouvrir... et germer.

Quoi qu'il en soit, l'accent circonflexe se lit avec satisfaction sur olivâtre[2]. Il s'y forme comme un gros sourcil noir sous lequel aussitôt quelque chose se pâme, tandis que la décomposition se prépare.

Mais quand l'olive est devenue noire, rien ne l'est plus brillamment. Quelle merveille, ce côté flétri dans la forme[3]... Mais savoureuse au possible, et polie mais non trop, sans rien de tendu.

Meilleur suppositoire de bouche encore que le pruneau.

Après en avoir fini de ces radotages sur la couleur de la pulpe et sa forme, venons-en au principal — plus sensible à sucer le noyau — qui est la proximité d'*olive* et d'*ovale*[4].

Voilà une proximité fort bien jouée, et comme naïve.

Quoi de plus naïf au fond qu'une olive ?

Gracieuses et prestes dans l'entregent, elles ne font pas

pour autant les sucrées, comme ces autres jeunes filles : les dragées... les précieuses !

Plutôt amères, à vrai dire. Et peut-être faut-il les traiter d'une certaine façon pour les adoucir : les laisser mariner un peu.

Mais d'ailleurs, ce qu'on trouve enfin au noyau, ce n'est pas une amande : une petite balle ; une petite torpille[5] d'un bois très dur, qui peut à l'occasion pénétrer facilement jusqu'au cœur...

Non ! N'exagérons rien ! Sourions-en plutôt (d'un côté du moins de la bouche), pour la poser bientôt sur le bord de l'assiette...

... Voilà qui est tout simple. Ni de trop bon ni de trop mauvais goût... Qui n'exige pas plus de perfection que je ne viens d'y mettre... et peut plaire pourtant, plaît d'habitude à tout le monde, comme hors-d'œuvre[6].

*

ÉBAUCHE D'UN POISSON

(Le Rallye des Poissons.)

Comme — mille tronçons de rail sous la locomotive — mille barres ou signes de l'alphabet morse télégraphique — mille tirets en creux sur la partition de l'orgue mécanique — les poissons se succèdent et fuient — d'une succession immédiate — choses qui ne sont pas à exprimer car elles sont à elles-mêmes leurs signes — étant choses si schématiques et choses qui ne s'arrêtent point.

Mais...

(La Tournoie.)

La tournoie —, poisson de l'épaisseur d'un volet —, tantôt comme un volet tourne sur ses gonds —, tantôt semble meugler (mais la vue de sa gueule rend sourd).

(Les Poissons chinois.)

Et il y a aussi ces poissons chinois ; comme des King-Charles ; avec leurs kimonos à manches larges[1].

Mais... LE VOICI !

(À la poursuite du vrai Poisson.)

... Sa principale qualité est d'être profilé si victorieusement, d'avoir si exactement rentré ses membres à l'alignement pour évoluer dans son milieu — ce milieu épais —, qu'il semble que son corps y soit parfaitement à l'aise, joue à sa volonté, frétille, ne soit nullement embarrassé.

Mais alors, pourquoi l'expression de sa face dément-elle tragiquement celle de son corps ?

— Son angoisse s'y est réfugiée.

Et nous pensons alors que c'est l'horreur de s'être rendu manchot qui le point. Le fait de n'avoir plus que sa gueule pour prendre (et peut-il seulement recracher ?)

Comme un rat d'hôtel par lui-même si soigneusement emmailloté qu'il ne pourrait plus faire son métier.

Victorieusement-vainement gainé, dégainé. Victorieusement-vainement profilé, uni, souple. Victorieusement-vainement pénétrant, rond, huilé.

Prisonnier de son huile comme de son acier.

Le poisson est une pièce de mécanique (un arbre, un piston, une navette) qui apporte dans le milieu où elle doit jouer à la fois son acier et son huile, sa dureté et sa lasciveté, son audace et sa fuite, son engagement et sa libération.

Mais alors, pourquoi cette expression d'angoisse ?

Ai-je seulement le droit d'en parler ? — Bien sûr, puisqu'elle se montre en ce signe de façon si évidente !

... Mais seulement *lorsqu'il s'immobilise ou ralentit.*

Et là peut-être y a-t-il une indication importante... Là peut-être allons-nous saisir quelque chose d'important concernant le rapport de tels signes à l'homme... Ce qui n'est pas l'essentiel du poisson, peut-être... ? Mais il faut prendre son bien quand on le trouve !... Il suffit ! Revenons au poisson.

Pourquoi donc ai-je le *vainement* quand le *victorieusement* ralentit ? (mais le vainement alors sans aucun doute...)

Cet œil rond, de face et non de profil, lui... Comme un

hublot, une cible, une faiblesse, un énorme point faible...
Ô ! Comment le pardonnerions-nous à la nature !

Ce rond-point faible écarquillé...

Obus ! Torpille angoissée (dès qu'elle ralentit !) Comportant cet énorme point faible, comme une cible : son œil écarquillé²...

Comme un court athlète dans son maillot à paillettes, poisson tenu en main étonne par sa vigueur, glisse avec brusquerie et force à le brandir, — grâce à la prestesse et vigueur extrême de ses réactions et ce côté bandé à s'enfuir malgré sa cotte de mailles, parce qu'elle est huileuse, lubrifiée...

Son maillot de piécettes : comme de la monnaie-du-pape (mais bleutée) ; de piécettes usées, atténuées (surtout sur un bord) ; bien assemblées en un corps en forme de bourse qui sait ce qu'elle veut : veut à tout prix s'échapper de vos doigts !

Ainsi le poisson dans mon esprit se situe-t-il entre la bourse à piécettes et le mollet gainé de soie (à cause de son côté musculeux).

On pourrait ici parler de bas de soie comme bourse, et non plus de bas de laine, car elle est brillante et musculeuse, et ne reste volontiers ni dans la main ni dans la poche.

Ainsi est le poisson, dont on peut, le pliant, apercevoir la façon d'assemblage et la jointure des écailles... À le rompre.

(*Les écailles disjointes*, comme de la monnaie-du-pape bleutée, qui a cours sous-marinement...
Mais dans les rues avoisinant la Bourse, quel silence ! sous le funèbre clapotis superficiel...)
(*Les écailles disjointes*, cela pue, le poisson ; aussi par les mâchoires tendineuses...)

Mais il a, d'abord, de ces battements de queue ! Comme un battoir ! Et il a... Oh ! Surtout il a cette tête ! Tête à n'en pas douter ! Tête si peu différente de la nôtre !

Au col, les ouïes évoquent certaines persiennes, plus sèches, tendant du côté du papier, du bristol. Persiennes, jalousies en bristol rouge, sanglant...

Bien ! N'insistons pas !

Sous le ventre, chez certains poissons, pas grande différence avec le dos. Chez d'autres (et ça, on l'aime moins), c'est franchement mou, déprimé, déprimant, vulnérable. Comme un défaut de la cuirasse. Là sont les boyaux, comme dans la nacelle du dirigeable, d'où ils peuvent bientôt dépendre, comme les guideropes...

Sac suspect...

Mais, ah! Non, n'en parlons pas trop! Ne parlons pas de corde dans la maison du pendu!

*

LE VOLET, SUIVI DE SA SCHOLIE

Volet plein qui bat le mur, c'est un drôle d'oiseau qu'un volet. Qui ne s'envole mie. Et se désarticule-t-il ? Non. Il s'articule. Et crie. Par les gonds de son aile unique rectangulaire. Et s'assomme comme un battoir sur le mur.

Un drôle d'oiseau cloué. Cloué par son profil, ce qui est plus cruel ou qui sait ? Car il peut battre de l'aile. Et s'assommer à sa guise contre le mur. Faisant retentir l'air de ses cris et de ses coups de battoir.

Vlan, deux fois.

Mais quand il nous a assez fatigués, on le cloue alors grand ouvert ou tout à fait fermé. Alors s'établit le silence, et la bataille est finie : je ne vois plus rien à en dire.

Dieu merci, je ne suis donc pas sourd ! Quand j'ai ouvert mon volet ce matin, j'ai bien entendu son grincement, son cri et son coup de battoir. Et j'ai senti son poids.

Aujourd'hui, cela eut plus d'importance que la lumière délivrée et que l'apparition du monde extérieur, de tout le train des objets dans son flot.

D'autres jours, cela n'a aucune importance : lorsque je ne suis qu'un homme comme les autres et que lui, alors, n'est rigoureusement rien, pas même un volet.

Mais voici qu'aujourd'hui — et rendez-vous compte de ce qu'est aujourd'hui dans un texte de Francis Ponge[1] — voici donc qu'aujourd'hui, pour l'éternité, aujourd'hui dans l'éternité le volet aura grincé, aura crié, pesé, tourné sur ses gonds, avant d'être impatiemment rabattu contre cette page blanche.

Il aura suffi d'y penser ; ou, plus tôt encore, de l'écrire.

Stabat un volet.

Attaché au mur par chacun de ses deux *a*, de chaque côté de la fenêtre, à peu près perpendiculaire au mur.

Ça bat, ou plutôt stabat un volet.

Stabat et ça crie. Stabat et ça a crié. Stabat et ça grince et ça a crié un volet.

Stabat tout droit, dans la verticale absolue, tendu comme à deux mains placées l'une au-dessous de l'autre le fusil tenu par deux doigts ici, deux doigts plus haut, tenu tout près du corps, du mur, dans la position du présentez-armes en décomposant.

Et on peut le gifler, même le plus grand vent : Stabat[2].

Non, ce n'est pas le mouvement du pendule, car il y a *deux* attaches : beaucoup moins libre.

Attention ! J'atteins ici à quelque chose d'important concernant la liberté — quelle liberté ? — du pendule. Un seul point d'attache, supérieur... et il est libre : de chercher son immobilité, son repos...

Mais le volet l'atteint beaucoup plus vite, et plus bruyamment !

(Ce ne doit pas être tout à fait cela, mais je n'ai pas l'intention de m'y fatiguer les méninges.)

Le volet aussi me sert de nuage : il suffit à cacher le soleil[3].

Va donc, triste oiseau, crie et parle ! Va, mon volet plein, bat le mur !

... Ho ! Ho ! mon volet, que fais-tu ?

Plein fermé, je n'y vois plus goutte. Grand ouvert, je ne *te* vois plus :

> VOLET PLEIN NE SE PEUT ÉCRIRE
> VOLET PLEIN NAÎT ÉCRIT STRIÉ
> SUR LE LIT DE SON AUTEUR MORT
> OÙ CHACUN VEILLANT À LE LIRE
> ENTRE SES LIGNES VOIT LE JOUR.

(*Signé à l'intérieur*[4].)

SCHOLIE[5]. — Pour que le petit oracle[6] qui termine ce poème perde bientôt — et quasi spontanément — de son caractère pathétique, il suffirait que (dans ses éditions classiques) il soit imprimé comme suit[7] :

> VOLET PLEIN NE SE PEUT ÉCRIRE
> VOLET PLEIN NAÎT ÉCRIT STRIÉ
> SUR LE LIVRE DE L'AUTEUR MORT
> OÙ L'ENFANT QUI VEILLE À LE LIRE
> ENTRE SES LIGNES VOIT LE JOUR.

C'est en effet la seule façon intelligente de le comprendre (et de l'écrire, dès que le livre est conçu). Mais enfin, il ne me fut pas donné ainsi. Il n'y avait pas tant un livre, dans cette chambre, que, *jusqu'à nouvel ordre*, ce LIT.

L'oracle y gagna-t-il en *beauté* ? Peut-être (je n'en suis pas sûr...) Mais en ambiguïté et en cruauté, sûrement.

Pas de doute pourtant : fût-ce aux dépens de la beauté, il fallait devenir intelligent le plus tôt possible : c'est-à-dire plus modeste, on le voit.

On me dira qu'une modestie véritable (et la seule dignité peut-être) aurait voulu que j'accomplisse le petit sacrifice de mes beautés sans le dire et ne montre que cette dernière version... Mais sans doute vivons-nous dans une époque bien misérable (en fait de rhétorique), que je ne veuille priver personne de cette leçon, ni manquer d'abord de me la donner explicitement à moi-même.

... Et puis, suis-je tellement sûr, en définitive, d'avoir eu, de ce LIT[8], raison ?

*

L'ATELIER

Formellement nous le dirons d'abord (formalité dût en écho s'entendre) : pour nous, qui nous logeons à telle obscure enseigne de ne pouvoir, si nous ne nous trompons, nous croire artiste (ni poète) ; connaissant d'ailleurs nos outils : le bec acéré de la plume et cette acide liqueur d'encre qu'il lui faut, processivement, goutte à goutte instiller en l'esprit, c'est au risque de *crever*[1] la notion d'atelier, de la détruire en quelque façon, enfin d'en percer le mystère que nous devons tenter de nous l'approprier aujourd'hui. Mais tentons-le, puisque tel le devoir.

Qui regarde de haut une ville, serait-ce par l'imagination seulement, aperçoit certains bâtiments, éléments ou séries de bâtiments, dont l'aspect singulier est d'être, par tout ou partie de leur surface (murs et toits), translucides.

Voilà certes qui éclate de nuit surtout, depuis qu'aussitôt environnée par les ombres, chaque demeure humaine, à l'instar de certains organismes phosphorescents, produit en son intérieur une lumière assez vive. Mais, pour une sensibilité exercée, peut-être l'impression est-elle de jour encore plus touchante : il semble que l'épiderme de la ville ait été là par places (à ces endroits), aminci, atténué à l'extrême et que la chair n'en soit protégée plus que par une pellicule des plus fragiles.

Si l'on note d'ailleurs que de tels bâtiments s'observent plus nombreux dans les quartiers périphériques, où la population d'habitude se rend pour œuvrer collectivement[2], l'on en pourra évidemment conclure se trouver en présence là de manifestations de cet effet *vésicatoire* produit souvent sur les peaux sensibles par le travail, les frottements.

Ainsi ne s'agit-il pas, à proprement parler, d'une simple usure, mais la sérosité épanchée entre le derme (à vif) et l'épiderme forme alors ces petites tumeurs, qui peuvent donner à tout un quartier l'aspect bullescent, ou bullulé.

Et voici donc ce qu'on appelle un atelier : sur le corps des bâtiments comme une variété d'ampoule, entre verrière et verrue.

Insistons-y : ce qui préside à leur formation, comme l'activité cellulaire très intense qui se produit collectivement là-dessous, ne doit pas être mise au compte tout simplement de l'usure, mais plutôt d'une dialectique subtile de l'usure et de la réparation (voire de la fabrication), — très active. Accompagnée le plus souvent d'une sensation très vive, du genre hectique[3], qu'il ne m'appartient pas d'affecter d'un coefficient de douleur ou de plaisir. Et naturellement, la transparence de la partie usée, ou verrière, est très utile à ce qui se fait là-dessous, à cause des effets thérapeutiques de la lumière.

On voit tout ce qui pourrait être dit là-dessus ; et ajouté, par exemple comme couleur, odeur, rythme, bruit ou musique. Mais je ne veux pas trop insister, car tout ce qui précède concerne les ateliers en général, et je dois m'appliquer maintenant à une certaine catégorie d'entre eux.

Ce sont ceux qui le plus généralement se forment à l'étage supérieur, ou mettons sur la phalange extrême de certains immeubles bourgeois, partout ailleurs plutôt opaques et mornes.

Nous approchant d'eux au plus près, nous serons aussitôt frappés de la présence devinée en leur intérieur incontestablement d'*une personne*, et voilà certes qui est de nature à modifier profondément notre impression.

Disons-le : cette sorte d'ateliers nous est de beaucoup mieux connue. Plusieurs fois attiré ou admis en certains d'entre eux, rien de ce que nous y avons vu n'a pu infirmer la notion générale que nous venons de définir, mais, s'il s'agit ici encore d'une sorte de bulles ou d'ampoules, certainement d'autre chose aussi.

Tandis qu'en ceux que nous évoquions tout à l'heure s'observait une animation méthodique, des plus régulièrement répartie, comme si (chaque cellule tournant certes très vite, à la façon d'une turbine ou d'un moteur) l'ensemble (y compris les hommes employés à l'intérieur) donnait l'idée mettons d'une grande plaie ou brûlure superficielle en train merveilleusement de se cicatriser (ainsi quelque centrale électrique ou atelier de métallurgie), c'est tout autre chose qu'évoque, dans ceux dont nous parlons maintenant, l'activité spasmodique, parfois accélérée, souvent ralentie, le comportement et la figure même de l'être que nous y observons.

Voyez ces yeux, leur expression muette, ces gestes lents et ces précautions ; et cet empêtrement ; et parfois même, cette immobilité pathétique de nymphes.

Ah ! pour nous en expliquer au plus vite, disons qu'il s'agit ici, sur le corps de certains bâtiments, comme parfois sur la branche d'un arbre ou sur la feuille du mûrier, d'une sorte de nids d'insectes, — d'une sorte de cocons.

Et donc, bien sûr encore, d'un local ou d'un bocal organique, mais construit par l'individu lui-même pour s'y enclore longuement[4], sans cesser d'y bénéficier pour autant, par transparence, de la lumière du jour.

Et à quelle activité s'y livre-t-il donc ? Eh bien, tout simplement (et tout tragiquement), à sa *métamorphose*.

Qu'on nous pardonne si, cette idée conçue, elle nous ferme aussitôt la bouche. Car certes, nous pourrions épiloguer longuement. Montrer comment à l'aide de tels membres grêles épars, échelles, chevalets et pinceaux ou compas, grâce aussi par exemple à ces petites glandes sécrétives que sont les tubes de couleurs, laborieusement ou frénétiquement parfois, l'artiste (c'est le nom de cette espèce d'hommes, et il doit se nourrir d'une pâtée royale : natures mortes, nus, paysages parfois) *mue* et palpite et s'arrache ses œuvres. Qu'il faut considérer dès lors comme des peaux.

Mais il suffit. Plus rien n'est à percer... et nous ne sommes pas un cheval de manège.

Aussi, — pour en finir (le plus académiquement du monde) par où nous avons commencé, nous retirerons-nous dans notre pièce obscure, — vous donnant ainsi le prétexte (déçus si vous l'étiez par notre dérobade — à nous voir maintenant de la paroi de verre décoller progressivement nos ventouses) — de nous assimiler à quelque bête affreuse et notre informe écrit formellement à ce nuage d'encre à la faveur duquel elle s'enfuit[5].

*

L'ARAIGNÉE

EXORDE EN COURANTE.
PROPOSITION (THÈME DE LA SARABANDE).
COURANTE EN SENS INVERSE (CONFIRMATION).
SARABANDE, LA TOILE OURDIE (GIGUE D'INSECTES VOLANT AUTOUR).
FUGUE EN CONCLUSION[1].

Sans doute le sais-je bien... (pour l'avoir quelque jour dévidé de moi-même ? ou me l'a-t-on jadis avec les linéaments de toute science appris ?) que l'araignée sécrète son fil, bave le fil de sa toile... et n'a les pattes si distantes, si distinctes — la démarche si délicate — qu'afin de pouvoir ensuite arpenter cette toile — parcourir en tous sens son ouvrage de bave sans le rompre ni s'y emmêler — tandis que toutes autres bestioles non prévenues s'y emprisonnent de plus belle par chacun de leurs gestes ou cabrioles éperdues de fuite...

Mais d'abord, comment agit-elle ?

Est-ce d'un bond hardi ? ou se laissant tomber sans lâcher le fil de son discours, pour revenir plusieurs fois par divers chemins ensuite à son point de départ, sans avoir tracé, tendu une ligne que son corps n'y soit passé — n'y ait tout entier participé — à la fois filature et tissage ?

D'où la définition par elle-même de sa toile aussitôt conçue :

DE RIEN D'AUTRE QUE DE SALIVE PROPOS EN L'AIR MAIS AUTHENTIQUEMENT* TISSUS — OÙ J'HABITE AVEC PATIENCE — SANS PRÉTEXTE QUE MON APPÉTIT DE LECTEURS.

À son propos ainsi — à son image —, me faut-il lancer des phrases à la fois assez hardies et sortant uniquement de moi, mais assez solides — et faire ma démarche assez légère, pour que mon corps sans les rompre prenne appui pour en imaginer — en lancer d'autres en sens divers — et même en sens contraire par quoi soit si parfaitement tramé mon ouvrage, que ma panse** dès lors puisse s'y reposer, s'y tapir, et que je puisse y convoquer mes proies — vous, lecteurs, vous, attention de mes lecteurs — afin de vous dévorer ensuite en silence (ce qu'on appelle la gloire)...

Oui, soudain, d'un angle de la pièce me voici à grands pas me précipitant sur vous, attention de mes lecteurs prise au piège de mon ouvrage de bave, et ce n'est pas le moment le moins réjouissant du jeu : c'est ici que je vous pique et vous endors !

SCARAMOUCHES[2] AU CIEL*** QUI MENEZ DEVERS MOI LE BRANLE IMPÉNITENT DE VOTRE VÉSANIE...

> Mouches et moucherons,
> abeilles, éphémères,
> guêpes, frelons, bourdons,
> cirons, mites, cousins,
> spectres, sylphes, démons,
> monstres, drôles et diables,
> gnomes, ogres, larrons,

* Var. : Mésentériquement.
** Var. : Pensée.
*** Var. : Squadra de mouch's au ciel.

lurons, ombres et mânes,
bandes, cliques, nuées,
hordes, ruches, espèces,
essaims, noces, cohues,
cohortes, peuples, gens,
collèges et sorbonnes,
docteurs et baladins,
doctes et bavardins,
badins, taquins, mutins
et lutins et mesquins,
turlupins, célestins,
séraphins, spadassins,
reîtres, sbires, archers,
sergents, tyrans et gardes,
pointes, piques, framées,
lances, lames et sabres,
trompettes et clairons,
buccins, fifres et flûtes,
harpes, bassons, bourdons,
orgues, lyres et vielles,
bardes, chantres, ténors,
strettes, sistres, tintouins,
hymnes, chansons, refrains,
rengaines, rêveries,
balivernes, fredons,
billevesées, vétilles,
détails, bribes, pollens,
germes, graines et spermes,
miasmes, miettes, fétus,
bulles, cendres, poussières,
choses, causes, raisons,
dires, nombres et signes,
lemmes, nomes, idées,
centons, dictons et dogmes,
proverbes, phrases, mots,
thèmes, thèses et gloses[3],

FREDONS, BILLEVESÉES, SCHÈMES EN ZIZANIE! SACHEZ, QUOI QU'IL EN SOIT DE MA PANSE SECRÈTE ET BIEN QUE JE NE SOIS* QU'UN ÉCHRIVEAU[4]** CONFUS QU'ON EN PEUT DÉMÊLER POUR L'HEURE CE QUI SUIT : À SAVOIR QU'IL EN SORT QUE JE SUIS VOTRE PARQUE ; SORT, DIS-JE, ET IL S'EN-SUIT QUE BIEN QUE JE NE SOIS QUE PANSE DONC JE SUIS (SACHET, COQUILLE EN SOIE QUE MA PANSE SÉCRÈTE) VOTRE

* Var. : Jeune soie.
** Var. : Échrivain.

MAUVAISE ÉTOILE AU PLAFOND QUI VOUS GUETTE POUR VOUS FAIRE EN SES RAIS CONNAÎTRE VOTRE NUIT[5].

Beaucoup plus tard, — ma toile abandonnée — de la rosée, des poussières l'empèseront, la feront briller — la rendront de tout autre façon attirante...

Jusqu'à ce qu'elle coiffe enfin, de manière horrible ou grotesque, quelque amateur curieux des buissons ou des coins de grenier, qui pestera contre elle, mais en restera coiffé.

Et ce sera la fin...

Mais fi!

De ce répugnant triomphe, payé par la destruction de mon œuvre, ne subsistera dans ma mémoire orgueil ni affliction, car (fonction de mon corps seul et de son appétit) quant à moi mon pouvoir demeure!

Et dès longtemps, — pour l'éprouver ailleurs — j'aurai fui...

★

PREMIÈRE ÉBAUCHE D'UNE MAIN

Agitons donc ici LA MAIN, la main de l'Homme!

1

La main est l'un des animaux de l'homme: toujours à la portée du bras qui la rattrape sans cesse, sa chauve-souris de jour.

Reposée ci ou là, colombe ou tourtereau, souvent alors rejointe à sa compagne.

Puis, forte, agile, elle revolette[1] alentour. Elle obombre son front, passe devant ses yeux.

Prestigieusement[2] jouant les Euménides.

2

Ha! C'est aussi pour l'homme comme sa barque à l'amarre.

Tirant comme elle sur sa longe; hochant le corps d'un pied sur l'autre; inquiète et têtue comme un jeune cheval.

Lorsque le flot s'agite, faisant le signe *couci-couça*.

3

C'est une feuille mais terrible, prégnante et charnue.
C'est la plus sensitive des palmes *et* le crabe des cocotiers.
Voyez la droite ici courir sur cette page.

Voici la partie du corps la mieux articulée.
Il y a un bœuf dans l'homme, jusqu'aux bras. Puis, à partir des poignets — où les articulations se démultiplient — deux crabes.

4

L'homme a son pommeau électromagnétique. Puis sa grange, comme une abbaye désaffectée. Puis ses moulins, son télégraphe optique.
De là parfois sortent des hirondelles.

L'homme a ses bielles, ses charrues. Et puis sa main pour les travaux d'approche.
Pelle et pince, crochet, pagaie.
Tenaille charnue, étau.
Quand l'une fait l'étau, l'autre fait la tenaille.

C'est aussi cette chienne à tout propos se couchant sur le dos pour nous montrer son ventre : paume offerte, la main tendue.
Servant à prendre ou à donner, la main à donner ou à prendre.

5

À la fois marionnette et cheval de labour.

Ah ! C'est aussi l'hirondelle de ce cheval de labour. Elle picore dans l'assiette comme l'oiseau dans le crottin.

6

La main est l'un des animaux de l'homme ; souvent le dernier qui remue.

Blessée parfois, traînant sur le papier comme un membre raidi quelque stylo bagué qui y laisse sa trace.

À bout de forces, elle s'arrête.

Fronçant alors le drap ou froissant le papier, comme un oiseau qui meurt crispé dans la poussière, — et s'y relâche enfin.

*

LE LILAS

À Eugène de Kermadec.

Par les inflorescences que voilà, juge un peu de l'émotion de l'arbuste lors de son ébranlement annuel.

Il y a chimie du rose au bleu, effervescence et profusion violâtre dans les éprouvettes en papier-filtre du lilas[1].

Une goutte de la grappe en fusion parfois se détache, mais quelle fantaisie alors dans sa chute ! C'est l'abeille, avec des conséquences brûlantes pour l'expérimentateur.

J'en demande pardon aux jeunes gens, qui le voient sans doute d'un autre œil : le printemps quant à moi, passé le quarantième, m'apparaît comme un phénomène congestif, d'aspect plutôt répugnant, comme un visage d'apoplectique, par ce côté (au moins) violacé, gémissant, musicien qu'il comporte.

Les manifestations végétales, florales, et ces trilles du rossignol qui s'y subrogent la nuit : je suis plutôt content d'être moins expansif ! Ce déballage de boutons, de varices, d'hémorroïdes me dégoûte un peu.

Voyons-le à présent au lilas double et triple[2] :

Par l'opiniâtreté d'une cohésion naturelle aux essaims d'inflorescences que voilà, juge un peu, vois, sens donc et lis là un peu de l'ébranlement, de la riche émotion que ressent et procure non seulement à son bourreau l'arbuste lors de son ébranlement annuel.

Il y a chimie du rose au bleu, efflorvescence et proconfusion[3] violâtre dans les éprouvettes en papier-filtre, les bouquets formés d'une quantité de tendres clous de girofle mauves ou bleus du lilas.

Filtre, dis-je... Si bien qu'une goutte de la grappe en fusion parfois se détache, comme du point d'exclamation le point : mais quelle fantaisie alors dans sa chute ! C'est l'abeille, avec des conséquences brûlantes pour l'expérimentateur.

Vraiment, peut-on lui souhaiter dès lors autre chose que l'ef-fleurement[4] ?

Après quoi, nous pourrons ne l'employer plus que comme adjectif ; ainsi :

« Lilas encore aux fleurs succède à profusion le ciel à travers les feuilles de l'arbuste de ce nom[5]. »

Ce qui peut être la meilleure façon, j'imagine, de passer tout ce qui précède au bleu[6].

*

PLAT DE POISSONS FRITS

Goût, vue, ouïe, odorat... c'est instantané :

Lorsque le poisson de mer cuit à l'huile s'entrouvre, un jour de soleil sur la nappe, et que les grandes épées[1] qu'il comporte sont prêtes à joncher le sol, que la peau se détache comme la pellicule impressionnable parfois de la plaque[2] exagérément révélée (mais tout ici est beaucoup plus savoureux), ou (comment pourrions-nous dire encore ?)... Non, c'est trop bon ! Ça fait comme une boulette élastique, un caramel de peau de poisson bien grillée au fond de la poêle...

Goût, vue, ouïes, odaurades : cet instant safrané[3]...

C'est alors, au moment qu'on s'apprête à déguster les filets encore vierges, oui ! Sète alors que la haute fenêtre s'ouvre, que la voilure claque et que le pont du petit navire penche vertigineusement sur les flots,

Tandis qu'un petit phare de vin doré — qui se tient bien vertical sur la nappe — luit à notre portée[4].

*

LA CHEMINÉE D'USINE

Par ce beau stylo neuf s'érigeant immobile à partir d'un chaos de maints petits carnets, bouche bée en l'azur, bien avant que d'écrire, à d'obscures questions haute issue est donnée.

Proposons-la tout droit aux faubourgs de l'esprit, telle qu'un beau matin je m'y trouvai sensible.

Point d'interrogation là-dessus.

Nul ne sait si la notion de cheminée d'usine souhaite ou non pénétrer un peu profondément dans l'esprit ou le cœur de l'homme, car, à la différence de la flèche d'église par exemple, elle n'est pas faite pour cela.

Pourtant elle y parvient, voici de quelle façon.

Quel merveilleux attrait pour un quartier, me dis-je un jour, que de compter une à plusieurs de ces jeunes personnes[1] !

(Il est de fait qu'à notre époque aucune n'est encore bien âgée.)

Les sommités gracieuses ! S'il en fut.

Fut-il jamais constructions plus hautes montrant moins de fatuité. Plus innocemment, plus tranquillement altières. Plus finement pénétrantes aussi.

Comme l'aiguille d'une piqûre bien faite, qui ne fait pas mal.

Comme ces jeunes filles, épées charmantes, blessantes au possible, dont on s'aperçoit qu'on en meurt quand elles ont profondément pénétré en vous.

J'ai été percé d'amour par l'une d'elles, haut baguée.

Ô, crayon terminé par une bague !

Quoi de plus ravissant que ces simples filles, longues et fines, mais bien rondes pourtant, au mollet de briques roses bien tourné, qui, très haut dans le ciel, murmurent du coin de la bouche, comme les figures de rébus, quelque nuage nacré.

Quel élégant souci de réserver au ciel les fumées d'un travail à ras de terre, voire d'un feu souterrain !

Oui, c'est très haut dans le ciel que tu lâches ton nuage, ton souci, ton effusion...

Tu tiens dans ton carquois, long étui à vertus, parallèles en toi, brillantes comme aiguilles, à la fois de la flûte et de la jolie jambe, de la plus haute et la plus mince tour, de la lunette astrologique et du stylo à plume rentrée, — terminé alors par un méat des plus touchants : comme la bouche muette des poissons, ou celle, plus minuscule encore, d'où s'échappe le sperme (lui aussi, simple flocon nacré).

Mais je m'en aperçois à ce que je viens de dire : au risque de terminer ce texte par une pointe (pourtant, c'est le contraire), manifestement, pour t'imiter mieux, je dois rentrer la plume de mon stylo...

Cette fable, entre autres choses, signifie[2] que :
Tandis que les flèches par quoi se terminent encore la plupart des belles constructions idéologiques ne m'atteignent plus,
Pénètrent au contraire profondément dans mon esprit et dans mon cœur,
Les postulations les plus simples, les plus naïves,
Qui ne sont pas faites pour cela.

Les forges de l'esprit fonctionnent nuit et jour.
N'importe quoi s'y fabrique.
Pour obscures qu'en soient les émanations,
Ou parfois vaporeuses,
Par un stylo bien droit
Leur cheminement est le même :
Volute après volute
À leur dissipation hautement éconduites,
Qu'enfin par le vent seul la question soit traitée[3] !

*

L'ASSIETTE

Pour le consacrer ici, gardons-nous de nacrer trop cet objet de tous les jours. Nulle ellipse prosodique, si brillante qu'elle soit, pour assez platement dire l'humble interposition de porcelaine entre l'esprit pur et l'appétit[1].

Non sans quelque humour, hélas (la bête s'y tenant mieux !), le nom de sa belle matière d'un coquillage fut pris. Nous, d'espèce vagabonde, n'y devons pas nous asseoir. On la nomma porcelaine, du latin — par analogie — *porcelana*, vulve de truie... Est-ce assez pour l'appétit[2] ?

Mais toute beauté qui, d'urgence, naît de l'instabilité des flots, prend assiette sur une conque[3]... N'est-ce trop pour l'esprit pur ?

L'assiette, quoi qu'il en soit, naquit ainsi de la mer : d'ailleurs multipliée aussitôt par ce jongleur bénévole remplaçant parfois en coulisse le morne vieillard qui nous lance à peine un soleil par jour[4].

C'est pourquoi tu la vois ici sous plusieurs espèces vibrant encore, comme ricochets s'immobilisant sur la nappe sacrée du linge.

Voilà tout ce qu'on peut dire d'un objet qui prête à vivre plus qu'il n'offre à réfléchir[5].

*

LA PAROLE
ÉTOUFFÉE SOUS LES ROSES

C'est trop déjà qu'une rose, comme plusieurs assiettes devant le même convive superposées.

C'est trop d'appeler une fille Rose, car c'est la vouloir toujours nue ou en robe de bal, quand, parfumée par plusieurs danses, radieuse, émue, humide elle rougit, perlante, les joues en feu sous les lustres de cristal ; colorée comme une biscotte à jamais dorée par le four.

La feuille verte, la tige verte à reflets de caramel et les épines, — sacrédié ! tout autrement que de caramel — de la rose, sont d'une grande importance pour le caractère de celle-ci.

Il est une façon de forcer les roses qui ressemble à ce qu'on fait quand, pour que ça aille plus vite, l'on met des ergots d'acier à des coqs de combat.

Oh l'infatuation des hélicoïdogabalesques pétulves[1] ! La roue du paon aussi est une fleur, vulve au calice[2]... Prurit ou démangeaison : chatouiller fait éclore, bouffer, s'entrebâiller. Elles font bouffer leurs atours, leurs jupons, leurs culottes³...

Une chair mélangée à ses robes, comme toute pétrie de satin : voilà la substance des fleurs. Chacune à la fois robe et cuisse (sein et corsage aussi bien) qu'on peut tenir entre deux doigts — enfin ! et manier pour telle ; approcher, éloigner de sa narine ; quitter, oublier et reprendre ; disposer, entrouvrir, regarder — et flétrir au besoin d'une seule ecchymose terrible, dont elle ne se relèvera plus : de valeur âcre et opérant une sorte de retour à la feuille — ce que l'amour, pour chaque jeune fille, met au moins quelques mois à accomplir⁴...

Épanouies, enfin ! Calmées, leurs crises de neurasthénie agressive !

Cet arbuste batailleur, dressé sur ses ergots et qui fait bouffer son plumage, y perdra rapidement quelques fleurs...
Une superposition nuancée de soucoupes.
Une levée de tendres boucliers autour du petit tas d'une poussière fine, plus précieuse que l'or.

Les roses sont enfin comme choses au four. Le feu d'en haut les aspire, aspire la chose qui se dirige alors vers lui (voyez les soufflés)... veut se coller à lui ; mais elle ne peut aller plus loin qu'un certain endroit : alors elle entrouvre les lèvres et lui envoie ses parties gazeuses, qui s'enflamment... C'est ainsi que roussit et noircit puis fume et s'enflamme la chose au four : il se produit comme une éclosion au four, et la Parole n'est que⁵...

Voilà aussi pourquoi il faut arroser les plantes, car ce sont les principes humides qui, soudoyés par le feu, entraînent à leur suite vers leur élévation tous les autres principes des végétaux.

Du même élan les fleurs alors débouchent — définitivement — leur flacon. Toutes les façons de se signaler leur sont bonnes. Douées d'une touchante infirmité (paralysie des membres inférieurs), elles agitent leurs mouchoirs (parfumés)...

Car pour elles, en vérité, pour chaque fleur, tout le reste du monde part incessamment en voyage[6].

*

LE CHEVAL

Plusieurs fois comme l'homme grand, cheval a narines ouvertes, ronds yeux sous mi-closes paupières, dressées oreilles et musculeux long cou.

La plus haute des bêtes domestiques de l'homme, et vraiment sa monture désignée.
L'homme, un peu perdu sur l'éléphant, est à son avantage sur le cheval, vraiment un trône à sa mesure.
Nous n'allons pas, j'espère, l'abandonner?
Il ne va pas devenir une curiosité de Zoo, ou de Tiergarten[1]?
... Déjà, en ville, ce n'est plus qu'un misérable ersatz d'automobile, le plus misérable des moyens de traction.

Ah! c'est aussi — l'homme s'en doute-t-il? — bien autre chose! C'est *l'impatience* faite naseaux.
Les armes du cheval sont la fuite, la morsure, la ruade.
Il semble qu'il ait beaucoup de flair, d'oreille et une vive sensibilité de l'œil.
L'un des plus beaux hommages qu'on soit obligé de lui rendre, est de devoir l'affubler d'œillères.
Mais nulle arme...
D'où la tentation de lui en ajouter une. Une seule. Une corne.
Apparaît alors la licorne.

Le cheval, grand nerveux, est aérophage.
Sensible au plus haut point, il serre les mâchoires, retient sa respiration, puis la relâche en faisant fortement vibrer les parois de ses fosses[2] nasales.
Voilà aussi pourquoi le noble animal, qui ne se nourrit que d'air et que d'herbes, ne produit que des brioches de paille[3] et des pets tonitruants et parfumés.
Des tonitruismes[4] parfumés.

Que dis-je, qu'il se nourrit d'air ? il s'en enivre. Le hume, le renifle, s'y ébroue.

Il s'y précipite, y secoue sa crinière, y fait voler ses ruades arrière.
Il voudrait évidemment s'y envoler.
La course des nuages l'inspire, l'irrite d'émulation.
Il l'imite : il s'échevelle⁵, caracole...
Lorsque claque l'éclair du fouet, le galop des nuages se précipite et la pluie piétine le sol...

Aboule-toi⁶ du fond du parc, fougueuse hypersensible armoire, de loupe ronde bien encaustiquée !
Belle et grande console de style !
D'ébène ou d'acajou encaustiqué.
Caressez l'encolure de cette armoire, elle prend aussitôt l'air absent.
Le chiffon aux lèvres, le plumeau aux fesses, la clef dans la serrure des naseaux.
Sa peau frémit, supporte impatiemment les mouches, son sabot martèle le sol.
Il baisse la tête, tend le museau vers le sol et se repaît d'herbes.
Il faut un petit banc pour voir sur l'étagère du dessus.

Chatouilleux d'épiderme, disais-je... mais son impatience de caractère est si profonde, qu'à l'intérieur de son corps les pièces de son squelette se comportent comme les galets d'un torrent !

Vue par l'abside, la plus haute nef animale à l'écurie...

Grand saint ! grand horse ! beau de derrière à l'écurie...
Quel est ce splendide derrière de courtisane qui m'accueille ? monté sur des jambes fines, de hauts talons ?
Haute volaille aux œufs d'or, curieusement tondue.
Ah ! c'est l'odeur de l'or qui me saute à la face !
Cuir et crottin mêlés.
L'omelette à la forte odeur, de la poule aux œufs d'or.
L'omelette à la paille, à la terre : au rhum de ton urine, jaillie par la fente sous ton crin⁷...
Comme, sortant du four, sur le plateau du pâtissier, les brioches, les mille-pailles-au-rhum de l'écurie.

Grand saint, tes yeux de juive, sournois, sous le harnais...

Une sorte de saint, d'humble moine en oraison, dans la pénombre.

Que dis-je un moine?... Non! sur sa litière excrémentielle, un pontife! un pape[8] — qui montrerait d'abord, à tout venant, un splendide derrière de courtisane, en cœur épanoui, sur des jambes nerveuses élégamment terminées vers le bas par des sabots très hauts de talon.

POURQUOI CE CLIQUETIS DE GOURMETTES?
CES COUPS SOURDS DANS LA CLOISON?
QUE SE PASSE-T-IL DANS CE BOX?
PONTIFE EN ORAISON?
POTACHE EN RETENUE?
GRAND SAINT! GRAND HORSE (HORSE OU HÉROS?), BEAU DE DERRIÈRE À L'ÉCURIE,
POURQUOI, SAINT MOINE, T'ES-TU CULOTTÉ DE CUIR?
— DÉRANGÉ DANS SA MESSE, IL TOURNA VERS NOUS DES YEUX DE JUIVE...

LE SOLEIL PLACÉ EN ABÎME

LE NOUS QUANT AU SOLEIL. INITIATION À L'OBJEU

Nous avons toujours pu penser du Soleil avoir quelque chose à dire, et certes ne pouvoir l'écrire sans inventer quelque genre nouveau, comme nous ne pouvions non plus imaginer *a priori* ce nouveau genre, dont il eût fallu qu'il se formât[1] au cours de notre travail, nous avons usé à cet égard de beaucoup de ténacité et de patience, et mis autant que possible le Temps dans notre complot[2].

Plusieurs circonstances pourtant à ce jeu devaient se produire, qui nous déterminent à montrer notre étude dans l'état où elle paraît aujourd'hui. Chacune, cela va sans dire, touche d'assez près au Soleil. La première, en effet, tient à notre âge, et à l'âge de cette étude dans nos dossiers. Nous (ce *nous*, l'a-t-on compris, prononcé sans emphase, figure simplement la collection des phases et positions successives du *je*) pouvons bien juger maintenant qu'IL SUFFIT[3].

La seconde, de la même horloge, n'est qu'un rouage un peu plus petit : une promesse que nous avions faite. De l'avoir trop longtemps différée, nous a fait concevoir une honte capable — en voici la preuve — de balancer de façon décisive celle de donner un texte trop inadéquat à son objet.

La troisième enfin, moins claire qu'éblouissante, et donc de plus près encore que les précédentes tenant à la nature du Soleil, nous voici terminant nos excuses au cœur même de notre objet.

Qu'est-ce que le Soleil ? Celui-ci, qui domine toutes choses et ne saurait donc être dominé, n'est pourtant que la millionième roue du carrosse qui attend devant notre porte chaque nuit.

Peut-être le lecteur commence-t-il ici à entendre, dans le roulement et aux lueurs de cette ébène, quelle sera la logique de ce texte, sa tournure particulière et son ton. Nous devons pourtant lui en communiquer le vertige encore de plusieurs façons.

Chacun, par exemple, sait de la Terre, et de nous par conséquent là-dessus, qu'elle tourne autour du Soleil selon une orbite elliptique dont il n'occupe qu'*un* des foyers[4]. Se sera-t-on demandé *qui* occupe l'autre, l'on ne sera plus très éloigné de nous comprendre.

Rappelons d'ailleurs, car cela peut éclairer quelques passages, que les meilleures mesures, quant au Soleil, sont données à nos astronomes par la petite planète Éros, qui s'approche parfois au plus près de la Terre, jusqu'à seize millions de kilomètres environ.

Si nous ajoutons à ce propos la prière qu'on veuille bien mettre au compte du Soleil, de son éclat excessif et du délire qu'il provoque, nos divagations, nos exaltations et nos chutes — enfin chacune de nos fantastiques ou ridicules erreurs — c'est qu'un faste véritable, de grandes et magnifiques dépenses, ne vont pas en effet sans quelques excès ou bizarreries. Ce que nous devions pourtant essayer de conserver, c'est, entre le glorieux et le bizarre, une certaine proportion, devant rappeler celle des protubérances ou des taches visibles à la périphérie de l'astre, par rapport à la sphéricité grandiose et permanente de celui-ci, qui finalement l'emporte de loin sur tout autre caractère.

Nous glorifierons-nous donc maintenant de la principale imperfection de ce texte[5] — ou plutôt de sa paradoxale et rédhibitoire perfection ? Elle vient à la fois de cette énorme quantité (ou *profusion*) de matières (dont aucune, d'ailleurs, qui n'ait son échantillon ici-bas), de leur densité inégale et de leur état de fusion (ou à proprement parler *confusion*) — et surtout, de cette multiplicité de points de vue (ou, si l'on veut, angles de visions), parmi lesquels aucun esprit honnête de notre époque ne saurait en définitive choisir.

Il est pourtant un de ces points de vue dans la perspective duquel nous avons entrepris, sinon conduit à leur fin certains passages, qui constitue vraiment notre propre, et où gît peut-être sinon le modèle du moins la méthode du nouveau genre dont nous parlions.

Qu'on le nomme *nominaliste* ou *cultiste* ou de tout autre nom, peu importe : pour nous, nous l'avons baptisé l'*Objeu*. C'est celui où l'objet de notre émotion placé d'abord en abîme, l'épaisseur vertigineuse et l'absurdité du langage, considérées seules, sont manipulées de telle façon que, par la multiplication intérieure des rapports, les liaisons formées au niveau des racines et les significations bouclées à double tour, soit créé ce fonctionnement qui seul peut rendre compte de la profondeur substantielle, de la variété et de la rigoureuse harmonie du monde.

Que nous n'ayons pu continuellement nous y tenir prouve seulement qu'il est trop tôt sans doute encore pour l'Objeu si déjà, comme nous avons eu l'honneur de le dire, sans doute il est trop tard pour nous.

Le lecteur dont nous ne doutons pas, formé sur nos valeurs et qui nous lira dans cent ans peut-être, l'aura compris aussitôt[6].

LE SOLEIL TOUPIE À FOUETTER (I[7])

Que le soleil brille d'abord en haut et à gauche de la première page de ce livre, cela est normal.

Brillant soleil ! D'abord exclamation de joie, il y répond l'acclamation du monde (même à travers les larmes, car c'est grâce à lui qu'elles brillent).

Il y a tout lieu de croire (drôle d'expression) que nous sommes à l'intérieur du soleil ; ou du moins à l'intérieur du système de son pouvoir et de son amour.

Le jour est la pulpe d'un fruit dont le soleil serait le noyau. Et nous, noyés dans cette pulpe comme ses imperfections, ses taches, ses *crapauds*, nous sommes asymétriques par rapport à son centre. Son rayonnement nous enrobe et nous franchit, va jouer beaucoup plus loin que nous.

La nuit c'est le spectacle, la considération[8] ; mais le jour la prison, les travaux forcés de l'azur.

Cet astre est l'orgueil même. Le seul cas d'orgueil justifié.

Satisfaction de quoi ? Satisfaction de soi, domination de tout.

Tout créé, il l'éclaire, le réchauffe, le récrée.

« Le soleil dissipe la nue, récrée et puis pénètre enfin le cavalier. Encor n'usa-t-il point de toute sa puissance... » (La Fontaine, *Phœbus et Borée*[9].)

Brusquement, ces coups de lumière et de chaleur à la fois, toutes voiles blanchies dehors.

Mais le courant froid dans un bain toujours à la longue l'emporte.

Le soleil anime un monde qu'il a d'abord voué à la mort : ce n'est donc que l'animation de la fièvre ou de l'agonie.

Dans les derniers temps de son pouvoir, il crée des êtres capables de le contempler ; puis ils meurent tout à fait, sans cesser pour autant leur service de spectateurs[10] (ou de gens d'escorte).

Le soleil, animant, allumant ce qui le contemple, joue avec lui un jeu psycho-compliqué, fait avec lui le coquet.

Sa pomme d'arrosoir nous inonde parfois, et parfois seulement le toit ou la verrière.

Du grand baril des cieux, c'est la bonde radieuse, souvent enveloppée d'un torchon de ternes nuées, mais toujours humide, tant la pression du liquide intérieur est forte, tant sa nature est imprégnante.

Que la bonde cède, et que le flot (pur et dangereux) jaillisse, c'est alors ce qu'a vu Gœthe à l'heure de mourir, comme il nous l'a décrit : « Plus de lumière. » Oui, voilà peut-être *mourir*.

Oursin éblouissant. Peloton. Roue dentée. Coup de poing. Casse-tête. Massue.

Le *d'abord* et l'*enfin* sont ici confondus[11].
Tambour et batterie.
Chaque objet a lieu entre deux bans.

LE SOLEIL LU À LA RADIO[12]

1

Puisque tel est le pouvoir du langage,
Battons-nous donc soleil comme princes monnaie,
   Pour en timbrer le haut de cette page ?
   L'y ferons-nous monter comme il monte au zénith ?

OUI

Pour qu'ainsi réponde, au milieu de la page,
L'acclamation du monde à son exclamation !

2

« Brillant soleil adoré du Sauvage... »
Ainsi débute un chœur de l'illustre Rameau[13].
Ainsi, battons soleil comme l'on bat tambour !
Battons soleil aux champs ! Battons la générale !

OUI

Battons d'un seul cœur pavillon du soleil !

3

Pourtant, tel est le pouvoir du langage,
Que l'Ombre aussi est en notre pouvoir.
   Déjà, prenons-y garde,
Le soleil la comporte et ce *oui* la contient :
OUI, je viens dans son temple adorer l'Éternel[14].
OUI, c'est Agamemnon, c'est ton roi qui t'éveille !
Par la même exclamation monosyllabique
   Débute la Tragédie.
OUI, l'Ombre ici déjà est en pouvoir.

4

Nous ne continuerons donc pas sur ce ton.
La révolte, comme l'acclamation, est facile.
   Mais voici peut-être le point.
   Qu'est-ce que le soleil comme objet ? — C'est le plus brillant des objets du monde.
   OUI, brillant à tel point ! Nous venons de le voir.
   Il y faut tout l'orchestre : les tambours, les clairons, les fifres, les tubas. Et les tambourins, et la batterie.

Tout cela pour dire quoi ? — Un seul monosyllabe. Une seule onomatopée monosyllabique.

Le soleil ne peut être remplacé par aucune formule logique, CAR le soleil n'est pas un objet.

LE PLUS BRILLANT des objets du monde n'est — de ce fait — NON — *n'est pas* un objet ; c'est un trou, c'est l'abîme métaphysique[15] : la condition formelle et indispensable de tout au monde. La condition de tous les autres objets. La condition même du regard.

5

Et voici ce qui en lui est atroce. Vraiment, du dernier mauvais goût ! Vraiment, qui nous laisse loin de compte, et nous empêche de l'adorer :

Cette condition *sine qua non* de tout ce qui est au monde s'y montre, s'y impose, y apparaît.

Elle a le front de s'y montrer !

Qui plus est, elle s'y montre de telle façon qu'elle interdit qu'on la regarde[16], qu'elle repousse le regard, vous le renfonce à l'intérieur du corps !

Vraiment, quel tyran !

Non seulement, il nous oblige *à être*, je vais dire dans quelles conditions — mais il nous force à le contempler — et cependant nous en empêche, nous interdit de le fixer.

OUI et NON !

C'est un tyran et un artiste, un artificier, un acteur ! Néron ! Ahenobarbus[17] !

6

Voici en quelques mots ce qui s'est passé.

Le Soleil, qui n'est pas la Vie, qui est peut-être la Mort (comme Gœthe l'a décrite : « plus de lumière »), qui est sans doute en deçà de la Vie et de la Mort, — a expulsé de Lui certaines de ses parties, les a exilées, envoyées à une certaine distance pour s'en faire contempler.

Envoyées, dis-je, à une certaine distance. Distance fort bien calculée. Suffisante pour qu'elles refroidissent, suffisante pour que ces exilées aient assez de recul pour le contempler. Insuffisante pour qu'elles échappent à son attraction et ne doivent continuer autour de lui leur ronde, leur service de spectateurs.

Ainsi elles refroidissent, car il les a vouées à la mort,

mais d'abord — et c'est bien pire — à cette maladie, à cette tiédeur que l'on nomme la vie. Et, par exemple, quant à l'homme, à ses trente-sept degrés centigrades. Ah! Songez combien plus proche de la mort est la vie, cette tiédeur, que du soleil et de ses milliards de degrés centigrades!

J'en dirais autant des formes et des couleurs, qui expriment la damnation particulière de chaque être, de chaque spectateur exilé du soleil. Sa damnation, c'est-à-dire sa façon particulière d'adorer et de mourir.

7

Ainsi les corps et la vie même ne sont qu'une dégradation de l'énergie solaire, vouée à la contemplation et au regret de celle-ci, et — presque aussitôt — à la mort.

Ainsi le soleil est un fléau. Voyez : comme les fléaux, il fait éclater les épis, les cosses. Mais c'est un fléau sadique, un fléau médecin. Un fléau qui fait se reproduire et qui entretient ses victimes ; qui les *recrée* et s'en fait désirer.

Car — cet objet éblouissant — un nuage, un écran, le moindre volet, la moindre paupière qu'il forme suffit à le cacher, et donc à le faire désirer. Et il ne manque pas d'en former. Et ainsi la moitié de la vie se passe-t-elle dans l'ombre, à souhaiter la chaleur et la lumière, c'est-à-dire les travaux forcés dans la prison de l'azur.

8

Pourtant, voici que cette fable comporte une moralité.

Car, plongés dans l'ombre et dans la nuit par les caprices du soleil et sa coquetterie sadique, les objets éloignés de lui au service de le contempler, tout à coup voient le ciel étoilé[18].

Il a dû les éloigner de lui pour qu'ils le contemplent (et se cacher à eux pour qu'ils le désirent), mais voici qu'ils aperçoivent alors ces myriades d'étoiles, les myriades d'*autres* soleils.

Et il n'a pas fallu longtemps pour qu'ils les comptent. Et ne comptent leur propre soleil *parmi* l'infinité des astres, non comme le plus important. Le plus proche et le plus tyrannique, certes.

Mais enfin, l'un seulement des soleils.

Et je ne dis pas qu'une telle considération les rassure, mais elle les venge...

9

Ainsi, plongé dans le désordre absurde et de mauvais goût du monde, dans le chaos inouï des nuits, l'homme du moins compte les soleils.

Mais enfin, son dédain s'affirme et il cesse même de les compter.

(Écrit le XXII juin de ma cinquante et unième année : jour du solstice d'été.)

10

... Cependant le soleil se fait longuement regretter ; nuit et nuées ; s'éloigne de la terre, conçue vers le solstice d'hiver.

Puis il remonte.

C'est alors qu'il faut continuer par l'expression de la remontée du soleil, malgré nous. Et, bien sûr, cela ne peut finir que par un nouveau désespoir, accru (« Encore un jour qui luit ! »).

Il ne reste donc qu'*une* solution.

Recommencer volontairement l'hymne. Prendre décidément le soleil en bonne part. C'est aussi là le pouvoir du langage. Nous en féliciter, réjouir. L'en féliciter. L'honorer, le chanter, tâchant seulement de *renouveler* les thèmes (et variations) de ce los. Le nuancer, en plein ravissement.

Certes nous savons à quoi nous en tenir, mais *à tout prix* la santé, la réjouissance et la joie.

Il faut donc métalogiquement le « refaire », le posséder. En plein ravissement.

« Remonte donc, puisque enfin tu remontes. Tu me recrées. Ah ! j'ai médit de toi ! Etc., etc. »

Changer le mal en bien. Les travaux forcés en Paradis.

Puis finir dans l'ambiguïté hautement dédaigneuse, ironique et tonique à la fois ; le fonctionnement verbal, sans aucun coefficient laudatif ni péjoratif : l'objeu.

LE SOLEIL TOUPIE À FOUETTER *(II)*

Le Soleil, la main ouverte : aïeul prodigue, magnificent. Semeur.

Semeur ? Je dirais plutôt autre chose...

L'imposition de ses mains fait tout se bander : cintre (rend convexes) les surfaces, fait éclater les cosses, s'ériger les tiges des plantes, gonfler les fruits.

Sa seule apparition, sa seule vue hâle, fait rougir ou blêmir, défaillir, se pâmer.

Sous sa chaude caresse, ce vieillard prodigue abuse de ses descendants, précipite le cours de leur vie, exalte puis délabre physiquement leurs corps.

Et d'abord les pénètre, les déshabille, les incite à se dénuder, puis les fait gonfler, bander, éclater ; jouir, germer ; faner, défaillir et mourir.

Les objets, dès son apparition, se portent réciproquement ombrage. Portent leur ombre les uns sur les autres.

Chacun est enorgueilli, réconforté, exalté : il ne sent plus sa face froide.

C'est alors qu'il fait son devoir : bande et jouit[19].

Mais il arrive alors à chacun de s'apercevoir qu'il porte ombre — et sa délicatesse aussitôt s'en inquiète. Il s'aperçoit qu'il enténèbre certaines choses derrière lui, qu'il les gêne. Il voudrait éviter cela, mais ne peut. Son existence en condamne d'autres, dès l'instant que la joie paraît au monde et qu'il participe à cette joie.

Dans la joie, hiérarchie.

Chaque chose porte écusson parti d'argent et de sable.

Dans la tristesse, dans le morne (temps gris, nuageux, sans soleil), la vie comporte plus d'égalité.

L'ombre a toujours une forme, celle du corps qui la porte.

Elle est le lieu de la tristesse infligée par la joie frappant un corps.

Elle est la prison (mouvante), le lieu géométrique de la punition (involontaire) d'une région de l'espace par une autre en joie (ou en gloire).

Enfin, elle est d'autant plus sombre que la joie est plus forte (éblouissante).

Mais cette punition est éphémère, ou du moins changeante, capricieuse. « Chacun son tour », pourrait-on dire. Et voilà qui peut la rendre supportable.

En somme, dans le même instant que le soleil frappe de joie une chose, il l'oblige à assumer sa responsabilité, et chaque chose alors condamne — et exécute le jugement, la punition.

Le soleil, qui la gifle de joie, affuble du même coup chaque chose de sa noire robe de juge.

Les succès du soleil sont constants. Ils ne se comptent plus. Ce n'est certes pas la pitié (ni la sympathie) à son égard qui m'incite à parler de lui ou à lui donner la parole.

Il est l'étoile incontestée de notre monde.

La vedette. L'attraction.

Sa gloire ne subit pratiquement aucune éclipse.

Son affirmation est impitoyable, impitoyablement identique à elle-même : elle se renouvelle chaque jour.

Nul ne saurait lui échapper une seule minute. Nous sommes entre ses mains.

Père voyeur et proxénète... Accoucheur, médecin et tueur. Violeur de ses enfants[20].

Une seule chose à son égard m'attriste, me le rend touchant : son manque de formes, cet orgueil qui le rend sphérique et échevelé (sphère échevelée) : d'où sa coquetterie absurde.

C'est cet orgueil insensé (lequel se déchaîne en flammes, rugissements, explosions) qui sans doute nous a valu notre expulsion et notre maladie : notre vie.

Je te plains, soleil, de ta manie glorieuse comme je plains ces vedettes rousses (décolorées), inhumaines : rageuses et stupides à la fois.

Tu es la seule personne (ou chose) au monde qui ne puisse jamais avoir (ou prendre) la parole. Il n'est pas question de te l'offrir.

L'obscurité froide (et acide) est la seule chose qui puisse me faire prendre le soleil en bonne part.

Le gel progressif dans l'obscurité d'une cave, la vie dans un air sevré de soleil, dans le noir acide, dans le noir amer, n'est-ce pas l'un des pires maux ? Voilà ce qui me fait prendre en bonne part le soleil.

Contre l'ombre froide et acide, la lumière sucrée et chaude.

Contre une tranche froide et acide, une tartine de miel blond et sucré.

Contre ces longues (de plus en plus longues) feuilles d'oseille ou de rhubarbe des ombres s'allongeant très vite comme des légumes au ras du sol, une tartine de soleil de plus en plus doré et sucré sur le trottoir.

Le soleil (fixe, toujours à une place sûre — très éloignée, d'ailleurs —, toujours identique à lui-même et ne sortant de ses bornes qu'un peu) paraît, *est* évidemment moins terrible, moins sauvage, moins féroce que les flammes.

Côté minéral (fixe, lointain et immobile) du soleil. Côté animal, donc mouvant et dévorant (beaucoup plus proche) des flammes (qui ont des hauts et des bas imprévus).

La tête de lion immobile du soleil s'oppose à (mais pourtant il provoque) la troupe galopante de girafes, le troupeau peureux et féroce des flammes.

Le soleil apathique et fascinateur, fixe et dur, s'oppose à la gueule saignante et dévorante des flammes.

Une mâchoire épouse toujours quelque chose : sa proie.

L'œil fixe du soleil s'oppose à la mâchoire active et sanglante des flammes.

La bille, l'œil enchâssé au front du ciel...

Le dé du soleil s'oppose aux ciseaux des flammes.

Le dé du soleil pousse en tous sens mille aiguilles perçantes et blessantes, qui font saigner.

L'œuf du soleil donne naissance à la volière des flammes. Et, réciproquement, les coqs des flammes, à leur moment hypnotique et de plus grande intensité, donnent naissance à l'œuf du soleil.

Que dis-je ? lui donner la parole ? La parole n'est qu'une façon (la forme, la couleur en sont d'autres) d'avouer quelque faiblesse ; de remplacer quelque vertu, pouvoir, perfection ; quelque organe absent ; d'exprimer sa damnation, de la compenser. Avez-vous quelque chose à dire (sous-entendu : pour votre excuse, pour votre défense ?). Je ne sais *qui* nous pose tacitement cette question, quelques secondes chaque fois avant que nous parlions. Mais LUI qu'aurait-il donc à dire ? Quelle faiblesse, quel manque à avouer ou compenser ? Non, il n'a rien à dire !

Le monde est une horlogerie[21] dont le soleil est à la fois le moteur (le ressort) et le principal rouage (la grande roue). Il ne nous apparaît que comme la plus petite. Mais si éblouissante !

Il force l'eau à un cyclisme perpétuel.

Si légère, en comparaison, l'attraction de la lune ! marées, menstrues...

Ce rouage est trop splendide pour que les autres rouages puissent le regarder.

Approchez-vous d'une étoile et vous voilà au soleil. Ne vous en approchez donc que si vous avez l'âme (et le corps) assez humide, que si vous disposez d'une certaine provision de larmes, si vous pouvez supporter une certaine déshydratation (momentanée) : cela vous sera revalu. En pluie apaisante.

Dépressions et tempêtes : tout un théâtre de sentiments. Enfin vient l'ondée apaisante : c'est le répit, ce sont les vacances du bourreau.

La vie commune avec une étoile... Nous nous réveillons chaque matin avec la même étoile dans notre lit. L'été, elle va et vient dans la maison avant notre réveil. Telle est notre aventure, assez fastidieuse.

LE SOLEIL FLEUR FASTIGIÉE[22]

> TOUS LES JOURS AU FAÎTE DU MONDE
> MONTE UNE FLEUR FASTIGIÉE.
> SA SPLENDEUR EFFACE SA TIGE
> QUI GRIMPE ENTRE LES DEUX YEUX
> DE LA TROP ÉTROITE NATURE
> POUR EN DISJOINDRE LE FRONT.
> SA RACINE EST EN NOS CŒURS.

La racine de ce qui nous éblouit est dans nos cœurs.

LE SOLEIL TOUPIE À FOUETTER (III)

Soleil ! Moyeu, roue et cascade ; girande et noria.

Pourquoi le français, pour désigner l'astre du jour, a-t-il choisi la forme verbale dérivée du diminutif *soliculus* ?

(Littré note que ce diminutif est étranger aux autres langues. Le latin dit *sol*, l'italien *sole*, l'espagnol *sol*, le scandinave *sol*, l'allemand *sonne*, l'anglais *sun* : toutes formes verbales dérivées du sanscrit *surya*, védique *sura*, d'un radical védique *svar* qui signifie lumière, soleil, ciel. Mais le français…)

Serait-ce par goût précieux du petit, du menu, du bijou ?

Non. Plutôt, parce que c'est par une déflation, parfois, au cours d'une opération en repli, que les proportions se trouvent et que tout se met à fonctionner.

Puis, n'est-ce pas souvent, dans une machine, dans un mouvement d'horlogerie, la roue la plus petite qui est aussi la plus importante, celle qui entraîne tout ?

Enfin le soleil, dans l'horlogerie universelle, n'est-il pas, véritablement, une étoile petite, quoique la plus éblouissante et tyrannique de notre point de vue ; une étoile jaune et peu lumineuse, d'environ la cinquième grandeur et dont on sait que, placée à la distance des étoiles les plus rapprochées, elle serait à la limite de la visibilité à l'œil nu ?

Le diminutif *soleil*, dès longtemps choisi par ceux de notre race, rend merveilleusement compte de tout cela.

Nous l'abhorrons comme le dieu unique.

Un sentiment authentique de notre part et tout simple : non, nous ne pouvons aimer ce qui resplendit trop, ce que l'orgueil de son pouvoir rend informe et tourbillonnant, éblouissant. Nous n'aimons pas trop l'or. J'accepte ses faveurs, à vrai dire les souhaite, mais aussi bien je m'en cache la tête, ne lui donne que certaines parties de mon corps à dorer.

Le soleil est l'objet dont l'apparition ou la disparition produit, dans l'appareil du monde comme sur chacun des (autres) objets qui le composent, le plus d'effet et de sensation.

La nuit, c'est le trésor de l'aigle et de la pie.

Tandis que jacasse Jocaste[23], Cassandre laisse brûler son sucre et Locuste y verse goutte à goutte le souci aigu du poison.

Telles sont les femelles d'Horus, l'épervier d'Égypte, qui

s'absente à tire-d'aile du ciel, envahi aussitôt par mille étoiles.

Les chariots effrénés renversent leurs chevaux, les quatre fers en l'air.

Sous la pression des lèvres du jeune Hercule, le sein de Junon crache la Voie lactée.

Ainsi va le monde, comme une horloge d'oursins.

C'est une artillerie qui, brusquement charmée, a tourné à l'horlogerie.

Une artillerie dont les boulets sont devenus rouages, sphères d'une suspension à la Cardan.

Cependant, moins dévastateur qu'il ne semblait d'abord, le jour s'avance, à la fois irrésistible et bénin, fatal et bénin comme un troupeau de moutons.

Lion, berger d'un troupeau de moutons[24].

Ce globe qui tournoie, aveuglé par l'orgueil et l'enthousiasme égocentrique, peut-être est-ce l'horreur qu'il inspire (qu'il inspire aussi bien à lui-même) qui contribue à sa giration ? Peut-être ses rayons ne partent-ils pas de son centre. Peut-être la lumière n'est-elle que ce qui fuit de ses bords ; ce qui, de ce globe tournoyant, prend la tangente.

Et *comment* de telles décisions, selon quelle loi mécanique, peuvent-elles contribuer à entretenir sa giration ? C'est qu'elles sont prises avec brusquerie et violence ; il s'agit d'explosions de dégoût. C'est ce qu'on appelle la *répulsion*, l'une des forces les plus communément employées en pyrobalistique.

Nous en revenons ainsi à l'idée d'une artillerie cosmique. Fort sensible la nuit, où, si nous ne l'entendons guère, nous apercevons ses boulets, ses balles traçantes.

Mais *comment* le comportement marcassin ou oursin, comment la colère tourne-t-elle brusquement à l'harmonie, et l'artillerie à l'horlogerie ? Comment l'excès même et l'extrémité du désir et de la violence font-ils brusquement place à l'harmonieux fonctionnement et au silence, ou plutôt au murmure, au ronronnement du plein-jeu ?

Voilà le mystère ! dont nous ne retiendrons que la leçon.

Le feu n'est que la singerie ici-bas du soleil. Sa représentation, *accrue* en intensité et en grimaces, *réduite* quant à l'espace et au temps.

Le feu, comme le singe, est un virtuose. Il s'accroche et gesticule dans les branches. Mais le spectacle en est rapide. Et l'acteur ne survit pas longtemps à son théâtre, qui s'écroule brusquement en cendres un instant seulement avant le dernier geste, le dernier cri.

Pourquoi le soleil n'est-il pas un objet ? Parce que c'est lui-même qui suscite et tue, ressuscite indéfiniment et retue les sujets qui le regardent comme objet.

Ainsi le soleil, plutôt que *Le Prince*, pourrait-il être dit *La Pétition-de-Principe*. Il pousse le jour devant lui, et ce n'est que le parterre (ou le prétoire) garni à sa dévotion, qu'il entre en scène. Sous un dais, nimbé d'un trémolo de folie. Ses tambourinaires l'entourent, les bras levés au-dessus de leurs têtes. Et sa sentence est toujours la même : « Quia leo », dit-il[25].

Nous n'aurons jamais d'autre explication.

SCELLÉS PAR LE SOLEIL...

Scellés par le soleil sont mis sur la nature. Personne désormais n'en peut plus sortir ni y entrer. Décision de justice est attendue. Les choses actuellement en sont là.

Voilà aussi pourquoi nous ne pouvons l'adorer. Et, peut-être donc, au lieu de nous plaindre, devons-nous le remercier de s'être rendu visible.

LE SOLEIL TITRE LA NATURE

Le soleil en quelque façon titre la nature. Voici de quelle façon[26].

Il l'approche nuitamment par en dessous. Puis il paraît à l'horizon du texte, s'incorporant un instant à sa première ligne, dont il se détache d'ailleurs aussitôt. Et il y a là un moment sanglant.

S'élevant peu à peu, il gagne alors au zénith la situation exacte de titre, et tout alors est juste, tout se réfère à lui selon des rayons égaux en intensité et en longueur.

Mais dès lors il décline peu à peu, vers l'angle inférieur droit de la page, et quand il franchit la dernière ligne, pour replonger dans l'obscurité et le silence, il y a là un nouveau moment sanglant.

Rapidement alors l'ombre gagne le texte, qui cesse bientôt d'être lisible.

C'est alors que le *tollé* nocturne[27] retentit.

LA NUIT BAROQUE[28]

I

La Terre chaque soir à son Porte-Manteau Oriental décroche cette sorte de Chapelle-Haute-de-Forme-à-Huit-Reflets que le coup de poing tout à coup de je ne sais quelle Résolution-Supérieure lui enfonce irrésistiblement jusqu'aux yeux.

2[29]

Lorsque l'incessant tollé nocturne (durant tout le jour en sourdine) recommence à se laisser percevoir, les souliers volent, les oiseaux glissent sur le parquet ciré du salon sans murs de l'Idole Noire exposée au fond avec tous ses bijoux.

Sonnez, coups fatals !

(Déménagement de glaces noires[30], changement de décors clandestin.)

Et rapidement, par un doigt mis sur le tambour, se dissipe la buée sonore[31].

Sur un velours sans forme, diamants sans monture, brillez !

Roule, mappemonde noire d'où tombe une suie suffocante et parfumée[32].

Dégoutte dans la grotte, lucidité sans formes, scintillations à tous les vents[33] !

3

LA STAR[34]. (Visage d'une étoile vu en gros plan.)

Entourée d'une corolle inégale de pétales pointus qui séparent la tête du corps du cou,

depuis la clé de voûte du front en pierre d'amidon[35] lisse et nue

encapuchonnée par-derrière

jusqu'aux premiers rapports de la nuque avec le fauteuil-pliant du dos

par une châtaigneraie d'ondulations noires,

parlerai-je d'abord des deux haricots bleutés, d'un ovale mesuré, dont le regard mi-songeur mi-éveillé repose à mi-hauteur de l'armoire à linge des cieux et parfois se rabaisse sur les bat-flanc de terre à droite,

des joues ni rondes ni émaciées,

ou de ce teint de flamme-de-bougie, de nénuphar-veilleur, d'ampoule-dépolie,

dont se peut-il que la commutation[36]

ne me soit pas de moins en moins mystérieuse?

4

Tous les soirs à ma porte un carrosse ecclésiastique[37] m'attend, gros scarabée en bois de piano, orné de scintillations bleues.

Je sors à la hauteur de la pointe des piques. Mon escorte dégaine avec son cliquetis. Je descends dans leur mince et touffue forêt, la traverse, monte en carrosse en courbant le dos, et me retrouve assis au fond, comme sous le demi-cercle d'un piège à haute tension, aux fortes commissures.

Écumeux, noble, sous la lumière des projecteurs, l'un des chevaux, égal au Colosse de Rhodes, se cabre au-dessus des flots, où piaffe un second, déjà immergé jusqu'au col, tandis que le troisième, selon des bords sinueux et bassement flattés, affolé, galope.

À leurs fronts blanchoient trois bandeaux, trois mouchoirs d'humide batiste.

C'est alors que du fond de la carrosserie, immobile mais tiraillé en tous sens, glacé, cérémonieux, la poitrine sanglée par la stupeur, cloué sur le capiton par la sauvagerie des étoiles, assourdi par le formidable tollé nocturne, j'assiste à la révolution d'une énorme mappemonde à torréfier le café, les yeux fixés sur le plafond d'où tombe une suie suffocante et parfumée[38].

La Terre cependant, comme une table jamais desservie,

tourne sans cesse selon un mouvement de bascule, quoique toujours orientalement.

Lorsque le jour s'ameute aux bords neutres du Levant, la truie noire s'enfuit avec ses marcassins[39].

LE SOLEIL SE LEVANT SUR LA LITTÉRATURE

QUE LE SOLEIL À L'HORIZON DU TEXTE SE MONTRE ENFIN COMME ON LE VOIT ICI POUR LA PREMIÈRE FOIS EN LITTÉRATURE SOUS LES ESPÈCES DE SON NOM INCORPORÉ DANS LA PREMIÈRE LIGNE DE FAÇON QU'IL SEMBLE S'ÉLEVER PEU À PEU QUOIQUE À L'INTÉRIEUR TOUJOURS DE LA JUSTIFICATION POUR PARAÎTRE BRILLER BIENTÔT EN HAUT ET À GAUCHE DE LA PAGE DONT IL FAIT L'OBJET, VOILÀ QUI EST NORMAL ÉTANT DONNÉ LE MODE D'ÉCRITURE ADOPTÉ DANS NOS RÉGIONS COMME AUSSI DU POINT DE VUE OÙ PUISQU'IL M'EN CROIT SE SUBROGEANT CONTINUELLEMENT À MOI-MÊME SE TROUVE ACTUELLEMENT SITUÉ LE LECTEUR.

En effet, lorsque je commence à écrire, devant une fenêtre regardant au midi, c'est que le soleil ayant franchi les monts sénestres de la nuit et traversé la couche informe des vapeurs oniriques qui les surplombent, se trouve assez haut déjà dans le ciel pour que sa lumière ait acquis une certaine force.

Il frappe alors, comme une cible, ma tempe gauche et commande ainsi, la structure de l'homme étant en hélice, les articulations de ma main droite, laquelle trace les présents signes noirs qui ne sont donc peut-être — n'est-ce pas bien ainsi ? — que la formulation plus ou moins précise de mon ombre-portée intellectuelle. Que dis-je ? seulement l'ombre — et n'est-ce pas mieux encore ? — de mon bec-de-plume lui-même.

Oui, c'est ainsi qu'Horus s'élève dans le ciel, comme l'épervier victorieux aussitôt de toutes les autres étoiles.

Pourtant sa force en peu d'instants croît encore, éblouissant ma raison, qui ne peut plus le définir dès lors que comme cette source intense de lumières et d'idées qui fonctionne le matin dans le lobe antérieur gauche de ma tête.

Et maintenant, c'est le délire, autour de midi.

Ô Soleil, monstrueuse amie, putain rousse ! Tenant ta

tête horripilante dans mon bras gauche, c'est allongé contre toi, tout au long de la longue cuisse de cet après-midi, que dans les convulsions du crépuscule, parmi les draps sens dessus dessous de la réciprocité trouvant enfin dès longtemps ouvertes les portes humides de ton centre, j'y enfoncerai mon porte-plume et t'inonderai de mon encre opaline par le côté droit.

Le Soleil était entré dans le miroir. La vérité ne s'y vit plus. Aussitôt éblouie et bientôt cuite, coagulée comme un œuf[30].

LES HIRONDELLES
ou
Dans le style des hirondelles
(RANDONS)

Chaque hirondelle inlassablement se précipite — infailliblement elle s'exerce — à la signature, selon son espèce, des cieux.

Plume acérée, trempée dans l'encre bleue-noire, tu *t'*écris vite !
Si trace n'en demeure...
Sinon, dans la mémoire, le souvenir d'un élan fougueux, d'un poème bizarre,
Avec retournements en virevoltes aiguës, épingles à cheveux, glissades rapides sur l'aile, accélérations, reprises, nage de requin.
Ah ! je le sais par cœur, ce poème bizarre ! mais ne lui laisserai pas, plus longtemps, le soin de *s'*exprimer.
Voici les mots, il faut que je les dise.
(Vite, avalant ses mots à mesure.)
L'Hirondelle : mot excellent ; bien mieux qu'*aronde*[1], instinctivement répudié.
L'Hirondelle, l'*Horizondelle* : l'hirondelle, sur l'horizon, se retourne, en nage-dos libre.
L'Ahurie-donzelle : poursuivie — poursuivante, s'enfuit en chasse avec des cris aigus.

Flèche timide (flèche sans tige) — mais d'autant véloce et vorace — tu vibres en te posant ; tu clignotes de l'aile.
Maladroite, au bord du toit, du fil, lorsque tu vas tomber tu te renvoles, vite !

Tu décris un ambage aux lieux que de tomber
(comme cette phrase[2]).

Puis, — sans négliger le nid, sous la poutre du toit, où les mots piaillent : la famille famélique des petits mots à grosse tête et bec ouvert, doués d'une passion, d'une exigence exorbitantes —

Tu t'en reviens au fil, où tu dois faire nombre.
(Posément, à la ligne.)

Leur nombre — sur fond clair — à portée de lecture : sur une ligne ou deux nettement réparti, ah ! que signifie-t-il ?

Leur notation de l'hymne ? (Ce serait trop facile.)

Le texte de leur loi ? (Ah ! ce serait ma loi !)

Nombreuses dans le ciel — par ordre ou pour question — sur ce bord, pour l'instant, les voici ralliées.

Mais quel souci leur vient, qui d'un seul coup les rafle ?

Toutes, à corps perdu, soudain se précipitent.

Elles sont infaillibles.

Pas un de leurs randons[3] — pour variés qu'ils soient, et quel qu'en soit le risque — qui ne le leur confirme.

Mais nulle n'y peut croire ; à nulle il n'en souvient ; et chacune s'exerce infatigablement.

Chacune, à corps perdu lancée parmi l'espace, passe, à signer l'espace, le plus clair de son temps[4].

Flammèches d'alcool, flammes bleues ! (je veux dire à la fois flamme et flèche).

Flammes isolées, qui de leur propre chef vont fort loin — fort vite au loin, et plus capricieusement que des flèches.

Sont-elles dirigées, de l'intérieur, par elles-mêmes ? Grâce à ce petit réchaud — d'alcool à perpétuité — qu'elles ont ?

Par ce petit réchaud — âme et volonté — qu'elles ont ?

Ou plutôt, à distance, par l'espèce ?

Par ce curieux trolleybus-fantôme de l'espèce tour à tour ébattues, suscitées sur les fils ?

Quoi qu'il en soit, ce sont les flammes, ce sont les flèches que nous sentons les plus proches de nous ; et presque qui font partie de nous, qui sont nôtres.

Elles font dans les cieux ce que ne sachant faire, nous

ne pouvons que souhaiter; dont nous ne pouvons avoir qu'idée.

Plus souples à la fois et plus roides, elles ressemblent à notre âme, à notre désir parfois.

Mais elles ne sont pas que cela; que des idées, des gestes à nous : attention!

Parmi les animaux, ce sont ceux qui se rapprochent le plus de la flamme, de la flèche.

Elles partent de nous, et ne partent pas de nous : pas d'illusions!

S'il nous fallait faire ce qu'elles font!

Elles nous mettent, elles nous jettent en position de spectateurs.

Voycz! Ce masque vénitien des hirondelles : plutôt, même, extrême-oriental.

Ces yeux tirés, ces bouches fendues. Fendues comme par un sabre; le sabre de la vitesse.

Casques et costumes : ces combinaisons, où les lunettes prennent la plus grande importance; tout — à partir de là — s'étirant vers les côtés des tempes, vers les oreilles — jusqu'à l'extrémité des ailes!

Soyons donc un peu plus humains à leur égard; un peu plus attentifs; considératifs; sérieux.

Leur distance à nous, leur différence, ne viendrait-elle pas, précisément, du fait que ce qu'elles ont de proche de nous est terriblement violenté, contraint par leur autre proximité — celle à des signes abstraits : flammes ou flèches?

Par quelque supériorité, virtuosité particulière, que nous avons su éviter?

Et voici ce qui dans leur condition, peut-être, est atroce : elles ne se déshabillent, ne se démaquillent jamais!

Concevez cela! S'être réduit à si peu de chose, contraint à de tels étirements, de telles grimaces; s'être corseté ainsi — et ne plus pouvoir revenir à une autre condition... Oh! les malheureuses!

Sport cruel!
Non seulement chasse entre elles, mais sport[5].
Deux hirondelles volant de front créent un rail, grinçant surtout à l'endroit des courbes.
Mais le plus souvent elles se poursuivent, en file indienne.
Leur émulation : elles s'y excitent.

Pourtant, il semble que dans les hauteurs de l'atmosphère parfois elles aillent voler seules, plus calmement.

Relâchant dès l'instant leur style alimentaire, sensibles aussitôt au mouvement des sphères[6].

Passives, otieuses[7] (dans ces parages-là n'y ayant plus d'insectes) ; du tiers comme du quart se balançant du reste, et jouant à plaisir l'indétermination.

Bientôt, la nuit venue — et tombant de sommeil — elles nichent au repos sous les toits, sous les auvents.

Très pareilles pour moi à ces wagonnets électriques, rangés — chez le plus intuitif de mes petits camarades — sur des étagères touchant presque au plafond[8].

C'est là qu'au point du jour en songe elles frémissent.

Les circuits — j'allais dire « voltaïques » — des hirondelles : quel malheur d'en arriver là !

Bonheur-malheur des hirondelles. J'ai déjà écrit : « les malheureuses » : pourquoi ?

Ce bonheur-malheur, serait-ce à cause de leur cruauté ?

La cruauté, serait-ce bonheur-malheur ?

Parfois, quand elles se posent, elles halètent.

Leur désespoir les reprend.

Elles attendent dieu sait quoi, l'œil rond.

Mais allez donc, hirondelles !
Hirondelles, à tire-d'aile,
Contre le hasard infidèle,
Contre mauvaise fortune bon cœur !

Ce qu'on sait, et ce qu'on ne sait pas...

Féroces et stridentes hirondelles, au petit matin.

Excitées par le tintement des cloches du couvent des ignorantins (les hommes).

Les bruits de la ville et de la campagne reprennent. Les innocents se réveillent ; se lèvent les premiers. Seuls, jusqu'à une certaine heure. Ils ouvrent les robinets — l'eau bruisse et s'écoule ; mettent en marche les moteurs, font hululer les locomotives. Tandis que les oiseaux, dans la fraîcheur de la nouvelle lumière, roucoulent.

Plus tard seulement — quand déjà les crieurs de journaux, les autos qui ont jeté les paquets aux portes des dépositaires, les facteurs triant les dépêches leur auront préparé le terrain — les assassins, les maîtres se réveilleront; se frotteront les yeux, se disant : « Où en sommes-nous ? » et reprendront, avec leur cœur de proie, leur exécrable tâche.

    Huées *in excelsis* !

    Hirondelles, à tire-d'aile,
    Huez le hasard infidèle !
    Hirondelles, et allez donc !
       Huez donc !
Contre mauvaise fortune, bon cœur !

    Accélérez l'allure !
    Accentuez vos cris !
    Courez[9], volez les insectes aux cieux !
      Pourchassez ces vies infimes,
      Terrifiez-les par vos cris !

    Pourchassez ces mots infimes,
    Absorbez ces minuscules,
    Nettoyez l'azur des cieux !
    Récriez-vous, hirondelles !
    Et vous dispersant aux cieux,
      Quittant enfin cette page,
Enfuyez-vous en chasse avec des cris aigus !

Tel est, dans le style des hirondelles, le sens à mon avis de leurs incorrigibles randons[10].

*

LA NOUVELLE ARAIGNÉE

> Au lieu de tuer tous les Caraïbes, il fallait peut-être les séduire par des spectacles, des funambules, des tours de gibecière et de la musique.
>
> (VOLTAIRE[1].)

Dès le lever du jour il est sensible en France — bien que cela se trame dans les coins — et merveilleusement confus dans le langage, que l'araignée avec sa toile ne fasse qu'un.

Si bien — lorsque pâlit l'étoile du silence dans nos petits préaux comme sur nos buissons —
Que la moindre rosée, en paroles distinctes,
Peut nous le rendre étincelant[2].

Cet animal qui, dans le vide, comme une ancre de navire se largue d'abord[3],
Pour s'y — voire à l'envers — maintenir tout de suite
— Suspendu sans contexte à ses propres décisions —
Dans l'expectative à son propre endroit,
— Comme il ne dispose pourtant d'aucun employé à son bord, lorsqu'il veut remonter doit ravaler son filin :
Pianotant sans succès au-dessus de l'abîme,
C'est dès qu'il a compris devoir agir autrement.

Pour légère que soit la bête, elle ne vole en effet,
Et ne se connaît pas brigande plus terrestre[4], déterminée pourtant à ne courir qu'aux cieux.
Il lui faut donc grimper dans les charpentes, pour — aussi aériennement qu'elle le peut — y tendre ses enchevêtrements, dresser ses barrages, comme un bandit par chemins.

Rayonnant, elle file et tisse, mais nullement ne brode,
Se précipitant au plus court ;
Et sans doute doit-elle proportionner son ouvrage à la vitesse de sa course comme au poids de son corps,
Pour pouvoir s'y rendre en un point quelconque dans un délai toujours inférieur à celui qu'emploie le gibier le plus vibrant, doué de l'agitation la plus sensationnelle, pour se dépêtrer de ces rets :
C'est ce qu'on nomme le rayon d'action,
Que chacune connaît d'instinct.

Selon les cas et les espèces — et la puissance d'ailleurs du vent —,
Il en résulte :
Soit de fines voilures verticales, sorte de brise-bise fort tendus,
Soit des voilettes d'automobilistes comme aux temps héroïques du sport[5],

Soit des toilettes de brocanteurs,
Soit encore des hamacs ou linceuls assez pareils à ceux des mises au tombeau classiques.

Là-dessus elle agit en funambule funeste :
Seule d'ailleurs, il faut le dire, à nouer en une ces deux notions,
Dont la première sort de corde tandis que l'autre, évoquant les funérailles, signifie souillé par la mort.

Dans la mémoire sensible tout se confond.
Et cela est bien,
Car enfin, qu'est-ce que l'araignée ? Sinon l'entéléchie, l'âme immédiate, commune à la bobine, au fil, à la toile,
À la chasseresse et à son linceul.

Pourtant, la mémoire sensible est aussi cause de la raison,
Et c'est ainsi que, de *funus* à *funis*,
Il faut remonter,
À partir de cet amalgame,
Jusqu'à la cause première[6].

Mais une raison qui ne lâcherait pas en route le sensible,
Ne serait-ce pas cela, la poésie :

Une sorte de *syl-lab-logisme*[7] ?
Résumons-nous.

L'araignée, constamment à sa toilette
Assassine et funèbre,
La fait dans les coins ;
Ne la quittant que la nuit,
Pour des promenades,
Afin de se dégourdir les jambes.

Morte, en effet, c'est quand elle a les jambes ployées et ne ressemble plus qu'à un filet à provisions,
Un sac à malices jeté au rebut.

Hélas ! Que ferions-nous de l'ombre d'une étoile,
Quand l'étoile elle-même a plié les genoux ?

La réponse est muette,

La décision muette :

(L'araignée alors se balaye...)

Tandis qu'au ciel obscur monte la même étoile — qui nous conduit au jour[8].

*

L'ABRICOT

La couleur abricot, qui d'abord nous contacte[1], après s'être massée en abondance heureuse et bouclée dans la forme du fruit, s'y trouve par miracle en tout point de la pulpe aussi fort que la saveur soutenue.

Si ce n'est donc jamais qu'une chose petite, ronde, sous la portée presque sans pédoncule, durant au tympanon pendant plusieurs mesures dans la gamme des orangés,
Toutefois, il s'agit d'une note insistante, majeure.
Mais cette lune, dans son halo, ne s'entend qu'à mots couverts, à feu doux, et comme sous l'effet de la pédale de feutre.
Ses rayons les plus vifs sont dardés vers son centre. Son rinforzando lui est intérieur[2].

Nulle autre division n'y est d'ailleurs préparée, qu'en deux[3] : c'est un cul d'ange à la renverse, ou d'enfant-jésus sur la nappe,
Et le bran vénitien[4] qui s'amasse en son centre, s'y montre sous le doigt dans la fente ébauché.

On voit déjà par là ce qui, l'éloignant de l'orange[5], le rapprocherait de l'amande verte, par exemple.
Mais le feutre dont je parlais ne dissimule ici aucun bâti de bois blanc, aucune déception, aucun leurre : aucun échafaudage pour le studio.
Non. Sous un tégument des plus fins : moins qu'une peau de pêche : une buée, un rien de matité duveteuse — et qui n'a nul besoin d'être ôté, car ce n'est que le simple retournement par pudeur de la dernière tunique — nous mordons ici en pleine réalité, accueillante et fraîche.

Pour les dimensions, une sorte de prune en somme, mais d'une tout autre farine, et qui, loin de se fondre en liquide bientôt, tournerait plutôt à la confiture.

Oui, il en est comme de deux cuillerées[6] de confiture accolées.

Et voici donc la palourde des vergers, par quoi nous est confiée aussitôt, au lieu de l'humeur de la mer, celle de la terre ferme et de l'espace des oiseaux, dans une région d'ailleurs favorisée par le soleil.

Son climat, moins marmoréen, moins glacial que celui de la poire[7], rappellerait plutôt celui de la tuile ronde, méditerranéenne ou chinoise.

Voici, n'en doutons pas, un fruit pour la main droite, fait pour être porté à la bouche aussitôt.

On n'en ferait qu'une bouchée, n'était ce noyau fort dur et relativement importun qu'il y a, si bien qu'on en fait plutôt deux, et au maximum quatre.

C'est alors, en effet, qu'il vient à nos lèvres, ce noyau[8], d'un merveilleux blond auburn très foncé.

Comme un soleil vu sous l'éclipse à travers un verre fumé, il jette feux et flammes.

Oui, souvent adorné encore d'oripeaux de pulpe, un vrai soleil more-de-Venise, d'un caractère fort renfermé, sombre et jaloux[9],

Pource[10] qu'il porte avec colère — contre les risques d'avorter — et fronçant un sourcil dur voudrait enfouir au sol la responsabilité entière de l'arbre, qui fleurit rose au printemps.

★

LA FIGUE (SÈCHE)

Pour ne savoir pas trop ce qu'est la poésie (nos rapports avec elle sont incertains), cette figue sèche, en revanche (tout le monde voit cela), qu'on nous sert, depuis notre enfance, ordinairement aplatie et tassée parmi d'autres hors de quelque boîte, — comme je la remodèle entre le pouce et l'index avant de la croquer, je m'en forme une idée aussitôt toute bonne à vous être d'urgence quittée[1].

Pauvre chose qu'une figue sèche, seulement voilà une de ces façons d'être (j'ose le dire) ayant fait leurs preuves, qui les font quotidiennement encore et s'offrent à l'esprit sans lui demander rien en échange sinon cette constatation elle-même, et le minimum de considération qui en résulte.
Mais nous plaçons ailleurs notre devoir.

Symmaque (selon Larousse), grand païen de Rome, se moquait de l'Empire devenu chrétien[2] : « Il est impossible, disait-il, qu'un seul chemin mène à un mystère aussi sublime[3]. » Il n'eut pas de postérité spirituelle, mais devint beau-père de Boèce, l'auteur de *La Consolation philosophique*[4] ; puis, tous deux furent mis à mort par l'empereur barbare Théodoric, en 525 (barbare et chrétien, je suppose).
Cela fait, il fallut attendre plusieurs siècles pour que l'on rebaisse les yeux et regarde à nouveau par terre ; jusqu'à ce qu'un beau jour enfin (selon Du Cange) : « Icelluy du Rut trouva un petit sachet où il y avait mitraille, qui est appelée billon[5]. »
La belle affaire !
Pour ma part, ces jours-ci, j'ai trouvé cette figue, qui sera l'un des éléments de ma consolation matérialiste.

Non du tout qu'entre temps plusieurs tentatives n'aient été faites (ou approximations[6] — en sens inverse — tentées) dont les souvenirs ou vestiges restent touchants.
Ainsi avez-vous pu, comme moi, rencontrer dans la campagne, au creux d'une région bocagère, quelque église ou chapelle romane[7], comme un fruit tombé.
Bâtie sans beaucoup de façons, l'herbe, le Temps, l'oubli l'ont rendue extérieurement presque informe ; mais parfois, le portail ouvert, un autel rutilant luit au fond.

La moindre figue sèche, la pauvre gourde[8], à la fois rustique et baroque, certes ressemble fort à cela, à ceci près, pourtant, qu'elle me paraît beaucoup plus sainte encore ; quelque chose, si vous voulez, — dans le même genre, bien que d'une modestie inégalable —, comme une petite idole[9], dans notre sensibilité, d'une réussite à tous égards plus certaine : incomparablement plus ancienne et moins inactuelle à la fois.

Si je désespère, bien sûr, d'en tout dire, si mon esprit, avec joie, la restitue bientôt à mon corps, ce ne soit donc sans lui avoir rendu, au passage, le bref culte à ma façon qui lui revient, ni plus ni moins intéressé qu'il ne faut.

Voilà l'un des rares fruits, je le constate, dont nous puissions, à peu de chose près, manger tout : l'enveloppe, la pulpe, la graine ensemble concourant à notre délectation ; et peut-être bien, parfois, n'est-ce qu'un grenier à tracasseries pour les dents : n'importe, nous l'aimons, nous la réclamons comme notre tétine ; une tétine, par chance, qui deviendrait tout à coup comestible, sa principale singularité, à la fin du compte, étant d'être d'un caoutchouc desséché juste au point qu'on puisse, en accentuant seulement un peu (incisivement) la pression des mâchoires, franchir la résistance — ou plutôt non-résistance, d'abord, aux dents, de son enveloppe — pour, les lèvres déjà sucrées par la poudre d'érosion superficielle qu'elle offre, se nourrir de l'autel scintillant en son intérieur qui la remplit toute d'une pulpe de pourpre gratifiée de pépins.

Ainsi de l'élasticité (à l'esprit[10]) des paroles, — et de la poésie comme je l'entends.

Mais avant de finir, je veux dire un mot encore de la façon, particulière au figuier, de sevrer son fruit de sa branche (comme il faut faire aussi notre esprit de la lettre) et de cette sorte de rudiment, dans notre bouche : ce petit bouton de sevrage[11] — irréductible — qui en résulte. Pour ce qu'il nous tient tête, sans doute n'est-ce pas grand-chose, ce n'est pas rien.

Posé en maugréant sur le bord de l'assiette, ou mâchonné sans fin comme on fait des proverbes : absolument compris, c'est égal.

Tel soit ce petit texte : beaucoup moins qu'une figue (on le voit), du moins à son honneur nous reste-t-il, peut-être.

Par nos dieux immortels, cher Symmaque, ainsi soit-il.

*

LA CHÈVRE

> « Et si l'enfer est fable au centre de la terre,
> Il est vrai dans mon sein. »
>
> (MALHERBE[1].)

À Odette[2].

Notre tendresse à la notion de la chèvre est immédiate pour ce qu'elle comporte entre ses pattes grêles — gonflant la cornemuse aux pouces abaissés que la pauvresse, sous la carpette en guise de châle sur son échine toujours de guingois, incomplètement dissimule — tout ce lait qui s'obtient des pierres les plus dures par le moyen brouté de quelques rares herbes, ou pampres, d'essence aromatique[3].

Broutilles que tout cela, vous l'avez dit, nous dira-t-on. Certes ; mais à la vérité fort tenaces.

Puis cette clochette, qui ne s'interrompt.

Tout ce tintouin, par grâce, elle a l'heur de le croire, en faveur de son rejeton, c'est-à-dire pour l'élevage de ce petit tabouret de bois[4], qui saute des quatre pieds sur place et fait des jetés battus, jusqu'à ce qu'à l'exemple de sa mère il se comporte plutôt comme un escabeau, qui poserait ses deux pieds de devant sur la première marche naturelle qu'il rencontre, afin de brouter toujours plus haut que ce qui se trouve à sa portée immédiate.

Et fantasque avec cela, têtu !

Si petites que soient ses cornes, il fait front.

Ah ! ils nous feront devenir chèvres, murmurent-elles — nourrices assidues[5] et princesses lointaines, à l'image des galaxies — et elles s'agenouillent pour se reposer. Tête droite, d'ailleurs, et le regard, sous les paupières lourdes, fabuleusement étoilé. Mais, décrucifiant d'un brusque effort leurs membres raides, elles se relèvent presque aussitôt, car elles n'oublient pas leur devoir[6].

Ces belles aux longs yeux, poilues comme des bêtes, belles à la fois et butées — ou, pour mieux dire, belzébuthées[7] — quand elles bêlent, de quoi se plaignent-elles ? de quel tourment, quel tracas ?

Comme les vieux célibataires elles aiment le papier-journal, le tabac.

Et sans doute faut-il parler de corde à propos de chèvres, et même — quels tiraillements ! quelle douce obstination saccadée ! — de corde usée jusqu'à la corde, et peut-être de mèche de fouet[8].

Cette barbiche, cet accent grave[9]...

Elles obsèdent[10] les rochers.

Par une inflexion toute naturelle, psalmodiant dès lors quelque peu — et tirant nous aussi un peu trop sur la corde, peut-être, pour saisir l'occasion verbale par les cheveux — donnons, le menton haut, à entendre que chèvre, non loin de cheval, mais féminine à l'accent grave, n'en est qu'une modification modulée, qui ne cavale ni ne dévale mais grimpe plutôt, par sa dernière syllabe, ces roches abruptes, jusqu'à l'aire d'envol, au nid en suspension de la muette[11].

Nulle galopade en vue de cela pourtant. Point d'emportement triomphal. Nul de ces bonds, stoppés, au bord du précipice, par le frisson d'échec à fleur de peau du chamois.

Non. D'être parvenue pas à pas jusqu'aux cimes, conduite là de proche en proche par son étude — et d'y porter à faux — il semble plutôt qu'elle s'excuse, en tremblant un peu des babines, humblement.

Ah ! ce n'est pas trop ma place, balbutie-t-elle ; on ne m'y verra plus ; et elle redescend au premier buisson.

De fait, c'est bien ainsi que la chèvre nous apparaît le plus souvent dans la montagne ou les cantons déshérités de la nature : accrochée, loque animale, aux buissons, loques végétales, accrochés eux-mêmes à ces loques minérales que sont les roches abruptes, les pierres déchiquetées.

Et sans doute ne nous semble-t-elle si touchante que pour n'être, d'un certain point de vue, que cela : une loque fautive[12], une harde, un hasard misérable ; une approximation[13] désespérée ; une adaptation un peu sordide à des contingences elles-mêmes sordides ; et presque rien, finalement, que de la charpie.

Et pourtant, voici la machine, d'un modèle cousin du nôtre et donc chérie fraternellement par nous, je veux dire dans le règne de l'animation vagabonde dès longtemps conçue et mise au point par la nature, pour obtenir du lait dans les plus sévères conditions.

Ce n'est qu'un pauvre et pitoyable animal, sans doute, mais aussi un prodigieux organisme, un être, et il fonctionne[14].

Si bien que la chèvre, comme toutes les créatures, est à la fois une erreur et la perfection accomplie de cette erreur ; et donc lamentable et admirable, alarmante et enthousiasmante tout ensemble.

Et nous ? Certes nous pouvons bien nous suffire de la tâche d'exprimer (imparfaitement) cela[15].

Ainsi[16] aurai-je chaque jour jeté la chèvre sur mon bloc-notes : croquis, ébauche, lambeau d'étude, — comme la chèvre elle-même est jetée par son propriétaire sur la montagne ; contre ces buissons, ces rochers — ces fourrés hasardeux, ces mots inertes — dont à première vue elle se distingue à peine.

Mais pourtant, à l'observer bien, *elle* vit, *elle* bouge un peu. Si l'on s'approche elle tire sur sa corde, veut s'enfuir. Et il ne faut pas la presser beaucoup pour tirer d'elle aussitôt un peu de ce lait, plus précieux et parfumé qu'aucun autre — d'une odeur comme celle de l'étincelle des silex furtivement allusive à la métallurgie des enfers — mais tout pareil à celui des étoiles jaillies au ciel nocturne en raison même de cette violence, et dont la multitude et l'éloignement infinis seulement, font de leurs lumières cette laitance — breuvage et semence à la fois — qui se répand ineffablement en nous.

Nourrissant, balsamique, encore tiède, ah ! sans doute, ce lait, nous sied-il de le boire, mais de nous en flatter nullement. Non plus, finalement, que le suc de nos paroles, il ne nous était tant destiné, que peut-être — à travers le chevreau et la chèvre — à quelque obscure *régénération*.

Telle est du moins la méditation du bouc adulte[17].

Magnifique corniaud[18], ce songeur de grand style arborant ses idées en supporte le poids non sans quelque rancune utile aux actes brefs qui lui sont assignés.

Ces pensers accomplis en armes sur sa tête, pour des motifs de haute courtoisie ornementalement recourbés en arrière ;

Sachant d'ailleurs fort bien — quoique de source occulte, et bientôt convulsive[19] en ses sachets profonds —

De quoi, de quel amour il demeure chargé ;

Voilà, sa phraséologie sur la tête, ce qu'il rumine, entre deux coups de boutoir[20].

Dans l'atelier du « Grand Recueil »

[NOTE DACTYLOGRAPHIÉE DU 11 NOVEMBRE 1947]

Liste des poèmes parmi lesquels je me propose de choisir (avec Paulhan) ceux qui composeront *SAPATES*

LA LESSIVEUSE	paru dans *Messages*, 2, 1944 et [*Libre addition*] *Amérique*
LA POMME DE TERRE	paru dans *Confluences* et *Horizon* (Londres)
LE PLATANE	paru dans *Poésie 43* [et *Liasse addition*]
LA MARCHE DE BOUE (sombre période)	D° [et *Liasse addition*]
FEU ET CENDRES	paru dans *Formes et couleurs*, 1985 (Genève) [et anthologie anglaise *addition*]
UNE DEMI-JOURNÉE À LA CAMPAGNE	paru dans *Cahiers d'art*, 1940-1944
MERVEILLEUX MINÉRAUX	paru dans l'*Album de Figaro*, Noël 46 [, et chez Bettencourt à Lyon *addition*]
LE CHIEN	paru dans *Cahiers d'art* 1945-46
LE VIN	paru dans *Action* [et catalogue Favrod *addition*]
LE GRENIER	paru dans *Construire* (Zurich) [à paraître dans *Poetry addition*]
LA BARQUE	D° [à paraître dans *Poetry addition*]
L'EAU DES LARMES	paru dans *Poésie 44* [, *Sur*, *Liasse addition*]
L'ASSYRIE	inédit [lu à la radio *addition*]
LA POMPE LYRIQUE	D° [lu à la radio *addition*]
LE LÉZARD	[à paraître dans *La Licorne* *corrigé en* paru dans *La Licorne* et à 35 exemplaires illustrés par Signovert]
LE VOLET	[à paraître dans *Saisons* (?) *corrigé en*

	paru dans *Les Cahiers du Sud* et *Cinq sapates*]
L'ARAIGNÉE	[inédit *corrigé en* paru dans *Botteghe oscure* et chez Aubier, illustré par Beaudin]
L'ANTHRACITE (DES CHARBONS)	D° [paru dans *Botteghe oscure* *addition*]
CORIOLAN OU LA GROSSE MOUCHE	[à paraître dans *Variétés (?)* *corrigé en* paru dans *Médecine de France*]
PLAT DE POISSONS FRITS	[inédit *corrigé en* lu à la radio Paru dans *Rencontres*]
LA RADIO	inédit [lu à la radio *addition*]
LE PAPIER (Paroles sur)	(inachevé) [paru dans Salon de Mai *addition*]
LE POISSON	D° [paru dans *Temps modernes* et *Cinq sapates* *addition*]
FRAGMENTS DU SAVON	[inédit *corrigé en* fragment paru dans *Preuves*]
LE TROUPEAU DE MOUTONS	D° [inédit *addition*]
LA TERRE	inachevé [paru dans *Empédocle* et *Cinq sapates* *addition*]
L'APPAREIL DE TÉLÉPHONE	inédit [lu à la radio à paraître dans *Poetry* *addition*]
LA SERVIETTE ÉPONGE	D°
L'ORTIE	D°
LE NUAGE [NOCTURNE *biffé*]	D° [paru dans *Cahiers du Sud* *addition*]
FRAGMENTS DE LA NUIT	D°
LE MARIAGE	D°
LA MARE	inachevé
L'EUCALYPTUS	inédit
L'ÉDREDON	inédit
LA DANSEUSE	D° [à paraître dans *Poetry* Lu à la radio *addition*]
LA GRENOUILLE	D° [à paraître dans *Poetry* Lu à la radio *addition*]
LE CROTTIN	D°
LA CHEMINÉE D'USINE	D° [à paraître dans *Contemporains*. Lu à la radio *addition*]
ODE INACHEVÉE À LA BOUE	inachevée [parue dans *Preuves* *addition*]
LE BOUQUET	inédit
LE BATEAU	D°
BLEU BARIL	D° [lu à la radio *addition*]
FEU D'AUTOMNE	D°
L'APPARTEMENT DE GRAND-MÈRE	D° [paru dans *La Table ronde* *addition*]

L'ALEXANDRIN	D°
LE TABAC	D° [paru dans *Cahiers du Sud* *addition*]
L'HERBE	D°
LE VERRE D'EAU PURE	D° [paru dans *Cahiers Pléiade* et en volume Galerie Leiris *addition*]
LE PIGEON	D° [paru dans *Cahiers du Sud* *addition*]
LA FENÊTRE	inachevé
LE MINISTRE	inédit [à paraître dans *Poetry* *addition*]
LA GARE	inachevé
L'ÉGLISE	D°
L'OLIVE	D° [paru dans *Cahiers du Sud* (nov. 49) et *Cinq sapates* *addition*]

Francis PONGE

[EXTRAITS D'UNE LETTRE À GASTON GALLIMARD]

34, rue Lhomond (5ᵉ)
Paris, Mercredi 23.I.52

Cher Ami,

Quand je vous ai vu, la dernière fois, vous m'avez demandé de vous indiquer *grosso modo* quel serait le contenu du recueil dont je vous ai parlé. [...] si je ne vous ai pas écrit plus tôt, c'est que je me suis trouvé absurdement inhibé par la recherche d'un titre, pour ce recueil. Quoi qu'il en soit de ce titre, que je n'ai pas encore trouvé, je ne puis plus trop attendre maintenant. Voici donc, à peu près, ce que contiendra mon livre :

1°) Un ensemble de textes, du genre poétique (suite du *Parti pris des choses*), qui aura approximativement l'importance (quantitative) de *Parti pris* lui-même.

2°) Deux textes poétiques aussi, mais d'un genre différent, intitulés « Le Verre d'eau » et « La crevette dans tous ses états », qui font ensemble environ 100 ou 110 pages de dactylographie normale.

3°) Deux textes, d'ordre méthodologique, intitulés « Tentative orale » et « My creative method ». J'avais pensé, voici deux ans passés, en faire un petit livre. Ils avaient alors été calibrés dans vos services (les 10-12 octobre 1949) pour 110 625 signes au total. J'ajouterai, en illustration à « My creative method », une suite de « Pochades algériennes en prose », qui grossira ce chapitre d'un tiers environ, soit au total 150 000 signes à peu près.

4°) Enfin, un ensemble de textes, d'ordre méthodologique (ou critique) également, sorte de suite au *Peintre à l'étude* (mais comprenant des écrits du même genre, intéressant non seulement la peinture mais la littérature). Ce chapitre aura quantitativement une importance comparable au *Peintre à l'étude* lui-même, peut-être un peu davantage.

*

Vous voyez que ce sera un recueil important, dont il me semble que vous pouviez faire *deux* tomes, de 290 pages chacun environ (ou plus), dans la collection Tellière. Voilà... [...] Je n'oublie pas mon projet de dictionnaire et prépare le rapport, et les pages d'exemples que vous m'avez demandés (mais pour cela, il me faudra quelques semaines encore). Réglons d'abord la question du recueil, voulez-vous. Merci. Je vous attends donc et vous serre les mains, en toute amitié.

FRANCIS PONGE.

[NOUVEAU PROÊME
DU 18 FÉVRIER 1954]

Vous l'avez très bien vu, chère Émilie Noulet, je ne me laisserai pas volontiers enfermer dans telle ou telle catégorie conventionnelle d'esprits : poète, artiste, artisan, ou philosophe.

Et notamment, quant à la poésie. Puisque c'est là, semble-t-il, que le plus fréquemment on me range (cantonne), eh bien non ! Je n'accepterai pas de me laisser considérer comme un *fournisseur de poèmes* (malgré ce que je dis de la prééminence de Rameau sur les Encyclopédistes dans *La société du génie*).

Je me jetterai aussitôt à l'opposé.

Jean Tortel quant à lui et un peu dans le même sens a bien vu aussi mon ambition d'inventer le genre où Mallarmé et Stendhal, Malherbe, Pascal et Montaigne se rejoignent. Où les deux lignes se coupent, où les deux familles d'esprit se rencontrent, où les deux tentatives ou désirs de l'esprit (français ? européen ? méditerranéen ?) sont *à la fois* satisfaits.

Mais il faut que je dise moi-même (puisqu'il ne semble pas qu'on l'ait assez compris) autre chose : cette ambition, c'est aussi bien la modestie qui me la dicte (ou la prudence. La prudence ? La modestie ? Que veux-je dire ? Je veux dire un *orgueil bien entendu*). Je m'explique :

Mettant les choses au pire, c'est-à-dire supposant (admettant l'hypothèse) que la littérature française se trouve actuellement (en raison de l'état de la langue française elle-même) au plus bas niveau, et que malgré le travail énorme que j'ai fourni, ou peut-être *à cause* de lui ce que je fais rejoindra dans le mépris public les pires productions de la préciosité, ou de la pédanterie, des rhétoriqueurs, des « Oronte », des Trissotins, etc.

J'ai voulu par le procédé qui consiste à sauter (bondir) incessamment d'un idéal à l'autre, du diamant (Rameau, Malherbe, Mallarmé) à la feuille d'essai, feuille d'album, à l'étalage des brouillons (et d'une autre façon en mettant sur la table aussi honnêtement que possible tout le travail et les maladresses, enfin tout le processus des associations d'idées (poétiques, philosophiques, puériles, etc.) pouvoir n'être considéré que comme un expérimentateur (conscient) ou pire encore (c'est-à-dire mieux encore) comme un fou ou un malade, un infirme conscient qui expose à tous yeux, livre à la dissection, à l'autopsie ou à l'analyse son cas.

Si l'on en vient donc (voir par exemple l'article de Ch. Vildrac relu hier dans Témoins de J. P[1].) à me considérer comme un pauvre type, eh bien, on s'apercevra que je l'ai prévu (et bien sûr je l'ai prévu, j'ai pensé de moi le meilleur et le pire), car l'on trouvera *explicitement* à l'intérieur de mon œuvre — et qui plus est intimement mêlée à elle à chaque instant, et faisant partie du *genre* rhétorique nouveau que j'invente — la pire critique qui puisse lui être jetée à la face.

Voilà la raison des textes genre *Rage de l'expression*, ceux que je peux encore appeler MENÉES.

[NOTE MANUSCRITE DU 8 MARS 1954]

En somme, oublié le Parti pris des choses, depuis la Rage de l'expression, qu'ai-je tenté ? Sinon, à plusieurs reprises et de plusieurs façons, de refaire des Trames ou conceptacles comportant au sens fort les Proêmes.

Les moments les plus significatifs de cette tentative ne seraient-ils pas

1. La lessiveuse, déjà bien différente des textes (de la plupart des textes) du P[arti] p[ris des] c[hoses], L'eau des larmes, La pomme de terre
2. Baptême funèbre. Groethuysen
2 bis. Articles sur Braque
3. La Seine
4. Le volet, L'araignée, Le lilas, La cheminée d'usine[1].
5. Le murmure, Prologue rhétorique, Lautréamont, Dialogue avec Rev[erdy]- Breton
6. Les Giacometti, Malherbe, Hélion, Rameau
7. Les ateliers. Cristaux naturels. Sculpture. Karskaya

       Eugénies, Sapates, Momons

En même temps je poursuivrai des *Menées* (mais plus virulentes et plus peut-être que celles rassemblées dans la *Rage de l'expression*)

1. Crevette dans tous ses états
2. Matière et mémoire. Fautrier
3. Le savon
4. Tentative orale (les 2)
5. Creative Method
6. Charbons etc.
7. Verre d'eau
8. Soleil
9. Chèvre

Il y eut aussi de simples *Eugénies* : Vin, Cheval, Olives, etc., etc.

Il ne me paraît pas trop difficile de prouver que dans le *Parti pris des choses* déjà figurent des textes de rhétoriques très différentes et que *Faune et flore* par exemple est une sorte de *texte brouillon*, *Coquillages*, *Escargots* sont des textes intermédiaires entre *Menée* et *Eugénie*, etc. Beaucoup de textes intermédiaires entre P[arti] p[ris] des ch[oses], Rage, Proêmes, Fables logiques, Machins.

Qu'on ne m'ennuie donc plus avec ces *classifications* et ces *avis* (« vous êtes fait pour l'ellipse »). Qu'on préfère ce qu'on veut, je préfère les textes courts, et qu'on me foute la paix.

J'ai bien envie de bouleverser un peu aussi le genre « préface » (seule concession à l'ancien catalogue des...) ou par la même occasion le genre *titres*, et donner par exemple une série de titres comme préface.

Dire un mot de ces salauds qui vous mettent en garde contre l'ambition ou contre le désir d'absolu ou de grandeur, qui veulent vous réduire à leurs normes, à leurs petites classifications, à leurs mœurs de concierges ou de vicieux de la littérature.

Dans l'atelier de « Lyres »

[NOTE MANUSCRITE
SANS DATE]

Je ne doute pas que beaucoup des textes contenus dans ce recueil eussent pu être présentés comme des morceaux achevés classés selon leurs genres et publiés, comme poèmes, essais, proses poétiques, et en plusieurs livres de forme traditionnelle.

Peut-être une telle présentation eût-elle été plus claire, plus facile et plus attrayante enfin pour le lecteur (pour l'acheteur).

Peut-être aussi aurait-on jugé moins immodeste de ma part que je m'en tienne à une tradition établie et qui a fait ses preuves.

Pourtant je me suis enfin décidé pour la formule que je montre ici et peut-être dois-je en donner les raisons.

[EXTRAITS DU MANUSCRIT
DU « MONUMENT »]

Non, non, point de photos ; tu continues de vivre !
Hormise ta voix seule, — engagée aux raisons :
« Mon fils, — me disais-tu[1],
Il faut venger des mots l'illégitime abus.
De Paulhan tout d'abord apprend à les connaître :
Ils nous servent bien moins qu'ils se servent de nous.
Résiste au désespoir que cette idée fait naître.
Enfin, — si tu le peux, reparle, ... mieux que nous.

Contre ce qui d'abord t'aura désespéré
Faisant jouer les mots et leur autorité,
Change à plaisir le nom de tout ce qui t'irrite
Approuve la nature, — ou plutôt la récite. »

Père dont j'ai reçu la vie et ces leçons
De ton corps à présent voici la perfection.

[DÉBUT DU MANUSCRIT DE « CHER HELLENS »]

Qu'on* veuille ou non m'en croire, je me suis débarrassé de beaucoup d'admirations et d'amitiés depuis ma jeunesse. Non sans les avoir, le plus souvent opiniâtrement défendues en moi-même (parfois au-delà de toute raison) — et usées, parfois, jusqu'à la corde.

De ma vieille sympathie pour Hellens, jamais.

C'est qu'Hellens, qui ne se donne jamais aucun mal pour paraître jeune, qui parle souvent de son âge et semble, parfois, un peu persécuté par la mort, possède aussi la seule qualité qui empêche de vieillir : l'enthousiasme, la faculté de sympathie, celle d'admiration. Cela vous garde mieux que la gymnastique, les exercices de vivacité spirituelle mieux que ces mines, gamineries, pirouettes, qui vous précipitent leur homme dans la sénilité tout à coup.

Ainsi pas de fausse honte. Il n'est pas mal du tout que nous soyons invités à chanter ces mérites ! Franz Hellens n'a conçu ni sa vie, ni son œuvre comme une entreprise ; il n'a été non plus l'employé d'aucune ; ne se prenant d'ailleurs ni pour un patron, ni pour une éminence. Le *Disque vert* était une revue très bien, qui ne faisait les affaires de personne, d'aucune coterie, d'aucun éditeur. Hellens a écrit son œuvre sans programme établi d'avance (sans manifeste) comme aussi sans arrière-pensée. Par ailleurs, il s'est dévoué aux écrivains qu'il estimait ou admirait. Ne se fiant pas exclusivement à lui-même. Honnêtement. Si l'intelligence ne va pas sans rouerie, ou sans morgue, sans doute a-t-il été moins intelligent que beaucoup. (Qu'est-ce que l'intelligence ?) Pourtant il n'a vieilli dans le cœur de personne.

---

* J'entends par là, sans doute, l'un quelconque (M. Maurice Saillet par exemple) parmi ces suceurs professionnels, avides (et aveugles), ce *million d'helminthes* dont fourmille la littérature.

À peine eus-je publié quelques textes (dans le *Mouton blanc* de Hytier en 1922, dans la *N.R.F.* de Rivière en 1923), Hellens voulut en montrer dans le *Disque vert*, qu'il dirigeait alors à Bruxelles. Ceux que je lui envoyai, il les imprima aussitôt, en tête de sa revue, dans de gros caractères. Cela me fit plaisir : Messieurs Pierre-André May et Philippe Soupault, directeur respectifs d'*Intentions* et de la *Revue européenne* venaient justement de les refuser pour minceur.

Voilà mes débuts littéraires. J'avais vingt-trois ans en 1922, j'en ai aujourd'hui cinquante-deux. Je ne dirai pas que rien n'a changé. Non plus tout. On me refuse encore des textes (parfois pour minceur). Pourtant, Messieurs May et Soupault me paraissent définitivement hors de course ; je le regrette. Tandis que la réputation d'Hellens semble grandir. Tant mieux. Rien de cela, au demeurant, ne prouvant sans doute grand chose.

Toujours est-il qu'acceptations plutôt que refus me rendirent bientôt le travail difficile — et la fréquentation des écrivains impossible. Durant longtemps, je ne vis plus personne, sinon Paulhan, Groethuysen, Pia... de loin en loin. Pourtant, quand Hellens venait à Paris, Paulhan me faisait signe, et nous allions parfois au cinéma. Une fois nous vîmes ainsi l'*Ange bleu* : tout à fait une histoire pour Hellens, pensai-je... mais je me trompais peut-être ? À vrai dire, je le connaissais peu.

Le connais-je mieux à présent ? Je me le demande. Certes, j'ai pu éprouver notre amitié. C'est quelque chose. Certes aussi son œuvre a grandi. Mais, venant de lire les *Miroirs conjugués*, *Naître et mourir*, mon idée de l'auteur du *Naïf*, des *Poèmes pour l'eau sombre*, s'en trouve-t-elle vraiment changée. Seulement confirmée, il me semble : rendue plus tranquille, plus sereine. Justement comme une eau se calme, pour (un peu) devenir miroir.

Dans l'atelier de « Méthodes »

[RÉPARTITION DES NOTES DE VOYAGE ENTRE « MY CREATIVE METHOD » ET LES « POCHADES EN PROSE »]

Pochades algériennes				Creative Method	
Sur le bateau	1		+		
13/XII/47	2		ms	18/11	
13-14/XII/47 (nuit)	5		ms		
14/XII	4		ms		
17/XII	2		ms		
19/XII	7		ms		
		9 dact.			
20/XII	5		ms		
22/XII	2		ms		
23/XI	1		ms		
23/XII	7		ms		
		6 dact.			
25/XII	1		ms		
25/XII	3		ms		
A				27/XII	
				28/XII	A
				29/XII	
2 et 3/1	4		ms		
		6 dact.			
3/1	3		ms		
		3 dact.			
B				4/1	
				5/1	B
				9/1	
				10/1	

Pochades algériennes				Creative Method
19/1		1	ms	
			1 dact.	
23/1		3	ms	
			4 dact.	
	C			30/1
				31/1 C
				3/II
5 et 6/2		5	ms	
			4 dact.	
	D			26/II
				20/IV D
S/date		1	ms	

[MY CREATIVE METHOD]

ENVOI À UN CRITIQUE PHILOSOPHE

Cesse de t'agiter sur ta couche mal faite
Où se refuse à toi le bonheur d'expression.
La vérité, dis-tu. Écoute, cher ami.
Ne la cherche donc pas. Elle t'attend au lit
Où j'ai su l'amener en parlant d'autre chose,
Radieuse, voilée, sûre de son plaisir.
Conduite à mon hôtel sous sa longue chemise
Elle a mouillé pour moi, cette vierge farouche.
Va. Provoque à ton tour sa jubilation.
Sa lèvre s'ouvre à ceux qui la rendent heureuse
Et n'en usent enfin qu'*après* qu'elle a joui.

[LETTRE DE GERDA ZELTNER]

TRIVIUM
SCHWEIZERISCHE VIERTELJAHRESSCHRIFT
FÜR LITERATURWISSENSCHAFT
UND STILKRITIK

Zurich 32, Plattenstrasse 78
le 15 octobre 1947

Cher Monsieur Ponge,

Tout d'abord pardonnez-moi de vous adresser la parole aussi familièrement ; mais il est vrai que vous nous êtes devenu cher, à moi et à mes amis — par vos « Escargots », par « Le Galet », par beaucoup de ces choses qui vivent dans vos poésies (qui, je le sais, ne veulent pas être de la poésie) ; et parce que vous nous apprenez à voir, vous nous appelez à voir et à ressentir dans les paroles une nouvelle substance palpable, merveilleusement matérielle. Donc, pardonnez-moi.

M. Meyer vous a dit mon désir de vous publier dans *Trivium* et vous avez été très gentil de ne pas refuser. Je ne sais pas s'il vous a parlé des intentions de notre revue. Elle est essentiellement critique en ce sens qu'elle ne publie pas de poésies ni de nouvelles, etc. (comme font *Les Temps modernes*, *Fontaine*...) mais seulement des essais ayant comme sujet la poésie et qui tentent d'éclaircir la forme d'un texte, sa structure, son intention, en un mot : son langage. Comme M. Meyer l'a fait à propos de votre œuvre.

Mais ce qui nous semblerait encore bien plus précieux, ce serait de laisser parler à ce sujet les poètes mêmes. Et surtout vous qui avez une conscience linguistique aiguë à faire peur, presque. Et qui savez parler de ce que vous faites (et j'aimerais y ajouter, mais c'est là une question de croyance personnelle, « surtout parce que vous menez loin, très loin dans l'avenir »).

Ce que nous aimerions donc que vous nous fassiez, c'est de parler de votre « poésie ». Pas comme vous en parlez aux « Choix des Élus » qu'a fait Dubuffet sur le ciel rose d'un programme d'exposition exquis (qu'un ami m'a envoyé, de Paris) mais à un public qui ne vous connaît pas encore très bien et qui, souvent, a de la peine à trouver vos textes. Donc des choses élémentaires et que, peut-être, vous aurez déjà dites. Je pense à quelque chose comme le commencement de « L'Œillet », comme les phrases qui suivent le « Bois de pins » (la poésie assassinée par son sujet, le problème de la connaissance, celui de la langue...). Et peut-être avec des exemples choisis dans votre œuvre que vous commenteriez. Faites-le sur dix pages ou quinze ou comme vous voulez, et plus tôt possible, naturellement (nous n'avons pas de dates très fixes). Nous pourrions vous donner 10 francs suisses par page (mais ne le dites à personne, c'est exceptionnel et réservé aux seuls poètes et, vous le savez, il n'y en a pas tant).

Je vous serais bien reconnaissante si vous vouliez me répondre aussitôt, je quitte la Suisse dans dix jours pour quelques mois.

Et croyez, cher Monsieur, à mes sentiments respectueux.

GERDA ZELTNER.

[POCHADES EN PROSE]

[DACTYLOGRAMME]

Sidi-Madani, le 25.XII.47.

Dès le matin,
             le ciel se dalle, se marquette, se pave,
se banquise, se glaçonne,
        se marbre,
        se cotonne, se coussine,
          se cimente,
                    se géographise, se cartographie

(La forme pronominale convient bien ici, car ces formes *se* créent en vérité : de l'intérieur)

Voici , sur le soir, sur le tard du jour,
             que le ciel se duvette,
                    se plumotte, s'édredonne,
il se pompadourise,
        se douillette,
             se matelasse,
                    se capitonne, de soie grise,
gris-rose bleu pervenche très pâle —,
                 Le voici qui se dos-de-fauteuille…

        Et là-bas que se passe-t-il ?
        C'est un dais, un lambris

Puis, vers l'Occident, il se chamoise,
                    se gant-de-suédise,
                          beurre-fraîchit…
    plus tard enfin se peluredoignonne.

[EXTRAITS DE LA PRÉORIGINALE]

L'ocre brillant, ça, c'est nouveau : sur un lit bleu d'argent ou d'ardoise

Entre l'or très pâle, le mordoré, le mastic un peu rose. Il y a dans cet ocre un peu de blanc de céruse.

Le tout dans un écrin de velours rouge et vert, sous un ciel comme une grosse perle d'un gris-bleu très foncé : oui, comme l'intérieur d'une moule. Il y a là de l'orangé, et du vert d'algue neuve.

Les formes sont plates, comme de raquettes, de pochoirs. Cela ressemble aussi à certaines clés pour les bicyclettes, posées à terre, puis qui enserrent leurs boulons à plat. Les boulons, ce sont les plages.

*

Une rivière d'or très pâle. Une sorte de thé au lait ; beaucoup de lait et très peu de thé, mais très fort. Cela coule comme d'une commissure. La montagne perd un ruisseau de thé au lait.

*

Et la brèche dans la montagne est comme d'un cake, assez friable. Une pâte assez levée, assez grasse, entre bien cuite et pas très bien cuite, qui casse de la façon la moins géométrique du monde. Cela s'effrite, cela s'éboule.

Par endroits la pâte est plus sèche, sablée.

*

Vous savez, ces coquillages bi-valves quand on les ouvre. À l'intérieur on trouve comme une bourse, une glande de couleur sableuse, ocre pâle allant parfois jusqu'à l'orangé, sous et sur un fond (un ciel) entre l'ardoise et le bleu sardine.

Eh bien, c'est un peu comme cela que nous est apparue la Chiffa à l'issue de sa gorge.

*

Oui, voici ce panorama d'Afrique, comme une moule ouverte.

On voit qu'il s'agit d'un ciel presque noir, d'un assez mauvais temps. Ce fut bien cela, au début.

*

Tous les ocres et le lilas, clair, presque bleu, de l'ample clé plate, posée à plat, vers le nord.

[DACTYLOGRAMME DE LA DERNIÈRE LETTRE DU « PORTE-PLUME D'ALGER »]

Mon cher Ami,

« Un mois au moins devant nous ; nous reviendrons dans nos belles rues animées ! » me disais-je avec un sentiment de joie extrême lorsque l'auto nous en arracha, et c'est à peine si nous écoutions notre hôte, pendant la montée, nous désigner le Palais d'été, le Bardo... Nous atteignions déjà les quartiers excentriques, situés en hauteur. Dans certains jardins nous avions entrevu des orangers chargés de fruits, des bougainvilliers. Mais déjà nous dévalions vers les suburbs. La grande rue par moments ressemblait déjà à une route, quand Aguesse nous fit remarquer de petits groupes cheminant sur ses bords.

Pieds nus, vêtus de sacs ou d'uniformes usagés, d'ailleurs alertes et silencieux, peu chargés. Nous les croisions à trop vive allure pour pouvoir faire autre chose que les dévisager. Peu de femmes.

Mais voici les agglomérations de la proche banlieue. Garages, postes d'essence, églises et mairies, palmiers, puis les ondulations, les méandres de la route dans le Sahel. Les talus de la route étaient couverts d'une herbe verte. Des touffes d'agaves par endroits. De grandes orangeraies et citronneraies apparurent. Immenses vergers, Hespérides. Eldorado. Il pleuvait toujours. L'essuie-glace ne fonctionnait pas très bien.

« Une quinzaine de kilomètres ainsi, nous expliqua Aguesse, puis nous serons dans la mitidja. Nous y voici. Routes rapides, selon de longues lignes droites. Villages plus espacés. Nous y roulerons pendant une quarantaine de kilomètres avant de gagner les contreforts de la haute chaîne de montagnes qui barre l'horizon : c'est l'Atlas que nous aborderons dans une heure, et nous serons alors tout prêts d'arriver (pour nous mettre à table). Mesdames, laissez le Gouvernement Général vous offrir les premières oranges. »

Il fit s'arrêter la voiture comme nous arrivions à Birtouta, village de plaine au moment même où un petit marché y perdait son animation. Il revint vers l'auto et ce fut la véritable libation première[1]. Nous mangeâmes de ces fruits chacun deux ou trois, alternant avec les cigarettes de nos beaux paquets rouges ou verts.

Bouffarik, bourgade importante, fut l'occasion d'un rapide historique de la colonisation avec éloges, monument aux premiers colons, statue du « sergent Blandan ». Refuges pour marcheurs indigènes. Tout cela fort laid et médiocre, mais des épandages d'immenses quantités, non de trognons de choux, mais de vieilles oranges pourrissant sous la pluie, nous étonnèrent.

De nouveau, de longues lignes droites et divers aérodromes, avant Blidah. Les hauteurs de l'Atlas s'étaient rapprochées. Elles barraient le ciel jusqu'aux deux tiers de la hauteur des glaces de la conduite intérieure, devant nous et sur notre gauche. Nous apercevions la neige sur les dernières hauteurs. Mais la pluie et le vent battaient fort les vitres, et nous avions très faim. Nous ne traversâmes de Blidah que les quartiers excentriques. Femmes voilées ne montrant (à peine) qu'un œil, dans un quartier de casernes.

Très peu de kilomètres après Blidah, l'horizon se resserre encore. Les grands arbres deviennent plus nombreux, comme au rez-de-chaussée, débouché des vallées dans les plaines.

Voici le torrent étalé en très large vallée cailouteuse : la Chiffa, la nôtre…

Et sur son piton, à l'entrée de la gorge, nous est désigné le petit château mauresque qui sera notre séjour.

[LE VERRE D'EAU]

[ÉTAT MANUSCRIT
DU 30 AU 30 MARS 1948]

30-31-III-48

Le Verre d'eau

je suis journaliste et en même temps

Sans doute

Ce sujet m'a plu parce qu'il a quelque chose d'une gageure. Mon esprit [...] de ne pouvoir longuement. [...] un texte qui me contente. Mais [...] de saisir [...] la complexité et [...] parvenir au nœud de celle-ci

Le verre d'eau avait dès l'abord quelque chose pour me séduire : c'est le symbole de rien [...] ou du moins si peu de chose [...] Un verre d'eau c'est la moindre des aumônes. la moindre des choses que l'on puisse offrir

[...] Cela n'a aucun goût, aucune odeur, aucune couleur, presque aucune forme, [...] Cela se signale surtout par un manque extraordinaire de qualités [...]

Cela peut être considéré comme le résultat d'un nombre [...] de censures. Mais sorte qu'en même temps c'est le remède par excellence, et parfois la dernière chose qui puisse sauver.

N'allons pas si loin. Dans certaines circonstances c'est la chose qui fait le plus de plaisir.

in fine

×

un verre d'eau, cela ne se goûte à vrai dire que si l'on a la fièvre ou le gosier [...] voilà un état où l'homme est mis très souvent, par le travail, la fatigue, la course, ou la peine, ou quelque vif sentiment [...] qui altère sa complexion. A notre époque autant et plus qu'à [...] aucune autre peut-être.

[ÉTAT MANUSCRIT
DU 6 AVRIL 1948]

Ô verre d'abstractions pures !
Pureté à Paris tu n'es donc pas si rare
puisque tu cours les rues grimpes tous les étages
te dispenses sur tous éviers
et qu'on te cueille à tous les robinets
C'est l'eau de l'avenir qui court dans les conduites étroites
Que voici à présent dans verre[1]
Tandis que celle du passé
tant elle entraîne de souillures
a besoin de larges égouts.
C'est une bergère avec ses moutons.
Te voici donc à présent dans mon verre
Ce sont la fraîcheur et la limpidité unies
étroitement embrassées tressées
dissoutes l'une en l'autre
en une lasciveté merveilleuse
Qui voulaient en riant rouler ensemble au ruisseau
Mais les voici rengorgées dans mon verre
Ô verre d'abstractions pures
Aisément cueillies sans dépense ni fatigue aucune
Riant de plus belle d'abord[2] à gorges déployées
Elles s'y pelotonnent coites et discrètes
Coudes et genoux à la hauteur des yeux
On voit surtout leurs cuisses.

[PLAN DU 30 AOÛT 1948]

Plan du Verre d'Eau   30-8-48
(14)

I) Encore une petite chose (les hommes diraient) Laissons-les dire. Notre grandeur leur est inaccessible.

II) Ceux que le verre d'eau peut tuer le retirent
Plus puissant que la hache du G[én]al Ferré

III) La qualité du jeune verre (aciers)
d'eau est celle de l'eau courante
inodore, insipide mais limpide, liquide
et fraîche.

IV) le meilleur au robinet.
La pureté n'est pas si rare
l'eau de l'avenir
les abstractions renforcées dans mon verre.

V) le verre d'eau sur la table
(à trop le contempler sur la table
(Vieillissement du verre d'eau
moralité
Il doit être bu. (le président doit être lu)

[ÉTAT MANUSCRIT DU 4 SEPTEMBRE 1948]

Ainsi pouvons nous décrire le verre d'eau en plusieurs états si je puis dire *optiques* :
I * le verre d'eau parfait tout jeune, pur et limpide.
* le verre d'eau vieilli, trop contemplé, à bulles.
* le verre d'eau où la fraîcheur l'emporte sur la limpidité (entouré d'un voile, d'une buée)
Tout cela va bien, car tout cela reste dans le concret, et dans le concret du verre d'eau, c'est-à-dire la simplicité, la platitude.

[ÉTAT MANUSCRIT DU 5 SEPTEMBRE 1948]

À relire la note précédente je trouve aujourd'hui à y ajouter :
* le verre d'eau en train de se remplir, qui se remplit trop, déborde, se reverse, reremplit, en rit aux larmes
* le verre d'eau apaisé, tout juste, ou du moins plus qu'à moitié plein de lui-même, tout jeune, rustique (c'est le verre d'eau parfait n° I)
* le verre d'eau qui vient d'être jeté (il se trouve tout couillon, humide encore) (ensuite du II)

[EXTRAITS D'UN ÉTAT MANUSCRIT DU 30 SEPTEMBRE 1948]

C'est à la page précédente que j'ai bouclé (signé) le *Verre d'eau* (considéré comme fini). Je m'en suis tenu là.
J'ai alors, très hâtivement, et sans y apporter aucune correction, tapé cela à la machine.
Puis nous sommes rentrés à Paris (le 14.IX).
C'est à E. de K. venu à la maison le premier que j'ai lu (ou plutôt donné idée en le feuilletant à tort et à travers) le manuscrit.
Puis à Odette (presque entièrement et dans l'ordre).
Puis le *[un mot illisible]* septembre, au cours d'une soirée chez moi (dans ma nouvelle chambre), à D. H. Kahnweiler, Limbour et Odette. […]

Je n'ai vraiment pas de vergogne…! Un fatras pareil! Le lire, le montrer!

Et, pas de doute : je vais, pour l'instant devoir le laisser comme cela. Le laisser publier ainsi.

Je l'intitulerai *Notes pour un verre d'eau*. Et quand j'aurai du loisir, j'écrirai *Le verre d'eau*. Rayant, déchirant tout le reste, je l'extirperai de son fatras.

Il tiendra en peu de lignes :

J'élève à hauteur de mes yeux (puis le rabaissant légèrement, porte à ma bouche) ce cristal de roche que l'on peut boire,

ce *galet* liquide (cette « *unité* », empirique, de l'état liquide de la matière).

(Non)

Le verre d'eau est l'unité (de mesure) empirique de l'état liquide de la matière.

[PASTELS D'EUGÈNE DE KERMADEC
POUR L'ÉDITION ORIGINALE]

[FABLES LOGIQUES]

V . ARCHITEXTE

(ROM. xxxxx corps 6 ou 7)
           Extirper une savonnette
           de son enveloppe de papier :

```
            FROISSONSPOURCOMM
        ENCERCOMMEABONDROITDE
        NOUSCHERLECTEURTULEXI
        GESPARROMPREANOTREHAB
        ITUDEQUELQUECHOSEDEPL
        USQUELESILENCEDUNEMAI
        NPUISJETONSAUPANIERTO
        UTENOTEOUBROUILLONDEP
        APIEREMPREINTDUMAUVAI
        SGOUTORDINAIREAUXENVE
        LOPPESDELOBJETQUENOUS
        VOICITOUTNUDESLORSQUI
        LASURGIDANSLAUTREMAIN
        TENANTPOURNOTRETOILET
        TEINTELLECTUELLE:UNPE
            TITMORCEAUDESAVON
```

[DOSSIER DE « PROLOGUE AUX QUESTIONS RHÉTORIQUES »]

[EXTRAITS DU MANUSCRIT]

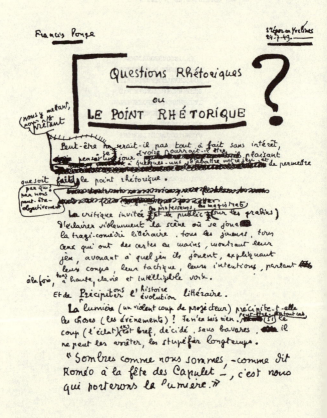

Dossier de « Prologue aux questions rhétoriques » 837

(29-VII-49.)

Portons nous-mêmes la lumière à la fête des
Capulet. Nous y venons rencontrer l'objet de nos
amours, la Perfection adolescente, noble, sensible
et pure. Sombres jeunes hommes, nous, protagonistes,
c'est nous qui porterons la lumière. Cette fête
nocturne est un moment de la tragédie Nous
le savons. ~~Comme Roméo à la fête des Capulets.~~
(Brusquement, solennellement, (plus que
solennellement puisque c'est une fois par siècle —
vers le milieu du siècle, l'an 50.) portons
la lumière au sein de la fête nocturne qui
se déroule au cœur même de la tragédie.

Dans un monde ennemi, nous y venons rencontrer
la Perfection adolescente, objet de nos amours. La
sensible, la noble et pure Poésie.

[AVANT-PROPOS
DE LA PRÉORIGINALE]

Voici trois années que Francis Ponge, de passage à Marseille, nous suggéra de consacrer un de nos *numéros spéciaux* à un problème que des travaux récents (ceux de Jean Paulhan en particulier) ont mis à la mode — celui de la Rhétorique.

Aussitôt nous le prîmes au mot et lui demandâmes de diriger ce recueil, mais notre ami refusa d'abord prétextant que d'autres[1] étaient beaucoup mieux désignés que lui-même pour mener cette tâche à bien. Pourtant, comme nous insistâmes à plusieurs reprises, au cours de l'hiver qui suivit, il se ravisa et nous donna son accord.

Notre propos devait s'établir sur la constatation que l'ancienne rhétorique est morte (laquelle, selon Littré, est l'*art de bien dire*, ou de parler de manière à persuader)[2], qu'il ne paraît plus de traité de ce nom, qu'on ne l'enseigne plus dans les classes[3] ; mais d'autre part et dans ce même moment, que la parole continue, que l'écrit se multiplie, enfin que la littérature foisonne.

Si la rhétorique doit donner des règles, il faut qu'elle les accommode aux différents genres d'expression et donc elle doit ces genres, y désigner des modèles, en dégager les parangons. Mais voici ce que l'on doit constater. Si plusieurs des genres subsistent dont l'ancienne rhétorique a traité, ils ont bien évolué depuis trente ans. D'autres sont nés dont une nouvelle rhétorique devrait donner la classification et les règles et peut-être depuis ce temps certains de ces genres, parmi les plus confus, mais les plus choyés à présent, connaissent-ils une suffisante épaisseur d'œuvres, pour que leur classification puisse n'être pas impossible non plus que le dégagement de leurs principales lois.

Mais l'on peut aussi bien penser que le moment n'est pas encore venu pour ce faire et d'aucuns affirment même qu'il ne reviendra jamais.

C'est ainsi que Francis Ponge fut amené à proposer la question sous la forme suivante, à la fois prudente et touchant pourtant le fond du problème : « Est-il ou non absurde de penser que puissent être actuellement apportés des éléments permettant de jeter les bases d'une nouvelle rhétorique ? »

Posant cette question aux éventuels collaborateurs de cet ouvrage, Francis Ponge leur expliqua qu'ils avaient loisir de répondre sur le fond même du problème ainsi posé, et que les réponses de ce genre feraient l'objet de la première partie du recueil ; soit de choisir parmi les genres nouveaux l'un d'entre eux et d'en traiter plus spécialement, ce qui ferait l'objet d'une seconde partie.

Enfin, notre ami ne cacha pas qu'il souhaiterait que des modèles dans chaque genre lui soient indiqués ou proposés — et qu'il pourrait faire du recueil de ces modèles l'objet d'une troisième partie.

Pour ce qui était des créateurs eux-mêmes dont Francis Ponge souhaitait par-dessus tout la collaboration, il pensa leur demander une sorte de *confession rhétorique*. Vous demandez-vous parfois, leur dit-il, dans quel genre vous travaillez ? Quelles règles — peut-être jusqu'à présent inconscientes — quels modèles vous vous proposez. Quels mots, quelles façons, quelles figures peut-être vous vous interdisez ? Mais d'abord pensez-vous qu'il vaille mieux, pour produire, avoir l'idée de ce qu'on produit ? Quel est ce français que nous écrivons ? Si nous savions ce que nous faisons, enfin le ferions-nous mieux[4] ?

Il ne se pouvait qu'une telle enquête n'intéressât pas la plupart des meilleurs écrivains de ce temps. Tous promirent de répondre. Plusieurs se mirent au travail.

Mais il ne se pouvait pas non plus que l'intérêt profond qu'il était naturel qu'ils y attachent — dans les conditions où se poursuit actuellement la production littéraire et mène la vie de tous les jours — ne fût justement de nature bientôt à décourager plusieurs.

Quelques-uns reprirent leur texte, d'autres se déclarèrent trop pressés par l'actualité, d'autres enfin retirèrent leur promesse pour l'avoir, dirent-ils, trop légèrement donnée.

Pendant quelques mois nous décidâmes d'attendre, puisque les conditions pouvaient changer.

Mais il nous apparut bientôt qu'il fallait forcer le problème en publiant aussitôt les textes que nous avions déjà recueillis.

C'est ainsi que l'idée nous vint de publier par tranches dans nos *Cahiers* la matière d'un recueil qui ne pouvait, étant donné sa nature et les conditions que nous venons d'évoquer — désormais se composer autrement. Une double table des matières que l'on trouvera à la fin du recueil permettra au lecteur une vue parfaitement systématique du monument enfin constitué.

Tel qu'il est et selon les défauts mêmes qu'il présente, cet ensemble, paraissant vers le milieu du siècle, demeurera certainement fort caractéristique de la littérature de ce temps. Nous ne prétendons pas qu'à partir de lui notre littérature doive se trouver *bouleversée* ou *réglée*, mais sans doute fait-il comme une borne, autour de laquelle peut-être cette littérature prendra son tournant...

[NOTE MANUSCRITE
AU SUJET DU « MURMURE »]

Voici la citation de Voltaire (supprimée dans mon texte « Le Murmure » à la demande de l'U.N.E.S.C.O., comme insultant[e] pour les Turcs !) :

« Qu'ont fait les Turcs pour la gloire ? Rien. Ils ont dévasté trois empires et vingt royaumes : mais une seule ville de l'Ancienne Grèce aura toujours plus de réputation que tous les Ottomans ensemble. »

[ÉTAT MANUSCRIT DE « PROCLAMATION ET PETIT FOUR »]

Paris, le 18 février 1958

(1)

Quelles sont les propriétés de l'Imprimerie ?

A) La première est de conférer au texte

    1°) une lisibilité maxima, (une méthode redoutable)

    2°) une certaine impersonnalité (mais cela peut être infléchi, corrigé de quelque façon par la variété des types de caractères)

    donc une certaine objectivation

    une qualité en quelque façon oraculaire

(Il n'y a pas de doute qu'on est rentré dans le jeu.)

(on sait que la Loi toujours proférée (par exemple au Sinaï) s'inscrit sur les Tables (par l'opération de la foudre) dans le même temps)

Remplace la mémoire.
(Armoires, bibliothèques)

En un plus petit format
En un plus petit volume
Par ce moyen on peut débarrasser les fauteuils (la table), et s'asseoir
Caractère de Débarras.

B) La seconde, quasi contradictoire, est que soit accomplie cette banalisation (hiératisation) du texte aux fins de reproduction à grand nombre, de vulgarisation.

Ainsi tous les risques.

Cela est salutaire.

Ainsi 1) Réduction (petit bout de la lorgnette)
       2) Hiératisation (lettre définitive)
       3) Vulgarisation (Tirage à de nombreux exemplaires)

[TENTATIVE ORALE]

[NOTE MANUSCRITE]

Voici d'ailleurs dans quel état d'esprit j'ai soudain accepté de faire cette conférence : j'étais depuis plusieurs semaines (plus de 2 mois) consécutives aux prises avec un seul sujet — auquel je travaille d'ailleurs depuis plus de trois ans — (il s'agit à vrai dire de peu de chose : un morceau de savon. Mais peu importe). Toujours est-il que je n'en sortais pas (je n'en suis pas sorti encore) et que je me sentais — paradoxalement quand vous connaîtrez mon système — fort malheureux. Je venais de décider, pour me forcer à parvenir, que je brûlerais toutes mes notes à telle date (environ 15 jours après). Il faudrait donc soit *[un blanc]* soit *[un blanc]*. Je venais donc de décider cela et le terme approchait, lorsque je reçus dans la même semaine trois propositions de conférence (ce n'est pas pour me vanter). Je savais que ce serait pour moi très pénible (excusez-moi). Je pensai je ne sais quoi : que cela me dénouerait, que je fabriquerais ce morceau de savon en en parlant devant vous. Que sais-je ? Beaucoup d'absurdités. Enfin la décision fut prise, et, celle-là, dut être respectée.

[FEUILLET
DU DOSSIER DU « SAVON »]

17-7-46

~~Être un écrivain connu~~ (ils se font bien rares)
Dans un éclair de clairvoyance, je viens de
m'apercevoir ~~que je suis~~

Beaucoup de mal à ne pas prendre au sérieux
tout ce que les gens disent de moi ~~sur~~, les metteurs «

Cherche l'essence des choses — Grand poète etc.
·········· Ce n'est pas vrai
C'est très difficile. Et je me suis déjà plusieurs
fois enlevé.

Je n'aimerais pas rester comme un Cyrano
de Bergerac, ni même comme un Jules Renard, ~~par un Diderot~~
d'où ma tendance parfois à me prendre pour
Lucrèce ou Héraclite. Hélas !
Je ne suis qu'un poète mineur.
J'aimerais l'être à la façon de La Fontaine
J'aimerais aussi sortir de là

→ Voyez le savon. Est-ce que ce n'est pas joli ?
Voici ce que je vous propose de voir dans le savon.
Bien sûr vous avez des affaires plus importantes.
Mais pourtant.

Non, vois-tu, je ne vois pas que ce soit très justement
que je sois devenu célèbre. Je ne suis qu'un pauvre type

[LETTRE INÉDITE À JEAN PAULHAN]

Vendredi.

Cher Jean,

ce sera merveilleux, si je puis avoir ton texte dans vingt jours (Et je suis sûr que Ballard sera trop heureux d'en faire un tirage à part) Je l'attends bien impatiemment. Cela va m'engager à presser la confection du n° spécial. J'ai déjà une vingtaine d'essais (ou textes plus courts).

×

Il me tarde de savoir ce que Gaston a décidé, pour ce que nous lui avons soumis : réédition du Parti pris, mensualités, tirage à part de la Tentative Orale.

M'aideras-tu (je l'espère) à mettre dans l'ordre le plus agréable les textes de <u>Sapates</u> ?

Voici donc † la Tentative Orale

préparée comme pour une édition en plaquette.

Tu en prendras pour les <u>Cahiers</u> ce que tu voudras. (Le plus possible, bien sûr. Je ne vois pas que la confidence elle-même puisse être sans dommage fragmentée. Mais tu jugeras. Pense aussi que plus ça fera de pages (ou de pige), mieux ça vaudra)

×

Au fond, j'en suis assez fier. Et aussi de l'avoir dite (devant 100 ~~portrait élégants~~ personnes) la semaine même de la triomphale exhibition d'Artaud au Vieux-Colombier. Je ne pense pas, le recul augmentant, qu'elle lui cède en intérêt... Tu vois, je te tend les verges! ~~(··········)~~

à toi   F. P.

P.S. — Je n'ai aucune copie. Je préférerais — si tu dois tailler dedans — que ça dont il en soit fait une.

Dans l'atelier de « Pièces »

[BURIN DE GÉRARD VULLIAMY
POUR « LA CREVETTE »
DANS TOUS SES ÉTATS »]

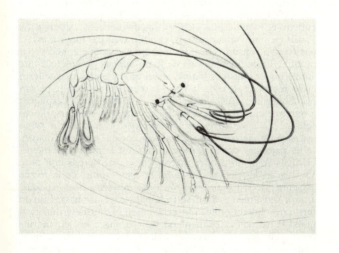

[LA FENÊTRE]

[EXTRAITS DU MANUSCRIT]

Ô bleus (au masculin et au pluriel, les bleus que l'on a lorsqu'on se donne des coups) *par tout le corps des bastions aux cieux. Traces des horions de l'azur furieux* (furieux n'allait pas) *curieux* (curieux n'allait pas), (curieux au sens fort serait allé, mais ce n'était pas certain qu'on l'entende comme ça si je mettais traces des horions de l'azur curieux) voilà une des raisons pour lesquelles je ne pouvais pas montrer le texte. Ça n'allait pas. Et c'est l'un ou l'autre : c'est curieux au sens fort, au sens du souci, au sens du violent souci, *cura*. Voilà une des raisons aussi, c'est que la langue est vieille, qu'elle a perdu cette force, curieux ne signifie plus rien, ça signifie curieux... comme ça. J'avais besoin d'un autre sens, et il n'y avait pas moyen, je n'ai pas réussi, c'est un échec. Et c'est pour cela que je ne l'ai pas montré. Traces des horions de l'azur curieux (je voudrais dire autre chose : vous constaterez aussi qu'il y a un jeu avec les o et les u et les e, le e de la vitre, le o et le u de jour. Je ne sais pas pourquoi, mais c'est comme ça. Je pourrais l'expliquer arbitrairement. Mais c'est fait à partir de ces couleurs, de ces sons)... *De toute habitation, tu interromps le mur. Par le propre maçon, porte-ruines ouvertes.* (Là je suis contre le propre maçon. Je ne peux pas laisser ça non plus. C'est le maçon lui-même, bien sûr. Mais un propre maçon, ça ne marche pas non plus. Voilà aussi les défauts de la forme alexandrine, de la forme ancienne, de la forme où il n'y a pas moyen, à notre époque, à mon sens, même si on serre le plus, c'est par hasard qu'on fera une chose bonne, qui sera bonne à notre sensibilité à nous. Parce qu'évidemment on peut arranger ses alexandrins pour qu'ils fassent d'excellents alexandrins. On peut le faire. Mais pour rendre compte d'une chose comme « par le propre maçon porte-ruines ouvertes » qui n'est tout de même pas une chose facile à dire en un vers, et je ne veux pas que ça ait plus d'un vers, je préfère ne pas montrer mon poème, et vous dire comme ça des paroles veuves, ou bien montrer la suite du travail comme une chose telle, comme une chose imparfaite, comme une suite d'ébauches, et parce que c'est significatif de l'état dans lequel nous trouvons la langue, travail que peut-être il est utile d'y faire et c'est là peut-être la justification en un sens de ma recherche, qui encore une fois n'est pas une réussite sur le plan poétique, mais c'est un travail qui permettra peut-être une poésie. Un des plus grands poètes actuels, sûrement le plus grand poète italien, Ungaretti, a appelé son œuvre, enfin une de ses œuvres maîtresses « A punti per una poesia ». À point, d'accord, exactement. Même pas des appoints parce que moi, c'est un travail préliminaire, pour des poètes peut-être un jour, simplement pour nettoyer un peu, déblayer un peu, arranger, changer un peu les lieux communs, les défaire, permettre peut-être la chose…

J'en finis avec ce malheureux truc : … qui dureront longtemps :

… *Par le propre maçon porte-ruines ouverte, conjointe sous un voile aux rois extérieurs* (c'est très mauvais : rois, ça ne va pas du tout ; c'est tyrans ; c'est Barbe-bleue, vous voyez, … conjointes sous un voile, aux rois extérieurs … Et rois, ça va assez bien dans la couleur, mais c'est un mot qui est trop éclatant, qui est de l'ancienne mythologie aussi, qui ne peut aller).

… *Pages de poésie, mais non que je le veuille.* (C'est très bon, s'agissant de la fenêtre parce qu'on entre dans le domaine rhétorique sans que ce soit rhétorique du tout. Cela donne aussi le sens poétique de l'histoire. C'est l'espèce de façon aussi d'expliquer le poème par lui-même, de le titrer par lui-même, de le justifier par lui-même. Je ne sais pas comment ça m'est venu, mais enfin j'ai eu raison.)

… *Ponche dont jour et nuit flamboie, la barbe-bleue.* (Ponche, c'est très difficile, j'aimerais beaucoup pouvoir laisser ça, mais c'est un mot assez impossible. Punch, c'est la flambée du rhum, mais le mot français ponche existe. Je ne l'ai pas inventé, il est au Littré, très peu employé. Mais on bute sur ce mot. Une fenêtre, c'est tout de même une chose où on ne doit pas trop buter. On doit buter un peu, mais enfin c'est translucide. Mais il ne faut pas qu'il y ait un énorme silex au milieu de la vitre, comme ce ponche, ce ponche comme mot, comme mot impossible, inavalable).

… *La clarté du dehors m'assomme et me détruit…* (c'est l'histoire de porte-ruines ouvertes)

… *Rien que n'en point émettre et qu'elle soit la seule fait que je la subis.*

La fin est un peu trop abstractée, mais va. Cela fait une sorte de morale abstraite d'un poème assez concret. J'en étais assez content, mais vous voyez qu'il y avait des cailloux, des choses qui m'empêchaient de montrer le poème.

[FOLIO DACTYLOGRAPHIÉ]

Faiblesse non dissimulee

                    Faveur a demi avouee

                                     Et fragilite accordee

      Au regard de tant de pareilles

Faute non dissimulee
Mais plutot demesuree
Soisaaaaaaaaaaaaaaaaaaa
Au regard de tes pareilles   La fenetre
Sois ainsi toute accordee

                    de tout son corps

Faute non dissimulee   rimant avec etre
Mais non plus demesuree
Soit toute entiere occupee
Et ainsi demesuree   montre le jour   Faute non dissimulée
Au regard de ses pareilles   Mais plutot dmesuree
Leur soit pourtant accordee   Et plutot trop occupee
                                                          Du regard de ses pareilles

                  Faiblesse mal dissimulee
                  Fragile, tout accordee
                  aux regards de ses pareilles

    Faute non dissimulee
    Soit plutot toute accordee
    Au regard de ses pareilles

                                  Faute mal dissimulee
                                  Et plutot demesuree
                                  ose ainsi se mesurer
Faute ici demesuree   aux regards de ses pareilles
Ose aussi se mesurer
Au regard de ses pareilles

[ÉTAT MANUSCRIT DE « L'ANTHRACITE »]

Les Charbons

Voici mon idée naïve des charbons :

Dict. Les houilles sont formées de débris de végétaux, surtout des prêles, fougères et lycopodes de grande taille, qui paraissent avoir subi l'action de la chaleur sous une forte pression.

a... Reconnure de l'espèce présent et reste des premières richesses végétales qui aient orné la face du globe (Cuvier, Revol. 293)

Nom générique de tous les fossiles appelés improprement charbon de terre.

Fossile. de fossilis, de fossum, supin de fodere : fouir.

Fossiles sont les matières minérales pour lesquelles recouvrer faut creuser la terre. 1° qui est extrait du sein de la terre, par opposition à ce qui est sur. Le même apr. qui précédemment s'emploie sur 2° Qui est trouvé dans le sein de la terre, en parlant des restes des corps organisés. 3° Toute substance par se tire de la terre, Telles que minerais, sel &c., etc.

partial. Tous restes de corps organisés sur l'antiquité enfouis et encroûté ou imbibé de diverses matières solubles, et qui présentent encore leurs formes primitives malgré leur pétrification.

Figuré : se dit de ce qui est arriéré, hors de mode.

Prêle : plante cryptogame qui sert de type à la famille des équisétacées.

Lycopodes. Mousses. (cryptogames également)

Fougères

Équisétacées.

Il me faut bien que l'encre soit employée une fois à écrire à propos du charbon. Et je veux lui en donner l'occasion. Grâce à moi, elle connaîtra cette satisfaction qui lui est due depuis toujours

du rapport de l'encre et du charbon

pétrole : huile minérale (les couleurs de l'arc en ciel)
malthe : bitume glutineux, poix minérale, goudron minéral, pissasphalte
incolore, volatil, très inflammable

naphte : bitume liquide, d'une odeur vive et pénétrante qui lui est propre : c'est un carbure d'hydrogène

pissasphalte : Bitume mollasse de couleur noire et d'une odeur forte et pénétrante, dit aussi bitume glutineux. Le pissasphalte et la poix minérale se tiraient autrefois de Babylone ; ils ont servi à la construction des murailles de cette ville, Fourcroy Connaiss. chim. t. VIII, p. 87, dans POUGENS.

  Étym. πισσάσφαλτος, de πίσσα, poix, et ἄσφαλτος, asphalte. On trouve des grès souvent pissasphaltiques, renfermant ordinairement du bois fossile, RAMOND, Inst. Mém. scienc. 1813, 1ᵉʳ sem. 1815, p. 140.

poix, s.f. 1° Suc résineux tiré du pin ou du sapin. Avoir de la poix aux doigts ou de la poix aux mains, voleur.
2° Poix noire, ou navale, ou batarde, tirée du térébenthine.
3° Poix blanche, galipot.
4° Poix sèche, la colophane.
5° Poix minérale se dit aussi de l'ozocérite.
6° Poix de Judée, l'asphalte.

  Étym. Genev. pège, pegus, de latin picem, grec πίσσα, sanscrit, picchâ, gomme, viscosité.

brai

ozocérite, s.f. sorte de résine ou de cire fossile dite aussi poix minérale
  Étym. ὄζω, avoir de l'odeur, et κηρός, cire.

bitume, s.m. Substance combustible qui est fluide, huileuse, ou solide et noire, et que l'on trouve dans le sein de la terre.

colophane : mat. résineuse, sèche, transparente, jaune ou brune, qui est le résidu de la distillation de la térébenthine. - Résine pour frotter les crins de musique.
  Étym. Résine de la ville de Colophon, en Asie Mineure.

cire : il y a la cire des abeilles, la cire végétale (substance tirée des feuilles de certains végétaux, la cire du palmier), la cire fossile, substance trouvée en Moldavie et composée de carbone et d'hydrogène. La cire des yeux ou les oreilles

État manuscrit de « L'Anthracite »

Brai : s.m. suc résineux qu'on tire du pin et du sapin.
Brai sec, e (*trançon*) ; brai liquide, le goudron ; brai
gras naturel, sorte de bitume retiré de l'asphalte ; brai
gras artificiel, mélange de goudron, de brai sec et de poix
grasse.
— Etym : anc. franc. brai, *fange*.

Asphalte, s.m. Bitume solide, sec, friable, inflammable, qui se trouve
particulièrement à la surface du lac Asphaltite ou mer
Morte.
— Etym. Prov. asphalt ; espagnol ital, asfalto. de ἄσφαλτος

Galipot, s.m. Térébenthine *concrète*, impure, qui s'est solidifiée sur l'arbre
même par l'évaporation spontanée de son essence. Il sorte de (*mastic*) particulier à la marine, composé de résine et de matière grasse.
— Etym. (inconnu) on voit galipo ou gros encens.

Glu, s.f. matière visqueuse et *tenace* dont on se sert pour prendre les oiseaux et qui
est fournie par la seconde écorce du Houx et par le gui.

Gomme. Subst. visqueuse et transparente qui découle de certains arbres.
Gomme des funérailles : l'asphalte ou bitume de Judée dont les
anciens se servaient pour embaumer les corps. La gomme contient un sel acide
Goudron. s'est résineux, à demi-fluide, d'une odeur forte et pénétrante, d'une saveur ...
Gluten et 1er terme d'histoire naturelle. Matière fort liée qui assemble les parties d'un corps, p.e.
solide. Les ciments et mortiers qu'on peut faire entrer dans cette dénomination sont ceux
des colles ou glutens qui réunissent par superposition B, parties de toute
matière.
Expli-cation gluten, colle.
glutineux. Agglutiner.

Laque

Vernis

Caoutchouc : gomme de certains arbres

fiente

fumier (à cause de la fumée qui en sort
                  étant mêlée aux excréments des animaux
                                                              d'étables

gadoue : matière fécale tirée des fonds d'aisance d'armée
d'auprès il le ôte [?] d'air des bœufs, et immondices des rues

curures : produit du curage des étangs, des auges, des puits

fumier local : récoltes enterrées

tourbe : charbon très hétérogène qui se forme dans la vase
des marais par décomposition des débris végétaux qui s'y trouvent
Tourbière : "l'observation semblant prouver que la tourbe ne s'y
forme pas seulement que d'autres combustibles fossiles et qu'elle s'est formée
beaucoup plus depuis l'âge des
Des Ter fécaux : de fait : les   sociétés

fèces : sédiment formé par toute espèce de
           liqueurs.

lie : ce qu'il y a de plus grossier dans une
       liqueur et qui va au fond   rebut

       opprobre, corruption   pourrir
vases vase à limon dépôt au fond des étangs, des cours, des mares, de
la mer   varie matière   du corps et de l'esprit
       La lie, la décadence
                    dans la vieillesse.

     abject : qui est rejeté et digne de l'être

     corrompre : gâter par la corruption putride

Pourrir : s'altérer par le travail intestin qui attaque et détruit les corps organisés privés de vie, au contact de l'air et à une température qui ne soit pas trop basse. Bon pourri sur des morceaux déjà pourris

Pourrissoir (lien)

Macération : (c'est un travail à froid)

Putréfaction : décomposition que sous l'influence de certaines conditions de chaleur et d'humidité subissent tous les corps organisés, quand la vie est éteinte en eux. La putréfaction est une vraie fermentation (avec échauffement)

muqueux   moite
mucosité   mucilagineux
mucus   mastodonte
mucilage
moisissure

propolis, mat.
résineuse
dont les abeilles se
servent pour clore leurs ruches

Résine nom donné à des produits qui découlent naturellement ou par
        voie d'incisions faite à l'écorce ou aux bruits de beaucoup de végétaux
        d'un liquide ou térébenthine autre liquide : résines solides ou s. p. dits.
        Résines animales se tire de l'ambre gris, de la
        propolis, du castoreum, de la civette et du musc.
        Résine de terre, bitume noirâtre de la mer caspienne.

Térébenthine

                vu

Viscosité   [sketch]

Succin ou ambre jaune ou carabé est une substance
fossile, bitumineuse, d'une couleur jaune
acquérant une odeur agréable par le frottement,
la distillation ou la combustion, passant à l'état
électrique résineux par le frottement, manifestant
des propriétés analogues à celles du verre, et surtout
du copal, mais plus distinguant par sa composition, qui
consiste en une matière grasse, jointe à une petite
quantité d'un acide particulier, nommé acide succinique.
Le succin est le plus doux de tous les bitumes par ses
caractères extérieurs.

Ca Bourbe est la boue qui forme le fond des
eaux marécageuses.
Croupir, s'accroupir dans l'ordure

[EAU-FORTE
DE JEAN SIGNOVERT
POUR « LE LÉZARD »]

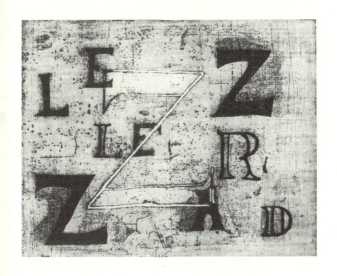

[EAUX-FORTES
DE GEORGES BRAQUE
POUR « CINQ SAPATES »]

LES OLIVES

Olives vertes, vâtres, noires.
L'olivâtre entre la verte et la
noire sur le chemin de la carbonisa-

13

ÉBAUCHE D'UN POISSON

(Le Rallye des Poissons.)

Comme — mille tronçons de rail
sous la locomotive — mille barres

[MANUSCRIT DE « LA PAROLE ÉTOUFFÉE SOUS LES ROSES »]

①

LA TOUFFE
DE
ROSES

①

C'est trop déjà qu'une rose,
 comme plusieurs assiettes devant le
même convive
 superposées.

②

C'est trop d'appeler une fille Rose,
car c'est la vouloir toujours
comme rue ou en ~~extérieure~~ robe de bal
quand, parfumée par plusieurs danses,
rieuse, émue, humide, telle rougit,
perlante, les joues en feu, sous les
lustres de cristal,
 Colorée comme une biscotte à jamais
dorée par le four.

La Parole étouffée sous les roses

②

③ la feuille verte,
la tige verte à reflets de caramel,
et les épines, sacrédié ~~autrement que~~, de caramel
de la rose,
sont d'une grande importance ~~pour~~ le caractère de celle-ci.

④ Il est une façon de forcer les roses
qui ressemble à ce qu'on fait
quand, pour que ça aille plus vite,
l'on met des ergots d'acier à des coqs de combat.

⑤ Ô l'infatuation
des hélicoïdogabalesques
pétulves !

⑥ La roue du paon aussi est une fleur,
vulve au calice.

La Parole étouffée sous les roses

(3 *bis*)

X (9)

Une chair mélangée à ses robes,
Comme toute pétrie de satin,
~~Sa chair~~ ~~pétrie~~
~~Voilà~~ la substance des fleurs.

Chacune à la fois robe et cuisse
~~et~~ sein et corsage aussi bien —
enfin ! Et ~~disposer~~ manier pour telles, qu'on peut tenir entre deux doigts,
[Éloigner,] [approcher,] de ses narines,
2 (Disposer, entrouvrir, regarder,
1 ~~mettre~~, oublier et reprendre)
~~...~~
et flétrir au besoin ~~......~~ ecchymose terrible
d'une seule
dont elle ne se relèvera plus, une sorte
de valeur âcre ~~et~~ opérant de retour à
la feuille ~~[ce que~~ ~~d'Amour~~ pour
chaque jeune fille met au moins quelques
mois à accomplir.

✶

← vers (10)

④

    qui se dirige alors vers lui
    (voyez les soufflés ~~xxx~~), ~~xxx~~
    vient se coller à lui ~~,~~ ...
    Mais elle ne peut aller plus loin
qu'un certain endroit :
    Alors elle entrouvre les lèvres
    et lui envoie ses parties gazeuses,
    qui s'enflamment ...

    C'est ainsi que ~~~~ roussit ~~et~~ noircit,
puis ~~~~ fume et s'enflamme
la chose au four ...
    Il se produit ~~~~ comme une éclosion au
four,
    et la Parole n'est que ...

● ⑮

    Voilà aussi pourquoi il faut arroser
les plantes.
    Car ce sont les principes humides qui,
~~~~ soudoyés par ~~~~ le feu,
~~~~ entraînent à leur suite vers leur
élévation
    tous les autres principes ~~des~~ végétaux.

● ⑯

    Du même élan, les fleurs alors
~~~~ débouchent

— définitivement —
~~s'welwellwellace~~
leur bouteille,
leur flacon.

● ⑰

Toutes les façons de se signaler
leur sont bonnes.

● ⑱

Douées d'une touchante infirmité,
— paralysie des membres inférieurs —
elles agitent leurs mouchoirs
(parfumés)...

● ⑲

Car pour elles, en vérité,
pour chaque fleur,
tout le reste du monde part
incessamment en voyage...

⑤

Francis Ponge
(1949-1952)

[LE SOLEIL PLACÉ EN ABÎME]

[ÉTAT DACTYLOGRAPHIÉ]

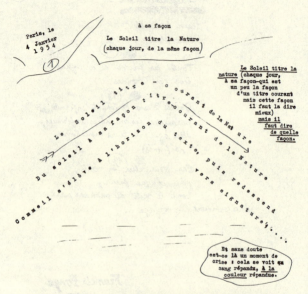

Le Soleil placé en abîme

[EAU-FORTE DE JACQUES HÉROLD
POUR L'ÉDITION ORIGINALE]

À LA RÊVEUSE MATIÈRE

© *Lausanne, Éditions du Verseau, 1963.*

À LA RÊVEUSE MATIÈRE

Probablement, tout et tous (et nous-mêmes) ne sommes-nous que des rêves, immédiats, de la divine Matière : les produits textuels de sa prodigieuse imagination. Et ainsi, en un sens, pourrait-on dire que la Nature entière, y compris les hommes, n'est qu'une écriture, mais une écriture d'un certain genre, une écriture *non significative*, parce qu'elle ne se réfère à aucun système de signification, du fait qu'il s'agit d'un univers infini, à proprement parler *immense*, sans limites.

Tandis que le monde des paroles est un univers *fini*. Mais, du fait qu'il est composé de ces objets très particuliers et particulièrement émouvants : les *sons significatifs* dont nous sommes capables, qui nous servent *à la fois* à nommer les objets du monde et à exprimer nos sentiments intimes,

Sans doute suffit-il de *nommer* quoi que ce soit — d'une certaine manière — pour *exprimer* tout de l'homme et, du même coup, glorifier la matière, exemple pour la parole et providence de l'esprit.

LES OMBELLES

LE PAYSAGE

LA ROBE DES CHOSES

LA TERRE

[Ces quatre textes ont été repris dans Le Grand Recueil, *III.* Pièces, *p. 722, p. 721 et p. 749-750.]*

NOTICES ET NOTES

SIGLES UTILISÉS DANS LES NOTES

AF	Archives de la famille Ponge
APa	Archives Paulhan (I.M.E.C.)
APo	Archives Ponge (B.N.F.)
BJ-D	Bibliothèque littéraire Jacques-Doucet
corr.	Corrigé
CBDR	Carnet bois de rose (archives familiales)
CIR	Cahier l'incomparable rose (archives familiales)
CRM	Carnet rose et marron (bibliothèque littéraire Jacques-Doucet)
dactyl.	Dactylogramme
épr.	Épreuves
FD	Fonds divers (collections particulières)
F-S	Fac-similés de manuscrits
ms.	Dossiers d'archives, comprenant divers états (manuscrits, dactylographies, épreuves corrigées...)
orig.	Originale
préorig.	Préoriginale

Dans les renvois à une note, la page que nous donnons est celle où se trouve l'appel (page dont le numéro figure au titre courant impair des sections « Notes »). Chaque fois que c'est nécessaire, afin d'éviter toute confusion, après l'indication de page, nous mentionnons, entre crochets droits et sans guillemets, le titre du texte annoté. Exemple : « Voir n. 1, p. 58 [Le Galet]. »

DOUZE PETITS ÉCRITS

NOTICE

Nous savons peu de choses sur les tout premiers essais littéraires de Ponge, qui semble avoir commencé à écrire vers la fin de la guerre, à partir de son installation à Paris. Le « Sonnet » qu'il a publié en 1916, sous le pseudonyme de Paul-François Nogères[1], fait apparaître deux tendances très marquées : la fidélité à la tradition, la recherche de l'expression poussée jusqu'à la préciosité voire au maniérisme. Une note écrite à la bibliothèque Sainte-Geneviève en 1917[2] témoigne d'une violente révolte non seulement contre la société, dont le jeune homme, au sortir d'un milieu familial très protégé, découvre peu à peu la dureté, mais contre l'usage qu'elle fait du langage. Il est un masque au service de toutes les hypocrisies, et un obstacle à l'expression et à la communication. Ponge en fait la douloureuse expérience en 1918 et 1919, à l'occasion des épreuves orales de la licence de philosophie et du concours d'entrée à l'École normale supérieure, qui se soldent par un double échec.

Il est possible que ces difficultés rencontrées dans la pratique orale et sociale du langage aient conduit Ponge, après deux années de profond découragement, à se tourner vers des formes d'écriture aussi éloignées que possible de l'ordre du discours. La tradition poétique lui offre avec le vers un cadre où cultiver, jusqu'à l'hermétisme, l'écart avec les façons de parler de ses contemporains. Mais il peut aussi imiter ces dernières, de manière à en révéler de l'intérieur les failles et les impostures. Recherche formelle et critique sociale s'allient étrangement dans les premiers écrits de Ponge, qui se partagent entre des « exercices » versifiés d'une grande virtuosité technique, et des proses violemment satiriques. Ces deux types de texte ont en commun la brièveté, et une tonalité foncièrement ironique.

Dénonçant les mystifications inhérentes au langage, Ponge entend ne pas être lui-même « dupe de son expression[3] ». Il cherche à couper court à l'inflation verbale qui caractérise aussi bien le bavardage quotidien que

---

1. Dans *La Presqu'île*, n° 4, octobre 1916. Ce texte, non recueilli en volume, sera repris dans le tome II de la présente édition.
2. Reproduite par Jean Thibaudeau dans *Francis Ponge*, coll. « La Bibliothèque idéale », Gallimard, 1967, p. 29.
3. P. 3.

l'éloquence lyrique ou politique. Et, lorsqu'il s'agira de réunir ses premiers textes pour les publier en volume, il les désignera comme de « petits écrits ». Titre modeste en apparence seulement ; Ponge dira plus tard : « Le chic serait [donc] de ne faire que de "petits écrits"[1]. » C'est une manière de marquer une distance avec ses propres énoncés, que manifeste aussi la tournure ironique de leur énonciation : il s'agit souvent de paroles rapportées, comme le souligne l'emploi fréquent des guillemets[2], vis-à-vis desquelles l'auteur dégage toute responsabilité, bien qu'on l'y sente, à bien des égards, engagé. Pourfendeur de l'hypocrisie sociale, Ponge s'avance lui aussi masqué. D'où l'ambiguïté de ces textes, qui rend leur commentaire délicat. Ils suscitent chez le lecteur un malaise qui n'est peut-être pas sans rapport avec celui dont ils sont issus.

Genèse.

L'échec de Ponge à l'oral du concours d'entrée à l'École normale supérieure a été suivi d'un long désarroi. Non seulement les études qu'il poursuit sans conviction n'aboutissent pas, mais elles le détournent de l'écriture : « Rien n'est plus fatal à la veine poétique que des injections à doses massives (intraveineuses naturellement) d'économie politique et de méthodologie[3]. » Ce n'est que vers la fin de 1921 qu'il retrouve l'inspiration, stimulé par l'exemple de son ancien condisciple de khâgne, Gabriel Audisio, qui publie en décembre ses premiers poèmes à la *N.R.F.*[4] : « Deux ans perdus pour les études complètement abandonnées, toujours douloureux de corps et d'âme », lui confie-t-il dans une lettre du 10 janvier 1922 ; « enfin depuis quelques trois mois je me ressaisis, je reprends vie et conscience. Je travaille, je me consacre entièrement à l'art, et j'en ai tant de joies ! Je ne publie pas encore, préférant attendre d'être complètement calmé mais j'ai beaucoup de travail sur la planche : satire sociale, un drame en quatre actes, et les poèmes. »

Du drame auquel Ponge travaille nous ne savons rien, si ce n'est que ce « gros labeur » « lui donne une migraine épouvantable », et qu'il va « lentement en besogne[5] ». Il n'aura pas plus de succès lorsqu'il entreprendra une tragédie en alexandrins, *Tigrane et Priscilla*, abandonnée en 1925. Il semble plus à l'aise dans la forme brève, en vers et en prose, même si elle exige autant de soins : « Ces petites machines de huit vers me coûtent quelquefois huit ou dix heures de travail. [...] Je fais aussi beaucoup de poème de satire sociale. Je crois que je vais me fixer à la forme de la parabole dans ce genre, l'essai, le dialogue, me paraissant un peu difficiles à faire lire[6]. »

Cette double orientation, poétique et satirique, est encouragée par le dialogue qu'il engage en 1922 avec Gabriel Audisio et un autre ancien camarade de khâgne, Jean Hytier, à propos de la création d'une revue baptisée *Le Mouton blanc*, en souvenir du cabaret où se réunissaient, dit-on, La Fontaine, Molière et Boileau. Il s'agissait, selon Jean Hytier, principal théoricien de l'équipe, de promouvoir un « classicisme moderne »,

---

1. *Proêmes*, « Pages bis », v, p. 214.
2. Encore plus nombreux dans les versions préoriginales, voir, par exemple, la notule de « Sur un sujet d'ennui », p. 888.
3. Lettre inédite à Gabriel Audisio du 10 janvier, l'année n'est pas précisée : sans doute 1920 ou 1921.
4. « Trompettes au soleil », « Citrons », « Les Bouées », *N.R.F.*, n° 99, décembre 1921, p. 698-700.
5. Lettre inédite à Gabriel Audisio du 25 janvier 1922.
6. *Ibid.*

que la déclaration liminaire du numéro 1 définit ainsi en septembre 1922 : « Tout à l'opposé d'une prétendue tradition néo-classique qui n'a d'autre idéal que l'imitation de formes périmées, la doctrine du *Mouton blanc* entend, par le contact direct avec la vie moderne dans ce qu'elle a d'essentiel, renouveler les thèmes et l'inspiration, affirmer une technique poétique, retrouver le sens de la forme achevée, rétablir un équilibre dans l'œuvre d'art, — recréer un style. »

Dans ses chroniques consacrées à « la doctrine du *Mouton blanc* », Jean Hytier en explicitera la double allégeance au classicisme, par la recherche d'une forme rigoureuse, opposée à la « dispersion anarchique et personnelle » du romantisme, et à l'unanimisme, qui a su introduire en poésie « la considération du fait social », caractéristique des « civilisations modernes[1] ». Cette ligne correspondait aux orientations personnelles de Ponge, qui se voulait classique, en réaction contre les langueurs du symbolisme finissant[2], et qui, peu attiré par les manifestations tapageuses de l'avant-garde, croyait à une « éternité du goût[3] ».

Il n'adhère pas pour autant à toutes les thèses de Jean Hytier, et il se montre soucieux de ne pas se faire « l'avocat de l'unanimisme », moins « essentiel » à ses yeux que la recherche d'un « classicisme nouveau[4] », dont se réclamait aussi la *N.R.F.* Il ne manquera pas de participer à l'hommage que *Le Mouton blanc* rendra à Jules Romains, qui lui avait prodigué ses conseils dès 1919 ; mais les deux textes qu'il consacre à cet « aîné qui tient du père », s'ils soulignent la « qualité » de son œuvre, ne sont pas exempts de réserves. Aux grands élans de sympathie universelle, il préfère paradoxalement certaines évocations de Paris où Jules Romains, « se retirant », « regarde, et décrit seulement » : c'est, selon Ponge « tout à fait classique »... et conforme à sa propre esthétique. L'inspiration sociale ne doit pas faire perdre au poète la distance nécessaire à l'élaboration d'un objet d'art[5]. Et, par ailleurs, Ponge n'adopte aucune des innovations préconisées par Jules Romains et Georges Chennevière dans leur *Petit traité de versification*[6].

La « veine poétique ».

Son vrai modèle poétique, dès cette époque, c'est Mallarmé. Moins celui des grands poèmes du *Parnasse contemporain*, ou des sonnets les plus ambitieux, que celui des *Chansons bas*, tout aussi subtil, mais plus proche de la réalité familiale et sociale. Les premiers poèmes que Ponge publie dans *Le Mouton blanc*[7] manifestent cette filiation par leur concision et leur raffinement, qui ne vont pas sans préciosité ni obscurité, comme le souligne Jean Hytier : « On voit que tu as lu Mallarmé [...]. C'est très amusant à lire, ingénieux, habile [...]. Tu sacrifies aussi au calembour. Bref

---

1. *Le Mouton blanc*, nº 1, septembre 1922.
2. Voir *Pour un Malherbe*, coll. « Blanche », Gallimard, 1977, 2ᵉ édition.
3. *Nouveau recueil*, « Fragments métatechniques », coll. « Blanche », Gallimard, 1967, p. 15-17.
4. Lettre inédite à Jean Hytier du 12 décembre 1922 (archives familiales).
5. Voir « Qualité de Jules Romains », « Jules Romains peintre de Paris », *Le Mouton blanc*, nouvelle série, nº 1, septembre-octobre 1923 (repris dans *Nouveau recueil*, « Fragments métatechniques », p. 19-21).
6. Gallimard, 1923.
7. « Esclandre, suivi de cinq autres poèmes » : « Esclandre » (*Pour la ruée écrasante...*, p. 4), « Au coucher de soleil » (*Quel artificier...*, p. 4-5), « Autre chromo » (*Lyres*, « Le Jour et la Nuit », p. 449), « De même » (*ibid.*, « Carrousel », p. 448), « Règle » (*ibid.*, p. 449-450), « Hameau » (*Ces vieux toits...*, p. 5), *Le Mouton blanc*, nouvelle série, nº 2, novembre 1923.

cela dévoile un sens réel du vers, mais selon l'ancienne technique. Tu tiens beaucoup encore à cette virtuosité. [...] Tu t'amuses encore à faire l'obscur, pas trop, d'ailleurs. C'est bien fait, mais un peu mince. [...] Tu as une tendance naturelle, et précieuse, à la sobriété, tout au moins dans l'expression. C'est même, en y réfléchissant, ce qui me plaît le mieux dans tes vers. C'est serré, ferme, consistant[1]. »

Ce mallarméisme, qui confine au maniérisme, s'associe de façon assez étonnante, et détonante, à un goût de la provocation que soulignait le titre donné au premier poème : « Esclandre ». Il se termine par un mot d'ordre anarchisant, qui annonce « l'acte surréaliste le plus simple[2] » : « Et tire, tire, tue / Tire sur les autos[3] ! » Il s'agit bien là du geste de révolte d'un jeune homme qui entend faire de la littérature une « arme » contre une société injuste. Mais Ponge, à cette époque, n'est engagé dans aucun parti, et ne « participe pas aux actions extérieures ». C'est « un anarchiste de cabinet[4] », dont le champ d'action est le langage, et qui met tous ses soins à fabriquer une mécanique toute verbale.

La subversion qu'il opère ainsi est avant tout littéraire, et ne va pas sans artifice. Le second poème[5] offre un portrait de l'artiste en « artificier », mais il apparaît comme un acteur qui se brûle aux feux de la rampe au lieu d'incendier l'ordre social. La violence de Ponge sous-jacente s'exerce surtout ici à l'encontre des « jeux avariés » du vers, qu'il tourne en dérision en les poussant à l'extrême. Le choix de mètres particulièrement brefs — de l'heptasyllabe au vers de trois pieds — impose à ces poèmes un rythme assez acrobatique, proche parfois de la ritournelle, comme dans « Carrousel[6] ». L'absence de rime est compensée par un travail très savant sur les sonorités, qui multiplie les échos rapprochés, vocaliques ou consonantiques, frôlant constamment le calembour : à la paronomase « RuGis RouGe », Ponge propose non sans humour comme variante l'anagramme partielle « hURLe cRUeL ».

L'ironie affecte aussi le traitement des images. Deux des poèmes parus dans *Le Mouton blanc* se présentaient comme des « chromos[7] », et Ponge a même un moment envisagé d'étendre ce titre à l'ensemble, au grand désespoir de Jean Hytier : « Tu es maboul ! *Chromos* est cent fois inférieur à *Esclandre*[8]. » Ils développaient une thématique sous-jacente aux deux premiers : celle du crépuscule, et faisaient sans doute partie de ce « Mythe du jour et de la nuit », dont le projet, longtemps caressé, puis abandonné, aboutira bien plus tard au « Soleil placé en abîme[9] ». Ponge, dans ces poèmes, comparait le « couchant violet » à « un œillet rare », mais en même temps il dénonçait le recours aux fleurs artificielles de la rhétorique : « Même fleuri sous la lampe / tyrannique je le hais / le parterre magnétique / colonie de mes ardeurs[10]. » La difficulté que Ponge éprouve à traiter ce thème qui lui tient pourtant à cœur vient de ses résonances

---

1. Lettre du 2 février 1922.
2. « L'acte surréaliste le plus simple consiste, revolvers aux poings, à descendre dans la rue et à tirer au hasard, tant qu'on peut, dans la foule », écrira en 1929 André Breton dans le *Second manifeste du surréalisme* (*Œuvres complètes*, Bibl. de la Pléiade, t. I, p. 782-783).
3. P. 4.
4. *Entretiens avec Philippe Sollers*, Gallimard - Le Seuil, 1970, p. 68 et 75.
5. *Quel artificier...*, p. 4-5.
6. *Lyres*, p. 448.
7. « Le Jour et la Nuit » (*Lyres*, p. 449), « Carrousel » (*ibid.*, p. 448).
8. Lettre du 23 août 1923.
9. *Pièces*, p. 776-794. Voir la notule des « Trois poésies », p. 883.
10. *Lyres*, « Le Jour et la Nuit », p. 449.

affectives[1], mais aussi des stéréotypes qu'il véhicule inévitablement, comme le paysage évoqué dans le cinquième poème de cette livraison : « C'est trop de la neige / à cause que chère / aux cartes postales[2] ». Le seul poème de cette veine qui trouvera grâce à ses yeux et qu'il conservera dans ses *Douze petits écrits* est celui qui réduit le paysage aux dimensions d'un « hameau », et celui-ci à la modeste carapace d'une « tortue[3] ».

C'est dire si le choix de la forme brève correspond aussi à une orientation précoce de l'imaginaire pongien, qui préfère aux grands sujets du lyrisme cosmique, source d'interminables amplifications rhétoriques, la focalisation sur des objets humbles, modèles de mesure[4]. Ces « petites machines[5] » illustrent à la fois l'habileté technique dont Ponge est capable, et la gêne qu'il éprouve à écrire en vers, ainsi qu'à traiter des thèmes cosmiques. Elles révèlent un artiste conscient de ses moyens et de ses limites, qui sait, en bon disciple de Mallarmé, le parti que l'on peut tirer du matériau signifiant : « Soignons notre palette. C'est une condition de la beauté littéraire : il faut choisir des mots qui ajoutent à la pensée[6]. »

L'inspiration satirique.

Ce souci esthétique se retrouve paradoxalement dans les proses satiriques de Ponge. Même s'il les met au service d'« une action guerrière », il est évident que la facture de ces « armes » compte pour lui autant que leur efficacité : « C'était la forme de la bombe, la préparation, la longue préparation de la bombe qui m'intéressait », dira-t-il à Philippe Sollers[7]. L'*Esquisse d'une parabole*, qu'il fait paraître dans le troisième numéro du *Mouton blanc* est d'une prose tendue, d'une grande tenue, qui lui vaut ce commentaire de Jean Hytier : « Tu es voué à une haute carrière classique [...]. Tu sais, comme moi, qu'on peut émettre n'importe quelles idées, pourvu que la perfection de la forme les élève au-dessus "de la politique" — comme tu dis justement[8]. » Ces compliments encouragent Ponge à présenter à la N.R.F. « Trois satires[9] », extraites d'un ensemble plus vaste auquel il travaillait alors : « Ces textes (dans mon esprit il devait y en avoir davantage que trois) faisaient une espèce de galerie de figures, comme des têtes de massacre. Il y a l'industriel, il y a l'employé, il y a aussi l'ouvrier, il y a aussi l'artiste. Il aurait pu y avoir encore l'évêque ou le général. Enfin, c'étaient donc des textes très axés vers l'action, une action satirique, la littérature étant par moi considérée comme une arme, à ce moment-là[10]. »

Un tel dessein laisse attendre une série de portraits-charges, poussés jusqu'à la caricature. Or rien de tel dans les satires de Ponge. Seul le « Compliment à l'industriel[11] » répond à cette attente, en proposant au lecteur une cible clairement identifiée, et un message sans équivoque,

---

1. Voir la notule de « Martyre du jour », p. 886-887.
2. *Lyres*, « Règle », p. 449.
3. *Ces vieux toits...*, p. 5.
4. Voir *Proêmes*, « La Forme du monde », p. 170-171.
5. Lettre inédite à Gabriel Audisio du 25 janvier 1922.
6. « Fragments métatechniques », *Le Mouton blanc*, n° 2, janvier 1923 (repris dans *Nouveau recueil*, p. 15-17).
7. *Entretiens avec Philippe Sollers*, p. 68.
8. Lettre du 29 octobre 1922.
9. « Le Monologue de l'employé » (*Douze petits écrits*, p. 6-7), « Dimanche ou l'Artiste » (*Lyres*, p. 449-451), « Le Patient Ouvrier » (*Douze petits écrits*, p. 8).
10. *Entretiens avec Philippe Sollers*, p. 62.
11. P. 7-8.

malgré l'ironie, facilement décryptée, du titre antiphrastique : ce « compliment » ampoulé se termine par la plus grossière injure. Dans les autres satires, l'intention de l'auteur apparaît moins nettement. D'une part, Ponge s'en prend à des personnages dont la situation sociale est proche de la sienne et devrait leur attirer plutôt la sympathie : l'employé, l'ouvrier ou l'artiste. D'autre part, l'attitude qu'il adopte à leur égard reste assez ambiguë. En donnant la parole à l'employé, il donne l'impression de s'identifier à lui, et conduit le lecteur à le faire ; ce n'est que peu à peu que se fait jour une ironie discrète, dont on ne sait s'il faut l'attribuer au personnage ou à l'auteur. Nul doute que Ponge ait voulu donner l'exemple d'une parole et d'une existence aliénées ; mais, en les énonçant en première personne, il se prive de la distance habituelle à une telle dénonciation, jusqu'à s'y soumettre lui-même. Car la caricature vire parfois à l'autoportrait : lorsque l'employé avoue « réserver une demi-heure » à lire et à réfléchir « avant de dormir », il ne fait qu'anticiper sur la confession de Ponge lui-même dans la « Préface aux *Sapates*[1] ». Quant aux agissements d'Oscar ou de Lucien, ils paraissent d'autant plus ambigus que leur récit est elliptique, et presque parfaitement neutre : leur vie de bohème, leurs démêlés avec les femmes et le « martyre » qu'ils endurent sous le regard du soleil les rendraient plutôt sympathiques s'ils ne se livraient parfois à des comportements étranges, condamnables ou ridicules. L'oscillation constante entre sympathie et ironie brouille la lisibilité de la satire, qui repose habituellement sur un partage plus tranché entre le blâmable et le louable. Mais c'est ce qui fait l'originalité et la qualité de ces satires, qui renouvellent le genre, et qui résistent à toute récupération idéologique. Ponge n'a jamais voulu réduire un être ni un texte à une signification univoque, « parce que cela ne tient pas compte de la réalité[2] ».

Le « drame de l'expression ».

Ponge ne manqua pas de montrer les épreuves de ses « Trois satires » à son père, qui avait joué un rôle important dans sa formation intellectuelle, et qui était resté pour son fils un interlocuteur privilégié et un lecteur attentif, comme en témoigne la note rédigée en 1922 sur « Le Jour et la Nuit[3] ». Sa disparition brutale, le 18 mai 1923, a provoqué chez Ponge un profond désarroi. Il quitte un moment l'emploi qu'il avait obtenu chez Gallimard, pour écrire « La Famille du sage[4] ». À l'occasion du deuil qui le frappe, Ponge ressent plus vivement et douloureusement que jamais l'écart entre ce qu'il ressent et ce que le langage lui permet d'exprimer.

Cette difficulté affecte aussi bien ses relations avec les autres que son travail d'écrivain. Elle s'étend même au dialogue noué avec Jean Paulhan, qui lui avait pourtant, dès leur première rencontre en février 1923, accordé sa confiance, et qui essaie de l'aider à surmonter non seulement son désarroi professionnel et existentiel, mais ce « drame de l'expression[5] » qui va hanter tous ses écrits jusqu'en 1926. Ponge écrit le 9 août à celui qui est devenu son confident le plus intime : « Surtout ne me jugez pas sur ma conversation. J'ai été toujours collé à l'oral. Je suis toujours d'une "bêtise inconcevable" dans la conversation. Je dis souvent

---

1. *Proêmes*, p. 168-169.
2. *La Seine*, p. 261.
3. Reproduite par Jean Thibaudeau dans *Francis Ponge*, p. 237-238.
4. *Lyres*, p. 447.
5. C'est le titre d'un des *Proêmes*, p. 175-176.

le contraire de ce que je veux exprimer[1]. » Dans le texte qu'il placera en tête de *Douze petits écrits*, à la suite de la dédicace à Jean Paulhan, Ponge revient sur « cette apparence de défaut dans [leurs] rapports[2] ». Il s'identifie à Hamlet, condamné à jouer le rôle du « bouffon » pour masquer une blessure que les mots ne sauraient exprimer. C'est encore à l'orphelin d'Elseneur qu'il se compare, dans le « Proême » qu'il dédie en 1924 à son autre interlocuteur privilégié au sein de la *N.R.F.*, Bernard Groethuysen : « Les paroles ne me touchent plus que par l'erreur tragique ou ridicule qu'elles manifestent, plus du tout par leur signification. / Je n'oublie à aucun moment leur défaut. [...] / Quant à moi, à mes paroles ? Si j'écris ou si je parle, ne serait-ce que par activité de dissimulation ? Comme Hamlet ne parle que par force, quand il n'est plus seul[3]. »

Si parler ne veut rien dire, si l'homme est condamné à dissimuler pour ne pas être « dupe de son expression », ne vaudrait-il pas mieux se taire ? Ponge refuse, et refusera toujours, d'être réduit au silence. Il faut parler, ne serait-ce que pour « dénoncer les nœuds communs où nous nous enchaînons par les paroles ». Et l'écriture, par la réflexivité et la distance qu'elle autorise, permet à la fois d'user du langage et d'en critiquer les insuffisances. « La comédie ou le drame logique » doit même devenir « la spécialité de l'art littéraire, le lieu de ses sujets[4] ».

Exercices de style et apologues.

Cette dimension métalinguistique est sensible dans la plupart des textes que Ponge écrit alors. L'un des deux « petits exercices » qu'il publie dans *Le Disque vert* en décembre 1923[5] est un dialogue à trois voix qui met en scène les lieux communs et les malentendus de la conversation. Plusieurs « proêmes[6] » de cette époque traitent du « drame de l'expression »[7]. Et les « apologues » qu'il réunit à la fin des *Douze petits écrits*[8] ont pour principal sujet le logos lui-même. Le titre de premier eux résume bien la stratégie de Ponge, qui vise à « défaire » le « sérieux » de tout discours. Le « tour oral » adopté dans plusieurs des « petits écrits »[9] trouve là une de ses fonctions. En mimant la parole par l'usage du style direct, il s'agit pour Ponge d'en rendre les faiblesses voire les ridicules. Faute de pouvoir se soustraire aux stéréotypes, la parodie apparaît comme le seul moyen de les reproduire sans y adhérer : « Je ne m'occupe plus que d'imiter les façons des hommes, les façons logiques des hommes. Quand cela m'amuse, par besoin de gesticulation, par hérédité simiesque (humaine) // Je n'en crois pas un mot[10]. » Il s'agit en somme de retourner l'arme du langage contre lui-même, en un geste que Ponge

1. Archives Jean Paulhan, I.M.E.C.
2. *Excusez cette apparence de défaut...*, p. 3.
3. *Nouveau recueil*, p. 23.
4. *Ibid.*
5. « Vif et décidé », *Le Disque vert*, n° 3, décembre 1923 (texte reproduit en note à la lettre 12 par Claire Boaretto dans J. Paulhan, F. Ponge, *Correspondance (1923-1968)*, coll. « Blanche », Gallimard, 1986, t. I, p. 18-19).
6. Sur « Proêmes », voir la Notice de *Proêmes*, p. 962-971.
7. Voir *Proêmes*, « Drame de l'expression », « Fragments de masque », p. 175-176 et 189.
8. P. 10-11.
9. Bien noté par René de Solier dans son article « *Douze petits écrits* ou l'Émulsion du langage » ; Bruxelles, *Synthèses*, n° 120, 1956, qui vaudra à son auteur une longue lettre de Ponge, reproduite dans la notule des « Fables logiques », p. 1102-1103.
10. Note datée du 21 décembre 1924 (*Pratiques d'écriture ou l'Inachèvement perpétuel*, Hermann, 1984, p. 67).

inscrira au seuil des *Douze petits écrits* : « forcé souvent de fuir par la parole », il espère avoir « pu seulement quelquefois retourné d'un coup de style le défigurer un peu ce beau langage[1] ». À travers les « figures » d'un langage trop « beau » pour être vrai, c'est aussi l'idéologie qu'il véhicule qui est visée. Le préjugé aristocratique du « sang bleu », par exemple, ne résiste pas plus à la pointe de l'ironie qu'au couteau de la guillotine[2].

Mais ce « coup de style » est bien sûr à double sens et à double tranchant, et sa portée n'est pas seulement négative. La torsion ainsi infligée au langage commun est aussi ce qui, l'écartant de la norme et de l'usage, lui imprime la marque d'un sujet singulier, qui trouve à s'y renommer en renouvelant la langue. Ponge se livre à de véritables « exercices de style ». Jean Hytier, qui, dans le dernier numéro du *Mouton blanc*, salue en Ponge « un artiste aimant la matière de son art », lui prête l'invention d'un « genre absolument nouveau qui saisit les problèmes de langage comme prétexte à poésie[3] ». Le dernier des trois « apologues » est une sorte d'allégorie dénonçant l'« ennui » engendré par « un tas d'expressions » pesantes[4]. Et plusieurs écrits de cette période sont des « exercices » destinés à illustrer le parti que l'on peut tirer de tel ou tel trait de langue, temps verbal ou signe de ponctuation : par exemple, le présent et les deux-points dans « Naissance de Vénus » que Ponge a publié avec « Sur un sujet d'ennui[5] » et qu'il a un moment envisagé d'intégrer aux *Douze petits écrits*[6]. Ponge baptise du nom de fable logique » ce type de mise en scène des phénomènes linguistiques. Il déplace ainsi le centre d'intérêt du genre, de l'éthique à la poétique. Ce fonctionnement métalinguistique s'affiche encore plus nettement dans la « Fable » qui sera recueillie dans *Proêmes* : « Par le mot *par* commence donc ce texte[7]. »

L'intérêt que Ponge manifeste ainsi pour les problèmes du langage doit sans doute beaucoup à l'influence de Jean Paulhan, qui lui avait donné à lire *Jacob Cow, ou Si les mots sont des signes*[8]. Mais le maître s'est vite senti dépassé par son disciple ; il n'approuve pas le mélange du poème et de la réflexion critique ou théorique. Il craint que la « fable logique » ne vire à la « fable philosophique[9] », et il met en garde son ami contre la spécularité d'un « langage se nourrissant lui-même[10] ». C'est sans doute cette tendance à l'abstraction qui a motivé les réserves de Jean Paulhan à l'encontre des textes intitulés « Du logoscope », que Ponge lui avait soumis en 1924, et que la *N.R.F.* n'a pas publiés[11]. Comme leur titre l'annonce, ces textes poussaient à l'extrême l'attention prêtée au langage, en considérant « les mots hors de leur signification, simplement comme des matériaux[12] ». Ponge lui-même qualifiera après coup cette attitude de « déformation professionnelle », voire de « maladie ». Il donne l'exemple du mot « souvenir », traité comme une « nature morte », où les consonnes

---

1. *Forcé souvent de fuir la parole*…, p. 3.
2. Voir « La Desserte du sang bleu », p. 10-11.
3. « Préface à l'avenir », *Le Mouton blanc*, novembre 1924. Reproduit dans *Cahiers de l'Herne*, numéro consacré à Francis Ponge, 1986, p. 20-21.
4. Voir « Sur un sujet d'ennui », p. 11.
5. Dans *Le Disque vert*, 3ᵉ année, 4ᵉ série, n° 2, 1925.
6. Voir la Note sur le texte, p. 882.
7. P. 176.
8. Paru au « Sans pareil » en 1921.
9. J. Paulhan, F. Ponge, *Correspondance* […], t. I, lettre 28, p. 34.
10. *Ibid.*, lettre 46, p. 49.
11. Voir *Méthodes*, « Fables logiques », p. 612-615.
12. *Ibid.*, p. 613.

figuraient les os d'un cadavre, et les voyelles les pierres qui avaient servi à tuer[1].

Cette vision macabre et « tout à fait folle » en dit long sur le lien qui peut unir de telles manies linguistiques et un deuil encore impossible : la mort du père a vidé les mots de tout contenu vivant et la fétichisation du signifiant masque mal l'absence du référent. Le rire du bouffon lui-même ne parvient pas à conjurer la hantise de la mort : « quand on parle, ça découvre les dents[2] », et la « tête de mort » elle-même « paraîtra dupe de son expression[3] ».

Les « moments critiques » auxquels s'attarde Ponge entre 1923 et 1926 sont le reflet d'une crise existentielle et littéraire. Il n'en sortira qu'en trouvant auprès des choses des « raisons d'écrire » et de « vivre heureux ». En attendant, Ponge a si peu confiance dans le langage et dans ce qu'il écrit qu'en avril 1926, au moment même où son premier livre, accueilli dans la collection « Une œuvre. Un portrait » parmi ceux d'autres écrivains prometteurs, est prêt à paraître, il s'en déclare soudainement dégoûté. Les raisons de cette palinodie sont assez obscures. Jean Paulhan évoque des exigences démesurées, et finit par convaincre son ami d'accepter cette publication plutôt flatteuse. On peut se demander si l'une des raisons du recul de Ponge n'était pas la nécessité de faire figurer son effigie en frontispice d'un ouvrage où il dissimule soigneusement son vrai visage. Il décommande le portrait que Chagall avait accepté de faire de lui ; et il en demande un autre à sa tante, Mania Mavro, dont il n'estime guère le talent. Le seul portrait fidèle, comme l'avait bien deviné Jean Paulhan, ne peut être qu'« un portrait écrit[4] ». N'est-ce pas celui que dessine en creux « la réplique d'Hamlet » placée au seuil du livre[5] ? « Hamlet si génial, mon portrait, le seul qui me comprenne dans tous les cas. »[6]

Le livre suscitera peu d'échos en dehors d'une note bienveillante de Bernard Groethuysen[7]. Il faudra attendre 1956 pour voir paraître un article de fond, dû à René de Solier, qui reconnaît au jeune Ponge le rôle d'un précurseur : « Bien avant le moment où devaient se cristalliser des formes modernes de recherche », il « a tenté une phénoménologie de lui seul connue. D'abord phénoménologie de la parole[8]. » Ces *Douze petits écrits* manifestent une habileté précoce à manier et à mêler le jeu sur les signifiants, l'ironie satirique, la réflexivité allégorique et métalinguistique, qui sont des traits certains et constants de l'originalité et de la modernité de Francis Ponge.

MICHEL COLLOT.

NOTE SUR LE TEXTE

Le texte que nous reproduisons ici est celui de *Tome premier*, coll. « Blanche », Gallimard, 1965, p. 9-32, qui reprend avec une seule variante de ponctuation celui de l'édition originale : *Douze petits écrits*, coll. « Une

---

1. Voir *Méthodes*, « Fables logiques », p. 614-615.
2. *Proêmes*, « Il n'y a pas à dire », p. 190.
3. *Excusez cette apparence de défaut...*, p. 3.
4. J. Paulhan, F. Ponge, *Correspondance* [...], t. I, lettre 32, p. 36.
5. Voir *Excusez cette apparence de défaut...*, p. 3.
6. *Nouveau nouveau recueil*, « De amicis meis », coll. « Blanche », Gallimard, 1992, t. I, p. 14.
7. « Douze petits écrits », *N.R.F.*, n° 163, avril 1927.
8. « *Douze petits écrits* ou l'Émulsion du langage », art. cité.

œuvre. Un portrait », Gallimard, 1926 (achevé d'imprimer le 31 mars 1926), avec en frontispice un portrait lithographié de l'auteur par Mania Mavro.

Les manuscrits.

Plusieurs manuscrits sont conservés à l'I.M.E.C. dans les archives Paulhan. On y trouve notamment un ensemble, intitulé *Douze petits écrits*, qui comporte successivement « Trois poèmes » : une reprise de la version préoriginale de *Pour la ruée écrasante...* et de *Quel artificier...*, et le manuscrit de *Ces vieux toits...* ; « Quatre satires » : une reprise de la version préoriginale du « Monologue de l'employé », un manuscrit du « Compliment à l'industriel », la préoriginale du « Patient Ouvrier » et une version du « Martyre du jour ou "Contre l'évidence prochaine" » ; « Quatre exercices » : une reprise de la version préoriginale de « Qualité de Jules Romains » (*Nouveau recueil*, p. 19) et du « Sérieux défait », et les manuscrits de « Naissance de Vénus » (*Lyres*, p. 448) et du « Chien » (*Pièces*, p. 695-696). On remarque deux autres ensembles, intitulés « Trois satires » et « Trois moments satiriques¹ ». Un manuscrit isolé de « Sur un sujet d'ennui » se trouve à la bibliothèque littéraire Jacques-Doucet (*ms.* Doucet 46026).

Les préoriginales.

Plusieurs poèmes ont paru dans la *N.R.F.*, n° 117, juin 1923 ; dans *Le Mouton blanc*, nouvelle série, n° 2, novembre 1923 ; dans *Le Disque vert*, 2ᵉ année, 3ᵉ série, n° 4-5, 1924, et 3ᵉ année, 4ᵉ série, n° 2, 1925.

Nous signalerons les principales variantes que comportent ces avant-textes sans pouvoir entrer dans tous les détails de l'expression et de la ponctuation.

M. C.

SIGLES SPÉCIFIQUES
À CE DOSSIER

DPÉ	Ensemble de manuscrits intitulé *Douze petits écrits* des archives Paulhan de l'I.M.E.C.
TS	Manuscrit des « Trois satires »
TMS 1, TMS 2	Manuscrits des « Trois moments satiriques »

NOTES

1. Cette dédicace discrète s'adresse bien sûr à Jean Paulhan, devenu pour Ponge, depuis leur rencontre en février 1923, un ami et un véritable mentor. Depuis la mort de Jacques Rivière, en février 1925, c'est lui qui présidait aux destinées de la *N.R.F.* (dont le directeur en titre était Gaston Gallimard) et de la collection « Une œuvre. Un portrait », destinée à promouvoir les nouveaux talents découverts par la revue.

◆ *EXCUSEZ CETTE APPARENCE DE DÉFAUT...* — *Ms.* : sans variante, reproduit

1. Voir la notule de « Quatre satires », p. 884-887.

en fac-similé dans Ph. Sollers, *Francis Ponge*, coll. « Poètes d'aujourd'hui », Seghers, 1963. — *Préorig.* : intitulée « Une réplique d'Hamlet », cette version parue dans *Le Disque vert* (3ᵉ année, 4ᵉ série, n° 2, 1925) présente quelques variantes de ponctuation ; le poème se présente comme le premier d'une suite de « Trois petits écrits », où figurent aussi « L'Insignifiant » (*Pièces*, p. 695) et « Sur un sujet d'ennui » (p. 11).

Ce texte, comme le suivant, prolonge la dédicace, et s'adresse à Jean Paulhan. Cette interpellation est doublement surprenante et paradoxale : elle ouvre une série d'« écrits » par une prise de parole, que soulignaient les guillemets encadrant la version préoriginale ; et elle ne le fait que pour dénoncer les insuffisances du langage, thème commun aux « Trois petits écrits » publiés dans *Le Disque vert*, et sous-jacent à l'ensemble du recueil, tout en repoussant la tentation du silence. Les allusions à *Hamlet*, que le titre de la préoriginale rendait encore plus explicites, manifestent le lien entre « le drame de l'expression » et l'obsession de la mort qui hante Ponge depuis la disparition de son père.

♦ FORCÉ SOUVENT DE FUIR... — Pour ce texte nous ne disposons pas de manuscrit ni de version préoriginale.

Cette phrase, par sa syntaxe contournée, d'inspiration mallarméenne, réalise le vœu, qu'elle formule, d'une torsion infligée au « beau langage » aux secrets duquel Jean Paulhan avait initié Ponge ; elle redouble la dédicace par une reconnaissance de dette, et le titre même de l'ouvrage par la revendication et la mise en œuvre d'une brièveté incisive. Ponge reviendra sur ce texte dans sa « Première méditation nocturne » (*Nouveau nouveau recueil*, coll. « Blanche », Gallimard, 1992, t. II, p. 17-18).

1. L'interprétation de cette fin de phrase est délicate ; « pour » ayant classiquement une valeur concessive, il faut sans doute comprendre : « quelle que soit la réputation de brièveté que ce trait de style confère à Ponge, selon Paulhan ». Celui-ci a souvent reproché à son ami « une infaillibilité un peu courte » (voir *Proêmes, Tout se passe...*, p. 165).

TROIS POÉSIES

Dans *préorig.* (*Le Mouton blanc*, nouvelle série, n° 2, novembre 1923), ces textes faisaient partie d'un ensemble intitulé « Esclandre, suivi de cinq autres poèmes » (voir p. 5, n. 7).

Il semble que certains poèmes de ce groupe se rattachent au projet, qui n'aboutit pas, d'une suite intitulée « Le Jour et la Nuit », dont il est fait état dans le manuscrit de *Quel artificier...*, et dans une note conservée à la bibliothèque Jacques-Doucet, qui se présente comme un sommaire, regroupant sous le titre général *Mythe du jour et de la nuit* une vingtaine de textes. Mais Ponge a renoncé à ce projet, de crainte, semble-t-il, de verser dans la convention que dénonce le titre donné à l'un des poèmes dans la livraison du *Mouton blanc* : « Il y a eu un important changement dans ma disposition en Août 1923. / Lorsque j'ai eu écrit "La Famille du sage". Les poèmes « Esclandre » étaient chez l'imprimeur. J'ai changé alors « Le Jour et la Nuit » en « Chromo ». / Hytier dont le goût est très sûr (sauf qu'il ne voit pas l'intérêt des questions purement logiques) m'écrivit : "tu es maboul". Il n'eut pas tout à fait tort » (note manuscrite inédite, *APa*). Ce changement de titre manifeste la distance prise par Ponge, après la mort de son père, vis-à-vis de ces poèmes, qui datent de l'année précédente, et notamment vis-à-vis d'une inspiration cosmique avec laquelle il ne renouera que dans « Le Soleil placé en abîme » (*Pièces*, p. 776-794), après l'échec du *Processus des aurores* (*Nouveau nouveau recueil*, t. I, p. 17 et

19-22). La sélection faite dans les *Douze petits écrits* diminue la part du paysage, et le titre « rhématique » adopté pour cette section comme pour les autres, insiste sur la forme versifiée, qui distingue ces « poésies » des textes en prose qui suivent. La suppression du titre qui identifiait chacune d'elles dans la version préoriginale, souligne leur unité, tout en accentuant leur laconisme énigmatique.

◆ POUR LA RUÉE ÉCRASANTE... — *Ms.* : un manuscrit conservé aux *APa* (*ms. APa*) et portant la date du 27 août 1922 et le titre « Esclandre ». — *Préorig.* : intitulée comme dans *ms.* — *DPÉ* : reprise de *préorig.*, mais avec le titre « L'Esclandre ».

1. Dans *ms. APa*, *préorig.* et *DPÉ* : « un monument de nuages ».

◆ QUEL ARTIFICIER... — *Ms.* : les *APa* conservent un manuscrit (*ms. APa*) intitulé « Crépuscule ou Néron », accompagné de cette note : « Ce poème est la deuxième variation d'une suite : "Le Jour et la Nuit" comprenant un thème et trois variations. Son titre est crépuscule, le vrai sujet est proprement le soleil, se couchant. Mais détaché ainsi, il se comprendra mieux si le titre fait ressortir un des rappels fondamentaux du poème. Romains ne l'a pas encore vu ». — *Préorig.* : intitulée « Au coucher du soleil » et datée de 1922. — *DPÉ* : reprise de *préorig.* avec le titre « Le Coucher du soleil ou le Bouquet d'artifice ».

La superposition du soleil et d'une figure tyrannique et cruelle, peut-être paternelle, est une constante de l'imaginaire pongien ; voir « Le Martyre du jour ou "Contre l'évidence prochaine" », p. 8-9, et « Le Soleil placé en abîme » (*Pièces*, p. 776-794). Ponge évoque le célèbre incendie de Rome et démarque les propos prêtés à Néron au moment de sa mort : *Qualis artifex pereo !* (« Quel artiste périt en moi ! »). La prétention artistique et la puissance de l'empereur sont tournées en dérision, réduites à un simple (feu d')artifice théâtral. Mais, en même temps, l'insistance du diphone *ar* donne à entendre le « rugissement » d'un vrai « fauve », et l'ardeur d'un désir d'art qui se confond avec une « rage » destructrice, conformément à l'inspiration nihiliste du jeune Ponge, pour qui la poésie consiste moins à créer qu'à ruiner l'ordre établi. Il s'identifie lui-même à Néron, non sans quelque mégalomanie, dans « Plus-que-raisons » : « Pourquoi être écrivain ? par rancune. / Quiconque est incapable d'une décision d'envergure n'est justiciable que de mon mépris. / Néron a provoqué seul et pour lui seul, les effets d'une révolution : incendie de Rome », etc. (*Nouveau recueil*, p. 33). M. Riffaterre a commenté les deux premiers vers de ce poème dans *Sémiotique de la poésie*, Le Seuil, 1983, p. 124-125.

1. Dans *ms. APa*, *préorig.* et *DPÉ* : « de nuages ! ».

◆ CES VIEUX TOITS... — *Ms.* : intitulé « La Tortue », reproduit en fac-similé dans Ph. Sollers, *Francis Ponge*, p. 135. — *Préorig.* : intitulée « Hameau », datée de 1922. — *DPÉ* : reprise de *préorig.*

Martin Sorrel commente ce poème dans *Francis Ponge*, Boston, Twayne, 1981, p. 110-112.

QUATRE SATIRES

La veine satirique est l'une des principales orientations du travail de Ponge au début des années vingt. Il n'est donc pas étonnant que pour se faire connaître de la prestigieuse *N.R.F.*, il choisisse de lui adresser une suite de « Trois satires » : « Monologue de l'employé », « Dimanche ou l'Artiste » (*Lyres*, p. 450-451), et « Un ouvrier ». Cet ensemble paraîtra dans le numéro 117 de la revue (*préorig.*), en juin 1923. Le manuscrit (*TS*) en est conservé dans les *APa*. Ces textes sont très bien reçus par Jean Paulhan, Jules Romains, et Jean Hytier, qui écrit à Ponge le 11 juin 1923 : « J'ai relu tes trois *Satires*, qui sont extrêmement bien. Elles ouvrent la route. Ce qui me plaît, c'est la qualité de tout ce que tu écris. » Cet accueil favorable encourage Ponge dans le projet d'un ensemble plus vaste, déjà bien avancé, auquel il adjoint dès juillet « Le Martyre du jour ». Il soumet bientôt à Jean Paulhan une deuxième suite, intitulée « Trois moments satiriques », peut-être en référence aux *Moments musicaux* de Schubert, que Ponge admirait beaucoup. Cette suite comprenait « Le Compliment à l'industriel », « Le Martyre du jour ou "Contre l'évidence prochaine" » et l'ébauche d'un texte qui ne sera jamais publié, « Célèbre barcarolle », dont voici la transcription simplifiée : « Aux côtés de Caron je défie son silence : // Grand air apéritif, intérêt radieux, ô, ô, âme, petite chance participe des hommes, tu ne dis pas pourquoi, tu n'as pas de raison, gueule et moyeu ; tu bouges, tu rumines, tu descends vers la mort. // Pavane du penseur, solo, solo magique // J'aspire du tas passé l'épaisse couche confite pressée sous douze pieds et versée au Léthé par la pompe à verbe. Mais outre, où le désordre insulteur des étoiles allume une hérésie possible, non ! Toujours trop proche face émouvant mes marées, serve adorée, ma femme surveille. // Mords ton genou, ronfleur mal absorbé. » Deux manuscrits de cette suite (*TMS 1* et *TMS 2*) sont conservés dans les *APa*. Au moment de constituer la section satirique de ses *Douze petits écrits*, Ponge ne retiendra ni « Célèbre barcarolle », particulièrement abscons, ni « Dimanche ou l'Artiste », à propos duquel Jean Hytier avait formulé quelques réserves : il trouvait cette pièce « moins bonne, quoique bien (des détails épatants, des adjectifs très bien) ; elle n'est pas unifiée ; le rapport des deux parties manque de nécessité » (lettre inédite du 11 juin 1923, *AF*). Elle relevait moins nettement du genre de la satire, que Ponge pratique il est vrai de manière fort originale, voire déconcertante, dans les quatre textes retenus ici. Ian Higghins a souligné cet écart, qu'il interprète à tort comme une « faiblesse » dans son article « Language Politics and Things, the Weakness of Ponge's Satire » (*Neophilologus*, n° 63, 1979, p. 347-362).

◆ LE MONOLOGUE DE L'EMPLOYÉ. — *Ms* : reproduit en fac-similé dans Ph. Sollers, *Francis Ponge*, Seghers, 1963, p. 137-139. — *TS* : intitulé « Monologue de l'employé » ; deux variantes. — *Préorig.* : même titre que dans *TS*. — *DPÉ* : reprise de *préorig.*, sous le titre « Le Monologue de l'employé ».

Cette première satire est, aux yeux de Jean Hytier, « la meilleure » : « Elle est tout à fait classique par son exactitude et son arbitraire, je veux dire par la stylisation artistique du sentiment exprimé ; enfin, elle a un rythme ; c'est un morceau qui vit — et qui vit d'ensemble ; elle peut se commenter de dix façons, et suggère toujours à penser dans plusieurs directions (c'est là un secret : l'œuvre d'art est autant potentielle que réelle) » (lettre inédite du 11 juin 1923, *AF*).

1. Dans *TS* : « une heure ».
2. Dans *TS* : « me prend ».

◆ LE COMPLIMENT À L'INDUSTRIEL. — *Ms.* : *TMS 1* et *TMS 2*, où le texte est entre guillemets. Toutes les versions manuscrites sont intitulées « Compliment à l'industriel » et présentent quelques différences de ponctuation et de présentation.

L'efficacité de cette satire repose sur le contraste entre la virulence de l'attaque et l'obséquiosité du ton, entre le raffinement voire la préciosité

◆ LE PATIENT OUVRIER. — *Ms.* : *TS*, où le texte est d'abord intitulé « Ébauche d'un ouvrier », puis, après correction par biffure, « Un ouvrier ». — *Préorig.* : intitulée « Un ouvrier ». *DPÉ* : reprise de *préorig.*, sous le titre « Le Patient Ouvrier ». Ces versions ne présentent pas de dédicace.

Bien qu'aliénée, la condition de Fabre n'est guère éloignée de celle de son auteur, avec qui il partage au moins la « pomme de terre bouillie » (« La Pomme de terre », *Pièces*, p. 733) : on la comparera avec son quasi homonyme, « Fabri ou le Jeune Ouvrier » (*Pièces*, p. 720). Après avoir relevé dans cette satire des « notations incisives et intimes », Jean Hytier lui reproche de « vivre en tronçons », avant d'ajouter : « Il est vrai que cela correspond à la diversité des impressions — qu'on a dans un café : on voit ceci, puis on pense cela, etc. discontinu » (lettre du 11 juin 1923).

1. Ami d'enfance de Ponge, stomatologue.
2. Ces camions repasseront dans « Les Écuries d'Augias » et dans « Des raisons d'écrire » (*Proêmes*, p. 191-192 et 195).

◆ LE MARTYRE DU JOUR OU « CONTRE L'ÉVIDENCE PROCHAINE ». — *Ms.* : les *APa* conservent deux manuscrits intitulés « Satire sixième. Martyre du jour » ; le premier (*ms. 1 APa*) présente un texte sensiblement différent ; le second (*ms. 2 APa*) est daté de « mai-juillet 1923 ». *TMS 1* et *TMS 2* : même titre que dans *ms. 1 APa* et *ms. 2 APa*. — *DPÉ* : intitulé « Le Supplice du jour, ou contre l'évidence ».

Ce texte semble avoir été la dernière des satires composées par Ponge en 1923, peu après la parution des trois premières dans la *N.R.F.* Autant et plus qu'à la veine satirique, il se rattache à l'inspiration cosmique qui présidait au projet d'un *Mythe du jour et la nuit*, évoqué plus haut (voir p. 6). Le manuscrit d'un texte inédit, qui devait lui aussi faire partie de cet ensemble, en éclaire singulièrement le début : « D'un commun accord, la nuit, tout se livre à la "considération". À la considération des "grands signes qui sont aux cieux". [...] Ainsi dans l'ombre la moitié de la vie de toutes choses, tandis que l'autre moitié est occupée à parader dans la prison et les travaux forcés de l'azur » (« De la nuit », *BJ-D, ms. 3250*, liasse 20, f° 12). Contre toute « évidence », c'est la nuit qui apparaît ici comme une « vitre » transparente, ouverte à la « considération », c'est-à-dire à la contemplation des cieux et à la pensée libre : on pense à Paul Valéry, dont Ponge avait pu lire notamment la « Variation sur une *pensée* », où il est question de « la considération de la nuit » (dans *La Revue hebdomadaire*, t. VII, n° 28, 14 juillet 1923, voir *Œuvres complètes*, Bibl. de la Pléiade, t. I, p. 459). Et c'est le jour qui vient fermer la perspective avec son « volet bleu », ses « murs bleus » ou sa « grille de lumière ». Ce paradoxe sera repris et interrogé dans « La Mounine » à propos d'un ciel de Provence : « voilé par l'excès même de son éclat », « ce jour vaut la nuit », ce qui conduira Ponge à citer la première phrase de notre poème (voir *La Rage de l'expression*, p. 414). Il revêt ici à la fois une signification philosophique et une portée affective et existentielle. Il faut se méfier de l'« évidence prochaine », qui occulte les choses, en prétendant les mettre en lumière. Mais cette phobie de la clarté n'est sans doute pas sans rapport ici avec le deuil qui frappe Ponge au début de l'été 1923, et qui lui fait chercher refuge dans la contemplation et le « songe » nocturnes. Elle participe aussi d'un « mythe personnel » qui fait du soleil une figure « tyrannique » et persécutrice (voir M. Collot, *Francis Ponge entre mots et choses*, coll.

« Champ poétique », Champ Vallon, 1991, p. 207-213). Oscar en est ici la victime : réduit par la chaleur à un comportement « animal » et « mécanique », il se borne à une étreinte brutale et furtive avec sa compagne, qui masque sa nature charnelle en se complaisant dans une poésie et un décor de bazar, où les stéréotypes romantiques et classiques (« l'or des genêts ») côtoient le clinquant du « Catalogue moderne ». Seul le crépuscule, éteignant le luminaire diurne et fermant le livre, les rendra à la « majesté » silencieuse de la « considération » nocturne. La violence du conflit intérieur qui sous-tend le combat entre le jour et la nuit se couvre d'une apparente impassibilité qui impressionnait Jean Paulhan : « J'ai été bouleversé en relisant *Considération baie des nuits*. Ungaretti aussi. Que c'est grand et calme » (J. Paulhan, F. Ponge, *Correspondance [...]*, t. I, lettre 72, p. 69).

1. « Tôt sur le front d'Oscar », dans *ms. 1 APa*.
2. Dans *ms. 1 APa* : « sur le plan de la mer. Derrière une grille de lumière il voit sur les murs bleus des nuages affichés. // Mais à Midi tout grouille et saute autour d'Oscar. Il doit ramener son regard et faire attention tout près. // Il bouscule Julie qui lit dans une anthologie romantique. Son bras est doré mais son aisselle sue. Assise pour boire elle remue les jambes sous une étoffe légère pour aérer ses cuisses. "La nature infinie me tourmente", dit-elle. // Ils sont devant un bazar ».
3. « Réduit, carbonisé, il s'agite », dans *ms. 1 APa* et *ms. 2 APa*.
4. Dans *ms. 1 APa* : « de fer. // Mais enfin les ombres commencent à tourner, les perspectives se dramatisent, les architectures se vérifient, car ».
5. Cette dernière phrase ne figure pas dans *ms. 1 APa*.

TROIS APOLOGUES

Placés en fin de volume, comme pour faire pendant aux « Trois poésies » du début, ces trois textes sont sans doute les plus tardifs des *Douze petits écrits* : ils n'ont pas été rédigés avant 1924, date de publication du premier d'entre eux dans *Le Disque vert*, où le dernier est paru en 1925. Comme les satires, ils affichent leur appartenance à un genre des plus classiques, mais le renouvellent en profondeur. Ponge tend notamment à effacer la partition traditionnelle de l'apologue entre le récit et la moralité et à déplacer la « leçon » qu'il délivre du champ de l'éthique à celui de l'art poétique. Les mots ne sont plus les véhicules d'un message moral, ils deviennent eux-mêmes le sujet de la fable ; et c'est cette attention prêtée au langage qui doit, selon Ponge, permettre de réformer les mœurs et la société. La visée éthique et politique n'est donc pas supprimée ; elle est subordonnée à une réflexion métalinguistique, qui conclut significativement ce premier ouvrage d'un auteur pour qui l'activité créatrice ne se sépare pas de la conscience critique. Le fonctionnement autoréflexif et allégorique qu'inaugurent ces textes est promis à un bel avenir dans l'œuvre de Ponge. Voir B. Beugnot, *Poétique de Francis Ponge*, coll. « Écrivains », P.U.F., 1990, p. 76-100 ; D. Ewald, *Die moderne französische Fabel, Struktur und Geschichte*, Münster, Schäuble Verlag, 1977, p. 118-150.

◆ LE SÉRIEUX DÉFAIT. — *Préorig.* : *Le Disque vert*, 2ᵉ année, 3ᵉ série, nᵒ 4-5, 1924, p. 50.

L'« esprit de sérieux », dénoncé par Nietzsche, semble avoir été l'une des cibles favorites du jeune Ponge, qui a même envisagé de lui consacrer tout un « essai » (voir *Pratiques d'écriture ou l'Inachèvement perpétuel*, « Baudelaire, leçon des variantes », p. 102). On trouve déjà une trace de cette préoccupation dans un « Essai d'analyse personnelle » inédit, daté de janvier 1919 : « Il ne doit pas y avoir de place pour le sérieux : pas de milieu : se passionner pour la vie considérée dans son ensemble dramatique, pour l'Art, la Sociologie, la Politique. Ou bien *ironiser* sur chaque détail. Dans ces deux attitudes qui alternent chez tout véritable artiste, est la vérité. — Le sérieux, loin d'être de la réflexion est de l'irréflexion, de la bêtise » (*APo*). Écrit pour le numéro du *Disque vert* consacré à Charlie Chaplin, ce texte se présente comme « l'hommage d'un bouffon » au plus grand comique de son époque : « je n'aurais pu écrire un article sérieux sur ce sujet », écrit Ponge à Franz Hellens le 31 janvier 1924. « J'ai trop peur du ridicule. C'est pourquoi je fais le bouffon » (*BJ-D*, ms. 8970). Mais selon l'habituelle inversion des rôles, le bouffon apparaît ici plus sérieux que le public auquel il s'adresse, capable de se livrer derrière son dos aux facéties les plus stupides. « L'éclairage oblique » de l'ironie et de l'« allégorie » achève de déconstruire les oppositions sur lesquelles prend appui l'esprit de sérieux, à commencer par celle de l'homme et de l'animal. À la différence du fabuliste classique, qui prêtait aux bêtes des comportements humains, Ponge adopte le point de vue de la mouche, méprisée à tort. Ses caprices, où La Fontaine voyait, dans « Le Coche et la Mouche », un modèle d'inconséquence, préjudiciable à l'activité humaine, ont en fait leur logique propre, et manifestent l'autonomie du monde animal. Et les hommes feraient bien d'en imiter la liberté, plutôt que de se soumettre aux contraintes du sérieux. Ce renversement de la perspective anthropocentrique annonce celui qu'accomplira *Le Parti pris des choses*.

◆ LA DESSERTE DU SANG BLEU. — Dans sa structure, ce second apologue, paraît plus proche du modèle de la fable classique, avec son récit en deux temps, et sa moralité introduite par l'adverbe « ainsi ». Sa nouveauté tient à ce qu'elle prend pour thème un fait de langage. Elle repose sur un procédé que Ponge exploitera par la suite abondamment, et qui consiste à prendre au pied de la lettre une expression idiomatique, pour en montrer la fausseté et en dénoncer les implications idéologiques. La phraséologie complice de l'oppression ne résiste pas à l'épreuve des faits. Ce sont déjà ici les choses (la corde, le couteau) qui s'imposent aux mots, et se font les instruments d'une révolution simultanée du langage et des mœurs. Les enseignements de l'histoire viennent contredire les thèses qui fondent sur une prétendue supériorité naturelle le pouvoir des classes dominantes. Ponge retourne contre celles-ci le biologisme, en faisant du darwinisme un argument en faveur de l'égalité, et non de la loi du plus fort.

◆ SUR UN SUJET D'ENNUI. — *Ms.* : un manuscrit conservé à la *BJ-D*, signé F. P., avec la mention entre parenthèses « Épigramme Génoise ». — *Préorig.* : *Le Disque vert*, 3ᵉ année, 4ᵉ série, n° 2, 1925 ; sous le titre général : « Trois petits écrits », après « Une réplique d'Hamlet » (*Excusez cette apparence de défaut...*, p. 3), et « L'Insignifiant » (*Pièces*, p. 695). Le poème est encadré par des guillemets, et comporte, comme le manuscrit, la signature et la mention entre parenthèses.

Ce dernier texte est celui qui va le plus loin dans la dénonciation des méfaits occasionnés par un usage stéréotypé du langage. Les « Grandes Choses » qu'il évoque sont sans doute des événements historiques récents ; l'expression tourne aussi en dérision le langage emphatique des hommes politiques qui proposent aux « gens » des sujets d'exaltation, qui ne sont pour eux que des « sujets d'ennui ». Car ces grands mots les réduisent à l'uniformité d'une pensée unique, voire à l'« uniforme » des soldats. Les *magnae res gestae* sont en latin des exploits militaires, et les

« corps lourds à traîner » pourraient bien désigner, comme le suggère D. Ewald, les blessés et les morts de la Grande Guerre, victimes de grands mots et d'une grande cause. C'est donc une tâche de salut public de « soigner » les dégâts commis par cette logomachie, de guérir les mots des « maladies honteuses » qu'ils ont contractées « dans tant de bouches infectes » (voir *Proêmes*, « Des raisons d'écrire », p. 196). Il faut en « déplacer » le sens, les soumettre à de nouveaux « arrangements ». La critique du langage est acte politique : il faut changer les mots de place pour changer « l'ordre des choses ».

1. « De grandes choses », dans *préorig*.

LE PARTI PRIS DES CHOSES

NOTICE

Le caractère confidentiel des *Douze petits écrits* de 1926 ne laisse pas de conférer au *Parti pris des choses* un statut inaugural : « C'est le livre de moi qui m'a fait connaître un peu[1] » et la critique, non sans paresse, l'a trop longtemps considéré, jusqu'à l'hommage de la N.R.F. en 1956, comme la bannière de toute l'œuvre. Il est vrai que le « partiprisme » demeure une sorte de modèle[2] et une inspiration toujours présente à l'horizon, étalon auquel sont mesurées les métamorphoses ultérieures, sans répudiation ni renoncement. Sur un état manuscrit du « Porte-plume d'Alger[3] », Ponge pense à traiter le bananier selon cette esthétique ; et, trois ans plus tard, discutant de son prochain livre avec quelques proches, Georges Limbour, Georges Garampon, Eugène de Kermadec, il mesure le chemin parcouru depuis 1942, mais se veut encore capable « d'un vrai parti pris des choses » ; une note postérieure ajoute : « Je l'ai fait, en 1956-1957, avec *L'Abricot*[4]. » C'est reprendre des formules de *Pour un Malherbe* : « Notre raison d'être est de nous retourner décidément vers le monde (parti pris des choses) pour y re-nourrir l'homme[5]. »

De la gestation à la réception.

La correspondance avec Jean Paulhan permet de suivre l'élaboration du projet, les pérégrinations du manuscrit jusqu'à son impression et l'histoire de la réception immédiate. Sous le titre initial de *Sapates*, qui venait de couvrir cinq textes publiés par la revue *Mesures*[6], le recueil est prêt dès juillet 1937, non sans que le contenu ne subisse des modifications. Puis, devant les difficultés que connaît la collection « Métamorphoses » où il

---

1. *Méthodes*, « La Pratique de la littérature », p. 673.
2. Voir *Proêmes*, « Pages bis », p. 206-222. Pour un projet d'anthologie, Ponge retient, à côté du « Monologue de l'employé » (*Douze petits écrits*, p. 6-7), deux textes qu'il considère, non comme les meilleurs, mais comme « les plus significatifs » (J. Paulhan, F. Ponge, *Correspondance [1923-1968]*, coll. « Blanche », Gallimard, 1986, t. I, lettre 285, p. 293) ; « Pauvres pêcheurs » (p. 17) et « Le Galet » (p. 49-56).
3. *Méthodes*, p. 569-577.
4. *Pratiques d'écriture ou l'Inachèvement perpétuel*, Hermann, 1984, p. 74-75.
5. *Pour un Malherbe*, coll. « Blanche », Gallimard, 1965, p. 26.
6. Il ne s'agit pas du même ensemble que celui de 1950. Voir p. 305.

devait paraître, Ponge propose, en janvier 1939, la collection « Blanche », une publication en revue ou, chez Jacques Schiffrin, « un ouvrage pour les enfants (avec des dessins genre Larousse illustré). Ou [...] une belle édition avec des photographies d'objets par Man Ray[1] ». Dans le cours de l'année, le choix des textes évolue ; en juin, Jean Paulhan souhaite sans succès que soient substitués à « L'Orange », au « Pain » et aux « Plaisirs de la porte » des textes plus récents — pour « somme toute faire la preuve de ma vitalité[2] », déclare Ponge — et obtient que le vers soit éliminé au profit de la seule prose pour un ensemble « complet (phénoménologiquement)[3] ». En novembre, titre et projet semblent arrêtés.

La guerre, l'invasion, l'installation de Ponge en zone non occupée expliquent les retards et les inquiétudes. Dans une lettre non envoyée[4], on lit en effet : « J'aimerais bien (je te le rembourserai) que tu fasses faire, à défaut d'épreuves, une copie dactylographiée du *Parti pris* (on ne sait jamais. Non que je songe à te l'enlever. Pour la donner à qui, grandieu ? J'aimerais trop qu'il paraisse dans *Métamorphoses*. Mais par mesure de sécurité. Tu la garderais d'ailleurs, mais dans un autre endroit que le manuscrit). » En octobre 1941, il attend encore les épreuves ; le manuscrit, remis à Pascal Pia pour sa revue *Prométhée*, puis réclamé par Gallimard, est un moment considéré comme perdu, au point que Ponge envisage de lui substituer « Le Carnet du Bois de pins[5] ». Mais Jean Paulhan, qui « a gardé l'essentiel », sous forme de doubles[6], l'envoie à la composition et, en décembre, reçoit pouvoir de corriger les épreuves. En février 1942, Raymond Queneau rassure Ponge et le livre est annoncé dans les feuilles publicitaires de la *N.R.F.* Le 21 mars, une dernière correction est demandée par l'auteur : « J'aimerais que tu supprimes les épigraphes (d'Alain et de J.-J. Rousseau). Réflexion faite, mes textes n'ont pas besoin de se recommander d'autre chose que d'eux-mêmes (et surtout pas de ces gens-là)[7]. »

En possession de « la chère petite brochure grise », Ponge, le 6 juillet, s'exalte : « [...] (choix et arrangement y sont de toi si excellents), [elle] s'impose à moi chaque jour, après m'avoir surpris d'orgueil. Elle m'apprend plus sûr moi-même et sur mon œuvre (à venir) que vingt années d'interrogations et de hérissements [...]. *Le Parti pris* me semble une des plus belles choses parues en littérature depuis longtemps[8] ». À son lyrisme fait écho le remerciement de Gabriel Audisio, daté du 26 juillet : « J[ean] P[aulhan] m'a remis un *Parti pris* dont je suis ravi. C'est un livre

---

1. J. Paulhan, F. Ponge, *Correspondance* [...], t. I, lettres 227 à 236, p. 229-237.
2. *Ibid.*, lettre 231, p. 232.
3. *Ibid.*, lettre 233, p. 233.
4. Carnet bois de rose, archives familiales, f. 24-25.
5. Publié dans *La Rage de l'expression*, p. 377-411.
6. Comme l'atteste une lettre adressée à Ponge au début de novembre 1941 (voir J. Paulhan, F. Ponge, *Correspondance* [...], t. I, lettre 254, p. 260). Dans une lettre inédite à Michel Pontremoli, du 9 novembre 1941, Ponge précise : « Pia n'avait jamais entendu parler du *Parti pris de choses*. Mais Paulhan m'a écrit qu'il "avait gardé l'essentiel" et qu'il l'envoyait à la composition — qu'il m'enverrait les épreuves » (Carnet bois de rose, f. 41).
7. Ponge lui-même, selon Claire Boaretto (J. Paulhan, F. Ponge, *Correspondance* [...], t. I, note à la lettre 262, p. 270), n'avait pas souvenir de ces épigraphes. Mais sur le manuscrit des archives Paulhan figure une épigraphe biffée : "Je conviens qu'où il n'y a pas de choses, il ne peut y avoir de style." (Diderot) ; et une seconde de Rousseau : « "On dit qu'un Allemand a fait un livre sur un zeste de citron ; j'en aurais fait un sur chaque gramen des prés, sur chaque lichen qui tapisse les rochers." » (*8ᵉ promenade*.)
8. J. Paulhan, F. Ponge, *Correspondance* [...], t. I, lettre 266, p. 274.

excellent, qui doit marquer une date, pour toi et pour les autres [...]. Le plus curieux, connaissant ta "méthode", dont on pourrait craindre je ne sais quelle monotonie, ou du moins des effets de "reproduction", c'est l'extrême variété. Celle même de l'univers sensible, à vrai dire [...]. Deux cas limites, dans la réussite totale, mais à l'opposé l'un de l'autre, me suffiront : "La Pluie" (étourdissante de brillant), et "Le Restaurant" (accablant de vérité). Et maintenant, Tardieu et moi nous attendons que tu consentes à ne plus prendre l'homme "par la bande". Nous voulons l'homme pongien. »

Dans le même temps, Ponge s'inquiète d'une réception qui n'est pas à la hauteur de ses attentes. Pierre Seghers aurait réagi par « une sorte d'agacement », tandis qu'une sorte de complot du silence se serait monté : « *Le Parti pris*, n'en parlons pas ; personne n'en a soufflé mot (ni même *Poésie 42*, ni les *Cahiers du Sud*)[2]. » En réalité, au cours des années qui suivent la publication, plusieurs lectures se montrent favorables[3], sans en mesurer — faute sans doute de recul et faute de connaître les recueils déjà en chantier — tous les enjeux.

Jean-Paul Sartre lui-même, dont l'étude sert grandement la notoriété de Ponge[4], découvre dans *Le Parti pris des choses* des fondements phénoménologiques qu'il explore avant de dégager les constantes formelles qui leur correspondent. S'il le replace heureusement dans la crise du langage qui marque la modernité, il contribue aussi à imposer quelques stéréotypes dont la critique mettra des années à s'affranchir.

Malentendus et ambivalences.

Sapates était un mot rare[5], mais univoque, tandis que *Le Parti pris des choses* est un titre polysémique dont le ton de manifeste prête à confusion. Défense des choses, choix personnel et partial en leur faveur, il est également attitude plus sceptique ou désabusée, manière de prendre son parti des choses, seul recours qui demeure pour le poète exposé au manège du langage et pour l'homme face au silence de Dieu ; programme militant et résigné à la fois. Plus qu'un itinéraire qui conduirait d'un pôle à l'autre s'offre une oscillation et, sous l'apparente neutralité descriptive, émerge la rhétorique épidictique de l'éloge qui donnera au recueil de *Lyres*[6] sa tonalité dominante. Mais le dessein poétique n'est pas étranger à un dessein également politique, dont Ponge prend conscience en 1940, lors d'entretiens avec le pasteur Babut : « Je commence à percevoir un peu clairement comment se rejoignent en moi les deux éléments premiers de ma personnalité : le poétique et le politique. La rédemption des choses (dans l'esprit de l'homme) ne sera

1. Lettre inédite (archives familiales).
2. Lettre de Ponge à Albert Camus du 9 août 1943 (*N.R.F.*, n° 433, 1989).
3. Voir M. Blanchot, *Journal des débats*, 15 juillet 1942 ; G. E. Clancier, *Fontaine*, n° 25, 1942 ; Fieschi, *Comœdia*, 29 août 1942 ; Cl.- E. Magny, « Francis Ponge ou l'Homme heureux », *Poésie 46*, juin-juillet 1942 ; R. Tavernier, *Confluences*, juin 1943 ; J. Tortel, *Cahiers du Sud*, août-septembre 1944. Dans « My creative method », Ponge portera un regard distancé plus juste sur l'accueil reçu par le *Parti pris* (voir *Méthodes*, p. 519).
4. J.-P. Sartre, « L'Homme et les Choses », *Poésie 44*, n° 20, juillet-octobre 1944, p. 56-77 ; n° 21, novembre-décembre 1944, p.74-92 ; repris dans *Situations* (coll. « Blanche », Gallimard, 1947, t. I, p. 245-293) et publié en volume par Seghers la même année. Cet article déborde *Le Parti pris* puisque, par l'intermédiaire d'Albert Camus, Jean-Paul Sartre avait eu accès à divers inédits, *Le Mimosa* par exemple.
5. Voir la Notice de *Cinq sapates*, p. 1003.
6. Voir p. 445-511.

pleinement possible que lorsque la rédemption de l'homme sera un fait accompli[1]. »

Le terme de « choses » n'est pas moins piégé, et Jean-Paul Sartre a aussi entretenu autour de celui-ci un durable malentendu. L'intérêt qu'elles suscitent remonterait à 1926 : « Soudain, je ne sais comme, à Balleroy, au Chambon, je commençais à m'appliquer aux choses[2]. » « Berges de la Loire » réaffirme cette option avec vigueur contre une poésie de la « trouvaille verbale » : « Il s'agit de savoir si l'on veut faire un poème ou rendre compte d'une chose [...]. C'est le second terme de l'alternative que mon goût (un goût violent des choses, et des progrès de l'esprit) sans hésitation me fait choisir[3]. » De telles déclarations induisent, de Bernard Groethuysen à Jean-Paul Sartre, la tentation d'une lecture phénoménologique, selon l'axiome husserlien : *An die Sache selbst* (« Aux choses mêmes »). De la poétique des choses, on glissera à ce qui va devenir un lieu commun critique et une tunique de Nessus : Ponge poète des objets. C'est oublier que les deux termes ne sont pas synonymes. *Le Parti pris des choses* contient aussi des textes sur des personnes saisies dans leur individualité (« La Jeune Mère ») ou dans leur milieu collectif (« RC Seine n° » ; « Le Restaurant Lemeunier[4] »), même si s'y trouve dénoncée une manière de réification. « Dans notre langage, "chose" est avant tout "chose matérielle". Pour Francis Ponge, non sans justification logique, chose est tout ce qui possède une forme exclusive, répétée, rigoureuse, incapable de se replier sur soi-même, et par là, sans autre expression que celle de quelques signes paralysés : ce qui est vrai aussi bien d'un galet que d'un gymnaste (homme converti en automate), ou encore d'un lieu peuplé où rites et mouvements infaillibles (suspension de la personnalité, docile au compas) ont la simple apparence d'un mécanisme[5]. »

Si la médiation de l'objet fournit des « Raisons d'écrire » et des « Raisons de vivre heureux[6] », l'homme n'est pas pour autant évacué : « c'est l'Homme qui est le but[7] ». L'idée de « pétrification », l'image du « lapidaire », des formules comme « minéraliser les hommes » ou « grand rêve nécrologique » occultent les pages où Jean-Paul Sartre affirme aussi l'humanisme de Ponge et le caractère « hautement moral » de sa tentative[8]. En 1956, tandis qu'Albert Camus, dans une lettre du 27 janvier 1943, annexe cette fois le *Parti pris* à la philosophie de l'absurde, y lit tout à la fois le refus de se détourner des hommes et la « nostalgie de l'immobi-

---

1. *La Rage de l'expression*, « Appendice au "Carnet du Bois de pins" », p. 406. — Pour une lecture politique du *Parti pris*, voir G. Mounin, L'Anti-Pascal ou la Poésie et les vacances ». Francis Ponge, *Critique*, n° 37, juin 1949 (repris dans *Journées de lecture*, Gallimard, 1965) ; Ch. Nunley, « Mi-figue, mi-raisin : The Politics of Ambiguity in *Le Parti pris des choses* », *Dalhousie French Studies*, n° 30, Spring, 1995, p. 107-118.
2. « Seconde méditation nocturne », 11-12 janvier 1943 (*Nouveau nouveau recueil*, coll. « Blanche », Gallimard, 1992, t. II, p. 32). Des notes de 1928, dont le titre « Introduction au *Parti pris des choses* » (*Pratiques d'écriture ou l'Inachèvement perpétuel*, p. 79-81) peut être postérieur, confèrent aux choses le statut d'« armes et d'« arguments pour les sentiments de l'homme » — serait-ce l'écho des formules de Jean Paulhan sur les proverbes malgaches ? — et semblent appeler Albert Camus et l'épigraphe de *Pour un Malherbe* : « Ma façon de rouler le rocher de Sisyphe, voilà ce que j'ai de plus personnel. »
3. *La Rage de l'expression*, p. 338.
4. Respectivement, p. 33-34, 34-36 et 36-38.
5. J. Carner, N.R.F., n° 45, 1956, p. 411.
6. Voir *Proêmes*, p. 195-197 et 197-199.
7. *Ibid.*, « Pages bis », IV, p. 211.
8. J.-P. Sartre, « L'Homme et les Choses » (*Situations*, t. I, p. 228 et suiv.).

lité », Gerda Zeltner-Neukomm et Jean Grenier parlent aussi de nouvel humanisme[1].

En affirmant que Ponge avait « atteint en quelques textes » — « La Bougie » ; « De l'eau » ; « L'Orange » ; « Le Galet » — « à une objectivité presque parfaite[2] », Léon Gabriel Gros entretenait l'équivoque. Le recours aux choses, loin de répondre à un souci d'insensibilité, est remède à un trouble premier : « Que fait un homme qui arrive au bord du précipice, qui a le vertige ? Instinctivement il regarde au plus près [...]. Le parti pris des choses, c'est aussi cela [...]. Le mieux c'est de prendre des sujets impossibles, ce sont les sujets les plus proches [...] sur les sujets de ce genre, pas d'idées préconçues, de celles qui s'énoncent clairement[3]. » L'apologétique des choses s'érige contre Boileau et son esthétique de la transparence, contre la morale de Pascal avec lequel le dialogue ici implicite se poursuivra jusqu'à *La Seine*[4] et à *Pour un Malherbe*. Ainsi s'éclaire le clivage des lectures ; à côté de Georges Mounin[5], qui, en critique marxiste, estime que Ponge élabore contre l'angoisse pascalienne une « délivrance par le style », et de Roger Nimier, selon qui « l'angoisse est remplacée par la précision, l'absolu par le relatif[6] », Jean Onimus, critique spiritualiste, juge que « le galet, l'escargot cachent un abîme de désespoir » et qu'« un climat d'angoisse imprègne » l'œuvre de Ponge[7].

Sans doute la poésie s'éloigne de la confidence romantique, de l'effusion subjective ; cela ne signifie pas que le sujet soit totalement absent, contrairement à des affirmations trop répétées et à la dichotomie bien discutable qui oppose sujet et objet. La critique, fascinée par l'image du poète des choses, a longtemps oublié aussi ce qui passe de personnel et d'expérience vécue dans ces pages[8]. La tentation autobiographique dont les archives révèlent la prégnance, plus secrète seulement et voilée dans les textes publiés, dominée et masquée, n'est pas entièrement évacuée. Plus encore, en quoi Ponge est proche de la phénoménologie, la subjectivité se définit et s'exprime aussi bien dans un rapport aux choses que dans l'intimité et l'extériorité : « Notre âme est transitive ; il lui faut un objet, qui l'affecte, comme son complément direct[9] ».

De ces ambivalences sourd un clivage de l'œuvre en deux versants, qui en représenteraient aussi deux moments : les textes clos d'une part, les textes ouverts d'autre part ; tentation de l'inscription et du proverbe d'un

---

1. Sur les rapports avec Albert Camus, voir la Notice de *La Rage de l'expression*, p. 1012-1021, « Pages bis » (*Proêmes*, p. 206-222) et « Le Murmure [...] » (*Méthodes*, p. 624-629). Les trois textes cités se trouvent dans l'« Hommage à Francis Ponge » (N.R.F., n° 45, septembre 1956).

2. L. G. Gros, « Francis Ponge ou la Rhétorique humanisée », *Cahiers du Sud*, n° 286, 1947, p. 1015-1020.

3. *Méthodes*, « Tentative orale », p. 659-660.

4. P. 243-297.

5. Voir G. Mounin, « L'Antipascal ou la Poésie en vacances », *Critique*, n° 37, juin 1949, p. 493-500.

6. *Journées de lecture*, p. 232.

7. « Art cruel », *Études*, avril-juin 1953 ; « l'Homme égaré », *ibid.*, octobre-décembre 1954.

8. Voir la saine réaction de Josiane Rieu : « Il s'agit à travers l'approche des choses, de s'appréhender soi-même comme subjectivité créatrice » (« La Subjectivité dans *Le Parti pris des choses* », *Cahiers de l'Herne, Francis Ponge*, 1986, p. 114-130).

9. *L'Atelier contemporain*, « L'objet, c'est la poétique », coll. « Blanche », Gallimard, 1977, p. 221. — Voir à ce sujet les pages très suggestives de Michel Collot (« Le sujet lyrique hors de soi », *Figures du sujet lyrique*, P.U.F., 1996, p. 113-125) ; une gerbe de citations est tout à fait significative de la lucidité pongienne sur ce point : « C'est en se détournant de soi que le sujet se découvre. »

côté, de l'autre la variation, le dossier, le brouillon. Il est toutefois aisé de retrouver cette oscillation à l'intérieur même du recueil. Contre une telle dichotomie, Ponge, dans un entretien tardif[1], réagit en rappelant qu'« il y a dans *Le Parti pris des choses* des textes qui sont jetés très librement, pas du tout travaillés, et que même ils ont été écrits dans des conditions difficiles, qui ne laissaient pas le temps d'une longue élaboration[2] », ce que semble confirmer l'absence de dossiers. Et, dans une note inédite du 8 mars 1954 : « Il ne me serait pas trop difficile de prouver que dans *Le Parti pris des choses* déjà figurent des textes de rhétoriques très différentes et que "Faune et flore" est une sorte de texte brouillon, "Coquillage", "Escargots" des textes intermédiaires entre "Menée" et "Eugénie"[3]. » Il est vrai que la réussite du « Galet » n'empêche pas d'y percevoir, à travers les récurrences d'expression, les traces d'une gestation peut-être inachevée.

Il reste que titre et emploi de la description, attention portée au matériau verbal dans la démarche scripturale ne peuvent qu'éveiller l'intérêt des peintres. Selon Jean Paulhan, Georges Braque aurait été « emballé par *Le Parti pris*[4] » ; même si Ponge ne l'a rencontré personnellement qu'en 1945, son admiration pour le peintre remonte aux années vingt et n'a peut-être pas été sans marquer la nouvelle facture poétique. Nul doute en tout cas que ne se soient nouées à cette occasion, mais aussi avec Pablo Picasso, Jean Fautrier et Jean Dubuffet, des relations appelées à connaître le développement que l'on sait et à produire, en 1948, *Le Peintre à l'étude*[5]. En épigraphe de l'hommage que la *N.R.F.* rend à Ponge en 1956, Georges Braque fait presque acte d'allégeance (« nous suivrons sa trace ») à celui que Gerda Zeltner-Neukomm qualifie de « poète de natures mortes[6] ». Lors de l'exposition de 1977 au Centre Georges-Pompidou, *Le Parti pris des choses* est illustré de quinze toiles de Chardin, Courbet, Manet, Matisse, Braque, Morandi, Picasso, Fautrier et Giacometti[7].

L'analogie parfois établie entre la démarche du *Parti* et celle du « nouveau roman » est une autre source de confusion. Malgré la caution que semblent apporter certaines formules[8] et en dépit d'assimilations hâtives, les deux entreprises sont radicalement différentes. Robbe-Grillet

---

1. Avec Jean Daive, au Mas des Vergers, en octobre 1984 (*Fig.* 5, 1991, p. 27-45).
2. Voir aussi *Entretiens avec Philippe Sollers*, v. « Vie et travail à l'époque surréaliste (1930-1940) », Gallimard - Le Seuil, 1970, p. 77-78.
3. Le terme d'« eugénie » revient à diverses reprises : voir « Dans l'atelier de *La Rage de l'expression* », « Recherche du titre », p. 433 ; *Méthodes*, « La Pratique de la littérature », p. 671. On peut lire dans J. Paulhan, F. Ponge, *Correspondance* [...], t. II, lettre 531 : « J'ai peur que mon texte sur Fautrier ne te plaise guère. Ce n'est qu'une "Eugénie" de plus. » Le terme de « menée » figure dans une note inédite du 18 février 1954 (archives familiales).
4. J. Paulhan, F. Ponge, *Correspondance* [...], t. I, lettre 271, p. 280.
5. P. 89-142. — « Si j'ai commencé à connaître physiquement les peintres [...], cela s'est produit à cause du *Parti pris des choses* [...]. On m'a beaucoup dit que ces textes étaient soumis (je crois que cela se trouve dans l'essai de Sartre sur moi) à la *vision*, c'est-à-dire que la bougie, la cigarette, l'huître auraient pu être aussi bien des tableaux que des textes » (*Entretiens avec Philippe Sollers*, VI, p. 89). Ponge le répétera à diverses reprises (*L'Atelier contemporain*, « Braque ou un méditatif à l'œuvre », coll. « Blanche », Gallimard, p. 296 ; « Texte sur Picasso », p. 336).
6. « Un poète de natures mortes », *N.R.F.*, n° 45, septembre 1956, p. 422-425.
7. Voir *Francis Ponge*, Centre Georges-Pompidou, 1977, p. 77-78.
8. « Écrit le PPC, j'en ai eu assez aussi de le voir ainsi — en catimini — au pouvoir. Je l'ai abandonné à mes suiveurs (aux R[obbe-]G[rillet] entre autres). M'en suis dégoûté. Me suis appliqué à *autre chose* dont on s'apercevra dans *x* années qu'il s'agit d'une découverte ou d'une invention aussi importante » (note manuscrite 5 novembre 1959, qui pourrait être un brouillon de lettre).

ne s'y est pas trompé qui relève le vocabulaire analogique, signe d'un « monde des choses contaminé par l'esprit », d'un monde où les choses ne sont que le miroir de l'homme : « Est-ce vraiment là prendre le "parti" des choses ? [...]. L'anthropomorphisme le plus ouvertement psychologique et moral qu'il ne cesse de pratiquer ne peut avoir au contraire pour but que l'établissement d'un ordre humain général et absolu [...][1]. » La réconciliation que recherche Ponge est étrangère à l'univers du nouveau roman.

L'ordre et la méthode.

Aux textes brefs des *Douze petits écrits* succèdent ici trente-deux textes, souvent plus amples, et dont la plupart renoncent à la brièveté et à la densité hermétique d'inspiration mallarméenne ; la part importante des inédits (vingt-trois textes[2]) ouvre les portes moins de l'atelier, qui ne s'affiche pas encore, que du magasin, apportant la preuve d'une invention féconde et renouvelée. La « juxtaposition », l'unité qui est le paragraphe ou la phrase plus que la page selon Jean-Paul Sartre[3], les « tableaux fragmentaires[4] » selon Albert Camus, les « leçons de choses[5] » qu'évoque Bernard Veck ne sauraient masquer une structure qui, pour n'être pas explicite, est néanmoins manifeste dans le propos général, dans un tissu d'échos, dans une organisation en diptyque et dans la mise en place d'une rhétorique. Un agencement aussi concerté lie sans doute indissolublement le projet pongien aux marques paulhaniennes ; le 23 juin 1942, Ponge écrit en effet à Jean Tardieu : « Le choix et l'arrangement de J. Paulhan me semblent excellents et m'ont fait découvrir dans le recueil plus peut-être que ce que chaque poème comporte[6] », premier crayon de ce qu'il écrira à Jean Paulhan lui-même en juillet.

Embrassant non seulement les trois règnes — minéral, végétal, animal — et les quatre éléments — eau, terre, air, feu —, mais tous les sens — vue, ouïe, odorat, toucher et goût, *Le Parti pris des choses* devient une sorte de somme abrégée, comme si la « petite brochure grise » prenait place dans la tradition de *La Légende des siècles* de Victor Hugo, des poèmes de Leconte de Lisle ou des *Trophées* de José Maria de Heredia, substituant à l'histoire de l'homme celle de l'univers et de la matière. Bien que Ponge, dès 1933, affirme qu'il ne voit « pas du tout son œuvre comme une épopée[7] », préférant la référence au *De natura rerum* de Lucrèce ou aux *Métamorphoses* d'Ovide. Dans une heureuse formule, en 1949, Roger Nimier écrira que *Le Parti pris des choses* n'est pas une épopée, mais un recueil de fables[8] ». Cette cosmogonie élémentaire, cet « alphabet[9] », élaborés dans le souvenir et la nostalgie du modèle grec[10], mettent en œuvre une philosophie du temps qui s'affirme dans la notion de cycle, ou de « cyclisme[11] »,

---

1. « Nature, humanisme, tragédie », N.R.F., n° 70, octobre 1958, repris dans *Pour un nouveau roman*, coll. « Idées », Gallimard, 1963, p. 55-84 (p. 76-78 sur Ponge).
2. Ont fait l'objet d'une édition préoriginale : « Pluie », « La Fin de l'automne », « Pauvres pêcheurs », « Rhum des fougères », « Les Mûres », « Le Cageot », « Bords de mer », « La Crevette », « Végétation ». Voir leur notule, p. 898-899, 899-900, 900, 901, *ibid.*, 901-902, 908-909, 915-916 et 916-917.
3. Voir *L'Homme et les Choses* » (*Situations*, t. I, p. 249 et suiv.).
4. Lettre au sujet du *Parti pris* », N.R.F., n° 45, septembre 1956, p. 387.
5. *Le Parti pris des choses*. Francis Ponge, Bertrand-Lacoste, 1994, p. 14.
6. Lettre inédite (archives familiales).
7. J. Paulhan, F. Ponge, *Correspondance* [...], t. I, lettre 150.
8. *Journées de lecture*, p. 231.
9. J.-P. Sartre, « L'Homme et les Choses » (*Situations*, t. I, p. 239).
10. Voir *Entretiens avec Philippe Sollers*, XII, p. 128-129.
11. « De l'eau », p. 32.

figure aussi du cycle de l'écriture, de l'invention des formes à leur traduction imprimée, c'est-à-dire du « Galet » aux « Mûres ». Le monde est abordé et décrit en ses frontières et en ses marges, lieux où s'opèrent les changements et les échanges entre la pierre et l'eau, entre l'inscription et le journal. Ainsi, la collection dessine un parcours de l'eau vers la pierre, des textes courts et clos vers d'autres où se pressent à des retours de formules ou de thèmes la présence du dossier. Ici, à la différence de recueils ultérieurs dont la structure sera globalement chronologique, à quelques distorsions près, avec des « retombées de millésimes[1] » sur les tables des matières, aucune logique chronologique ne rend compte de l'ordre des pièces, ni celle de la composition (1924-1939), ni celle des pré-originales (1925-1942). Ponge n'a pas encore choisi de faire de son œuvre l'histoire d'une carrière poétique ; et les *Proêmes*[2] de 1948, qui rassemblent des textes de date ancienne, constituent, malgré leur date de publication, plutôt le seuil ou le porche du *Parti pris des choses* que sa postérité ; nulle lecture ne saurait faire l'économie de ces glissements et de ces métamorphoses, de ces chevauchements et de ces décalages.

Multiples, les renvois d'un texte à l'autre tissent par phénomène d'autocitation et d'allusion une trame qui est facteur d'unité : « Le Galet » s'associe à « Pluie », « La Fin de l'automne » au « Cycle des saisons » et aux « Arbres se défont », « Le Mollusque » aux « Plaisirs de la porte ». Ainsi se constitue « un réseau de relations dont la configuration changeante s'établit, à chaque lecture, d'un texte à l'autre », engendrant un « miroitement de sens[3] » ; ainsi se dessine une trame métaphorique ou fantasmatique qui unifie le recueil ; plus de la moitié des textes jouent de manière plus ou moins insistante ou évidente avec l'image d'ancienne mémoire du livre du monde et la méditation de problèmes génétiques et formels, illustrant la formule plus tardive : « La nature entière, y compris les hommes, n'est qu'une écriture[4]. » Dans le procès et le progrès de la lecture, c'est donc le recueil lui-même qui se réfléchit à travers les choses et y quête sa propre définition.

Or la succession des textes n'est pas due au hasard. De part et d'autre des deux pièces centrales, « Le Mollusque » et « Escargots », le livre s'organise en diptyque, épousant le modèle du coquillage bivalve qui sera de nouveau convoqué pour dire les couleurs d'un paysage[5]. L'hétérogénéité et le disparate, sur lesquels insiste Jean-Marie Gleize[6], sont germes des déplacements ultérieurs — « *Le Parti pris des choses* n'est pas un aboutissement, mais un début[7] » —, mais s'accommodent aussi de récurrences formelles qui appartiennent désormais à l'écriture de Ponge : usage de l'allégorie et de la fable, distorsion personnelle du modèle lafontainien ; recherche de clausules marquées par la désinvolture, le calembour ou la hâte[8].

---

1. *Lyres*, « [Au lecteur] », p. 445.
2. P. 165-236.
3. B. Veck, *Le Parti pris des choses. Francis Ponge*, p. 52 et 72.
4. *Nouveau recueil*, « À la rêveuse matière », coll. « Blanche », Gallimard, 1967, p. 177.
5. Voir *Méthodes*, « Pochades en prose », p. 567.
6. Voir *Francis Ponge*, Le Seuil, 1988.
7. J. Tortel, « Proêmes à FP », *Cahiers du Sud*, n° 295, janvier-juin 1949, repris dans *Francis Ponge cinq fois*, Fata Morgana, 1984, p. 24.
8. Voir B. Beugnot, « Prégnance et déplacements d'une forme : Ponge fabuliste », *La Littérature et ses avatars*, Aux amateurs de livres, 1991, p. 371-380 ; « F. Ponge : l'invention des effets de clôture », *Genèses des fins*, Presses universitaires de Vincennes, 1996, p. 169-189.

Recueil représentatif, *Le Parti pris des choses* a suscité maintes études et monographies[1]. S'il est sûr qu'il a contribué à faire sortir Ponge d'une sorte d'écriture clandestine, confinée à quelques revues, il n'est qu'un jalon ou une étape dans un parcours plus riche et complexe, « ligne de partage des eaux[2] » ; par la date de composition des textes, il regarde en arrière et prend figure de bilan ; mais, par le statut qu'il confère à son auteur, il est porteur d'avenir.

BERNARD BEUGNOT.

NOTE SUR LE TEXTE

Nous reproduisons pour cette édition le texte de *Tome premier*, coll. « Blanche », Gallimard, 1965, p. 33-115.

Les manuscrits.

Le manuscrit (archives Paulhan, I.M.E.C., 62 feuillets) est, selon toute vraisemblance, celui qui a servi à l'impression. Il contient les mêmes textes que l'édition originale et dans le même ordre ; chacun est suivi de l'indication du nombre de lignes, traces probables d'un calibrage par l'éditeur. Les textes s'y présentent selon trois états : des manuscrits proches de la rédaction définitive ; des dactylogrammes plus ou moins raturés ; des préoriginales ou épreuves corrigées. En dehors de ce document, on ne dispose que de fac-similés dont l'original n'est pas accessible, et de quelques états manuscrits : deux dans une collection privée dont on ne peut lever l'anonymat ; quatre dans le Carnet rose et marron (1935-1936), donné à Paul Éluard et acquis, à l'automne de 1995, par la bibliothèque littéraire Jacques-Doucet. Ils seront signalés dans la notule des textes qu'ils concernent.

Enfin, les dates conjecturales qui sont à l'occasion données proviennent des indications fournies par Ponge sur un exemplaire de *Tome premier*.

Les préoriginales.

Neuf textes ont été publiés dans diverses revues : *Commerce*, *Mesures* et la *N.R.F.*[3]

L'originale et autres éditions.

L'édition originale, reliée d'après la maquette de Paul Bonet, a paru dans la collection « Métamorphoses » (Gallimard, 1942). Elle sera suivie d'une réimpression à l'identique en avril 1945. Le 31 octobre 1949 achève de s'imprimer un troisième tirage dont le titre porte « Nouvelle édition, revue et corrigée par l'auteur » ; le texte a été recomposé puisqu'à partir de la page 49 il présente une vingtaine de différences typographiques

---

1. Dont, récemment, B. Veck, *Le Parti pris des choses. Francis Ponge* ; C. Leclair, *Francis Ponge*, Dunod, 1995 ; J.-Ch. Gateau, *« Le Parti pris des choses » suivi de « Proêmes »*, coll. « Foliothèque », Gallimard, 1997.
2. G. Farasse, « Ponge une fois pour toutes », *Empreintes*, Lille, Presses universitaires du Septentrion, 1998, p. 173.
3. Voir p. 895, n. 2.

(nombre de signes à la ligne, nombre de lignes dans la page) sans aucune altération du texte. Nous n'avons relevé, à part quelques modifications de ponctuation, qui seront à l'occasion mentionnées dans les notes, aucune correction significative.

Restent à mentionner ensuite la reprise dans *Tome premier*, la parution en collection de poche dans «Poésie» (Gallimard, 1975) avec *Douze petits écrits* et *Proêmes*. En 1979, Ian Higgins publiait en Angleterre (coll. «Critical Éditions», Londres, The Athlone Press) une édition annotée, précédée d'une substantielle introduction. Une curiosité mérite mention: en mars 1992, les Pharmaciens bibliophiles ont publié à Paris *Voyage dans « Le Parti pris des choses ». Pointes sèches de Mathieux-Marie*. L'ouvrage fut lancé à la galerie Michèle-Broutta (31, rue de Bergers, Paris, XVᵉ) pour le vernissage d'une exposition de Matthieux-Marie, «Voyage en Ponge». Chacun des cinq textes retenus («Le Morceau de viande», «Végétation», «Le Mollusque», «La Mousse», «La Crevette») est orné de deux pointes sèches et en ouverture du volume figurent, en texte et en traduction, un fragment d'Héraclite («Il faut admettre que c'est parce que quelque chose venant des objets extérieurs pénètre en nous que nous voyons les formes et que nous pensons»), quelques vers de Lucrèce (*De natura rerum*, II) sur la pluralité des mondes et l'univers infini, et «Ressources naïves[1]».

B. B.

NOTES

◆ PLUIE. — *Ms.*: les deux folios manuscrits des *APa* (*ms. APa*) n'apportent guère d'information sur la genèse du texte. On note toutefois une hésitation entre le titre retenu et «Les Gaietés de la pluie». La mise au net n'a pas interdit quelques interventions ultimes qui attestent d'une relecture.

Que sa place ait été méditée par Ponge ou qu'elle soit due à l'intervention de Jean Paulhan, ce texte a doublement valeur inaugurale, et pour *Le Parti pris des choses*, dont il amorce une dimension thématique et formelle, et pour la suite de l'œuvre à l'orée de laquelle il inscrit une métaphorique aux récurrences nombreuses. Composé en 1935-1936, selon Ponge, «Pluie» a été précédé de notes antérieures qui seront plus tardivement publiées («De la pluie» [1927-1974], *Books abroad*, n° 48, 4, University of Oklahoma, 1974; sous forme de fac-similé, dans *Digraphe*, n° 8, 1976; «La Pluie» [1930], *Tournoiements aveugles*, Paris, L'Ire des vents, 1955, repris dans le *Nouveau nouveau recueil*, t. I, p. 137). Ponge récrit peut-être Paul Claudel (voir *Connaissance de l'Est*, «La Pluie», dans *Œuvre poétique*, Bibl. de la Pléiade, p. 63). Dépourvu de déterminant, libéré du latinisme latent de 1927, le titre est à la fois neutre et assez général pour laisser attendre aussi bien une description qu'un poème intime. Reprises et redites, outre qu'elles sont peut-être les traces exténuées du dossier perdu, évoquent la monotonie de la pluie derrière la variété de ses aspects, l'idée du cycle qui parcourt tout le recueil et font de la pluie «la figure même de la tautologie. La pluie se révèle un monde [...] doué pour la métamorphose» (Ph. Berthier, *Corps écrit*, n° 16, 1985). Si l'on envisage le recueil comme une symphonie cosmogonique, «Pluie» et «Le Galet» placent en ouverture et en finale les deux éléments primordiaux, l'eau et la pierre. La

---

1. *Proêmes*, p. 197.

disproportion des paragraphes jusqu'à l'amphibologie qui sert de clausule mime typographiquement la pluie qui tombe et cesse. La précision de la description et des sensations ne bride pas la suggestion par le biais des épithètes qui s'ouvrent à la dimension d'un destin ou d'une histoire. « Pluie » se présente comme un lever de rideau sur la scène de l'écriture.

1. Dans *ms. APa*, « précipitation sans vigueur », avec, en correction interlinéaire, « fin *[sic]*, sempiternelle, intense ». — Ces mouvements verticaux qui échappent au temps ne sont pas sans évoquer le *clinamen*, la chute des atomes, dans le *De natura rerum* de Lucrèce, manière de placer d'emblée le recueil sous le signe du matérialisme épicurien. Les images qui suivent apparaissent alors comme autant de combinaisons possibles et changeantes.

2. Le météore renvoie presque toujours à une cosmogonie primitive, à une manière de genèse première ou de catastrophe : voir « Végétation » (p. 48-49), « L'Ardoise » (*Nouveau recueil*, p. 141 ; ce recueil figurera dans le tome II de la présente édition), et surtout « La Mounine ou Note après coup sur un ciel de Provence » (*La Rage de l'expression*, p. 412-432), où il s'associe à la goutte, à la beauté soudaine et saisissante du jour, et où refait surface le « coup de gong ». Le mot est employé dans son sens premier, phénomène de la haute atmosphère.

3. Pour ce paragraphe, dans *ms. APa*, certaines épithètes (« fin », « sempiternelle » et « intense ») et des adverbes de la phrase suivante (« plus de », « presque ») constituent des ajouts interlinéaires ; « rangée de boutons » est corrigé en « billes » ; « notre regard », en « le regard » ; « très brillant », qui figurait après « tressé », est biffé. — *Orig.* porte « ce regard » au lieu de « le regard ». Le démonstratif, que Ponge avouait finalement préférer, au témoignage de Ian Higgins (*Le Parti pris des choses*, The Athlone Press, p. 84), souligne sans doute davantage le double sens du mot : « regard du contemplateur », en l'occurrence le poète, mais aussi « ouverture par laquelle peut s'observer l'écoulement de l'eau dans un aqueduc ».

4. Cette image de l'horlogerie se déploiera dans « Le Soleil placé en abîme » (*Pièces*, p. 776-794) et s'y fera figure du fonctionnement textuel. Peut-être faut-il y voir avec Bernard Veck un acte d'allégeance à la philosophie des Lumières (voir *Le Parti pris des choses. Francis Ponge*, p. 52).

5. Pour ce paragraphe, « il y répond », dans *ms. APa*, est un ajout marginal ; « physique », commencé et biffé, est corrigé en « mécanisme ».

6. Pour ce paragraphe, « au sol », dans *ms. APa*, est un ajout interlinéaire ; « filets » est corrigé en « rigoles verticales ». — Y aurait-il jeu sur l'étymologie qu'indique Littré pour *délicat*, « de *deliquare*, proprement rendre liquide », et sur le latin *delicia* qui signifie « gouttière », sans renoncer à l'idée d'attrait et de séduction que comporte le latin *delicatus* ?

7. La clausule, double écho de la pluie et de la séduction, dont le passé simple souligne le caractère désormais accompli, inaugure dans ce texte d'ouverture un procédé qui réapparaîtra à diverses reprises, en particulier dans le texte de clôture, « Le Galet » (voir B. Beugnot, « Francis Ponge : l'invention des effets de clôture », *Genèses des fins*.) Mais il va au-delà de l'ironie ou du jeu de mots : « l'ambiguïté : celle de l'oracle ; où les mots sont pris dans *tous* leurs sens, où donc les significations ne risquent pas un jour de vous jouer un sale tour ; puisqu'elles sont toutes prévues » (*Pour un Malherbe*, p. 187, note du 23 février 1955).

◆ LA FIN DE L'AUTOMNE. — *Ms.* : la copie des *APa* n'est que la page de *préorig.* ; un passage initial et quelques termes ont été récrits à la main sans nouvelle rédaction, comme s'il s'agissait de corriger simplement une altération de l'imprimé. — *Préorig.* : ce texte fut d'abord publié dans *Mesures* (n° 2, avril 1936, p. 140-141) qui avait déjà accueilli « Le Cageot » en janvier 1935 ; avec « Les Mûres », « Les arbres se défont à l'intérieur d'une sphère de brouillard », « La Bougie », et deux pièces qui figureront dans d'autres recueils : « Soir d'août » (voir p. 83), « Cinq septembre » (*Lyres*, p. 454-455 et p. 455). Ces textes constituent un ensemble qui porte pour la première fois le titre de *Sapates*, auquel est jointe la définition de ce terme empruntée au Littré : « Présent considérable donné sous la forme d'un autre qui l'est beaucoup moins, un citron par exemple, et il y a dedans un gros diamant. Cela se pratique en Espagne. » Dans une lettre de novembre 1935, Jean Paulhan proposait de donner comme titre à cet ensemble de poèmes « Les Mûres » (J. Paulhan, F. Ponge, *Correspondance [...]*, t. I, lettre 194, p. 196).

Dans le mélange insolite des images et des comparaisons, Ponge, dans ce texte de 1935, désaffuble la tradition romantique de la mélancolie automnale, illustrée par le poème de Lamartine dans les *Méditations poétiques*. Toilette indispensable au renouveau du printemps, l'automne s'assimile au travail du cabinet, à l'élagage des états d'où le texte sortira rajeuni. Cette métaphorisation des choses en signes de l'écriture parcourt *Le Parti pris* et deviendra de plus en plus explicite. La nature ici s'assimile à la fois au livre et à l'atelier de l'écrivain.

1. Les créations verbales si caractéristiques contribuent à la densité sémantique en conjoignant plusieurs ordres de signification : « grenouillerie » évoque à la fois un habitat et son agitation, tandis qu'« amphibiguïté » réunit l'élément humide propre aux grenouilles et l'amalgame des éléments, air, terre, eau, propre à l'automne.

2. Selon Élisabeth Gardaz (« D'une orange exprimée », *Europe*, n° 696, 1987), il y aurait là une réponse au manifeste de Pierre Reverdy : « Notes sur l'art qui est de l'homme, — l'homme qui est de Dieu, — la religion, qui suspend l'homme à Dieu » (*Le Gant de crin. Notes*, « En guise de préface », Plon, 1926), opposition du poète matérialiste au poète religieux dont porte encore trace l'entretien de 1952, repris dans *Méthodes* (voir p. 684-692).

◆ PAUVRES PÊCHEURS. — *Ms.* : la copie des *APa* est constituée par la page de *préorig.*, figure, manuscrite, la substitution de points aux deux-points (1ᵉʳ et 3ᵉ §). — *Préorig.* : *Commerce*, n° 5, automne 1925, p. 125.

Composé en 1924, ce texte parodie l'*Ave Maria* par translation du sens spirituel au sens propre ; son caractère sibyllin l'apparente aux *Douze petits écrits*. Dans une lettre à Camus du 8 août [1943] (archives Camus, I.M.E.C.), Ponge le place sur une liste établie en vue d'une anthologie des poètes de la *N.R.F.*

1. Le terme désigne une passe qui va de la mer aux étangs salés du littoral ; Le Grau-du-Roi est aussi un lieu-dit, dans le Gard, où Ponge a plusieurs fois séjourné, et dont il a daté plusieurs textes des années vingt (notamment, « L'Opinion changée quant aux fleurs », *Nouveau nouveau recueil*, t. II, p. 111). Ian Higgins voit là un contraste ironique entre lieu de travail et lieu de villégiature (voir *Le Parti pris des choses*, Athlone Press, p. 85).

2. Ponge, dans un entretien de vive voix, a expliqué à Ian Higgins (*ibid.*, p. 84) la technique de pêche allusivement décrite : deux chaînes d'hommes, sur la plage, tirent à chaque bout le filet (« impasse ») qui a été jeté en mer ; « l'extrait déclaré » désigne, par jeu étymologique, « tirer et montrer », la prise rendue visible par les lampes.

- RHUM DES FOUGÈRES. — *Ms.* : l'état des *APa* est conforme à la préoriginale. — *Préorig.* : *Commerce*, n° 5, automne 1925, p. 126.

Ian Higgins (*Le Parti pris des choses*, Athlone Press, p. 85) voit dans ce bref poème descriptif l'illustration de trois articles de l'art poétique pongien : l'emploi de la négation et de l'interrogation pour souligner les différences à l'intérieur d'une analogie ; la tension entre des qualités opposées ; l'emploi du double sens avec « tuteurs » (3e §). Marcel Spada (*Francis Ponge*, II. « La Plume d'Éros », coll. « Poètes d'aujourd'hui », Seghers, 1974, p. 18) y décèle la première trace de l'inspiration érotique qui de cette année 1925 (*Pièces*, « L'Adolescente », p. 698 ; *Proêmes*, « L'Avenir des paroles », p. 168, et « La Dérive du sage », p. 183) se prolongera jusqu'à *Pour un Malherbe*.

- LES MÛRES. — *Ms.* : il s'agit, dans les *APa*, d'une épreuve de *préorig.*, avec une correction autographe portant sur les astérisques qui séparent chaque paragraphe (« signe à remplacer par trois petites boules »). Ce détail, respecté dans *préorig.*, manifeste une discrète intention calligrammatique destinée à rappeler et les grains de la mûre et la goutte d'encre. — *Préorig.* : *Mesures*, n° 2, 1936.

Dans une lettre inédite à Camus du 8 août 1943 (archives Camus de l'I.M.E.C.), Ponge proposera de retenir ce texte pour une anthologie de la *N.R.F.* « parce que ce sont des alexandrins » ; c'est en réalité le second paragraphe qui est tout entier construit sur des rythmes de vers. Mais il illustre en outre parfaitement la formule si chère à Ponge d'une rhétorique par poème affirmée depuis les « Raisons de vivre heureux » (*Proêmes*, p. 197-199) jusqu'à « My creative method » (*Méthodes*, p. 533) : « Chaque objet doit imposer au poème sa forme rhétorique particulière. » « Buissons typographiques » à l'ouverture et « poème » à la chute enferment le texte dans son allégorie, double image de la maturité du texte et de la clôture propre à la baie ronde qu'est une mûre.

1. Il est rare que l'analogie soit ainsi explicitement posée dès le début entre l'objet et son équivalent scriptural. Ce sera le cas dans « La Figue (sèche) » à la fois dans les notes du dossier, où apparaît, dès le 7 avril 1953, « l'art poétique de la figue », et dans le texte final : « Pour ne savoir pas trop ce qu'est la poésie (nos rapports avec elle sont incertains), cette figue sèche [...] » (*Pièces*, p. 803-805).

2. L'arrogance et la rudesse que dit l'épithète préparent-elles l'enchevêtrement de ronces ou renvoient-elles aussi à la saveur du fruit inégalement mûr ?

- LE CAGEOT. — *Ms.* : l'état définitif des *APa* n'apporte aucune information, contrairement au fac-similé (*F-S*) publié dans *Poésie 84*, n° 3 mai-juin 1984, p. 38. — *Préorig.* : *Mesures*, n° 1, janvier 1935, p. 137.

Mesures, périodique lors de la fondation duquel Jean Paulhan, soucieux de le distinguer à la fois de la *N.R.F.* et de *Commerce*, consulte Ponge, commence à paraître le 15 janvier 1935 et cessera le 15 avril 1940. Le comité de rédaction de ces « Cahiers trimestriels » était composé de Henry Church, Bernard Groethuysen, Henri Michaux, Jean Paulhan et Giuseppe Ungaretti. Dans sa lettre du 24 janvier, Ponge raconte comment il a rêvé cette revue et comment il la trouve ; il suggère ou approuve qu'il y ait autant d'étrangers que de Français, de morts que de vivants, recommande la publication d'inédits de Joyce, Ungaretti, Gorki, R. Kassner et fournit une liste d'auteurs possibles, « occasion de laisser tomber les valeurs secondaires de la *N.R.F.* ». Dans une lettre du 20 janvier 1935, à Ponge qui venait de lui exprimer sa joie et sa reconnaissance de figurer dans le premier numéro de *Mesures*, Jean Paulhan écrit : « On me parle beaucoup du "Cageot". » Le texte inspire surtout à François Mauriac, qui vient de lire les pages de Claude-Edmonde Magny sur *Le Parti pris* (*Poésie 46*, juin-juillet 1946) quelques remarques acides dans *Le Figaro* du 28-29 juillet 1946 : « Francis Ponge, poète des objets les plus insignifiants : son "vase brisé" s'appelle "le cageot". Personne au monde n'avait essayé avant lui d'exprimer l'essence éternelle du cageot. Mon ami J. Paulhan attachait ou feignait d'attacher beaucoup d'importance à ce poème. Mais je me méfie : Paulhan se cache derrière chacune de ses phrases pour observer la tête que je fais en la lisant. » François Mauriac, cette fois plus favorable à Ponge, parlera de « la technique du cageot », se demandant si Robbe-Grillet n'en a pas tiré son idée des romans futurs : « Je n'aurais jamais imaginé qu'un objet, le moins caractérisé qui fût, grâce à des mots, parvînt à exister aussi intensément que ce cageot dans sa réalité brute » (*Mémoires intérieurs*, dans *Œuvres autobiographiques*, Bibl. de la Pléiade, 1990, p. 526).

1. *F-S* commence ainsi : « À mi-chemin [...] au cachot est situé le cageot ». — Le mot « cageot » ne figure pas dans le Littré.

2. En décembre 1934, Jean Paulhan se déclare « un peu choqué » par la première rédaction : « "ne ressert pas deux fois" (alors il sert deux fois) » (J. Paulhan, F. Ponge, *Correspondance* [...], t. I, lettre 179, p. 180). Le préfixe est effectivement biffé dans le *F-S*.

3. Ici, *F-S* crée un nouvel alinéa.

4. Dérivé de « hure », qui signifie « tête hérissée », l'adjectif évoquerait-il, selon la suggestion de Ian Higgins (*Le Parti pris des choses*, Athlone Press, p. 86), les éclats de bois du cageot écrasé ?

◆ LA BOUGIE. — *Ms.* : l'état figurant dans les *APa* n'apporte aucune information. Celui de la collection Robert Valette (*ms. FD*) ne porte qu'une correction. — *Préorig.* : *Mesures*, n° 2, 1936, p. 138.

Ce texte est l'assomption descriptive d'un objet commun, discrètement intégré aux règnes végétal et animal dans une scène de genre qui n'est pas sans faire penser à un tableau de Georges de La Tour. C'est dans un texte de 1948 (« De la nature morte et de Chardin », *Nouveau recueil*, p. 168) que Ponge évoquera « La Bougie » pour dire le plaisir qu'il éprouve à se mettre à l'écoute du monde : « Je lance en solo "La Bougie" par exemple, — Qu'a-t-elle à dire ? — Eh bien, je l'écoute. Et elle s'exprime ; / Elle essaye de s'exprimer selon toutes variations, / Les "Cadenze" / Qui lui plaisent. / Elle est ravie d'être ainsi autorisée. Elle se donne, se met en valeur, peut-être un peu exagérément, / Puis rentre dans l'ombre — et je la suis du regard : / C'est alors que son murmure me touche surtout. »

1. Dans *ms. FD*, au lieu de « vaporise » nous lisons « qui recompose les bois », que Jean Paulhan jugeait « trop nécessaire pour ne pas gagner à n'être pas là » (*Correspondance* [...], t. I, lettre 194, p. 196).

2. L'épithète est à la fois descriptive et péjorative, car les papillons de nuit dont il s'agit ici ressemblent assez aux mites.

◆ LA CIGARETTE. — *Ms.* : le manuscrit des *APa* porte la date 1937-1939, ce que contredit une lettre de Jean Paulhan (voir n. 1, p. 19).

« La Cigarette » clôt dans le recueil une séquence de trois textes purement descriptifs qui poursuivent l'équivalent langagier de l'objet, comme l'atteste le mot initial.

1. Jean Paulhan, dans une lettre du 6 août 1935, jugeait que « la der-

nière phrase [...] fléchit un peu » (*Correspondance* [...], t. I, lettre 189, p. 191), mais il est impossible de savoir de quelle rédaction il s'agit.

◆ L'ORANGE. — *Ms.* : les deux feuillets manuscrits de *APa* (*ms. APa*) ne présentent que de menues retouches.

Le 6 août 1935, la réaction de Jean Paulhan à la version qu'il avait reçue n'était pas sans réserve : « 1) La première page insiste un peu trop ; 2) tu aurais pu donner à entendre [...] dans un ton qui ne peut manquer de rompre par son agression, le ton de l'ensemble, les rapports du *an* et du *on*. Il faut que "menée aussi rondement que possible" n'ait pas l'air d'une plaisanterie » (*Correspondance* [...], t. I, lettre 189, p. 191). On pourra lire deux commentaires : celui de Ian Higgins dans son édition (*Le Parti pris des choses*, Athlone Press) et celui de Bernard Veck (*Le Parti pris des choses. Francis Ponge*). Élisabeth Gardaz, en rapprochant le poème de Ponge d'un texte de Victor Segalen, « Une orange exprimée. Un grand vide » (*Regards, espaces, signes*, Paris, L'Asiathèque, 1979, p. 89-91), s'est livrée à un exercice de poétique comparée (*Europe*, n° 696, 1987) séduisant, mais que les dates ne rendent guère convaincant au-delà des parentés d'inspiration ou de tonalité.

1. L'assimilation du fruit au texte et un certain anthropomorphisme sont suggérés d'emblée par le double sens d'« expression », de « contenance » et de « conscience amère ». À l'article « Pépin », Littré cite un psautier du XIIIe siècle : « La grape d'eux est grape de fiel et li pepins tres amers » ; c'est rappeler que le cœur rempli d'amertume est un thème biblique (voir I Samuel, 1, 10 ; Proverbes, XXXI, 6 *et passim*) et qu'il fait ici contraste avec le « rafraîchissement » et les « parfums suaves » qui viennent plutôt du Cantique des cantiques. La quête expressive réaliserait-elle cette même fusion de plaisir amoureux et de culpabilité ?

2. Bernard Veck (*Le Parti pris des choses. Francis Ponge*, p. 68) remarque que ce paragraphe correspond à la moralité d'une fable et qu'il peut se récrire en huit vers combinant alexandrins et octosyllabes.

3. Première rédaction de *ms. APa*, lisible, sous la rature : « Il faut aussi mettre l'accent sur la coloration ambrée ».

4. Le procédé qui consiste à exploiter la configuration sonore du mot ou les syllabes et les lettres qui le composent pour déchiffrer, par analogie, sa nature ou son essence est appelé à occuper une plus large place dans les textes composés ou publiés postérieurement au *Parti pris des choses* ; ainsi, « Notes prises pour un oiseau » (*La Rage de l'expression*, p. 346-355) ou « La Chèvre » (*Pièces*, p. 806-809).

5. Dans *ms. APa*, « tissu de buvard » a été corrigé en « tampon de buvard ».

6. Création de l'adverbe, rareté de l'adjectif, effet d'écho entre l'initiale des deux mots, confèrent à la saveur âpre de l'orange un caractère insolite, cette acidité qui n'est pas dite. Ian Higgins souligne ici « la conjonction de la densité phonétique et d'allusions à des qualités morales » (« Proverbial Ponge », article de 1979 traduit dans *Revue des sciences humaines*, n° 4, 1992, p. 99).

7. *Ms. APa* corrige ainsi « rondeur ».

8. *Ms. APa* corrige ainsi « il faut revenir au pépin ». — Le passage de l'orange au pépin fait surgir un rapport extérieur-intérieur propre à la forme du sapate et dont « La Figue (sèche) » (*Pièces*, p. 803-805) sera le parangon avec l'opposition de son enveloppe rustique à sa « pulpe de pourpre », figuration du texte poétique.

9. La banalité laudative du terme est corrigée par le faisceau de sensations qu'il évoque également ; la lanterne vénitienne transpose en effet le goût dans le registre visuel par une correspondance toute baudelairienne.

10. Dans *orig.*, « douleurs », coquille due sans doute à une mauvaise lecture du manuscrit.

◆ L'HUÎTRE. — *Ms.* : le manuscrit des *APa* (ms. *APa*) est un dactylogramme corrigé à la main.

Dans ce texte composé entre 1925 et 1929, la description, qui mime le mot lui-même, se développe moins dans un registre visuel que phonétique. L'huître représente une fois encore, entre son « apparence rugueuse » et le « firmament de nacre », l'antithèse signalée dans le précédent texte ; elle se fait ici, de manière plus explicite, figure du rapport qui s'établit entre la formule, le proverbe ou le « bonheur d'expression » et son environnement textuel, comme si Ponge cherchait à qualifier et rendre sensible la vieille notion rhétorique d'*ornatus*. — Voir, dans l'Atelier, « Histoire de l'huître », p. 58, et la notule, p. 920.

1. *Ms. APa* portait d'abord « et plus brillamment ». « En français actuel, "briller", "brillamment" est affecté d'un coefficient positif (comme valeur morale ou esthétique) [...]. Au contraire, "blanchâtre", comme beaucoup de mots se terminant en "âtre" est affecté d'un coefficient négatif, péjoratif. [...] C'est dire que "brillamment blanchâtre" est exactement le contraire d'un lieu commun [...]. Je créée un caractère » (*Entretiens avec Philippe Sollers*, VII, p. 107-116).

2. Dans *ms. APa*, « mais que l'homme pourtant peut ouvrir : il doit alors ».

3. « Quand je parle de "tout un monde", et qu'ensuite je parle des "cieux d'en dessus, des cieux d'en dessous, du firmament", il s'agit vraiment du cosmos, et en même temps, c'est l'expression courante tout un monde : il y a plusieurs niveaux de signification » (*Entretiens avec Philippe Sollers*, p. 107-116).

4. Dans *ms. APa*, « qu'une sorte de mare ».

5. « Il est évident que si dans mon texte se trouvent des mots comme "blanchâtre", "opiniâtre", "verdâtre", c'est aussi parce que je suis déterminé par le mot "huître", par le fait qu'il y a là accent circonflexe, sur voyelle » (*Entretiens avec Philippe Sollers, ibid.*).

6. « Là, c'est qu'il s'agit d'une portugaise, évidemment, parce que d'autres huîtres n'ont pas de dentelle noirâtre » (*ibid.*).

7. « Inscrivant le mot "gosier", j'insiste sur le fait que cette formule est aussi une formule de parole » (*ibid.*). Ainsi se précise, touche à touche, une méditation de la parole qui va s'orchestrer dans la suite du recueil.

8. « Qu'est-ce que c'est qu'une formule ? c'est une petite forme. C'est le diminutif de "forme". Et en même temps, bien sûr, il s'agit de la formule, au sens d'un bref énoncé, d'une chose dite de la façon la plus brève d'où l'on trouve aussitôt à s'orner. Il y a là une sorte d'autocritique à l'intérieur du texte, du fait que je m'orne, moi-même, de la qualité précieuse et rare de mon style » (*ibid.*).

◆ LES PLAISIRS DE LA PORTE. — *Ms.* : les *APa* conservent un état définitif. Ce texte, daté de « 1933 (?) » par Ponge aurait été lu en décembre 1935, lors d'une soirée à Châtenay-Malabry chez Jean Paulhan (voir *Correspondance [...]*, t. I, lettre 199, p. 200). Il a fait l'objet d'une traduction en anglais par Robert Bly (*The Delights of the Door*, New York, Bedouin Press, 1980). La description de l'objet quotidien, saisi non sans ironie ni plaisir, accorde aussi un statut privilégié à la communication des espaces, comme la cosmogonie du *Parti pris* passe d'un règne à l'autre. Italo Calvino y voit l'emblème de la démarche poétique de Ponge, s'affranchir des habitudes perceptives et des mécanismes verbaux. Voir *Pourquoi lire les classiques ?*, Le Seuil, 1993, p. 193-198 ; texte rédigé à l'occasion de la traduction du *Parti pris* par Jacqueline Risset en 1979.

◆ LES ARBRES SE DÉFONT À L'INTÉRIEUR D'UNE SPHÈRE DE BROUILLARD. — *Ms.* : dans les *APa*, épreuves de *préorig.* Le fac-similé portant le numéro 4 a été publié par Philippe Sollers (*Francis Ponge*, Seghers, 1963, p. 142-143). — *Préorig.* : *Mesures*, n° 2, 1936.

Les renvois explicites ou allusifs à l'image de l'arbre, au cycle des saisons et à l'eau confèrent à ces lignes un statut transitionnel dans le recueil. Il s'agit en fait d'un paragraphe appartenant à un ensemble inédit plus vaste, intitulé « Chronique de la vie intime », qui date de l'époque des Messageries Hachette et fait le récit d'une promenade du soir. Ce texte figurera parmi les inédits du tome II.

1. Le double sens du verbe, concret et moral, traduit en termes de désaffection le phénomène physique de la chute des feuilles.

2. C'est le terme par lequel Ponge désigne ses recueils : « Certainement, en un sens, *Le Parti pris*, *Les Sapates*, *La Rage* ne sont que des exercices. Exercices de rééducation verbale » (*Proêmes*, « Pages bis », IV, p. 211).

◆ LE PAIN. — *Ms.* : les *APa* conservent un manuscrit (*ms. APa*), où Ponge indique « 1927, 1928-1937 » ; *CRM*, qui lui est antérieur (« Paris, 25 nov. - 25 déc. 1935 »), portent plusieurs variantes. En outre, *CRM* se présente en sept paragraphes : il y a création d'un nouveau paragraphe après « façonnée » (1er §), « éponges » (3e §) et « à la fois » » (3e §).

1. Dans *ms. APa*, « cette impression de grandeur géographique qu'elle donne ».

2. Pour ce paragraphe, la rédaction de *ms. APa* commence ainsi : « Ainsi donc une masse informe […] fut glissée à notre [intention *lecture conjecturale*] […] stellaire, et durcissant s'est façonnée » ; *ms. APa* porte, après « ondulations », l'épithète « craquelées ».

3. Pour ce paragraphe, *ms. APa* débute la deuxième phrase par « Ainsi lorsque » ; on lit dans *CRM*, « feuilles et fleurs comme des sœurs siamoises y sont soudées » et la deuxième phrase est rédigée ainsi : « Mais lorsque le pain […] rétrécissent à tel point qu'elles se séparent les unes des autres, et que la masse devient ainsi friable… »

4. Ian Higgins entend là, outre le double sens évident, un écho du geste du Christ lors de la Cène, manière de refuser la valeur symbolique accordée au pain (voir *Le Parti pris des choses*, Athlone Press, p. 88). Par-delà, il y a aussi figuration d'une attitude poétique de rupture : « C'est le BRISONS-LÀ de mon *Pain* : "Ce 'Brisons-là' qui résonne d'un bout à l'autre de la littérature française" (dit Micha à propos de moi) » (*Pour un Malherbe*, p. 62).

5. La rédaction de *ms. APa*, biffée dans *CRM*, est la suivante : « Brisons-la : car il importe que dans notre bouche le pain reste un objet à la fois de respect et de consommation. »

◆ LE FEU. — *Ms.* : les *APa* conservent un état définitif ; *CRM*, daté « Février 1935 », présente un état antérieur.

1. Dans *CRM*, « en quelque sens » corrige « vers quelque chose ».

2. Dans *CRM*, « bondit du col et rampe » est corrigé en « bondit du col, rampe ». — Ce second paragraphe, avec ses parenthèses, ses points de suspension et sa collection de comparaisons, illustre le caractère mobile et métamorphique du feu.

3. Pour ce paragraphe, dans *CRM*, « tandis que », placé après

« s'échappent », est une addition interlinéaire, et « à mesure transformés » est corrigé en « transformés à mesure ».

◆ LE CYCLE DES SAISONS. — *Ms.* : sur le dactylogramme des *APa* (*dactyl. APa*), quelques rédactions précédentes demeurent lisibles. Celui des *AF* est daté de juin 1927 et porte pour titre « Notes sur les végétations (Le Cycle des saisons) » ; il ne présente aucune variante, sauf cet ajout après la signature : JE JURE D'AUGMENTER LE NOMBRE DES PAROLES.

Se trouvent ici réunis deux thèmes fondamentaux du *Parti pris*, celui de l'arbre et celui des saisons qui inscrivent le temps dans la cosmogonie, mais aussi dans le cycle de l'écriture, variation sur deux lieux communs métaphoriques de la culture occidentale : l'arbre du savoir et l'arbre rhétorique (voir B. Beugnot, *Poétique de Francis Ponge*, P.U.F., 1990, p. 160-168 ; N. Doirion, « L'Arbre rhétorique », *Les Voies de l'invention aux XVIIe et XVIIIe siècles*, « Paragraphes », Université de Montréal, 1993, p. 11-22). Avec « Faune et flore », ce texte appartient « aux admirables pages que Ponge consacre à la végétation » (J.-P. Sartre « L'Homme et les Choses », *Situations*, t. I, p. 240).

1. « La nature est un temple où de vivants piliers / Laissent parfois sortir de confuses paroles » (Baudelaire, *Les Fleurs du mal*, « Correspondances », dans *Œuvres complètes*, Bibl. de la Pléiade, t. I, p. 11).
2. Le début du texte est différent dans *dactyl. APa* : « Las de se contracter [...], nos troncs sont là pour tout assumer. »
3. La formule est reprise dans « Faune et flore » (p. 43), et les « Notes premières de "L'Homme" » (*Proêmes*, p. 227) s'en font l'écho : « Comment s'y prendrait un arbre qui voudrait exprimer la nature des arbres ? Il ferait des feuilles, et cela ne nous renseignerait pas beaucoup. Ne nous sommes-nous pas mis un peu dans le même cas ? »

◆ LE MOLLUSQUE. — *Ms.* : le manuscrit des *APa* ne présente pas de corrections très significatives.

Avec « Escargots », « Le Mollusque », écrit entre 1928 et 1932, constitue le cœur du recueil et acquiert un statut de transition : entre les textes qui se répartissent de part et d'autre en diptyque ; entre deux états ou deux formes, ce qui légitime l'évocation à nouveau de la porte.

1. L'image du bijou renvoie au « firmament » de « L'Huître » (p. 21), mais pourrait aussi constituer une définition du sapate (voir la notule de « La Fin de l'automne », p. 899-900).
2. Marque d'un système automatique de fermeture d'une porte.
3. C'est ici la première émergence de cet adverbe comparatif, qui servira de pivot entre les deux parties de la fable pongienne, la description de l'objet et ses divers équivalents allégoriques ; véritable équivalent, mais masqué et de place changeante de la formule ésopique « la fable montre que ».
4. Crustacé décapode à longue queue molle qui loge dans des coquilles vides, autre figure du bernard-l'ermite qui apparaît dans « Notes pour un coquillage », p. 39.

◆ ESCARGOTS. — *Ms.* : les trois folios manuscrits des *APa* (*ms. APa*) sont très peu corrigés. *CRM*, après « si sensibles » (fin du 13e §), contient un folio isolé, daté du 2 mars 1936, notes premières dont plusieurs éléments réapparaissent au centre du texte : « Justice pour l'escargot ! cet animal vaut mieux que son pesant de morve / Froid comme elle, extensible, d'un gris parfois verdâtre de sa coque natale pénible à extirper, / il a pour lui ces yeux si sensibles, ce merveilleux port de tête, et la beauté de ce baiser de tout un corps à la terre, qu'il honore d'ailleurs, au prix de quels effort, d'un glissement parfait, — comme un long navire, au sillage argenté. »

Il s'agit d'une des pièces les plus importantes du *Parti pris*; non seulement elle occupe une place centrale, mais pour la première fois se perçoivent clairement les traces du dossier à divers retours d'expression qui témoignent des réécritures : le « port de tête » (9ᵉ §), le « sillage argenté » (11ᵉ §), le « prédateur » (16ᵉ §) ; enfin la structure allégorique s'affiche dans le passage du sens physique au sens poétique, autour du « ainsi » (17ᵉ §), de l'« expression de leur colère » (16ᵉ §) à « tous ceux qui s'expriment » (17ᵉ §) et dans les termes de « leçon », « exemple », « devoir » qui suivent ce basculement. Les pièces des années cinquante affectionneront ce recours au vocabulaire abstrait. Le poème n'est pas seulement un jeu formel, un travail ironique parfois sur le langage, une prise en compte des objets du monde ; il se fait lieu d'une morale, il célèbre les noces difficiles du monde et de l'homme, des livres ou de la bibliothèque et de la vie, ce que déclare à la chute du mot « humanisme » : « Chez tout artiste, [...] la vie et l'art ne font qu'un » (*L'Atelier contemporain*, « Braque-Japon », p. 103). Seul texte du recueil à être daté, il en représente la clé de voûte avec « Le Mollusque » qui en est comme le premier crayon, cœur de l'architecture thématique.

1. Le recours à l'anglais par association phonétique avec la désinence du mot « escargots » est pour Ian Higgins le rappel de l'arbitraire du signe linguistique (voir *Le Parti pris des choses*, Athlone Press, p. 90).

2. Dans *ms. APa* : « dans des fosses ».

3. Dans *ms. APa* : « ils affectionnent aussi ».

4. Dans *ms. APa* : « si touchant terre, si réaliste et sûr de sa raison, à processus si sûr et si lent ».

5. *To be or not to be, that is the question* ; les échos de *Hamlet* et les citations allusives de Shakespeare sont nombreux chez Ponge, dès le « Proême » à Bernard Groethuysen, pour lequel Ponge, en 1960, propose la date de 1924 (*Paragone*, juin 1951, et *Tel quel*, n° 1, 1960), « ma tête de mort sera dupe de mon expression » dans *Douze petits écrits* (*Excusez cette apparence de défaut...*, p. 3), puis dans *Proêmes* (« Pages bis », VIII, p. 218-219) ou dans *Pour un Malherbe* (p. 181). Le travail de l'expression, la fidélité à soi sont les seules réponses à cette interrogation métaphysique.

6. *Ms. APa* porte une virgule et non un point. L'entrée en scène inopinée du pourceau serait-elle un clin d'œil à Claudel, « Le porc », bête toute de jouissance (*Connaissance de l'Est*, dans *Œuvre poétique* ; Bibl. de la Pléiade, p. 58) ?

7. Ponge ne vise-t-il pas ici allusivement l'écriture automatique des surréalistes à laquelle il oppose le travail de disposition et de composition dont il doit l'apprentissage à ses maîtres ? Et plus largement toute littérature de l'effusion et de la spontanéité.

8. C'est une variation sur la définition de l'orateur par Caton, *Vir bonus dicendi peritus* (Quintilien, *Institution oratoire*, XII, 1, 1) : « un homme de bien habile à parler ».

9. *Ms. APa* porte « Gnotis donc d'abord eauton », transcription de la formule delphique en grec, mais qui dissocie fâcheusement le verbe *gnoti* du pronom personnel *seauton*. C'est sans doute ce qui a fait préférer la traduction française.

◆ LE PAPILLON. — *Ms.* : le manuscrit des *APa* (*ms. APa*) ne présente que de menues différences avec l'état définitif. *CRM* apporte à la fois précisions chronologiques et avant-textes ; sur un folio isolé, de mars 1936, un alexandrin : « Leur aile dans les doigts n'est qu'une pincée de cendres », et deux états que l'on trouvera dans l'Atelier, p. 59-60 (voir aussi leur notule, p. 921).

1. L'expression prépare la comparaison avec l'allumette ; ce texte de 1932, repris dans *Lyres* (p. 457-458), s'achevait en effet ainsi : « [...] parcourt tout le petit bout de bois, / Qu'à peine a-t-elle viré de bord / finalement elle laisse / aussi noir qu'un curé. »

2. *Orig.* et l'édition de 1945 portent ici un point sur lequel s'appuie Jean-Paul Sartre pour son commentaire (voir « L'Homme et les Choses », *Situations*, t. I, p. 254-255). Il est remplacé par une virgule dès 1949. Guy Lavorel se demande à juste titre si Ponge ne joue pas là, selon son habitude, sur la graphie et la phonétique du mot « papillon », en particulier les deux « l » (voir « La Fabrique du "Papillon" », *L'École des lettres*, t. II, n° 8, 1988-1989, p. 39-46).

3. L'épithète appartient au vocabulaire de la zoologie (« sans habitat fixe »), mais aussi de la géologie pour s'appliquer à un fragment de roche loin de sa formation ; on pense ici au « Galet ».

4. Le Littré donne comme usuelle la métonymie : « Nom donné à la flamme de certains becs de gaz qui s'étale en forme de papillon. »

5. Dans *CRM*, cette phrase remplace « Pétale superfétatoire », qui passera dans le dernier paragraphe.

6. L'épithète est une addition de *ms. APa*.

7. L'article de Littré indique : « Terme de marine. Nom donné à une très petite voile. »

8. Le premier emploi de cet adjectif serait dû à Colette dans *Claudine à Paris* (1901) ; de sa dérivation de « superfétation », dont le premier sens est la conception d'un second fœtus dans la matrice, Ian Higgins conclut à une allusion à la double naissance du papillon, de l'œuf et de la chenille (voir *Le Parti pris des choses*, Athlone Press, p. 91).

◆ LA MOUSSE. — *Ms.* : le manuscrit des *APa* n'est qu'une simple mise au net.

Dans ce texte, daté par Ponge, en 1960, de 1926-1928, la succession de brefs paragraphes qui singe le désordre de la mousse est aussi scandé par un lexique abstrait, moral, affectif : « stupéfaction » (1ᵉʳ §), « préoccupations » (4ᵉ §), « aspirations » (*ibid.*), qui évoque un ordre autre que simplement descriptif et confère au monde végétal et minéral un caractère humain.

1. Les porteurs de faisceaux de l'ancienne Rome sont amenés à la fois par les mots « patrouilles », « bâtonnets » et par la forme des herbes de la mousse.

◆ BORDS DE MER. — *Ms.* : le manuscrit des *APa* (*ms. APa*) est peu corrigé. — *Préorig.* : des passages des paragraphes 1 à 4 ont paru, presque simultanément, sous le titre « Plages » dans *Messages. Cahiers de la poésie française*, n° 2, 1942, p. 24-25 ; Ponge en date la composition de juin 1934. Cette édition comprend quelques variantes que nous donnerons.

Dans une lettre non envoyée à Jean Paulhan (4 juillet 1933), il affirmait devoir refaire ce texte qui sera apprécié d'Albert Camus : « Vous avez tiré un beau parti de cette image du flot et de la parole qu'il profère inlassablement sur les grèves. » Les séjours au Grau-du-Roi ont laissé dans la mémoire et la sensibilité bien des marques dont plusieurs textes de date diverse portent trace, notamment, deux inédits qui figureront dans le tome II de la présente édition : « Le Creux de mer » et « Sur les bords marins ». Mais ces dépôts biographiques sont ici imperceptibles, métamorphosés par la médiation de plusieurs intertextes ; ils importent moins que la rencontre évoquée entre deux éléments, l'eau et la terre, qui constituent les clés de voûte du recueil et la méditation corollaire qu'elle suscite sur le flot de la parole. C'est aussi en se plaçant sur la limite, position privilégiée pour le contemplateur, que l'on accède à la notion, c'est-à-dire à « la figuration de l'espace de lecture » (V. Kaufmann, *Le Livre et ses adresses*, Klincksieck, 1986, p. 125), qui se révèle en même temps « un impossible à lire » ; ainsi Ponge réussit ici à rajeunir la vieille métaphore du livre du monde. La limite est indissociable de la naissance de la forme sur laquelle « Le Galet » clôt le recueil. « Lorsqu'un germe animal ou végétal se développe, [...] il se construit lui-même selon sa nécessité interne dans la générosité, jusqu'à atteindre ses limites spécifiques, *sa forme* » (*Méthodes*, « Entretien avec Breton et Reverdy », p. 688).

1. L'expression stéréotypée est inévitablement travaillée par les emplois antérieurs du mot en un sens littéraire qui s'épanouira dans le texte suivant, « De l'eau », et dans « Le Galet » ; ainsi se préparent au seuil du texte « le tragique besoin d'informations » (2ᵉ §) et l'assimilation de la mer au livre.
2. Une main non identifiée a entouré, sur *ms. APa*, la quadruple répétition du mot *choses* dans ce paragraphe.
3. Cette formule revient dans « Le Galet » (p. 53).
4. Au singulier dans *préorig.* ; dont le texte commence avec ce paragraphe.
5. Dans *préorig.*, « cerne ».
6. Cette dernière phrase forme un paragraphe autonome dans *préorig.*
7. L'épithète a été ajouté dans *ms. APa* après la biffure de « *[mot illisible]* sans aucune raison positivement au jour ». Dans *préorig.*, le paragraphe se lit différemment : « Repoussée par les profondeurs quoique jusqu'à un certain point familiarisée avec elles, mais dépaysée à l'air libre parce que sans aucune raison positive mise au jour, cette portion de l'étendue y demeure chauve et stérile ne supporte ordinairement que les corps des individus dont la nature veut qu'ils se précipitent aux bords ou à l'interdiction de grandes choses pour les définir ».
8. Une expression voisine revient dans « Le Galet » sans le caractère oxymorique de la formule qu'il est tentant d'appliquer aux brouillons et états, à ces reliefs de l'atelier auxquels Ponge conférera le statut de textes.
9. Au double sens d'« offert » et de « mis en accord harmonique ». Ces amphibologies sont nombreuses et tissent les homologies constitutives du texte ; ainsi, plus loin, « expire » est à la fois le souffle et la mort.
10. Souvenir de Genèse, 1 : « L'esprit de Dieu se mouvait au-dessus des eaux » et d'Exode, xv, 10 : « Tu as soufflé de ton haleine, la mer les a couverts. »
11. Le début du paragraphe est différent dans *préorig.* : « Un concert élémentaire, par là même délicieux et sujet à réflexion, est accordé depuis l'éternité pour personne. / Depuis sa formation par l'opération sur une platitude sans bornes de l'esprit d'insistance, dont je parlais plus haut, le flot venu de loin, sans hâte et sans reproche, enfin trouve à qui parler ». Les allitérations en *é* et en *p* ont évidemment valeur imitative, soulignée par l'ironie de l'allusion à Bayard, le chevalier sans peur et sans reproche.
12. Dans *préorig.*, cette phrase présente deux variantes : « s'évanouiront », au lieu d'« expireront » ; « accentuée » au lieu de « clamée ». Le texte se poursuit ainsi : « Sur votre Forum, ô galets, ce n'est pas pour une grossière harangue le paysan du Danube qui vient se faire entendre ».
13. L'assimilation de la plage à la parole se précise par l'emploi de ce

terme spécialisé de la phonétique, en même temps que la lecture rhétorique des bords de mer se donne comme une variante de la lecture érotique et lucrétienne qu'en avait donnée Victor Hugo (*Les Contemplations*, « Éclaircie », dans *Œuvres poétiques*, Bibl. de la Pléiade, t. II, p. 758-759).

14. Dans « Le Paysan du Danube » (*Fables*, XI, 7, dans *Œuvres complètes*, Bibl. de la Pléiade, t. I, p. 438-440), La Fontaine s'inspire d'une anecdote souvent reprise et attribuée à Marc-Aurèle pour mettre en scène un Germain d'apparence grossière qui fait aux Romains un discours plein d'éloquence qui n'a rien d'une « harangue grossière ».

15. La notion rhétorique de lieu commun fait que l'adverbe « copieusement » renvoie, en même temps qu'au flot ininterrompu de la mer, à la *copia verborum*, l'abondance oratoire dont se nourrit justement la topique.

16. La citation de Racine (*Athalie*, acte I, sc. 1) : « Celui qui mit un frein à la fureur des flots / Sait aussi des méchants arrêter les complots » souligne par effet contrastif l'autonomie de la mer, et sans doute le refus de toute transcendance. Le début de la phrase sera plus tard appliqué au soleil, « toujours identique à lui-même, et ne sortant de ses bornes qu'un peu » (*Pièces*, « Le Soleil toupie à fouetter », II, p. 786), comme si le spectacle de la mer n'avait qu'inspiré le constat d'une loi du monde, valable aussi pour l'homme (voir « Paroles à propos des nus de Fautrier », *Lyres*, coll. « Blanche », Gallimard, p. 115-116, texte repris dans *L'Atelier contemporain*, coll. « Blanche », Gallimard, p. 131-136).

17. Pour ce paragraphe, dans *ms. APa*, « Ainsi en est-il de l'amoncellement » a été corrigé par ajout interlinéaire en « Ainsi en est-il [...] cet amoncellement », et l'on peut lire « aussi uniment que possible répandus » au lieu de « uniment répandus ».

◆ DE L'EAU. — *Ms.* : le dactylogramme des *APa* ne présente aucune correction.
Bernard Veck (*Francis Ponge ou le Refus de l'absolu littéraire*, Mardaga, Liège, 1993, p. 65 et suiv.) voit là un dialogue implicite avec les « Louanges de l'eau » de Paul Valéry, imprimé le 2 mai 1935 dans une brochure éditée par la source Périer. À l'éloge de la vie et de l'élan, Ponge répond par l'accent mis sur la pesanteur et l'évanescence de l'eau ; mais c'est aussi avec « Bords de mer » et avec « Le Galet » que s'établissent des analogies ou que se repèrent des échos, sans parler des expressions de la langue courante sur lesquelles Paul Valéry conclut, « transparence d'un discours », « torrent de paroles ». Notons que ce texte est le seul du recueil dont le titre présente une configuration latine propre à un traité de philosophie morale ou de science.

1. Au sens physique que le verbe doit à l'étymologie, « toucher le sol » (« son désir d'adhérer au sol », 5ᵉ §), et au sens moral. « S'abîmer » (5ᵉ §) présente une semblable amphibologie, se détériorer et descendre dans l'abîme, comme « tenue » (6ᵉ §), qui évoque à la fois la consistance matérielle et morale, et « inquiétude » (dernier paragraphe), à la fois mobilité incessante et souci.

2. Forgé par Ponge, « cyclisme » dit mieux que « cycle » un état, un phénomène récurrent et exprime une des grandes thématiques du recueil, présente dans les saisons et dans le mythe de l'arbre. La formule réapparaît dans « Le soleil toupie à fouetter, II » (*Pièces*, p. 787).

◆ LE MORCEAU DE VIANDE. — *Ms.* : le manuscrit des *APa* rassemble le texte au centre de la page, à l'intérieur d'une sorte de rectangle.

◆ LE GYMNASTE. — *Ms.* : le manuscrit des *APa* n'est qu'une mise au net.

« Le Gymnaste » ouvre dans le recueil un pôle de quatre textes qui quittent les choses pour des êtres humains ou les réalités sociales, dans lesquelles ils sont pris. Une relation ainsi s'établit entre le sujet, la parole et le monde. C'est aussi un premier, et ici unique, exemple de ce que l'on a appelé le cratylisme de Ponge, c'est-à-dire le rapport de nécessité qui existerait entre les lettres, les sons du mot et ce qu'il désigne (voir *Méthodes*, « Proclamation et petit four », p. 641-643), niant le caractère conventionnel, l'arbitraire du signe. Le *g* et le *y* deviennent générateurs et la désinence suscite les rimes intérieures. Les rythmes d'alexandrins dominent jusqu'au dernier alinéa où l'équilibre du gymnaste tend à se rompre. Mais cette scène de cirque ou de music-hall, ce portrait de l'artiste en saltimbanque dont « La Danseuse » (*Pièces*, p. 723) offre une autre version, ridiculise aussi l'artiste dans « un effort pour supprimer le privilège de la tête » (J.-P. Sartre, « L'Homme et les Choses », *Situations*, t. I, p. 234), le réduit à une sorte d'animalité. Ne serait-ce pas une mise en garde contre tout idéalisme et toute tentation de virtuosité, une invite à la réserve, au regard critique dont le poète lui-même ne sort peut-être pas indemne tant sont ici réunis et affichés les procédés qu'il utilise ?

1. En décembre 1934, Jean Paulhan fait part de ses hésitations à Ponge, qui avait d'abord écrit « d'une des formes de la bêtise » (J. Paulhan, F. Ponge, *Correspondance [...]*, t. I, lettre 179, p. 180).

◆ LA JEUNE MÈRE. — *Ms.* : en plus du manuscrit des *APa* (*ms. APa*), il existe trois états manuscrits dans les *AF*. Tout d'abord, nous avons une esquisse très griffonnée du deuxième paragraphe (*ms. 1 AF*) ; puis, une mise au net datée du 22 février 1935 numérotée 2 (*ms. 2 AF*) ; enfin, deux folios raturés (*ms. 3 AF*) datés du 16 mars 1935, dont les premiers paragraphes sont numérotés 3, 4 et 5. Le fac-similé publié par Philippe Sollers (*F-S*) dans *Francis Ponge* porte en date du 16 mars : « C'est le soir du jour où je devais rencontrer Jouhandeau chez Mania [Mavro]. »

La naissance d'Armande Ponge, le 16 janvier 1935, dont la lettre à Jean Paulhan du 24 janvier fait le récit, suscite cet hommage à Odette ; variation possible, comme le note Gérard Farasse (« Ponge une fois pour toutes », *Empreintes*, Presses universitaires du Septentrion, 1998, p. 183), sur l'iconographie de la Vierge à l'enfant, ou « polypier plutôt que femme » (J.-P. Sartre, « L'Homme et les Choses », *Situations*, t. I, p. 235) ? Le texte gomme, en le généralisant, tout le contexte autobiographique, dans un geste fait de pudeur et de distanciation : « Ce qui me tient de cette façon au cœur, je ne peux guère en parler » (*Méthodes*, « Tentative orale », p. 659).

1. Dans *ms. APa*, variante lisible sous la biffure : « Pourtant ils montrent un regard avide de ».
2. *Ms. APa* présente ici un alinéa, et *ms. 2 AF* une autre rédaction : « Les yeux, non fixement, mais attentivement, [...] s'ils se relèvent semblent d'abord brièvement égarés. Lorsqu'elle est très aidée la jeune pourtant a dans le regard une expression de confiance, Mais sans doute elle la sollicite continuement et chacun de ses regards vous rappelle qu'elle y compte ».
3. Dans *ms. APa*, « sur pieds, tout ce » est une addition interlinéaire sur une biffure illisible.
4. Première rédaction dans *ms. APa* : « tâte, froisse ».

◆ R. C. SEINE N°. — *Ms.* : le manuscrit des *APa* (*ms. APa*) est une mise au net ; *AF* conserve une page dactylographiée du texte jusqu'au septième paragraphe, avec des corrections manuscrites (*dactyl. AF*). Les archives

Tardieu possèdent un dactylogramme (*dactyl.* FD), daté du 17 août 1934, qui porte la dédicace « Pour Jean Tardieu qui sait ce que c'est » et semble correspondre à une première rédaction. L'en-tête des Messageries Hachette a été collé en haut de la feuille.

Daté par Ponge de 1939, ce texte, qui est inspiré par le papier à en-tête des Messageries Hachette, où Ponge a travaillé de mars 1931 à décembre 1937 (R. C. signifiant « raison commerciale »), forme diptyque avec le suivant. Dès 1934, il semble avoir été prêt à la publication puisque Jean Paulhan (J. Paulhan, F. Ponge, *Correspondance [...]*, t. I, lettres 178 et 179, p. 179-180) envisageait de l'accueillir dans la *N.R.F.* ou dans *Mesures*. La satire sociale était déjà une veine d'inspiration présente dans les *Douze petits écrits* de 1926, avec plus de distance (voir I. Higgins, « Language, Politics and Things : Weakness of Ponge's Satire », *Neophilologus*, 1979). Comme l'expliquent les *Entretiens avec Philippe Sollers* (p. 68 et 76-78), elle n'a pas disparu, mais s'est seulement déplacée, devenue plus secrète et masquée, réfugiée dans la pratique même du texte conçu comme « bombe ». Ici le retour ironique sur l'expérience personnelle est davantage marqué ; dans une lettre inédite à son ami Gabriel Audisio, Ponge qualifiait les Messageries Hachette de « bagne de premier ordre ». Il y a dans les archives familiales d'autres textes inédits sur le lieu et la période, dont certains datés de janvier 1939 : « Pamphile est présenté aux Messageries Hachette » ; « Qu'est-ce que je retiens de Hachette ? » ; la liste des employés avec des jeux de mots sur leur nom ; « Chronique de la vie intime » (l'essentiel de ces textes figurera dans le tome II de la présente édition). En trouvant place parmi les choses, employés de bureau et clients du restaurant dénoncent l'aliénation provoquée par un système économique qui transforme les personnes en marchandises. Jean-Paul Sartre, très critique — « seuls mauvais, mais très mauvais écrits », dit-il de « R. C. Seine n° » et du « Restaurant Lemeunier » —, ne semble pas avoir perçu cette dimension, tandis qu'Albert Camus y voit « des réussites, peut-être relatives, mais sûrement éclatantes » (lettre inédite, 27 janvier 1943) et que Georges Mounin parle de « cette merveille, une metropolis de Le Corbusier regardée par Lautréamont » (« L'Anti-Pascal ou la Poésie et les vacances. Francis Ponge », *Critique*, n° 37, 1949, p. 496). Il faut rapprocher ces pages du combat politique dans lequel prend place le discours prononcé au Moulin de la Galette le 18 avril 1937 dont Claire Boaretto n'a donné que des extraits (voir J. Paulhan, F. Ponge, *Correspondance [...]*, t. I, lettre 212, p. 211-212).

1. Début du paragraphe dans *dactyl.* FD : « Dans le jour réticent qui règne [...] délabré, flotte en suspension de la râpure de bois beige. Autour d'un axe crasseux, dans un bruit de souliers ». Dans *dactyl.* AF, la deuxième phrase commence ainsi : « Autour d'un axe crasseux, dans un bruit de souliers ».

2. Pour ce paragraphe, *dactyl.* FD porte : « pesanteur. Mais la main [...] le moulin » ; *ms. APa* : « pesanteur : au fond des cieux une main [...] le moulin ».

3. En [décembre] 1934, Jean Paulhan fait part de ses hésitations à Ponge sur ce « à moitié ». Dans *dactyl.* FD, la proposition qui suit (« plutôt que... ») prend place après « dangereuse », et un nouvel alinéa commence avec « Chacun... ».

4. Nom, anglais ou franco-anglais (tue-mouche), d'un insecticide qui se vendait en vaporisateur.

5. Pour ce paragraphe, *dactyl.* FD porte : « bourses plates, en route à toute vitesse [...] à angles droits ». *Dactyl.* AF porte : « dangereuse : plutôt donc qu'un engrenage, agit ici un sphincter ».

6. Dans *dactyl. AF*, « humidement baisées par la poste ».

7. Les coins dorés sont de petites pièces métalliques que l'on replie après les avoir placées sur le coin gauche des feuilles où elles forment un triangle ; l'attache parisienne est aussi une petite pièce métallique, en forme de tête de clou et au corps formé de deux lamelles longues, plates et rabattables, avec laquelle on attache des feuilles perforées.

8. « La foule s'élance ». C'est l'exemple classique des grammaires latines pour l'accord du verbe, au singulier ou au pluriel, avec les termes collectifs.

◆ LE RESTAURANT LEMEUNIER RUE DE LA CHAUSSÉE-D'ANTIN. — *Ms.* : le manuscrit des *APa* (*ms. APa*) est composé de trois pages, avec ratures, extraites d'un carnet quadrillé.

Il ne semble pas que cette scène de genre à la violence contenue ait été du goût de Jean Paulhan : « Quant au restaurant, tu ne veux donc rien m'en dire. Je ne pensais pas que ce fût tellement au dessous du reste. Mais on se trompe » (*Correspondance [...]*, t. I, lettre 182, p. 184). L'ordre social est ici dénoncé, comme il l'est dans « R.C. Seine nº ». Pour un commentaire détaillé à la fois sur le texte et sa place dans le recueil, voir B. Veck, *Le Parti pris des choses*, « Parcours de lecture », p. 58-61.

1. Le restaurant Le Meunier était situé au 46.

2. Emprunté à l'anglais en 1875, ce terme désigne un résineux employé en menuiserie.

3. Ponge peut penser aux *Noces de Cana* (musée du Louvre) que Véronèse avait peint pour le réfectoire du monastère San Giorgio Maggiore à Venise. Quant au *Bar aux Folies-Bergère* (1881, Courtauld Institute of Art, Londres), la barmaid y occupe le premier plan avec les comptoirs où sont posées bouteilles, fleurs, coupe de fruits, mais le miroir placé en arrière-plan reflète tout l'espace de la salle ; la description du second paragraphe pourrait en être en partie inspirée. On y retrouve aussi le même contraste entre les employés et les clients. Voir Ch. Nunley, « Ponge and Manet. Reading the Urban through the Painter's Lens in *Parti pris des choses* », *Symposium*, Washington, Syracuse University Press, nº 50, 1996-1997, p. 211-223.

4. Dans *ms. APa*, « épater » est corrigé en « étonner ».

5. L'expression « valves de faïence », que *ms. APa* confirme sans ambiguïté, n'est pas transparente. Renvoie-t-elle à un appareil ou plutôt, selon une suggestion de Ian Higgins, désigne-t-elle les assiettes assimilées à la valve du coquillage, si présent dans *Le Parti pris des choses* et dont s'inspire la structure du recueil ? Le client vient en outre d'être comparé à un bernard-l'ermite, les couverts représenteraient alors l'équivalent des pinces.

6. Billets de cent francs, dans la série dite « À la Minerve ».

7. Ce paragraphe est le plus travaillé, sans que les premières rédactions soient lisibles dans *ms. APa* sous la rature.

◆ NOTES POUR UN COQUILLAGE. — *Ms.* : le dactylogramme des *APa* (*dactyl. APa*) est une simple mise au net.

Une lettre inédite (14 janvier 1931) de Bernard Groethuysen exprime à Ponge son admiration pour ce texte de 1927-1928 : « Ce que j'aime surtout dans vos notes, c'est la manière d'interroger le coquillage. Les réponses ne viennent que peu à peu. Le coquillage explique son existence et ne livre son secret qu'à celui qui sait l'interroger longuement. / Ce que vous dites sur l'homme et le coquillage est de toute beauté. Je me demande s'il n'y aurait pas lieu de faire dans vos œuvres plus souvent de ces scholies qui permettraient à votre pensée de prendre toute son ampleur. [...]. / Je viens de relire Paracelse. Il dit des choses très belles sur l'homme qui porte en lui-même son firmament, ses étoiles et sa terre. Ne dites-vous pas vous-même que le coquillage est un microcosme ? » Le langage se présente comme la demeure naturelle de l'homme et le signe de sa finitude. « Le Nouveau Coquillage » qui figure, peut-être par accident, dans le dossier de « La Table » (*Études françaises*, 17, 1.2, avril 1981, p. 15) sous la date du 17 décembre 1967, s'associera au « silence de l'écriture », citant en épigraphe une phrase des « Notes d'un poème *(sur Mallarmé)* » de 1926 (voir F. Schuerewegen, « Le Nouveau Coquillage », *Poétique*, n° 108, novembre 1996, p. 431-438).

1. La création lexicale vient surprendre et fixer l'attention après une attaque qui amenuisait son objet.

2. « Terme d'histoire naturelle qui désigne une coquille univalve ou volute, plus précisément la volute pertuse » (Littré).

3. Cette église de style gothique flamboyant est située à Rouen, où Ponge séjourna en 1940.

4. Cette ville qu'il considère comme la plus romaine de France est revendiquée par Ponge comme sienne, de préférence à Montpellier où il est né. Plusieurs états du dossier « La Figue (sèche) » sont suivis d'une signature : FRANCISCUS PONTIUS / NEMAUSENSIS POETA, qui ne sera pas conservée (voir *Comment une figue de paroles et pourquoi*, Flammarion, 1977, p. 75, 107, 137, 142 et 159 ; voir aussi « Le Jardin de la fontaine de Nîmes », *Lettres françaises*, n° 15, 1991, p. 4).

5. Ce n'est pas la seule fois que les majuscules soulignent l'équivalent d'une signature.

6. Il est difficile de ne pas penser à Pascal et à son fragment des deux infinis (*Pensées*, « Disproportion de l'homme »), surtout avec l'emploi tout proche du terme « imagination » ; Ponge ne le parodie-t-il pas en faisant à sa manière découvrir un monde dans un ciron ?

7. Une longue lettre à Albert Camus (12 septembre 1943, I.M.E.C.), consacrée au rapport avec la religion, cite cette parenthèse pour revendiquer la maîtrise par l'homme de son « destin social [...] sans illusion métaphysique ».

8. Dans *dactyl. APa*, le membre de phrase biffé ici : « que Pharaon témoignât de sa supériorité sur les autres hommes par le caractère de son œuvre propre, ou ce qui aurait été plus méritoire encore » est reporté à la main en fin de paragraphe.

9. Ce sont là des noms qui reviennent souvent tout au long de l'œuvre ; sur Mallarmé, voir *Proêmes*, « Notes d'un poème *(sur Mallarmé)* », p. 181-183, et, sur Rameau, *Méthodes*, « La Société du génie », p. 635-641. Quant à Horace, Ponge lit et relit son art poétique (voir J. Paulhan, F. Ponge, *Correspondance* [...], t. I, lettre 43, p. 46), avant de consacrer à Malherbe le monument que l'on sait.

10. Voir la fin d'« Escargots », p. 27.

◆ LES TROIS BOUTIQUES. — *Ms.* : le manuscrit des *APa* n'est qu'une mise au net.

Ce texte daté par Ponge de 1933-1934 aurait pu, ou dû, être regroupé avec « Le Morceau de viande » ou avec « R. C. Seine n° » et « Le Restaurant Lemeunier » ; il relève en effet de la même veine issue de l'observation personnelle de la vie parisienne.

1. La place Maubert est proche de la Mutualité, où se tenaient des réunions syndicales.

2. Il s'agit de la maison Bernot qui avait des succursales dans tout

Paris (voir J. Paulhan, F. Ponge, *Correspondance [...]*, t. I, lettre 172, p. 175-176). Bernard Veck (*Francis Ponge ou le Refus de l'absolu littéraire*, p. 81) observe que ces trois catégories de boutiques jouent sur les mêmes sonorités que le titre et que pour finir, échappant au modèle hugolien des « choses vues », elles illustrent les trois règnes de la nature.

3. Voir *Méthodes*, « Des cristaux naturels », p. 632.

4. Il est vraisemblable que Ponge joue sur l'étymologie : le mot grec κύων, κυνός signifie « chien ».

5. L'épithète s'applique d'abord à la chair d'un animal fraîchement tué.

6. Cette remarque tient sans doute au fait que le texte devait paraître dans la *N.R.F.*

7. Selon Ian Higgins, l'emploi d'un terme mathématique donnerait un caractère moins abstrait au temps et à la mort (voir *Le Parti pris des choses*, Athlone Press, p. 99).

8. Il y a là un thème que toute l'œuvre orchestre, en particulier les *Proêmes* : l'imperfection est une loi inéluctable de l'humain. Ponge parle même de la « divine imperfection » (*Nouveau nouveau recueil*, « Errare divinum est », t. II, p. 96-98).

◆ FAUNE ET FLORE. — *Ms.* : le dactylogramme des *APa* (*dactyl. APa*) a cette fois toutes les apparences d'un état de travail ou d'une rédaction en cours ; non seulement il comporte quelques éléments inédits, mais les biffures, les reprises, les soulignages révèlent une forme encore en gestation, comme les débuts de séquences qui ressemblent à des titres et que suivent des notes plus que des formulations achevées. Ponge a d'ailleurs confié à Ian Higgins qu'il avait rassemblé là divers matériaux réunis pendant le travail d'autres textes et qu'il s'étonnait même de l'avoir joint au *Parti pris* (voir *Le Parti pris des choses*, Athlone Press, p. 101).

En réunissant pour les différencier faune et flore, le titre semble reprendre deux thématiques jusque-là dissociées et acheminer le recueil vers une forme de conclusion. En réalité, le texte accorde la prééminence au végétal une nouvelle fois assimilé à des problèmes d'expression et enrichit le mythe de l'arbre comme figure du travail littéraire.

1. Dans *dactyl. APa*, corrige « alors ».

2. « [...] l'homme [...], une sorte de vagabond, qui, le temps de sa vie, cherche le lieu de son repos enfin : de sa mort » (*L'Atelier contemporain*, « De la nature morte et de Chardin », p. 228-236).

3. Dans *dactyl. APa*, « pourraient » et « cette hantise » sont soulignés, ainsi que « par malheur » du paragraphe suivant.

4. Cette phrase reprend le début du « Cycle des saisons » (voir p. 23).

5. Deux séquences, qui précédaient ce paragraphe, ont été biffées dans *dactyl. APa* : « Rien de la gigogne. / * / Admirons de plus près leurs analyses vascularisées, capillarisées, / Les copeaux argentés du varech sur le sol sablonneux du jardin de la Villa Clément au Grau du Roi. / * / »

6. Voir *Méthodes*, « Des cristaux naturels », p. 632-633.

7. Voir *Proêmes*, « Les Façons du regard », p. 173.

8. Dans *dactyl. APa*, tout le paragraphe, à l'exception du dernier terme, était en capitales. En outre, il était suivi d'un plan que nous donnons « Dans l'atelier du *Parti pris des choses* », p. 65-66.

◆ LA CREVETTE. — *Ms.* : un manuscrit des *APa* (*ms. APa*) ne présente que quelques surcharges ; un second est intitulé « Crevette (autre) », qui se rapporte plutôt au texte de *Pièces*. Le dossier des *AF* comprend : divers documents publicitaires et épistolaires ; des pages d'épreuves ; sans ratures, le « Double du manuscrit remis à M. Évrard de Rouvre le 1er juin

1946 pour édition de luxe illustrée par Vulliamy à paraître dans les collections VRILLE [éd. Pro-Francia] avant janvier 1948 »; un lot de brouillons, de plans, d'états (dont un date d'octobre 1933) et de dactylogrammes (voir *Pièces*, « La Crevette dans tous ses états », p. 699-712).

Ce texte est daté par Ponge de 1928. On sait par la lettre de Jean Paulhan du 24 janvier 1933 (*Correspondance [...]*, t. I, lettre 148, p. 155) qu'il était en chantier pour le printemps. Mais, au printemps 1935, Ponge déclare qu'il lui faut « recommencer la crevette » (*ibid.*, lettre 185, p. 187) ; en mai (*ibid.*, lettre 186, p. 188), piqué du silence de Jean Paulhan à son sujet, il lui envoie « une autre façon de "La Crevette" (mais on pourrait changer le titre si l'on voulait) ». Sous le même titre a paru dans *Messages. Cahiers de la poésie française* (t. II, 1942, p. 25) un bref texte qui n'est pas extrait de celui-ci, mais appartient à l'ensemble qui sera publié en 1948, avec des burins de Gérard Vulliamy, et repris dans *Pièces* (voir « La Crevette dans tous ses états », p. 710-712). Notre texte en fait également partie : préparé par diverses formulations apparaissant dans les premières séquences, il constitue, à quelques menues variantes près, l'ultime séquence sous le titre « La Crevette seconde ».

1. Dans l'édition de 1948, « le gibier le plus farouche peut-être pour la contemplation d'un petit animal ». Dans *AF*, deux états manuscrits hésitent entre les deux rédactions, et le dactylogramme est conforme à l'édition de 1948.

2. Le dactylogramme des *AF* donne « circonvolutions » ; c'est dans une note manuscrite que Ponge a ajouté : « Var. : circonlocutions », et une note 2 après « parole » donne : « Var. : d'attendre enfin dans la parole ».

3. Le manuscrit des *AF* porte « rejouir » sans tiret ; mais le tirage de 1945 corrige en « réjouir », malencontreuse initiative qu'annule celui de 1949. Le texte de 1948 revient à « rejouir ».

4. L'expression figure telle quelle dans *ms. APa*.

5. Cette virgule insolite, absente de *ms. APa*, disparaît de l'édition de 1945 pour être rétablie en 1949.

6. Ce membre de phrase entre virgules est une addition manuscrite sur le dactylogramme.

7. L'épithète est une addition manuscrite sur le dactylogramme.

8. Texte de 1948 : « semblant exciter ».

◆ VÉGÉTATION. — *Ms.* : le manuscrit appartenant à une collection particulière (*ms. FD*) est constitué d'une feuille de cahier quadrillé écrite à l'encre verte ; quelques annotations éditoriales, sur le corps et la place dans la préoriginale, font penser qu'il s'agit de celui remis à Gallimard. *Ms. FD* n'est que l'épreuve corrigée de *préorig.*, sans d'ailleurs que toutes les corrections aient été retenues ; ces archives possèdent aussi un dactylogramme qui porte le même titre, avec pour sous-titre entre parenthèses « orage de printemps », mais il s'agit d'un texte différent. Enfin, un manuscrit inédit, « Les Larrons de verdure », porte dans une bulle, en haut à gauche, « Suite à Végétation » ; on le trouvera dans l'*Atelier*, p. 66-67. — *Préorig.* : N.R.F., n° 231, décembre 1932, p. 846-847.

En faisant initialement référence à « Pluie », « Végétation » ferme un parcours et achemine vers la clôture du recueil. Dans une lettre sans date, mais qui serait d'octobre 1946, René Magritte, dans un texte inédit, écrit : « J'ai été très impressionné par la lecture de ce texte perdu au milieu des pièces littéraires de la revue ». Le 28 novembre 1931, Ponge envoie à Bernard Groethuysen le premier paragraphe. Il semble que le titre soit une suggestion de Jean Paulhan (voir *Correspondance [...]*, t. I, lettre 141 du 18 novembre 1932, p. 149) ; la lettre de remerciements de

Ponge (7 décembre 1932) pour la publication et les corrections est spécialement chaleureuse (*ibid.*, lettre 142, p. 149-150). Faut-il avec C. Nunley (« *Mi-figue, mi-raisin* : The Politics of Ambiguity in *Le Parti pris des choses* », *Dalhousie French Studies*, n° 30, Spring, 1995, p. 107-118) estimer que le contexte confère à « Végétation » une saveur politique ? En effet, dans le numéro de la *N.R.F.*, Henri Lefebvre, Paul Nizan, Robert Aron et Thierry Maulnier interviennent dans un « Cahier de revendications » réuni par Denis de Rougemont qui précède immédiatement le texte de Ponge.

1. La rédaction de *ms. FD* : « L'on se trouve alors, à y regarder de plus près, à l'une des milles portes d'un laboratoire immense », est conservée dans *préorig.*, qui antépose seulement l'épithète « immense ».

2. Ponge écrit à Jean Paulhan, le 7 décembre 1932 : « *Ramollie* qui s'est substitué finalement à *ramoitie*, c'est pour le mieux aussi : il y avait dans *ramoitie* un éclat précieux qui voilait le contexte (comme une photographie voilée). Merci pour cela encore, même si ce n'est qu'une coquille de typographe » (*Correspondance [...]*, t. I, lettre 142, p. 149). Le retour au premier terme s'explique par la réaction de Jean Paulhan : « Je suis furieux de *ramollie* [...]. C'est quelque correcteur qui a fait du zèle, *Ramoitie* me paraissait (et me paraît encore) très beau et à cette place très nécessaire » (*ibid.*).

3. Dans *préorig.*, le paragraphe s'achève sur un point d'exclamation.

4. Le double sens, comportemental et rhétorique, opposé au naturel, fait rétrospectivement entendre dans le mot « ampoule » ce même défaut de style.

5. L'expression est reprise dans un poème de *La Rage de l'expression* (voir n. 15, p. 353).

6. Le verbe latin *vegetare* signifie « vivifier » et Littré, au mot « Végétation », donne les sens de « mouvement », « énergie ».

7. *Ms. FD* porte : « d'apparaître » ; la parenthèse est ajoutée sur l'épreuve, sans être présente dans *préorig.*

8. La parenthèse est absente de *préorig.*

9. *Ms. FD* porte : « tissu qui appartient », corrigé sur épreuve de *préorig.*

◆ LE GALET. — *Ms.* : le manuscrit des *APa* (*ms. APa*) ne présente que des corrections de nature typographique. Le manuscrit autographe, intitulé « Le Galet ou la Notion de la pierre » (*ms. FD*), appartenant à une collection particulière, est un état proche du définitif ; il compte 18 folios, intitulés « Le Galet ou la Notion de la pierre », et porte en épigraphe une phrase qui sera presque telle quelle incorporée au texte : « "Encore quelques jours sans signification dans aucun ordre pratique du monde, profitons de nos vertus", dit le galet » (voir p. 54). — *Le Galet* a fait l'objet d'une édition tirée à 150 exemplaires (La Havane, s.l.n.d., 59 pages [B.N. Rés p. 2122, exemplaire n° 19]), « pour le compte de la Société des Amis de Francis Ponge », dont le siège est à Paris, 8 rue Lhomond. La mise en page, très aérée, multiplie les effets typographiques, jouant sur l'usage du corps, du gras, des majuscules et sur la mise en page.

En juillet 1928, à quelques jours d'intervalle, Ponge écrit à la fois que « "Le Galet" s'annonce bien et de toutes ses forces », et qu'il a dû « de nouveau, [le] laisser reposer » (J. Paulhan, F. Ponge, *Correspondance [...]*, t. I, lettre 101, p. 99). Non seulement ce texte couronne *Le Parti pris des choses* dont il réunit en bouquet la thématique, constituant à lui tout seul une cosmogonie abrégée, non seulement s'y annoncent les textes ultérieurs consacrés par exemple à la fleur, mais il est emblématique de la démarche poétique. Il conserve d'abord certains traits du dossier, comme si Ponge n'était pas parvenu à dominer totalement la prolifération des suggestions de l'objet, ce qui n'a pas interdit une mise en ordre : cosmogonie de la pierre, la terre, le galet, le galet et l'eau jusqu'à la brève leçon finale. Le galet se présente sous une forme intermédiaire entre deux états, comme la plage signe la rencontre de deux éléments dans « Bords de mer ». Une vaste méditation sur le temps, qui s'orchestrera dans « Le Soleil placé en abîme » (*Pièces*, p. 776-794), épouse tour à tour la naissance, les transformations et la disparition de la forme, et se fait aussi réflexion sur le travail de l'écriture, sur la quête formelle qui scelle la vocation poétique. En questionnant la durabilité de la pierre, Ponge interroge celle de la parole et de l'écriture menacées d'évanescence et implicitement travaillées par la mort. Le galet est donc la figure génétique par excellence qui concilie fidélité à soi et changement, moment transitoire dans le devenir d'une matière comme l'œuvre singulière n'est qu'un avatar de la littérature. Ponge s'en est expliqué dans une lettre à Bernard Groethuysen, qui lui avait demandé : « Dans quelle mesure la phénoménologie poétique comporte-t-elle des comparaisons, des métaphores ? » (Ph. Sollers, *Francis Ponge*, p. 35-36) ; il ne s'est pas proposé de faire du « Galet » une « métaphore continuée » ; c'est parce que la phénoménologie, idées venues par la perception sensible, n'est pas une science exacte et que les choses et les idées constituent « deux mondes impossibles à rejoindre » qu'il a eu recours aux figures : « C'est pourquoi, ayant été amené par l'abondance et la force (la *nécessité*) des idées qui me sont venues à propos du Galet à tenter de les exprimer — et cependant comprenant que ces idées pour si *nécessaires* qu'elles soient (et cela sans aucun doute) n'étaient toutefois rien moins que *vraies* (ni par conséquent *suffisantes*) — mon style s'est trouvé tout naturellement amené à rendre compte, par quelque ruse, de cette disposition d'esprit. » Effectivement, « Le Galet », loin de se ramener à la figure allégorique qu'il déborde de toutes parts, relève plutôt d'une veine mythique ou épique dont il n'est pas le seul exemple. Figure de la naissance du langage, de l'émergence de la forme dans le chaos premier, des rapports du fragment et du tout et par là du recueil poétique lui-même auquel il sert de conclusion, il demeurera dans l'œuvre une référence souvent invoquée dans *Le Savon* (coll. « Blanche », Gallimard, 1967), qui en est à la fois le complément et l'antithèse, dans « My creative method » (*Méthodes*, p. 515-537) ou dans « Le Verre d'eau » (*ibid.*, p. 602 et 606). Ultérieurement composée, « L'Introduction au "Galet" » (*Proêmes*, p. 201-205) se donne d'emblée comme une réflexion sur le projet poétique, sortir du manège par la prise de parole à propos des « choses les plus élémentaires » et écrire un nouveau *De natura rerum*, « une seule cosmogonie ». Le bonheur du contemplateur réside dans « l'envahissement de sa personnalité par les choses ». « Le Galet » aurait inspiré les réflexions de Jean Dubuffet au moment où il s'intéresse à l'art brut (« Les Silex de M. Juva », *Cahiers de la Pléiade*, n° 5, été 1948) ; voir J. Paulhan, F. Ponge, *Correspondance [...]*, t. II, lettre 419, p. 73. Et Jean Tardieu écrit en 1984 : « J'ai admiré d'emblée un de tes premiers grands textes, encore manuscrits, "Le Galet", révélation d'un genre d'écriture sans précédent et sans égal » (*Cahiers de l'Herne*, 1986, p. 30). — En 1944, un projet de publication avec illustrations d'Ubac, au Seuil, dont l'initiative revenait à Jean Tardieu (lettre inédite de Ponge à Camus du 27 janvier 1944, archives Camus de l'I.M.E.C.) n'aboutit pas ; en mars 1952, Gaston Gallimard refuse également une édition avec des illustrations de Ferdinand Springer qui, en octobre 1955, fait une demande de droits pour la galerie Der Spiegel de Cologne. Le texte fut composé par Féquet et Baudier ; mais seules les estampes, tirées à Paris chez Lacourière, furent finalement imprimées. On en trouvera quelques-unes reproduites avec quatre pages du texte bilingue dans *Cahiers de l'Herne*, p. 288-297.

1. Déjà employé dans « Escargots », « notion » assigne leur but aux définitions-descriptions : parvenir à l'essence d'une chose, à l'équivalent d'un concept, mais déployé dans l'inventaire des facettes de la chose et du mot ou résumé dans une formule ou un proverbe.

2. Il y a là un clin d'œil à Rimbaud, dont les *Illuminations* s'ouvrent sur « Après le déluge », que Ponge citera en épigraphe dans « Des cristaux naturels » (*Méthodes*, p. 632).

3. Échos du second paragraphe du « Pain » (voir p. 22) ; l'image se poursuit plus loin.

4. On peut lire dans *ms. FD* une rédaction corrigée : « sombres ».

5. Dans *ms. APa*, « des planètes déjà ternes et froides ».

6. Étymologiquement, « humble » appliqué à la terre est quasiment tautologique ; mais il forme aussi oxymore avec « magnifique », réunion paradoxale de deux qualités contraires qui exalte les limites propres à l'humaine condition.

7. « Lui mort enfin, et elle chaotique » dans *ms. APa* et *ms. FD*.

8. Ian Higgins (*Le Parti pris des choses*, Athlone Press, p. 108) remarque que *grex* en latin signifie « troupeau », et que le mot fait donc contraste avec le troupeau de galets à la page suivante.

9. Dans *ms. FD*, « autrefois ».

10. La proximité d'« agrippent » ressuscite dans « religion » le sens que le mot tient d'une étymologie possible, le latin *religare*, « attacher ».

11. Si le mot est couramment employé dans son sens rhétorique de discours violent, il recouvre ici quelque chose de sa sémantique originelle, l'action de broyer, usure, déchirement. Les roses s'installent dans les anfractuosités et leur fraîcheur (« naïveté ») triomphe de l'antique mémoire (« expérience ») des blocs rocheux.

12. Littré cite Diez qui fait dériver « grêle » de « grès », et remarque que « désastreux », formé sur « astre », signifie « né sous une mauvaise étoile ». Bel exemple de tissage des significations implicites dans le lexique convoqué pour l'objet.

13. Ce passage depuis « Dans les rides de l'expérience » est cité à la fin de *Pour un Malherbe* (p. 328-329), avec cette variante : « Eux les admirent » au lieu de « Eux les admettent ».

14. *Ms. APa* et *ms. FD* présentent ici la création d'un nouvel alinéa après un blanc.

15. Dans *ms. APa* et *ms. FD*, « de leurs femmes étendues ».

16. *Ms. APa* et *ms. FD* ajoutent ici trois astérisques qu'ils suppriment après le paragraphe suivant. Ces détails modifient le rythme de la lecture et soulignent différemment la structure du texte. Dans notre édition, les trois astérisques sont remplacés par une étoile noire.

17. Sur cette image, voir n. 4, p. 15 [Pluie].

18. Dans *ms. APa* et *ms. FD*, « courante ».

19. Cette phrase pour Albert Camus « figure la dernière tentation de l'esprit absurde » (lettre du 27 janvier 1943 ; « Hommage à Francis Ponge », *N.R.F.*, n° 45, 1ᵉʳ septembre 1956, p. 389).

20. Le premier sens du verbe « désemparer » est « quitter le lieu où l'on est ».

21. Dans *ms. FD*, Ponge avait d'abord écrit : « la rassemble et la disperse ».

22. *Ms. FD* conserve quelques traces du travail sur ce paragraphe. Pour la première phrase, on lit : « représentent tous les états de son évolution » ; les majuscules sont un ajout ultime, ainsi que « chaque jour » en interlinéaire ; « toute la conception existe » avait d'abord été souligné.

23. L'apposition, qui établit une homologie, correspond au « ainsi » qui

ailleurs sert de pivot et fait basculer dans la portée allégorique, il est vrai préparée ici depuis le début par les occurrences de « forme » et d'« amorphe ».

24. Dans *ms. APa* et *ms. FD*, le début de phrase constituait d'abord le troisième paragraphe de cette séquence et commençait ainsi : « Il y fut apporté un jour » (voir n. 16, p. 52 [Le Galet]).

25. Ian Higgins (*Le Parti pris des choses*, Athlone Press, p. 110) note un jeu étymologique puisque l'adverbe vient du latin *distrahere*, « séparer », « mettre à part » ; l'homme confère au galet son individualité.

26. Dans *ms. APa* et *ms. FD*, « au milieu des individus de leur sorte dans une solitude ».

27. Une formulation presque semblable apparaît déjà dans « Bords de mer » (voir p. 29). Ian Higgins observe que le premier sens de « varech » dans Littré est « débris rejetés par la mer » et que l'étymologie le rattache au latin *frangere*, « briser » (voir *Le Parti pris des choses*, Athlone Press, p. 110).

28. Dans *ms. APa* et *ms. FD*, aux deux occurrences d'« informe », nous trouvons « uniforme ».

29. « Œil » a remplacé « expression » de *ms. FD* ; en outre, *ms. FD* place ici une phrase, qui d'abord formait un paragraphe autonome avant « Terne au sol... » et que l'imprimé a omise : « Mais fidèle aux coups de la mer, lorsque le flot en fin l'a repris leur lutte corps à corps est sans aucune expression, comme la lutte des rouages dans une machine ».

30. Ce paragraphe et ceux qui suivent ont été retenus par Ponge comme « significatifs » en vue d'une anthologie des poètes de la *N.R.F.* (voir J. Paulhan, F. Ponge, *Correspondance [...]*, t. I, lettre 285, p. 293).

31. Dans *ms. APa* et *ms. FD*, « homme de goût », et le participe passé est souligné.

32. Première rédaction biffée incomplète dans *ms. FD* : « touché, entend un autre lui dire, je l'avoue avec quelque raison, n'ayant... »

33. Le jeu de mots final, qui fait écho à celui de « Pluie » (voir p. 16), repose sur une fausse étymologie : « empêtrer » dérive de « pâture » dont il tient le sens de « mettre un entrave », non du latin *petra*, « roche ». Mais en jouant ainsi de la phonétique et de l'étymologie, Ponge réunit à la chute du texte la pierre et le troupeau (voir n. 8, p. 51).

DANS L'ATELIER DU « PARTI PRIS DES CHOSES »

◆ HONTE ET REPENTIR DES « MÛRES ». — Ce long commentaire critique, « qu'on pourrait, comme l'indique Ponge, intituler *Honte et repentir des "Mûres"* », figure au verso de deux feuillets du manuscrit des « Ombelles » (*Pièces*, p. 722) conservé aux *AF*.

1. Commentaire marginal : « *nouvellement*, mais voilà justement le défaut de ce poème phénoménologique parlant, il est faux dans son *point de vue*. Ce que j'ai à décrire, ce n'est pas une *nouvelle* impression que m'a produite la mûre un jour de l'été 1935 (même s'il me semble que la mûre ne m'a été révélée que dès lors). J'avais jusqu'alors et sans le savoir en tête l'*idée commune* de la mûre. C'est surtout celle-là qui était intéressante à décrire, la complétant au besoin par les qualités reconnues lors de ma récente révélation ».

2. L'adjectif est au pluriel, nous avons corrigé.

3. « Puis je ne fus touché », nous avons corrigé.

◆ HISTOIRE DE L'HUÎTRE. — Tapuscrit des *AF*, qui éclaire la portée du texte dans la structure du recueil.

◆ LE FEU. — Ce manuscrit figure dans *CRM*.

1. Première rédaction corrigée : « se dirigent vers quelque chose (l'on) ».
2. Première rédaction corrigée : « Puis les masses contaminées avec méthode s'écroulent, tandis que les gaz ».
3. Première rédaction : « sont à mesure transformés ».

◆ [L'ESCARGOT]. — Ce manuscrit figure dans *CRM*.

1. Première rédaction : « parfait, — *[plusieurs mots biffés illisibles]* au sillage argenté. »

◆ D'UN PAPILLON. — Ce manuscrit figure dans *CRM*.

◆ LE PAPILLON. — Ce manuscrit figure dans *CRM*.

1. Après ce mot, plusieurs mots illisibles ont été biffés.
2. Après ce mot, plusieurs mots illisibles ont été biffés.

◆ SUR LES BORDS MARINS. — Manuscrit des *AF*.

1. Ici figure, en ajout interlinéaire : « aussi difficiles à atteindre, aussi chers ».
2. Cette fin de phrase figure en haut du folio, sans qu'il soit possible de l'insérer dans la rédaction.

◆ [DOSSIER DE « LA JEUNE MÈRE »]. — Ce manuscrit figure dans *CRM*.

◆ [PLAN DE « FAUNE ET FLORE »]. — Ce plan, dans le manuscrit des *APa*, est biffé.

◆ CREVETTE (AUTRE). — Cet état figure dans le manuscrit des *APa*.

◆ [SUITE DE « VÉGÉTATION »]. — Cette suite des *APa*, selon une note datée des Vergers, 20 août 1975, aurait été écrite à Balleroy en juin 1927.

1. Les premières lignes ont été biffées. Le texte commençait ainsi : « Pour en finir avec cette étoffe on peut la proposer à l'admiration des dames comme la plus chinée qui soit au monde ; mais les philosophes y trouveront plutôt le prétexte d'injurier le désordre de la création. Comment ! »
2. « Innocent » a été encadré par Ponge, qui a écrit en interligne : « jeune barbu ».

◆ [À PROPOS DU « GALET »]. — Ce document est conservé aux *AF*.

DIX COURTS SUR LA MÉTHODE

NOTICE

L'accueil fait au *Parti pris des choses* confronte Ponge, à la fin de la guerre, à une double demande, extérieure et intérieure. Surpris et flatté par l'intérêt que portent à son œuvre les critiques et les philosophes les plus en vue, mais parfois en désaccord avec l'interprétation qu'ils en proposent, il éprouve le besoin de s'expliquer sur ses intentions. De plus en plus sollicité, il saisit l'occasion de telle ou telle publication pour formuler son art poétique et pour faire connaître d'autres aspects de son œuvre, anciens ou récents. C'est dans cet esprit qu'il compose le recueil de *Proêmes*, dont le manuscrit semble être prêt en 1945, mais qui ne verra le jour qu'en 1948. Aussi, lorsque Pierre Seghers, qui venait de publier *La Guêpe*, et l'article de Jean-Paul Sartre sur *Le Parti pris des choses*[1], lui propose de faire paraître simultanément dans *Poésie 46* et sous la forme d'une plaquette des textes inédits, il extrait du recueil en préparation dix « proêmes » en vers ou en prose, choisis parmi les plus anciens, écrits entre 1919 et 1928 : « La Dérive du sage », « Pelagos », « Fable », « La Promenade dans nos serres », « L'Antichambre », « Le Tronc d'arbre », « Flot », « Le Jeune Arbre », « Strophe » et « L'Avenir des paroles ».

Ils ont en commun d'être antérieurs ou étrangers au *Parti pris des choses*, et d'illustrer plutôt l'autre principe directeur de la « méthode » pongienne : le compte tenu des mots[2]. Ce choix répond au désir qui anime alors Ponge, de corriger l'image que lui renvoie la critique : celui d'un poète philosophe, ou d'un prosateur voué à la description des choses. Il s'agit de montrer qu'il est avant tout un écrivain soucieux de son art, capable de s'exprimer en vers aussi bien qu'en prose, et dont l'objet est autant le langage lui-même que le monde extérieur.

Le titre sous lequel Ponge réunit ces textes, parodie du célèbre *Discours de la méthode*[3], manifeste à la fois la portée philosophique qu'il entend donner à son œuvre et le refus ironique de tout discours. Au lieu de se lancer dans un cours, il entend faire court ; et au lieu de livrer sa pensée en dix leçons ou en dix commandements, il préfère donner dix poèmes elliptiques. On retrouve là ce goût de la brièveté qu'affichait déjà le titre des *Douze petits écrits*, avec lesquels la nouvelle plaquette présente plus d'une parenté, ne serait-ce que par l'alliance des vers et de la prose.

Le choix de la forme poétique témoigne du souci d'éviter le métadiscours, qui se déploiera plus amplement dans certains *Proêmes*, et bien davantage dans « My creative method » ou « Tentative orale[4] ». L'art poétique est ici intégré au poème lui-même, d'une manière beaucoup plus implicite que dans *La Rage de l'expression*. Contrairement à ce qu'annonce un titre décidément ironique, ces « dix courts » ne portent pas *sur* la méthode, ils la mettent en œuvre ou en acte dans le langage même de la poésie.

Cette fusion du poétique et du « métalogique » est une des préoccupations constantes de Ponge, et s'était manifestée très tôt dans son œuvre, notamment dans les « apologues » de *Douze petits écrits*[5]. Or elle avait suscité des réticences voire des résistances croissantes de la part de Jean Paulhan. Un certain nombre de pièces illustrant cette démarche avaient été réunies en 1928 sous le titre « Cinq gnossiennes » : « Le Tronc d'arbre », « Le Jeune Arbre », « Flot », « Strophe » et une première version de « La Fenêtre[6] ». Ce titre était inspiré de Satie, qui était aux yeux de Ponge non

---

1. *La Guêpe. Irruption et divagations*, Seghers, 1945 ; J.-P. Sartre, « L'Homme et les Choses », dans *Situations*, coll. « Blanche », Gallimard, t. I, p. 226-270.
2. Voir *Méthodes*, « My creative method », p. 514-537.
3. Repris de façon plus burlesque encore sous la forme « Disque court sur la méthode » dans un « patuscript autographe » de *L'Araignée*, daté du 3 avril 1948, et reproduit en fac-similé dans *L'Araignée* (Aubier, 1952). Voir « Dans l'atelier de *L'Araignée* », p. 328. Ponge se plaignait « (on parle trop » à son propos « de J. Renard, et pas assez de Descartes » (J. Paulhan, F. Ponge, *Correspondance [1923-1968]*, coll. « Blanche », Gallimard, 1986, t. I, lettre 272, p. 280).
4. *Méthodes*, respectivement, p. 514-537 et 649-669.
5. P. 10-11.
6. Voir respectivement *Proêmes*, p. 231, 184, 173, 201 et *Pièces*, p. 714-717.

seulement « un musicien, mais un philosophe épatant », capable de faire tenir dans « quelques petites pièces » toute une pensée artistique[1]. Jean Paulhan avait d'abord bien accueilli ces textes et avait proposé de les faire paraître dans un prochain numéro de la *N.R.F.* ; mais il avait demandé des modifications de détail. Peu satisfait de celles-ci, il avait retardé de mois en mois la publication de ces poèmes qui, bien que composés, ne parurent jamais dans la *N.R.F.*, Ponge ayant sans doute fini par les retirer, exaspéré par les atermoiements de Jean Paulhan.

Cet incident n'est sans doute pas étranger à la brouille survenue entre les deux hommes en 1929 ; Ponge n'a pas manqué de le reprocher à Jean Paulhan : « le procédé d'étouffement, dans le cas de mise en épreuves, et de non-publication, est des plus nets[2] ». Jean Paulhan essaiera de réparer le tort commis envers son ami, en lui proposant une place d'honneur dans l'*Anthologie des poètes de la N.R.F.*, où Ponge choisira de faire paraître « Le Tronc d'arbre »[3]. Mais les autres « gnossiennes » et un certain nombre d'autres textes de la même veine resteront en souffrance. Et, lorsque Ponge essaiera de les joindre au *Parti pris des choses*, Jean Paulhan le dissuadera de le faire, pour préserver l'unité du recueil, en évitant de mêler prose et vers, poésie et poétique[4]. Il ne manifestera d'ailleurs guère plus d'enthousiasme à l'égard des *Proêmes*[5].

La proposition de Seghers permet à Ponge de contourner Jean Paulhan et de faire enfin connaître un versant de son œuvre trop longtemps refoulé. Il reprend donc ses infortunées « gnossiennes », à l'exception de « La Fenêtre », à laquelle il le retravaille, et leur adjoint six autres textes de la même époque. Mais cette publication ne répondit guère à son attente. L'impression en était si défectueuse que Ponge, furieux et désespéré, voulut faire mettre au pilon le tirage[6]. Elle ne pouvait avoir qu'un impact très limité non seulement à cause de son caractère assez confidentiel, mais du fait de la nature même des textes qui s'y trouvaient réunis, particulièrement hermétiques. Ils ne pouvaient que déconcerter les lecteurs du *Parti pris des choses*, sans pour autant leur révéler les arcanes de la « méthode » pongienne, dissimulés sous des allégories subtiles mais sibyllines. Seule Claude-Edmonde Magny fera allusion à ces poèmes dans un article paru dans le même numéro de *Poésie 46*[7], qui déclenchera l'ironie de Ponge, irrité aussi bien par le ton dithyrambique de l'éloge, où il se plaît à déceler un sous-entendu érotique, que par le tour philosophique de l'analyse, qui lui inspire un apologue narquois[8].

La signification de ces trop courts poèmes s'éclairera lorsqu'ils paraîtront dans *Proêmes*, mêlés à des textes formulant de façon beaucoup plus explicite les préoccupations qui les sous-tendent, et resitués par leur datation dans un itinéraire existentiel et poétique qui leur donne leur pleine portée. C'est pourquoi nous avons choisi de les faire figurer dans ce contexte, où ils ont trouvé, de par la volonté de Ponge lui-même, leur vraie place.

MICHEL COLLOT.

1. Lettre à Jean Paulhan du 8 août 1928 (archives Paulhan de l'I.M.E.C.).
2. *Correspondance* [...], t. I, lettre 119, p. 122.
3. *N.R.F.*, n° 242, novembre 1933.
4. Il s'agit notamment de « L'Antichambre », « Le Jeune Arbre » et « Flot ». Voir *Correspondance* [...], t. I, lettres 229 et 233, p. 230-231 et p. 233.
5. Voir la Notice de ce recueil, p. 963.
6. Voir J. Paulhan, F. Ponge, *Correspondance* [...], t. II, lettre 390, p. 45-46.
7. « Francis Ponge ou l'Homme heureux », *Poésie 46*, n° 33, juin-juillet 1946.
8. Voir J. Paulhan, F. Ponge, *Correspondance* [...], t. II, lettre 363, p. 17-18.

L'ŒILLET.
LA GUÊPE. LE MIMOSA

NOTE SUR LE TEXTE

Après avoir acheté à Francis Ponge, en 1945, les manuscrits de *La Rage de l'expression*[1], Henri-Louis Mermod édite plusieurs des textes du recueil sous la forme d'un volume séparé : *L'Œillet. La Guêpe. Le Mimosa*, plaquette de 73 pages (17,5 × 12 cm), tirée à 1 200 exemplaires numérotés par l'imprimerie Albert Kundig à Genève et publiée le 15 avril 1946 à Lausanne, dans la « collection du Bouquet » (n° 20), avec couverture rempliée illustrée.

BERNARD VECK.

LIASSE

NOTICE

Fait nouveau, propre à ce recueil, mais qui prend valeur fondatrice : la datation des textes, comme si la date de composition importait à leur lecture ou comme si Ponge voulait conduire le regard du lecteur vers la scansion de l'œuvre, l'évolution de sa manière ou de sa thématique. Là où *Le Parti pris des choses* se donnait comme un ensemble achronique, *Liasse* évoque un parcours dont les trois divisions soulignent les stations. Mais la succession chronologique des textes, selon le modèle qui sera repris, à de rares entorses près, dans *Pièces*, dissimule sans doute des intentions moins transparentes que la linéarité ou les jalons d'une carrière.

Dans cette succession, deux distorsions : « Esquisse d'une parabole » ne précède pas « Carrousel » dans le temps, non plus que « La Pomme de terre » ne suit « Sombre période » et « Le Platane ». Inadvertance ou dessein ? Jean-Marie Gleize et Bernard Veck montrent de façon persuasive que le choix est politique et que les textes qui ouvrent chaque section correspondent à des attitudes face au parti socialiste (« Esquisse d'une parabole »), au capitalisme (« Dialectique, non prophétie »), face à l'Occupation (« Sombre période »)[2]. *Liasse* apparaît ainsi comme « une figure momentanée dans l'incessante construction / déconstruction de l'œuvre en cours[3] » puisque les mêmes textes ailleurs repris joueront, en raison de la date et du contexte, d'autre manière.

BERNARD BEUGNOT.

---

1. Voir la Notice de *La Rage de l'expression*, p. 1018-1019.
2. Voir *Francis Ponge. Acte ou textes*, II. « Pratiques », § 3. « L'Exemple de *Liasse* », Presses universitaires de Lille, 1984, p. 73-89.
3. *Ibid.*, p. 79.

NOTE SUR LE TEXTE

Ce quatrième recueil de Ponge est achevé d'imprimer le 1er juillet 1948 sur les presses de Marius Audin, à Lyon, qui avait déjà, en 1946, composé les *Dix courts sur la méthode* pour le compte de Pierre Seghers. La correspondance avec l'éditeur, Armand Henneuse, conservée dans les archives, témoigne d'une préparation lente et difficile de mai 1946 à juin 1948, les premières épreuves mises en page datant d'avril 1947. L'initiative appartient à Armand Henneuse qui projetait de solliciter le peintre Favre pour « quelques ornements, bandeaux et culs de lampe ».

Paru dans la collection « Les écrivains réunis », le volume, tiré à 15 exemplaires sur chiffon d'Auvergne, et sept cents exemplaires sur Lana teinté, compte 60 pages et 9 folios non paginés pour la bibliographie, la table et les justificatifs. Les textes sont ornés de lettrines et composés, sans règle d'alternance, tantôt en romain, tantôt en italique. La bibliographie rétrospective, première du genre, dont Ponge demande des tirages séparés, confère au volume un caractère de bilan en fournissant la description détaillée de treize titres déjà publiés : « *Douze petits écrits* (Paris, 1926) ; *Le Parti pris des choses* (2 tirages, 1942 et 1945) ; le prospectus pour les *Dessins de Gabriel Meunier et d'Émile Picq* (s.l.n.d. [Lyon, 1944]) ; *Matière et mémoire ou les Lithographes à l'école* (2 tirages, Paris, 1945) ; *La Guêpe* (Paris, 1945) ; *L'Œillet. La Guêpe. Le Mimosa* (Lausanne, 1946) ; *Note sur les « Otages »* (Paris, 1946) ; *Courte méditation réflexe aux fragments de miroir* (Lyon, 1946) ; *Dix courts sur la méthode* (Paris, 1946) ; *Braque le Réconciliateur* (1946) ; *Le Carnet du Bois de pins* (Lausanne, 1947). »

B. B.

NOTES

◆ SOMBRE PÉRIODE. — Nous donnons ce texte, bien qu'il soit appelé à constituer un paragraphe de l'« Ode inachevée à la boue » (*Pièces*, p. 729), parce qu'il présente une légère variante et qu'il jouit ici d'une autonomie qui n'est pas sans incidences sémantiques. L'essentiel a été dit par Ian Higgins (« Ponge's Resistance Poetry : *Sombre période* », *French Studies Bulletin*, n° 8, Oxford, automne 1983, p. 7-8), seul critique a avoir été attentif à la poésie politique de Ponge durant la Résistance et au problème de la lecture circonstancielle ou poétique qu'elle pose (voir aussi « Shrimp, Plane and France : Ponge's Resistance Poetry », *French Studies*, vol. 37, n° 3, juillet 1983, p. 310-325).

Écrites sous l'Occupation, au moment où Ponge va jouer un rôle plus actif de courrier dans la Résistance en zone sud, publiées dans *Poésie 42* (n° 5, novembre-décembre ; avec un sous-titre : « ou l'Opiniâtreté ») avec « Le Platane », ces lignes tiennent leur portée allusive du contexte : les « charrettes hostiles » ne peuvent que désigner l'occupant allemand et la citation finale du *Chant du départ*, composé par Marie-Joseph Chénier et mis en musique par Méhul, résonne comme un appel. L'azur mallarméen qui hante le ciel de « La Mounine » de 1941 (*La Rage de l'expression*, p. 412-432) devient ici symbole d'espoir.

◆ L'EAU DES LARMES. — *Ms.*: dactylogramme des *AF*. — *Préorig.*: *Poésie 44*, n° 18, mars-avril 1944, p. 70.

L'importance des variantes par rapport à l'état publié dans *Pièces* (p. 740-741), auquel on se reportera pour l'annotation, justifie la double publication.

LE PEINTRE À L'ÉTUDE

NOTICE

Le Peintre à l'étude est le quatrième livre de Ponge, si l'on excepte les plaquettes plus ou moins confidentielles. Mais la chronologie des publications ne recoupe pas celle de l'écriture, que rétablira *Tome premier*: *La Rage de l'expression*, qui ne paraîtra qu'en 1952 après bien des délais, y figure immédiatement après *Proêmes*, donc avant *Le Peintre à l'étude*, ainsi situé à sa juste place dans le développement de l'œuvre. Ponge arrive à la critique d'art en écrivain maître de ses moyens. Son œuvre fait encore l'objet d'une diffusion restreinte, mais elle a une existence publique, et le face-à-face avec Jean Paulhan, mentor et lecteur quasi exclusif[1], a pris fin. Il n'est plus seulement l'auteur des textes clos du *Parti pris des choses* et des méditations sur le langage — bientôt réunies dans *Proêmes* — qui en ont accompagné la rédaction; il a découvert la forme ouverte de *La Rage de l'expression*, proche à bien des égards du travail des peintres par l'accumulation des esquisses, études, ébauches, souvent notées sur le motif comme dans « Le Carnet du Bois de pins[2] ». Lorsqu'ils l'invitent dans leurs ateliers, peintres et sculpteurs accueillent en quelque sorte un des leurs, à coup sûr leur pair.

Sollicité par les artistes eux-mêmes, lorsque Ponge commence à pratiquer la critique d'art, il éprouve des sentiments ambivalents à l'égard d'un genre d'écrit nouveau pour lui. Des textes qui répondent à une commande à des fins alimentaires[3] semblent interrompre son propre travail. Aussi est-ce parfois avec une certaine impatience qu'il se résigne à s'occuper d'autres ateliers que du sien. Un projet de préface puis de prière d'insérer pour *Le Peintre à l'étude*, qui ne fut pas retenu pour la publication de 1948, y insistait non sans maladresse: « De quelques manières de voir plutôt que façons de penser cherchant façons de parler, mais n'y réussissant qu'à peine, si je ne perdis tout au jeu j'y aurai gagné quelque chose — à reporter maintenant, plutôt que sur d'autres peintres, qui peuvent bien s'en passer, sur certains objets taciturnes, qui n'existent que dans l'attente de leur plus juste expression[4]. »

---

1. Voir J.-M. Gleize, *Francis Ponge*, coll. « Les contemporains », Le Seuil, 1988, p. 93-110.
2. P. 377-411.
3. « C'est qu'en général ces textes de commande sont des textes payés. Alors, ça, il faut être réaliste » (*Entretiens avec Philippe Sollers*, Gallimard - Le Seuil, 1970, p. 90).
4. Manuscrit des archives familiales. Une version légèrement différente de ce « Prière d'insérer pour *Le Peintre à l'étude* » sera publiée dans *Nouveau recueil* (coll. « Blanche », Gallimard, 1967, p. 47) puis intégrée à *L'Atelier contemporain* (coll. « Blanche », Gallimard, 1977, p. 151).

C'était laisser entendre que la publication du *Peintre à l'étude* marquait la fin d'une parenthèse, que Ponge refermait pour retourner au monde muet et retrouver son œuvre laissée en jachère : « Et puis cela doit nous rapporter quelque argent (bien utile l'argent, ne serait-ce que pour nous permettre d'écrire d'autres choses, des écrits d'une autre sorte)[1] ». Quelques années plus tard, comme dans le dessein de confirmer un jugement sans appel, *Pour un Malherbe* opposera à toute écriture critique un refus de principe : « Qu'un poète se fasse critique, mauvais signe : sa patrie est le monde muet, qui n'a jamais proscrit personne. Il ne s'en évade pas impunément[2]. » Ponge n'a-t-il écrit sur la peinture qu'à contrecœur, plus ou moins forcé par les circonstances matérielles difficiles dans lesquelles il se trouvait ? S'est fait critique d'art en se trahissant ? Dans « Braque le Réconciliateur », il « avoue » pourtant — tel est bien le mot qu'il emploie — qu'« ayant accepté d'écrire ici sur Braque (sans doute parce que j'ai d'abord beaucoup désiré le faire sans me demander en quel lieu) me voici bien embarrassé », puis il annonce « une sorte de poème à ma façon[3] ». L'écrit sur l'art ne répond donc pas seulement à une sollicitation extérieure, et il ne diffère pas fondamentalement de ces « écrits d'une autre sorte » dont il éloigne son auteur. La peinture lui lance un défi qu'il n'importe pas moins de relever que celui du monde muet des choses : « Y a-t-il des mots pour la peinture[4] ? » Cette question appelle une réponse complexe, qui tiendra compte des conditions économiques du marché de l'art — du rapport entre les artistes, « leurs marchands » et « ces messieurs littérateurs amis du peintre[5] » —, de la difficulté à parler de quoi que ce soit — des papiers collés de Georges Braque comme du cageot —, ainsi que du fait que « la peinture, telle qu'elle se présente actuellement, [...] c'est comme le drapeau de l'offensive intellectuelle[6] ». Aussi la critique d'art noue-t-elle un ensemble de questions fondamentales que se pose Ponge au cours des années cruciales de sa rencontre tardive avec le public[7].

Il s'était préparé à cette tâche. Pendant les derniers mois de son exil provincial, avant que la fin de l'Occupation lui permette d'y rentrer à Paris, il avait lu les *Salons* de Baudelaire au moment d'écrire sur les œuvres d'Émile Picq. Cette lecture répondait peut-être à un dessein à plus longue échéance, comme s'il avait cherché à vérifier dans l'œuvre d'un illustre devancier qu'il est bel et bien possible de pratiquer en poète le métier de critique d'art. Quoi qu'il en soit, les circonstances et Jean Paulhan s'en mêlent : dès 1942, celui-ci lui écrit que les peintres ont été les premiers lecteurs du *Parti pris des choses* et, au cours des deux années qui suivent, il l'entretient de ses visites d'ateliers, qui ne pouvaient que faire rêver le poète exilé à Roanne ; enfin, lorsque ce dernier rentre à Paris à l'automne de 1944, il le met en relation avec Jean Dubuffet, Jean Fautrier, Georges Braque[8]. L'essentiel reste que Ponge ait saisi cette possibilité qui s'offrait à lui. Dès octobre 1944, il se lance dans la

---

1. « Note sur *Les Otages*. Peintures de Fautrier », p. 100.
2. *Pour un Malherbe*, coll. « Blanche », Gallimard, 1977, p. 31.
3. « Braque le Réconciliateur », p. 127.
4. « Note sur *Les Otages*. Peintures de Fautrier », p. 98.
5. *Ibid.*, p. 99-100.
6. *Entretiens avec Philippe Sollers*, p. 91.
7. « Nous sommes quelques-uns de cette génération à avoir retardé de nous produire » (*L'Atelier contemporain*, « Joca Seria. Notes sur les sculptures d'Alberto Giacometti », p. 179).
8. Voir J. Paulhan, F. Ponge, *Correspondance (1923-1968)*, coll. « Blanche », Gallimard, 1986, t. I, lettres 271, 288, 292, 302, 307, 311, 321, p. 279-280, 298, 302-303, 315-316, 323, 327-328, 335-336.

composition de « Note sur *Les Otages*[1] » et, à peine achevé ce texte, le plus ample qu'il ait écrit à cette date, en janvier 1945, il compose en trois semaines « Matière et mémoire[2] ». La méditation sur la peinture féconde son œuvre, qui s'en trouve infléchie : en 1947-1948, « Pochades en prose[3] » emprunte son titre et, plus que son titre, des préoccupations aux peintres qu'il fréquente désormais. Les écrits sur l'art constitueront, jusqu'aux dernières années, une part essentielle de son travail d'écrivain.

Les textes recueillis dans *Le Peintre à l'étude* définissent une critique d'art d'un type très particulier. Ponge n'analyse pour ainsi dire jamais des tableaux, des sculptures ou des estampes, et les considérations d'histoire de l'art auxquelles il consent se réduisent le plus souvent à réaffirmer en termes généraux le caractère décisif de la révolution picturale qui commence vers 1870 chez Cézanne. Autrement dit, il néglige les tâches habituelles d'un critique d'art. La plupart des textes qu'il compose — cartons d'invitation, préfaces à des catalogues d'exposition ou à des albums — peuvent être considérés comme des vies des hommes illustres à la manière de Plutarque. Au centre se trouve presque toujours la figure héroïque de l'artiste. Ponge fait l'éloge d'un type d'homme et d'un genre de vie, qu'il propose à son lecteur, qu'il se propose d'abord à lui-même, comme des modèles. De Georges Braque, il écrit : « il fut pour moi un grand Maître de Vie[4] ». Cette expression apparaît certes dans une page improvisée à l'occasion de la mort de l'artiste, dans des circonstances, donc, qui appelaient un hommage à l'homme autant qu'à l'œuvre, et Ponge reconnaît d'emblée que l'émotion l'emporte alors sur toute autre considération[5]. Mais cette émotion n'est pas que de circonstance : elle est au principe de tous les textes de Ponge sur l'art. La démarche tâtonnante qui conduit aux œuvres, faite d'hésitations et de repentirs autant que de trouvailles, importe plus que les objets qui en marquent l'aboutissement. Lorsque Ponge entre dans un atelier, il est sollicité par un type d'homme plus que par les tableaux, sculptures ou estampes que cet homme fait : « Aussi bien, les chocs émotifs ressentis au contact de cette espèce d'hommes, observés "à l'œuvre" et dans leurs comportements quotidiens, tant éthiques qu'esthétiques, m'obligeaient-ils, de toute nécessité et urgence, à en obtenir, si je puis ainsi dire, raison[6]. »

Plus que l'art, l'artiste sollicite son attention. Invitant son lecteur à s'approcher des ateliers, il précise : « nous serons aussitôt frappés de la présence devinée en leur intérieur incontestablement d'*une personne* ». Tout le mobilier, les outils qui s'y trouvent — « échelles, chevalets, pinceaux ou compas, […] tubes de couleurs » — sont des organes nouveaux qu'elle s'est donnés, « membres grêles épars », « petites glandes sécrétives » ; les sujets — « natures mortes, nus, paysages » — lui fournissent un aliment, « une pâtée royale » dont elle se nourrit pour « s'arracher ses œuvres », et celles-ci doivent être considérées « comme des peaux ». L'art se définit comme une « activité » à laquelle se livre l'artiste dans « une sorte de nids d'insectes », et qui est « tout simplement (et tout tragiquement) […] sa *métamorphose*[7] ». Cette longue métaphore, presque une allégorie, impose la

---

1. P. 92-115.
2. P. 116-123.
3. *Méthodes*, p. 538-568.
4. *L'Atelier contemporain*, « Feuillet votif », p. 247 ; ce texte a d'abord paru dans le numéro d'« Hommage à Georges Braque » de la revue *Derrière le miroir* en mai 1964.
5. Voir *ibid.*, p. 246.
6. *L'Atelier contemporain*, « Au lecteur », p. VII-VIII.
7. *Pièces*, « L'Atelier », p. 759-762, *passim*.

conclusion que les œuvres sont les résidus d'une modification de la personne de l'artiste, qui est le véritable objet et le chef-d'œuvre de l'art.

Ponge, il faut le remarquer, attribue aux artistes qu'il fréquente le désir d'être *eux-mêmes*, et non leurs œuvres, « traités [...] à ma manière[1] ». Aussi, conformément à ce programme, les textes qu'il écrit peuvent-ils être définis comme des « écrits sur les artistes » plutôt que des « écrits sur l'art ». Bien entendu, ils évoquent aussi les œuvres, mais celles-ci sont presque toujours montrées dans le processus de leur fabrication, de sorte qu'elles renvoient à l'activité de leur auteur. Plus précisément, elles sont un des attributs de l'artiste, défini comme un ouvrier ou un artisan solitaire qui se livre à un travail d'un type particulier. Aussi ne s'étonnera-t-on pas que Ponge soutienne que le « summum » du goût réside dans l'attitude « qui consiste à jouir humainement, plus encore que des œuvres elles-mêmes, des qualités rares et touchantes qu'elles révèlent chez leur auteur[2] ».

Portraits de l'artiste en héros : en Émile Picq, Jean Fautrier, Pierre Charbonnier, Georges Braque — et plus tard en Jean Hélion, Germaine Richier, Alberto Giacometti, Pablo Picasso, ou Eugène de Kermadec —, Ponge découvre l'idéal d'un homme réconcilié[3]. Les habitants des ateliers deviennent exemplaires parce que leur métamorphose personnelle anticipe celle de tous. C'est en cela qu'ils « changent le monde », qu'ils représentent « l'avenir de la nature, l'avenir de l'homme[4] ».

À deux héros d'exception sont consacrées les pages les plus denses du *Peintre à l'étude*, qui reprend ainsi la structure en parallèle des *Vies de Plutarque* : Georges Braque et Jean Fautrier, figures contrastées de l'artiste en Apollon et en Dionysos. Le premier est le « réconciliateur », maître d'un art tout classique, caractérisé par un « équilibre qui ne comporte aucun manque ». Le second est plutôt le peintre des certains conflits, de certaines gênes », animé d'une irrépressible rage de l'expression, et qui, au terme d'une « démonstration laborieuse et pénible », donne à voir « l'horreur et la beauté mêlée dans le constat[5] ». Il fallait deux figures lesquelles s'incarnent les possibilités extrêmes de l'art, parce que l'enjeu n'est rien moins que la conquête d'une éthique : « morale, art de vivre : art de vivre comme individu seul et art de vivre comme individu social[6] ».

Le titre de l'ouvrage se comprend dans cette perspective : *Le Peintre* — non la peinture ou les tableaux — *à l'étude* — car « les chocs émotifs ressentis au contact de cette espèce d'hommes[7] » n'appellent pas le dilettantisme de l'esthète. *Le Peintre à l'étude* est un des livres majeurs de Ponge.

---

1. *L'Atelier contemporain*, « Au lecteur », p. VII.
2. *Ibid.*, « Braque-dessins », p. 103.
3. On en dirait sans doute autant des écrivains — Mallarmé, Bernard Groethuysen, Paul Claudel, Jean Paulhan et, entre tous, Malherbe —, dont il établit à intervalles le Panthéon. Entre de nombreuses occurrences, celle-ci, dans « Braque le Réconciliateur », tresse en une seule guirlande écrivains, musiciens et peintres : « Je n'aurai pas besoin de l'expliquer davantage, si je cite à la suite les noms de La Fontaine et Boileau ; de Rameau ; de Poussin, Chardin, Cézanne et Braque » (p. 134). B. Beugnot (*Poétique de Francis Ponge. Le palais diaphane*, coll. « Écrivains », P.U.F., 1990, p. 67) note que « la frontière entre les domaines d'expression est effacée au profit de la communauté de dessein ».
4. « Braque ou l'Art moderne comme événement et plaisir », p. 138.
5. Ce parallèle Braque-Fautrier se poursuit tout au long de *L'Atelier contemporain*, qui compte quatorze textes consacrés à ces deux peintres ; Ponge y reviendra en réponse à une question à la fin du colloque de Cerisy (*Ponge inventeur et classique*, coll. 10/18, U.G.E., 1977, p. 414-416). En Malherbe, dont il trace un portrait contrasté, fait de violence et de maîtrise, on trouve peut-être l'incarnation d'un art à la fois apollinien et dionysiaque.
6. *Entretiens avec Philippe Sollers*, p. 91.
7. *L'Atelier contemporain*, « Au lecteur », p. VII.

Publié la même année que *Proêmes*, sous la même couverture dessinée par Georges Braque[1] et dans le même petit format « tellière », il forme avec celui-ci un diptyque qui complète, éclaire et commente indirectement *Le Parti pris des choses* et, en attendant leur réunion dans *La Rage de l'expression*, les textes ouverts parus en plaquettes depuis trois ans[2].

Réception critique.

Sans être tout à fait passé sous silence, *Le Peintre à l'étude*, que la publication de *Proêmes* trois mois plus tôt a un peu rejeté dans l'ombre, n'a pas suscité de comptes rendus. Dès le 3 février 1949, un entrefilet de Claude Roy dans *Les Lettres françaises* relève la parution quasi simultanée des deux livres ; l'unique phrase qu'il accorde au *Peintre* semble involontairement ironique lorsqu'on se souvient que le texte sur Georges Braque qu'il signale aux lecteurs de *Lettres françaises* a été refusé deux ans plus tôt par ce même journal[3]. Le 9 avril, un article d'André Rousseaux dans *Le Figaro littéraire* brosse un portrait plus élaboré, fort élogieux : « Francis Ponge est l'un des hommes qui témoignent de la renaissance de la poésie à notre époque » ; « Matière et mémoire » y est cité comme un exemple de la mise en valeur de « l'espèce d'honneur réciproque que se rendent la matière et l'homme quand l'art de vivre est rétabli entre eux ». Enfin, le 4 mars 1950, *Carreau*, qui paraît à Lausanne, invite à « lire les belles pages que Ponge consacre à la peinture de Fautrier ou à celle de Braque [...] en se questionnant sans cesse sur l'exacte portée des phrases qu'il écrit à leur propos ». Le bref essai que Franz Hellens publie en 1953 n'appartient plus à la première réception critique de l'ouvrage ; on y relèvera tout de même ce jugement en forme de prophétie : « *Le Peintre à l'étude*, et sans doute bon nombre de notes encore inédites sur ce sujet tiendront dans l'œuvre de Ponge la même place que les *Curiosités esthétiques* dans celle de Baudelaire[4]. »

ROBERT MELANÇON.

NOTE SUR LE TEXTE

Nous reproduisons le texte de l'originale parue chez Gallimard en 1948, qui sera repris sans changement dans *Tome premier* (coll. « Blanche », Gallimard, 1965, p. 417-521) avant d'être intégré à *L'Atelier contemporain* (coll. « Blanche », Gallimard, 1977, p. 5-79).

1. Ponge avait demandé ce dessin à Georges Braque à la fin de 1946, en espérant que tous « les livres que Gallimard fera dorénavant de mes textes » paraîtraient sous « ma couleur et mon motif » (J. Paulhan, F. Ponge, *Correspondance [...]*, t. I, lettre 372, p. 27-28).
2. *La Guêpe. Irruptions et divagations* (Seghers, 1945), *L'Œillet. La Guêpe. Le Mimosa* (Lausanne, Mermod, 1956), *Le Carnet du Bois de pins* (Lausanne, Mermod, 1947).
3. « Quant au *Peintre à l'étude*, il réunit des textes remarquables, dont l'admirable prose sur *Les Otages* de Fautrier et un subtil essai sur Braque et l'art moderne plein de sagesse et de sagacité. » Voir la notule de « Braque ou l'Art moderne comme événement et plaisir », p. 949-950.
4. « La Nouveauté de F. P. (notes) », *La Revue de culture européenne*, n° 8, Bruxelles, 1953.

Le manuscrit.

Le manuscrit est conservé dans deux dossiers. Le premier, dans les archives familiales, comporte un projet de prière d'insérer, des dactylographies d'« Émile Picq » et de « Note sur *Les Otages*. Peintures de Fautrier », des exemplaires des prépublications des autres textes du recueil, portant diverses corrections manuscrites, un jeu d'épreuves incomplet et une correspondance relative à cette publication avec les éditions Gallimard. Deux feuillets manuscrits retiennent particulièrement l'attention. Le premier dresse une liste des ouvrages du même auteur qui énumère sept titres à paraître : *La Crevette dans tous ses états, La Seine, Liasse, Le Verre d'eau, Sapates (Le Parti pris des choses, II), Tentative orale, La Rage de l'expression*. On y déchiffre la représentation de son œuvre qu'entend à cette date donner Ponge. Cette page, qui portera le titre « Œuvres de Francis Ponge / N.R.F. » dans l'ouvrage publié, ne retiendra qu'un seul titre « à paraître » : *Sapates (Le Parti pris des choses, II)*. Le second de ces feuillets révèle le titre initial de l'ouvrage : *Le Peintre à l'école*, qu'une rature et un ajout interlinéaire corrigent en « *étude* ». Ce premier titre provient du sous-titre de *Matière et mémoire* dans l'édition originale : *Les Lithographes à l'école*. Le second dossier, conservé à la B.N.F., comporte un autre jeu d'épreuves, complet, qui porte de nombreuses corrections de détail. Les autres manuscrits sont décrits, s'il y a lieu, dans la notule relative à chaque texte.

Les publications antérieures au « Peintre à l'étude ».

Tous les textes recueillis dans *Le Peintre à l'étude* avaient déjà été publiés. Ces premières publications peuvent être réparties en trois types. Préoriginales, intégrales ou partielles, en revue : « Note sur *Les Otages*. Peintures de Fautrier » ; « Matière et mémoire » ; « Braque le Réconciliateur » ; « Braque ou l'Art moderne comme événement et plaisir ». Originales, sous forme de plaquettes ou d'ouvrages de luxe : *Note sur « Les Otages ». Peintures de Fautrier ; Matière et mémoire ou les Lithographes à l'école ; Courte méditation réflexe aux fragments de miroir*. Feuilles volantes ou cartons d'invitation diffusés par une galerie d'art à l'occasion d'une exposition : « Émile Picq », « Prose sur le nom de Vulliamy ». Ces publications sont décrites en détail dans les notules.

R. M.

NOTES

◆ ÉMILE PICQ. — *Ms.* : dans les *AF*, trois lettres d'Émile Picq au poète, datées respectivement du 8 février [1944] (voir, dans l'Atelier, « [Lettre à Émile Picq] », p. 143-151), de février et, d'après le cachet de la poste, du 12 avril 1944. Les *AF* conservent aussi deux dessins : le premier est signé « Émile Picq fils 1940 » et le second, dédicacé « à mon ami Ponge », est signé « Émile Picq 1943 », et vingt et un feuillets manuscrits, qui permettent de reconstituer cinq étapes d'une rédaction relativement linéaire, auxquels s'ajoute une mise au net calligraphiée, signée et datée. — *Orig.* : ce texte est paru dans *Dessins de Gabriel Meunier et d'Émile Picq*, Galerie Folklore, Lyon, 6-19 mai 1944.

Émile Picq, né à Lyon en 1911, s'est d'abord produit en danseur travesti de cabaret avant de devenir peintre et dessinateur. Ponge l'a probablement connu dans la Résistance, à Lyon, à la fin de l'automne de 1943 ou au début de l'hiver de 1944. Émile Picq présentait à ses yeux une figure de l'artiste en « héros » inadapté à un ordre social intolérable (voir J. Paulhan, F. Ponge, *Correspondance [...]*, t. I, lettre 305, p. 320, n. 4). Ponge, qui avait proclamé dans « Des raisons d'écrire » : « Notre premier mobile fut sans doute le dégoût de ce qu'on nous oblige à penser et à dire, de ce à quoi notre nature d'homme nous force à prendre part » (*Proêmes*, p. 195), ne pouvait qu'être séduit par « ce jeune homme » intransigeant. Plus que l'auteur d'une œuvre, Émile Picq lui apparaissait comme l'artiste de sa propre personne. Outre l'exposition de dessins de mai 1944 à la galerie Folklore, on connaît d'Émile Picq un conte, « La Naissance du prince », paru dans *Confluences* en mars-avril 1944 avec un dessin intitulé « D'une ville perdue » ; une encre datée de 1942, « L'Enfant et la Folle », exposée à la galerie de l'Échaudé, à l'occasion de l'exposition « L'Œil et Ponge », du 10 décembre 1992 au 6 mars 1993 ; une lithographie reproduite en couverture de *Chants secrets* de Jean Genet (Lyon, L'Arbalète, 1945). Artiste presque sans œuvre, il n'en figure pas moins au portique du *Peintre à l'étude* parce que la pratique de l'art comporte un enjeu éthique auquel la fabrication de tableaux et de sculptures, fussent-ils de la main de l'artiste le mieux coté, reste subordonnée. Ponge a d'abord transcrit et ordonné de façon cohérente les informations fournies dans le plus grand désordre par les lettres d'Émile Picq. Un premier essai de rédaction, tâtonnant, s'interrompt assez vite sur une série de citations empruntées aux *Salons* de Baudelaire, relus à cette occasion. Aucune des phrases que Ponge transcrit alors ne se retrouve dans son texte, mais il est significatif qu'au moment de composer son premier essai de critique d'art il ait cherché en Baudelaire, plus qu'un modèle sans doute, un exemple ou encore un point de départ : telle phrase repiquée dans le *Salon de 1846* : « Toutes les fois qu'on vous parlera de la naïveté d'un peintre de Lyon, dit Baudelaire, n'y croyez pas » (*Œuvres complètes*, Bibl. de la Pléiade, t. II, p. 486) aurait vraisemblablement pu servir d'*incipit* ou fournir une épigraphe. Mais il est encore plus significatif que l'incertitude dont témoigne peut-être cette relecture ait été surmontée, et que Ponge, au moment de se faire critique d'art, se soit d'emblée exprimé avec autorité : « Il faut à Lyon considérer Picq ». Activité nouvelle pour lui, la critique d'art s'inscrivait dans le prolongement de ses réflexions sur le langage et la littérature ; ce n'étaient pas tant de nouveaux enjeux qui apparaissaient qu'un nouveau territoire qui était conquis, où poursuivre la même recherche.

1. « Même au repos il avait l'air de danser imperceptiblement comme ces voitures sensibles qu'on appelait autrefois des huit-ressorts » (P. Claudel, *L'œil écoute*, « Nijinsky », dans *Œuvres en prose*, Bibl. de la Pléiade, p. 387).

2. Peut-être y a-t-il là une réminiscence du *Peintre de la vie moderne* et de la frénésie que Baudelaire note chez « M. G. » (voir *Œuvres complètes*, Bibl. de la Pléiade, t. II, p. 692-694).

3. « La grande qualité du dessin des artistes suprêmes est la vérité du mouvement » (Baudelaire, *Salon de 1846*, IV. « Eugène Delacroix », dans *Œuvres complètes*, éd. citée, t. II, p. 435).

4. « J'ai fait la magique étude / Du Bonheur, que nul n'élude » (Rimbaud, *Vers nouveaux et chansons*, « Ô Saisons, ô châteaux », v. 4-5, dans *Œuvres complètes*, Bibl. de la Pléiade, p. 88).

5. Lorsqu'il reprendra ce texte dans *L'Atelier contemporain*, Ponge ajoutera à la date de rédaction la mention du lieu : « Lyon, avril 1944 ».

◆ NOTES SUR « LES OTAGES ». PEINTURES DE FAUTRIER. — Ms. : les différents états du manuscrit des *APo* (ms. *APo*) ont été décrits par F. Chapon dans le catalogue de l'exposition sur Francis Ponge et ses peintres au Centre Georges-Pompidou du 25 février au 4 avril 1977 (*Francis Ponge,*

Manuscrits, livres, peintures, Bibliothèque publique d'information, Centre Georges-Pompidou, 1977, p. 22-23). Deux dossiers des *APo* présentent un intérêt particulier. Le premier, intitulé « Note sur *Les Otages*. Peintures de Fautrier » rassemble, d'une part, 45 feuillets manuscrits tantôt à l'encre, tantôt au crayon, portant trace de rédactions antérieures puisque certains ont été découpés et collés, d'autre part, 19 feuillets dactylographiés, comportant quelques corrections manuscrites, qui constituent une mise au net. Le second, intitulé « La Bataille contre l'horreur », comprend 34 feuillets manuscrits et dactylographiés réunissant un choix d'extraits destinés à la revue *Confluences* et un texte liminaire de présentation. Ces manuscrits sont datés : « Paris, janvier 1945 ». — *Préorig.* : *Le Spectateur des Arts*, n° 1, décembre 1944, sous le titre « Fautrier à la Vallée-aux-Loups » ; *Confluences*, n° 5, juin-juillet 1945, sous le titre « La Bataille contre l'horreur » (*Confl.*) ; publication partielle comportant le texte liminaire (p. 63, qui ne figurera pas dans *orig.* mais sera rétabli dans *Le Peintre à l'étude*), un fragment du chapitre I (p. 65, de « À quels mobiles appartient-il » à « de soins, de parures »), le chapitre III et le début du chapitre IV (p. 69-74, de « Il arrive au corps humain » à « humaine et de Fautrier »). — *Orig.* : tiré à trois cents exemplaires, sous son titre définitif, chez Seghers, en 1946, suivi de vingt planches du peintre en noir et blanc.

La genèse de ce texte peut être située entre deux dates relativement rapprochées. Le 19 octobre 1944, Jean Paulhan suggère à Ponge d'écrire une préface pour une exposition des *Otages*, mais il ressort de sa lettre que celui-ci ne les connaît pas encore (« il faut d'abord que tu voies les O. ») ; le 17 janvier 1945, il a en main le manuscrit dont il « trouve le début bouleversant » (*Correspondance [...]*, t. I, lettres 311 et 317, p. 327 et 333). Ce texte reste à plus d'un titre l'un des plus importants de ses écrits sur l'art, tant par son ampleur et sa complexité formelle que par ses enjeux. La forme du journal d'une œuvre constitué des divers moments de rédaction, datés ou non, ne s'y livre pas ouvertement comme dans *La Rage de l'expression*, mais, dissimulée sous un découpage en chapitres eux-mêmes fragmentés en sections séparées par des astérisques, elle affleure par endroits, notamment dans une note de régie programmatique qui substitue à l'écrit le projet d'un « à écrire » : « ... (Continuer en développant sur l'application de la couleur. Le rôle de cette pâte pour accrocher la lumière ou servir à autre chose, selon la conception de la toile.) » (p. 109-110). Le texte proprement dit s'interrompt et cède à l'énoncé de son projet (voir un procédé similaire dans *Nouveau recueil*, « Le Pré », p. 206). On pourrait penser que Ponge emprunte alors à la rhétorique classique la figure de la prétérition, mais son texte ne s'y laisse pas ramener tout à fait ; le geste pongien consiste plutôt à prévoir, comme si elle devait se dire plus tard, telle chose qui est dite immédiatement, en sorte que le texte énonce et annonce tout à la fois. Au contraire de la prétérition classique qui dissimule, le texte de Ponge projette ce qu'il dit à la surface. Une part essentielle de ce qui est dit ici de Jean Fautrier vaut pour Ponge lui-même à la faveur d'une identification du poète au peintre. Avant la publication de *Proêmes*, c'est dans ce texte qu'un lecteur attentif pouvait trouver formulées certaines de ses positions esthétiques essentielles. Sans qu'il soit possible de faire des rapprochements ponctuels précis, affleure une référence tacite constante aux écrits sur l'art de Baudelaire (voir p. 927). Face à un Pablo Picasso identifié à Ingres, Jean Fautrier figure un nouveau Delacroix. Présentant *Les Otages*, Ponge affronte le tragique auquel il oppose la réponse de l'art, qui « transforme en beauté l'horreur humaine actuelle » (p. 96).

1. Dans *Confl.* : « où l'on se sent comme acculé dans les cordes par la grêle ».

2. Peut-être y a-t-il là une réminiscence du poème « Le Jeune Arbre » (*Proêmes*, p. 184-185). Sur le mythe de l'arbre qui traverse l'œuvre, voir B. Beugnot, *Poétique de Francis Ponge*, 1990, p. 160-168.

3. Indication marginale sur les épreuves du *Peintre à l'étude* (dossier des *AF*) : « ... à tout prix... ». La difficulté d'écrire traduit pour l'écrivain l'épreuve qu'a constituée pour le peintre le sujet à la fois impossible et irrécusable des otages. À la violence de ce sujet répond celle du texte, revendiquée et récusée du même mouvement dans une reprise du topos de modestie, peu caractéristique de Ponge. Cette page liminaire, parue dans *Confl.* en 1945 pour introduire des extraits donnés en prépublication, ne figure pas dans *orig*. Dans *Confl.*, une note de bas de page précisait : « Les réflexions qui suivent sont extraites d'un ensemble de notes inspirées par la suite de peintures de Fautrier : *Les Otages* ».

4. Sculptures destinées au tombeau du pape Jules II ; deux sont conservées au Louvre, quatre autres à l'Académie de Florence. Le rapprochement avec une œuvre classique permet à Ponge d'inscrire les tableaux de Jean Fautrier dans une tradition esthétique en marquant ce par quoi ils s'y rattachent aussi bien que ce qui les en distingue. Au cours du texte, la multiplication de telles références manifestera aussi bien la difficulté de dire le caractère particulier des toiles de Jean Fautrier que leur appartenance à l'art. En 1964, dans « Nouvelles notes sur Fautrier, crayonnées hâtivement depuis sa mort », Ponge reviendra sur ce rapprochement (*L'Atelier contemporain*, p. 264).

5. Ponge a corrigé les épreuves du *Peintre à l'étude* (dossier des *AF*) où l'on lisait : « plus jamais remplie, ne sera peut-être plus jamais mère, et ces esclaves ». L'explication repose sur une fausse étymologie : la veuve n'est pas « vide », elle subit le délai de viduité, en principe de trois cents jours, au cours duquel elle est privée du droit de se remarier.

6. Au moment où Ponge écrit ce texte, les Allemands lancent l'offensive des Ardennes. La portée de cet appel à la lutte dépasse certes ces circonstances immédiates, mais Ponge écrira dès l'année suivante, dans « Braque le Réconciliateur » : « Et qu'on nous laisse à notre laboratoire » (p. 135), en revendiquant pour l'artiste le droit de prendre ses distances.

7. À la fin de *Calligrammes*, après bien des poèmes qui chantent la « merveille de la guerre », Guillaume Apollinaire laisse tomber cet aveu, dans « Chant de l'honneur » : « Qui donc saura jamais que de fois j'ai pleuré / Ma génération sur ton trépas sacré » (*Œuvres poétiques*, Bibl. de la Pléiade, p. 306). On notera que Ponge rapproche la guerre et la condition humaine : il importe de marquer que l'horreur dont *Les Otages* portent témoignage ne peut être réduite à un accident de l'Histoire. Leur portée esthétique est en jeu. À propos de la mort par accident et de l'assassinat, Ponge notera plus loin : « Il y a là quelque chose d'indifférent, de fortuit, de sans cause [...]. Or le hasard n'est pas poétique, pas tragique » (p. 101).

8. André Malraux s'inspire peut-être de Ponge lorsqu'il écrit, dans la préface à l'exposition des *Otages*, tenue à la galerie René Drouin du 26 octobre au 17 décembre 1945 : « Des couleurs libres de tout lien rationnel avec la torture se substituent aux premières [...]. Une hiéroglyphie de la couleur. Sommes-nous toujours convaincus ? Ne sommes-nous pas gênés par certains de ces roses et de ces verts presque tendres, qui semblent appartenir à une complaisance (fréquente chez tous les artistes) de Fautrier pour une autre part de lui-même ? » (texte reproduit dans *Fautrier 1898-1964*, Catalogue de l'exposition au musée d'Art moderne de la

ville de Paris, 25 mai - 24 septembre 1989, p. 222). Sur « viride », voir n. 29, p. 106.

9. Le mot « résistance », d'un emploi délicat en 1945, prend plus d'un sens dans le texte de Ponge. Outre la résistance à l'occupation allemande, il désigne aussi ce que Jean Paulhan appelle « le tremblement que donnent à l'artiste le plus savant la conviction, les passions, le souci tenace — cette résistance obscure, qui semble venir de l'âme » (*Fautrier l'enragé*, texte de la première version de 1943, reproduit dans *Fautrier 1898-1964*, p. 217). Cette double acception condense le problème que pose la représentation de l'horreur en beauté. Ponge reviendra à cette résistance de l'œuvre d'art dans « Joca Seria. Notes sur les sculptures d'Alberto Giacometti » : « Giacometti est doué de la seule (des qualités) qualité qui permette(nt) de faire quelque(s) chef(s)-d'œuvre du meilleur genre (je veux dire qui résiste(nt) de toutes parts au plus grand nombre de points de vue critique) » (*L'Atelier contemporain*, p. 185).

10. Peut-être faut-il entendre dans ce passage un écho de la catharsis dont Aristote fait l'objet de la tragédie dans sa *Poétique*. « Conscient que certains des *Otages* de Fautrier ont une beauté presque indécente, et qu'ils risquent par conséquent d'être inacceptables [...], Ponge entreprend de réduire cette contradiction dans son essai. En débattant longuement des enjeux en cause, en nous emmenant en coulisse et en nous faisant revivre la confrontation douloureuse de Fautrier avec les otages ainsi que la sienne propre, il montre que l'artiste, l'écrivain et le lecteur aussi bien ont gagné le droit de choisir la beauté. C'est pratiquer la critique d'art comme une catharsis » (S. A. Jordan, *The Art Criticism of Francis Ponge*, Leeds, W. S. Maney and Sons, 1994, p. 52).

11. Les valeurs de « ravissant » et de « ravissement » ne se recoupent pas en dépit de leur parenté : le premier mot évoque le charme et côtoie le joli, tandis que le second désigne plutôt les transports de joie et d'admiration, l'extase. En passant de l'un à l'autre, Ponge condense à nouveau, en tentant de la surmonter, la contradiction entre la beauté presque obscène et l'horreur du sujet des tableaux de Jean Fautrier. On notera que le principe de ce transport de l'âme, la « fureur d'expression », se fait tout intérieur, qu'il se trouve dans l'artiste plutôt que dans le sujet de l'œuvre. En 1943, dans la première version de *Fautrier l'enragé*, Jean Paulhan avait longuement développé, dans le cadre d'une réflexion purement esthétique, le paradoxe que les tableaux de Jean Fautrier semblent trop beaux. Ponge y a peut-être trouvé un aliment à sa réflexion, mais Jean Paulhan, dans la version amplifiée de son propre texte, en 1962, a emprunté à son tour à la « Note » de Ponge : « Notre homme est bien étonné de cet univers inattendu d'où lui vient on ne sait quel ravissement, quelle consolation. Et pourquoi le ravissement ? C'est sans doute, pour une part, qu'il se trouve débarrassé de notre monde, dont il n'a pas toujours à se louer » (*Œuvres complètes*, Cercle du livre précieux, 1970, t. V, p. 214 ; voir la note bibliographique sur ce texte, *ibid.*, p. 522). « Le Carnet du Bois de pins » associe le ravissement à l'originalité (voir *La Rage de l'expression*, p. 384, et n. 9).

12. Dans sa préface à l'exposition des *Otages* à la galerie René Drouin, André Malraux écrira, en répondant peut-être plus ou moins consciemment à Ponge : « L'art moderne est né le jour où l'idée d'art et celle de beauté se sont trouvées disjointes » (*Fautrier 1898-1964*, p. 222).

13. « Gêne », rapproché de « géhenne », d'abord pris dans l'acception de torture et d'enfer, glisse ensuite à une acception technique, que signale Littré : « terme de peinture. Synonyme de contrainte dans le dessin ». Encore une fois, la contradiction entre l'horreur et la beauté est condensée dans

l'épaisseur sémantique d'un mot. Surmonter cette contradiction en l'assumant rend « méritoire » l'œuvre du peintre. Voir p. 111 et n. 36.

14. Les écrits sur l'art deviendront une part essentielle de l'œuvre de Ponge, mais celui-ci semble n'y avoir vu d'abord qu'un détournement de son propre travail. Voir la Notice, p. 926-927.

15. On rapprocherait cette phrase de trop nombreux textes de Ponge pour qu'il soit utile de les relever ici, sauf peut-être « De la modification des choses par la parole », qui décrit le mécanisme par lequel l'homme « change d'avis par les paroles » (*Proêmes*, p. 174). Sur l'ambiguïté de la parole chez Ponge, voir G. Farasse, *L'Âne musicien. Sur Francis Ponge*, coll. « Essais », Gallimard, 1996, p. 57-83.

16. Ponge se souvient d'une observation de Jean Paulhan dans *Fautrier l'enragé* : « [...] il faudrait [...] se demander pourquoi les tableaux (et les femmes), que l'on aimera, semblent d'abord inacceptables » (*Fautrier 1898-1964*, p. 216).

17. L'idée, avancée dans le projet de prière d'insérer du *Peintre à l'étude*, que la critique d'art interrompt provisoirement l'œuvre proprement dite, est ici reprise ; s'ajoute l'explication par un motif alimentaire. En 1944, Ponge semble entretenir l'idée que la critique d'art pourrait lui assurer un revenu. Six années plus tard, toute illusion semble dissipée comme le laisse entendre ce passage de « Joca Seria. Notes sur les sculptures d'Alberto Giacometti », en dépit d'un renvoi à « Note sur *Les Otages* » : « Le lecteur ne suppose pas que j'aille lui faire des confidences. Les productions de Giacometti sont à vendre. La publication où paraîtront ces lignes l'est aussi. Non ces lignes. M. Ch. Zervos ne m'en donnera pas un sou, ni personne. [...] Pourquoi donc me suis-je donné cette peine ? J'ai expliqué ça dans mon Fautrier » (*L'Atelier contemporain*, p. 184).

18. Les guillemets indiquent peut-être qu'il s'agit d'une citation ; si tel est le cas, nous n'avons pu l'identifier. *Ms. APo* et les épreuves du *Peintre à l'étude* (dossier des *AF*) portent : « qui la *[sic]* rend encore moins possible comme ensemble esthétique ».

19. De 1810 à 1823, Goya réalisa, on s'en souvient, les quatre-vingt-deux eaux-fortes des *Désastres de la guerre*. Dans sa préface à l'exposition des *Otages* en 1945, André Malraux citera également Goya (*Fautrier 1898-1964*, p. 222).

20. Ponge cite de mémoire ; le titre de ce tableau de 1831 est : *La Liberté guidant le peuple*.

21. *Bonaparte visitant les pestiférés de Jaffa* (1804) par Antoine Gros.

22. On peut penser à la *Leçon d'anatomie du docteur Tulp* (1631) ou à la *Leçon d'anatomie du docteur Joan Deyman* (1656).

23. On reconnaît là un écho à Marx (*Thèses sur Feuerbach*, XI, *Œuvres*, III. *Philosophie*, Bibl. de la Pléiade, p. 1033 : « Les philosophes n'ont fait qu'*interpréter* le monde de différentes manières, ce qui importe, c'est de le *transformer* »), mais surtout l'expression de préoccupations qui se font jour dans « Pages bis » et « Notes premières de "L'Homme" », écrites en 1943-1944 (*Proêmes*, p. 206-222 et p. 223-230). Il sera fait allusion au même texte de Marx dans « Braque ou l'Art moderne comme événement et plaisir » (p. 138 et n. 3).

24. « En gros plan » : l'expression vient d'être utilisée pour décrire l'action du tortionnaire sur la victime ; sa reprise souligne l'adéquation du tableau à son sujet. Faut-il aller jusqu'à suggérer, comme S. A. Jordan (*The Art Criticism of Francis Ponge*, p. 57-58), que la technique de Jean Fautrier reproduit les gestes du bourreau ?

25. Dans *Les Otages*, Jean Fautrier métamorphose en astres les victimes des tortures ; l'image, qui emprunte à la divinisation des héros dans le

paganisme gréco-romain, se rattache aux valeurs religieuses que Ponge attribue aux peintures de Jean Fautrier : « ce sont les saintes faces, dont certaines rappellent tant le linge de Véronique (celle qui a pris l'empreinte du Christ) », lira-t-on plus loin (p. 106).

26. Album de douze lithographies de Pierre Montagnac, Jean Aujame, Édouard Goerg, Louis Berthomé-Saint-André, Ledureau, Édouard Pignon, publié clandestinement par le Front national des arts en 1944, qui comporte des représentations de scènes de torture et des satires des troupes allemandes d'occupation. Les titres des œuvres, qui recourent en général à ce que Ponge appelle « attitudes théâtrales », en soulignent la teneur dramatique : *Toujours appliqués au mal*, *Interrogatoire*, *A mort la bête*, *Judas*. Sur cet album, voir S. A. Jordan, *The Art Criticism of Francis Ponge*, p. 59-60.

27. L'otage, divinisé, a été métamorphosé en astre par le tableau de Jean Fautrier et l'amateur qui l'accroche à un mur s'engage dans un face-à-face perpétuel avec lui.

28. « Les miennes s'appellent René Leynaud et M. P. », dans *ms. APo*. Sur René Leynaud, voir « Baptême funèbre » (*Lyres*, p. 465-466). Les initiales M. P. désignent peut-être Michel Pontremoli, à qui le « Carnet du Bois de pins » est dédié (*La Rage de l'expression*, p. 377, et n. 27).

29. Ponge, par un rapprochement avec l'adjectif « sanguin », associe étroitement le sujet des *Otages* à la matière picturale ; par ailleurs, le sang, ramené à une couleur, juxtaposé à un nom de couleur, « roux », a pour complémentaires « le blanc viride et le noir ». Littré, qui recense « viridité » comme terme didactique (« état ou qualité de ce qui est vert »), ignore l'adjectif « viride », déjà associé au blanc dans « L'Œillet » (*La Rage de l'expression*, p. 359, et n. 10).

30. Le paragraphe suivant a été supprimé sur les épreuves d'*orig*. « La déformation de la face, de la tête par la torture, l'abolition de l'équilibre tranquille et simple, de la symétrie caractéristique de la face humaine dans son état d'innocence et de tranquillité. »

31. Cette relique est conservée dans la basilique Saint-Pierre de Rome.

32. Dans *orig*. et dans *Le Peintre à l'étude*, dont nous suivons ici le texte, ce paragraphe est séparé du précédent par un astérisque et ainsi mis en relief ; dans *Tome premier* il ne subsiste qu'un blanc, effacé dans *L'Atelier contemporain*. Ponge est un correcteur d'épreuves attentif, mais il n'est pas impossible que ce détail lui ait échappé.

33. *La Rage de l'expression* est le titre, définitivement arrêté depuis le 22 juillet 1943, du recueil qui ne sera publié qu'en 1952 ; l'expression est ici, autant que le fait de s'exprimer par le langage, le fait d'extraire par pression les couleurs du tube. Ponge suggère peut-être une analogie entre ses propres textes et l'art de Jean Fautrier : il ne s'est pas mis à écrire, lui non plus, « pour ne rien dire, ou pour dire n'importe quoi ». De « l'expression du tube de couleur » à « la volonté de vaincre, la résolution », l'hiatus resterait entier s'il n'y avait « le tour de force » du peintre.

34. Une parenthèse qui apparaissait en ce lieu : « (à voir avec le peintre) », a été supprimée sur les épreuves du *Peintre à l'étude* (dossier des *AF*). Faut-il comprendre que le texte que nous lisons devait au départ préparer une étude, comme « Joca Seria » est la « suite de notes ayant servi à la composition du texte intitulé *Réflexions sur les statuettes, figures et peintures d'Alberto Giacometti* » (*L'Atelier contemporain*, p. 153) ? Ponge supprimerait un aide-mémoire qu'il s'adressait à lui-même et qui n'a plus de raison d'être dès lors que cette « Note » devient le texte même qu'il publie sur *Les Otages* de Jean Fautrier. On comprend mal toutefois pour quelle raison la parenthèse précédente n'a pas également été supprimée ; une certaine incertitude sur le statut de ce texte subsiste peut-être. Sur cet

« enduit *spécial* », voir Jean-Paul Ledeur, « Fautrier, la chair de l'émotion » (*Fautrier 1898-1964*, p. 42-45).

35. Ponge venait de relire les textes sur l'art de Baudelaire. Il n'est pas impossible que ces lignes comportent une réminiscence du *Salon de 1846* : « Delacroix part donc de ce principe, qu'un tableau doit avant tout reproduire la pensée intime de l'artiste, qui domine le modèle, comme le créateur la création [...]. Il est important que la main rencontre, quand elle se met à la besogne, le moins d'obstacles possible, et accomplisse avec une rapidité servile les ordres divins du cerveau : autrement l'idéal s'envole » (*Œuvres complètes*, Bibl. de la Pléiade, t. II, p. 433).

36. Allusion polémique à la théorie de Paul Valéry, qu'un artiste s'impose des contraintes techniques, des « gênes exquises », dont le caractère arbitraire et tout extérieur assure la fécondité (*Variété*, « Études littéraires », « Au sujet d'Adonis », dans *Œuvres*, Bibl. de la Pléiade, t. I, p. 476). Ponge reviendra longuement à cette question dans *Pour un Malherbe* (p. 244-248 et 253-255) pour conclure que « Valéry prouve ici qu'il n'est pas poète ».

37. Dans *ms. APo* : « statique (et l'on trouverait bien un élément cinématique dans le gros plan, dans la façon dont les faces et les corps semblent sortir de l'ombre, dans le fait qu'ils semblent animés d'un mouvement giratoire autour de nos têtes), si bien ».

38. Dans « Nouvelles notes sur Fautrier, crayonnées hâtivement depuis sa mort », Ponge comparera Jean Fautrier à « un loup d'hiver quand il va sortir du bois, pour un grand saccage dans les poulaillers des Beaux-Arts » et à « un rat maigre » (*L'Atelier contemporain*, p. 254 et 255). On opposera la félinité mineure d'une Leonor Fini « aux très légers poisons » (« Pour l'un des "Portraits de famille" de Leonor Fini », *ibid.*, p. 87) à celle, majeure, que Ponge attribue à Jean Fautrier, « grand fauve félin ».

39. Allusion aux titres et aux sujets de tableaux peints par Fautrier au cours des années vingt : *Le Grand Sanglier noir* (1926), *Le Lapin pendu* (1926), *Le Lapin écorché* (1926), *Le Sanglier écorché* (1927), *Les Peaux de lapin* (1927), *Les Fleurs de chardon* (1927), *Paysage de Port-Cros* (1928), *Forêt de Port-Cros* (1928), etc.

40. Allusion à d'autres tableaux des mêmes années : *Tête de femme* (1926-1927), *Le Hareng* (1926), *Les Maquereaux* (1926), *Les Poissons* (1927), *Le Grand Compotier* (1927), *Les Poires* (1927), *Les Raisins* (1928), *Nature morte à la poire* (1928), etc.

41. On lit dans *orig.* : « le rapprochement — comme il devait se produire — de G. Bataille et de Fautrier : G. Bataille défini (depuis l'*Histoire de l'œil* et cela vaut pour toute son œuvre) comme celui ». Lord Auch est le pseudonyme sous lequel Georges Bataille a publié, en 1928, *Histoire de l'œil*, son premier livre, avec huit lithographies originales d'André Masson. Jean Fautrier a collaboré à deux publications de Georges Bataille : trente gravures signées Jean Perdu [J. F.] illustrent *Madame Edwarda*, roman de Pierre Angélique [G. B.] paru à Paris en 1942 [1945] chez le Solitaire [Jean Blaizot] ; 18 lithographies en violet et 18 gravures en noir illustrent *L'Alleluiah*, Librairie Auguste Blaizot, 1947. Les éléments figurant entre crochets rétablissent ce que dissimulaient des noms et des dates fictifs.

42. S. A. Jordan (*The Art of Criticism of Francis Ponge*, p. 65-66) a proposé un rapprochement suggestif de cette page avec « Les Écuries d'Augias », texte daté de 1929-1930 : « Il ne s'agit pas de nettoyer les écuries d'Augias, mais de les peindre à fresque au moyen de leur propre purin » (*Proêmes*, p. 192).

43. En 1945, et dans un texte voué à la glorification des otages autant

que des tableaux qui leur sont consacrés, une telle phrase est, bien entendu, sémantiquement surdéterminée.

44. *Dignes de vivre*, publié par les Éditions littéraires de Monaco et par René Julliard en 1944 avec trois lithographies de Jean Fautrier, est une réédition, augmentée de quelques poèmes, du recueil *Poésie et vérité 1942* ; une autre édition paraîtra en 1947, dans laquelle les illustrations de Jean Fautrier seront remplacées par des bois de Theo Kerg. Voir Paul Éluard, *Œuvres complètes*, Bibl. de la Pléiade, t. I, p. 1634.

45. Sous le titre « L'Inspiration à rênes courtes », Ponge publiera une suite de six textes dans les *Cahiers du Sud* (n° 311, septembre 1952) : « Marine », « Le Nuage », « Bois des tabacs », « Au printemps », « Le Pigeon » et « Éclaircie en hiver » (*Lyres*, p. 456, 452, 457 et 458 ; *Pièces*, p. 696-697 et 720-721).

46. La parenthèse qui identifie Pablo Picasso à Ingres permet de comprendre que cette double énumération, qui oppose deux types de peintre, reprend un des grands thèmes des écrits sur l'art de Baudelaire, le parallèle entre Delacroix et Ingres. Voir Baudelaire, *Salon de 1846*, IV. « Eugène Delacroix » ; *Exposition universelle (1855)*, II. « Ingres » et III. « Eugène Delacroix » (*Œuvres complètes*, Bibl. de la Pléiade, t. II, respectivement p. 427-443 et p. 583-597).

47. Cette phrase comportait dans *ms. APo* un prolongement, supprimé sur les épreuves du *Peintre à l'étude* (aux *AF*), vraisemblablement à cause de ses fâcheuses connotations politiques : « ... et certainement Fautrier est réactionnaire en un sens ».

48. Dans *ms. APo* : « Huit ans après, voici LES OTAGES. / * / La peinture nous restitue les otages. En beauté, somptuosité, magnificence. / * / Les voici donc enfin à jamais, ces OTAGES ».

◆ MATIÈRE ET MÉMOIRE. — *Ms.* : *ms. APo* a été décrit par F. Chapon dans le catalogue de l'exposition Francis Ponge au Centre Georges-Pompidou du 24 février au 4 avril 1977 (*Francis Ponge. Manuscrits, livres, peintures*, p. 24-25). Réuni à l'exemplaire 22 de l'album paru chez Mourlot et aux épreuves du texte paru dans *Fontaine*, il est conservé sous une reliure de Georges Leroux, dont on trouve une description et une photographie dans J. Toulet, *Georges Leroux. Catalogue de l'exposition à la B.N.*, Filipacchi, 1990, p. 32 et 114. — *Orig.* : ce texte a été publié chez Fernand Mourlot en 1945 et tiré à soixante exemplaires sous le titre *Matière et mémoire ou les Lithographes à l'école*, par Francis Ponge et Jean Dubuffet (découpé en sections numérotées en chiffres romains, le texte est suivi de trente-quatre lithographies de Dubuffet). — Le texte d'*orig.* fera l'objet d'un tiré à part à 20 exemplaires hors commerce sur Arches, dont un orné d'une lithographie originale de Pablo Picasso et sera repris en juin 1945 dans *Fontaine*, n° 43.

À l'automne 1944, lorsque Francis Ponge et Jean Dubuffet se rencontrent, leurs situations présentent de singulières analogies. Tous deux au milieu de la quarantaine, commencent à peine à être connus. Jean Dubuffet tient en octobre 1944, à la galerie René Drouin, place Vendôme, sa première exposition, dont le catalogue est préfacé par une « Lettre à Jean Dubuffet » de Jean Paulhan (*Œuvres complètes*, t. V, p. 149-153). Mis en relation par ce dernier, les deux hommes sympathisent immédiatement (voir *Correspondance [...]*, t. I, lettres 307, 309 et 310, p. 324 et 325-326). Leur première rencontre a lieu le 5 octobre 1944, à l'atelier de Jean Dubuffet, qui travaille à une série de lithographies et qui souhaite obtenir de Ponge une préface. Le manuscrit de « Matière et mémoire » ne porte aucune date sauf à la fin des deux copies dactylographiées mises au net le

5 et le 6 février 1945. On sait donc que ce texte n'a pu être écrit qu'entre le 5 octobre 1944 et le 6 février 1945. Peut-on resserrer cette chronologie ? Ponge n'a vraisemblablement pas entrepris son étude avant que l'ensemble des lithographies soit achevé, au plus tôt le 27 novembre 1944, date qui figure sur l'avant-dernière de la série ; à partir de la fin d'octobre, il s'enfonce dans la rédaction des « Notes sur *Les Otages*. Peintures de Fautrier » qui seront soumises à Jean Paulhan le 17 janvier 1945. « Matière et mémoire » a vraisemblablement été rédigé en une vingtaine de jours, entre le 18 janvier et le 6 février 1945. Cette conjecture paraît d'autant plus probable que le manuscrit donne à lire une genèse linéaire, sans interruptions observables, marquée par le bonheur d'écrire ; l'absence de datation des états, rare chez Ponge, plaide en faveur d'une rédaction ininterrompue, sans retour sur le déjà écrit. Cette rapidité tient pour une part à la collaboration de Jean Dubuffet, qui a procédé à trois dactylographies successives. F. Chapon précise dans quelles conditions ces dactylographies ont été faites : la première a été « établie au fur et à mesure de la composition, par Jean Dubuffet lui-même, puis corrigée à la main, et découpée par l'auteur pour une réorganisation du texte » ; la seconde, datée du 5 février 1945, a été « établie et corrigée dans les mêmes conditions » ; la troisième est une mise au net définitive, le 6 février, sans aucune correction ni adjonction de Ponge (voir *Francis Ponge. Manuscrits, livres, peintures*, p. 25). Ponge ne fait, à la fin de son texte, qu'une allusion discrète aux œuvres de Jean Dubuffet, dont il ne mentionne même pas le nom. Tout le propos porte sur le procédé de la lithographie, qui rend vivante la pierre et assure sa collaboration au travail de l'artiste. La pierre lithographique, « sensibilisée », échappe au mutisme dont « Le Galet » faisait la caractéristique du minéral (voir *Le Parti pris des choses*, p. 49-56). Elle répond à l'artiste qui sait se montrer « à la fois non trop prétentieux à son égard, et non aveugle à ses désirs » (p. 119). La lithographie, inscrite sur la pierre puis transférée sur la page, se rapproche et se distingue à la fois des inscriptions romaines qui ont tant frappé Ponge enfant (voir n. 8, p. 117). Le monde des choses n'est plus tout à fait « muet ». Au même titre que « Le Galet », « Matière et mémoire » est une « lithographie », dans une acception ancienne que relève Littré : « traité sur les pierres ». Ponge emprunte à Bergson le titre de son étude, peut-être dans une intention polémique, pour opposer à une philosophie spiritualiste une mémoire toute matérielle. L'emprunt va-t-il au-delà ? On peut en douter. On se rappellera que Ponge, dans une lettre à Gabriel Audisio en date du 22 juillet 1941, publiée dans le « Carnet du Bois de pins » (*La Rage de l'expression*, p. 411), associait Bergson à Kierkegaard et à Alfred Rosenberg pour stigmatiser « l'obscurantisme dont nous sommes menacés ». En 1945, ce texte prend valeur de manifeste : la « thésaurisation subreptice » de la pierre lithographique suggère une allégorie de la situation de Ponge, et la littérature s'y trouve justifiée « comme moyen de connaissance », précisément parce que l'expression ne va pas de soi, qu'elle procède d'une recherche dont *La Rage de l'expression* proposera bientôt l'exemple. La pratique de l'art, érotisée jusque dans ses aspects techniques, fonde ainsi une relation heureuse au monde, une morale.

    1. Émilie Carlu, seconde femme de Jean Dubuffet.

    2. Ce n'est pas là une hyperbole. Fernand Mourlot a su intéresser les plus grands artistes contemporains à la lithographie, qui était pratiquement réduite, au début du siècle, à l'impression d'affiches commerciales ; on doit à son action la place éminente qu'elle a retrouvée dans l'art contemporain. Sur son atelier, où ont travaillé, notamment, Georges Braque, Jean Dubuffet, Henri Matisse, Pablo Picasso, voir F. Mourlot,

« L'Artiste et l'imprimeur lithographe », *La Lithographie. Deux cents ans d'histoire, de technique, d'art*, Nathan, 1982, p. 182-189.

3. Une photographie prise dans l'atelier de Fernand Mourlot permet d'apercevoir des rayonnages sur lesquels les pierres, numérotées, sont disposées à la verticale, comme des livres (*La Lithographie. Deux cents ans d'histoire, de technique, d'art*, p. 189). L'association de la bibliothèque et de pierres tombales est une constante de l'imaginaire de Ponge, lorsqu'il se représente la forme idéale de son œuvre : « Un cimetière de jeunes filles, avec des épitaphes telles qu'elles seraient aussi diverses qu'un jardin de fleurs, voilà en un sens le projet existentiel de mon œuvre » (*Pour un Malherbe*, p. 188).

4. Ponge, amateur de formules proverbiales latines, traduit l'adage : *Festina lente*, que Boileau avait déjà repris dans l'*Art poétique*, I, v. 169-170 : « Hastez-vous lentement, et sans perdre courage / Vingt fois sur le mestier remettez vostre ouvrage » (*Œuvres complètes*, Bibl. de la Pléiade, p. 161).

5. L'expression « musique de chevet », qu'ignore le français, apparaît dans la deuxième dactylographie des *APo*. Plutôt que de la fusion des expressions « musique de chambre » et « livre de chevet », elle procède du mot « accordailles », apparu lors d'une première rédaction puis supprimé ; elle annonce le thème des noces de la pierre et du papier qui sera amplement développé à la fin du texte : « Et le concert qu'on y entend est une musique de chambre, ou d'accordailles ». Cette musique ne s'associe pas au « livre de chevet », elle s'entend au « chevet des amants », expression que recense Littré.

6. La pierre lithographique est un calcaire à grain très serré ; le dessin n'y est pas gravé puisque le procédé lithographique repose, on le sait, sur l'incompatibilité de l'encre grasse et de l'eau. La métaphore organique, justifiée en cela que la pierre lithographique est continuellement humectée, annonce une série d'images qui, plus loin, érotiseront le travail de l'artiste.

7. On distingue quatre types de pierre lithographique, selon leur couleur : bleue, grise, jaune, blanche. La plus recherchée, la pierre grise de Munich est dite « pierre d'Allemagne » ou « pierre allemande » ; Ponge n'invente pas le nom qu'il lui donne, mais il le motive.

8. À la pierre allemande répond la pierre latine. Deux civilisations, deux cultures s'opposent ici, et deux modes d'inscription puisque la pierre lithographique n'est pas gravée, contrairement à la stèle romaine qui constitue pour Ponge une des formes idéales de l'écriture (voir *Entretiens avec Philippe Sollers*, p. 41).

9. Cette répétition rappelle celle à laquelle sont condamnés, dans « Le Cycle des saisons », les arbres qui « lâchent leurs paroles » et « croient pouvoir dire tout, recouvrir entièrement le monde de paroles variées », mais qui produisent « toujours la même feuille » (*Le Parti pris des choses*, p. 23). Toutefois la redite prend ici une valeur positive.

10. On attendrait le verbe « dire ». Littré relève cet emploi de « parler », rare mais possible dans la langue classique, attesté par Molière et Pascal. Il prend ici valeur d'archaïsme.

11. Ponge a observé Jean Dubuffet à l'œuvre et il a su en tirer parti. Le premier essai de rédaction dans *ms. APo* témoignait d'un certain embarras : « Le dessinateur trace une ligne puis la ligne suivante est pour corriger la première, et la suivante pour corriger encore. Il a besoin de voir les précédentes pour tracer les suivantes. Et même il *continue* le dessin d'une seule ligne, il la poursuit *selon* le chemin qu'elle vient de parcourir pour arranger cela avec ce qu'elle a déjà fait. Cela n'est pas propre à la

lithographie ». *Cross*, course à pied en terrain varié avec obstacles, et *steeple*, course de chevaux qui comporte des haies et différents obstacles, représentent par métaphore la démarche du dessinateur dont le crayon court plus ou moins librement sur la pierre. La lithographie est, de toutes les techniques d'estampe, celle qui permet à l'artiste la plus grande spontanéité.

12. Le français ignore cet adjectif, que Ponge reprendra en 1948, dans un passage du manuscrit de « L'Atelier » (voir *Pièces*, p. 759-762) qui offre de curieuses similitudes avec « Matière et mémoire » : « Nassés comme nous le sommes et connaissant nos outils (nantis d'une assez vieille expérience) : le côté pointu du porte-plume qui n'a rien du plumeau, du pinceau [...], nous ne nous ferons pas trop d'illusions. » Sans doute faut-il comprendre que la pierre est prise au piège, comme dans une nasse, par le dessin qui a été tracé à sa surface.

13. Ponge revient fréquemment sur l'idée que l'art procède d'une nécessité intérieure, d'une exigence intime ; voir à ce propos la page extraordinaire où il définit Jean Fautrier comme « un chat qui fait dans la braise » (« Note sur *Les Otages* », p. 111).

14. Peut-être y a-t-il là un écho d'un mot de Poussin rapporté par Bonaventure d'Argonne : « Je lui demandai un jour par quelle voie il était arrivé à ce haut point d'élévation qui lui donnait un rang si considérable entre les plus grands peintres d'Italie ; il me répondit modestement : "Je n'ai rien négligé." » (Nicolas Poussin, *Lettres et propos sur l'art*, Hermann, 1964, p. 186.)

15. *Orig.* porte : « pourrais-je dire dans le chimique ? » Cette formule, remplacée sur les épreuves du *Peintre à l'étude* (*AF*), rendait compte plus exactement du procédé de la lithographie, que son inventeur, Aloys Senefelder, décrivait comme une « méthode chimique » d'impression (*La Lithographie. Deux cents ans d'histoire, de technique, d'art*, p. 244).

16. Les glossaires techniques que nous avons consultés ne répertorient pas ce terme à propos de la lithographie. Ponge le met entre guillemets et le définit aussitôt : c'est l'ultime étape de la préparation de la pierre avant l'encrage et l'impression. Littré signale un autre sens : « Manière d'imprimer sur toile en enlevant la couleur avec le chlore, partout où le cylindre s'applique. »

17. Ce qui a été écrit sur la pierre, rendu pratiquement invisible par l'« enlevage », ne subsiste qu'à l'état de possibilité et ne se révélera, sur la feuille, qu'au moment du tirage. Le deuxième membre de l'adage latin : *Verba volant, scripta manent* (« Les paroles s'envolent, les écrits restent »), appelle par homographie l'« immanent » dans quoi l'inscription se conserve, cachée au cœur de la pierre comme une possibilité d'expression.

18. Voir Boileau, *Art poétique*, I, v. 151-152 : « Ce que l'on conçoit bien s'énonce clairement, / Et les mots pour le dire arrivent aisément » (*Œuvres complètes*, Bibl. de la Pléiade, p. 160). Ponge reviendra à cette idée dans « My creative method » : « Rien n'est intéressant à exprimer que ce qui *ne se conçoit pas bien* (le plus particulier). / Que ce qui ne se conçoit pas bien s'énonce clairement ! (À l'optatif.) » (*Méthodes*, p. 530).

19. La première rédaction (*APo*) comportait une restriction, qui disparaît par la suite : « La littérature, une certaine littérature du moins, pourrait bien être faite pour cela ».

20. *Orig.* porte : « dans le silence ». La correction, apportée sur les épreuves du *Peintre à l'étude* (*AF*), ajoute un écho à la métaphore des noces de la pierre et du papier.

21. La nature a horreur du vide : traduction, passée en proverbe, de l'aphorisme de l'ancienne physique : *Natura abhorret a vacuo*. Ponge y recourt fréquemment, notamment pour expliquer la fécondité de la créa-

tion verbale : « Aux moments où l'*inspiration* est pressante, urgente et où la *corde sensible* est trouvée (corde unique), celle-ci ressemble aussi à un thalweg qui exprime alors tout un bassin, voire le monde entier : tout va à la rivière, tout y afflue, tout lui apporte de l'eau [...] C'est l'afflux des spermatozoïdes dans la fente féminine ouverte et accueillante, en état de rut, en état de vide (celui dont la Nature a horreur et où tout se précipite, pour le combler) » (*Pour un Malherbe*, p. 243-244).

22. Honoré Daumier fut, on le sait, l'un des premiers grands artistes lithographes.

23. « Amodier », synonyme d'« affermer », « donner à ferme », met en relief l'intervention de la pierre dans l'œuvre, sa contribution au travail de l'artiste, qui ne peut que la séduire, la féconder, en lui proposant ce qu'elle rendra à sa façon. Le matériau de l'œuvre n'est jamais purement passif chez Ponge.

24. *Orig.* porte : « rien de mon grès ». La correction, apportée sur les épreuves du *Peintre à l'étude* (*AF*), joue de la proximité phonétique pour retrouver le thème dans la langue même. Cette logique d'une écriture matérialiste donnera lieu, dans *La Fabrique du pré* (p. 47-54 et 204-208), à d'amples développements, fondés sur la proximité de « pré », « prêt », « près ».

25. Cette référence à la « nature muette » de la pierre renvoie à un des thèmes fondamentaux de la poétique de Ponge, la résistance des choses au langage.

26. Fait unique dans les écrits sur l'art de Ponge, l'artiste dont les œuvres ont fourni le point de départ de son texte, Jean Dubuffet, n'est pas nommé sinon par périphrase.

◆ COURTE MÉDITATION RÉFLEXE AUX FRAGMENTS DE MIROIR. — *Ms.* : les *AF* conservent deux manuscrits, *ms. 1 AF* et *ms. 2 AF*. *Ms. 1 AF* (une liasse de 5 feuillets), sous un double titre (« Bref engagement — à la plume — avec un fragment de miroir » et « Courte méditation réflexe à des fragments de miroir »), présente une première rédaction très raturée, dont les parties biffées sont presque toutes illisibles. *Ms. 2 AF* (une liasse de 7 feuillets), qui propose un troisième titre (« Curieuse méditation réflexe aux fragments de miroirs »), constitue une mise au net, qui ne s'écarte de la version imprimée que par des détails. — *Orig.* : ce texte a été publié en 1946 à Lyon, chez Audin, dans une brochure tirée à 300 exemplaires sur pur-fil Montgolfier, numérotés de 1 à 300.

Ce bref texte, écrit en réponse à une sollicitation, donne à Ponge l'occasion de manifester discrètement ses réserves à l'égard du rôle de critique d'art que lui vaut l'admiration des artistes pour *Le Parti pris des choses*. Trente ans plus tard, la préface de *L'Atelier contemporain* rappellera ce moment déterminant pour la suite de l'œuvre (*L'Atelier contemporain*, « Au lecteur », p. VII). Peintres et sculpteurs furent, en effet, les premiers lecteurs enthousiastes de ce recueil qui s'écartait si résolument des pratiques poétiques habituelles, jusqu'à ce qu'en décembre 1944 l'article de Jean-Paul Sartre, « L'Homme et les Choses » (voir *Poésie 44*, n° 20, juillet-octobre et n° 21, novembre-décembre, 1944 ; repris dans *Situations*, coll. « Blanche », Gallimard, 1947, t. I, p. 245-293), le révèle à un plus large public. Dès lors, Ponge dut résister à l'annexion à l'existentialisme ; en témoigne une note de « My creative method », datée du 27 décembre 1947 : « En général on a donné de mon œuvre et de moi-même des explications d'ordre plutôt philosophiques (métaphysiques), et non tellement esthétiques ou à proprement parler littéraires (techniques). C'est à cette statue philosophique que je donnerais volontiers d'abord quelques coups de pouce » (*Méthodes*, p. 519). Aussi lit-on à la fin de ce texte sur Pierre Charbonnier une protestation dont le caractère elliptique ne doit pas dissimuler la fermeté : Ponge y concède, non sans ironie, son allégeance aux thèses d'un existentialisme vulgarisé — « existence précède essence » — à la condition qu'on reconnaisse la validité de ses propres positions relatives à l'antériorité de l'expression par rapport à la pensée.

1. Extrait de l'« Introduction au Galet » (*Proêmes*, p. 202-203).

2. « Peintures de Pierre Charbonnier et deux sculptures de Jean Matisse », galerie Maï, 12, rue Bonaparte, 12-25 juin 1946.

3. « J'aimais les peintures idiotes, dessus de portes, décors, toiles de saltimbanques, enseignes, enluminures populaires » (Rimbaud, *Une saison en enfer*, « Délires », II, « Alchimie du verbe », dans *Œuvres complètes*, Bibl. de la Pléiade, p. 106).

4. Ponge emprunte le concept d'« espace tactile » aux *Cahiers de Georges Braque* (Maeght éditeur, 1947, p. 78), dont celui-ci lui avait offert un exemplaire (voir la notule de « Braque le Réconciliateur », p. 945) : « L'Espace visuel. L'Espace tactile. L'espace visuel sépare les objets les uns des autres. L'espace tactile nous sépare des objets. E. V. : le touriste *regarde* le site. E. T. : l'artilleur *touche* le but (la trajectoire est le prolongement du bras). Unités de mesure tactile : le pied, la coudée, le pouce[...]. » Voir Jean Paulhan, *Braque le patron* : « La toile ressemble à ce que disent les savants des aveugles-nés que l'on opère [...] : c'est que les scènes qu'ils regardent viennent peindre *sur leur œil même* un amas confus de figures qu'ils pensent toucher des yeux plutôt qu'ils ne les voient » (*Œuvres complètes*, t. V, p. 29).

5. *Ms. 1 AF* comporte en ce lieu un passage supprimé du texte imprimé : « Non qu'il s'agisse exactement d'un trompe-l'œil ou d'un leurre : il parvient à donner l'idée d'une question posée en de tels termes qu'elle n'implique évidemment aucune réponse, qu'elle s'affirme *simple question*, plus vivace qu'aucune réponse. / Après quoi toute autre façon de poser les questions semblera toujours un peu grossière. / Tel est le propos d'un certain réalisme, dans les cuvettes ou petits bassins duquel je commence à comprendre que l'homme aime à se mirer souvent. Et peut-être ne comprend-on pas grand-chose à Baudelaire, par exemple, si l'on ne goûte (comme lui) Duranty, voire Gautier. »

6. *Ms. 1 AF* donne des raisons morales de restituer les lignes omises par Pierre Charbonnier, dont il ne conviendrait pas de taire les réserves qu'elles impliquent : « Sinon peut-être qu'il serait malhonnête de ne pas rétablir ces lignes, immédiatement subséquentes... »

7. Extrait de l'« Introduction au Galet » (*Proêmes*, p. 203).

8. À des thèses passées en quasi-slogans au cours de l'après-guerre sous l'effet de mode de l'existentialisme, Ponge oppose ses propres vues sur le « drame de l'expression » ; on se reportera, en particulier, à « Drame de l'expression », « Rhétorique », « Des raisons d'écrire » (*Proêmes*, p. 175-176, 192-193 et 195-197). L'incompatibilité des thèses qu'il déclare, non sans ironie, accorder « toujours volontiers » signale, mieux que toute réserve explicite, son indifférence aux « idées ». Dans « Pages bis », V, il ira jusqu'à faire du « dégoût des idées » le point de départ de son entreprise poétique (*Proêmes*, p. 213) ; la méfiance à l'égard des idées est, par ailleurs, un des thèmes essentiels de « My creative method » (*Méthodes*, p. 515-537).

◆ BRAQUE LE RÉCONCILIATEUR. — *Ms.* : aux *AF*, le manuscrit (*ms. AF*) compte 81 feuillets. En dépit du désordre du dossier, on peut approximativement reconstituer les étapes de rédaction suivantes : à diverses notes (prises à la lecture des livres de Stanislas Fumet et de Jean Paulhan, ou lors de visites à l'atelier de Georges Braque) succèdent des états préparatoires partiels du texte, numérotés après coup en fonction d'un plan ; leur retranscription constitue une première version ensuite mise au point en trois dactylographies successives, annotées et corrigées à la main. Aux *APo*, un manuscrit (*ms. APo*) qui compte 44 feuillets, a été décrit par F. Chapon (*Francis Ponge. Manuscrits, livres, peintures*, p. 26-27). — Préorig. : *Labyrinthe*, n° 22-23, décembre 1946. — Orig. : coll. « Les Trésors de la peinture française », Skira, 1946. Dans un premier cahier figure le texte et deux reproductions du peintre en frontispice, dans le second, treize autres.

La rencontre de Ponge et de Georges Braque a lieu en mars 1945, à l'initiative de Jean Paulhan qui, invité à l'atelier de ce dernier, lui avait écrit : « Et si samedi Francis Ponge nous accompagnait, en seriez-vous ennuyés ? Il voudrait écrire sur vous une étude ou un livre, et moi je l'y encourage. (C'est vraiment un grand écrivain) » (J. Paulhan, F. Ponge, *Correspondance [...]*, t. I, lettre 320, p. 336, n. 1). En même temps, il avait écrit à Ponge : « Je dis à Br. que tu écriras une étude sur lui. (Je le voudrais bien) » (*ibid.*, lettre 321, p. 335-336). La sympathie entre les deux hommes, mêlée, de la part de Ponge, de vénération pour celui qui était son aîné, semble avoir été immédiate. Quoi qu'il en soit, elle a été profonde et durable : Ponge n'a écrit sur aucun autre artiste autant que sur Georges Braque, et celui-ci a dessiné une couverture pour *Proêmes* et *Le Peintre à l'étude* en plus d'illustrer de lithographies *Cinq sapates*. Mais Ponge ne découvrait pas Georges Braque en 1945 : il connaissait son œuvre de longue date, il l'avait même croisé, dès 1923, chez Jean Paulhan et, s'il n'avait pas immédiatement cherché à le fréquenter, c'était, dira-t-il, par une sorte de réserve et, surtout, « parce que ce que je trouvais dans l'œuvre me suffisait » (*Ponge inventeur et classique*, colloque de Cerisy, p. 414). Le nombre et la teneur des textes qu'il lui a consacrés l'attestent : Ponge s'est reconnu dans l'œuvre de Georges Braque, dont l'exemple a vraisemblablement pesé, en dépit de tout ce qui différencie la peinture et la littérature, sur la genèse du *Parti pris des choses*. Il ne serait même peut-être pas excessif de parler d'une influence des textes de Georges Braque sur Ponge. Les éditions Maeght ont, en effet, publié le *Cahier de Georges Braque* en 1947, un recueil de pensées illustré d'admirables dessins. Georges Braque en a offert un exemplaire à Ponge, le 30 juillet 1948 (voir *Nouveau nouveau recueil*, « Nouvelles pochades en prose », coll. « Blanche », Gallimard, 1992, t. II, p. 178). Ponge y a trouvé maintes formules qu'il a reprises à son compte, y prenant même le titre d'un texte : « L'objet, c'est la poétique » (*L'Atelier contemporain*, p. 221). De nombreux passages des textes sur Georges Braque, en particulier, sont faits de citations du *Cahier de Georges Braque* (Maeght, 1947, réédité, augmenté de soixante et une nouvelles notes, sous le titre *Le Jour et la Nuit. Cahiers 1917-1952*, Gallimard, 1952), mais au-delà de ces emprunts ponctuels, leur influence est plus large et plus profonde : Ponge y a reconnu ou trouvé sa propre pensée. Enfin, Georges Braque lui a proposé le modèle par excellence de l'artiste et fut, sur le plan éthique, « un grand Maître de Vie » (*L'Atelier contemporain*, « Feuillet votif », p. 247). Aussi, dans les textes qu'il lui a consacrés, lira-t-on, autant que l'hommage passionné à un artiste admiré, un autoportrait magnifié : en Georges Braque, Ponge se reconnaît, tel qu'il aspire à devenir.

1. *Ms. AF* comporte, f. 3, des notes de lecture des essais de Stanislas Fumet (*Georges Braque*, Braun, 1946) et de Jean Paulhan (« Braque le patron », *Poésie 43*, n° 13, mars-avril 1943). Le 5 décembre 1946, en accusant réception de l'exemplaire de la nouvelle édition de *Braque le patron*

(Éditions des Trois Collines, Genève-Paris, 1946) que Jean Paulhan lui a dédicacé, Ponge écrit : « Ton *Braque*, je le savais déjà (presque entièrement) par cœur » (*Correspondance [...]*, t. II, lettre 374, p. 29). Mais plus que des « idées » à emprunter, Ponge y a trouvé un incitatif à sa propre réflexion.

2. *Ms. AF* porte : « Braque se situe pour moi à distance égale de Bach et de baroque, entre les deux, fort loin de chacun. Il a paru un moment venir de l'un et aller vers l'autre. Mais il ne venait pas de si loin que le 1er et n'est pas allé bien loin vers le second. » Le rapprochement avec Bach, appelé par l'homophonie et, pour cette raison même, « fondé en réalité », prend la valeur d'un éloge extrême. Plus tard, Ponge verra en Malherbe « le modèle incontesté (par eux-mêmes) de nos grands classiques, l'auteur du seul monument parfaitement indestructible écrit en notre langue, le Père, le Maçon, le Maître-ordonnateur, enfin le Jean-Sébastien Bach de la littérature française » (*Pour un Malherbe*, p. 63). Ponge écrira plus loin de Georges Braque qu'il a poussé à sa perfection « l'art français de la peinture ». Voir n. 27, p. 133, et n. 32, p. 135.

3. Ces *Barques*, « retournées dès lors sur le sable » en anagramme de Braque, renvoient peut-être, par leurs couleurs vives, à certains tableaux de la période fauve, peints en 1906, par exemple *L'Estaque. Le Port de La Ciotat* ou *L'Estaque. L'Embarcadère* (Musée national d'Art moderne).

4. *Ms. AF*, f. 24, porte la copie à la plume d'une œuvre de Georges Braque, sans doute *La Guitare*, un papier collé de 1912, qui figure parmi les quinze reproductions d'*orig.* ; Ponge y met en relief la ressemblance de la moitié gauche d'une guitare avec un *B* inversé.

5. Le déploiement des valeurs du nom culmine en une énumération d'objets fréquemment représentés sur les toiles de Georges Braque, dont une note non retenue de *ms. AF*, f. 56, éclaire le sens : « Braque. C'est un objet de l'ordre des barques de pêche en mer, des instruments aratoires (en bois), des tribunes d'orgue, des violons ou guitares, des charrettes de paysans, des granges, des salles à manger normandes ou bressannes, des lutrins, c'est-à-dire un de ces objets d'usage qui n'ont pas changé depuis les temps les plus reculés. » Le caractère commun et nécessaire de ces objets assure qu'ils s'élèveront à une mythologie ; le caractère utilitaire et la nécessité, reconnus, par exemple, au Pont du Gard (voir *Pour un Malherbe*, p. 60), sont des traits classiques (voir *Nouveau nouveau recueil*, « Préface à un Bestiaire », t. II, p. 164). Voir p. 131 et la note 18.

6. « Les Trésors de la peinture française » des Éditions d'art Skira.

7. Paraphrase du dernier vers des *Fleurs du mal* : « Nous voulons, tant ce feu nous brûle le cerveau, / Plonger au fond du gouffre, Enfer ou Ciel, qu'importe ? / Au fond de l'Inconnu pour trouver du *nouveau* ! » (Baudelaire, *Œuvres complètes*, Bibl. de la Pléiade, t. I, p. 134).

8. Ce mot figure au Littré comme terme technique : « Terme de médecine. État de vertige. »

9. Paraphrase ironique de la réplique, passée en proverbe, que Molière prête à Sganarelle dans *Le Médecin malgré lui*, acte II, sc. IV : « *Ossabandus, nequeys, nequer, potarinum, quipsa milus*. Voilà justement ce qui fait que votre fille est muette » (*Œuvres complètes*, Bibl. de la Pléiade, t. II, p. 246).

10. Texte proche du « Mémorandum » qui ouvre *Proêmes* (p. 167). *Ms. AF* : « est donc faux, par définition. Mais comment exprimer son hétérogénéité ? Sinon en reconnaissant le moyen qui vous est propre ; peintre, la peinture, poète, le langage, — présentant cette matière sans aucune idée préconçue, ni souci de faire œuvre artistique, sans autre souci que de se satisfaire, de s'affirmer (qui était déjà notre désir premier) ».

11. À la méditation sur l'œuvre de Georges Braque se tisse une auto-

biographie intellectuelle que Ponge signale en rappelant le titre de son recueil de 1942.

12. Propos de Georges Braque rapporté par Jean Paulhan : « Le peintre est gorgé d'éléments naturels. Il ne sait jamais trop ce qu'il va rendre » (*Braque le patron*, p. 23).

13. Noté par Ponge, dans *ms. AF*, f. 3, parmi des notes de lecture préliminaires, sous le titre « Jean Paulhan » : « Spectre ou fantôme : *ce qui nous est familier, que nous avons en tête à tout moment* ». Le passage auquel il est renvoyé se lit comme suit dans *Braque le patron* : « Jamais un homme normal ne s'est tout à fait reconnu dans ses portraits. [...] Mais il est plus difficile de savoir ce que nous sommes, et l'idée physique que nous en formons. [...] C'est à la fois insaisissable et diablement net. C'est assez précisément ce qu'on appelle un spectre, et somme toute cela nous est familier, puisque nous l'avons en tête à tout moment. C'est d'ordre aussi pratique qu'un escargot ou un citron » (Jean Paulhan, *Œuvres complètes*, t. V, p. 14-15).

14. Paraphrase d'un passage fameux des *Poésies* d'Isidore Ducasse : « La poésie doit être faite par tous. Non par un » (Lautréamont et Germain Nouveau, *Œuvres complètes*, Bibl. de la Pléiade, p. 285).

15. On peut rapprocher ce mot d'un propos rapporté par Jean Paulhan : « Jusqu'à trente ans, on peut se contenter d'être brillant. Ensuite, cela descend plus bas que l'estomac » (*Braque le patron*, p. 22).

16. La fin de la phrase dans *ms. AF* permet de comprendre que c'est là, très précisément, la définition de ce que Ponge entend par « expression » : « le besoin de rendre, d'exprimer... ».

17. Il ne s'agit pas d'une citation ; des guillemets de mise en relief ont été ajoutés sur les épreuves du *Peintre à l'étude* (*AF*).

18. *Ms. AF* porte, f. 4, parmi les premières notes, non rédigées, datées « 24 juin matin II » : « *Côté monumental*. Violon = Lyre. Cruche = Urne. *Mythologie*. Poussin = Dieux et déesses. Braque = Objets usuels. » On trouve l'explication de cette métamorphose dans « De la nature morte et de Chardin » : « Chardin ne s'en va pas vivre dans un monde de dieux ou de héros des anciennes mythologies ou de la religion. Quand les anciennes mythologies ne nous sont plus de rien, *felix culpa !*, nous commençons à ressentir religieusement la réalité quotidienne » (*L'Atelier contemporain*, p. 232-233). Voir n. 5, p. 128.

19. Le rapprochement des papiers collés et des « bribes de conversation » établit une analogie entre les œuvres de Georges Braque de la période 1910-1912 et les poèmes-conversation de Guillaume Apollinaire. La suite du texte, qui recoupe « Justification nihiliste de l'art » (*Proêmes*, p. 175), suggère une analogie entre le développement ultérieur de l'œuvre de G. Braque (le recours à la peinture à l'huile, « celle des mauvais peintres, des pompiers ») et l'œuvre de Ponge lui-même, qui laisse affleurer dans son texte un autoportrait : « Que je ne différencie pas tellement Braque d'avec moi qu'il me soit facile d'en parler », lit-on dans *ms. AF*. Voir, dans l'Atelier, « [Extraits du dossier manuscrit de Braque le Réconciliateur] », feuillet IX, p. 158.

20. « Plus-que-raisons » est le titre d'un texte daté de 1930 (*Nouveau recueil*, 1967, p. 32).

21. Georges Braque a peint, de 1944 à 1949, une série de tableaux qui portent ce titre ; on en connaît sept. Ponge fait vraisemblablement allusion à celui de 1944 (Musée national d'Art moderne) ; ce tableau est reproduit dans *orig.*

22. Tableau peint en 1942 (collection particulière), reproduit dans *orig.* Dans « Bref condensé de notre dette à jamais et re-co-naissance à

Braque particulièrement en cet été 80 », Ponge écrira : « *La Patience*, son chef-d'œuvre, à tous égards, de l'époque » (*Nouveau nouveau recueil*, t. III, p. 130).

23. « Chitinisation », qui ne figure pas dans les dictionnaires, semble un néologisme construit sur le modèle de cristallisation et lignification. Littré définit ainsi la chitine : « Matière analogue à la cellulose, constituant les téguments des insectes. »

24. Héraclite, fragment 51. Cette idée sera un des leitmotivs de *Pour un Malherbe* : « Pour que la lyre sonne, il faut qu'elle soit tendue » (p. 45).

25. Ponge a vraisemblablement trouvé le point de départ du développement qui prend fin ici dans le chapitre XI de *Braque le patron*. Jean Paulhan y soutient que les peintres modernes « n'ont trouvé rien de moins que le secret de la peinture », mais que la plupart « n'ont rien eu de plus pressé que de le crier sur les toits » ; Georges Braque, par contre, « sait aussi [...] qu'à divulguer le mystère, on lui retire sa vertu » (*Œuvres complètes*, t. V, p. 30-32).

26. Voir « Raisons de vivre heureux » (*Proêmes*, p. 197-199). Ponge prend ici le contrepied d'un aphorisme de Georges Braque lui-même : « L'art est fait pour troubler, la science rassure » (*Le Jour et la Nuit. Cahiers de Georges Braque*, Gallimard, 1952, p. 12). Dans « Bref condensé de notre dette à jamais et re-co-naissance à Braque particulièrement en cet été 80 », il précisera : « Je sais bien que Braque disait l'art fait pour troubler, non pour rassurer. Eh bien, c'est en me troublant que son art justement me rassure » (*Nouveau nouveau recueil*, t. III, p. 131).

27. De « La Promenade dans un serres », écrit en 1919 (*Proêmes*, p. 176-177), à « Nous, mots français... », achevé en 1977 (*Nouveau nouveau recueil*, t. III, p. 99), l'œuvre de Ponge est traversée par une méditation sur la civilisation française, dont *Pour un Malherbe* constitue un temps fort, ainsi que les textes sur Rameau (*Méthodes*, « La Société du génie », p. 635-641) et Chardin (*L'Atelier contemporain*, « De la nature morte et de Chardin », p. 228). Plus loin, Ponge définira la civilisation française en énumérant les noms de La Fontaine, Boileau, Rameau, Poussin, Chardin, Cézanne et Braque. À propos de ce dernier, *ms. AF*, f. 18, précise : « Je crois et dis que l'art français de la peinture est arrivé à son point de perfection avec Georges Braque. » Cette phrase constituait l'incipit d'une première rédaction du paragraphe qui commence ainsi dans la version définitive : « Cet équilibre ne comporte aucun manque » (p. 134).

28. Cette réconciliation rappelle les thèses de « Pages bis » et « Notes premières de "L'Homme" » (*Proêmes*, p. 206-222 et p. 223-230).

29. Le même geste de se détourner de ce qui suscite une admiration conventionnelle pour s'absorber dans la contemplation d'un objet quelconque se retrouve dans « De la nature morte et de Chardin » : « Par exemple, quand je suis en auto avec des amis et qu'ils s'exclament sur le paysage, je me paye le luxe, *in petto*, de reporter soudain mon regard sur le poignet du chauffeur ou sur le velours de son siège — et j'y prends des plaisirs inouïs » (*L'Atelier contemporain*, p. 230).

30. Les censures et les scrupules ne se séparent pas, chez Ponge, des innovations et des audaces : « Nous avons beaucoup à maintenir, dans la mesure où nous avons beaucoup à obtenir de nous-mêmes (et du monde nouveau). [...] Une œuvre parfaite du temps passé peut ainsi nous être utile, en nous offrant l'exemple d'une perfection [...] que nous mettrions infiniment plus longtemps à retrouver de nous-mêmes. [...] C'est surtout à l'affûtage de nos censures, bien sûr, que cela peut servir. [...] Nos scrupules nous sont donnés peut-être antérieurement même à nos audaces » (*Pour un Malherbe*, p. 35-36).

31. *Ms. AF*, porte, f. 18, parmi les premières notes, que le texte

définitif condensé : « La nouvelle beauté cubiste est à la disposition à la fois de la conservation et de la révolution. Des derniers jours de la bourgeoisie dont elle est la justification noble. Parce encore qu'il était l'homme qu'il était, c'est-à-dire un bourgeois français du XXᵉ siècle, *mais* un enfant révolutionnaire de cette bourgeoisie. Aussi parce qu'il a travaillé dans la fraternité et l'émulation avec un Espagnol du peuple (Picasso). Maintenant, Braque, on dit beaucoup que c'est un bourgeois : seulement, s'il a tout du bourgeois, *sauf* l'étroitesse de vue, les œillères, la mesquinerie. Mais certes oui, il en a la bonhomie, le goût de la tranquillité et du confort, une certaine modestie, le goût de l'ordre, du calme, du luxe pratiques, et le respect humain. » Des observations du même ordre se lisent dans « De la nature morte et de Chardin » : « En quoi est-il bourgeois ? — Ce sont les biens proches, / Ce que l'on a, qu'on tient autour de soi. / Ce pot au feu. Cette musique de chambre » (*L'Atelier contemporain*, p. 232).

32. Dans *ms. AF* un état du paragraphe se termine ainsi : « amené à sa perfection (classique). Le classique, c'est certainement plutôt *la fin* de quelque chose. »

33. Il s'agit de Bernard Groethuysen, auteur des *Origines de l'esprit bourgeois en France*, membre du comité de lecture des éditions Gallimard, qui avait rendu compte de *Douze petits écrits* dans la *N.R.F.*, n° 163, avril 1927 ; dès 1924, Ponge lui avait dédié un « Proême » (*Nouveau recueil*, p. 23) et, en 1948, il lui rendit hommage dans une « Note hâtive à la gloire de Groethuysen » (*Lyres*, p. 466-471).

34. Un état de *ms. AF* porte la note suivante, à la suite du paragraphe cité à la note 32 : « Boileau, Raphaël, Vermeer de Delf. Proverbes. On a souvent besoin d'un plus petit que soi : celui qui a dit cela le premier. / Chardin, Braque : les deux plateaux de la balance, aube et crépuscule de la bourgeoisie ».

35. On peut rapprocher ce passage d'une pensée de Braque : « Le peintre connaît les choses de vue ; l'écrivain, qui les connaît de nom, bénéficie du préjugé favorable. C'est pourquoi la critique est facile » (*Le Jour et la Nuit [...]*, p. 22). « Y a-t-il des mots pour la peinture ? », avait demandé Ponge dans « Note sur *Les Otages* » (p. 98) ; il répond ici que des tableaux, « choses expressément faites pour être vues », il n'y a presque « rien qu'on puisse dire ». Le texte, au moment de laisser son lecteur en tête à tête avec les reproductions, se clôt sur la difficulté qu'il évoquait en ouverture : « ayant accepté d'écrire ici sur Braque [...], me voici bien embarrassé » (p. 127).

◆ BRAQUE OU L'ART MODERNE COMME ÉVÉNEMENT ET PLAISIR. — *Ms.* : aux *APo*, un manuscrit (*ms. APo*), non catalogué, est conservé avec les dossiers, complets ou partiels (voir la notule de « Braque le Réconciliateur), de six autres textes sur Georges Braque : « Braque-dessins », « Braque le Réconciliateur », « Braque Japon », « Braque lithographie », « Feuillet votif », « Braque Draeger », qui seront rassemblés dans l'*Atelier contemporain* ; un feuillet mal classé des *AF* figure dans la partie du dossier de « Braque le Réconciliateur ». — *Préorig.* : ce texte est paru dans *Action*, n° 3, janvier 1947.

Ce texte, écrit « à la demande de Maeght avant une exposition de Braque » (J. Paulhan, F. Ponge, *Correspondance [...]*, t. II, lettre 397, p. 52, n. 2) au sujet de son tint du 30 mai au 30 juin 1947, était destiné aux *Lettres françaises*, qui le refusèrent. En juin 1947, Ponge, irrité, écrit à Jean Paulhan : « Les *Lettres françaises* m'ont refusé un grand article (sur Braque). Il était plein de génie, et très orthodoxe (cela va très bien ensemble quoi qu'on en pense) mais j'y traitais l'humanisme par-dessous la jambe » (*ibid.*, t. II, lettre 397, p. 51). Cet article sera finalement publié dans *Action*, hebdomadaire du parti communiste, dont Ponge avait dirigé les pages culturelles de novembre 1944 à octobre 1946. Le public auquel Ponge s'adresse l'amène à adopter un ton à la fois pédagogique et tendu, un peu insistant, côtoyant par moments la polémique, anticipant les objections. Cette défense de l'art moderne prend son sens dans le contexte de vifs débats sur les rapports de l'art et de la politique (voir J.-M. Gleize, *Francis Ponge*, p. 162-165). Ponge, qui n'a pas rompu avec le Parti et qui s'affiche encore comme « l'élève et l'ami » des « réalistes en politique » (les communistes) ne renouvelle toutefois pas sa carte de membre en 1947. Ce texte abrège et simplifie « Braque le Réconciliateur » écrit l'année précédente ; par des allusions aux « Réflexions en lisant l'*Essai sur l'absurde* » (*Proêmes*, « Pages bis », 1, p. 206) et des paraphrases du « Soleil placé en abîme » (*Pièces*, p. 776-794), Ponge y inscrit aussi un condensé de ses propres préoccupations esthétiques et philosophiques.

1. En contradiction avec Georges Braque lui-même (voir *Le Jour et la Nuit* [...], p. 11), Ponge avait écrit dans « Braque le réconciliateur » que l'art est fait « non pour troubler, mais pour rassurer » (p. 133 et la note 26). Le déplacement d'accent tient à la destination d'un texte qui vise à répondre aux partisans d'un art engagé politiquement. On se reportera aussi au passage de « Note sur *Les Otages*. Peintures de Fautrier », où Ponge soutient que l'art authentique commence par déplaire (voir p. 99 et n. 16).

2. C'est un thème constant du *Peintre à l'étude* que l'art procède d'exigences intimes, qu'il est lié à la personne de l'artiste. Il fallait du courage pour le réaffirmer avec tant de fermeté dans un texte consacré aux rapports entre l'art et la politique, qui n'est pas, quoi que Ponge écrive à Jean Paulhan, « très orthodoxe » (*Correspondance* [...], t. II, lettre 397, p. 51). Au cours des années cruciales de l'immédiat après-guerre, Ponge s'apprête, comme il l'écrira dans « Mémorandum », à « se décider en faveur de son propre esprit et de son propre goût » (*Proêmes*, p. 167).

3. Écho de Marx : « Les philosophes n'ont fait qu'*interpréter* le monde de différentes manières, ce qui importe, c'est de le *transformer* » (*Thèses sur Feuerbach*, XI, dans *Œuvres*, III. *Philosophie*, Bibl. de la Pléiade, p. 1033). Ponge a déjà utilisé cette « formule » dans « Note sur les *Otages*. Peintures de Fautrier » (voir p. 103 et la note 23).

4. Voir « Braque le Réconciliateur », p. 133 et la note 27.

5. Voir « Réflexions en lisant l'*Essai sur l'absurde* » : « L'homme nouveau n'aura *cure* (au sens du *souci* heideggerrien) du problème ontologique ou métaphysique — qu'il le veuille ou non primordial encore chez Camus. [...] Il n'aura pas d'*espoir* (Malraux), mais n'aura pas de *souci* (Heidegger). Pourquoi ? Sans jeu de mots, parce qu'il aura trouvé son *régime* (régime d'un moteur) : celui où il ne *vibre plus* » (*Proêmes*, « Pages bis », 1, p. 209).

6. Ce paragraphe combine plusieurs pensées de Georges Braque, citées *in extenso* ou allusivement : « Le tableau est fini quand il a effacé l'idée. / L'idée est le ber du tableau. / Détruire toute idée pour en arriver au fatal. / Avoir la tête libre : être présent » (*Le Jour et la Nuit* [...], p. 27, 34, 19). Suit une paraphrase de la définition que Littré donne de « ber » : « Terme de marine. Appareil de charpente en forme de berceau pour mettre un navire à flot. »

7. La « sauvagerie » du siècle, dont Ponge a longuement développé le thème dans « Note sur *Les Otages*. Peintures de Fautrier » (voir p. 102), a rendu impossible le recours à l'art classique, aussi bien dans ses techniques que dans ses thèmes. L'art moderne répond à une crise de la civi-

lisation, mais il appelle à une réconciliation à venir de l'homme et du monde.

8. Ponge condense ici les thèmes de « Notes premières de "L'Homme" », dont il reprend presque textuellement l'avant-dernier fragment : « L'*Homme* est à venir. L'homme est l'avenir de l'homme » (*Proêmes*, p. 230). Voir « Braque le Réconciliateur », p. 133, et n. 28.

9. Voir « Braque le Réconciliateur », p. 128 et 131 ainsi que les notes 5 et 18.

10. Voir « Le Soleil placé en abîme » : « Ainsi le soleil, plutôt que *Le Prince*, pourrait-il être dit *La Pétition-de-Principe*. Il pousse le jour devant lui, et ce n'est que le parterre (ou le prétoire) garni à sa dévotion, qu'il entre en scène. Sous un dais, nimbé d'un trémolo de folie. Ses tambourinaires l'entourent, les bras levés au-dessus de leurs têtes » (*Pièces*, p. 790). Dans le nouveau contexte où elles sont citées, ces métaphores prennent la couleur d'une allégorie politique risquée : on est tenté d'y lire une allusion aux « guides des peuples » qu'évoque le début du texte (voir p. 136).

11. Ponge n'hésite pas ici à contredire Georges Braque, qui avait écrit : « Il y a l'art du peuple et l'art pour le peuple, ce dernier inventé par les intellectuels » (*Le Jour et la Nuit [...]*, p. 13).

12. Sur les épreuves du *Peintre à l'étude* (aux *AF*), Ponge ajoute un *s* à « mot » et commente en ces termes : « *Grand* sans *s*, *mots* avec un *s* : c'est bien ainsi qu'il faut corriger, s.v.p., *grand* étant pris adverbialement, au sens de "*beaucoup de*" ».

◆ PROSE SUR LE NOM DE VULLIAMY. — *Ms.* : aux *AF*, un manuscrit (*ms. AF*) se rattache à un ensemble de textes écrits au cours d'un séjour à Sidi-Madani, dans l'Algérois, de décembre 1947 à février 1948, qui formeront les deux premières parties de *Méthodes* : « My creative method » et « Pochades en prose » (p. 515-537 et 538-568). Il a été rédigé entre le 11 et le 22 janvier 1948 : « My creative method » s'interrompt le 10 janvier et reprend le 30 ; « Pochades en prose », le 9 janvier et le 23. Ce texte est paru dans le carton d'invitation de l'exposition *Les Peintures récentes de Vulliamy*, galerie Jeanne Bucher, 12-17 février 1948.

Cette page jubilante et ludique déploie le nom de son destinataire afin de « fonder en réalité », pour reprendre la formule de Ponge dans « Braque le Réconciliateur » (voir p. 128), les qualités dont il est chargé. Gérard Vulliamy a illustré de burins *La Crevette dans tous ses états* (Vrille, 1948).

1. Ponge note, sur les épreuves du *Peintre à l'étude* (aux *AF*) : « Le premier *nôtre* doit prendre un ô, les deux suivants un o : c'est voulu. »

2. Le « manuscrit » du *Peintre à l'étude* était un exemplaire du texte imprimé par la galerie Jeanne Bucher ; Ponge y a ajouté à la main le verbe « mettre », appelé par homophonie avec « maître ».

3. Gérard Vulliamy était le gendre de Paul Éluard.

4. Sur les épreuves du *Peintre à l'étude* (aux *AF*), Ponge a corrigé « y marvuille » et ajouté ce commentaire : « en un seul mot (mot forgé de toutes pièces, d'ailleurs) ».

DANS L'ATELIER DU « PEINTRE À L'ÉTUDE »

Cette section rassemble quelques extraits des dossiers relatifs aux textes suivants : « Émile Picq », « Matière et mémoire » et « Braque le Réconciliateur ». N'ont été retenues que des pages relativement achevées, sensiblement différentes toutefois des textes publiés dans *Le Peintre à l'étude*. La transcription répond à un souci de lisibilité ; elle ne prétend pas à la reproduction exacte des particularités des manuscrits. Les abréviations ont été résolues et les additions portées en marge à la relecture ont été intégrées au lieu que Ponge leur assignait dans le texte. Les dossiers semblent souvent lacunaires, et l'ordre des feuillets ne correspond manifestement pas toujours à la chronologie de la rédaction. Plusieurs écritures, parfois difficilement déchiffrables, se succèdent ou se superposent, témoignant de nombreux retours sur les premières formulations.

◆ [LETTRE D'ÉMILE PICQ]. — Nous donnons ici la première des trois lettres des *AF* du peintre au poète (voir la notule d'« Émile Picq », p. 931-932). Voir « Émile Picq », p. 89, et les notes correspondantes.

1. Renaud Icard, écrivain et sculpteur, propriétaire de la galerie L'Art français à Lyon.
2. Marcel Michaud, propriétaire de la galerie Folklore, à Lyon, où se tiendra l'exposition des œuvres d'Émile Picq, du 6 au 19 mai 1944.
3. Gabriel Meunier, premier danseur de l'opéra de Lyon, qui était l'amant de Picq, exposera des dessins, en même temps que celui-ci, à la galerie Folklore.
4. Voir « Baptême funèbre » (*Lyres*, p. 465-466).
5. Le bas du feuillet est déchiré ; un seul mot est lisible : « demain » [?].
6. La fin de la lettre est perdue.

◆ [PREMIÈRES NOTES MANUSCRITES PRÉPARATOIRES À « ÉMILE PICQ »]. — *Ms.* : aux *AF*, f. 1 et 2. Voir « Émile Picq », p. 89, la notule, p. 931-932, et les notes correspondantes.

1. On lit une formule identique dans « Le Coquelicot » (1926), repris en 1941 et qui, avec des textes rédigés en 1945, 1947, 1950 et 1954, s'intégrera à un ensemble intitulé « L'Opinion changée quant aux fleurs » : le coquelicot perd ses pétales sous le vent et « bientôt, il n'en reste plus qu'une tête noire et terrible […], que m'impressionne plus aucun coup de trompette sonnant la dislocation des fleurs » (*Nouveau nouveau recueil*, t. II, p. 119). À des années d'intervalle, les textes de Ponge communiquent par migration de formules de l'un à l'autre. Tous les dossiers restent perpétuellement ouverts et l'œuvre s'écrit comme un livre unique, dans une démarche analogue à celle de Georges Braque, qui « poursuit à la fois dix ébauches » (J. Paulhan, *Braque le patron*, p. 17).
2. Cette phrase est biffée.

◆ [PREMIÈRE MISE AU NET D'« ÉMILE PICQ »]. — *Ms.* : aux *AF*, f. 3 à 5. Voir « Émile Picq », p. 89, la notule, p. 931-932, et les notes correspondantes.

1. Ponge se souvient d'une observation de Jean Paulhan dans *Fautrier l'enragé* : « Il faudrait […] se demander pourquoi les tableaux (et les femmes) que l'on aimera, semblent d'abord inacceptables » (*Fautrier 1898-1964*, p. 216).
2. Ajout postérieur en marge : « 1ᵉ) Pourquoi dessine-t-il ? / 2ᵉ) Comment dessine-t-il ? »
3. Voir n. 3, p. 90.
4. Voir n. 4, p. 90.
5. Voir n. 1, p. 89.

◆ [EXTRAITS DES PREMIÈRES NOTES MANUSCRITES PRÉPARATOIRES À « MATIÈRE ET MÉMOIRE »]. — *Ms.* : aux *APo*, Rés g-V.-497, f. 4 à 7. Voir « Matière et mémoire », p. 116, la notule, p. 939-940, et les notes correspondantes.

◆ [EXTRAITS DU DOSSIER MANUSCRIT DE « BRAQUE LE RÉCONCILIATEUR »].
— *Ms.* : aux *AF*, f. 6, 8 à 10, 16 à 17, 20, 29 et 52. Voir « Braque le Réconciliateur », p. 127, la notule, p. 944-945, et les notes correspondantes.

1. La numérotation en chiffres romains, ajoutée après coup, marque une réorganisation du texte ; nous reproduisons les feuillets dans l'ordre de leur première rédaction.
2. Ponge avait d'abord écrit « de VIII à XII », qu'il a biffé.
3. Dans *Braque le patron*, dont Jean Paulhan avait envoyé à Ponge un exemplaire en 1946 (voir *Correspondance [...]*, t. II, lettre 374, p. 28-29).
4. Ces trois phrases constituent un ajout marginal.
5. Voir n. 13, p. 131.
6. Ce paragraphe est biffé.
7. Ce paragraphe est entouré d'un filet.
8. Ajout sous la ligne : « rentrer aux pompiers, dans la rhétorique ».
9. Il manque la parenthèse fermante.

PROÊMES

NOTICE

Le mot « proême » est la transcription du grec προοίμιον, qui désignait dans l'Antiquité le prélude d'un chant ou l'exorde d'un discours. Son emploi est attesté par Littré, qui cite Amyot et Christine de Pisan, et le définit ainsi : « Terme didactique. Préface, entrée en matière, exorde[1]. » Une fois de plus, c'est en puisant dans le passé de la langue que Ponge innove, ressuscitant un mot rare et tombé en désuétude pour inventer un nouveau genre littéraire. La référence à la tradition rhétorique n'exclut pas le jeu sur les signifiants de *pro-ême*, qui permet à Ponge de déjouer les classifications habituelles, et de donner à entendre la singularité d'une pratique qui transgresse la frontière entre *prose* et *poème*, texte et « avant »-texte.

Il est vrai que, très longtemps, ces pro-êmes n'ont eu pour Ponge qu'une fonction de notes préparatoires, de réflexions préliminaires, précédant ou accompagnant la genèse d'un poème ou d'un ouvrage. Elles relevaient du paratexte, comme le suggèrent des titres tels que « Notes d'un proême », ou « Introduction au "Galet" ». Ponge y exposait ses intentions et sa méthode, mais ces explications étaient essentiellement « selfsplicatives[2] », destinées d'abord à lui-même, et non à un public éventuel. Exemplaire est à cet égard « Mémorandum », qui se présente comme un aide-mémoire à usage strictement privé. Même la « Préface aux *Sapates* » adopte le ton du journal intime, et elle n'a pas été publiée en tête des poèmes recueillis sous ce titre[3], pas plus que l'« Introduction au *Parti pris des choses* », restée inédite jusqu'en 1984[4].

---

1. C'est cette définition que donne Ponge en note à la version préoriginale de la quatrième « Page bis », intitulée « Proême » (voir p. 985).
2. *Pratiques d'écriture ou l'Inachèvement perpétuel*, Hermann, 1984, p. 46.
3. Voir p. 965.
4. *Pratiques d'écriture [...]*, p. 79-81.

C'est que la réflexion critique y est inséparable d'un effort d'introspection, familier à Ponge depuis son premier « Essai d'analyse personnelle[1] ». Il s'agit pour lui d'élucider tout ce qu'il ressent d'obscur en lui-même, y compris dans sa propre démarche créatrice ; en explorant « le monde secret » de son esprit, il tente de dissiper la « confusion » qui y règne avant et afin d'atteindre à la clarté du poème[2]. Ces « moments critiques[3] » coïncident souvent avec des moments de crise, où Ponge remet en question aussi bien son existence que son écriture.

On comprend dès lors qu'il ait hésité à publier ces notes personnelles, éprouvant « de la honte » à étaler au grand jour ses démêlés avec lui-même et la vie la plus intime de son esprit : « ce sont vraiment mes *époques*, au sens des menstrues[4] ». Dans la physiologie pongienne de la création, elles représentent la part féminine ; comme les règles, elles témoignent d'une faculté de « produire », « d'engendrer », mais elles n'en sont que le déchet, le rebut. Nées de « moments perdus », elles se sont accumulées « dans un désordre fou », et Ponge ne sait trop que faire de ce « fatras[5] ».

Il est d'autant moins sûr de leur intérêt et de leur valeur que ses rares tentatives pour les publier se sont heurtées à la résistance de Jean Paulhan. Celui-ci, notait Ponge dès 1924, « ne veut pas que l'auteur sorte de son livre pour aller voir comment ça fait du dehors[6] » ; et il avait laissé en souffrance plusieurs textes de son ami, destinés à la *N.R.F.*, qui associaient étroitement écriture poétique et réflexion critique[7]. Or cette alliance est une des dimensions fondamentales et les plus originales de la « creative method » de Ponge. Elle s'est imposée à lui au cours de son travail sur *La Rage de l'expression*, de 1938 à 1941. De plus en plus conscient qu'« il n'y a » pour lui « aucune dissociation possible de la personnalité créatrice et de la personnalité critique[8] », ayant réussi à faire connaître l'une en publiant *Le Parti pris des choses* en 1942, Ponge va peu à peu se convaincre de la nécessité et de la légitimité de révéler aussi l'autre en faisant paraître un recueil de ses « proêmes ».

Genèse du recueil.

En 1943, Ponge cherche à donner une « suite » au *Parti pris des choses*, pour ne pas laisser retomber l'intérêt que le livre a suscité. Il travaille à des textes qui relèvent de la même inspiration, comme « La Lessiveuse » ou « L'Anthracite » ; mais, soucieux de se renouveler, et de répondre aux sollicitations pressantes de certains de ses amis, résistants et communistes notamment, il se tourne vers un nouveau sujet, qui est « l'Homme[9] », dont traitent les « notes » recueillies dans la troisième section de *Proêmes*.

La rencontre avec Albert Camus, qui lui écrit en janvier une longue et pénétrante lettre sur *Le Parti pris des choses*, convainc Ponge de la portée

---

1. Manuscrit inédit de 1919.
2. Voir « Un rocher », p. 188-189.
3. C'est l'un des termes qu'emploie Ponge pour désigner ses *Proêmes*, avec « Moments », ou « Moments perdus ». Voir J. Paulhan, F. Ponge, *Correspondance (1923-1968)*, coll. « Blanche », Gallimard, 1986, t. I, lettres 301, 308 et 309, p. 314, 324 et 325, et *Pour un Malherbe*, coll. « Blanche », Gallimard, 1965, p. 198.
4. « Pages bis », IX, p. 220.
5. J. Paulhan, F. Ponge, *Correspondance [...]*, t. II, lettre 377, p. 32.
6. « Natare piscem doces », p. 177.
7. Voir la Notice de *Dix courts sur la méthode*, p. 922-923.
8. « Natare piscem doces », p. 177-179.
9. J. Paulhan, F. Ponge, *Correspondance [...]*, t. I, lettre 277, p. 286.

philosophique de son œuvre, mais aussi de la nécessité de la rendre plus explicite. Car s'il est flatté de l'attention qu'Albert Camus prête au recueil, il est en désaccord avec l'interprétation qu'il en propose, lorsqu'il y voit l'image d'un « monde absurde », « sans l'homme[1] ». Il engage alors avec cet interlocuteur privilégié un dialogue soutenu, qui donnera naissance aux « Pages bis », écrites pour la plupart en 1943 en réponse immédiate à Albert Camus, et complétées dans *Proêmes* par les « réflexions[2] » que Ponge avait consignées en lisant *Le Mythe de Sisyphe*, dont Pascal Pia lui avait communiqué le manuscrit en 1941.

Mais, pour mieux faire comprendre « la méthode du *Parti pris des choses* », Ponge s'avise bientôt qu'il pourrait être utile de divulguer certaines des notes qui en explicitent les antécédents et « les arrière-plans[3] », les intentions ou les procédés. Pour « aider » Jean-Paul Sartre, qui préparait une étude sur son œuvre, mais aussi pour « le dérouter », Ponge communique à Albert Camus, en avril 1944, un ensemble de « Moments », datés de 1923 à 1935, ainsi que ses « souvenirs interrompus » de la drôle de guerre, en lui demandant de les faire lire aussi à Jean Paulhan[4]. Le projet de publication de *La Rage de l'expression* ayant échoué, Ponge estime en effet urgent d'extraire de son « fatras » des textes qu'il n'avait pas eu l'idée de montrer si tôt, pour donner de son œuvre une image plus juste et plus complète. Il songeait dès février 1943 à « exploiter » « cette mine, ce trésor, cette accumulation de richesses pendant vingt ans » pour en tirer une « édition de luxe avec gros lancement[5] ».

En joignant une sélection de ces notes anciennes à ses réflexions récentes et à ses souvenirs de guerre, Ponge entend reconstituer « l'histoire de [s]on esprit » et même de sa « personnalité[6] », de manière à corriger l'impression produite sur certains lecteurs par *Le Parti pris des choses*[7]. À ceux qui n'y voient qu'une collection d'objets inanimés, il s'agit de révéler qu'elle est l'œuvre d'un sujet, qui a une histoire et qui se soucie de l'Homme ; et de montrer à ceux qui, comme Jean Paulhan, lui reprochaient « une infaillibilité un peu courte[8] », que celle-ci avait été conquise au prix de multiples doutes et approximations.

En intitulant la première partie de l'ouvrage « Natare piscem doces » — équivalent latin de notre proverbe : « Ce n'est pas à un vieux singe qu'on apprend à faire des grimaces[9] » —, Ponge s'adressait directement à son ami et mentor pour lui signifier qu'il n'avait plus de leçon à recevoir de

---

1. Lettre du 27 janvier 1943, publiée dans la *N.R.F.*, n° 45, 1956.
2. P. 206-209.
3. « Les Arrière-plans d'un parti pris » : ce sous-titre figure parmi un certain nombre d'épigraphes possibles du recueil, empruntées pour la plupart au « Tronc d'arbre », sur un feuillet manuscrit joint au dactylogramme de *Proêmes* (voir la Note sur le texte, p. 963).
4. Voir J. Paulhan, F. Ponge, *Correspondance* [...], t. I, lettre 301, p. 318.
5. Note du 7 février 1943 ; voir, dans l'Atelier, « [Feuillets écartés de la version définitive de "Pages bis"] », p. 235.
6. *Ibid.*
7. Telle sera aussi la fonction de la publication du « Proême à B. Groethuysen » (*Nouveau recueil*, coll. « Blanche », Gallimard, 1967, p. 23-25) sur laquelle Ponge s'explique dans une note inédite : « Je n'ai pas souvent le goût de la confidence [...]. Finalement, m'apercevant de l'incompréhension totale même des réputés les plus intelligents parmi mes lecteurs, je laisse parfois percer volontairement le bout de l'oreille (c'est-à-dire montre un proême de ce genre...). Et ça mord tout de suite » (archives Ponge de la B.N.F.).
8. P. 165.
9. Cette expression proverbiale latine est attestée par Érasme (*Adagiorum opus*, III, Centur. VI, Prov. XVII-XXIV).

personne en matière de théorie et de critique. Fort de l'appui d'Albert Camus, qui proposait de faire paraître le livre dans la collection « Les Essais » aux Éditions Gallimard, il revendiquait le droit de s'expliquer publiquement sur sa méthode. Jean Paulhan ne manqua pas d'exprimer ses réserves à Ponge, lui faisant grief notamment de ce « tremblement de certitude » qui le faisait osciller entre le « pur orgueil » et une « horrible humilité[1] ». Il accepta néanmoins en octobre 1944 de transmettre le manuscrit à Gaston Gallimard, non sans faire quelques coupures et quelques recommandations, invitant Ponge à ordonner, à dater et à intituler « tous les moments[2] », et lui conseillant de renoncer aux « Souvenirs interrompus », qu'il jugeait « décevants[3] ». Mais, lorsque Ponge se porta candidat au Prix de la Pléiade, Jean Paulhan, estimant que cette récompense devait servir à promouvoir de jeunes auteurs, s'abstint de voter pour *Proêmes*. « Il eût été fou », selon lui, d'attirer l'attention sur ce « petit livre », qui ne « pouvait » que rendre Ponge « ridicule ou odieux » ; Jean Paulhan voulait bien que l'ouvrage « existe », puisque son ami y tenait, mais à condition de rester confidentiel[4].

Déconcerté par cette attitude, et impatient de faire connaître ces textes, Ponge en extrait quelques-uns, qu'il fait paraître en 1946 chez Seghers sous le titre *Dix courts sur la méthode*[5]. Il envisage d'étoffer le recueil destiné à Gallimard en puisant dans « un tas de papiers » « jamais montrés à personne[6] ». Jean Paulhan parvient à l'en dissuader, et Ponge se borne à rédiger fin décembre 1946 une « préface aux *Proêmes* », où il « se fiche » des exigences contradictoires de son ami, tout en intériorisant le jugement négatif que celui-ci porte sur ce « fatras[7] ». La fabrication du livre connaîtra d'importants retards, qui susciteront les protestations de Ponge : « Mon œuvre étouffe, et cela ne peut plus durer », écrit-il en 1948 à Gaston Gallimard[8]. Il paraîtra enfin en septembre 1948.

« L'histoire de mon esprit ».

L'organisation de l'ouvrage, globalement chronologique, et la datation de presque tous les textes qui le composent[9], invitent à le lire comme une sorte d'autobiographie intellectuelle. Ponge avait, à plusieurs reprises, envisagé d'écrire, en réponse à certaines observations ou objections, « une histoire de [s]es pensées[10] » ou « de [s]on esprit[11] ». Mais il n'était pas question pour lui de reconstituer sous la forme d'un récit linéaire et continu les étapes d'une évolution intérieure trop complexe pour être réduite à une épure. La première partie (1919-1935) est séparée des deux suivantes (1941-1944) par un hiatus de six ans ; et Ponge conclut par un texte de 1925, en revenant quasiment à son point de départ. Il préfère livrer un échantillonnage discontinu de notes ou de poèmes, liés à divers

---

1. *Correspondance [...]*, t. I, lettre 306, p. 322.
2. *Ibid.*, lettre 308, p. 324.
3. *Ibid.*, lettre 306. Ces textes ne seront publiés qu'en 1979 dans la *N.R.F.* ; repris dans *Nouveau nouveau recueil*, coll. « Blanche », Gallimard, 1992, t. I, p. 49-134.
4. Voir *Correspondance [...]*, t. II, lettre 378, p. 33.
5. Voir la Notice, p. 926.
6. *Correspondance [...]*, t. II, lettre 377, p. 32.
7. *Ibid.*, lettres 383 et 384, p. 37 et 39.
8. Archives Gallimard.
9. D'autant plus remarquable que certains avaient été préalablement publiés sans être datés, dans *Dix courts sur la méthode*, p. 73.
10. Note en date du 5 mars (1936 ?), Cahier rose et marron, bibliothèque littéraire Jacques-Doucet.
11. *Nouveau nouveau recueil*, « Seconde méditation nocturne », t. II, p. 29.

« moments[1] » de son histoire, comme autant de fragments d'un journal intime, illustrant les difficultés et les tâtonnements de l'introspection, sans chercher à les insérer dans la trame d'une rétrospective. Et, si la seconde et la troisième partie semblent situées dans la perspective d'un livre à venir sur l'Homme, cette dimension prospective est déniée par la « préface », où l'auteur annonce qu'il « est reparti » « sur de nouveaux frais[2] ».

Pour respecter les tensions voire les contradictions internes d'une réflexion vivante, Ponge entend conserver à ce recueil « son caractère véritable, qui est d'être un fatras (émouvant comme tel)[3] ». C'est le cas surtout dans la première partie : bien que datés, les textes qu'elle réunit ne sont pas présentés selon l'ordre chronologique ; et il est bien difficile de trouver un principe logique à leur succession. Le souci d'encadrer cette section par des textes qui ont une allure de manifeste s'accompagne de bien des paradoxes. Les deux textes liminaires sont des avertissements plutôt dissuasifs : « Mémorandum » met d'emblée le lecteur en garde contre les oublis de l'auteur ; l'« avenir des paroles[4] » est de se dissiper, et l'« Introduction au "Galet" » sert de conclusion à la section.

En faisant alterner de façon irrégulière prose et vers, préoccupations politiques et considérations métapoétiques, lyrisme et réflexion, Ponge a voulu mettre en valeur la richesse et la diversité de sa pensée et de son écriture. Il n'est pas impossible qu'il ait aussi cherché de la sorte à brouiller quelque peu les pistes, afin d'égarer certains de ses lecteurs, trop soucieux de l'enfermer dans une catégorie littéraire ou philosophique. Ce faisant, il rend illisible un itinéraire qui pourtant donne leur sens à ces proêmes, et que je me propose de retracer dans ses grandes lignes, pour rendre plus accessibles les enjeux intellectuels et existentiels du recueil.

Entre mots et choses.

Une des illusions d'optique produites par la publication tardive des *Proêmes*, c'est qu'ils paraissent faire suite au *Parti pris des choses*, alors que la plupart d'entre eux, recueillis dans « Natare piscem doces », l'ont précédé ou en ont accompagné la genèse. Ils mettent en scène les démêlés du jeune Ponge avec le langage et avec les choses.

« La Promenade dans nos serres », daté de 1919, exprime l'enthousiasme d'un apprenti poète, lecteur de Mallarmé, découvrant que les mots sont aussi des objets, doués de qualités physiques et, comme tels, sources d'« élans sentimentaux[5] ». Cette confiance dans les pouvoirs du langage, qu'illustrent les premiers poèmes de Ponge, connaît une grave crise entre 1923 et 1926. À la mort de son père, qui lui avait donné accès, grâce au Littré et à sa bibliothèque, aux trésors de la langue et de la littérature, et qui s'était montré fort attentif à ses débuts poétiques, Ponge prend conscience de l'impossibilité d'exprimer et de communiquer ses sentiments les plus intimes. Ce « drame de l'expression[6] » qui donne son titre à un Proême de 1926, obsède Ponge pendant trois ans, comme en témoignent de différentes manières et à des degrés divers « L'Aigle commun »

---

1. Le terme est emprunté à Schubert, dont Ponge admirait les *Moments musicaux*, mais il souligne aussi la dimension historique et en même temps le caractère discontinu des *Proêmes*.
2. P. 165.
3. J. Paulhan, F. Ponge, *Correspondance [...]*, t. II, lettre 377, p. 32.
4. P. 168. Le texte qui porte ce titre, qui constitue la chute éminemment décevante des *Dix courts sur la méthode*, vient ici presque en tête du livre.
5. P. 176.
6. Voir la Notice de *Douze petits écrits*, p. 878-879.

(1923), « L'Imparfait ou les Poissons volants », « Fragments de masque », « Natare piscem doces » (1924), « La Dérive du sage », « L'Avenir des paroles » (1925), et encore « La Mort à vivre » et « Justification nihiliste de l'art » (1926).

Écrits dans une période de doute, ces textes manifestent une ambivalence extrême à l'égard du langage. La défiance envers les paroles toutes faites, qui menacent de trahir sa pensée, conduit Ponge à une vigilance de tous les instants, pour atteindre à un Verbe essentiel, épuré de tout stéréotype : « Le compte tenu des mots battait alors son plein. Je ne considérais que les mots et n'écrivais à la suite de l'un que ce qui pouvait se composer avec sa racine, etc. D'où une inhibition presque totale à parler[1]. »

Ponge est sorti peu à peu de cette crise à partir de 1926. Trois poèmes écrits cette année-là reposent sur une identification à la figure paternelle et tutélaire de l'Arbre, qui marque symboliquement l'achèvement du travail de deuil[2]. C'est désormais le fils qui se « dresse » face à [s]es pères », devenus ses pairs, pour prendre la parole envers et contre tout, en dépit des « malentendus » auxquels il s'expose. Mais il ne le fait qu'en sacrifiant la parure printanière des « fleurs » de rhétorique, la volubilité estivale des « feuilles », l'abondance automnale des « fruits », et même la « trop sincère écorce ». La préférence accordée à la silhouette hivernale du « tronc d'arbre » exprime l'acceptation de la mort, et le choix d'un langage dépouillé de tout ornement, capable de s'égaler à la matière solide et durable des choses. Cette image annonce si bien les orientations à venir de la poétique de Ponge, que celui-ci la retiendra comme emblème et comme signature à la fin des Proêmes.

Ces retrouvailles avec la poésie manifestent aussi l'influence de Jean Paulhan, qui n'avait cessé de prévenir Ponge contre les risques d'une attitude par trop « terroriste » : s'il faut se défier des lieux communs et des conventions littéraires, on ne saurait s'en passer, sauf à se condamner au silence. Dans une note de 1936, Ponge reconnaîtra que « [s]a pensée a suivi un cheminement analogue à celle de Paulhan » : « Après avoir été vis-à-vis de moi-même le plus implacable terroriste (j'en étais arrivé non pas à la décision de ne plus écrire, mais bien à l'aphasie), peu à peu j'ai retrouvé une sorte de naïveté et le pouvoir de parler en franchissant les lieux communs (même en m'en servant volontiers dans la mesure où ils me permettent de m'exprimer)[3].

L'hommage que la N.R.F. rend à Mallarmé en 1926 donne à Ponge l'occasion d'écarter résolument la tentation du suicide et du silence, et d'affirmer la possibilité de formuler sa singularité dans un langage qui s'impose à tous avec la force des proverbes, que lui avait fait découvrir Jean Paulhan[4]. La « rhétorique » elle-même, loin d'être soumise aux conventions, apparaît comme l'art de « résister aux paroles », et peut devenir un moyen d'expression privilégié, à condition que chacun la réinvente à chaque poème[5]. L'inscription dans une tradition littéraire n'empêche pas

---

1. *Nouveau nouveau recueil*, « Seconde méditation nocturne », t. II, p. 30.
2. Voir « Le Jeune Arbre » (p. 184-185), sur lequel reviendra, en 1928, « Caprices de la parole » (p. 185-186), « Mon arbre » (p. 190), et « Le Tronc d'arbre » (p. 231), à rapprocher de « La Famille du sage » (*Lyres*, p. 447).
3. Note datée du 5 septembre, avec la mention : « Relu avec soin les quatre livraisons parues des *Fleurs de Tarbes* dans la *N.R.F.* » (Cahier rose et marron, bibliothèque littéraire Jacques-Doucet).
4. Voir « Notes d'un poème », p. 181-183, et *Lyres*, « Pour une notice (*sur Jean Paulhan*) », p. 475-477.
5. Voir « Pas et le saut » (1927), p. 171-172, et « Rhétorique », p. 192-193.

d'« être soi-même[1] ». Quelques pièces en vers, écrites entre 1926 et 1928, poussent très loin la recherche formelle tout en affirmant la nécessité d'ouvrir le langage poétique sur son dehors[2].

C'est en effet en se tournant vers les choses que Ponge achève de résoudre ses difficultés littéraires et existentielles : elles vont lui fournir des « raisons d'écrire » et de « vivre heureux[3] ». À l'occasion d'une convalescence, il dit avoir éprouvé en 1926 « des ravissements de citadin devant l'étrangeté vivace de la nature », qui ont éloigné de lui le spectre la mort, et l'ont « amené à tenter quelques descriptions[4] ». Les « objets de sensation » lui procurent alors une « joie[5] » qui l'aide à se déprendre « du casse-tête métaphysique[6] ». Il découvre dans l'expérience sensible une source d'émotions et d'idées nouvelles, qui lui semblent n'avoir jamais été exprimées. Ces « ressources naïves », lyriquement célébrées en 1927[7], peuvent devenir le principe d'une recréation de la langue, d'une régénération de l'esprit et d'une révolution des mœurs que les poèmes du *Parti pris des choses* s'efforcent de mettre en œuvre, et que la plupart des proêmes écrits jusqu'en 1935 commentent de façon plus explicite[8].

En marge de cette orientation centrale, rares sont les proêmes qui font état d'autres préoccupations, plus liées à la circonstance politique ou littéraire, témoignant de la montée de l'extrême droite[9], ou de l'influence du surréalisme[10]. Ponge a été un observateur attentif mais critique du mouvement surréaliste : « si les questions qu'il posait » — comme celle du suicide ou celle de l'amour — « l'intéressaient », comme le prouvent « Conception de l'amour en 1928 » et « Rhétorique », il était « tout à fait contre ses attitudes spectaculaires[11] ». Il reproche aux surréalistes de verser dans l'irrationalité[12] et de rester, malgré toutes leurs provocations, des bourgeois[13]. S'il se rapproche d'eux en 1930, au point de signer le Manifeste du *Surréalisme au service de la Révolution*, c'est surtout en raison de leur engagement aux côtés du prolétariat. Mais il reste très méfiant vis-à-vis du rêve et de l'écriture automatique[14], auquel il oppose une exigence croissante de lucidité[15].

À partir de 1936, la réflexion de Ponge tend de plus en plus à s'inscrire dans le poème lui-même. C'est le cas dans plusieurs textes « ouverts » du *Parti pris des choses*, comme « Escargots » (1936) ou « Faune et flore[16] » (1936-1937), « qui pourrait être considéré comme faisant partie

---

1. « Le Parnasse », p. 188.
2. Voir « L'Antichambre » (1926), p. 184 ; « Strophe » (1928), p. 201 ; « Flot » (1928), p. 173 ; et « Fable » (non daté, qui semble de la même période), p. 176.
3. Voir p. 195-197 et 197-199.
4. *Nouveau nouveau recueil*, « Seconde méditation nocturne », p. 31.
5. P. 198.
6. P. 215.
7. Voir p. 197.
8. Voir « Les Façons du regard » (1927), p. 173 ; « La Forme du monde » (1928), p. 170-171 ; « De la modification des choses par la parole » (1929), p. 174 ; « Des raisons d'écrire », p. 195-197 ; « Raisons de vivre heureux », p. 197-199 ; « Les Écuries d'Augias » (1929-1930), p. 191-192 ; « Ad litem » (1931), p. 199-201 ; « Témoignage » (1933), p. 170 ; « Préface aux *Sapates* » (1935), p. 168-169.
9. Voir « Opinions politiques de Shakespeare », p. 169.
10. Voir « Phrases sorties du songe », p. 186-187 ; « La Loi et les Prophètes », p. 194-195.
11. *Entretiens avec Philippe Sollers*, Gallimard - Le Seuil, 1970, p. 67.
12. Voir « La Mort à vivre », p. 189-190.
13. Voir « Il n'y a pas à dire », p. 190.
14. Voir « Natare piscem doces », p. 177-179.
15. Voir *Nouveau recueil*, « Plus-que-raisons », p. 31-33.
16. Respectivement, p. 24-27 et 42-46.

d'un journal poétique[1] ». C'est plus net encore dans les textes qui formeront *La Rage de l'expression*, écrits entre 1938 et 1941, où la distinction entre poème et proême s'efface complètement. Il n'était pas question pour Ponge, qui avait publié déjà certains d'entre eux, et qui espérait un jour les réunir en recueil, de les insérer dans ses *Proêmes*. La succession de ces derniers est donc suspendue pendant cinq ans, puisque Ponge a renoncé à inclure dans l'ouvrage ses « souvenirs » de 1939-1940, qui relevaient d'un tout autre genre, plus proche de l'autobiographie classique ou de la galerie de portraits[2].

En souci de l'Homme.

La chronologie ne reprend qu'en août 1941, avec la première des « Pages bis », qui nous situe d'emblée en un point très différent du parcours de Ponge, et dans un tout autre espace de pensée et d'écriture. Le *Parti pris des choses*, qui n'est pourtant pas encore publié, semble déjà loin : c'est *La Rage de l'expression* que commente cette « page », en même temps que l'*Essai sur l'absurde*[3]. Comme dans les textes de *La Rage*, le style de l'annotation s'affiche ici beaucoup plus nettement que dans la première partie de l'ouvrage ; le titre même de ces « Pages bis » évoque des notes prises en marge d'un travail en cours, comme dans l'« Appendice au "Carnet du Bois de pins" »[4].

À Jean Paulhan, destinataire privilégié de « Natare piscem doces », se substitue un nouvel interlocuteur : Albert Camus, avec qui le dialogue va s'engager plus directement dans les autres « Pages », consécutives à la rencontre de janvier 1943. Aux problèmes de l'expression, qui restent au cœur de la discussion, et que Ponge reproche à Albert Camus de ne pas prendre suffisamment en considération, s'ajoute une nouvelle préoccupation, rendue pressante par les circonstances historiques et par la réception du *Parti pris des choses* : celle de la place de l'homme dans l'œuvre de Ponge.

Alors que l'engagement de Ponge, au parti communiste et dans la Résistance, témoigne de son sens des valeurs et de la solidarité humaines, ces dernières semblent absentes de ses écrits. Il éprouve un malaise croissant face à cette contradiction, que la guerre ravive cruellement[5], et que ses camarades de combat, tel René Leynaud[6], lui reprochent implicitement ou explicitement. La lecture d'Albert Camus, qui souligne l'effacement de l'homme dans *Le Parti pris des choses*, agit sur Ponge comme une sorte de réactif, qui le conduit à écarter l'interrogation métaphysique et le souci ontologique, au profit d'une défense et illustration de l'humanisme.

Ces « pages bis » ont une double fonction, rétrospective et prospective, particulièrement sensible dans la quatrième d'entre elles, la plus tardive, datée de mars 1944 : elle fait retour sur *Le Parti pris des choses* pour le resituer dans un itinéraire existentiel, intellectuel et poétique, dont il n'est qu'une étape, destinée à être dépassée ; et elle annonce une œuvre à venir, consacrée à l'Homme, présenté comme « le but » ultime de la démarche de Ponge.

Pour s'en persuader, et pour mieux convaincre ses lecteurs, il place à la

---

1. *Entretiens avec Philippe Sollers*, p. 104.
2. *Nouveau nouveau recueil*, « Souvenirs interrompus », t. I, p. 49-134.
3. P. 206-209.
4. P. 404-411.
5. Voir par exemple la note du 20 août 1940 dans l'« Appendice au "Carnet du Bois de pins" », p. 405-406.
6. Voir « Pages bis », IX, p. 220-221.

suite des « Pages bis », les « Notes premières de "L'Homme" », commencées en 1943 et mises au point au cours de l'été 1944, en réponse à l'article de Jean-Paul Sartre, qui plaçait *Le Parti pris des choses* sous le signe d'une totale « déshumanisation ». Jean-Paul Sartre, soucieux de réconcilier l'existentialisme avec un nouvel humanisme, n'hésitera pas à les faire paraître dans le premier numéro des *Temps modernes*, en octobre 1945. Leur publication dans une revue située au premier plan de l'actualité littéraire et intellectuelle incite Ponge à leur faire une place de choix dans ses *Proêmes*, dont elles justifient le titre d'une autre manière : elles apparaissent comme une sorte de prélude au Grand Œuvre que tout le livre semble appeler. Pourtant, au moment où il compose le recueil, Ponge sait déjà que ces notes « premières » sont pratiquement les dernières qu'il consacrera à l'Homme. C'est une raison de plus pour les publier à cette occasion.

Elles font en effet état des difficultés insurmontables que Ponge éprouve face à ce sujet, auquel il ne peut appliquer sa méthode habituelle, car « il n'est pas facile à prendre sous l'objectif ». L'homme ne saurait être pour l'homme un objet comme les autres, et la tentative de Ponge pour le mettre à distance en le replaçant parmi les choses de la nature, n'aboutit guère qu'à le réifier, en donnant raison à Jean-Paul Sartre, et à Jean Paulhan, qui trouve cette approche « étonnamment simpliste[1] ». C'est donc à « la relation » d'un nouvel « échec de description » qu'aboutit cet essai, mais Ponge en tire finalement une leçon positive, revendiquant cet inachèvement même comme seul conforme à la nature humaine. Car l'homme n'est qu'un projet, dont la réalisation reste à jamais future comme celle du livre : « L'*Homme* est à venir. L'homme est l'avenir de l'homme[2]. »

À cet avenir de l'homme, Ponge entend bien contribuer en s'occupant « *à la fois* de sa rédemption sociale et de la rédemption des choses dans son esprit[3] ». C'est dire si en fin de compte *Le Parti pris des choses* se trouve pleinement justifié, ainsi que les *Sapates*, auxquels Ponge va pouvoir désormais travailler sans plus s'embarrasser de scrupules humanistes[4]. N'avouait-il pas déjà, dans la neuvième des « Pages bis » que « *l'homme est en réalité le contraire de son sujet*[5] » ? L'homme ne saurait s'exprimer ni s'accomplir en faisant retour sur lui-même, mais en sortant de soi : « Comment s'y prendrait un arbre qui voudrait exprimer la nature des arbres ? Il ferait des feuilles, et cela ne nous renseignerait pas beaucoup[6]. »

À cette question et à cette remarque placées au centre des « Notes premières de "L'Homme" », Ponge fait implicitement écho en concluant *Proêmes* par « Le Tronc d'arbre ». Ce retour à un texte ancien et à la forme versifiée rompt avec la discursivité des « Pages bis » et des « Notes », et dissipe l'illusion d'une progression linéaire dont *L'Homme* eût été l'aboutissement logique : « Il n'y a rien de plus dans la conclusion qui n'ait été déjà dans les prémices[7]. » Cet effet de rupture et de bouclage manifeste la complexité d'une démarche à la fois progressive et régressive, constamment tiraillée entre des exigences concurrentes, mais aussi son unité et sa fidélité à une intuition fondamentale, confortée en 1946 par l'exemple de Georges Braque, qui illustrera la couverture du livre d'un superbe papillon : c'est « au moment où il s'occupe beaucoup moins de lui-même que

1. J. Paulhan, F. Ponge, *Correspondance [...]*, t. I, lettre 306, p. 322.
2. « Notes premières de "L'Homme" », p. 230.
3. *Ibid.*
4. Un projet de recueil ainsi intitulé est présenté à Gallimard en novembre 1947 (archives Gallimard).
5. « Pages bis », IX, p. 221.
6. « Notes premières de "L'Homme" », p. 227.
7. *Nouveau recueil*, « Plus-que-raisons », p. 31-33.

d'autre chose, beaucoup plus du monde que de lui-même», que «l'homme» «a des chances» «de produire son chant le plus particulier[1]». Emblématique, «Le Tronc d'arbre» réunit les trois dimensions essentielles et indissociables du projet poétique de Ponge : la description du monde, l'expression de soi et la réflexion sur le langage.

Réception.

La sinuosité du parcours imposé par Ponge à ses lecteurs déconcerta même les mieux disposés d'entre eux. Joë Bousquet, qui a voté en sa faveur pour le Prix de la Pléiade, jugeait que *Proêmes* était «le plus décevant» «de tous ses livres[2]». L'accueil plus que mitigé fait à l'ouvrage par les critiques vérifia les craintes de Jean Paulhan. Parmi les plus mesurés, Claude Roy estimait qu'en livrant au public «ses carnets de notes, les préparations, les parenthèses, les hésitations de son œuvre», Ponge avait composé «du meilleur et du pire, un petit livre excitant et décevant[3]». De ces faiblesses, un critique conservateur comme Maurice Saillet sut tirer parti pour ridiculiser les prétentions du «proëte Ponge[4]». Roger Nimier a mieux compris la leçon et l'ambition du poète : «Tout reste à dire, voilà le refrain des *Proêmes*[5].» En dehors des allusions faites par Jean-Paul Sartre[6] ou Claude-Edmonde Magny[7] avant la publication de l'ouvrage, Jean Tortel est sur le moment le seul à avoir mesuré la portée véritable des *Proêmes* : «Ils sont le vestibule ou plutôt le seuil de l'édifice pongien dont *Le Parti pris des choses* n'est, on le voit dès à présent, qu'une aile [...]. L'œuvre de Ponge [...] sans cesser d'être une technique d'approche des objets par le langage, devient une morale[8].»

C'est avec le recul qu'apparaîtra toute l'importance de cet ouvrage, aujourd'hui salué non seulement comme un témoignage irremplaçable sur l'itinéraire de Ponge, mais comme un précurseur exemplaire de cette alliance entre création, critique et réflexion qui sera l'un des traits dominants de la modernité poétique dans la seconde moitié du XXe siècle.

MICHEL COLLOT.

NOTE SUR LE TEXTE

Le texte que nous reproduisons ici est celui paru dans *Tome premier*, coll. «Blanche», Gallimard, 1965, p. 117-250. Il reprend avec quelques corrections et modifications typographiques celui de l'édition originale : *Proêmes*, Gallimard, 1948 (achevé d'imprimer le 10 septembre), avec une couverture illustrée par Georges Braque[9]. Le texte est identique, mais

---

1. *Le Peintre à l'étude*, «Braque le Réconciliateur», p. 130.
2. Lettre communiquée à Ponge par J. Paulhan. Voir *Correspondance* [...], t. I, lettre 325, p. 339-340.
3. «*Proêmes* et *Le Peintre à l'étude*», *Les Lettres françaises*, 3 février 1949.
4. «Le Proëte Ponge», *Mercure de France*, n° 1030, juin 1949.
5. «Visages de la poésie en 1949», *La Liberté de l'esprit*, mars 1949, p. 47.
6. «L'Homme et les Choses», *Poésie 44*, juillet-octobre 1944, repris dans *Situations*, coll. «Blanche», t. I, Gallimard, 1947, p. 226-270.
7. «Francis Ponge ou l'Homme heureux», *Poésie 46*, n° 33, juin-juillet 1946.
8. «Proême à Francis Ponge», dans un numéro des *Cahiers du Sud*, coordonné par Ponge et consacré aux «Questions rhétoriques» (vol. XXIX, n° 295, janvier-juin 1949).
9. Voir, dans l'Atelier, p. 233.

l'italique qui distinguait les textes en vers disparaît. Nous le comparerons avec les différents états antérieurs, en signalant les variantes significatives.

Les manuscrits.

Un manuscrit partiel appartient à une collection privée. Outre le manuscrit complet des « Pages bis » (complété par la copie d'une lettre à Pascal Pia), le descriptif établi pour la vente annonce « 26 poèmes formant 41 pages de formats divers ». Ont été ajoutés ou acquis après coup les manuscrits de dix autres proêmes. Il s'agit pour la plupart de mises au nets ou de copies manuscrites d'époques diverses, auxquelles s'ajoutent quelques dactylogrammes. Certains des manuscrits ont été découpés et collés sur des feuilles de classeur. Des croix semblent signaler ceux qui retiennent l'attention, voire l'intention de publier.

Un dactylogramme complet, ayant servi à la composition de l'ouvrage, intitulé *Proêmes I* appartient à la même collection. Il comporte une épigraphe (biffée) : « Une polka ne suffit pas à la sagesse / Ni une complainte à l'expérience » (William Blake). Cette citation avait été portée par Jean Paulhan sur l'exemplaire de *Clefs de la poésie* qu'il avait adressé à Ponge, qui l'a reprise en guise de dédicace pour présenter le manuscrit au jury du Prix de la Pléiade[1]. Il est accompagné d'une note datée du 12 février 1947, où Ponge signale les modifications apportées à l'ouvrage : il ajoute une préface, « Ad litem », « Strophe », et « Réflexions en lisant l'*Essai sur l'absurde* » en tête des « Pages bis », dont il retranche un passage[2]. D'autre part, il remplace « À la gloire d'un ami[3] » par « Pelagos », « De amicis meis[4] » par « Pas et le saut », et « Berges de la Loire[5] » par « Introduction au "Galet" ». Les dates qui figurent à la fin de la plupart des textes ont été rajoutées après coup au crayon. Nous mentionnerons, dans les notules, les cas particuliers.

États antérieurs à l'originale.

Dix des textes qui composent le recueil ont été publiés en 1946 sous le titre *Dix courts sur la méthode*, dans *Poésie 46*, n° 33, juin-juillet 1946 puis en plaquette chez Seghers (achevé d'imprimer du 15 octobre 1946)[6]. Les manuscrits et les dactylogrammes de ces textes mis au point pour cette publication sont conservés dans les archives Ponge de la B.N.F. Quatre de ces textes figurent dans un manuscrit antérieur, intitulé « Cinq gnossiennes » (archives Paulhan de l'I.M.E.C.). Nous donnerons, dans les notules, les autres publications en revue de tel ou tel proême.

M. C.

SIGLES
SPÉCIFIQUES À CE DOSSIER

ms. DCM   Manuscrit de *Dix courts sur la méthode* (archives Ponge de la B.N.F.)

dactyl. DCM   Dactylogramme de *Dix courts sur la méthode* (archives Ponge de la B.N.F.)

1. *Correspondance [...]*, t. I, lettre 329, n. 8, p. 341.
2. Que l'on trouvera reproduit dans l'Atelier, p. 234.
3. *Lyres*, p. 464-465.
4. *Nouveau nouveau recueil*, t. I, p. 14-15.
5. Voir p. 337-338.
6. Voir la Notice de ce texte, p. 936.

préorig. DCM	Préoriginale de *Dix courts sur la méthode* (*Poésie 46*, n° 43, juin-juillet 1946)
DCM	*Dix courts sur la méthode*, Seghers, 1946
ms. Pro	Manuscrit partiel de *Proêmes* (collection privée)
dactyl. Pro	Dactylogramme de *Proêmes* (collection privée)

NOTES

◆ TOUT SE PASSE... — *Ms.* : lettre à Jean Paulhan du 31 décembre 1946 transcrite dans *Correspondance [...]*, t. II, lettre 383, p. 37.

Ce texte liminaire, ajouté après-coup, place les *Proêmes*, comme les *Douze petits écrits* (voir *Douze petits écrits*, *Excusez cette apparence de défaut...*, p. 3, et la notule, p. 882-883), dans le cadre d'une relation privée et privilégiée avec Jean Paulhan. Celui-ci n'est pas nommé, mais ses propos sont rapportés textuellement. Ponge semble ainsi faire appel des jugements successifs porté sur son œuvre par son ami, en soulignant leurs contradictions. Lui-même adopte une attitude ambiguë : en présentant ses *Proêmes* comme un « fatras », il semble intérioriser la condamnation de son mentor ; mais en les publiant, il fait preuve vis-à-vis de celui-ci d'une indépendance d'esprit qui doit lui valoir son estime. La dernière phrase permet de plus à Ponge de se situer au-delà de ce débat, en suggérant que le mouvement de son travail l'a d'ores et déjà dépassé.

1. L'expression se trouve dans *Correspondance [...]*, t. I, lettre 209, p. 208.
2. À rapprocher des termes de la lettre de Joë Bousquet, que Jean Paulhan avait communiquée à Ponge : « Ici, c'est Ponge qui est sûr de lui, sûr à en trembler » (*Correspondance [...]*, t. I, lettre 325, p. 340).
3. Dans *ms.* : « car aggravant bientôt sa sentence, elle ».
4. Ce sont les termes de *Correspondance [...]*, t. II, lettre 378, p. 33.

I. NATARE PISCEM DOCES

Sur l'expression proverbiale latine qui constitue le titre et qui, littéralement, signifie : « C'est à un poisson que tu apprends à nager », voir la Notice, p. 955-956 et n. 9. Ponge s'adresse ici encore à Jean Paulhan, qui lui avait révélé l'art du proverbe (voir la notule de « Notes d'un poème », p. 972), que les surréalistes étaient en train de réinventer à leur manière (voir P. Eluard, B. Péret, *152 proverbes mis au goût du jour*, Éditions de *La Révolution surréaliste*, 1925).

◆ MÉMORANDUM. — *Ms.* : *ms. Pro* porte quelques mots biffés.

Le titre désigne bien l'une des fonctions du proême : à la fois « aide-mémoire » à l'usage personnel du poète, et déclaration d'intention. Il sera repris dans la version préoriginale de « Berges de la Loire » (*Combat*, 20 décembre 1951 ; voir *La Rage de l'expression*, p. 337-338).

1. Ce principe annonce ce qui sera le mot d'ordre de Ponge dans l'après-guerre : « Prendre son propre parti » (voir *Le Peintre à l'étude*, « Braque le Réconciliateur », p. 127-135).

◆ L'AVENIR DES PAROLES. — *Ms.* : *ms. DCM* (comme *dactyl. DCM* et *DCM*) : une variante. *Ms. Pro* : une copie, sans variantes.

Ce petit apologue concluait de façon fort impertinente les *Dix courts sur la méthode*. Plus qu'à la mythologie grecque, il emprunte sa signification à un mythe tout personnel, celui du Jour et de la Nuit, dont il devait faire partie (voir la notule de « Trois poésies », p. 883-884). Le jour coïncide pour Ponge avec le règne des « noms communs » qui offusquent plus qu'ils ne révèlent la réalité du monde ; le crépuscule vient lever ce voile, ici de la manière la plus triviale. La brise du soir chère à la tradition lyrique est assimilée à un vent sorti de la croupe d'un géant céleste (Hercule ?), qui, rejetant les « drap des paroles », dévoile son corps et celui la nuit. Les paroles n'ont pas d'autre avenir que de s'effacer devant une réalité à la fois sublime et grotesque, infiniment désirable.

1. Ms. DCM, dactyl. DCM et DCM portent : « dehors ».
2. Hercule est le fruit des amours adultères de Jupiter avec une mortelle, Alcmène. Mais, selon certaines traditions, pour devenir immortel, il dut téter le sein de l'épouse du roi des dieux, Héra, qu'il blessa en tirant trop fort. La voie lactée serait née du flot de lait qui jaillit alors du « nichon » de la déesse, qui n'est pas la mère d'Hercule, mais sa marâtre.

◆ PRÉFACE AUX « SAPATES ». — Ms. : ms. Pro présente une mise au net, comportant plusieurs passages biffés ou corrigés.

Ponge a utilisé pour la première fois le terme de « sapate », qu'il avait trouvé dans Littré (voir la Notice de Cinq sapates, p. 1003) pour intituler une série de poèmes parus dans Mesures, nº 6, en avril 1936 et repris pour la plupart dans Le Parti pris des choses (voir ibid.). Il avait sans doute envisagé alors une publication en plaquette ou en volume (évoquée dans J. Paulhan, F. Ponge, Correspondance [...], t. I, lettre 186, p. 187-188), pour laquelle il a rédigé cette « Préface », restée finalement inédite jusqu'à Proêmes.

◆ OPINIONS POLITIQUES DE SHAKESPEARE. — On ne connaît aucune version manuscrite de ce texte.

Coriolan était à l'affiche de la Comédie-Française depuis le 9 décembre 1933, dans une adaptation de René-Louis Piachaud. La peinture acerbe qu'y fait Shakespeare du peuple romain et de ses représentants fut mise en rapport avec la crise que connaissaient les institutions républicaines en France, et interprétée par une partie du public dans le sens de l'antiparlementarisme qui se déchaînait alors. Le gouvernement s'irrita et releva de ses fonctions d'administrateur Émile Fabre le 3 février 1934. La foule se pressa aux représentations suivantes, qui donnèrent lieu à de bruyantes manifestations antigouvernementales ; après les émeutes du 6 février, le gouvernement réintégra Émile Fabre, mais exigea le retrait de la pièce, qui ne sera reprise que le 11 mars. Cette décision, suivie de la diminution de la subvention accordée par l'État au Théâtre français, donna lieu à une vive polémique, dont on trouvera par exemple l'écho dans les numéros du 17 et du 24 février des Nouvelles littéraires : Jacques Copeau s'y indigne contre l'interruption des représentations, et André Suarès loue Coriolan de « mépris[er] les partis » et « les démagogues » qui « avilissent toujours le peuple pour s'en rendre maîtres », proclamant que Shakespeare est « réactionnaire » comme « tous les grands poètes ». Bien que d'un tout autre bord politique, et engagé dans la lutte antifasciste, Ponge refuse de réduire la pièce de Shakespeare à une signification politique univoque, ce qui ne l'empêche pas de tourner en dérision le héros de la pièce dans « Coriolan ou la Grosse Mouche » (Lyres, p. 456). C'est ce sens de l'indépendance et de la complexité de la création artistique qui lui fera prendre ses distances vis-à-vis du parti communiste après la guerre.

1. À propos d'une représentation de Coriolan, mis en scène par Antoine à l'Odéon, le 21 avril 1910, qui avait déjà donné lieu à des polémiques, Léon Blum reconnaissait que « dans ces tableaux de ce que fut, selon

Shakespeare, la plèbe de Rome, il y a de la dureté et de la cruauté », et que le dramaturge anglais « n'eut pas l'esprit démocratique ». Mais « il était difficile d'être démocrate » en une époque troublée où le peuple ne pouvait que suivre ceux qui le manipulaient ; et il était par ailleurs normal qu'un écrivain issu d'un milieu populaire cherche à s'en distinguer. Léon Blum concluait : « Shakespeare a donc des excuses. Et du reste, dans ce conflit entre Coriolan et le peuple, il ne se range pas sans partage du côté de son héros » (*Au théâtre : réflexions critiques*, 3ᵉ série, Ollendorff, 1910, p. 306-307).

2. Ces paroles sont placées dans la bouche du patricien Ménénius Agrippa, pourtant ami de Coriolan (acte V, sc. IV).

◆ TÉMOIGNAGE. — *Ms.* : ms. Pro présente un feuillet dactylographié, sans variantes. — *Préorig.* : N.R.F., n° 242, novembre 1933, comportant deux variantes.

Ponge a rédigé ce texte à la demande de Jean Paulhan (voir *Correspondance [...]*, t. I, lettre 155, p. 160) pour accompagner « Le Tronc d'arbre » (voir p. 231) dans le second volet du *Tableau de la poésie française*, paru dans la *N.R.F.* Une autre version de « Témoignage », portant le même titre, a été reprise dans *Pratiques d'écriture [...]*, p. 65.

1. *Préorig.* porte : « maintenu depuis vingt-sept années ». Ponge s'attribuait l'âge qu'il avait en 1926, date de composition du « Tronc d'arbre ». Il majore ici de quelques mois l'âge qui était le sien en 1933.

◆ LA FORME DU MONDE. — On ne connaît aucune version manuscrite de ce texte.

Le souci de la variété et de la « qualité différentielle » des choses conduit Ponge à récuser toutes les visions totalisantes de l'univers. Il mêle ici non sans humour diverses thèses philosophiques (le cercle de Pascal, la ruche du *Rêve de D'Alembert*, la correspondance médiévale entre macrocosme et microcosme) et conceptions scientifiques (la sphère de l'astronomie antique, la « géométrie dans l'espace ») à des métaphores plus étranges (la grande perle molle, d'allure surréaliste) ou plus personnelles, comme celle de la coquille (voir « Le Mollusque », p. 24 ; « Notes pour un coquillage », p. 38-41).

1. Ces objets ont donné lieu à des poèmes ; voir « La Crevette », p. 46-48 ; « Les Lilas » (*Pièces*, p. 767-768) ; « La Serviette-éponge » (*Nouveau nouveau recueil*, t. I, p. 25-26).

◆ PAS LE SAUT. — *Ms.* : ms. Pro présente une esquisse intitulée « Plus-que-raisons » (comme l'article paru dans *Le Surréalisme au service de la révolution* en 1930, *Nouveau recueil*, p. 31-33) ; on en trouvera une transcription dans l'Atelier, p. 234.

Ce texte, comme plusieurs autres proêmes, porte la trace du dialogue de Ponge avec les surréalistes, même s'il se présente surtout comme l'expression d'un débat intérieur. Ponge semble en 1927 prendre ses distances vis-à-vis d'une attitude qui a longtemps été la sienne, et qui privilégiait la liberté et la disponibilité, suivant l'enseignement d'André Gide et l'exemple des surréalistes. Il préconise l'adoption d'une contrainte dont Jean Paulhan lui a révélé les vertus : celle de la rhétorique (voir p. 192-193), qui permet de lutter contre les « paroles » toutes faites (auxquelles le « nominalisme » surréaliste faisait trop confiance), et par là même contre l'ordre des choses qui leur est lié.

1. Théologien anglo-saxon, Alcuin (vers 735-804) a participé à la réforme scolaire de Charlemagne, et rédigé des dialogues pédagogiques,

dont le tour, proche de l'énigme, a séduit les surréalistes. La revue *Littérature* avait reproduit la « Dispute entre Pépin, second fils de Charlemagne, et son maître Alcuin » (extrait de la traduction des *Œuvres* d'Alcuin par Guizot) dans son numéro 11 (janvier 1920, p. 6-8), où Ponge a relevé cette étonnante définition, qu'il citera de nouveau dans la deuxième des « Pages bis » (voir p. 210). Il évoque aussi « la démarche d'Alcuin » dans J. Paulhan, F. Ponge, *Correspondance [...]*, t. I, lettre 105, p. 104.

◆ CONCEPTION DE L'AMOUR EN 1928. — *Ms.* : *ms. Pro* présente une mise au net datée de La Fayolle, 20 août 1928.

En 1928, *La Révolution surréaliste*, a fait paraître, en mars, les « Recherches sur la sexualité », n° 11, et en décembre une « Enquête sur l'amour », n° 12. Comme les surréalistes, Ponge lie étroitement l'amour et la poésie, mais d'une tout autre manière. L'attitude qu'il préconise ici envers l'être aimé est analogue à celle qu'il commence à adopter envers les choses qu'élit son parti pris. Dans un cas comme dans l'autre, il convient de respecter la différence de l'objet, de le laisser être et d'adopter son point de vue, au lieu d'en faire le prétexte au déploiement d'un désir et d'un imaginaire tout subjectifs.

◆ LES FAÇONS DU REGARD. — *Ms.* : *ms. Pro* présente une copie assortie d'une note, ajoutée semble-t-il après coup : « Ceci annonce mes écrits phénoménologiques », et un dactylogramme sans variantes.

Sur ce proème, dont le titre démarque celui de la pièce de Tristan Bernard, *L'Anglais tel qu'on le parle*, voir M. Collot « Le Regard-de-telle-sorte-qu'on le parle », *Europe*, n° 755, mars 1992, p. 39-40.

◆ FLOT. — *Ms.* : *ms. Pro* présente une copie manuscrite, datée de 1926-1927, et un dactylogramme. *Ms. DCM* (comme *dactyl. DCM*) et *DCM* : sans variantes.

Ce poème, recueilli d'abord dans *Dix courts sur la méthode*, remonte à l'époque où Ponge commençait à concevoir son *Parti pris des choses*. Il annonce « Le Galet », qui en reprendra le thème et les termes mêmes (voir p. 49-56). Le flot métaphorise souvent chez Ponge une parole diffuse et profuse, qui s'écoule trop facilement (voir notamment *Le Parti pris des choses*, « Le Cycle des saisons », p. 23-24) ; elle a besoin d'un objet, qui lui fasse obstacle, pour reprendre élan.

◆ DE LA MODIFICATION DES CHOSES PAR LA PAROLE. — *Ms.* : *ms. Pro* présente une copie dactylographiée sans variantes.

L'analogie entre les effets de la parole et ceux du gel, si elle doit sans doute au souvenir du cygne mallarméen et des paroles gelées du *Quart livre*, répond surtout à un mouvement profond de l'imaginaire pongien, qui cherche à fixer le flux informe de la pensée et de la réalité. L'eau insaisissable (voir « De l'eau », p. 31), comme la parole courante, a besoin d'un obstacle (voir « Flot », p. 173) ou du froid pour prendre forme et combler le désir de « rigueur » du poète.

1. « Se substitue » (l'usage pronominal du verbe « subroger » est rare).
2. Ponge réactive ici le sens concret du mot latin *rigor* (« roideur causée par le froid », « gelée »), encore sensible dans une expression comme « les rigueurs de l'hiver ».

◆ JUSTIFICATION NIHILISTE DE L'ART. — *Ms.* : *ms. Pro* présente un feuillet manuscrit portant dans le coin supérieur le nom de Breton et un autre feuillet avec cette note manuscrite intitulée « Critique des [Surréalistes] nominalistes » : « Soi-disant incendiaires ils renoncent à mettre le feu ailleurs qu'à l'eau. / Tout leur effort tend à mettre le feu à l'eau. // À mettre le silence aux paroles. / Quand le langage ne se refuse qu'à une chose c'est à faire aussi peu de bruit que le silence. // On ne trahit pas le bruit avec le silence / On ne trompe pas (comme le croit Breton) l'apparence avec la réalité. / C'est d'ailleurs bien inutile : le bruit se trahit lui-même, l'apparence se trahit elle-même. / (Nous n'avons rien à y voir.) »

Ponge semble s'en prendre ici aux « terroristes » qui prônent la destruction simultanée du réel et du langage, dont l'eau est une fois de plus le symbole. Il entend pour sa part travailler la langue pour déconstruire les représentations figées dont elle est porteuse. Il répond ainsi aux surréalistes, comme l'indique la note de *ms. Pro*. L'assimilation des « Surréalistes » à des « nominalistes » semble indiquer que Ponge a lu « Une vague de rêves », paru dans *Commerce* à l'automne de 1924. Louis Aragon y écrivait notamment : « Le *nominalisme absolu* trouvait dans le surréalisme une démonstration éclatante, et cette matière mentale dont je parlais, il nous apparaissait enfin qu'elle était le vocabulaire même : *il n'y a pas de pensée hors des mots*, tout le surréalisme étaye cette proposition. » Le surréalisme n'est donc pas « terroriste » au sens où l'entend Jean Paulhan. La position d'André Breton, exprimée dans l'« Introduction au discours sur le peu de réalité » (paru dans le numéro suivant de *Commerce*) est sensiblement différente de celle de Louis Aragon, et de celle que semble lui prêter Ponge : loin de vouloir reconduire le langage au silence, il veut en faire un instrument de transformation de la réalité : « Qu'est-ce qui me retient de brouiller l'ordre des mots, d'attenter de cette manière à l'existence tout apparente des choses ! Le langage peut et doit être arraché à son servage. Plus de descriptions d'après nature, plus d'études de mœurs. Silence, afin qu'où nul n'a passé je passe, silence ! — Après toi, mon beau langage. »

1. Le rapport entre la pensée de Sénèque et les propos que lui prête ici Ponge est des plus problématiques. Derrière le nom du philosophe latin, se cache peut-être celui d'un contemporain, André Breton par exemple. À moins qu'il ne joue ici le même rôle que Dante dans « Phrases sorties du songe » (voir p. 186-187) : servir de caution prestigieuse aux inspirations les plus capricieuses. Sénèque est cité dans *Pour un Malherbe* parmi les auteurs latins qui ont le plus marqué Ponge (p. 13) et les poètes de la génération de Malherbe : « Influence explicable par le stoïcisme naturel aux grands esprits dans les époques de trouble et de fanatisme » (p. 165). Il se situe donc du côté de « la maîtrise des passions », de « l'usage des règles » et de « la fondation d'une raison », ce qui n'est pas exactement le cas ici...

◆ DRAME DE L'EXPRESSION. — *Ms.* : *ms. Pro* présente une mise au net aboutissant à la version définitive.

Sur ce thème qui obsède Ponge entre 1923 et 1926, voir la Notice, p. 957-958.

◆ FABLE. — *Ms.* : *ms. DCM* (comme *dactyl. DCM* et *DCM*) porte deux variantes.

Les lectures récentes de ce texte, notamment celles de R. W. Greene (« Francis Ponge, metapoet », *Modern Language Notes*, n° 4, mai 1970, p. 572-575), et de J. Derrida (*Psyché*, Galilée, 1987, p. 19-32) y voient à juste titre le modèle de la « fable logique », essentiellement métapoétique. Jacques Derrida rapproche les deux premiers vers du célèbre propos de Paul Valéry : « Au commencement était la fable », qui conclut son étude sur l'*Eurêka* d'Edgar Poe (*Œuvres*, Bibl. de la Pléiade, t. I, p. 867), où Ponge avait pu lire, dans la traduction de Baudelaire : « J'offre ce livre de Vérités, non pas seulement pour son caractère véridique, mais à cause de la beauté qui abonde dans sa Vérité, et qui confirme son caractère véridique. » Cette réflexivité s'accomplit ici dans une parfaite coïncidence entre langage et métalangage (la préposition *par* est à la fois « utilisée » et « mentionnée »), entre signifiant et signifié : les sept ans de malheur sont évoqués au septième vers du poème, qui est un heptasyllabe. Elle trouve son emblème dans le motif du miroir, qui justifie aussi un jeu de renversement spectaculaire : le bris du miroir intervient APRÈS, et non avant « sept ans de malheurs » comme le voudrait la superstition ; et la fable se termine non par la moralité, mais par le récit, réduit à sa plus simple expression, et mis entre parenthèses. Mais en même temps qu'il exhibe ainsi la spécularité du langage poétique, Ponge en dénonce de la manière la plus explicite, intervenant en première personne, les limites et les « difficultés ». Il ne saurait « tolérer » ce « tain » qui empêche le langage de refléter autre chose que lui-même ; et, pour accéder à une vérité qui ne soit pas une pure et simple tautologie, il faut briser ce miroir où se complaît narcissiquement la poésie : « Vos textes, vos écrits [...] vous paraissent comme des glaces, comme des miroirs, il semble que vous y soyez enfermés » (*Méthodes*, « Tentative orale », p. 656). Il est bien possible que ce texte ait été écrit au moment où Ponge, ayant pratiqué jusqu'au vertige l'art de la « logoscopie », commence à se tourner vers les choses. C'est en découvrant « la nature hors les miroirs » (*Le Peintre à l'étude*, « Courte méditation réflexe aux fragments de miroir », p. 124-126) qu'il mettra fin aux « malheurs » engendrés par une pratique trop continue de la réflexion et de la réflexivité.

1. *Ms. DCM*, *dactyl. DCM* et *DCM* portent : « commence donc ce livre / Dont la première phrase dit ».

◆ LA PROMENADE DANS NOS SERRES. — *Ms.* : *ms. Pro* (comme *ms. DCM*, *dactyl. DCM* et *préorig. DCM*) présente une variante.

L'association entre les fleurs de la rhétorique et de la poésie et celles du jardin est traditionnelle, mais elle a été revivifiée par le symbolisme. Le titre de ce texte rappelle les *Serres chaudes* de Maurice Maeterlinck ; mais l'inspiration en est surtout mallarméenne. On le rapprochera notamment de « Toast funèbre », qui assigne au poète le « devoir » de faire « survivre » aux « jardins de cet astre », « Une agitation solennelle par l'air / De paroles, pourpre ivre et grand calice clair », comme autant de « fleurs dont nulle ne se fane » (*Œuvres complètes*, Bibl. de la Pléiade, t. I, p. 28).

1. Cette intuition précoce ne sera pas immédiatement suivie d'effet. Dans les années 1920, l'imperfection du langage sera pour Ponge la source du « drame de l'expression » (voir p. 175-176). Ce n'est que bien plus tard qu'il en assumera pleinement la « nécessité », et fera de l'« inachèvement perpétuel » un ressort de la création. Voir notamment « L'Opinion changée quant aux fleurs » (*Nouveau nouveau recueil*, t. II, pp. 99-132), le « Texte sur Picasso » : « Errare humanum est... Divinum atque » (*L'Atelier contemporain*, p. 343), et la note intitulée « Errare divinum est » dans *Pratiques d'écriture [...]*, p. 41.

2. *Ms. Pro*, *dactyl. DCM* et *préorig. DCM* portent : « pour vous-mêmes davantage que pour votre signification ».

◆ NATARE PISCEM DOCES. — *Ms.* : *ms. Pro* présente une mise au net de la première partie du texte, avec plusieurs variantes, et un dactylogramme de l'ensemble, sans variantes.

Sur le titre de ce proême, qui est aussi celui de la première section du recueil, voir la Notice p. 955, n. 9.

1. Ponge répond sans doute à une remarque de Jean Paulhan à propos du *Filibuth* de Max Jacob : « À quoi pensez-vous que tient la surprise d'un livre ? n'est-ce pas à ce que l'auteur est bien resté au-dedans, n'est pas sorti pour aller voir comment ça faisait du dehors » (*Correspondance [...]*, t. I, lettre 13, p. 19-20). Contre son mentor, Ponge revendique le droit d'exercer lui aussi l'art de la réflexion critique, et de l'intégrer à sa démarche créatrice.

2. *Ms. Pro* porte : « rejetés ? Mais ne vide-t-on pas la chambre comme on tourne autour de la statue : selon son goût qui est tout extérieur, tout appris. Quelle autre loi peut commander à l'ouvrier que la loi de sa personnalité, mais qu'est-ce que sa personnalité, sinon tout l'extérieur, toutes les influences ? Il n'y a aucune dissociation possible de l'enthousiasme et de la critique, de la personnalité créatrice et de la personnalité critique (c.-à-d. du public) ».

3. Dans *Ms. Pro* le paragraphe se termine ainsi : « C'est devant le tableau d'un autre, qu'*il* s'est reconnu créateur : comme capable d'en-faire-autant. » Ponge fait ici allusion à la célèbre parole prêtée au Corrège devant la *Sainte Cécile* de Raphaël, rapportée notamment par Montesquieu dans la Préface de *L'Esprit des lois* en traduction française : « Et moi aussi, je suis peintre. »

4. Et sans doute principalement à *La Poétique*.

5. Dans les années qui ont suivi la mort de son père, Ponge est en proie au doute métaphysique, ce qui explique l'allégeance faite ici à Pyrrhon (vers 365-275 av. J.-C.), fondateur du scepticisme, et à Montaigne, qu'il avait pourtant exclu de la liste de ses « amis » (*Nouveau nouveau recueil*, « De amicis meis », t. I, p. 15), et qu'il ne découvrira qu'en 1942 (*ibid.*, « Je lis Montaigne », t. I, p. 188-193). Mais il refuse d'étendre ce scepticisme au domaine de l'art, comme le faisaient certains de ses contemporains. « Pour être à la mode je parlerai d'abord de Pyrrhon », écrit Ponge le 28 février 1924, non sans préciser toutefois « qu'au milieu des pires crises de scepti-cisme la jouissance l'hiver lucide de quelques rares ouvrages de l'art humain l'étude de la logique d'une eau claire, [es]t encore permise » (*ibid.*, « Au lecteur », t. I, p. 13). Sa réaction converge avec celle d'autres écrivains de la *N.R.F.* ; voir dans le numéro 125 de la revue, l'article de Marcel Arland (« Sur un nouveau mal du siècle ») et celui de J. Rivière, qui, visant les surréalistes, dénonçait « le scepticisme furieux et dogmatique qui se voit à quelques-uns » (« La Crise du concept de littérature », p. 161). Dans une lettre à Jean Paulhan de 1928, Ponge se montre plus proche de « la démarche de l'esprit de Socrate, élève pourtant des sophistes, c'est-à-dire de profonds sceptiques, au moment où il décide de reconstruire de toutes pièces une morale, un art de vivre (et comment, et pourquoi il ne retombe plus jamais au pyrrhonisme) » (*Correspondance [...]*, t. I, lettre 105, p. 103-104).

◆ L'AIGLE COMMUN. — *Ms.* : *ms. Pro* présente une mise au net aboutissant au texte définitif.

L'aigle devient « commun » dès lors qu'il se met à parler ; sa déchéance est pire que celle de l'albatros, autre figure du poète, puisqu'elle est due à cela même qui devrait faire sa souveraineté : le langage. Mais il faut bien parler, comme le montre un « dialogue » recueilli dans *Pratiques d'écriture [...]* : « Z réplique qu'il est bien difficile de demeurer en silence à ces (hauteurs) dans son univers comme on est tenu de parler, comment faire pour en même temps *tenir* à son univers s'y tenir, et durant des années employer en société la parole la plus commune, et il déclare que la tenue se perd aussi bien dans le silence que dans la vulgarisation, la publication » (« D'un style plus chaleureux », p. 120).

1. Ce terme renvoie au premier mot du texte ; il exprime aussi la « jonction » fatale de l'être supérieur avec la foule.

◆ L'IMPARFAIT OU LES POISSONS VOLANTS. — *Ms.* : les *APa* offrent un manuscrit (*ms. APa*) où les « indications scéniques » sont absentes, et où les noms des personnages ne sont pas mentionnés en tête des « répliques », numérotées de I à VI, qui occupent chacune un feuillet. Quelques variantes. *Ms. Pro :* un manuscrit et un dactylogramme qui adoptent la présentation définitive (seul le manuscrit présente quelques variantes). Ils sont accompagnés de la note suivante : « Vu par Paulhan. Refusé par Rivière pour la *N.R.F.* Demandé par Hellens et refusé par moi pour *Le Disque vert*. Envoyé à Fargue le 25 novembre 1924. Remis à Paulhan pour être transmis à la Princesse de Bassiano le 7 décembre 1924. Refusé par *Commerce*. Écrit en mars-juin 1924. »

Dans ses *Entretiens* avec Philippe Sollers, Ponge présente ce poème comme « une étude sur l'imparfait, sur le temps de l'imparfait, le temps grammatical de l'imparfait » (*Entretiens avec Philippe Sollers*, p. 66) ; il fait partie des « exercices » métalinguistiques auxquels il se livre alors (voir la Notice de *Douze petits écrits*, p. 879-881). Mais ce jeu verbal revêt ici un enjeu existentiel comme le suggère le *nota bene*, qui établit entre le passé et le présent une séparation non seulement temporelle, mais spatiale (dessus /dessous) et linguistique : on ne peut parler du « souvenir » qu'« à l'imparfait », donc « imparfaitement ». Le langage ne peut rendre présent le passé, ni faire revivre les souvenirs (voir « Fables logiques », *Méthodes*, p. 612-615). Le deuil du père n'est pas accompli : le poète est encore déchiré entre la vie et la mort, comme le poisson volant Piscavio entre l'air et la mer. Les six personnages qui prennent ici tour à tour la parole anagrammatisent son nom, mais il reste absent.

1. Cette réplique est suivie dans le manuscrit de *ms. Pro* de cette indication entre parenthèses : « plonge ».

2. *Ms. APa* donne : « Les hommes », que le manuscrit de *ms. Pro* corrige en « Mes pareils ».

3. Dans *ms. APa* ce paragraphe est ainsi rédigé : « D'ailleurs le son parvenait avec lenteur et tout à fait, comment dirai-je, méconnaissable ».

4. *Ms. APa* et le manuscrit de *ms. Pro* donnent : « Les hommes ».

5. Voir « Naissance de Vénus » (*Lyres*, p. 448), autre « exercice » de la même époque.

◆ NOTES D'UN POÈME (SUR MALLARMÉ). — *Ms.* : les notes préparatoires de ce texte (*ms. APo*) ont été rassemblées dans un dossier qui compte 34 feuillets (*APo*), et qui a été après coup doté d'une page titre : « NOTES SUR MALLARMÉ / Cela se place après la croyance aux proverbes de raison (Le Tronc d'arbre) et avant l'approbation de la nature. / La plupart de ces notes ont été écrites [au Chambon sur Lignon au cours de l'été 1926] en vue de ma collaboration au numéro de la *N.R.F.* de novembre 1926 qui devait contenir (et contient en effet) un *Hommage à Mallarmé*, à l'occasion de la publication de *L'Ouverture ancienne d'Hérodiade*, inédite jusqu'alors [...] / Quelques-unes sont de peu antérieures, quelques très rares autres postérieures (1928). » Un feuillet de ce dossier a été publié par Bernard Beugnot en fac-similé dans le *Bulletin du bibliophile*, n° 2, 1993. *Ms. Pro* : un dactylogramme identique au texte définitif. Certaines idées et expressions proviennent d'une note intitulée « Une conception du poète », reprise dans *Pratiques d'écriture [...]* (p. 32) avec la mention : « J'ai tiré certaines choses de cela pour ma *note sur Mallarmé* qui est dans *Proêmes* ». — *Préorig.* : N.R.F., nº 158, novembre 1926, une variante.

Mallarmé a été l'un des premiers et des plus importants modèles de Ponge, qui écrivait à Gabriel Audisio, dans une lettre inédite du 25 janvier 1922 : « Il est exact que Mallarmé m'a produit une grosse impression et qu'on doit retrouver son influence dans mes poèmes. Je ne désavoue pas du tout cette alliance, au contraire. Je me proclame disciple de Mallarmé et je prétends […] que cette poésie mallarméenne ne fut pas seulement une « splendide expérience » mais qu'elle est et restera le point de départ d'une nouvelle poésie (classique si l'on veut) plus objective et de forme moins éloquente et plus sévère que le romantisme et le symbolisme. » Aussi Jean Paulhan ne manqua-t-il pas d'inviter Ponge, en juin 1926, à participer à l'hommage que la *N.R.F.* allait consacrer au maître de la rue de Rome : « Tu ne me donnerais pas une étude sur Mallarmé pour notre hommage ? Au fond, c'est sûrement le plus grand type qu'il y ait eu » (*Correspondance [...]*, t. I, lettre 72, p. 69). Ponge travailla tout l'été, accumulant des notes qui ne passeront que partiellement dans la version imprimée. Celle-ci résulte d'un resserrement qui produit une certaine obscurité allusive. Malgré l'effacement de la première personne, il s'agit pour Ponge de tirer une leçon personnelle de l'œuvre mallarméenne : « Je n'éprouve nullement le besoin de parler sinon pour écrire mon programme, de parler de Mallarmé sinon pour en tirer l'exemple » (*ms. APo*, f. 14). Ces « Notes » se présentent donc à la fois comme l'ébauche d'un « poème » et comme l'énoncé d'une poétique, ce qui leur donne un statut original dans le numéro de la *N.R.F.*, à côté des témoignages et des jugements critiques. Elles annoncent l'avenir, en tissant des liens inédits entre l'expression métaphorique, l'éloge et la réflexion critique et théorique, et en entrouvrant déjà, par leur forme même, la porte de l'atelier. À partir de Mallarmé, le propos de Ponge se concentre sur deux problèmes majeurs : celui du langage et celui du proverbe. À l'encontre d'une certaine lecture de l'entreprise mallarméenne qui en fait une quête de l'Idée conduisant aux confins du silence, Ponge y voit une exaltation des pouvoirs du langage, devenu un instrument « antilogique », dont la finalité n'est ni métaphysique ni purement esthétique, mais plutôt éthique. Ce faisant, il s'oppose aux tenants de la « poésie pure », aux surréalistes et à leur modèle Rimbaud, ainsi qu'à Paul Valéry, le « disciple soufflé de verre » qui confisque l'héritage mallarméen. La leçon de Mallarmé rejoint celle des proverbes, auxquels Jean Paulhan avait initié Ponge. Mais alors que les proverbes restent des lieux communs, qui ont une fonction essentiellement pratique et sociale, le poète doit exprimer ce qu'il a en lui de plus particulier, de manière à lui donner la forme et la force d'une « maxime » qui s'impose à tous. « L'œuvre de Mallarmé prouve la possibilité d'une rhétorique par poète » (*ms. APo*, f. 8), d'une « rhétorique du particulier, du lyrique : je peux faire une loi de mon particulier » (*ms. APo*, f. 21). Cet idéal sera plusieurs fois réaffirmé par Ponge, notamment à la fin de l'« Introduction au "Galet" » (p. 201) et dans le *Pour un Malherbe* (p. 41). Voir à ce propos la bonne mise au point d'Ian Higgins, « Proverbial Ponge », *The Modern Language Review*, vol. 74, nº 2, avril 1979 (traduction française, « Ponge des proverbes », *Revue des sciences humaines*, nº 228, octobre-décembre 1992).

1. Voir *Douze petits écrits*, *Excusez cette apparence de défaut...*, p. 3 ; « Des raisons d'écrire », p. 195-197, et *La Table*, « Le Nouveau Coquillage », Gallimard, 1991, p. 18.

2. Ponge choisit ici Mallarmé contre Rimbaud, bien qu'il reconnaisse à

ce dernier un rôle décisif dans la « révolution du langage poétique » qui a marqué la fin du XIXe siècle (voir *Pour un Malherbe*, p. 140). Une note préparatoire intitulée « Éloge de St Mallarmé » commençait par ce préambule, biffé après coup : « Ce qu'il importe de dire en 192 [*sic*] de Mallarmé. C'est qu'on est occupé de Rimbaud. Non moi. Mais les autres (Éluard, Péret, Fargue...) » (*ms. APo*, f. 10). Ponge est irrité par le culte que les surréalistes vouent à Rimbaud, et par les divagations auxquelles prête son fameux « silence », tout relatif puisque Rimbaud a continué à écrire des lettres ; or celles-ci trahissent sa présence beaucoup plus qu'un texte littéraire, qui suppose la « disparition élocutoire » de l'auteur. Le terme de « loques » n'apparaît qu'une seule fois chez Rimbaud, au vers 39 de « L'Orgie parisienne » (*Œuvres complètes*, Bibl. de la Pléiade, p. 48). Ponge y entend sans doute l'écho du verbe latin *loquor*, et il désigne sans doute ici comme dans « La Chèvre » (voir *Pièces*, p. 808) un lambeau de parole.

3. C'est l'attitude que Ponge prête aux surréalistes dans un texte donné dans la notule de « Justification nihiliste de l'art » (voir p. 968), dont plusieurs formules sont ici reprises. Mais il pense sans doute aussi à l'abbé Bremond, qui venait de publier son essai sur *La Poésie pure* (Grasset, 1926).

4. Ponge reprend ici des formules à une note sans date intitulée « Une conception du poète » (*Pratiques d'écriture* [...], p. 32).

5. Ces termes semblent faire allusion à la crise qu'a connue Ponge entre 1923 et 1926 (voir la Notice de *Douze petits écrits*, p. 874-875).

6. Étudiant les duels poétiques malgaches dans lesquels les hain-tenys servent d'armes, Jean Paulhan souligne que ce qui importe est moins le sens des proverbes que leur « force » et leur « poids » ; il parle de « masses proverbiales » fixes (*Les Hain-Tenys*, 1913, repris dans *Œuvres complètes*, Cercle du livre précieux, 1966, t. II, p. 80 et 87). Ponge démarque aussi la métaphore lexicalisée de l'argument-massue (qu'il reprendra à propos de « La Figue » ; voir *Pièces*, p. 803-805). La même thèse est défendue dans « L'Examen des fables logiques » : « Voilà exactement le poète, l'écrivain. Il trouve des formules frappantes, valables, capables de victoire dans une discussion pratique [...] les idées n'ont rien à voir là-dedans et on ne demande pas à un poète d'être un *penseur* » (*Pratiques d'écriture* [...], p. 70 et 72). Le feuillet 26 de *ms.* précise l'opposition : « Les gens de notre sorte se servent rarement d'égal à égal des raisons, d'arguments, des armes d'enferrement. [...] Armés d'une seule massue, celle du mépris, c'est un cube de cervelles qu'il me faut ouvrir par jour. / Mallarmé m'offre une telle massue, cloutée de diamant, un aggloméré de diamants. Agréable à brandir par-derrière deux raisonneurs en train de se battre. »

7. Voir « Raisons de vivre heureux », p. 197-199, et « Des raisons d'écrire », p. 195-197.

8. Une note du feuillet 16 de *ms. APo* désigne nommément Paul Valéry. Ponge lui reproche de ne pouvoir « s'empêcher d'insérer ses idées comme telles ("Zénon", "devenir" etc.) dans ses œuvres », ce qui est contraire à l'orientation antilogique de la poésie, qui doit donner l'initiative aux mots : « Le penseur, ou professeur de pensées, admet qu'il lui vienne des idées valables, en éclair, au milieu d'idées impropres. Ainsi le poète admet qu'il lui arrive des mots (ou des façons logiques) valables » (*ms.*, f. 4). Mais si Ponge n'aime pas la poésie de Paul Valéry, il admire *La Soirée avec M. Teste*, et saura rendre hommage à son auteur dans *Pour un Malherbe* (p. 196) et dans un article paru dans *Le Magazine littéraire* en 1982 (*Nouveau nouveau recueil*, « Paul Valéry », t. III, p. 155-161).

9. Démarqué du latin *maximitas*, que Ponge a pu rencontrer chez Lucrèce, ce néologisme donne à entendre à la fois l'intensité du désir et la valeur de maxime que prend son expression.

10. Ponge semble ici faire écho à certaines formules de Paul Valéry :
« Le premier mouvement de la recherche fut nécessairement pour définir
et pour produire la plus exquise et la plus parfaite beauté [...], l'acte
mystérieux de l'idée » (« Stéphane Mallarmé », *Le Gaulois*, 17 octobre 1923,
dans *Œuvres complètes*, Bibl. de la Pléiade, t. I, p. 620).

11. Mot attesté par Littré, formé à partir du latin *appetitus* (« penchant
naturel », « instinct »). Il appartient au vocabulaire philosophique de
Leibniz.

12. Voir *Méthodes*, « Des cristaux naturels », p. 632-633, et T. Tcholakian, « La Pierre dans la poésie de Ponge », *Études françaises*, t. XXV, 1, été
1989, p. 89-113.

13. *Ms. APo*, f. 30 porte : « Il m'a beaucoup servi à me parler à moi-même. »

14. Ce « oui » résonne à plusieurs reprises dans *Pour un Malherbe* :
« C'est le oui du soleil, le oui de Racine, le oui de Mallarmé ; c'est le ton
résolu, celui que j'ai appelé "la résolution humaine" » (p. 216). Ponge
distingue Mallarmé de poètes comme Malherbe, Corneille ou Boileau,
qu'il admire, mais qui restent dépendants des « proverbes », du sens
commun.

◆ LA DÉRIVE DU SAGE. — *Ms.* : *ms. DCM* (comme *dactyl. DCM* et *DCM*)
porte trois variantes de ponctuation. *Ms. Pro* : un dactylogramme sans
variantes.

Le titre de ce proême fait écho à « La Famille du sage » (*Lyres*, p. 447),
qui évoquait la veillée funèbre auprès du cadavre paternel. Ici, c'est le
poète lui-même qui joue, comme un « acteur », le rôle du sage, dans une
posture et une situation qui évoquent à la fois le Zarathoustra de
Nietzsche et Rousseau à l'île Saint-Pierre. On retrouve ici tous les symptômes du malaise consécutif à la mort du père : solitude, difficulté à communiquer, proximité de la folie, tentation du suicide. Le choix du soleil
comme instrument de torture et de sublimation relève d'un mythe personnel déjà rencontré (voir « Le Martyre du jour », p. 8-9, et la notule de
ce poème, p. 886-887). Le sage, devenu fou, tente d'échapper au « drame
de l'expression » par une sorte de fuite en avant, en faisant du Verbe un
absolu auquel il s'identifie en anéantissant toute expression personnelle.
Jean Paulhan, qui dit « aim[er] extrêmement "La Dérive du sage" »
(*Correspondance* [...], t. I, lettre 48, p. 51), s'efforce pourtant de mettre en
garde Ponge contre une telle attitude, dans une lettre datée de mai 1925,
dont certains termes sont très proches de ceux du proême (voir *ibid.*,
lettre 46, p. 49-50). Ponge lui-même, revenant en 1943 sur cette période,
prendra ses distances vis-à-vis de ces excès de langage (*Nouveau nouveau
recueil*, t. II, « Seconde méditation nocturne », p. 29-30).

1. Ponge reprend ici le célèbre début de l'Évangile selon saint Jean,
mais il ne reconnaît d'autre transcendance que celle du langage, et divinise le poète capable de s'égaler à lui.

◆ PELAGOS. — *Ms.* : *ms. Pro* présente une version en prose manuscrite,
avec deux variantes, et une mise au net dactylographiée en vers libres,
avec des corrections manuscrites. *Dactyl. DCM* et *DCM* intègrent les
corrections du dactylogramme de *ms. Pro* et offrent une version identique
au texte définitif.

Le mot *pelagos* signifie en grec « la haute mer » : d'Ovide au « Bateau
ivre » de Rimbaud, l'aventure poétique et la conquête du large ont été
souvent assimilées l'une à l'autre. Mais n'est-ce pas une fuite, aux yeux
d'un poète qui se veut « terre à terre », et qui n'a jamais célébré que les

« bords de mer » (voir *Le Parti pris des choses*, « Bords de mer », p. 29-30) ?
Ce poème passablement obscur fait peut-être, dans une certaine mesure,
suite au précédent. L'île incendiée, les hommes se réfugient en mer sur
un « paquebot de secours » ; et la terre vient se plaindre du sort qu'ils lui
ont fait subir. Leurs paroles se détournent d'elle et des choses muettes :
par exemple de ces « cailloux » dont elle a les poches pleines, et qui
annoncent le célèbre « Galet » (p. 49-56). Le même reproche s'exprime au
début d'« Ad litem », qui se présente comme une autre « pièce » du « procès »
que Ponge intente au langage humain, parce qu'il recouvre d'un « *flot
de paroles* » les êtres et les choses « condamnés au silence » (voir p. 199).
Le poète lucide, à la différence des autres « hommes », prend en dégoût
ces lieux communs qui ne sont que des « fragments de masques » (voir
p. 189), des « écorces » (voir « Le Tronc d'arbre », p. 231), qui encombrent
sa « mémoire » et dont il doit se dépouiller.

◆ L'ANTICHAMBRE. — *Ms.* : *ms. DCM* (comme *dactyl. DCM* et *DCM*) est
sans variantes. *Ms. Pro* : un dactylogramme daté de « Paris, Boulevard de
Port-Royal ».

Le choix de la pièce qui fait communiquer l'intérieur avec l'extérieur a
bien évidemment ici une signification métapoétique : Ponge est conscient
de l'hermétisme dans lequel le confine un « jeu » trop serré sur les mots,
et qui risque non seulement d'« éloigner » le lecteur, mais de figer l'auteur
dans la pose du Sphinx, ou du Minotaure. Il doit donc au moins laisser
entrevoir une réponse aux questions du lecteur, seul capable d'« activer »
la créativité du poète, et de le forcer à se surprendre et à se renouveler
(« s'étranger ») lui-même. Sans pour autant se priver du plaisir de jouer
avec sa patience, en le laissant faire antichambre, comme Ponge le fera
encore en 1946 au seuil d'un texte sur Georges Braque : « Au lecteur qui
se présente ici il faut seulement qu'après l'avoir ainsi dans mon antichambre
plusieurs fois fait tourner sur lui-même, je le lance à cheval sur
mes moutons dans le couloir dialectique au fond duquel s'ouvre *ma* porte
sur Braque » (*Le Peintre à l'étude*, « Braque le Réconciliateur », p. 127-135).

1. Ce verbe, qui n'est plus en usage, signifiait « éloigner ». Littré regrettait
qu'il « ait vieilli », bien qu'il soit encore employé dans le langage des
couturiers au sens de « donner un caractère étranger à ». C'est peut-être
en ce sens que Ponge l'emploie ici, obéissant à la recommandation de Littré :
« Il faut encourager les efforts contre la désuétude des mots dignes
d'être conservés. »

◆ LE JEUNE ARBRE. — Les secondes épreuves des « Gnossiennes » (voir
la Notice de *Dix courts sur la méthode*, p. 921-923) présentent la même version
du vers 12 que « Poésie du jeune arbre » (*APa*). — *Ms. DCM*
(comme *dactyl. DCM, DCM* et *ms. Pro*) : pas de point à la fin des vers 4
et 8.

Comme il le raconte dans « Caprices de la parole » (p. 185-186), Ponge
semble avoir travaillé d'abord à plusieurs poèmes en prose sur le thème
de l'arbre. Les *APa* conservent un autre manuscrit, intitulé « Gagné aux
arbres » : « Rejet guéri des morts, mets ta feuille en veilleuse, espère que le
jour toujours la dissimule, le vent la malentende... / Bientôt hélas dressé
tu parleras. Tu ne rêveras plus dès lors que de pied ferme — Arbre —
gagné aux arbres par la provocation du vent, qui ne les a jamais
crus. » Jean Paulhan, à la fin de 1926, se félicitera de l'adoption de la
forme versifiée : « Je suis infiniment heureux et rassuré que tu aies formé
un rythme à tes arbres. Le poème en prose n'est plus pour toi »
(*Correspondance* [...], t. I, lettre 77, p. 72), même s'il trouve à redire à bien

des détails (voir n. 2 et 3, p. 184, et n. 5, p. 185). Malgré sa « jeunesse », l'arbre auquel Ponge s'identifie une fois de plus (voir « Le Tronc d'arbre », p. 231 et « Mon arbre », p. 190) manifeste une répulsion invincible à l'encontre des emblèmes de l'amour et de la fécondité, peut-être trop liés à la tradition du lyrisme poétique : « rose », « cœur », « enfant », « fruit » ou « fleur ». Le rejet de la féminité s'avoue plus brutalement encore dans la version en prose citée dans « Caprices de la parole », p. 185-186. Le « jeune homme » (*ms. Pro*) affirme sa virilité en se dressant « face à ses pères », dont il espère se faire « entendre ». Bien qu'il se veuille « agitateur », il choisit une forme classique, celle du sonnet d'octosyllabes, qui associe « raison » et « réson » (voir n. 5, p. 185).

1. Dans sa construction transitive, qui est sortie de l'usage, ce verbe signifiait « mettre le pied sur » (en parlant de conquérants), « s'emparer de » (en parlant d'un rapace). Ce cœur est accaparé par trop d'amants ou de soupirants.

2. *Ms. APa* porte : « que t'importe ton enfant ». Une autre version manuscrite, perdue, portait : « un quelque enfant » que Jean Paulhan n'avait pas apprécié (voir *Correspondance* [...], t. I, lettre 76, p. 71).

3. Ponge joue ici du double sens, concret et politique, de l'adjectif. Il avait un moment écrit (d'après la lettre citée ci-dessus) : « Fais de ta branche agitateur » qui n'avait pas plu davantage à Jean Paulhan. L'image est reprise dans « Pour une notice *(sur Jean Paulhan)* » : « Hamlet, assailli d'idées et de sentiments, s'agite dans son manteau comme un jeune arbre » (*Lyres*, p. 475).

4. *Ms. APa* porte : « Jeune homme vêtu ».

5. Dans *ms. DCM* et *dactyl. DCM*, « raisonnement » corrige « résonnement », qui déplaisait à Jean Paulhan (voir *Correspondance* [...], t. I, lettre 76, p. 71).

◆ CAPRICES DE LA PAROLE. — *Ms.* : *ms. Pro* présente un feuillet manuscrit daté de Paris, mai 1926, intitulé d'abord « Note du jeune arbre » (biffé) et comportant de nombreuses ratures et variantes.

Alors que « Le Jeune Arbre » avait été publié seul dans *Dix courts sur la méthode*, Ponge le fait suivre ici du récit de sa genèse, rédigé dès 1926. Plus que le résultat final, dont il n'est pas très satisfait, compte à ses yeux l'observation du processus de l'écriture, qui fait la part belle aux « caprices de la parole », mais aussi à la considération de l'objet et du lecteur. Des annotations portées au verso de *ms. Pro* montrent que le souci de l'effet l'emporte sur le contenu du message : « On voit que j'abandonne le véritable but, qui était d'entraîner le lecteur à ma conviction du jeune arbre. / Enfin, ces derniers jours, j'ai cru bon pour la forme de rapprocher ces deux textes avec les quelques mots qu'on a lus. / Tandis que le plaisir de surprise, de nouveauté est en recul, et ce qui me reste de goût en humiliation, par ce ton didactique / le progrès logique est proprement inappréciable [...] / Il s'agissait d'étudier, et de soutenir cette opinion, de la renforcer (quitte à me trouver obligé d'abandonner sa forme farouche, quitte même à changer d'opinion à force d'études, quitte à ne plus avoir d'opinion, mais une description sûre, exacte [...]) / Mais il fallut revenir à l'opinion, à l'impératif pour retrouver le ton farouche qui emporte l'idée, qui la fait accepter. »

1. *Ms. Pro* porte : « Fais de ton corps agitateur ».
2. *Ms. Pro* porte : « Parle ! planté face à tes pères ».

◆ PHRASES SORTIES DU SONGE. — *Ms.* : *ms. Pro* présente une copie sans variantes.

On sait quelle importance les surréalistes ont accordée aux phrases entendues dans un état de semi-conscience, au moment de l'endormissement ou du réveil, qui sont à la source de l'écriture automatique. « En 1919, écrit Breton, mon attention s'était fixée sur les phrases plus ou moins partielles qui, en pleine solitude, à l'approche du sommeil, deviennent perceptibles pour l'esprit sans qu'il soit possible de leur découvrir une détermination préalable » (« Entrée des médiums », publié d'abord dans *Littérature*, n° 6, en novembre 1922 ; repris dans *Les Pas perdus* ; cité dans le *Manifeste du surréalisme* ; voir *Œuvres complètes*, Pléiade, t. I, p. 274 et 323). Dans *Une vague de rêves*, Louis Aragon relate l'expérience des sommeils hypnotiques, au cours desquels Robert Desnos « parle, dessine et écrit » (paru dans *Commerce*, à l'automne de 1924). Ponge, qui se méfie pourtant du rêve (voir « La Mort à vivre », p. 189-190), se montre ici intéressé par l'expérimentation verbale qu'il peut permettre ; mais il se montre soucieux d'y introduire la plus grande lucidité (qui entre en contradiction avec la condition du sommeil) ; et il n'attend aucune révélation de ces « phrases sorties du songe », dont il commente surtout les caractères proprement linguistiques.

◆ LE PARNASSE. — *Ms.* : *ms. Pro* est une copie manuscrite, sans variantes.
La critique n'a pas ménagé ses sarcasmes à Ponge, pour avoir osé s'égaler aux plus grands noms de la littérature française, et soutenu, bien avant *Pour un Malherbe*, qu'il n'y a pas de contradiction entre la recherche de la nouveauté et de l'originalité et l'inscription dans une tradition.

1. Sur Malherbe, voir *Pour un Malherbe* ; sur Mallarmé, voir « Notes d'un poème » (p. 181-183) ; Boileau, malgré ses limites, reste pour Ponge le « législateur du Parnasse », un « modèle pour qui veut faire » une « œuvre classique » (voir « Pages bis », VIII, p. 218), et lutter contre la « décadence de la langue » : « Heureux Boileau qui pouvait dire que ce qui se conçoit bien, etc. non maintenant l'équivoque est maîtresse et la pensée conçue clairement est exprimée par des impropriétés » (« La Propriété des termes », *Pratiques d'écriture [...]*, p. 84). Mais il critiquera dans « My creative method » (*Méthodes*, p. 515-537), ce primat de la conception sur l'expression.

◆ UN ROCHER. — *Ms.* : *ms. Pro* est une copie dactylographiée, avec une variante.
Michael Riffaterre rapproche ce rocher qui fait obstacle à la communication entre le poète et ses lecteurs du « météore » à quoi Mallarmé comparait l'œuvre d'Edgar Poe, « Calme bloc ici-bas chu d'un désastre obscur » (« Tombeau d'Edgar Poe », dans *Œuvres complètes*, Bibl. de la Pléiade, t. I, p. 38), vers cité dans « Pages bis », VI, p. 215. Il évoque aussi le rocher de Sisyphe, la caverne d'Ali-Baba et l'antre de Polyphème (« Ponge intertextuel », *Études françaises*, n° 17.1-2, avril 1981). Quant à l'image de la forêt, que Riffaterre juge « incompatible » avec les autres, elle est à la fois l'arrière-plan et l'envers du motif privilégié de l'Arbre. Elle exprime le sentiment d'une inextricable complexité intérieure, dont le poète peine à tirer une formulation claire et distincte. Elle est voisine de celle du « fatras » qui désigne si souvent la masse des réflexions que Ponge a accumulées au fil des ans sans oser les montrer à personne.

1. *Ms. Pro* porte : « "obscure" — comme m'écrivait RIVIÈRE — mais à propos duquel, comme il l'ajoutait aussitôt, "ils" ».
2. Allusion à un vers de *Phèdre* (acte V, sc. VI, v. 1524) : « Le flot, qui l'apporta, recule épouvanté ».

◆ FRAGMENTS DE MASQUE. — *Ms.* : *ms. Pro* présente une copie dactylographiée sans variantes.

Ce texte est une des formulations les plus sombres du « drame de l'expression » ; le motif du masque est présent dans *Excusez cette apparence de défaut...* (*Douze petits écrits*, p. 3), et celui de l'écorce dans « Le Tronc d'arbre » (p. 231).

◆ LA MORT À VIVRE. — *Ms.* : *ms. Pro* est une copie sans variantes.

Les guillemets qui encadrent ces propos semblent les mettre à distance comme l'expression d'un sens commun quelque peu borné ; mais il n'est pas sûr que Ponge n'en partage pas les griefs, notamment à l'encontre de l'irrationalisme de la poésie surréaliste.

◆ IL N'Y A PAS À DIRE. — *Ms.* : *ms. Pro* présente une mise au net aboutissant au texte définitif.

C'est André Breton qui semble ici visé. Dans sa contribution au célèbre pamphlet de 1924 lancé par les surréalistes au moment de l'enterrement d'Anatole France, *Un cadavre* (« Refus d'inhumer », repris dans *Point du jour*, *Œuvres complètes*, Bibl. de la Pléiade, t. II, p. 281), il avait associé dans la même opprobre Anatole France, Pierre Loti et Maurice Barrès, disparus à quelques mois de distance. En leur adjoignant les noms d'Arthur Rimbaud et de Jacques Vaché, vénérés par les surréalistes, et celui d'un obscur inconnu, Dupneu (ce nom cocasse cache peut-être celui d'un contemporain), Ponge semble renvoyer dos à dos bourgeois et iconoclastes, tous égaux devant cette mort symbolique qu'est le langage. À rapprocher d'une note vengeresse recueillie dans *Pratiques d'écriture* [...] : « M. A. Breton me donne plutôt envie de rire. Le tragique dada qu'ils en crèvent tous, qu'est-ce que vous voulez que ça me fasse » (p. 124).

◆ MON ARBRE. — *Ms.* : *ms. Pro* est une copie, sans variantes.

Le poète s'identifie une fois de plus à l'arbre (voir « Le Jeune Arbre », p. 184-185, et « Le Tronc d'arbre », p. 231), ici envisagé comme un symbole de longévité, qui incarne le rêve d'accéder à la postérité.

◆ PROSPECTUS DISTRIBUÉS PAR UN FANTÔME. — *Ms.* : *ms. Pro* est une copie, avec deux variantes.

Les fantômes avaient été remis à la mode par les surréalistes. En 1926, dans *Le Surréalisme et la Peinture*, André Breton relate l'anecdote suivante : « Louis Aragon se souvient comme moi du passage dans ce café où nous étions un soir avec Chirico, place Pigalle, d'un enfant qui venait vendre des fleurs. Chirico, le dos tourné à la porte ne l'avait pas vu entrer et c'est Aragon qui, frappé de l'allure bizarre de l'arrivant, demanda si ce n'était pas un fantôme » (*La Révolution surréaliste*, n° 7, 15 juin 1926). La scène que campe ici Ponge en 1930, au moment où il se rapproche des surréalistes, est analogue, mais il lui donne une portée sociale plus accusée. Il assimile la poésie à la littérature la plus humble et la plus anonyme, celle des prospectus distribués en silence par les nécessiteux, et l'oppose à la presse financière et économique, seule lecture digne de l'attention du public « sérieux » et de la protection de la police.

1. La plupart des journaux de la presse financière avaient leur siège dans ce quartier de Paris, proche de la Bourse.

◆ LES ÉCURIES D'AUGIAS. — *Ms.* : un dactylogramme (*dactyl. FD*), appartenant à une collection particulière, avec quelques variantes. *Ms. Pro* présente une mise au net comportant des corrections manuscrites aboutissant au texte définitif.

L'un des douze travaux imposés par Eurysthée à Hercule fut, selon la légende, le nettoyage des écuries d'Augias, roi d'Elide, encombrées par le fumier de ses innombrables troupeaux. Non moins ingrate est la tâche du poète, qui doit lutter contre la souillure imposée à la langue et donc à la pensée par un mauvais « ordre des choses », réduites par le capitalisme à leur seule valeur marchande.

1. La réponse à la dégradation du langage ne consiste pas dans une impossible purification des « mots de la tribu », mais dans l'invention d'une rhétorique : il faut abuser d'eux, pour éviter qu'ils nous abusent. Voir « Justification nihiliste de l'art », p. 175 ; « Des raisons d'écrire », p. 195-197 ; et « Pages bis », IV, p. 211-213.

◆ RHÉTORIQUE. — *Ms.* : *ms. Pro* présente une copie sans variantes.

La question du suicide avait été mise à l'ordre du jour par André Gide, et par les surréalistes, qui, dans *La Révolution surréaliste*, avaient lancé une enquête intitulée : « Le suicide est-il une solution ? » (n° 1, 1ᵉʳ décembre 1924) et publiaient régulièrement des témoignages et des faits divers. L'origine de ces actes de désespoir réside, selon Ponge, dans le « drame de l'expression », et le remède qu'il propose est donc d'ordre rhétorique. On reconnaît là l'enseignement de Jean Paulhan, qui écrivait dans *Jacob Cow ou Si les mots sont des signes* : « On a supprimé la vieille rhétorique, par quoi nous sommes obligés de faire tous métier de rhétoriqueurs » (*Œuvres complètes*, t. II, p. 135).

◆ À CHAT PERCHÉ. — *Ms.* : *ms. Pro* présente une copie sans variantes.

En plaçant le désespoir à l'origine de tous les comportements humains interprétés comme autant de divertissements, Ponge semble étonnamment proche de penseurs qu'il rejette, comme Pascal (voir « Notes premières de "L'Homme" », p. 223) ou qu'il dit n'avoir pas lus, comme Kierkegaard (voir « Réflexion en lisant l'*Essai sur l'absurde* », p. 206-209). Mais il réagit contre cette « tendance à l'idéologie patheuse » (« Pages bis », II, p. 209-210) en mettant la poésie au service de la révolution.

◆ LA LOI ET LES PROPHÈTES. — On ne connaît aucun état manuscrit de ce texte.

Ce texte est par les thèmes, le ton, l'écriture, très proche du surréalisme dont Ponge signe la même année le manifeste *Au service de la révolution*. Mais à la faveur d'un onirisme de commande, affleurent certaines obsessions typiquement pongiennes : l'allusion au sang menstruel qui « souille toute idée de forme pure » annonce l'assimilation des proêmes à des « règles » (voir « Pages bis », IX, p. 220), et la fusion des corps humains dans le cycle de la végétation, la vision cosmologique du « Pré » (*Nouveau recueil*, p. 201-209).

1. Ponge semble ici se souvenir du jeu de mots de Paul Claudel sur la « co-naissance » dans *L'Art poétique* (*Œuvres complètes*, Bibl. de la Pléiade, p. 148) ; et il inverse le propos moraliste traditionnel à la manière de Lautréamont dans les *Poésies*.

◆ DES RAISONS D'ÉCRIRE. — *Ms.* : *ms. Pro* présente une mise au net avec quelques variantes.

Ponge regroupe à la fin de la première partie du recueil les textes qui énoncent de la manière la plus explicite ses « raisons d'écrire » qui sont en même temps des « raisons de vivre » (p. 197-199). Il joue sur le double sens du mot, qui renvoie à la fois à des motivations profondes, d'ordre existentiel, et à une exigence de rationalité qui le distinguera toujours du surréalisme (voir *Nouveau recueil*, « Plus-que-raisons », p. 31-33).

1. « La véritable sécrétion du mollusque homme », c'est « la parole » (*Le Parti pris des choses*, « Notes pour un coquillage », p. 40).

2. Ponge reprendra souvent cette métaphore : « Parler, s'expliquer par la parole, c'est déplacer des linges sales dans une vieille malle, dans un grenier [...] alors que pour faire quelque chose de propre, il faut se mettre à écrire » (« Entretien avec M. Spada », *Le Magazine littéraire*, n° 260, décembre 1988, p. 33).

3. Synonyme d'instigation. Voir (*Nouveau nouveau recueil*, t. I, « Je suis un suscitateur », p. 187).

4. « Que j'aie pu seulement quelquefois retourné d'un coup de style, le défigurer un peu ce beau langage » (*Douze petits écrits*, Forcé souvent de fuir la parole..., p. 3).

◆ RESSOURCES NAÏVES. — *Ms.* : *ms.* Pro présente une mise au net, aboutissant au texte définitif.

Paulhan, dans *Jacob Cow le Pirate*, évoquait les « ressources naïves » des mots. Ponge, lui, se tourne ici vers les choses dont il attend un renouvellement de l'esprit humain, comme il l'écrivait à la même époque dans un projet d'« Introduction au *Parti pris des choses* » : « les qualités que l'on découvre aux choses deviennent rapidement des arguments pour les sentiments de l'homme » (*Pratiques d'écriture [...]*, p. 81).

1. Ponge joue sur l'étymologie de « rien », *res*, qui signifie : « une chose ».

2. Le mot ne semble pas ici renvoyer à l'adjectif latin *compos*, qui signifie « en pleine possession de », et qui est employé souvent en philosophie dans des expressions comme *compos mentis* (Diderot) ou *compos sui* (Maine de Biran). Il s'agit plutôt d'un substantif formé sur le modèle du participe passé latin *compositum*, qui a donné en français « composé », qu'on trouve aussi au Moyen Âge sous la forme « compos ». Il est parfois employé dans le vocabulaire de la géochimie, et désigne ici un ensemble de qualités.

◆ RAISONS DE VIVRE HEUREUX. — *Ms.* : *ms.* Pro présente une mise au net aboutissant au texte définitif.

Ponge a plusieurs fois raconté comment *Le Parti pris des choses* l'avait arraché au désespoir. Voir « Pages bis », IV, p. 211-213 ; *Nouveau nouveau recueil*, « Seconde méditation nocturne », t. II, p. 30-31. Apparaît ici pleinement la portée existentielle et éthique de la poétique pongienne.

1. Voir « Les Façons du regard », p. 173.

2. Outre leur souci d'un constant renouvellement, Pablo Picasso et Igor Stravinski ont en commun avec Ponge une singulière alliance entre l'esprit de recherche et l'aptitude à faire la synthèse de la tradition, dont témoigne notamment la manière plus « classique » que l'un et l'autre ont adoptée dans les années 1920, après les audaces qui avaient fait d'eux des pionniers de l'avant-garde artistique. Igor Stravinski sera de nouveau associé à son ami peintre dans « Dessins de P. Picasso » (*L'Atelier contemporain*, p. 192) et « Texte sur Picasso » (*ibid.*, p. 333).

3. Voir « Le Tronc d'arbre », p. 231.

◆ AD LITEM. — *Ms.* : les *APa* conservent un dactylogramme (*dactyl. APa*) proche des versions imprimées. — *Préorig.* : *Les Temps modernes*, n° 10, juillet 1946, p. 56-57 ; l'ensemble du texte y est entre guillemets.

La « note de l'auteur » qui accompagnait la version de *préorig.* en explicite le titre latin (« au procès ») : « Il ne s'agit ici que d'une des pièces de mon procès. » Ce procès, dont le thème est présent à l'arrière-plan du « Processus des aurores » (*Nouveau nouveau recueil*, t. I, p. 19-22) et de « Pelagos », p. 183, est d'abord celui que le poète intente à l'homme, accusé de ne pas prêter assez d'attention aux autres « créatures animées », alors qu'il devrait se faire « l'ambassadeur » de ce « monde muet » (voir *Méthodes*, « Le monde muet est notre seule patrie », p. 629-631). Mais force est de constater que l'ordre naturel est aussi cruel que la loi sociale, et l'accusation se retourne contre la Nature ou un éventuel créateur, laissant affleurer une profonde angoisse face aux souffrances qu'implique toute forme de vie, y compris la procréation (voir « La Jeune Mère », p. 33-34). Il semble que Ponge ait songé à faire de ce texte une introduction au *Parti pris des choses*, et qu'il ait retiré devant les réserves de Jean Paulhan (voir *Correspondance [...]*, t. I, lettre 229, p. 230-231).

1. *Dactyl. APa* porte : « sa non-justification, qui entretiennent l'individu dans la torpeur et le désespoir, celles ».

2. *Dactyl. APa* ajoutait cette dernière phrase, que Ponge a biffée, Jean Paulhan ne l'aimant guère (voir *Correspondance [...]*, t. I, lettre 229, p. 230-231) : « Seulement ainsi pourrait-il témoigner pour elles sans honte d'une certaine supériorité. »

◆ STROPHE. — *Ms.* : les *APa* conservent un manuscrit (*ms. 1 APa*) intitulé « Étude d'une strophe », ne présentant que les sept premiers vers ; un autre (*ms. 2 APa*), intitulé « Poème », commence par une autre version des vers 8 à 10 ; un manuscrit (*ms. 3 APa*), où le poème apparaît comme le quatrième des « Gnossiennes » (voir la Notice de *Dix doctes sur la méthode*, p. 922), porte une variante. Un autre manuscrit (*ms. 4 APa*) est retranscrit dans une lettre à Jean Paulhan du 22 juillet 1943 (*Correspondance [...]*, t. I, lettre 287, p. 297) et porte une variante. *Ms. DCM* (comme *dactyl. DCM, préorig. DCM*, et *DCM*) est sans variantes. *Ms. Pro* présente une copie, datée de 1928, sans variantes. — La ponctuation a beaucoup changé d'une version à l'autre, comme en témoigne la correspondance avec Jean Paulhan (voir *Correspondance [...]*, t. I, lettres 88 et 89, p. 86-88).

Cette « étude » s'inscrit dans le prolongement des « exercices » sur les formes linguistiques et poétiques auxquels se livre Ponge dans les années 1920. Mais cette « sorte de psaume rhétorique » (*Correspondance [...]*, t. I, lettre 98, p. 94) vient un peu plus tard en 1928, et semble à son auteur « trop "école de Mallarmé" » : « un masque comme-il-faut parfaitement vieux ». Aboutissement du souci métapoétique, Ponge espère qu'il l'aura « guéri », « blasé », « contenté » (*ibid.*, lettre 90, p. 88). Pourtant, il continuera à le considérer comme une sorte de manifeste, puisqu'il envisagera en 1943 d'en faire la Préface de *La Rage de l'expression* (voir *ibid.*, lettre 287, p. 296-297), avant de le placer à la fin de « Natare piscem doces », juste avant « L'Introduction au "Galet" ». Et il reviendra sur cet apologue, un moment intitulé « L'Urne ou les Faucons » (*ibid.*, lettre 101, p. 99), dans un entretien de 1978 avec Jean Ristat : « "J'ai acharné *ce leurre*", leurre signifie que je n'ai produit qu'une strophe où le contenu fait éclater le contenant. / Quand l'eau (dans un vase, une urne) gèle, quand la cristallisation (la rigueur) s'opère, il se trouve que cela fait éclater le contenant puisque le volume de la glace est supérieur, etc. *Sobre jarre à teneur de toute la nature*... Ici est évoqué le fait qu'à propos du moindre "Objet-du-désir" le monde entier s'y trouve résolu (mot insuffisant). Je viens de parler du désir. Il faut revenir ici aux premiers vers de la strophe : émeute, audace, scrupules qui sont ceux de la rage de l'expression. Il n'y a plus de bords. C'est la parole elle-même qui existe, qui est formée, etc. Brusquement vient ensuite la négation de tout cela : *"Non ! quoique de mon corps j'ai acharné ce leurre, faucons à d'autres buts..."* c'est-à-dire que les mots sont faits pour la communication, ne sont pas faits seulement pour fabriquer des textes (si acharnés, si "sang du poète", si authentiques, nécessaires qu'ils soient). Le déboire, c'est le dépit provoqué, la claire vue de ce qui n'est qu'un leurre : rendu plus audacieux pour les batailles, les discussions entre hommes. Il s'agit d'un texte très ancien et finalement relativement hermétique ; mais où tout est dit. Vous comprenez : les audaces, les contradictions, les scrupules, etc., l'émotion provoque ça ! [...] Autrement dit tout ça affluant dans le Louvre comme une révolution, comme une émeute (dans la langue). Enfin, tout cela entre dans le palais des paroles, des mots : c'est alors que audaces et rigueurs se massacrant, s'emmuent : la cristallisation s'opère, le contenant éclate » (*Digraphe*, avril 1978, p. 109-110).

1. Début du poème dans *ms. 2 APa* : « Faucons à d'autres buts, saufs encor tout à l'heure / À revoler du poing où j'acharnai ce leurre, / Fondés de nul pouvoir qu'aux triviales nues ! // Quelle émeute ! »

2. *Ms. 1 APa* porte : « de la saoule nature ».

3. *Ms. 3 APa* et *ms. 4 APa* portent : « en ton for dois-je espérer la crue ».

4. Dernier vers dans *ms. 3 APa* : « Fondés de nul pouvoir qu'aux tournois de la nue. »

◆ INTRODUCTION AU « GALET ». — *Dactyl. Pro :* le titre initial, biffé, était « Introduction au *Parti pris des choses* ». Corrections manuscrites aboutissant au texte définitif. — *Préorig.* : intitulée « Introduction inédite au Galet », *Poésie 44*, n° 21, novembre-décembre 1944, p. 21-27.

Comme l'indiquait son titre initial, la portée de ce texte ne se limite pas au « Galet » (*Le Parti pris des choses*, p. 49-56), mais explicite les enjeux du *Parti pris des choses* dans son ensemble, en des formules décisives.

1. Allusion à la fable de La Fontaine, « Le Lion et le Rat » (*Fables*, II, 11, dans *Œuvres complètes*, Bibl. de la Pléiade, p. 85).

2. Il est probable que Ponge ait envisagé de joindre cette « Introduction » à une publication séparée du « Galet », comme celle que les Éditions du Seuil refusèrent en 1944. Il n'a pas supprimé cette annonce au moment de reprendre le texte dans *Proêmes*.

3. Réponse ironique au célèbre fragment des *Pensées* de Pascal intitulé « Divertissement » de Pascal.

4. Ponge retrouvera ces difficultés dans ses « Notes premières de "L'Homme" » (voir p. 223-230).

5. Le poème de Lucrèce est et restera toujours un modèle pour Ponge, qui envisagera cependant d'en corriger le titre en faveur d'un *De varietate rerum*, selon la suggestion de Bernard Groethuysen (voir « Pages bis », VII, p. 217).

6. La seconde citation de Diderot, tirée de l'*Essai sur les règnes de Claude et de Néron*, figure dans l'article « Galet » du Littré. La première expression citée n'a pas été créée par Diderot, mais se trouve, entre autres, dans *La Religieuse* : « Cette bonne supérieure m'a dit cent fois en m'embrassant que personne n'aurait aimé Dieu comme moi, que j'avais un cœur de chair et les autres un cœur de pierre. » La phrase de Saint-Just est extraite des *Fragments sur les institutions républicaines* (Préambule) ; les vers de Rimbaud, de « Fêtes de la faim » (*Œuvres compètes*, Bibl. de la Pléiade, p. 83).

II. PAGES BIS

Ms. : *APo* conservent un ensemble de feuillets (*ms. APo*), correspondant aux « Pages bis », IV à IX. *Ms. Pro* (comme *dactyl. Pro*) présente l'ensemble de « Pages bis », avec de rares corrections par rapport à *ms. APo* et trois feuillets non retenus (« Plus-que-raisons », dans l'Atelier, p. 234).

En août 1941, Pascal Pia communique à Ponge, avant de l'envoyer à Jean Paulhan, le manuscrit du *Mythe de Sisyphe*, que lui a confié Albert Camus, et qui s'intitule encore *Essai sur l'absurde*. Captivé, Ponge demande à le garder quelques semaines, pour le relire et le méditer à loisir. Cette lecture lui inspire une série de « Réflexions » qu'il gardera d'abord pour lui-même, ne souhaitant pas en faire part à Albert Camus avant d'avoir pu le rencontrer. Leur première entrevue a lieu au début de 1943, à Lyon, par l'entremise de Pascal Pia. Le 20 janvier, Ponge écrit à Albert Camus « le plaisir qu'il [il a] pris à [leur] rencontre », et il lui adresse un exemplaire du *Parti pris des choses*, une copie dactylographiée du « Carnet du Bois de pins », et « à propos du *Mythe*, des notes très rapidement jetées sur le papier après une première lecture en 1941 », pour « servir de point de départ à [leur débat] » (archives Camus de l'I.M.E.C.). Albert Camus lui répond le 27 janvier par une très longue lettre (publiée dans la *N.R.F.*, n° 45, juillet-septembre 1956, p. 386-392), dont on trouvera cités les passages les plus significatifs dans les notes. Albert Camus y exprime l'« émotion » qu'il a éprouvée à retrouver chez Ponge « la préoccupation qui lui est essentielle » : celle de l'absurde, et il l'encourage à formuler plus explicitement sa pensée. Ponge est à la fois sensible à l'attention chaleureuse et pénétrante d'Albert Camus, et irrité de se voir tiré par lui du côté d'une philosophie qui ne fait guère de place à l'homme. « Pages bis », V, VI et VII sont rédigées dans les jours qui suivent : Ponge y consigne ses réactions à la lettre d'Albert Camus, et y prépare la discussion qu'il doit avoir avec lui le 1ᵉʳ février. « Pages bis », VI et VII sont écrites dans le train qui mène Ponge au rendez-vous. « Pages bis », VIII est datée du 7 février. Ces notes fébrilement consignées sur des pages de carnet donnent une idée de la passion qui sous-tend cet échange. Dans le brouillon de la lettre qu'il adressera à Albert Camus le 12 septembre 1943, Ponge écrit : « Il ne s'agit que de sympathie, et *plus*. D'un désir violent de vous connaître. De me frotter à votre esprit. Dans l'espoir (illusoire bien entendu mais à cause de cela assez sauvage) de le posséder (de faire l'amour avec lui), c'est-à-dire d'une certaine façon de me "battre" avec lui. De lui prendre ce qui m'est nécessaire pour continuer à vivre et en même temps de me donner, livrer à lui. Mettons que mon esprit a de l'amour pour votre esprit » (*APo*). D'autres interlocuteurs aident Ponge, au cours de cette période, à préciser sa position : le pasteur Babut (« Pages bis », III), René Leynaud (« Pages bis », IX) ; et au besoin, il s'invente un public qu'il apostrophe et qui lui sert de repoussoir (« Pages bis », X). Toutes ces conversations réelles ou imaginaires sont l'occasion d'un retour sur soi, qui fait constamment osciller l'écriture de ces pages de la lettre au journal intime. « Pages bis », IV, la plus tardive (mars 1944) est celle qui va le plus loin dans l'introspection, présente à un moindre degré dans la première et la deuxième : Ponge y reconstitue l'itinéraire qui l'a conduit à son travail sur l'Homme, plusieurs fois mentionné dans toutes ces Pages, pour affirmer, contre la tentation du nihilisme, un humanisme sur lequel la « Pages bis », IX fait planer quelques doutes. Plus proches encore du journal intime sont les réflexions qui devaient prendre place entre la septième et la huitième Page, et que

Ponge a décidé tardivement de supprimer (voir, p. 234, « Feuillets manuscrits écartés de la version définitive de "Pages bis" »), sans doute parce qu'elles étaient trop personnelles.

La suppression de ces feuillets est compensée par l'ajout des « Réflexions en lisant l'*Essai sur l'absurde* » dont la position liminaire souligne le rôle décisif. Ponge conserve presque toujours la forme et la formulation initiale de ses notes ; il n'a cherché ni à éliminer les redites, ni à organiser plus fermement la progression de son argumentation. Il livre ainsi au lecteur le journal de bord d'une pensée qui se cherche, dans l'esprit des « carnets » ouverts pour *La Rage de l'expression*. Le titre même (employé déjà dans l'« Appendice au "Carnet du Bois de pins" » ; voir *La Rage de l'expression*, p. 404) donne à ces pages le statut d'une sorte d'annexe non seulement aux *Proêmes*, mais à l'ensemble de la production de cette période. Cette marginalité n'est bien sûr qu'apparente, car elles nous situent au cœur même du débat que Ponge entretient non seulement avec les autres mais avec lui-même, et dont l'enjeu n'est pas seulement intellectuel ni même littéraire mais existentiel.

◆ I. RÉFLEXIONS EN LISANT L'« ESSAI SUR L'ABSURDE ».

1. « Je regrette — mais non je ne regrette pas car c'est le fondement sans doute de ma légère et nécessaire différence avec Camus — que la question de l'*expression* à proprement parler, et du langage en particulier, qui est bien l'un des thèmes les plus touchants de l'Absurde, ne soit pas traitée. (Mais ici nous allons avoir *Les Fleurs de Tarbes*, et nous avons déjà *Jacob Cow* et la préface aux *Hain-Tenys*.) » (lettre à Pascal Pia du 27 août 1941, publiée dans la *N.R.F.*, n° 433, février 1989, p. 52). *Les Fleurs de Tarbes*, publiées dans la *N.R.F.* en 1936, étaient sur le point de paraître en volume.

2. « Jusqu'à présent je m'étais toujours instinctivement refusé à mettre le nez dans Kierkegaard, Husserl et consorts. […] Je m'aperçois que je les ai réinventés pour mon propre compte — du moins dans leur position initiale du problème — pas du tout dans leurs inqualifiables conclusions (ou "sauts"). Des citations qu'en fait Camus j'ai senti plusieurs coups au cœur. Il y a notamment une phrase de Kierkegaard qui m'a fait bondir comme l'aurait fait un plagiat » (Lettre à Pascal Pia, *ibid.*). La phrase en question n'est pas de Kierkegaard, mais de Jean Gateau, dans la Préface de sa traduction du *Traité du désespoir* (Gallimard, 1932).

3. Voir *Douze petits écrits*, p. 3.

4. Voir *La Rage de l'expression*, « Le Carnet du Bois de pins », p. 377-411. En marge de ce bilan, Ponge a porté sur *ms. Pro* : « Ceci très dépassé depuis lors. »

5. Pour Albert Camus, le monde absurde se caractérise par la perte de l'unité, dont l'homme ne cesse d'avoir la nostalgie.

6. L'épigraphe du *Mythe de Sisyphe* est la traduction des vers de la troisième *Pythique* de Pindare que Paul Valéry avait placés en tête du *Cimetière marin* : « Ô mon âme, n'aspire pas à la vie immortelle, mais épuise le champ du possible » (traduction Puech, Les Belles-Lettres, 1931). L'idée de mesure n'est pas étrangère à la pensée d'Albert Camus, qui écrit par exemple dans la section du *Mythe* consacrée à « La création absurde » : « La véritable œuvre d'art est toujours à la mesure humaine » (*Le Mythe de Sysiphe*, dans *Essais*, Bibl. de la Pléiade, p. 176).

7. Littré a plusieurs fois exprimé cette idée, notamment dans l'Avant-propos du second tome de son *Dictionnaire* (Hachette, 1863), sous une forme légèrement différente : « Celui qui veut faire un emploi sérieux de la vie doit toujours agir comme s'il avait à vivre longuement et se régler comme s'il lui fallait mourir prochainement. »

8. *Ms. Pro* ajoutait : « je dirais plus un *humaniste* ».

9. Selon Albert Camus, l'« homme absurde » « a la passion d'épuiser tout ce qui est donné » (*Le Mythe de Sisyphe*, dans *Essais*, éd. citée, p. 142) ; le donjuanisme, auquel il consacre tout un chapitre du *Mythe de Sisyphe*, est un exemple de cette attitude.

10. Dans la première section du *Mythe*, intitulée « Un raisonnement absurde », Albert Camus reproche à Kierkegaard, à Léon Chestov et à Edmund Husserl d'avoir fait de l'absurdité de l'existence un argument en faveur de l'hypothèse d'une transcendance ou de la quête des essences. C'est bien pourtant un renversement analogue que Ponge voudrait opérer pour donner un sens au monde, mais au seul niveau politique et poétique, sans effectuer de « saut » dans la métaphysique.

11. C'est la formule qui conclut l'essai d'Albert Camus : « Il faut imaginer Sisyphe heureux » (*Le Mythe de Sisyphe*, dans *Essais*, éd. citée, p. 198).

12. Contrairement à l'interprétation qu'en donne ici Ponge à la suite d'Albert Camus, le terme de souci (*Sorge*) désigne plutôt chez Heidegger l'ensemble des préoccupations qui détournent l'homme de l'angoisse existentielle et métaphysique.

13. À l'époque du « drame de l'expression », Ponge s'identifiait à Hamlet, auquel Albert Camus fait plusieurs allusions dans le chapitre du *Mythe* consacré à la comédie (voir *Douze petits écrits*, *Excusez cette apparence de défaut...*, p. 3, et *Nouveau recueil*, « Proême à Bernard Groethuysen », p. 23).

14. Ponge fait allusion au titre du roman d'André Malraux, *L'Espoir* (1937), mais il donne comme Albert Camus à la notion le sens d'une échappatoire au sentiment de l'absurde. Dans le chapitre « Philosophie et roman » du *Mythe de Sisyphe*, Albert Camus cite André Malraux parmi les « romanciers-philosophes » (*Essais*, éd. citée, p. 178).

15. Le jeu de mots renvoie au refus du *pathos* (voir « Pages bis », II), et aux théories de la vibration évoquées dans « Notes premières de "L'Homme" » (voir p. 228).

◆ II.

1. Mot-valise, qui réunit « pathétique » et « pâteuse » pour qualifier une attitude qui englue l'homme en mettant l'accent sur le tragique de sa condition. Ponge fait allusion à l'existentialisme, mais aussi au nihilisme issu du dadaïsme, et à son propre pessimisme à l'époque du « drame de l'expression ».

2. Voir n. 1, p. 172.

◆ III.

1. Il s'agit probablement de Jacques Babut, pasteur au Chambon-sur-Lignon, avec qui Ponge avait eu en 1940 des discussions relatées dans les « Pages bis » de l'« Appendice au "Carnet du Bois de pins" » (p. 404-411). Ponge y opposait déjà à l'espérance religieuse du pasteur son idéal laïc de rédemption sociale et intellectuelle, dont la réalisation passe par la poésie et par la révolution.

◆ IV. — *Ms. APo* : porte en titre « Passage / Moment critique du 14 mars 1944 ». — *Préorig.* : *L'Éternelle revue*, n° 1, novembre 1944, sous le titre « Proême », et avec une dédicace à Paul Éluard.

1. Seul ce dernier titre apparaît sur le feuillet reproduit dans *Le Magazine littéraire*, n° 260, décembre 1988, p. 22.

2. *Ms. APo* porte : « Après la grande crise ». Il s'agit de la crise des années 1923-1926, marquée par le « drame de l'expression » (voir la Notice, p. 953-962).

3. Résistants et communistes principalement (voir « Pages bis », IX, p. 220).

4. Voir respectivement *Pièces*, p. 737-740 ; *Le Savon*, coll. « Blanche », Gallimard, 1967, et p. 223.

5. Voir n. 3, p. 196.

6. Ponge utilise sans doute ici « mort » adverbialement, au sens de la locution « à mort », redoublant l'intensité de l'adverbe « fort ».

7. Voir p. 231.

8. Voir « Des raisons d'écrire », p. 196.

9. Voir « Les Écuries d'Augias », p. 192.

10. Ponge fait allusion au second tercet du sonnet « L'Idéal » (*Les Fleurs du mal*, dans *Œuvres complètes*, Bibl. de la Pléiade, t. I, p. 22 et var. *e*), où Baudelaire avait d'abord écrit : « [...] toi, grande Nuit, fille de Michel-Ange, / Qui dors paisiblement dans une pose étrange / Et tes appas taillés aux bouches des Titans », avant de corriger ainsi les vers 13 et 14 : « Qui tords paisiblement [...] / Tes appas façonnés [...] ». Commentant cette variante en 1923, Ponge notait : « Le sens change, tout change pour un mot » (*Pratiques d'écriture [...]*, p. 101). Il reconnaît ici une part d'initiative aux mots, à condition de la mettre au service de l'expression.

11. « Nous devons donc passionnément attendre, changer d'heure et de jour comme l'on changerait d'outil, — et vouloir, vouloir... Et même, ne pas excessivement vouloir » (« Au sujet d'Adonis », *Variété*, dans *Œuvres*, Bibl. de la Pléiade, t. I, p. 480).

12. Ponge travaille depuis 1943 à son texte sur le savon, où l'envol de la bulle symbolise l'achèvement du texte (*Le Savon*, p. 105).

❖ V.

1. Ponge notait déjà le 15 décembre 1940, dans la première « Méditation nocturne » : « J'ai conçu aujourd'hui, très clairement, qu'il ne faut pas faire de poèmes ou des livres *à la recherche de sa pensée*, en construisant sa pensée à mesure (comme je l'ai presque toujours fait jusqu'ici). L'on risque trop alors de [...] "forcer son talent". [...] Il faut écrire *en dessous de soi* (comme un moteur ne tourne bien qu'en dessous de sa puissance maxima) » (*Nouveau nouveau recueil*, t. II, p. 9-10). Ce précepte est mis en pratique dans *La Rage de l'expression*, où Ponge renonce à son ancien idéal de perfection. Il fait peut-être aussi écho à une remarque d'Albert Camus dans *Le Mythe de Sisyphe*, selon laquelle « la véritable œuvre d'art est toujours celle qui dit "moins" » ; elle est « féconde à cause de tout un sous-entendu d'expérience dont on devine la richesse » (*Essais*, éd. citée, p. 176).

2. Ponge évoquera dans une lettre à Albert Camus du 12 septembre 1943 « cette beauté *métaphysique* (car ici l'ontologie — heureuse légitimement réapparaît, en joie, ordre, beauté) dont parle nostalgiquement Baudelaire, et très consciemment Jean Paulhan à propos des peintres nouveaux » (archives Camus de l'I.M.E.C.). Mais il préfère l'adjectif « métalogique », qu'il tire d'un substantif, attesté par Littré dans le titre d'un ouvrage de Jean de Sarisbery (XIIᵉ siècle). Il l'emploie pour caractériser le discours poétique, qui va au-delà de la logique, et s'oppose à la « métaphysique » telle qu'on l'entend habituellement (« c'est-à-dire » marque plus qu'une nuance), en tant qu'il crée un type de beauté et de vérité qui doit tout au pouvoir du Logos, du langage, et non à l'Idée ou à une quelconque transcendance.

3. La question du suicide, chère aux surréalistes (voir la notule de « Pas et le saut », p. 966), est au centre du *Mythe de Sisyphe*, qui lui consacre deux chapitres, dont l'un est intitulé « Le suicide philosophique ». « Ontolo-

gique » signifie ici : « motivé par des interrogations métaphysiques », que Ponge considère comme un luxe réservé à la jeunesse bourgeoise.

4. Citation de La Fontaine, « Le Renard et les Raisins » (*Fables*, dans *Œuvres complètes*, t. I, p. 511). Bien qu'il déclare que « les idées ne sont pas [s]on fort » (*Méthodes*, « My creative method », p. 515), Ponge se défend de les mépriser parce qu'il serait incapable de les maîtriser, comme le renard de la fable dédaigne les raisins qu'il ne peut atteindre.

5. *Eurêka* (1848) est l'essai le plus spéculatif du poète américain, qui y mêle esthétique, science et métaphysique. Traduit par Baudelaire, il exerça une profonde influence sur les poètes français, en particulier sur Paul Claudel et sur Paul Valéry, qui lui consacra un article dont Ponge s'est inspiré dans « Fable » (voir la notule de ce poème, p. 968-969). Mais à présent il affecte de préférer aux poèmes les plus lyriques d'Edgar Poe, notamment le célèbre *Annabel Lee*.

6. Dans sa lettre sur le *Parti pris*, Albert Camus évoquait Schopenhauer, qui remplace ici Leibniz, mentionné dans le premier jet du *ms.*, et dont la pensée a très tôt séduit le « goût du tragique et de la volonté » de Ponge (*Entretiens avec Philippe Sollers*, p. 58-59). Celui-ci, en revanche, n'a jamais aimé Hegel (voir *Nouveau recueil*, « Plus-que-raisons », p. 33, et *Pour un Malherbe*, p. 147). Aux lourds systèmes de la philosophie allemande, il oppose les « petits écrits » de La Fontaine, qui, comme Rameau et Chardin cités plus loin, incarne le goût classique et français de la mesure : « Il exprime avec charme, rythme, d'une manière durable ce que les hommes disent en plus de mots, maladroitement » (*Pratiques d'écriture [...]*, p. 70).

7. Voir *Méthodes*, « La Société du génie », p. 634-641.

8. Ponge forge ici un mot-valise par insertion à l'intérieur du mot « métaphysicien » du suffixe *-cole*, évoquant quelqu'un qui cultive, habite ou rend un culte à la Métaphysique. Il se souvient peut-être des « Sorbonicquoles » raillés par Rabelais, ou de Pangloss, qui enseignait la « métaphysico-théologo-cosmolonigologie ».

9. Voir *L'Atelier contemporain*, « De la nature morte et de Chardin », p. 228-237.

10. La datation était plus précise dans *ms. APo* et *ms. Pro* qui porte la mention : « Tout ce qui précède est du 30 au 30 janvier 1943 à Bourg. Les corrections du 2 février et du 12 mars. »

◆ VI.

1. À la fin de sa lettre du 27 janvier, Albert Camus suggérait à Ponge de « donner une forme » plus explicite à sa « méditation sur le problème de l'expression », et il ajoutait, non sans humour : « Je rêve d'une Philosophie du Minéral, ou de Prolégomènes à une métaphysique de l'Arbre, ou à un Essai sur les attributs de la Chose. » Ponge prépare ici l'entretien qu'il doit avoir avec Albert Camus au Chambon ; *ms. APo* précise que ces notes ont été écrites « dans le train qui conduisait [Ponge] vers Camus » le 1er février, et leur graphie semble confirmer cette circonstance.

2. Dans « Mémorandum » de 1926, la philosophie apparaissait déjà comme un « mode-d'expression-comme-un-autre », comme un *genre littéraire*, « avec ses mots favoris, son ton, ses règles » (*Pratiques d'écriture [...]*, p. 50). Le mot valise mime l'expansion indigeste du discours philosophique.

3. Ce sont les propres termes d'Albert Camus, qui, lui aussi, cherche à dépasser l'absurde et le tragique.

4. Ponge cite un vers du « Tombeau d'Edgar Poe » de Mallarmé en mettant « bloc » au pluriel.

5. *Ms. APo* et *ms. Pro* portent : « et leur *existence* », et intercalent ici une

allusion à *La Rage de l'expression* : « P. m'a écrit que je n'avais pas intérêt à montrer mes brouillons » (*ms. Pro* précise entre parenthèses : « *Le Mimosa, Le Bois de pins* etc. »).

6. « Avoir été » est souligné deux fois dans *ms.* et *ms. Pro*, qui ajoutaient les réflexions suivantes, biffées dans *dactyl. Pro* : « Je pense que ce n'est pas moi qui formulerai ma théorie. J'en suis bien incapable. C'est pour cela d'ailleurs que j'écris autre chose. // On la dégagera (si du moins cela peut intéresser quiconque) de mes notes, journaux, lettres, brouillons etc...) // Aussi, parce que je ne suis pas très sûr de ne pas être qu'un mauvais démarquage de J. P. »

◆ VII.

1. Dans la lettre d'Albert Camus, « elle » désigne l'« œuvre absurde à l'état pur » qu'est *Le Parti pris des choses*. « Décrire, telle est la dernière ambition d'une pensée absurde », qui ne saurait expliquer le monde (*Le Mythe de Sisyphe*, dans *Essais*, éd. citée, p. 174).

2. Pour Camus l'absurde naît d'un divorce entre l'esprit humain, en quête de sens et d'unité, et le monde, qui est irrationnel.

3. Cette parenthèse ne figurait pas dans *ms.*

4. Nouvelle citation textuelle de la lettre du 27 janvier.

5. Albert Camus, d'après sa lettre, avait été frappé par la place qu'occupent le minéral et le végétal dans *Le Parti pris des choses*. Il y voyait la marque d'une « nostalgie de ce qu'on appelle stupidement les formes inférieures de la vie », voire de l'« immobilité ». Et il allait jusqu'à soutenir « qu'une des fins de la réflexion absurde est l'indifférence et le renoncement total — celui de la pierre ».

6. Voir « Introduction au "Galet" », p. 201-205.

7. Le philosophe Bernard Groethuysen, qui travaillait à la *N.R.F.*, était devenu l'un des « maîtres à penser » de Ponge (voir *La Seine*, p. 278, et *Lyres*, « Note hâtive à la gloire de Groethuysen », p. 466-471).

8. Albert Camus parlait dans sa lettre de « nostalgie de l'immobilité » ; mais la nostalgie de l'unité est un des leitmotive du *Mythe de Sisyphe*. Le choix de la variété est une des constantes du credo esthétique de Ponge, de « My creative method » (« La variété des choses est ce qui me construit », *Méthodes*, p. 517) au « Texte sur Picasso » (« Non pas être, mais êtres. L'infinitif pluriel », *L'Atelier contemporain*, p. 341).

9. Il s'agit de Jean Paulhan (voir *Correspondance [...]*, t. I, lettre 264, p. 271-272).

◆ VIII.

1. Les écrivains résistants avaient remis à l'honneur les modèles classiques, incarnation du génie français. Jean-Paul Sartre avait salué *L'Étranger* comme une « œuvre classique » (« Explication de *L'Étranger* », février 1943, repris dans *Situations*, Gallimard, t. I, 1947, p. 112), et Ponge en avait été « extrêmement touché ». Albert Camus lui-même fait l'éloge de Madame de Lafayette, dans « L'Intelligence et l'Échafaud », où il cite l'œuvre de Ponge comme exemple d'un « classicisme fait de parti pris » (paru dans *Confluences*, nº 21-24, juillet 1943). Celui-ci définira le « nouveau classicisme » dont il se réclame comme la « conscience des limites de l'homme, mais aussi de ses pouvoirs » (lettre à Camus du 12 septembre 1943, archives Camus de l'I.M.E.C.). Cette tendance classique s'épanouira dans *Pour un Malherbe*. Sur Boileau, voir n. 1, p. 187.

2. Ponge a forgé cette expression sur le modèle de la *natura naturans* des philosophes ; il entend par là une littérature qui s'avoue comme telle, et qui a le souci de la lettre, plus que des idées.

3. Parmi les mythes qui entourent la figure de Rimbaud, celui du voyou est un de ceux que Ponge entreprend, avant Étiemble, de déconstruire, en rappelant qu'il s'est adonné au commerce pendant toute la seconde partie de sa vie. Dès lors, il n'est pas étonnant qu'il ait pu fréquenter un écrivain bourgeois comme Jules Mary, auteur de romans à succès ; celui-ci avait évoqué le « souvenir charmant » qu'il gardait de « son petit camarade », rencontré au collège de Charleville, dans le n° 8 de *Littérature* (octobre 1919, p. 22-27). Il y remerciait les rédacteurs de la revue d'avoir à cette occasion fait preuve d'une « liberté d'esprit assez grande pour [leur] permettre d'admirer à la fois l'œuvre de Rimbaud et la [s]ienne de sens pourtant si opposés ». L'allusion vise donc indirectement les surréalistes. La note de Ponge répond au jugement d'Albert Camus : « C'est votre maîtrise même qui rend convaincant votre aveu d'échec. »

4. Camus écrivait à Ponge : « Le problème de l'expression n'est si vital pour vous que parce que vous vous identifiez à celui de la connaissance. » Ponge distingue les deux notions dans une « Note » du « Carnet du Bois de pins » (*La Rage de l'expression*, p. 398).

5. *Ms. APo* et *ms. Pro* portent : « *Poiein* est plus que connaître ».

6. *Ms. APo* et *ms. Pro* portent : « pour l'homme. // Je me persuade que la leçon de ma personnalité est aussi grande que celle de Goethe par exemple. // Un olympianisme plus méritoire. // Je choisis ».

7. Voir « Pas et le saut », p. 171-172. Ce dernier passage est daté dans *ms. APo* du « 7 février (soir) ».

8. Cette devise, qui rappelle le titre de Nietzsche (*Humain, trop humain*), s'oppose à toute forme de mysticisme : « Je ne crois ni n'espère en rien moi non plus, sinon à la possibilité (et donc au devoir) pour l'homme de vivre, *résolument*, en croyant ni n'espérant en rien. [...] Ce que je reproche justement aux catholiques, c'est de proposer à l'homme une espérance, un idéal en dehors de lui. Le rabaissant ainsi, lui ôtant toute confiance en lui » (lettre à Camus du 12 septembre 1943, archives Camus de l'I.M.E.C.). Voir G. Garampon, « Francis Ponge ou la Résolution humaine », dans *L'Araignée*, Aubier, 1952.

◆ IX.

1. Il s'agit de René Leynaud (1910-1944). Voir « Baptême funèbre », p. 465.

2. *Dactyl. Pro* porte en titre « *Proêmes I* », et Ponge y annonce parmi ses ouvrages en préparation un volume de *Nouveaux proêmes*. Mais il semble que l'expression désigne la première partie de *Proêmes*, qui s'est d'abord intitulée « Les Moments perdus » (voir J. Paulhan, F. Ponge, *Correspondance [...]*, t. I, lettre 308, p. 324).

3. *Ms. APo* développait davantage ce motif : « publier cela. (Les Âges critiques, les Périodes, les Époques, les Règles). Ce sont vraiment mes *Époques* (ça je ne l'ai pas dit) mes pertes rouges, celles qui souillent les cuisses, qui sont honteuses, parce qu'elles prouvent qu'on n'est pas enceint de quelque œuvre. // C'est vraiment mon sang critique. Réfléchir ». Sur un autre feuillet, Ponge note : « En développant cela, développer aussi l'idée de la *ménopause*. »

4. Jean Paulhan, consulté, informera Ponge que « le seul animal qui ait des règles comme la femme » est « la chauve-souris » (*Correspondance [...]*, t. I, lettre 306, p. 322). Il oubliait certains primates, soumis aux menstruations.

5. Il s'agit de Jean Tardieu, dont Ponge avait fait la connaissance aux Messageries Hachette. Une note du Carnet rose et marron datant du « 5 mars [1936] » revient sur un propos qui avait déjà alerté Ponge : « Tardieu a-t-il dit une chose juste, lorsqu'hier quand je lui demandai si, enfin,

les Sapates, à son avis, pourraient intéresser quelques personnes, il m'a répliqué : "Ce qui m'inquiète, c'est de savoir que vous pouvez en écrire en si grand nombre, indéfiniment. J'ai peur qu'à haute dose cela semble systématique, ou ennuie. L'on aimerait savoir que vous pouvez écrire autre chose." // Réfléchissant aujourd'hui à ces paroles, j'ai fait le projet d'écrire une histoire de mes pensées. »

6. La poésie de la Résistance renoue parfois avec le ton de l'épopée, ce qui est le cas de certains poèmes, plutôt « métaphysiques », de René Leynaud, que Jean Paulhan jugeait trop éloquent (*Correspondance* [...], t. I, lettre 328, p. 346).

7. Ponge ne semble pas avoir donné suite au projet de ce texte, conçu peut-être pour faire pendant à *L'Homme*, et dont il ne reste aucune trace.

8. Seul l'édredon a fait l'objet d'un poème de Ponge, recueilli dans *Pièces*, p. 725-727.

◆ X.

1. Tels sont les thèmes de quelques-uns des poèmes auxquels Ponge a travaillé avant ou pendant la guerre : « La Pomme de terre », « La Lessiveuse » et « L'Anthracite » (voir *Pièces*, p. 733-734, 737-740, et 732-733). « La Serviette-éponge » ne sera publiée qu'en 1974 dans *Books abroad* (*Nouveau nouveau recueil*, t. I, p. 25-26).

2. Allusion au vers célèbre d'*Hernani*, acte III, sc. IV (V. Hugo, *Théâtre complet*, t. I, p. 1229).

3. Voir « Introduction au "Galet" », p. 201-205.

◆ III. NOTES PREMIÈRES DE « L'HOMME ». — *Ms.* : les *APo* conservent un dossier (*ms. APo*) comprenant une esquisse du début du texte (*ms. a APo*), datée du 16 août 1942 ; une mise au net du passage intitulé « Du visage », suivi de « La Bouche » (*ms. b APo*) ; une série de notes (*ms. c APo*) correspondant aux p. 228-229, datées, pour une partie d'entre elles, du 8 et du 18 février 1943 ; une copie de l'ensemble, (*ms. d APo*) ; un dactylogramme (*dactyl. APo*) identique à *ms. d APo*, mais l'avant-dernière séquence a été ajoutée à la main. *Ms. Pro* : un dactylogramme comportant quelques suppressions, des corrections manuscrites et l'addition de la dernière séquence, et aboutissant à la version définitive. — *Préorig.* : *Les Temps modernes*, n° 1, octobre 1945 ; elle porte le titre définitif, mais antérieure à *ms. Pro*, ne comporte pas la dernière séquence.

Sur ce texte, voir la Notice, p. 960. Diverses notes relevant du même projet ont été réunies dans « L'Homme à grands traits » (*Méthodes*, p. 612). À ce portrait physique et moral de l'Homme se rattachent aussi « L'Eau des larmes » et « Première ébauche d'une main » (*Pièces*, p. 740-741 et 764-767).

1. Ici s'insérait dans *ms. a APo*, *ms. d APo* et *ms. Pro* une citation de Paul Éluard, biffée dans *ms. Pro* : " Il y aurait un homme / N'importe quel homme / Moi ou un autre / Il y aurait un homme / Sinon il n'y aurait rien" » Paul Éluard » (*Le Livre ouvert* II, « Le Droit et le Devoir de vivre », *Œuvres complètes*, Bibl. de la Pléiade, t. I, p. 1068).

2. Ici s'insérait dans *ms. b APo* le passage consacré à la bouche (repris dans « L'Homme à grands traits » (*Méthodes*, p. 620-621).

3. Appelé par « encombre », ce verbe semble ici employé au sens d'« être à charge ».

4. Voir *Le Parti pris des choses*, « Le Cycle des saisons », p. 23-24.

5. Depuis le XIXe siècle, les découvertes scientifiques concernant les phénomènes vibratoires et ondulatoires ont servi d'arguments à une conception matérialiste du développement de la vie et de la conscience.

6. Voir « Pages bis », 1, p. 206-209. On lit dans *ms. d APo* : « Qu'est-ce

que cet appétit d'absolu ? Un reliquat de l'esprit religieux. Une projection, une extériorisation vicieuse. »

7. La pensée de Pascal est le type même de l'« idéologie patheuse » (« Pages bis », II, p. 209), qui met une conception pessimiste de l'existence au service de la croyance en une transcendance. Ponge n'a de cesse de s'en démarquer, le rangeant au nombre des « mauvais maîtres » (*Pour un Malherbe*, p. 143).

8. Ponge, unissant le physique et le psychologique, joue sur le double sens de l'expression, qui désigne en médecine une rupture dans la succession régulière des pulsations cardiaques, et chez Marcel Proust les rythmes aberrants de la vie affective, et en particulier de la mémoire.

9. Il s'agit de mouvements désordonnés, découverts par R. P. Brown, qui agitent de très petites particules.

10. Voir *La Rage de l'expression*, « Appendice au "Carnet du Bois de pins" », p. 404.

◆ IV. LE TRONC D'ARBRE — *Ms.* : les *APa* conservent un manuscrit (*ms. APa*), qui se présente comme la première d'une série de cinq « gnossiennes », destinées à paraître dans la *N.R.F.* (voir p. 922), et un dactylogramme (*dactyl. APa*), daté de 1926, comportant une variante. *Ms.* Pro présente une copie avec variantes. *Ms. DCM* (comme *dactyl. DCM* et *DCM*) présente une autre version du dixième vers. — *Préorig.* : *Anthologie des poètes de la N.R.F.* (n° 242 de la *N.R.F.*, novembre 1933), une variante.

Des trois poèmes consacrés en 1925-1926 à la figure de l'arbre, à travers laquelle s'accomplit l'identification de Ponge au père mort et une mutation de sa poétique, « Le Tronc d'arbre » est celui qui lui tient le plus à cœur. N'ayant pu le publier dans la *N.R.F.* avec d'autres « gnossiennes », il le propose en 1933 à Jean Paulhan, qui l'avait toujours trouvé « splendide » (*Correspondance [...]*, t. I, lettre 76, p. 71), pour figurer dans l'*Anthologie des poètes de la N.R.F.*, accompagné d'un « Témoignage » (voir p. 170). Le fait que Ponge se présente alors sous les traits d'un jeune « oisif » de « 27 ans », montre à quel point le poème demeurait lié pour lui aux circonstances de sa composition ; mais s'il l'a choisi pour le représenter dans une anthologie, et si quinze ans plus tard il le met en vedette à la fin de *Proêmes*, c'est qu'il exprime un message durable. En mettant en valeur le tronc aux dépens des feuilles et de l'écorce, le poète affirme la nécessité de se dépouiller aussi bien des lieux communs que des « effusions » d'une parole trop subjective, qui masquent l'essentiel. Il faut mourir à soi pour accéder au plus vif de la perfection poétique. Cette leçon sera confirmée notamment par « Le Cycle des saisons » (*Le Parti pris des choses*, p. 23-24), « Les arbres se défont à l'intérieur d'une sphère de brouillard » (*ibid.*, p. 22), « La Fin de l'automne » (*ibid.*, p. 16), et par l'apologue de l'arbre et du bûcheron dans « Tentative orale » (*Méthodes*, p. 652).

1. Jean Paulhan n'avait pas aimé la version que l'on trouve dans *ms. APa*, *ms. Pro*, *ms. DCM*, *dactyl. DCM* et *DCM* : « Visages passés masques masques passés public », qui « par ses treize pieds fait tout d'un coup penser à des questions de prosodie, au moins inutiles » (*Correspondance [...]*, t. I, lettre 98, p. 94).

2. *Dactyl. APa* et *préorig.* portent : « pour eux / Tombe exprès de ce tronc rajeuni qui t'écarte / Sans hache mets au jour notre nouveau souci. // Ainsi ». Cette version est aussi celle de *ms. Pro*, mais au lieu de « notre nouveau souci », on lit : « ton volontaire auteur ».

DANS L'ATELIER DE « PROÊMES »

◆ [FRONTISPICE DE L'ÉDITION ORIGINALE]. — Voir la Note sur le texte.

◆ PLUS-QUE-RAISONS. — Voir la notule de « Pas et le saut », p. 966 ; ce manuscrit correspond à la fin du proême (voir p. 172). Une mention indique : « De ce texte est sorti "Pas et le saut" ». Nous donnons de ce manuscrit une transcription simplifiée.

 1. *Ms. Pro* comporte une phrase biffée : « C'est la langue. »
 2. *Ms. Pro* comporte ces trois noms biffés : « Aragon, Eluard, Breton », remplacés par « Les gens de talents ».
 3. Ici s'insérait la citation d'Alwin, reprise dans « Pas et le saut », biffés dans *ms. Pro* : « Qu'est-ce que la langue ? lit-on dans Alwin. C'est le fond de l'air. »

◆ [FEUILLETS ÉCARTÉS DE LA VERSION DÉFINITIVE DE « PAGES BIS »]. — Ces trois feuillets ont été joints à *ms. Pro*, avec la mention : « Texte inséré d'abord dans *Proêmes* ("Pages bis") puis retiré par moi. » Voir la notule de « Pages bis », p. 983-984.

DES CRISTAUX NATURELS

NOTICE

Ce petit volume de 61 pages, publié en 1949, sans lieu ni date, dans la collection « L'Air du temps » par Pierre Bettencourt, est « achevé d'imprimer un jour de soleil à la campagne et tiré à petit nombre pour la fleur de nos amis vers la fin du monde » (BNF rés p Z 1550 [2]).

Il en est tiré 120 exemplaires sur Arches et 30 exemplaires réimposés sur grand vélin (n°s 121 à 150). Les 120 premiers exemplaires comportent des couvertures repliées différentes, blanches (impression noire et verte) ou bleu-vert gaufrées (avec des motifs différents imitant des cristaux).

Le recueil contient trois pièces : « Des cristaux naturels », repris dans *Méthodes* ; « L'Atelier », publié en préoriginale dans *Les Artistes chez eux* en 1949, puis repris dans *Pièces* et en ouverture de *L'Atelier contemporain*[1] ; « Sculpture », publié en préoriginale dans *Derrière le miroir* en octobre 1948, puis repris dans *Lyres* et dans *L'Atelier contemporain*[2].

Les épaves de la correspondance avec Pierre Bettencourt montrent que le projet a évolué : d'abord une édition du *Galet* à 100 exemplaires « format galet » ; puis un recueil pour lequel Ponge, le 15 octobre 1949, soumet au choix de l'éditeur les « Fables logiques », publiées dans *Méthodes*[3], ainsi que l'« Introduction au *Parti pris des choses* » (1928), un texte intitulé « Parti pris des choses » du 6-7 mai 1930, « Hors des signi-

---

1. Coll. « Blanche », Gallimard, 1977.
2. P. 99-101.
3. P. 612-615.

ficátions » (1924) ; qui seront publiés dans *Pratiques d'écriture ou l'Inachèvement perpétuel*[1], « Note hâtive à la gloire de Groethuysen », publié dans *Lyres* et « Merveilleux minéraux*[2] ». Est-ce en réponse que, dans une lettre sans date, Pierre Bettencourt suggère d'appeler ce « petit ouvrage » « L'Allure logique », ajoutant : « Sinon je prendrai le titre du morceau DES CRISTAUX NATURELS, qui représente tout un programme » ?

Le 29 décembre 1950, Franz Hellens, qui a vu l'ouvrage acheté sur les Champs-Élysées par un de ses amis poète, exprime son enthousiasme à Ponge : « Il y a là deux morceaux magnifiques : "L'Atelier" et "Scvlptvre". Et quelle typographie ! Peut-on encore se procurer un exemplaire de cet ouvrage ? Je voudrais l'avoir et le relire », comme le fait de son côté André Du Bouchet le 22 mars 1951 : « J'ai lu et relu plusieurs fois *Des cristaux naturels*. Ce sont parmi les plus beaux textes, décantés et vraiment cristallins, le premier surtout et le troisième, que j'ai lus de vous[3]. »

BERNARD BEUGNOT.

LA SEINE

NOTICE

Genèse.

Sur la Seine, le livre que propose La Guilde est d'un modèle tout à fait banal ; de Charles Nodier à René Dumesnil[4] ou à Blaise Cendrars et Robert Doisneau[5], texte et images voisinent ou se font écho.

Maurice Blanc commence ses photos en juin 1946 ; la genèse du texte s'étend sur deux années, 1947 et 1948, la première campagne d'écriture allant du 15 février au 22 juin 1947. En effet, dans les lettres que Claire Boaretto date de juin, Ponge déclare se retirer quinze jours aux Fleurys chez sa mère pour achever son texte, puis se plaint qu'il n'a pas avancé d'un pas[6]. Mais, au début de juillet, l'éditeur emporte le manuscrit[7]. La composition typographique est achevée en octobre 1947 ; selon le journal de Michel Leiris, Ponge y travaille encore pendant son séjour en Algérie[8] ; les premières épreuves, adressées en février 1948, sont corrigées en mai ; les secondes le sont en septembre[9]. Bien qu'Albert Mermoud, directeur de

---

1. Paris, Hermann, 1984, p. 79-80, 74, 13.
2. Premier titre de « Des cristaux naturels ». Voir la notule, p. 1111.
3. Lettres inédites (archives familiales).
4. Voir les indications bibliographiques données dans l'Atelier, « [Bibliographie] », p. 299-300.
5. B. Cendrars et R. Doisneau, *Banlieue de Paris*, Seghers, 1949.
6. Voir J. Paulhan, F. Ponge, *Correspondance (1923-1968)*, coll. « Blanche », Gallimard, 1986, t. II, lettres 392 et 397, p. 47 et 50-52.
7. À Jean Tortel, 18 juillet 1947 (F. Ponge, J. Tortel, *Correspondance [1944-1981]*, éditées par B. Beugnot et B. Veck, coll. « Versus », Stock, 1998, p. 44-45).
8. Voir M. Leiris, *Journal (1922-1989)*, Gallimard, 1992, p. 451.
9. Voir F. Ponge, J. Tortel, *Correspondance [...]*, lettre du 15 septembre 1948, p. 61 : « J'ai reçu les secondes épreuves de la Seine. Cette pauvre Seine ! J'en ai fait quelque chose à mâcher éternellement. Ce n'est pas un fleuve, c'est un immence morceau de chewing-gum. »

la Guilde, se plaint en septembre 1948 de la crise de l'édition suisse, en octobre Ponge reçoit et retourne les troisièmes épreuves. En mars 1949, Maurice Blanc sélectionne ses photos et Ponge doit passer à Lausanne pour le rencontrer. Les délais de publication sont l'occasion de plaintes, mais aussi d'un retour sur le déjà-écrit ; le 5 décembre 1949, dans une lettre non envoyée à Albert Mermoud, Ponge déclare qu'il publiera son texte dans une revue en livraisons successives et ajoute : « Ainsi ferai-je tenir à mes amis et au public une des mes œuvres les plus importantes, une de celles qui m'ont coûté le plus de travail[1]. »

La préparation de ce livre est l'occasion de multiples lectures, faites à la Bibliothèque nationale, à la Mazarine et à la bibliothèque Sainte-Geneviève. À la liste d'ouvrages que fournit un petit carnet quadrillé des archives familiales[2], dont vingt-cinq feuillets concernent *La Seine*, il faut ajouter celui auquel fait référence la note de bas de page de Ponge[3], Eugène Darmois, *L'État liquide de la matière* (Albin Michel, 1939) et des ouvrages non précisés de Camille Jullian pour « le point de vue historique », et du géographe Jean Brunhes.

L'invention de « La Seine ».

L'étendue des lectures, dont certaines très évidemment hâtives, témoigne du sérieux de l'enquête, mais ne réduit pourtant pas le texte à un centon à l'ancienne. Sur les textes recopiés dans le carnet, les passages transcrits dans le livre ou librement empruntés sont biffés ; ce ne sont pas les plus nombreux. Ponge retient plutôt une notation, un thème, une formule qu'il paraphrase ; c'est sans doute pourquoi notes et lambeaux mémoriels s'enchâssent textuellement ou non, sans être identifiés. Mais, ce faisant, Ponge écarte ou brouille le modèle de l'itinéraire qui sous-tendait la plupart de ses lectures ; de celles-ci au texte demeure un large hiatus, espace ouvert à un projet spécifique dont témoignent les trois feuillets manuscrits d'un « Plan du discours » en vingt points, avec une page de garde qui porte la mention « Première rédaction (15 février 1947-22 juin 1947) », et deux feuillets d'une « Table »[4].

Dans ses entretiens avec Philippe Sollers, Ponge justifiera le travail de montage et d'emprunts par la « nécessité du plagiat » selon Lautréamont : « La poésie ne doit pas être faite par un, mais par tous, et on prend son bien où on le trouve. Il s'agit simplement que cela soit utilisé de telle façon que le tout fasse quelque chose d'homogène. Il s'agit d'un raisonnement pour lequel on a besoin de prémisses prises où on peut, le plus économiquement, les prendre[5]. » Le « Texte sur l'électricité[6] » procède du même principe.

En réalité, Ponge, collaborant avec un photographe, a feuilleté beaucoup de livres illustrés ; mais il prend assise sur les réalités géographiques et, à un moindre titre, historiques pour circonscrire un objet autre et déplacer le propos, comme s'il écartait des tentations ou le déjà-dit pour fouir son propre terrain, à la manière de la taupe dont il fera peu

---

1. Archives familiales.
2. Voir quelques extraits dans l'Atelier, « [Bibliographie] », p. 299-300.
3. Voir p. 245.
4. Voir, dans l'Atelier, p. 301-302.
5. Voir *Entretiens avec Philippe Sollers*, VIII, Gallimard - Le Seuil, 1970, p. 129. Voir aussi Lautréamont, *Poésies*, II, dans *Œuvres complètes*, Bibl. de la Pléiade, p. 285.
6. *Lyres*, p. 488-511.

après son image[1] : « Le problème se posait pour moi de faire quelque chose qui puisse, à la fois, être lu par ces gens et m'intéresser moi-même[2]. » À la topique de la lenteur, de la nonchalance, de la douceur de la Seine — invite à la flânerie apollinarienne, rappelée comme une heureuse contrainte à la « contention[3] » de sa plume —, il conjoint, voire substitue, une vision plus mouvante et heurtée, marquée par l'horizon d'une catastrophe humaine qu'il faut exorciser. Le cours du fleuve devient occasion d'une réflexion politique, d'une vision cosmologique nourrie du discours de la science et figuration d'un nouvel art poétique. Statut singulier, surtout à sa date, et qui rend d'autant plus surprenant le silence relatif de la critique. Le livre, à sa sortie, suscite deux comptes rendus ; celui de Philippe Jaccottet[4], séduit, qui, regrettant que les photos soient peu dans l'esprit du texte, situe *La Seine* dans la tradition de Lucrèce, et place Ponge du côté des philosophes des Lumières et des savants modernes. Celui de Pierre Fauchery[5], qui montre combien la Seine de Ponge est éloignée de celle des midinettes et des poètes à chansons. Tous deux soulignent l'adéquation nouvelle au modèle liquide et le mimétisme du flot de paroles (« discours[6] ») pour épouser ce nouvel objet. La seule étude ensuite est celle de Bernard Veck[7].

Éloge et hymne au fleuve qui aurait légitimé sa place dans *Lyres*, *La Seine* appartient à une forme intermédiaire entre le poème en prose et le discours. Du premier relèvent les élans lyriques, le style anaphorique ; du second, la constante adresse au lecteur virtuel[8], les développements empruntés au discours scientifique, les déclarations programmatiques. Entreprise de poésie scientifique qui campe Ponge en nouveau Lucrèce et qui brouille les frontières génériques[9]. Les variations sur le ciron pascalien[10] portent la réflexion à une autre échelle, celle de l'univers où refont surface les hantises et les visions cosmologiques : orage originel[11] ; réflexion sur le temps éveillée par l'image héraclitéenne du fleuve ; perspective de genèse qui n'est pas sans rappeler « Le Galet[12] ». Mais, tandis que celui-ci figurait la naissance d'une forme, l'eau et la Seine, qui en est l'hyperbole, en disent la dissolution ou les méandres.

En 1947, Ponge s'éloigne discrètement du parti communiste, sans renoncer à une certaine fidélité puisqu'à l'automne il contribue à une brochure collective, *Pourquoi je suis communiste*. L'éloge de Marx et de la lutte qu'il a inspirée vient ici confirmer cet attachement[13]. C'est aussi le temps

---

1. Voir *Méthodes*, « Réponse à une enquête radiophonique [...] », p. 644-648.
2. *Entretiens avec Philippe Sollers*, *ibid.*
3. P. 244.
4. *Nouvelle revue de Lausanne*, n° 236, 12 octobre 1950, p. 1-2.
5. *La Guilde du livre*. Bulletin mensuel, 11 novembre 1950, p. 236-239.
6. P. 245-254, *passim*.
7. Voir B. Veck, *Francis Ponge ou le Refus de l'absolu littéraire*, Liège, Mardaga, 1993, p. 78-79. La Seine est située dans la thématique de l'eau et en rapport avec les « louanges de l'eau » de Paul Valéry.
8. Voir V. Kaufmann, *Le Livre et ses adresses*, Klincksieck, 1986 (II.4. co-réalisations [F. Ponge]).
9. Voir p. 257 et n. 21.
10. Voir p. 256 et suiv.
11. Voir *La Rage de l'expression*, « La Mounine », p. 412 ; *Nouveau recueil*, « Le Pré », coll. « Blanche », Gallimard, 1967, p. 204-209.
12. *Le Parti pris des choses*, p. 49-56.
13. Voir B. Veck, *Francis Ponge ou le Refus de l'absolu littéraire*, p. 78-79.

où Ponge défend une action du poète ou de l'artiste qui, pour être différente, n'en double pas moins l'action politique[1].

C'est dire que *La Seine* est un texte charnière dont la rédaction fait prendre conscience à Ponge d'un changement de modèle fantasmatique ; au cristal ou au rocher, au solide jusque-là dominants mais non exclusifs, se substitue le liquide, dont il découvre qu'il est plus apte à rendre compte de son travail par réécritures et formulations multiples. Il ne s'agit plus seulement par le geste provocant de la publication de donner à une succession d'états un statut textuel, comme dans le cas de *La Rage de l'expression*, publiée en 1952 — mais longtemps méditée. S'accomplit un lent mouvement d'appropriation du liquide qui, amorcé avec « De l'eau[2] », avec « Berges de la Loire[3] », passe par « Le Verre d'eau[4] », travaillé dans l'année 1948. Les archives conservent le synopsis d'un film, *Les Enchantements du Rhône*, dont le projet est contemporain (9 mars 1949). Il s'agit vraiment par « l'analogie, ou, si l'on veut, l'allégorie ou la métaphore[5] » d'opérer une identification ou une transmutation en livre du fleuve, dont non seulement la mutabilité incessante se fait image du flux de la parole, de la *copia verborum*, mais dont l'instabilité dit ce qui sépare à jamais l'objet et le texte, la pensée et l'expression. D'où les résurgences de la tentation ou de la rêverie calligrammatique : l'appel à la typographie pour représenter visuellement ce qui peut-être échappe au discours. Comme le flâneur contemple le fleuve de la rive ou du pont, le poète se regarde écrire, contemple le flot de sa parole dans le miroir du texte : le miroitement des mots et celui du fleuve sont parvenus à ne faire plus qu'un.

BERNARD BEUGNOT.

NOTE SUR LE TEXTE

Nous reproduisons pour cette édition le texte paru dans *Tome premier*, coll. « Blanche », Gallimard, 1965, p. 525-611.

Le manuscrit.

Le dossier des archives familiales, manifestement lacunaire, est constitué de trois ensembles : la correspondance qui concerne l'édition et sa diffusion ; deux jeux différents d'épreuves identifiées corrigées, le premier ne présentant de corrections que sur les pages 5 à 10 ; trente feuillets (15 février 1947 - 19 mars 1948) datés de manière intermittente : vingt-sept sont manuscrits ; trois sont dactylographiés, comportent des corrections manuscrites et s'accompagnent de deux états d'un calligramme[6] — le dernier feuillet contient la fin du texte et atteste ainsi que nous avons affaire au reliquat d'un dactylogramme beaucoup plus long. En outre, un petit carnet quadrillé (9 × 15 cm) contient cinquante et un feuillets de références bibliographiques et de notes.

---

1. Voir *Le Peintre à l'étude*, « Braque ou l'Art moderne comme événement et plaisir », p. 136-141 ; *Méthodes*, « Le Murmure (Condition et destin de l'artiste) », p. 622-629.
2. *Le Parti pris des choses*, p. 31-32.
3. *La Rage de l'expression*, p. 337-338.
4. *Méthodes*, p. 578-611.
5. P. 251.
6. Voir, dans l'Atelier, « [Calligrammes] », p. 301.

La préoriginale.

« Fragment de la Seine », *Pour l'art*, Lausanne, cahier 2, septembre-octobre 1948, p. 7-8[1].

L'originale.

La Seine, Lausanne, La Guilde du livre, 1950, 192 pages. Images de Maurice Blanc. Tirage à 10 300 exemplaires ; achevé d'imprimer du 3 septembre.

B. B.

SIGLES
SPÉCIFIQUES À CE DOSSIER

ms. AF	Les 30 feuillets manuscrits et dactylographiés des *AF*
carnet AF	Carnet quadrillé
épr. 1 AF	Premier jeu d'épreuves
épr. 2 AF	Deuxième jeu d'épreuves

NOTES

1. Dans une note inédite du 20 novembre 1948, Ponge écrit : « Le facteur m'apporta un merveilleux petit livre le *Novalis* de la collection "Le Bouquet" de Mermod. J'y parcourus avidement *Les Disciples à Saïs*, texte si bien fait pour moi, si confondant (pour les confirmations qu'il m'apporte). Comment se fait-il que ce texte ne vienne ainsi à ma connaissance que trop tard ? Trop tard par exemple pour que j'aie pu placer en épigraphe de ma *Seine* le merveilleux hymne au liquide qu'il contient. » On lit par exemple dans ce roman de la Nature : « L'eau, ce premier-né des fusions aériennes, ne peut renier sa voluptueuse origine. Elle figure sur la terre, avec une divine toute-puissance, l'élément de l'amour et de l'union [...]. Dans celle-là ne se manifeste que le Fluide originel, tel qu'on le voit apparaître dans le métal liquide [...]. Que peu d'entre eux [les hommes] jusqu'ici ont sondé les profonds mystères du Liquide ! » (*Les Disciples à Saïs. Hymne à la nuit. Journal*, nouvelle version française de Gustave Roud, préface de Gustave Roud, coll. « Le Bouquet », n° 42, Lausanne, Mermod, p. 87).

2. *Épr. 1 AF* comporte un ajout qui finalement ne sera pas retenu : « c'est-à-dire montre, à quitter la place où surgit la sourde agitation de sa promesse, une lenteur extrême dans l'assentiment ».

3. L'expression est prise de l'*Abrégé de géographie physique* d'Emmanuel de Martonne (voir, dans l'Atelier, « [Bibliographie] », p. 300). Le mot « douix », dont l'orthographe varie (« dhuys », « duyses ») appartient au patois châlonnais et désigne une résurgence presque à ras de terre, due à une couche argileuse sous une couche calcaire. Olivier Reclus (*Le Plus Beau Royaume sous le ciel*, p. 580 ; voir, dans l'Atelier, « [Bibliographie] », p. 300) note : « Douix, Douy, Doux, Douce. Dhuis, Dius, Douée, Douet, sous ces formes à peine diverses, c'est un mot qu'on trouve en toute France. »

4. La phrase : « La marquise sortit à cinq heures » est donnée comme

---

[1]. Cette revue n'a publié que neuf paragraphes du texte (voir n. 52, p. 285).

prononcée par Paul Valéry dans une conversation (voir A. Breton, *Manifeste du surréalisme*, dans *Œuvres complètes*, Bibl. de la Pléiade, t. I, p. 309-346), et on trouve des formules approchantes dans ses *Cahiers* de 1913 et 1922 (voir Bibl. de la Pléiade, t. II, p. 1162 et 1190).

5. Dans *orig.* : « Voilà ».

6. « La Seine a 66 *jours impurs* (contre 100 à la Marne) » (O. Reclus, *Le Plus Beau Royaume sous le ciel*, p. 589).

7. *Ms. AF* donne cette première rédaction : « Peut-être est-il honnête que je le reconnaisse ici : *Bibliographie, plagiats, emprunts textuels* traités à ma manière selon les besoins de ma composition, etc. »

8. Le terme de « pente » est évidemment banal et fréquent, depuis Nodier, dans tous les ouvrages sur la Seine ; le transfert qui en est ici opéré installe déjà à l'horizon du discours la dimension allégorique qui instaure une réflexion sur la condition humaine.

9. Ponge évoque ici allusivement ses activités de résistant. Habitant Roanne, employé du *Progrès de Lyon*, il parcourt la zone Sud sous le couvert d'une représentation en librairie ; il se lie ainsi avec Jean Tortel, René Leynaud, Michel Pontremoli.

10. Voir *Proêmes*, « Notes premières de "L'Homme" », p. 223-230 ; *Méthodes*, « L'Homme à grands traits », p. 616-621.

11. Est-ce là une coquille, qui figure déjà dans l'édition originale, pour « pantagnières », terme de marine sans singulier, ou bien Ponge aurait-il simplement transcrit par erreur la prononciation que donne Littré entre parenthèses ? *Pour un Malherbe* (coll. « Blanche », Gallimard, 1965, p. 32, p. 48 avec la définition, p. 164 et 305) orthographie correctement.

12. Tout le développement qui suit s'inspire de E. Darmois, *L'État liquide de la matière*, p. 23 et suiv. (sur le mouvement des molécules), et chap. III-VI ; Ponge a éliminé les diagrammes et formules qui émaillent le texte et repris plusieurs formulations ou expressions : « forces moléculaires » ; « remplacé le mouvement d'agitation thermique individuel par un système d'ondes équivalent » ; « le liquide différerait simplement du gaz par l'intensité moins grande du mouvement thermique » ; « solide à trous » ; « l'écoulement visqueux serait une sorte de vaporisation à une dimension ».

13. Voir *Le Parti pris des choses*, « De l'eau », p. 31-32.

14. Il est difficile de dire si ce terme employé seulement, selon Littré, dans des expressions toutes faites comme « globe terraqué », c'est-à-dire composé de terre et d'eau, est de l'initiative de Ponge, ou s'il n'est pas un clin d'œil et un discret hommage au recueil d'Eugène Guillevic, publié par Gallimard la même année que *Le Parti pris des choses*, en 1942.

15. La pluie inspire plusieurs textes : « Pluie » (1935-1936) dans *Le Parti pris des choses* (p. 15-16), « De la pluie » (1927-1974) et « La Pluie » (1930 [?]) dans *Nouveau nouveau recueil* (coll. « Blanche », Gallimard, 1992, t. I, p. 16 et 26).

16. « L'homme existait sur les bords de la Seine à l'époque la plus reculée de l'existence de ce fleuve » (E. Belgrand, *La Seine. Le Bassin parisien aux âges préhistoriques*, t. I, p. 184 ; voir, dans l'Atelier, « [Bibliographie] », p. 299). Dans une note dactylographiée qui fait partie du dossier de La Fenêtre » (voir *Pièces*, p. 714-717, et la notule, p. 1139-1140), on lit ceci : « Le monde extérieur, à mon sens, c'est comme une grande horloge, c'est une chose qui n'arrête pas [...]. Quand j'ai travaillé sur la Seine, je n'ai pas pu m'empêcher de penser qu'elle existait avant d'avoir un nom et qu'elle existerait encore après qu'il n'y ait plus d'hommes pour la nommer. Et encore un fleuve, c'est éphémère par rapport à bien d'autres choses. »

17. Ces deux noms sont tout ce qui subsiste d'une page de *carnet AF*

où sont recensés les « noms, variantes et orthographes » du nom de la Seine, empruntée au *Dictionnaire de géographie* (voir, dans l'Atelier, « [Bibliographie] », p. 299), à l'article « Sequana ». Strabon mentionne brièvement la Seine au livre IV de ses *Geographicorum libri XVII*. Le développement qui suit sur les sables blancs et la paléontologie s'inspire librement de E. Belgrand (*La Seine [...]*, t. I, p. 2-3, 153, 184, 191, et pl. 23 et 27).

18. « C'est à Caudebec qu'on va voir le *mascaret*, C'est un raz de marée en miniature, qui est dû à la violence du renversement du courant quand la mer, en remontant, envahit l'estuaire [...]. Brusquement une barre s'élève, haute de plus de deux mètres » (R. Dumesnil, *La Seine normande du Vernon au Havre*, p. 52 ; voir dans l'Atelier, « [Bibliographie] », p. 299).

19. N'est-ce pas ce qu'écrit Jean-Paul Sartre dans les dernières pages de « L'Homme et les Choses » : « Peut-être derrière son entreprise révolutionnaire est-il permis d'entrevoir un grand rêve nécrologique : celui d'ensevelir tout ce qui vit, l'homme surtout, dans le suaire de la matière. [...] C'est cette inoffensive et radicale catastrophe que ses écrits visent à préparer » ? (*Situations*, coll. « Blanche », Gallimard, t. I, p. 265). Cette catastrophe est d'abord d'ordre langagier ; dès 1926, Ponge proposait de « ridiculiser les paroles par la catastrophe, — l'abus simple des paroles » (*Proêmes*, « Justification nihiliste de l'art », p. 175).

20. Les variations sur le fameux fragment de Pascal, « Disproportion de l'homme », plus connu sous la désignation des deux infinis, confirment un dialogue latent qui a été amorcé ailleurs dans les notes sur « L'Homme » par exemple (voir *Proêmes*, « Notes premières de "L'Homme" » de 1943-1944, p. 223-230 ; *Méthodes*, « L'Homme à grands traits » de 1945-1951, p. 616-621), et sera poursuivi, entre autres, dans *Pour un Malherbe* (voir p. 29, 35, 49, 141 et 283) : « Cet anti-pascalien par excellence résonne à la manière de Pascal » (J. Tortel, « Francis Ponge et la Formulation globale », *Critique*, 1962, repris dans *Francis Ponge cinq fois*, Fata Morgana, 1984, p. 49).

21. Dans le *De natura rerum*, livre III. Dans la lettre à Jean Paulhan du 19 septembre 1942, Ponge déplore qu'à son sujet on ne parle pas assez de Descartes et de Lucrèce (voir *Correspondance [...]*, t. I, lettre 272, p. 280-281).

22. Ce paragraphe et le précédent figurent sur un état isolé de *ms. AF* en date du « 23. III. 48 ».

23. Quatre états corrigés de *ms. AF*, en date du 15 (2 feuillets), du 19, du 21 et du 23 mars 1948, de ces quatre paragraphes depuis « En bref » (p. 255) sont les épaves du dossier et le premier crayon de pages dactylographiées jointes à *épr. 2 AF*. Le texte imprimé en est à la fois une réorganisation, une amplification et parfois une atténuation. Ponge avait par exemple écrit : « bien que ce nouvel idéalisme qu'est au fond un rationalisme étroit ait été dépassé au profit d'un activisme (nommé le matérialisme dialectique) ».

24. Cette idée est plus largement développée dans « Braque-dessins » (*L'Atelier contemporain*, coll. « Blanche », Gallimard, 1977, p. 102-108) et dans « Le Murmure (Condition et destin de l'artiste) » (*Méthodes*, p. 624-629).

25. Dans *épr. 2 AF*, depuis « masse des cirons. [Le christianisme *corrigé en* Les religions] », il s'agit d'une réfection et d'un ajout qui fait l'objet de cinq nouvelles pages dactylographiées insérées aux pages 24-25 des épreuves. Quant à la fécondité de la paresse, on peut se reporter à « La Pensée comme grimace » de 1941 (*Nouveau recueil*, p. 41) où Ponge évoque, dans sa manière de travailler, l'alternance des moments de saisie fiévreuse et d'attente paresseuse.

26. Ces marais se situent à l'embouchure de la Seine ; Charles Nodier

évoque le village du Marais-Vernier (*La Seine et ses bords*, p. 168 ; voir, dans l'Atelier, « [Bibliographie] », p. 300).

27. Olivier Reclus (*Le Plus Beau Royaume sous le ciel*, p. 237) fait de la transparence une qualité de la Seine opposée à l'Yonne.

28. L'origine de cette allusion nous échappe.

29. Malherbe, « Sonnet » (*Œuvres*, Bibl. de la Pléiade, p. 82) qui célèbre les embellissements du château de Fontainebleau par Henri IV. La même citation revient plus loin, p. 273, également inexacte puisque Malherbe avait écrit « beaux et grands bâtiments ».

30. Le héros d'André Gide dans *Les Caves du Vatican. Sotie* (Gallimard, 1914) est un désenchanté qui cultive la « disponibilité » et qui poursuit une authentique liberté dans un acte sans cause.

31. « On enfermait là des noyés et en général tous les inconnus morts de mort violente » (P. Mac Orlan, *La Seine*, chap. III, p. 25 ; voir, dans l'Atelier, « [Bibliographie] », p. 300).

32. Nodier fait du latin *lutum* (« boue ») l'étymologie du nom de Lutèce : « L'île de la Cité fut le berceau de Paris. Ses rues sales et tortueuses annoncent l'antiquité de *Lutetia*, la ville de la *boue* » (*La Seine et ses bords*, p. 105), et Olivier Reclus lui fait écho : « La ville de la boue (si c'est là ce que signifiait le nom de Lutèce) » (*Le Plus Beau Royaume sous le ciel*, p. 588). Quant à l'« Ode inachevée à la boue » (*Pièces*, p. 729-731), elle est composée dès 1942 et sera retravaillée jusqu'en 1951, à la veille de sa publication dans *Preuves*, puis à Bruxelles aux Éditions de la Sirène (voir G. Fusco-Girard, « La Boue et le Filet de soie », *Genesis*, n° 12, 1997).

33. Dans son roman *Aurélien* (coll. « Blanche », Gallimard, 1944), où le fleuve est omniprésent, Louis Aragon évoque à plusieurs reprises l'inconnue (chap. IX ; chap. XVIII : « les mariniers avaient retiré de l'eau une pauvre femme dans une robe de bal » ; chap. XXXVII : « On trouve ce masque partout chez les mouleurs [...]. C'est le visage d'une femme qui s'est noyée, moulé à la Morgue, l'*Inconnue de la Seine*) et les noyés de la Seine (chap. XI, XXI et XXIV).

34. L'image est fréquente dans la Bible (voir par exemple Job, X, 9 ; Psaume XL (XXXIX), 3 ; Sagesse, XV, 10).

35. Nodier adopte volontiers, mais il n'est pas le seul, le point de vue plongeant pris sur la Seine et Paris depuis les ponts.

36. Nodier le cite deux fois : « La Seine, fille de Bacchus et de Cérès, avait suivi dans les Gaules la déesse des blés » (*La Seine et ses bords*, p. 18-19), et, à propos du château de Caudebec (*ibid.*, p. 166 ; voir, dans l'Atelier, « [Bibliographie] », p. 300).

37. Toutes ces citations proviennent d'*Alcools* (1931), extraits de « Zone », « Le Pont Mirabeau », « Marie », « Le Brasier », « Vendémiaire » (voir Apollinaire, *Œuvres poétiques*, Bibl. de la Pléiade, p. 39-154, *passim*).

38. Ce développement aménage à peine les notes de *carnet AF* prises dans *La Grande Encyclopédie. Inventaire raisonné des lettres, des sciences et des arts*, par une Société de savants et de gens de lettres, Paris, s. d., article « Côte d'or ».

39. Ces détails historiques — invasion des Normands par le pont de bois de Charles le Chauve en 886 ; sur le pont-levis du Louvre sous Henri II, meurtre de Concini, maréchal d'Ancre dont le cadavre fut déterré et dépecé le 22 avril 1617 — peuvent, même s'ils sont bien connus, provenir du texte et des illustrations de l'ouvrage de Fédor Hoffbauer *Les Rives de la Seine à travers les âges* (p. 92-93, 125, 145-146, 176 ; voir, dans l'Atelier, « [Bibliographie] », p. 299).

40. Correction d'*épr. 2 AF* sur la rédaction initiale : « l'eau elle-même, qui est n'importe quelle eau ».

41. Olivier Reclus oppose la calme Seine aux « folles eaux du Midi » (*Le Plus Beau Royaume sous le ciel*, p. 580) ; l'idée refait surface chez Pierre Mac Orlan : « Parmi tous les grands fleuves d'Europe, la Seine est un des plus paisibles […]. Il n'offre pas l'impétuosité du Rhône » (*La Seine*, p. X), et chez René Dumesnil : « Ces retours sur soi-même de la Seine normande comme ils sont différents du cours impétueux du Rhône » (*La Seine normande [...]*, p. 2). Déjà Pierre Mac Orlan opposait à la Seine « l'impétuosité du Rhône » (*La Seine*, chap. x, p. 91).

42. « Le Verre d'eau » (*Méthodes*, p. 578-611) est travaillé entre mars et septembre 1948.

43. Dans le volumineux ouvrage d'Olivier Reclus, *Le Plus Beau Royaume sous le ciel* (p. 28, 237, 579-582, 587-592, 746), la Seine occupe peu de place.

44. René Dumesnil (*La Seine normande [...]*, p. 4) cite aussi, mais approximativement, cette pensée de Pascal (L. Brunschvicg, 17 ; Lafuma, 1952, 925), peut-être contaminée par un écho du « Bateau ivre » de Rimbaud : « Les fleuves m'ont laissé descendre où je voulais » (Rimbaud, *Œuvres complètes*, Bibl. de la Pléiade, p. 66).

45. Cette incise est un ajout d'*épr. 2 AF*. Tout ce passage s'inspire d'une étude intitulée « De quelques aspects du temps. Notes pour une phénoménologie du récit », *Recherches philosophiques*, vol. 5, 1935-1936 (spécialement III.B. « Le fleuve du temps »). L'article est repris dans *Philosophie et histoire*, Albin Michel, 1995. L'identification de Bernard Groethuysen n'apparaît pas dans *orig.*

46. C'est une étymologie populaire qui a rapproché *humor* et *humus*.

47. Olivier Reclus, sans citer Heine, compare la Seine à la Senne de Bruxelles et à la Sprée de Berlin (*Le Plus Beau Royaume sous le ciel*, p. 580). Mais la citation n'a pu être identifiée.

48. Le feuillet 3 de *carnet AF* présente de ces deux phrases une rédaction légèrement différente qui est empruntée à *La Grande Encyclopédie* (vol. XXIX, p. 889). Olivier Reclus écrit de son côté : « Elle va refléter trente ponts, pure, jeune encore en cette banlieue d'amont, avant de sortir pourrie de la banlieue d'aval » (*Le Plus Beau Royaume sous le ciel*, p. 579).

49. Est-ce ici un souvenir de l'« excrémat » dont parle Gustave Coquiot en 1894 (*La Seine*, p. 11) ?

50. Il s'agit là d'une exacte définition du sapate, titre sous lequel Ponge publie six pièces dans *Mesures* en 1936 (voir *Le Parti pris des choses*, « La Fin de l'automne », « Les Mûres », « La Bougie », « Les arbres se défont […] », respectivement p. 16-17, p. 17-18, p. 19 et p. 22 ; *Lyres*, « Soir d'août » et « Cinq septembre », p. 454-455 et p. 455) et, en 1950, cinq textes illustrés par Braque (voir la Notice de *Cinq sapates*, p. 1003).

51. Racine, *Phèdre*, acte IV, sc. II, vers 1112.

52. C'est ce paragraphe et les huit suivants qui ont été publiés dans *Pour l'art*. Le texte présente trois variantes : « nous a saoulé et *ennuyé* » ; « qui désaltère *l'homme et les* choses » ; « par l'énergie, le travail, les *nerfs* ».

53. « Assoiffé » corrige « ennuyé » dans *épr. 2 AF*.

54. Rédaction initiale dans *ms. AF* : « ce que les anciens livres sacrés nomment la Genèse ».

55. À une variante près (« on peut adopter jusqu'à un certain point cette boutade de Langmuir »), tout ce paragraphe est emprunté à Eugène Darmois (*L'État liquide de la matière*, p. 287).

56. Ponge paraphrase ici des notes de *carnet AF*, apparemment prises dans E. Belgrand, *La Seine [...]*.

57. La rédaction épouse presque textuellement le *Traité de géographie physique* d'Emmanuel Martonne (IIe partie, chap. III, « Les Mouvements de l'atmosphère », p. 161-176 ; voir, dans l'Atelier, « [Bibliographie] », p. 300). L'expression « grand maximum d'Asie » pourrait provenir du même chapitre qui mentionne « le maximum barométrique d'Asie » (p. 156).

58. Cette fin de paragraphe provient quasi textuellement de l'*Abrégé de géographie physique* d'Emmanuel de Martonne, p. 133.

59. L'anaphore de « c'est pourquoi » est un ajout d'*épr. 2 AF*.

60. Emmanuel de Martonne parle de « quotient d'écoulement » (*Traité de géographie physique*, III.5. Les Rivières, p. 462 et 464). Les expressions « indice d'écoulement, coefficient d'écoulement » figurent dans l'*Abrégé de géographie physique*, p. 133.

61. Ces deux paragraphes sont empruntés à l'*Abrégé de géographie physique* d'Emmanuel de Martonne. Selon une note de *carnet AF* (f. 18), la phrase, « la Seine coule au-dessus [...] autres lacs », serait d'Eugène Belgrand (*La Seine* [...]), cité par Louis Barron (*Les Fleuves de France* ; voir, dans l'Atelier, « [Bibliographie] », p. 299).

62. Passage très inspiré par Emmanuel de Martonne (*Traité de géographie physique*, p. 462 et suiv., et p. 470 et suiv.) ; selon une note de *carnet AF*, l'expression « carapace des hauts quais » lui est empruntée (*Histoire de la France physique*, Armand Colin, 1942, t. VI).

63. Un brouillon de *ms. AF* des trois derniers paragraphes (1 feuillet) s'intitule « Embouchure de la Seine ».

DANS L'ATELIER DE « LA SEINE »

◆ [BIBLIOGRAPHIE]. — *Carnet AF* fournit la liste des lectures préparatoires, nous avons, entre crochets, complété les références bibliographiques.

1. Faute de précision, cet ouvrage n'a pu être identifié. Il a été lu à la bibliothèque Mazarine.

2. Cet ouvrage est dédicacé à Joris-Karl Huysmans en souvenir de son livre sur la Bièvre. L'inspiration est post-naturaliste et l'écriture très recherchée.

3. Il s'agit d'une reprise de *La Seine*, qu'il fit paraître en 1894, mais avec des dessins inédits de Pierre Bonnard, de Marc Chagall, d'André Derain, de Raoul Dufy, de Marie Laurencin et de Pablo Picasso.

4. L'ouvrage comporte quarante et une eaux-fortes de Lucien Henri Jonas. Il s'agit d'une suite d'évocations historiques et esthétiques.

5. L'ouvrage comporte des photos.

6. « On peut très facilement classer E. de Martonne parmi les meilleurs écrivains français de la fin du XIXe siècle et du commencement du XXe (*Entretiens avec Philippe Sollers*, p. 129).

7. L'ouvrage a été réédité en 1992 dans la collection « Paris insolite ».

8. Il s'agit d'un prix scolaire.

◆ PLAN DU DISCOURS. — Dans *carnet AF*. Voir la Notice, p. 994.

1. On lit dans la marge de gauche : « Ce plan est de la nuit du 24 / 25 mars 1947. »

◆ TABLE. — Liste sur deux feuillets de *ms. AF*. Voir la Notice, p. 994.

◆ [CALLIGRAMME]. — *Épr. 2 AF*, p. 24-25. Voir la Note sur le texte, p. 997.

CINQ SAPATES

NOTICE

Le terme de sapates a d'abord désigné un ensemble de six textes, à l'origine destinés à un petit livre dont le projet est abandonné à l'automne 1935[1], qui ont paru en avril 1936 dans le numéro 2 de la revue *Mesures* et furent repris dans *Le Parti pris des choses*, dans *Liasse* et dans *Lyres*[2] ; la publication de la « Préface aux *Sapates* », de 1935, est différée jusqu'en 1948, date à laquelle paraissent *Proêmes*[3].

Au moment où s'élabore le projet du *Parti pris des choses*, le terme resurgit[4] : Ponge envisage-t-il alors d'y insérer l'ensemble de ces petits textes ? Le 18 octobre 1949, un contrat est signé avec Michel Gallimard pour les publier en recueil, mais le projet est encore une fois abandonné. Au cours du printemps et de l'été 1943, le titre est proposé à Jean Paulhan pour *La Rage de l'expression*, dont la composition n'est pas encore fixée[5].

Le projet définitif, mis en chantier à l'été 1947[6], prend forme en novembre 1947, quand Ponge établit une liste de titres « en vue d'un entretien avec Gaston Gallimard » ; l'inventaire est précédé de la définition du terme « sapate » tirée du Littré, sorte de commentaire quant à la nature et à la fonction poétiques et allégoriques de ces textes : « Présent considérable, donné sous la forme d'un autre qui l'est beaucoup moins, un citron par exemple, et il y a dedans un gros diamant[7]. » Témoin des diverses hésitations et fluctuations qui ont marqué la constitution du recueil, Jean Paulhan trouve le livre bouleversant : « Je ne crois pas en avoir jamais vu un qui puisse lui être comparé : c'est d'une grandeur presque incompréhensible, d'une grandeur sacrée[8]. »

JACINTHE MARTEL.

---

1. Voir J. Paulhan, F. Ponge, *Correspondance (1923-1968)*, coll. « Blanche », Gallimard, 1986, t. I, lettre 194, p. 196.
2. Voir « La Fin de l'automne » (*Le Parti pris des choses*, p. 16-17), « Les Mûres » (*ibid.*, p. 17-18) ; « La Bougie » (*ibid.*, p. 19) ; « Les arbres se défont [...] » (*ibid.*, p. 22) ; « Soir d'août » (*Lyres*, p. 454-455), « Cinq septembre » (*ibid.*, p. 455).
3. Voir *Proêmes*, p. 167-231.
4. Voir J. Paulhan, F. Ponge, *Correspondance [...]*, t. I, lettre 212, p. 211-212. Dès la fin des années 1940, le recueil des *Sapates* constitue, selon Ponge lui-même, le deuxième tome du *Parti pris des choses*.
5. Voir *ibid.*, t. I, lettres 283 et 287, p. 292 et 296-297.
6. Voir *ibid.*, t. II, lettre 397, p. 50-52. Le terme « sapate » est si associé au nom de Ponge que Pierre Seghers l'a choisi pour lui dédier un poème (voir « Le Domaine public », *Poésie 45*, 1946, p. 66). Le livre illustré par Georges Braque paraîtra finalement en 1950.
7. Notes conservées dans les archives Gallimard, voir la Notice générale du *Grand Recueil*, p. 1050-1055, et « Dans l'atelier du *Grand Recueil* », « [Note dactylographiée du 11 novembre 1947] », p. 811-813.
8. *Correspondance [...]*, t. II, lettre 495, p. 139.

NOTE SUR LE TEXTE

Les manuscrits.

Joints à l'exemplaire o, conservé au département des manuscrits de la B.N.F. (FR na 17628), 88 feuillets[1] décrits par François Chapon dans le catalogue d'une exposition qui s'est tenue du 25 février au 4 avril 1977[2]. Ce dossier comprend : le « Manuscrit définitif ayant servi à l'impression du livre » (feuillets 1-31) ; les « Notes premières pour *Cinq sapates* » (feuillets 32-82), des documents préparatoires et divers états datés ou non de chacun des textes ; des « Pièces annexes » : divers documents relatifs à l'ouvrage, une lettre à Marcel Arland (expédiée des Fleurys, le 30 mai 1947) concernant « Le Volet ». Le feuillet de titre du dossier comporte un ajout manuscrit de Ponge : « Je suis heureux que ce manuscrit entre dans la maison de Maître Yves Breton. 20 mars 1951. »

Dans les archives familiales : divers états dactylographiés et manuscrits (64 feuillets) ; des documents concernant « la fabrication et la vente » de l'édition de luxe (142 feuillets).

Les préoriginales.

Les cinq textes ont d'abord fait l'objet d'une publication en revue : « La Terre » et « La Cruche » dans *Empédocle*, n° 9, mars-avril 1950, et n° 3, juin-juillet 1949 ; « Les Olives » et « Le Volet » dans les *Cahiers du Sud*, n° 299, 1ᵉʳ semestre 1950, et n° 290, 2ᵉ semestre 1948 ; « Ébauche d'un poisson » dans *Les Temps modernes*, n° 43, mai 1949. L'ordre que nous donnons ici est celui de *Pièces*.

L'originale.

Cinq sapates, Paris, 1950, avec cinq eaux-fortes de Georges Braque[3], qui a aussi illustré la couverture, et une dédicace à René Char. L'achevé d'imprimer porte : « Paris, le 10 décembre 1950, sur les presses d'André Tournon et Cⁱᵉ pour la typographie et de Georges Visat pour les gravures ». Une lettre circulaire de Roger Louis, chargé d'assurer le secrétariat des souscriptions, apporte la précision suivante : « Due à la seule initiative des deux artistes, l'œuvre ne comportera aucun nom d'éditeur[4]. Le tirage a été fait sur chiffon d'Auvergne : quatre-vingt-quinze exemplaires numérotés de 1 à 95 ; cinq de chapelle chiffrés de I à V, et l'exemplaire o, comportant une suite de gravures, destiné au dépôt légal.

---

1. Plusieurs fac-similés (feuillets complets ou partiels) ont été reproduits par Jacques Anis dans « La Rature et l'Écriture », *TEM*, n° 10, 1991, et dans « Gestes d'écriture de Francis Ponge », *L'Écriture et ses doubles. Genèse et variation textuelle* (D. Ferrer et J.-L. Lebrave, éd.), coll. « Textes et Manuscrits », Éditions du C.N.R.S., 1991.
2. Voir *Francis Ponge. Manuscrits, livres, peintures*, Centre Georges-Pompidou, 1977, p. 18-22. Le catalogue comprend également une étude intitulée « Note sur le livre illustré. À propos de *Cinq sapates* » (p. 69-72), qui a été reprise dans le *Cahier de l'Herne*, n° 51, consacré à Ponge en 1986 (p. 264-269).
3. Voir « Dans l'atelier de *Pièces* », « [*Cinq sapates*. Eaux-fortes de Georges Braque] », p. 856 et 857.
4. 15 mai 1950 ; pièces annexes au dossier de la B.N.F.

L'ouvrage a été exposé du 24 mai au 2 juin 1951 à la librairie Auguste Blaizot de Paris. »

Autre édition.

Dans *Le Grand Recueil*, III. *Pièces*, coll. « Blanche », Gallimard, 1961, p. 102-121. Dans cette édition, les textes sont donnés à la suite, sans indication de leur appartenance au recueil de 1950 ; l'ordre des deux premiers a cependant été interverti.

J. M.

L'ARAIGNÉE

NOTICE

Contemporaine de *La Rage de l'expression*, l'édition originale de *L'Araignée* s'y apparente par l'apport de variantes et de manuscrits qui ouvrent l'atelier, mais en diffère parce qu'elle offre un état final extrêmement médité et concerté, comme le montrent à la fois les réécritures accessibles et la mise en scène typographique qui légitimait un statut d'exception pour cette édition. C'est en effet un des rares cas où l'on a jugé bon de faire figurer deux fois un même texte dans ce volume.

Le prospectus de lancement soulignait l'originalité « qui consiste en ceci que le poème, édité ici pour la première fois, s'y trouve comme entouré de son appareil critique [...]. Inutile de souligner que cette présentation a été voulue par l'auteur, comme seule adéquate à l'objet *Araignée* ». Il est pourtant vrai qu'Alberto Giacometti avait publié deux ans plus tôt à Rome, chez Arnaldo Mandadori, un ouvrage de même facture, *La Terra promessa con l'apparato critico delle varianti e uno studio di Leone Piccione*. Il figure dans la bibliothèque de Ponge avec cet envoi :

« Pour Francis Ponge.

« Je me suis mieux vu et mieux caché en ces mots qu'en moi-même.

« Fraternellement.

Roma, 28. 3. 1950. »

Il n'y a guère que *L'Asparagus*, dans l'édition illustrée par Jean Fautrier[1], qui manifeste un souci aussi poussé de la typographie, même si l'attention qu'y porte Ponge est toujours extrême et si émerge ailleurs la tentation calligrammatique qui s'affiche dans l'originale[2] et se déploie dans l'in-plano. Les réticences se feront jour plus tard : « On a beaucoup usé [...] (Mallarmé, Apollinaire, les dadaïstes) des artifices typographiques pour parvenir à des effets plus ou moins significatifs[3]. » Mais ici, plus fondamentale que le rapport à Guillaume Apollinaire, pour lequel Ponge

---

1. Lausanne, Mermod, 1963.
2. Voir p. 76-77, pages qui ne seront pas reprises dans les éditions ultérieures. Voir, dans l'Atelier, « [In-plano] », p. 333
3. « Proclamation et petit four », *Méthodes*, p. 642.

avouera « tendresse et admiration éperdues[1] », est la dette à l'endroit de Mallarmé, qui écrivait, dans l'« Observation relative au poème », préface à la préoriginale du *Coup de dés* : « L'avantage, si j'ai droit à le dire, littéraire, de cette distance copiée qui mentalement sépare des groupes de mots et les mots entre eux, semble d'accélérer tantôt et de ralentir le mouvement, le scandant, l'intimant même selon une vision simultanée de la page[2]. » On constate d'ailleurs que les interventions sur épreuves sont très voisines chez Mallarmé[3] et chez Ponge ; il s'agit dans les deux cas de faire « voir la figure d'une pensée, pour la première fois placée dans notre espace [...]. Ici véritablement l'étendue parlait, songeait, enfantait des formes temporelles », il s'agit de « composer le simultané de la vision avec le successif de la parole[4] ». La consultation de la version de *Pièces* met immédiatement les pertes en évidence. Rassemblés à la façon d'une liste qui rappelle les exercices de *copia verborum* chez Rabelais, les mots accumulés dans la gigue perdent leur effet chorégraphique, l'intensité qu'ils puisent dans les pauses que sont les blancs, ces blancs qui « suscitent et dévorent l'écriture[5] » et le rythme qu'ils imposent. Faute d'être en constellation, comme dirait Mallarmé, ou en orbite comme dirait Ponge, ils privent le lecteur d'un libre espace de textualité où inventer ses propres parcours, où tisser ses rapports à l'écrivain et à son écriture.

L'image même, bien qu'elle soit d'antique mémoire[6], n'est pas inconnue de Mallarmé : « Je venais de jeter le plan de mon œuvre entier, après avoir trouvé la clé de moi-même, clé de voûte ou centre [...], centre de moi-même où je me tiens comme une araignée sacrée, sur les principaux fils déjà sortis de mon esprit et à l'aide desquels je tisserai *aux points de rencontre* de merveilleuses dentelles que je devine[7]. » Dans l'orgueil de cette araignée dévoreuse s'entend comme l'écho de l'orgueil créateur qui avait valu à la jeune Lydienne Arachnè sa métamorphose pour s'être mesurée à Pallas.

Il n'y a pas dès lors à se surprendre que des pages de *L'Araignée* aient figuré à l'exposition de 1958 *Visuele Texte*, organisée par Max Bense à Stuttgart, et dans celle de la Herzog August Bibliothek de Wolfenbüttel, *Text als Figur*, de 1987, dont le catalogue a été établi par J. Adler et V. Ernst.

Faute d'avoir accès aux documents autres que les fac-similés de l'édition originale, la genèse antérieure au travail éditorial nous échappe, hors des dates limites d'octobre 1942 et du 15 avril 1948 consignées par Ponge dans son dossier. On découvre seulement que le dispositif typographique complexe est le fruit d'une collaboration entre Ponge, Jean Aubier et son correcteur Henri Colas. Dès le brouillon d'octobre 1942, qui témoigne d'une réflexion déjà avancée dont il est tentant de penser qu'elle avait laissé d'autres traces, plusieurs formulations sont trouvées, mais comme placées dans une gangue dont l'imprimé les débarrassera.

---

1. *Le Nouvel Observateur*, 23 août 1980.
2. Mallarmé, *Œuvres complètes*, Bibl. de la Pléiade, t. I, p. 392.
3. Voir *Les Manuscrits des écrivains*, Hachette-C.N.R.S., 1993, p. 78-79.
4. P. Valéry, « Le Coup de dés. Lettre au directeur des *Marges* », *Les Marges*, n° 70, 15 février 1920, dans *Œuvres*, Bibl. de la Pléiade, t. I, p. 625.
5. J. Tortel, « Ponge et la formulation globale », *Cahiers du Sud*, n° 319, 1ᵉʳ semestre 1953 ; *Francis Ponge cinq fois*, Montpellier, Fata Morgana, 1984, p. 36.
6. « De même que l'araignée postée au centre de la toile sent aussitôt qu'une mouche accroche un de ses fils et rapidement y court, comme souffrant de la rupture du fil, de même l'âme de l'homme, si quelque partie du corps est blessée, y accourt en hâte, comme ne pouvant supporter la blessure du corps, auquel elle est fermement jointe et dans l'harmonie » (*Les Fragments d'Héraclite*, traduits et commentés par Roger Munier, Montpellier, Fata Morgana, 1991, p. 45).
7. « Lettre à Aubanel » du 28 juillet 1886.

Échelonnée sur dix ans, la composition de *L'Araignée* accompagne l'émergence d'une réflexion de plus en plus poussée et explicite sur l'art poétique ; les notes du 3 avril 1948[1] tentent même, en écho au recueil de 1946, un titre de portée métaphorique et pédagogique : *Disque court sur la méthode de l'araignée ou Patuscrit autographe*, qui poursuit, avec la parodie centrale du *cogito*, le rapport occulté à Descartes. Le poète ici s'identifie à l'araignée dont la toile figure l'écriture, et les insectes en gigue les lecteurs pris à ses pièges. Les listes de documents ou brouillons se font texte par leur simple transfert, et surtout par leur ordonnancement par glissement de l'ordre animal à l'ordre humain, à l'ordre musical et à l'ordre rhétorique.

Le 26 octobre 1952, Roger Martin du Gard remercie pour son exemplaire : « Très touché, cher Monsieur, de votre ahurissant envoi, si aimablement dédicacé, présenté avec tant de goût et d'intentions subtiles […]. Je le manie avec des précautions, comme un mystérieux engin chu d'une autre planète[2]. » Mais, peu remarquée lors de sa publication, hors le bref compte rendu — conjoint avec celui de *La Rage de l'expression* — dans lequel Michel Carrouges évoque Mallarmé et met l'accent sur « l'humour noir »[3] du texte, *L'Araignée* n'a fait l'objet d'études critiques qu'ultérieurement[4].

BERNARD BEUGNOT.

NOTE SUR LE TEXTE

Les manuscrits.

Le dossier, manuscrits et dactylogrammes, qui compte cinquante-cinq feuillets pour vingt-trois pièces, appartient à une collection privée non identifiée. Les archives familiales ne comprennent que trois jeux d'épreuves corrigées, la copie des fac-similés, des lettres de Jean Aubier et un inventaire manuscrit du dossier, établi par Ponge, qui recense seulement cinquante-quatre feuillets pour vingt-deux pièces et qui porte l'indication des lieux et dates de la rédaction : « Fronville, octobre 1942 - Paris, 15 avril 1948 ».

La préoriginale.

L'état paru dans *Botteghe oscure* (n° 3, 1949, p. 353-357) est intermédiaire entre celui de l'originale et celui de *Pièces*[5] ; comme dans *Pièces*, il comporte en effet les variantes en note, mais le dispositif typographique (intertitres, alinéas, italique) est plus proche de l'originale sans en avoir encore la mise en page, surtout pour la gigue d'insectes qui est en forme de liste. S'ajoute une date finale : « Fronville 1942 - Paris 1948 ».

---

1. Voir, dans l'Atelier, p. 328.
2. Archives familiales.
3. Rubrique « Paru », *Monde nouveau*, n° 66, 1953, p. 100.
4. B. Beugnot, *Poétique de Francis Ponge. Le palais diaphane*, « La Trame et le Tisserand : L'Araignée », coll. « Écrivains », P.U.F., 1990, p. 171-178 ; R. Riese-Hubert, « Francis Ponge and Postmodern Illustration », *Criticism*, été 1988, p. 387-396.
5. Voir p. 762-765.

L'originale.

L'Araignée, publiée à l'intérieur de son appareil critique, « F. P. ou la Résolution humaine », par Georges Garampon. Variantes. Fac-similés, Paris, Jean Aubier, 1952 ; 325 exemplaires sous une couverture dessinée par André Beaudin. Il a en outre été tiré 15 exemplaires du poème réimposé au format in-plano jésus. Le bon à tirer est daté du 16 juin 1952. L'in-plano a été réimprimé par les Éditions du Silence à Montréal (80 exemplaires numérotés, dont 20 hors commerce, 1997).

L'ouvrage comprend : « L'Araignée » (p. 23-38), « Variantes » et « fac-similés » (p. 65-80), « F. P. ou la Résolution humaine » (p. 9-19, 41-64, 81-86).

Autres éditions.

Pièces, coll. « Blanche », Gallimard, 1961, p. 127-131 ; sans respect de la mise en page originale. En 1965, Albert Ayme publie vingt-cinq gouaches et deux gravures en relief : *Pour « L'Araignée » de Francis Ponge*, mise en page par Jacques Darche, in folio, « Aux dépens d'un amateur », 44 pages, 75 exemplaires. Le texte est celui de *Pièces*. Sur cette collaboration, les archives familiales conservent trois lettres d'Albert Ayme de juillet 1964, décembre 1964 et janvier 1965 ; la première parle de la nature de l'« accompagnement » qu'il envisage : « Je préfère ce terme d'accompagnement à celui d'illustration, que j'ai toujours trouvé faux ; si proche soit-on d'un texte, c'est une utopie de *croire* l'illustrer ; on ne peut donner qu'une preuve de son adhésion pour lui (un acte d'hommage en somme), pour lui dont l'antériorité est bien le signe de sa nécessité et de son évidence première [...]. Ici il faut savoir s'incliner : c'est la parole qui est souveraine. »

B. B.

NOTES

L'annotation du texte se trouve dans l'appareil critique de *Pièces*, p. 1169-1170.

DANS L'ATELIER DE « L'ARAIGNÉE »

◆ [EXTRAITS DU DOSSIER DE TRAVAIL]. — Ces documents font partie des *AF*. Ils ont été reproduits en fac-similé dans l'édition originale de *L'Araignée*.

◆ [IN-PLANO]. — Voir la Note sur le texte.

LA RAGE DE L'EXPRESSION

NOTICE

La Rage de l'expression se présente comme un recueil à l'écriture homogène, composé de textes élaborés durant une période relativement brève : de 1938 à 1944 s'est affirmée — avec une intensité particulière pendant les années 1940 et 1941 — la recherche d'une forme paradoxalement « ouverte », qui coïncide et contraste alors avec l'élaboration de nombreux textes « clos » rassemblés plus tard, notamment dans *Pièces*. Cette nouvelle orientation s'amplifiera et se diversifiera ultérieurement, avec le long travail du « Savon », la publication du « Verre d'eau », puis des dossiers du « Pré », de « La Figue (sèche) » et de « La Table »[1].

Certains textes des années trente, de l'aveu même de Ponge[2], relèvent déjà du « journal poétique » illustré par *La Rage de l'expression*[3]. La correspondance avec Jean Paulhan témoigne également des réécritures qu'entraînent les réticences de celui-ci[4], et révèle ainsi que certains textes, contrairement à ce qui s'est passé pour nombre de ceux du *Parti pris des choses*, dont les brouillons ont été détruits[5], relèvent dès ce moment de dossiers comprenant plusieurs versions consacrées au même sujet, dans l'attente d'une éventuelle publication.

La démarche est la même pour ce qui deviendra « Notes prises pour un oiseau », le premier composé des ensembles repris dans *La Rage de l'expression* : le jugement négatif[6] que Jean Paulhan porte sur « L'Oiseau » provoque la mise en réserve des « Notes », qui ne paraîtront que dans le recueil de 1952.

Jusqu'à la publication du *Parti pris des choses* se dessinent deux conduites : ce qui est jugé publiable est ouvertement conservé, les textes refusés sont mis de côté sous forme de dossiers.

Brouillons ou nouvelle forme ?

Avec la guerre et l'isolement des deux amis séparés par la ligne de démarcation, se fait progressivement jour une autre attitude, et s'affirme un rapport nouveau à l'écriture : « "Ce que j'aurais envie de lire" : tel pourrait être le titre, telle la définition de ce que j'écrirai[7]. »

La page liminaire du carnet sur lequel va être rédigé « Le Bois de pins » se réfère au seul goût de l'écrivain privé de livres — et de mentor.

---

1. Voir respectivement *Le Savon*, Gallimard, 1967 ; *La Fabrique du pré*, Genève, Skira, 1971 ; *Méthodes*, « Le Verre d'eau », p. 578-611 ; *Comment une figue de paroles et pourquoi*, Flammarion, 1977 ; *La Table*, Montréal, Éditions du Silence, 1982.
2. Voir *Entretiens avec Philippe Sollers*, Gallimard - Le Seuil, 1970, p. 104.
3. *Ibid.*, p. 106.
4. Voir J. Paulhan, F. Ponge, *Correspondance (1923-1968)*, coll. « Blanche », Gallimard, 1986, t. I, lettre 186, p. 187-188.
5. Voir *Ponge inventeur et classique*, colloque de Cerisy, coll. 10/18, U.G.E., 1977, p. 178.
6. *Correspondance [...]*, t. I, lettre 224, p. 224.
7. « Appendice au "Carnet du Bois de pins" », p. 404-411.

S'ouvre alors une sorte de parenthèse, provisoirement refermée dès 1948, si l'on en croit la pièce d'ouverture des *Proêmes*[1] qui, significativement, ne mentionne pas *La Rage de l'expression* parmi les ouvrages soumis l'un après l'autre au jugement du maître, comme s'ils s'étaient produits en dehors du constant dialogue revendiqué par le disciple.

Les premières allusions à un nouveau genre d'écriture apparaissent dans la correspondance, une fois achevée la rédaction du « Carnet du Bois de pins »; les lettres insistent sur les bienfaits de la nouvelle vie provinciale à Roanne, propice à l'exercice du « souci littéraire », et signale la place importante qu'y occupe le travail d'écriture[2]; la communication des résultats de cette activité est différée en raison des difficultés liées aux circonstances, mais sans doute aussi parce que Ponge attend de pouvoir présenter un nombre suffisant de textes, pour que la « nouvelle méthode »[3] ne soit pas jugée sur des exemples inconsistants. De fait, c'est au moment où la rédaction du « Carnet du Bois de pins », du « Mimosa » et de « La Mounine » est achevée, que sont mises en avant les « énormes difficultés » rencontrées, et qu'est sollicité de façon pressante l'avis de Jean Paulhan[4].

Auparavant, les lettres adressées à Gabriel Audisio, avec qui le contact épistolaire se maintient pendant toute la durée de la guerre, témoignent de la circulation des manuscrits en zone sud : de février à juillet 1941 sont entreprises par l'intermédiaire d'Audisio des démarches, qui n'aboutissent pas, en vue d'une publication du « Carnet du Bois de pins » dans la revue *Fontaine*, que dirige à Alger Max-Pol Fouchet. Avec l'été de 1941 s'échafaudent aussi des plans d'ouvrages qui révèlent, par-delà les hésitations, une détermination à se produire plus largement. Ainsi, le Carnet bois de rose[5] porte-t-il trace, à la date du 10 août, d'un projet de volume constitué selon le modèle de *Cahiers* illustres :

« J'ai rêvé cette nuit aux Cahiers d'André Walter, à ceux de Rilke, il m'a semblé aussi [...] que je devais dorénavant diriger mes écrits vers leur publication.

« J'ai donc été amené à songer à faire un volume de mes écrits épars depuis ma démobilisation. »

Ce regroupement d'écrits hétérogènes n'aboutira pas et se limitera à un recensement chronologique détaillé.

Le même carnet décrit, dans un brouillon de lettre à Jean Paulhan (11 au 11 août 1941), l'ébauche d'un « livre » radicalement différent : un premier état de « Fable »[6] y servirait d'ouverture aux « Notes a.p.p. coup sur un ciel de Provence » alors en voie d'achèvement; à la date des 12 au 12 août de la même année, sous le titre « Début du livre », apparaît une nouvelle version du même texte. Les 16 au 16 août, le livre est de nouveau évoqué sous une forme qui annonce *La Rage de l'expression* par son contenu et ses intentions :

« L'idée de mon livre, puis-je dire qu'elle se précise ? Ce serait mentir. Mais, contre moi, elle prend corps, elle prend consistance. J'en viens à me battre avec elle, corps à corps. Mon désir (furieux) est de l'embrasser, de la saisir dans mes bras. J'en ai peut-être trouvé le titre : ποιεῖν. [...] Dans le livre que je projette, il s'agira de ne pas choisir entre les deux ou

---

1. *Tout se passe (du moins l'imaginé-je souvent)...*, p. 165.
2. Voir *Correspondance [...]*, t. I, lettres 240 et 241, p. 242-245.
3. *Ibid.*, t. I, lettre 246, p. 252.
4. Voir *ibid.*, t. I, lettres 248 et 249, p. 254-255.
5. Voir la Note sur le texte.
6. *Proêmes*, p. 176.

trois attitudes que je suis susceptible avec une égale sincérité, une égale fougue et d'égaux tourments d'adopter successivement [...]. »

À la fin d'octobre 1941, Ponge prend l'initiative[1] d'envoyer à l'éditeur « Le Carnet du Bois de pins » pour remplacer, dans la collection « Métamorphoses », *Le Parti pris des choses* dont Jean Paulhan n'aurait pas le manuscrit[2]. Cette fois, celui-ci, malgré la demande d'avis qui accompagne la décision, est mis devant un fait accompli. L'envoi de deux lettres[3] coup sur coup a une allure d'ultimatum. La première, d'ailleurs, ne se prive pas d'éclairer les intentions de son expéditeur :

« Lorsque tu m'as dit, il y a deux ans : "Il serait bien temps qu'on commence à comprendre ce que tu fais", j'ai eu envie de te répondre : "Eh bien ! organisons mon lancement." Car tout se réduit à cela. Il y a encore des poètes maudits (l'auteur du Carnet est d'ailleurs plutôt un antipoète). »

Une véritable « rage de la publication » prolonge une intense activité d'écriture, et, au moment où Gabriel Audisio s'apprête à remettre à Jean Paulhan, lors d'un voyage à Paris, le 29 janvier 1942, les textes du « Mimosa », de « La Mounine » et du « Carnet du Bois de pins » qu'il ne connaît pas encore, est évoqué[4] l'envoi du « Mimosa », promis « [...] au numéro ordinaire de *Fontaine*, et non au numéro spécial annoncé pour le même mois (la poésie comme exercice spirituel). Étant donné ma position philosophico-esthétique, que tu connais, j'ai cru nécessaire cette précision[5] ».

L'engagement littéraire et politique présidant à l'écriture des textes de *La Rage de l'expression* se lit dans la prudence des termes retenus pour justifier le choix du « numéro ordinaire » qui recevra le texte, ainsi tenu à l'écart éditorialement d'une poésie dont le sépare son écriture.

Du côté de Jean Paulhan, la réponse à l'envoi de la fin de janvier se fait attendre. Prévoyant les objections que vont soulever ses textes, Ponge les prend à son compte et transforme en qualité positive ce qui contrevient le plus évidemment à l'esthétique poétique traditionnelle : « Je les trouve insuffisants (et, par exemple, insuffisamment fastidieux)[6] » ; dans la même lettre, il refuse d'attribuer à un auteur fictif, comme André Gide ou Valery Larbaud, les résultats de sa nouvelle écriture, dont il assume ainsi l'entière responsabilité, tout en laissant entendre la possibilité d'un retour à des activités moins dérangeantes[7]. Une égale dignité est revendiquée pour les deux manières, mais bientôt[8] s'exprime l'inquiétude suscitée par un silence prolongé ; il faudra en effet attendre l'annonce faite à Jean Paulhan de la prochaine publication en revue du « Mimosa », pour qu'ait lieu venant de celui-ci, l'« explication » souhaitée :

« Il y a des écrivains qui gagnent à montrer leurs brouillons (c'est à ça que Chénier a dû sa gloire). Toi, non, plus tu avances, et plus tu es traversé de choses que tu ne connaissais pas clairement. — Cela dit, le Bois m'a extrêmement intéressé ; et même passionné. [...] Le mimosa, je l'aurais préféré plus simple, plus dégagé[9]. »

1. J. Paulhan, F. Ponge, *Correspondance [...]*, t. I, lettres 251 et 252, p. 257-259.
2. Voir *ibid.*, t. I, lettre 250, p. 256.
3. *Ibid.*, t. I, lettres 251 et 252, p. 257-259.
4. Lettres à Gabriel Audisio des 26 janvier et 9 février 1942 (archives Audisio).
5. Lettre à Gabriel Audisio du 9 février 1942 (archives Audisio).
6. J. Paulhan, F. Ponge, *Correspondance [...]*, t. I, lettre 261, p. 269.
7. « Grande envie depuis, — naturellement, de travailler à quelque grande statue calme. »
8. Voir *ibid.*, t. I, lettre 262, p. 270.
9. *Ibid.*, t. I, lettre 264, p. 272.

Le maître condamne globalement la nouvelle manière, particulièrement le texte qui va paraître, ce qui devrait amener le disciple scrupuleux à surseoir à sa publication pour le corriger selon les indications fournies. Mais, cette fois, « Le Mimosa » ne restera pas dans les dossiers, et en mai 1942 la préoriginale paraît dans le numéro 21 de *Fontaine* ; l'information une fois envoyée à Jean Paulhan, il n'est plus question pendant plusieurs mois des « brouillons » dans la correspondance avec celui-ci, qui s'enquiert seulement à deux reprises[1] de « la suite du *Parti pris* ».

Expliquer ou décrire.

La rencontre avec Albert Camus, au début de janvier 1943, va être déterminante pour la caractérisation de la nouvelle écriture, et exauce un vœu déjà ancien[2], émis dès 1941 à la lecture du manuscrit de l'*Essai sur l'absurde*, publié en 1942 sous le titre du *Mythe de Sisyphe*[3]. De plus, l'ouvrage de Camus « tombe à pic (dans les abymes de "ma pensée") pour en précipiter la précipitation[4] » ; la métaphore chimique est éloquente : au moment où la plupart des textes de *La Rage de l'expression* sont « achevés », les thèses camusiennes viennent leur apporter la confirmation d'une cohérence qui se cherche encore.

Sur un plan éthique et général, Ponge partage les vues d'Albert Camus concernant la non-signification du monde et son inadéquation radicale au désir humain d'unité. Il partage aussi son refus du recours à une transcendance pour combler l'angoisse née du sentiment de l'absurde. Une seule réserve :

« [...] je regrette — mais non je ne regrette pas car c'est le fondement sans doute de ma légère et nécessaire différence avec Camus — que la question de l'expression à proprement parler, et du langage en particulier, qui est bien l'un des thèmes les plus touchants de l'Absurde, ne soit pas traitée. (Mais ici nous allons avoir *Les Fleurs de Tarbes*, et nous avons déjà *Jacob Cow* et la préface aux *Hain-Tenys*[5].) »

Les œuvres de Jean Paulhan sont présentées comme des compléments ou des prolongements de la thèse exposée par *Le Mythe de Sisyphe*, mais à côté des traités théoriques pourrait trouver place un ouvrage livrant l'expérience de l'absurde dans une activité d'écrivain : en creux se dessinent le lieu et le sens du futur recueil. Dès ce moment, les « Réflexions en lisant l'*Essai sur l'absurde*[6] » assignent à l'écriture des textes de *La Rage de l'expression* une place à l'issue d'un itinéraire qui prend ses marques depuis l'essai de Camus : à une première période, marquée par « l'impossibilité de (s')exprimer », succède celle qui coïncide avec la « manière » du *Parti pris des choses* ; un troisième temps, saisi au plus près de son actualité, amène à constater l'impasse : « J'ai reconnu (récemment) l'impossibilité non seulement d'exprimer mais de décrire les choses. »

---

1. Voir *Correspondance* [...], t. I, lettres 275 et 276, p. 282-285.
2. Voir Lettre à Pascal Pia, du 27 août 1941 (N.R.F., n° 433, février 1989). Dans une lettre à Gabriel Audisio du 22 avril 1941 (archives Audisio), Ponge écrivait : « Connais-tu Albert Camus ? Je n'ai rien lu de lui, mais Pia m'en dit du bien. Qu'en penses-tu ? », ce qui permet de dater la lecture de l'*Essai sur l'absurde* de l'été de 1941.
3. Voir A. Camus, *Essais*, Bibl. de la Pléiade, p. 1410-1462.
4. Lettre citée à Pascal Pia.
5. *Ibid.*
6. Reprises dans les « Pages bis » de *Proêmes* (p. 206-222), et strictement contemporaines de la lettre citée à Pascal Pia, puisqu'elles sont datées des 26-27 août 1941, elles accompagnaient (notes « très rapidement jetées » sur *Le Mythe de Sisyphe*) la lettre à Camus du 20 janvier 1943.

À partir de là s'offrent deux possibilités : le silence (« Mais cela ne me convient pas : l'on ne se résout pas à l'abrutissement ») ou la publication sous forme de « descriptions ou relations d'échecs de description ». Les derniers paragraphes de la première section des « Réflexions » traduisent l'expérience d'écriture « en termes camusiens » : désir de poème sous l'emprise de la « nostalgie », conscience de l'échec, renoncement (« quand j'ai pris mon parti de l'Absurde ») et publication. Mais pour autant, le travail d'écriture n'est pas application de la théorie. Ponge en effet refuse de prendre au tragique la « nostalgie d'absolu », et préfère mettre l'accent sur les « succès relatifs d'expression », homologues des « résultats positifs, et en particulier dans la science politique » qui définiraient un « Sisyphe heureux ».

Et sans aller jusqu'à une identification précise avec le damné mythologique, c'est bien une activité sisyphéenne que décrit une lettre à Gabriel Audisio du 19 octobre 1941[1] :

« J'ai travaillé tout l'été et je travaille encore jusqu'à 2 ou 3 heures du matin chaque jour. D'innombrables cahiers, carnets ont ainsi été noircis d'élucubrations diverses. Rien de tout cela n'est d'ailleurs susceptible d'intéresser les gens. C'est de l'expression à tâtons. Je me fais un peu l'effet d'être un apprenti alchimiste (ou chimiste) qui continuerait fiévreusement ses expériences de précision dans un laboratoire où l'électricité vient de s'éteindre (et ne se rallumera jamais). Il lui faut un temps fou pour identifier ses fioles, il en tâte cinquante avant d'atteindre la bonne, et quand il a trouvé la bonne, le creuset a refroidi, il faut qu'il s'occupe de le réchauffer, etc., etc.

« Il ne se rendra jamais compte d'ailleurs des résultats qu'il obtient ou n'obtient pas. Mais sa manie élaborante ne lui laisse aucun repos. »

L'image se précise, teintée d'humour, dans la lettre du 20 janvier 1943 à Albert Camus[2] qui suit leur première rencontre, et qui s'accompagne d'un exemplaire du *Parti pris des choses*, ainsi que d'une copie dactylographiée du « Carnet du Bois de pins[3] ». Une tentative de définition de l'effort d'écriture en cours s'effectue donc dans la proximité et la distance des thèses camusiennes.

En ce qui concerne la publication, en effet, Albert Camus, tel qu'il est présenté à Jean Paulhan[4], offre une attitude opposée aux réticences de celui-ci : il « pige assez au fond », et offre un recours contre le jugement de Jean Paulhan, car, pour lui, le « Bois de pins » n'est pas qu'un brouillon : non seulement il est « publiable », mais il ouvre la possibilité d'une écriture de « philosophe » ou d'« essayiste », éventualité aussitôt écartée par Ponge comme contradictoire avec sa détermination déclarée contre les idées.

C'est après un séjour en mars 1943 à Paris, et plusieurs rencontres avec Jean Paulhan, que se dessine nettement[5] un projet de recueil répondant à une proposition de Pierre Seghers, qui doit faire passer le manuscrit en Suisse. À ce moment, ni le contenu du recueil ni son titre ne sont décidés. La publication elle-même se donne comme contingente : un moyen de répondre à la gêne financière. Mais *Avantage des descriptions*, encadré dans la liste de titres[6] jointe à la lettre et avancé dans celle-ci comme un

---

1. Archives Audisio.
2. Fonds Camus, I.M.E.C.
3. « Moi, la lourdeur de mon rocher me décourage souvent, me rend très paresseux. Est-il possible d'imaginer un Sisyphe paresseux : ne serait-ce pas le comble de l'absurde, ou serait-ce seulement contradictoire ? »
4. Voir J. Paulhan, F. Ponge, *Correspondance [...]*, t. I, lettre 277, p. 285-286.
5. Voir *ibid.*, t. I, lettre 282, p. 291-292.
6. Voir la reproduction de cette liste dans l'Atelier, p. 433.

choix possible, répond à ce qu'écrivait Albert Camus de la description comme symptôme d'échec[1].

La première proposition de titre condense en fait les développements des « Pages bis », v, vi, vii et viii[2]. L'ensemble apparaît comme une mise au point sur les rapports entre écriture poétique et écriture philosophique, et sur ce qu'implique le choix de l'une contre l'autre. Ponge y refuse, au nom de la raison et de son engagement civique, « toute tentative d'explication » du monde, et « tout jugement de valeur » sur son absurdité : les deux attitudes, considérées comme mystifiantes — par la suscitation d'un espoir de type religieux ou d'un désespoir décourageant —, relèvent pour lui de la métaphysique et du « souci ontologique », et détournent l'humanité de ce qui doit la guider sur cette terre, une fois pris son parti des choses comme elles sont : la recherche et la réalisation de « son bonheur (ou son ordre) social », qui passe par l'action politique.

Dans ces conditions, l'élaboration systématique d'une pensée, ce que tenterait l'écriture « philosophique » ou la « théorie » suggérées par Albert Camus à partir des textes qu'il considère comme des « travaux pratiques », ne serait qu'une supercherie de plus, à inscrire à la suite des impostures que constituent les « sauts » métaphysiques (de Léon Chestov, Søren Kierkegaard, Karl Jaspers, Edmund Husserl...) dénoncés dans *Le Mythe de Sisyphe*.

« Avantage » des descriptions, donc, parce que le pluriel récuse toute tentative théorique, forcément unifiante, et contradictoire avec la variété du monde, et prolonge la dénonciation camusienne du « désir d'unité » ; de plus, la littérature (poétique, ou de description), par opposition à la littérature philosophique d'explication, permet de « jouer le grand jeu », de « refaire » le monde, de le transformer « métalogiquement », « grâce au caractère à la fois concret et abstrait, intérieur et extérieur du VERBE, grâce à son épaisseur sémantique[3] ». Propositions dans lesquelles s'entend chez le marxiste Ponge, membre du Parti communiste français, une transposition de la onzième thèse de Marx sur Feuerbach :

« Les philosophes n'ont fait qu'interpréter le monde de différentes manières, ce qui importe, c'est de le transformer[4]. »

Le révolutionnaire, comme le poète, s'opposent par leur faire au dire philosophique[5]. Plus secrètement, mais aussi violemment, la conception de la poésie comme « création métalogique[6] », formule qui emprunte son qualificatif à Littré, fait d'elle une machine de guerre contre les adversaires méprisables et dangereux, au nombre desquels pourraient bien figurer les « grrrands métaphysicoliciens[7] ».

En second lieu, l'« avantage » de l'écrit poétique (« La Fontaine, la moindre fable ») provient de ce qu'il est « 1° moins fatigant, plus plaisant ; 2° plus propre, moins dégoûtant ; 3° pas inférieur intellectuellement et supérieur esthétiquement[8] » aux écrits philosophiques, d'un simple point de vue de lecteur. La spéculation métaphysique est doublement refusée, au nom de l'action poétique / politique, et au nom du goût esthétique.

---

1. Lettre du 27 janvier 1943, dans A. Camus, *Essais*, Bibl. de la Pléiade, p. 1663 et 1667.
2. Voir p. 213-219. Tous ces textes sont datés de 1943.
3. *Proêmes*, « Pages bis », viii, p. 218-219.
4. *Œuvres*, Bibl. de la Pléiade, t. III, p. 1033.
5. Voir *Proêmes*, « À chat perché » (daté de 1929-1930), p. 193-194.
6. *Proêmes*, « Pages bis », vi, p. 215-216.
7. *Proêmes*, « Pages bis », v, p. 213-214.
8. *Ibid.*, p. 214.

Recherche d'un contenu.

Une fois écartée l'orientation « philosophique », reste à opérer le choix de la forme sous laquelle se présenteront les « descriptions » annoncées : celle des textes clos du récent *Parti pris des choses*, et plus largement des *Sapates*[1], ou celle des nouveaux « brouillons », ce qui entraîne un doute quant à la possibilité même de constituer le recueil. Les préférences marquées par Jean Paulhan vont précipiter la décision :

« C'est *Sapates*, sans aucun doute. Mais je ne déteste pas *Dictionnaire sans fin*, ni *La Rage de l'expression*. Ni quelques autres[2]. »

La formule « rage de l'expression[3] » figure dans « Proême », « vers 1924 » (*Nouveau recueil*, coll. « Blanche », Gallimard, 1967, p. 23-25). Sa résurgence, plus tard, peut se lire comme signe de la permanence des problèmes qui s'y nouent, mais aussi, avec le changement des contextes, comme témoin d'une évolution.

Fidèle à ce qu'il considère comme le propre de l'écriture pongienne, Jean Paulhan propose fermement *Sapates*, tout en évoquant deux autres possibilités. La réponse de Ponge énonce un choix qui sera définitif[4].

La lettre décrit un premier état du recueil, proche de celui annoncé la veille à Albert Camus[5] : il est alors composé de trois textes (« Le Mimosa », « Le Carnet du Bois de pins », « La Mounine ») sur les sept que comptera le recueil définitif, et de « Strophe[6] », provisoirement placé en position d'ouverture, celle qu'occupera plus tard « Berges de la Loire » ; contrairement à ce qui s'est passé pour *Le Parti pris des choses*, que la lecture peut aborder avec des catégories relevant de la tradition du poème en prose, *La Rage de l'expression*, dont le projet ne ressemble à rien dans le champ de la littérature contemporaine, appelle un texte d'introduction[7].

La justification dont s'accompagne l'annonce de l'envoi du manuscrit

---

1. Sur la fortune pongienne de ces « petits écrits », voir la Notice de *Cinq sapates*, p. 1003.
2. J. Paulhan, F. Ponge, *Correspondance* [...], t. I, lettre 283, p. 292.
3. Dans le contexte des années vingt, période nihiliste de l'écriture, le futur titre peut s'entendre comme rage provoquée par le leurre que constitue l'expression et qui la détermine en retour. À partir de 1926 cependant, Ponge est conduit à réviser radicalement cette première façon de poser le problème : il ne s'agit plus d'« exprimer » le sujet, mais les choses (le monde objectif), étant entendu que le sujet se vouant à l'expression des choses travaille à s'exprimer lui-même, indirectement. Ce programme réaliste dénoue la tension et résoud ses contradictions : la rage ne semble donc plus d'actualité. Mais un soupçon se fait jour, perceptible dès *Le Parti pris des choses*, dans « L'Orange » par exemple, qui ne retrouve jamais sa contenance « après avoir subi l'épreuve de l'expression » (p. 19-20). Prendre le parti des choses reviendrait-il à les trahir ? « Berges de la Loire », en 1941, répond à ce souci de probité en plaçant l'« objet brut » au centre du travail d'écriture entendu comme « rectification continuelle de mon expression » et excluant tout arrêt à une forme réputée définitive (voir p. 337). De nouveau l'écrivain se trouve confronté au caractère impossible de l'expression. Les objets sont reconnus hors d'atteinte et inexprimables en tant que tels. La rage redevient pertinente, qui est l'acharnement relançant l'écriture à la poursuite sans espoir d'un poème (d'une formule), conçu *a priori* comme inadéquat et inférieur à son objet.
4. « J'en penserai ce que tu en penseras. / Un paquet, via Seghers, vient de partir pour la Suisse : *La Rage de l'expression*. (Oui...) » (*Correspondance* [...], t. I, lettre 287, p. 296).
5. Lettre du 21 juillet 1943 (fonds Camus, I.M.E.C.) ; « L'Œillet » figure en plus des trois textes annoncés dans la lettre à J. Paulhan.
6. Voir *Proêmes*, p. 201.
7. Nécessité ressentie dès le projet de « livre » de 1941 qu'aurait ouvert « Fable » (voir p. 176).

reprend l'argument financier, que l'on retrouvera[1], mais en avance un autre, qui est une réponse à la proposition de titre faite par Jean Paulhan : le terme de « sapates » est clairement réservé à une forme d'écriture opposée à celle du « journal poétique », et les textes relevant du premier genre sont jugés pour l'instant impubliables, parce que, visant une perfection, ils ne sauraient se limiter à des tentatives.

Deux directions distinctes, voire contradictoires, du travail en cours se révèlent : celle qui poursuit du côté de l'objet « bouclé » et achevé l'effort des *Douze petits écrits* et du *Parti pris des choses*, et celle qui explore de nouvelles possibilités, la seconde étant pour l'instant considérée comme inférieure à la première, en conformité explicite avec le jugement de Jean Paulhan, sans que soit pour autant envisagé un quelconque renoncement à une telle pratique. En attendant son avis, l'expédition à l'éditeur suisse du manuscrit renvoyé par Pierre Seghers est différée[2]. Mais cette marque d'allégeance, rendue plus méritoire par le rappel de l'urgence financière, ouvre sur une série d'arguments d'où il ressort que la publication devient inévitable : l'évocation de la « perfection agaçante » critiquée par Pierre Seghers dans *Le Parti pris des choses* reprend l'« infaillibilité un peu courte » reprochée par Jean Paulhan, et implique la nécessité d'un changement. Vient ensuite le recours à l'authenticité (« sommes-nous gens à avoir honte d'aucune partie de notre esprit ? »), puis, non sans une affectation de cynisme, au bonheur qu'il y aurait à « gagner 25 000 francs » avec des brouillons, et enfin, le plus important sans doute, la mise en cause du terme même de « brouillons » (employé par Jean Paulhan) pour qualifier une recherche d'écriture qui tente d'échapper au poème en prose vers « une nouvelle forme (à la fois plus intime et plus épique ?) ». La lettre va jusqu'à prévoir, en cas de réponse négative, « une assez longue replongée dans l'obscurité » : la priorité est reconnue à l'expérimentation au détriment de la publication, dont l'urgence disparaît.

La même situation est présentée dans une lettre à Albert Camus, avec quelques différences : la vente des bijoux d'Odette Ponge y apparaît notamment comme le moyen de répondre à la gêne financière[3]. Le problème de la publication se pose donc cette fois abstraction faite des difficultés pécuniaires, et l'indécision de Ponge, partagé entre l'avis « enthousiaste » de Pierre Seghers, qui l'« inquiète », et celui d'Albert Camus, qui manifestement ne lui suffit pas, le pousse à s'en rapporter à Jean Paulhan, malgré son hostilité présumée. Cette fois, celui-ci fait rapidement connaître sa réponse :

« [...] mais tu n'as pas à hésiter. Envoie *La Rage de l'expression*. Une fois assuré de l'essentiel, tout peut être tenté, tout doit également être tenté[4]. »

L'accord laisse entrevoir une opiniâtreté mal entamée le récent plaidoyer en faveur de la publication : l'essentiel se situe ailleurs que dans *La Rage de l'expression*, « tentative » parmi d'autres possibles. Pour Jean Paulhan une fois découverte sa particularité, ou son originalité, l'écrivain peut construire une œuvre qui s'ordonnera par rapport à ce noyau définitif. L'envoi effectué en Suisse, c'est enfin à Gabriel Audisio qu'est décrit et commenté, le 14 août, le premier état du recueil :

« J'ai longtemps hésité entre un nouveau choix de SAPATES (textes phénoménologiques, genre *Parti pris*) et autre chose. Finalement je me suis décidé pour l'autre chose [...]. J'ai donc envoyé (hier) à Neuchâtel La

---

1. Voir J. Paulhan, F. Ponge, *Correspondance [...]*, t. I, lettre 289, p. 298-299.
2. Voir *ibid.*, t. I, lettre 291, p. 301-302.
3. Datée d'« à peu près le 9 août 1943 » (*N.R.F.*, n° 433, février 1989).
4. J. Paulhan, F. Ponge, *Correspondance [...]*, t. I, lettre 292, p. 302-303.

Rage de l'expression composée, tout simplement, comme suit : en guise de préface une "Strophe", composée il y a 15 ans environ, très hermétique. Puis : 1) "Le Carnet du Bois de Pins", dédié à Michel Pontremoli, qui l'avait voulu taper à la machine, tu t'en souviens ; 2) "Le Mimosa" dédié à Éluard parce qu'il m'en avait spontanément parlé comme lui plaisant ; 3) "La Mounine, ou Note après coup sur un ciel de Provence", dédié à Gabriel Audisio (s'il l'accepte).

« L'ensemble fait je crois assez homogène. Un peu scandaleusement fastidieux (et désinvolte). La "Strophe", qui a des défauts assez exactement contraires à ceux des textes qui suivent, les étaye donc ; il me semble que cela tient debout. Cela a paru plaire à Seghers. Camus était très partisan de cela. Michel, Pia, aussi. Je craignais davantage Paulhan et Tardieu. De Tardieu je n'ai pas la réaction. Mais Paulhan vient de me rassurer (complètement). Il ne me reste plus qu'à attendre le verdict du monsieur éditeur. Seghers me laisse espérer qu'il sera favorable. Et toi ? Dis-moi ce que tu en penses[1]. »

La lettre éclaire la logique qui a présidé à la constitution du recueil : le choix d'un nouveau mode d'écriture, difficilement définissable (l'« autre chose »), sinon par contraste avec le genre bien établi des sapates, révèle aussi le goût d'une aventure que cherche à légitimer l'abondance des avis sollicités — et présentés comme positifs. Ceux-ci toutefois peuvent apparaître aussi comme des alibis, si on les met en regard des dédicaces annoncées : sauf Michel Pontremoli, aucune des personnes consultées (Pierre Seghers, Albert Camus, Pascal Pia, Jean Paulhan, Jean Tardieu) n'y figure. En revanche, les dédicataires ont été choisis en raison de l'intérêt qu'ils ont, à des titres divers, porté à la nouvelle entreprise. Le projet de publication tente de concilier le *nihil obstat* de l'*establishment* littéraire et l'adhésion spontanée de lecteurs attentifs ; c'est à ce titre que Paul Éluard se voit dédier « Le Mimosa ». L'opportunité éditoriale se comprend donc comme démarche pragmatique et comme risque esthétique calculé. Cet état initial du recueil offre une architecture contrastée : « Strophe » « étaye » de sa densité prosodique ce qui pourrait passer pour relâchement dans les proses qui suivent ; le dispositif affirme ainsi une permanence de la maîtrise et de la rigueur gouvernant les démarches successives de l'écriture par-delà leur apparente disparité.

Cette première *Rage de l'expression* doit enfin être comprise comme l'exemple même d'une littérature de l'avenir, informée par des conceptions où se perçoit l'écho de l'engagement résistant et communiste de Ponge, et celui de son commerce amical avec Albert Camus ; une longue lettre adressée à celui-ci[2] déploie les déterminations qui rendent nécessaire la nouvelle esthétique.

Les « catholiques », promoteurs des valeurs les plus négatives du passé (moral et social), y servent de repoussoir pour définir le nouveau en train de naître. L'exposé de ce véritable programme présente une cohérence animée par l'élan de la lutte et l'espoir de son ouverture sur un monde d'après-guerre qu'il faudra construire à neuf ; dans cette perspective, le travail d'écriture se voit conférer plusieurs fonctions : celle de ramener les yeux des hommes, sans « espoir » d'un au-delà métaphysique, à la hauteur des choses et de leur « absurdité » acceptée ; celle d'établir leur confiance dans les pouvoirs limités, mais réels, qui sont les leurs dans le domaine esthétique, comme dans celui de l'organisation sociale et politique ; à ce titre, *La Rage de l'expression* figurera, sans se limiter au champ poétique,

---

1. Archives Audisio.
2. Lettre du 12 septembre 1943 (fonds Camus, I.M.E.C.).

comme une sorte de modèle de l'effort tendu, sans espoir mais sans défaillance, vers un absolu qui ne saurait s'atteindre, sauf à recourir à une mystification de type « catholique ». Sisyphe, débarrassé des voiles de l'idéologie au sens marxiste du terme, se satisfera de résultats relatifs et pourra être heureux : affranchi de ses tourments individualistes, il s'attachera seulement à vivre « résolument », et, en toute fraternité avec ceux qui partagent le même sort que lui, travaillera sans illusion à « exprimer » la nature[1] pour se « l'accorder ». Programme qui s'énonce comme « classique », en art aussi bien qu'en politique (cette même épithète est conférée au communisme), à la recherche d'un « ordre » qui n'existe pas encore, et dont l'œuvre de quelques artistes, Albert Camus et Francis Ponge notamment, propose les signes précurseurs.

Dans ces lignes, l'action de l'écrivain et celle du résistant sont à l'unisson : le « poète » et le « révolutionnaire » travaillent simultanément à extirper le vieil homme et à mettre en place les conditions d'une nouvelle naissance.

Tribulations éditoriales.

Mais *La Rage de l'expression* ne verra pas le jour dans le contexte de la Libération, ni sous la forme qu'elle avait prise en 1943. Durant la fin de cette année et le début de 1944, d'après ce que décrivent les correspondances, le manuscrit, décidément expédié cette fois[2], connaît des tribulations complexes : d'abord censé être à l'impression[3], il se trouve que l'éditeur suisse l'a refusé[4]. L'affaire se complique quand Jean Paulhan, sollicité pour une publication en Suisse de *Braque le patron*, semble subordonner son accord à l'édition du recueil[5]. Dès lors, d'un éditeur à l'autre et de refus en quiproquo, le projet tourne court, ce que soupçonne dès le 18 février une lettre à Gabriel Audisio[6]. Jean Paulhan fait l'objet d'une tentative d'explication épistolaire, puis reçoit un résumé de la situation[7]. Malgré l'assurance qu'il interviendra auprès des éditeurs des « Trois collines », rien ne se passe. Cet imbroglio, qui aboutit à l'échec éditorial du premier état du recueil, manifeste la distance qui sépare *La Rage de l'expression* des ouvrages auxquels s'attendent les éditeurs : en ces temps où la « poésie engagée » et le retour des mètres et des formes de la tradition affichent comme une nouvelle et ferme assurance des fins et des moyens de la littérature, la position critique assumée par Ponge a pu passer pour excentrique, ou frivole. En tout cas, ce n'est pas à la mode.

C'est cependant la clairvoyance qui pousse un autre éditeur, suisse également, dès la fin de la guerre, à acheter les « brouillons » de l'auteur désormais reconnu du *Parti pris des choses* ; en 1975, le récit des circonstances du

---

1. C'est-à-dire à la « refaire » (versant poétique), ou à la « transformer » (versant politico-économique).
2. Voir la lettre à Albert Camus du 21 août 1943 (fonds Camus, I.M.E.C.), et celle à Gabriel Audisio du 8 septembre [1943] (archives Audisio).
3. Lettre à Camus du 29 décembre 1943 (fonds Camus, I.M.E.C.).
4. Lettre au même, du 27 janvier 1944 (*ibid.*). Une lettre de Fred Ulher (Neuchâtel, 29 décembre 1943) apporte les précisions suivantes : « Ainsi que je l'ai fait savoir à M. Seghers, il ne m'est pas possible, pour l'instant, d'envisager la publication suisse d'autres œuvres poétiques. L'écoulement des éditions suisses hors de notre pays se heurte tous les jours à de nouveaux obstacles et je suis obligé de respecter la plus grande prudence dans l'élaboration de mon programme d'édition [...] » (archives familiales).
5. Voir J. Paulhan, F. Ponge, *Correspondance [...]*, t. I, lettre 296, p. 308.
6. Archives Audisio.
7. Voir J. Paulhan, F. Ponge, *Correspondance [...]*, t. I, lettres 299 et 303, p. 310-311 et 316-318.

contrat avec Henri-Louis Mermod insiste sur le côté matériel de la transaction[1]. Mais une lettre de celui-ci[2], en récapitulant les conditions financières de la vente, fait aussi état des « manuscrits [...] dont l'ensemble constitue l'ouvrage dont vous êtes l'auteur et qui s'intitule *La Rage de l'expression* » ; ce n'est donc pas seulement d'un lot d'autographes qu'il est question, mais bien des manuscrits d'un livre à venir : un second projet éditorial voit ainsi le jour, qui se réalisera sept ans plus tard[3].

Ce nouveau délai est dû à plusieurs raisons. Henri-Louis Mermod, devenu propriétaire des manuscrits, annonce[4] qu'il va publier séparément, sous forme de plaquettes, *L'Œillet*, *La Guêpe*, *Le Mimosa* et *Le Carnet du Bois de pins*, puis, ajoute-t-il, « aussitôt après, en un grand volume bien imprimé, *La Rage de l'expression* ». Mais 1946 et 1947 passeront sans que celui-ci soit mis en fabrication. Ponge, qui suit de près les éditions séparées de ses textes parues durant ces deux années, s'en inquiète dès la fin de 1946 : « Quid de *La Rage* ? », écrit-il à l'éditeur[5]. En 1949, celui-ci est encore à temporiser face à ces incitations, mais désormais, qu'il l'ait prévu ou non, la vente des deux plaquettes est devenue pour lui un préalable à l'édition de l'ensemble[6]. La précaution commerciale révèle la difficulté qu'a la nouvelle écriture à se faire reconnaître au-delà d'un nombre restreint d'amateurs dont Henri-Louis Mermod lui-même, contradictoirement, fait partie. En ces temps de détresse économique, il faut affronter aussi la désaffection d'un public que le succès du *Parti pris des choses* n'a pas suffi à gagner, et il est significatif que l'éditeur, dans sa lettre, évoque le recours aux « amis » pour « écouler » les stocks parisiens des deux plaquettes.

En 1951 cependant, alors que l'état des ventes n'a guère évolué[7], l'éditeur, cédant enfin aux instances, décide de mettre le recueil en fabrication ; une lettre du 16 mai le montre en train de négocier avec un imprimeur suisse pour une édition dans la collection « La Grenade » en septembre de la même année. Le 29 août, il annonce que le recueil est à la composition. Mais retards et contre-temps s'accumulent, si bien que le 26 novembre 1951, Ponge, excédé par le non-respect des délais annoncés, envoie à Henri-Louis Mermod une lettre[8] de mise au point dont la dureté laisse surtout percer le désespoir face à l'incompréhension des enjeux que comporte une publication sans cesse différée.

Après un rappel du contrat initial prévoyant l'édition d'« un livre intitulé *La Rage de l'expression* dans un ordre que j'ai indiqué et avec une

1. Intervention de Ponge, dans *Ponge inventeur et classique*, colloque de Cerisy, p. 178.
2. Datée du 18 octobre 1945 (archives familiales).
3. C'est au moment de cet accord que le nombre de textes composant le futur recueil semble s'être accru par rapport au projet de 1943, du moins la lettre de H.-L. Mermod le laisse-t-elle entendre : « En ce qui concerne "La Guêpe" et "L'Œillet", j'ai bien noté ce que vous m'écrivez, relativement aux éditions à tirage limité dont vous étiez convenu avec d'autres éditeurs avant notre présent accord, et je ne m'y oppose pas. »
4. Lettre à Ponge du 9 janvier 1946 (archives familiales).
5. Lettre du 9 novembre 1946 (archives familiales).
6. « Évidemment, je suis parfaitement disposé à faire paraître *La Rage de l'expression* sans attendre que *L'Œillet* et *Le Carnet* soient épuisés car j'estime que c'est à la longue seulement qu'ils trouveront leurs amateurs, mais je ne voudrais cependant pas l'éditer puis *L'Œillet* soit à 200 exemplaires et *Le Carnet* à 3 ou 400 exemplaires » (lettre à Ponge du 7 octobre 1949, archives familiales).
7. Dans une lettre du 19 février (archives familiales), H.-L. Mermod annonce qu'il reste à ce jour 328 exemplaires de *L'Œillet, La Guêpe, Le Mimosa*, et 1230 du *Carnet du Bois de pins.*
8. Archives familiales.

courte préface ("Berges de la Loire") que je vous ai remise dans le même temps », Ponge revient sur les retards, dûs au désir de l'éditeur d'« exploiter » d'abord certains textes sous forme de plaquettes, puis à la lenteur des ventes, « à cause de leur insuffisante diffusion en France, par votre distribution d'alors ». Il avance ensuite l'argument le plus important, qui touche à son évolution intellectuelle : « Il n'en reste pas moins que j'attends encore le véritable livre qui a fait l'objet de notre traité, livre qui a dans mon œuvre une signification profonde et qui ne prend son importance que de la réunion de cet ensemble de textes sous la préface en question : ainsi, il devient au moins aussi important que Le Parti pris des choses, éclaire ce dernier, le dépasse et empêche une interprétation fausse de ma démarche d'esprit. »

Puis il en vient au sens que prend le recueil pour l'élaboration de son œuvre, et à la place qui devrait lui revenir : « On me reproche de ne donner que des plaquettes, de ne rien montrer d'important depuis des années, les fausses interprétations se multiplient, bien plus : je perds le bénéfice de certaines propositions essentielles contenues dans mes textes écrits voici dix ans. C'est ainsi par exemple que *L'Homme révolté* de Camus, qui fait ces jours-ci un bruit du diable, contient des passages directement inspirés de mon œuvre (ceci sans aucune référence) et en particulier de "La Mounine", que vous gardez en tiroirs depuis six ans et dont Camus avait eu connaissance sur le manuscrit dès 1944. [...] Vous croyez que ce n'est rien. C'est beaucoup. Nous avons affaire à forte partie. Ceci n'est d'ailleurs qu'un exemple du dommage que je subis : la vérité certes finit toujours par percer, et je l'aiderai à percer, d'ailleurs, n'étant pas homme à tolérer à mon égard la moindre désinvolture. »

La fin de la lettre insiste sur la responsabilité d'Henri-Louis Mermod, dont l'attitude contribue à l'« occultation » d'un auteur maintenu dans « l'incompréhension et la misère », et sur l'urgence à publier : « Les manuscrits, si bien payés qu'ils aient été, ne sont pas faits pour les tiroirs. Ils doivent voir le jour, tôt ou tard [...]. J'ai attendu six ans. Je ne puis attendre davantage. »

Ces propos, au-delà des renseignements qu'ils fournissent sur l'état d'esprit dont s'accompagne une période difficile, éclairent le sens accordé au recueil ; à cinquante-deux ans, Ponge manifeste le souci de faire reconnaître une œuvre consistante : *La Rage de l'expression* doit lui donner une assise ferme, entrer en composition avec *Le Parti pris des choses* pour en relativiser la portée, conférer tout leur sens aux *Proêmes* de 1948, dont la partie « Pages bis » concerne directement le recueil, et assurer les développements ultérieurs. La revendication d'une démarche et d'une pensée originales est particulièrement sensible à travers la « révélation » à Henri-Louis Mermod des « sources » de l'inspiration d'Albert Camus[1]. Mais

---

1. La thématique de *L'Homme révolté*, pour partie au moins, peut être rapprochée de celle de *La Rage de l'expression* et des échanges évoqués dans les « Pages bis » de *Proêmes* : ainsi « L'artiste refait le monde à son compte » (*Essais*, Bibl. de la Pléiade, p. 659 et *passim*), entendu comme écho de la « création métalogique », l'opposition entre valeurs post-révolutionnaires et urgences de l'Histoire (voir *ibid.*, p. 679), le « consentement actif au relatif » (*ibid.*, p. 694). Les valeurs « méditerranéennes » et la lutte du jour et de la nuit (voir *ibid.*, p. 703) se trouvent aussi dans « La Mounine ». Une lettre du 29 décembre 1952 à Jean Tortel, à propos d'un article projeté par celui-ci, précise : « Puisque, certainement, vous parlerez de "La Mounine", je ne serais pas fâché que vous la mettiez quelque peu en parallèle avec certain (ou certains) chapitres de *L'Homme révolté* de Camus, et que ma *nuit en plein jour s'oppose* à son *midi de la juste* » ; la note (*Essais*, cit. citée, p. 675) où Albert Camus avance l'hypothèse que « le grand style » (également éloigné de l'absence et de l'excès de stylisation) « varierait avec les sujets » est considérée par Ponge comme « un

celui-ci, pas plus que l'éditeur, n'est une cible privilégiée pour l'indignation exaspérée que suscite l'avènement sans cesse différé d'un travail jugé considérable. À Jean Paulhan est écrite une lettre qui ne sera pas envoyée, mais qui témoigne également de la violence des sentiments éprouvés[1].

C'est néanmoins dans ces circonstances, placées sous le signe d'un isolement vécu comme conséquence d'une hostilité, voire d'une persécution, de l'entourage littéraire, que va aboutir (enfin !) la publication de *La Rage de l'expression*, après quelques ultimes soubresauts[2]. Le 2 mai 1952, Henri-Louis Mermod, de Lausanne, annonce que le recueil est paru[3]. Et, avec lui, le manifeste en acte d'un questionnement nouveau et d'une nouvelle donne de l'écriture poétique.

Réception critique.

L'accueil réservé à l'ouvrage, favorable dans l'ensemble, ne va pas sans quelques malentendus. La critique suisse, qui réagit la première à un livre publié à Lausanne, retrouve dans l'« aventure » qu'il retrace la virtuosité stylistique du *Parti pris des choses* et des *Proêmes*[4], ou s'effare, en référence au *Bourgeois gentilhomme*, du temps perdu à exhiber difficultés, ressassements et variantes d'une écriture dont le meilleur destin serait d'aboutir à des *Histoires naturelles* à la façon de Jules Renard[5]. Seule la chronique littéraire de Philippe Jaccottet[6], lecteur dès longtemps attentif[7], comprend l'entreprise comme un nouveau développement de l'œuvre, une remontée de la publication des résultats vers celle de la recherche, du travail, et de l'échec qu'accompagne une réussite relative, entre jouissance et tragique, à la lisière de l'absurde, tout en suggérant que la véritable « beauté "moderne" [...], qui naît de l'équilibre un instant retrouvé » se situe plutôt du côté des *Cinq sapates* illustrés par Georges Braque.

---

simple démarquage de [s]a position » (voir F. Ponge, J. Tortel, *Correspondance [1944-1981]*, éditée par B. Beugnot et B. Veck, coll. « Versus », Stock, 1998, lettre 69, p. 108-111).

1. « Tu participes déjà depuis longtemps à l'occultation systématique de ce que je fais. / (tu as gardé 4 ans *Le Parti pris des choses* — m'as formellement déconseillé de montrer mes "brouillons" (vendus à Mermod) — de publier *Proêmes* — (que tu as barrés au prix de la Pléiade). Tes revues sont les seules (avec celles des communistes) à n'avoir jamais parlé de mes livres etc. » (J. Paulhan, F. Ponge, *Correspondance [...]*, t. II, lettre 474, p. 114).

2. Voir la lettre « Aux Éditions Mermod » du 23 janvier 1952 (archives familiales) : « C'est ainsi qu'on fait traîner indéfiniment les choses. C'est ainsi que les contrats deviennent caducs. C'est ainsi que des relations jusque-là correctes, voire amicales (ou affectueuses), finissent par pourrir, pour se rompre enfin d'elles-mêmes » ; ou à H.-L. Mermod, du 19 avril 1952 (archives familiales) : « [...] que se passe-t-il ? J'ai écrit à vos éditions voici 8 jours, demandant qu'on me donne des nouvelles de *La Rage*. Pas de réponse. Je suis passé rue de Seine, chez votre distributeur. Plus de boutique. Des palissades. Maintenant que vous avez mon bon à tirer, est-ce que cela va de nouveau s'arrêter, se taire et languir pendant des mois, des années ? »

3. L'édition originale porte la date d'avril 1952.

4. Voir J. Nicollier, « Plaisir de lire : Francis Ponge, *La Rage de l'expression* », *Gazette de Lausanne*, 11 septembre 1952.

5. Voir J. Marteau, « Belle marquise, vos beaux yeux... », *La Tribune de Genève*, 13 au 13 septembre 1952.

6. « *La Rage de l'expression* », *La Nouvelle Revue de Lausanne*, 25 juin 1952.

7. Voir le compte rendu de *L'Œillet. La Guêpe. Le Mimosa*, *Formes et couleurs*, n° 2, 1946 ; la présentation du *Carnet du Bois de pins*, Lausanne, Mermod, 1947 ; « Approche de Ponge », *Pour l'Art*, cahier 2, septembre-octobre 1948.

En France, un peu plus tard, c'est le contrat de fidélité aux choses, « réalisme » soigneusement distingué d'un éventuel « matérialisme » — trop abstrait —, qui retient surtout André Rousseaux[1], plus sensible au « message » poétique qu'à l'hypothétique réussite de ces « poèmes en action », cependant qu'Yvon Hecht[2] rapproche les descriptions effectuées « dans un esprit de parti pris » de celles, rationalisantes et visant les connaissances scientifiques, de l'*Encyclopédie* et des Lumières. Michel Carrouges[3], pour sa part, souligne avec enthousiasme tout ce qui sépare l'expérience rigoureuse de Ponge de la poésie contemporaine — celle des « fabricants de poncifs » — salue l'originalité des variantes entrelacées au journal poétique, et l'audacieuse surenchère observée notamment à propos de l'impossible description d'un anti-objet, le ciel de « La Mounine », où se révèle, dans « une magnifique densité de langage », « le jaillissement sidéral de la plus haute poésie », non sans parenté — ce que relevait déjà Philippe Jaccottet — avec l'écriture du Claudel de *Connaissance de l'Est*. Enfin, dépassant la critique journalistique « à chaud », l'analyse procurée par Émilie Noulet[4] pose avec précision les enjeux et les risques de la nouvelle manière : ni philosophe, ni poète, ni linguiste, mais plutôt du côté des rhétoriqueurs de l'avenir, Ponge, avec sa « contemplation », n'est pas loin de « l'attention prolongée » de Paul Valéry à l'évidence des choses, ni de sa passion de la connaissance, et l'étude du fonctionnement des procédés à l'œuvre dans le recueil (rhétorique, sonorités, comique) permet de le qualifier comme « phénoménologie de l'association d'idées ». Si les répétitions, ou reprises, se justifient dans une telle perspective, les passages de la prose aux vers n'obéissent pas à la nécessité du chant ; à cette conception « lyrique » de la musicalité littéraire, le critique oppose un point de vue qui fait des variantes des « variations » relevant de « l'art de la fugue », et anticipe par là les revendications esthétiques qui apparaîtront ultérieurement dans des œuvres comme *Le Savon*[5] ou *La Fabrique du pré*[6].

Par la suite, le recueil, et le plus souvent les textes qui le composent, bien qu'évoqués par les monographies successives, ne connaissent pas de fortune critique notable ; sans doute les publications monumentales du *Grand Recueil* en 1961, puis de *Tome premier* (1965), dans lequel il vient d'ailleurs se ranger, éclipsent-elles quelque peu ce moment d'écriture longtemps considéré comme marginal au regard des textes « achevés » sur quoi se fonde la renommée de l'œuvre qui s'édifie. Il n'est pas douteux non plus que la critique, notamment sous l'impulsion de l'article de Sartre (1944), privilégie durablement la teneur du regard porté sur le monde, et du rapport aux objets qui en résulte, avant de s'attacher à la forme qu'ils prennent. Il faut attendre le développement des études génétiques et la publication de ses dossiers par Ponge, qui l'accompagne chronologiquement, pour voir, dans les monographies les plus récentes, *La Rage de l'expression* venir occuper une place significative dans

---

1. Voir « Deux œuvres de Francis Ponge », *Le Figaro littéraire*, 25 octobre 1952.
2. Voir « Deux nouvelles œuvres de Francis Ponge », *Paris-Normandie*, 21 novembre 1952.
3. Voir « *La Rage de l'expression, L'Araignée*, par Francis Ponge », *Monde nouveau paru*, n° 66, 1953.
4. Voir « Chronique de la poésie », *Synthèses*, n° 82, mars 1953. Cet article reprend et amplifie « Francis Ponge ou la Rage de l'expression », article qu'avait publié le même auteur dans *Combat* (11 décembre 1952).
5. Gallimard, 1967.
6. Genève, Skira, 1971.

une carrière[1] ou une poétique[2] désormais observables dans toute leur amplitude.

BERNARD VECK et JEAN-MARIE GLEIZE.

NOTE SUR LE TEXTE

Nous reprenons le texte paru dans *Tome premier*, coll. « Blanche », Gallimard, 1965, p. 253-415.

Les manuscrits.

Plusieurs manuscrits (dont notamment le Carnet bois de rose) se trouvent dans les archives familiales ; d'autres sont à la bibliothèque universitaire de Lausanne et dans une collection particulière parisienne. Nous n'avons pas eu accès aux manuscrits acquis par Henri-Louis Mermod en 1945, dont la localisation demeure incertaine.

Les préoriginales.

Certains textes sont parus dans *Domaine français*, dans *Lettres*, dans *Fontaine*, dans *Combat*. Nous préciserons dans les notules.

Les originales.

Certains textes ont été publiés séparément ou regroupés, nous donnerons le détail dans leurs notules. Le recueil dans son intégralité a été publié sous son titre actuel en 1952 chez Mermod, à Lausanne.

B. V. et J.-M. G.

NOTES

◆ BERGES DE LA LOIRE. — *Ms.* : deux feuillets manuscrits du *CBDR* présentent une première version identique à la version publiée, sauf en ce qui concerne les septième et douzième paragraphes (voir n. 6 et n. 8, p. 338). En outre, les *AF* conservent : tout d'abord, les deux feuillets d'une version dactylographiée sans titre (*dactyl. 1 AF*) ; puis le feuillet d'une version dactylographiée plus compacte, identique à *dactyl. 1 AF*, où figurent au verso quatre notes : « Le manuscrit autographe est dans le Carnet bois de rose » ; « Un autre manuscrit est entre les mains de H.-L. Mermod » ; « Texte préface à la Rage de l'Expression » ; « 2ᵉ copie vendue à Pierre Loeb » ; puis les deux feuillets d'une version manuscrite, proche de la version publiée, postérieure aux précédentes. *Préorig.* : *Combat*, n° 20, décembre 1951.

Dans un premier temps (voir la Notice, p. 1017), *La Rage de l'expression*, telle qu'elle avait été prévue en 1943, devait s'ouvrir avec « Strophe ». La préférence finalement accordée à « Berges de la Loire » semble indiquer

---

1. Voir M. Collot, *Francis Ponge entre mots et choses*, Seyssel, Champ Vallon, 1991.
2. Voir B. Beugnot, *Poétique de Francis Ponge*, coll. « Écrivains », P.U.F., 1990.

une volonté d'expliquer clairement la démarche, au détriment du « poème » sans doute jugé trop hermétique. Le titre, tout en paraissant annoncer une description, ne fait qu'ajouter une précision circonstancielle à la mention épigraphique qui localise et date le texte. L'ensemble (titre et date) invite à une lecture référentielle, mais dès le premier paragraphe s'impose une lecture allégorique, l'écriture se produisant en marge (sur les berges) de son objet. On a doublement affaire à un *proème* : selon l'étymologie, puisque le texte vient en position d'ouverture, mais aussi au sens second de fragment métatechnique. En prélude au recueil se présente ainsi emblématiquement un échantillon de journal poétique (datation, première personne en *a parte*), dont l'écriture se substitue à celle du *poème* que le lecteur attend. La date de composition situe cette préface pendant une période d'activité intense : d'avril à août 1941 sont composés « Le Mimosa », « L'Œillet » et « La Mounine ». « Berges de la Loire » s'insère entre deux campagnes d'écriture de « La Mounine », datées respectivement « du 12 au 13 mai » et « 10 juin ». Cette interruption de près d'un mois est accompagnée d'une phase réflexive aboutissant à la rédaction du texte liminaire, après quoi s'est opérée une relance de l'écriture, celle de « L'Œillet » qui accompagne, à partir du 13 juin, la reprise de celle de « La Mounine ».

1. *Dactyl. 1 AF* : « 18 h 45, Berges de la Loire, Roanne, 24 mai 1941. »
2. Le texte se présente comme le contraire d'un art poétique traditionnel énonçant *a priori* des vérités générales. L'injonction s'adresse prioritairement au poète lui-même. La portée du propos se fait élire après coup comme protocole tirant les conséquences de pratiques dont il fait intimement partie. Il peut être rapproché du « Mémorandum » de 1935, qui ouvre la première section des *Proêmes* (voir p. 167). Il s'agit, dans les deux cas, de combattre la faculté d'oubli, à l'égard d'un « principe » en 1935, d'une « détermination » en 1941 : deux mises en garde contre les facilités de l'écriture au profit d'une expression plus exigeante. Mais alors que « Mémorandum » veut que l'écrivain se décide « en faveur de son propre esprit et de son propre goût », afin d'« exprimer toute sa pensée à propos du sujet choisi », dans « Berges de la Loire » ce désir d'exhaustivité s'applique à l'expression de « l'objet lui-même ».
3. Le jeu des sonorités rapproche « trouvaille » et « travail » (au début du troisième paragraphe). La trouvaille est un donné, un avatar de l'inspiration. Contre ce qui se *trouve* est choisi ce qui se *cherche*, geste constitutif du mouvement même de la rage de l'expression (voir n. 27, p. 427).
4. La reconnaissance de l'inadéquation fondamentale entre les choses et le langage, agencé ou non en poème, se situe à l'opposé de toute croyance en une motivation linguistique qui ferait communiquer les mots et les choses, ou à la possibilité d'une expression aboutissant à la mise en mots de la chose même. L'objet reste toujours *autre*, toute écriture cherchant à en rendre compte est relative.
5. La métaphore juridique précise le statut de l'objet de l'écriture, et le métamorphose en personne légale, non soumise à l'arbitraire de l'écrivain, tout en rattachant « Berges de la Loire » à la thématique de « La Mounine », qui évoque Aix et ses « hôtels de robe », « bambini » et « fontaines » comme « legs, héritages » (p. 412-413), et le paysage provençal « noblement notarié » comme campagne « du droit romain, abstrait, individuel et social » (p. 415).
6. Version de ce paragraphe dans *CBDR* : « Ce que les lignes qui précèdent ne disent pas assez clairement : en conséquence, ne jamais m'arrêter à la forme poétique (celle-ci pouvant être utilisée à un moment de mon étude parce qu'elle dispose un jeu de miroirs qui peut faire

apparaître certaines qualités jusqu'alors restées obscures de l'objet). Ceci par le fait de l'entrechoc des mots. L'entrechoc des mots, les analogies verbales sont un des moyens utilisables pour scruter l'objet (taille en diamant : image pas tout à fait juste). » Après la parenthèse, un appel renvoie à la note suivante (en bas de page) : « beaucoup plus que la taille du diamant la formation du cristal (voir A. Breton dans *L'Amour fou*). Le cristal est par définition non améliorable ». À propos de la « forme poétique », *Mermod 1952* substitue « *devant* [...] être utilisée » à « *pouvant* [...] être utilisée » : à la lecture du recueil, on peut voir que cette « forme », des procédés de la versification à la manipulation des images, joue en effet le rôle d'un outil nullement facultatif.

7. La détermination du début du texte se reformule à partir d'une alternative qui radicalise le choix entre poème et compte rendu, celui-ci se situant du côté des « progrès de l'esprit », ce qui rejette le poème vers l'obscurantisme. La position de l'écrivain se double de celle du résistant pour juger la poésie de résistance qui voit le jour à ce moment-là, et renvoie au débat qui se noue dans l'« Appendice au "Carnet du Bois de pins" » (p. 404-411) et dans « La Mounine » (p. 412-432) entre mars et juillet 1941. Placé en tête de *La Rage de l'expression*, le propos éclaire *a posteriori* les textes du *Parti pris des choses*, dont l'appartenance au poème en prose est relativisée.

8. Dans *CBDR*, ce dernier paragraphe n'existe pas encore ; il n'apparaît qu'à partir de *Mermod 1952*. Il ajoute peut-être une nuance de provocation anti-poétique aux attendus qui précèdent. Pour la notion péjorative de « manège », voir *Proêmes*, « Introduction au "Galet" », p. 201-205.

◆ LA GUÊPE. — *Ms.* : une note autographe (novembre 1947) du dossier conservé aux *AF* signale : « Le manuscrit original a été donné par moi à J.-P. Sartre à qui est dédié ce poème. Un autre manuscrit doit être entre les mains de Jean Lescure (?). » Les archives Sartre de la B.N.F. ne gardent pas trace de ce manuscrit. Le dossier des *AF* comprend quatre états dactylographiés : trois copies identiques (de 9 feuillets chacune) de l'état définitif du texte, comportant, sous forme d'ajouts manuscrits, d'une part le titre et le sous-titre de l'édition originale qui remplacent un premier titre dactylographié, biffé (« Divagations d'une guêpe », aux échos mallarméens), d'autre part la dédicace (« à Jean-Paul Sartre et Simone de Beauvoir »). La première copie présente quelques annotations manuscrites (corrections de détail, indications typographiques, dates et lieux de la composition *in fine*, remplaçant la signature dactylographiée de l'auteur). — *Préorig.* : « Notes pour "La Guêpe" », *Domaine français*, décembre 1943. — *Orig.* : *La Guêpe. Irruption et divagations*, « Collection des cent-cinquante », Seghers, 1945 (achevé d'imprimer le 25 septembre, imprimerie Union, Paris), 150 exemplaires (*orig. 1*) ; *L'Œillet. La Guêpe. Le Mimosa*, Lausanne, Mermod, 1946 (*orig. 2*).

En dehors des indications de dates et de lieux fournies à la fin du texte publié, nous n'avons que peu de renseignements sur la genèse de « La Guêpe ». La correspondance avec Jean Lescure en vue de la publication dans *Domaine français* permet cependant de dater plus précisément l'achèvement des « Notes » : le 1ᵉʳ juillet 1943, Ponge écrit : « [...] je vais essayer de terminer pour vous *Le Savon*, mais si je n'y parviens pas vous aurez quand même autre chose » ; et, le 6 août suivant : « *Le Savon*, décidément je ne puis le lâcher encore [...]. Alors voici autre chose (« Notes pour la Guêpe ») s'il n'est pas trop tard. Ce n'est pas beaucoup plus achevé, mais du moins c'est plus court. » La dédicace, absente de *préorig.*, apparaît dans *orig. 1*, puis subsiste dans les éditions ultérieures. L'étude de Sartre

« L'Homme et les Choses » est publiée en 1944 (voir *Poésie 44*, n° 20, juillet-décembre 1944, p. 58-77). En septembre 1945, la dédicace est contemporaine de la remise de « Notes premières de "L'Homme" » pour le numéro 1 des *Temps modernes* (octobre 1945). La chronologie interdit de penser que « La Guêpe » (1939-1943) puisse être une réponse à Jean-Paul Sartre. En revanche la dédicace lui confère valeur de réponse *a posteriori*, et ce malgré les dénégations de Ponge lors de son entretien de 1979 avec Loïs Dahlin (*Cahiers de l'Herne*, 1986) : il est bien vrai que l'extrême mobilité de l'objet et du texte contredisent l'idée qu'il serait le poète de l'immobilité et de la pétrification. Accusant réception des « Notes pour "La Guêpe" » pour *Domaine français*, Pierre Lescure avait laissé entendre que Jean-Paul Sartre était disposé à écrire sur Ponge, qui évoque, dans une lettre à Albert Camus du 12 septembre 1943 (fonds Camus de l'I.M.E.C., voir la Notice, p. 1017), cette possibilité en l'accompagnant du regret de n'avoir pas plus clairement fait entendre sa préférence pour une « première critique importante » de la part de son destinataire, au nom de l'amitié. Quoi qu'il en soit, « La Guêpe » joue son rôle dans la mise en place de ce dialogue triangulaire.

1. Le texte (et d'une certaine façon le livre, puisque le texte précédent est un prologue) commence par un mot appartenant au vocabulaire scientifique. À plusieurs reprises, le recueil fera allusion ouvertement à l'ambition d'œuvrer comme « savant » : voir par exemple les hypothèses de « La Mounine », p. 412-432. Plus loin (p. 340), revenant sur ce mot, Ponge prend position sur un critère de classification des espèces. Les différents étages du savoir ne sont pour lui nullement séparés ni hiérarchisés, et aucun n'est à l'abri d'une réévaluation critique. On peut se demander si la proximité phonique des mots « guêpe » / « guépard » et « hyménoptère » / « panthère » n'est pas pour quelque chose dans la « félinité » de la guêpe hyménoptère.

2. « Frénésie » et « forcènerie » sont ici couplés, impliquant tous deux une pathologie paroxystique. « Frénésie » reviendra encore deux fois dans le texte (p. 341 et 342), et sa pertinence sera confirmée par la remarque (p. 342) sur l'adjectif « frénétique », selon une preuve par l'étymologie adaptée du Littré, qui écrit : « du grec φρήν, pensée et diaphragme, parce qu'une ancienne physiologie plaçait la pensée dans la région du diaphragme ». Littré donne « forcènerie » pour « tombé en désuétude », mais « à reprendre ». Ponge semble y tenir puisqu'il le répète (p. 344). Si « frénésie » définit un état (de fureur), « forcènerie » est plutôt supposé définir un acte (de forcené).

3. L'adjectif « miellé » relève d'un jeu à quatre termes (« miellé » / « mielleux » ; « soleillé » / « soleilleux ») dont trois sont attestés dans la langue. « Soleilleux » est déduit logiquement, et prend, dans ce système, le sens de « soleillé » (« qui a reçu la chaleur ou la lumière du soleil », Littré). « Hypocrite » est sans doute à prendre au sens psychologique habituel, en relation avec les deux qualifications précédentes : comme si « miellée » et « soleilleuse » impliquaient « mielleuse » (d'une feinte douceur, « hypocrite », donc). De l'« hydromel », breuvage fait d'eau et de miel, est dérivé « hydromélique », ajouté logiquement par l'auteur (comme « soleilleuse ») au lexique français.

4. La guêpe, comme le tramway ou l'alambic dans ce texte, la pompe lyrique et la lessiveuse (*Pièces*, p. 727 et 737-740) désigne métaphoriquement, sur un mode plaisant, une des caractéristiques de l'activité poétique.

5. Une des leçons de la guêpe se trouve ici énoncée, qui permet de lire le texte en relation à la guerre et à l'Occupation. Un peu plus loin vont

s'amplifier les analogies guerrières : « offensives » aériennes (p. 343), « balle de fusil », « armée » en action (p. 344). Se trouve ainsi justifiée la prépublication aux côtés de Louis Aragon, Pierre Seghers, Jean Cassou, Jean Cayrol, Paul Eluard, dans un numéro de la revue *Mesures* mis en contexte par la présentation de Jean Lescure : « Pendant des mois, il a pu paraître que toute voix française en France serait condamnée au silence. Pourtant, on a heureusement assez tôt connu un beau refus de se soumettre et de renoncer à proclamer la dignité d'une conception de l'homme qu'un événement militaire et politique — si écrasant fût-il — ne suffisait pas à ridiculiser. »

6. « Stupeur », « stupide », « stupéfaction » : Cette déclinaison du mot joue sur ses valeurs concrètes / abstraites : inconscience, bêtise et immobilité, paralysie. Dans « La Mousse » (*Le Parti pris des choses*, p. 28-29) a été pour la première fois utilisé l'abstrait « stupéfaction » en son sens le plus concret.

7. Littré donne « examen » pour « exagmen » comme étymologie du français « essaim ». Cet « exagmen » ne peut cependant venir d'un *exagire* qui n'existe pas : il s'agit de *exigere* (de *ex* et *ago*).

8. Terme de botanique désignant la partie d'une fleur qui enveloppe le nectar. Il s'agit de partir à la recherche des « mots justes » figurés en « essaim » (p. 344). Le vocabulaire savant, en principe monosémique (« hyménoptère », « diaphragme » ou « nectarothèque »), participe de cette stratégie de la « justesse » sémantique.

9. Ce double énoncé (le second n'est que la variante du premier), isolé, est typique des énoncés à double sens, relevant d'une « littérature de contrebande », écrits durant cette « sombre période ». Il faut le rapprocher des lignes qui faisaient face au « Platane » dans *Poésie 42*, qu'on retrouvera dans l'« Ode inachevée à la boue » (*Pièces*, p. 729-731), et qui disaient le corps torturé de la France.

10. Au début du texte, la guêpe était dite « bourdonnante, musicale », et comparée à une corde tendue, « vibrante », dont le paragraphe cherche à qualifier la note « majeure, diésée, insistante », semblable à celle de l'abricot : « note insistante, majeure » (« L'Abricot », *Pièces*, p. 802).

11. « Traiter superbement » semble le résultat d'une opération sur l'ordre des adverbes à partir du premier quatrain du sonnet de Trissotin (« À la princesse Uranie sur sa fièvre », *Les Femmes savantes*, acte III, sc. II) : « Votre prudence est endormie, / De traiter magnifiquement / Et de loger superbement / Votre plus cruelle ennemie », Molière, *Œuvres complètes*, Bibl. de la Pléiade, t. II, p. 1022 et suiv.

12. Le paragraphe final de certains textes (voir n. 15, p. 376) se signale par sa disposition typographique. Ici se tressent deux couples de caractères (romain / italique, bas-de-casse / capitales). Dans les éditions que nous connaissons, un seul type de capitales est utilisé, alors que dans la copie dactylographiée étaient distinguées « capitales de texte » pour les quatre verbes à l'infinitif (soulignés de deux traits), et capitales « d'un corps supérieur » pour « tous les noms » (souligné de trois traits).

◆ NOTES PRISES POUR UN OISEAU. — *Ms.* : un manuscrit autographe se trouve à la bibliothèque universitaire de Lausanne (IS 4270) ; il s'agit d'un cahier de 11 feuillets paginés de 1 à 9, daté par Ponge, au recto de la page de couverture, « août-septembre 1938 » ; au verso, il a noté : « Ce cahier constitue le manuscrit original pour le texte (inédit) qui y a été écrit au fur et à mesure de sa conception / F. P. » Il s'agit sans doute de l'un des autographes vendus en 1945 à Henri-Louis Mermod. L'ensemble, qui ne présente que quelques corrections de détail, est conforme au texte publié. Les dates portées sur ce document permettent de situer plus précisément la genèse du texte : la page 1 porte la mention « mars 1938 ». Les pages 1 à 10 (haut) ont été biffées après dactylographie. La majeure partie de la page 10 (à partir de « À propos n'importe quoi », (p. 352) et la page 11, non biffées, sont isolées de ce qui précède par un trait épais, et s'en distinguent par une écriture différente. L'allusion (datée) au « couple d'oiseaux » d'Ébiche (voir cette notule, au paragraphe suivant) peut étayer l'hypothèse selon laquelle ces deux dernières pages ont été écrites en septembre 1938. La copie dactylographiée (2 feuillets non paginés) de « Nouvelles notes pour mon oiseau » est précédée de la date « 16 / 9 ». Enfin le manuscrit autographe (2 feuillets), d'une écriture différente, de la fin du texte (p. 354-355), porte *in fine* la mention : « (Ces 2 dernières pages sont du 31 mars 1945) / (cuisine de la rue de Lille) ». La rédaction des considérations théoriques qui achèvent le texte est donc nettement séparée, dans la chronologie, de celle de l'ensemble, et porte la marque de l'engagement politique et résistant des années de l'Occupation. Le dossier des archives familiales comprend : un manuscrit autographe (2 feuillets) de « L'oiseau grince et crisse [...] aux jours de la mort (deux ou trois) » accompagné des mentions : « Il existe un autre oiseau de moi à Paris » et « De *L'Oiseau*, ceci est inédit et peut être vendu en supplément à Henri-Louis Mermod pour ajouter à son texte » ; trois copies dactylographiées (de 16 feuillets chacune) avec quelques corrections autographes.

L'ensemble le plus ancien du recueil, entrepris dès 1938 et mis en réserve à la suite d'un jugement de Jean Paulhan (voir la Notice, p. 1011 et 1016), a pour point de départ la peinture, ainsi que le rappelle Ponge en 1976 (*Cahiers critiques de la littérature*, nº 2, p. 13) : « Ce sont des oiseaux d'Ébiche, d'une peinture d'Ébiche, deux poulettes comme ça dans une corbeille en train de pondre, qui ont été à l'origine du texte » ; ce qui justifie la dédicace à l'auteur, le peintre polonais Eugeniusz Eibisch, qui signait Ébiche, et qui a travaillé en France de 1922 à 1939 (voir *L'Atelier contemporain*, « Note hâtive à l'éloge d'Ébiche », coll. « Blanche », Gallimard, 1977, p. 345-352). C'est par Michel Pontremoli, au nombre des « fervents amateurs et amis » (*ibid.*, p. 345) de l'artiste, que Ponge et lui ont fait connaissance à Paris, à la fin des années trente. Dans les dédicaces du recueil publié, la peinture (les valeurs sensibles) succède à la philosophie, et se substitue peut-être à elle. Si le travail d'écriture est introduit et légitimé par la première, il est perçu, dans l'après-guerre, comme beaucoup plus proche de la seconde. Avec la « nouvelle manière », c'est bien de la pratique de l'ébauche, des tâtonnements de la création qu'il s'agit. D'un point de vue chronologique, la ressource des peintres est reconnue antérieurement, puisque c'est en 1938 que Ponge prend connaissance du travail d'Ébiche, après avoir travaillé d'après André Masson (voir n. 13, p. 352). Comme si le dialogue avec la peinture, modèle essentiel, précédait — et succédait à — toute autre référence.

1. Le mot ne comporte phoniquement que deux voyelles, mais la transcription en capitales le propose dans sa réalité graphique. En tant que tel, il contient la série des voyelles, comme dans le sonnet de Rimbaud, ou dans les apprentissages de l'école élémentaire. Cela en fait un mot presque parfait ; reste le problème de la consonne centrale : le *s* semble pouvoir se justifier comme une sorte de pictogramme, qui prend corps de la distribution des voyelles en deux ensembles. Mais la rêverie sur le mot n'obéit à aucune contrainte systématique. Comme pour « hyménoptère » dans « La Guêpe » (voir p. 339) est adoptée une attitude évaluative sur la langue ; c'est une des façons dont le poète prend parti et justifie, s'il y a lieu, son intervention.

2. Le texte porte trace d'une préoccupation concernant les rapports de l'individu au groupe, à sa société, sensible également dans l'essaim de « La Guêpe », les poussins d'or du « Mimosa » et, surtout, l'assemblée du « Carnet du Bois de pins » (voir p. 344, 368 et suiv., et p. 377).

3. Ce mot, qui relève initialement du vocabulaire de la juridiction ecclésiastique, signifie ensuite, dans une acception plus large, « avertissement ». Il appartient à un état de langue classique, et semble annoncer le portrait de l'oiseau en personnage du Grand Siècle.

4. De « monitions » on est passé à « mines », et de « mines » à « mignons ». Cette évocation péjorativement réaliste du XVIIe siècle prend son sens quand on sait que le véritable « Grand Siècle », pour Ponge, c'est le XVIIIe (voir l'« Appendice au "Carnet du Bois de pins" », p. 404).

5. Néologisme, formé sur « viande », comme, dans « La Guêpe » (p. 339), « soleilleux » sur « soleil ».

6. Voir « Le Pigeon » (1925), ainsi que le long texte consacré, après la guerre, aux « Hirondelles » (1951-1956) (*Pièces*, p. 696-697 et 794-799). Dans ce dernier texte revient amplifié le motif de la signature, du « paraphe », esquissé avec « Le Pigeon », et explicite dès « Notes prises pour un oiseau ». Cette reprise « poétique » de la *signatura rerum* théologique est orchestrée par Jacques Derrida dans son *Signéponge*, Éditions Le Seuil, 1988.

7. Une première évocation (p. 347 et 348) des espèces d'oiseaux dans leur multiplicité a été abandonnée, le but étant de saisir « les caractères communs » à une « classe d'animaux » ; cette tentation fait ici retour, accompagnée de celle de la « compilation » : égarement de la recherche du côté de l'oiseau symbole dans le texte culturel et mythologique, alors qu'il s'agit de tenter une approche « naïve ». L'humour apparaît comme moyen de se débarrasser de cette double déviance, et participe d'un geste de démystification : l'oiseau est déchu de sa dignité métaphysique et sacrée ; l'accent est mis au contraire sur son physique (consommable), sur sa lourdeur, sa saleté, etc.

8. Au moment où sont écrites ces lignes (1938), sans doute subsiste-t-il de « La Crevette » (*Le Parti pris des choses*, p. 46-48) l'idée négative qui s'y attachait dans la lettre à Jean Paulhan (*Correspondance [...]*, t. I, lettre 186, p. 187-188). Dans ce passage, l'idéal de l'achèvement semble encore s'opposer à la pratique des notes. C'est précisément avec *La Rage de l'expression* que la notion d'échec prend une valeur positive et s'intègre à une esthétique.

9. Dans « Berges de la Loire », on a pu lire que tous les « moyens » sont bons pour « scruter » l'objet (voir p. 337-338). Le procédé (ou moyen) doit toujours rester visible, désigné.

10. Le déploiement encyclopédique du Littré, longuement recopié, contraste avec la conclusion laconique qui en est tirée. Le tout du savoir n'est « rien » au regard de l'objet que se donne l'écrivain, et qui serait « tout l'oiseau ». La reprise parodique de La Bruyère par Lautréamont est réassumée. Il reste sans doute cependant un plaisir spécifique à circuler dans le dictionnaire, une jouissance à la « compilation » : « Rien à dire égale tout à dire » (*Pour un Malherbe*, coll. « Blanche », Gallimard, 1965, p. 142).

11. Ce fragment, dont est conservée une première version dactylographiée aux *AF*, est publié sous le titre « Le Bec d'oiseau. L'oiseau d'horlogerie du boulevard Bonne-Nouvelle », en tête de « Tournoiements aveugles » dans *L'Ire des vents*, n° 11-12, 1985 ; Yves Peyré, dans ses scholies, y définit l'ensemble comme « des poèmes et des proses poétiques écrits par Francis Ponge entre 1938 et 1944, et extraits de divers carnets ». Jean Thibaudeau, qui reprend ce texte sous le même titre (*Nouveau nouveau recueil*, coll. « Blanche », Gallimard, t. I, 1992, p. 22), le date de 1931, sans

aucune explication. Ponge lui-même qualifie le « petit morceau » d'« assez récent », ce qui ne semble pas pouvoir renvoyer à une date aussi lointaine. Les points de suspension figurant dans la première phrase du texte recopié sous forme de citation indiquent une coupure ; de fait, le texte de *L'Ire des vents* est sensiblement plus long que celui qui figure ici.

12. La nouvelle recherche dans Littré s'accompagne d'une pause « proématique » forte, consacrée à une double justification du projet d'expression. La première est d'ordre humaniste : la démarche poétique, comme (et parallèlement à) la démarche scientifique, participe aux progrès de l'humanité par la connaissance ; la seconde reçoit le qualificatif de « bolchevique », révélateur de la recherche d'une coïncidence entre projet poétique et convictions politiques. Sur le plan poétique, l'homme est appelé à posséder et à dominer la nature par la nomination, ce qui rejoint les finalités du matérialisme dialectique concernant les rapports de l'homme avec la nature et annonce le pouvoir « métalogique » avancé dans la discussion de 1943 avec Albert Camus (voir la Notice, p. 1015, et *Proêmes*, « Pages bis », p. 206-209). Suit une seconde mise en parallèle, plus inattendue, entre domination de la nature et dictature du prolétariat. Cette dernière, en bonne doctrine bolchevique (léniniste), est provisoire, puisqu'elle doit préluder à un état d'harmonie sociale, le communisme. Dans ces conditions, le poète « révolutionnaire », dont la silhouette s'ébauche ici, travaille pour sa part de façon analogue à une harmonie à venir.

13. La référence picturale s'est déplacée. En juin ou juillet 1938, une lettre (J. Paulhan, F. Ponge, *Correspondance* [...], t. I, lettre 219, p. 220-222) signale les « oiseaux crucifiés de Masson » comme source d'observation.

14. Le mimosa suggérera aussi cette métaphore : « Peignes découragés par la beauté des poux d'or qui naissent de leurs dents ! » (p. 369).

15. Il ne s'agit pas ici d'une métaphore conjoncturelle. Certaines images semblent être devenues des formules stabilisées, le dictionnaire pongien s'étant efficacement substitué au dictionnaire de langue. La définition de la végétation comme tapisserie se trouve dans « Végétation » (*Le Parti pris des choses*, p. 49).

16. La formule est un souvenir de l'exemplaire « Cageot » (*Le Parti pris des choses*, p. 18), surdéterminé peut-être par le fait que, dans le poème en prose, le cageot est d'emblée situé, dans la « langue française », à proximité de la « cage », associée à l'oiseau.

17. La conclusion reprend un développement déjà esquissé sur le progrès par la littérature. Il s'agit d'avoir prise sur le monde : « la poésie doit avoir pour but la vérité pratique », thème communiste, repris par Paul Éluard après Lautréamont, longuement cité dans *Entretiens avec Philippe Sollers*, 1970, p. 26 et suiv. Il faut descendre aux mots, étudier, exprimer ; user de tous les instruments : perception, intuition, raison. La connaissance fugitive (intuition) restant inopérante sans la mise en œuvre du *logos* (l'action logique, c'est-à-dire l'écriture), qui seule permet la production positive du progrès. On peut se demander, dans le contexte d'une poétique politiquement affirmée, si le « pour tous » final n'est pas une version pongienne du propos de Ducasse (sans cesse sollicité par les surréalistes) : « La poésie doit être faite *par tous*. »

◆ L'ŒILLET. — Ms. : les *AF* conservent plusieurs états préparatoires. Deux copies dactylographiées, de 16 et de 12 feuillets, sont identiques entre elles et à la version publiée. Un manuscrit autographe de 3 feuillets est conforme à la version définitive, du début du texte jusqu'à « Évidence muette opposable » ; il s'accompagne d'une mention, de la main de Ponge : « Ces 3 premières pages devront être composées en un caractère différent de celui employé pour le reste du poème ». Une copie dactylographiée, de 6 feuillets, des fragments 1 à 12 comporte en tête un titre biffé : « L'Œillet à tous états de fabrication », ce qui semble indiquer qu'avait été envisagé, un temps, un texte commençant par les relevés du dictionnaire. Un manuscrit autographe de 5 feuillets complète la copie ci-dessus, du fragment 13 à la fin du texte ; le dernier paragraphe est accompagné des indications suivantes : « grand espace » entre la fin du fragment 15 et le paragraphe final ; en marge de celui-ci figure la mention (biffée) : « à nouveau là le caractère des 3 premières pages ». Le *CBDR*, à la suite d'un premier état de « Berges de la Loire », présente sous forme de notes (3 feuillets paginés 3, 4 et 5) ce qui deviendra le début de « L'Œillet » dans sa version publiée ; un demi-feuillet, daté « 13 juin 41, 22 h 30, Roanne appartement », comporte le début du texte (« Relever le défi […] et voilà tout »). La partie inférieure de ce feuillet, et les deux suivants (datés « 6 juillet 41 / Roanne appartement / 12 rue Émile-Noirot / 21 h 30 ») sont occupés par la suite et la fin du futur texte liminaire : « Je ne me prétends pas poète. […] Ce seront les héros de l'esprit de demain. » — *Préorig.* : *Lettres*, n° 3, Genève, juin 1945. — *Orig.* : *L'Œillet. La Guêpe. Le Mimosa*, Mermod, Lausanne, 1946 ; *Mermod 1952*.

La genèse de *L'Œillet*, écrit pour l'essentiel en moins d'un mois, peut être restituée à partir de l'observation des manuscrits : 12 au 12 juin 1941 : fragments 1 à 6 ; 13 juin : fragments 7 à 9, « Relever le défi […] et voilà tout » ; 14 juin : fragment 10 ; 15 juin : fragments 12 à 15 ; 6 juillet 1941 : « Je ne me prétends pas poète […] appelée *poésie* » ; le paragraphe final pourrait être de 1944. C'est précisément cette année-là, à Paris, que Ponge fait la connaissance de Georges Limbour (voir J. Paulhan, F. Ponge, *Correspondance [...]*, t. I, lettre 309, p. 325). Peu de temps après, celui-ci fonde une revue, *Le Spectateur des arts*, dont le premier cahier (décembre 1944) publie des articles de Georges Limbour (sur Picasso), de Marcel Arland (sur Dubuffet), et de Ponge : « Fautrier à la Vallée-aux-Loups ». Georges Limbour sera présent dans les pages culturelles du Journal *Action*. Le 8 janvier 1947, il figure parmi le petit cercle des amis invités à l'audition de la « Tentative orale ». L'année suivante, Georges Limbour, René de Solier et Ponge (qui donne « Scvlptvre ») se retrouvent à l'occasion d'une exposition Germaine Richier à la galerie Maeght. La dédicace, venue après coup, participe sans doute de la volonté d'inscrire une proximité à l'art et aux artistes. Jean Dubuffet peindra une suite de gouaches (voir, dans l'Atelier, p. 435-436) pour une édition séparée du texte qui ne verra pas le jour.

1. Le style de mémorandum personnel (consignes à l'infinitif) est très proche de celui de « Berges de la Loire ». Il y a continuité chronologique et contiguïté théorique entre les deux textes : les « Berges » sont écrites le 24 mai 1941, et le travail de « L'Œillet » commence avant la mi-juin. Ce texte pourrait ainsi apparaître comme la première tentative de mise en œuvre du projet d'esthétique objective contenu dans les notes qui serviront de prologue au recueil. L'assemblage des mots en vue de la reconnaissance de l'objet sera promu, dans « My creative method », au rang de méthode d'écriture (*Méthodes*, p. 515-537). Ce premier fragment s'achève sur une interrogation quant à la notion de poésie, tout comme « Berges de la Loire » s'achevait sur la mise en question du poème. L'entreprise assume délibérément une atteinte aux définitions canoniques. Enfin, il comporte un des commentaires possibles à la notion de rage : à la « détermination » du texte prologue succèdent l'« engagement » et la « colère ». La rage de l'expression s'entend comme écriture passionnée.

2. La théorie des « qualités », formulée dès 1927 dans « Ressources

naïves » (*Proêmes*, p. 197), se précise en 1933 dans « Introduction au "Galet" » (*Proêmes*, p. 202), où se justifie la procédure : il s'agit de faire progresser l'homme, d'« accroître *la quantité de ses qualités* », lesquelles sont spécifiées dans « L'Œillet », puis deviennent « qualité différentielle » dans « My creative method » de 1948, et dans l'« Entretien avec Breton et Reverdy » de 1952 (voir respectivement *Méthodes*, p. 537, et p. 689). « La Mounine », radicalisant le propos de « L'Œillet », visera à dégager une « loi » (« formule » ou « proverbe »), et insistera sur le caractère scientifique de la démarche (voir n. 6, p. 413).

3. Le texte oscille entre un refus de la poésie (de l'ensemble des conventions formelles et idéologiques qu'elle suppose) et l'idée d'une possible refonte radicale de sa notion. *La Rage de l'expression*, dans la perspective indiquée par ce proême de « L'Œillet », pourrait être lue comme une contribution à l'émergence d'une poésie nouvelle, incluant notamment l'intention positive de scientificité.

4. Il s'agit de ne pas réduire la poésie à des moyens (tout en les acceptant : calembour, rime...), de montrer, par leur jeu et leur multiplication contradictoires, qu'ils sont *tous* bons, et que l'on s'oppose par là aux poétiques monovalentes, enfin de suggérer qu'une poétique à prétention rationnelle et réaliste ne s'interdit pas même ce qu'ont mis en avant les surréalistes (imagination, rêve...).

5. Écho à la lettre de Rimbaud à Paul Demeny (15 mai 1871), elle aussi tout un « naïf programme » : « Viendront d'autres horribles travailleurs ; ils commenceront par les horizons où l'autre s'est affaissé ! » (Rimbaud, *Œuvres complètes*, Bibl. de la Pléiade, p. 251). Ponge, qui est un de ces travailleurs, sait qu'il va léguer une tâche à d'autres « héros » pour demain. Ce qui est en cause, c'est l'*historicité* du travail de poésie.

6. Dans Littré, recopié de façon sélective, on apprend que ce n'est pas l'œillet qui est appelé par Linné « bouquet parfait », « bouquet tout fait », mais précisément l'œillet de poète, nom vulgaire de l'œillet barbu. L'« œillet *de poète* », apparu en 1937 dans « Une demi-journée à la campagne » (*Pièces*, p. 724) se trouve donc censuré dans la copie du dictionnaire.

7. Littré cite Audubon, le naturaliste américain : « Les vieux arbres ont disparu ; la hache éclaircit tous les jours ces belles forêts. »

8. Le motif de la violence (de leurs « cris », de leurs « expressions », de leur « propos »), manière de sentir et de penser la fleur à l'encontre des idées reçues, va être systématiquement repris dans les fragments 11 à 14. Voir à ce sujet le début de « L'Opinion changée quant aux fleurs » (*Nouveau nouveau recueil*, t. II, p. 102).

9. Cette définition est reprise en 1954 : « Nous aimerions [...] faire adopter une idée "philosophique" (?) de cet objet (ou plutôt de ce *moment* de tout individu, de tout être) » (« L'Opinion changée quant aux fleurs », *ibid.*).

10. Littré ne connaît que « viridité » (voir n. 29, p. 106). De surcroît, « viride » appartient au lexique du « Sonnet des voyelles » de Rimbaud (voir *Œuvres complètes*, Bibl. de la Pléiade, p. 53).

11. Ce terme n'apparaît pas dans les dictionnaires. Au cours d'un entretien inédit avec Ian Higgins (4 octobre 1976), Ponge l'a défini comme un « puissant phare d'automobile ».

12. Redondance, répétition, variation, sont ici moins musicales que mimétiques. La fleur est une accumulation serrée de « pétales répétitifs » (« L'Opinion changée quant aux fleurs », *Nouveau nouveau recueil*, t. II, p. 109). Cette « redondance » est une des formes de la « violence ». Les deux mots se substituent d'ailleurs l'un à l'autre dans les variantes proposées par le texte. Sur la violence et les fleurs, voir G. Farasse, *L'Âne*

musicien, « Des fleurs pour vous », NRF-Essais, Gallimard, 1996, p. 113-132.

13. Mot d'ancien français (du comparatif latin *antius*). Dans ce passage, il ne pourrait que signifier « mais ». Rien cependant dans le contexte, ni dans l'usage pongien, ne permet de justifier ce type d'archaïsme linguistique. À moins que le distique rimé ne vienne, après une strophe ou laisse monorime, comme en bouquet « homogène uni », rappeler quelque chose de la lyrique ancienne ?

14. L'expression ainsi isolée apparaît comme une « expression fixe », évidente, nécessaire et injustifiée. Elle resurgira telle quelle le 28 juin 1964 pour dire la « loi » du pré, suivie de ce commentaire : « (enfants de troupe du végétal) » (*La Fabrique du pré*, « Les Sentiers de la création », Genève, Skira, 1971, p. 251). Dans ce même fragment 13 intervient le mot « chaume », qui se substitue à la « tige » et au « bambou ». Herbe et chaume, référentiellement liés, le sont aussi dans la pensée de l'écriture : *La Fabrique du pré* (qui décidément se souviendra de L'Œillet) donne à lire (en date du « 17.7.64 ») : « Du biberon à la flûte, il n'est qu'un pas [...] comme aussi de l'herbe au chaume, au calame de l'écriture » (*ibid.*, p. 259). Déterminante est ici l'étymologie de « chaume ».

15. De l'olive au gland, des lèvres au parfum, de violence en plaisir, à travers un complexe de métaphores l'œillet est fortement sexualisé. La fleur, plaie, « déchirures parfumées », parure, sera définie, en novembre-décembre 1947, comme les « organes génitaux » de l'individu végétal (« L'Opinion changée quant aux fleurs », *Nouveau nouveau recueil*, t. II, p. 131).

16. Le 3 mars 1946, une lettre à Henri-Louis Mermod indique, au sujet de la publication de *L'Œillet. La Guêpe. Le Mimosa* : « Il s'agit de l'Œillet. J'aimerais beaucoup que (comme il a été fait dans les *Lettres*, où ce texte a paru pour la première fois) il y soit employé 2 caractères, l'un pour le poème proprement dit à partir du moment où les morceaux sont numérotés 1, 2, 3, etc., l'autre pour la sorte de préface qui le précède et pour la brève conclusion qui l'achève [...]. Ce qui pourrait être fait, ce serait de recomposer en italiques ces deux passages, laissant tout le reste comme il est » (*AF*).

◆ LE MIMOSA. — *Ms.* : un dossier des *AF* comporte un manuscrit autographe (18 feuillets) identique à la version publiée et accompagné d'un dossier de correspondances (17 feuillets), ainsi qu'une note, signée et datée du 3 novembre 1947 : « Le manuscrit original autographe est entre les mains de l'éditeur H.-L. Mermod de Lausanne. Ce manuscrit comporte un important addendum, intitulé *Honte et repentir du Mimosa*, qui ne figure pas dans les éditions de ce poème jusqu'à présent. Un autre manuscrit autographe (ne comportant pas l'addendum) appartient à madame Lise Deharme. » Nous donnons cet addendum dans l'Atelier, p. 436-437. — *Préorig.* : *Fontaine*, n° 21, mai 1942. — *Orig.* : *L'Œillet. La Guêpe. Le Mimosa*, Lausanne, Mermod, 1946.

Au même moment (mai 1942) sont publiés *Le Parti pris des choses* dans la collection « Métamorphoses », chez Gallimard, et « Le Mimosa » dans *Fontaine*, revue de littérature et de poésie éditée à Alger par Max-Pol Fouchet, et des plus importantes — avec celle de Pierre Seghers, *Poésie* — durant cette période. Ponge s'en réjouit, bien qu'il prétende, dans une lettre à Jean Paulhan du 18 juillet 1942, n'aimer « pas beaucoup » son texte (voir *Correspondance* [...], t. I, lettre 267, p. 274-275). À la sortie de la revue, parce que son nom n'apparaît qu'en tout dernier lieu, sur une bande publicitaire, derrière des célébrités incontestables, mais aussi derrière deux écrivains (Robert Ganzo et Jean Orieux) considérés comme de moindre envergure, Ponge se brouille avec Max-Pol Fouchet. Il faudra toute la diplomatie de Jean Paulhan pour apaiser la « vanité » de son ami, et l'intervention de Louis Aragon (la lettre à Gabriel Audisio du 17 août 1942, archives Audisio, fait le point sur cet épisode) pour le réconcilier, au moins en apparence et au nom de l'« unité nationale », avec le directeur de *Fontaine*. Dans le même temps, les *Cahiers du Sud* et *L'Arbalète* (la revue de Marc Barbezat, à Lyon) refusaient ses poèmes, dont « La Pomme de terre », *Pièces*, p. 733, à laquelle il disait, à Pascal Pia, beaucoup tenir. Sa susceptibilité, en ce printemps de 1942, devait en être exacerbée.

1. Le choix de cette épigraphe est sans doute intervenu en cours de rédaction, après l'apparition d'« enthousiasme » (p. 371) dans le contexte des notions de « floraison » et de « paroxysme ». Ponge s'est alors reporté au dictionnaire (voir p. 371), il a recopié la première définition par Littré, et mis en réserve la première citation d'auteur, celle de Fontenelle, en ne conservant de la phrase que sa partie la plus générale. La citation évoque Nicolas de Malézieu (1650-1727), auteur de plusieurs pièces et poèmes recueillis dans les *Divertissements de Sceaux* (Trévoux, 1712-1717). Mis à part le texte prologue, « Le Mimosa » est le seul dans ce livre à ne pas comporter de dédicace. Dans le premier état (1943) du recueil (voir la Notice, p. 1017), il était dédié à Paul Éluard avant les publications (*préorig.* et *orig.*). Nous ne savons pas à quel moment disparaît son nom, ni si l'inscription de l'épigraphe est directement liée à l'effacement de la dédicace.

2. L'introduction du mimosa comme personnage de comédie est déterminée par l'analyse du mot et l'extraction d'un quasi-étymon *mima*, et sa caractérisation immédiate n'est pas tout uniment positive : « Un rien d'histrionisme » (ce dernier mot n'existant pas dans Littré) est sans doute aussi perçu comme ce à quoi (soupçon de ridicule, de vulgarité) s'expose par définition celui qui fait profession de poésie. Les manuscrits de « La Figue », s'en prenant à certains aspects de la poétique d'Henri Michaux, parleront d'ailleurs de « soucis d'histrion » et de « pître » (*Comment une figure de paroles et pourquoi*, coll. « Digraphe », Flammarion, 1977, 17 décembre 1958, p. 100-101). Dans ce contexte, le mot « caractère » a un double sens : personnage (de théâtre) et « qualité caractéristique » (voir p. 375) ou « différentielle » (voir n. 2, p. 356), dont la formulation est l'objet même de la recherche. *Les Caractères* (référence à La Bruyère) est l'un des titres figurant dans la liste « Recherche du titre » (voir l'Atelier, p. 433).

3. La « sensibilité » du mimosa fait écho à la « sensualité » qu'il est supposé avoir éveillée. La notation se justifie sans doute aussi de ce que comporte la définition du Littré (recopiée p. 371) : le nom de la sensitive ; sensibilité et pudeur de l'objet impliquent la délicatesse de l'approche rhétorique. De ce point de vue, il n'est sans doute pas indifférent que les dictionnaires (malgré l'usage, savant ou non) enregistrent « mimosa » comme substantif féminin.

4. Deux modes de la recherche s'opposent nettement, du moins en apparence : « le mimosa et moi » et « le mimosa sans moi », l'idée de l'objet « au fond de moi » et « l'objet lui-même ». Démarche subjective et démarche objective sont (et restent tout au long de l'œuvre) articulées l'une à l'autre ; par un retournement stratégique, c'est la démarche objective qui est privilégiée, la poésie dans son histoire ayant échoué à dire les choses « elles-mêmes ».

5. Le mot « palmes » peut être entendu comme une référence (ironique ?) au lexique de Paul Valéry. Le poème conclusif de *Charmes* (voir

Paul Valéry, *Œuvres*, Bibl. de La Pléiade, t. I, p. 153-156) était explicitement une parabole de l'acte créateur. La croissance, le don, la fructification, tous ces thèmes sont ici travaillés « sur fond d'azur » mallarméen-valéryen : « Patience, patience, / Patience dans l'azur ! » (« Palme », strophe 8, *ibid.*, p. 155). Mais à la distinction poétique des palmes répond la vulgarité prosaïque des plumes (basse-cour, poussins, derrières d'autruches), signe de défiance à l'égard de la trop « naïve gloriole ».

6. La comparaison du feuillage aux plumes d'autruches va s'imposer durablement : la définition de l'autruche sera vérifiée (voir p. 373), puis réinvestie dans le nuancier final (voir p. 375). L'autruche, sa plume, sa grandeur et son « cul de poule » réapparaîtront en 1955 pour qualifier cruellement le poète Saint-John Perse (voir *Lyres*, « Prose De profundis à la gloire de Claudel », p. 461).

7. Ce double acrostiche, comme le distique quasi holorime de la page précédente (« pantomime osa / pente aux mimosas »), peuvent être lus comme des fioritures formelles participant de l'histrionisme du mimosa.

8. Pour définir ce mot, c'est l'article de Littré qui est mis à contribution, mais l'essentiel de la définition est recopié de l'article « Mimeuse » (substantif féminin donné pour synonyme de « mimosa ») dans le Larousse ; on y retrouve en particulier l'adjectif « sessile », tôt apparu dans le corps du texte (voir p. 367) — « Eumimosa » ne figure ni dans le Littré ni dans le Larousse. Quant à l'adjectif « floribond », il est en attente ici sous sa forme féminine, parce qu'il a été découvert ainsi à la fin de l'article « Mimeuse » : « La *mimeuse floribonde*, arbrisseau armé d'aiguillons crochus, se distingue par ses nombreux capitules de fleurs rosées. » Il est vrai que le mot « ne figure pas au Littré » (p. 374). Il n'en est pas pour autant, malgré son air de mot-valise, un mot forgé par le poète, à qui il fournit une occasion de plus pour manifester la prétention de l'écrivain à être créateur de la langue.

9. « Conquête » reviendra dans une lettre à Gabriel Audisio (archives Audisio) le 22 avril suivant pour définir exactement le projet de ce texte. Voir n. 15, p. 417.

10. « Glorioleux » est un néologisme déduit. Il est à « gloriole » ce que « glorieux » est à « gloire ». Les quatre termes sont présents dans le texte.

11. « Râ » semble être dans « rameaux » comme *mima* dans « mimosa ». Cette conjonction verbale, confirmant celle du soleil et du rameau, permet la superposition du culte égyptien païen au calendrier liturgique catholique. La référence chrétienne, qui marque la culture jusque dans la chronologie la plus courante, appelle, de façon paradoxale (ou subversive ?) une symbolique naturelle. Pour un autre exemple d'un tel détournement, voir n. 8, p. 358.

12. Debussy apparaît comme un artiste « sensible au sensible », aux suggestions de la nature, aux jeux de la lumière et de l'eau, par exemple. La « branche constellée de gouttelettes » et le désir de « remercier le mimosa » (p. 367) sont en consonance avec tel titre d'une des dernières pièces pour piano du musicien : *Pour remercier la pluie du matin*.

13. C'est le processus exemplairement décrit à propos du « rose sacripant » et de sa justification dans « La Pratique de la littérature » (*Méthodes*, p. 681-682). Il s'agit de rationaliser les intuitions sémantiques et lexicales. Il arrive que le dictionnaire confirme une proposition en apparence hasardeuse, et par conséquent autorise la poursuite de la recherche.

14. « L'azur oméga » (p. 373), « la violette austérité » (p. 376), composent un paysage de référence à Rimbaud et Mallarmé. En ce mois d'avril 1941, le mimosa est conduit jusqu'à l'idée d'un azur « noir » (voir p. 376). Or, un mois plus tard (le 3 mai), le cahier de « La Mounine » s'ouvrira par

cette même formule : « autorité terrible des ciels » (p. 412). Tout se passe un peu comme si « La Mounine » reprenait là où « Le Mimosa » avait abouti.

15. Le texte s'achève sur une ultime mise en forme prosodique. Le jeu de la typographie fait succéder aux variations versifiées en romain une version du quintil en italique, puis une ultime version en capitales. De l'écriture à l'inscription. Même dans *La Rage de l'expression* n'est pas oubliée la tentation monumentale.

◆ LE CARNET DU BOIS DE PINS. — *Ms.* : les archives familiales conservent trois ensembles. Tout d'abord, deux copies dactylographiées de 38 feuillets chacune, dont une porte la mention : « Manuscrit définitif ». Puis le carnet original de 51 feuillets, sur la page initiale duquel le titre « Le Carnet du Bois de pins » est substitué au titre biffé « Notes pour le plaisir des bois de pins ». Sur la page suivante on peut lire : « Voici que je retrouve ce carnet, chèrement acquis et très soigneusement conservé dans la maison de Maître Yves Breton... Ainsi a-t-il connu, je crois, le destin le plus heureux. Francis Ponge, 20 mars 1951. » Au bas de la première page de texte, l'auteur, au moment de se séparer de son manuscrit, avait écrit : « Le texte qui fut ici inscrit vient d'être publié en originale chez Mermod. Mais rien ne vaut ce carnet, vraiment innocent (innocent de toute idée de publication), et dont je me déferais à regret si je connaissais le regret — et si ce n'était en faveur d'un véritable ami. Francis Ponge Nov. *[date illisible].* » Sans doute 1947, puisque c'est en avril 1947 que « Le Carnet du Bois de pins » est publié par Henri-Louis Mermod. Enfin, un troisième ensemble constitue le dossier de l'« Appendice au "Carnet du Bois de pins" » comprenant des brouillons et des copies in extenso (13 feuillets) de trois lettres (d'Audisio, 7 mars 1941 ; à Pontremoli, du 16 mars 1941 ; à Audisio, du 16 mars 1941) ; un brouillon, intitulé « Appendices », au pluriel, avec « extraits » des lettres, (14 feuillets) ; une copie définitive (12 feuillets). — *Orig.* : *Le Carnet du Bois de pins*, Lausanne, Mermod, avril 1947 ; 1 500 exemplaires sur vergé chiffon. L'addition d'un « Appendice » répond à une demande de l'éditeur, à qui Ponge écrit le 31 décembre 1946 : « Oui, puisque vous le désirez, je pourrai vous envoyer quelques pages supplémentaires qui étofferont le livre : non pas tellement "Préface" mais "Appendice" (à publier en fin de volume). Il faut que je recherche parmi mes papiers : je vais le faire et vous tiendrai au courant. Je pense que cela pourra augmenter le livre de 8 à 10 (?) pages environ. D'ici une dizaine de jours, vous aurez cela » (*AF*). *Mermod 1952*.

« Le Carnet du Bois de pins » est le texte le plus long du recueil et sa structure en fait un lieu exemplaire de la poétique nouvelle de *La Rage de l'expression*. Il est fondamentalement hétérogène, son inachèvement est souligné, et la poésie comme telle y est particulièrement soumise à la critique. Le texte comporte quatre grandes parties : la première (du 7 au 21 août 1940), intitulée « Le Plaisir des bois de pins », a été amorcée dès le 9 juillet 1937 dans les notes destinées à la « Petite Suite vivaraise » (*Nouveau nouveau recueil*, t. I, p. 35). La deuxième (du 22 août au 2 septembre 1940) s'est ouverte sous le signe polémique de la « Formation d'un abcès poétique ». Une troisième partie, sous le titre « Tout cela n'est pas sérieux », intègre une importante note métatechnique, entre les 3 et 9 septembre 1940, date de l'abandon du manuscrit. Enfin, un rebondissement au-delà de (ou marginalisé par) ces limites est fourni par un « Appendice », lui-même scindé en deux parties hétérogènes : des « Pages bis » d'une part (l'une datée du 6 août 1940, c'est-à-dire de la veille du premier jour de l'écriture proprement dite, et l'autre du 20 août), contemporaine des dernières pages de la première partie), une « Correspondance » d'autre part, avec Gabriel Audisio et Michel Pontremoli (lettres de mars et juillet 1941). Une caractéristique de ce dispositif est que l'écriture procède par effacement-négation de ce qui précède. La première partie du texte obéit déjà à cette loi : après un premier développement libre, s'écartant insensiblement du dessein initial, les notes du 9 août 1940 commencent par ces mots : « Non ! Décidément il faut que je revienne au plaisir du bois de pins. » C'est la même articulation par négation qui lie les deuxième et troisième parties : l'écrivain s'aperçoit qu'il a « perdu son temps » à tenter l'arrangement en poème, et qu'il lui faut repartir à zéro, ou de presque rien. Le texte s'achève sur une longue liste de mots cherchés après coup dans le Littré et une liste de type lexicographique-encyclopédique laissant à entendre que si tout prend fin ici, tout pourrait aussi bien commencer, ou continuer. On voit en outre que l'auteur met en scène l'impossible choix entre différents sujets : le *plaisir* des bois de pins d'une part — conformément à l'axe hédoniste-épicurien qui avait fait écrire à Ponge « Les Plaisirs de la porte » (*Le Parti pris des choses*, p. 21-22) ; le *bois de pins* d'autre part (tel qu'en lui-même, objectivement), la recherche de la formule simple ou idée élémentaire du *pin* (lui-même reconnu idée élémentaire de l'arbre) ; « Le Carnet du Bois de pins » enfin en tant qu'expérience d'écriture dans des circonstances historiques données (que précisent les « Pages bis »), ou en tant que livre virtuel (finalement non publié, du moins provisoirement, tout comme le poème n'aura pas été écrit), et ce sont les alentours de cette aventure que les lettres recueillies dans l'« Appendice » ont pour tâche de cadrer. Tous ces sujets coexistent, se heurtent et se modifient les uns les autres. La particularité du livre qui résulte d'une telle complexité est soulignée par Ponge lui-même, lorsqu'il écrit à Henri-Louis Mermod après la publication de l'ouvrage, le 12 mai 1947 : « Soyez remercié, vous d'abord, — et vos collaborateurs. C'est *bien* d'avoir (et si parfaitement) édité ce livre, qui ne sera pas compris d'abord. Fastidieux, révoltant, hardi ainsi peut-être en quelque façon. Il me semble qu'il fera (très lentement peut-être, mais *fera*) son chemin » (*AF*). À l'époque du Front populaire a eu lieu la rencontre avec Michel Pontremoli, auditeur au Conseil d'État qui avait rendu des arbitrages favorables aux syndicats. Ponge, alors militant syndicaliste, entre en relation avec lui pour le remercier et ils deviennent amis. Ponge tenta (sans grand succès) de soutenir les romans qu'il avait écrits auprès de Jean Paulhan chez Gallimard. Dans une lettre du 23 décembre 1940, Michel Pontremoli, qui se trouve à Marseille (après son éviction du Conseil d'État en raison des mesures antisémites), est recommandé à Gabriel Audisio comme le « meilleur » parmi les « récents » amis. Emprisonné par la Gestapo à Aix-en-Provence, il s'évade, puis disparaît en 1944. Interlocuteur de l'échange noué dans l'« Appendice » (« Correspondance »), il est choisi dès 1943 comme dédicataire du « Carnet du Bois de pins ».

1. On pourrait considérer ces deux lignes comme un premier « chapitre » du « Carnet du Bois de pins » sous le titre « Leur assemblée ». Mais tout aussi bien comme une épigraphe, inscription liminaire, frontale, comme telle digne de n'être pas datée. L'hypothèse la plus plausible est que cette formule initiale en vers est contemporaine des derniers développements (9 septembre 1940), date à laquelle apparaît l'idée de la modification-rectification de l'individu (arbre) par la société à laquelle il appartient. Cela vaut aussi bien pour l'homme (et le poète) ou pour le mot ou l'expression (déterminés par le contexte). On notera en outre que le dispositif en croix permet plusieurs trajets de lecture, chaque composante

du distique décasyllabique étant virtuellement autonome : ce qui annonce la conclusion formaliste et ludique de l'« abcès poétique » (voir p. 396-397). Enfin, le croisement des flèches, souligné graphiquement, renvoie de façon iconique à l'entrecroisement des aiguilles vertes et des épingles à cheveux dans la première partie du texte.

2. « Se dépoiler » n'existe pas. En revanche, le dictionnaire donne « se dépiler », au sens de « perdre son poil » (pour un animal). « Se décortiquer » est attesté, au sens de « perdre son écorce ». « Encortiquer », pour sa part, n'existe pas (ni, donc, « encortiqué »). Quant à « lichéneux » (Littré signale que le mot n'est pas dans le dictionnaire de l'Académie), il signifie en principe : « qui a le caractère du lichen ». Il est ici utilisé avec un sens légèrement gauchi : « dans leur gangue de lichens ».

3. « Robuste » provient du latin *robustus*, dérivé de *robus* pour *robur*, qui signifie à la fois « chêne » et « force ». Si donc « robuste » a un sens général, en toute rigueur étymologique cet adjectif revient à un arbre particulier. D'où l'affleurement, ici, de la fable « Le Chêne et le Roseau » (La Fontaine, *Fables*, I, 22, *Œuvres complètes*, Bibl. de la Pléiade, t. I, p. 64-65).

4. Très tôt dans l'élaboration de ce texte est dégagée une des leçons métatechniques fondamentales du pin : sacrifice des développements horizontaux successifs au profit de la croissance verticale et de l'extrémité haute (le « faîte »). Il y a là une représentation du procès de l'écriture comme progression par approximations et développements « au fur et à mesure caducs » vers le poème (ou formule parfaite et parfaitement verticale), et cette verticalité du poème est idéalement pensée comme ascendante (silence et « sécheresse » au sol, vibration musicale et concertée au sommet) malgré la lecture « obligée » de haut en bas.

5. « Mâts », « fûts », « cônes », « faîte extrême », le retour insistant du même signe graphique conduit le lecteur à considérer la valeur iconique (toit, pommes coniques, hampe et cône...) de l'accent circonflexe. La capitale I sommée d'un accent circonflexe : tel serait l'idéogramme du pin.

6. La métaphore de la cathédrale implique le souvenir du *Génie du christianisme* (III, 1, 8) : « Les forêts ont été les premiers temples de la Divinité, et les hommes ont pris dans les forêts la première idée de l'architecture » (*Génie du christianisme*, dans *Essai sur les révolutions - Génie du christianisme*, Bibl. de la Pléiade, p. 801). Mais on voit comment la référence est ici laïcisée : tout d'abord elle surgit après un développement (sur l'abri) où le relatif s'oppose à l'absolu ; ensuite est saluée (« par bonheur ») l'absence de chaire de cette cathédrale (où précisément la prétendue vérité, morale ou métaphysique, ne peut être annoncée), enfin ce « temple de la caducité » s'oppose implicitement au Temple de l'éternité, ou de la Divinité. L'autre référence est le sonnet des « Correspondances » des *Fleurs du mal* (Baudelaire, *Œuvres complètes*, Bibl. de la Pléiade, t. I, p. 11). Mais si couleurs, sons et parfums sont au rendez-vous du bois de pins, et s'il y a bien « transports de l'esprit et des sens », on ne peut superposer sans risques la leçon baudelairienne et métaphysique de l'unité à la poétique de la rage de l'expression.

7. La notion de solitude semble intimement liée à la possibilité de la méditation « sérieuse ». Mais ce choix du retrait ne doit être ni violent, ni théâtralisé : la solitude n'est ni « isolement » (p. 380), mot lamartinien romantique repris sans doute à dessein, ni (c'en serait la version encore plus péjorative) « isolation » ou « séparation tranchée » (p. 381). C'est plutôt l'expression d'une sensibilité en somme proche de celle d'Horace.

8. Ici prend corps la figure féminine annoncée par une série d'indices depuis le début du texte. Rousse d'abord, puis géante, elle appelle la référence à Baudelaire, dont le nom ne sera jamais prononcé malgré le

développement d'un certain nombre de réseaux thématiques insistants : l'image du navire s'impose d'emblée avec les mâts et la thématique de la négritude ou créolité, puis le balancement (vibration, musicalité) induit une « sensualité » (p. 385) qui vient en concurrence avec l'austérité méditative ambiante ; enfin l'insistance sur les parfums (puissants), complétée par l'évocation de la chevelure (les fines aiguilles, le peigne), achève d'imposer un climat d'exotisme érotique de couleur très spécifiquement baudelairienne. Mais cette figure n'est pas simple ; elle surgit à l'intersection d'une série de références disponibles : la « Jolie rousse » de Guillaume Apollinaire, *Calligrammes*, dans *Œuvres poétiques*, Bibl. de la Pléiade, p. 313-314, dont le nom va s'imposer dans les notes du 17 août 1940 ; ou une image de Vénus : celle, poétique et philosophique, du *De natura rerum* lucrétien, et celle, qui hante la peinture occidentale, de la Vénus anadyomène. Via Rimbaud peut-être, de deux façons ; avec lui pour chercher à saisir l'apparition : dans « Aube » (*Illuminations*, dans *Œuvres complètes*, Bibl. de la Pléiade, p. 140), la réalité, la nature, objet de la quête poétique, est identifiée entre les arbres : « à la cime argentée je reconnus la déesse » ; et contre lui, s'agissant du traitement violemment satirique qu'il inflige dans son sonnet à la créature anadyomène, *Poésies*, dans *ibid.*, p. 22 : l'humeur ni le ton ne sont ici ceux d'une injure à la beauté. Au contraire.

9. Ponge a eu sous les yeux la quatrième de couverture du *Tableau de Paris*, de Jules Vallès, publié aux éditions de la N.R.F. en 1932 (voir J. Paulhan, F. Ponge, *Correspondance [...]*, t. I, lettre 240, p. 243). Il a pu y lire un extrait du catalogue énumérant les noms de Guillaume Apollinaire, Eugène Dabit, Léon Daudet, Léon-Paul Fargue, Valery Larbaud, Paul Poiret et Jules Vallès. Dans « Note sur les *Otages*. Peintures de Fautrier » (*Le Peintre à l'étude*, p. 94) et dans « Pour une notice (*sur Jean Paulhan*) » (*Lyres*, p. 475) seront associés avec insistance la notion de « ravissement » et le nom d'Apollinaire, exemple du poète confronté (comme Ponge lui-même) à la réalité de la guerre.

10. Le soulignement de la formule signale un enjeu capital. Malgré l'opposition topique du bas et du haut, du sol et du faîte, la sécheresse et le silence qui l'accompagnent ne s'opposent pas à la musicalité et aux vibrations. Ils en sont la condition de possibilité. On s'aperçoit même (à la fin du long développement sur l'élan vertical de l'« idée élémentaire ») que « tout évolue aussi vers une parfaite sécheresse » (p. 386). La sécheresse apparaît donc comme une des figures de la perfection. Elle concerne le dégagement progressif de l'idée simple ou différentielle ou élémentaire, ou « formule », et pourrait concerner le poème en tant qu'expression d'un seul élan vertical, absolument nu et droit, de cette formule. Elle a aussi à voir avec ce qui est appelé « la très grande justesse de l'expression » (p. 384), ou, dans « La Mounine », « l'exactitude scrupuleuse de la description » (p. 425). Ces catégories vont à l'encontre de l'opinion courante quant au style dit poétique. La réhabilitation paradoxale de la sécheresse ne va pas sans ironie dirigée contre soi-même, Ponge ayant à lutter contre sa propre pente à la *copia verborum* et contre son plaisir à l'expression précieuse.

11. Dans « La Terre » (*Pièces*, p. 749) sera revendiquée la qualité de poète « mineur » (ou terrassier). Ici, « mineur » semble conserver sa connotation dépréciative. Au lieu d'être parvenu à la parfaite sécheresse, le poète en est arrivé (malgré le « parlons simplement » du 21 août 1940, p. 386) à l'amplification précieuse et baroque d'une scène (ou « tableau », p. 387) mythologique à forte teneur en charmes et réminiscences culturels. Mais il n'entend pas en rester là. L'idée est donc bien que la poésie ne saurait suffire.

12. La référence positive à Paul Claudel et à son *Art Poétique* est

précoce et fréquente dans l'ensemble de l'œuvre. Pour l'invention du mot *nioque* sera de nouveau invoquée *Connaissance de l'Est* (*Nouveau nouveau recueil*, « Nioque de l'avant-printemps », « Au lecteur », t. II, p. 184). La connaissance, chez Paul Claudel et Ponge est opposée aux *charmes* de Paul Valéry ; voir « La Mounine », p. 413, n. 6.

13. « Flamboyante » intervient comme une variante spectaculaire pour « la noble et sauvage rousse ». Flamboyante parce que rousse, parce que *russus* signifie « rouge », « roux », parce qu'ici la géante rousse est comme la superposition de Phébus et de Vénus, version féminine du soleil. La confirmation en sera donnée à la fin de « Soleil placé en abîme » (*Pièces*, p. 793) : « Ô Soleil, monstrueuse amie, putain rousse ! »

14. C'est à la bibliothèque municipale de Roanne que Ponge est allé consulter le Littré (voir J. Paulhan, F. Ponge, *Correspondance* [...], t. I, lettre 246, p. 252).

15. Sans doute le mot est-il refusé parce que la consultation du Littré révèle qu'il désigne la fabrique ou le commerce du brossier, lequel fait ou vend des brosses, et non un lieu ou un ensemble d'objets faisant fonction de brosses. « Broussailles » (ou l'archaïque « brossailles ») serait-il plus juste ? La fin de la page confirme cependant la « brosserie à poils verts, à longs manches ciselés ».

16. Déjà « De l'eau » (*Le Parti pris des choses*, p. 31) proposait comme « devise » « le contraire d'excelsior ». Le terme revient ici, ce pourrait être la devise latine du pin. « De plus en plus excelsior » est peut-être légèrement comique (comme le « toupet » qu'il qualifie ?). On lira encore dans « Les Hirondelles » (*Pièces*, p. 799) : « Huées in excelsis ! », en écho aux paroles du *Gloria in excelsis Deo*.

17. L'« abcès poétique » introduit, à travers de nombreuses variantes autour de la figure centrale et tutélaire de Vénus, les motifs plus abstraits du matérialisme naturaliste épicurien : les atomes, l'oblique (ou *clinamen*), le « sans sommeil » désignant la mobilité incessante des corpuscules (« Il ne peut y avoir aucun repos pour les atomes à travers le vide immense » [*De natura rerum*, II, v. 94-95]). C'est même le passage où sont évoqués les rayons du soleil pénétrant dans la pénombre (voir *De natura rerum*, II, v. 143 et suiv.) qui semble ici très précisément rappelé. Le texte versifié laisse affleurer dans les interstices du tableau mythologique les concepts importés du grand poème de Lucrèce. Au reste Vénus, c'est ce que suggère une des versions (voir p. 393), « s'y escamote » : elle n'est pas visible ou n'est visible qu'à travers ce qui, de la nature, la suggère. En fait elle est la Nature.

18. *Tome premier* porte : « quinze pages », nous corrigeons en fonction de notre mise en page. De même nous corrigeons les renvois qui suivent.

19. Dans un billet sans date, de la fin de 1926 (voir *Correspondance* [...], t. I, lettre 77, p. 72), Jean Paulhan écrit : « Je suis infiniment heureux et assuré que tu aies formé un rythme à tes arbres. Le poème en prose n'est plus pour toi. » Outre qu'il ne s'embarrasse d'aucune justification, il ne semble pas comprendre que Ponge a encore devant lui l'essentiel de sa production de « poèmes en prose ». Au moment de l'écriture du « Carnet du Bois de pins », cette injonction est interprétée restrictivement, en fonction de l'opposition simple poème en prose / poème en vers. Mais il s'agit en réalité de dépasser la pratique du poème.

20. La différence formulée dans cette « Note » entre « expression » et « connaissance » recoupe en partie l'opposition précédemment évoquée entre poème et forme nouvelle exigée par un projet nouveau. Description-expression d'un côté (pouvant s'accomplir sous la forme poème, en prose ou en vers), ou bien dégagement progressif de la formule, leçon ou loi de l'objet indifférente à la rhétorique du genre.

21. À partir de cette page et du constat qu'il ne faut pas confondre l'arbre et la forêt (ou le pin et le bois de pins), le texte s'attache à la problématique de la relation individu et société. Il est probable que ces développements jouent un rôle dans l'articulation d'une politique à une poétique, enjeu essentiel du recueil. L'auteur semble identifier le poète à ce type d'individu qui n'est ni séparé-isolé, ni entièrement social, mais à la lisière ; à la fois solidaire et solitaire.

22. Ce thème a été amplement développé dans « Faune et flore » et « Végétation », *Le Parti pris des choses*, p. 42-46 et 48-49. On voit ici, sur le versant technique, la puissance du modèle végétal de l'écriture : les individus en lisière ont ceci de particulier qu'il leur est permis « de conserver la mémoire et l'exhibition de leurs anciens développements ». Cet exhibitionnisme est exactement celui auquel se livre l'écrivain du « Carnet du Bois de pins ».

23. Ponge a eu quarante et un ans en mars 1940. Telle est peut-être la raison de l'âge de l'« opuscule » (essentiellement inachevé).

24. L'auteur ne se considère ni comme un poète, ni comme un écrivain-narrateur, ni comme un idéologue, étant entendu que ces trois fonctions pourraient n'en faire qu'une et qu'à l'occasion (voir les « Souvenirs interrompus », *Nouveau nouveau recueil*, t. I, p. 19-134, à la poursuite desquels il songe peut-être lorsqu'il évoque la possibilité de se faire le mémorialiste de « ce long mois d'aventures ») il se sent fort capable de les remplir. Mais sa vocation ou « recherche particulière » est d'une autre sorte : son objet ne préexiste pas à l'expression, il est à conquérir.

25. La cousine de Ponge, Linette Fabre, avait épousé le pasteur Jacques Babut. Le communiste athée et le pasteur étaient donc cousins par alliance. La référence à saint Paul renvoie vraisemblablement à l'Épître aux Romains, VIII, 19-25.

26. Voir déjà « À chat perché » (*Proêmes*, p. 194) : « Je ne rebondirai jamais que dans la pose du révolutionnaire ou du poète. » Ici, les deux se conjuguent (c'est la possibilité entrevue) sans s'exclure.

27. Le vocabulaire chrétien fait significativement retour. Le marxisme en jeu ici peut s'entendre comme une transposition de l'idéologie chrétienne : pour l'établissement, à la « fin de l'histoire », d'une société de justice ici-bas (l'équivalent du « Royaume de Dieu »). La condition de la libération totale de l'homme (l'accomplissement de son humanité) ayant pour condition préalable sa libération économique, sociale, politique. La divergence entre christianisme et communisme est moins référée à l'opposition philosophique entre un spiritualisme et un matérialisme qu'à une obsession pongienne : l'idée que cette religion est fondée sur le mépris et l'abaissement de l'homme (par le péché originel), alors que le marxisme serait un humanisme intégral.

28. C'est en 1919 que Ponge a fait la connaissance de Gabriel Audisio, en même temps que celle de Jean Hytier. Pour les rapports entre les trois hommes au début des années vingt autour de la revue *Le Mouton blanc*. De cette époque date une amitié qui s'exprime dans les années quarante à travers une abondante correspondance. Audisio se considère comme un théoricien de la poésie, mais il est sans doute (à cet égard) beaucoup moins adepte de la rupture que son ami. D'où un dialogue franc, et souvent contradictoire.

29. Gabriel Audisio fait ici référence à deux articles donnés au *Figaro littéraire*, le samedi 1er février 1941, sous le titre « Une divorcée : la poésie » (il s'agit du divorce de la poésie et du public lecteur, dont la faute, selon Audisio, incombe aux poètes et non aux lecteurs), et le samedi 15 février, sur le même sujet, avec cette fois pour sous-titre : « Les poètes sont-ils

les grands-prêtres d'une caste d'initiés ? » L'article du *Jour*, le 13 mars 1941 s'intitulait quant à lui « Le Métier de poète » et défendait l'idée selon laquelle « tout artiste est aussi un artisan ». C'est probablement cet article qu'envoie Ponge à Michel Pontremoli dans la lettre suivante (du 16 mars).

30. Gabriel Audisio repère les difficultés, voire les apories, auxquelles son exigence soumet l'auteur du « Carnet du Bois de pins » : la question de l'articulation ou de l'intégration des parties ou des détails à la totalité, l'utopie de la restitution intégrale de l'objet, voire simplement de la saisie de la chose en soi, etc. Mais où l'un parle d'« héroïsme » (inutile) devant le problème de l'expression, l'autre évoque la « rage » (nécessaire) de l'expression. Ce moment (printemps-été 1941) est un de ceux où l'antipoétisme de Ponge est des plus virulents. Comme si ce qu'il appelle alors « poésie » (magma analogiste, complaisance à l'irrationnel, etc.) n'était qu'un des masques de la propagande obscurantiste. Les circonstances historiques radicalisent sa position d'écrivain.

31. Le titre de cette plaquette n'apparaît ni dans le « Du même auteur » de *Poèmes du lustre noir* (Laffont, 1944) ni dans la bibliographie supposée exhaustive du numéro spécial de la revue *Sud* (n° 20) dont la rubrique « poésie » comporte vingt titres de 1923 à 1975. Dans sa lettre à Ponge, Gabriel Audisio avait écrit en toutes lettres le nom de celui dont seules les initiales nous sont proposées : il s'agit de Camille Schuwer.

32. Gabriel Audisio semble négliger l'existence d'un roman d'André Gide (*Les Faux-monnayeurs*), d'un poème de Poe (« Le Corbeau »), et de la *Vita Nova* de Dante, livre achevé où vers (vingt-cinq sonnets) et prose s'ordonnent dans une perspective narrative et théorique, selon un plan concerté. De même la « Ballade du Dee-Why » est un poème, figurant dans le recueil *Antée* (*Cahiers du Sud*, 1932), sur lequel Audisio revient en effet « rétrospectivement ». Dans le cas du « Carnet du Bois de pins », le journal (ou carnet) de l'œuvre *est* l'œuvre, ou bien encore : il n'y a pas d'œuvre. Le poème intitulé « Le Bois de pins » n'aura finalement pas été écrit. La formule mallarméenne du « Coup de dés » prendrait ici tout son sens : « Rien n'aura eu lieu que le lieu », « Un coup de dés […] », dans *Œuvres complètes*, Bibl. de la Pléiade, t. I, p. 385. Gabriel Audisio perçoit les similitudes sans concevoir la différence.

33. Ce titre, avancé après celui de *Genèse d'un Poème* quelques lignes auparavant, renvoie évidemment à Poe (*La Philosophie de la composition* et *Le Principe poétique*) relayé par Paul Valéry s'expliquant sur la genèse du « Cimetière marin », *Variété*, « Au sujet du *Cimetière marin* », dans *Œuvres*, Bibl. de la Pléiade, t. I, p. 1496-1507.

34. Nous n'avons pu retrouver cet article, malgré les précisions fournies, dans la collection du *Mémorial de Saint-Étienne*. Pierre Giraud de Nolhac (1859-1936), historien de la Renaissance et du XVIIIe siècle, conservateur de Versailles et du musée Jacquemart-André, est un poète de facture parnassienne (*Paysages de France et d'Italie*, 1894). Louis le Cardonnel (1862-1936) fréquente le salon de Mallarmé, devient bénédictin, puis mène une vie errante, cherchant à concilier mystique chrétienne et inspirations plus profanes (*Poèmes* 1904, *Carmina sacra* 1912, *Du Rhône à l'Arno* 1920, *De l'une à l'autre aurore* 1924).

35. La formule se retrouvera, transformée, dans « My creative method » (*Méthodes*, p. 533). Aucune poétique *a priori*, donc, ou généralisante. Elle apparaît dès 1928-1929 sous la forme d'« une rhétorique par poème » dans « Raisons de vivre heureux » (*Proêmes*, p. 198). Une lettre du 11 mai 1941 à Gabriel Audisio fait écho à cette discussion et permet de mieux comprendre la vivacité de la réaction de la mi-mars. La proposition

concernant un numéro spécial de revue sur la naissance du poème avait été interprétée (peut-être avec un peu trop de raideur) comme visant à la formulation collective de quelque chose comme une poétique, une manière de manifeste en somme. Or, la formulation d'un art poétique se révèle impossible : « [...] à peine postée ma lettre je reçois ton article "servitude et liberté", et je ne veux pas tarder à te dire que je suis cette fois tout à fait d'accord avec toi. [...] Ce qui me chiffonnait seulement c'était que tu aies l'air de souhaiter ou seulement de croire possible la formulation d'une technique par une assemblée de poètes. Comme tu t'exprimes cette fois plus de doute : si une technique se dégage, tant mieux. Mais il ne s'agit pas de la susciter. Il ne s'agit même pas pour chaque poète de penser à une technique universelle. Qu'il s'applique à son propre objet, qu'il obéisse à ses lois intérieures, qu'il soit très difficile avec lui-même, qu'il songe plutôt à satisfaire son propre critique intérieur, que je ne sais quel lecteur supposé ; nous voici d'accord. Comment un plus lourd que l'air arrive-t-il à voler ? Parce qu'il obéit à la technique de l'avion. Tu me concèderas qu'un écrivain ne deviendra pas poète parce qu'il obéira à la technique de la poésie » (archives Gabriel Audisio).

36. Une traditionnelle pétition de principe de l'avant-garde (notamment surréaliste), brûlante d'actualité, se trouve ici réitérée. La *permanence* de la révolution artistique peut très bien dans ces conditions n'être pas lue comme une référence explicite au concept politique trotskiste. Gabriel Audisio se voit presque accusé par son ami de visées réactionnaires peu responsables.

37. Ce n'est pas ici la seule apparition (discrète) de Leibnitz. Voir à ce sujet B. Beugnot, *Poétique de Francis Ponge*, p. 131, sur l'« harmonie des erreurs » empruntée à Leibnitz.

38. Sur les relations avec l'œuvre de La Fontaine, voir « La Mounine » (p. 412-432, et n. 25, p. 426).

39. Il s'agit d'Arthur Rosenberg (1893-1946), théoricien du racisme nazi. La version publiée de cette lettre omet volontairement un nom dans l'énumération, qui se présente ainsi dans le manuscrit : « Il y aurait beaucoup à dire il me semble sur l'obscurantisme dont nous sommes menacés (depuis Bergson jusqu'à Rosenberg en passant par Kirkegaard, St Thomas et tutti quanti) » (*AF*). Quoi qu'il en soit des raisons de l'athéisme intransigeant ici professé, on reste surpris de cette alliance de noms : pour ce qui est de saint Thomas, c'est sans doute Jacques Maritain, néothomiste influent, qui est visé. Quant à Bergson, il meurt précisément en 1941, ce que l'auteur de la lettre ne savait sans doute pas quand il l'écrivait.

40. Le « sentiment religieux » est sans doute, pour Ponge comme déjà pour les romantiques (Stendhal par exemple), une composante typique de l'âme allemande.

◆ LA MOUNINE OU NOTE APRÈS COUP SUR UN CIEL DE PROVENCE. — *Ms.* : le manuscrit original autographe (collection particulière, Paris) figure dans un cahier de 45 pages portant le titre « Notes après coup sur un paysage de Provence, ou La Mounine ». Une note marginale précise : « Un autre cahier manuscrit (copie revue de celui-ci) est entre les mains de H.-L. Mermod, éditeur à Lausanne. F.P. 3 Nov. 1947 ». Autre mention marginale : « Ce cahier constitue le manuscrit original pour ce texte qui y a été inscrit au fur et à mesure de sa conception. F.P. » Les archives familiales conservent une copie autographe (« La Mounine, Note après coup sur un ciel de Provence »), correspondant au texte définitif, dans un cahier de 20 pages. Sur la première page, le titre est corrigé : « Notes » et « paysage » sont biffés et remplacés par « Note » (au singulier), et « ciel ».

Le 28 avril 1941, Ponge écrit à Gabriel Audisio : « J'ai dû partir précipitamment de Roanne pour aller voir à Aix ma tante Mavro gravement malade ». Le 1ᵉʳ mai, dans une autre lettre au même, il évoque à nouveau ce voyage : « Ma tante était bien impressionnante dans l'appartement mansardé de son hôtel d'Aix (hôtel de robe) : squelettique mais brûlante. (C'est elle, tu sais, qui m'avait lithographié) » (archives Gabriel Audisio). Deux jours plus tard, il commence à écrire ses « Notes après coup sur un ciel de Provence », qui tentent de rendre compte d'une sensation éprouvée lors de ce récent voyage ; sur la page de titre, il inscrit : « Cahier ouvert à Roanne le 3 mai 1941. » La rédaction telle qu'elle est publiée dure un peu plus de trois mois, puisque la dernière date inscrite dans le texte est celle du 5 août 1941. Elle semble pourtant s'être poursuivie au-delà de ce terme (voir les pages du cahier manuscrit que nous publions dans l'Atelier, p. 438-440). Mania Mavro, veuve d'un oncle de Ponge, Jean Saurel, et originaire d'Odessa, était venue vivre à Paris, où elle avait fréquenté l'atelier d'Antoine Bourdelle. C'est à elle qu'on doit le portrait-frontispice des *Douze petits écrits*. Il n'est pas indifférent de trouver cette artiste russe mais « cézanienne » liée à la genèse d'un texte très marqué par la référence à la peinture. La dédicace à Gabriel Audisio, prévue dès le premier état du recueil en 1943 (voir la Notice, p. 1017) est un hommage à la fois à un ami, à un interlocuteur précieux (voir n. 27, p. 407) et à l'écrivain méridional sensible aux ciels de Provence.

1. Dans « Rhétorique de "La Mounine" » (*Europe*, n° 755, 1992), André Bellatorre rappelle que le toponyme, nom commun dans le « parler marseillais », possède un sens qui pourrait confirmer sa fonction matricielle : « Nom féminin d'origine provençale : *mounino*, singe. Désigne, dans le langage populaire et même grossier, le sexe de la femme. On dit aussi : *moune*, tiré de *mouno*, la chatte » (R. Bouvier, *Le Parler marseillais*, Marseille, Jeanne Lafitte, 1985). L'auteur, qui n'en dit rien explicitement, pouvait-il avoir à l'esprit cette acception ? Un peu plus loin (p. 413), il hésite quant au lieu exact de l'événement. Le choix définitif tient peut-être à ce que le mot évoque. Le sous-titre joue avec le double sens du mot « Note » qui réfère au caractère fragmentaire et discontinu de l'écrit, et s'entend aussi au sens musical. De même, « après coup » possède une valeur temporelle mais, rechargé littéralement, évoque aussi ce qui vient après le coup de gong : cette percussion et ces vibrations, en réserve dans le titre, seront orchestrées plus loin (p. 421).

2. Le texte débute au passé, comme un récit « après coup », puis, dès le second paragraphe, fait se succéder phrases nominales et phrases verbales au présent, comme des notes prises sur le vif ; c'est peut-être une des tensions constitutives de « La Mounine » : à la fois nécessité d'assumer l'irréductible décalage entre compte rendu et expérience (passée), et désir de faire utopiquement coïncider l'expérience et son expression.

3. Ce sont les trois fontaines du cours Mirabeau. « Il s'agira ici d'un de nos lieux sacrés. Certains de nos dieux (on les nomme aujourd'hui valeurs) en ont fait leur séjour favori » (*Lyres*, « Prose à l'éloge d'Aix », p. 478). Deux de ces dieux sont déjà présents dans le texte de 1941 (voir p. 413 et 415) : Cézanne et, plus discrètement, à la faveur de la « ressemblance » de Caen et d'Aix, Malherbe.

4. Succédant aux objets limités ou circonscrits (l'essentiel de la matière du *Parti pris des choses*), se cherche une approche du paysage. À cette occasion s'inscrit une contradiction fondamentale et insoluble, qui met en présence, dans l'expérience ou le souvenir de l'expérience, « contemplation » et « vision fugitive » (p. 413). Bernard Beugnot (« Ponge-paysages : genèse

de "La Mounine" », dans *Saggi e ricerche di letteratura francese*, t. XXIX, 1990, p. 217-245) se demande si cette dernière expression ne viendrait pas du début d'*Un amour de Swann*, où le grand-père fredonne trois airs, dont « Vision fugitive », souvenir de l'*Hérodiade* de Massenet (M. Proust, *À la recherche du temps perdu*, Bibl. de la Pléiade, t. I, p. 191).

5. Le thème de la conservation rencontre la conception proustienne de l'usure des souvenirs trop souvent convoqués. Si « il faut que je la maintienne au jour » est la transformation positive de l'injonction « il ne me faut pas l'abîmer », le verbe « abîmer » prend un double sens («détériorer», et, littéralement, « enfoncer », « plonger dans l'abîme »), qui viendra jouer, plus tard, dans le titre du « Soleil placé en abîme », avec l'acception héraldique.

6. Le trait d'union signale sans doute une référence à Paul Claudel, souvent mis à contribution pour sa glose de la « co-naissance », tirée de l'*Art poétique* (1907) : « traité de la co-naissance au monde et de soi-même ». Il se pourrait que ce soit encore de ce traité que s'inspire l'analyse de « com-prendre », qui y est ainsi défini : « Comprendre, saisir en même temps, réunir par la prise. Comme on dit que le feu prend, ou que le ciment prend, ou qu'un lac se prend en hiver, ou qu'une idée prend dans le public, c'est ainsi que les choses se comprennent et que nous les comprenons » (*Œuvre poétique*, Bibl. de la Pléiade, p. 179).

7. Après une première période fauviste, de 1919 à la fin de sa vie, Auguste Chabaud (1882-1955), retiré dans la Montagnette, aux environs d'Avignon, a peint un millier de paysages qui ont fait de lui un peintre provençal réputé. Ses ciels sont souvent empreints de sévérité, mais la comparaison avec le « grand » Cézanne est paradoxale et quelque peu provocatrice sous la plume de Ponge, qui retrouve son contexte culturel originaire avec un peintre né à Nîmes d'une famille d'origine cévenole, protestante, et « devenu » provençal seulement dans un second temps.

8. La « traduction » de la qualification matérielle « jour bleu cendres » en termes de tragique humain (« jour de la mort », « jour de l'éternité ») fait référence à la liturgie catholique des Cendres, analogue à l'usage qu'a fait « Le Mimosa » du dimanche des Rameaux. Le mercredi des Cendres ouvre le carême par l'appel à la pénitence et à la mortification. Tragique d'autant plus vivement ressenti que le ciel est fermé et vide, ce qui renforce la conviction que « Dieu est une invention ignoble » (p. 416). La connotation religieuse est d'autant plus présente que l'opposition du jour à la nuit est explicitement interprétée comme combat des lumières contre l'obscurantisme, cependant que le « mythe » biblique est violemment pris à partie (voir, dans l'Atelier, « [Quatre pages du cahier de "La Mounine"] », p. 438-440).

9. La référence, énigmatique, reviendra (p. 420) accompagnée d'autres anecdotes, supposées proches quant à l'acuité de l'émotion éprouvée. Même partiellement développée, elle restera allusive, mais la structure de la situation met en évidence similitudes et variations ; l'observation de Biot n'a trait qu'au naturel et se différencie de celle de La Mounine, où la conjonction s'établit entre culturel et naturel ; l'expérience demeure cependant radicalement singulière, incomparable.

10. L'image surgit dans la nuit du 10 au 11 mai 1941 à propos du ciel de Provence, puis fait retour, avec quelques variations, le 14 juin à propos de l'œillet (voir p. 361) ; l'écriture des deux textes est partiellement contemporaine.

11. L'effort pour restituer l'émotion singulière amène le souvenir d'enfance, expérience de première fois, superposant ainsi deux strates de mémoire. Ce mouvement d'anamnèse, assez familier, fera par exemple

surgir bien plus tard, dans le dossier de « La Table » des sarcophages doublement archaïques : « Quelle impression inoubliable la "première fois", j'avais moins de 10 ans, ceux d'Arles » (*Nouveau nouveau recueil*, t. III, p. 223). Dans ce contexte, l'écoute littérale des noms propres ne relève peut-être pas seulement d'une volonté d'humour. Après « Port-de-Bouc », plaisamment pris au mot (voir p. 412), « ce jour du roi René » laisse entendre l'un des noms du soleil, et le principe de re-naissance qui va être invoqué : « tout est [...] sur le point de renaître » (p. 415).

12. Voir « Le Martyre du jour » (*Douze petits écrits*, p. 8-9), ainsi que « Le Volet » (*Pièces*, p. 757-759).

13. Voir n. 5, p. 337.

14. L'athéisme (ou antithéisme) virulent est à l'intersection des positions poétique (esthétique) et philosophique, prolongée en convictions éthiques et politiques. Au printemps de 1941 cet athéisme de principe est attisé par les circonstances historiques : pour Ponge l'« effondrement » national et la victoire de la « barbarie » résultent de l'idéologie religieuse prônée par la bourgeoisie, thème repris ultérieurement (voir p. 425) : militer pour les lumières (contre l'obscurantisme) concerne aussi le travail du poète. L'adjectif « ignoble » à propos de l'invention de Dieu reviendra deux mois plus tard (voir p. 411), appliqué à Dieu lui-même cette fois. Du 12 au 13 mai, enfin (voir p. 417), est perçu le lien entre « bleu », « blême » et « blâme », mot en rapport avec la sévérité ou le tragique du ciel vide. Or les recherches menées par la suite (voir p. 419) conduiront à noter l'étymologie *blasphemare* pour « blâme ». La violence blasphématoire du propos est supposée répondre à la violence métaphysique de la fermeture du ciel, en même temps qu'à la violence politique imposée par l'histoire.

15. Le verbe correspond au concept métatechnique de « conquête » proposé le 20 août 1940 : « Ce n'est pas de la relation, du récit, de la description, mais de la *conquête* » (p. 405). Ce que précisera, le 22 avril 1941, une lettre à Gabriel Audisio (voir n. 9, p. 372).

16. L'émotion n'est pas un état d'âme, mais une réaction physique à un spectacle naturel ou provoqué par l'art, littérature ou peinture (voir p. 420-421). Un essai de définition du projet d'écriture (voir p. 424 et suiv.) précise qu'il s'agit de parvenir à une explication et à une « loi », une fois dépassés l'émotion et le « sanglot esthétique ». Parmi les objets déclencheurs : un tableau de Cézanne. Des années plus tard, dans « Braque, un méditatif à l'œuvre » (*L'Atelier contemporain*, p. 300), le « choc » ressenti en 1945 devant une nature morte sera évoqué dans les termes de « La Mounine » : « À peine cette toile m'eut-elle sauté aux yeux, je ressentis ce que j'ai nommé, ailleurs, le sanglot esthétique (cet "esthétique" ne me plaît pas trop), enfin, une sorte de spasme entre le pharynx et l'œsophage, et mes yeux s'embuèrent. »

17. Ni Hugo (*Les Misérables*, I, 1, 10, dans Bibl. de la Pléiade, p. 38-49) ni Dostoïevski (*Les Frères Karamazov*, I, 2, 6, dans Bibl. de la Pléiade, p. 71-81) ne font partie du canon littéraire pongien. Mais un des « Souvenirs d'Avignon » (*Nouveau recueil*, coll. « Blanche », Gallimard, 1967, p. 39) évoque la récente lecture, par l'enfant, du « premier chapitre des *Misérables* ». Dostoïevski sera une référence importante d'Albert Camus dans *Le Mythe de Sisyphe*, lu dès 1941 (voir la notice du recueil). La noblesse, valeur émouvante, exalte l'homme : « coup de théâtre noble de la justice rendue », « noblesse de l'effort » et manque de moyens ; elle s'oppose à l'ignoble, l'idée de Dieu par exemple, qui rabaisse l'homme. On se rappelle aussi la « mollesse ignoble sous-jacente » de la mie du pain (*Le Parti pris des choses*, « Le Pain », p. 22-23).

18. Le texte présente un modèle musical du jour : coup de gong matinal

sur la tôle nocturne, vibrations s'amplifiant jusqu'à midi, « rassoupissement » progressif jusqu'au soir. Dans « Le Soleil placé en abîme », la même image est développée sur un mode un peu différent (voir *Pièces*, p. 791) : entre la « tôle nocturne » et le « tollé nocturne » s'établit un évident dialogue. Les deux termes jouent dès 1930 dans « Plus-que-raisons » (*Nouveau recueil*, p. 35).

19. Le verbe, souligné, laisse entendre la proximité et l'écart de « virer au blanc » : le phénomène, objet de l'enquête, peut se penser à la fois en termes musicaux, picturaux et physico-chimiques. L'un des enjeux du texte réside dans l'articulation de l'esthétique et du scientifique, et dans la mise en relation de ces deux instances et de l'éthique (ou politique).

20. Depuis le début, le texte mallarméen est présent, et particulièrement le poème « L'Azur », dont les « cendres monotones » ont pu, dès la première page, engendrer l'« azur cendré ». Mais le nom de Mallarmé n'est pas prononcé. Trop évident, familier, habituel. On peut en outre se demander avec Bernard Beugnot (1990) si l'« autorité terrible » que Ponge attribue au ciel ne serait pas aussi celle de Mallarmé.

21. On glisse du « tragique encrage » au cyanure, sans que le mot ait besoin d'être écrit ; il est comme produit par le contexte, par le paysage verbal : ciel plus azur(e) + donne > cyanure. Formé sur l'adjectif grec (χυανοῦς) signifiant « bleu sombre », « noir », c'est un mot qui noircit le ciel, et qui, de surcroît, empoisonne l'azur. Le contraire des valeurs habituelles de l'azur : transparence, limpidité, pureté.

22. La première pause réflexive du 19 juillet 1941 (voir p. 424-425), moment théorique ou proématique essentiel, tente de modéliser le processus de l'écriture. Le schéma logique et chronologique serait le suivant : impression-émotion / description / explication (dégagement d'une loi ou leçon ou morale). Il va de soi que ce schéma linéaire n'est pas celui que suit réellement l'écriture. Il indique toutefois le sens voulu du processus : de l'émotionnel au rationnel, de l'esthétique au logique, cette poétique est mise au service d'une idéologie progressiste (les lumières) contre l'obscurantisme historiquement récurrent (nazisme). Le recueil se présente donc, malgré certaines apparences premières, comme un ouvrage engagé, voire militant. Corrélativement s'esquisse une théorie de l'image comme masque, et non comme révélateur : le projet éthique-scientifique implique une pratique de la littéralité (« exactitude scrupuleuse ») contradictoire avec la doxa poétique dominante.

23. Cette lettre de Gabriel Audisio (7 mars 1941) a été citée *in extenso* dans l'« Appendice au "Carnet du Bois de pins" » (p. 407 et suiv.). La reproduction de fragments dont le lecteur a déjà pris connaissance contribue à l'effet de cohérence du recueil, ou, puisqu'il est question de cela, d'unité de la « marqueterie ».

24. À la question : « Que faire ? », posée à propos de l'accumulation des sciences et des connaissances, l'« Introduction au "Galet" » (en 1933, donc neuf ans auparavant en ans pas quinze) répondait : « Le meilleur parti à prendre est donc de considérer toutes choses comme inconnues, et de se promener ou de s'étendre sous bois ou sur herbe, et de reprendre tout au début » (*Proêmes*, p. 204).

25. Le 19 juillet s'est instauré un dialogue imaginaire avec Gabriel Audisio, qui s'est vu « objecter » La Fontaine ; trois jours plus tard, la « lettre à G. A. » (p. 411) s'appuie de nouveau sur « Le Lion et le Rat » (*Fables* dans *Œuvres complètes*, Bibl. de la Pléiade, t. I, p. 85), à quoi faisait aussi allusion l'« Introduction au "Galet" » (p. 202). La référence concerne la thématique de « La Mounine », en rapport avec celle de la fable : les mailles tiennent le lion pris au piège comme le jour « tient la nuit dans les

griffes de son éclat »; d'autre part, le modèle fourni par La Fontaine a valeur théorique : la poésie doit tendre à la formule, au proverbe, à la mise au jour d'une loi. La dette est reconnue, non sans une prise de distance : la leçon n'est pas forcément une morale. Il ne s'agit pas non plus de multiplier des scénarios narratifs : l'allusion à Théophraste (ou La Bruyère) corrige le modèle La Fontaine.

26. Nous n'avons pu retouver le premier de ces trois textes, écrit contre l'obscurantisme incarné par Alfred Rosenberg, idéologue officiel du IIIe Reich, et confortant les convictions de Ponge. Le 22 juillet, la dernière lettre à Gabriel Audisio figurant dans « L'Appendice au "Carnet du bois de pins" » fait de nouveau allusion à la « menace » obscurantiste et cite, en référence à cet article, le nom de Rosenberg. « La leçon de Ribérac ou l'Europe française », publié dans *Fontaine*, n° 14, puis repris en appendice aux *Yeux d'Elsa* (Seghers, 1942), a été inspirée à Louis Aragon par la débâcle de 1940, évoquée depuis Ribérac en Dordogne, patrie du troubadour Arnaud Daniel. Le lien observé par Louis Aragon entre la poétique formaliste du *trobar cluz* et le grand poème en langue vulgaire de Dante fournit l'occasion d'une méditation sur la destination de la poésie et le rôle de la tradition poétique nationale. Sur la lecture faite par Ponge de ce texte d'Aragon, voir Bernard Veck, *Francis Ponge ou le Refus de l'absolu littéraire*, Liège, Mardaga, 1993, p. 113-118. « Vigilantis narrare somnia » (*Cahiers du Sud*, juin 1941), de Roger Caillois deviendra un chapitre des *Impostures de la poésie* (1943) sous le titre « Pour une esthétique sévère ».

27. L'insistance du substantif « savant » (voir p. 425 : « je me veux moins poète que "savant" ») fait penser à Rimbaud. Mais au « suprême Savant » rimbaldien, qui prétend avoir touché l'inconnu, répond chez Ponge celui qui cherche : la découverte n'est pas la trouvaille, mais le cheminement de l'enquête, objet d'une narration-description. La polysémie de la notion d'expérience, qui vient immédiatement dans le contexte, est éclairante : « raconter ses expériences » renvoie à l'expérience (vécue) en tant qu'elle est transformée en expériences (de type expérimental) par l'expérience (de l'écriture).

28. Cette page met en place une conviction fondamentale (qui réapparaîtra, avec la référence à « La Mounine », dans *Entretiens avec Philippe Sollers*, p. 43-44) : contrairement aux stéréotypes relatifs à l'harmonie, à la mesure, à la grâce définissant la civilisation méditerranéenne, celle-ci est perçue comme essentiellement sauvage et tragique.

29. La musique verlainienne n'est pas une référence habituelle pour Ponge. Mais la citation du premier vers des « Ingénus » (*Fêtes galantes*, dans *Œuvres poétiques complètes*, Bibl. de la Pléiade, p. 110), au-delà de la justification ponctuelle qui en est donnée, est peut-être plus profondément liée au fait que Verlaine, dans ce recueil, sait voir derrière la « fête », l'insouciance, l'épicurisme et la galanterie érotique (en référence à Watteau), l'inquiétude, l'angoisse et la mort.

30. La même écoute étymologique peut s'observer dans « Le Soleil placé en abîme » (*Pièces*, p. 776-794), et se développe en relation avec « contemplation » dans « Braque, un méditait à l'œuvre » (*L'Atelier contemporain*, p. 316). À propos de la « considération », Ponge écrit à Jean Tortel, le 28 mars 1970 : « Oui, cette considération du fonctionnement (manège, horlogerie) universel : peut-être en effet serait-ce par là, s'agissant de gloser sur moi-même, qu'il faudrait commencer — la première fois que j'employai ce mot, ce fut lorsque je le plaçai en tête de ma satire intitulée "Le Martyre du jour" à propos de laquelle J. P. m'écrivit en 1925 ou 26 » (voir J. Paulhan, F. Ponge, *Correspondance* [...], t. I, lettre 72, p. 69). On lit en note à « commencer » : « *Commencer par là ?* Peut-être. Mais cela ne veut pas dire

que la Physique de qui que ce soit ait jamais précédé sa Morale. Pour ce qui est d'Épicure, je ne peux m'empêcher de croire que son premier mobile a été la nécessité, l'urgence de se trouver des exemples de vie heureuse... Est-ce en observant le manège astral qu'il les a trouvés ? » (voir F. Ponge, J. Tortel, *Correspondance [...]*, lettre 185, p. 238 et suiv.).

31. Ces images seront systématiquement reprises et orchestrées dans « Nioque de l'avant-printemps » (*Nouveau nouveau recueil*, t. II, p. 49 et suiv.). Mais si l'« hydrothérapie » est ici dite « fastidieuse », et le Sud nettement opposé et préféré au Nord, dans la « Nioque » les vertus thérapeutiques et fécondes de la « méchanceté élémentielle » seront reconnues. La polarité Nord-Sud est importante dans l'expression du système de valeurs qu'élabore l'œuvre. Une page de brouillon (« Le Nez de Jobourg », 16 et 21 au 21 août 1952), qui décrit un paysage près du cap de La Hague, mentionne qu'« il faut en faire le contraire de *La Mounine* » : « Un nez ? Mon nez ? — Peut-être... ! mais alors assez grandiose / Les ailes sous la pluie, les narines dans l'eau, l'arête fort rocheuse / le front haut-ébloui / nuages et vents, escadrons de brumes à toutes hauteurs, (*obliques, ... dépolis*) / Lueur au front, attirant le regard vers le zénith éblouissant (lampe frontale des oto-rhino-laryngologistes) / Les bosses au front, bosses du zénith / Idée d'un rideau de théâtre comme fait de nombreux voiles de mousselines plus ou moins sales, violemment éclairées par-derrière, par un projecteur presque zénithal » (*AF*).

32. Allusion sans doute à la *Sixième Symphonie*, dite « *pastorale* ». Une série de dessins de Léonard de Vinci, parfois intitulés « Atmosphère », conservés au château de Windsor, esquissent des tempêtes, des orages ou le Déluge. On lit dans les *Carnets* de Léonard (Gallimard, 1942, t. II, p. 253) : « Aussi l'atmosphère semble-t-elle bleue à cause des ténèbres qui sont au-delà [...]. » Voir aussi la rubrique « Atmosphère », *ibid.*, t. I, p. 359.

33. Cette mention remplace « 7 septembre 1941 » dont s'accompagnent, dans le cahier manuscrit, les dernières tentatives de mise en poème. La séquence théorique (reproduite dans L'Atelier, p. 438) qui précède dans le cahier ce dernier effort d'arrangement révèle que le premier jet a été considérablement corrigé.

DANS L'ATELIER
DE « LA RAGE DE L'EXPRESSION »

◆ [RECHERCHE DU TITRE]. — Cette liste, jointe initialement à une lettre écrite à Jean Paulhan (15 mai 1943 ; *Correspondance [...]*, t. I, lettre 282, p. 291-292 ; voir la Notice p. 1013), se trouve aux *APa*. Elle a été reproduite dans le n° 260 (décembre 1988) du *Magazine littéraire*, et ultérieurement dans Serge Martin : *Francis Ponge*, Bertrand-Lacoste, 1994. Parmi la centaine de titres biffés, encadrés ou soulignés, *La Rage de l'expression*, récrit en caractères plus importants dans un blanc du bas de la page, figure sans doute comme le choix définitif.

◆ [MANUSCRIT DE « LA GUÊPE »]. — Conservé aux *AF*. Sur ces deux feuillets, le texte se présente sous forme de notations non développées, avec quelques variantes, qui disparaîtront de l'état publié, et dans un ordre différent de l'ordre définitif.

◆ [GOUACHES DE JEAN DUBUFFET POUR « L'ŒILLET »]. — Voir la notule de « L'Œillet », p. 1030-1031.

◆ [LE MIMOSA (HONTE ET REPENTIR)]. — Feuillet de l'addendum du manuscrit du « Mimosa » (voir la notule du « Mimosa », p. 1033-1034).

◆ [BROUILLON DE LETTRE À LINETTE FABRE]. — *Ms.* : collection particulière, à Paris.

Peu de temps après avoir refermé le cahier de « La Mounine » (voir la notule, p. 1043-1044), Francis Ponge écrit à sa cousine, la fille de Mania Mavro, une lettre inachevée, non envoyée, mais dont le brouillon éclaire le texte que nous connaissons. Il confirme que ce n'est pas simplement une sensation ou une émotion particulière qui est à l'origine de l'écriture, mais la conjonction d'une émotion intense et d'une impuissance à l'exprimer. D'autre part, l'allusion aux énigmatiques « graffiti » qui termine le premier paragraphe du texte se trouve éclairée : il s'agit d'inscriptions politiques, signes de résistance aux collaborateurs de l'État français. Ainsi, dès le début se trouve mis en réserve (de façon cryptée) le thème politique qui resurgira par la suite (voir « La Mounine », p. 412 et suiv.). Quant à l'expression « valeurs très foncées » (p. 438), on voit qu'elle est directement empruntée aux propos de Mania Mavro.

◆ [QUATRE PAGES DU CAHIER DE « LA MOUNINE »]. — Collection particulière, Paris.

Ces quatre pages du cahier manuscrit où s'est écrit le texte au jour le jour, d'une écriture parfois extrêmement relâchée, éclairent le « dénouement » de « La Mounine ».

LE GRAND RECUEIL

NOTICE GÉNÉRALE

Quand le projet a-t-il été conçu ? Quels critères ont présidé à la sélection des textes et à leur répartition ? Les informations sporadiques ne permettent que quelques constats et conjectures sur la genèse des trois volumes qui constituent *Le Grand Recueil*. Selon le témoignage de Massin, alors graphiste chez Gallimard et qui semble avoir été le principal interlocuteur de Ponge, tandis que son épouse se serait chargée de la dactylographie[1], le projet initial aurait comporté quatre volumes et une extrême attention aurait été portée à la présentation typographique et à la mise en page. Ce dernier point est confirmé par les placards ayant servi à la mise en page, corrigés de la main de Ponge, que conservent les archives familiales ; blancs à prévoir entre les paragraphes, textes à déplacer « en bonne page », c'est-à-dire sur le page de droite, faux titres, ces indications sont plus nombreuses que les interventions lexicologiques ou stylistiques[2]. C'est dire à quel point Ponge se montrait encore une fois sensible à la visualité des textes comme à l'organisation typographique qui scande l'ensemble du recueil.

Mais au-delà de cette phase ultime de fabrication, l'anamnèse de l'élaboration demeure difficile. Plus encore que le *Nouveau nouveau recueil*[3],

---

1. Un ensemble de textes lui est confié le 29 novembre 1960.
2. On trouvera dans l'appareil critique l'essentiel de ces corrections.
3. Coll. « Blanche », Gallimard, 1992.

envisagé et conçu par Ponge, mais publié à titre posthume, les volumes de 1961 posent la question de la nature et du statut du recueil[1], terme que Ponge d'abord récuse[2], trop associé à la notion de florilège[3], avant d'en justifier ultérieurement la neutralité. À une remarque de Jean Daive : « Par rapport au livre, vous êtes sensible aux inventaires [...]. Vous sériez vos textes, vous pensez des ensembles », Ponge réplique : « Il est très rare que j'écrive un livre pour faire un livre. J'écris une pièce, j'écris un texte et ensuite je recueille des textes écrits pour eux-mêmes. C'est pourquoi j'appelle ça recueil. Il m'arrive de faire des livres sur un sujet précis, par exemple *Le Pré*, mais alors je montre ma fabrique[4]. »

La page du cahier quadrillé des archives familiales, non datée et portant en titre : « Première partie », liste de quarante-huit textes, correspond à un premier sommaire du premier volume, qui s'ouvre bien sur « La Famille du sage » et « Naissance de Vénus » ; mais en réalité les choses sont moins simples. Dix-neuf textes seront conservés dans la première partie de *Lyres*. Deux textes inédits seront éliminés : « Le Baril des cieux », « Chronique de la vie intime[5] ». Vingt-six textes passeront dans *Pièces* : « Le Chien », « La Robe des choses », « Le Pigeon », « Particularités des fraises », « L'Adolescente », « La Crevette », « La Maison paysanne », « La Fenêtre », « La Dernière Simplicité », « La Barque », « Le Grenier », « Fabri ou le Jeune Ouvrier », « Éclaircie en hiver », « Le Crottin », « Le Paysage », « Les Ombelles », « Le Magnolia », « Symphonie pastorale », « La Danseuse », « Une demi-journée à la campagne », « La Grenouille », « L'Édredon », « L'Appareil du téléphone », « La Pompe lyrique », « Les Poëles », « Le Gui ». Un texte, « L'Assyrie », sera incorporé à « Proclamation et petit four » publié dans *Méthodes*.

Un dossier des mêmes archives dont la couverture porte PIÈCES de la main de Ponge contient aussi une suite de textes, manuscrits, tapuscrits ou en préoriginale, qui seront finalement répartis entre *Lyres* et *Pièces*. Il pourrait s'agir, si le classement n'est pas tardif ou de seconde main, d'une forme primitive du projet de recueil. C'est assez dire que les textes peuvent migrer d'un volume à l'autre, signe de la porosité des frontières génériques ou rhétoriques, ou du moins d'un certain flou dans le projet qui subsiste encore à la date de cette page manuscrite, et qui finalement ne sera jamais complètement résorbé.

La lente gestation que permettent de suivre quelques documents datés, met aussi en évidence l'incertitude des définitions génériques, dont aucune n'épouse exactement le dessein littéraire qui appartient à l'ordre fantasmatique ; elle explique et légitime aussi ce que conserve de vague l'avis « Au lecteur[6] » en tête de *Lyres*, effet non de la négligence ou de la hâte éditoriale, tant le texte a été retravaillé, mais d'une impossibilité ou d'une impuissance essentielles à mieux cerner les choses. Il faut dire que tous les documents disponibles témoignent d'une tension de la réflexion entre plusieurs pôles : les titres, les genres qu'il faut pervertir[7] et la

---

1. Voir J. Martel, « L'Invention du recueil », *Œuvres et critiques*, Paris et Tübingen, 1999 (sous presse).
2. « Je médite depuis de longs mois un recueil [...] dont je voudrais justement qu'il devienne autre chose que le *recueil* (justement) de mes textes, mais par leur choix et leur composition un grand livre » (lettre à Jean Tortel du 29 décembre 1952 dans F. Ponge, J. Tortel, *Correspondance [1944-1981]*, coll. « Versus », Stock, 1998, p. 110).
3. Voir p. 1053, n. 9.
4. *Comment une figue de paroles et pourquoi*, v (entretien d'octobre 1984), Flammarion, 1991, p. 34-35.
5. Ils figureront parmi les textes inédits du tome II de la présente édition.
6. *Lyres*, p. 445.
7. Voir « Dans l'atelier de *Lyres* », « [Note manuscrite sans date] », p. 818.

classification, une vision déjà de l'histoire littéraire appelée à s'affiner dans le *Pour un Malherbe* avec le souci d'y dessiner sa place posthume. Le seul point commun de ces sollicitations multiples est sans doute la quête d'un fonctionnement de l'ensemble qui à la fois les reflète et les transcende.

L'idée d'un nouveau recueil, destiné à faire oublier *Le Parti pris des choses*, est bien antérieure même à la publication des volumes de 1948 (*Le Peintre à l'étude* et *Proêmes*) et de *La Rage de l'expression* en 1952. Le travail de rassemblement qui commence à s'opérer, manière d'affirmer la fécondité et la diversité du talent, n'est pas étranger aux très vives difficultés matérielles ; le séjour algérien de décembre 1947 à janvier 1948 y a apporté un soulagement temporaire, mais la correspondance ne cesse d'en porter témoignage. Si la « Préface aux *Pratiques* » y fait discrètement écho, d'autres états, dont celui du 29 juin 1952, « Sur notre recueillement actuel au fond des calices de l'Objeu », sont plus explicites : « Personne ne peut nous comprendre. Nos femmes se développent autour de nous, que nous avons tant de peine à nourrir ; l'une pathétiquement se flétrit tandis que l'autre s'épanouit. Nous avons touché le fond de la misère[1]. »

Dès 1947, est soumise à Gallimard l'idée d'un recueil qui s'intitulerait *Sapates*, terme qui avait déjà servi à réunir six textes publiés dans *Mesures* en avril 1936, et avait été pris comme titre pour le volume de 1950 illustré par Georges Braque[2] ; la liste de cinquante-quatre textes compte plus d'une trentaine d'inédits[3]. Dans une « note pour la préface au *Parti pris* (II), *Sapates* et textes méthodologiques » du 2 août 1951[4], on lit ceci : « Il s'agit d'un égarement peut-être passager, mais volontaire. D'une phase *épique* de mon œuvre. » Le 20 octobre de la même année, Ponge relate des conversations avec Georges Limbour, Georges Garampon, Eugène de Kermadec sur son prochain livre : « (PRATIQUES) : Trames, Menées (I et II) (?), Trames II[5] ». Il aurait alors pris conscience du parcours accompli depuis *Le Parti pris des choses* : élaboration plus poussée des anciennes ressources, « raffinerie et avortement à la fois[6] ». Un ajout précise qu'il a montré avec

---

1. Archives familiales.
2. Voir la Notice de *Cinq sapates*, p. 1003.
3. « Ainsi, cher Jean, si vraiment vous pensez le faire avec joie, parlez de *L'Araignée* et de *La Rage*. Vous vous doutez bien que j'ai "dépassé" cela, que je cherche maintenant autre chose, dans la mesure où j'ai le loisir de me rassembler, et de me porter en avant. Je médite depuis de longs mois, près de deux années, le prochain recueil que je donnerai à Gallimard, dont je voudrais qu'il devienne autre chose que le *recueil* (justement) de mes textes mais par leur choix et leur composition un grand livre, ou du moins un livre neuf qui fasse oublier à la fois *Le Parti pris*, *La Rage* et *Proêmes* (et *Le Peintre à l'étude*). Il doit comprendre tous mes textes d'ordre poétique depuis *Le Parti pris* (c'est-à-dire commencer avec "Le Platane" et "La Lessiveuse"), tous mes textes d'ordre chasse poétique depuis *La Rage* (c'est-à-dire "La Crevette dans tous ses états", "Le Verre d'Eau", etc.), tous mes textes méthodologiques du genre chasses ("Tentative orale", "Creative method", etc.), et tous mes textes méthodologiques genre trames depuis *Proêmes* et *Le Peintre à l'étude* (textes sur la peinture, Malherbe, etc.). Cela fera un gros livre, il faut que je le compose, peut-être écrire une préface... Je l'appellerai peut-être PRATIQUES (tout simplement) ou L'OBJEU. Il s'agira en somme d'un art de vivre. / Et naturellement il y aura dedans *L'Araignée* (comme "Le Volet", "Le Lézard", etc.) » Cette lettre du 29 décembre 1952 dont est extrait ce passage a été publiée dans F. Ponge, J. Tortel, *Correspondance [...]*, p. 110.
4. Elle sera, sans le titre, insérée dans le dossier Giacometti (*L'Atelier contemporain*, « Joca Seria », coll. « Blanche », Gallimard, 1977, p. 159).
5. Cette conversation sera publiée dans *Pratiques d'écriture ou l'Inachèvement perpétuel*, Hermann, 1984, p. 74-75. — Une note de mars 1954 montre Ponge, après relecture du « Murmure », jouant avec la même terminologie (voir la notule de ce texte, p. 1107).
6. *Pratiques d'écriture ou l'Inachèvement perpétuel*, *ibid.*

« L'Abricot » (1956-1957) son aptitude à composer encore un texte dans l'ancien style. Le 23 janvier 1952, un nouveau projet[1] esquisse une classification où se reconnaissent les linéaments de *Lyres*, *Méthodes* et *Pièces*.

Onze mois plus tard, les choses se sont précisées[2] ; on constate à la fois une prise de distance vis-à-vis de l'acquis et du passé, et un essai de bilan qui ouvre sur l'avenir. S'offre une gamme de titres sans que l'oscillation conduise à un choix ; aucun d'ailleurs ne sera dans l'immédiat retenu. « Pratiques » qui met l'accent sur l'artisanat poétique, fera retour en 1984[3] ; « objeu » qui sera défini dans « Le Soleil placé en abîme[4] » ne servira pas ; quant à « trame », on peut supposer que Ponge joue de sa polysémie : s'il renvoie à l'idée du tissu, image du texte, et au cours d'une carrière ou d'une vie, il n'instaure guère de différence significative avec les autres volumes, mais il éveille l'idée du complot ou de la ruse, art de piéger le lecteur, il rejoint une thématique commune par exemple à « L'Araignée » et au « Soleil[5] ». « Conceptacle[6] » enfin, emprunté à la botanique, employé dès 1926 et jusqu'en 1968[7], conjoint la réserve génétique et la portée philosophique.

Un projet de lettre à Émilie Noulet[8] montre comment le projet mûrit ou se déplace ; en toute lucidité, Ponge joue des mêmes ambitions et des mêmes titres, embrassant la gamme des métaphores et des genres qu'il privilégie.

Reste une note, dont la date initialement portée, novembre 1953, a ensuite été biffée[9], jointe à deux autres feuillets du 8 mars 1954, où Ponge refuse les classifications et s'en prend à Jean Paulhan, qualifié de « concierge de la littérature ». Un projet de recueil, mais lequel ?, s'y s'ébauche de nouveau. Le projet sans cesse remanié, l'effort de définition qui l'accompagne ne sont pas étrangers à l'irritation que suscitent à cette époque les intellectuels et les critiques : « C'est aussi parce que les *critiques* (même au sens de Félix Fénéon) ne font plus leur métier que certains d'entre nous, au premier rang desquels moi-même, sommes obligés de tenter de nous expliquer théoriquement, de nous confirmer à nous-mêmes la grandeur et l'originalité de nos entreprises[10]. »

On constate donc, comme souvent, et pour des raisons qui ne sont pas toujours de lente maturation, mais parfois de difficultés éditoriales, un

---

1. Voir, dans l'Atelier, « [Extraits d'une lettre à Gaston Gallimard] », p. 813-814.
2. Voir p. 1052, n. 3.
3. Voir p. 1052, n. 5.
4. *Pièces*, p. 776-778.
5. Voir *Pièces*, respectivement, p. 762-765 et p. 776-794.
6. Voir, dans l'Atelier, « [Note manuscrite du 8 mars 1954] », p. 815-817.
7. Voir *Lyres*, « Frénésie des détails. Calme de l'ensemble », p. 451 ; *La Table*, coll. « Blanche », Gallimard, 1991, p. 23. — Sur la portée de ce mot, voir B. Beugnot, *Poétique de Francis Ponge. Le palais diaphane*, P.U.F., 1990, p. 54-55.
8. Voir, dans l'Atelier, « [Nouveau proème du 18 février 1954] », p. 814-815.
9. « *Il est maintenant nécessaire que je fasse ce recueil* [mais non du tout comme un florilège, non parce que les pièces qu'il contient mériteraient particulièrement d'être recueillies... Plutôt est-ce le contraire. Plutôt ai-je le désir de les rassembler *afin de minimiser l'importance de chacune d'elles* et de les donner enfin pour ce qu'elles me paraissent valoir, c'est-à-dire pour une suite d'essais assez maladroits et le plus souvent malheureux, publiés comme tels pour l'instruction des générations futures biffé]. / Il se trouve en effet qu'entre temps j'ai vieilli et que je dois prendre mes dispositions pour ne pas risquer de laisser accroire que chacune de ces pièces a mon approbation. / Ainsi peut-être les [*un mot illisible*] pour leur ôter un peu de la superbe qu'elles montraient quand je les publiai pour la première fois, pour éteindre leur prétention et surtout pour ne pas risquer, si je meurs bientôt, qu'elles paraissent sans mon commentaire » (archives familiales).
10. Note inédite du 29 mai 1953 (archives familiales).

décalage chronologique important entre un projet et sa réalisation, entre la conception d'un recueil et sa publication qui fait qu'au moment de sa parution il est déjà en quelque sorte en retrait sur l'évolution de la réflexion poétique ; les germes du *Parti pris* datent des années trente, les *Proêmes* remontent encore plus loin, la *Rage* est conçue avant la fin de la guerre et ce *Grand Recueil* met dix ans à se réaliser.

Les pages fines et subtiles que Jean Tortel consacre au *Grand Recueil* dès sa parution, et qui reçoivent l'immédiate approbation de Ponge[1], ouvrent sur la totalité de l'œuvre un regard panoramique qui campe un Ponge-Malherbe refusant de s'enfermer dans des œuvres complètes, remarquent que « ce livre singulier, mais décisif, [...], suite ininterrompue de textes » n'entre dans aucune catégorie[2] : *Lyres* (écrits de jeunesse, célébrations diverses), *Méthodes* (regards du parlant sur la parole, explication de celle-ci), *Pièces* (textes plus objectifs apparemment ; davantage en forme de poème)... Un certain désordre, oui. Tout cela se bouscule un peu, bien que la gradation soit sensible[2]. En regard, la quinzaine de comptes rendus dont ces volumes ont fait l'objet paraissent pauvres ; ils traitent de l'œuvre en général et de l'image qu'ils en projettent plus que de la forme même du recueil[3].

Le Grand Recueil, contemporain de l'impulsion qu'ont donnée à la réputation de Ponge la conférence de Philippe Sollers et la place qu'il tient dans le premier numéro de *Tel quel*, prend figure de bilan de la production dispersée hors des ouvrages connus, et de panorama de toutes ses manières, exposition de sa palette : « quarante années de désir têtu » sans « l'orgueilleuse tentation du Monument prématuré[4] ». Cohabitent en effet textes de commande, textes votifs, préfaces, causeries, allant de l'esquisse au travail achevé. Jean Paulhan, pourtant très averti puisqu'il a suivi la carrière de Ponge dès l'origine, s'enthousiasme : « Tu entres (d'un pas décidé) dans les rangs des grands classiques [...]. Tout ce que j'ai lu jusqu'ici m'enchante, et me *convainc* plus encore qu'il me m'enchante[5]. » Le 5 octobre 1962, Romain Weingarten remercie avec chaleur : « Moi que lire depuis des années assomme. Mais à vrai dire ici ce n'est pas lire, mais goûter ce qu'il y a dans les mots, vrais mots, à grand mystère, de sable sel ciel etc., de plage en page[6] ».

En éclatant, les ensembles antérieurs (« Sapates », « L'Inspiration à rênes courtes », *Liasse*[7]) changent de portée et s'affranchissent des circonstances qui les ont vu naître : « Du monument, *Le Grand Recueil* possède les proportions (soulignées par l'épithète magnifiante), mais aussi l'architecture. Ponge conçoit l'organisation en termes d'espace[8]. » Mais il reste que, après l'organisation plus concertée de *Liasse*, l'ensemble ne va

---

1. « Francis Ponge et la morale de l'expression », *Critique*, juin 1962 (repris dans *Francis Ponge cinq fois*, Fata Morgana, 1984, p. 41-61). Voir F. Ponge, J. Tortel, *Correspondance [...]*, lettre 127 du 27 mai 1962, p. 178 : « Si ton étude paraît elle sera très utile surtout par sa définition exacte du *Grand Recueil* (ni anthologie, ni œuvres complètes), et l'affirmation qu'on ne saurait davantage m'y réduire qu'au *Parti pris des choses*. »
2. *Francis Ponge cinq fois*, p. 50.
3. On les trouvera recensés dans B. Beugnot, J. Martel, B. Veck, *Francis Ponge*, « Bibliographie des écrivains français », Memini, 1999 (sous presse).
4. J. Tortel, *Francis Ponge cinq fois*, p. 41 et 53.
5. J. Paulhan, F. Ponge, *Correspondance (1923-1968)*, coll. « Blanche », Gallimard, 1986, t. II, lettre 665, p. 311.
6. Lettre inédite, archives familiales.
7. Voir *Liasse* (p. 81-86), *Cinq sapates* (p. 305) et la notule de « Marine », p. 1063.
8. M. Collot, *Francis Ponge entre mots et choses*, Seyssel, Champ Vallon, 1991, p. 105.

pas sans une certaine disparate, un « vagabondage passionné[1] » que souligne le pluriel des titres et une part de trompe-l'œil. Le très composite *Nouveau recueil* (1967), plus étroitement soumis à une logique chronologique, accentuera ce caractère relatif. Une fois encore, la formule de Jean Tortel frappe juste : « architecture ordonnée et forêt un peu broussailleuse[2] ». Ces trois volumes ne bouleversent pas le paysage pongien pour ses familiers, mais ils en confirment l'amplitude et la diversité ; ils l'imposent dans la modernité comme un massif, ou plutôt « un ensemble de massifs avec à l'horizon la tentation du Livre[3] », forme de consécration longtemps attendue.

Ces problèmes formels et organisationnels fondamentaux n'ont pourtant guère retenu l'attention de la critique immédiate qui « ne sait pas lire[4] ». Dans la vingtaine de comptes rendus, qui vont d'une brève page à de véritables études, se détachent ceux de Piero Bigongiari, Philippe Jaccottet et Jean Tortel[5]. Combien, en revanche, redéploient les lieux communs habituels sans effort d'intelligence originale du projet que mettent en œuvre ces trois volumes : référence à Jean-Paul Sartre (« étude retentissante[6] »), poussée jusqu'à la caricature (« horreur sacrée pour la personne humaine[7] ») ; « précieuses raretés[8] » ; « tableaux de genre à la Chardin ou à la Jules Renard[9] » ; « charmant conteur et dilettante[10] » ; l'analogie avec le nouveau roman. Quelques voix[11] sont plus chaleureuses ou plus justes, parlant de « pouvoir d'enchantement », tandis que Luc Decaunes[12] se montre justement sensible aux affinités de Ponge avec Malherbe et Rameau et à son attitude anti-pascalienne, qu'A. Marissel[13] parle avec bonheur « d'un art de vivre sous forme d'art poétique » ; D. G. Planck enfin[14], même s'il insiste sur l'analogie avec le nouveau roman, procède à une large mise en contexte et lit dans *Pièces* une réponse au trou métaphysique et la restitution à l'homme de pouvoirs perdus depuis la Chute.

BERNARD BEUGNOT.

1. J.-M. Gleize, B. Veck, *Francis Ponge. Actes ou textes*, Presses universitaires de Lille, 1984, p. 82.
2. *Francis Ponge cinq fois*, p. 52.
3. J.-M. Gleize, B. Veck, *Francis Ponge. Actes ou textes*, p. 82.
4. Entretien avec Carla Marzi, 1965. François-Luc Charmont (« La critique et *Le Grand Recueil* », dans *Analyses et réflexions sur « Pièces ». Les mots et les choses*, Ellipses, 1988) a ébauché, sur une sélection d'articles arbitraire et non dépourvue de malveillance, une étude de réception qui reste à faire.
5. P. Bigongiari, « Un autre Ponge », *Tel quel*, n° 8, hiver 1962 ; Ph. Jaccottet, « Notes quant au *Grand Recueil* », N.R.F., n° 112, 1962 ; J. Tortel, « Francis Ponge et la morale de l'expression », *Critique*, juin 1962.
6. M. Nadeau, « *Le Grand Recueil* par Francis Ponge », *L'Express*, 18 janvier 1962 ; O. Hahn, « Les Ambiguïtés de Francis Ponge », *Les Temps modernes*, n° 190, 1962.
7. R. Lacôte, « Francis Ponge », *Les Lettres françaises*, 25 janvier 1962.
8. E. Beaujon, *Journal de Genève*, 16 décembre 1962.
9. C. Roy, « Le Parti pris de la poésie », *Libération*, 6 février 1962.
10. O. Hahn, « Les Ambiguïtés de Francis Ponge », *Les Temps modernes*, vol. XVII, n° 190, 1962, p. 1362-1366.
11. H. Clouard, « Francis Ponge, poète des choses », *Beaux-arts*, 19 janvier 1962 ; G. Dumur, « Encore et toujours », *Médecine de France*, n° 129, 1962.
12. « Francis Ponge », *Les Dépêches de Dijon*, 9 avril 1962.
13. « Francis Ponge, *Le Grand Recueil* », *Esprit*, 30, 2, février 1962.
14. *Modern Language Quarterly*, juin 1965, p. 302-317.

NOTE SUR LE TEXTE

Les trois volumes du *Grand Recueil* (I. *Lyres*, 189 pages ; II. *Méthodes*, 307 pages ; III. *Pièces*, 219 pages) ont été achevés d'imprimer le 30 novembre 1961. En 1976, ces trois volumes ont fait l'objet d'une « Nouvelle édition revue et corrigée par l'auteur » qui est en fait, hormis quelques coquilles, une reproduction à l'identique de l'originale.

B. B.

LYRES

NOTICE

Premier volume du *Grand Recueil*, *Lyres* constitue un ensemble problématique dans la mesure où l'on ne dispose à son sujet que des remarques sommaires de l'avertissement au lecteur et où la succession des pièces échappe à la chronologie pour obéir à un ordre sans transparence immédiate. En outre, l'édition parue dans la collection « Poésie/Gallimard » en 1980 sous le même titre ampute le recueil des dix-huit pièces qui figurent dans *L'Atelier contemporain* de 1977 et ajoute vingt pièces extraites du *Nouveau recueil* de 1967 et classées selon l'ordre chronologique. Il semble évident que cette dernière édition répond à une volonté anthologique — sans que l'on sache si elle émane de l'éditeur ou de l'auteur ; aux textes d'éloge en sont joints d'autres qui appartiennent plutôt à l'ordre autobiographique ou au genre « parti pris des choses », voire à la traduction (Ungaretti, Morsztyn). La structure originale éclate au profit d'un éventail exemplaire de la palette pongienne.

Dans le volume de 1961, les dates de première publication n'introduisent nulle symétrie, nul ordre qui se dissimuleraient derrière les dates de composition ; dans les deux cas, la succession des pièces n'est que grossièrement chronologique. Mais les blancs de la table des matières, pauses qui suggèrent comme une scansion, un rythme ou une progression concertés, mettent discrètement en évidence trois ensembles. De cette division que les placards corrigés aident à repérer[1], le corps du texte ne porte que des traces exténuées qui peuvent échapper au premier regard, selon que les pièces viennent à la suite, en pleine page ou en faux titre.

---

1. Parmi les textes qui figurent « en bonne page », c'est-à-dire sur une nouvelle page de droite, les placards permettent de distinguer ceux qui le sont par les hasards de la mise en page et ceux qui le sont par la volonté de Ponge ; ces derniers sont au nombre de douze : « La Famille du sage » ; « Naissance de Vénus » ; « Prose De profundis » ; « À la gloire d'un ami » ; « Baptême funèbre » ; « Note hâtive » ; « Paul Nougé » ; « Braque-dessins » ; « Braque-Japon » ; « Un bronze parle » ; « Les Illuminations » ; « Interview sur les dispositions funèbres ». Dans la présente édition, lorsqu'un texte a, dans l'originale, un faux titre, nous allons à la page, ainsi que pour le texte suivant ; lorsqu'un texte, dans l'originale, commence une nouvelle page, il est précédé d'une étoile. Les blancs de la table des matières de l'originale reflètent aussi ces choix.

De part et d'autre de « Détestation[1] » (1942), seule épave du temps de l'Occupation, prennent place des écrits divers formant une manière de diptyque, jeunesse[2] (1923-1932) et, à une exception près (« À la gloire d'un ami[3] », de 1925), maturité[4] (1945-1957); l'unité est à chercher du côté de la forme plutôt que des thèmes, brèves inspirations du genre de *Douze petits écrits* et éloges. Le second volet ne concerne que des écrivains et prépare la section suivante[5], vouée aux artistes, et fait corps avec elle; les individus s'opposent ainsi aux « objets » ou aux « choses » au sens englobant du *Parti pris*.

En second lieu, le groupe des écrits sur l'art s'organise en trois séquences de sept, cinq, puis quatre textes que séparent « Braque-dessin » (1950) et « Braque-Japon » (1952), comme pour placer en position dominante de l'art contemporain « Braque le patron[6] ». L'ordre chronologique de composition s'y trouve bouleversé, parfois peut-être pour réunir deux textes se rapportant à un même artiste, Pierre Charbonnier, Germaine Richier, Jean Fautrier.

Le dernier ensemble, plus disparate, compte sept textes de célébration en ordre aléatoire. En avant-dernière position, le « Texte sur l'électricité », le plus long, est seul à bénéficier d'un faux titre, manière de souligner son autonomie ou sa singularité ; en clôture, l'« Interview sur les dispositions funèbres » (1953) semble répondre à « La Famille du sage » (1923), pièce distinguée par son statut inaugural que n'imposait pas la date, et par le choix de l'italique[7]. La perspective de la mort du fils viendrait faire écho à l'hommage rendu au souvenir du Père, itinéraire biographique dans lequel s'écrit aussi l'histoire d'une œuvre, comme si le nouvel Orphée jetait au moment de briser sa lyre un regard rétrospectif, en pleine conscience du temps qui s'effrite, de la toute-puissance de Chronos, artiste et tyran du « Soleil placé en abîme[8] », mais aussi en résonance avec la déclaration de *Pour un Malherbe* : « Il ne nous vient pas sérieusement à l'esprit que nous puissions mourir du moment que nous aurons réussi à produire une machine de paroles[9]. »

À la différence de *Méthodes* et de *Pièces*, ce souci d'organisation laisse subsister une disparate de genres ou de manières puisque voisinent d'abord des textes de résonance autobiographique ou du type *Parti pris des choses*, et qu'ils sont suivis de textes de commande, source d'une pratique de l'éloge qui ira s'accusant : « Depuis *Le Grand Recueil*, j'ai écrit plutôt des textes sur l'art, sur les artistes, sur les peintres, ou sur des écrivains, et pouvant être considérés comme des éloges [...] parce qu'il s'est trouvé que j'ai été couvert de sollicitations[10]. » Mais il ne faudrait pas accuser les

---

1. P. 459.
2. P. 445-459.
3. P. 464-465.
4. P. 459-477.
5. Reprise telle quelle dans *L'Atelier contemporain* (coll. « Blanche », Gallimard, 1977), et que nous ne donnons pas ici.
6. En référence à J. Paulhan, *Braque le patron*, Genève et Éditions des Trois Collines, 1946.
7. Note manuscrite sur les placards : « Toute cette page est à 1. recomposer en italique du même corps 2. prévoir, aux endroits indiqués, des espaces tels que la fin du texte vienne en page suivante ».
8. *Pièces*, p. 776-794. Voir J. Martel, « Chronos : figuration de la genèse dans "Le Soleil placé en abîme" de Ponge », *Études françaises*, n° 28.1, automne 1992, p. 109-124.
9. Gallimard, 1967, p. 56. Note du 26 juillet 1952.
10. F. Berthet *et alii*, « Entretien avec Francis Ponge », *Cahiers critiques de la littérature*, n° 2, 1976, p. 30.

oppositions ; le changement d'objet s'opère sur fond de permanence, comme le dit explicitement dans *Pour un Malherbe* la note du 29 avril 1955 :

« Il y a une poésie, la poésie d'amour ou d'éloge [...], une poésie de parti pris qui peut en ce sens ne faire aucune concession puisqu'elle implique l'affirmation, la profération parfaitement glorieuse et péremptoire [...]. L'on peut considérer que la louange ou le parti pris sont une des seules justifications non seulement de la littérature, mais de la Parole[1]. »

BERNARD BEUGNOT.

NOTE SUR LE TEXTE

Le texte ici reproduit est celui de l'édition originale, tome I du *Grand Recueil* (1961). Sur les quarante et un textes qui composent ce recueil — exclusion faite des textes qui figureront dans *L'Atelier contemporain*, coll. « Blanche », Gallimard, 1977 —, seuls cinq sont inédits : « Le Troupeau de moutons », « Couple ardent », « Le Ministre », « Le Quartier des affaires » et bien sûr l'avis au lecteur, qui sert de préface aux trois volumes.

Pour douze de ces textes, il n'y a aucun manuscrit connu, pour deux seulement un dactylogramme. Deux manuscrits proviennent des archives Jean Paulhan déposées à l'I.M.E.C., un autre, des archives du poète marseillais et collaborateur des *Cahiers du Sud* Jean Tortel et un autre du Musée de la littérature de Bruxelles.

Pour le reste, ce sont évidemment les archives familiales qui fournissent la documentation la plus riche. Mais aucun dossier ne nous introduit à la genèse de l'ensemble qui sera appelé *Lyres* ; les textes qui le constituent figurent en effet dans deux dossiers séparés où ils voisinent avec ceux de *Méthodes* et de *Pièces*, preuve de ce que conserve d'aléatoire leur répartition entre les trois volumes. Il suffit de se reporter aux projets successifs qui se sont échelonnés sur une décennie[2] pour se convaincre des oscillations et hésitations quant à la place de plusieurs textes, et donc de la fragilité des frontières génériques que semblent définir les titres. L'avis au lecteur reconnaît d'ailleurs explicitement cette incertitude.

B. B.

NOTES

◆ [AU LECTEUR]. — *Ms.* : les *AF* conservent 7 feuillets (*ms. AF*) qui représentent quatre états successifs ; ils sont respectivement datés des « tout premiers jours d'octobre 1961 », du « 1er novembre 1961 », des « 1er / 2 novembre 1961 », du « 2 novembre 1961 (dernier état définitif) » ; le dernier état comporte deux ajouts, l'un en tête du premier feuillet (« dernier état d'un travail poursuivi pendant la plus grande partie d'octobre 1961 »), l'autre à la fin du second (« cette version fouillée abandonnée après ce dernier texte, le 2 novembre 1961 »).

Si, donc, la conception du *Grand Recueil* est ancienne, l'explication à

---

1. *Pour un Malherbe*, coll. « Blanche », Gallimard, 1965, p. 263.
2. Voir l'Atelier du *Grand Recueil*, p. 811-817.

l'intention des lecteurs est tardive. Mais sa genèse ne reçoit guère de lumière de ces lignes inaugurales qui ne livrent que quelques constats, faute sans doute de pouvoir légitimer l'organisation des trois volumes, et par souci aussi de seulement livrer le spectacle d'une œuvre en cours qui refuse de se figer dans la glane et le faisceau de textes achevés. Cet avant-propos ne sera pas repris dans « Poésie/Gallimard » qui est une simple anthologie.

1. Une autre ouverture avait été envisagée dans l'un des états de *ms. AF* : « Simple anecdote, elle est d'usage. La voici. Deux ou trois personnes, plus ou moins spirituelles, qui me sont chères (je n'en ferais pas bon marché), ont depuis quelque temps bien dans leur rôle imaginé une nouvelle manière de m'inquiéter : m'imputant tranquillement à devoir — vraiment j'exagère à peine — de rassembler de façon commode ceux de mes textes qui ne l'avaient pas été jusqu'ici. Je n'ai pas cru, dès lors, pouvoir m'en juger quitte, que je ne leur aie fait bonne mesure à mon tour. On trouvera donc dans ces trois volumes ».

2. La rédaction manuscrite, plus longue, était aussi plus explicite : « n'y furent pas incorporés. / Hélas ! cela faisait une contrée énorme ; la commodité n'y était plus. Voilà bien ce que j'attendais. Sans peine j'obtins ma revanche d'un ami parmi les conseilleurs ci-dessus, le plus exigeant, mais le plus agile, personnage qu'on n'y parachute, pour qu'il s'y fraye un chemin. Et voilà comment ce recueil peut enfin devenir un livre ».

◆ LA FAMILLE DU SAGE. — *Ms.* : les *APa* conservent un manuscrit (*ms. APa*), sous le titre « Nocturne du Père », portant à la fin la mention : « Fontainebleau, 1923 ». Suit un billet sans date ni destinataire, mais très vraisemblablement adressé à Jean Paulhan : « On m'a remis votre mot qui a croisé ma lettre écrite de Fontainebleau [...]. Que dois-je faire ? Puis-je rentrer rue de Grenelle ? Je vous en prie, comprenez, conseillez-moi, vivant mal ». Et en post-scriptum : « Voici le Nocturne du Père pourquoi sans doute j'ai dû partir. » — *Préorig.* : N.R.F., n° 156, septembre 1926, p. 292.

Armand Ponge meurt le 18 mai 1923, et les obsèques ont lieu à Nîmes ; c'est le 30 juin que Ponge, au lieu de se rendre au travail, part pour Fontainebleau, où il compose ce texte pendant la nuit, pour sa sœur Hélène. La place en tête de recueil, la composition en italique, le blanc qui l'isole dans la table finale, tout concourt à donner à ce texte un statut singulier, qui n'a qu'un lien de hasard avec la chronologie. C'est donner au père, dont la figure va dominer l'œuvre jusqu'à *Pour un Malherbe*, une fonction inaugurale et implicitement éponyme, et lui rendre hommage, bien que Thomas Aron récuse le terme, préférant y voir la transmutation de la mort en beauté, et célébration (voir « Patrie. Notes pour un commentaire de "La Famille du sage" », *Francis Ponge, Cahiers de l'Herne*, 1986, p. 75-97). L'intime d'une blessure éveille un art poétique, parole née du silence de la mort. Voir Roger Pierrot, « Francis Ponge et le deuil paternel », *Le Tombeau poétique de Ponge*, Poitiers, La Licorne, 1994, p. 303-311.

1. Ce paragraphe et le précédent n'en forment qu'un dans *ms. APa*.
2. Dans *ms. APa*, cette phrase poursuit le paragraphe précédent.
3. Dans *ms. APa*, « s'avive. » Cette phrase termine le paragraphe précédent.
4. Dans *ms. APa*, cette phrase finale (voir la note précédente) revient deux fois : après « mort » (3ᵉ §) et en finale, accusant le caractère litanique du texte.

◆ NAISSANCE DE VÉNUS. — *Ms.* : un feuillet des *APa* ne présente que des différences de ponctuation et de graphie : point d'exclamation après « Je n'y suis plus » ; absence de virgule après « secs », « en définitive » et « arrive » ; majuscule à l'initiale après tous les deux-points. — *Préorig.* : *Le Disque vert*, n° 3, juillet 1953, p. 3, parmi les « Fables logiques ».

Ce poème en prose d'un hermétisme mallarméen inaugure un ensemble de textes des années 1920-1930 qui, selon différents rythmes, se rattachent à l'inspiration des *Douze petits écrits*. L'exercice de style sur les temps et les modes (« indicatif », « présent », « imparfait ») esquisse déjà les grands thèmes du livre du monde que met en œuvre *Le Parti pris des choses* avec l'assimilation des mots et de la mer (voir « Bords de mer », p. 29-30).

◆ LE TROUPEAU DE MOUTONS. — *Ms.* et *dactyl.* : les deux feuillets des *AF*, un manuscrit et un dactylogramme, sont conformes au texte de *Lyres*.

Chose vue ou fantasmée, ou non, cette brève bucolique s'applique à récrire plusieurs des stéréotypes de la pastorale traditionnelle par un changement de registre qui les dévalue ; il y a loin du berger à plat ventre au « Tityre à l'aise sous le hêtre » de la première bucolique de Virgile.

◆ CARROUSEL. — *Préorig.* : *Le Mouton blanc*, n° 2, novembre 1923, p. 4, sous le titre « De même ». — Ce poème figure déjà dans *Liasse* (voir p. 81).

Le 2 février 1922, Jean Hytier réagit aux textes qu'il a reçus : « Belles images "au soir du carrousel", encore un tantinet précieux à la fin, mais très peu. Le sens du rythme me paraît très sûr. J'en augure bien. Je ne crois pas que tu aies besoin de te "ramasser" comme te l'écrit Gaby [Gabriel Audisio]. Tu as une tendance naturelle et précieuse à la sobriété, tout au moins dans l'expression. C'est même, je m'y réfléchissant, ce qui me plaît le mieux dans tes vers. C'est serré, ferme, consistant. Je te conseillerais plutôt d'élargir (cela ne se contredit pas), de mettre plus d'air, d'atmosphère, de lumière. Ce n'est pas tellement de plastique qu'il me paraît utile de t'enrichir, mais comment dire ?... de transparence, de fluidité, de ce quelque chose qui fait qu'un vers paraît divin » (lettre conservée dans les *AF*). À la différence de bien des textes de cette époque, l'inspiration est ici plus proche de Verlaine que de Mallarmé.

◆ PEUT-ÊTRE TROP VICIEUX. — *Préorig.* : sous le titre « Deux petits exercices », où il suit « Vif et décidé », qui n'a pas été repris en recueil, ce texte a d'abord été publié dans *Le Disque vert* (janvier 1923, p. 4.), revue dirigée à Bruxelles par Franz Hellens.

◆ LE JOUR ET LA NUIT. — *Préorig.* : *Le Mouton blanc*, n° 2, novembre 1923, p. 3, sous le titre « Autre chromo ».

On lit dans une note manuscrite (juillet-août 1923) des *AF* : « Il y a eu un important changement dans ma disposition vers août 1923. Lorsque j'ai eu écrit "La Famille du sage". Les six poèmes "Esclandre" étaient chez l'imprimeur. J'ai changé alors "Le Jour et la Nuit" en "Chromo". » Ce terme, abréviation dénigrante de « chronolithographie », souligne le dessein satirique et la parodie ; sur le mythe du jour et de la nuit, voir la notule de « Trois poésies », p. 883.

◆ RÈGLE. — *Ms.* : une page des *AF* datée du 7 janvier 1922 offre un texte différent à partir de la deuxième strophe : « Préférez le gel / sans curiosités / pour vos yeux lucides. // Le gel et le vent / sans nuage au ciel / pour vos cœurs glacés, // Pour vos lèvres mortes / et pour le honteux [barré : frileux] / escargot du sexe ». Le manuscrit des *APa* est conforme au texte de *Lyres* mais ne présente aucune ponctuation dans les trois premières strophes. — *Préorig.* : *Le Mouton blanc*, 2 novembre 1923, p. 5. Daté de 1921.

Le 2 février 1922, Jean Hytier commente les pièces qu'il va publier : « Tes vers m'ont fait plaisir. Ils me rappellent tes essais de prose savante. On voit que tu as lu Mallarmé, *Chansons bas*. […]. "Règle" : tu t'amuses encore à faire l'obscur, pas trop d'ailleurs. C'est bien fait, mais un peu mince. » Le rythme est aussi bien verlainien.

◆ DIMANCHE, OU L'ARTISTE. — *Ms.* : trois feuillets dans les *APa* avec un premier titre barré : « Un artiste ou Dimanche à Paris ». Il s'agit d'une mise au net sans date ; on lit seulement après la signature « rue Flatters », rue du Ve arrondissement, proche du Val-de-Grâce et du boulevard de Port-Royal. — *Préorig.* : *N.R.F.*, juin 1923, p. 880-881. Repris dans *Liasse*.

Cette scène de la vie parisienne ou quotidienne entre dans la veine de satire sociale qui marque les écrits des années 1923-1935, regard ironique et douloureux jeté sur les exploités de la société.

1. Ici le manuscrit et *préorig.* placent un blanc et trois astérisques.
2. En termes hippiques, « déboulé » est une course sur courte distance, et l'hippodrome de Saint-Cloud, lieu de luxe, fait évidemment contraste avec le statut social de Lucien.

◆ FRÉNÉSIE DES DÉTAILS. CALME DE L'ENSEMBLE. — *Ms.* : le dactylogramme des *AF* est conforme au texte de *Lyres*, mais la phrase finale entre parenthèses est placée entre les deux paragraphes. — *Préorig.* : *L'Éphémère*, n° 5, printemps 1968, p. 3-4, dans « L'Opinion changée quant aux fleurs », qui sera intégralement reprise dans *Nouveau nouveau recueil*, coll. « Blanche », Gallimard, 1992, t. II, p. 99-133.

◆ L'HERBE. — *Préorig.* : *Cahiers du Sud*, n° 311, 1952, ainsi que la parution dans *Preuves* (n° 47, janvier 1955, p. 40) ne présentent pas de division strophique.

◆ LE NUAGE. — *Ms.* : les deux états des *AF*, dont l'un a pour titre « Nuage nocturne », ne présentent que des différences de disposition avec le texte de *Lyres*. — *Préorig.* : *Cahiers du Sud*, n° 311, 1952, p. 46, dans « L'Inspiration à rênes courtes » (voir la notule de « Marine », p. 1063) ; tous les vers sont séparés par une ligne de blanc.

◆ COUPLE ARDENT. — *Ms.* : le manuscrit des *AF* est conforme au texte de *Lyres*.

◆ GRAND NU SOUS BOIS. — *Ms.* : un dactylogramme aux *AF* (*dactyl. AF*). — *Préorig.* : *Poetry*, vol. 80, Chicago, septembre 1952, p. 319-320, avec traduction en anglais. La disposition, beaucoup plus aérée, sous forme strophique et versifiée, modifie en profondeur non seulement l'aspect visuel mais aussi la scansion du texte.

1. Dans *dactyl. AF* : « formé d'aiguilles de sapins. »
2. Dans *préorig.* : « personnage, / Ouvrant à ses regards / Les cieux. »
3. Dans *préorig.* : « d'étincelles bleues / Fait jouer / Au fond de sa gorge ».
4. Dans *préorig.* : « de ses narines, / Le secret vasistas / Le store / De la Mémoire et de l'Oubli. »
5. Dans *préorig.* : « et tout nourri de son intelligence ».

◆ MONUMENT. — *Ms.* : deux états figurent dans les *AF*, l'un conforme à l'imprimé, l'autre envoyé le 28 octobre à Jean Paulhan, où la partie publiée est disposée en trois ensembles de six, trois et quatre vers, et précédée d'un passage que nous donnons dans l'Atelier, p. 818-819. — *Préorig.* : *La Table ronde*, 53, mai 1952, p. 61-62. — Ce texte a été publié par Claire Boaretto dans J. Paulhan, F. Ponge, *Correspondance [...]*, dans une note de la lettre 114, t. I, p. 112-114, après une version longue (« À mon père décharné ») qui figurera dans le tome II de la présente édition.

Plus tardif que « La Famille du sage », ce poème, daté d'octobre 1929, appartient néanmoins au cycle du Père auquel Jean Paulhan, explicitement nommé dans la partie censurée, s'associe. On lira avec profit les pages de Jean Pierrot sur le genre du tombeau et le travail du deuil (« Francis Ponge et le deuil paternel », *Le Tombeau poétique en France*, p. 303-311).

◆ LE MINISTRE. — *Ms.* : les *AF* conservent un dactylogramme et deux états manuscrits, dont l'un est daté du « 15.V. 48 ».

La satire politique, qui n'est pas nouvelle, s'autorise de la structure graphique et phonique du mot même. L'image de la vanité et de la suffisance vient nourrir, dans cette première section de *Lyres*, une veine qui est en plein contraste avec les textes d'éloge qui suivront.

1. « Boue ramassée dans la ville ou sur les routes » (Littré).
2. Dans les divers états de l'*AF* : « qui s'achève [...] récente et la lient à la foule ; puis flottent comme ces fumées lourdes dont le vent forme et défait mille fois les nœuds ».
3. Dans le manuscrit des *AF* daté, « en désordre » est un ajout marginal.

◆ SOIR D'AOÛT. — *Préorig.* : *Mesures*, n° 2, 1936, p. 138, parmi les « Sapates ».

Formant dyptique avec « Cinq septembre », ce poème, où se repèrent bien des rythmes traditionnels, introduit le thème des saisons qui occupait une place centrale dans *Le Parti pris des choses*.

◆ CINQ SEPTEMBRE. — *Ms.* : le fac-similé de l'état des *AF* est repris dans la monographie de Philippe Sollers, *Francis Ponge*, Seghers, 1963, p. 145. — *Préorig.* : *Mesures*, n° 2, avril 1936, p. 143, parmi les « Sapates ». Le texte est repris dans *Liasse* (voir p. 83).

C'est en novembre 1935 (voir J. Paulhan, F. Ponge, *Correspondance [...]*, t. I, lettre 197, p. 199) que Ponge corrige les épreuves de cette évocation automnale. La disposition strophique est celle du poème descriptif traditionnel dont parfois se retrouvent les rythmes d'alexandrin.

◆ FEU ET CENDRES. — *Préorig.* : *Formes et couleurs*, n° 2, Lausanne, 1945, daté de 1935.

Le numéro de *Formes et couleurs*, consacré à « La poésie contemporaine », avec pour la France un chapeau de P. Walzer, réunit onze textes de poètes différents : Louis Aragon, Paul Éluard, Robert Ganzo, Luc Estand, André Frénaud, Pierre Emmanuel, Pierre Jean Jouve, Loys Masson, Saint-John Perse, Patrice La Tour du Pin. Il s'agit ici d'un exercice sur deux figures rhétoriques, la répétition et l'antithèse, exercice d'invention qui illustre la *copia verborum* de l'écrivain et, par effet incantatoire, célèbre la grande loi des contrastes qui régit la nature.

1. Dans *préorig.* : « cendres félines. Feu grégeois, cendres sabines. Feu qui grimpe ».

2. Dans *préorig.* : « cendres victimes. Feu vainqueur ».

3. Dans *préorig.* : « cendres matérielles (minérales) Feu irritable ».

◆ CORIOLAN OU LA GROSSE MOUCHE. — *Préorig.* : *Médecine de France*, n° 6, mars 1949, p. 34. Les paragraphes sont séparés par de grands blancs et le thème (« La splendeur […] inamovibilité ») est en italique.

Comme « Opinions politiques de Shakespeare » de 1934 (*Proêmes*, p. 169 et n. 1) dont il est contemporain, « Coriolan » serait un texte engagé « traitant de la littérature et des interprétations politiques qui peuvent en être faites » ; à cette observation de J.-F. Chevrier (*Cahiers critiques de la littérature*, n° 2, 1976, p. 9-10), Ponge répond : « Il s'est trouvé qu'on a dit que la tragi-comédie de Shakespeare était en rapport avec les anecdotes de la vie politique de l'époque, c'est-à-dire le 6 février […]. Il était très facile de montrer que dans cette pièce même, *Coriolan*, Shakespeare faisait parler des personnages, mais n'exprimait rien de lui-même. » La date explique le caractère hermétique qui renvoie aux *Douze petits écrits* et aux plus anciens des *Proêmes*, comme aussi la satire de l'orgueil des puissants qu'incarne Coriolan, qui s'opposa à l'institution d'un tribunal de la plèbe et fut mis à mort par ses soldats. L'émeute du 6 février 1934, place de la Concorde, rend le sujet d'actualité.

◆ MARINE. — *Ms.* : les deux états manuscrits des *AF* sont conformes au texte de *Lyres*. — *Préorig.* : « Marine » est le premier de quatre textes (« Le Nuage », p. 452 ; « Bois des tabacs », p. 457 ; « Au printemps », p. 458) qui ont constitué avec « Le Pigeon » et « Éclaircie en hiver » (*Pièces*, p. 696-697 et 720) un ensemble publié par les *Cahiers du Sud* (n° 311, 1952, p. 45-50) sous le titre « L'Inspiration à rênes courtes ». L'état imprimé des *AF* provient de cette revue ; chaque paragraphe est séparé par un blanc.

◆ BOIS DES TABACS. — *Ms.* : deux états dans les *AF*, dont l'un (*ms. 1 AF*) daté de « vers 1930 ». La disposition impose, indépendamment des variantes rédactionnelles, une autre rythmique : « Bois des tabacs // Bûches se déroulant en feuilles / Couleur marron / Flasques et molles / Escaliers de longues et larges marches / Empruntées pour descendre des cieux / Jusqu'aux fondrières ou paillassons / Saturés de jus de chique. // D'où l'âcre et bonne fumée / Comme le brouillard qui monte de terre à l'aube / S'éveille aux cieux. // Bois de Rambouillet / Et le bruit à glouglous des ruisseaux d'automne dans les pipes // À la sortie du bois / La corne de bœuf. » — *Préorig.* : *Cahiers du Sud*, n° 311, 1952, p. 49. Le texte est conforme au texte de *Lyres*, mais la disposition est celle du manuscrit.

1. Dans *ms. 1 AF* : « Ô tunnels en faveur […] voûtes de longue haleine ».

◆ L'ALLUMETTE. — *Ms.* : deux états autographes dans les *AF*, l'un (*ms. 2 AF*) conforme au texte de *Lyres*, l'autre (*ms. 1 AF*) avec une rédaction différente de la fin. — *Préorig.* : *Poetry*, n° 80, Chicago, septembre 1952, p. 316, avec la traduction en anglais.

1. Dans *ms. 1 AF* : « rapides. // C'est seulement la tête qui a le pouvoir de s'enflammer : elle y a parfois assez de mal ; au contact d'une réalité dure. Mais dès qu'elle a pris la flamme parcourt tout le petit bout de bois — que finalement elle laisse aussi noir qu'un curé. »

◆ AU PRINTEMPS. — *Ms.* : 1 feuillet aux *AF* avec disposition en un paragraphe unique. — *Préorig.* : *Cahiers du Sud*, n° 311, 1952, p. 50 (dans

« L'Inspiration à rênes courtes », voir la notule de « Marine », p. 1063) ; un blanc suit la question initiale.

◆ LE QUARTIER DES AFFAIRES. — *Ms.* : le dactylogramme des *AF* ne présente aucune variante.

Ce texte de 1932 ferait émerger dans *Lyres* l'inspiration sociale qui était présente dans *Le Parti pris des choses*, si le « tableau naturaliste de la vie des petites gens » (M. Riffaterre, *La Production du texte*, Le Seuil, 1979, p. 282-284) n'était reversé par l'humour sombre de la dernière phrase dans le registre de l'absurde et de la fantaisie, ce qui n'est peut-être qu'en redoubler l'effet.

◆ DÉTESTATION. — *Préorig.* : *Chroniques interdites*, Éditions de Minuit, 1943, p. 31, sous le titre « Détestation. Relève » ; le volume a été réimprimé en janvier 1945. Le texte est repris dans *La Patrie se fait tous les jours* (Éditions de Minuit, 1947) par Dominique Aury et Jean Paulhan.

L'avant-propos anonyme de *Chroniques interdites* explicite l'intention : double expression de l'espoir et de la colère : « Notre affaire à nous, c'est de montrer que la Pensée française continue de vivre, forte et calme [...]. La sérénité. C'est elle qu'il nous faut sauver au milieu des crimes et des ruines [...]. Ce n'est donc pas de la violence que l'on trouvera ici. Mais diverses tentatives, par divers hommes, d'atteindre à un fonctionnement serein de leur pensée, entre les murs de leur chambre, comme si ne tonnaient pas alentour les clameurs de la barbarie et de la mort. » À côté de Ponge se trouvent, Jean Paulhan, Yvonne Desvignes, Julien Benda, Jacques Debu-Bridel, Vercors. Composé en 1942, « Détestation » appartient donc aux poèmes de la Résistance, avec « Le Platane » (*Pièces*, p. 729), « Sombre période » (*Liasse*, p. 84), « La Métamorphose » (*Pièces*, p. 741) et « Baptême funèbre » (p. 465-466). Voir I. Higgins, *Anthology of Second World War French Poetry*, Londres, Methuen, 1982.

1. Dans ces années d'extrême pénurie où l'occupant détournait les biens hors de France, sabots ou chaussures à semelles de bois étaient revenus en usage.

2. *Préorig.* : « trinquant ».

◆ PROSE DE PROFUNDIS À LA GLOIRE DE CLAUDEL. — *Ms.* : le dossier de 51 feuillets des *AF* (*ms. AF*) est complexe. Sur une page imprimée (le compte rendu, « Drôle d'hommage », du numéro 34 de la *N.R.F.*), Claude Mauriac déplore qu'il ait été trop souvent « rédigé sur le ton de la désinvolture ». Un feuillet manuscrit titré « Hommage à Claudel » porte une phrase dactylographiée : « C'est ici le lieu de rappeler la réponse de Stravinski à ceux qui s'effrayaient de le voir traiter Pergolèse avec quelque désinvolture : "Vous respectez, moi j'aime." » Le dossier contient aussi 6 feuillets d'épreuves sans la strophe 6, d'où cette note : « Ici vient la strophe VI censurée, relative à St Léger Léger » ; 35 feuillets d'états dactylographiés corrigés dont deux datés « 22 au 22 mai 1955 » ; 8 feuillets manuscrits, datés du 25, 27 mai et 6 juin 1955. Un autre dossier contient le dactylogramme final de 5 feuillets, avec un manquant pour les séquences 10 à 12 ; la numérotation est en romain et des blancs sont ajoutés à l'intérieur de certaines séquences. — *Préorig.* : *N.R.F.*, n° 34, septembre 1955, « Hommage à Claudel », p. 398-403. Paul Claudel était mort le 23 février. Ce numéro contient plus de vingt contributions, parmi lesquelles celles de Saint-John Perse, Jules Supervielle, Jules Romains, Georges Poulet, Philippe Jaccottet, Pierre Oster, René Etiemble, Jean Wahl, Jean Starobinski, Arthur Honegger, Franz Hellens.

Le titre a varié : « La Magnifique Innocence » ; « À propos de Claudel. Note De profundis pour un cimetière terreux » ; « Prose De profundis ou le Cimetière terrien ». Il semble que, malgré l'incertaine chronologie du dossier, la disposition strophique ne s'impose pas d'emblée, à la différence des rythmes où s'entend l'écho et le mimétisme du verset claudélien. Pour parler de Paul Claudel « à l'oreille des siècles » (6 juin 1955), Ponge, selon la méthode qui lui est chère, joue des harmoniques du nom (voir *Le Peintre à l'étude*, « Prose sur le nom de Vulliamy », p. 142) et sur celles de l'apparence physique ; mais ici la stature littéraire de Paul Claudel lui ouvre aussi d'autres avenues, sa place dans l'histoire littéraire par exemple, dont la version publiée ne garde que des vestiges ; il avait envisagé de l'opposer non seulement à Charles Péguy ou Saint-John Perse, mais à Milosz, Saint-Pol Roux, Léon-Paul Fargue, Pierre Reverdy, Guillaume Apollinaire, Blaise Cendrars (notes de *ms. AF* datées du 22 au 22 mai 1955). Dans le même temps, Ponge travaille à *Pour un Malherbe*, où passe l'écho de cet hommage : « Notre coup de génie sera de renouer, sans le dire, avec le grand poème en prose de Rimbaud, Lautréamont et Claudel » (1er janvier 1955, p. 158) ; « Plusieurs durent défendre sans modestie excessive, contre l'opinion des cercles influencés par Gide aussi bien que contre celle de leurs contemporains, la nécessité, la nouveauté et la prétention de leur œuvre. Songeons à Proust, à Claudel. Songeons à Picasso, Braque... » (26 mai 1955, p. 284).

1. Dans une version de *ms. AF* intitulée « Pour un cimetière terreux », le texte s'ouvrait sur cette phrase : « Pour terreuse toujours que ma propre tête m'ait semblé / Jamais plus que depuis l'enfouissement de la tienne ô Claudel. »

2. Les formules de ce paragraphe sont trouvées dans la note du *ms. AF* datée du 25 mai 1955 qui commence ainsi : « Il est un peu trop facile de dauber sur Claudel ; moins facile d'apprécier la grandeur qu'il nous a réouverte. »

3. Dans un état dactylographié sans date de *ms. AF*, les dernières lignes constituent la strophe 4 : « Car il n'est point ici de cathédrale / Point de grand orgue, et de livre non plus. / Des labours seulement dans un air salubre et dramatique, / sur des souvenirs par légions, / Ce sont ici nos champs catalauniques. »

4. Un état dactylographié de *ms. AF* corrige en : « Nous nous trouvons ici, entre Ardenne et Champagne, dans un espace tel que celui de la Bretagne ».

5. Ouvrage d'esthétique d'Henri Focillon paru en 1934 chez Leroux à Paris dans la collection « Forme et style ».

6. Note de *ms. AF* datée du 25 mai 1955 : « Il s'est inventé un langage, un rythme, une allure, un temps *beaux*. Ce n'est pas la litanie de Péguy ».

7. Allusion, parodie et satire dominent ce paragraphe : la citation de *La Marseillaise* renvoie en même temps à la carrière diplomatique de Saint-John Perse ; le sable des déserts est un thème récurrent dans *Exil* (1942) ; l'orient désert de l'anabase dit à la fois le recueil de 1924 et l'ennui qu'il suscite (Racine, *Bérénice*, acte I, sc. IV, v. 234) ; le nom propre se lait épithète satirique. Voir M. Riffaterre, « Ponge intertextuel », *Études françaises*, vol. XVII, n° 1-2, avril 1981, p. 81-83. L'hostilité de Ponge vis-à-vis de Saint-John Perse (Alexis Leger) s'exprime à plusieurs reprises (Voir R. Little qui publie un inédit des archives Saint-John Perse, « Fragments de masque honteux », *Europe*, 755, mars 1992, p. 120-123). Il y revient dans le texte sur Victor Segalen (*Europe*, avril 1987, p. 127) : « Claudel, une des grandes figures de la littérature française [...] Homme aux

ressources très profondes, ses défauts sont justifiés par l'ampleur de son génie [...] Il y a une sorte d'orgueil bruyant chez Claudel [...]. À l'opposé, je supporte très mal Saint-John Perse que je considère, au contraire de Claudel comme une sorte d'imposteur. » Les avant-textes du « Dispositif Maldoror-Poésies » de 1946 (voir *Méthodes*, p. 633-635) présentent déjà plusieurs des formules ici employées dont celle de l'autruche ; les dossiers servent de réserves de formulations. Enfin, Adrienne Monnier avait dans un rondeau raillé le nom propre : « Nous t'enlèverons au plus un plumage / Sois moins léger, Léger, et deviens tôt Saint-Léger ».

8. C'est en 204 av. J.-C. que le sénat romain fit venir de Pessinonte à Rome la pierre noire qui symbolisait Cybèle, mère des dieux, souvent représentée la tête couronnée de tours et accompagnée de lions.

9. L'expression qui n'a pas de répondant claudélien apparaît tardivement sur des états dactylographiés de *ms. AF*.

10. L'image du dolmen apparaît dans une note sans date de *ms. AF* : « Depuis quelque temps il se tenait renfrogné et presque invisible dans un coin sombre de la pièce, comme une énorme tourteau. Pièce à peu près vide d'ailleurs. Sauf sur le devant de la scène, où dans le carré de lumière venaient évoluer pour quelques instants des poussières et des fretins à peu près aussi éphémères qu'un papillon. C'est un peu la place qu'il conservera, je crois, dans la littérature française. Que serait la France, si elle ne comportait pas aussi de grandes étendues un peu ennuyeuses, sans pittoresque, mais non sans grandeur, où il arrive que se rencontre un dolmen. »

11. Cette formule qui déplaît à Claude Mauriac est ajoutée à la main sur un dactylogramme de *ms. AF* daté du 22 mai 1955.

◆ À LA GLOIRE D'UN AMI. — *Préorig.* : *N.R.F.*, n° 123, août 1925, p. 129-130.

Jacques Rivière (1886-1925), de la même génération que Jean Paulhan, fut secrétaire de rédaction de la *N.R.F.* de janvier 1912 à août 1914, puis directeur à compter de 1919 après sa captivité. À ce titre, il soutint Marcel Proust, et Ponge lui doit aussi ses premiers appuis. Sa bibliographie a été dressée dans les *Cahiers du XX*^{e} *siècle*, n° 3, 1975. Il semble, selon Jean Paulhan (voir *Correspondance* [...], t. I, lettre 48, p. 51) que la *N.R.F.* ait hésité à publier ce texte, venu après le numéro d'hommage ; c'est que Ponge, selon ce qu'il aurait déclaré à Claire Boaretto, n'aurait pas « voulu se mélanger à tous les gens de la *N.R.F.* ». Est-ce lui également qui aurait parlé d'un texte « imité de Malherbe » (*ibid.*, t. I, lettre 48, p. 52, n. 4) ? 1925 est une année où Ponge tente de s'affirmer, prend quelques distances ; c'est peut-être pourquoi les lettres de Jean Paulhan sont plus nombreuses.

1. Dans une note manuscrite inédite (*AF*), en date du 27 mai 1955, Ponge cite ce début et ajoute : « Ainsi commençait en 1925 mon hommage funèbre à Rivière. Je m'étais, on le voit, fortement servi de Claudel. L'histoire de ce texte est d'ailleurs tout à fait merveilleuse, mais ne serait pas de mise ici. Je la raconterai une autre fois. »

2. Variation sur la célèbre réplique de la *Médée* (1629) de Corneille, acte I, sc. IV, v. 317, dans *Théâtre*, Bibl. de la Pléiade, t. I, p. 551 : « Moi seule, et c'est assez. »

◆ BAPTÊME FUNÈBRE. — *Ms.* : les *AF* conservent plusieurs états manuscrits et dactylographiés (sept feuillets datés du 21 mars à mai 1945, sous le titre « DÉCLARATION FUNÈBRE au lieu du supplice d'un héros »), très proches de la version finale (*ms. AF*) ; ils sont mêlés à un copieux dossier « René Leynaud », préparatoire au projet plus vaste d'une « plaquette de grand luxe à la mémoire de R. Leynaud », lancé par Jean Sénard, de la Direction régionale de la Radiodiffusion française à Lyon (lettre inédite des *AF* du 14 décembre 1944). Ce dossier figurera partiellement dans le t. II de la présente édition. L'état définitif, préalable à l'impression, se trouve joint à la lettre adressée à Jean Tortel le 14 octobre 1945 (archives Tortel) ; Ponge y apporte la précision suivante : « Inutile de m'envoyer des épreuves [...]. Je vous demande seulement de bien veiller à la ponctuation (ce sera d'ailleurs facile puisqu'en dehors du *point final*, elle se limite à deux signes : un *point d'interrogation* et un *deux points*) » (F. Ponge, J. Tortel, *Correspondance* [...], p. 28). — *Préorig.* : *Cahiers du Sud*, n° 274, 1945, p. 727-728. Repris dans *Poésie 84* (n° 3, mai-juin 1984, p. 44), le texte est entièrement en italique avec une différence de corps entre minuscules et capitales dont *Lyres* ne rend que partiellement l'effet.

Les relations de Ponge avec René Leynaud, qui jouait un rôle actif dans la Résistance, étaient assez étroites pour qu'il l'entretienne de son travail (voir *Proêmes*, « Pages bis », IX, p. 220-221). René Leynaud, fut blessé, puis arrêté par des miliciens place Bellecour, à Lyon, le 16 mai 1944 ; il devait rester incarcéré au fort de Montluc jusqu'au 13 juin, date à laquelle il fut fusillé avec dix-huit autres camarades à Villeneuve, près de Lyon. Albert Camus rapporte le récit d'un survivant et ajoute : « Il était tout entier dans ce qu'il faisait. Il n'a jamais rien marchandé, et c'est pourquoi il a été assassiné. Solide comme les chênes courts et râblés de son Ardèche, il était rudement taillé au moral comme au physique. » Ponge et Albert Camus firent publier en 1947 ses *Poésies posthumes*. Ce texte a été retenu par Ian Higgins dans son *Anthology of Second World War French Poetry*, dont l'introduction présente clairement le contexte politique. « Ce qui me tient au cœur, je ne peux guère en parler » (*Méthodes*, « Tentative orale », p. 659) : c'est sans doute pourquoi l'émotion est ici dominée, mais non absente, ce qui est d'ailleurs un trait propre à bien des textes de la Résistance ; la discrète présence du « je », écarte le lyrisme de la confidence au profit d'un lyrisme élégiaque qui s'exprime dans le ton, le choix des thèmes (les oiseaux, les fleurs, la nature éternelle) et les rythmes de vers réguliers dans la stèle finale. En associant de manière oxymorique le sacrement de baptême à l'offrande funèbre, le texte fait de l'espace existentiel un cérémonial de vie et résonne comme une résurrection et une élévation.

1. Dans *ms. AF* : « au plastique ».
2. Cette forme de prétérition est un lieu commun de l'oraison funèbre dont la parole n'est jamais à la hauteur du sujet.
3. Dans *ms. AF*, seul « je » est demandé en petites majuscules.
4. Évidente allusion à l'article de Jean-Paul Sartre « L'Homme et les Choses » sur *Le Parti pris des choses* qui avait paru dans *Poésie 44*, en juillet.
5. Dans *ms. AF*, aucun syntagme n'est mis en relief.
6. Dans *ms. AF*, les quatre phrases depuis « Le ciel » constituent un ensemble de quatre alinéas sans blanc.

◆ NOTE HÂTIVE À LA GLOIRE DE GROETHUYSEN. — *Ms.* : le dossier des *AF* contient trois séries de documents : les pages des *Cahiers du Sud* ; une correspondance avec Arnaud Henneuse et six feuillets de notes et d'états manuscrits (*ms. AF*) ; deux dactylogrammes, l'un (*dactyl. 1 AF*) de sept feuillets très corrigés (« Saint-Léger en Yvelines, 2-10 août 1948 ») ; le deuxième (*dactyl. 2 AF*) de huit feuillets dactylographiés (« Saint-Léger en Yvelines, août 1948 »). On y trouve aussi, non datée, une « Liste des amis désirant collaborer au livre que Fontaine publiera en la mémoire de Bernard Groethuysen. » — *Préorig.* : *Cahiers du Sud*, n° 290, 1948, p. 3-8, seule version qui présente des variantes, en particulier des blancs avant les paragraphes 6, 13, 21 et 22. Le texte est aussi publié en plaquette par Henneuse, Lyon, coll. «Disparates», Les Écrivains réunis, 1951. Ponge renvoie les épreuves corrigées le 19 janvier; l'achevé d'imprimer date du 31 août et le 26 novembre Ponge se plaint à Henneuse que la plaquette est introuvable à Paris.

Bernard Groethuysen était né le 9 janvier 1880 d'une mère russe et d'un père hollandais. Il fit ses études à Baden-Baden, Vienne, Munich et Berlin en philosophie, psychologie, histoire de l'art, économie politique; ses maîtres furent Wilhem Dilthey, Karl Stumpf, Heinrich Wölfflin. Il soutint sa thèse inaugurale sur la sympathie en 1904. Il a laissé des ouvrages, sur le XVIIIe siècle en particulier; parmi les plus connus une *Anthropologie philosophique*, *Les Origines de l'esprit bourgeois*, des monographies et de nombreux essais sur les philosophes antiques et renaissants (voir H. Böhrenger, *Bernard Groethuysen*, Berlin, Agora Verlag, 1978). Il fit partie du groupe de la N.R.F. et fut ainsi lié à beaucoup d'écrivains, en particulier André Gide, Jean Tardieu, André Malraux auquel il aurait inspiré le personnage du père Gisors dans *La Condition humaine*. Bernard Groethuysen quitta définitivement l'Allemagne en 1932 lors du triomphe du national-socialisme. C'était une personnalité à la fois forte et douce qui a frappé tous ceux qui l'ont connu. Ses relations avec Ponge remontent aux années vingt. Groethuysen donne à la N.R.F. en 1927 le seul compte rendu des *Douze petits écrits*, et Ponge le cite volontiers, par exemple dans «Tentative orale» (*Méthodes*, p. 651-652), *La Seine* et dans le «Texte sur Picasso» (*L'Atelier contemporain*, p. 338-339). À sa mort, survenue le 17 septembre 1946, Jean Paulhan fait le voyage à Luxembourg et en revient avec un récit en forme d'hommage (*Mort de Bernard Groethuysen à Luxembourg*, «Scholies», Fata Morgana, 1977) qu'il achève dans la semaine. Dans l'hommage des *Cahiers du Sud*, «Visage de Groethuysen», Ponge se trouve aux côtés de Brice Parain, André Berne-Joffroy, Margarete Susman et Charles Du Bos dont est éditée une conversation avec le défunt. L'histoire du texte se reconstitue assez aisément; il est composé entre avril et août 1948 sans que le dossier en son état actuel semble complet; il n'est repris, à partir d'un collage de l'imprimé, que pour l'édition de Lyon. Une note de Ponge des *AF*, datée du 18 décembre 1950, indique qu'il a envoyé dès novembre «le manuscrit de la *Note hâtive* sous forme des pages détachées de la revue [...], ces pages collées sur papier blanc»; Arnaud Henneuse en accuse réception le 27 janvier. Ce portrait de Groethuysen en buisson, apparaît comme une greffe ou un codicille à celui que brosse Jean Paulhan; sur les deux feuillets du 24 avril, l'essentiel des idées et des formulations est déjà en place; ensuite s'accuse et se met en œuvre un imaginaire de la harde, de la loque féconde qui s'épanouira dans «La Chèvre» (*Pièces*, p. 806) et dans les textes sur Giacometti (*L'Atelier contemporain*, p. 93-98 et p. 153-190).

1. L'épithète ne semble pas renvoyer seulement aux courts délais puisque Ponge a tout de même disposé de plusieurs mois, mais, si l'on en croit une note manuscrite sans date de *ms. AF*, à une manière d'aphasie ou de difficulté suscitée par l'amitié même: «Groet mon chéri on me demande de parler de toi très vite. Je ne chercherai pas ma pensée à propos de toi. Je n'ai pas de pensées à ton propos. Je ne suis pas si intelligent d'avoir ainsi des pensées. Tu m'admettais ainsi. Laisse moi venir près de toi.»

2. Ce texte figure dans le recueil, élaboré par Bernard Groethuysen, mais publié à titre posthume par Jean Paulhan, *Mythes et réalités*, «Les

Essais », Gallimard, 1947 (publié d'abord dans *Mesures*, n° 14, 15 octobre 1938, p. 17-37) ; Ponge prend une page de notes sur la préface de Jean Paulhan le 24 avril 1947, en tête d'un premier état de son texte. L'épigraphe est l'ultime réplique d'un dialogue en douze séquences (p. 181) qui porte sur la relation auteur-lecteur par la médiation du texte. Ces pages n'ont pu que retenir l'attention de Ponge au moment où il compose sa « Tentative orale » (*Méthodes*, p. 649-669) dont s'entend d'ailleurs l'écho dans l'image de la forêt et du bûcheron. La lecture de la préface donne lieu à un premier ensemble de notes de *ms. AF* (daté du 24 avril 1947) où il retient « les qualités qui le faisaient aimer », la modestie, le marxisme, l'amour des adversaires et le portrait physique.

3. *Préorig.* porte « parfois concevoir ».

4. Ce paragraphe venait plus loin, après « sans paroles ». Le déplacement est une correction de *dactyl. 1 AF*.

5. Récuser l'image biblique (Exode, XXIV, 17) et la laïciser est néanmoins la consommer pour camper Bernard Groethuysen en guide spirituel.

6. D'après une lettre inédite du 21 novembre 1948 à Brice Parain (*AF*), Ponge a retouché ce paragraphe : « Alix [Guillain, compagne de Groethuysen] me laisse penser que vous avez pu être froissé par une expression de ma *Note hâtive*. Sans doute une sorte de nécessité voulut-elle qu'au cours d'une composition où je débutais par ma *bêtise* et concluais (peu s'en faut) par mon imbécillité quelques touches à certains endroits de la même couleur (ou *valeur* comme disent les peintres) se posent comme malgré moi [...]. Dans sa rédaction définitive, je changerai ce paragraphe, pour essayer de rendre mieux ma "pensée", à peu près celle-ci : "On aurait tort (et non plus tellement il y aurait sottise) de rien conjecturer du silence" [...], » Les dactylogrammes de *ms.* portent encore : « L'on conjecture assez sottement ».

7. *Dactyl. 1 AF* et *dactyl. 2 AF* portent encore une troisième expression : « à l'hôtel borgne de la métaphysique ».

8. Dans *dactyl. 1 AF* et *dactyl. 2 AF* : « quelque chose du chemineau, du vagabond ».

9. Jean Paulhan, *Mort de Bernard Groethuysen à Luxembourg*, p. 36 et 59 : « Je fus d'abord frappé de la beauté de ses mains : jamais je n'aurais imaginé qu'elles fussent d'un dessin aussi délicat [...]. »

10. *Préorig.* porte « Ces buissons ».

11. Ce paragraphe et le précédent sont griffonnés à la hâte dans *ms. AF* le 3 mai 1947, comme venus naturellement sous la plume : « sous les ponts de Paris, cours des miracles, buissons vétilleux, toiles d'araignées, misères, hardes, haillons, barbe qui pousse sans soin et cheveux » ; « noctambulisme » et « sénilité précoce » sont des ajouts marginaux. Le feuillet se termine sur : « Il était vieux de toute la vieillesse de l'esprit humain, de l'espoir sous-humain. »

12. *Préorig.* porte « cette damnation, cette *congéniture*. »

13. Ces formulations sont presque trouvées dès la note de *ms. AF* datée du 24 avril.

14. La formule figure aussi dans « Le Verre d'eau » (*Méthodes*, voir p. 605 et n. 21) où elle est sûrement apparue d'abord, et elle prêtera à variation dans « À la rêveuse matière » (*Nouveau recueil*, coll. « Blanche », Gallimard, 1967, p. 177) : « glorifier la matière, exemple pour l'écriture et providence de l'esprit ».

◆ PAUL NOUGÉ. — *Ms.* : dactylogramme daté du 12 mai 1956. — *Préorig.* : texte du prière d'insérer, qui comprend aussi une contribution de Jean Paulhan, Éditions de la revue *Les Lèvres nues*, pour l'ouvrage de Paul

Nougé, *Histoire de ne pas rire*, Bruxelles, 1956. La réédition (Lausanne, L'Âge d'homme, 1980), avec une préface de Marcel Mariën, ne donne pas le texte de Ponge.

En 1930, le biochimiste Paul Nougé (1895-1967) figurait aux côtés de Ponge parmi les signataires du prospectus de lancement de la revue *Surréalisme au service de la révolution*. Il fit partie en 1919 des fondateurs de la section belge de l'Internationale communiste, et lança à Bruxelles, en novembre 1924, les tracts de *Correspondance* qui séduisirent André Breton et Paul Éluard. Ponge le citait en 1935 parmi les auteurs méritant une place dans la nouvelle revue *Mesures*; leur rencontre à Rouen (mai 1940) est due à l'exode et une lettre de Paul Nougé à Jean Paulhan (datée de Bordeaux, 26 mai 1940; Bruxelles, Musée de la littérature, n° 5757163) en fait le récit; « Souvenirs interrompus » (*Nouveau nouveau recueil*, t. I, p. 113-123) dit l'émotion de Ponge à découvrir un familier de ses textes et un admirateur. Les articles réunis dans le volume de 1956 correspondent souvent à des préoccupations proches de celles de Ponge : défiance vis-à-vis du langage (« Le monde extérieur est notre condition », p. 112), confiance en l'activité poétique et scientifique à la fois, « toutes deux par des voies différentes appliquées à l'invention d'objets nouveaux » (p. 87), ou encore : « Le pouvoir de fascination de l'objet, sa vertu de provocation sont imprévisibles » (p. 237).

1. Paul Nougé avait collaboré à l'ouvrage collectif, *René Magritte ou les Images défendues*, Bruxelles, 1943.
2. « *Lydienne*. Jaspe noir ou quartz lydien employé comme pierre de touche » (Littré).

◆ HENRI CALET. — *Ms.* : 4 feuillets dans les *AF* (ms. *AF*) qui pourraient être une copie autographe, datés 18 juillet 1956. — *Préorig.* : *Le Figaro littéraire*, 21 juillet 1956, p. 1 et 10, sous le titre « Cher Calet ». Le texte de Ponge est précédé d'un chapeau de la rédaction : « Calet se remettrait-il de la grave atteinte cardiaque qui, depuis des mois, le tenait éloigné de Paris, des salles de rédaction et même de sa table de travail ? Nous voulions le croire. Nous pensons qu'il le croyait. Mais il est mort à Vence le 14 juillet 1956, au matin, dans son sommeil. Et ceux qui l'ont aimé ne s'empêcheront pas de trouver à cette fin silencieuse survenue un jour de fête nationale un merveilleux accord avec l'être secret, fait tout à la fois d'humour, de blessure et de retirement. Dans ce journal où nombre de ses articles sont parus, où il comptait, et il le savait bien, autant d'amis que d'hommes assurés de son talent, nous ne verrons plus cet écrivain de qualité apporter un beau jour un article : "Croyez-vous que ça conviendra ? Vous savez comme je suis. Je ne vois que certaines choses... Ne vais-je pas heurter quelques lecteurs ?", guettant les encouragements affectueux avec une angoisse de débutant. Car il souffrait secrètement de tout heurt, si même l'apparence de son beau visage ne changeait avant que la maladie le marquât. Parmi les aînés qui le connurent et l'exhortèrent, depuis 1935, début de sa carrière dans les lettres — Jean Paulhan, mais Gide lui montra aussi, maintes fois, son estime — nous avons demandé à celui auquel l'unissait la plus étroite amitié d'écrire un hommage digne de sa mémoire. C'est-à-dire l'interprétation la plus proche du réel : sans apitoiement, sans complaisance et, comme on le verra, "possible" ». En deuxième page, un encadré rappelle les principaux éléments biographiques. Né à Paris le 3 mars 1904, Henri Calet a enseigné le français en plusieurs pays avant de se fixer dans le XIV° arrondissement qu'il évoque dans *Le Tout sur le tout* (Gallimard, 1948). Son premier roman, *La Belle Lurette*, fut publié

Notes des pages 472 à 474 1071

en 1935 à la N.R.F. grâce à Jean Paulhan, et réédité en 1979 avec une quatrième de couverture due à Ponge (*Nouveau nouveau recueil*, t. III, p. 120-121). Il est aussi l'auteur d'une quinzaine d'autres textes dont un posthume en 1958, *Peau d'ours. Notes pour un roman*, Gallimard. Il fit partie en 1944 de la première équipe de *Combat*, et c'est avec les Calet que Ponge commença, en 1947, son séjour à Sidi-Madani.

1. Après ce mot, création d'un alinéa dans *préorig*.
2. *Ms. AF* et *préorig*. portent ce mot en italique.
3. En janvier 1946, Ponge a lu le livre de Benjamin-Joseph Logre, *L'Anxiété de Lucrèce*, J.-B. Janin, 1946.
4. Au singulier dans *préorig*.
5. *Ms. AF* et *préorig*. placent un nouveau blanc après ce paragraphe.
6. Raymond Callemin, dit Raymond la science, était le penseur du fameux groupe d'anarchistes la Bande à Bonnot, dont le procès se tint au début du siècle. Acteur américain, Buster Keaton a campé un personnage comique, faussement impassible.

◆ CHER HELLENS. — *Ms.* : 1 feuillet incomplet (Bruxelles, Musée de la littérature, 40 / 51), intitulé « Pour Franz Hellens », avec la mention manuscrite « bon à tirer donné sur épreuves reçues et renvoyées le 22.1.51 » (*ms. FD*). — *Préorig.* : *Marginales*, n° 22, mars 1951, p. 3-5, intitulée comme *ms.* Une copie figure dans les archives familiales avec la date manuscrite : « Paris, 15 janvier 1951 ». — *Le Dernier Disque vert. Hommage à Franz Hellens*, Albin Michel, 1957, p. 13-14, donne le même texte que *Lyres*. Ce volume offre non seulement des témoignages, mais un panorama de l'œuvre et une bibliographie.

Franz Hellens (1881-1972), pseudonyme de Frédéric Van Ermenghem, a occupé une place importante, comme écrivain et animateur de revue, dans la littérature belge et française modernes. Indépendamment du recueil de 1957 *Le Dernier Disque vert [...]* et de la monographie d'André Lebois (*Franz Hellens*, Seghers, 1963), il y a à son sujet d'abondantes archives manuscrites, en particulier au Musée de la littérature à Bruxelles. Pour demeurer dans le registre de l'hommage plus distancé, Ponge a gommé tout ce qu'avait d'autobiographique et de polémique dans la rédaction initiale (voir n. 1, p. 474). Maurice Saillet, avait donné, sur *Le Parti pris des choses* et *Proêmes*, une « mercuriale » (« Le Proête Ponge », *Mercure de France*, juin 1949, p. 305-313) aussi virulente que méchante, et malicieusement évoqué la silhouette d'un poète Ponge qui passe dans le *Journal* de Jules Renard. Elle présente aujourd'hui l'intérêt de faire l'historique de ses relations avec Franz Hellens, son aîné puisqu'il était né en 1881 ; l'édition de leur correspondance (1923-1963), fort nourrie, conservée dans les archives, à la bibliothèque littéraire Jacques-Doucet et au Musée de la littérature à Bruxelles, serait précieuse. Jean Paulhan qui préfaça le volume de 1957 apprécia la nouvelle version : « C'est bien beau ton "Franz Hellens". Voilà c'est comme ça qu'il faut être simple et grand : ne pas prétendre » (J. Paulhan, F. Ponge, *Correspondance [...]*, t. II, lettre 570, p. 213). On trouvera dans l'Atelier le texte dont la version publiée ne donne que le canevas.

1. René de Solier était le mari de Germaine Richier dont Ponge aimait les sculptures ; il fut parmi les premiers auditeurs de la « Tentative orale » (voir *Méthodes*, p. 649-669).
2. Un feuillet non daté des *AF*, qui a pour titre « Le Cep, Franz Hellens », contient quelques notes éparses (« étique », « fiévreux »), quelques définitions (« cep », « pampre ») et citations dont une de d'Aubigné

qui sera utilisée dans « Les "Illuminations" à l'Opéra-Comique » (voir p. 479-483).

3. *Préorig.* porte : « beaucoup de baies, mal venues, ne parviendraient ».

4. *Préorig.* porte : « translucides, globuleux ».

◆ POUR UNE NOTICE (SUR JEAN PAULHAN). — *Ms.* : les *AF* conservent 2 feuillets d'épreuves très corrigées de *préorig.* (*épr. AF*) ; une copie imprimée, sans indication de source et dont le texte est déjà celui de *Lyres*, est datée à la fin « 1946 - mars 1957 ». — *Préorig.* : *Action*, 15 février 1946, p. 12. Plusieurs mots ou expressions sont soulignés par l'usage du romain alors que l'article est imprimé en italique. En regard du texte de Ponge, qui était à l'époque responsable des pages littéraires, se trouvent un texte de Jean Paulhan (« Drôle de malentendu ») et un article de Bernard Groethuysen à propos de l'ouvrage de Jean Paulhan *Entretien sur des faits divers* (Gallimard, 1945).

Quelques mois après cette publication, Ponge exprimera un scrupule à Jean Paulhan : « Une des nombreuses choses que j'ai manqué de dire dans cette misérable "notice" est que tu es l'écrivain le plus évidemment fait pour parler aux gens simples » (J. Paulhan, F. Ponge, *Correspondance [...]*, t. I, lettre 350, p. 366). Les épreuves font voir comment le texte initialement centré sur la logique ou la philosophie s'infléchit vers la problématique de la parole et de l'expression.

1. Frédéric Paulhan (1856-1931) a effectivement laissé une huitaine d'ouvrages, parmi lesquels *Psychologie de l'invention* (1901), *Logique de la contradiction* (1911), *Esprits logiques et esprits faux* (1914). Son fils était né en 1884. Ponge a barré sur épreuves la fin du paragraphe : « qui battait régulièrement son monde au tennis sur la plage d'*[un mot illisible]*, à Robinson, c'est plutôt aux jeux de boules ou de ping-pong, — comme à ceux de l'écrit ou de la parole. À ces jeux, si vous voulez, où soupesant d'abord des choses assez lourdes, il s'agit de les envoyer conduire de petits trajets aussi justes que [rapides, *lecture conjecturale*] ou bien au contraire de déployer une très grande violence à propos d'objets très légers, tout en les maintenant dans des limites étroites, tandis qu'ils auraient plutôt tendance à s'envoler. »

2. Rédaction initiale corrigée sur *épr. AF* : « par le rectangle ».

3. Rédaction initiale corrigée sur *épr. AF* : « d'un lévrier ou d'un danois ».

4. Scène du cimetière, acte V, où Hamlet médite sur le crâne du bouffon tendu par le premier fossoyeur (voir Shakespeare, *Œuvres complètes*, Bibl. de la Pléiade, t. II, p. 686-692).

5. Rédaction initiale corrigée sur *épr. AF* : « lois de l'esprit ».

6. *Préorig.* : « (ou Dialectique). C'est en ce sens que ce "spectateur né" peut intéresser les lecteurs d'un journal (à tendances démocratiques) qui s'intitule *Action*. [...] il se trouve changé. » Et la rédaction initiale corrigée *épr. AF* ajoutait : « Ils le voient bien par l'article qu'aujourd'hui il leur donne. »

7. La première édition (Librairie orientaliste Geuthner) est de 1913 ; l'« Expérience des proverbes » (dans *Anthologie des essayistes français contemporains*, Simon Kra, 1929) en est une suite ; c'est l'origine des réflexions sur la fécondité latente du cliché et du lieu commun. Voir *Jean Paulhan et Madagascar*, présentation de Jacqueline Paulhan, Gallimard, 1982.

8. *Préorig.* : « Mais il s'aperçoit ».

9. Du *Spectateur. Revue critique* parurent 52 numéros entre avril 1909 et décembre 1913 ; il se déclarait « consacré à l'étude expérimentale, abstraite et pratique de l'intelligence dans la vie courante, le travail scientifique et l'activité sociale ».

10. Cette incise est une addition sur *épr. AF*. Poète et romancier, Henri Barbusse (1873-1935) reçut en 1935 le prix Goncourt pour son roman sur la vie des combattants *Le Feu, journal d'une escouade* (Flammarion, 1916) ; pacifiste, il s'enthousiasma pour les théories de Lénine et fit de longs séjours en Russie où il mourut. *Europe* a consacré un numéro spécial à Barbusse en 1955.

11. Édition originale : Sansot [1917] ; réédition Gallimard, 1930. Quant à l'association du nom d'Apollinaire au « ravissement », elle se retrouve dans la « Note sur *Les Otages*. Peintures de Fautrier » (*Le Peintre à l'étude*, p. 94) et le « Carnet du Bois de pins » (*La Rage de l'expression*, voir p. 384 et n. 9).

12. Ajout sur *épr. AF* dans une autre rédaction : « C'est ainsi, peut-être, que peut se comprendre ».

13. Parenthèse supprimée sur *épr. AF* : « (je n'emploie pas ce terme en mauvaise part) ».

14. *Préorig.* porte : « "zen" (rite bouddhiste) ? ». Ponge avait d'abord écrit « hindou ».

15. La première édition (*Les Fleurs de Tarbes ou la Terreur dans les lettres*, Gallimard) est de 1941.

16. De septembre 1942 au 1ᵉʳ août 1944, l'hebdomadaire communiste parut sous le titre *Les Lettres françaises clandestines*. Jean Bruller, dit Vercors, publia en 1942 aux éditions clandestines de Minuit *Le Silence de la mer*.

17. *Clef de la poésie. Qui permet de distinguer le vrai du faux en toute observation ou doctrine touchant la rime, le rythme, le vers, le poète et la poésie*, coll. « Métamorphoses », Gallimard, 1944.

18. *Préorig.* porte : « Résistance, témoin l'article ci-contre. / On a dit… »

19. Cette dernière phrase manque dans *préorig.*

◆ TEXTES REPRIS DANS « L'ATELIER CONTEMPORAIN ». — Ces textes occupent les pages 58 à 124 de l'édition originale de *Lyres* ; ils sont repris en bloc dans le recueil de 1977 où ils trouvent leur place naturelle. Ils ont tous été publiés en préoriginale l'année de leur rédaction, le plus souvent dans des catalogues d'expositions. En voici la liste : « Pierre Charbonnier », « Phrases pour Charbonnier », « La Dînette chez Karskaya » ; « Pour l'un des portraits de famille de Leonor Fini » ; « Hélion » ; « Réflexions sur les statuettes figures et peintures d'Alberto Giacometti » ; « Scvlptvre » ; « Braque-dessins » ; « À Bona Tibertilli de Pisis » ; « Exposition Sekiguchi » ; « Exposition Faniel » ; « Parade pour Jacques Herold » ; « Exposition Springer » ; « Braque-Japon » ; « Un bronze parle » ; « Germaine Richier » ; « Paroles à propos des nus de Fautrier » ; « Fautrier d'un seul bloc fougueusement équarri ».

◆ PROSE À L'ÉLOGE D'AIX. — *Ms.* : les *AF* conservent 4 feuillets corrigés (*ms. AF*), portant cette note « Posté par lettre exprès le 3 décembre 1957, à 19 heures (épreuves retournées en bon à tirer le 11 décembre) ». Datés Paris, 26 novembre - 3 décembre 1957. — *Préorig.* : *L'Arc*, nº 1, janvier 1958, p. 2-4. Ces « Cahiers méditerranéens », publiés à Aix sont dirigés par Stéphane Cordier, et Georges Duby, René Micha et Bernard Pingaud forment le comité de rédaction. La brève préface (p. 1) présente ainsi Ponge : « Francis Ponge, poète des objets, dont on a dit que la justesse absolue de l'expression le distingue de tous nos écrivains, entre dans le vif du sujet. Sujet qu'il connaît bien, d'imprégnation ancienne, profonde, et souvent renouvelée par ses séjours en Provence. » La typographie beaucoup plus aérée, astérisque entre chaque séquence et blanc entre chaque paragraphe, modifie le rythme et avive pour chaque formulation le caractère d'inscription romaine et de stèle. La copie de cette préoriginale dans les *AF* porte à la fin une date manuscrite : « 26 novembre - 3 décembre 1957 ».

Ce texte n'a guère retenu l'attention, en dehors de quelques remarques de Michaël Riffaterre (*La Production du texte*, Le Seuil, 1983) qui montre en quoi il échappe « au prospectus de syndicat d'initiative » (*ibid.*, p. 270).

1. Première rédaction encore lisible dans *ms. AF* : « certaines entreprises barbares ».

2. Tous les historiens anciens (entre autres, Plutarque ; Tite-Live, livres LXIV et LXV ; Velleius Paterculus, livre II) parlent de cette bataille livrée en 102 av. J.-C.

3. « Plus tard », et « porté des fruits » sont des ajouts de dernière minute dans *ms. AF*.

4. *Ms. AF* et *préorig.* portent : « Alors sur l'antique séjour ».

5. Les Ligures occupaient la Gaule cisalpine, et les Salluviens ou Salyens plus spécialement la Gaule narbonnaise entre Marseille et les Alpes. Au XVe siècle, le roi René Ier le Bon, né à Angers, s'était retiré à Aix.

6. Le calisson d'Aix, petit four en pâte d'amande à dessus glacé, emprunte son nom du terme provençal pour désigner le clayon, c'est-à-dire la petite claie ronde, du pâtissier.

7. Cette énumération ne comprend que des enfants naturels ou adoptifs de la ville d'Aix ; le savant Claude Fabri de Peiresc, le moraliste Vauvenargues, le compositeur André Campra, les peintres Jean-Baptiste Van Loo et Cézanne y sont tous nés. Guillaume Du Vair, né à Paris, fut premier président du parlement de Provence. Cette mémoire culturelle prépare l'accueil de Mozart dans les festivals aixois.

8. Une rédaction initiale de *ms. AF* plaçait le segment « en ce tunnel d'ombre [...] les fontaines » après « violons croisés ».

9. « L'artificieuse adaptation du prénom latin [Amadeus] polarise l'opposition à *Teutons* » (M. Riffaterre, *La Production du texte*, p. 270).

◆ LES « ILLUMINATIONS » À L'OPÉRA-COMIQUE. — *Ms.* : le dossier, constitué de feuillets dispersés et sans succession ordonnée en l'état actuel des *AF*, peut être reconstitué de la manière suivante. Tout d'abord, 13 feuillets de notes préparatoires, parfois très griffonnées (« Jeux de lumières », « Salle Favart », « Tous les effets », « Modernisation de l'éclairage » avec croquis) ; 2 feuillets du 8 décembre 1956 (« Électrification de l'Opéra-Comique ») ; 2 feuillets du 29 janvier 1957 (résumé et notes). Puis 46 feuillets d'essais rédactionnels, parmi lesquels 4 feuillets sans date sur le quartier « baroque » de l'Opéra-Comique, 1 feuillet daté « 13.12.56 », 2 feuillets datés « 29.1.57 », 2 feuillets datés « 31.1.57 » et 10 feuillets du 28 au 31 janvier portant sur la « Subite illumination intérieure à l'Opéra-Comique ». Puis 4 feuillets dactylographiés sans date. Puis 16 feuillets de mise au net : 1 feuillet sans date numéroté 11 ; trois ensembles de 7 feuillets avec corrections ; 4 feuillets datés « 21 janvier 1957 » ; 4 feuillets signés portant à la fin « texte entrepris le 5 décembre 1956 et terminé le 17 février 1957 ». Enfin, les 3 feuillets de *préorig.* — *Préorig.* : *L'Opéra de Paris*, XV, 1957, p. 62-64, avec trois photos de Francis Ponge au milieu des jeux d'orgues ». Les variantes, hormis l'addition signalée en note, sont seulement d'ordre typographique (italique, romain, espaces).

René Delange, rédacteur en chef de *L'Opéra de Paris*, qui n'avait pas été en mesure, quatre ans plus tôt, de publier le texte sur Rameau « La Société du génie » (*Méthodes*, p. 635-641), avait commandé ce texte, mais tardait à le publier ; Ponge songea alors à le donner aux *Cahiers du Sud* : « Le texte que je pensais vous donner, voici que je n'en dispose plus.

René Delange [...] qui, depuis six mois, me laissait sans nouvelles, vient à l'instant de refaire surface en en brandissant les épreuves. Plus de prétexte à le lui enlever ; la *Revue de l'Opéra* le publiera donc, qui ne vaut pas les *Cahiers du Sud*, loin de là ! J'en suis bien marri » (lettre inédite des *AF* à Jean Ballard, 2 septembre 1957). Le 13 août, Ponge avait en effet reçu une lettre de Philippe de Saint-Robert promettant la publication pour le 15 novembre : « La place m'avait manqué pour publier [votre texte] et je ne voulais pas le mutiler. » Si la circonstance engendre ces pages sur la modernisation de l'Opéra-Comique, implicitement associée à la célébration encore récente de l'électricité, la référence rimbaldienne du titre déjà les métamorphose « en une mise au point concernant à la fois la poétique et l'histoire littéraire » ; la nouvelle installation électrique de l'Opéra-Comique se fait figure de l'avènement de la modernité poétique (voir B. Veck, *Francis Ponge ou le Refus de l'absolu littéraire*, Liège, Mardaga, 1991, p. 153-161 ; sur la genèse des images du tigre et des oiseaux, voir M. Riffaterre dans *Ponge inventeur et classique*, coll. « 10/18 », 1977, p. 79-80).

1. Opéras de Jules Massenet (1884), Léo Delibes (1883), Jules Massenet (1894), Georges Bizet (1863), Mozart. Tous n'ont pas été créés à l'Opéra-Comique.
2. Voir Rimbaud, *Le Bateau ivre* : « Et j'ai vu quelquefois ce que l'homme a cru voir » (*Œuvres complètes*, Bibl. de la Pléiade, p. 67).
3. Voir « Texte sur l'électricité », p. 493.
4. Dans *préorig.*, une note précise : « Héraclite. Cette phrase est un des thèmes majeurs de *Pour un Malherbe* dont les notes s'achèvent le 24 juillet 1957. »
5. L'une des mises au net des *AF* qui, après « profusion de bengalis », enchaînait sans paragraphe sur « Ces milliers de... » porte en marge l'addition : « Ah ! intérieurement m'écriai-je : "L'Azur... au soleil." »
6. L'emploi de l'italique pour le vocabulaire technique est propre à *orig.* ; ne souligne-t-il pas en outre ici ironiquement, après la citation de Mallarmé (*Poésies*, « Renouveau », dans *Œuvres complètes*, Bibl. de la Pléiade, t. I, p. 11), l'allusion à Rimbaud, double hommage rendu à la génération poétique de 1870 ?
7. *Histoire universelle*, livre VI, chap. VI. La citation complète est « les uns s'appuyer, les autres croasser sur le grand pavillon du Louvre » ; elle provient de la rubrique « Hist. » de l'article « Appuyer » du Littré. Ponge l'a notée sur un feuillet sans date des *AF* intitulé « Le cep. Franz Hellens ».
8. Rimbaud, « Le Bateau ivre » (dans *Œuvres complètes*, éd. citée, p. 102) et Mallarmé, « Les Fleurs » (*Poésies*, dans *Œuvres complètes*, éd. citée, t. I, p. 10). L'inversion des deux noms en note est propre à *orig.*, et se retrouve dans la collection « Poésie ».
9. Bernard Veck note que la première partie des *Romances sans paroles* de Verlaine s'intitule « Ariettes oubliées » et que la comédie à ariette ou vaudeville était pratiquée par Favart qui a donné son nom à la salle de l'Opéra-Comique. Un état manuscrit sans date donne de ce passage une rédaction différente : « épreuve initiatique à tout le monde. / Comment se fait-il [...] qu'à éclairer *un peu mieux* quelques comédies que l'on goûterait aussi bien [...]. / Ô, comme dit à peu près le poète ».
10. Rimbaud, *Illuminations*, XXVII, « Angoisse » (*Œuvres complètes*, éd. citée, p. 196).
11. Selon des rédactions provisoires des *AF*, il s'agit de « Mrs. Agostini et Appruzzese, respectivement directeur et luministe en chef ».
12. Ce paragraphe et le précédent ne figurent pas dans *préorig.*
13. *Illuminations*, XXXI, « Scènes » (dans *Œuvres complètes*, éd. citée,

p. 199). Le 28 janvier 1957, après avoir daté et signé, Ponge ajoute : « Et je n'ai employé mes *charmes* que pour aboutir à cette *conviction* ».

14. D'après les états des *AF*, Ponge a hésité sur la place de ce « Ainsi soit-il », parfois placé en finale.

◆ INTERVIEW À LA MORT DE STALINE. — *Préorig.* : *Le Figaro littéraire*, 14 mars 1953, p. 7. Le texte de Ponge prend place dans un ensemble de propos réunis par Maurice Chaplan, « Quel visage Staline prendra-t-il dans l'histoire ? », à côté des réponses de Paul Claudel, Louis Madelin, Gabriel Marcel, Marcel Achard, André Breton, Jean Paulhan et Pierre Reverdy. En première page, le général Catroux livrait son témoignage, « Comment j'ai vu Staline ».

La mort de Staline, le 5 mars, est l'occasion de l'enquête. Toutes les mentions de Staline sont négatives, depuis *Pour un Malherbe*, p. 24 (« gens dont le goût est ignoble [Staline aime évidemment la peinture tsariste] »), jusqu'à une page sur les régimes politiques et la situation de l'artiste (*Pratiques d'écriture ou l'Inachèvement perpétuel*, Hermann, 1984, p. 35), ou la place qu'il trouve à côté d'Hitler comme exemple des tyrans qui redoutent la religion de l'art moderne (*L'Atelier contemporain*, « Braque lithographe », p. 237).

1. Les deux anecdotes, souvent citées, de Diogène demandant à Alexandre de s'écarter de son soleil, et brisant son écuelle à la vue d'un enfant qui n'en avait pas, proviennent de la « Vie de Diogène » (§ 37 et 38) par Diogène Laërce.

◆ RÉFLEXIONS SUR LA JEUNESSE. — *Préorig.* : *Progrès de Lyon*, 29 mars 1953. Les *AF* conservent une épreuve corrigée de *préorig*. On ignore quelles circonstances ont suscité ce texte.

1. *Préorig.* porte : « Le risque est alors un développement non authentiques ; des déformations qui peuvent devenir définitives. »
2. *Préorig.* porte : « en tournant aussitôt à la solution. »

◆ LE « MARIAGE » EN 57. — *Ms.* : le dossier de 67 feuillets des *AF* (*ms. AF*) se compose de trois séries de documents. Tout d'abord, 30 feuillets de chronologies et de notes de lecture qui vont, pour celles qui sont datées, du 4 février au 25 novembre 1955 : jugements de Voltaire, La Harpe, Théophile Gautier, *Vie de Voltaire* par Condorcet, *Dramaturgie de Beaumarchais* par J. Schérer (Nizet, 1954) lue en août, *Mémoires* de Beaumarchais ; article « Pirouette » du Littré, extrait du texte sur Rameau « La Société du génie » (*Méthodes*, p. 635). Puis 31 feuillets de rédactions préliminaires sous forme de notations ou proches de l'état final (4 février 1955 - 28 novembre 1956). Puis, un ensemble disparate (6 feuillets) : la convention avec les Éditions de l'Arche (15 février 1955) pour un *Beaumarchais* dans la collection « Les Grands Dramaturges » ; un texte dactylographié de Jean Duvignaud avec cette note manuscrite : « Ce "texte" n'est pas de moi bien sûr, mais de Duvignaud après qu'il ait eu causé avec moi (sans comprendre grand-chose à ce que je disais) » ; s'y reconnaissent plusieurs formules de Ponge. Enfin, 2 feuillets isolés, numérotés 21 et 22, le premier dactylographié et riche de corrections typographiques, le second manuscrit et daté 28 novembre 1956. — *Préorig.* : *Bref*, n° 1, décembre 1956, p. 5, sous le titre « Une dramatique erreur de jeunesse ». *Bref* est le journal mensuel du Théâtre national populaire. L'article de Ponge figure dans la section « Beaumarchais hier et aujourd'hui ». L'encadré est précédé de cette note de la rédaction : « La mort et l'éloignement ne font pas toujours tout pardonner. Certains hommes restent, à des siècles de distance, l'objet de passions contraires. Et c'est bien ainsi. Le respect "culturel" équivaut bien souvent à un enterrement. Et Voltaire ne serait plus Voltaire s'il cessait d'être contesté. Et tant que notre société gardera la structure que nous lui connaissons, une haine inexpiable poursuivra Robespierre. »

Ces pages sont le résidu d'un projet de livre pour les Éditions de l'Arche ; elles occupent l'atelier pendant près de deux ans ; une première période de travail suit immédiatement la signature du contrat, une seconde prend place à l'automne 1955. Le 12 décembre, chez Clara Malraux, une conversation se noue avec le sociologue Jean Duvignaud et le metteur en scène Roger Blin autour de Beaumarchais : « Blin dit la difficulté du rôle de Chérubin, qui ne doit pas être joué par un homme (cela fait "tante"). Ce qu'il a vu de mieux, c'était Berthe Bovy. Il dit que Figaro est une sorte de Scapin (il n'y voit pas Gérard Philipe), donc très agile. Je réponds : oui, mais avec la révolution proche, déjà la désinvolture que donne le sentiment de la victoire assurée [...]. Je souligne le côté sordide de ce sentiment » (note des *AF*). Le 30 janvier 1956, Duvignaud réclame le texte, au nom des Éditions de l'Arche. Une ultime campagne d'écriture se place en novembre 1956. Beaumarchais offre l'occasion de rendre un nouvel hommage au siècle des philosophes plus qu'à l'écrivain ; la distinction était plus évidente dans la rédaction de *ms.* datée du 19 mars 1956 et très éloignée de *préorig.* et du texte de *Lyres* : « Ainsi voilà un ouvrage certes sans grande noblesse, ouvrage d'un auteur certes de second ordre, d'un esprit sans grandeur et même quelque peu déplaisant et sordide — mais cet ouvrage par la vertu d'être français, d'être du XVIIIᵉ siècle français, se situe pourtant à un niveau très élevé d'élégance et de raison, témoignage d'un degré suprême de civilisation, d'où l'homme n'a fait depuis que redescendre. Voilà une des sources de notre émotion. » Dans une rédaction de *ms. AF* du 4 février 1955 apparaissent des interrogations qui ne laisseront plus que des traces dans la version finale : « Rapport entre le projet (existentiel) et l'objet (d'art) ? », le projet étant l'arrivisme, passage des *Mémoires* « qui présentent déjà certaines qualités du spectacle comique » à la comédie d'intrigue. Ponge semble se poser en termes sociologiques (est-ce la marque de Jean Duvignaud ?) la question de la naissance de l'écrivain (« Comment la grâce artistique est-elle descendue ? ») et du rôle de l'opinion publique ; il retrouve aussi dans l'enchaînement de répliques, dans le fonctionnement du vaudeville les « rouages » et l'« horlogerie » d'une physique amusante ; faut-il rappeler qu'il vient alors de publier « Le Soleil placé en abîme » (*Pièces*, p. 776-794) où jouent ces métaphores ? Le texte de Ponge que nous publions ici témoigne avec éclat de l'efficacité de Beaumarchais : constatons que les manuels de littérature n'ont pas réussi à faire de l'auteur du *Mariage* un « classique tabou ».

1. Dans un état de *ms. AF* daté du 19 mars 1956, ce paragraphe est un ajout marginal.
2. Un état de *ms. AF* daté du 28 novembre 1956 porte : « après moins de deux siècles (ils furent longs !), à verser ».
3. *Préorig.* porte : « doit être forte. »
4. Dans un état de *ms. AF* daté du 28 novembre 1956, le paragraphe se termine ainsi : « de Verlaine que nous en trouverions [...] le ton. "Oisive jeunesse, / J'ai perdu ma vie." »
5. Le même état de *ms. AF* porte : « 1745 environ ».
6. Le même état de *ms. AF* porte : « intéressant et, pour le choix de la méthode, utile ».
7. C'est la lecture des *Mémoires*, le 25 novembre 1955, qui inspire ou confirme cette impression négative.

8. On peut lire dans des notes non datées de *ms. AF* : « Jeanne Bécu, comtesse Du Barry (1743-1793). C'était une prostituée [...]. Le publiciste Beaumarchais était reçu à Louveciennes où elle était retirée avec le comte de Cossé-Brissac ».

9. L'état de *ms. AF* daté du 28 novembre 1956 porte : « dès que nous aurons séché les larmes de l'émotion sentimentale dite plus haut. »

◆ TEXTE SUR L'ÉLECTRICITÉ. — *Ms.* : les documents du volumineux dossier des *AF* (*ms. AF*), dont le classement est aléatoire, peuvent être ramenés à trois ensembles : une correspondance avec les commanditaires ; des notes préparatoires sans date ; 130 feuillets de rédactions et états successifs, manuscrits ou dactylographiés, du 22 mai au 29 juillet 1954. Plusieurs développements envisagés et qui ont laissé des dépôts plus ou moins substantiels ont finalement été écartés : exorde musical avec référence au *Crépuscule des dieux* de Wagner et à *La Flûte enchantée* de Mozart ; couleurs et plaisirs de l'électricité ; arguments en faveur de l'électrification. Une dactylographie sans date de 33 feuillets, portant de nombreuses corrections manuscrites, porte à la fois un titre barré « Prône » et l'indication « Article. Copie unique. Je prie qu'on veuille bien me la rendre » ; serait-ce celle destinée à la *N.R.F.* ? — *Préorig.* : N.R.F., n° 31-33, 1er juillet 1955, p. 1-29, daté à la fin « juillet 1954 ». Le texte présente une trentaine de variantes dont la plupart touchent à la typographie (italique, romain) et à la ponctuation. Les quelques variantes rédactionnelles seront signalées dans les notes ; la première note de bas de page y est omise. Quelques extraits pris en divers lieux sont publiés dans *Poésie*, n° 112-114, novembre-décembre 1983, « Les poètes et la publicité », p. 183-185.

Comme *La Seine*, il s'agit d'un texte de commande. Une lettre du 20 juin 1953 adressée à Edme Lex confirme un accord qui sera de nouveau évoqué le 20 février de l'année suivante et donnera lieu à contrat le 11 mars, le texte devant être remis pour le 15 juillet. En août 1954, un échange épistolaire avec J. Delloz, directeur de l'A.P.E.L. (Société pour le développement de l'électricité, 33 rue de Naples, Paris VIIIe) accompagne les premières épreuves ; Ponge parle alors d'une publication envisagée dans la *N.R.F.*, ce qui était une suggestion de Jean Paulhan à la première lecture très favorable, et des illustrations pour la brochure. Le 14 mars 1956, un entretien avec R. Millet au siège de la S.O.D.E.L. (nouveau nom de l'A.P.E.L., même adresse) confirme que le changement de direction à l'E.D.F. et le coût trop élevé ont fait renoncer à la publication. En décembre 1955, les pages débrochées de la *N.R.F.* sont prêtées à Georges Garampon avec cette note : « C'est la meilleure copie pour l'impression du livre ». Une note manuscrite du 12 janvier 1958 témoigne de tentatives infructueuses : « Mon *Texte sur l'électricité*, publié par la N.N.R.F. en juillet 1955, payé (bien) par l'E.D.F., mais non publié par elle, puis refusé successivement par *La Guilde du livre* (Dominique Aury), et les *Éditions Grasset* (Georges Lambricchs. B. Privat) pourrait être publié en un volume illustré de photographies (choisies par moi parmi celles de) accompagnées de mon texte intitulé *Les Illuminations à l'Opéra-Comique* (payé mal et pas encore) et publié tronqué par la revue *L'Opéra de Paris* en 1957, et mal compris par le Jean Guérin de la N.N.R.F. (janvier 1958). Le titre du livre pourrait être *L'Électroparénèse* ou *L'Électricité franchie* et son épigraphe : "Ne se peut-il que les accidents de la féerie scientifique soient chéris comme restitution progressive de la franchise première" (Arthur Rimbaud) ». Lectures, notes et rédactions semblent n'avoir fait l'objet que d'une seule campagne d'écriture de mai à juillet 1954, même si la réflexion a pu commencer dès l'été 1953 et le travail être amorcé dès la signature du contrat.

Les feuillets de notes documentaires, une vingtaine, sont en effet les seuls à ne pas porter de date, à l'exception de 7 feuillets du 24 mai 1954. Les premières dactylographies apparaissent le 20 juillet. Si la méthode de travail n'est pas sans analogie avec celle de *La Seine*, les lectures ont été moins étendues ; la principale est l'*Histoire de l'électricité* (coll. « Que sais-je ? », P.U.F., 1941) de Pierre Devaux. S'y ajoutent, d'après le dossier, un ouvrage scolaire, le manuel de physique de Lamirand et Joyal, un texte de P. Bost (ou Prost, mentionné sans référence) et l'article signalé à la note 19. Ponge avait aussi pensé à interroger le journaliste André Parinaud, le professeur Jean Hippolyte, Henri Maldiney, Raymond Queneau, ou à recourir à un livre d'A. Valentin sur Einstein ; le philosophe Étienne Borne lui aurait conseillé Gaston Bachelard. Une fois encore, il s'agit de réinscrire dans cet objet singulier et nouveau ses préoccupations de toujours : « Il faut que ça puisse rentrer dans ma boule (mon rocher) ou ma machine » (J. Paulhan, F. Ponge, *Correspondance [...]*, t. II, lettre 499, p. 143) et de trouver un style spécifique : « Pas de style soutenu. Des réflexions discontinues. Grande tension entre elles. Des éclairs d'un peu toutes les classes. Du bavardage à la fulguration » (note des *AF* datée du 19 juillet 1954). Tout en se posant en poète ou en vulgarisateur scientifique et en nouveau Lucrèce, Ponge prend figure d'écrivain médiateur de la Babel moderne en convoquant l'Antiquité et la rhétorique, en greffant une manière de proême du commutateur, en réinventant une mythologie à laquelle se prête exemplairement le phénomène de l'électricité.

1. Une note de *ms. AF* datée du 20 juillet envisage trois débuts possibles : « une invocation religieuse », « une indication sur le genre littéraire adopté », « une excuse sur notre qualité (ou défaut) ».
2. *Préorig.* porte : « se faire ».
3. *Préorig.* porte : « yeux, après avoir sans doute plus ou moins longuement regardé les photos, courent ». La brochure devait initialement comporter des illustrations.
4. Dans *préorig.* ce paragraphe comporte plusieurs variantes : « il a été conçu en deux parties dont celle-ci est la première. Ces deux parties, d'ailleurs [...] dans les architectes [...] que cet appareil de leur esprit [...]. Tandis que cette première partie, bien qu'elle ne doive [...] puisse intéresser l'autre appareil, je veux dire cet homme qui est encore un architecte ».
5. Cette phrase est tout ce qui subsiste d'un long développement dans la dactylographie des *AF* du « 22.7.54 », qui insistait sur les arguments sensibles propres au poète, et en marge duquel figure une note de régie manuscrite : « Il faut cacher un peu mieux l'érotisme profond de ce passage ».
6. *Préorig.* porte : « jamais ne pousse. »
7. *Préorig.* porte : « Je ne vais pas vous en épargner quelques-unes. »
8. *Préorig.* porte : « Lequel ? Et pourquoi était-il intelligent de le courir ? Voici »
9. Dans le dossier des *AF*, sous la date du « 21.7.54 », Ponge a placé un paragraphe dactylographié (« Je suis entièrement contre le *logos* et pour le *mythos*... ») avec à la main en marge cette note : « Pour la préface à l'objeu ». Le rapport avec le « Texte sur l'électricité » demeure douteux.
10. *Préorig.* porte : « quelque chose. Quelque chose de noble [...]. Techniciens, ô ».
11. Ces lignes font écho à un texte alors inédit que Ponge envoie à Jean Paulhan en 1946 (voir *Correspondance [...]*, t. II, lettre 363, p. 17) et dont les *AF* conservent plusieurs états, datés des 4 et 5 août : « Le poète propose la vérité au philosophe (pessimiste) » : « Elle mouille pour moi la jeune vérité [...], / Il faut pour en jouir qu'elle jouisse

aussi. / Une floculation qui n'est pas la parole, / Qui n'est pas le discours, qui est la poésie. »

12. Ponge réside alors aux Fleurys, dans l'Yonne.

13. William Gilbert (1540-1603), inventeur du premier appareil pour mettre en évidence les attractions électriques et auteur d'un traité *De magnete magnetiisque corporibus*, London, Petrus Short, 1600. Ponge a trouvé ce nom dans l'article « Électricité », de *La Grande Encyclopédie*, Société anonyme de la Grande Encyclopédie, 1885, 1902, t. XV, qui s'ouvre sur un large historique des découvertes.

14. Ce développement suit de très près P. Devaux, *Histoire de l'électricité*, p. 11 et suiv., où se retrouvent Thalès et l'ambre, Moïse et l'Arche, Numa, Lucain, l'historien Josèphe, et la théorie du paratonnerre de l'érudit allemand Michaelis.

15. « Les anciens [...] avaient donné au succin le nom d'*electrum*, d'où est venu celui d'électricité » (Littré, article « Succin »); les 7 feuillets de notes de *ms. AF* datées du 22 mai 1954 concernent aussi Electre et l'étincelle électrique, les conducteurs et des extraits du manuel scolaire de Lamirand et Joyal.

16. « Ils feront une arche de bois d'acacia, sa longueur sera de deux coudées et demie, sa largeur d'une coudée et demie et sa hauteur d'une coudée et demie. Tu la couvriras d'or pur, tu la couvriras en dedans et en dehors, et tu y feras une bordure d'or tout autour. Tu fondras pour elle quatre anneaux d'or, et tu les mettras à ses quatre coins, deux anneaux d'un côté et deux anneaux de l'autre côté. Tu feras des barres de bois d'acacia et tu les couvriras d'or. Tu passeras les barres dans les anneaux sur les côtés de l'arche. »

17. *Préorig.* porte : « entièrement tissus ». Allusion à Exode, XXXIX.

18. À propos de *La Seine*, Ponge rappelle que les auteurs scientifiques sont des écrivains au même titre que les poètes et les romanciers (voir *Entretiens avec Philippe Sollers*, VIII, Gallimard - Le Seuil, 1970, p. 129).

19. Voir J. Paulhan, « Le Carnet du spectateur », *N.R.F.*, n° 182-183, novembre-décembre 1928, texte repris dans *Entretien sur des faits divers* (Gallimard, 1945). Jean Paulhan réagit à l'épithète d'« illustre » avant la parution dans la *N.R.F.* : « Laisse logicien, mais, je te prie, retire illustre qui dans la revue serait de trop » (*Correspondance [...]*, t. II, lettre 500, p. 145).

20. Ponge a lu l'article de Louis de Broglie, « Max Planck et le quantum d'action », *Revue des questions scientifiques*, août 1948, p. 155-165. Il en retient divers éléments épars ; la notion de discontinu, la constante « h » et les noms cités un peu plus haut.

21. L'explication épicurienne de la naissance de l'univers par la théorie du *clinamen*, la déviation des atomes dans leur chute, est résumée par Lucrèce au livre II du *De natura rerum*.

22. L'astronome Urbain Le Verrier calcula la position de Neptune avant que l'allemand Johann Galle en fît l'observation.

23. On sait que Ponge avait lu en 1946 le livre de B. J. Logre, *L'Anxiété de Lucrèce* (voir n. 4, p. 499).

24. Le terme est proposé par Freud (*Constructions dans l'analyse*, 1937) pour désigner l'élaboration que fait l'analyste de l'histoire infantile du sujet (voir J. Laplanche et J.-B. Pontalis, *Vocabulaire de la psychanalyse*, P.U.F., 1967, p. 99-100).

25. *Préorig.* porte : « bien en deçà de la Grèce classique, bien en deçà de Thalès ».

26. À une question de Jean-François Chevrier sur les variations mythologiques dans ce texte, Ponge répond : « Pour moi les grandes entités, les

grands notions, ce sont des choses à la fois très imposantes et très terribles, un peu comme les déesses sumériennes » (*Ponge inventeur et classique*, colloque de Cerisy, p. 422).

27. Ce parallèle entre les figures de la géométrie et de la rhétorique est développé dans quatre feuillets de *ms. AF* datés 5-7 juin. Et, le 17, il ajoute : « Il est significatif que j'aie interrompu (en contrepoint) mes notes de travail préliminaires sur l'Électricité pour des notes sur l'Ellipse et l'Hyperbole. »

28. Ce souvenir biographique fait l'objet d'une première rédaction (état du *ms.* daté du 30 juin 1954) intitulée « L'Électricité selon une rhétorique narrative », proche d'*orig.*, mais plus développée, et datée de « 1907 ou 1908 » ; Ponge y revient dans un état daté du 14 juillet sous le titre « Vie des anciens Français ». Ce même souvenir passait déjà, estompé, dans « Mémorandum » (*Proêmes*, p. 167).

29. Personne non identifiée.

30. Écho possible de P. Devaux, *Histoire de l'électricité*, p. 7 : « Sortez de chez vous, partout l'électricité vous accueille. »

31. Récurrent, le terme d'« hymne » justifie l'insertion du texte dans *Lyres*. Et pourtant, dans les notes du *ms.* datées du 15 juin 1954, intitulées « Ouvertures », Ponge récuse les grandes orgues, la cantate, la symphonie ou l'hymne qui répondent à l'esprit des années 1900 plutôt qu'à celui de la physique moderne. Le deuxième feuillet porte d'ailleurs la mention « contre le mensonge lyrique ».

32. P. Devaux, *Histoire de l'électricité*, p. 9 : « Sur toute l'étendue du territoire, c'est le fracas des disjoncteurs qui s'enclenchent [...] : à la Truyère, à Brommat, dans l'usine souterraine taillée en plein roc [...]. C'est Marèges qui démarre : 20 tonnes d'eau par seconde. »

33. Le feuillet de *ms. AF* daté du 18 juin s'ouvre ainsi : « Intouchable, dit P. Devaux, comme ces princesses hindoues qu'on ne saurait effleurer sans mourir », citation prise à la page 10 d'*Histoire de l'électricité*.

34. Les développements qui suivent sont une variation sur la page 7 de l'*Histoire de l'électricité* : « Que l'électricité soit une fidèle servante, mille humbles miracles domestiques le prouvent chaque jour... »

35. Ce proème du commutateur n'est pas sans rappeler le marabout de Sidi-Madani qui allume le ciel (*Méthodes*, « Pochades en prose », p. 541). Il semble qu'il y ait eu contamination de l'image des princesses hindoues avec un texte de Pierre Prost non identifié dont Ponge relève l'expression : « Presser, sur un bouton, geste magique (des contes modernes et futurs). » L'image revient dans le dialogue avec Philippe Sollers pour figurer l'attitude du lecteur : « C'est seulement dans la mesure où le lecteur lira vraiment, c'est-à-dire qu'il se subrogera à l'auteur, au fur et à mesure de sa lecture, qu'il fera, si vous voulez, acte de commutation, comme on parle d'un commutateur » (*Entretiens avec Philippe Sollers*, p. 192).

36. *Préorig.* porte : « anoblissement ».

37. Cet épithète qui revient à diverses reprises rappelle la signification grecque du nom d'Électre.

38. Dans le *Manifeste du surréalisme*, André Breton écrivait : « C'est du rapprochement, en quelque sorte fortuit des deux termes qu'a jailli une lumière particulière, *lumière de l'image* [...]. La valeur de l'image dépend de la beauté de l'étincelle obtenue ; elle est par conséquent fonction de la différence de potentiel entre les deux conducteurs. Lorsque cette différence existe à peine comme dans la comparaison, l'étincelle ne se produit pas » (*Œuvres*, Bibl. de la Pléiade », t. I, p. 337-38).

39. Ces expressions sont reprises de « La Crevette dans tous ses états » (*Pièces*, p. 699-712).

40. En langage argotique, « homard » peut désigner un garde suisse, un domestique en grande livrée ou un spahi.

41. Esprit de l'air, insaisissable qui répond à l'appel de Prospero dans *La Tempête* (voir dans *Œuvres complètes*, Bibl. de la Pléiade, t. II, p. 1481.

42. Les exemples sont nombreux de l'emploi conclusif de cette formule rituelle qui campe le poète en grand prêtre de la parole et sacralise son discours : « Le Verre d'eau » (*Méthodes*, p. 610), « Les "Illuminations" à l'Opéra-Comique » (p. 483), « La Figue (sèche) » (*Pièces*, p. 805).

43. *Préorig.* porte : « démontré ».

44. La dernière séquence, entre les deux « ainsi soit-il », a fait l'objet d'un travail complexe de réécriture dont témoignent plusieurs états très corrigés de *ms.*, tant dactylographiés que manuscrits. Le « Ainsi soit-il » est une addition manuscrite sur le dactylogramme daté « 26.7.54 ».

◆ INTERVIEW SUR LES DISPOSITIONS FUNÈBRES. — *Préorig.* : *Le Figaro littéraire*, 16 mai 1953.

MÉTHODES

NOTICE

Entre *Lyres* et *Pièces*, entre les textes de célébration et les textes poétiques qui partiellement renouent avec *Le Parti pris des choses*, *Méthodes* introduit, en apparence du moins, une manière de suspens ou de détour par l'art poétique, donnant voix et statut particulier à ce qui était jusquelà, tantôt implicitement, tantôt explicitement, inscrit à l'intérieur même des textes. Les *Dix courts sur la méthode* (1946), invite à une lecture allégorique, ne comptent en effet que des pièces qui tirent du titre leur portée réflexive ou métapoétique.

Plusieurs des pièces ici rassemblées auraient pu migrer dans un autre volume, par exemple, dans *Lyres*, un texte de commande comme « La Société du génie ». Nous avons montré[1] les hésitations et les incertitudes qu'inspire à Ponge la classification, voire la seule distinction des genres et des catégories où faire entrer ses textes. Le disparate des formes — des pages de diaire, des descriptions d'objets, des préfaces, des conférences, un entretien — dit assez qu'il faut chercher ailleurs les lignes de force qui organisent *Méthodes*.

L'espace chronologique embrasse apparemment une brève période (1947-1952 pour l'essentiel), comme si l'inquiétude méthodologique avait trouvé là son foyer. En réalité, les « Fables logiques » (1924-1928) viennent rappeler qu'elle habite la totalité de la carrière, qu'elle a été en permanence présente à l'horizon de l'écriture, exhibant, par une autotextualité qui multiplie les regards en arrière, les formes diverses dont elle a su se vêtir.

Aux allégories qui s'ébauchent dans *Le Parti pris des choses*, la description de l'objet mimant ici la page, là l'émergence de l'expression, ailleurs la genèse de la forme, aux chantiers de *La Rage de l'expression* qui gomment ou masquent le fini sous les méandres de la quête, succède ici une

---

1. Voir la Notice générale, p. 1050-1055, et « Dans l'atelier du *Grand Recueil* », p. 811-817.

réflexion critique détachée qui s'incorpore moins à l'objet, comme dans « Le Verre d'eau », qu'elle ne se met à distance critique. Ces textes qui font le point ne sont pas de simples notes écrites pour soi comme il en subsiste dans les archives, de rudimentaires mémorandums où l'auteur rassemblerait et ordonnerait ses raisons sur le mode de l'exposé et du manifeste : l'invention critique s'y exerce à plein. D'une question rhétorique, d'un problème de langage, il fait une fable et traite ces objets critiques comme les choses naturelles. C'est cette fois la critique qui s'accomplit en se faisant texte ; car, s'agissant d'exposer des idées, vis-à-vis desquelles il affirme d'emblée sa méfiance, récusant l'héritage valérien, Ponge choisit des chemins de traverse : ainsi, dans la « Tentative orale », le discours dans son flot croise sans cesse l'apologue de l'arbre.

Les idées ne sont en effet pour lui que dans le langage et non comme entités purement abstraites, fantômes sans corps. C'est pourquoi elles s'inscrivent si volontiers et si aisément dans un décor qui dépayse, celui que l'Algérie vient offrir dans le loisir et l'affranchissement des difficultés matérielles ; moment de grâce où l'invention poétique en s'exerçant acquiert une conscience plus vive, sinon nouvelle, de ses moyens et de ses lois. C'est que l'écriture relève moins d'un savoir constitué en règles que d'un savoir-faire dont on ne peut donner que des exemples ; chacun des textes de *Méthodes* représente une approche qu'aucun traité théorique ne pourrait totaliser. D'où peut-être aussi le désordre chronologique à l'intérieur duquel les blancs de la table[1] isolent ici « Le Verre d'eau », là « Le Murmure », où découpent quelques ensembles dont le lieu d'écriture ou la date font le lien, mais sans jamais dessiner un progrès ou une évolution. Les problèmes de l'expression poétique ne se résolvent pas un à un dans un mouvement progressif ; ils se considèrent tour à tour et à diverses reprises sous divers angles. Le pluriel du titre et son étymologie viennent le rappeler en invitant le lecteur à emprunter divers « sentiers de la création », pour évoquer une collection de chez Skira où Ponge a publié sa *Fabrique du pré* en 1971. Mais ce dernier ne découvrira pas au terme de sa quête le château espéré qui se donnerait enfin à visiter et à connaître, car ces chemins sont la création elle-même.

Le titre tire sans doute bénéfice de l'actualité ; autour de 1960, la recherche universitaire et la « nouvelle critique » s'affrontent avec virulence dans des polémiques qui opposent justement l'histoire littéraire traditionnelle aux « méthodes » inspirées de la linguistique, de la sociologie ou de la psychanalyse, en même temps que naît la théorie de la littérature. Choisir ce titre, c'est faire entendre sa voix dans ce concert, c'est prendre le parti de la modernité, celui précisément de *Tel quel*, qui ouvre ses premières colonnes aux textes de Ponge et se réclame de sa pratique. Mais, si l'on rappelle que « My creative method » paraît en 1949, il prend figure de précurseur plus que de diadoque. L'usage du terme « méthode », déjà cautionné par Gabriel Audisio et Jean-Paul Sartre au temps du *Parti pris des choses*, n'est en effet pas nouveau : en 1946, Ponge parodie Descartes dans les *Dix courts sur la méthode*, il y revient dans une note de 1951 et acquiesçait à une remarque de Jean Paulhan : « Oui, à propos de moi, on parle trop de J. Renard et pas assez de Descartes[2] ». Le passage du singulier au pluriel est aussi manière d'épouser la variété du monde et de rappeler le principe d'« une rhétorique par objet ».

---

1. Lorsque les textes ont un faux titre, nous allons à la page (ainsi que pour le premier texte suivant un texte doté d'un faux titre).
2. J. Paulhan, F. Ponge, *Correspondance (1923-1968)*, coll. « Blanche », Gallimard, 1986, t. I, lettre 272, p. 280.

Peut-être convient-il aussi de placer en contrepoint l'*Introduction à la méthode de Léonard de Vinci* (1895 et 1919) où Paul Valéry se propose de « figurer les travaux et les chemins de son esprit[1] ». Mais le choix des textes et surtout leur succession, avec les blancs qui rythment la table des matières, ne sont pas aléatoires ; les effets de symétrie observables — « Le Verre d'eau » et « Tentative orale » sont des fabriques ; les « Pochades en prose » sont des pratiques dont « Le Monde muet » et « La Pratique de la littérature » explicitent les fondements — se doublent d'une dynamique qui correspond à la conquête de la parole vive, qui fait passer de la relation aux choses à la communication avec les hommes[2]. Le trajet figure donc le triomphe sur l'aphasie initiale, et le retour vers les idées d'abord dévaluées.

D'un point de vue poétique plus que critique, *Méthodes* est une profanation, désacralisant l'inspiration conçue comme force irrationnelle ; le recueil fait redescendre la poésie du ciel sur la terre : il laisse entendre que la création est l'objet d'une certaine maîtrise, qu'elle relève de l'artisanat. Cette raison poétique est déjà « la *réson*, le résonnement de la parole tendue, de la lyre tendue à l'extrême[3] » dont joue *Pour un Malherbe* à partir du fragment 51 d'Héraclite que citait déjà en 1946 « Braque le Réconciliateur[4] ».

Méthodes se présente en même temps comme la réaffirmation de positions indéfectibles et le témoignage d'une évolution, spectacle aussi d'une palette étrangère à « l'invention d'un ordre unique » dont parle Paul Valéry. Qui ne constate en effet, derrière cette plasticité des méthodes et cette variété des angles d'attaque, derrière ces déplacements de points de vue — comme s'il fallait atteindre un objet par nature insaisissable et incomplet — la présence d'une assise, d'un socle, d'un noyau de principes à la vérité inébranlables qui reviennent comme un *ostinato* ? Sans renoncer à ce qui s'était affiché dans les *Proêmes* en 1948, Ponge cherche à secouer l'emprise de réductions critiques, le parti pris des choses et la phénoménologie, qui n'ont plus leur raison d'être après tous les nouveaux chantiers qui ont été ouverts. En s'expliquant, il affirme une identité que les miroirs critiques sont venus troubler.

Entre le séjour algérien et *La Rage de l'expression* (1952) s'opèrent quelques réorientations que *Méthodes* sanctionne et confirme : prise de distance vis-à-vis du parti communiste ; prégnance du modèle liquide avec « Le Verre d'eau », qui fait écho à « De l'eau[5] » dans *Le Parti pris des choses* et plus encore à *La Seine* (1946-1948) ; textes sur l'art que rassemble un premier recueil, *Le Peintre à l'étude* (1948) ; avènement du « tour oral », qui ouvre à la prise de parole en public. Ponge élabore aussi une histoire de la littérature et de l'art où il trouve sa place ; quelques noms phares — Rameau, Rimbaud, Lautréamont en attendant Malherbe à compter de l'automne 1951 — deviennent emblématiques des ruptures qui conduisent à la modernité. Alors que *Lyres* et *Pièces* couvrent quelque quarante années et montrent une création en développement, *Méthodes* nous en propose une coupe. Ponge, tout en récapitulant, regarde vers l'avenir de son œuvre.

BERNARD BEUGNOT et GÉRARD FARASSE.

---

1. *Œuvres*, Bibl. de la Pléiade, t. I, p. 1153.
2. Voir les analyses de Bernard Veck, « *Oui ou non* ». *Pratiques intertextuelles de l'écriture de Ponge (Claudel, Proust, Rimbaud, Valéry)*, chap. III : *Méthodes* (ce chapitre n'a pas été repris dans le livre de 1993, *Francis Ponge ou le Refus de l'absolu littéraire*, Liège, Mardaga, 1993), et chap. V : « Les Idées. Valéry », thèse, Aix-en-Provence, 1991.
3. Voit *Pour un Malherbe*, coll. « Blanche », Gallimard, 1965, p. 97.
4. *Le Peintre à l'étude*, p. 133.
5. P. 31-32.

NOTE SUR LE TEXTE

Le texte que nous donnons est celui de l'originale (t. II du *Grand Recueil*, 1961). Sur les dix-huit textes qui constituent le volume, seuls deux sont inédits : « L'Ustensile » et « Réponse à une enquête radiophonique sur la diction poétique ».

Les manuscrits et les publications antérieures au *Grand Recueil* sont détaillées dans les notules.

Indépendamment des éditions du *Grand Recueil* mentionnées dans la Note sur le texte (p. 1056), *Méthodes* a fait l'objet de deux rééditions à l'identique aux Éditions Gallimard, dans la collection « Idées » en 1971 et dans la collection « Folio » en 1988.

B. B. et G. F.

LES TEXTES D'ALGÉRIE

« My creative method », « Pochades en prose » et « Le Porte-plume d'Alger » constituaient un ensemble indissociable dont la genèse et la chronologie, moins simples qu'il ne semble, doivent être d'abord envisagées conjointement. Épaves d'un livre avorté que devait éditer Henri-Louis Mermod, ces trois textes émanent en effet, selon des causes et des processus à la fois semblables et divers, du séjour algérien de 1947-1948, voyage commencé en compagnie d'Henri Calet et de sa femme, avant de retrouver à Sidi-Madani Eugène de Kermadec et Michel Leiris[1]. À Sidi-Madani, le centre culturel est installé dans un « petit palais néo-mauresque à soixante kilomètres au sud d'Alger[2] », et la seule obligation des invités est de recevoir le dimanche quelques étudiants et professeurs de la faculté des lettres d'Alger. Il faut regarder en aval et en amont de ce séjour qui prend place dans une période particulièrement féconde où voisinent les inspirations les plus diverses.

De la sollicitation aux publications (1947-1953).

Dates		Événements	Notes imprimées			Remarques
			MCM	PPR	PPA[3]	
1947 oct.	15					Lettre de G.Z.N.[4]
	22					Lettre à G.Z.N.
	28					Lettre de G.Z.N.
nov.	4	Exposition Rey-Millet				Lettre à F. Meyer[5]
	6	Invitation en Algérie				
	14	Rencontre avec G. Braque				

1. Voir M. Leiris, *Journal (1922-1989)*, Gallimard, 1992, p. 443 et 451 (notes du 8 et du 18 janvier 1948 qui évoquent brièvement une promenade jusqu'au ruisseau des Singes, et une conversation avec Ponge sur *La Seine* à laquelle ce dernier travaille).
2. Lettre à Jean Tortel, 23 décembre 1947 (F. Ponge, J. Tortel, *Correspondance [1944-1981]*, éditée par B. Beugnot et B. Veck, coll. « Versus », Stock, 1998, p. 52).
3. MCM : « My creative method » ; PPR : « Pochades en prose » ; PPA : « Le Porte-plume d'Alger ».
4. G.Z.N. : Gerda Zeltner-Neukomm.
5. Gerda Zeltner-Neukomm, de Zurich, sollicite Ponge pour *Trivium*, dont le responsable est Fritz Meyer (voir, dans l'Atelier, p. 823-824).

Méthodes

Dates		Événements	Notes imprimées			Remarques
			MCM	PPR	PPA	
	19	Rencontre avec H.-L. Mermod				Lettre de F. Meyer
	20	Contrat H.-L. Mermod Grèves				
	25					Achève « Les Olives » « Ébauche d'un poisson »
déc.	6					Achève « La Valise » « L'Ustensile »
	11	Départ de Paris[1]				
	12	Port-Vendres		*	*	
	13	Arrivée à Sidi-Madani		*		
	16			*		
	17			*		
	18		*			
	19			*		
	20			*		
	21			*		
	22			*		
	23			*		Lettre à J. Tortel
	25			*		
	27			* (1)		
				* (2)		
				* (3)		
				* (4)		
	28			*		
	29			* (tard)		
	30			*		
	31					Lettre à J. Paulhan[2]
1948 janv.	2			*		« Prose sur Vulliamy »
	3			*		
	4			* (1)		Carte aux Mermod[3]
				* (2)		
	5			* (1)		
				* (2)		
	9			*		
	10			*		Lettre de F. Meyer
	19			*		
	21					« Prose pour Vulliamy »
	23			*		Épreuves de *Liasse*
	28					Lettre à J. Tortel
	30			*		
	31		*	*		
fév.	2			*		
	3			* (1)		Lettre à J. Tortel
				* (2)		
	5			*		
	5 et 6			*		
	9	Embarquement				
	13	Marseille				Lettre préface
	25					Lettre à H.-L. Mermod[4]

1. Les événements du 4 novembre au 11 décembre sont rapportés dans une note dactylographiée qui devait constituer la première des lettres à Henri-Louis Mermod.
2. *Correspondance* [...], t. II, lettre 403, p. 57-58.
3. De Blidah à l'occasion des vœux. « J'ai déjà noté 30 à 40 pages pour vous. »
4. Elle concerne le paiement des cinq mensualités prévues et l'avancement du travail : « je n'ai cela qu'en brouillon manuscrit, j'y travaille constamment et hésite à m'en séparer. Cela m'intéresse beaucoup à faire et je vous remercie d'avoir eu cette idée, de me forcer à envisager *la variété et l'immédiateté des choses* » (archives Mermod).

Dates		Événements	Notes imprimées			Remarques
			MCM	PPR	PPA	
avril	26	Grau-du-Roi	*			
	18					Lettre de G.Z.N.
	20	Paris	*			
	25					PPA lettre I
	29					PPA lettre II
mai	3	Paris				PPA lettre IV
	7					PPA letttres III et V
	31					Lettre à H.-L. Mermod : 4 lettres prêtes
juin	20					Envoi des 4 lettres
juill.	1					*Liasse*
	10					Lettre de F. Meyer
août	13					Lettre à H.-L. Mermod[1]
oct.	3	Paris				5ᵉ lettre à H.-L. Mermod
	30					Lettre à H.-L. Mermod [2]
1949 janv.	9					Lettre de G.Z.N.
fév.	7					Expos. à *Trivium*
1950 mars	2					Remise du *ms.* de MCM
1953 juill	21					Renvoi des épreuves du PPA

Le dossier, très disparate, permet de suivre métamorphoses et aléas. Un document manuscrit non daté témoigne de la répartition très lucidement opérée des notes de voyage entre « My creative method » et les « Pochades »[3].

La confrontation de la chronologie avec les documents des archives et les textes publiés révèle bien des disparités et le montage complexe auquel s'est livré Ponge. On voit assez qu'aucun de ces trois textes n'est authentiquement un journal de voyage puisqu'il y a choix et montage des notes d'une part, accompagné parfois d'un travail de réécriture, brouillage d'autre part de la chronologie des événements : première, la sollicitation de *Trivium* n'aboutira que tardivement (1949) tandis que le contrat avec Mermod avortera en partie pour se réduire, malgré le travail de l'année 1948, au texte publié seulement en 1953.

Une longue note sans date des archives familiales qui tient du journal et de la note de régie propose une tripartition : « I. Chronologie des événements depuis l'exposition Rey-Millet ; II. Placer ici les quatre "Lettres d'Algérie" dont la seule copie valable est chez Mermod à Lausanne ; III. La troisième partie devant comporter MY CREATIVE METHOD, illustrée de "Pochades en prose" écrites en Algérie dans le même temps par l'auteur. »

Le journal et sa mise en scène.

Nous voici donc en présence d'une fiction de journal puisqu'il y a eu montage ; les rédactions de l'instant, le carnet qui enregistre les scènes sur le motif éclatent en des ensembles inégaux dont les lettres à Henri-Louis Mermod, initialement programmées, deviendront, retravaillées à Paris, la postface. La « formulation au fur et à mesure » n'est donc, selon les données dossier, qu'un des régimes d'écriture de cet ensemble.

Les difficultés matérielles n'interdisent pas une riche activité d'écriture.

---

1. Les graves difficultés financières l'empêchent de travailler aux « Lettres d'Algérie » (archives Mermod).
2. Quatre ou cinq nouvelles lettres seraient en chantier (archives Mermod).
3. Voir, dans l'Atelier, « [Note dactylographiée du 11 novembre 1947] », p. 811-813.

Le Peintre à l'étude qui réunit les textes consacrés à des artistes entre 1944 et 1946 va paraître à la fin de 1948. Tout se passe comme si Ponge, par-delà les parallélismes évidents — récit épistolaire daté, journal et lettres — inversait ici la démarche de Fromentin, qui recourt à la plume faute des moyens du peintre, et s'appliquait à relever comme un défi l'aveu d'impuissance de Fromentin. L'attention portée aux couleurs, la sensibilité à leur dégradé et à leurs métamorphoses, la quête des moyens stylistiques et rhétoriques propres à les fixer (comparaisons et métaphores, anaphore des « comme », accumulation des pronominaux, créations verbales) caractérisent en effet ces pages algériennes. Elles ont en commun avec Fromentin un même souci de la notation au jour le jour (« tenir un compte minutieux de mes impressions d'aujourd'hui[1] »), l'inquiétude de l'expression juste pour apprivoiser l'inconnu, une fréquente communauté de touches ; plusieurs pages d'*Une année dans le Sahel* déplorent l'insuffisance du « dictionnaire artistique » face à l'orient et la pauvreté des instruments : « exprimer, avec les pauvres moyens que vous savez, l'excès de la lumière solaire, [...] impossibilité d'exprimer[2] » ; la rencontre avec Fromentin a sûrement joué le rôle de filtre et de stimulant pour la perception en permettant de renouer avec des préoccupations anciennes. La sensibilité au paysage et les efforts d'expression pour le rendre avec justesse ne sont en effet pas nouveaux ; il y a bien sûr « La Mounine ou Note après coup sur un ciel de Provence[3] », mais aussi les « buissons » de la villa Clément (Grau-du-Roi, septembre 1927), ébauche de poème qui s'achève sur une « Palette dictionnaire », et des notes inédites de juin 1943 (« J'ai été touché par la perfection d'un ciel très pâle enjoué d'un nuage rose ») où diverses épithètes sont essayées et critiquées[4]. Fidèle à l'inquiétude de l'expression qui le hante depuis toujours, Ponge demande à l'Algérie, dans l'exotisme même de la découverte, une leçon de dépouillement et garde le souvenir d'un moment de bonheur que la plume a épousé dans la presque proximité de l'instant ; le mouvement d'anamnèse de « La Mounine » est étranger à ces pages, malgré les interventions ultérieures.

Le dossier algérien constitue, dans les archives familiales, un ensemble volumineux et complexe qui ne peut être que très ponctuellement exploité. Il comprend en particulier :

Des correspondances, avec Gerda Zeltner-Neukomm, Fritz Meyer, Jean Sénac auquel Ponge propose (26 juin 1951) des extraits de ses carnets Algérie sous le titre « Soleils », et Henri Calet (6 juin 1957), qui lui retourne copie de textes qui n'ont « jamais été envoyés à Camus ».

Vingt-cinq feuillets de notes diverses, dont treize dactylographiées qui sont manifestement la transcription du diaire (14 décembre 1947-14 février 1948).

Quatre-vingt-neuf feuillets de brouillons, réécritures et copie dactylographiées du « Porte-plume d'Alger » (lettres 1 à 5, du 29 avril au 3 octobre 1948).

Quarante-trois feuillets dactylographiés avec de nombreuses corrections manuscrites ; les épreuves corrigées de « My creative method », et un cahier quadrillé à spirale de quatre-vingt-dix pages qui réunit l'imprimé, des dactylographies et des manuscrits. La page titre porte « MY CREATIVE

---

1. *Un été dans le Sahara*, dans *Œuvres complètes*, Bibl. de la Pléiade, p. 63.
2. *Œuvres complètes*, éd. citée, p. 290, 321, 323.
3. *La Rage de l'expression*, p. 412-432.
4. Voir t. II de la présente édition, « Textes inédits ».

METHOD, illustrée de pochades en prose, composées dans le même temps par l'auteur. Sidi-Madani - Paris, décembre 1947-avril 1948 ». Il semble s'agir d'un travail préparatoire pour *Le Grand Recueil* ; mais les pochades figurent en tête, et la première page est une note à l'intention de l'imprimeur sur les divers corps à employer.

Trente-six feuillets, tantôt manuscrits, tantôt dactylographiés, appartenant aux « Pochades en prose ». Pour des détails complémentaires et les préoriginales, on se reportera à la notule de chacun des trois textes.

BERNARD BEUGNOT.

NOTES

◆ MY CREATIVE METHOD. — *Ms.* : le dossier des *AF* comprend 11 lettres tantôt manuscrites, tantôt dactylographiées de Gerda Zeltner-Neukomm et de Fritz Meyer ; deux jeux d'épreuves corrigées, le premier daté du 13 avril 1949 ; l'article de Gerda Zeltner-Neukomm ; un dactylogramme (*dactyl. AF*) de 45 feuillets avec corrections et ajouts. Il existe en outre un cahier quadrillé de 97 pages qui comprend aussi les « Pochades en prose ». — *Préorig.* : *Trivium*, Heft, n° 2, 1949. — *Orig.* : il existe un tirage à part non paginé de 16 folios comportant l'introduction en allemand de Gerda Zeltner-Neukomm : « Cette plaquette constituant l'édition originale de *My creative method*, achevée d'imprimer le 30 mai 1949 par l'imprimerie F. Frei, Hagen, pour le compte de l'Atlantis-Verlag, Zurich, a été tirée à cinquante exemplaires, tous hors commerce. Copyright by Francis Ponge » (B.N.F., Rés pY 39). Un exemplaire donné par Ponge à Gérard Farasse comporte un ensemble de passages barrés à l'encre bleue, sans que la destination de ces suppressions soit précisée.

C'est le 15 octobre 1947, avant même que s'ébauche le projet d'un séjour algérien, que Gerda Zeltner-Neukomm sollicite Ponge pour la revue *Trivium*, publiée à Zurich et qui porte le sous-titre *Schweizerische Vierteljahresschrift für Literaturwissenschaft und Stilkritik* (« Revue suisse trimestrielle pour la science de la littérature et la stylistique ») ; nous donnons ce document dans l'Atelier, p. 823-824. En juillet, Fritz Meyer réclame le texte promis ; le 22 septembre, Ponge soumet l'idée d'en faire aussi une plaquette ; l'accord se fait finalement sur un simple tirage à part. Faute de trouver le temps de rédiger un texte spécial, Ponge propose, pour ne pas faire attendre la rédaction, de réunir des notes de son journal d'Algérie, et il emprunte le titre à l'article de Betty Miller (voir n. 20, p. 527), encore qu'il ait déjà en 1946 réuni sous le titre ironiquement cartésien de *Dix courts sur la méthode* des textes appelés à être repris dans les *Proêmes* de 1948. Dans une lettre du 9 janvier 1949, Gerda Zeltner-Neukomm accepte cette solution et le manuscrit est remis le 2 mars à Fritz Meyer dont la préface, qui ne sera pas publiée, figure dans *dactyl. AF* : « Non pas pour expliquer ce qui ne demande aucune explication, ni pour introduire ce qui ne s'introduit pas — ça paraît, tout court — ce n'est que pour mettre en garde un lecteur qui de meilleure foi pourrait se méprendre sur ce qui suit que l'on préface ceci. / F. P. écrit ainsi. Il y aurait certainement beaucoup à dire, à contredire, à objecter. Ce n'est pas ici notre cas. On vous invite seulement de bien vouloir remarquer une chose : il s'agit d'un *texte* tout comme s'il s'agissait d'un *objet*. Vous voyez le sculpteur : le soir il enveloppe sa sculpture d'un drap qu'il enlève le matin pour aller la rejoindre, elle est là. Pour F. P. quand il écrit, c'est pareil : c'est qu'il n'écrit pas d'un bout à l'autre (commencement-fin), mais toujours à partir de son sujet au milieu qui, par suite de ses manipulations journalières, devient de plus en plus cet objet-littéraire par F. P. / Ainsi la répétition des "titres" de ce sujet proposé à lui et maintenant posé devant nous n'est que la rencontre au jour le jour de F. P. avec son sujet, traité en objet de la manière suivante. » Les variantes de rédaction qui sont données dans les notes sont moins nombreuses que les différences de typographie et de mise en page qui à la fois confèrent au texte un rythme autre et lui conservent davantage l'aspect de notes prises dans un carnet.

B. B.

1. Ces déclarations ne sont pas neuves. Voir *Proêmes*, « Réflexions en lisant l'"Essai sur l'absurde" », p. 206-209. En juin 1945, il écrit à Jean Paulhan : « Tu sais bien que je suis un petit garçon et que je n'ai pas le maniement des idées abstraites ». Et, en 1947, il emprunte aux *Carnets de Georges Braque* la formule « L'Idée est le *ber* du tableau », l'œuvre consistant à évacuer l'idée (*Le Peintre à l'étude*, « Braque ou l'Art moderne comme événement et plaisir », p. 139). La formule parodie par inversion la phrase d'ouverture de *La Soirée avec monsieur Teste* (1896) de Paul Valéry : « La bêtise n'est pas mon fort » (*Œuvres*, Bibl. de la Pléiade, t. II, p. 15). Les rapports de Ponge à l'œuvre de Paul Valéry sont à la fois d'admiration et de réticence ; dès 1926, il le ravale : « À brandir Mallarmé le premier qui se brise est un disciple soufflé de verre » (*Proêmes*, « Notes d'un poème [sur Mallarmé] », p. 182), mais, en 1982 (*Le Magazine littéraire*, n° 188, octobre), il célèbre l'événement que fut le recueil *Charmes*. C'est Mallarmé, selon Paul Valéry (« Souvenirs littéraires », 1927, dans *Œuvres*, Bibl. de la Pléiade, t. I, p. 784), qui rapporte la réplique qu'il a faite à Degas : « Ce n'est pas avec des idées qu'on fait des vers, c'est avec des mots. » Jean Dubuffet aurait-il lu ces notes d'Algérie, ou se souvient-il seulement des *Écuries d'Augias* (*Proêmes*, p. 191-192), lorsqu'il écrit à Jacques Berne le jeudi 6 mai [1948] : « Je peux de moins en moins supporter les idées. Elles me paraissent une petite excrétion malpropre de l'esprit, un sous-produit du travail de l'esprit [...]. D'où la nécessité de se tenir en permanence avec la balayette et la petite pelle à crottin pour tenir les lieux propres de ces idées [...]. Je fais du rangement. Un grand ménage d'écuries d'Augias. »

2. Dans *dactyl. AF*, toute la fin du paragraphe est une addition marginale manuscrite.

3. *Préorig.* porte « Par contre ».

4. *Préorig.* porte « qui se situeraient [...] description), qui emprunteraient ».

5. Voir B. Veck, « Francis Ponge ou du latin à l'œuvre », *Cahiers de l'Herne*, 1986, p. 367-398.

6. Voir B. Groethuysen, « Douze petits écrits », *N.R.F.*, n° 168, avril 1927 ; J.-P. Sartre, « L'Homme et les Choses », *Situations*, coll. « Blanche », Gallimard, t. I, 1947, p. 226-270. Ces réticences à l'égard de son projet poétique et l'accent qui sera mis, dans la seconde note du 29 décembre, sur le plaisir du verbe sont l'écho atténué d'un texte inédit, daté du 4 août 1946, dont il existe quatorze états manuscrits (voir, dans l'Atelier, « Envoi à un critique philosophe », p. 822).

7. Les notes lexicales des « Pochades en prose » (25 décembre et 3 janvier) sont une contamination des définitions du Larousse et de celles du Littré (voir n. 30, p. 559). Par « Encyclopédie », il faut ici vraisemblablement entendre la *Grande encyclopédie Larousse du XIXe siècle*.

8. Néo-surréaliste de la revue *Le Grand Jeu*, avec René Daumal, Roger Vailland et Mouny de Boully. Il a consacré une étude critique à Ponge : « Sur un livre [*L'Œillet. La Guêpe. Le Mimosa*] de F. Ponge », *La Nef*, mai 1947.

9. « Fragments métatechniques » de 1922, *Le Mouton blanc*, 4 janvier 1923, (repris dans *Nouveau recueil*, coll. « Blanche », Gallimard, 1967, p. 15).

10. Ponge a lu ce roman d'Herman Melville en août 1943 ; il en est question dans les lettres qu'il adresse à Albert Camus.

11. « La Loi et les Prophètes », titre d'un texte de 1930 (*Proêmes*, p. 194-195).

12. Dans *préorig.*, cette phrase est soulignée par l'emploi de l'italique. Sur sa portée, voir Michel Collot, « Le *regard-de-telle-sorte-qu'on-le-parle* », *Europe*, n° 755, mars 1992, p. 39-454.

13. Voir, dans « Pochades en prose », les notes du 25 décembre 1947, p. 555-559. Les pages peu convaincantes de Jean Mambrino, « Le Rose sacripant de Francis Ponge », publiées trois fois, et en particulier dans les *Cahiers de l'Herne*, rendent plus précieuses celles de Bernard Veck, « Flagrant délit de création », *Europe*, n° 755, mars 1992, p. 113-119 (repris dans B. Veck, *Francis Ponge ou le Refus de l'absolu littéraire*, 1993, p. 33-36). Le rose est aussi une des touches dominantes de la palette descriptive de Fromentin (*Un été dans le Sahara*, dans *Œuvres complètes*, Bibl. de la Pléiade, p. 123, 124, 125, 149).

14. Comment ne pas penser, malgré une hostilité maintes fois déclarée à l'écriture automatique, à ce qu'écrit André Breton dans le *Manifeste du surréalisme* : « Il m'est arrivé d'employer surréellement des mots dont j'avais oublié le sens. J'ai pu vérifier après coup que l'usage que j'en avais fait répondait exactement à leur définition » (*Œuvres complètes*, Bibl. de la Pléiade, t. I, p. 335).

15. Entre ce paragraphe et le suivant, *préorig.* comporte un intertitre : *Sur ma « méthode créative »*.

16. Voir les néologismes dans « Pochades en prose », notes du 25 décembre, p. 555 et la remarque sur « s'alcive » dans « Le Lézard » (*Pièces*, p. 747).

17. La note suivante est, dans *préorig.*, précédée d'un intertitre en majuscules : « À propos de ce qu'on a bien voulu appeler ma méthode créative ».

18. Voir la Notice générale, p. 1050-1055.

19. Par exemple, J. Tortel, « *Le Parti pris des choses* », *Cahiers du Sud*, août-septembre 1944 (repris dans *Francis Ponge cinq fois*, Fata Morgana, 1984) ; Ph. Jaccottet, « *L'Œillet. La Guêpe. Le Mimosa* », *Formes et couleurs*, n° 2, 1946 ; L. G. Gros, « F. Ponge ou la Rhétorique humanisée », *Cahiers du Sud*, n° 286, p. 194.

20. L'article de Betty Miller a paru dans *Horizon*, n° 16, Londres, septembre 1947, p. 214-220. *Trivium* publie en 1947 une étude de Fritz Meyer (« Fragment zur Untersuchung einer gegenständlichen Sprache » [Éléments de recherche d'une langue objective]), et fera figurer le texte de Gerda Zeltner-Neukomm (« Einleitendes zur "Schöpferischen Methode" von Francis Ponge » [Préambule à la méthode créatrice de Francis Ponge]) en introduction à celui de Ponge.

21. Selon des notes manuscrites des *AF*, c'est en février que Ponge aurait lu ou relu l'*Apologie de Socrate*. Il recopie ici la traduction d'André Bastien (Classiques Garnier, 1928, § 22 d et suiv., p. 16-17).

22. Ponge le tentera pourtant quelquefois dans ses *Entretiens avec Philippe Sollers* (Gallimard - Le Seuil, 1970) et en commentant « L'Abricot » pour l'émission de Sylvain Roumette, « Initiation à la littérature contemporaine », du 19 avril 1968.

23. Cette citation est empruntée au « Tronc d'arbre » (*Proêmes*, p. 231).
24. « Selon que notre idée est plus ou moins obscure, / L'expression la suit, ou moins nette, ou plus pure. / Ce que l'on conçoit bien s'énonce clairement, / Et les mots pour le dire arrivent aisément » (Boileau, *Art poétique*, I, v. 150-153, dans *Œuvres complètes*, Bibl. de la Pléiade, p. 160). Ces aphorismes classiques ont déjà été mis en question dans « Matière et mémoire » (*Le Peintre à l'étude*, p. 116-123), et une note sans date (*Pratiques d'écriture ou l'Inachèvement perpétuel*, Hermann, 1984, p. 84) les évoque avec une sorte de nostalgie.
25. *Préorig.* présente cette note sous une disposition typographique toute différente avec de nombreux alinéas qui soulignent les rythmes.
26. Voir « Fables logiques », p. 612-613.
27. Voir « Pratique de la littérature », p. 684.
28. Traducteur de Virgile, de Milton et de Pope, l'abbé Jacques Delille (1738-1813) fut connu comme poète de la nature (*Les Jardins*, 1782 ; *Les Trois Règnes de la nature*, 1808). Dans une note du 17 août 1946 (*AF*), Ponge écrivait : « Je n'aimerais pas rester comme un Cyrano de Bergerac, ni même comme un Jules Renard, ou un Delille. D'où ma tendance parfois à me prendre pour Lucrèce ou Héraclite. »
29. Le refus répété de la qualification de poète (voir *La Rage de l'expression*, « L'Œillet », p. 356-365, et « Appendice au "Carnet du Bois de pins" », p. 409-411) est une variation sur une formule d'Horace (*Satires*, I, 4 : « Je ne me mets pas au nombre de ceux que j'appelle poètes ») que Ponge notera encore le 30 novembre 1970 (*Nouveau nouveau recueil*, « La Table », coll. « Blanche », Gallimard, 1992, t. III, p. 215).
30. Voir *Le Parti pris des choses*, « Le Papillon », p. 28 : « Minuscule voilier des airs maltraité par le vent en pétale superfétatoire, il vagabonde au jardin. »
31. La formule est ancienne ; on la trouve déjà en 1928-1929 dans « Raisons de vivre heureux » (*Proêmes*, p. 198).
32. Voir « Pochades en prose », notes du 20 décembre 1947, p. 549.
33. Voir B. Beugnot, *La Littérature et ses avatars*, « Prégnance et déplacement d'une forme : Ponge fabuliste », Aux amateurs de livres, 1991, p. 371-380.
34. Cette parenthèse manque dans *préorig.*
35. Il y a là un type de réflexion ancien et qui n'est pas sans dette vis-à-vis des observations de Jean Paulhan sur les hain-tenys malgaches où cohabitent un sens manifeste et un sens énigmatique.
36. Le mot renvoie sans doute moins au recueil de Paul Valéry qu'à une tradition de la poésie comme incantation et magie, au sens de *carmen*.
37. Cette ambition totalisante systématise et regroupe des déclarations antérieures fréquentes où les outils de l'invention poétique deviennent aussi des modèles (voir *La Rage de l'expression*, « L'Œillet », p. 356-365 ; « La Mounine », du 19 juillet 1941, p. 412-440).
38. Sur Rimbaud, voir B. Veck, *Francis Ponge ou le Refus de l'absolu littéraire*, « La Formule : Rimbaud », p. 119-167 ; et, sur Lautréamont, « Le Dispositif Maldoror-Poésies », p. 633-635.

◆ POCHADES EN PROSE. — *Ms.* : Voir « Les Textes d'Algérie », p. 1085-1089, et la notule de « My creative method ». — *Préorig.* : *Terrasses*, « Nouvelle revue algérienne », n° 1, Alger, juin 1953, p. 21-27, sous le titre « Pochades algériennes ». La revue est dirigée par Jean Sénac, de la Radio-diffusion algérienne, qui en juin 1948 dédie un poème à Ponge : « Vers Fort National (notes d'un voyage en car) ». Elle se propose d'apporter, dans la mise en question des « valeurs les plus assurées de la civilisation occidentale », « le témoignage spécifique de ce pays, carrefour culturel » ; l'Algérie est un creuset de la littérature actuelle par la rencontre de « la pensée méditerranéenne et de la pensée du désert, du message oriental et du message romain ». Le texte se limite à sept séquences : « Chambre à Sidi-Madani » ; « Du marabout de Sidi-Madani » ; « Gorges de la Chiffa (vue vers le Nord) » ; « La Chiffa » ; « Les Bougainvilliers » ; « Forme de l'Afrique » ; « Accueil et gentillesse arabes » ; la troisième, sous la même date, donne un texte sensiblement différent qui figure dans l'Atelier, p. 825-826.

Le premier titre était simplement « Notes d'Algérie » ; celui de « Pochades », (« esquisse rapide et négligée où la brusquerie de la main a jeté çà et là les couleurs ou les traits », Littré) a pu venir à la fois du souvenir de Marcel Proust et de la fréquentation des ateliers d'artistes et des vernissages d'exposition. Le terme de « pochade » souligne la rivalité avec l'art pictural, mais il est aussi un écho de Proust (À la recherche du temps perdu, À l'ombre des jeunes filles en fleurs, II, Bibl. de la Pléiade, t. II, p. 205) qui l'emploie dans l'épisode du portrait de Miss Sacripant par le peintre Elstir (« c'est une pochade de jeunesse »). Ce titre sera réemprunté (« Nouvelles pochades en prose », Revue des belles-lettres, n° 3-4, 1975) pour servir à des notes anciennes, mais qui ne se rapportent pas à l'Algérie ; voir Nouveau nouveau recueil, t. II, p. 175-179. Le Peintre à l'étude, qui réunit des textes écrits de 1944 à 1947, doit en effet paraître en 1948. Les impressions du moment, ici notées selon le rythme d'un diaire, obéissent aux variations du climat, aux déplacements, à la mobilité des sensations inspirées par les paysages ou les gens. Mais qu'elles soient d'abord venues en ouverture de « My creative method » ou qu'elles la suivent en une manière de commentaire en acte, les pochades sont un exercice d'invention où la scène de genre, le détail anecdotique, le paysage sont matière secondaire par rapport au souci de l'expression, la recherche d'un rendu qui, dans l'instant de l'écriture, ne les trahissent pas. Elles semblent avoir été beaucoup moins retravaillées que « Le Porte-plume d'Alger ».

B. B.

1. La seconde lettre du « Porte-plume d'Alger » (p. 571-572) éclaire les notations ici présentées comme autant de sensations éphémères.

2. Cette séquence du 13 décembre et la suivante sont reprises telles quelles, sous le titre « Pochades en prose », dans L'Atelier contemporain (coll. « Blanche », Gallimard, 1977, p. 147-150) avant le groupe de textes empruntés au Nouveau recueil de 1967. Le marbre s'y assimile en effet à une œuvre picturale, métaphorique de l'écriture par rapport aux formes héritées et codifiées. Déjà Léonard de Vinci imaginait un monde dans les taches : « Si tu regardes des murs barbouillés de taches, ou faits de pierres d'espèces différentes, et qu'il te faille imaginer quelques scènes, tu y verras des paysages variés, des montagnes, fleuves, rochers, arbres... » (Carnets, coll. « Tel », Gallimard, 1987, t. II, p. 247).

3. Faut-il voir dans ces notations une référence à l'art brut (Michel Thévoz, L'Art brut, Skira, 1975. Préface de J. Dubuffet) dont Jean Dubuffet devait devenir l'un des théoriciens, ou seulement l'idée d'une autonomie du matériau, qu'il soit pictural ou verbal ?

4. Cette assimilation, implicite ou explicite, constitue l'un des articles favoris de la poétique pongienne. Voir « le mur de la préhistoire » qui ouvre « Le Lézard », justement achevé en 1947 (Pièces, p. 745) ; « L'araignée mise au mur » (« Dans l'atelier de L'Araignée, « [In-plano] », p. 333) ou le « Ainsi aurai-je jetée la chèvre sur mon bloc-notes » de 1957 (Pièces, p. 808). Ponge participera par un court texte au salon de mai 1951, Le Mur de la poésie (La Presse à bras, B.N.F. Rés g Ye 274) ; non repris en recueil, ce texte figurera dans le tome II de la présente édition.

5. Ce n'est pas seulement la perle qui fait évoquer « L'Huître » (*Parti pris des choses*, p. 21), texte de 1926-1929 (« une formule perle à leur gosier de nacre »), mais aussi le ciel (« firmament de nacre »), de même que le bouton deviendra le « petit bouton de sevrage » de « La Figue (sèche) » (*Pièces*, p. 805) daté de 1951-1960.

6. Fromentin a écrit deux ouvrages sur l'Algérie, fruit de trois voyages : *Un été dans le Sahara* de 1859 ; *Une année dans le Sahel* de 1857 (*Œuvres complètes*, Bibl. de la Pléiade).

7. Dans *préorig.*, cette séquence a pour titre « Chambre à Sidi-Madani ».

8. Tout le travail d'expression et de recherche sur la couleur qui conduira à la découverte du « rose sacripant » (« My creative method », note du 5 janvier 1948, p. 525) s'apparente à celui qui en 1941 commandait « La Mounine ou Note après coup sur un ciel de Provence » (*La Rage de l'expression*, p. 412-432).

9. Christian Zervos est un historien de l'art, spécialiste aussi bien de l'art primitif et ancien que contemporain. Georges Braque est aussi à l'horizon des préoccupations de Ponge, qui a publié « Braque le Réconciliateur » dans *Labyrinthe* en décembre 1946 et « Braque ou l'Art moderne » le 3 janvier 1947 dans *Action* (*Le Peintre à l'étude*, p. 127-135 et p. 136-141).

10. Voir Fromentin, *Un été dans le Sahara* : « Il en descend une infinité de petits ruisseaux, d'un blanc laiteux » (*Œuvres complètes*, Bibl. de la Pléiade, p. 49).

11. Ce début de séquence présente un autre état dans *préorig.* (voir, dans l'Atelier, « [Pochades en prose] », « [Extraits de la préoriginale] », p. 825-826).

12. Voir « Abrégé de l'aventure organique suivi du développement d'un détail de celle-ci » (6 décembre, 26 et 27 novembre 1947), dans « L'Opinion changée quant aux fleurs », *L'Éphémère*, nº 5, 1968, p. 25-29 (repris dans *Nouveau nouveau recueil*, t. II, p. 99-132). L'expression « modification de la sempiternelle feuille » est reprise de « Faune et flore » de 1936-1937 (*Le Parti pris des choses*, p. 43).

13. Faut-il entendre dans ce repli un écho de ce qu'écrivait Fromentin au tout début d'*Un été dans le Sahara* : « pour abréger les heures et pour me consoler avec cette "petite lumière intérieure" dont parle Jean-Paul, et qui nous empêche de voir et d'entendre le temps qu'il fait dehors » ? Plus loin, un crépuscule appelle cette formule : « C'est une sorte de clarté intérieure qui demeure, après le soir venu » (*Œuvres complètes*, éd. citée, p. 14).

14. Allusion aux fameux petits-beurre de la biscuiterie Lefèvre-Utile (LU) de Nantes.

15. « Les Berbères sont les anciens Numides et leur nom nous paraît avoir fourni aux Grecs, et de là aux Latins, le mot de *barbaros*, barbare » (Littré).

16. *Dactyl. AF* présente plusieurs variantes : ces premières lignes manquent.

17. Cette esthétique du simple (l'adjectif est récurrent dans ces notes) que poursuit Ponge devrait-elle quelque chose à Fromentin qui y revient à plusieurs reprises : « Les maîtres ont compris que dépouiller la forme et la simplifier, c'est-à-dire supprimer toute couleur locale, c'était se tenir aussi près que possible de la vérité » (*Œuvres complètes*, Bibl. de la Pléiade, 1984) ; « Devais-je donc venir si loin du Louvre chercher cette importante exhortation de voir les choses, par le côté simple pour en obtenir la forme vraie et grande ? » (*Un été dans le Sahara*, dans *Œuvres complètes*, éd. citée, p. 48 et 57) ; voir aussi *Une année dans le Sahel*, dans *ibid.*, p. 318-320 et p. 326.

18. On lit dans *dactyl. AF* : « perpendiculaire à celui où s'ouvre l'immense baie ».

19. *Dactyl. AF* porte : « Chaque citron est comme une fenêtre. »

20. Les *AF* conservent onze lettres de Charley Falk, entre 1967 et 1971. Ponge était lié à ce stomatologiste depuis l'époque du *Mouton blanc* ; il lui dédie « Le Patient Ouvrier » (*Douze petits écrits*, p. 8).

21. Souvenir possible du poème de Rimbaud, « Tête de faune » (*Œuvres complètes*, Bibl. de la Pléiade, 1963, p. 70), tout empreint d'érotisme, dont « l'écrin de velours roux et vert » des notes du vendredi 19 décembre étaient déjà sans doute la trace : « Dans la feuillée, écrin vert taché d'or [...] / Un faune effaré montre ses deux yeux / Et mord les fleurs rouges de ses dents blanches. [...] Sa lèvre éclate en rires sous les branches ».

22. « Cette Méditerranée, que d'ici j'appelle la mer du Nord » (Fromentin, *Un été dans le Sahara*, dans *Œuvres complètes*, éd. citée, p. 21).

23. Fromentin, *Un été dans le Sahara* (dans *ibid.*, p. 101) : « Ce serait ici le cas où jamais de faire une théorie de la beauté des haillons » ; l'oxymore n'a pu que frapper Ponge, dont « La Chèvre » (*Pièces*, p. 806-809) développera une poétique de la loque.

24. Voir, dans l'Atelier, « [Pochades en prose] », « [Dactylogramme] », p. 824.

25. Charles Camoin (1879-1965) entra dans l'atelier de Gustave Moreau, avant de fréquenter les fauves dont André Derain fut un des chefs de file, comme Pierre Bonnard. Il fit de nombreuses expositions, a laissé plusieurs centaines d'œuvres, et des carnets et notes de lecture. Voir le catalogue raisonné publié en 1972 par Danielle Giraudy aux éditions La Savoisienne. Peintre cartonnier de tapisserie, Jean Picart le Doux a, avec Jean Lurçat, dom Robert et d'autres, contribué au renouveau de la tapisserie murale française contemporaine. Déjà, dans « La Mounine » (*La Rage de l'expression*, p. 412-432), l'évocation d'œuvres picturales venaient au secours du verbe pour trouver la note juste du paysage.

26. Là encore, *dactyl.* *AF* choisit une disposition moins prosaïque (voir, dans l'Atelier, « [Pochades en prose] », « [Dactylogramme] », p. 824).

27. Charles Aguesse partageait, avec Christiane Faure, la direction du centre culturel de Sidi-Madani.

28. Le romancier Henri Calet, avec qui les Ponge avaient quitté la France, et auquel Ponge consacrera un hommage à sa mort en 1956 (*Lyres*, p. 472-473).

29. « Une pochade est une indication abrégée qui en quelques coups de brosse résume une figure ou un paysage. Une pochade doit toujours être empâtée et, pas plus que le croquis, ne peut être reprise » (Littré).

30. Ces notes lexicales ne proviennent que partiellement du Littré : par exemple, « moquerie outrageante », « Sacripant » qualifié de « Rodomont, faux-brave », « altier et outrageant » ou la comparaison, à l'article « honnir », des trois verbes « honnir », « bafouer », « vilipender ». En revanche, Littré traduit Rodomont par « qui roule des montagnes ». Le reste provient ou est inspiré du Larousse (« blâmer quelqu'un en lui faisant honte » ; « vaurien, mauvais drôle »).

31. Les définitions sont ici empruntées au Larousse. Faut-il entendre encore un écho de Fromentin (« deux rangées de collines, celles de droite encore broussailleuses, celles de gauche à peine couronnées de quelques pins rabougris » [*Un été dans le Sahara*, dans *Œuvres complètes*, Bibl. de la Pléiade, p. 28]) ? Le paysage algérien peut expliquer à lui seul les similitudes.

32. Roi de la Numidie, c'est-à-dire de l'Afrique du Nord.

33. Du 8 au 15 janvier, Michel Leiris se trouve en compagnie des Ponge (voir *Journal [...]*, p. 443-449).

34. Le cul-de-jatte revient dans plusieurs compositions de Bruegel ; il fait l'objet du tableau de 1559, *Les Mendiants ou les Culs-de-jatte* (musée du Louvre ; voir R. H. de Marijnissen, *Pierre Bruegel. Tout l'œuvre peint et dessiné*,

Albin Michel, 1988, p. 395). Ce tableau était déjà évoqué dans les « Notes sur les "Otages" de Fautrier » de 1945 (*Le Peintre à l'étude*, p. 102).

35. Avec l'hommage publié dans *Vogue* en 1979 (repris dans *Nouveau nouveau recueil*, t. III, p. 124), c'est la seule mention de ce peintre, graveur et sculpteur surréaliste.

◆ LE PORTE-PLUME D'ALGER. — *Ms.* : les AF conservent six états de rédaction très différents ; une note de Ponge indique que seuls les originaux remis à Henri-Louis Mermod font autorité. 1) État manuscrit corrigé des quatre lettres (*ms. 1 AF*), 17 feuillets. La quatrième a davantage l'apparence d'un brouillon. 2) État dactylographié des quatre lettres (*dactyl. 1 AF*), avec corrections manuscrites, 15 feuillets ; l'envoi en a été fait, selon la lettre de Ponge, le 20 juin 1948 (archives Mermod). 3) État dactylographié avec corrections manuscrites des quatre lettres (*dactyl. 2 AF*), 13 feuillets ; les lettres 1 et 2 ne sont pas de la même frappe que 3 et 4. En tête de la lettre 3, figure un ajout manuscrit : (« Incomplète dans cette copie. Mermod a la seule copie complète »). 4) État manuscrit des lettres 1, 2 et 3 jusqu'au dixième paragraphe, 9 feuillets ; il s'agit d'une première mise au net avec cette mention ajoutée : « Version intermédiaire (début). (9 juillet 1953) ». 5) État manuscrit avec de rares corrections. Il s'agit d'une mise au net sans date. 6) Épreuves corrigées, envoyées le 16 juillet 1953 et retournées le 21, 6 feuillets. — *Préorig.* : *Preuves*, n° 30-31, août-septembre 1953, p. 22-26. Cette revue mensuelle, publiée du printemps 1951 à l'été 1969, est l'organe du « Congrès pour la liberté de la culture » ; on compte parmi ses collaborateurs Raymond Aron, Denis de Rougemont, Franz Hellens, Arthur Kœstler. Ponge y collabore de 1952 à 1955.

De passage à Marseille en février, Ponge avait rédigé un projet de préface, daté du 21, et demeuré inédit : « Deux raisons pour que je me plaise à écrire (et d'abord à concevoir) les lettres d'Algérie. D'abord elles rendent compte (c'est le moyen de rendre compte) de la *variété* des choses. D'autre part, c'est le moyen d'éprouver (et de perfectionner) mon instrument (technique) de notation immédiate. » L'essentiel de la rédaction des « Lettres d'Algérie », selon la désignation longtemps employée par Ponge, s'accomplit en avril et mai 1948, à la suite de quoi elles sont adressées à Henri-Louis Mermod avec une demande de mensualités (lettre du 20 juin 1948). La dernière lettre (voir, dans l'Atelier, « [Pochades en prose] », « [Dactylogramme] », p. 824), non retenue, juxtapose ou contamine, si l'on en juge par les dates inscrites (« 7 mai 1948 » en tête ; « 5 octobre 1948 » à la fin), plusieurs états antérieurs. Finalement, Henri-Louis Mermod, jugeant l'ensemble trop léger, ne le publiera pas. L'annotation de ce texte doit beaucoup au travail de séminaire de Martine Frenette.

B. B.

1. Datée dans *ms. 1 AF* du 25 avril 1948.

2. Le glissement de « s'y prête » à « se prête » figure dans les manuscrits sans trace de sa genèse.

3. Terme de physique : « Coupe dans l'intérieur de laquelle on a disposé un siphon, de telle sorte qu'au moment où l'on achève de la remplir, tout le liquide s'écoule par le pied » (Littré, article « Tantale »).

4. *Préorig.* ignore ces italiques. Quant aux vocatifs, « cher ami », s'ils sont naturels dans des lettres dont le destinataire est nommément désigné, ils rappellent aussi Fromentin (voir *Une année dans le Sahel*, dans *Œuvres complètes*, éd. citée), qui scandait ainsi son journal de voyage.

5. La fuite des idées, notion qui appartient au vocabulaire de la psychiatrie, est récupérée par le surréalisme (voir M. Morise, « Les Yeux enchantés », *La Révolution surréaliste*, 1ᵉʳ décembre 1924 ; A. Breton, *Les Vases communicants*, de 1932, dans *Œuvres complètes*, Bibl. de la Pléiade, t. II, p. 103-215). Le terme de « manie », dans l'avant-dernier paragraphe, fait écho à l'analogie que Breton perçoit entre « la fuite des idées dans le rêve » et « dans la manie aiguë ».

6. « Un petit train d'allégations hâtives, en grisaille », est-il écrit dans « Le Lézard » (*Pièces*, p. 746). Ponge s'est-il souvenu de Baudelaire parlant du « train de pensées commandées pour l'extérieur » (*Les Paradis artificiels*, « Le Poème du hachisch », IV, dans *Œuvres complètes*, Bibl. de la Pléiade, t. I, p. 426-441) ?

7. Le verbe est en italique dans *préorig*. « Le frottement énergique » pourrait renvoyer à la technique imaginée par Max Ernst en 1925 : frotter des feuilles vierges à la mine de plomb, pour trouver un équivalent pictural de l'écriture automatique.

8. Le terme ne revient pas seulement dans ces pages algériennes dont il définit le ton et le statut ; Ponge l'affectionne pour désigner ses textes : « Certainement, en un sens, *Le Parti pris*, *Les Sapates*, *La Rage* ne sont que des exercices. Exercices de rééducation verbale » (*Proêmes*, « Pages bis », IV, p. 211).

9. Datée dans *ms. 1 AF* du 29 avril 1948.

10. L'envahissement intérieur par les objets est déjà propre au « Paysage » de 1933 (*Pièces*, p. 721), et plus encore dans le souvenir laissé par un ciel de Provence (voir *La Rage de l'expression*, « La Mounine », p. 412-432).

11. Il s'agit de la tramontane qui sera nommée plus bas « mistral », peut-être en écho au récit que fait Fromentin de son arrivée en Algérie (voir *Un été dans le Sahara*, dans *Œuvres complètes*, Bibl. de la Pléiade, p. 13). Les deux étangs de Sigean et de Salses sont séparés de l'étang de l'Ayrolle par une mince langue de terre où passe la voie ferrée et qui suscite donc la comparaison avec la piste d'envol.

12. « Minuscule voilier des airs maltraité par le vent », est-il écrit dans « Le Papillon » (*Le Parti pris des choses*, p. 28).

13. Ce croquis parodique serait-il une variation sur le personnage du voyageur de commerce qui hante le roman du XIXᵉ siècle (voir notamment Balzac, *L'Illustre Gaudissart*, dans *La Comédie humaine*, Bibl. de la Pléiade, t. IV, p. 561-598) ?

14. *Ms. 1 AF* porte ici l'hémistiche de Lucrèce *Suave mari magno !* (*De natura rerum*, chant II, vers 1).

15. Les touches allusives des « Pochades en prose » (13 décembre 1947, p. 538-568) s'éclairent de ce développement. La saynète semble jouer sur la polysémie du mot « guimbarde », « chariot long et couvert à quatre roues », « petit instrument sonore » et « danse ancienne » (Littré).

16. C'est bien là la version de toutes les éditions ; il semble qu'il y ait eu contamination de deux rédactions du dossier : « plusieurs billets bleus s'envolèrent de nos mains », et « plusieurs imprimés ou billets bleus à lâcher ou saisir de nos mains ».

17. La hâte est souvent le trait du journal intime ou du geste épistolaire ; quand on sait combien Ponge a retravaillé ces lettres, cet emprunt n'est évidemment qu'une façon de les mimer.

18. *Préorig.* porte : « du contraire, après tout, d'une application : d'une molle chasse ».

19. *Ms. 1 AF* porte : « l'épaule du remorqueur quitta notre hanche ». L'insolite de cette phrase tient au recours au vocabulaire technique. « Épaule » : « partie de l'avant du navire sur laquelle il s'appuie ».

« Hanche » : « partie arrondie du vaisseau qui, du flanc, s'étend à l'arrière, où se forment les fesses » (Littré).

20. Comment ne pas penser, puisqu'il s'agit d'une scène nocturne et, par renvoi au titre de ces pages, qu'il y a un écho voulu à la chanson populaire *Au clair de la lune* ?

21. Après deux séjours de jeunesse à Florence en 1924 et 1925, Ponge y retourne en 1951 pour donner des conférences. C'est là qu'il rencontre le poète et critique Piero Bigongiari qui fera beaucoup pour la diffusion de son œuvre en Italie. (Voir F. Ponge, J. Tortel, *Correspondance [...]*, *passim*.)

22. Datée dans *ms. 1 AF* du lundi 5 mai 1948.

23. Il s'agit de Charles Aguesse (voir n. 27, p. 556).

24. La même silhouette passe dans la lettre à Jean Paulhan du 31 décembre (*Correspondance [...]*, t. II, lettre 403, p. 58).

25. Y a-t-il là une allusion au pamphlet (*Misère de la poésie*, 1932, dans *Œuvres complètes*, Bibl. de la Pléiade, t. II, p. 5-45) dans lequel André Breton prit la défense de Louis Aragon, inculpé d'excitation de militaires à la désobéissance pour trois vers de « Front rouge » ? Ce sont bien là les pièges de la parole.

26. *Ms. 1 AF* et *dactyl. 2 AF* portent : « un bananier de jardin des plantes. Ici de square. Ah ! ferai-je entrer les plantes aussi dans le jeu de nos coutumes. Non ! elles m'aideront à en sortir. Ce bananier comment donc faut-il le traiter ? Eh ! bien, c'est le parti pris des choses (je le réserve pour le parti pris). Pourtant en voici la note. » — *Préorig.* porte : « Un bananier, des plantes : ici un simple [...] de square. »

◆ LE VERRE D'EAU. — *Ms.* : le manuscrit des *AF* (*ms. AF*) est une copie de l'original, qui appartiendrait à Françoise Valette ; il est conforme à la description fournie par François Chapon dans son catalogue (*Francis Ponge*, Centre Georges-Pompidou, 1977, p. 32-33). Il est constitué de 78 feuillets dont les 36 derniers sont un carnet quadrillé à spirales qui s'ouvre à la date du 29 août 1948 par 5 pages intitulées « Chose à dire à Limbour ». L'imbrication des dates entre les deux parties montre que la différence de supports ne correspond pas aux deux campagnes d'écriture, de mars à mai, puis d'août et septembre 1948, même si le dossier est peut-être ouvert « depuis vingt ans ». La comparaison avec l'imprimé révèle une série de différences : plusieurs feuillets n'ont pas été finalement retenus (notes des 1ᵉʳ et 6 avril, 30 août, 5 et 30 septembre) ; plusieurs passages de l'imprimé n'ont pas d'équivalent manuscrit (notes des 26 et 29 mars après-midi, 28 août, 29 août [dernière page], 1ᵉʳ, 2 et 3 septembre) ; les états fournis par le carnet constituent une suite chronologique (du 29 août 1948 au 30 septembre 1948) insérée parmi les autres états (Ponge a donc travaillé simultanément sur des feuilles et sur le carnet) ; plusieurs modifications ont aussi été apportées (les notes manuscrites des 4 et 5 septembre 1948 portent la date du 2 septembre [le soir] et du 3, et le plan du verre d'eau du 30 août 1948 figure à la date du 4 septembre) ; les textes présentent d'importantes variantes de rédaction. Il y a manifestement eu un travail préparatoire, dont nous n'avons plus toutes les traces manuscrites, et des états intermédiaires entre les manuscrits qui subsistent et l'imprimé. Chiffres romains et chiffres arabes ne correspondent pas seulement à une numérotation séquentielle, mais à un travail de composition qu'effacera la publication sous forme de dossier. Manque aussi l'état dactylographié, sur lequel ont pu être faites d'ultimes interventions et que mentionne Chapon : il aurait porté des titres manuscrits et des indications de composition. S'il s'agit donc bien d'un « journal »

(A. Du Bouchet, « *Le Verre d'eau* ou le dénouement du silence », *Critique*, n° 45, février 1950, p. 182-183) dans sa forme, il ne restitue que partiellement la chronologie et le mouvement de l'invention ; il comporte sa part d'artifice ou de mise en scène. Sur cette genèse complexe, voir Philippe Met, « Les censures du "Verre d'eau" », *Genesis*, n° 12, 1997. — *Orig.* : F. Ponge et E. de Kermadec, *Le Verre d'eau. Recueil de notes et de lithographies*, Galerie Louise-Leiris, 1949, 68 pages, 10 exemplaires sur Montval, 90 sur Arches, 10 copies de chapelle. L'ouvrage comporte 41 lithographies et présente des différences typographiques importantes ; l'usage des italiques, des capitales et parfois d'un corps plus gros confère au texte à la fois un aspect visuel qui lui est propre et surtout une scansion très particulière qui se trouve gommée dans le texte de *Méthodes*. Ponge était très attaché à ces lithographies, qui lui paraissaient parfaitement épouser son travail ; il en existe diverses reproductions : dans le *Francis Ponge* de J.-M. Gleize et B. Veck (Larousse, 1979), dans *Daniel-Henry Kahnweiler. Marchand, éditeur, écrivain* (Centre Georges-Pompidou, 1984), dans *Le Magazine littéraire* (n° 260, décembre 1988, p. 36). *Le Verre d'eau* est le premier livre illustré par Eugène de Kermadec avant, la même année, *Rapsodies de l'amour terrestre* de Gabriel Audisio (coll. « Poésie et critique », Rougerie éditeur). Kermadec et Ponge ont travaillé chacun de leur côté, mais « les leçons se font écho [...]. Ces lithographies fluides comme des aquarelles sont les coqs du verre d'eau » (A. Du Bouchet, *Critique*, n° 45, février 1951, p. 182). Louise Leiris avait en 1940 racheté la Galerie Simon à Daniel-Henry Kahnweiler, menacé de séquestre parce qu'il était juif ; elle publia également Georges Limbour, Raymond Queneau, André Masson. En 1973, Ponge préfacera le catalogue de l'exposition *Cheminements. Peintures (1958-1973)* à la même Galerie (voir *L'Atelier contemporain*, p. 318-323) et y fera rappel de leurs relations et de leurs affinités (« recherche d'une écriture à l'état naissant »). — Peu après, les *Cahiers de la Pléiade* (n° 11, hiver 1950-1951, p.135-148), dans lesquels avait paru l'année précédente la *Tentative orale*, publient les notes du 25 mars au 20 août, occasion de faire connaître un texte resté confidentiel. Cette réédition partielle respecte les italiques de l'originale.

Pourquoi avoir placé dans *Méthodes* cet objet qui aurait plutôt convenu au *Parti pris des choses* ou à *Pièces* par son objet et à *La Rage de l'expression* par son écriture génétique ? D'abord parce que ces notes sont ponctuées de retours sur le déjà écrit, de réflexions que la critique moderne qualifierait de métapoétiques : « Je me regarde écrire. Des textes comme "Creative method" ou "Le Verre d'eau" sont significatifs à cet égard » (*Pour un Malherbe*, p. 70). Non seulement la division en deux parties oppose contenant et contenu dont le texte scelle la réconciliation, place en diptyque la description de l'objet et la quête d'un son équivalent allégorique, mais « Le Verre d'eau » fait assister à l'invention d'un modèle textuel qui fait s'épouser le solide et le liquide : « Parlons du verre comme du symbole de la fragilité dans la littérature française jusqu'à présent, et on le voit déjà dans la littérature ancienne : le verre était tout simplement le symbole de l'expression [...]. Or il suffit de considérer si peu que ce soit le verre, la matière du verre en soi et non pas comme symbole, pour lui trouver des qualités autres. Le verre n'est pas seulement fragile, mais il est dur. Je n'ai nommé qu'une qualité, mais je change tout parce que les lieux communs sont défaits » (entretien accordé à S. Gavronsky en 1972, *Poésie*, n° 61, 1992, p. 18-19). À mi-chemin du « Galet » (*Le Parti pris des choses*, p. 49-56) et de *La Seine* (p. 243-297), « Le Verre d'eau » réunit en lui deux formes antagonistes, mais tandis que *La Seine* figurait le flot verbal, celui-ci l'enserre et le contraint, diamant comme la parole mallarméenne, union de la dureté et de la transparence. Est-ce en raison de son caractère de dossier, ce texte n'a guère retenu l'attention de la critique, ni dans l'immédiat ni plus tard. Il n'y a guère à mentionner que les pages de Bernard Veck (*Francis Ponge ou le Refus de l'absolu littéraire*, p. 83-88) qui y voit en écho au début de « My creative method » une nouvelle distance prise à l'endroit de Paul Valéry, et celles de Giovanella Fusco-Girard (*Questioni di metodo. La retorica di Francis Ponge*, Salerne, Rome, Éditions Ripostes, 1991, p. 51-65) qui en met au jour les structures rhétoriques. Le texte a inspiré un film à Jean Casarel, diffusé le 29 mars 1966.

B. B.

1. La formule, due au poète Lemierre du XVIIIe siècle, est citée par Littré, à l'article « Allégorie ».

2. Tous ces éléments sont empruntés au Littré, mais redisposés différemment : ainsi les deux premières citations de Rabelais et Montaigne proviennent de l'historique. La consultation du Littré est donc déjà un geste actif. L'imprimé est aussi une version abrégée des notes manuscrites.

3. *Entretien sur des faits divers*, I. « L'Illusion de totalité ou les Paradoxes de l'esprit », Gallimard, 1945 : le premier paragraphe, « Tristesse de Psammenitus », part d'un texte de Montaigne pour commenter le proverbe de la goutte d'eau qui fait déborder le vase.

4. La citation provient de l'article « Hanap » du Littré, mais Ponge a substitué « verres », de même que « remise » à « [verre] réservé ».

5. La fin de cette note du 9 mars n'a pas d'équivalent dans *ms. AF*.

6. Le film de Charlie Chaplin est sorti en 1947. Dans la scène finale, M. Verdoux, qui ne boit ni ne fume, refuse d'abord le verre du condamné, puis accepte ce dernier plaisir. « C'est lorsque la rage s'est colorée en bonheur de dire [...] que Ponge prononce explicitement la louange de l'attitude épicurienne devant la mort » (J. Tortel, « Ponge qui n'a de cesse », dans *Ponge inventeur et classique*, colloque de Cerisy, coll. « 10/18 », U.G.E., 1977, p. 27). La citation anglaise figure sur un feuillet du *ms.* daté du 14 avec la mention « Rien ce soir » ; est-ce le verre qui a réveillé le souvenir du film ou l'association Verdoux - verre d'eau ?

7. Dans *ms. AF*, cette phrase est encadrée avec cette mention dans une bulle marginale : « Ceci est une idée très différente ».

8. Le feuillet de *ms. AF* porte pour titre « L'Amour du verre d'eau ».

9. Le retour à l'image première du diamant est souligné par le passage à un rythme décasyllabique et à l'apostrophe lyrique.

10. Il est difficile dans cette séquence de ne pas entendre des échos du chant d'amour du Cantique des cantiques, sans qu'il y ait proprement de citation. La quête du verre d'eau s'assimile à celle de l'union parfaite de l'époux et de l'épouse ; les noces du poète et du texte prennent dimension spirituelle.

11. Eugène de Kermadec séjourna en Algérie en 1947-1948 avec Ponge, qui l'y aurait fait inviter et par qui il aurait découvert Victor Segalen (voir F. Ponge, « Segalen ou l'Assiduité à soi-même », *Europe*, n° 696, avril 1987, p. 126-128).

12. L'assimilation du travail poétique à un exercice est familière à Ponge jusque dans des titres (par exemple, « Deux petits exercices » [« Vif et décidé », « Peut-être trop vicieux »], *Le Disque vert*, n° 3, décembre 1923 ; le premier texte n'a pas été repris en recueil, le second figure dans *Lyres*, p. 449) ; polyvalent, le mot renvoie aussi bien à l'artisanat du débutant qu'évoquent ici les œuvres de Bach et de Clementi qu'à la spiritualité (*Exercices* d'Ignace de Loyola).

13. Serait-ce ici la reprise de l'idée exprimée par Lautréamont : « La poésie doit être faite par tous. Non par un » (*Poésies*, II, dans *Œuvres complètes*, bibl. de la Pléiade, p. 285) ?

14. Cette exclamation joue le rôle de pivot de l'allégorie ; la suite du texte, sans s'interdire la description, s'attarde davantage à ce dont il est la figure.

15. Cette phrase ne figure pas dans *ms. AF*.

16. Ce néologisme qui dit une beauté lumineuse renvoie à la transparence maintes fois donnée comme qualité du verre d'eau.

17. Un état de *ms. AF*, daté du 6 avril 1948, reprend les rédactions des jours précédents, en modifiant la disposition et en accusant la dimension érotique (voir l'Atelier, p. 829).

18. *Ms. AF* porte ici l'équivalent d'une note de régie : « Fin du verre d'eau contemplé (non encore *trop contemplé*). On y passera aussitôt ensuite. » *Ms. AF* ne reprend ensuite qu'à la date des 4 et 5 septembre ; et c'est le carnet quadrillé qui s'insère à compter du 29 août.

19. L'insistance sur la forme négative, qui peut-être parodie René Magritte (« Ceci n'est pas une pipe »), rappelle aussi tout ce qui sépare de l'objet réel l'objet devenu texte.

20. Le regard rétrospectif sur « Le Galet » de 1927-1928, « L'Eau » de 1937-1938 (*Le Parti pris des choses*, p. 49-56 et 31-3?), et *La Seine* de 1946-1948 (p. 243-297) non seulement renvoie à la cosmogonie primordiale du *Parti pris* et à la quête de la forme, mais jalonne avec lucidité un parcours et un changement de modèle.

21. « La Matière est l'unique providence de l'esprit » (*Lyres*, « Note hâtive à la gloire de Groethuysen », 1948, p. 471). La formule revient dans le texte de 1963, « À la rêveuse matière » (*Nouveau recueil*, p. 177).

22. À cette même date, dans la première partie du manuscrit, on trouve l'état donné dans l'Atelier, p. 831.

23. L'évocation de ce souvenir florentin qui remonte à la jeunesse incarne l'oxymore (« miniatures colossales ») qui caractérise le verre d'eau ; les statues placées devant le Palazzio vecchio ne prennent leur proportion que par rapport à la place qui les accueille.

24. « Des cristaux naturels », qui figure aussi dans *Méthodes* (voir p. 632-633), fut publié pour la première fois à Noël 1946, sous le titre « Merveilleux minéraux », dans *L'Album de la mode du « Figaro »* ; « Les Trois Boutiques » (1933-1936) appartient au *Parti pris des choses* (voir p. 41). Les cristaux, comme le verre d'eau, sont un modèle de perfection qui coordonne les qualités de la pierre et celles du fluide.

25. Rien dans *ms. AF* n'appelle la mise en évidence de ce paragraphe ; mais dans *orig.*, le mot « forme » en début de paragraphe et les dernières lignes depuis « bien divisé » sont mis en valeur par l'utilisation d'un corps plus gros.

26. Cet intertitre ne figure pas dans *ms. AF*.

27. La Vesgre coule en Seine-et-Oise et en Eure-et-Loir ; Ponge était alors à Saint-Léger-en-Yvelines (Seine-et-Oise).

28. La formule (voir n. 21, p. 605) est placée en titre dans *ms. AF* sur le feuillet manuscrit.

29. Ce paragraphe correspond à un ajout marginal de *ms. AF*.

30. Les notes du 25 mars avaient présenté l'idéogramme du verre d'eau, homologie entre la structure du syntagme et la chose ; il se complète ici par des vers rhopaliques ou calligramme, sans équivalent dans *ms. AF*, qui en même temps font de la description l'allégorie d'une lecture. Ponge connaissait-il les vers rhopaliques de Ch.-Fr. Panard (1694-1765) qui précisément mimaient un verre (cités dans H. Morier, *Dictionnaire de poétique et de rhétorique*, P.U.F., 1981, p. 956) ? Ici interrogatifs

et monosyllabes, qui évoquent les premiers livres de lecture, font entendre en écho la leçon éminemment pongienne : « Tout est à dire » ; la langue poétique est encore dans son enfance, et le choix consonantique amalgame l'objet (*v*), sa fonction pratique (*b*) et sa métamorphose textuelle (*l*).

31. Voir, dans l'Atelier, p. 831, les extraits du carnet manuscrit, datés de Paris, 30 septembre 1948.

◆ FABLES LOGIQUES. — *Ms.* : le dossier des *AF* (23 feuillets) conserve deux états ; le premier, manuscrit et dactylographié ; le second, dactylographié. — *Préorig.* : *Le Disque vert*, nº 3, Bruxelles, juillet 1953. Ce texte fera l'objet d'un tiré à part de 12 pages en 15 exemplaires, sans couverture selon le vœu de Ponge.

Ponge donnera le nom de « fables logiques » à des pièces qui prennent la langue, et elle seule, pour objet. À ce nouveau genre, auquel il cherche à donner consistance dans les années 1922-1928, appartiennent des textes comme « La Naissance de Vénus » de 1922 (*Lyres*, p. 448) ou « L'Imparfait ou les Poissons volants » de 1924 (*Proêmes*, p. 180-181). La première tentative pour les faire paraître échoue. Fort de la publication des « Trois satires » dans la *N.R.F.* (nº 117, 1923), il les propose en 1924 à Jacques Rivière, qui n'accepte que « Le Logoscope ». Cependant une difficulté s'élève à propos de la taille des caractères que Ponge exige (voir *Entretiens avec Philippe Sollers*, p. 67, et J. Paulhan, F. Ponge, *Correspondance [...]*, t. I, lettre 38, p. 41-42). Si, plus tard, il n'attribuera cette exigence qu'à la vanité, elle se justifiait par la nature même des textes : trois fables issues de la contemplation de l'aspect typographique du mot « souvenir ». Il ne retrouve son manuscrit qu'en 1949, Jean Paulhan, successeur de Jacques Rivière, l'ayant sans doute fait parvenir à Franz Hellens, directeur du *Disque vert*. Les « Fables logiques » n'y paraissent qu'en juillet 1953 et forment à cette date un véritable opuscule comprenant « I. Naissance de Vénus » (1922) ; « II. Souvenir » (« 1. Un employé » [1928], « 2. Un vicieux » [1928], « 3. Du logoscope » [1924 ou avant] : « Souvenir », « Voilà ce qui l'a tué », « Multicolore ») ; « III. La Logique dans la vie » (avant 1930) ; « IV. L'Enfance de l'art » (avant 1930) ; « V. Architexte » (1946) ; « VI. Le Soleil » (1 et 2) de 1951-1953. « Architexte », extrait du dossier du *Savon*, se propose comme un exercice calligrammatique, à la façon d'Apollinaire (*Le Disque vert*, nº 3, 1953 ; l'édition originale [*Le Savon*, Gallimard, 1967, p. 99] lui substituera un dispositif d'inspiration mallarméenne) ; voir, dans l'Atelier, p. 835. « Le Soleil » (1) se retrouve dans « Le Soleil placé en abîme », sous le titre « Le Soleil lu à la radio » (*Pièces*, p. 780-783), ainsi que « Le Soleil » (2), sous le titre « Le Soleil fleur fastigiée » (*ibid.*, p. 787). « L'Enfance de l'art » dans le tome II de la présente édition, figurera parmi les *Textes non repris en recueil* sous le titre « Ma pierre au mur de la poésie ». Les sections II et III constituent les « Fables logiques » telles que nous les connaissons dans *Méthodes*. Elles en forment la couche la plus ancienne (1924-1928), et en rompent l'unité chronologique, la plupart des autres textes datant des années cinquante. Leur présence correspond à la nécessité de mettre à jour la préhistoire de l'œuvre, juste avant la découverte du *Parti pris des choses*. Dans la « Seconde méditation nocturne » (*Nouveau nouveau recueil*, t. II, p. 29-30), résumant l'histoire de son esprit, Ponge les place en effet à l'origine de sa recherche : « Fables logiques ou Fabulations logiques. L'affabulation d'un texte émanant seulement des aventures sémantiques des mots qui le composent... (Non, ce n'est pas tout à fait cela, mais pas loin de cela, ce *Langage absolu* "se nourrissant lui-même" (J. P.), que je recherchais — avec une gravité extrême, un désespoir soutenu, aucun humour — vers 1925.) Le compte tenu ou compte rendu des mots battait alors son plein. » (voir aussi J. Paulhan, F. Ponge, *Correspondance [...]*, t. I, lettres 28 et 46, p. 34 et 49-50). En 1943 (*Le Parti pris des choses* vient d'être publié), il porte un regard critique sur cette tentative qui l'a conduit à une quasi-aphasie. Mais il la considère comme une étape nécessaire dont il conservera tous les acquis, notamment le souci de saisir le mot « hors signification », tempéré par celui de rendre compte de la réalité sensible. Avec ce titre (qui offre déjà, dans son redoublement, un exemple du travail qu'il a l'ambition de réaliser sur le langage), il s'inscrit dans la tradition des fabulistes qu'il cherche à renouveler en transformant les mots en acteurs du « drame de l'expression » : La Fontaine n'est pas loin (voir *Pratiques d'écriture ou l'Inachèvement perpétuel*, « Examen des Fables logiques », p. 69-72). Ce titre générique lui offre une grande liberté dans la manière d'organiser son recueil qui reste ainsi ouvert et peut accueillir, au gré des circonstances, tel ou tel texte de la même veine. Cependant, pour *Méthodes*, il a tenu à mettre à l'écart les fragments du « Savon » et du « Soleil », qui ne correspondaient pas à la période du drame de l'expression. À cette cohérence de date s'ajoute celle de la composition : les textes apparemment opaques du « Logoscope » sont comme enveloppés par d'autres plus accessibles.

G. F.

1. Ponge ne choisit pas ce vocable au hasard puisque son propos est de traiter de l'histoire de la langue : chaque mot contient en mémoire le souvenir de tous ses emplois. Le procédé de la personnification est à mettre en rapport avec cette formule : « Aucun mot n'est employé qui ne soit considéré aussitôt comme une personne » (*Méthodes*, « My creative method », p. 531).

2. Allusion à la création littéraire conçue comme activité clandestine par opposition à l'usage social du langage. Le mot « office » rappelle l'origine mallarméenne de cette distinction (voir « Variations sur un sujet », « Offices », dans Mallarmé, *Œuvres complètes*, Bibl. de la Pléiade, t. I, p. 388).

3. Cette formulation est constante, dès 1922 (voir *Nouveau recueil*, p. 15).

4. Ce vocable renvoie, selon une ambiguïté significative, à la personnalité de chaque mot mais aussi aux caractères d'imprimerie, qui leur confèrent une physionomie singulière (voir *Proêmes*, « La Promenade dans nos serres », p. 177).

5. Ponge, « ex-martyr du langage », fait allusion à la crise qu'aura été pour lui le « drame de l'expression ». Mais cette expression désigne aussi un genre : Ponge « aimait en particulier le titre des œuvres de Franz Schubert : *Les Moments musicaux*. Ainsi aurait-il pu distinguer les "moments critiques", les "moments lyriques", les "moments méthodologiques", etc. » (J. Paulhan, F. Ponge, *Correspondance [...]*, t. I, lettre 17, note de Claire Boaretto, p. 26).

6. Sur ce texte, voir *Entretiens avec Philippe Sollers*, p. 65-66. Cet appareil de fantaisie, le logoscope, est à inclure dans la liste des outils énumérés dans « L'Œillet », (*La Rage de l'expression*, p. 356-365).

7. Après ces deux natures mortes vient la résurrection : la signification envolée, le mot peut se déployer et valoir pour lui-même, atteignant aux dimensions d'un paysage euphorique que colorent diversement les voyelles. Peut-être peut-on lire ce dernier texte de la série comme une glorification du *logos*. Ponge y évoquerait l'illumination produite par l'apparition du mot ordonnateur du monde : la naissance du jour coïncide avec le mot que l'on trouve enfin et qui nous fait sortir de la nuit.

8. Dans *préorig.*, cette morale était détachée encore plus nettement par le recours à trois astérisques.

◆ L'HOMME À GRANDS TRAITS. — *Ms.* : le dossier des *AF* conserve vingt feuillets (*ms. AF*) dont quatre sont dactylographiés. « L'Homme à grands traits » apparaît comme un prolongement des « Notes premières de "L'Homme" » (*Proêmes*, p. 223-230) dont il exploite une partie des manuscrits. Ponge adressera son texte à Marcel Lecomte (surréaliste belge, 1900-1966) en deux fois. Dans une lettre du 27 juillet 1951, il évoque la difficulté qu'il éprouve à se séparer de ses textes : « Vous savez d'ailleurs combien rares sont ceux dont j'accepte de penser qu'ils soient prêts à supporter la publication ; dont je puisse *déjà* me séparer. Ceux que vous m'avez enlevés pour SYNTHÈSES sont, si j'en puis juger, de ceux-là ». — *Préorig.* : *Synthèses*, n° 64, 6ᵉ année, Bruxelles, 1951. Le texte est précédé d'un chapeau rédigé par Marcel Lecomte introduisant l'œuvre de Ponge. Présentation et texte feront l'objet d'un tiré à part de 50 exemplaires. — *Méthodes* : la modification la plus notable porte sur les sous-titres, qui n'étaient qu'au nombre de quatre dans *préorig.* (« La Symétrie, les vibrations, la perspective » ; « Alinéas du paragraphe sur la symétrie » ; « Le Corps » ; « La Bouche »). Faisant précéder ces titres de la préposition « de », Ponge leur donne une coloration docte et accentue le caractère objectif de sa démarche. La deuxième partie « Du manque de symétrie », qui résume la première en en dégageant les grandes lignes, n'était pas initialement entre crochets.

Faudrait-il ajouter aux termes par lesquels l'œuvre de Ponge se définit (les « choses » et les « mots ») un troisième terme qui serait l'« homme » ? Telle est la question qui se pose à lui lorsqu'il entreprend, au début de 1943, non sans hésitation, ce qui aurait dû devenir un livre : *L'Homme*. Plusieurs raisons convergent pour expliquer la naissance de ce projet : il est urgent, dans cette époque d'anéantissement, de restaurer l'image de ce dernier en le situant dans l'univers et en définissant son véritable pouvoir. Ponge croit, avec les communistes, qu'il est possible de créer un homme nouveau. Vient ensuite, pour le confirmer dans son entreprise, la volonté de redresser un certain nombre de malentendus sur *Le Parti pris des choses* où transparaîtrait, selon Jean-Paul Sartre, le désir secret de voir l'homme disparaître (« L'Homme et les Choses », *Situations*, t. I, p. 265). Sa démarche n'a donc pas été comprise. Car prendre le parti des choses est la seule façon de le faire ressurgir, et ce n'est s'en détourner qu'en apparence. Choisissant de parler de l'homme, il n'a pas d'autre solution que de le traiter comme un objet pour le remettre à sa juste place dans le monde et en renouveler la vision, sans tomber dans l'ornière d'un discours humaniste qui vient de montrer, une fois encore, sa faillite : il travaille à une représentation neuve de l'homme en prenant ce discours à contre-pied. Et ne l'a-t-il pas toujours fait avec « Le Gymnaste » (*Le Parti pris des choses*, p. 33), « La Danseuse » (*Pièces*, p. 723) ou encore « La Jeune Mère » (*Le Parti pris des choses*, p. 33-34) ? Il en restera à des « Notes premières », à de « grands traits », à une « Première ébauche d'une main » (*Pièces*, p. 765-767) : est-il possible en effet de le « prendre sous l'*objectif* » ? (*Proêmes*, « Notes premières de "L'Homme" », p. 227) La sensibilité de Ponge est aussi trop vive comme il l'explique dans *La Seine* (voir p. 246-247). Il lui suffit d'avoir posé les fondations : ce projet allait visiblement à l'encontre du principe même de toute son œuvre.

G. F.

1. *Ms. AF* porte : « à plusieurs amis (Camus, Paulhan). Aucune réaction ». Le texte de *Proêmes* a pour titre « Notes premières de "L'Homme" ».

2. Au début de *ms. AF*, Ponge hésite entre plusieurs titres : « Les Grandes Lignes de l'homme », « Les Grandes Lignes de la nature humaine », « Les Grandes Lignes de la nature de l'homme », « Premières idées de l'homme ».

3. Voir *Proêmes*, « Pages bis », 1, « Réflexions en lisant l'*Essai sur l'absurde* », p. 209, et « Notes premières de "L'Homme" », p. 227 et suiv. Le mot renvoie à la notion de déséquilibre, et à l'inquiétude humaine, métaphysique en particulier. Cette image est proche de celle du ludion. Il l'utilise également pour désigner la multiplicité des individus d'une même espèce. *Ms. AF* contient une reproduction de l'« Étude de corps humain » de Léonard de Vinci, dont les membres, multipliés par deux, semblent vibrer.

4. Ponge constitue Pascal en ennemi majeur et l'attaque toujours avec la dernière violence (voir *Pour un Malherbe*, p. 49). Il symbolise le point de vue contraire au sien : quand Ponge tente de restaurer l'homme, Pascal le dévalorise au profit de Dieu.

5. C'est le seul mot qu'il ait conservé en italique dans *Méthodes*, sans doute parce que la question de la place du sujet est capitale.

6. *Ms. AF* porte : « (du moins en ce qui nous concerne, nous poètes, nous cosmosaristos [ce mot est une lecture conjecturale]) tenter ».

7. Dans *ms. AF*, ce passage, depuis « La femme qui a deux jumeaux », est séparé de ce qui précède par un astérisque.

8. Cette phrase ne figure pas dans *ms. AF*. Tout ce passage s'éclaire si l'on se reporte à « Faune et flore » (*Le Parti pris des choses*, p. 42-46).

9. De la même façon qu'il s'interroge sur la place de son œuvre dans la littérature, ou de la parole relativement à la perpétuité de la langue, Ponge réfléchit maintes fois sur la place de l'individu dans l'espèce, et signale, dans *La Fabrique du pré* (p. 28), un certain nombre de textes dans lesquels il s'en est préoccupé.

10. La sargasse est une algue brune qui a donné son nom à une mer où elle prolifère.

11. On pourrait croire que ce texte, qui fait songer à Henri Michaux, participe d'une philosophie pessimiste à l'égard du corps et qu'il illustre la déchéance de l'esprit englué dans la matière, mais ce dualisme est étranger à Ponge. C'est la volonté d'objectiver le corps, d'ordinaire présent de façon seulement diffuse à l'arrière-plan de la conscience, qui le conduit à le présenter comme autonome, machine ou sac pénible à transporter.

12. Cette définition a l'allure de celles qu'on peut trouver dans Littré, à l'exception de la précision « par elle-même », grâce à laquelle Ponge confond mot et chose. Elle lui permet aussi d'emblée de souligner les deux fonctions de cet organe : manger et parler.

13. Le verbe « fringuer » qui signifie « rincer » est vieilli, note Littré.

14. Ponge reprend le titre de l'opuscule de Voltaire, *Le Temple du goût*, allégorie en prose et vers mêlés, 1733 (*Mélanges*, Bibl. de la Pléiade, p. 135-156).

15. Ponge ajoute, dans l'espace blanc ménagé entre la dactylographie, qui se termine par « mais toujours fier et silencieux », et son nom, ces trois lignes manuscrites : « À vos rangs ! Justement, le voici… / Garde à vous ! Repos ! Garde à vous ! / … Un à un, il nous dévisage, et signe. » Il met ainsi en scène l'autorité qui authentifie, inclut son nom dans le texte, qui devient dès lors tout entier signature.

◆ PROLOGUE AUX QUESTIONS RHÉTORIQUES. — *Ms.* : le dossier des *AF* contient 16 feuillets manuscrits qui se rapportent à ce prologue : un premier état (2 feuillets) ; le manuscrit définitif (1 feuillet) où la totalité du texte est placée entre guillemets ; des notes préparatoires non datées pour l'avant-propos (3 feuillets) ; un état, « Questions rhétoriques ou LE POINT RHÉTORIQUE ? » (2 feuillets datés 24 et 25 juillet 1949), que nous donnons dans l'Atelier, p. 836-837 ; une « Présentation » (2 feuillets datés du 25 juillet 1949) qui laissera peu de dépôts dans l'« Avant-propos » (voir, dans l'Atelier, p. 837-839) dont ils sont pourtant la première mouture ; enfin 6 feuillets de notes diverses dont des listes de près de quarante personnes à solliciter. — *Préorig.* Cahiers du Sud, n° 295, 1ᵉʳ semestre 1949, p. 360. Le texte est entièrement en italique ; trois paragraphes sont entre guillemets : « Mais je sais bien… », « Masqués… », « Chacun donc… » ; et « Tragédie » porte aussi une majuscule à sa seconde occurrence.

Ce bref prologue n'est qu'une partie de la contribution de Ponge à une enquête beaucoup plus vaste qu'il avait proposée et lancée, à la manière de celles qu'avaient mises à la mode les surréalistes, eux-mêmes très attentifs à la rhétorique (trois feuillets des *AF* donnent la liste des sollicitations adressées les 19 et 21 juillet 1947 ; on y compte plus d'une soixantaine de noms). On en trouvera l'historique dans B. Beugnot, « Questions rhétoriques : Ponge et les *Cahiers du Sud*», *Revue des sciences humaines*, n° 4, 1992, p. 51-69. Les *AF* et les archives Jean Tortel permettent d'attribuer à Ponge l'« Avant-propos » (*Cahiers du Sud*, n° 295, 1ᵉʳ semestre 1949, p. 357-359), qui était signé de la rédaction (voir, dans l'Atelier, p. 837-839). Il appartient de plein droit à l'œuvre et éclaire les questions que Ponge continue de se poser à lui-même dans les années cinquante.

B. B.

1. L'image est-elle de hasard, ou Ponge se souvient-il des traités de rhétorique et des pièces poétiques classiques intitulés *Palatium* ou *Palais de*, comme la *Reginæ palatium eloquentiae* du P. Gérard Pelletier de 1641 ? Le palais à colonnes évoque aussi bien des frontispices (voir M. Fumaroli, *L'Âge de l'éloquence*, Genève, Droz, 1980, Planches, p. 853 et suiv.).

2. Évidente allusion à Jean Paulhan, l'auteur des *Fleurs de Tarbes* (Gallimard, 1941) dont Ponge suivit la lente genèse, et du *Traité des figures ou la rhétorique décryptée* (1953), développement de la contribution de Jean Paulhan aux « Questions rhétoriques » (*Cahiers du Sud*, n° 295, 1ᵉʳ semestre 1949), qui ne parut pas dans les *Œuvres complètes*, Cercle du livre précieux, Tchou, t. II, 1966, p. 195-237.

3. L'allusion à la fête chez les Capulet (Shakespeare, *Roméo et Juliette*, acte I) est explicite dans l'état manuscrit du 24 juillet, où la citation est entre guillemets. L'intertexte shakespearien, très anciennement présent, est associé dès les *Douze petits écrits* au drame de l'expression et à l'inspiration satirique que rappelle ici le terme « momerie ».

◆ LE MURMURE (CONDITION ET DESTIN DE L'ARTISTE). — *Ms.* : le dossier, disparate, épars dans les *AF* et manifestement fragmentaire, contient 13 feuillets manuscrits (*ms. AF*) datés du 2 avril au 18 juillet 1950, dont un non daté, et un dactylogramme (*dactyl. AF*) du 9 août 1950 qui ne comporte que la première partie du texte. — *Préorig.* : *Les Beaux-arts* (*B-A*), publié par le Séminaire des Arts de Bruxelles, 1950, p. 5 et 12 (le copyright porte *Les Beaux-arts* et U.N.E.S.C.O.). — Avant d'entrer dans *Méthodes*, ce texte fait l'objet de trois autres publications : dans *La Table ronde*, n° 43, juillet 1951, p. 9-36 (*TR*), en traduction portugaise à Buenos Aires (*Sur*, n° 209-210, mars-avril 1952). Il paraît enfin à Lyon par les soins d'Armand Henneuse qui le réclamait depuis janvier 1951 (coll. « Disparates », Les Écrivains réunis, 1956 ; achevé d'imprimer le 8 août 1954, mais publié le 8 octobre 1956 sans l'autorisation de l'auteur) ; les variantes de ponctuation, de typographie (italique, majuscules) et de mise en page sont trop nombreuses pour figurer dans les notes.

Ce « Murmure » auquel Ponge semble avoir attaché de l'importance a connu, par les péripéties éditoriales qui lui sont attachées, un destin complexe et sur certains points obscur. Le silence à son sujet des archives de l'U.N.E.S.C.O. nous réduit aux documents conservés par Ponge. Un brouillon des *AF* (5 feuillets sans date) est en réalité malgré son titre, « Le Murmure. La poésie et la nature », le premier crayon du texte suivant, « Le monde muet est notre seule patrie », preuve que celui-ci en constitue bien la seconde partie. Ponge, y dénonçant « la prépondérance insensée » accordée à l'esprit sur la sensibilité à la nature et à la forme, y affirme que « les poètes sont les ambasssadeurs du monde muet » et que « la véritable poésie n'a rien à voir avec ce qu'on trouve actuellement dans les collections poétiques ». Une note manuscrite sans date de deux pages résume l'historique. L'U.N.E.S.C.O. avait demandé un article de large diffusion qui puisse « être compris par un agriculteur de la Terre de Feu comme par un instituteur du Tanganyika ». Le gros de la rédaction semble dater de la fin d'avril bien que le contrat ne soit signé que le 7 juillet. Le 3 août, le texte est encore sur le métier (voir J. Paulhan, F. Ponge, *Correspondance* [...], t. II, lettre 458, p. 100-101) ; le 16 août, cinq feuillets dactylographiés qui ont pour titre « Condition et destin de l'artiste » sont remis à M. Chiaromonte et M. Blocq-Michel de l'U.N.E.S.C.O. Le 16 octobre, Serge Young, secrétaire de rédaction des *Beaux-arts*, avertit Ponge qu'il vient de publier le texte « que l'Unesco nous avait confié ». Pourtant, le 13 novembre 1950, Ponge propose son texte à Gaston Gallimard (« C'est une sorte de manifeste, assez cohérent, je crois », lettre du 13 novembre 1950, archives Gallimard), mais essuie un refus. Le 27 mars 1951, il suggère à Bernard Gerbrandt, de la Librairie Galerie La Hune, de le publier à l'occasion de la Triennale de Milan ; en mai, répondant à une sollicitation, Ponge remet à *La Table ronde* une copie corrigée des *Beaux-arts*. Sur les épreuves de l'édition de Lyon est ajoutée une dédicace à Georges et André Garampon. Du 22 au 28 septembre 1952, l'U.N.E.S.C.O. organise à Venise une conférence internationale des artistes qui a pour thème « L'artiste dans la société contemporaine », titre de la brochure qu'il publie en 1954 sans qu'il y soit fait mention de Ponge. Le titre, « Le Murmure », qui n'apparaît que dans *La Table ronde*, n'est pas sans obscurité. Il oppose l'intellectuel et l'artiste, l'un véhément, l'autre replié dans son atelier, la parole dogmatique et péremptoire de l'un à la voix en sourdine de l'autre. Les premières notes du 2 avril étaient explicites : « On n'a depuis longtemps pas réussi à faire admettre [...] une définition de l'*artiste.* / Par contre il est souvent question à présent des intellectuels dont il doit exister une définition objective. Eh bien, c'est à séparer d'eux les artistes [...] que je voudrais d'abord m'appliquer. ([...] Beaucoup d'intellectuels [...] ont voulu être de grands hommes, c'est-à-dire faire beaucoup de bruit. » L'artiste opère loin du théâtre social où s'agitent les intellectuels dont fait partie Albert Camus. Cette agressivité à l'endroit des intellectuels, trop souvent nantis, s'exprime dès 1949, en un temps de grandes difficultés matérielles, dans une lettre du 15 mai à Franz Hellens (*BJ-D*, ms. 13022) en remerciement pour le compte rendu des *Proêmes* paru dans *La Dernière Heure* à Bruxelles : « Quel plaisir m'a fait votre grand article, si vraiment *grand* (si noble et simple à la fois)...! Il me venge de bien des choses : de la sordide bagarre des "intellectuels" d'ici (coups "en vache", coups par-derrière), et de la misère où je me débats. » Albert Camus avait prononcé à la Mutualité, le 15 mars 1945, une allocution intitulée « Défense de l'intelligence », reprise dans *Actuelles I* (*Essais*, Bibl. de la Pléiade, p. 313-316 ; voir la Notice de *La Rage de l'expression*, p. 1012-1015). On s'aperçoit que d'état en état le texte gagne en généralité : s'atténuent les développements contre les intellectuels et s'effacent les noms propres, Georges Braque par exemple ; il est vrai que « Braque ou l'Art moderne comme événement et plaisir » de 1947 (*Le Peintre à l'étude*, p. 136-141) était une méditation sur les rapports de l'art et de la politique. Mais demeure le refus de réduire l'homme à « un agent économique et social » et l'idée que « l'œuvre d'art est le lieu où les idées se détruisent » (note du 18 juillet 50). La lecture de *L'Homme révolté* de Camus va susciter dix pages de commentaire (datées du 18 novembre 1951), qui peuvent être lues comme une retombée ou un prolongement du « Murmure » (ce texte inédit sera publié dans le tome II de la présente édition). Elles sont d'une grande virulence tant à l'endroit d'Albert Camus qu'à l'égard des « professeurs, potaches et publicistes ». Ponge y affirme son refus d'« intervenir publiquement dans l'actuel débat », autrement que « dans l'outrance lyrique (*Malherbe*) ou dans *Le Murmure* ». Le 15 mars 1954, après une relecture de son texte, il griffonne quatre pages de notes où il réaffirme ses positions, « Justifications de la préciosité » : « Le murmure » lui apparaît comme « l'art poétique dans la loi morale la plus simple [...] coup violent donné à l'homme, à sa prétention intellectuelle » ; plus intéressant, il lui donne pour « suite » ses écrits sur Giacometti, Groethuysen, Malherbe, Rameau, Charbonnier, ou l'entretien avec Breton et Reverdy, tous textes qui se trouvent dans *Lyres* et *Méthodes*. Ainsi se dessine comme en filigrane une unité d'inspiration où s'esquisse *Le Grand Recueil* qui naîtra huit ans plus tard et qu'à ce moment il nomme « Les *Exercices* : Menées. L'Homme / l'artiste rompu aux pratiques : toutes les tentatives de *Trame*. »

B. B.

1. Note dans *ms. AF* : « Voici la citation de Voltaire (supprimée de mon texte "Le Murmure" à la demande de l'U.N.E.S.C.O. comme insultante pour les Turcs) : "Qu'ont fait les Turcs pour la gloire ? Ils ont dévasté trois empires et vingt royaumes : mais une seule ville de l'ancienne Grèce aura toujours plus de réputation que tous les Ottomans ensemble." »

2. L'expression est attribuée à Goering ; Albert Camus la cite dans « Défense de l'intelligence » (« Quand j'entends parler d'intelligence, je tire mon revolver », allocution du 15 mars 1945, dans *Essais*, Bibl. de la Pléiade, p. 315).

3. Plusieurs des thèmes ici développés (anti-intellectualisme, foi dans le langage) s'apparentent aux positions surréalistes développées par André Breton. En 1930, Ponge figurait parmi les signataires du prospectus annonçant la création de la revue, *Le Surréalisme au service de la révolution*, dont le premier numéro paraît en janvier 1930.

4. *Ms. AF* s'ouvrait sur ce paragraphe.

5. *TR* porte : « ne répondre à aucune utilité ».

6. À l'article « Instinct », Littré cite Voltaire, *Dictionnaire philosophique* : « Une conformité secrète de nos organes avec les objets forme notre instinct. »

7. Dans *ms. AF* le paragraphe commence ainsi : « Nous nommerons *artiste* un créateur d'objets originaux faits d'une matière expressive par elle-même, ou rendu expressive à cette occasion. »

8. *Dactyl. AF* comporte la citation de Voltaire retirée (voir n. 1, p. 622), et le *ms.* y ajoute cet extrait de l'article « Critique » : « Un excellent critique

serait un artiste qui aurait beaucoup de science et de goût, sans préjugés et sans envie. Cela est difficile à trouver ». La lecture du *Dictionnaire philosophique* nourrit alors la réflexion de Ponge ; sur un feuillet de *ms. AF* (26 avril, « Pour la décade »), il copie un autre extrait ; la décade de Royaumont dont Ponge était organisateur avec Marcel Arland avait pour thème « Poésie et peinture ».

9. À titre de représentant syndical, quand il travaillait chez Hachette, Ponge avait prononcé, le 18 avril 1937, un discours au Moulin de la Galette (ce discours inédit paraîtra dans le tome II de la présente édition).

10. *B-A* et *TR* portent : « découle ».

11. Le texte de *Méthodes*, contrairement aux autres états porte « s'en ensuivent », qui est vraisemblablement une coquille. Nous corrigeons.

12. *B-A* et *TR* portent : « plus ou moins nouvelle ». Tout ce paragraphe vise les positions d'Albert Camus, avec lequel un débat s'est ouvert dès *Le Mythe de Sisyphe*. Une lettre que Ponge lui adresse le 12 septembre 1943 (archives Camus, I.M.E.C.) est un long examen critique qui s'interroge sur les rapports de Camus et des catholiques qui « proposent à l'homme une espérance, un idéal en dehors de lui ». Selon une note manuscrite des *AF* du 18 novembre 1951, Ponge lit *L'Homme révolté* qui vient de paraître.

13. *B-A* porte : « juges tristes mais fiers […] fort capables encore d'un article au moins par jour. » Albert Camus avait publié dans *Combat* (19 novembre 1946) une suite d'articles politiques intitulés « Ni victimes, ni bourreaux », repris dans *Actuelles, I* en 1950 (*Essais*, Bibl. de la Pléiade, p. 329-352).

14. Dans ses notes des *AF* sur *L'Homme révolté* de novembre 1951, Ponge s'en prend de nouveau aux écrivains histrions et bateleurs auxquels il apparente Albert Camus : « Il s'agit de froides déclamations abstraites d'en haut d'un échafaud de planches, d'un tréteau actuel ».

15. Toutes les autres éditions comportent un blanc après ce paragraphe qui est repris tel quel dans « Braque-dessins » (*Lyres*, coll. « Blanche », Gallimard, 1961, p. 84 ; ce texte ne figure pas dans ce volume).

16. *B-A* et *TR* portent : « Il n'en faudrait pas plus, je pense, pour que tout change et que […] de cette nouvelle modestie ».

17. Tous les états antérieurs portent : « Seulement un mécanicien du homard », à l'exception de *B-A* (« *Deus ex machina* du homard »).

18. L'incise « ou rendue expressive à cette occasion » disparaît dans les collections « Idées » (1971) et « Folio » (1988).

19. *B-A* et *TR* portent : « idées, prétendent en tirer une philosophie ».

20. *B-A* porte : « d'idées, mais de mots ». Dans le *Second manifeste du surréalisme*, qui traite de l'engagement social du surréalisme, Breton écrivait : « Le problème de l'action sociale […] n'est qu'une des formes d'un problème plus général […] qui est celui de *l'expression humaine sous toutes ses formes*. […] Il ne faut donc pas s'étonner de voir le surréalisme de situer d'abord presque uniquement sur le plan du langage » (*Œuvres complètes*, Bibl. de la Pléiade, t. I, p. 802).

21. C'est « La Chèvre », daté de 1953-1957 (*Pièces*, p. 806-809) qui va, sur le plan poétique, mettre en œuvre cette représentation de la fécondité artistique.

◆ LE MONDE MUET EST NOTRE SEULE PATRIE. — *Ms.* : dans les *AF*, un premier manuscrit (*ms. 1 AF*) est intitulé « Le monde muet est notre seule patrie » (4 feuillets, seul le feuillet 4 est daté, du 18 juin 1952) ; un second (*ms. 2 AF*) porte le titre « Le Murmure » et le sous-titre « La Poésie et la Nature » (5 feuillets). — *Préorig.* : *Arts*, 25 juin 1952.

De la révolte adolescente contre une « société hideuse de débauche » jusqu'à l'engagement communiste, Ponge n'aura jamais qu'un mot pour définir la relation qu'il entretient avec une époque qui interdit tout épanouissement : « Nous sommes trop loin de compte » (*Proêmes*, « À chat perché », p. 193-194). Ce sentiment de chaos, la Seconde Guerre mondiale ne fera que le confirmer, comme on le constate à la lecture des textes sur Jean Fautrier et Alberto Giacometti : l'homme a perdu jusqu'à son visage. C'est sur ce fond de pessimisme que se détache son œuvre et sa résolution d'inciter l'homme à être, d'aider à le *susciter*. Le monde doit être pris « en réparation » à partir de ses objets les plus simples, qui ne sont plus que des déchets (Voir *L'Atelier contemporain*, p. 64 et p. 106). Depuis au moins les « Quatre satires » (*Douze petits écrits*, p. 6-9), il est convaincu que l'engagement de l'artiste ne consiste pas à défendre telle ou telle thèse immédiate mais à s'enfoncer toujours davantage en soi et dans son œuvre : ce n'est qu'à cette condition que ce dernier peut avoir quelque chance de renouveler l'esprit humain. De plus en plus, il va considérer l'activité artistique comme fondatrice de civilisation. L'artiste moderne doit récapituler dans son œuvre toutes les tentatives esthétiques des siècles précédents. Sa véritable liberté réside dans la connaissance du caractère cyclique du développement des formes ; aussi n'érigera-t-il pas les nouvelles valeurs qu'il découvre en dogme comme le font les classiques, car la perfection qu'elles incarnent est aussi le début de leur déclin. Ponge, dans ce discours démonstratif qui ne laisse place à aucune hésitation, ne se contente pas d'affirmer : il assène ; le titre, en forme de slogan, vaut une déclaration de sécession ; les capitales inscrivent fortement les notions principales pour exploser en plein visage : le lecteur est en présence d'un *manifeste*. Ce n'est pourtant pas sans une discrète ironie, qui vient miner le caractère péremptoire des formules, puisqu'il y parodie les « déclarations capitales » des « plus grands publicistes mondiaux ». Bien plus, la formulation des idées est suivie aussitôt de leur abolition : « Nous ne voulons pas dire ce que nous pensons, qui n'a probablement aucun intérêt (on le voit ici). » Aussi fait-il ce qu'il dit : le mouvement même de son propos illustre en l'effaçant la thèse qu'il contient. Nul ne pouvait plus que lui, en effet, être sensible au paradoxe d'un discours exprimant le caractère dérisoire de toute thèse sur le mode de la démonstration. S'il le tient, malgré sa répugnance, c'est parce que ces nouvelles valeurs, bien loin d'être reconnues, doivent être promues. « Le monde muet est notre seule patrie » constitue une suite à « Murmure », dont il exploite une partie des brouillons tout en en précisant certains points.

G. F.

1. Cézanne est le nom de peintre le plus souvent cité pour figurer emblématiquement la révolution de 1870.
2. Écho de la conférence (« L'Esprit nouveau et les Poètes ») donnée en novembre 1917 au Vieux-Colombier par Apollinaire, auquel Ponge rendra hommage en 1980 (*Nouveau nouveau recueil*, « "Allons plus vite, nom de Dieu, allons plus vite" », t. III, p. 135).
3. Dans le monde capitaliste par opposition au monde communiste.
4. Ponge transforme la célèbre première phrase de *La Crise de l'esprit* (1919) de Paul Valéry : « Nous autres, civilisations, nous savons maintenant que nous sommes mortelles » (*Variété*, « Essais quasi politiques », « La crise de l'esprit », Première lettre, dans *Œuvres*, Bibl. de la Pléiade, t. I, p. 988).
5. Ponge dégage une loi, selon laquelle le développement de l'art obéit à un cycle. Il y reviendra dans *Pour un Malherbe*, p. 306.

6. La véritable œuvre d'art se caractérise par sa capacité à demeurer dans un présent perpétuel.

7. « Braque le Réconciliateur » (*Le Peintre à l'étude*, p. 127-135), tel est le titre du premier texte sur le peintre.

8. Cette idée apparaît très tôt dans son œuvre (vers 1924). *Ms. 2 AF* porte : « et se confondent. Quand il aura le sentiment de la beauté sans signification (sinon contradictoire) et du fonctionnement du monde et de lui-même au monde, il sera sauvé. »

9. L'un des moyens pour épaissir le langage, et ainsi le rapprocher des choses, est de travailler au niveau des racines (voir *Pour un Malherbe*, p. 187).

10. Rappel de « la réalité rugueuse à étreindre » (Rimbaud, *Une saison en enfer*, « Adieu », dans *Œuvres complètes*, Bibl. de la Pléiade, p. 116) ; cette formule définit à merveille l'entreprise de *La Rage de l'expression*, qui paraît la même année.

11. Ce slogan rappelle le compte rendu par Bernard Groethuysen des *Douze petits écrits* : « Une parole est née dans le monde muet » (*N.R.F.*, n° 63, avril 1927) et constitue l'un des motifs majeurs des trois premiers chapitres de *Pour un Malherbe*.

◆ DES CRISTAUX NATURELS. — *Ms.* : le dossier des *AF* (le titre « Merveilleux minéraux » est barré au profit de « Des cristaux naturels ») contient 7 feuillets manuscrits (*ms. AF*), des lettres de Jean Selz du *Figaro* (8 octobre, 28 novembre 1946), l'état imprimé de *préorig.*, collé sur une feuille quadrillée, dont les corrections manuscrites correspondent au texte de *Méthodes*. — *Préorig.* : *Album de la mode du Figaro*, n° 9, hiver 1946-1947, p. 153-156, sous le titre « Minéraux » (les pages 154 et 155 sont des photos en couleurs de minéraux). — *Orig.* : *Des cristaux naturels*, 1949 (voir la Notice, p. 1082-1085).

Commandé par *Le Figaro*, ce texte au titre lucrétien a été composé, d'après une note manuscrite sur l'état imprimé, entre le 15 et le 18 octobre, après réception d'une lettre de Jean Selz avec des photos de minéraux et l'adresse du professeur Orcel, du Laboratoire de minéralogie ; le 14 novembre, Jean Selz joint aux épreuves, qu'il demande d'ajout « à un point quelconque du dernier paragraphe (ceci pour une question de pure esthétique) » d'un mot de quatre lettres de manière que « la dernière ligne bloque avec les autres ». La première rédaction manuscrite, dont la version publiée ne garde quasiment rien, jouait sur le sept merveilles du monde et les fleurs minérales assimilées aux « merveilleux monuments de l'antiquité ». La séduction qu'exerce le cristal sur l'imaginaire pongien est ancienne, et la pétrification qu'il opérerait sa poésie est un lieu commun critique de Jean-Paul Sartre à André Pieyre de Mandiargues. Mallarmé, opposé à Paul Valéry comme le diamant au « disciple soufflé de verre », avait en 1866 projeté un traité des pierres précieuses. Dans le Carnet bois de rose à la date du 24 mai 1941, premier crayon des « Berges de la Loire » (*La Rage de l'expression*, p. 337-338), Ponge écrit : « Beaucoup plus que la taille du diamant la formation du cristal. » On lit en effet dans *L'Amour fou* d'André Breton de 1937 (*Œuvres complètes*, Bibl. de la Pléiade, t. II, p. 681) un long éloge du cristal porteur « du plus haut enseignement artistique [...], dureté, rigidité, régularité, lustre [...] », beauté spontanée qui ne doit rien au travail et « par définition non améliorable ». En 1954, « L'Opinion changée quant aux fleurs » (*Nouveau nouveau recueil*, t. II, p. 99-132) verra dans les végétaux des « cristaux vivants », lien entre le règne minéral et le règne animal. Image d'une perfection, le cristal est aussi, dans le cas de la géode, une figure du sapate puisque l'enveloppe rude de la pierre brute dissimule en son intérieur les cristallisations ; la chapelle baroque dans « La Figue (sèche) » (*Pièces*, p. 803-805) ne sera qu'une transformation de cette même image. Le refus de l'image de la fleur est celui d'un lieu commun esthétique au profit d'une loi de régularité, d'un fonctionnement qui est une rhétorique. Les répétitions sont moins la trace d'un inachèvement, lambeaux du dossier, que le cristal mimé dans la récurrence de ses structures. À travers l'objet s'élabore un art poétique de la beauté rigoureuse.

B. B.

1. L'épigraphe empruntée aux *Illuminations*, « Après le déluge » (*Œuvres complètes*, Bibl. de la Pléiade, p. 121) ne fait qu'alerter sur tout le substrat rimbaldien du texte ; la suite du texte fait en effet écho à la phrase initiale de la même pièce (« Aussitôt que l'idée de déluge se fut rassise ») et à sa phrase finale, (« la Sorcière qui allume sa braise dans le pot de terre ») ; elle propose aussi une variation sur une formule d'« Aube » : « les pierreries regardèrent » (*Illuminations*, dans *ibid.*, p. 140). Le déluge de l'épigraphe est de nouveau évoqué par la colombe de la Genèse (VIII, 8). Voir la minutieuse et éclairante analyse de B. Veck, *Francis Ponge ou le Refus de l'absolu littéraire*, p. 121-141.

2. *Préorig.* porte : « Il se trouve au Littré ». Dès les « Fragments métatechniques » de 1922 (voir *Nouveau recueil*, 1967, p. 515), hommage est rendu au coffre du texte. L'image du coffre apparaît dans les « Notes d'un poème » de 1926 (*Proêmes*, p. 181), où Mallarmé est célébré pour avoir « coffré le trésor de la justice, de la logique », et revient dans « La Pratique de la littérature » (p. 675).

3. La citation de Fontenelle figure à l'article « Végétation » du Littré. Fontenelle a fait l'éloge académique de Joseph Pitton de Tournefort (1656-1708), professeur de botanique au Jardin des plantes.

4. *Ms. AF* porte : « C'est à partir de ces édifices privilégiés qu'un génie comme Haüy a pu s'écrier : "J'ai tout trouvé." Et en effet il avait dégagé l'idée de la composition atomique de la matière. » René-Just Haüy (1743-1822) fut le fondateur de la minéralogie moderne grâce aux lois de la symétrie et des « troncatures rationnelles ».

5. *Préorig.* porte : « Voilà donc avec toutes les qualités sublimes de la pierre toutes celles du fluide coordonnées ! » La formule est reprise dans « Le Verre d'eau » (p. 581-582). En 1946, Ponge est à la veille d'écrire *La Seine*, qui affirme que les liquides « ressemblent beaucoup plus aux écrits que les cristaux, les monuments ou les rocs » (p. 248). Le cristal semble ainsi résoudre l'opposition qui structurait *Le Parti pris des choses*, entre « Pluie » à l'ouverture et « Le Galet » en finale, en même temps qu'il accomplit contre le « chaos amorphe » (le premier sens du mot grec est « gouffre, cavité ») l'avènement de la forme dont le galet figurait la genèse.

6. *Préorig.* porte : « La solidité propre à la matière minérale et sa résistance même suffisent bien à expliquer ».

7. *Genèse*, I, 2 : « La terre était informe et vide » (traduction L. Segond). Pour les alchimistes, le chaos était la matière originelle.

8. L'épithète renvoie à « se rasseoir » par l'évocation du siège et au végétal puisque, selon Littré, le verbe « bouder » s'applique à un arbre ou un arbuste qui ne profite pas.

9. *Préorig.* porte : « à l'égard du reste du monde à qui elles paraissent [...] au sein du terne chaos, à la faveur de failles ou cavités, croissent ».

10. « Le verbe rare *déclore* rappelle immanquablement la rose de Ronsard » (M. Riffaterre, « Ponge tautologique », dans *Ponge inventeur et classique*, colloque de Cerisy, coll. « 10/18 », U.G.E., 1977, p. 74).

11. Un feuillet de *ms. AF* intitulé « Merveilles minérales » porte une citation de A. L. Brongniart, empruntée à l'article « Minéral » du Littré : « Les caractères ou propriétés communes distinctes des minéraux se réduisent aux deux suivantes : croître par juxtaposition ; être composés de parties similaires ». « Faune et flore » de 1936-1937 (*Le Parti pris des choses*, p. 42-46), évoque déjà les cristaux, comparés aux végétaux : « Comme le développement des cristaux : une volonté de formation, et une impossibilité de se former autrement que d'une *manière*. »

12. Selon Paracelse, engendrer la lumière était le but suprême de l'alchimie ; devenu figure du mot (voir « Le Verre d'eau », p. 582 : « mots, pierres précieuses, merveilleux sédiments ») et du texte, le cristal définit un idéal de perfection textuelle, source du saisissement esthétique, de sa révélation dans un *Fiat lux*, et justifie par là sa place dans *Méthodes*. Un feuillet de *ms. AF* présente de ce paragraphe une rédaction où ne figure pas le mot « société » et qui transfère sur un autre plan la réalité cristalline : « Mais pourtant voici les rares exceptions à cette règle. Ces cristaux naturels participent à la fois de l'irréductibilité de la nature minérale et, parce qu'ils ont conservé ou retrouvé une pureté de désir [ici, Ponge hésite entre cette expression et « une simplicité », « une authenticité de désir »] ou de nécessité, une simplicité parfaite, d'une distinction qui leur permet d'aboutir à la faveur des failles ou cavités de l'écorce terrestre à leurs contours géométriques propres. Et alors quels pouvoirs ! La plus faible lumière s'y prend et ne peut plus en sortir. »

13. Dans *ms. AF*, le texte s'achève ainsi : « Des pierres qui tiennent la lumière dans leurs poings fermés. Des pierres comme des maisons incendiées. » *Préorig.* porte une rédaction et une typographie différente : « la moindre / lumière aussitôt s'y sent prise, et elle ne / peut plus en sortir. Alors elle crispe / les poings. Ailleurs elle s'agite, / elle scintille, cherche à / fuir, et se montre quasi / simultanément à toutes / les fenêtres comme / l'hôte éperdu d'une / maison incen- / diée… »

◆ LE DISPOSITIF MALDOROR-POÉSIES. — *Ms.* : le dossier des *AF* conserve trois avant-textes : 10 feuillets de notes, datés « Paris, 1946 », dont le dernier est une manière de bilan (*ms. 1 AF*) ; 2 feuillets de première mise au net sous le titre « Modernisez vos bibliothèques à l'aide du dispositif Lautréamont » (*ms. 2 AF*) ; le dernier (*ms. 3 AF*) donne le texte définitif que l'on trouve aussi dans les archives Tortel. Des blancs plus importants isolent les quatre premiers paragraphes et le dernier, imposant une structure ternaire qui double la scansion en ensembles brefs. On constate essentiellement une procédure d'effacement pour atteindre la forme brève (voir M. Pierssens, « Génétique de la forme brève : "Le Dispositif Maldoror-Poésies" », *Genesis*, n° 12, automne 1997, p. 83-96). — *Préorig.* : *Cahiers du Sud*, « Lautréamont n'a pas cent ans », n° 275, 1946, p. 3-5.

Entre les notes et l'état définitif, la distance est considérable ; la forme de maximes, pour rappeler peut-être celles dont s'était joué Lautréamont, organise tardivement, mais lucidement, le matériau. Ponge écrit : « Ce texte conçu selon la rhétorique du prospectus, du tract ou de l'affiche exige naturellement des caractères assez voyants » (lettre sans date à Tortel qui accompagne l'envoi du manuscrit [F. Ponge, J. Tortel, *Correspondance [...]*, p. 33). L'hommage à Lautréamont, comme ailleurs son association avec Rimbaud, place Ponge dans la lignée surréaliste ; dans un numéro du *Disque vert* (1925) consacré au « Cas Lautréamont », qui comptait vingt articles et une bibliographie, André Gide rend en préface hommage à André Breton, Louis Aragon et Philippe Soupault d'avoir « proclamé l'importance littéraire et ultralittéraire de l'admirable

Lautréamont [...]. Il est avec Rimbaud, plus que Rimbaud peut-être, le maître des écluses pour la littérature de demain ». Paul Éluard reprend le même titre pour un article dans *La Révolution surréaliste* (n° 6, 1ᵉʳ mars 1926). Le texte de Ponge, auquel Marcellin Pleynet et Philippe Sollers doivent beaucoup, est à l'origine de la lecture rhétorique qui privilégie les *Poésies*. Lautréamont sera de nouveau convoqué dans le travail sur Malherbe, comme si à partir de celui qui a « rendu la lyre démontable » et « fait sauter les cordes, si bien que nous pouvons concevoir maintenant les choses historiquement », la relecture de l'œuvre malherbienne pouvait s'affranchir désormais des lieux communs (*Pour un Malherbe*, notamment p. 45, 76, 82). Cet éloge aurait trouvé sa place dans *Lyres*, s'il n'impliquait en plus de la célébration une double dimension historique (révolution dans l'histoire de la littérature) et critique (une méthodologie où Ponge trouve à conforter son désir de « désaffubler » la poésie et sa pratique de la prose (voir *Pour un Malherbe*, p. 198). L'humour, la satire et le pastiche se mêlent dans l'adresse au lecteur, fréquente chez Lautréamont, et le mouvement oratoire ; en même temps, l'apparition de Lautréamont dans l'après-guerre, qui voit la chute du Second Empire et de la bourgeoisie, n'a-t-elle pas pour corrélat celle de Ponge dans la période qui suit la Seconde Guerre mondiale ?

B. B.

1. Le passage de « notre » à « votre » est une correction apportée dans *Méthodes*.
2. *Ms. 2 AF* porte : « les dangers ».
3. L'emploi adjectival est une initiative de Ponge.
4. Michaël Riffaterre (« Lecture intertextuelle du poème », *Au bonheur des mots. Mélanges en l'honneur de G. Antoine*, Presses universitaires de Nancy, 1984, p. 403-415) rappelle que « le condor des Andes connote le lieu de naissance d'Isidore Ducasse » et que la rue Vivienne, traversée par une chouette, est « le théâtre de signes prémonitoires » ; il relève aussi la réécriture de l'hommage rendu à Théodore de Banville par Mallarmé (« Quelques médaillons et portraits en pied », repris dans *Divagations*) que Ponge considère comme l'un des textes essentiels : « chauve-souris éblouissante et comme l'éventement de la gravité ». Mais la chauve-souris mélancolique, c'est aussi celle qui tient le cartouche où est inscrit le titre de la gravure de Dürer, *Melencolia I*, figure du savoir et de la méditation. « Bruit de batterie » enfin serait la traduction dans le registre « dispositif » des *Mots anglais* de Mallarmé : « *bat*, chauve-souris, battant l'air de son vol ».
5. Verlaine, « Automne », *Romances sans paroles*, III (dans Bibl. de la Pléiade, *Œuvres poétiques complètes*, p. 192) Une fois encore (voir p. 459-465, *Lyres*, « Prose De profundis à la gloire de Claudel »), Ponge associe Verlaine et Rimbaud à un vers perdu duquel est empruntée l'épigraphe « Il pleut doucement sur la ville ». Dans le second entretien avec Philippe Sollers, Ponge, citant à nouveau Lautréamont, oppose de manière encore plus explicite la poésie comme activité et travail à la poésie comme effusion (*Entretiens avec Philippe Sollers*, p. 28, 33).
6. On sait que Lautréamont dans ses *Poésies* a retourné les formes brèves classiques, de Pascal à Vauvenargues. « Voyez les maximes, ce n'est pas très loin des oracles, des énigmes. Lautréamont a très bien montré que cela peut se retourner » (« Tentative orale », p. 655). Le parapluie renvoie lui au passage célèbre des *Chants de Maldoror*, VI, 1, « la rencontre fortuite, sur une table de dissection, d'une machine à coudre et d'un parapluie » (*Œuvres complètes*, éd. citée, p. 224-225). Le parapluie de Joseph Prudhomme était aussi le symbole de la bourgeoisie.

◆ LA SOCIÉTÉ DU GÉNIE. — *Ms.* : le volumineux dossier des *AF* se compose de plus de 140 feuillets, tantôt datés (27 novembre - 2 et 3 décembre 1952), tantôt sans date, comprenant à la fois des notes de lecture (chronologies ; œuvres de Voltaire ; *L'Opéra de Paris*, n° 5, 1952), beaucoup de manuscrits travaillés (*ms. AF*) et quelques dactylogrammes. — Préorig. : *La Liberté de l'esprit*, n° 41, juin-juillet 1953, p. 138-140. Des étoiles séparent les séquences et plusieurs expressions sont en italique. Ce mensuel gaulliste, dirigé par Claude Mauriac, a paru de 1949 à 1953. Le texte avait été refusé par *L'Opéra de Paris* (vendu en salle) qui, selon Jean Paulhan (*Correspondance [...]*, t. II, lettre 472, mars 1951, p. 112), souhaitait un texte de Ponge.

Sur cet hommage, Ponge s'est lui-même expliqué : « J'ai parlé de Rameau pour plusieurs raisons. D'abord parce qu'il m'a toujours semblé que Rameau, par rapport à Bach ou à un musicien baroque, avait toutes leurs qualités plus quelque chose de particulièrement français, c'est-à-dire un certain goût de la litote — qu'il n'épuise pas les thèmes et que, par son invention, il est extrêmement nouveau, moderne à son époque par rapport à bien d'autres. Il représente exactement l'équivalent de Chardin en peinture, par rapport à Rembrandt par exemple. Par rapport à Bach, Rameau, c'est les qualités particulièrement françaises avec aussi l'humour, mais avec une audace qui lui font rejoindre le Parnasse, le Panthéon. Il faut aussi dire que les grands musiciens du XXe siècle, Debussy, Ravel, ont écrit des hommages à Rameau » (Entretien avec Marcel Spada du 8-9 avril 1979, à Bar-sur-Loup, publié dans *Le Magazine littéraire*, n° 260, décembre 1988, p. 29). On sait que Ponge avait reçu une éducation musicale et, à la suite de l'émotion ressentie au *Lamento d'Arianna* de Monteverdi, il écrit à Paul-Martin Du Bost, le 23 janvier 1962 : « Il me semble que l'expression des sentiments par la musique atteint là une perfection qu'elle n'a jamais, en aucun genre de littérature, pu retrouver » (lettre inédite des *AF*). « La Société du génie » n'a pas retenu l'attention de la critique ; c'est sans doute pourquoi Ponge se félicite que Ghislain Sartoris, dans son article sur « Nioque », en ait parlé comme d'un « acte » identique au *Malherbe* (Entretien avec G. Sartoris, *Poë&sie*, n° 26, 3e trimestre 1983). Jusqu'à sa publication, le texte était intitulé « Le Génie et l'Opéra fabuleux » ; le terme de « génie » est employé à diverses reprises dans l'hommage de *L'Opéra de Paris*. Il me faut remercier André Giroux, étudiant de maîtrise, qui a remarquablement établi l'édition de ce texte pour le séminaire auquel il participait.

B. B.

1. Bernard Groethuysen avait écrit, rendant compte des *Douze petits écrits* : « Une parole est née dans le monde muet » (*N.R.F.*, n° 63, avril 1927). En 1951-1952, l'expression revient souvent sous la plume de Ponge (voir « Le monde muet est notre seule patrie », p. 631, et, dans *Pour un Malherbe*, les notes du 8 et 11 octobre 1951 et du 8 août 1952, p. 41 et 70).

2. Dans une partie de *ms. AF* intitulée « Justification en général des études critiques » et datée de la nuit du 1er au 2 décembre, le paragraphe est ainsi rédigé : « Nous aurions mille raisons, certes, de nous taire sur toute œuvre du passé — que dis-je ? sur toute œuvre de l'homme — car toute œuvre de l'art de l'homme nous paraît d'abord je dois le dire de seconde main par rapport aux œuvres de la nature. »

3. Dans *ms. AF*, le paragraphe s'achève ainsi : « cyclisme de l'homme, signifiés par ses chefs-d'œuvre. » Le même emploi de « cyclisme » se trouve dans « De l'eau » (*Le Parti pris des choses*, p. 32).

4. Fin du paragraphe dans *ms. AF* : « Montesquieu, voire Voltaire. ». Le nom de Voltaire figure encore sur les épreuves de *préorig*. Aux folios 52, 83, 130 de *ms*. figurent des notes plus développées sur Montesquieu, Leiniz, Newton, la mention de ce dernier venant du texte de Paul-Marie Masson.

5. « Aucun artiste ne justifie mieux le mot de Baudelaire, que la beauté (nouvelle) est toujours bizarre » (f° 68). Plusieurs états de *ms. AF* identifient cette réminiscence d'« Exposition universelle 1855 » (*Œuvres*, Bibl. de la Pléiade, t. II, p. 575-583).

6. Vers 1930 (J. Paulhan, F. Ponge, *Correspondance [...]*, t. I, lettre 130, p. 134), Ponge avait reçu l'ouvrage de Frédéric Paulhan, *La Logique de la contradiction* (Alcan, 1911) où est développée cette idée de l'harmonie née des contradictions résolues (p. 181-182).

7. Dans *L'Opéra de Paris*, p. 15, P.-M. Masson parle de Rameau en tant que « véritable fondateur de l'harmonie moderne ». *Ms. AF*, f° 57-58, porte : « Rameau, c'est aussi le parti pris des choses. Sa découverte de l'harmonie réduite à ses principes (ou éléments ?) naturels est aussi simple (et de même naturel) que la mienne (...). Il me semble que voici le même homme que moi. Voici mon frère. Ou ma pré-incarnation ».

8. La raffinerie de la Petite-Couronne fut incendiée par des officiers britanniques le 9 juin 1940, jour de l'entrée des Allemands dans la ville ; Ponge y assista depuis le château de Montmorency où il était mobilisé ; l'épisode est évoqué dans « Souvenirs interrompus » (*Nouveau nouveau recueil*, t. I, p. 134) et dans *Pour un Malherbe*, notes du 20 février 1955 (p. 178-179).

9. Dans *ms. AF*, le paragraphe s'achève ainsi : « la masse informe de l'hydre encyclopédique. » Tout ce développement vise moins l'entreprise encyclopédique en elle-même que les intellectuels et les philosophes que « Le Murmure » (p. 622-629) prend plus explicitement à partie.

10. Allusion à la notion marxiste d'*Überbau*.

11. *Préorig*. porte : « par en deçà tout l'hellénisme ».

12. Allusion aux vases à figures noires et aux fresques des nécropoles de Tarquinia. Ponge assimile leurs personnages aux sauvages de la quatrième entrée des *Indes galantes*.

13. La première des *Indes galantes* eut lieu le 18 juin 1952, et la chorégraphie était due à Serge Lifar. *L'Opéra de Paris* (n° 5, 1952) réunit à cette occasion un ensemble de textes dans lequel puise Ponge. Un recueil, avec des textes d'Émile Henriot, Pierre Benoît, Bernard Gavoty et une revue de la presse étrangère a été publié en janvier 1953, et une autre, à l'occasion du gala de la Fédération internationale pharmaceutique le 16 septembre, avec des photos de scène et une étude de R. Dumesnil, « La Leçon de Rameau » (Bibliothèque de l'Opéra, carton 2238).

14. La querelle de la moralité du théâtre, présente dans tout le XVIIᵉ siècle, connaît son apogée en 1694-1697. Bossuet condamne l'opéra dans ses *Maximes et réflexions sur la comédie* (1694) : « Si Lulli a excellé dans son art, [...] ses airs tant répétés dans le monde ne servent qu'à insinuer les passions les plus décevantes. » Boileau écrit dans le même sens : « Et tous ces lieux communs de la morale lubrique / Que Lulli réchauffa de sons de sa musique » (« Satire X », v. 141-142, 1694, dans *Œuvres complètes*, Bibl. de la Pléiade, p. 66). Au début du paragraphe, Ponge fait référence à Romain Rolland : « D'elle-même, la tragédie française marchait vers l'opéra » (*Les Origines du théâtre lyrique moderne*, 1895). Tous ces textes sont cités dans A. Lavignac et L. de la Laurencie, *Encyclopédie de la musique et dictionnaire du conservatoire*, Delagrave, 1931, p. 1363, où manifestement Ponge les emprunte.

15. « L'esprit de géométrie de ce théoricien austère et systématique a engendré toutes les finesses, toute la sensualité harmonique de la musique moderne » (R. Manuel, *L'Opéra de Paris*, n° 5).

16. En 1955, Ponge recopie ce passage depuis « Il est sensible » pour des notes préparatoires à un Beaumarchais en ajoutant en marge : « B. est beaucoup plus *singulier*, plus populaire, plus bas, plus démagogique. »

17. Voir « Des cristaux naturels », p. 632-633.

18. Dans *L'Opéra de Paris*, n° 5, E. Bondeville rappelle que Diderot, dans les *Bijoux indiscrets* oppose Rameau à Lully dont il vante la simplicité, et J. Feydy traite de la querelle des lullistes et des ramistes autour de l'écriture musicale. Mais Ponge s'inspire de l'ouvrage de A. Lavignac cité à la note 14 : « Dans la tragédie lyrique de Lulli, la musique [...] demeure discrète et un peu effacée, et c'est très exactement que M. Henry Houssaye a traité de camaïeux les compositions du surintendant de la musique. »

19. Rameau, Lettre à A. Houdar de La Motte, 25 octobre 1727, publiée dans le *Mercure de France*, mars 1765 ; la citation est faite par Paul-Marie Masson dans *L'Opéra de Paris*, n° 5.

20. *L'Opéra de Paris*, n° 5, p. 11.

21. Cette phrase est un montage de termes empruntés au texte de Serge Lifar (« Rameau fait sortir la danse de sa léthargie », *L'Opéra de Paris*, n° 5, p. 21) et à d'Alembert dans son *Discours préliminaire* de l'Encyclopédie que cite A. Lavignac (voir note 14) : Rameau est un « génie, mâle, fécond et hardi ».

22. *Ms. AF* porte : « Il échappe à la sécheresse égyptienne et se rapproche de l'Étrurie [...]. Il échappe à la préciosité espagnole Gongora ».

23. Variation sur une phrase de Rameau empruntée à Paul-Marie Masson : « La supériorité de l'harmonie dans la musique ne diminue en rien le prix de la mélodie. »

24. Voir André Gide, *Journal*, t. I, Bibl. de la Pléiade, p. 1184-1185 : « J'ai relu à La Bastide quelques pages de *Candide*. La simplicité de la phrase ne m'étonne, et je ne la puis admirer, qu'en raison de la complexité des relations qui s'y jouent. Il n'est pas malaisé de dire simplement des choses simples. Voltaire commence par simplifier sa pensée ; il se fait la partie trop belle. »

25. *Pour un Malherbe* (p. 197) reprendra cette idée : « Nous devons nous résoudre (je ne dis pas nous résigner) à nous concevoir comme partie, élément ou rouage non privilégié de ce grand Corps Physique que nous nommons Nature ou Monde extérieur. »

26. « En s'inspirant des études d'acoustique de Sauveur, il fonde la théorie musicale sur les bases physiques de la résonance et des harmoniques naturels produits par une basse fondamentale » (P.-M. Masson, *L'Opéra de Paris*, n° 5).

27. Paul-Marie Masson insiste sur « la musique dramatique » propre à l'œuvre de Rameau, et Serge Lifar juge que « l'acte des Incas est un modèle de ce spectacle complet, vers quoi les divers arts de la scène ne cessent d'aspirer » (*ibid.*, p. 21).

28. Aristote, *Poétique*, 1450 b, 15-16.

29. De ces deux interprètes de Racine, la seconde, Marie Desmares de son vrai nom, qui fût aussi sa maîtresse, est la plus connue ; Louise Desœillets créa les rôles d'Hermione et d'Agrippine. Tout ce passage, y compris l'allusion à Aristote, provient du *Dictionnaire philosophique* de Voltaire que Ponge utilise aussi pour « Le Murmure » (p. 624 et n. 8).

30. Mallarmé a placé en épigraphe à *Igitur ou la Folie d'Elbehnon* : « Ce conte s'adresse à l'Intelligence du lecteur qui met les choses en scène, elle-même » (*Œuvres complètes*, Bibl. de la Pléiade, t. I, p. 475).

31. *Préorig.* porte : « Seurat, Juan Gris ou Paul Klee. » Ces énumérations ont varié : « Les livrets devraient être de Malherbe, de Mallarmé, Montesquieu ou de moi-même » (*ms. AF*, f. 114) ; et au fil des réécritures, on trouve David, Cézanne, Beaudin, Kermadec.

32. Ce finale tient à la fois des textes descriptifs et satiriques comme « Le Restaurant Lemeunier » (*Le Parti pris des choses*, p. 36-38) par les détails (perspective de l'avenue de l'Opéra, 11 CV Citroën), et de Proust par la célébration mondaine et l'ampleur de la phrase. *Ms.* parle de « Porcherie monumentale comparée aux Trianons » (f. 65). Une fois de plus les majuscules font apparaître comme une signature.

◆ PROCLAMATION ET PETIT FOUR. — *Ms.* : le dossier des *AF* contient 27 feuillets (*ms. AF*) portant pour seules dates : 18-19 et 20 février 1957 et un feuillet isolé intitulé « Assyrie » (daté de mars 1937) au verso duquel se trouve « L'Égypte et les Égyptiens » de février 1937 (*Nouveau nouveau recueil*, t. I, p. 1071). — *Préorig.* : « Proclamation et petits fours », *La Parisienne*, nº 52, mars 1957, reproduit dans le journal *Arts*, 27 février-5 mars 1957. *La Parisienne*, revue littéraire mensuelle, a été fondée en janvier 1953 sous la direction de Jacques Laurent. C'est dans *Méthodes* que Ponge mettra au singulier « petit four ». Le mot « proclamation » désigne le texte mais renvoie aussi au processus de vulgarisation que réalise la typographie. Signe de l'espace mondain de la réception, le petit four enveloppée dans celle-ci transforme le texte en sapate.

François Nourrissier, directeur de *La Parisienne*, avait sollicité la collaboration de Ponge pour un numéro intitulé « L'Esprit et la Lettre » organisé par Jérôme Peignot sur les rapports qu'entretiennent typographie et littérature. Ponge avait pu suivre de près le travail d'impression lorsqu'il avait été employé au service de fabrication des Éditions Gallimard (1923), puis journaliste au *Progrès de Lyon* et à *Action*. Dans ses notes préparatoires (voir, dans l'Atelier, « [État manuscrit de "Proclamation et petit four"] », p. 840), il essaie de définir les « propriétés de l'imprimerie ». L'impression objective le texte en lui donnant une « qualité en quelque façon oraculaire » ; la *Loi proférée* (par exemple au Sinaï) *s'inscrit*, dans le même temps, sur les Tables (par l'opération de la foudre) » (voir *L'Atelier contemporain*, « Sсvlptvre », p. 99). Il remarque ensuite cette propriété « quasi contradictoire » « que soit accomplie cette sacralisation (*hiératisation*) du texte *aux fins* de sa reproduction à grand nombre, de *vulgarisation*. » Il récapitule enfin ces propriétés par cette liste : « 1. Réduction (Petit bout de la lorgnette) ; 2. Hiératisation (Posture définitive) ; 3. Vulgarisation (Tirage à de nombreux exemplaires). » Ponge met l'accent sur la hiératisation : « Pour certains écrivains rien ne saurait être admis à l'écritoire que ce qui mériterait d'être l'objet d'une inscription semblable à celle qu'on lit sur la pierre ou dans le marbre. » Il accorde donc un rôle à la typographie mais prend garde à ne pas lui octroyer une excessive importance pour ne pas « laisser croire que nous devions tout à cette technique » car « l'écoute domine encore (parce que le siège de la parole se trouve dans l'arrière-gorge) », « lieu de la formulation ». Il n'empêche que la figure des mots » et que « les *buissons typographiques*, strophes ou paragraphes, sont de plus en plus sensibles ». Son exigence en la matière est grande parce que le lecteur doit pouvoir reconnaître, dans chaque texte « dévisagé », une physionomie particulière, et qu'il refuse l'exhibition typographique en lui préférant des formes plus discrètes.

G. F.

1. Voir *Entretiens avec Philippe Sollers*, p. 46.

2. *Ms. AF*, à la place de ce paragraphe, porte la leçon suivante : « Et d'abord les mots eux-mêmes dans sa mémoire et dans sa sensibilité ne sont pas seulement des vocables ; il en connaît la forme écrite, l'apparence plastique : l'orthographe, par exemple, en est *fixée*. / Ainsi, soit dit en passant, l'orthographe ne doit pas être changée arbitrairement. Nous ne saurions plus comment écrire. Nous ne saurions plus avec quoi nous travaillons. »

3. Voir n. 13, p. 620 (« L'Homme à grands traits »).

4. « L'Abricot » (1954-1957) et « La Chèvre » (1953-1957) seront publiés dans *Pièces* (voir p. 802-803 et 806-809).

5. *Ms. AF* porte « surréalistes ». — Voir « Notes d'un poème (*sur Mallarmé*) » (*Proêmes*, p. 181-183). Ce poète est une des références permanentes de Ponge. « Un coup de Dés jamais n'abolira le Hasard » (1897) inaugure les recherches de la modernité pour faire de la page un espace visuel (*Œuvres complètes*, Bibl. de la Pléiade, t. I, p. 363-387). — Ponge rend hommage à Apollinaire dans « Allons plus vite, nom de Dieu, allons plus vite » (*Nouveau nouveau recueil*, t. III). Avant les *Calligrammes* (1918), ce dernier avait composé, en 1914, un recueil d'« idéogrammes lyriques » : *Et moi aussi je suis peintre* (voir *Œuvres poétiques*, Bibl. de la Pléiade, Notice de *Calligrammes*, p. 1075 1076).

6. Cet oxymore réactive l'étymologie de « crasse » identique à celle de « graisse » (les deux mots viennent du latin *crassus* : « épais »). La lettre *s*, assimilée à une pommade, permet, par agglutination, le glissement de « la Syrie » à « L'Assyrie ».

7. « O Soleil c'est le temps de la Raison ardente » (« La Jolie Rousse », dernier poème des *Calligrammes*, dans *Œuvres poétiques*, éd. citée, p. 314).

8. Telle formule apparaît maintes fois dans *Pour un Malherbe*. La raison ne se réduit pas à la pensée parce qu'elle ne se manifeste qu'à travers un langage, sous la forme d'une réalité matérielle : sonore et graphique.

◆ L'USTENSILE. — *Ms.* : le dossier des *AF* conserve deux feuillets manuscrits (*ms. AF*), intitulés « Ustensile, outil utile ostensible », et un dactylogramme (*dactyl. AF*) de 2 feuillets, intitulé « L'Ustensile ». Le premier feuillet porte la date « 25. XII. 47 ».

« L'Ustensile » pourrait servir de préface à toute une série de pièces qui se rapportent aux « objets domestiques » (selon l'expression appliquée à « La Cruche », p. 751), comme « Le Verre d'eau » de 1948 (p. 578-611) ou « L'Assiette » (p. 770-771). Les objets techniques permettent à l'auteur de rappeler l'activité humaine et son pouvoir de transformer la nature : l'ustensile est lié à la main qui travaille. Il n'est pas sans évoquer l'instrument principal de l'écrivain : le langage, utile à la vie de tous les jours, que Ponge s'emploie à rendre ostensible.

G. F.

1. *Ms. AF* porte : « (par exemple sur un tableau d'outillage) ».

2. « Quant à l's, elle est absolument barbare » (Littré, art. « Ustensile »).

3. Dans *ms. AF*, les paragraphes 2 et 3 sont placés en *Nota bene* à la suite du premier paragraphe. — Ponge a repris à Littré la définition d'« ustensile » et la distinction entre « instrument » et « outil » (article « Outil »). Il y a trouvé aussi le mot « ustion ».

4. *Ms. AF* porte, en addition marginale : « quand l'ustensile oscille ».

5. « Clinquant » apparaît dans *dactyl. AF* et poursuit le motif sonore (en ancien français, *clinquer* signifie « faire du bruit »), tout en entamant celui de la lumière.

6. Leçon de *ms. AF* pour ce paragraphe, qui vient après un astérisque : « Paysage des ustensiles : la cuisine. Écrire une description de la cuisine de la rue Émile Desvaux. C'est une pièce assez curieuse, avec ses ex-voto aux murs. »

◆ RÉPONSE À UNE ENQUÊTE RADIOPHONIQUE SUR LA DICTION POÉTIQUE. — *Ms.* : le dossier des *AF* contient 5 feuillets manuscrits, intitulés « Réponse à une enquête radiophonique sur la diction poétique », datés du 29 janvier, et deux dactylogrammes intitulés « Entretien sur la diction poétique » : l'un tapé par Ponge (*dactyl. 1 AF*), et qui lui a sans doute servi de base pour son intervention dans l'émission enregistrée le 29 janvier 1953 au Club d'essai de l'O.R.T.F., l'autre (*dactyl. 2 AF*) tapé par les *Cahiers d'études de radio-télévision*, qui souhaitaient publier le texte. Une note de Ponge signale que « la version la meilleure est celle manuscrite ». C'est cette version recopiée, postérieure aux dactylogrammes et qui comporte beaucoup de menues corrections, qui est imprimée dans *Méthodes*.

Le questionnaire comportait les questions suivantes : « I. La diction d'un poème vous paraît-elle devoir apporter à ce poème une valeur nouvelle — étrangère à lui ou latente — mais inexprimée sous sa forme écrite ? II. Cette transposition du poème dans le domaine vocal vous paraît-elle possible en ce qui concerne toutes les formes de poésie, ou doit-elle se limiter à certaines de ces formes seulement ? III. Dans ce dernier cas, quelles conditions le poème doit-il remplir pour pouvoir être transposé du domaine typographique au domaine vocal ? IV. Dans l'écriture de vos propres œuvres, concevez-vous le mot sous sa forme sonore ou comme un signe destiné à demeurer écrit ? V. En lisant un poème avez-vous tendance à le situer dans le temps de la parole ou à le contempler dans l'espace sous sa forme typographique ? VI. Pensez-vous que certaines expériences dont le but serait d'interpréter des poèmes d'une façon "anti-traditionnelle", voire "irrationnelle" puissent donner des résultats valables et accroître les possibilités émotionnelles de la poésie ? VII. Indépendamment du problème que pose la diction de poèmes déjà écrits, pensez-vous qu'une nouvelle forme d'expression poétique spécifiquement orale soit possible et souhaitable ? VIII. Quelle importance attribuez-vous au rôle de l'expression radiophonique dans la diffusion de la poésie "écrite" et l'élaboration d'une poésie "orale" ? IX. Les conditions de l'audition radiophonique (la voix sans visage de qui parle, la solitude de l'auditeur, sa cécité, etc.) vous paraissent-elles créer une conjonction psychologique nouvelle propre à modifier la perception des œuvres poétiques ? » À découvrir ces questions, comment ne pas s'étonner qu'elles aient été posées à Ponge ? Elles expriment en effet les préoccupations d'hommes de radio quant à l'incidence de celle-ci sur la possibilité de renouer avec la tradition orale de la poésie. Or Ponge, à l'évidence, est l'homme de l'inscription. Il privilégie la lettre qui permet de conserver une trace, l'écrit — lu et approuvé. Son premier geste est de rappeler que la diction, c'est d'abord le style. L'organisation du texte, la façon dont est mise en œuvre son matériau, commande aux diverses façons de le prononcer. La diction et l'audition mentales qui accompagnent le geste d'écriture, le travail de la matière verbale par l'écrivain qui essaye d'accorder un « concert de vocables » sont plus essentiels que sa récitation par tel ou tel lecteur. Au vrai, un texte n'est valable à ses yeux que s'il n'a nul besoin du soutien de la voix pour exister, s'il est capable de supporter toutes sortes de réalisations vocales. Cependant, Ponge sera toujours sensible à la proclamation des inscriptions. À la main qui écrit lettre à lettre correspond la voix qui épelle et qui s'incorpore le texte :

dans les deux cas c'est le contact avec sa réalité matérielle et son passage par le corps qui lui importent. Sa manière de dire est en conformité avec la façon dont il conçoit le texte et y travaille : elle mise sur l'unité de ton. Elle ne joue ni sur le débit, ni sur les variations d'intensité, ni sur les silences mais traite à égalité toutes les syllabes du concert de vocables, s'employant à articuler avec netteté la matière verbale pour la rendre sensible. Si toute lecture est une explication de texte, celle de Ponge s'y refuse, pour se contenter de le manifester et de le montrer.

G. F.

1. *Dactyl. 1 AF* et *dactyl. 2 AF* commencent avec ce paragraphe.
2. On trouve par exemple cet emploi dans l'« Avant-dire au *Traité du Verbe* ».
3. Ponge exploite l'article « Diction » du Littré.
4. Ce portrait de l'artiste en taupe caractérise l'activité de l'écrivain : une traversée laborieuse et tâtonnante de la matière verbale.
5. En 1946, Ponge a célébré le centenaire de la naissance de Lautréamont (voir « Le Dispositif Maldoror-Poésies », p. 633-635). Dans les *Poésies*, Isidore Ducasse retourne, entre autres, des maximes des moralistes du XVIIe siècle.
6. Le proverbe est détestable dans la mesure où la perfection risque de devenir synonyme d'ankylose.
7. En accordant « essentielle » avec « chose », qui dans l'expression « autre chose » est depuis longtemps neutre, il attire l'attention sur ce qui va suivre : « le mutisme des choses », les « riens ». Il y a quelque ironie à inscrire l'inaudible dans un texte sur la diction, qui plus est, destiné à être prononcé.
8. Avec ce paragraphe commence le texte que Ponge isolera par la suite, en le modifiant légèrement, sous le titre d'« À la rêveuse matière » (*Nouveau recueil*, p. 177).

◆ TENTATIVE ORALE. — *Ms.* : une collection particulière possède un manuscrit sans titre (*ms. FD*) constitué de 32 feuillets non datés, à l'exception de 2 feuillets extraits du dossier du *Savon*, datés du 17 juillet 1946. Ce manuscrit, assez proche de la version que nous connaissons pour ce qui est de la composition d'ensemble et de l'argumentation, en diffère cependant beaucoup dans son détail stylistique. Il présente un certain nombre de lacunes, signalées en notes, qui sont autant de passages que Ponge se propose de rédiger ou qui, déjà écrits, doivent y être insérés. Il est composé de deux grandes parties intitulées « Début sur la Prétention - Anecdotique et Théorique » et « Finir sur la prétention : Héraclite ou Lucrèce ? non La Fontaine ». La même collection possède un dactylogramme (*dactyl. 1 FD*) de 21 feuillets, comprenant les mentions « Club Maintenant, Conférence de M. Francis Ponge, 16.1.47 ». Ce dactylogramme qui présente un certain nombre de lacunes par rapport au texte définitif est soigneusement corrigé par Ponge qui signale un certain nombre de passages à compléter. Cette collection particulière conserve aussi un dactylogramme (*dactyl. 2 FD*) de 28 feuillets. Cette version est la transcription, revue par Ponge, de la sténographie de sa conférence de Bruxelles. À quelques menus détails près, c'est celle-ci que suit le texte publié dans *Méthodes*. — *Préorig.* : *Cahiers de la Pléiade*, n° 7, printemps 1949 ; *Tentative orale*, s. l. (Paris), tirage à part des *Cahiers de la Pléiade*, s. d. (juillet 1949), 15 exemplaires. Le texte est le même que celui de *Méthodes*, mais il est accompagné de titres en manchette, qui en soulignent les points principaux. Jean Paulhan, qui dirigeait ces *Cahiers*, affectionnait cette présentation. Ponge avait préparé un volume plus important « comme pour une édition en plaquette » avec la table des matières suivante : « Note des Éditeurs - Déclaration faite à la Radio nationale belge - Allocution de M. François Guillot de Rode - Allocution de M. René Micha - Tentative orale, ou La Troisième Personne du singulier ». « Tu en prendras pour les *Cahiers* ce que tu voudras (le plus possible, bien sûr. Je ne crois pas que la conférence puisse être sans dommage fragmentée » (lettre inédite, 1948, coll. particulière ; voir, dans l'Atelier, p. 843-844).

Ponge, à qui l'on vient de proposer de donner des conférences, décide d'accepter, pour se mettre dans l'obligation d'achever un chantier commencé en avril 1942, et sur lequel il a travaillé tout l'été 1946, celui du *Savon* (voir, dans l'Atelier, « [Tentative orale] », « [Note manuscrite] », p. 841). Telle est l'origine de la « Tentative orale ». Une répétition générale est effectuée, en privé, rue Lhomond, le 8 janvier 1947, en présence de ses amis (Gabriel Audisio, André Berne-Joffroy, Henri Calet, Pierre Leyris, Georges Limbour, Jean Paulhan, René de Solier, Jean Tardieu), juste avant la première, organisée à Paris, le 16 du même mois, par le Club *Maintenant*, société de conférences dont l'un des fondateurs, François Guillot de Rode, s'occupait pour Ponge de la chronique de la danse dans *Action*. Une semaine plus tard, le 22, au palais des Beaux-Arts de Bruxelles, Ponge la donne à nouveau sous le titre « La Troisième Personne du singulier », cette contribution faisant partie d'un cycle intitulé « Temps de la poésie », pour lequel René Micha avait sollicité Pierre Reverdy, Pierre Jean Jouve, André Breton, Paul Éluard et René Char. Mais les auditeurs de la rue Lhomond avaient estimé que la troisième partie de sa conférence, qui se rapportait au *Savon*, n'était pas au point et lui avaient conseillé de la supprimer, avis auquel il se rangea. C'est ainsi que ce qui était à l'origine du projet disparut. La « Tentative orale », telle que nous la connaissons, n'était donc qu'une introduction au *Savon*, un proème dans lequel il expliquait d'abord quels problèmes le langage lui posait (premier volet du triptyque), puis leur solution : le parti pris des choses (second volet), pour en venir à un exemple, l'exercice du *Savon* (troisième volet). La conférence ainsi organisée selon une trajectoire qui va du plus général au plus particulier, de la « théorie » à la « pratique », présentait une grande cohérence. C'est, paradoxalement, un certain empêchement d'écrire qui avait conduit Ponge à prendre la parole en public. L'amputation de cette troisième partie va modifier la réception de cette *Tentative orale* puisqu'elle ne se comprend plus désormais en fonction du but précis qu'il s'était fixé, à un moment donné, dans des circonstances bien déterminées : résoudre la crise du *Savon*. Elle acquiert une sorte de valeur absolue et se transforme en événement inaugural. Ponge n'a pas décidé de parler du savon : *il a décidé de parler*. Le lecteur se souvient aussitôt de quelques singularités biographiques : en 1918, le jeune homme, admissible à la licence de philosophie, est recalé à l'oral. Voilà qui serait sans doute anodin si le même événement ne se reproduisait l'année suivante au concours de l'École normale supérieure. Ponge expliquera ces échecs par une inhibition due au malaise de se sentir plongé dans les eaux troubles du langage parlé. Au-delà de ces circonstances, il convient surtout de rappeler l'aversion qu'il éprouve pour l'expression orale, et qui est, nous dit-il, à l'origine de son œuvre. Mais, si un texte est préférable à n'importe quelle conversation, celui-ci devient à son tour objet de dégoût : car c'est le langage tout entier, dans son usage littéraire (la Parole), qui est à rédimer. Tel est le lieu de son combat, et d'un combat si acharné qu'il risque à tout moment de nouveau l'aphasie, *écrite* cette fois-ci, qui n'est pas chez lui imputable à quelque déficience psychologique ou physiologique mais qui est liée à la conception même qu'il se fait de la littérature et de son exigence. La tentative orale n'aura donc été à l'origine qu'une façon paradoxale de sortir du « bafouillage » du *Savon*. Elle est moins le signe d'un relâchement que la poursuite de ce combat avec d'autres armes. René Micha, présentant Ponge avant son allocution, le soulignait : « [...] une conférence représente sur le plan de la parole la même tentative que celle qu'il fait sur le plan de l'écrit. Elle doit vaincre les mêmes résistances, qui sont celles de la matière, user des mêmes tours et détours, des mêmes additions et ratures, et obtenir sa fin par une coïncidence difficile entre l'objet et le mot. » Doté d'une certaine assurance (son œuvre a maintenant une réalité objective), Ponge prend davantage de risques : il s'expose de plus en plus, soit qu'il se montre à l'œuvre comme dans les textes de *La Rage de l'expression*, rédigés dans la période qui précède et qui sont autant de *tentatives écrites*, soit qu'il prenne la parole comme dans la « Tentative orale ». De plus en plus, il tend à faire de la littérature un acte plutôt qu'un résultat. Ce qui change, dans ces années, c'est qu'il fait entrer le temps dans son œuvre conçue comme cycle dont chaque moment contient une parcelle de vérité : le texte se relativise. Dès lors, la prise de parole, étroitement dépendante des circonstances, peut se rapprocher de l'écrit et valoir elle aussi comme document. Les rapproche encore une nouvelle ambition, qui se formule dans *La Seine* : rendre les textes adéquats non plus aux objets solides, serrés et compacts, mais aux objets liquides, fluents et souples — aux objets *discursifs*. L'œuvre de Ponge ne progresse qu'en se retournant sur elle-même, qu'en se reprenant sans cesse comme on le voit par exemple avec toutes les anciennes pièces (« Le Cycle des saisons », « Faune et flore », dans *Le Parti pris des choses*, p. 23-24 et p. 42-46 ; « Le Jeune Arbre », « Mon arbre » et « Le Tronc d'arbre », dans *Proêmes*, p. 184-185, p. 190 et 231 ; et même « Le Carnet du Bois de pins », dans *La Rage de l'expression*, p. 377-411) qui viennent nourrir la « Tentative orale » : ces textes, il les porte en avant et leur cherche un avenir. C'est dire qu'ils ne sont pas, à ses yeux, des monuments, à moins de prendre le mot, comme il ferait volontiers, dans son sens étymologique. Cependant, la critique, qui de plus en plus se fait entendre à leur propos (notamment les philosophes comme Jean-Paul Sartre et Albert Camus), les interprète et, ce faisant, les pétrifie : voici Ponge devenu phénoménologue. N'a-t-il pas voulu, au contraire, qu'ils soient, à l'instar des objets qu'ils décrivent, ininterprétables ou à tout le moins si complexes qu'ils autorisent les interprétations les plus diverses ? On devine que la « Tentative orale » exprime aussi un mouvement d'impatience à l'égard d'une critique qui tend à l'enfermer, quelle que puisse être sa valeur. Les années d'après-guerre voient, par ailleurs, converger toute une série de transformations de l'œuvre (dont notre texte n'est qu'un des signes) qui témoignent de son renouvellement en profondeur : passage aux textes ouverts de *La Rage de l'expression*, choix d'objets liquides plutôt que solides, dialogue avec les peintres, sans compter, bientôt, l'éloignement du parti communiste et l'entreprise du *Pour un Malherbe*. Un tel décalage, entre ce qui était perceptible par le public et à quoi véritablement s'occupait Ponge, justifie en partie aussi cette impatience : on le juge sur *Le Parti pris des choses* (1942) alors qu'il est déjà aux prises avec *Le Savon*, qui ne voit le jour qu'en 1967. Consacrer la troisième partie de la « Tentative orale » à prendre lui permettait de réduire cette distorsion en révélant l'avenir de l'œuvre sans compter qu'il illustrait à merveille le décrassage idéologique que procure l'attention portée au moindre objet, fût-il « dérisoire ». Nul ne pourra douter, à le lire, que Ponge fit une conférence remarquable, même si la transcription n'a peut-être pas toujours su préserver, comme il le souhaitait, son caractère oral. Dans une lettre à Jean Paulhan citée précédemment, Ponge écrit : « Au fond, j'en suis assez fier et aussi de l'avoir dite (devant cent personnes pas très élégantes) la semaine même de la triomphale exhibition d'Artaud au Vieux-Colombier. » Remarquable, la « Tentative orale » l'est en ce que rien de ce qu'il énonce ne pouvait être dit par un autre que lui. L'articulation en deux volets établit et souligne on ne peut mieux le lien entre le caractère idéologique du langage (source de malentendus), et le parti pris des choses, qui en est le remède. D'ailleurs, la façon dont Ponge, quittant le mode purement explicatif pour avoir recours par deux fois à l'objet, qu'il met en fables, miniaturise et illustre, dans l'organisation même de son discours, le mouvement qu'il analyse et qui caractérise sa démarche poétique. L'arbre, motif longuement médité, sans cesse repris dans toute l'œuvre, assure ainsi sa cohérence thématique à l'ensemble, depuis l'évocation de l'ébéniste, qui ouvre la conférence, jusqu'au geste d'humilité spectaculaire de Ponge, se penchant pour embrasser la table à laquelle il était assis, qui la clôt. Ce dernier acte, aussitôt tempéré par l'humour, est sans doute le moment le plus intense de cette tentative orale qui l'aura légitimé et qu'il résume de façon ostensible. Ponge place la table (pièce essentielle du rituel de la conférence) en gloire : il la fait apparaître. Mais, depuis longtemps déjà, il avait attiré l'attention sur le décor de celle-ci et sur les différents emplois des personnages (l'orateur, le public) prenant pour thème la conférence elle-même et ses règles implicites dont il nous propose, comme il nous le confie, une « espèce de phénoménologie » (« Entretien avec Francis Ponge », *Cahiers critiques de la littérature*, n° 2, décembre 1976, p. 11). Voilà la conférence transformée en objet : médusée. Il transgresse ainsi les conventions de bienséance qui exigent que le conférencier rapporte dans un discours ce qui a eu lieu ailleurs et en d'autres temps. Ponge ne représente pas : il présente, en ne s'occupant, finalement, que de faire remonter à la surface les seuls objets vraiment tangibles : la table, et la conférence elle-même, qui se fait événement. Et c'est avec un sens très sûr de l'effet à produire (un effet de vérité) qu'il développe un discours qui, avec ses péripéties et ses coups de théâtre, saisit l'auditoire. La « Tentative orale » inaugure une longue suite de conférences, dont le nombre ne fera que croître avec le rayonnement de l'œuvre, en particulier à l'étranger (Belgique, Suisse, Italie, Allemagne, Yougoslavie, Canada, États-Unis et Angleterre).

G. F.

1. Le passage qui va de ce paragraphe jusqu'au paragraphe se terminant par « il n'en est pas moins bizarre pourtant d'exiger d'un écrivain des idées » ne figure pas dans *ms. FD*, où Ponge signale par deux croix suivies de l'indication « Sur la responsabilité » qu'il lui faut l'ajouter.

2. Dès 1926, Ponge définissait ainsi le « drame de l'expression » : « Une suite (bizarre) de références aux idées, puis aux paroles, puis aux paroles, puis aux idées » (*Proêmes*, « Drame de l'expression », p. 176). Le caractère mixte du langage, à la fois matériel et spirituel, est une malédiction d'où naissent tous les malentendus qui pèsent sur l'activité de l'écrivain, vu tantôt comme un artiste, tantôt comme un idéologue. Sur cette question, sa réflexion se nourrit du long dialogue avec Jean Paulhan. On se rappellera la dédicace des *Fleurs de Tarbes* à Ponge : « Qui cherche à saisir l'expression avant qu'elle soit précisément mots ou pensée, ou l'un et l'autre à la fois, parvient assez vite à saisir ce que signifie la Parole : au commencement était le Verbe, et le verbe est Dieu (saint Augustin, *De*

Trinitate, VII.) Pour Francis, fraternellement, Jean P., ce 27-V-1942, Lyon » (J. Paulhan, F. Ponge, *Correspondance [...]*, t. I, lettre 258, p. 264).

3. Dans l'immédiat après-guerre, la question de la responsabilité de l'écrivain, avec la vogue de l'existentialisme, est au cœur de nombreux débats. Elle se pose aussi très concrètement par la publication, dans *Les Lettres françaises* (1944), de la liste noire des écrivains collaborateurs mis à l'index par le Comité national des écrivains. Malgré les pressantes sollicitations de Jean Paulhan, Ponge refusera, jusqu'à la fin de 1947, de publier dans *Les Cahiers de la Pléiade*.

4. Dans cet apologue, Ponge récrit des textes anciens. Depuis 1925 (*Proêmes*, « Le Jeune Arbre », p. 184-185 ; « Mon arbre », p. 190), l'arbre représente le poète et le feuillage son expression (voir *Le Parti pris des choses*, « Faune et flore » p. 42-46, et « Le Cycle des saisons », p. 23-24).

5. La fermeté d'un texte dépend de son ambiguïté, « celle de l'oracle ; où les mots sont pris dans tous leurs sens, où donc les significations ne risquent pas un jour de vous jouer un sale tour ; puisqu'elles sont toutes prévues » (*Pour un Malherbe*, p. 187). Voir n. 5, p. 646 (« Réponse à une enquête radiophonique sur la diction poétique »).

6. On reconnaît ici des préoccupations chères à Jean Paulhan (voir J. Paulhan, *Les Hain-Tenys et l'Expérience du proverbe*, *Œuvres complètes*, « Langage », I, Cercle du Livre Précieux, Tchou, 1966, t. II). Ce sont moins les qualités intrinsèques de l'énoncé proverbial qui intéressent Ponge, que son efficacité pragmatique.

7. Dans *ms. FD*, l'adjectif « oraculaire » est en concurrence avec « indifférente ».

8. Le texte se poursuit dans *ms.* par cette phrase inachevée : « On risque de changer selon cela et non selon ». L'œuvre ne se développerait plus selon sa logique interne mais selon des influences extérieures. Ponge indique à nouveau qu'il lui faut insérer un complément : « Fable ou monument ». Il ajoutera le passage sur les photographies de son père : « Pour vous montrer à quel point [...] tout vaut mieux qu'une photographie. »

9. Ponge précise à la suite, dans *ms. FD*, « nous avons accueilli l'instant, nous nous sommes replacés au moment où tout à la fois naît à nouveau ».

10. En 1918, le fantassin Ponge portait *L'Origine de la tragédie* dans sa musette. Bernard Groethuysen, ami de Jean Paulhan puis de Ponge, avait introduit Kafka en France. Ponge s'y intéresse dès 1928 (voir J. Paulhan, F. Ponge, *Correspondance [...]*, t. I, lettre 92, p. 89-90). En 1944, il rédige une note sur *La Muraille de Chine* (*Action*, n° 16 ; voir J. Paulhan, F. Ponge, *Correspondance [...]*, t. I, lettre 314, p. 331) et, le 21 juin 1946, il répond à l'enquête d'*Action* intitulée « Faut-il brûler Kafka ? » (ce texte sera reproduit dans le tome II de la présente édition).

11. Voir *Proêmes*, « Pages bis », p. 206-222.

12. Leçon de *ms. FD* : « Le premier bénéfice du changement opéré en nous par cette invocation, ô choses, sera donc de notre part une *modestie* assez sereine. » À la suite figure un long raisonnement sur la liberté que Ponge abandonnera au profit de la fable de l'arbre : « Mesdames et Messieurs, comme j'ai pris la précaution de le dire en commençant, loin de moi en vous invoquant en même temps que les choses l'idée de vous assimiler à elles, de vous traiter et de me traiter moi-même en choses parmi les choses. / Je vois bien, faites-moi l'honneur de le croire, la différence qui nous en sépare, l'avantage, si vous tenez à une telle estimation de notre différence, que nous possédons sur elles, à savoir en particulier ce choix d'entrer ou de sortir, d'approuver ou de désapprouver, ce choix

surtout de *faire*, de nous faire nous-même par les actes que nous choisissons d'accomplir. / C'est ici qu'apparaît la notion de *liberté* à laquelle je me voudrais d'attenter le moins du monde en vous. À laquelle pourtant tout m'incite à n'accorder de valeur que dans le relatif. [*Tout ce qui précède est biffé.*] / Il suffit en effet que nous tentions de nous mettre pour un instant seulement à la place de ces choses qui assistent à nous, pour être amenés à nous demander si ces choses, elles, nous considèrent comme libres. Et, bien sûr, nous ne pouvons pas sérieusement le croire. / Il est évident que cet homme qui parle, pour elles, leur apparaît comme un mécanisme sans aucune liberté d'allures et dont les affirmations même, ou le doute, sont à jamais déterminés. »

13. C'est ce que confirment les titres que Ponge a donné dans *ms.* à ses deux grandes parties (voir la notule). Le mot de « prétention », fréquent chez lui, est en général pris en bonne part : c'est l'ambition légitime de réaliser une œuvre et de s'accomplir. Il s'en prend ici à la mauvaise prétention, qui affirme la supériorité de l'homme sur la nature, parce qu'il est doué de parole et de raison.

14. Outre les textes déjà évoqués à la note 4, il faut relire « ... Du vent ! » (*Nouveau nouveau recueil*, t. II, p. 40).

15. *Quelques feuilles* a été substitué à « Printemps de paroles ou la forêt » de *ms. FD*.

16. Fin du paragraphe dans *ms. FD* : « pour vous donner idée de l'état d'esprit dans lequel j'ai pris idée de cette conférence. Prétention et humilité du parti pris des choses. »

17. Voir R. Micha, « Temps de la poésie », *L'Arche*, n° 25 ; « Sur Francis Ponge, poète vêtu comme un arbre », *Revue de Suisse*, n° 9, juin-juillet 1952 ; « D'une méthode, d'une pièce : c'est tout un », *Cahiers de l'Herne*, n° 51, 1986 ; J.-P. Sartre, « L'Homme et les Choses », *Poésie 44*, octobre-décembre, repris dans *Situations*, Gallimard, 1947, t. I ; M. Blanchot, « Au pays de la Magie » (Michaux et Ponge), *Journal des débats*, 15 juillet 1942 ; J. Bousquet, « Francis Ponge et Jean Dubuffet. Matière et mémoire », *La Gazette des lettres*, 4 janvier 1947, et *Le Meneur de lune*, J.-B. Janin, 1946 ; Cl.-E. Magny, « Francis Ponge ou l'Homme heureux », *Poésie 46*, juin-juillet ; B. Miller, « Francis Ponge and the Creativ Method », *Horizon*, XVI (92), 1947. — Les deux feuillets extraits du dossier du *Savon*, datés du 17 juillet 1946, sont insérés à cet endroit dans *ms. FD* (voir, dans l'Atelier, p. 842).

18. Voir *Proêmes*, « Pages bis », VII, p. 216-218.

19. Ponge travaille à « La Guêpe » de 1939 à 1943 (*La Rage de l'expression*, p. 339-345) et à *L'Araignée* de 1942 à 1948 (p. 308-324).

20. L'italique indique qu'il faut prendre le mot dans son sens étymologique : « faire œuvre ». Dans cette opération, la contemplation (passive) et la nomination (active) ne sont pas deux moments successifs mais simultanés.

21. Dans *ms. FD*, « sans vergogne » est souligné ; la leçon se poursuit ainsi : « Jamais de référence à l'homme. Jamais de référence au *je*, ou au *tu*. La 3ᵉ personne. Que ce soit elle qui s'exprime. Et nous aurons chance ainsi de nous approprier quelques qualités nouvelles. »

22. Exemple assez souvent évoqué : voir *Proêmes*, « La Forme du monde », p. 170-171 ; et *L'Atelier contemporain*, « De la nature morte et de Chardin », p. 231.

23. Ponge reprend dans ces pages une argumentation familière aux lecteurs de « L'Introduction au "Galet" » (*Proêmes*, p. 201-205).

24. Leçon de *dactyl. 2 FD* : « Je pense aux plus grands, je pense à Baudelaire, à Apollinaire ou Michaux. »

25. Voir *La Rage de l'expression*, « Berges de la Loire », p. 337-338.

26. Dans ce passage sur la vérité, qui « n'est pas la conclusion d'un système », mais une rencontre jubilante entre les mots, les idées et les choses, il résume la leçon du *Savon* (et, en fait, annonce sa troisième partie). Le 6 août 1946, Ponge envoie à Jean Paulhan un poème sur ce thème (voir *Correspondance [...]*, t. II, lettre 363, p. 17-18).

27. On pourra juger par ces lignes le point où en est Ponge à l'égard du parti communiste et du marxisme en général. Sur la résistance de l'objet, voir *L'Atelier contemporain*, « L'objet, c'est la poétique », p. 221.

28. L'image de la bombe revient régulièrement sous la plume de Ponge pour désigner le caractère révolutionnaire du travail artistique ainsi que la fermeture et la densité des textes.

29. Formule essentielle de la poétique de Ponge qui remet en question l'idée d'une rhétorique « générale ».

30. Voir *La Rage de l'expression*, « Berges de la Loire », p. 337-338.

◆ LA PRATIQUE DE LA LITTÉRATURE. — *Ms.* : le dossier des *AF* contient 3 feuillets datés « Stuttgart, 12-VII-1956 » (notes préparatoires, à la fois esquisse de plan et mémento contenant quelques idées-noyaux à faire fructifier, sur lesquelles Ponge ne prendra appui que pour son exorde) et un dactylogramme de 13 feuillets (*dactyl. AF*), établi par Elisabeth Walther et Max Bense, corrigé à la main par Ponge qui note, en marge du feuillet 1 : « Texte établi d'après l'enregistrement mécanique de ma conférence, entièrement improvisée ». — *Préorig.* : *Mercure de France*, vol. CCCXXXIX, n° 3, p. 385-405.

Elisabeth Walther et Max Bense (voir *Nouveau nouveau recueil*, « Pour Max Bense », t. III, p. 124) enseignaient à la Technische Hochschule de Stuttgart et furent, par leurs travaux philosophiques et linguistiques, leurs traductions, l'organisation d'une exposition (« Visuelle Texte », Stuttgart, juillet 1958), à l'origine du rayonnement de Ponge en Allemagne, premier pays où il connaîtra une réelle diffusion, dès la Libération. C'est afin de donner une conférence aux étudiants d'un de leurs cours, « L'Esprit de la France contemporaine », qu'ils inviteront Ponge. Le 10 juin 1956, celui-ci indique quel sera le titre probable et le style de son intervention : « Ma causerie, très familière si vous le permettez, et comportant des lectures de mes textes pourra être intitulée "Pratique de la poésie", par exemple (quelque chose comme cela...) » (archives E. Walther). Il ajoute aussitôt, dans une parenthèse, qu'« il y sera aussi question de Malherbe ». Ce dernier n'apparaîtra qu'en filigrane dans cette conférence qui est un palimpseste : le lecteur y voit, comme par transparence, remonter à la surface maints fragments de textes anciens qui la hantent. « La Pratique de la littérature » est entièrement improvisée (au contraire de la « Tentative orale » rédigée avec soin) à partir de quelques points d'appui constitués de notes très générales jetées sur le papier le jour même de la prise de parole, liste de titres ou de formules qui serviront à Ponge d'aide-mémoire. Pourtant, loin de n'être que circonstancielle, cette conférence ne retient que les *raisons* que Ponge a longuement mûries. Dans l'improvisation ne resurgit, des écrits précédents qu'elle refond, que ce qui est, pour ainsi dire, inscrit définitivement dans son esprit. La parole ne fait que confirmer ce qui avait été solidifié dans l'écrit (voir « Entretien avec Francis Ponge », *Cahiers critiques de la littérature*, n° 2, déc. 1976, p. 18). Cette improvisation est la première à ne pas prendre son essor à partir d'un texte entièrement rédigé et à préserver le caractère oral d'une « parole à l'état naissant » : « Je pense que l'expression de la pensée en acte, au moment même où elle se produit, c'est-à-dire l'improvisation orale, est intéressante dans la mesure où elle provoque chez l'auditeur un intérêt justement pour cette activité proprement humaine qui consiste à s'exprimer, à chercher sa pensée et à la produire à l'état naissant — c'est-à-dire qui montre mieux encore peut-être que les différentes variantes d'ébauches ou de textes préparatoires à un texte présumé final ce que c'est que la production langagière qui est une activité proprement humaine » (« Une parole à l'état naissant », entretien avec M. Spada, *Le Magazine littéraire*, nº 260, décembre 1988). Aussi le lecteur de « La Pratique de la littérature » est-il sensible à la présence de Ponge (présence à son œuvre et présence à son public) et à la vertu d'événement de son intervention. L'acceptation du caractère précaire de la parole, que l'œuvre s'est d'abord employée à rédimer, n'est pas sans parenté avec le mouvement qui conduit Ponge, depuis *La Rage de l'expression*, à publier ses brouillons : c'est une même esthétique de la perfection qui se défait au profit de la vérité des actes et du caractère émouvant de leurs défauts. Le titre de la conférence, sous des dehors de modestie, est un manifeste chargé de rappeler que la littérature est une activité avant d'être une représentation. Quelques mois plus tôt (27 février 1955 ; *Pour un Malherbe*, p. 198), Ponge affirme : « [...] notre œuvre entière, nous pourrions (nous avons sérieusement songé à) l'intituler : *Pratiques* ». Outre que ce mot rappelle la philosophie matérialiste (celle de Marx) et la rupture que représente Lautréamont (« La poésie doit avoir pour but la vérité pratique » [*Poésies*, II, dans *Œuvres complètes*, éd. citée, p. 277]), il met l'accent moins sur la pensée que sur le faire, moins sur l'œuvre que sur la fabrique : la littérature est une activité dans laquelle l'auteur est aux prises avec une matière de la même façon que le peintre travaillant les couleurs. Ponge va s'efforcer de se montrer au travail, que ce soit à propos de « L'Abricot » (*Pièces*, p. 802-803) ou de la recherche impossible d'une certaine tonalité de rose (celle du Sahel) témoignant ainsi à quel point son exigence est grande en matière de « valeurs verbales ». Il fait pénétrer dans son atelier parce que c'est le moyen le plus efficace de transformer l'idée qu'ils se font de la poésie, mot qu'il proscrit d'ailleurs de son titre au profit de celui de littérature. La plupart des écrivains évoqués (Henri Michaux, Louis Aragon) lui servent de repoussoir : seuls les peintres (Georges Braque, Henri Matisse, Pablo Picasso) trouvent grâce à ses yeux. Ponge joue, en somme, les peintres contre les écrivains parce qu'ils lui permettent de mettre en suspens la signification au bénéfice du corps du langage. Divulgateur des prétendus « secrets » de la création (qu'il profane en les « révélant »), Ponge, en rappelant que la grande règle est d'être fidèle à son propre goût, s'emploie à inciter son public de jeunes gens à être. Car son discours ne vise pas seulement à donner des informations techniques sur sa pratique et à modifier la connaissance qu'ils peuvent avoir de la poésie. Ponge, on le sait, est un « suscitateur » (*Nouveau nouveau recueil*, « Je suis un suscitateur », t. I, p. 187) : son propos est de transformer son auditoire afin qu'il abandonne sa posture passive (et admirative) : plus qu'un discours, il est un acte, dont on appréciera ici la qualité pédagogique.

G. F.

1. Une *Hochschule* est une université ; une *Technische Hochschule* est l'équivalent d'une école d'ingénieurs.

2. Gottfried Benn, poète allemand (1886-1956), vient de mourir à Berlin quelques jours plus tôt, le 7 juillet. Ponge partage avec lui la sensibilité au chaos du monde (social et historique) et l'exigence de renouvellement des formes artistiques. Son œuvre majeure est *Statische Gedichte* (*Poèmes statiques*, 1948).

3. En réalité, « Le Cheval » (*Pièces*, p. 773-775) avait été publié dans les *Cahiers du Collège de pataphysique* (n° 8-9, 1952). Ponge y travaille de 1948 à 1952. Le rapprochement des mots « eugénie » et « cheval » suffit à faire apparaître Pégase, le merveilleux cheval ailé. Le mot « inspiration » ne convient pas à Ponge qui désigne par celui d'« eugénie » non pas une œuvre offerte par les dieux, mais un moment d'accélération dans le processus de son élaboration : l'audace l'emporte sur les scrupules.

4. L'expression « de stupéfaction pathétique » est un ajout manuscrit. Le cheval, « grand nerveux », « fougueuse hypersensible armoire », est « *l'impatience* faite naseaux » (*Pièces*, « Le Cheval », p. 773).

5. Le passage : « une sorte d'introduction […] à moi-même » est une correction manuscrite de Ponge sur *dactyl. AF*. L'auteur renforce ainsi la cohésion de ce début en réunissant dans l'emblème du cheval plusieurs motifs : la ville de Stuttgart, le texte de *Pièces*, et la question du tempo de l'écriture et de la parole.

6. Voir *Proêmes*, « Des raisons d'écrire », p. 195-197.

7. La réflexion sur le hasard, dans la lignée de Mallarmé et de Paul Valéry, est une constante de l'œuvre de Ponge.

8. Ponge se montre d'ordinaire assez réticent à l'égard d'André Gide, excepté pour les œuvres critiques comme *Prétextes* de 1903 et *Nouveaux Prétextes* de 1911 (voir *Pour un Malherbe*, p. 205-206 et p. 284-285), dans lesquels ce dernier s'interroge sur les rapports de l'œuvre et du public.

9. Voir *Entretiens avec Philippe Sollers*, p. 72, et aussi « La Table » (*Nouveau nouveau recueil*, t. III, p. 167-168).

10. Même rappel des circonstances de l'énonciation que dans la « Tentative orale » (p. 649).

11. Voir *Proêmes*, « Ad litem », p. 199-201.

12. Voir *ibid.*, « Raisons de vivre heureux », p. 197-199, et « Introduction au Galet », p. 201-205.

13. La Fontaine est l'une des références majeures de Ponge. Voir « Le Lion devenu vieux » et « Le Lion malade et le Renard », dans *Fables*, *Œuvres complètes*, Bibl. de la Pléiade, t. I, p. 128 et 229. Il n'existe pas de fable ayant pour titre « Le Lion et la Cigogne » ; en revanche La Fontaine a écrit une fable intitulée « Le Lion » (*ibid.*, p. 425-426). Voir B. Beugnot, *Poétique de Francis Ponge*, coll. « Écrivains », P.U.F., 1990 ; « Prégnance et déplacements d'une forme : Ponge fabuliste », *La Littérature et ses avatars* (Actes des cinquièmes journées rémoises), 1991.

14. Sur les trois dimensions du langage, voir « Proclamation et petit four », p. 641-643, et « Réponse à une enquête radiophonique sur la diction poétique », p. 644-648.

15. Voir *L'Atelier contemporain*, p. 309-311.

16. Le seul texte que Ponge ait écrit sur la musique (« La Société du génie », p. 635-641) glorifie Rameau, figure de son panthéon.

17. Voir *Proêmes*, « Les Écuries d'Augias », p. 191-192, et *Pratiques d'écriture ou l'Inachèvement perpétuel*, « Aragon, grand poète "décadent" », p. 116.

18. Sur cette étanchéité, voir *Pour un Malherbe*, p. 36 et 48.

19. Ponge fait allusion au tout début de *Plume* précédé de *Lointain intérieur*, « Entre centre et absence », « Magie » d'Henri Michaux (voir *Œuvres complètes*, Bibl. de la Pléiade, t. I, p. 559) : « J'étais autrefois bien nerveux. Me voici sur une nouvelle voie : / Je mets une pomme sur ma table. Puis je me mets dans cette pomme. Quelle tranquillité ! »

20. Ponge travaille sur « L'Abricot » de 1955 à 1957. Il nous livre un état qui n'est pas définitif (voir *Pièces*, p. 802-803).

21. Le comte Wladimir d'Ormesson (1888-1973), oncle de Jean d'Ormesson.

22. Un des soucis de *Pour un Malherbe* consiste à se démarquer des « néo-académistes, en particulier Aragon et ses sonnetistes » (p. 256), car la célébration de Malherbe pourrait laisser croire que Ponge préconise une restauration des formes anciennes.

23. Voir *Pour un Malherbe*, p. 253-254.

24. La notion de goût ne renvoie pas aux valeurs esthétiques partagées par une communauté, mais à la complexion physiologique d'un corps singulier, aux sensations qui, se sédimentant, imprègnent une mémoire que l'écriture porte au jour.

25. Troisième variation, dans *Méthodes*, sur cet exemple prototypique. Voir « Pochades en prose », p. 553-554 et 558, et « My creative method », p. 525.

26. Nous prenons Ponge, ici, en flagrant délit de création verbale.

27. Ce mot est créé par Ponge. — *Dactyl. AF* porte : « scientisme ».

28. Le passage : « sans, dire [...] du fruit » est un ajout manuscrit de Ponge sur *dactyl. AF*.

29. « La poésie doit être faite par tous. Non par un. Pauvre Hugo ! Pauvre Racine ! Pauvre Coppée ! Pauvre Corneille ! Pauvre Boileau ! Pauvre Scarron ! Tics, tics, et tics » (Lautréamont, *Poésies*, II, dans *Œuvres complètes*, éd. citée, p. 285). Les *Poésies I (II)* paraissent en 1870 sous le nom d'Isidore Ducasse.

30. Voir « My creative method », p. 515-537.

◆ ENTRETIEN AVEC BRETON ET REVERDY. Cet entretien, d'une durée de 25 minutes, sur la poésie, l'inspiration, et la mission du poète, fut diffusé le 19 octobre 1952 sur la chaîne nationale de la Radiodiffusion française. Il inaugurait une série de dix émissions organisées par André Parinaud sous le titre « Rencontres et témoignages ». — *Préorig.* : « Pierre Reverdy André Breton Francis Ponge : "Nous avons choisi la misère pour vivre dans la seule société qui nous convienne" », *Arts*, n° 382, semaine du 24 au 30 octobre 1952. L'entretien, publié sur trois pages, accompagné d'une photo qui réunit les trois poètes, paraît dans la rubrique intitulée « Documents ».

On commettrait une erreur de perspective en ne rappelant pas la date de cet entretien, car les trois poètes ainsi réunis par André Parinaud ne possèdent pas la même stature aux yeux du public d'alors. En 1952, l'œuvre de Pierre Reverdy est accomplie : Gallimard vient d'éditer *Plupart du temps* (1945) et le Mercure de France *Main d'œuvre* (1949). Qui ne le connaît, par ailleurs, comme initiateur de la théorie de l'image surréaliste ? André Breton, quant à lui, bénéficie de l'auréole de qui a fondé ce mouvement. La même année, Parinaud lui consacrera seize émissions. Le protocole de l'entretien respecte les préséances : Pierre Reverdy, l'aîné, parle le premier, puis c'est au tour d'André Breton ; Ponge ne prend la parole qu'en dernier lieu. Malgré une célébrité qui n'a fait que se confirmer depuis 1943, son œuvre, pour une assez importante part, est encore souterraine. Néanmois, sa présence en tête de cette série d'émissions témoigne d'un changement : il est maintenant un écrivain reconnu par ses pairs. Il faut compter avec son œuvre en sorte qu'il est davantage sollicité par la grande presse pour s'en expliquer, ce à quoi il se prête. Mais à sa manière, qui est sans complaisance, tant à l'égard de ses interlocuteurs qu'à l'égard du public : il ne cherche pas à séduire mais à convaincre. Qu'aura compris l'auditeur de 1952 ? Pouvait-il entendre, par exemple, l'injonction à reconvertir l'« industrie logique » ? Ce qu'il affirme avec fermeté n'est en effet intelligible qu'à l'intérieur d'un système de références patiemment élaboré depuis les années vingt, dont l'auditeur est bien loin d'avoir la clé (voir *Entretiens avec Philippe Sollers*, p. 28). Aujourd'hui, au contraire, on en perçoit tant les échos, qu'il semble que Ponge, à l'intérieur des contraintes de l'entretien, y a rassemblé, tout ce qu'il appelle ses *raisons*.

G. F.

1. Si « le monde muet est notre seule patrie » (voir p. 629-631), c'est parce que la contemplation et la nomination des choses les plus simples permettent de « resurgir dans l'empire de la parole » (*Pour un Malherbe*, p. 31).
2. Pierre-Jean de Béranger (1780-1857), chansonnier très populaire durant la Restauration. Ses œuvres lui valurent bien des démêlés avec le régime des Bourbons.
3. Voir « Le monde muet est notre seule patrie », p. 629.
4. Albert Camus vient de faire paraître *L'Homme révolté* (Gallimard, 1951).
5. L'expression « industrie logique » est à prendre au sens étymologique (en latin, *industria* signifie « activité » ; en grec, *logos* signifie « discours ») et désigne l'activité de l'écrivain en tant qu'elle s'exerce dans et sur la langue. Ponge la commente dans *Entretiens avec Philippe Sollers*, p. 28.
6. Voir *Pièces*, « La Parole étouffée sous les roses », p. 771.
7. Voir *Pour un Malherbe*, p. 75.
8. André Breton suggère en quelques mots le climat des poèmes de Pierre Reverdy.
9. Voir *La Rage de l'expression*, Appendice au « Carnet du Bois de pins », p. 404-411.

PIÈCES

NOTICE

Troisième et dernier tome du *Grand Recueil* après *Lyres* et *Méthodes*, *Pièces* rassemble soixante-trois écrits dont la datation s'échelonne de 1924 à 1957. La publication en recueil est donc l'occasion de rendre accessibles des textes de jeunesse inédits, ou le plus souvent peu diffusés, ainsi que ceux que leur tirage limité réservait aux seuls bibliophiles ; au reste, *Pièces* permet d'instaurer une constellation poétique au sein de laquelle certains textes gagnent en densité ou perdent « un peu de la superbe[1] » qu'ils montraient dans les préoriginales et les originales, tandis que d'autres échappent à Chronos le dévoreur. En effet, bien que la portée politique de textes comme « Le Platane » ou « La Métamorphose », rédigés pendant l'Occupation, s'atténue, c'est leur valeur au sein de l'œuvre qui se fait toutefois plus évidente.

La table des matières de *Lyres* et de *Méthodes* propose certains regroupements thématiques ou génériques ; à l'inverse, dans la table de *Pièces*, les titres font l'objet d'une énumération continue et ce sont plutôt les « artifices de la mise en pages » qui permettent d'identifier quelques « sentiers ou ronds-points[2] ». Certaines pièces sont ainsi données à la suite,

1. Note inédite de novembre 1953 (archives familiales).
2. [Avant-propos] du *Grand Recueil*, p. 445.

tandis que la nature et la fonction singulières de quelques autres sont signalées par un saut de page ou, comme c'est le cas pour « La Crevette » et « Le Soleil », par la présence d'une page de titre[1]. Si l'ordre chronologique a globalement été respecté, la structure du recueil met toutefois en évidence des points de rupture, des retours en arrière ou, quand la rédaction couvre plusieurs années, de larges plages temporelles. Les entorses à la chronologie tiennent parfois à des incertitudes ou, au contraire, reposent sur une ferme intention de mettre en relief certains textes au sein du recueil et de l'œuvre[2]. *Pièces* présente en effet quelques « perspectives imprévues[3] », qui assurent à l'ensemble une grande mobilité et une étonnante souplesse ; sans principe unique de classement — les critères d'ordre chronologique, générique ou thématique se chevauchant —, le recueil témoigne de diverses pratiques et emprunte un itinéraire non linéaire, marqué par une évidente volonté d'allier le « mélange et la discontinuité[4] ». Le recueil s'ouvre ainsi sur « L'Insignifiant », « Le Chien » et « La Robe des choses », dont la fonction de préface situe l'ensemble dans la lignée de Mallarmé tout en le distinguant du lyrisme traditionnel par des échos explicites à *La Rage de l'expression* et au *Parti pris des choses* ; il se referme sur « La Chèvre », long poème allégorique dédicacé « À Odette[5] » qui possède également une valeur d'art poétique. Textes clos et ouverts, sapates, eugénies, exercices, textes de l'objeu..., autant de genres, de manières ou de modèles formels qui, en dehors de toute ambition anthologique, constituent les jalons de cet « art de vivre[6] » et d'écrire qui inscrit l'ensemble dans un mouvement sans cesse ponctué de métamorphoses et de variations. C'est en effet par sa « rhéditoire perfection[7] » que *Pièces*, tout comme *Le Grand Recueil*, échappe à toute prétention de systématisation. Le recueil possède un « pouvoir dans le temps, disséminé dans l'espace[8] », celui de proposer une sorte de bilan esthétique dont *Le Parti pris* et *La Rage* constituent les deux principaux pôles ou plutôt les foyers autour desquels gravitent les textes qui s'en inspirent ou qui tentent de les dépasser[9].

En dehors des comptes rendus publiés en 1961-1962 à l'occasion de la sortie du *Grand Recueil*, de rares lectures ponctuelles, des monographies qui proposent des analyses souvent rapides, *Pièces* n'a encore fait l'objet que de trois études plutôt inégales ; si l'ouvrage de Jean-Marie Gleize propose une réflexion solide et fort bien documentée de quelques-uns des aspects majeurs du recueil (titrologie, prosodie, genres, etc.), en revanche

---

1. Lorsque, dans *Pièces*, les textes ont un faux titre, nous allons à la page (ainsi que pour le premier texte qui les suivent) ; lorsque les textes vont à la page, nous faisons précéder leur titre d'une étoile noire.
2. Les dates signalées dans la table des matières de *Pièces* ne sont pas systématiques, puisqu'elles renvoient tantôt à la genèse des textes, mais sans toujours être exactes, tantôt à la préoriginale, etc. Chaque fois que cela a été possible, la chronologie de rédaction a été établie. Sur la genèse de *Pièces*, voir la Notice générale du *Grand Recueil*, p. 1050-1055.
3. [Avant-propos] du *Grand Recueil*, p. 445.
4. J. Thibaudeau, *Francis Ponge*, Gallimard, 1967, p. 101.
5. Il s'agit d'Odette Ponge.
6. Francis Ponge, Jean Tortel, *Correspondance (1944-1981)*, éditée par Bernard Beugnot et Bernard Veck, coll. « Versus », Stock, 1998, lettre à Jean Tortel du 29 décembre 1952, p. 110.
7. *Le Soleil placé en abîme*, p. 776-794.
8. *Nouveau recueil*, « L'Asparagus », coll. « Blanche », Gallimard, 1967, p. 135.
9. À ce propos, voir J. Martel, « *Le Grand Recueil* ou l'Invention du Livre », *Œuvres et critiques*, vol. XXXIV, n° 2, 1998.

Yves Stalloni et les signataires d'un collectif échappent difficilement aux généralisations et aux lectures approximatives[1].

JACINTHE MARTEL.

NOTE SUR LE TEXTE

En règle générale, les manuscrits sont conservés dans les archives familiales ; pour plusieurs textes, les documents génétiques sont fort riches et permettent d'éclairer les circonstances entourant leur rédaction et leur véritable incidence sur l'œuvre[2] ; parfois cependant, l'absence totale ou quasi totale de manuscrits n'a pas permis que soit présentée en détail la genèse, et l'annotation est alors moins élaborée.

Les archives comprennent en outre des épreuves paginées de *Pièces* où sont consignées des indications typographiques (corps des caractères ou valeur des interlignes, emploi de l'italique, etc.), des notes relatives à la composition du recueil (disposition des textes, sauts de page) ainsi que des corrections sémantiques, mais dont la plupart n'ont pas été retenues.

Le recueil comprend dix-huit inédits, vingt-deux textes parus dans diverses revues, dix-huit issus de recueils antérieurs (*Liasse*, *Cinq sapates*[3]), d'une suite textuelle (« L'Inspiration à rênes courtes »[4]) ou encore de collectifs et catalogues d'exposition (« L'Atelier », « Première ébauche d'une main », « L'Assiette[5] ») et six publiés d'abord en éditions de luxe illustrées (« La Crevette dans tous ses états », « La Fenêtre », « Ode inachevée à la boue », « Le Lézard », « L'Araignée », « Le Soleil placé en abîme[6] »).

Les préoriginales, les originales ainsi que les publications partielles postérieures à *Pièces* sont décrites dans les notules de chacun des textes concernés ; la suite intitulée « À la rêveuse matière », qui reprend quatre textes[7] de *Pièces*, a fait l'objet d'une Note sur le texte[8]. Le recueil a

---

1. Voir J.-M. Gleize, *Lectures de « Pièces » de Francis Ponge. Les mots et les choses*, coll. « Dia », Belin, 1988 ; Y. Stalloni, « Peu sage dépeçage : lecture de *Pièces* », *L'École des lettres II*, n° 8, 1988-1989, p. 47-61 ; collectif, *Analyses et réflexions sur Ponge, « Pièces ». Les mots et les choses*, Paris, Ellipses, 1988.
2. Pour la constitution du recueil, Ponge s'est souvent servi des préoriginales sur lesquelles il ne biffe que sa signature ; ces documents n'ont donc pas été signalés dans le relevé des manuscrits.
3. À l'exception de « La Lessiveuse », de « L'Eau des larmes » et de « La Métamorphose » qui se succèdent, les dix autres textes repris de *Liasse* (voir la Notice de ce recueil, p. 924) ont été disséminés dans *Pièces* ; les cinq sapates (voir la Notice de *Cinq sapates*, p. 1003) sont regroupés, mais sans indication de leur appartenance au recueil de 1950, et sans mention de l'inversion des deux premiers.
4. Cette suite comprend : « Marine » (*Lyres*, p. 456), « Le Nuage » (*ibid.*, p. 452), « Bois des tabacs » (*ibid.*, p. 457) et « Au printemps » (*ibid.*, p. 458), « Le Pigeon » (*Pièces*, p. 696-697) et « Éclaircie en hiver » (*ibid.*, p. 720-721).
5. Voir leur notule, p. 1168, 1170 et 1173-1174.
6. Seul le texte de « L'Araignée » a été donné ici, car il figure à la date de l'édition originale (1950) ; d'autre part, « L'Atelier » n'a fait l'objet que d'une présentation et d'une annotation minimales, puisqu'il sera repris en tête de *L'Atelier contemporain* (coll. « Blanche », Gallimard, 1977). Voir les notules de ces textes, p. 1136-1137, 1139-1140, 1151, 1161-1162, 1169 et 1178-1180.
7. Il s'agit des « Ombelles », du « Paysage », de « La Robe des choses » et de « La Terre ».
8. Voir p. 1194-1195.

NOTES

◆ L'INSIGNIFIANT. — Avant d'être intégré à *Liasse*, Lyon, Les Écrivains réunis, 1948 (voir la Notice de ce recueil, p. 924), ce texte a paru en mars 1925 en tête de la section « Contes, poèmes, essais » du *Disque vert*, 3ᵉ année, 4ᵉ série, n° 2, p. 1 ; sous le titre « Trois petits écrits » figurent également « Une réplique d'Hamlet » (*Douze petits écrits, Excusez cette apparence de défaut...*, p. 3) et « Sur un sujet d'ennui » (*ibid.*, « Trois apologues », p. 11) dont le texte est également placé entre guillemets. La revue du *Disque vert*, publiée conjointement à Paris et à Bruxelles, a été fondée en 1921 par Franz Hellens avec qui Ponge entretiendra une correspondance de 1923 à 1963 ; codirigée par Henri Michaux, elle constitue, selon Ponge lui-même, la « meilleure jeune revue de l'époque » (*Lyres*, « Cher Hellens », p. 473-474). Chaque numéro comprend une partie thématique et s'ouvre à « toute prose, toute poésie où l'auteur extériorise "son moi", de façon indépendante » (présentation du premier numéro de la 3ᵉ année, 4ᵉ série).

1. À l'azur mallarméen et à la plainte lyrique qu'évoque le terme de soupir répondent une prise de parole et une poésie d'exercices qui prône le parti pris des choses et exclut la seule formulation de théories abstraites : « les idées ne sont pas mon fort », affirmera Ponge (*Méthodes*, « My creative method », p. 515). Le mallarméisme de ce texte lui conférerait une place plus naturelle dans les *Douze petits écrits*, mais il permet de qualifier tout le recueil en termes d'exercices poétiques.

2. La notion de « toilette intellectuelle » fera directement écho à ce texte de 1924 : « La pureté ne s'obtient pas par le silence, mais par n'importe quel exercice de la parole (dans certaines conditions, un certain petit objet dérisoire tenu en mains) » (*Le Savon*, coll. « Blanche », Gallimard, 1967, p. 29).

◆ LE CHIEN. — *Ms.* : les *AF* possèdent deux manuscrits (*ms. AF*) dont l'un est daté « Mai 1924 » ; le dossier de *Douze petits écrits* des *APa* comporte aussi un manuscrit non daté (voir la Note sur le texte de ce recueil, p. 882). Le manuscrit des *APa* (*ms. APa*) révèle que « Le Chien » aurait constitué le dernier des « Quatre exercices » qui devaient clore le recueil. À la suggestion de Jean Paulhan qui, le 9 juin 1939, lui adresse une liste de textes qui lui semblent être « d'un ton trop *autre* pour ne pas agacer inutilement ton lecteur » (J. Paulhan, F. Ponge, *Correspondance [1923-1968]*, coll. « Blanche », Gallimard, 1986, t. I, lettre 229, p. 231), Ponge renonce à l'inclure dans *Le Parti pris des choses*. — *Préorig.* : « Le Chien » paraîtra au cours du quatrième trimestre de 1946 dans un numéro des *Cahiers d'art* (1945-1946, p. 377 ; composé en italique). À l'exception du poème de Ponge, cette section de la revue est entièrement consacrée aux œuvres de Fernand Léger ; en l'absence de correspondance et d'épreuves, les raisons justifiant cet emplacement demeurent obscures. Fondée en 1926 par Christian Zervos, la revue parisienne *Cahiers d'art. Bulletin mensuel d'actualité artistique* est consacrée à l'art du xxᵉ siècle et notamment au cubisme ; elle cessera de paraître en 1960. Chaque parution contient des textes d'écrivains et des œuvres de peintres, dont plusieurs comptent parmi les amis ou les illustrateurs de Ponge : Jean Paulhan, Pierre Emmanuel, Jacques Prévert, Pablo Picasso, Georges Braque, Jean Dubuffet, Jacques Hérold, etc. Entre 1944 et 1955, la revue publiera cinq textes de Ponge, dont « Une demi-journée à la campagne » (p. 724) et trois écrits consacrés à Pierre Charbonnier, Jean Hélion et Alberto Giacometti (*L'Atelier contemporain*, p. 80-84, 88-92, 93-98).

1. Sur les deux états de *ms. AF*, une variante significative : une note de bas de page qui sera éliminée, « var : pisser ». Ponge aura-t-il finalement vu là un mauvais jeu de mots ?

◆ LA ROBE DES CHOSES. — *Ms.* : les *AF* conservent un dactylogramme corrigé ne présentant aucune variante significative (trois mots soulignés : « sensationnels », « forme », « firmament ») et un état calligraphié, copie autographe parue en 1963 sous forme de fac-similé dans *À la rêveuse matière* (voir la Note sur le texte, p. 1194).

Ce texte de 1926 est contemporain de la plupart des écrits réunis dans *Le Parti pris des choses*, recueil auquel il fait directement écho puisqu'il en reformule le projet selon une « suite ordonnée de prescriptions » adressées au lecteur (J.-M. Gleize, *Lectures de « Pièces » de Francis Ponge. Les mots et les choses*, p. 30).

1. Le programme poétique exposé ici est également esquissé, sur le mode lyrique, dans un texte intitulé « Mers. Un moment de repos » (inédit non daté des *AF*) : « Reposez-vous, ô mers, plis et robes des choses / Chers objets reformés rappelez-moi des noms [...]. »

2. Sur les plans sémantique et thématique, ce paragraphe et le suivant entretiennent des liens étroits avec « Le Processus des aurores » de 1928-1931 : « Au même instant, toujours à ce point, fuse l'inextricable lacis des explications par le soleil » (*Nouveau nouveau recueil*, coll. « Blanche », Gallimard, 1992, t. I, p. 17). La métaphore théâtrale qui sert de clausule y est aussi présente ; elle sera reprise et développée dans « Le Soleil placé en abîme », p. 776-794.

◆ LE PIGEON. — *Ms.* : le premier des deux états manuscrits des *AF* confirme la date de 1925 pour ce texte écrit à Paris, vraisemblablement au jardin du Luxembourg. — *Préorig.* : inséré en novembre 1947 dans la liste des textes destinés aux *Sapates* (voir la Notice de *Cinq sapates*, p. 1003, et « Dans l'atelier du *Grand Recueil* », « [Note dactylographiée du 11 novembre 1947] », p. 811-813), ce texte entre finalement avec de menues variantes dans la suite textuelle « L'Inspiration à rênes courtes » (*Cahiers du Sud*, n° 311, 1er semestre 1952, p. 47). Le 5 avril 1952, les six textes sont envoyés à Jean Ballard, membre du comité de rédaction de la revue, dont Ponge fait la connaissance par l'activité résistante et avec qui il correspond de 1945 à 1980 : « Qu'on leur donne les meilleures place et présentation possibles, cela me rendrait service. (Les gens sont cons, si bien que cela a de l'importance) » (archives des *Cahiers du Sud*, Marseille). Sur les épreuves corrigées retournées le 12 mai à Jean Lartigue, secrétaire de rédaction de la revue, Ponge donne des précisions typographiques : « (Buster 10 italique / 21) : je trouve que ce caractère convient très bien aux textes patiemment écrits et qui demandent à être lus lentement, attentivement. Quant à moi, *c'est le seul qui me convienne* (du moins pour ce genre de proses) » (fonds *Cahiers du Sud*, Marseille). Seul le corps, et non le caractère, distingue les textes de Ponge des autres publiés dans le numéro ; chacun est publié en belle page. Voir B. Beugnot, « Questions rhétoriques : Ponge et les *Cahiers du Sud* », *Revue des sciences humaines*, n° 228, 1992.

1. La coquille manifeste de *préorig.*, « descends de côté », qui élimine l'alexandrin, est tôt signalée à Jean Tortel (F. Ponge, J. Tortel, *Correspondance [...]*, lettre du 30 juillet 1952, p. 107). Les variantes manuscrites montrent que le souci de la disposition et du rythme domine le travail de réécriture.

◆ LE FUSIL D'HERBE. — *Ms.* : les *AF* conservent un dactylogramme, qui n'apporte aucune information chronologique ou génétique.

1. L'expression métaphorique « fusil d'herbe » peut avoir conduit à cette création verbale qui renvoie à l'étymologie de « fourreau » ; la définition du terme « juste » ajoute au reste un éclairage significatif : « qui porte droit au but, en parlant d'une arme de jet ».

2. « Passant entre les rangs des spectateurs, êtres et choses, ils [les valets du jour] leur enlèvent leurs manteaux sombres, ôtent les housses, font une à une toutes les pièces de la nature » (« Notes d'un poème ["Le Processus des aurores"] », dossier du « Soleil placé en abîme », *BJ-D*, *ms.* 3250, f. 20.4).

3. L'humour pongien repose souvent sur ce type de jeux de mots qui consistent à allier les différentes acceptions d'un terme. L'emploi des points de suspension suggère en effet que « bourdon » ne renvoie pas qu'à l'insecte, mais également au vocabulaire de la typographie où il désigne l'omission d'un ou plusieurs mots au moment de la composition d'un texte.

◆ PARTICULARITÉ DES FRAISES. — *Ms.* : de ce texte de 1927, les *AF* conservent deux documents non datés (un manuscrit très corrigé, dont les ratures et biffures sont toutes illisibles, et une mise au net dactylographiée).

◆ L'ADOLESCENTE. — *Ms.* : les *AF* possèdent deux états. Le premier est daté après coup (« 1928 ? ») ; le second est une mise au net dactylographiée non datée.

Évoquant « Rhum des fougères », « L'Avenir des paroles », « La Dérive du sage » et « L'Adolescente », Marcel Spada constate que 1925 constitue une « année érotique » au sein de la production pongienne (voir M. Spada, *Francis Ponge*, « Poètes d'aujourd'hui », Seghers, 1974). Dans « Le Soleil placé en abîme » (p. 776-794) et *Pour un Malherbe* (coll. « Blanche », Gallimard, 1965) notamment, le thème de l'Éros qui fait écrire » (*Entretiens avec Philippe Sollers*, Gallimard - Le Seuil, 1970, p. 73) connaît des développements déterminants pour la poétique pongienne. Voir notamment A. Lazaridès, « L'Éros qui fait écrire », *Études françaises*, vol. XVII, n° 1-2, avril 1981.

1. Calqué sur « rugosité », ce néologisme accentue la thématique érotique du poème.

◆ LA CREVETTE DANS TOUS SES ÉTATS. — *Ms.* : le dossier des *AF* (91 feuillets) comprend le double d'un manuscrit (sans corrections) remis à Évrard de Rouvre le 1er juin 1946 en vue de l'édition de luxe devant paraître avant janvier 1948, un lot de brouillons et d'états (dont deux datés des 28 octobre 1933 et 7 juillet 1934), deux plans, le manuscrit dactylographié (avec corrections manuscrites) portant des indications de mise en page et de composition typographique, les épreuves de *préorig.* et deux feuillets d'épreuves d'*orig.* *APa* possèdent deux états manuscrits. Intitulé « La Crevette » et mis en chantier au début de 1933 (voir J. Paulhan, F. Ponge, *Correspondance [...]*, t. I, lettre 148, p. 154-155), le premier est un état corrigé de « La Crevette seconde » ; le contenu du second, « Crevette (autre) », sera dispersé, avec variantes, dans la première séquence. En mars ou avril 1935, Ponge déclare devoir « recommencer la crevette » ; inquiet du silence de Jean Paulhan et détestant la première, il lui expédie « une autre façon de la crevette (mais j'en pourrai changer le titre si l'on voulait) ». Songeait-il alors à l'inclure au *Parti pris des choses* (voir J. Paulhan, F. Ponge, *Correspondance* [...], t. I, lettre 187, p. 189) ? La datation de *Pièces* (1926-1934) suggère des états disparus ou détruits. — *Préorig.* : « La Crevette première » et « La Crevette seconde » (sans le dernier paragraphe), sous le titre « La Crevette », dans la revue résistante *Messages. Cahiers de la poésie française*, n° 2, 1942, p. 25-27 ; cahier intitulé « Dramatique de l'espoir » qui comprend « 14 juillet » (p. 718-720), « Plages » et « Bords de mer » (*Le Parti pris des choses*, p. 29-30), et « La Crevette » (p. 699-712). Le triptyque de Ponge (p. 23-27) voisine avec des textes de Paul Claudel, Jean Tardieu, Paul Éluard, Michel Carrouges, Raymond Queneau, Loys Masson et Jean Audard. Cette revue résistante, dirigée par Jean Lescure, fera paraître treize numéros entre 1939 et 1946 ; elle a, pour des raisons liées à la censure, plusieurs fois changé d'éditeur et de lieu de publication (Paris, Bruxelles, Genève), d'où l'imprécision et les erreurs dans les recensions des différents commentateurs et bibliographes. Sur la collaboration de Ponge aux principales revues résistantes et sur son engagement politique, voir J.-M. Gleize, *Francis Ponge*, coll. « Les contemporains », Le Seuil, 1988, et *Nouveau nouveau recueil*, « Souvenirs interrompus », t. I, p. 49-134. « La Crevette seconde » a paru, avec variantes, dans *Le Parti pris des choses*, p. 46-48 ; « Lieu de la salicoque », dans *L'Arche*, vol. III, n° 21, novembre 1946, p. 10-13 (variantes typographiques et de disposition). Cette revue a été fondée en 1944 par André Gide ; comité de direction : Maurice Blanchot, Albert Camus, Jacques Lassaigne. — *Orig.* : *La Crevette dans tous ses états*, burins de Gérard Vulliamy, Vrille, 1948 ; 10 exemplaires sur vélin d'Arches avec deux suites et un cuivre, 20 exemplaires sur vélin d'Arches avec une suite, et 300 exemplaires sur vélin du Marais (B.N.F. : mz 313). Voir, dans l'Atelier, « [Burin de Gérard Vulliamy] », p. 845.

Si son titre et sa structure apparentent ce texte au genre de *La Rage de l'expression*, le travail de tri, de compilation et de condensation effectué dans la masse des documents accumulés, suggéré notamment par le terme « sommée », contribue à l'en distinguer en transformant « sa conquête en enquête » ; dans « Notes prises pour un oiseau » (*La Rage de l'expression*, p. 346-355), Ponge évoque précisément les erreurs de ce texte hybride qui, à l'image de son objet, repose sur une « confusion » des genres : « Il vaudrait mieux alors en rester à ces notes, qui me dégoûtent moins qu'un *opus* raté. » Selon une fusion des formes et dans un apparent chaos verbal se dessine cependant une « opération en acte » (*Entretiens avec Philippe Sollers*, p. 99) et une prise de parole où se multiplient redites et reprises ; au fil des séquences s'opère cependant, selon le modèle « Thème et variations sur la crevette » explicitement nommé dans le dossier, une mise en ordre des matériaux, mais sans nier la fluidité, l'instabilité et le mouvement de l'écriture. Parmi les études critiques, voir : M. Jacquemier, « Comment décortiquer la crevette », *L'École des lettres*, n° 8, 1er février 1989, p. 63-80 ; J.-L. Lemichez, « Origines inscrites », *Revue des sciences humaines*, n° 151, juillet-septembre 1973, p. 411-433.

1. Associé à l'encre, cet adjectif substantivé inscrit le texte sous le signe d'une réflexion sur l'activité d'écriture.
2. L'étymologie du terme de caprice (*capra*, « saut de chèvre ») évoque la chèvre et signale les liens que ce texte entretient avec « La Chèvre » (p. 806-809), notamment dans la mise en place de la figure de l'allégorie.
3. À l'inverse de saint Paul, qui se convertit à la suite d'une vision du

Christ survenue sur le chemin de Damas (Actes de apôtres, IX), la crevette demeure dans la confusion. En langage militaire, « crevette » désigne une « grenade à feu » (Littré) ; cette définition a pu susciter la métaphore guerrière développée dans le texte.

4. « Rompre les chiens », au sens figuré : « rompre brusquement une conversation embarrassante » (Littré). L'expression traduit la difficulté de l'expression poétique qui, face à cet objet fuyant, multiplie les métaphores et les approximations.

5. « Voyez par exemple homards ou crevettes. N'est-il pas merveilleux d'admirer leurs cuirasses et leurs appareils d'estime et de détection, de combat et d'appréhension ? » (*Lyres*, « Texte sur l'électricité », p. 507).

6. Transcription fidèle du deuxième plan du dossier des *AF*.

7. Ponge songe-t-il ici à la chanson populaire française « La Vie en rose » ?

8. La figure du poète comme forçat se traduit par les termes de damnation et de bagne, associés aux « travaux forcés de l'azur » dans « Le Soleil placé en abîme » (p. 778).

9. « Lorsque j'admets un mot à la sortie [...], je dois le traiter non comme un élément quelconque [...], mais comme un pion ou une figure, une personne à trois dimensions, etc. » (*Méthodes*, « My creative method », p. 531).

10. L'apparition de ce terme est à rapprocher de l'évocation de la langouste, apparue dans la séquence précédente ; dans les textes anciens, langouste signifie « sauterelle » (Littré). D'abord suggérée par le biais de la notion de diaphanéité, reprise notamment dans « Le Verre d'eau » (*Méthodes*, p. 610), l'allégorie se manifeste explicitement ici : façon « exagérée » de mettre l'accent sur la signification profonde (seconde) du texte ?

11. « Ainsi en est-il de tous ceux qui s'expriment d'une façon entièrement subjective sans repentir, et par traces seulement, sans souci de construire leur expression comme une demeure solide [...] » (*Le Parti pris des choses*, « Escargots », p. 27).

12. La leçon du « Volet » (p. 759), donnée dans la scholie, insistera aussi sur cette « époque bien misérable (en fait de rhétorique) ».

13. Ponge commente ainsi la notion d'indifférence présente également dans « L'Œillet » (*La Rage de l'expression*, p. 365) : « Il s'agit de l'indifférence entre la chose et les mots, entre les expressions et la chose elle-même. Il ne s'agit pas de l'indifférence sentimentale » (*Entretiens avec Philippe Sollers*, p. 127).

14. La prise de parole, la nécessité de « relever le défi des choses au langage » (*La Rage de l'expression*, « L'Œillet », p. 356) constituent l'une des plus impérieuses « raisons d'écrire » (*Proêmes*, « Des raisons d'écrire », p. 195-197).

◆ LA MAISON PAYSANNE. — *Ms.* : dans les *AF*, un manuscrit intitulé « La Maison de Chomor » (3 feuillets) et un dactylogramme (1 feuillet). La rédaction peut dater de juillet-août 1928 (voir J. Paulhan, F. Ponge, *Correspondance [...]*, t. I, lettres 101 et 103, p. 98-99 et 100-101), période au cours de laquelle Ponge effectue un séjour à La-Fayolle-du-Lac (par Le Chambon-sur-Lignon, Haute-Loire) chez Mme Fabre ; la table des matières indique cependant 1927. En l'absence de documents génétiques datés, il est impossible de trancher.

1. Dans les toiles de Rembrandt, l'un des « maîtres du temps jadis » (*L'Atelier contemporain*, « Braque-dessins », p. 103), l'ombre et la pénombre sont rendues par l'emploi de diverses tonalités de brun.

2. Le lieu commun de la musique des sphères revient souvent, notamment dans un fragment de *Pour un Malherbe* daté du 31 décembre 1954

(p. 149), dans « Les Hirondelles » (p. 798) et dans le dossier des *AF* de « La Fenêtre » (voir sa notule, p. 1139). Selon les pythagoriciens, le mouvement des corps célestes produit des sons harmonieux : « Elle [l'étoile] brille toujours au zénith ! Incorporée à l'harmonie des sphères, à la musique de Pythagore » (*Méthodes*, « La Société du génie », p. 637).

3. Plusieurs textes des années vingt, dont certains ont été réunis dans le chapitre du « Soleil placé en abîme » intitulé « La Nuit baroque » (p. 791-793), évoquent la « sauvagerie des étoiles » ainsi que le « tollé nocturne » et s'inscrivent ainsi contre le sentiment pascalien d'écrasement devant l'infini de grandeur. La pensée de Pascal citée en partie dans la « Première méditation nocturne » (*Nouveau nouveau recueil*, t. II, p. 12), « Le silence éternel de ces espaces infinis m'effraie » (n° 392, Lafuma, 1952), est suivie d'un sévère commentaire : « Le bavardage des (mêmes) m'écœure. » Les allusions et renvois à Pascal, dont Georges Mounin fait « la clé de l'œuvre » (« L'Anti-Pascal ou la Poésie et les vacances », *Critique*, n° 37, juin 1949), sont multiples.

◆ LA FENÊTRE. — *Ms.* : les *AF* possèdent un dossier de 76 feuillets manuscrits ou dactylographiés (datant d'avant janvier 1953, du 8 au 15 janvier 1953, du 16 au 21 avril 1953), qui représentent divers états dont les tentatives de calligramme, le manuscrit remis à Pierre Charbonnier le 18 mai 1954, 13 feuillets d'épreuves corrigées, des documents relatifs à la vente d'*orig.* (août-décembre 1955), la liste des pièces vendues ou données. Les cinq premiers feuillets, dont le destinataire n'est pas identifié (peut-être Pierre Charbonnier), proposent le récit chronologique de la rédaction depuis janvier 1929 jusqu'à janvier 1953, avec des commentaires sur la signification et la portée poétique de l'entreprise scripturale. La *BJ-D* conserve tous les documents graphiques de l'ouvrage, dont « le manuscrit original dans tous les états conservés de sa rédaction » (25 feuillets, janvier-mai 1929, 11 et 12 janvier 1953, 27 et 28 avril 1953, 6 juin 1954). On trouve dans les *APa* un dactylogramme corrigé de janvier 1930, intitulé « Notes pour la fenêtre (prestigieuse) » (dont un double au carbone est conservé à la *BJ-D*), d'abord destiné à une publication prévue en février 1930 dans la *N.R.F.* (voir J. Paulhan, F. Ponge, *Correspondance [...]*, t. I, lettre 114, p. 111-112), mais qui sera refusé (voir *ibid.*, lettre 525, p. 170) ; Jean Paulhan fera toutefois l'éloge de l'édition (voir *ibid.*). Selon une liste établie par Ponge et jointe au dossier des *AF*, des documents manquent : le travail antérieur à janvier 1929, un cahier manuscrit (44 pages) donné à Pierre Charbonnier, le dernier jeu d'épreuves et 13 feuillets manuscrits vendus à Jean Aubier. — *Préorig.* : *Le Point. Poésie d'aujourd'hui*, vol. XLVIII, Toulouse, juin 1954, p. 15. Cette revue, publiée à Toulouse, a été fondée en 1936 ; directeurs : Pierre Betz et Pierre Braun. Il s'agit du fac-similé d'un état manuscrit de la section « Poème » (variantes de ponctuation). Le texte est daté de 1929, avec une note de Ponge du 24 octobre 1954 signalant l'édition à paraître : « Ce texte inédit date de 1929. Il fait partie d'une série d'études ou de préparatifs pour une Fenêtre, dont je n'ai jamais rien montré ». — *Orig.* : *La Fenêtre*, avec deux pointes sèches de Pierre Charbonnier, Paris, John Devoluy, 1955, s. p. (B.N.F. : Res g Ye 337, exemplaire HC. XIII). Achevé d'imprimer par Théo Schund et G. Leblanc, le 10 juillet 1955 ; tirage : 98 exemplaires. Variantes de ponctuation et de disposition (blancs plus nombreux). Une œuvre présentée à l'occasion d'une exposition de Pierre Charbonnier, qui s'est tenue à la Galerie Diderot (Paris, 25 mai - 13 juin 1954), s'intitulait « La Fenêtre à Francis ».

Le récit génétique qui ouvre le dossier des *AF* révèle que « La Fenêtre » résulte du collage de trois états de textes correspondant à trois phases génétiques distinctes (janvier 1929, mai 1929, janvier 1953). Par le biais du passage de la prose à une forme poétique, les notes anciennes (*AF*), cette « espèce de fenêtre impressionniste faite d'éléments sauvés d'un gros travail et collés l'un contre l'autre, par petites touches » (*AF*, f. 2), sont disséminées dans « Variations avant thème » ; la partie centrale entièrement composée en alexandrins (« Poème ») correspond au deuxième état de texte, cette « espèce de poème, c'est-à-dire une chose qui tourne, qui fonctionne [...] quasi en forme, mais avec des choses impossibles » commenté vers par vers dans le dossier (*AF*, f. 3 ; voir, dans l'Atelier, « [Extraits du manuscrit] », p. 846-847) avec pour seule variante l'élimination de la ponctuation ; la « Paraphrase » qui imprime à « La Fenêtre » sa dimension allégorique et en précise l'art poétique est la reprise, avec quelques variantes sémantiques, du troisième état. À ce propos, voir une lettre à Jean Tortel du 18 octobre 1953 (F. Ponge, J. Tortel, *Correspondance [...]*, p. 115).

1. À propos de ce poème, Ponge note : « Il ne s'agit pas seulement d'être sensible à une chose, ou à l'intensité, ou la damnation de la couleur, ou à la damnation de la forme, ou à l'intérêt, il faut à mon sens être sensible à ce côté bouclé, au fonctionnement des choses » (f. 2 du dossier des *AF*). La notion de fonctionnement sera déterminante pour « Le Soleil placé en abîme » (voir p. 778 et n. 6).

2. Ce terme renforce l'intertexte mallarméen présent de façon plutôt diffuse dans le texte ; la féminisation de la fenêtre et le thème érotique sont également présents chez Mallarmé (voir *Poésies*, « Les Fenêtres », dans *Œuvres complètes*, Bibl. de la Pléiade, t. I, p. 9-10).

3. « Assurant mieux dès lors la fragilité brillante d'un texte, moins destiné à nommer son objet qu'à remplacer par des mots irrécusables à la fois son aspect sensible et son idée, pour l'hôte, au demeurant, n'étant de meilleur système de s'en remettre au jour pour en être éclairé. Le manque seul d'un nom (le mot fenêtre n'est pas dans le texte) fasse plus explicite l'atténuation au possible des murs et nonobstant leurs corps vous rendent translucides les préposés aux cieux avec leur tablier » (dossier des *AF*, f. 4-5, janvier 1953). Les variantes, notamment l'élimination de cette sorte d'adresse au lecteur, renforcent l'allégorie.

4. Dans *orig.*, cette strophe et la dernière sont en italique. Aucune des tentatives de calligramme conservées dans les *AF* n'est datée, mais la rédaction est sans doute d'avril 1953 (voir, dans l'Atelier, « [Folio dactylographié] », p. 848). La filiation avec Guillaume Apollinaire, dont l'un des *Calligrammes* s'intitule « Les Fenêtres », est explicite (*Œuvres poétiques*, Bibl. de la Pléiade, p. 168-169).

◆ LA DERNIÈRE SIMPLICITÉ. — *Ms.* : les *AF* conservent trois manuscrits (4 feuillets), qui révèlent que le texte a été écrit au moment de la mort de Marguerite Ponge (« Nîmes. De l'appartement de ma grand-mère paternelle morte. Nuit du 24 au 25 septembre 1928 »). — *Préorig.* : le texte a été publié (sans variante) dans *La Table ronde* en mai 1952 (n° 53, p. 62), où il est précédé d'un long poème consacré au tombeau familial situé à Nîmes : « Le Monument » (*Lyres*, p. 453). « La Dernière simplicité » voisine avec des textes de François Mauriac, Henry de Montherlant, Charles Péguy, Frederick Rolfe et Marcel Arland. *La Table ronde* est une revue mensuelle publiée à Paris sous la direction de François Mauriac ; au moment de sa fondation, en janvier 1948, Jean Paulhan faisait partie du comité de rédaction.

1. Métaphore issue de la comparaison établie entre les morts et les

fœtus qui se clôt ainsi sur le premier manuscrit des *AF* : « Il n'y a qu'une différence d'état et de couleur de viande » ; « Le Morceau de viande », où figure le terme de scories, reprend la même thématique (*Le Parti pris des choses*, p. 32-33). Le titre définitif, apparu sur le dernier état manuscrit, est consigné sur la liste des *Sapates* en remplacement de « L'appartement de grand-mère » (novembre 1947 ; voir, « Dans l'atelier du *Grand Recueil* », « [Note dactylographiée du 11 novembre 1947] », p. 811-813) ; cette correction rend compte du changement de registre et de ton effectué au fil des réécritures. Les premières rédactions s'attardaient davantage à la description du cadavre et au sentiment d'horreur qu'il peut inspirer ; l'intitulé du deuxième état du manuscrit en témoigne : « Babys terreux ».

◆ LA BARQUE. — *Ms.* : les *AF* possèdent un manuscrit corrigé non daté et le texte imprimé de *préorig.* qui n'éclairent pas la genèse. — *Préorig.* : *Preuves*, n° 47, janvier 1955, p. 38 ; sous le titre commun « Cinq poèmes » sont publiés « La Radio » (p. 748), « Le Radiateur parabolique » (p. 735-736), « L'Herbe » (*Lyres*, p. 451-452), « La Valise » (p. 749). Fondés en 1943, ces Cahiers mensuels du Congrès pour la liberté de la culture sont publiés à Paris et entendent « défendre et illustrer la liberté la plus gravement menacée dans notre siècle : celle de la réflexion critique et créatrice, rebelle aux propagandes et aux mots d'ordre partisans » (note des éditeurs).

Rédigé en 1935 et d'abord joint à la liste des *Sapates* (novembre 1947), « La Barque » aurait été lu à la radio (note inédite d'avril 1952, *AF*). Un état du texte « Pierre Charbonnier » (*L'Atelier contemporain*, p. 80-84), dans lequel l'œuvre du peintre est comparée à une « petite flottille » de barques, porte le même titre.

1. L'expression, qui est empruntée à « La Chèvre de M. Seguin » (*Lettres de mon moulin*, dans *Œuvres*, Bibl. de la Pléiade, p. 261), ferait-elle aussi écho à l'épisode des gondoliers de Venise des *Mémoires d'outre-tombe* où « la chatouilleuse cavale marine s'agite, se tourmente aux mouvements de son cavalier » (Bibl. de la Pléiade, t. II, p. 788). Le 22 août 1934, après une « nuit genre chèvre-de-monsieur-Seguin », Ponge définit ainsi un « matin de lassitude » : « Tu sais un de ces petits-jours de grand-jour où l'on a tant de peine à remuer son corps avec les parties de son corps, comme une barque avec ses rames lorsqu'il y a beaucoup d'herbes » (J. Paulhan, F. Ponge, *Correspondance* [...], t. I, lettre 177, p. 178).

2. Ce paragraphe ainsi que la fin du deuxième ont été intégrés, avec variantes, au second fragment de « Première ébauche d'une main » (p. 765-766).

◆ 14 JUILLET. — *Préorig.* : *Messages. Cahiers de la poésie française*, n° 2, 1942, p. 23 (voir la notule de « La Crevette dans tous ses états », p. 1136-1137). — *Orig.* : *Liasse*, 1948, p. 35-36 (voir la Notice de ce recueil, p. 924) ; variantes typographiques ou de ponctuation, mais qui n'ont que peu d'incidence sur son contenu.

Quoique explicite dès son titre, la portée politique de ce texte n'est cependant pleinement révélée que par sa publication dans la revue résistante *Messages*. En l'absence de documents, la genèse demeure difficile à préciser. La correspondance avec Jean Paulhan suggère que la rédaction a été entreprise dès novembre 1935, ce que confirme une note de Ponge qui mentionne que son ami Gabriel Audisio lui a rappelé la « merveilleuse manifestation du Front populaire » du 14 juillet 1935 (archives Audisio). La datation de *Pièces* porte à croire que « 14 juillet » évoque plutôt le défilé de 1936 qui a été suivi de la représentation d'une pièce de Romain

Rolland portant le même titre (voir J. Paulhan, F. Ponge, *Correspondance* [...], t. I, lettre 214, p. 215-216). Ce texte serait alors l'occasion d'évoquer aussi la formation du gouvernement de Léon Blum et la signature des accords de Matignon (7 juin 1936).

1. Jean Paulhan a critiqué cette analogie visuelle (voir *Correspondance* [...], t. I, lettre 197, p. 199). Outre le mimologisme ou pictogramme analysé notamment par Gérard Genette (voir *Mimologiques. Voyage en Cratylie*, Le Seuil, 1976), puis par Serge Cabioc'h (« L'Écriture de l'histoire ou la Mise en pièces », *Analyses et réflexions sur Ponge, « Pièces »*. *Les mots et les choses*), Michel Collot (*Francis Ponge entre mots et choses*, coll. « Champ poétique », Seyssel, Champ Vallon, 1991) et Jean Pierrot (*Francis Ponge*, Corti, 1995), l'emploi de « rabot » peut aussi s'expliquer par le fait qu'à Paris le Faubourg Saint-Antoine est situé dans le quartier des ébénistes.

2. Tout en renvoyant à la typographie et à l'utilisation de l'italique dans *préorig.* et dans *orig.*, cette expression peut être l'occasion d'évoquer les révolutions anglaises de 1648-1649 et de 1688 qui ont servi de modèles aux révolutionnaires français (voir M. Sorrell, *Francis Ponge*, Boston, Twayne, 1981). Selon un entretien inédit de 1981 avec Bernard Veck, Ponge semblait accorder foi à la thèse d'un complot anglais à l'origine de la révolution de 1789.

3. Écho probable au « ça ira » du chant révolutionnaire (voir J. Thibaudeau, « Pour une traduction anglaise de "14 Juillet" », *Revue des sciences humaines*, nº 228, 1992) ; au futur se substitue ici un présent qui témoigne de l'enthousiasme de Ponge face à l'issue de la guerre et rend explicite la teneur de son engagement politique. Au cours d'un entretien inédit du 6 mars 1981, Ponge utilise la même expression : « En juillet 1936, ça y était, le gouvernement était constitué etc. » (J.-M. Gleize et B. Veck, *Francis Ponge. Actes ou textes*, coll. « Objet », Lille, Presses universitaires, 1984, p. 92, n. 47).

4. Bernard Jordan de Launay, gouverneur de la Bastille, et Jacques de Flesselles, prévôt des marchands, furent tous deux massacrés par les révolutionnaires au moment de la prise de la Bastille.

◆ LE GRENIER. — *Ms.* : les *AF* possèdent un dactylogramme non daté et deux états manuscrits ; le premier, incomplet et daté de septembre 1936, est intitulé « Au grenier ». Il figure dans le *CRM*, f. 21. Le second ne porte que l'indication du lieu de rédaction « Les Fleurys »). — *Préorig.* : *Construire*, 7 juin 1947, p. 4 ; journal de Zurich. La disposition en quatre strophes et la ponctuation changent le rythme du texte.

1. Dans le *CRM*, la description du grenier repose entièrement sur cette métaphore : « Chaque maison sur toute la longueur de ses pièces possède une nef profane, une pièce vaste et brute au-dessus de ses petites pièces peinturlurées. / Entre la chapelle du château, l'église du village, et chaque grenier de chaumière de ferme ou de maison de campagne l'on devine que je n'hésite pas à désigner les lieux les plus saints. / C'est d'abord parce qu'ils n'ont pas été conçus comme saints qu'ils n'ont pas cette affectation : qu'ils possèdent donc l'innocence. »

2. Cette image est à peu près textuellement reprise dans « La Nouvelle Araignée » (p. 800).

3. Dans *préorig.*, cette phrase vient clore la troisième strophe.

4. « Le Pain », dont un état est également consigné dans le *CRM* (f. 1), évoque lui aussi l'impossible germination de cette « masse amorphe », de ce pain qui « rassit ces fleurs » (*Le Parti pris des choses*, p. 22).

◆ FABRI OU LE JEUNE OUVRIER. — *Ms.* : les *AF* conservent deux manuscrits, dont seul le premier est daté (1931), et un état dactylographié

portant le titre définitif ; ces états ne présentent que des variantes de ponctuation.

Au portrait du vieil ouvrier réalisé en 1922 dans « Le Patient Ouvrier » (*Douze petits écrits*, p. 8) se substitue un véritable autoportrait ; plusieurs éléments confirment en effet le caractère autobiographique du texte. Pour se rendre aux Messageries Hachette, ce « bagne de premier ordre » où il travaille depuis mars 1931, Ponge traverse lui aussi les Halles (voir *Le Parti pris des choses*, « R. C. Seine n°», p. 34-36) ; l'âge de Fabri est également le sien. Diverses circonstances plus ou moins étroitement liées à « l'ordre de choses honteux qui sévit à Paris » durant les années vingt et trente (*Proêmes*, « Les Écuries d'Augias », p. 191-192) ont forcé Ponge à se trouver du travail et à se « prolétariser » (*Entretiens avec Philippe Sollers*, p. 76-77), bref à endosser la condition de l'ouvrier.

1. Les changements apportés au titre dans les manuscrits, « Anni », puis « Fabri ou le Jeune Travailleur », témoignent de la filiation avec « Le Patient Ouvrier » dont n'est reprise que l'expression « petit jour ».

◆ ÉCLAIRCIE EN HIVER. — *Ms.* : dans le *CRM* des *AF*, un manuscrit daté « Paris. Déc[embre] 35 - Janvier 1936 » ; la datation de *Pièces* (1932) peut renvoyer à un état antérieur dont ce manuscrit serait une mise au net. Toujours aux *AF*, deux manuscrits non datés sont rangés dans le dossier de « L'Inspiration à rênes courtes » (voir la notule du « Pigeon », p. 1135). — *Préorig.* : *Cahiers du Sud*, n° 311, 1ᵉʳ semestre 1952, p. 48.

1. « J'aime la pluie à cause de sa façon d'unir (d'unifier) le paysage » (*Nouveau nouveau recueil*, « La Pluie », t. I, p. 26) ; « La pluie ne forme pas les seuls traits d'union entre le sol et les cieux » (*Le Parti pris des choses*, « Végétation », p. 48).

2. Substituée à « roue de voiture » (*CRM*), la formule « roue de passage », qui d'abord étonne, répond plus adéquatement à la thématique du poème qui met l'accent sur le caractère transitoire et changeant d'un phénomène. Voir « Ode inachevée à la boue », p. 729-731.

◆ LE CROTTIN. — *Ms.* : le seul état dactylographié conservé dans les *AF* est conforme à l'état que nous donnons ; la table de *Pièces* donne la date de 1932.

En novembre 1947, « Le Crottin » figure sur la liste des *Sapates*.

1. Cette expression servira à qualifier les excréments des chats dans un passage des « Notes sur *Les Otages*. Peintures de Fautrier » (*Le Peintre à l'étude*, p. 112) consacré au caractère félin et fauve des œuvres du peintre.

◆ LE PAYSAGE. — *Ms.* : les *AF* conservent deux états avec variantes de ponctuation ; l'un est dactylographié (« Les Fleurys, 20 août 1933 »), l'autre est une calligraphie parue dans *À la rêveuse matière* de 1963 (voir la Note sur le texte, p. 1194).

L'idée d'un texte consacré à ce thème peut remonter à 1932 ; le 7 décembre, Ponge confie à Jean Paulhan son intention de lire un ouvrage de son père, Frédéric Paulhan, dont il a pu s'inspirer (voir *Correspondance [...]*, t. I, lettre 142, p. 149-150) : *L'Esthétique du paysage* (« Bibliothèque de philosophie contemporaine », Alcan, 1913).

1. Dans « Le Processus des aurores », les nuages sont comparés à des « colosses vaporeux » (*Nouveau nouveau recueil*, t. I, p. 21).

2. Le modèle pictural permet de lier poésie et perception visuelle des choses (voir J.-M. Gleize, *Lecture de « Pièces » de Francis Ponge*. *Les mots et les choses*, p. 62). Un fragment de « Nioque de l'avant-printemps », intitulé

« Paysage », s'apparente ainsi à un véritable tableau (*Nouveau nouveau recueil*, t. II, p. 57).

◆ LES OMBELLES. — *Ms.* : les *AF* possèdent deux manuscrits corrigés, dont un est daté (14 et 15 septembre 1935), et trois copies d'une mise au net dactylographiée (17 feuillets) ; ces états présentent des variantes de ponctuation et des corrections sémantiques. En novembre 1947, Ponge destinait ce texte aux *Sapates* (voir, « Dans l'atelier du *Grand Recueil* », « [Note dactylographiée du 11 novembre 1947] », p. 811-813). Un facsimilé d'une copie autographe, où la disposition et le rythme sont plus proches de la poésie que de la prose, a été publié en 1963 dans *À la rêveuse matière* (voir la Note sur le texte, p. 1194).

1. Phonétiquement « plus doux » qu'ombre, ce néologisme repose sans aucun doute sur un rapport associatif calqué sur ombrelle-ombre ; il a pu être suggéré par la parenté étymologique des deux termes. La description qui repose sur la forme des fleurs s'inspire de l'article « ombelle » du Littré que Ponge notera dans le dossier du « Soleil placé en abîme » : « L'ombelle a des rameaux, des fleurs fastigiées » (*BJ-D*, ms. 3250, f. 9.8).

2. Voir la description des « bords de route princier » dans « Petite suite vivaraise » du 5 juillet 1937 (*Nouveau nouveau recueil*, t. I, p. 31) ; à ce propos, voir aussi J. Paulhan, F. Ponge, *Correspondance* [...], t. I, lettre 212, p. 211-212.

3. Sur cette notion et sur la thématique végétale, voir « Les Olives », p. 753.

◆ LE MAGNOLIA. — *Ms.* : les *AF* conservent un manuscrit corrigé (« Les Fleurys, 15 septembre 1935 »). — *Préorig.* : « Le Magnolia » a d'abord été intégré (avec variantes sémantiques et de ponctuation) dans « Paroles à propos des nus de Fautrier » (dans *Catalogue d'exposition P. Charbonnier*, Galerie Rive droite, 1956 ; *Lyres* ; *L'Atelier contemporain*, p. 139-140 ; dans notre édition, il figurera au t. II) ; la portée allégorique du texte se trouve là mise au jour avec force.

1. Dans « Fautrier, d'un seul bloc fougueusement équarri » (*L'Atelier contemporain*, p. 142-146), la même métaphore met l'accent sur le double mouvement à la fois expansif et limité commun aux fleurs et aux peintures de l'artiste.

◆ SYMPHONIE PASTORALE. — *Ms.* : les *AF* conservent un dactylogramme non daté et deux manuscrits. Le premier est signé et daté « Les Fleurys, 1934 ? » ; le second, « printemps 1937 ». La genèse de ce texte, resté inédit jusqu'à sa publication dans *Pièces*, reste imprécise.

Bien qu'il renvoie nécessairement à André Gide, le titre évoque davantage la *Sixième Symphonie* de Beethoven : « Et lorsque m'en est donné le loisir, / J'écoute / Le monde comme une symphonie » (*L'Atelier contemporain*, « De la nature morte et de Chardin », p. 228). Le travail de réécriture effectué sur les plans de la disposition et du rythme révèle que si l'unique longue phrase du texte reprend et systématise le dispositif typographique, strophique et prosodique du « Paysage » (p. 721), la composition repose ici non pas sur un modèle pictural, mais plutôt sur un modèle musical (voir J.-M. Gleize, *Lectures de « Pièces » de Francis Ponge*. *Les mots et les choses*, p. 62).

1. Néologisme : glande qui génère des cris d'oiseaux.
2. Néologisme de sens qui sert à évoquer la forme du volet ; utilisé au pluriel seulement, comme substantif ou adjectif, ce terme désigne « les mollusques dont les branchies ont la forme de lames demi-circulaires » (Littré).

3. « Symphonie printanière » (inédit, 23 avril 1936 ; publié dans « Textes d'archives », t. II de la présente édition) évoque aussi les sons caractéristiques du printemps.

◆ LA DANSEUSE. — *Ms.* : 2 copies dactylographiées d'un original perdu ou détruit. L'une est conservée dans les *AF* sous le titre « La Danseuse » et datée « Noël 1936. Jour de l'an 1937 » (*ms. AF*) ; l'autre dans le fonds Jean Tardieu, « Conjuration de la danseuse », datée « janvier-2 février 1935 » (*ms. FD*). La première date est erronée ; la correspondance échangée avec Jean Paulhan entre mars et juin 1935 (voir *Correspondance [...]*, t. I, lettres 185-189, p. 187-192) montre que le texte a été rédigé au cours des vacances de Noël 1934 passées sur la côte normande. Selon une note de Ponge, ce texte, destiné d'abord aux *Sapates*, puis à *Poetry*, a été lu à la radio.

Inquiet quant à la valeur poétique de « La Danseuse », Ponge craint que le texte n'ait « dégoûté tout à fait » Jean Paulhan (voir *ibid.*, t. I, lettre 186, p. 187-188). Pour Ponge, « La Danseuse » fait partie de ces poèmes « ratés » qui sont empreints d'« expressionnisme » (*La Rage de l'expression*, « Le Carnet du Bois de pins », p. 399).

1. Jeu de mots apparu lors d'une relecture du dactylogramme où Ponge corrige « Dame » en « D'âme » (*ms. AF*) ; voir M. Sorrell (*Francis Ponge*, 1981, p. 125-127).

2. Le caractère disparate des images étonne ; sont ici évoquées l'*Allégorie du printemps*, de Botticelli, où la nymphe Chloris est représentée avec des fleurs sortant de la bouche à la commissure des lèvres, et les bonnets de fous du roi ou plus précisément la marotte, attribut de la Folie. La description plutôt surréaliste de la danseuse rappelle « La Star (Visage d'une étoile vu en gros plan) » (« Le Soleil placé en abîme », p. 791-792).

3. Ce jeu de mots peut reposer tout à la fois sur l'étymologie de Ménades (μαινὰς, « agitée de transports furieux ») et de manie (*mania*, « folie », « fureur ») ; en renvoyant également à l'image de la pythie, le texte ferait-il indirectement écho à Paul Valéry (« La Pythie », *Œuvres*, Bibl. de la Pléiade, p. 130-131) ? La définition d'« enthousiasme », notée dans « Le Mimosa » (*La Rage de l'expression*, p. 371), mentionne par ailleurs les sybilles. Au colloque de Cerisy (1977, p. 197), Ponge évoque la nécessité de remplacer par les mots « la perte de l'expression par la danse » (voir aussi *Proêmes*, « La Promenade dans nos serres », p. 176-177).

4. Dans *ms. FD*, la description est plus explicite : Idole jadis, prêtresse naguère, maîtresse aujourd'hui, — la danseuse ne doit plus être considérée autrement qu'une ilote. » La correction ultime a dû être faite sur épreuves.

◆ UNE DEMI-JOURNÉE À LA CAMPAGNE. — *Ms.* : les *AF* conservent trois manuscrits corrigés (4 feuillets). Le premier (*ms. 1 AF*) est intitulé « Le Retour à la campagne », et il est daté « Les Fleurys, 15 mai 1937 ; Printemps 1937 » ; le second (*ms. 2 AF*), incomplet, est intitulé « Demi-journée », et il est daté « 23 mai 1937 » ; le dernier (*ms. 3 AF*), qui porte le titre définitif, est également incomplet et daté « 23 mai 1937 ». Les *AF* possèdent aussi deux feuillets d'un état dactylographié corrigé. Un manuscrit appartient à une collection privée (catalogue du libraire Robert Valette, 1987, n° 179). — *Préorig.* : *Cahiers d'art*, 1940-1944, p. 204 ; le texte est composé en italique.

Les documents éclairent la genèse de ce texte, destiné aux *Sapates* en novembre 1947, et permettent d'en comprendre la structure ; les trois fragments séparés par des blancs correspondent aux trois phases de la rédaction, mais il reste que, comme cela se produit souvent, la disposition du texte en bouleverse l'ordre. À propos des thèmes pastoraux, voir G. M. Nunan (*The Poetic Genesis of Ponge. From Fragmentation to Reconciliation*, thèse, Stanford, 1983).

1. Dans les notes lexicologiques prises pour « L'Œillet » (*La Rage de l'expression*, p. 358) figure l'expression « bouquet tout fait » qui désigne précisément ce type d'œillet.

2. Ce premier fragment reprend *ms. 2 AF* ; le second reprend *ms. 1 AF* dont l'ajout du « printemps 1937 » fournit la matière du dernier.

3. À partir d'ici, dans le *ms. 1 AF* et *préorig.*, l'emploi de la première personne du singulier est systématique ; avec la troisième personne, le caractère intimiste et l'inscription autobiographique du texte ont disparu au profit d'une narration objective qui apparente le texte à une fable et le finale à sa morale.

◆ LA GRENOUILLE. — *Ms.* : les *AF* conservent un manuscrit daté « Poutrant, juillet-août 1937 » ; une copie autographe des *APa* expédiée de La Suchère où Ponge dit avoir été « enchanté » par une grenouille (voir J. Paulhan, F. Ponge, *Correspondance [...]*, t. I, lettre 212, p. 211-212). — *Préorig.* : *Poetry, A Magazine of Verse*, n° 6, septembre 1952, p. 319 ; revue mensuelle publiée à Chicago, fondée en 1912 par Harriet Monroe et éditée par Wallace Fowlie qui signe la préface. Sous le titre commun « Quatre poèmes » : « L'Allumette » (*Lyres*, p. 457-458), « L'Appareil du téléphone », premier fragment seulement (p. 726-727), « La Grenouille », « Grand nu sous bois » (*Lyres*, p. 452-453). Ces textes, également donnés en traduction, ouvrent le numéro spécial consacré à dix poètes français qui ont fait partie de la Résistance dont Luc Estang, Alain Bosquet, Yves Bonnefoy et Pierre Seghers.
Dans une note de 1941, Ponge mentionne « La Grenouille » parmi ces poèmes « ratés » où il s'attache à « l'expression du concret, du visible » plutôt qu'à « l'expression de l'idée » et au dégagement de la qualité différentielle du sujet : « Je fais de l'expressionnisme (?), c'est-à-dire que j'emploie après les avoir retrouvés les mots les plus justes pour décrire le sujet. Mais mon dessein est autre » (*La Rage de l'expression*, « Le Carnet du Bois de pins », p. 399). Initialement prévu pour les *Sapates*, ce texte aurait été lu à la radio.

1. Le terme « aiguillettes », tiré de « Pluie » (*Le Parti pris des choses*, p. 15), apparaît également dans le texte du « Pré » (*Nouveau recueil*, p. 201-209) dont « La Grenouille » constitue l'une des « principales amorces » (B. Veck, *Francis Ponge ou le Refus de l'absolu littéraire*, Liège, Mardaga, 1993, p. 163) ; la traduction du dernier vers de la troisième *Bucolique* de Virgile, *Sat prata biberont* (« Les prés ont assez bu »), s'inspire de ce passage. Le texte fait aussi écho à un fragment de la « Petite suite vivaraise » des 12-13 juillet intitulé « Joli temps pour la grenouille » (*Nouveau nouveau recueil*, t. I, p. 36-37) : « Cela a l'avantage de faire d'un peu partout dans les prés jaillir les charmantes grenouilles » ; il reprend également « La Fin de l'automne » (*Le Parti pris des choses*, p. 16-17). Contrairement à Ophélie, personnage d'*Hamlet*, la grenouille échappera à la noyade tout comme à sa saisie par le poète.

2. L'emploi de cette locution peut renvoyer à la fable de La Fontaine « La Grenouille et le Rat » : « Que de cette double proie / L'oiseau se donne au cœur joie, / Ayant, de cette façon, / À souper chair et poisson » (*Fables*, livre IV, 11). Dans *préorig.*, la disposition et le rythme du texte rappellent la forme de la fable : les trois dernières phrases sont

isolées sur la page et la troisième, scindée après « hagarde », est distribuée sur deux lignes.

◆ L'ÉDREDON. — *Ms.* : les *AF* conservent 3 manuscrits corrigés (10 feuillets non datés et deux états dactylographiés corrigés) ; le premier (1 feuillet) porte « Février 1939 », le second (2 feuillets) n'est pas daté.

Le travail de réécriture a resserré le texte en même temps que, paradoxalement, ce dernier s'est fragmenté ; par la multiplication des paragraphes et des blancs typographiques, la forme du texte mime tout à la fois son objet et son mode d'appréhension selon une suite de « pensées légères et bouffantes ».

1. D'abord utilisée comme titre sur le premier dactylogramme, cette épigraphe introduit au contenu allégorique du texte en même temps qu'elle signale le double mouvement dont est animée la définition-description qui s'attarde sur l'opposition intérieur-extérieur de l'édredon. Cette fonction de commentaire est redoublée par la clôture du texte que le terme « Voilà » apparente au modèle de la fable. Rares sont les textes qui, tels « L'Araignée » (p. 762) ou « Le Verre d'eau » (*Méthodes*, p. 578), s'ouvrent ainsi ; l'argument du « Lézard » (p. 745) propose par exemple une définition de l'allégorie qui en précise le mouvement et le mode de fonctionnement.

2. Est-ce cette caractéristique des édredons qui justifie que le texte figure sur la liste des *Sapates* ? La notion de secret est également convoquée dans le texte du « Vin » originalement destiné aux *Sapates.* « Si j'ai un dessein caché, second, ce n'est évidemment pas de décrire la coccinelle ou le poireau ou l'édredon. Mais c'est surtout de ne pas décrire l'homme » (*Proêmes*, « Pages bis », ix, p. 221).

◆ L'APPAREIL DU TÉLÉPHONE. — *Ms.* : les *AF* conservent 6 dactylogrammes partiellement datés (janvier et février 1939). L'un d'entre eux est dédicacé à Léopold Chauveau que Ponge a fréquenté lors de ses activités syndicales chez Hachette (voir J. Paulhan, F. Ponge, *Correspondance [...]*, t. I, lettre 211, p. 211), un autre état est la version définitive. Les *APa* possèdent le feuillet d'une mise au net manuscrite qui suggère que le texte a pu être destiné au *Parti pris des choses* (voir J. Paulhan, F. Ponge, *Correspondance [...]*, t. I, lettre 322, p. 337). Selon une note d'avril 1952, figurant sur la liste des *Sapates*, le texte a été lu à la radio (voir « Dans l'atelier du *Grand Recueil* », « [Note dactylographiée du 11 novembre 1947] », p. 811-813). — *Préorig.* : *Poetry. A Magazine of Verse*, n° 6, septembre 1952, p. 317.

La structure en diptyque, qui rappelle les fables doubles de La Fontaine, permet d'amalgamer les deux formes tentées dans le dossier (longue prose, bref poème) ; *préorig.* n'avait donc que temporairement marqué la seconde d'un caractère définitif. Tout en évoquant la pratique des réécritures propres aux textes de *La Rage de l'expression*, cette structure possède surtout une double fonction mimétique : elle fait simultanément écho au téléphone comme objet constitué de deux parties à la fois distinctes et complémentaires (le socle, le combiné) ainsi qu'à son fonctionnement selon deux opérations (décrocher, raccrocher) et, surtout, elle s'articule à l'image de la genèse du texte. Si « l'*écrit* présente des caractères qui le rendent *très proche de la chose signifiée* » (*La Seine*, p. 251), il reste qu'au mimologisme établissant une analogie visuelle avec le référent s'adjoint un calligramme typographique, d'inspiration génétique. En inversant les deux mouvements de la genèse, c'est-à-dire en livrant d'abord le résultat de la recherche (le court texte poétique), puis son origine (la longue prose), la structure du texte reproduit plus fidèlement encore cet appareil : la prose constitue bel et bien le « socle » génétique du texte, et le poème, son combiné.

1. Néologisme apparu en février 1939 sur le troisième dactylogramme des *AF* où s'accentue le travail de condensation sémantique et se précise la métaphore marine ; il se substitue à l'expression inusitée et sans doute trop explicitement descriptive « coquille de homard ».

2. Le terme « appareil » est apparu dès les premiers états dont l'intitulé est purement descriptif « Le téléphone ». Intégré au titre définitif et ainsi mis en relief, il est porteur d'une densité sémantique dont permettent de rendre compte les définitions du Littré auxquelles le texte fait écho par sa forme et sa thématique : « pompe, magnificence ; assemblage de pièces ; préparatifs, apprêts ». À ce propos, voir M. Riffaterre, *Sémiotique de la poésie*, Le Seuil, 1983.

3. Comme dans « La Crevette dans tous ses états » (p. 699-712), cet intertitre renvoie explicitement à la pratique des variations sur un thème ou encore, comme c'est le cas pour « L'Araignée » (voir p. 762-765), à la possible accumulation des textes consacrés à un objet.

4. Métaphore qui a pu s'inspirer du *Téléphone-langouste* (1936) de Salvador Dali (voir Conroy Maddox, *Salvador Dali : excentricité et génie*, Essen, Benedikt Taschen, 1988), mais son caractère insolite et le calque de l'expression « en sautoir » évoquent également la fable d'Alfred Jarry, « Le Homard et la Boîte de corned-beef » (*Gestes et opinions du docteur Faustroll, pataphysicien*, dans *Œuvres complètes*, Bibl. de la Pléiade, t. I, p. 699-700).

5. La rédaction du premier dactylogramme des *AF* (« invasion périodique d'un rire hystérique ») reprend l'article « Accès » du Littré : « Invasion périodique ou non d'accidents morbides. »

6. Écho au *Coup de dés* de Mallarmé : « Une stature mignonne ténébreuse debout / en sa torsion de sirène » (*Œuvres complètes*, Bibl. de la Pléiade, t. I, p. 380-381).

7. Sur les plans sémantique et thématique, ce passage est à rapprocher de la scène des « Demoiselles du téléphone » dans *Le Côté de Guermantes* de Marcel Proust : « L'habitude met si peu de temps à dépouiller de leur mystère les forces sacrées avec lesquelles nous sommes en contact que, n'ayant pas eu ma communication immédiatement, la seule pensée que j'eus, ce fut que c'était bien long, bien incommode, et presque l'intention d'adresser une plainte » (*À la recherche du temps perdu*, Bibl. de la Pléiade, t. II, p. 411).

◆ LA POMPE LYRIQUE. — Ms. : un feuillet manuscrit corrigé (5 avril 1941) des *AF* comporte quelques retouches plutôt mineures (*ms. AF*). En novembre 1947, Ponge l'insère dans la liste des *Sapates* (voir « Dans l'atelier du *Grand Recueil* », « [Note dactylographiée du 11 novembre 1947] », p. 811-813).

Tous les commentateurs signalent l'importance de ce texte et la fonction qu'exerce son titre, à la fois programmatique et référentiel (voir notamment G. Lavorel, *Francis Ponge*, coll. « Qui suis-je ? », Lyon, La Manufacture, 1986, p. 169 ; J.-M. Gleize, *Lectures de « Pièces » de Francis Ponge. Les mots et les choses*, pp. 52-54) ; en combinant les deux sens de « pompe » (« faste » et « machine »), le titre annonce en effet le sujet du poème en même temps que son traitement poétique. Ironiquement, le « style élevé » et « l'emphase adjectivale » n'ont d'autres fonctions que de dénoncer la pompe caractéristique de la tradition lyrique, voire de condamner la poésie et de mettre plutôt l'accent sur son fonctionnement ; toute la signification du poème résiderait dans cette « destruction d'un genre littéraire » (M. Riffaterre, *Sémiotique de la poésie*, p. 238).

1. Dans « La Guêpe », dont la rédaction est en partie contemporaine, l'insecte est comparé à une « petite voiture de l'assainissement public » dont l'apparition « comporte un élément certain de merveilleux » qui tient à leur « activité intime » ou « vie intérieure » (*La Rage de l'expression*, p. 340).

2. La rédaction de *ms. AF* se voulait plus intimiste, proche de la confession : « comparable seulement à celle qu'on éprouve enfant lorsque quelqu'un découvre vos poésies. »

◆ LES POÊLES. — *Ms.* : les *AF* conservent un état manuscrit (*ms. AF*) daté de « janvier 1936 », une mise au net consignée dans le *CRM* (f. 2-3) et un état dactylographié (la datation de la table de *Pièces*, 1939, pourrait y renvoyer). *Ms. AF* rassemble trois fragments collés sur un feuillet précédé d'une page de titre où est inscrite la phrase d'ouverture ; Ponge se sera-t-il servi de différents manuscrits ou encore de notes éparses pour composer « Les Poêles » ?

1. Le *CRM* porte une suite : « Il est vrai qu'on a la ressource de les entretenir. Et d'ailleurs il le faut, car leur effort est à la mesure de ce qu'on leur donne à accomplir. » La suppression de ce passage peut s'expliquer par la contradiction qu'il semble installer par rapport à la clausule du texte (placée en retrait sur *ms. AF*), que sa forme apparente soit au proverbe soit à la leçon des fables.

◆ LE GUI. — *Ms.* : les *AF* conservent un manuscrit (daté du 5 avril 1941), un état dactylographié (non daté) et, dans le dossier des « Fleurs », un manuscrit intitulé « Le Gui. Nouvelles notes » et daté du 25 mai 1953.

La rédaction du « Gui » est contemporaine du « Mimosa » (*La Rage de l'expression*, p. 366-376) auquel le texte fait écho ; les métaphores, comparaisons et oxymores sur lesquels reposent la définition-description du gui y renvoient implicitement ou explicitement. Le brouillard et le caractère nordique du gui ainsi que ses perles gluantes s'opposent ainsi à « l'azur oméga » et méridional du mimosa, à ses fleurs de « pompons d'or » et « houppes soyeuses ». Dans le système végétal pongien, une série de « relations différentielles » opposent le « Gui » non seulement au « Mimosa », mais également au texte du « Platane » qui le suit dans *Pièces* et qui forme système avec lui (B. Veck, *Francis Ponge ou le Refus de l'absolu littéraire*, p. 108-110). Contrairement à ce que suggère Jean-Pierre Richard (« Grains de lecture », *Revue des sciences humaines*, n° 228, 1992), la fin du poème n'évoque pas le dur hiver de 1941, mais bien la saison du gui.

1. L'association gui-glu renvoie à l'étymologie *viscus*. L'idée de consacrer un texte au gui serait-elle née à l'occasion de la recherche lexicologique effectuée dans le Littré pour « L'Anthracite » (p. 732-733) dont la rédaction est légèrement antérieure (21 décembre 1940 - février 1941) ? Le terme « malthe » (« substance molle et glutineuse en été, se durcissant par le froid [...], poix minérale », Littré) induit en effet une chaîne lexicale qui conduit à poix, puis à glu et enfin à gui.

2. Y a-t-il amphibologie phonétique, qui évoquerait alors, d'une part, la guerre qui a développé le système D et, d'autre part, le caractère de plante parasitaire (voir B. Veck, *Francis Ponge ou le Refus de l'absolu littéraire*, p. 109) ?

3. Du bas latin *bruma* (« solstices d'hiver », « hiver ») ; dans « Le Mimosa (honte et repentir) » (1942, note inédite, donnée dans l'Atelier de *La Rage de l'expression*, p. 436), l'expression « mimosa d'hiver » désigne explicitement le gui.

4. « Gui » est également un terme de marine qui sert à désigner une

bôme (Littré) ; cette définition est sans doute à l'origine des métaphores aquatiques ou maritimes.

◆ LE PLATANE. — *Ms.* : les *AF* conservent trois manuscrits dont deux sont datés (« Roanne, 4 au 12 mai 1942 » et « Roanne 1947 »). Un manuscrit absent des *AF* a été reproduit en fac-similé dans Ph. Sollers, *Francis Ponge*, « Poètes d'aujourd'hui », Seghers, 1993, p. 143. — *Préorig.* : *Poésie 42*, n° 5, novembre-décembre 1942, où, sous le titre commun « La Permanence et l'Opiniâtreté », sont publiés « Le Platane ou la Permanence » (p. 22) et « Sombre période ou l'Opiniâtreté » (p. 23), qui sera intégré dans « Ode inachevée à la boue » (*Pièces*, p. 729). Sur une copie de *préorig.* ont été supprimés le titre d'ensemble, les sous-titres et la dédicace à Louis Aragon. Cette revue résistante fut fondée en octobre 1939 par Pierre Seghers. — *Orig.* : *Liasse*, 1948, p. 40-44.

De l'aveu de Ponge lui-même (voir B. Veck, *Francis Ponge ou le Refus de l'absolu littéraire*, p. 89), « Le Platane » a été écrit contre le poème de Paul Valéry « Au platane » (*Charmes*, dans *Œuvres*, Bibl. de la Pléiade, p. 113-115) ; or, sur le premier manuscrit des *AF*, Ponge en transcrit un vers (« Haute profusion de feuilles, calme [Ponge, au lieu de cet adjectif, donne "trouble"] fier ») qu'il fait suivre d'un sévère commentaire qui lui permet de se distinguer de Paul Valéry : « Quelle honte ! (Pour l'esprit, pour le trésor de Littré !). À tous les arbres cela s'applique. Je défie qu'on y retrouve l'un d'eux, le platane. Pour l'honneur de la langue française, nous essaierons d'agir plus proprement. » L'emploi de l'article défini dans le titre rend compte à lui seul de sa prise de position tout en revendiquant encore une fois la définition de dictionnaire comme modèle. Aux envolées lyriques de Paul Valéry, qui multiplie les métaphores et les adjectifs, et au symbolisme universel de son poème, Ponge oppose la brièveté, la sobriété classique, la singularité française et, surtout, la nécessité d'épurer la langue en la débarrassant des lieux communs issus d'un trop long usage. La permanence ou la perpétuité du tronc de l'arbre s'oppose au caractère éphémère, superficiel de ses écorces dont il doit se départir ; de la même manière, la langue doit se nettoyer de « ses morts attendus » et ne pas conserver « l'épaisseur de ses croûtes » (premier manuscrit des *AF* ; voir « La Pomme de terre », p. 733-734). Le contexte de la rédaction et la dédicace à Louis Aragon, qui rappelle l'engagement de Ponge au sein du parti communiste, témoignent de la dimension politique du texte. La poésie est un moyen d'action, et « Le Platane » un « poème-contrebande » (I. Higgins, « Crevette, platane et France. La poésie de Résistance de Ponge », *Cahiers de l'Herne*, n° 51, 1986) : à un thème principal, dont le caractère anodin permet de déjouer la censure, s'en greffe un autre, qui s'adresse aux seuls initiés, et qui constitue le véritable propos de l'auteur : un appel à la Résistance. Mais, à la différence de Louis Aragon, dont il s'éloignera pour des raisons d'ordre éthique et esthétique, Ponge refuse de mettre la littérature au service d'une cause à défendre. Voir *Nouveau nouveau recueil*, « Paul Valéry », t. III, p. 155-161, et les études d'A. Charbonneau, *Francis Ponge, critique de Valéry*, mémoire de maîtrise, Université de Montréal, 1992, et B. Veck, *Francis Ponge ou le Refus de l'absolu littéraire* ; sur les écrits et les activités résistantes, voir J.-M. Gleize, *Francis Ponge*.

1. Tout en renvoyant à l'élagage des branches du platane, ce verbe évoque la situation de la France séparée en deux zones ; le platane, que l'on retrouve surtout dans le Midi, c'est-à-dire en zone libre, se fait ainsi le symbole de la Résistance.

2. Les uniformes militaires d'avant 1914 étaient ornés de pompons.

3. Sur la portée et la signification de cette notion au sein de la thématique végétale, voir « Les Olives », p. 753.

4. Contrairement à ce qui est suggéré ici, le platane n'est pas caractéristique de cette région du Sud de la France. Dans le nom propre résonne la langue d'oc dont Ponge revendique l'usage contre l'asservissement idéologique et linguistique lié à l'Occupation d'une part, et les prises de position de Vichy d'autre part. Dans un contexte qui en modifie la portée, Ponge réitère ici le mot d'ordre qui clôt « Des raisons d'écrire » : s'il faut « se secouer de la suie des paroles » (*Proêmes*, p. 196) et parler, c'est que le silence est « ce qu'il y a de plus dangereux au monde. On devient dupe de tout [...]. Homme il faut être [...]. France, il faut être » (*Proêmes*, « Pages bis », IV, p. 212), à perpétuité et résolument.

◆ ODE INACHEVÉE À LA BOUE. — *Ms.* : les *AF* conservent 25 feuillets manuscrits (*ms. AF*) ou dactylographiés comprenant des états partiels ou complets qui portent comme titre : « La Boue » (1ᵉʳ mars, 6-7 mars 1942), « Poème » (21-23 mars 1942), « Ode à la boue » (5-6 avril 1942), « Ode inachevée à la boue » (Roanne, 1ᵉʳ mars 1942. Paris, 2 décembre 1951) ; correspondance (1942 et 15 décembre 1952) avec l'éditeur La Sirène. Voir l'analyse génétique de Guylaine Fusco-Girard « La Boue et le fil de soie », *Genesis*, n° 12, 1997. — *Préorg.* : un fragment, qui correspond au troisième paragraphe du texte, a été publié sous le titre « Sombre période ou l'Opiniâtreté » dans *Poésie 42*, n° 5, novembre-décembre 1942, p. 23 (voir la notule du « Platane », p. 1150) ; variantes sémantiques et de ponctuation. *Liasse* (p. 84) en publie un fragment sous le titre « Sombre période » (voir la Notice du recueil, p. 924) ; le texte est daté de 1942 et présente des variantes de ponctuation. « La Marche de boue (sombre période) » a figuré sur la liste des *Sapates* en novembre 1947. Sous son titre définitif, le texte est aussi paru dans *Preuves*, nᵒˢ 18-19, août-septembre 1952, p. 17-19 (*Pr.*), suivi de « Thème du "Savon" » (p. 19) ; menues variantes sémantiques ou de disposition (découpage différent des paragraphes). — *Orig.* : *Ode inachevée à la boue*, Bruxelles, « À l'enseigne de La Sirène », coll. « Points de mire », n° 1, 28 p., achevé d'imprimer le 25 janvier 1953 par le Maître imprimeur Jean de Clerq, tirage à 315 exemplaires sur Hollande ou Vélin (B.N.F. : Res pYe 1963, exemplaire n° 19) ; cette collection était dirigée par Jean Séaux. Rares variantes d'ordre sémantique et de ponctuation, plusieurs de disposition, qui avaient été prévues dans l'accord conclu avec l'éditeur : « chaque division du texte reprendra en page impaire pour donner suffisamment de corps à l'ouvrage » (*AF*).

L'intitulé doublement oxymorique, dont la nécessité s'impose quand Ponge constate l'impossibilité d'écrire un texte qui, par son objet, aurait pu appartenir au *Parti pris des choses*, déplace et renforce tout à la fois le propos initial ; le poème, consacré à cette « sombre période » de l'Occupation à laquelle Ponge est directement confronté à Roanne (1942) par le biais de son activité résistante, se métamorphose sur les plans formel et esthétique en une célébration qui pourtant renonce, par son caractère inachevé, au genre poétique élevé de l'ode. Par définition, la boue est un objet informe, c'est-à-dire qui résiste aux formes closes, ou à celles, figées, de la tradition lyrique ; à l'inversion des stéréotypes (voir M. Riffaterre, « Francis Ponge's Poetics of Humor », *Books Abroad*, n° 4, automne 1974) se greffe la résurgence du modèle humaniste des éloges paradoxaux (voir B. Beugnot, *Poétique de Francis Ponge. Le palais diaphane*, coll. « Écrivains », P.U.F., 1990).

1. Dans *Pr.* et dans *orig.*, ce paragraphe et le suivant n'en forment qu'un.
2. Thème qui clôt « Éclaircie en hiver » de 1932 (voir p. 720-721), mais auquel s'adjoint ici une évidente connotation politique.

3. Ce paragraphe correspond à quelques variantes près à un texte des *AF* intitulé « La Sarcelle » (21-22 mars 1942) où il est entièrement disposé en alexandrins, mais qui avait été soumis à Jean Paulhan dans une version en prose. La revue dirigée par Marc Barbezat, *L'Arbalète* (cahiers de poésie rédigés par des soldats), avait refusé « La Sarcelle » (voir J. Paulhan, F. Ponge, *Correspondance [...]*, t. I, lettre 267, p. 275). L'adjectif « roué » s'est substitué à « voué ». Ponge a douté du terme « charrettes » : « peut-être trop diminutif, mais je ne veux pas non plus d'un mot trop fort, qui "voile" cette partie du texte » (*ibid.*, t. I, lettre 263, p. 271). On retrouve le même type d'énoncés à double sens dans « La Guêpe » (voir *La Rage de l'expression*, p. 344 et n. 9) ; procédé sans doute justifié par la censure à laquelle les revues doivent faire face en zone occupée.

4. Dans *Pr.* et dans *orig.* : ce paragraphe et le suivant sont liés.

5. « Gros-Jean » dans *orig.*

6. Allusion à la Bible, notamment au second récit de la création de la Genèse (I, 2).

7. *Orig.* porte : « voudrait ».

8. Dans *Pr.*, ce verbe est en italique.

9. L'état de *ms. AF* daté « Roanne, 5-6 avril 1942 » porte en note : « Il faut enfin à son propos, et à propos de flegme que je vérifie le sens du mot apophtegmes qui pourra me servir au titre de ces notes ».

◆ L'ANTHRACITE OU LE CHARBON PAR EXCELLENCE. — *Ms.* : le dossier des *AF* totalise 43 feuillets répartis en plusieurs lieux. Premier ensemble (22 feuillets) : six feuillets extraits du *CIR* (21 décembre 1940 ; janvier 1941) ; divers états non datés, des « notes sur les charbons » (janvier et février 1941) rédigées à Roanne (seule indication de lieu), le dactylogramme corrigé de *Botteghe oscure* (27 février 1951). Second ensemble (12 feuillets) : « Les charbons », six feuillets de notes lexicologiques (voir, dans l'Atelier, p. 849-854) ; quatre états partiels dont l'un est daté du 15 novembre 1947 ; un dactylogramme corrigé. Le troisième ensemble (8 feuillets) comprend quatre états appartenant au dossier des « Fleurs » : « Des chardons. Sexuation de la matière organique » (26 novembre 1947), « Hypothèse sur l'origine des charbons » (27 novembre 1947), « Sexuation de la matière organique. Scholie » (26 novembre 1947, ajout du 5 août 1954), « Le Mythe des charbons » (6 décembre 1947). Quand Ponge mentionne à Jean Paulhan (*Correspondance [...]*, t. II, lettre 463, p. 106) le projet d'un ballet pour « L'Origine des charbons », désigne-t-il un tout autre texte ou bien un état de « L'Anthracite » qui n'aurait pas été conservé et dont le titre condenserait à lui seul toute la recherche consacrée aux origines végétales de ces « fameuses masses noires appelées houilles ou charbon » ? — *Préorig.* : *Botteghe oscure*, n° 7, Rome, 1951, p. 425-426 ; revue dirigée par Marguerite de Bassiano. Le dactylogramme corrigé ne présente qu'une variante significative ; en corrigeant les pronoms personnels de la troisième personne du singulier initialement employés au masculin, Ponge substitue « créature » à « anthracite » comme antécédent (p. 732, 7ᵉ paragraphe) et place ainsi le texte sous le signe de « la *féminité* du monde » (*Pour un Malherbe*, p. 73).

Échelonnée sur onze années, la rédaction de « l'Anthracite » a été entreprise le 21 décembre 1940 et s'est poursuivie en janvier-février 1941. Le 14 août 1943, Ponge mentionne à Gabriel Audisio son intention d'envoyer le texte à Joë Bousquet, sans doute en vue d'une publication dans les *Cahiers du Sud*, mais le travail se poursuit au cours de 1947 afin d'explorer l'origine de la « formation » des charbons et d'en exprimer une « idée naïve » : « Il faut bien que l'encre soit employée une fois à écrire à propos du charbon. Et je veux lui en donner l'occasion. Grâce à moi, elle connaîtra cette satisfaction qui lui est due depuis toujours » (« Les Charbons », non daté). Entrevus dès janvier 1941 à l'occasion du travail sémantique amorcé avec les mots « anthracite » et « Lancashire », qui a été suivi d'une importante recherche dans Littré (voir, dans l'Atelier, « [État manuscrit de "L'Anthracite"] », p. 849-854), les rapports liant les minéraux aux végétaux font écho au texte « Des cristaux naturels » de 1946 (*Méthodes*, p. 632-633) ; ils feront l'objet de développements élaborés dans des écrits ultérieurs (notamment « Abrégé de l'aventure organique suivi d'un développement d'un détail de celle-ci », [*Nouveau nouveau recueil*, « L'Opinion changée quant aux fleurs », t. II, p. 127-132]) par le biais de la mise en place progressive d'un vaste réseau thématique et l'élaboration d'une double poétique du minéral et du végétal dont Bernard Veck (*Francis Ponge ou le Refus de l'absolu littéraire*, p. 131-167) a analysé les principales manifestations. Par sa disposition fragmentaire et sa « syntaxe elliptique où dominent les juxtapositions » (M.-T. Tcholakian, *La Pierre, métaphore de la poésie chez Francis Ponge*, mémoire de maîtrise, Université de Montréal, 1988), ce texte-fable évoque le phénomène de condensation des charbons. Trouvée dès le premier état du 21 décembre 1940, la formule de clôture, qui recourt au procédé de l'amphibologie, interrompt « brusquement » le processus de formation du texte dont elle confirme la portée allégorique, et mime tout à la fois le phénomène de combustion et la nature profonde de ces « charbons » qui, « ayant dû renoncer » au diamant, « se pétrifièrent alors en une cristallisation intermédiaire [...] dans le deuil de leurs illusions successives ». « L'Anthracite » véhicule une conception de l'écriture comme acte ou pratique qui s'inscrit dans le prolongement de *La Rage de l'expression*.

1. « Il faut que je déblaie, que je débarrasse mon esprit d'une formule lancinante, qui m'empêche d'ouvrir aisément la porte de ma cave. La voici enfin soulevée, détachée de moi, telle que je la jette à la voirie [...] » (« L'Anthracite. Tas de charbon », état non daté, dans le premier ensemble du dossier des *AF*).

2. Cette formule ainsi que les passages consacrés à « l'aspect brillant » de ce « charbon naturel », à son « pouvoir calorifique élevé » qui en fait le « combustible idéal pour le chauffage domestique » s'inspirent du *Grand Larousse universel* que Ponge a sans doute consulté bien qu'il n'en ait rien noté dans son dossier. Littré signale simplement « l'origine végétale » de l'anthracite.

3. Seul écho d'un long développement consacré à la métamorphose des végétaux (manuscrits des *AF* datés du 26-27 novembre 1947 et du 6 décembre) repris dans « Abrégé de l'aventure organique suivi du développement d'un détail de celle-ci » (*Nouveau nouveau recueil*, « L'Opinion changée quant aux fleurs », t. II, p. 129-130). La notion de perfection, associée aux cristaux, et dont le diamant propose le modèle, est présente dès les « Notes d'un poème (*sur Mallarmé*) » (*Proêmes*, p. 181-183) et « Les Trois boutiques » (*Le Parti pris des choses*, p. 41) ; elle réapparaît notamment dans « Pochades en prose » (*Méthodes*, p. 538-568) et « La Société du génie » (*ibid.*, p. 635-641). Le 11 novembre 1960, alors qu'il travaille à « L'Ardoise » (*Nouveau recueil*, p. 141-142), Ponge note (dossier des *AF*) que le thème du deuil est à rapprocher du « Galet » et de « L'Anthracite ». Voir G. Girard, *La Fleur comme objet poétique dans l'œuvre de Francis Ponge*, mémoire de maîtrise, Université de Montréal, 1992.

4. « Les charbons mats ont quelque chose d'ignoble. Ils semblent qu'ils tournent le dos ou que leurs paupières sont obstinément closes. Ils ne

répondent au monde extérieur par aucun [...] signe d'intelligence » (*CIR*, janvier 1941) ; « Enfin des pierres tournées vers nous et qui ont déclos leurs paupières, des pierres qui disent OUI ! Et quels signes d'intelligence » (*Méthodes*, « Des cristaux naturels », p. 633). Sur le réseau métaphorique liant les deux textes, voir B. Veck (*Francis Ponge ou le Refus de l'absolu littéraire*, p. 142-146).

5. Ce néologisme va à l'encontre des indications du Larousse qui précise que la dureté de l'anthracite, qui constitue une « qualité », l'empêche de s'effriter entre les doigts en laissant une trace ». Si son « caractère magnifique » en fait le « prince des charbons » (manuscrit des *AF* daté de février 1941), l'anthracite ne prétend toutefois pas au diamant.

◆ LA POMME DE TERRE. — *Ms.* : les *AF* conservent sept états (photocopies d'originaux appartenant à une collection privée, 10 feuillets) rédigés au cours de l'hiver 1941-1942 ; deux feuillets (22-23 et 25-26, datés de novembre 1941) sont conservés dans le fonds René Micha à qui Ponge les avait offerts en septembre 1945. — *Préorig.* : *Confluences* (« Revue de la Renaissance française »), n° 18, mars 1943, p. 243-244. Revue résistante dirigée par René Tavernier (publiée à Lyon de 1941 à 1945, puis, après la Libération et jusqu'en 1950, à Paris) dont Ponge est officiellement le représentant auprès des librairies de la zone sud de la France. Le texte, que Ponge souhaite corriger sur épreuves, est expédié à Auguste Anglès avec cette note : « à condition que les extraits du Littré dont on doit me préparer une copie au bureau de *Confluences* me parviennent en même temps » (note datée de Bourg-en-Bresse, 24 février 1943, BJ-D, *ms.* 33604). Le texte a été repris dans *Horizon*, n° 65, mai 1945, p. 318-319 ; cette revue était publiée à Londres sous la direction de Cyril Connelly. Il figurera aussi dans *Liasse* (1948, p. 42-45), avec de menues variantes typographiques et de ponctuation. — *Publications postérieures à* « *Pièces* » : *Poésie*, n°ˢ 100-103, juillet-octobre 1982, p. 185-187 (numéro spécial « Les Poètes de la revue *Confluences* ») ; *Cahiers de l'Herne*, n° 51, 1986, p. 413-414, accompagné des fac-similés et des transcriptions des feuillets du fonds Micha. René Micha y propose une analyse pour éclairante du travail de la réécriture (« D'une méthode, d'une pièce : c'est tout un »).

Dès le mois d'avril 1943 et dans les mois qui suivent, les comptes rendus de « La Pomme de terre » dans *L'Action française*, *L'Effort*, *L'Écho des étudiants*, *L'Éclaireur de Nice*, etc. ne sont qu'éreintements ; déçu du silence qui a suivi la publication du *Parti pris des choses*, Ponge se dit en revanche ravi de la réception faite à ce texte par la presse collaboratrice du sud. Voir J. Paulhan, F. Ponge, *Correspondance [...]*, t. I, lettre 289, p. 299 ; voir aussi une lettre à Albert Camus, 21 août 1943 (fonds Camus de l'I.M.E.C.). Dans le dossier manuscrit des *AF*, un court poème lyrique a fait l'objet de deux versions dont l'une est intitulée « Trois esquisses pour la Pomme de terre » (numérotées et séparées par de larges blancs) ; le contexte de la rédaction et son engagement politique ont pu conduire Ponge à privilégier le poème en prose et le ton de la « parabole de l'écorce ». Cette décision répond également à des impératifs d'ordre esthétique et poétique : « Que chaque mot apparaisse détaché de sa signification ou encore de son objet par le traitement de ses qualités proprement verbales. Dans ce traitement, à la fois l'objet est dénudé, monte nu, et sa peau verbale est parfaite : l'objet littéraire est complet [...]. On peut le jeter aux ordures. Et il y a là une délectation. Un plaisir de choix » (« Constance d'une de mes idées », 12 septembre 1954, inédit des *AF*). Ponge évoque alors « Le Tronc d'arbre » (*Proêmes*, p. 231) et « La Pomme de terre » que leur thématique et leur signification apparentent à des

« exercices de rééducation verbale » (*Proêmes*, « Pages bis », IV, p. 211). Refusé par les *Cahiers du Sud* et la revue lyonnaise *L'Arbalète* (voir J. Paulhan, F. Ponge, *Correspondance [...]*, t. I, lettre 267, p. 275), « La Pomme de terre » a figuré sur la liste des *Sapates* de novembre 1947.

1. Nous donnons deux versions manuscrites d'un ajout destiné à préciser ce passage qui a été éliminé : « intacte mais débarrassée de la tenace pellicule du silence ordinaire » (22 novembre 1941) ; « l'ayant débarrassé de l'adhésion d'un sentiment informe » (23 novembre 1941).

2. « La pomme de terre n'est pas un sujet qui prête à philosophie. Il me suffit bien qu'il en reste un bloc friable et savoureux, et qu'elle soit bonne à nous nourrir (cochons, hommes et poètes) quelques heures » (deuxième état manuscrit des *AF*).

◆ LE RADIATEUR PARABOLIQUE. — *Ms.* : aux *AF*, deux manuscrits (5 feuillets) ; le premier (*ms. 1 AF*) est intitulé « Tableau de rêve » (« Bourg, 26 novembre 1942 »), le second (*ms. 2 AF*) « Sentiment de victoire au déclin du jour, avec conséquences funestes » (« Bourg, 11 au 11 janvier 1943 ») ; deux dactylogrammes (*dactyl. AF*), datés du 26 novembre 1942, dont un double au carbone. Quelques corrections de ponctuation, inversions et ajouts, dont l'essentiel sera pris en compte dans *préorig.*, modifient le rythme du texte et la disposition des paragraphes. — *Préorig.* : *Preuves*, n° 47, janvier 1955, p. 39.

Ce récit de rêve, que Jean Pierrot (*Francis Ponge*, p. 240) apparente peut-être un peu rapidement à la « veine surréaliste », permet d'évoquer l'époque où, sous l'Occupation, la France vivait dans l'attente d'une rapide réunion des zones libre et occupée : « 1942 peut-être sera l'an de la réunion. C'est notre vœu, tandis que tombe la neige. Quand viendront les étoiles filantes, nous en aurons d'autres, espérons-le » (J. Paulhan, F. Ponge, *Correspondance [...]*, t. I, lettre 259, p. 267). Mais, le 11 novembre 1942, les Allemands entrèrent en zone libre. La forme et la signification singulière de ce texte ont conduit Ponge à tenter plusieurs titres ; le titre définitif l'apparente au genre de la parabole ou du récit allégorique et met en relief sa valeur morale. Il rappelle également les textes clos du *Parti pris des choses*. Une brève note inédite (*AF*) résout l'apparent paradoxe existentiel et formel de ce texte : « Finalement tout cela se résoudra dans mon livre : *De l'homme* que je voudrais être à peu près égal pour le ton et le volume à l'*Art poétique* d'Horace et pour les rapports du concret et de l'abstrait, du vrai et du beau avec une statue de Praxitèle (Rien que ça). / Bourg-en-Bresse / 11 et 12 janvier 1943 ».

1. On attendrait plutôt ici « être dans l'air », qui se dit « de certaines conditions physiques ou morales qu'on croit provenir de la nature d'un pays, d'une société, etc. » (Littré) ; cette locution adverbiale, surtout usitée dans les expressions « tirer en l'air », « paroles, projets en l'air », etc., accentue la sévérité du jugement de Ponge sur la situation que connaît la France occupée.

2. Dans *ms. 1 AF* figure le nom de Jean Paulhan. Dans *dactyl. AF*, Ponge utilise cette formule allusive : « l'un des princes de l'esprit contemporain » ; voir *Lyres*, « Pour une notice (sur Jean Paulhan) », p. 475-478. Le texte définitif marque l'écart temporel qui sépare le texte de sa publication et relativise l'importance littéraire attribuée à Jean Paulhan ; au cours des années 1953-1954, une distance s'est installée entre les deux hommes.

3. Un paragraphe de *ms. 1 AF* a presque entièrement été éliminé : « Afin de me rassurer, je refis plusieurs fois la manœuvre d'ouvrir et de refermer mes paupières, avec difficulté et appréhension chaque fois. Et

en même temps, à peu près guéri, mais non complètement désensommeillé toutefois, je réussis, malgré mon engourdissement, à saisir aussitôt mon écritoire, pour y consigner cela ».

◆ LA GARE. — *Ms.* : les *AF* conservent un manuscrit (*ms. AF*) portant deux dates (« Bourg, novembre » ; « 25 novembre 1942 ») et un dactylogramme (*dactyl. AF*) daté (« Bourg, 25 novembre 1942 »).

« La Gare » a été rédigée à Bourg-en-Bresse où Ponge a séjourné de juillet à décembre 1942 avant de se retirer à Coligny (voir « Mœurs nuptiales des chiens », p. 742-743) ; en novembre 1947, ce texte « inachevé » est destiné aux *Sapates*. Le travail de réécriture a consisté en retouches au niveau de la ponctuation et, surtout, en un réarrangement des fragments selon une disposition qui structure différemment le texte et l'apparente, du moins pour sa première partie, à un train composé de plusieurs courts wagons semblables les uns aux autres.

1. L'entrée des Allemands en zone libre, le 11 novembre 1942, provoqua un exode massif des Français. Dans *ms. AF*, l'importance de ce passage est manifeste puisqu'il ouvre le texte ; un ajout marginal renforce l'allusion : « Si nous voulons être tout à fait raisonnable, nous dirons non pas étrange mais qui a rapport avec l'étrange, qui assure les rapports avec lui. » Le terme de « contagion » (1ᵉʳ §), qui a pu être amené par la métaphore médicale déployée dans le second paragraphe, est lui aussi fortement connoté ; « pulsatile » (2ᵉ §) est également un terme de médecine : « qui présente des pulsations » (Littré).

2. Dans *dactyl. AF*, le dernier paragraphe est constitué de trois fragments ; la ponctuation de *Pièces* se substitue donc aux blancs de la disposition initiale : il en va ainsi du point-virgule, qui suit « électrifié », et du tiret placé après « multicolores ».

◆ LA LESSIVEUSE. — *Ms.* : trois manuscrits aux *AF* datés de Roanne, novembre 1940, dont deux dans le *CIR* ; les épreuves corrigées de la publication en revue. — *Préorig.* : *Messages*, n° 1, janvier 1944, p. 27-30, intitulé « Sources de la poésie ». Les noms de Guillaume Apollinaire, Paul Éluard, Michel Leiris, Jean Tardieu, Jean Lescure et Jean Paulhan figurent notamment au sommaire. Selon une note des *AF* de janvier 1965, ce texte aurait paru dans le mensuel new-yorkais *Amérique* (*America's French Journal*) fondé en septembre 1933, mais cette publication n'aurait eu lieu ni en 1943, ni en 1944. Organe d'information des populations de langue française qui s'adresse aux colonies françaises du Nouveau Continent et aux « Américains qui aiment la France et sa culture » (note anonyme publiée dans plusieurs numéros), ce journal est publié par Maurice et Josette Lacoste, respectivement directeur et éditeur en chef. Quand le journal fusionne avec *La Victoire* et que son titre devient *France Amérique*, en mai 1943, l'engagement politique s'intensifie et les rubriques littéraires se font plus rares. S'il a pu s'agir d'un projet, celui-ci aura donc été abandonné. — *Orig.* : *Liasse*, 1948, p. 47-54. Par rapport à *préorig.*, variantes de ponctuation et trois substitutions sémantiques ; sur une copie conservée dans les *AF*, correction de l'erreur survenue dans la composition du texte où quelques lignes données en désordre rendaient illisibles deux paragraphes (« Nous voici donc... » ; « Dans cet instant... »). — *Pièces* : reprise de *préorig.* avec variantes de ponctuation ; pour l'argument, typographie d'*orig.*

Dans l'élaboration de la notion de toilette intellectuelle, la rédaction de « La Lessiveuse » aura été déterminante. Faute de disposer de tous les documents, la genèse reste partiellement obscure, mais les différents événements qui marquèrent l'année 1943, date à laquelle Ponge s'engage dans l'activité résistante et inclut progressivement l'homme, c'est-à-dire l'homme social, dans son projet poétique (voir J. Paulhan, F. Ponge, *Correspondance [...]*, t. I, lettre 277, p. 286), permettent d'en saisir les enjeux. Ponge réaffirme le constat énoncé dans « Des raisons d'écrire » (*Proêmes*, p. 196) selon lequel il faut « se secouer de la suie des paroles », bousculer les habitudes « que dans tant de bouches infectes elles ont contractées » ; par ailleurs, le choix de ce sujet lui permet, tout comme il l'avait fait dans « La Pompe lyrique » (p. 727), de condamner le lyrisme traditionnel. L'écriture et la poésie visent à changer l'ordre des choses en matière politique, sociale et littéraire ; tout comme la révolte, « l'indignation » et la colère, le texte possède une valeur cathartique et une fonction purificatrice (M. Collot, *Francis Ponge entre mots et choses*, p. 183). Amorcé en novembre 1940, le texte connaît une mutation profonde lorsque Jean Paulhan invite Ponge à lui donner quelques pages destinées à paraître, avec *Clé de la poésie*, dans un numéro de la revue niçoise *Profil littéraire de la France* dirigée par Henri de Lescoët (voir *Correspondance [...]*, t. I, lettres 292-294, p. 302-305). Ponge se remet alors au travail, mais le ton de l'éloge adopté dans les trois premiers états consacrés à une célébration d'une « belle machine à vapeur » dont le « port digne et modeste » suscite l'émotion cède bientôt la place à une réflexion que prolongera *Le Savon* par rapport auquel ce texte constitue « une sorte d'exercice » (*Le Savon*, Appendice VI ; inédit daté du 17 janvier 1965 et conservé dans les *AF*), voire l'une des étapes de sa genèse.

1. Tout comme dans « Le Lézard », la fonction de cet argument consiste tout à la fois à identifier les diverses parties constitutives du texte, dont il éclaire ainsi la structure, et à expliquer le principe de son fonctionnement selon le modèle de la fable. Dans le cas de *L'Araignée*, l'argument propose plutôt un protocole de lecture (voir n. 1, p. 762).

2. « Je peux dire que cela m'agace un peu, cette façon de me lancer l'homme dans les jambes » (*Proêmes*, « Pages bis », IX, p. 221).

3. À quelques variantes près, ce poème reprend un état rédigé en novembre 1940 dans le *CIR*. Le retour au poème en prose permet d'opposer au lyrisme la rage froide de l'expression dont la nécessité s'est affirmée dans les « Pages bis » des *Proêmes*.

4. Dans « L'Homme et les Choses » (*Situations*, t. I, p. 292-293), Jean-Paul Sartre critique cette leçon du texte dans laquelle il ne voit qu'une métaphore renvoyant à la notion aristotélicienne de purgation des passions. Dans une lettre à Albert Camus (archives Camus de l'I.M.E.C.) dont la date semble erronée (21 août 1943), Ponge déclare que c'est à la lecture des placards que le caractère « provocant du texte » lui est clairement apparu.

5. Cette notion de rinçage réapparaîtra dans *Le Savon* (p. 32) ; l'expression « amas de tissus ignobles » apparue plus tôt n'est pas sans rappeler le « tas de vieux chiffons » auquel Ponge compare les paroles dans « Des raisons d'écrire » (*Proêmes*, p. 196).

6. Dans « Les Écuries d'Augias » (*Proêmes*, p. 191-192), Ponge établit également un parallèle entre « l'ordre de choses honteux » qui sévit à Paris et cet « ordre sordide » qui parle « à l'intérieur de nous-mêmes » quand on n'a à sa disposition que des mots salis et prostitués par un usage journalier.

7. Dans une lettre à Jean Paulhan (*Correspondance [...]*, t. II, lettre 511, p. 155), Ponge mentionne, parmi les procédés propres à l'objeu, la manipulation de la syntaxe et le « chahut » de la concordance des temps qui, quoique quasi imperceptible, est indispensable à la signification du texte ; il cite, à titre d'exemple, le début du « Soleil placé en abîme » et les deux

derniers paragraphes de « La Lessiveuse ». Outre leur fonction proprement humoristique et leur densité sémantique, les jeux de mots (« potasser », « galvaniser », etc.) relèvent de la même stratégie qui vise d'une part à échapper au lyrisme traditionnel tout en restant à l'intérieur de la poésie et, d'autre part, à mettre discrètement en évidence la signification profonde du texte dont il importe de dégager la leçon.

◆ L'EAU DES LARMES. — *Ms.* : les *AF* conservent un état dactylographié (*dactyl. AF*) constitué de 2 feuillets non datés. Le manuscrit figure au catalogue (n° 180) du libraire Robert Valette. — *Préorig.* : *Poésie 44*, n° 18, mars-avril 1944, p. 70 (voir la notule du « Platane »). Le texte, placé entre guillemets, y est donné en un seul paragraphe. En 1945, en réponse à une invitation de Roger Caillois, directeur de la revue *Lettres françaises* (Buenos Aires), Ponge lui envoie le texte, revu et corrigé ; le projet a, vraisemblablement, été abandonné (lettre conservée dans le Fonds Caillois, Bibliothèque Valery-Larbaud, Vichy). — *Orig.* : *Liasse*, 1948, p. 55-56 ; nombreuses variantes (voir la Notice du recueil, p. 924). — *Pièces* : quelques ajouts et corrections d'ordre sémantique ou qui ont trait à la ponctuation ; suppression de l'incipit de *préorig.* et d'*orig.*, « Tu pleures ? ». Disposition formelle plus traditionnelle (c'est-à-dire qui se rapproche davantage du genre du dialogue) et plus souple. La structure du texte se délie-t-elle sous le poids du débat idéologique entourant la genèse du texte s'est lui-même dissous ?

Alors qu'il vient d'en achever la rédaction, Ponge présente brièvement à Albert Camus, qu'il a rencontré en janvier 1943 et avec qui il entretiendra une correspondance soutenue jusqu'en août 1956, l'ampleur du projet qui sous-tend « L'Eau des larmes » : « Cela fait partie (petite partie) de mes études préliminaires ou antépréliminaires à l'*Homme* » (fonds Camus de l'I.M.E.C., lettre du 17 mars 1943). Les « Notes premières de "L'Homme" » de 1943-1944 (*Proêmes*, p. 223-230) comprennent des « réflexions » suscitées par la lecture du *Mythe de Sisyphe* et une réponse à une lettre d'Albert Camus (janvier 1943) consacrée au *Parti pris des choses* dont il fut l'un des premiers lecteurs ; la réaction de Ponge face à la possible annexion de son projet par la philosophie est vigoureuse : « Cela m'agace un peu cette façon de me lancer l'homme dans les jambes, et j'ai envie d'expliquer pourquoi l'*homme* est en réalité le contraire de mon sujet » (*Proêmes*, « Pages bis », IX, p. 221). Si « L'Eau des larmes » est bien l'un des rares textes consacrés à l'homme, il reste qu'il ressortit à la poésie, à la seule « ressource » du poète : l'expression.

1. L'emploi de ce terme renvoie à Paul Valéry dont un texte, « Larmes » (*Mélanges*, dans *Œuvres complètes*, Bibl. de la Pléiade, t. I, p. 339), repose tout entier sur la tristesse dont elles sont le signe ; il permet d'inscrire l'œuvre poétique de Ponge dans un mouvement d'opposition par rapport à la poésie contemporaine. Si la publication dans *Poésie* fait écho à l'activité résistante de Ponge, il reste que le texte trouve sa pleine justification dans sa dimension esthétique.

2. *Préorig.* porte : « Mais de voir pleurer il est trop de rapports ». Quand Ponge, qui avait porté une attention soignée à la typographie du texte, découvrira cette coquille, il communiquera immédiatement à Jean Paulhan sa très vive déception : « L'eau des Larmes a été défiguré dès la 2ᵉ ligne [...]. Je commence à en avoir assez de ces revues qui confisquent les manuscrits, n'envoient aucune épreuve, et traitent les textes à leur façon (qui n'est pas la bonne) — après les avoir mendiés » (*Correspondance [...]*, t. I, lettre 305, p. 319).

3. Le terme « perles », qui désigne tout à la fois les larmes et ce qu'il y

a de « mieux dans un genre » (sens figuré, Littré), constitue le nœud sémantique du poème. Tout comme dans « L'Huître » (*Le Parti pris des choses*, p. 21) auquel Ponge renvoie explicitement, la recherche tend désormais au bonheur d'expression, c'est-à-dire à la formulation la plus adéquate possible sur les plans sémantique et poétique : parvenant enfin à mieux s'exprimer, le visage en pleurs s'illumine d'un sourire. À partir d'ici, alors que la recherche métaphorique s'intensifie et se déploie, un changement s'opère : à la description d'un objet se substitue, dans la deuxième partie du poème dont ce passage constitue l'amorce, son expression poétique.

4. La métaphore aquatique a sans aucun doute généré l'évocation de la déesse de la mer. Dans *dactyl.* AF et dans *Pièces*, les guillemets fermants sont absents en fin de ligne.

5. À partir de l'expression « Ô Perles d'Amphitrite », tout ce passage est composé en capitales dans *préorig.* La reprise du bas de casse symbolise-t-elle l'effacement de la place occupée par l'homme au sein du texte ?

♦ LA MÉTAMORPHOSE. — *Ms.* : fac-similé d'un feuillet manuscrit absent des AF (Ph. Sollers, *Francis Ponge*, p. 144). — *Orig.* : *La Patrie se fait tous les jours. Textes français 1939 1945*, anthologie des textes de la Résistance préparée par Jean Paulhan et Dominique Aury (Éditions de Minuit, 1947, p. 241-242) ; avec « Détestation » (*Lyres*, p. 459), dans la section intitulée « L'Occupation et l'Exil ». Ayant accepté l'invitation de Jean Paulhan qui lui réclame deux textes « de résistance » (J. Paulhan, F. Ponge, *Correspondance* [...], t. II, lettre 366, p. 22), Ponge lui expédie les manuscrits (voir *ibid.*, lettre 367, p. 22-23). Quatre-vingt-deux écrivains et intellectuels engagés collaborent à cet ouvrage qui, comme l'indique Jean Paulhan dans sa préface, « La Patrie », se distingue des récits et traités patriotiques (p. 16) par sa forme et son contenu ; s'il recommande aux jeunes lecteurs d'ouvrir ce livre « au hasard, comme un recueil de poèmes », c'est qu'il vaut davantage par les idées qu'il « donne » que par celles qu'il « contient ». La notice biographique publiée en fin de volume, qui mentionne la parution récente du *Parti pris des choses*, inscrit l'œuvre de Ponge au cœur même de cette entreprise tout à la fois politique et littéraire : « L'œuvre est en cours, malgré, depuis, beaucoup d'occupations et de traverses » (p. 490). — *Autre publication* : dans *Liasse*, 1948, p. 57.

Ce « petit poème » a été écrit en avril 1944 à l'occasion d'une exposition des œuvres de Gabriel Meunier et d'Émile Picq présentée du 6 au 19 mai 1944 à la galerie Folklore de Lyon, lieu de rencontre des résistants. Inscrit à la craie sur le tableau noir de la galerie durant toute la durée de l'exposition, c'est-à-dire en « pleine période d'envol au maquis » (J. Paulhan, F. Ponge, *Correspondance* [...], t. II, lettre 367, p. 23), « La Métamorphose » invitait les jeunes à refuser le travail obligatoire mis en place par l'occupant. Le caractère éphémère du poème, destiné à être effacé, puis réécrit, ainsi que son sujet mettent l'accent sur la nécessité de transformer l'ordre des choses et de passer à l'action ; là gît l'espoir de la métamorphose de la chenille en papillon, du passage de la soumission à la liberté. La ligne de points de conduite, qui précède la dernière strophe de ce texte-fable et contribue à mettre en relief sa leçon, est tout à la fois la marque du temps nécessaire à la métamorphose et le signe de la brusque mais nécessaire rupture qu'elle installe entre deux états de faits. La facture classique de ce poème, constitué d'heptasyllabes rimés disposés selon quatre strophes de deux vers, ainsi que le côté anodin du sujet ont sans aucun doute été déterminés par le contexte ; il fallait en effet que le message de cette littérature de contrebande ne soit entendu que des seuls initiés. Dans sa « petite préface » (*ibid.*, t. I, lettre 305, p. 320) aux dessins de Picq, imprimée sur le carton d'invitation (voir *Le Peintre à l'étude*, « Émile Picq », p. 89-91), Ponge évoque aussi de façon allusive la période de « tourmente » que la France traverse alors.

◆ MŒURS NUPTIALES DES CHIENS. — *Ms.* : les AF conservent un dactylogramme corrigé non daté (*dactyl.* AF) suivi d'une note manuscrite précisant que le manuscrit original (daté de Coligny, Fronville, 29 juillet 1946) a été donné le 23 mars à Gil de Kermadec « à cause d'une allusion au Théâtre Antique » ; *dactyl.* AF ayant été découpé le long des marges, il est impossible de préciser s'il s'agit de 1947, 1948 ou 1949.

1. Allusion à la théorie de Hugo De Vries ; « mutation », qui fait aussi directement écho à la guerre, est apparu dans un ajout effectué dans *dactyl.* AF. Or c'est à Coligny, dans l'arrondissement de Bourg-en-Bresse, que Ponge se retire pour faire de la Résistance active après le sabordage du *Progrès* survenu en novembre 1942 après l'entrée des Allemands en zone Sud ; il y séjournera de décembre 1942 à mai 1944, puis y retournera pour les vacances d'été de 1945 et 1946.
2. Ce néologisme est issu de la proximité de « flaire » et d'« affairés ».
3. Le nom d'Orange est biffé dans *dactyl.* AF.

◆ LE VIN. — *Ms.* : les AF conservent, précédés d'un inventaire intitulé « Le Vin (Notes premières) », 3 manuscrits (9 feuillets) rédigés respectivement à Roanne (7-9 décembre 1941), Fronville (22 août 1943) et Paris (27 décembre 1946) ; deux états imprimés, dont l'un composé en italique (d'origine inconnue) peut-être une épreuve préliminaire et l'autre sans doute destiné à la publication qui porte quelques corrections de ponctuation et une substitution sémantique auxquelles Ponge renoncera. Le premier état est très travaillé et son titre évoque une nature morte (« Vin. Un verre de vin avec du fromage ») ; la disposition ainsi que plusieurs des formulations tentées amorcent une rédaction placée sous le signe du lyrisme et de l'ode (« Ô fromage », « Ô vin », « Ô végétation »). Seules quelques métaphores seront conservées ou enrichies dans les rédactions subséquentes ; l'expression « rubis sur l'ongle » y trouve sa source : « Dans les parois du verre, fraîcheur lourde, / La nuit noire aux éclats de rubis ». À ces pièces s'ajoute un état expédié à Jean Paulhan en novembre 1944 (publié dans *Correspondance* [...], t. I, lettre 312, p. 328-329). — *Préorig.* : *Action. Hebdomadaire de l'indépendance française*, nº 125, 24 janvier 1947, p. 10-11, suivi d'un compte rendu de la « Tentative orale » (*Méthodes*, p. 649-669) par Pierre Fauchery.

« Le Vin » propose une réflexion sur la prise de parole qui repose sur une analogie établie entre la constitution d'un poème et la fabrication du vin ; la métaphore végétale de l'écriture, commentée notamment dans la « Tentative orale » (*ibid.*), met l'accent sur la lente transformation des matériaux : l'ivresse provoque la « volubilité » nécessaire à l'écriture et à la mise en forme du poème et de ses éléments constitutifs, « par eux-mêmes statiques et inertes » (*Entretiens avec Philippe Sollers*, p. 187). À l'origine commandé par Charles Favrod, dont la famille vendait du vin en Suisse, le texte aurait été publié dans un *Catalogue Favrod* entre 1947 et 1957 (note inédite des AF). Quand Ponge le soumet à Jean Paulhan, il insiste sur le caractère « incorruptible » de cette « espèce de poème ». « Le Vin » a été refusé par Jean Tardieu (qui « l'a jugé exécrable ») et *Les Lettres françaises* (voir J. Paulhan, F. Ponge, *Correspondance* [...], t. I, lettre 312, p. 328-329). En 1947, il paraît dans le journal communiste *Action* dont Ponge, à la demande de Louis Aragon, a dirigé les pages littéraires de novembre 1944 à octobre 1946 (voir *Entretiens avec Philippe Sollers*, p. 82-83).

1. Face à la difficulté liée à la saisie d'un objet fluide comme l'eau qui « refuse toute forme » (*Le Parti pris des choses*, « De l'eau », p. 31-32) et que « Le Verre d'eau » permettra de résoudre (*Méthodes*, p. 578-611), « Le Vin » aura servi de lieu de passage, d'intermédiaire. Au fil des états, la rédaction de ce paragraphe, qui constitue l'un points nodaux de la genèse, se fait hésitante : la comparaison avec l'eau, qui vise à saisir l'essence du vin, procède d'abord par la prise en compte du contenant qui permet de les circonscrire, puis elle disparaît temporairement pour finalement s'imposer.

2. Ces trois mots en majuscules dans *préorig*.

3. « Voilà pourquoi le sommeil est si agréable. C'est une petite mort, mais au contraire de la mort, un excès de vie, une victoire de vie. Voilà une idée poétique dont je tirerai parti » (note manuscrite des *AF*, datée de Roanne, 9 décembre 1941).

4. Écho probable au texte de Baudelaire, « Le Vin des chiffonniers » (*Les Fleurs du mal*, dans *Œuvres complètes*, Bibl. de la Pléiade, t. I, p. 106-107) : « Souvent à la clarté rouge d'un réverbère [...] Épanche tout son cœur en glorieux projets ». Le terme d'âme apparu plus tôt évoque par ailleurs « L'Âme du vin ».

5. Ces deux mots sont en majuscules dans *préorig*. Cette attente est à rapprocher du procédé qui consiste à ouvrir une « trappe », à arrêter « le temps » (*Méthodes*, « Tentative orale », p. 659-660) pour laisser venir les mots.

6. Ce thème justifierait-il l'intention d'inclure « Le Vin » dans les *Sapates* en novembre 1947 ?

◆ LE LÉZARD. — *Ms.* : à la Bibliothèque royale Albert Ier (Bruxelles, exemplaire E, FS IX 845 A), 7 feuillets manuscrits (*ms. BR*) datés du 12 décembre 1945 au 27 janvier 1946, avec un ajout du 8 octobre 1946 ; aux notes et réflexions éparses succède un travail plus intense au cours des mois d'octobre et de novembre 1946 (F. Ponge, J. Tortel, *Correspondance [...]*, p. 40) qui s'achève en juin 1947. Aux *AF*, 5 jeux d'épreuves corrigées et une correspondance relative aux ventes de l'originale. — *Préorig.* : *La Licorne*, n° 2, hiver 1948, p. 42-46 ; le texte est daté de 1947. Revue trimestrielle publiée à Paris (1947-1948) ; ce numéro regroupe des textes de J. Paulhan, B. Groethuysen, A. Dhôtel, etc. Menues variantes sémantiques et de ponctuation. — *Orig.* : *Le Lézard*, eaux-fortes dont une hors texte par Jean Signovert, Paris, Éditions Jeanne Bucher, 1953, sans pagination (voir, dans l'Atelier, « [Eau-forte de Jean Signovert pour *Le Lézard*] », p. 855). L'ouvrage a été tiré à 42 exemplaires : 6 hors commerce de chapelle (I à VI), 28 numérotés et un marqué oo sur papier Auvergne à la main (B.N.F. pZ 1763), 7 exemplaires de tête (A à G) sur papier ancien et contenant chacun une suite de gravures. Achevé d'imprimer le 15 février 1953 sur les presses de l'imprimerie André Tournon et Cie ; texte imprimé en italique, sur papier gris. L'exemplaire A (non localisé) comporterait le manuscrit en fac-similé.

D'une évidente portée didactique, ce texte s'apparente à un art poétique ; la réflexion s'amorce par le biais de la médiation d'un objet du monde muet, mais, à la différence des textes du *Parti pris*, c'est la figure de l'allégorie et la question des origines, littéraires ou familiales, qui en révèlent l'importance et la portée au sein de l'œuvre. L'argument livre ainsi le « sommaire de l'ouvrage » (Littré) ; en outre, il propose l'énoncé des principes qui sous-tendent la genèse du texte, en régissent la structure et en expliquent le fonctionnement ; à partir de réflexions éparses, « petit train de pensées d'abord bizarres, un peu monstrueuses, baroques, à la fois familières et qui ne le sont pas, qui s'esquivent des profondeurs de l'esprit », s'opère un certain détachement de l'objet, désormais vu « d'en haut [...] en raccourci » (feuillet de *ms. BR* du 15 décembre 1945). Le rythme particulier du texte, dont les fragments sont plus nombreux dans *préorig.* et *orig.*, s'atténue dans la disposition typographique de *Pièces*; comme pour « L'Araignée » (p. 762-765), ces changements reposent sans doute sur des contraintes éditoriales. Le projet d'une plaquette soumis à Gaston Gallimard étant refusé (voir J. Paulhan, F. Ponge, *Correspondance [...]*, t. II, lettre 397, p. 50-52), le texte figure sur la liste des *Sapates* en novembre 1947. Le 29 janvier 1953, Ponge a enregistré « Le Lézard » au Club d'essai pour l'émission « Voix de notre temps » (note des *AF*).

1. « L'Araignée », dont une partie de la rédaction est contemporaine, comporte lui aussi un argument, mais sa portée est sensiblement différente. L'écho explicite à Mallarmé, dont la figure occupe une place déterminante dans l'œuvre, est présent également dans l'emploi du verbe « annihiler » dans « My creative method » (*Méthodes*, p. 515-537); il se répercutera avec plus de force encore dans la clausule du « Soleil placé en abîme » (p. 793-794). Un fragment du « Verre d'eau » daté du 9 mars 1948 (*Méthodes*, p. 578-582) prolonge la réflexion sur l'allégorie qui trouve de multiples échos dans l'œuvre. Voir B. Beugnot, *Poétique de Francis Ponge. Le palais diaphane*, p. 155-160.

2. Le terme « lézarde » est issu de l'étymologie de « lézard » : « Par assimilation de forme, fente, crevasse qui se fait dans un ouvrage de maçonnerie » (Littré). En typographie, il désigne également les « raies blanches qui se présentent parfois dans la composition » (*ibid.*); se trouve ainsi renforcée et doublement justifiée l'analogie établie entre l'apparition du lézard sur le mur et celle du texte sur la page : « cela vient du plus obscur de l'esprit et aussi du chaos du dictionnaire, cela est très significatif de mes origines » (*Entretiens avec Philippe Sollers*, p. 43). Ponge renvoie explicitement à des souvenirs d'enfance : « Ce jardin était celui que nous habitions, à Avignon, alors que j'avais moins de sept ou huit ans, et où, évidemment mon père était présent. Et ce jardin était clos par un mur » (*ibid.*, p. 42).

3. Bien qu'il semble relever de la pure fantaisie lexicologique, le terme « saurien », normalement utilisé au pluriel, désigne le genre de reptiles auquel appartient le lézard (Littré); dans *ms. BR*, la description du lézard passe du général au particulier : « Il approche en gros plan et semble pareil aux grands sauriens » (16 décembre 1945); « Singulier, oui, le lézard est un animal singulier, au singulier » (27 janvier 1946). Voir *Méthodes*, « Tentative orale », p. 665 : « il faut prendre la chose au singulier ».

4. Dans une lettre à Albert Camus du 25 septembre 1943 (*N.R.F.*, n° 433, 1989, p. 59), Ponge évoque l'observation de lézards qui a pu être à l'origine du texte : le lézard « qui vient parfois sur ma table, je n'ai pas encore réussi à le voir gober une mouche, et il paraît n'aimer que le soleil [...] Et leur cœur bat [...] Enfin, ce qui est sûr, c'est qu'il se fait de plus en plus petit, au fur et à mesure des siècles sans déluges ».

5. Le rapetissement du lézard n'est pas sans rappeler le phénomène de formation du galet (*Le Parti pris des choses*, « Le Galet », p. 49-56).

6. Cette liste de termes renvoie également aux postures de l'écrivain face à son objet et aux risques de stérilité inventive que peut entraîner une trop longue contemplation, une contemplation qui ne soit pas « active » (*Méthodes*, « Tentative orale », p. 664).

7. Cet écho implicite à la Pentecôte et à la descente de l'Esprit saint (Actes des Apôtres, II, 1) fait du lézard le symbole de l'inspiration; si la

saisie de l'objet peut faire « sauter le cœur » et s'apparenter à un « coup de foudre » (*ms. BR*, note du 27 janvier 1946), l'illumination est rarement subite et procède plutôt par d'obscurs trajets : « Mon esprit — qui n'est parfois qu'un brouillard où passent de vagues fantômes — s'ensoleille aujourd'hui [...] C'est parfois une sphère de brouillard. Parfois un désert glacé. Une foule. Un grouillement confus et hurlant, une forêt, le bord de la mer » (*ms. BR*, 16 décembre 1945).

8. Plusieurs commentateurs ont proposé des lectures souvent éclairantes du sens et de la portée de ce néologisme (Th. Aron, « Patrie. Notes pour un commentaire de "La Famille du sage" », *Cahiers de l'Herne*, n° 51, 1986, p. 95 ; B. Beugnot, *Poétique de Francis Ponge. Le palais diaphane*, p. 158-159) ; une note non datée de Ponge à Pierre Oster (archives Gallimard) citée par Dominique Giovaccini et Gilles Vannier (« Explication du Lézard », dans *Analyses et réflexions sur Ponge*, « Pièces », *Les mots et les choses*, p. 197) résout toutefois les ambiguïtés : « Pourquoi suis-je *obligé* d'inventer ce mot *s'alcive*, parce que c'est la 1ʳᵉ fois, dans ce texte, que *je dois* employer ce que les grammairiens appellent un *verbe pronominal* ; auparavant, il est dit que le lézard sort du mur, qu'*on le voit sortir*, etc., etc. Tandis qu'ici, c'est le lézard *lui-même* qui agit : j'aurais pu écrire qu'*il s'extrait*, mais ce mot n'aurait pas été dans ce que j'appelle *la palette* particulière à ce texte : *alcive* est dans cette palette. Et tant mieux si la *salive* y est évoquée, mais je ne l'ai pas voulue ! »

9. S'opère ici, par rapport à *L'Araignée* (p. 309-324), un déplacement de point de vue : le texte-toile était un piège tendu au lecteur-proie ; l'allégorie situe désormais le travail poétique au cœur de l'entreprise scripturale.

10. Cette métaphore et la suivante (« tunnels de l'esprit »), issues des premières notes (*ms. BR*, 12 et 16 décembre 1945), esquissent la dimension allégorique du texte qui a pu prendre forme dans la phase finale de la rédaction. Le terme « tunnel » réapparaît dans « Réponse à une enquête radiophonique sur la diction poétique » (*Méthodes*, p. 645) où Ponge compare son travail à celui d'une taupe.

◆ LA RADIO. — *Ms.* : les *AF* conservent un dactylogramme corrigé portant l'indication suivante : « Texte expédié à Fernand Mourlot (pour l'Album de la Radio d'Essai) le 22 Déc[embre] 1946. Il n'a jamais paru » ; une copie annotée de *préorig.* (sans date). — *Préorig.* : *Preuves*, n° 47, janvier 1955, p. 38.

Texte de 1946 lu à la radio entre novembre 1947 et avril 1952, puis le 16 janvier 1962 au cours d'une émission de la radio belge consacrée au *Grand Recueil* (voir M. Mariën, *Radio-Ponge*, « Le fait accompli », Bruxelles, Les Lèvres Nues, août 1974, sans pagination ; B.N.F. : Res mz 566). En novembre 1947, il est inscrit sur la liste des *Sapates*.

1. Ce calque de l'expression « rien qui vaille » témoigne du mépris de Ponge à l'égard de la radio. Ce sentiment, déjà exprimé dans « Proclamation et petit four » de 1937 (*Méthodes*, p. 641), resurgira avec force dans « Préface à l'objeu » (inédit des *AF* du 12 mai 1952) : « La Radio » figure alors sur une liste de noms que Ponge clôt ainsi : « Je snobe les snobs. »

2. Néologisme de sens. Il est rare que Ponge utilise les guillemets pour signaler ou mettre en relief ses inventions verbales. Peut-il s'agir d'une intervention faite par l'équipe de rédaction ou par les typographes de la revue ?

◆ LA VALISE. — *Préorig.* : *Preuves*, n° 47, janvier 1955, p. 40. Le texte comporte deux strophes ; au moment de la préparation du recueil, il sera rétabli « comme de la prose ». D'autres écrits feront l'objet de variations formelles semblables : « Le Mimosa » (*La Rage de l'expression*, p. 366-376), dont le dossier renferme différentes tentatives de disposition, et « Ce petit plâtre inachevé à la gloire de Fenosa » dont la préoriginale a « les apparences d'un texte en prose » (*Nouveau recueil*, p. 233). Selon un dactylogramme (non daté) appartenant au dossier de « My creative method » des *AF* (voir la notule de ce texte, p. 1089-1090), « La Valise » a été rédigé à Paris entre le 25 novembre et le 6 décembre 1947 ; dans l'attente de son départ pour l'Algérie, retardé à cause d'une grève, Ponge avait laissé sa valise « faite ».

1. Allusion obscure, mais qui pourrait renvoyer à l'expression « auberge espagnole », qui désigne un lieu, ou bien à une situation où l'on ne trouve que ce que l'on a soi-même apporté.
2. Cette métaphore est peut-être à l'origine de la rédaction du « Cheval » (p. 773-775).

◆ LA TERRE. — *Ms.* : le dossier des *Cinq sapates* de la B.N.F (voir la Note sur le texte de ce recueil, p. 1004) conserve le manuscrit définitif (3 feuillets) et 9 feuillets manuscrits de notes, datés du 29 août et du 3 septembre 1943. Dans les *AF* : 1 état dactylographié corrigé. Les dates données dans la table de *Pièces* (1944-1949) signalent-elles que des états plus anciens manquent ? — *Préorig.* : *Empédocle*, n° 9, mars-avril 1950, p. 3-5 ; revue littéraire fondée en 1949 sous la direction de Jean Vagne. Texte en italique, quelques variantes de ponctuation et de disposition (blancs et paragraphes plus nombreux). — *Orig.* : *Cinq sapates*, p. 7-12 ; deux variantes textuelles données en notes, et une variante de ponctuation. — *Autre publication* : dans *À la rêveuse matière*, 1963 (voir la Note sur le texte, p. 1194) ; texte disposé sur deux colonnes sans découpage en paragraphes.

Par rapport aux cinq textes livrés sans indication de leur appartenance aux *Sapates*, « La Terre » occupe dans le recueil une position privilégiée qui en modifie sensiblement la portée ; ainsi placé en ouverture d'une séquence générique plutôt qu'en deuxième position comme en 1950, le texte acquiert sur le plan esthétique une importance et une densité plus évidentes au sein de la cosmogonie pongienne. L'écho biblique qui hante cet hommage à la terre et à la matière apparente le processus de l'écriture de l'œuvre à la genèse du monde, le travail poétique au processus de formation des minéraux.

1. Phrase absente d'*orig*.
2. Dans « Réponse à une enquête radiophonique sur la diction poétique » (*Méthodes*, p. 645), le poète est comparé à une taupe et son œuvre à un tunnel ou une galerie : les expressions sont « comme des matériaux rejetés, comme des déblais ».
3. *Orig.* porte ensuite la phrase suivante : « Voici notre demeure présente : la chair. »
4. Thème présent dans « L'Anthracite » (p. 732, note 3), développé dans « Abrégé de l'aventure organique suivi du développement d'un détail de celle-ci » (*Nouveau nouveau recueil*, t. II, p. 129-130).
5. Écho biblique auquel l'« Ode inachevée à la boue » (p. 731) fait référence explicitement.
6. Ponge a plusieurs fois proclamé sa résistance à « l'idéologie patheuse » (*Proêmes*, « Pages bis », II, p. 209) et son dégoût des idées, notamment dans « My creative method » (*Méthodes*, p. 515-537). « Les mots et les idées font partie de deux mondes séparés — je pense aussi que les choses et les idées que leur perception fait naître dans l'esprit font elles aussi partie de deux mondes impossibles à joindre » (Lettre à Bernard Groethuysen, dans Ph. Sollers, *Francis Ponge*, p. 33-34).

◆ LA CRUCHE. — *Ms.* : le dossier des *Cinq sapates* de la B.N.F. (voir la Note sur le texte de ce recueil, p. 1004) conserve 13 feuillets manuscrits (8 feuillets manuscrits de notes datées « Sidi-Madani, 4 janvier - Paris, vers le 20 avril 1948 » et les 5 feuillets du manuscrit définitif non daté) ; 3 feuillets dactylographiés se trouvent dans les *AF*. — *Préorig.* : *Empédocle*, n° 3, juin-juillet 1949, p. 23-25 ; en italique, menues variantes de ponctuation, une de disposition et une d'ordre sémantique. — *Orig.* : *Cinq sapates*, p. 19-26 ; premier texte du recueil, variantes de ponctuation et une d'ordre sémantique.

Absente de la liste de novembre 1947, « La Cruche » relève bien du genre des sapates ; à la description d'un objet du monde muet et du mot qui sert à le désigner se substitue un déplacement du propos. La clausule propose la leçon de cette petite fable et en révèle le sens caché : la cruche figure les paroles par le biais de cette sorte de « petits écrits » qui sont tels qu'ils « tiennent, satisfassent et en même temps reposent, lavent après lecture des grrrands métaphysicoliciens » (*Proêmes*, « Pages bis », v, p. 214).

1. Ce paragraphe esquisse l'allégorie en même temps qu'il met l'accent sur le mimétisme établi entre la structure du texte et ce qui constitue paradoxalement la principale qualité de la cruche : son caractère fragile, friable. « Fêlable » est un néologisme ; Littré signale le proverbe « Les pots fêlés sont ceux qui durent le plus. »

2. La description reprend les termes de la définition du Littré : « Vase en poterie à large panse ».

3. Ainsi tronqué, le proverbe (donné dans Littré) fait « sortir du ronron [...], progresser l'esprit » (*Méthodes*, « Tentative orale », p. 666). Sur l'utilisation du proverbe, voir I. Higgins, « Ponge des proverbes », *Revue des sciences humaines*, n° 228, 1992.

4. Dans *préorig.*, les deux phrases suivantes sont intégrées à ce paragraphe.

5. Comparaison qui a pu être suggérée par la consultation du Littré, article « Sapate ».

6. *La Cruche cassée* (1789), peinture de Jean-Baptiste Greuze qui représente une jeune fille aux seins nus portant par l'anse une cruche dont la forme correspond à la description du texte ; sur le manuscrit du 4 janvier 1948, la mention « La cruche cassée » peut y renvoyer.

7. L'allégorie met-elle en place un changement de point de vue par rapport aux propos de « Tentative orale » (*Méthodes*, p. 654) : « parler et écrire sont vraiment deux choses contraires. On écrit pour faire plus ferme ou plus ambigu » ?

◆ LES OLIVES. — *Ms.* : le dossier des *Cinq sapates* de la B.N.F. (voir la Note sur le texte de ce recueil, p. 1004) conserve le manuscrit définitif (3 feuillets corrigés), 6 feuillets manuscrits de notes datées « 4-5 novembre 1947 » et « Paris, novembre 1947 » (repris les 2, 3 et 4 juin 1948). Les *AF* conservent aussi 3 états dactylographiés, dont l'un avec quelques corrections manuscrites. Selon un document des *AF* (dossier de « My creative method »), ce texte aurait été rédigé à Paris entre le 25 novembre et le 6 décembre 1947, au moment où Ponge attendait son départ pour l'Algérie. — *Préorig.* : *Cahiers du Sud*, n° 299, 1ᵉʳ semestre 1950, p. 45-48. Le bon à tirer et les épreuves ont été expédiés le 2 mai 1950 à Marcelle Ballard : « quelle bonne idée d'avoir composé en romain » (Archives des *Cahiers du Sud*, Marseille). Variantes de disposition (blancs et paragraphes plus nombreux) et une de ponctuation. — *Orig.* : *Cinq sapates*, p. 13-18 ; variantes de ponctuation, une de disposition (les deux premiers fragments donnés à la suite, sans blanc). Voir, dans l'Atelier, l'eau-forte de Braque, p. 856.

La réflexion sur le devoir des végétaux et la métamorphose que le temps leur fait subir est mise en place et développée dans la plupart des textes consacrés aux fleurs et aux fruits ; ce sapate, qui oppose l'extérieur et l'intérieur (pulpe et noyau), propose également une allégorie de l'écriture : à l'image des olives, la forme du poème renonce à la préciosité de l'expression et à une trop brillante perfection. « Le Soleil placé en abîme » (p. 776-794) confirmera cette nécessité de l'imperfection.

1. Le devoir des végétaux réside dans leurs fleurs, graines ou noyaux dont la responsabilité consiste à assurer la perpétuation de l'espèce.

2. Une réflexion similaire concerne « L'Huître » (*Le Parti pris des choses*, p. 21) ; voir *Entretiens avec Philippe Sollers*, p. 109-110.

3. La forme de la figue (voir « La Figue (sèche) », p. 803-805) séduit aussi par le caractère mou et malléable que mime l'expression poétique. La réflexion sur la forme des végétaux est récurrente ; ainsi, le renflement du pédoncule de L'Œillet » est comparé à une olive (*La Rage de l'expression*, p. 359) ; or œillet se dit aussi pour « œillette », « pavot dont on tire une huile, dite huile d'olive » (Littré).

4. « Olive : Terme de serrurerie. Bouton, piton, etc., de forme ovale » (Littré) ; l'étymologie d'olive est *oliva*.

5. Olive est également un terme de marine (Littré) ; la métaphore peut en être issue.

6. Le 6 juillet 1950, Ponge indique à Jean Ballard, directeur des *Cahiers du Sud*, son intention d'ajouter « une phrase en bas de page (à la fin) en tout petits caractères » (y a-t-il renoncé ?) et le remercie pour la qualité typographique de l'impression. C'est aussi par une fin brusque que l'allégorie se met en place dans « L'Œillet » (*La Rage de l'expression*, p. 365).

◆ ÉBAUCHE D'UN POISSON. — *Ms.* : le dossier des *Cinq sapates* de la B.N.F. (voir la Note sur le texte du recueil, p. 1004) comporte le manuscrit définitif (9 feuillets corrigés) et 7 feuillets manuscrits de notes, datées 1938, 30 juin et 5-6 novembre 1947. Dans l'*AF* : « Notes sur les poissons » et « Ébauche d'un poisson », 8 feuillets dactylographiés corrigés ; « La Tournoie », feuillet manuscrit non daté ; épreuves corrigées de *préorig.* (4 feuillets). — *Préorig.* : *Les Temps modernes*, nº 43, mai 1949, p. 803-807 ; variantes de ponctuation et de disposition (deux blancs supplémentaires). Revue mensuelle fondée en octobre 1945 par Gallimard, dirigée par Jean-Paul Sartre. — *Orig.* : *Cinq sapates*, p. 27-38 ; variantes de ponctuation et de disposition (deux blancs supplémentaires). Voir, dans l'*Atelier*, l'eauforte de Braque, p. 857.

Ce texte, que son titre apparente au genre des textes ouverts de *La Rage de l'expression*, allie la description objective de l'objet et la subjectivité du poète (P. Bigongiari, « Le Parti pris de Ponge », *N.R.F.*, nº 45, septembre 1956). Sur la multiplicité des métaphores (poisson chinois, petit chien anglais, etc.) se greffent les marques de l'écriture ; le terme de « tournoie », utilisé au féminin, met en relief son tournoiement et l'apparente à la figure de la toupie présente dans « Le Soleil placé en abîme » (p. 778 et 783).

1. Image présente dans *Le Savon*, p. 31.
2. Dans *préorig.* et *orig.* : un grand blanc avec astérisques suit.

◆ LE VOLET, SUIVI DE SA SCHOLIE. — *Ms.* : le dossier des *Cinq sapates* de la B.N.F. (voir la Note sur le texte du recueil, p. 1004) conserve le manuscrit définitif (8 feuillets corrigés), 19 feuillets manuscrits ou dactylographiés de notes (datés de Paris, 1947 et du 25 mai 1947) et la copie d'une lettre non envoyée à Marcel Arland, datée de Subligny, le 30 mai 1947.

Les *AF* conservent 19 feuillets de manuscrits divers et 9 feuillets dactylographiés (2 états). — *Préorig.*: *Cahiers du Sud*, n° 290, 2ᵉ semestre 1948, p. 61-64; le texte y est signé et daté Fronville, 1946 (avant la Scholie), puis Paris, 1948. Variantes de disposition (plus blancs). — *Orig.*: *Cinq sapates*, p. 39-50; variantes typographiques, blancs plus nombreux, plusieurs mots en italique, 5 subdivisions dans le texte précédant la Scholie, et une de ponctuation. — *Film*: *Le Volet* (Paris, 1972), court métrage réalisé par Carlos Vilardebo pour la D.G.A.C.T. du ministère des Affaires étrangères, avec le concours de Pathé-Cinéma.

Ce volet plein d'un seul battant est celui de la fenêtre de la chambre que Ponge habite à Coligny pendant la guerre : « Ce volet m'avait ému. Il battait assez fort ; enfin c'était un objet qui exigeait impérieusement d'être pris en considération […], il fallait que je le fasse taire, en le couvrant de mes propres paroles » (*Entretiens avec Philippe Sollers*, p. 142). C'est par l'intermédiaire de Jean Paulhan que Ponge expédie « Le Volet » à Marcel Arland pour sa revue *Saisons*; il lui demande alors que les épreuves lui soient envoyées (lettre du 30 mai, dossier des *Sapates*) : « Étant donné la façon volontairement incorrecte dont souvent j'écris ou ponctue (mais c'est en général concerté et j'y tiens), il me faut jusqu'au bout faire attention au zèle intempestif des typos ou des correcteurs professionnels ». Outre ces détails relatifs à la composition du texte, c'est le souci typographique et la qualité matérielle des mots qui sous-tendent la requête de Ponge : « Les quelques vers ou stries qui terminent la pièce doivent apparaître pour ce qu'ils sont : l'oracle du volet (une sorte d'oracle rhétorique). Je pense que le passage (brusque) aux lettres capitales suffira ». *Saisons* ayant cessé de paraître, les *Cahiers du Sud* lui offrent de publier le texte. Une publication en plaquette a d'abord été envisagée : « Des vers comme le Volet, j'en ai quelques-uns, tout à fait achevés (lézard, anthracite, araignée, plat de poissons). Tous très beaux. J'en ai parlé à Gaston [Gallimard] (sans les lui faire lire, en vérité) et lui ai demandé de m'en faire une plaquette qui me rapporte dans les 100 000 francs. Eh bien ! Figure-toi que ça n'a pas eu l'air de l'enthousiasmer ! C'est malheureux, tout de même ! » (J. Paulhan, F. Ponge, *Correspondance* […], t. II, lettre 397, p. 51). Malgré l'insistance de Ponge qui s'inquiète non seulement pour la diffusion de son œuvre, mais également pour sa situation financière, le projet n'a pas abouti. Voir G. Butters, *Francis Ponge. Theorie und Praxis einer neuen Poesie*, Erlangen-Nürenberg, Schaüble, 1976.

1. Le nom propre est en capitales dans *préorig.*; il est manuscrit dans *orig.*

2. *Stabat mater dolorosa*, premiers mots d'une « prose qui se chante dans les églises pendant la semaine sainte » (Littré) et rappelant la douleur de la mère du Christ crucifié. « Les deux *t*, naturellement, de *stabat* sont les verticales qui indiquent le fusil tenu dans la position du "Présentez, armes !" Et les deux *a* ce sont les deux gonds, ou les deux mains qui attachent le fusil au corps du soldat, le volet au mur de la maison » (*Entretiens avec Philippe Sollers*, p. 144).

3. Phrase reprise presque textuellement dans « Le Soleil placé en abîme », p. 782.

4. Au moment où il lui envoie le texte, Ponge indique à Jean Paulhan que le véritable titre du poème comporte idéalement les deuxième et troisième vers, et qu'il y renonce à cause de sa longueur ; quant à la signature, il précise : « Il n'est pas anonyme, puisqu'il est signé en dedans (et comment !) » (*Correspondance* […], t. II, lettre 397, p. 50).

5. La nécessité de cette « tentative d'explication » (*Entretiens avec Philippe*

Sollers, p. 142) du poème, que Ponge hésite pourtant à donner en 1947, est apparue au moment où il s'est aperçu que « ce *lit* était ici sans doute pour *livre* [...]. Une scholie assez timide, très jolie il me semble (je te la montrerai un jour), mais que j'ai pensé enfin avoir avantage à cacher. Ceci m'a été relativement facile » (J. Paulhan, F. Ponge, *Correspondance [...]*, t. II, lettre 397, p. 50-51). Le terme serait-il une réminiscence des « Scolies » de Mallarmé ? (*Igitur*, dans *Œuvres complètes*, Bibl. de la Pléiade, t. I, p. 481 et suiv.). C'est avec *La Rage de l'expression* que Ponge affirme sa volonté de renoncer au « sacrifice de ses beautés », d'en faire une sorte de leçon rhétorique.

6. L'expression poétique tend à l'oracle, sorte de maxime, de proverbe, de « langage absolu »; une expression « définitive, infaillible [...] qui signifie tout et rien ; c'est une lapalissade et une énigme » (*Méthodes*, « Réponse à une enquête radiophonique sur la diction poétique », p. 646).

7. Dans un état non daté des *AF*, les cinq vers sont en effet donnés de façon plus classique, disposés à la suite et séparés par des tirets.

8. Ce type de jeu de mots est présent notamment dans les clausules des textes « Pluie » et « Les Mûres » (*Le Parti pris des choses*, p. 16 et 18).

◆ L'ATELIER. — *Ms.* : dispersé dans plusieurs dossiers des *AF*, il comprend 29 feuillets manuscrits ou dactylographiés (*ms. AF*) et 3 lettres d'André Bloc; l'une d'elles précise le projet et en situe la portée : « La considération sans préjugés, sans opinion préconçue de l'atelier pourrait nous amener à nous faire de l'artiste une idée un peu différente peut-être de celle qui est généralement admise » (lettre du 20 octobre 1948). — *Orig.* : *L'Atelier. Artistes chez eux vus par Maywald*, Boulogne, Éditions de l'Architecture d'aujourd'hui, 1949, sans pagination (photographies, illustrations, fac-similés). — *Autres publications* : *Des cristaux naturels* (édité par Pierre Bettencourt), s. l. [Saint-Maurice-d'Etelan], L'Air du temps, s. d. [1949]; *L'Atelier contemporain*, 1977, p. 1-4.

Ce texte répond à une commande de la revue *L'Architecture d'aujourd'hui* ; lors de sa première publication, il présente un reportage photographique sur les ateliers d'artistes à Paris. Mais sa portée va bien au-delà de ce prétexte : il marque une étape essentielle dans l'évolution de l'esthétique de Ponge ; une conception de l'artiste et de son travail s'y cristallise, que prolongeront et amplifieront de grands textes de la décennie suivante, notamment « Le Murmure (Condition et destin de l'artiste) », « La Société du génie », « Entretien avec Breton et Reverdy » (*Méthodes*, p. 622-629, 635-642 et 684-692) et *Pour un Malherbe*. Sa composition, que les manuscrits permettent de dater (octobre-décembre 1948), coïncide avec une période de difficultés matérielles particulièrement pénibles pour Ponge, dont le mobilier est saisi à l'automne (voir J. Paulhan, F. Ponge, *Correspondance [...]*, t. II, lettre 421, p. 75-76). Un premier accord verbal (30 juillet) prévoyait des honoraires de 30 000 F, mais, le 2 août, André Bloc, directeur de la revue, l'annule parce qu'il est jugé trop onéreux. Une nouvelle proposition faite le 28 septembre (25 000 F, dont 15 000 F à titre d'avance) est suivie d'un accord le 1er octobre ; le texte devait être remis à la fin du mois, mais Ponge ne pourra le faire qu'à la mi-décembre (épreuves envoyées le 25 janvier 1949). Des circonstances aussi difficiles rendent d'autant plus frappante la sérénité de ces pages capitales. Placé en tête de *L'Atelier contemporain*, ce texte prend tout son sens. On en lira une édition plus élaborée au tome II de la présente édition. Toutefois, pour ne pas amputer *Pièces* de ce texte, et compte tenu de son importance dans l'évolution intellectuelle et esthétique de l'auteur, nous en donnons ici une édition dont l'annotation est réduite au strict minimum.

1. Le mot est à prendre d'abord dans son sens physique ; l'« ampoule, entre verrière et verrue », de l'atelier pourrait être percée par le « bec acéré de la plume ».

2. La première rédaction de *ms. AF* porte : « Les ateliers de la régie Renault etc. ont un peu aussi le même caractère. » Ponge y définit d'abord, en termes très généraux, l'atelier comme un « local où travaille l'ouvrier ou l'artisan ou l'artiste » ; certaines rédactions de *ms. AF* mettent au premier plan l'ouvrier, auquel l'artiste semble assimilé. La dernière version de *ms. AF* oppose toutefois à l'« animation méthodique, la plus régulièrement répartie » dans les ateliers industriels où travaille une collectivité ouvrière, l'« activité spasmodique » de l'artiste solitaire, dont l'atelier est le cocon à l'intérieur duquel il procède à sa métamorphose personnelle.

3. « Fièvre hectique : fièvre ordinairement continue, avec des exacerbations le soir, ou rémittente, et accompagnée d'amaigrissement progressif » (Littré).

4. L'atelier d'artiste répond peut-être au vœu formulé dans « Notes pour un coquillage » (*Le Parti pris des choses*, p. 40), que l'homme « sculpte des espèces de niches, de coquilles à sa taille ».

5. Ponge, lecteur de Guillaume Apollinaire, se souvient peut-être ici de l'assimilation du poète au poulpe « Jetant son encre vers les cieux [...]. Ce monstre inhumain, c'est moi-même » dans « Le Poulpe » (*Le Bestiaire ou Cortège d'Orphée*, dans *Œuvres poétiques*, Bibl. de la Pléiade, p. 22).

◆ L'ARAIGNÉE. — Voir la Notice et la Note sur le texte de *L'Araignée*, p. 1005-1008.

1. Cet argument (voir aussi « Le Lézard », p. 745-748) est en même temps un protocole de lecture ; en tissant vocabulaire chorégraphique et vocabulaire rhétorique, il assimile déjà la danse de l'araignée aux jeux de l'écrivain. Il contient donc en puissance les doubles sens ou les créations verbales (« échriveau ») du texte même.

2. Ce personnage de la commedia dell'arte convient ici a un triple titre : par jeu phonétique, il s'associe aux victimes de l'araignée ; par sa condition, à la scène qui se joue sur la toile et par son costume, une casaque noire au collet de dentelle blanche, à l'image ultérieure de l'étoile et de la nuit, souvenir peut-être de Molière : « Le ciel s'est habillé ce soir en Scaramouche, et je ne vois pas une étoile » (voir *Le Sicilien*, sc. I, dans *Œuvres complètes*, Bibl. de la Pléiade, t. II, p. 325). Scaramouche est aussi célèbre comme discoureur et comme danseur.

3. Cette liste, dont l'effet stylistique n'est pas indépendant de la disposition typographique, n'obéit pas à un ordre aléatoire ; on y remarque aisément des séquences thématiques ou sonores qui orchestrent comme en sourdine ou en contre-chant les thèmes principaux de « L'Araignée », avec un évident plaisir du jeu et du rythme. La disposition sur l'in-plano (voir « Dans l'atelier de *L'Araignée* », p. 325-333) non seulement imite visuellement les insectes lecteurs pris au piège de la toile, mais impose, comparée à la version du livre, un parcours du regard.

4. Les notes manuscrites du 3 avril 1948 (*AF*) montrent que ce néologisme ne se forge pas d'emblée ; les ratures superposées laissent deviner un passage par « écheveau », dont le premier sens est « dévidoir », écho au « dévidé » du début, et par « échrivain », peut-être trop explicite.

5. C'est autour de ces sèmes de l'étoile et de la nuit que Ponge travaillera à compter de mai 1954 sa « Nouvelle araignée » (voir p. 799-802), où l'entéléchie convoque Aristote comme l'est ici Descartes.

◆ PREMIÈRE ÉBAUCHE D'UNE MAIN. — *Ms.* : les *AF* conservent un manuscrit (*ms. AF*) de 7 feuillets, daté « Paris, mai 1949 » et une liste de citations et d'expressions tirées de l'article « Main » du Littré ; le texte ne porte pourtant pas de véritable trace de cette recherche lexicologique. — *Orig.* : « Première esquisse d'une main », *À la gloire de la main*, album collectif préparé par les artistes du groupe Graphies, Paris, Aux dépens d'un amateur, Imprimerie Féquet et Baudier, 1949, p. 31-36 ; 164 exemplaires. Textes de Gaston Bachelard, Paul Eluard, Jean Lescure, Henri Mondor, René de Solier, Tristan Tzara et Paul Valéry ; œuvres gravées de Jean Fautrier, Germaine Richier, Jean Signovert, Raoul Ubac, Gérard Vulliamy, etc. — *Pièces* : légères corrections d'ordre sémantique ou qui ont trait à la ponctuation. Une note révèle que Ponge avait envisagé de modifier la structure du texte en profondeur en supprimant les sauts de ligne dans les paragraphes.

Emprunté au vocabulaire de la peinture, le terme d'ébauche apparente la démarche du poète à celle des artistes.

1. *Ms. AF* porte : « volette ». La correction a sans aucun doute été faite sur les épreuves d'*orig.*

2. La néologie lexicale et la multiplication des métaphores a pu susciter l'évocation de ces figures mythologiques de la furie.

◆ LE LILAS. — *Ms.* : les *AF* conservent 24 feuillets manuscrits ou dactylographiés (datés ou non) dont 1 état du 20 juin 1958 portant la dédicace : « Pour Eugène de Kermadec, parce que c'est mon ami et que j'ai particulièrement pensé à l'une de ses peintures pendant que j'écrivais ceci » (œuvre non identifiée). — *Préorig.* : *Paragone*, n° 2, février 1950, p. 27-29, revue publiée à Florence sous la direction de Roberto Longhi, que Ponge a rencontré par l'intermédiaire de Piero Bigongiari, et qui deviendra son ami. Texte en italique.

Les premières notes rédigées à Roanne en avril 1942 mettent en place l'essentiel des métaphores et des idées que Ponge reprend, pour les développer et les enrichir, au cours des mois de mai et de juin 1948 ; la rédaction s'achève à Paris en 1950. Si le titre a fait l'objet de diverses tentatives (« Du lilas », « Du lilas au printemps violâtre »), c'est la recherche relative à la structure du texte qui a été déterminante ; un feuillet manuscrit daté du 30 mai 1948 et intitulé « Les Momons du lilas (Les moments ou momons du lilas) » rapproche le texte du genre dont *Le Savon* deviendra le modèle. À la recherche liée à l'élaboration d'une définition-description du lilas comme objet se substitue très tôt la nécessité de rendre compte en même temps de l'écriture, de la profusion et de l'exubérance qui, à la manière de la fleur, se déploie en grappes dans les documents génétiques.

1. Utilisé dans les expériences de chimie, le papier de tournesol passe du bleu-violet au bleu sous l'action d'une base (voir aussi *Le Peintre à l'étude*, « Matière et mémoire », p. 121).

2. La disposition de *préorig.* en quatre parties séparées par des astérisques entretient un rapport mimétique plus étroit avec la genèse du texte qui a connu quatre phases distinctes ; trois états dactylographiés ultérieurement à une sorte de plan révèlent que Ponge a envisagé de faire précéder chacune d'intertitres : « Lilas simple », « Commentaire », « Lilas double et triple », « Comme adjectif seulement ». La disposition du texte définitif traduit la volonté d'une plus grande « cohésion » formelle ; à l'instar du jardinier qui taille l'arbuste fleuri, le poète se doit de contenir le caractère expansif de l'écriture.

3. Le processus donnant lieu à la formation des néologismes est donné

explicitement dans le manuscrit : « Effervescence, efflorescence, efflorvescence. Profusion, confusion, proconfusion violâtre ».

4. L'emploi du tiret mime typographiquement la définition du mot : « action d'ôter des fleurs ».

5. Cette phrase, mise en relief par les guillemets, est extraite d'un feuillet appartenant au dossier des « Fleurs » (fac-similé dans la *Revue des sciences humaines*, n° 228, 1992, p. 221).

6. Passer le linge au bleu de lessive permet de le blanchir ; le texte ferait-il explicitement écho au *Savon* dont quelques notes sont consignées dans le dossier ? Dans cette clausule que l'humour apparente aux finales des textes comme « Pluie », « Les Mûres » ou « Le Pain » (*Le Parti pris des choses*, p. 16, 18 et 23) s'effectue le passage de l'effervescence scripturale, suggérée notamment par les jeux de mots et la néologie lexicale, au silence et au blanc typographique.

◆ PLAT DE POISSONS FRITS. — *Ms.* : les *AF* conservent 1 feuillet manuscrit corrigé (*ms. AF*), donné en fac-similé dans Ph. Sollers, *Francis Ponge*, p. 146, et 1 feuillet manuscrit daté du 11 octobre 1949 ; 1 dactylogramme corrigé (*dactyl. AF*). — *Préorig.* : *Rencontres*, n° 3, mai-juin 1950, p. 1 ; revue littéraire publiée à Lausanne de 1950 à 1953, sous la direction d'Henri Debuë. Variantes sémantiques, de ponctuation et de disposition.

La structure textuelle symétrique, absente de *préorig.* et qui reproduit mimétiquement le poisson cuit et ouvert en deux, réunit les formes de la description et de la rêverie ; l'appréhension du plat de poissons frits se fait « l'instrument d'une échappée onirique, d'un état de grâce épicurien » (C. Abensour, *Nourritures*, coll. « Expliquer les textes », n° 3, Quintette, 1990, p. 51) provoqué par l'ivresse et l'euphorie qui font se multiplier créations verbales et métaphores, dont l'origine se situe du côté de l'expérience sensuelle. Cette manière de procéder, qui n'est pas sans rappeler l'épisode de la madeleine de Marcel Proust, se retrouve également dans « L'Orange » (*Le Parti pris des choses*, p. 19-20) et « L'Abricot » (p. 802-803). Sur la fonction textuelle de la « tension » que les jeux verbaux installent entre la description d'un objet et son expression dans l'univers du langage, voir I. Higgins, *Francis Ponge*, 1979. La genèse de ce texte dont la rédaction a pu être amorcée lors d'un séjour aux Fleurys pendant l'été 1947 (voir J. Paulhan, F. Ponge, *Correspondance [...]*, t. II, lettre 397, p. 50-52) demeure obscure, car le manuscrit du 11 octobre 1949 ne comprend qu'une phrase, très travaillée et qui ne sera pas retenue, dans laquelle le poisson est comparé à un « pierrot fardé pour se jeter dans la scène noire à frire » ; la table de *Pièces* mentionne 1949. Comme le révèle la correspondance avec Jean Paulhan, une publication en plaquette a d'abord été envisagée (*ibid.* ; voir la notule du « Volet », p. 1167). Selon une note inédite des *AF*, le texte a été lu à la radio entre novembre 1947 et avril 1952 (Voir « Dans l'atelier du *Grand Recueil* », « [Note dactylographiée du 11 novembre 1947] », p. 811-813).

1. La métaphore, substituée à la comparaison notée dans *ms. AF* (« que les arêtes comme de grandes épées se trouvent prêtes à tomber et à joncher l'assiette »), prend appui sur l'étymologie du terme d'arête, *arista* : « qui signifie proprement épi, puis par une analogie qui se conçoit, il a pris la signification d'arête » (Littré) ; le terme « arête » désigne également la carre d'une lame de baïonnette. Le recours à l'étymologie pour justifier des choix sémantiques est fréquent ; l'orthographe du manuscrit, « espées », le confirme.

2. La suppression de l'adjectif « photographique » dans *dactyl. AF* et *préorig.* ainsi que celle de plusieurs éléments descriptifs de *ms. AF* (« le

goût de l'eau salée » » ; « c'est comme au Grau, à la grande salure déserte au bout du môle ») révèlent que le travail de réécriture a surtout consisté à évacuer les références d'ordre circonstanciel et à déployer un vaste et complexe réseau analogique et métaphorique. La phrase « On est en mer sur le pont d'un bateau » de *ms. AF* renvoie moins aux circonstances de la rédaction qu'au souvenir avivé par l'évocation du port de Grau-du-Roi qui disparaît également.

3. Néologisme dont *ms. AF* confirme qu'il amalgame les mots « odorat » et « daurade » ; « instantané » et « safrané », dont Ponge souligne la proximité phonétique, forment d'abord « instantsafrané » dans *préorig*. Par homophonie, et afin d'accentuer les références et métaphores marines, « Sète » répond à « c'est » et « ouïes » à « ouie ». Ces jeux lexicologiques ont sans doute entraîné la correction du titre apparu sur *ms. AF*, « Sauvagerie. Le mangeur de poisson », qui inscrit le texte sous le signe du tragique. L'appréhension de cet objet, d'emblée placée sous le signe de l'exagération et de la négation (« Non, c'est trop bon »), est évacuée par le passage à un ton nettement plus affirmatif et poétique (« C'est alors, [...]. Oui ! Sète alors »). L'évocation du port de Sète dans *ms. AF*, qui renvoie aux origines méditerranéennes de Ponge, a pu susciter la mise en place du paysage maritime.

4. La métaphore du phare explique l'emploi de ce terme qui, dans le vocabulaire maritime, désigne la distance à laquelle un phare peut être aperçu par un « observateur élevé de quatre à cinq mètres au-dessus de la mer » (Littré). La clausule est apparue dans *dactyl. AF*. Dans la tradition poétique, « safran » désigne la « couleur jaune et pourprée du jour qui se lève » (Littré) ; dans le vocabulaire maritime, la partie extérieure verticale du gouvernail (voir Littré).

◆ LA CHEMINÉE D'USINE. — *Ms.* : les *AF* conservent 70 feuillets (*ms. AF*), dont la datation s'échelonne du 3 mars 1942 à septembre 1950 ; il s'agit notamment d'états manuscrits et dactylographiés complets ou partiels, de jeux d'épreuves et de listes de mots. — *Préorig.* : *Contemporains*, n° 1, 15 novembre 1950, p. 27-29. Cette revue mensuelle de critique et de littérature était dirigée par Clara Malraux. — *Orig.* : *Pièces*, avec quatre variantes ponctuelles, dont l'ajout de deux virgules et d'une parenthèse.

En dehors ou au-delà des formes et sujets traditionnels du lyrisme poétique, c'est-à-dire en choisissant la cheminée plutôt que la flèche d'église et en renonçant en même temps à « l'issue sublime » qu'une forme esthétiquement réussie aurait permis d'atteindre (forme qu'il associe à l'étui de la cheminée), Ponge décide de livrer les « dispositifs les plus prosaïques, l'industrie », bref de mettre au jour les « forges de l'esprit », « l'usine à mots » dont il tire ses matériaux (*ms. AF*). Si la figure de l'ouvrier a pu surgir dans le contexte de la guerre, il reste que cette métaphore permet également de réagir violemment aux diverses tentatives d'interprétation philosophique dont l'œuvre a fait l'objet depuis la parution du *Parti pris des choses*. Dans « La Cheminée d'usine », Ponge prolonge la réflexion entreprise dans les « Pages bis » (*Proêmes*, p. 206-222) et proclame de nouveau son dégoût des idées et des systèmes : à « l'idéologie patheuse » et « à l'étalage du trouble de l'âme » (*ibid.*, p. 210), il oppose une action politique et, surtout, poétique. Seule la littérature permet de « jouer le grand jeu : de refaire le monde » (*ibid.*, p. 218-219). C'est sans doute au cours de 1942 (3 mars et 5 juillet, notamment) et au début de mai 1948 que Ponge accumule l'essentiel des matériaux et qu'il explore les diverses possibilités formelles dont il dresse le bilan dans un état de *ms. AF* du 17 mai 1948 : le poème en prose, la conclusion morale, la conclusion logique, le retour à l'objet, la version cultiste, le calligramme, le carnet chronologique. Quand Ponge entreprend une définition-description et qu'il aborde la cheminée d'usine non plus comme objet, mais comme notion, s'opère une évidente condensation des matériaux et une modification de la structure. Si le dessin (état de *ms. AF* du 17 août 1950) vise à représenter graphiquement les diverses qualités de la cheminée, il constitue également l'ultime tentative de condensation. En effet, dans sa forme extrême, cette recherche peut conduire à l'échec poétique et au silence ; voilà peut-être pourquoi Ponge note alors « Motus ». C'est dans les feuillets de *ms. AF* rédigés ultérieurement (16 août - 4 septembre 1950), qui sont entièrement consacrés à l'ouverture et à la clausule du texte, que s'élabore et se précise la dimension allégorique du texte.

1. Une allusion au peintre Giorgio de Chirico qui apparaît dans le premier état de *ms. AF*, rédigé à Roanne, le 3 mars 1942, disparaîtra par la suite : « Quel merveilleux attrait pour un quartier que de posséder une de ces charmantes personnes, les plus minces, les plus élancées des tours (dire que je les dois en grande partie à Chirico *L'Après-midi d'Ariane*) ». C'est en 1913 que De Chirico a réalisé une série de peintures dans lesquelles il a incorporé une statue d'Ariane.

2. *Ms. AF* révèle que le modèle de la fable, préféré à celui de la poésie gnomique qui multiplie les proverbes, s'est imposé en mai 1948. Cette unique leçon reprend, en les condensant, quelques-unes des réflexions de « My creative method » (*Méthodes*, p. 515-537) où Ponge situe son œuvre dans la lignée de La Fontaine et l'oppose à celle des philosophes.

3. Les deux derniers fragments, que leur structure et leur rythme apparentent davantage à la poésie qu'à la prose, sont issus d'une version dactylographiée en forme de calligramme (*ms. AF*, daté de 1941-1950) à laquelle Ponge aura renoncé, jugeant que le texte était « mieux en prose ». Le calligramme n'aura été qu'une étape de la conception, qu'une façon de procéder à une prise de parole, plutôt qu'un modèle formel. Les alexandrins des deux derniers vers font par ailleurs écho au paragraphe d'ouverture.

◆ L'ASSIETTE. — *Ms.* : le dossier des *AF* (95 feuillets) comprend une vingtaine d'états partiels ou complets (manuscrits ou dactylographiés, datés du 11 octobre au 6 novembre 1951), dix-neuf états en forme de calligramme (sans doute de l'automne 1950), un état d'*orig.* corrigé pour *Pièces* (remis le 11 novembre 1961) où « interposition » est substitué à « proposition », divers documents concernant l'exposition et une partie de la correspondance échangée avec Stéphane Faniel. Une collection privée conserve un manuscrit (*ms. FD*), intitulé « Consécration », et daté de Paris, 5 novembre 1951 (3 feuillets collés sur carton), vendu lors de l'exposition « Cent assiettes décorées par des peintres contemporains » (29 mai au 30 juin 1964, Galerie Christofle). — *Orig.* : *L'Assiette peinte*, catalogue (sans pagination) dont ni les archives Christofle ni la B.N.F. ne conservent d'exemplaire. Il s'agit d'un « petit album » (*ms. AF*) dans lequel sont reproduites quelques-unes des pièces exposées. Achevé d'imprimer le 23 novembre 1951 par les typographes et pressiers Jean et Raymond Crès sur les clichés de la Photogravure Bussière et Nouel : 1 000 exemplaires numérotés et un nombre indéterminé hors commerce sur carton crème.

Le 12 septembre 1950, Ponge avise Stéphane Faniel, directeur artistique de l'orfèvrerie Christofle, qu'il accepte son invitation du 22 août à collaborer à la deuxième exposition intitulée « L'Assiette peinte » qui comprend cent assiettes décorées par des peintres, des poètes et des musiciens, dont plusieurs comptent parmi ses amis et illustrateurs : Paul Éluard, Raymond Queneau, Jean Cocteau, Léonor Fini, Georges Braque, Gérard Vulliamy, Eugène de Kermadec, etc. ; initialement prévue pour mars, l'exposition se tiendra du 23 novembre au 8 décembre 1951. C'est André Beaudin, dont le dessin illustre la couverture de *L'Araignée*, qui suggéra de solliciter Ponge. Le projet initial, qui consiste en un texte destiné à être imprimé sur des assiettes de porcelaine blanche, conduira à la rédaction d'« Inscriptions en rond sur des assiettes » (*Nouveau recueil*, p. 51).

1. Dans le dossier des *AF*, ce paragraphe fait l'objet de plusieurs rédactions et « clarifications successives » qui témoignent de la difficulté soulevée par l'appréhension de cet objet et son expression selon une « forme rhétorique » (*Méthodes*, « My creative method », p. 515-537) appropriée ; la figure de l'ellipse, sur laquelle repose l'ensemble du texte, permet de résoudre cette difficulté tout en renvoyant à la forme des assiettes. Ponge condense ici dans une forme brève et bouclée de l'intérieur une longue recherche : « seulement un bref circuit de paroles peut convenir à l'assiette » (note du dossier des *AF*, s. d.). Ms. *FD* est à ce titre révélateur : « Pour consacrer dans notre prosodie l'objet commode et merveilleux à la fois dont aucune petite pièce de paroles — si brillamment elliptique soit-elle — ne saurait en réalité rendre compte (que ne soit à l'esprit d'abord infligé un vif mouvement giratoire puis à la sensibilité — pour l'émail — une température élevée et à la strophe enfin jusqu'à sa catastrophe d'entre les mains de quelque novice servante plusieurs maculations et clarifications successives chaque jour). Nacralisons ici résolument l'assiette. (Nous l'adorons, elle nous ravit comme l'une des plus achevées petites merveilles de l'esprit de civilisation). Cette simple proposition de porcelaine entre l'esprit pur et l'appétit. »

2. Ce paragraphe et les suivants, sortes de commentaires ou explications du premier, rassemblent les informations d'ordre historique et étymologique fournies par Littré : porcelaine est d'abord le nom d'un coquillage dont la nacre (dite aussi porcelaine) était utilisée pour fabriquer des objets d'art ; c'est par analogie de « teinte et de grain » qu'il a ensuite pris le sens de « poterie ». Le terme provient en effet de *porca*, vulve de truie. La porcelaine permet donc de faire intervenir deux types de sensibilité, dont l'une relève précisément de l'esprit et l'autre de l'appétit.

3. Allusion à la naissance de Vénus dont le nom, qui désigne aussi un genre de coquilles bivalves, est apparu sur un état non daté du dossier des *AF* intitulé « L'Assiette des coquillages eux-mêmes » : « La perfection géométrique de sa forme ne nuit aucunement à son charme : au contraire. C'est un attribut à la fois de Bacchus et de Vénus (?). » L'expression « prend assiette sur une conque » se trouve justifiée sur le plan étymologique puisque l'une des racines du mot « assiette » est *assentar*, dérivé de *sentar* qui signifie « être assis » (Littré).

4. Le thème de l'humour évoqué plus tôt a pu générer l'image de l'amuseur jonglant avec des assiettes ; dans un état du dossier des *AF* daté du 24 octobre 1951, le terme désigne explicitement le porcelainier (« fabricant-jongleur »). Si l'éclat de l'assiette rappelle celui du soleil, l'analogie peut aussi reposer sur le fait que la planète Vénus, l'une des plus proches du soleil et par conséquent l'une des plus brillantes, apparaît parfois en plein jour.

5. « La Pomme de terre » (p. 733-734) se clôt aussi de cette façon. Si le poète « avait son idée » de l'assiette, il a préféré « la lui laisser dire » et « prendre garde de ne lui ôter la parole, et plutôt la lui offrir » (note sans

date des *AF*). Cette leçon de l'assiette et du texte repose sur une esthétique de parti pris des choses.

◆ LA PAROLE ÉTOUFFÉE SOUS LES ROSES. — *Ms.* : l'essentiel des documents (29 feuillets) est rangé, aux *AF*, dans le dossier des «Fleurs». On y trouve 6 états dactylographiés (datés du 26 et du 29 novembre 1949, ainsi que du 16 décembre 1950), 4 manuscrits (le second daté novembre 1949 - juin 1952) et de la correspondance ; la réécriture a surtout consisté en un réarrangement et en une redistribution des fragments textuels (voir, dans l'Atelier, p. 858-863, et les fac-similés publiés dans *Revue des sciences humaines*, n° 228, 1992). Toujours aux *AF*, dans un dossier du *Grand Recueil*, le seul manuscrit intitulé «La Parole étouffée sous les roses» (2 feuillets), daté du 31 décembre 1952, comporte des ajouts, des corrections sémantiques et de ponctuation ; on y trouve aussi les épreuves corrigées de *préorig.* (expédiées le 28 novembre 1952). Selon une lettre à Jean Tortel du 15 septembre 1948, un état peut manquer : «Rangeant des papiers, j'ai retrouvé la *Rose* : elle n'est pas fanée» (F. Ponge, J. Tortel, *Correspondance [...]*, p. 61). — *Préorig.* : «La Touffe de roses», *Synthèses*, n° 79, Bruxelles, décembre 1952, p. 202-205 ; texte signé et daté (1949-1952), disposé selon seize courtes strophes ou touffes irrégulières séparées par des culs de lampe en forme de fleurs. Cette revue internationale a été fondée en 1946 par Jean Stadtbaeder.

Le 15 juin 1952, Ponge fait parvenir «La Touffe de roses» à Alain Bosquet pour le premier numéro de la revue qu'il dirige, *Exils*, en insistant sur la nécessité de respecter la disposition du texte («paragraphes et strophes») et en précisant la typographie : «italique, gros corps» ; pour des raisons d'ordre financier, il retire son texte en juillet et l'adresse à Marcel Lecomte qui l'informe le 11 octobre de sa publication prochaine dans la revue belge *Synthèses* (voir la correspondances dans le dossier des «Fleurs», *AF*). Une fois surmontée la difficulté de «maîtriser cet afflux» (G. Farasse, «Le Rosier des brouillons», *Revue des sciences humaines*, n° 228, 1992, p. 131-145) de fragments accumulés dans le dossier, ce dont *préorig.* rendait compte sur le plan typographique, le texte a pu être livré de façon linéaire. Le changement de titre et de disposition formelle ainsi que la substitution du «Ô» lyrique par l'exclamation «Oh» rendent manifeste la portée allégorique du texte en même temps qu'ils contribuent à le démarquer du lyrisme traditionnel. Par rapport à «Nioque de l'avant-printemps» (*Nouveau nouveau recueil*, t. II, p. 49-92) et à «L'Opinion changée quant aux fleurs» (*ibid.*, p. 99-132), ce texte aura servi de point de passage ; en effet, c'est avec «La Parole étouffée sous les roses» que s'impose le modèle végétal de l'écriture qui progresse elle aussi par accumulation, par répétitions et reprises incessantes : «D'une façon générale, les métaphores et allégories sont utiles mais seulement temporairement, pour permettre d'atteindre [...] la *qualité différentielle* d'un objet» («De la fleur», manuscrit inédit des *AF* du 20 mai 1954).

1. À propos d'«infatuation», le seul terme de la phrase qui ne soit pas un néologisme, Ponge note la nécessité d'en trouver une justification du côté des racines, mais il y renonce et privilégie le motif du parfum des fleurs : «Il y a là quelque chose du parfum : à chercher. Il doit exister un mot en *fât* ou *phât* pour exprimer une exhalaison puissante de parfums. Ne retrouverait-on pas cette même racine dans fétide ? (fard ?)» (dossier des «Fleurs» des *AF*, dactylogramme du 29 décembre 1949). Le phénomène de formation du mot-valise repose sur l'amalgame de divers termes : «Hélicoïdales roses. Héliogabales. Hélicoïdogabales». Une première rédaction du dossier des «Fleurs» hésite entre «héliocoïdogabales»

et « sardanapalesques » » ; le choix définitif permet d'allier plusieurs des thèmes présents dans le texte, notamment le soleil et le feu, tout en mettant l'accent sur le mouvement des fleurs. Le néologisme « pétulve », qui agence la métaphore érotique et la thématique de la fleur, est apparu dans une tentative de description des pétales associés aux « ailes de papillons et monovulves des coquillages » (dactylogramme des *AF* du 29 décembre 1949) ; l'expression « coquillages univalves » a conduit à : « Univulves. Monovulves. Pétulves » (*ibid.*). La fantaisie lexicale de ce passage évoque le plaisir lié tout à la fois à la saisie de la rose comme objet et à son expression, c'est-à-dire à la prise de parole : « Un cimetière de jeunes filles, avec des Épitaphes telles qu'elles seraient aussi diverses qu'un jardin de fleurs, voilà en un sens le projet existentiel de mon œuvre » (*Pour un Malherbe*, p. 188).

2. Association qui repose sur une parenté de définitions que donne Littré de « vulve » (« partie externe de l'appareil de génération de la femme ») et de calice (« enveloppe extérieure [...] qui renferme la corolle et les organes sexuels de la fleur ») dont l'origine se situe dans leur étymologie commune ; les racines *calyx* et *vulva* renvoient toutes les deux à « envelopper », « cacher » ou « couvrir ».

3. Reprise de la définition de « prurit » : « se dit d'une démangeaison ou d'un chatouillement agréable » (Littré). Ce passage et le précédent rappellent « L'Œillet » (*La Rage de l'expression*, p. 356-365) où se développe également la métaphore érotique à laquelle l'idée de la jeune fille a donné lieu ainsi que le rapprochement établi entre la texture de la fleur et le tissu des vêtements. Les thèmes de la sexuation et de la violence, qui s'opposent à la tradition lyrique dont la rose est le symbole par excellence, et notamment à Ronsard, se retrouvent dans la plupart des textes consacrés aux fleurs, dans « L'Œillet » (*ibid.*) et « L'Opinion changée quant aux fleurs » (*Nouveau nouveau recueil*, t. II, p. 99-132) ainsi que dans « Nioque de l'avant-printemps » (*Nouveau nouveau recueil*, « Les Poiriers », t. II, p. 75-78) qui reprend presque textuellement ce passage. À ce propos, voir G. Girard (*La Fleur comme objet poétique dans l'œuvre de Francis Ponge*, mémoire de maîtrise, Université de Montréal, 1992).

4. Paragraphe intégré avec quelques variantes de ponctuation dans « Paroles à propos des nus de Fautrier » (Galerie Rive droite, 1956 ; *Lyres* ; *L'Atelier contemporain*, p. 137-141 ; ce texte figurera au tome II de la présente édition) ; « saveur », substitué à « valeur », accentue la métaphore érotique.

5. Dans « Paroles à propos des nus de Fautrier » (*L'Atelier contemporain*, *ibid.*), l'allégorie qui permet d'associer l'expression par la parole et la métamorphose des fleurs est mise au jour avec plus de force encore : « Paroles, crevez ainsi comme des bulles [...]. Il ne s'agit que de bouillonner et d'exploser selon un langage. Paroles plus près de la fleur que du signe, et de la substance que de l'esprit. »

6. Le caractère paradoxal de la perfection féconde des végétaux tient précisément à leur immobilité (*Nouveau nouveau recueil*, « L'Opinion changée quant aux fleurs », t. II, p. 104).

◆ LE CHEVAL. — *Ms.* : le dossier (62 feuillets datés 10 avril 1948 - fin novembre 1951), composé de deux manuscrits autographes et d'un dactylogramme, appartient à une collection privée non identifiée ; il est décrit par François Chapon dans le catalogue *Francis Ponge. Manuscrits, livres, peintures* (Centre Georges-Pompidou, 1977, p. 34-37) ; aux *AF*, une copie de *préorig.* sur laquelle Ponge a consigné quelques corrections en vue de la publication dans *Pièces* (variantes de ponctuation et suppression systématique des dates). — *Préorig.* : « Extrait du journal poétique. Le cheval », *Cahiers du collège de pataphysique*, n° 8, 24 décembre 1952, p. 55-56. Le texte est disposé selon une suite de fragments datés et précédé d'un dessin de Jean Effel (pseudonyme de François Lejeune) représentant un cheval vu de dos dont l'arrière-train est en forme de cœur. Si Ponge a compté parmi les premiers auditeurs et membres cotisants du Collège de pataphysique et qu'il s'est vu décerner le titre d'Emphytéote en juin 1953, ce poème est plus qu'une simple fantaisie destinée à « enrégimenter pataphysiquement les chevaux » (*Dossiers du collège de pataphysique*, n° 8, 30 mars 1960). « Le Cheval » a aussi paru, joint à « La Pratique de la littérature » (voir *Méthodes*, p. 670-684), dans le *Mercure de France*, n° 3, juillet 1960, p. 386-389 (*MF*) ; le texte est composé en italique avec des variantes de disposition et deux variantes sémantiques qui semblent être des coquilles.

La structure et le rythme dont dépend le fonctionnement du poème reposent sur un évident souci mimétique ou mimologique ; les indications d'ordre chronologique données dans *préorig.*, les répétitions et la fragmentation des éléments textuels renvoient aux différentes phases de la genèse. Dans des notes appartenant au dossier génétique de « La Fenêtre » (aux *AF*, janvier ou février 1953), Ponge constate que ce texte ne « fonctionne pas » ; « cela vous fiche un galop ; mais cela ne rend pas assez compte. Il faut que je l'arrange, que je continue, qu'il existe détaché de moi [...]. Il y a des textes qui, une fois que c'est bouclé, ça y est. Il n'y a pas de doute. » Cette insatisfaction concerne vraisemblablement le caractère hybride de la forme textuelle : « Si j'avais fait du cheval un texte complètement en forme, rond ou cristallin, j'aurais perdu ce côté impatience, ce côté fougueux du cheval » (*Méthodes*, p. 671). Malgré ces hésitations, le texte ne sera ni profondément remanié, ni complètement récrit. Bien que Ponge déclare que ce poème lui soit venu « presque complètement dans le moment » (*ibid.*), la genèse et l'importance des matériaux rédactionnels révèlent que le terme « eugénie » n'est pas à confondre avec les notions d'inspiration, de spontanéité et de trouvaille verbale. Pour répondre aux exigences de sa sensibilité et parvenir à une formulation satisfaisante sur les plans esthétique et poétique, une longue recherche est nécessaire, et le texte doit en porter les marques. La rédaction du « Cheval » correspond à une période déterminante de la recherche poétique et esthétique de Ponge qui est marquée par un mouvement d'oscillation entre les deux pôles que constituent les textes du *Parti pris des choses* et de *La Rage de l'expression*. Après une importante recherche lexicologique dans le dictionnaire (3 feuillets, datés du 11-12 octobre 1950), le travail s'est poursuivi de façon épisodique en août, en octobre et en novembre 1951. Il est probable que la dactylographie du texte (12 et 13 avril 1952) ainsi que les corrections manuscrites (28 et 29 mai) aient été faites en vue d'une émission de radio (« Belles-lettres », de R. Mallet et P. Sipriot), enregistrée le 21 octobre 1952 et diffusée le 5 novembre sur les ondes de la chaîne nationale, au cours de laquelle Ponge a lu « Le Cheval ». Une seconde lecture eut lieu au cours de la conférence « Pratique de la poésie » (Gand, février 1953 et Stuttgart, 12 juillet 1956 ; voir *Méthodes*, p. 670-671). Une publication en édition illustrée réalisée en collaboration avec Pierre Bettencourt a été envisagée (janvier 1958) ; des difficultés techniques et financières expliqueraient l'abandon du projet.

1. Mot allemand qui signifie « jardin zoologique ». Si la redondance crée ici un effet ludique, l'utilisation de la langue allemande contribue également à attirer l'attention du lecteur sur ce passage consacré au tragique destin du cheval condamné à devenir un objet de curiosité.

2. Dans *MF*, on lit « forces ».

3. Cette métaphore figure dans « Le Crottin », p. 725.

4. Ce terme qui sert à définir et à décrire, tout en les amalgamant, deux des comportements du cheval, prend en même temps valeur de commentaire métapoétique ; si le cheval est un thème qui appartient à la tradition poétique et mythologique, il reste qu'ici, tout comme en bien d'autres endroits du texte qui s'attardent à des vérités plutôt banales, Ponge en propose un portrait tout aussi tonitruant que la bête elle-même.

5. En corrigeant la graphie de *préorig*. et de *MF* (« s'échevèle »), Ponge s'aligne sur Littré qui cite la phrase suivante à titre d'exemple d'utilisation du verbe dans sa forme pronominale : « Sa crinière s'échevelle. »

6. L'emploi de ce verbe peut étonner, mais il participe doublement à la fantaisie dont tout le vocabulaire du texte est marqué : il vient, comme le précise Littré, du verbe fictif « bouler », qui signifie « rouler comme une boule ».

7. Dans *MF*, on lit « cuir ».

8. Le vocabulaire et les métaphores religieuses, en particulier l'évocation du pape et l'emploi du terme « box », qui désigne tout à la fois une stalle d'écurie et les sièges de bois placés dans le chœur d'une église, accentuent le ton humoristique du texte tout en l'apparentant aux travaux des pataphysiciens ; ces jeux verbaux trouvent peut-être leur origine dans le terme « mule », cette « espèce de chaussure de dessus que l'on mettait pour se garantir de la crotte » (Littré), ainsi que dans l'expression « mule de pape ». La fréquence des inversions ainsi que la diversité des comparaisons, des analogies et des allusions mythologiques contribuent elles aussi à démarquer le texte de la tradition lyrique.

◆ LE SOLEIL PLACÉ EN ABÎME. — *Ms.* : à la BJ-D (*ms. BJ-D*), 404 feuillets manuscrits ou dactylographiés (*Le Soleil, ms.* 3250), datés de Paris, de Trie-Château, des Fleurys, juillet 1948 à mai 1954, dont les manuscrits originaux, le dossier du « Processus des aurores » (1927-1931 ; extraits publiés dans les *Cahiers de l'Herne*, n° 51, 1986, p. 71-74, et dans *Nouveau nouveau recueil*, t. I, p. 17 et 19-23) et les épreuves corrigées d'*orig*. L'ensemble est rangé dans une boîte de Monique Mathieu (voir n° 56 du *Catalogue des reliures de Monique Mathieu de 1961 à 1973, Bulletin du bibliophile*, 1973, n°s 3 et 4). Inventaire : François Chapon, *Francis Ponge. Manuscrits, livres, peintures* (Centre Georges-Pompidou, 1977, p. 38-49). À la Bibliothèque royale Albert Ier de Bruxelles, dans l'exemplaire n° 1 de l'originale (FS IX 855 C LP), se trouve le Cahier nuage de sang, qui compte 33 feuillets manuscrits numérotés et datés 3 juillet 1948 - 18 mars 1953 (les feuillets 10-13 manquent). Aux *AF*, un feuillet manuscrit du « Soleil fleur fastigiée » daté du 17 mars 1953 (fac-similé dans *Francis Ponge Visuele Texte*, catalogue d'exposition conçu par Max Bense, Galerie Gänsheide, Stuttgart, 5-20 juillet 1958) et les doubles de 16 feuillets de *ms. BJ-D*. Dans le dossier des « Fables logiques » (dont les textes sont dispersés dans *Lyres*, *Méthodes* et *Pièces*), les *AF* conservent aussi un manuscrit du 5 avril 1943 et un dactylogramme non daté, comprenant un fragment du « Soleil lu à la radio » et « Le Soleil fleur fastigiée ». Le fonds Jacques Hérold contient des épreuves d'*orig*. (38 feuillets portant des indications typographiques de Jacques Hérold) et 1 feuillet manuscrit, « Le Soleil. L'énigme du Soleil », daté du 4 juin 1949. Dans le fonds Manou Poudéroux (fondatrice de la Collection Drosera) : 2 feuillets manuscrits intitulés « Le Soleil ou la Montre d'oursins » datés du 1er novembre 1953. *Ms. BJ-D* a été présenté et analysé (avec fac-similés et transcriptions) par Michel Collot (« Manuscrits inédits du "Soleil placé en abîme" », *Genesis*, n° 2,

1992, p. 151-182) et Jacinthe Martel (« Les Blancs du dossier : "Le Soleil placé en abîme" », *Revue des sciences humaines*, n° 228, 1992, p. 117-130).
— *Préorig.* : dans « Fables logiques », *Le Disque vert*, n° 3, juillet-août 1953, p. 3-12. Sous le titre « Le Soleil » (p. 12), le premier fragment du « Soleil lu à la radio » et « Le Soleil fleur fastigiée » (la phrase finale manque) ; variantes typographiques et de ponctuation. « Le Soleil placé en abîme », *N.R.F.*, n° 24, décembre 1954, p. 961-976 (*NRF*) : sept des dix chapitres seulement (manquent « Le Soleil toupie à fouetter, II », « Le Soleil fleur fastigiée », « Le Soleil toupie à fouetter, III ») ; variantes typographiques, de ponctuation et deux d'ordre sémantique. Voir n. 29, p. 791. — *Orig.* : *Le Soleil placé en abîme*, eaux-fortes de Jacques Hérold, collection Drosera, n° 3, imprimé par Dominique Viglino à Bourg-la-Reine (voir, dans l'Atelier, l'eau-forte de Jacques Hérold, p. 865). Achevé d'imprimer le 31 décembre 1954 ; tirage : 119 exemplaires (B.N.F. : Res mZ 472, mZ 732). Édition présentée à l'occasion d'une exposition des œuvres de Jacques Hérold (Galerie Furstenberg, 30 novembre - 14 décembre 1954) ; préface du catalogue : « Parade pour Jacques Hérold » (*L'Atelier contemporain*, p. 116-117). Variantes typographiques, sémantiques et de ponctuation. — *Autres publications* : « Le Soleil placé en abîme » (fragment central), *Réalités secrètes*, n° 2, 30 mai 1956, p. 47-58, texte en italique ; publication des trois chapitres manquant dans la *N.R.F.* Variantes typographiques et de disposition. *Le Soleil lu à la radio*, Rémy Maure Éditeur, 1992, 50 exemplaires sur vélin de Rives avec 4 linogravures originales d'Étienne Martin.

Sur les plans génétique et générique, « Le Soleil placé en abîme » présente des difficultés complexes ; avec ce texte, Ponge tente de concilier, voire de dépasser les deux genres auxquels appartiennent *La Rage de l'expression* et *Le Parti pris des choses*. Jugés « insuffisants » et « insuffisamment fastidieux » (voir J. Paulhan, F. Ponge, *Correspondance* [...], t. I, lettre 261, p. 269) pour rendre compte d'un objet « impossible » et « informe » comme le soleil, c'est à la recherche d'un « genre nouveau », dont la découverte sera déterminante pour l'ensemble de l'œuvre, qu'est consacrée l'essentiel de l'entreprise scripturale. Par sa structure fragmentée et son étendue, il reproduit le mouvement et la durée de sa genèse ; l'agencement des dix « petits écrits » (*Proêmes*, « Pages bis », v, p. 214) qui constituent les différents chapitres du texte répond en quelque sorte à l'étalement temporel du dossier et à son organisation en liasses, mais aussi aux nombreuses campagnes d'écriture dont l'élaboration du texte a été ponctuée. Il présente au reste les assises d'un art poétique destiné à permettre à Ponge d'inscrire son nom au Panthéon de la littérature ; « petit récif » contre lequel, selon les « critères actuels », viendront « éclater toutes sortes de barcasses (idéologiques [...] ou de galères) » (J. Paulhan, F. Ponge, *Correspondance* [...], t. II, lettre 499, p. 141-145), « l'objeu » c'est aussi une « machine » dont chacun des textes de Ponge constituera désormais un « rouage ». Entrevue dès la rédaction du « Galet » (*Le Parti pris des choses*, p. 49-56), la notion d'objeu n'apparaît dans le dossier qu'en avril 1954, mais elle figurait déjà dans l'intitulé de plusieurs inédits de 1952, « Les Chantiers de l'objeu » (30 octobre), « Théorie et pratique de l'objeu (Dix années de Pratiques) » (1er avril), « Préface à l'objeu » (12 mai), « Sur notre recueuillement actuel au fond des calices de l'objeu » (29 juin), qui témoignent d'une grande inquiétude chez Ponge qui éprouve un besoin impérieux de « laisser tomber un peu poésie et littérature » et de « rentrer dans la vie ». Ces inédits font aussi état d'un profond désarroi intérieur : « immobilisés » au fond du « remous du monde par la misère » et les difficultés matérielles, « obligés par la nécessité à écrire [...] nous sommes au fond du calice. Nous sommes tout près du suicide ».

« Le Soleil » a peut-être permis à Ponge de réaliser ce qui, à cette époque du moins, ne semble être qu'un vœu : « S'amuser » ; les notions de jeu et de plaisir y occupent en effet une place privilégiée. L'objeu, dont « Le monde muet est notre seule patrie » (*Méthodes*, p. 629-631) proposait déjà la définition, réapparaît le 8 août 1952 dans *Pour un Malherbe* (p. 71), où il s'impose comme méthode et comme morale, pour enfin devenir « l'objoie » du *Savon* (« Appendice V », 5 janvier 1965, p. 126). À ce propos, voir J.-M. Gleize et B. Veck, *Francis Ponge. Actes ou textes*, « Malherbe quant au Soleil », p. 39-44. Très tôt qualifié de « poème éblouissant » (A. Pieyre de Mandiargues, « Le Soleil de Ponge », *N.R.F.*, n° 36, 1ᵉʳ décembre 1955), mais cependant « scandaleusement négligé par la critique » (Ph. Jaccottet, « Remarques sur le soleil », *N.R.F.*, n° 45, septembre 1956) à l'époque de sa première publication, ce texte a depuis quelques années fait l'objet de plusieurs études ; tous les commentateurs en reconnaissent la densité et la complexité poétiques, notamment P. Bigongiari qui y voit « la réponse la plus profonde de notre siècle à la question qu'avait laissée ouverte [...] le *Coup de dés* mallarméen et le symbolisme tout entier » (« Un autre Ponge », *Tel quel*, n° 8, hiver 1962). Certains critiques ont tendance à vouloir enfermer le texte dans un « système » ; il en résulte parfois des lectures plus réductrices que fécondes qui ne parviennent pas à éviter le piège de la « somme de définitions définitives » (H. Maldiney, « Discussion », *Ponge inventeur et classique*, colloque de Cerisy, coll. « 10/18 », U.G.E., 1977, p. 375). Parmi les études fécondes, signalons celles de G. Farasse (« Héliographie », *Revue des sciences humaines*, n° 151, juillet-septembre 1973), C. Lang (*L'Objeu : étude du « Soleil placé en abîme » de Francis Ponge*, mémoire de maîtrise, Université de Paris VII, 1977), I. Higgins (*Francis Ponge*, 1979), G. Nunan (*The Poetic Genesis of Ponge. From Fragmentation to Reconciliation*, thèse, Stanford, 1983), B. Beugnot (*Poétique de Francis Ponge. Le palais diaphane*) et M. Collot (*Francis Ponge entre mots et choses*).

1. *Orig.* et *NRF* portent : « qu'il se forme ». À propos de l'« accent circonflexe sur abîme (pour ne pas prendre de facilités avec le dictionnaire) » et du « chahut » de la concordance des temps, voir J. Paulhan, F. Ponge, *Correspondance [...]*, t. II, lettre 511, p. 155.
2. « On voit à la fois venir le temps comme il était déjà dans *La Rage de l'expression*, et revenir le complot, la bombe » (*Entretiens avec Philippe Sollers*, p. 138 ; voir aussi p. 147-148) ; ces notions renvoient au *Parti pris des choses*.
3. « Le sujet, le poème de chacune de ces périodes correspondent évidemment à l'essentiel de l'homme à chacun de ses âges » (*Proêmes*, « Raisons de vivre heureux », p. 199). Sur l'expression « il suffit », voir *Pour un Malherbe*, p. 71-72.
4. Les informations d'ordre scientifique dispersées dans le texte sont consignées dans *ms. BJ-D* ; elles sont tirées de Georges Bruhat, *Le Soleil*, « Nouvelle collection scientifique », Alcan, 1951.
5. Le 5 mai 1954, Ponge note, dans *ms. BJ-D* (f. 13.24), qu'il doit renoncer à la « manie de perfection » et tenter son « second mode », celui de « la relation d'échec, de la mise sur table de notre impuissance et de notre ténacité. Nous ne pouvons que le placer en abîme » (f. 11.31). La notion de perfection est présente dans de nombreux textes ; voir entre autres « L'Anthracite », p. 732.
6. « Disparition de l'objet en abîme, fonctionnement verbal, tout cela formant l'*objeu* ; c'est-à-dire que j'ai été obligé [...] de créer ce mot, ou cette notion. Il ne s'agit pas du tout seulement d'un jeu de mots » (*Entretiens avec Philippe Sollers*, p. 141-142).
7. « "Qu'est-ce que la langue, lit-on dans Alcuin, c'est le fouet de l'air."

On peut être sûr qu'elle rendra un son si elle est conçue comme une arme » (*Proêmes*, « Pas et le saut », p. 172) ; l'association plume-fouet est également présente dans « Parade pour Jacques Hérold » (*L'Atelier contemporain*, p. 116-117).

8. Dans une lettre adressée à Jean Tortel le 28 mars 1970 (voir F. Ponge, J. Tortel, *Correspondance [...]*, p. 238-241), Ponge explique que c'est dans « Le Martyre du jour ou "Contre l'évidence prochaine" » (*Douze petits écrits*, p. 8) qu'il a pour la première fois utilisé ce terme, qui renvoie également au spectacle de la nuit dans le « Texte sur l'électricité » (*Lyres*, p. 497).

9. *Fables*, livre VI, 3, « Phébus et Boré ».

10. Souvent reprise, cette formule est tirée du « Galet » (*Le Parti pris des choses*, p. 52) ; voir aussi « La Robe des choses » (*Pièces*, p. 695-696). NRF et orig. portent : « d'escortateurs ».

11. Formule qui n'est pas sans rappeler le principe héraclitéen de l'alliance des contraires ; « lui mort et elle chaotique sont aujourd'hui confondus » (*Le Parti pris des choses*, « Le Galet », p. 50). « J. T. [Jean Tardieu] m'a dit hier que dans *Le Soleil*, je réconciliais Héraclite et Parménide. Bigre ! C'est un peu gros ! [...] mais c'est bien un peu cela. Le *Temps* (je veux dire la ténacité, le travail) débouchant dans l'Intemporel » (*Pour un Malherbe*, p. 62).

12. La liasse 3 de *ms. BJ-D* renferme divers documents, notamment ce qui semble être un plan de l'émission au cours de laquelle devait être dit ce texte. Les recherches effectuées auprès des archives de la Radio française sont restées vaines ; il est donc possible que le projet n'ait pas abouti. À l'exception du fragment n° 10 (octobre 1949), la rédaction de ce chapitre date de juin 1949.

13. Sur l'œuvre de Rameau qui exprime « l'épaisseur et le fonctionnement en profondeur du monde », voir « La Société du génie » (*Méthodes*, p. 639).

14. Vers tiré de Racine (*Athalie*, acte I, sc. 1), donné par Littré (article « Temple »).

15. Le soleil n'est pas un objet, il ne peut être contenu formellement comme le galet : « On peut, par le moyen de l'art, refermer un caillou, on ne peut pas refermer le grand trou métaphysique » (*Méthodes*, « Tentative orale », p. 660).

16. « Le soleil ni la mort ne se peuvent regarder fixement » (La Rochefoucauld, *Maximes*, n° 26, dans *Œuvres complètes*, Bibl. de La Pléiade, p. 406).

17. Dans « La Fenêtre » (p. 714-717), le jour est aussi vu comme un tyran. Ahénobarbus était le père de Néron. Voir *Quel artificier...* (*Douze petits écrits*, p. 4-5) et « Plus-que-raisons » (*Nouveau recueil*, p. 33).

18. « Il ne faut cesser de s'enfoncer dans sa nuit : c'est alors que brusquement la lumière se fait » (*Pour un Malherbe*, fragment du 29 juillet 1952, p. 62).

19. Voir *Pour un Malherbe*, fragment du 18 février 1955, p. 174.

20. Tout le texte, et en particulier ce passage, fait écho au mythe de Chronos.

21. D'ancienne mémoire, la métaphore du monde comme horloge sera notamment reprise par Voltaire.

22. Entre le 14 et le 17 mars 1953, quarante-trois rédactions différentes, dont l'essentiel figure dans la liasse 6 de *ms. BJ-D*.

23. Association présente dans la recherche lexicologique effectuée pour « L'Œillet » (*La Rage de l'expression*, p. 358).

24. Un texte de 1926 porte le titre « Le Troupeau de moutons » (*Lyres*, p. 448).

25. Écho à la fable latine (*Quia nominor leo*, Phèdre). Ce paragraphe est issu du « Processus des aurores » (*ms. BJ-D*).

26. Voulant illustrer graphiquement l'analogie page-ciel dont il tente de rendre compte textuellement, Ponge note sur une ligne qui reproduit la course de l'astre : « Le Soleil titre-courant de la Nature [...] Comme il s'élève à l'horizon du texte, puis redescend vers signature... » (*ms. BJ-D*, f. 11.26). Voir, dans l'Atelier, « [État dactylographié] », p. 864.

27. Déjà présente dans « La Mounine » (*La Rage de l'expression*, p. 421), cette formule annonce « La Nuit baroque », chapitre avec lequel celui-ci forme un ensemble textuel dans plusieurs états et dans *orig.*; il préfigure aussi « Le Soleil se levant sur la littérature » qui en développe la thématique.

28. « Le thème du jour et de la nuit, le thème du soleil est présent constamment dans mon œuvre, dès le début [...] c'était un des thèmes les plus importants pour quelqu'un qui a pu se concevoir un instant comme un des émules des cosmogonistes » (*Entretiens avec Philippe Sollers*, p. 147). Ce chapitre est entièrement constitué de « propos anciens [...] antérieurs au *Parti pris des choses* » (*ms. BJ-D*, f. 21.1) ; les quatre parties correspondent en effet à des textes dont les titres, donnés dans *ms. BJ-D* (f. 21.4), figurent dans *orig.* : « Jeu de mots sur la nuit », « Noche », « Evelyne Brent », « La Nuit étoilée ». Texte « anachronique » (P. Bonnefis, « Discussion », *Ponge inventeur et classique*, colloque de Cerisy, p. 372) et protéiforme, qui mêle les genres et les procédés rhétoriques, « La Nuit baroque » date de la « courte période surréaliste » de Ponge (propos recueillis par C. Lang, 1977) ; à ce propos, voir *Entretiens avec Philippe Sollers*, p. 60-68.

29. Le sous-titre de ce fragment « Noche » (*orig.*) n'est pas sans évoquer Charon, le nocher de l'enfer ; dans la mythologie grecque, ce démon est armé d'un maillet, d'où peut-être, ces « coups fatals » du tollé nocturne. Ce fragment et le suivant ont paru dans une suite textuelle intitulée « Vertu de ma vie » (*N.R.F.*, nº 433, février 1989, p. 1-8) qui figurera dans le tome II de la présente édition.

30. Empruntée au vocabulaire de la peinture, cette expression rappelle le « miroir noir des peintres » de « La Mounine » (*La Rage de l'expression*, p. 418).

31. Dans « La Mounine » du 1-12 juillet 1941 (*ibid.*), trois rédactions s'inspirent de cette phrase qui pourrait faire écho à Rimbaud : « Un coup de ton doigt sur le tambour décharge tous les sons et commence la nouvelle harmonie. » (« À une raison », *Illuminations*, dans *Œuvres complètes*, Bibl. de la Pléiade, p. 130). « Raisons de vivre heureux » (*Proêmes*, p. 197-199) évoque aussi la doctrine du « nouvel amour » qui constitue l'une des idées maîtresses de Rimbaud en 1871.

32. Selon certaines interprétations de la cosmogonie, une « pluie d'eau ou averse de lumière, averse lumineuse de l'eau séminale » est tombée de la fente ouverte entre le Ciel et la Terre (Clémence Ramnoux, *La Nuit et les Enfants de la Nuit dans la tradition grecque*, coll. « Champs », Flammarion, 1986, p. 97).

33. Évocation d'Hugo, « Cette femme avait sur elle des scintillations nocturnes, comme une voie lactée. Ces pierreries semblaient des étoiles. Cette agrafe de diamants était peut-être une pléiade » (*L'Homme qui rit*), ou encore de Mallarmé : « Elle, défunte nue en le miroir encor / Que dans l'oubli fermé par le cadre se fixe / De scintillations sitôt le septuor » (« Sonnet en yx et en or », *Œuvres complètes*, Bibl. de la Pléiade, t. I, p. 38).

34. Cette star, c'est « Evelyn Brent », pseudonyme de l'actrice américaine Mary Elizabeth Riggs (1899-1975) qui a surtout fait carrière à l'époque du muet et que Ponge admirait.

35. « Il est évident que c'est seulement dans la mesure où le lecteur lira vraiment, c'est-à-dire qu'il se subrogera à l'auteur, au fur et à mesure de sa lecture, qu'il fera [...] acte de commutation, comme on parle d'un commutateur, qu'il ouvrira la lumière, enfin qu'il tournera le bouton et qu'il recevra la lumière » (*Entretiens avec Philippe Sollers*, p. 192).

37. Allusion au char d'Hélios.

38. Paragraphe que son vocabulaire et ses métaphores apparentent à « Le Martyre du jour ou "Contre l'évidence prochaine" » (*Douze petits écrits*, p. 8-9).

39. À l'exception des deux dernières phrases, reprises du « Processus des aurores » (*ms. BJ-D*), les parties 3 et 4 sont inversées dans *orig.* La métaphore de la truie apparaît au cours d'une recherche effectuée dans le Littré (1er novembre 1953, fonds M. Pouderoux).

40. « Le Volet » (p. 759), où figure également une analogie lit-livre, se clôt lui aussi sur la disparition de l'auteur ; à ce propos, voir *Entretiens avec Philippe Sollers*, p. 142, 187-188. La métaphore érotique se déploie notamment dans *Le Savon* (« Appendice V », p. 127). Pour les alchimistes, l'œuf était le foyer de l'univers.

◆ LES HIRONDELLES OU DANS LE STYLE DES HIRONDELLES (RANDONS). — *Ms.* : les *AF* conservent un dossier (*ms. AF*) comprenant 73 feuillets manuscrits ou dactylographiés, datés du 29 avril 1951 au 22 avril 1956 et dont le dernier manuscrit est signé et daté *in fine* « Trie-Château 1951, Paris 1956 », et de la correspondance. Descriptions dans les catalogues de François Chapon, *Francis Ponge. Une œuvre en cours*, BJ-D, 1960, p. 6-7, et *Francis Ponge. Manuscrits, livres, peintures*, Centre Georges-Pompidou, 1977, p. 50-52, où une note signale un manuscrit manquant (13 feuillets) par rapport à la recension de 1960. — *Préorig.* : N.R.F., n° 45, 1er septembre 1956, p. 426-433 (numéro spécial « Hommage à Francis Ponge »). Le texte est en italique et présente des variantes de ponctuation et de disposition.

Quoique sensiblement modifiée lors de la publication en recueil où l'élimination de plusieurs blancs a pour effet d'estomper « l'effet iconique des jets d'encre, des jets d'écriture qui équivalent à des signatures hâtives dont les hirondelles sont le symbole » (B. Beugnot, *Poétique de Francis Ponge. Le palais diaphane*, p. 111), la structure du texte entretient avec son objet un étroit rapport mimétique qui accentue la dimension allégorique annoncée clairement dès le titre. Selon une formule qui s'inspire de Buffon, l'analogie entre les mouvements de l'écriture et ceux de l'oiseau constitue un véritable programme poétique : « Le style, c'est l'hirondelle » (note sans date des *AF*). Le 12 juillet 1952, Ponge expédie d'abord « Les Hirondelles » à François Bondy, directeur de *Preuves* qui, à la suggestion de René Tavernier, l'avait invité à collaborer à la revue (lettre du 30 juin 1950, aux *AF*) ; pour des raisons inconnues, le projet n'aboutit pas et le manuscrit est envoyé à Jean Paulhan (voir *Correspondance [...]*, t. II, lettre 543, p. 187). Déçu des réactions qui ont suivi la publication, Ponge conclut pour ainsi dire à un échec : « J'ai l'impression qu'on n'y comprend rien (je veux dire mes meilleurs amis). Bien fait pour moi ! Puisque j'y mettais (par faiblesse) un sous-titre, du moins devait-il être complet : Des RANDONS à la RITOURNELLE... Les gens s'y seraient moins trompés, peut-être ? Mais qu'importe » (*ibid.*, t. II, lettre 556, p. 199 ; voir aussi lettre 624, p. 271-272). Le modèle musical et, de là, la présence des répétitions et reprises, se trouvent ici pleinement justifiées.

1. « Hirondelle » est un diminutif d'« aronde » (Littré).
2. La portée allégorique du texte et la densité sémantique de ce passage

est plus explicite dans *ms. AF* où figure cet ajout : « De la vitesse dans l'exécution. Qu'est-ce que la maîtrise ? Virtuosité toute relative des funambules. Le coup de pinceau magistral de Matisse, fait en réalité de vrilles : hésitations (résolues en un instant) » (note manuscrite datant vraisemblablement d'avril 1956). « Ambage » (« circuit de paroles », Littré) est aussi utilisé au singulier dans *ms. AF* et *préorig.*

3. « Randons » apparaît le 17 avril 1956 dans *ms. AF* et s'impose dans le titre (après « L'Hirondelle » et « Les Hirondelles ») : « Terme vieilli. Course impétueuse, afflux impétueux » (Littré). Il est de nouveau utilisé dans « E. de Kermadec » en 1973 (*L'Atelier contemporain*, p. 322), dans un sens plus proche de sa signification ancienne où il désigne le sang qui s'écoule d'une plaie (Furetière) : « La recherche d'une écriture à l'état naissant, d'un tracé humoral, viscéral, spécifique [...] nous ne pouvons mieux faire que poursuivre, en criant de joie, nos randons infatigables, la signature, selon notre espèce, de l'album des cieux » (*ibid.*).

4. La réflexion sur le temps, l'analogie entre le ciel et la page ainsi que le terme de « spectateurs », qui apparaît plus loin, établissent une filiation thématique directe avec « Le Soleil placé en abîme » (p. 776-794), ce que confirme un état de *ms. AF* du 17 avril 1952 : « L'objeu. À signer son espace et à passer son temps ». C'est également sur les plans de leur structure et de leur art poétique que les deux textes sont apparentés.

5. Le thème de la violence, auquel sont ensuite associées les notions de chasse et de piège, fait resurgir la figure de l'araignée dans un état de *ms. AF* du 15 mai 1952 : « Funéraraignées. Funéraillaignées » (« L'Araignée », p. 762-765).

6. À propos de cette allusion à Pythagore, voir « La Maison paysanne », n. 2, p. 714.

7. Néologisme forgé à partir de la racine latine de « oiseux », *otiosus*, de *otium*, "loisir" » (Littré), qui n'apparaît que sur le manuscrit définitif de *ms. AF*.

8. « Ainsi, chez Kermadec, ces petits trains mécaniques rangés sur des étagères » (note manuscrite de *ms. AF* du 15 mai 1952).

9. *Préorig.* porte : « Courrez ». Craignant que le lecteur ne croit à une faute d'impression, Jean Paulhan suggère d'abord de corriger (voir *Correspondance [...]*, t. II, lettre 550, p. 193), puis il se ravise : « Non, laissons *Courrez*. Tant pis si les gens s'y butent. Faut-il expliquer en note que c'est une épenthèse ? Ne soyons pas pédant » (*ibid.*, lettre 552, p. 196 ; voir aussi lettre 551).

10. *Préorig.* porte : « dans le style même [...] randons. » Le souci de la typographie est déterminant au moment où s'achève la rédaction : « Tel est le style des hirondelles, et le sens de leur presti(digiti)euse calligraphie » (note de *ms. AF* du 17 avril 1956). Dans *ms. AF* destiné à la N.R.F., Ponge substitue « incorrigibles » à « indescriptibles » : « C'est bien ce que j'en pense après tout » (*ibid.*, t. II, lettre 544, p. 188).

◆ LA NOUVELLE ARAIGNÉE. — Ms. : les *AF* conservent 101 feuillets de brouillons, de notes et d'états divers dont la datation s'échelonne des 30-31 mai 1954 au 18 mars 1957 ; cinq de ces feuillets (18 mars 1957) sont reproduits en fac-similé dans la monographie de Ph. Sollers, *Francis Ponge*, p. 147-151, et huit (non localisés) ont été mis en vente en 1990 à l'Hôtel des ventes de Paris. — *Préorig.* : N.R.F., n° 55, 1er juillet 1957, p. 1-5. Trois variantes de ponctuation et une d'ordre sémantique : « étincelant » a corrigé « éblouissant » (1er §).

Seul exemple qui consiste à tenter deux formulations différentes d'un même objet, ce texte permet de varier les points de vue sur les plans formel et esthétique et de développer avec plus de force encore, à partir des « nouvelles injonctions » (« Questions à Francis Ponge », dans *Francis Ponge inventeur et classique*, colloque de Cerisy, p. 409) apparues au fil du temps, la réflexion amorcée quelques années plus tôt avec *L'Araignée* (voir la Notice de ce texte, p. 1005-1007). Art singulier de la redite et de la répétition dont les textes ouverts sont le modèle, la poétique pongienne postule la possibilité d'un travail incessant : « Je ne pense pas du tout qu'une seule formulation puisse répondre à quelque objet ; [...] sans ça il n'y aurait plus qu'à s'arrêter ! [...] Nous sommes tous imparfaits et nos expressions le sont également ; par conséquent, elles peuvent être reprises, modifiées, changées » (« Questions à Francis Ponge », dans *Francis Ponge inventeur et classique*, colloque de Cerisy, p. 409).

1. *Dictionnaire philosophique*, art. « Art dramatique » (cité par Littré, art. « Funambule ») ; la métaphore de l'araignée funambule conduit à la dérivation étymologique induite par la racine *funis*, « corde » (voir n. 6, p. 801). Sur un état dactylographié des *AF* daté des 30-31 mai 1954, Ponge note qu'il s'agit de « l'épigraphe idéale » et ajoute : « On sait que les Caraïbes sont une sorte d'insectes, faudrait-il (plaisamment) ajouter. »

2. Renvoi manifeste aux origines étymologiques du terme « araignée » ; Ponge s'oppose ici à Littré qui signale qu'en abolissant la distinction établie entre « aragne » (l'insecte) et « araignée » (toile d'araignée), en « confondant l'ouvrière et l'œuvre [...] la langue s'est appauvrie » (Littré, art. « Araignée »). Une note sans date du dossier des *AF* révèle plus explicitement la figure du poète-araignée ainsi que l'analogie établie entre son ouvrage et la poésie : « Que l'araignée avec sa toile ne fasse qu'un / Poésie, ô rosée, rend-le éblouissant. Voilà ce que j'ai demandé à ma Parole, illuminante comme la rosée, de rendre clair à la France ce matin. »

3. La plupart des métaphores (ancre de navire, hamac, etc.) sont issues de définitions données par Littré. Dans le plan du 13 juin 1954 du dossier des *AF*, ce passage ouvre le texte et met ainsi l'accent sur le vertige que provoque l'écriture : « 1er mouvement, ou 1re figure du ballet de L'Araignée : l'ancre de navire. Trapéziste la tête en bas. [...] Voilà comment commence le texte par une chute verticale dans le vide [...]. »

4. L'image de l'araignée brigande apparaît dans des notes tirées du Littré (28 décembre 1956, *AF*) : « L'araignée est à pied. En ce sens, c'est une brigande. »

5. Fragment repris du « Grenier », p. 719.

6. Des notes manuscrites du 13 juin 1954, consignées sur un état des 30 et 31 mai 1954 (*AF*), révèlent que c'est par « associations d'idées successives » que s'effectue le passage de *funis* (radical de funambule) à « funambule funeste » (de *funestus*, radical *funus*).

7. « Dans la mémoire l'araignée se confond avec son fil. Ou plutôt encore : dans la mémoire se reconstitue l'unité du syllogisme : araignée-fil-toile. [...] La poésie est tentative de rendre compte de *la mémoire sensible accrue de la raison* » (note manuscrite du 13 juin 1954, dossier des *AF*).

8. Le mythe du jour et de la nuit, qui s'inscrit au cœur de « La Mounine » (*La Rage de l'expression*, p. 412-432), trouve un lieu privilégié d'expression dans « Le Soleil placé en abîme » (p. 776-794). La clausule condense diverses rédactions où la dimension allégorique du texte et l'analogie établie entre le poète et l'araignée sont plus manifestes : « D'une idée fixe dans les cieux. La parole, ombre à terre, cavale » (ajout manuscrit sur un état dactylographié des 11 et 12 janvier 1957, dossier des *AF*).

◆ L'ABRICOT. — *Ms.* : à la BJ-D (*ms.* 3251), 101 feuillets manuscrits ou dactylographiés (*ms. BJ-D*) décrits dans François Chapon, *Francis Ponge une œuvre en cours*, p. 9-12. Un manuscrit autographe signé, mis en vente par Robert Valette en 1978 (catalogue 4, n° 197), porte la mention « dernier état, 18 septembre 1957 » ; il s'agit de la « copie » postée à Jean Tortel pour les *Cahiers du Sud* (voir F. Ponge, J. Tortel, *Correspondance* […], lettre du 18 septembre 1957, p. 137-139). Les *AF* conservent une copie de *préorig*. — *Préorig.* : *Entregas de la licorne*, n° 9-10, 1957, p. 32-35 ; daté Paris, janvier 1957, accompagné d'une traduction. Cette revue, fondée par Susana Soca, était publiée à Montevideo. Cet état comporte de nombreuses variantes sémantiques, de ponctuation et de disposition (aucun blanc). « L'Abricot » est aussi paru dans *Cahiers du Sud* (*CS*), n° 344, 2ᵉ semestre 1957 (janvier 1958), p. 45-48 ; le texte est en italique et comporte des variantes typographiques (voir notes 4 et 6) et de ponctuation. Les épreuves corrigées sont envoyées à Jean Tortel le 19 décembre 1957 : « Comme tu me le proposes, je demande à Lartigue de disposer le tout sur quatre pages au lieu de trois, de façon à permettre entre les strophes plus d'espaces (et une étoile), qui rendront la lecture plus avenante » (F. Ponge, J. Tortel, *Correspondance* […], p. 143). Cette publication réjouira Ponge : « Swift, Heidegger, Huidobro — beaucoup de promesses aussi chez les jeunes poètes dont aucun des trois n'est indifférent — : quel numéro ! […] La composition et la mise en pages de mon texte sont *parfaites* » (lettre à Jean Ballard, de février ou mars 1958, archives des *Cahiers du Sud*, Marseille). Enfin, « L'Abricot » est paru dans la *N.R.F.*, n° 75, 1ᵉʳ mars 1959, p. 537-538, dans la section « Les revues, les journaux » ; il s'agit d'une reprise de la version des *Cahiers du Sud*, mais avec des variantes de ponctuation et une de disposition. Sans doute au moment où il lit les épreuves, Ponge doute de son texte : « L'Abricot m'a paru un peu trop détaillé (mais merveilleusement reproduit, sans une seule coquille) » (J. Paulhan, F. Ponge, *Correspondance* […], t. II, lettre 632, p. 281 ; voir aussi lettres 569 et 610). — *Film* : *L'Abricot bien tempéré*, Sylvain Roumette, 1968 ; réalisateur : Pierre Samson (explication de texte faite par Ponge). Voir « Questions à Francis Ponge », dans *Ponge inventeur et classique*, colloque de Cerisy, p. 419-420.

Entre le 18 février 1955 et le 17 mars 1957, plus de soixante états sont rédigés. Après quelques tentatives visant à décrire l'objet qu'est l'abricot, puis à saisir sa « qualité différentielle » (*Méthodes*, « My creative method », p. 537), Ponge revient aux notions de couleur et de forme abordées dès le début de la recherche et note : « Ces deux éléments à agencer en une seule strophe » (*ms. BJ-D*, 22 mars 1956). À partir de là, le travail de disposition et de mise en forme du poème se substitue à la description proprement dite. En cours de rédaction s'impose aussi un réel souci quant à la typographie du texte, la forme de la lettre *a* devant rendre compte du fruit (voir *Méthodes*, « Proclamation et petit four », p. 642). De l'aveu de Ponge, « L'Abricot » s'apparente à l'esthétique du *Parti des choses* (voir *Pratiques d'écriture ou l'Inachèvement perpétuel*, Hermann, 1984, p. 75). Voir notamment G. Farasse, « La Portée de "L'Abricot" », *Communications*, n° 19, 1972, p. 186-194.

1. Sur l'emploi de ce verbe et ses qualités sonores, voir « La Pratique de la littérature » (*Méthodes*, pp. 679-681).
2. Selon Ponge lui-même, la métaphore musicale ainsi que tout le réseau qui alimente la description répondent au souci d'une expression qui repose sur la perception des sens (*L'Abricot bien tempéré*).
3. Le 18 avril 1956, Ponge note (*ms. BJ-D*) qu'il lui faut écrire à Henri Maldiney afin de prolonger leur discussion sur le finalisme en biologie, « se rappelant celui marqué par l'école de Bernardin de Saint-Pierre : aucune autre division, sinon en deux, n'y est préparée ». Dans le film, Ponge com-

mente également ce passage et revient sur l'idée selon laquelle le melon serait « naturellement divisé en tranches parce qu'il est destiné à être mangé en famille ». Voir aussi *Méthodes*, « La Pratique de la littérature », p. 682.

4. *CS* porte « blond », en romain dans une composition en italique. L'expression est plutôt « blond vénitien » ; le terme « bran », emprunté à Rabelais et cité par Littré (*Pantagrueline Prognostication*, I, 2, VI, dans *Œuvres complètes*, Bibl. de la Pléiade, p. 896-905) renforce la volonté de rompre avec les lieux communs du langage. Pour les mêmes raisons, le terme « importun », qui apparaît plus loin, a été substitué à « important » dans un manuscrit.

5. Sur la comparaison, commentée dans le film, voir « L'Orange » (*Le Parti pris des choses*, p. 19-20).

6. *CS* porte : « cuiller*ées* ». Le texte définitif gomme ce jeu de sonorité créé par la typographie.

7. « Les poiriers sont les cerfs du potager, du verger. Ce sont aussi à la fois de petits fanions et de petites cuillers (tournantes) » (*Nouveau nouveau recueil*, « Nioque de l'avant-printemps », « Les Poiriers », t. III, p. 76).

8. Un état de *ms. BJ-D* s'intitule « Noyau de la poésie » (2 feuillets datés du 17 mars 1957). « Comme le noyau, il en contient le germe éternel ; ou, pour mieux dire encore, le principe éternel » (*Pour un Malherbe*, à la date du 6 avril 1955, p. 242).

9. Allusion à *Othello ou le Maure de Venise* de Shakespeare (*Œuvres complètes*, Bibl. de la Pléiade, p. 789-870).

10. Toutes les *préorig.* portent « Pour ce ». Le texte définitif revient à la graphie ancienne. C'est à tort, signale Littré, que « parce que » a expulsé « pource que », car les deux mots ne sont pas synonymes.

◆ LA FIGUE (SÈCHE). — *Ms.* : en dehors du dossier des *AF* publié en 1977 (*Comment une figue de paroles et pourquoi*, Flammarion ; réédition par J.-M. Gleize, « Folio », Gallimard, 1997), un manuscrit autographe de 8 feuillets a été mis en vente par la Librairie Robert Valette (catalogue 4, 1978, n° 198 : « Encre noire sur papier rose et daté de 1959, manuscrit complet comportant des corrections assez nombreuses et présentant quelques variantes avec le texte imprimé »). — *Préorig.* : *Tel quel*, n° 1, 1960, p. 5-8. Outre quelques variantes figure une signature finale en forme d'inscription : FRANCISCUS PONTIUS / NEMAUSENSIS POETA / ANNO MCMLIX FECIT. La mise en page, plus aérée et éclatée, multiplie les alinéas, mettant bien davantage en évidence les rythmes d'alexandrins ; le dossier révèle de multiples tentatives de disposition (B. Beugnot, « *Dispositio* et dispositifs : l'invention poétique dans "La Figue [sèche]" », *Urgences*, Rimouski, Québec, n° 24, 1989, p. 43-51).

Il ne pouvait être question d'amputer le recueil de cette pièce essentielle qui inaugure par sa publication en *préoriginale* les liens qui se nouent entre Ponge et le groupe *Tel quel* qu'anime Philippe Sollers. L'annotation en sera seulement allégée puisque le dossier tel qu'il a été publié par Ponge lui-même en 1977 (*Comment une figue de paroles et pourquoi*) est appelé à figurer dans le tome II de la présente édition. « La Figue (sèche) », sous-titrée dans un état de juillet-septembre 1958 « Réponse à une enquête sur la poésie » et qui prend peut-être origine dans un projet de « fruitier » pour Henri-Louis Mermod (14 février 1951), est travaillée entre février 1951 et avril 1959, la principale campagne d'écriture se situant entre septembre et décembre 1959. Elle illustre parfaitement le genre que Ponge a dès 1936 qualifié de sapate. Le principe organisateur ou générateur en est l'antithèse entre l'extérieur et l'intérieur, entre l'enveloppe misérable et l'autel rutilant, manière aussi par le recours à l'image de la chapelle et au vocabulaire religieux de célébrer un culte tout païen de la parole.

1. L'anacoluthe de ce paragraphe d'ouverture n'est pas sans rappeler « La Chèvre » qui suit dans le recueil ; non seulement elle pose au seuil du texte l'analogie poésie-figue, mais le complément d'objet en position proleptique (« cette figue sèche ») fait que le « en » («je m'en forme ») est ambivalent, renvoyant à la fois à la poésie et à la figue.

2. Dans ce passage, Ponge semble confondre deux personnages du nom de Symmaque : Quintus Aurelius Symmachus (340-410), ultime défenseur du paganisme dans une Rome devenue chrétienne, dont on a conservé une importante correspondance, et Quintus Aurelius Memmius Symmachus (?-526), beau-père de Boèce, qui fut mis à mort par Théodoric parce qu'il s'était indigné du supplice de son gendre. Si le premier Symmaque est païen, le second est chrétien, comme son gendre Boèce. En outre, Théodoric était arien.

3. Symmaque avait polémiqué avec saint Ambroise sur le maintien de l'autel de la Victoire dans la salle du Sénat. Ponge emprunte son information à Gaston Boissier, d'origine nîmoise (*La Fin du paganisme. Étude sur les dernières luttes religieuses en Occident au IVe siècle*, Hachette, 1891).

4. Appartenant à une famille célèbre de Rome, Boèce fut consul en 487 et ministre de Théodoric ; c'est en prison qu'il composa son *De consolatione philosophiæ*.

5. La citation de Du Cange est copiée dans le Littré le 20 septembre 1953 (rubrique « Histoire » de l'article « Mitraille »). Il semble que ce soit par l'intermédiaire des mots « grain », puis « grès » qu'apparaît « mitraille », insérée dans une définition de type héraldique : « La figue est de gueules parsemée (gratifiée), mitraillée de grains d'or » (note des *AF*).

6. Le terme et l'idée sont familiers à la critique pongienne, chez Jean-Paul Sartre (« le poème se présente comme une série d'approximations et chaque approximation est un paragraphe » [« L'Homme et les Choses », repris dans *Situations*, coll. « Blanche », Gallimard, t. I, 1947, p. 270]) comme chez Alain Bosquet qui, rendant compte du *Grand Recueil*, associe l'approximation à la méthode : « Ce que Ponge a accompli, comme ce que Valéry a accompli, devient l'approximation de ce qu'il a voulu accomplir ; sans le but précis, sans la philosophie, l'œuvre risque de paraître un peu froide, et même curieusement dépourvue d'élan passionné » (« Francis Ponge, poète de l'objet », *Le Monde*, 20 janvier 1962, p. 9). L'emploi du terme ici, et plus encore dans « La Chèvre » (« une approximation désespérée », p. 807), fait émerger toute la problématique de la divine imperfection qui parcourt tant de textes, depuis 1924 (*Nouveau recueil*, « Proême », p. 23 : « Les paroles ne me touchent plus que par l'erreur tragique ou ridicule qu'elles manifestent ») jusqu'en 1946 (*Méthodes*, « Des cristaux naturels », p. 632 : « les meilleures approximations concrètes de la réalité pure, c'est-à-dire de l'idée pure ») ou 1953 (*ibid.*, « Réponse à une enquête radiophonique sur la diction poétique », p. 644-648).

7. Le bois de pins était déjà qualifié de « Temple de la caducité », et le livre comparé à « une chambre que l'on ouvre dans le roc, en restant à l'intérieur » (*Proêmes*, « Natare piscem doces » de 1929-1930, p. 178). C'est dire que fait retour un imaginaire ancien de la représentation textuelle, Louvre, chambre, temple ou sapate.

8. L'expression, dévalorisante et tendre à la fois, joue sur le double sens du substantif qui rappelle la « gourde sexuelle » et la « gourde séminale » de « L'opinion changée quant aux fleurs » (*Nouveau nouveau recueil*, fragments datés 5 septembre 1954 et 5-6 février 1950, t. II, p. 110 et 122), et les

« sachets profonds » (« La Chèvre », p. 809) du bouc. Ce n'est qu'une des manifestations de « la pente toute érotique de la rêverie » (J.-P. Richard, « Fabrique de la figue », *Critique*, n° 397-398, juin-juillet 1980, p. 555).
  9. *Préorig.* porte : « encore ; ou, si vous voulez [...] une petite idole ».
  10. La parenthèse ne figure pas dans *préorig*.
  11. *Préorig.* porte : « ergot de sevrage ».

◆ LA CHÈVRE. — *Ms.* : selon Ponge, l'idée première remonterait aux années 1920-1922. Le dossier des *AF* (daté 10 juillet 1953 - 15 septembre 1957) compte 194 feuillets dont un grand nombre sans date avec alternance de manuscrits et de mises au net dactylographiées, partielles ou complètes. On y trouve dans un ordre de succession différent, mais qui de toute façon ne respecte pas les moments génétiques : 18 feuillets manuscrits du 10 juillet 1953 au 28 février 1954 ; 61 feuillets manuscrits du 15 septembre 1955 au 15 septembre 1957 ; 20 feuillets dactylographiés, dont 6 datés 14 septembre 1955 ; 71 feuillets manuscrits non datés, dont plusieurs ne concernent que la séquence du bouc ; les épreuves corrigées de *préorig*. Sur le feuillet initial, Ponge note le nom de Chagall pour une illustration éventuelle. — *Préorig.* : *N.R.F.*, n° 60, décembre 1957, p. 1065-1069.

Ce poème est hautement représentatif de la « méthode » pongienne et son déplacement en clôture de *Pièces* et du *Grand Recueil*, entorse à ce qu'appelait une stricte chronologie, en accentue la portée et lui confère un statut singulier. J. Thibaudeau (*Francis Ponge*, p. 46) rappelle justement à ce sujet que le premier volume, *Lyres*, s'ouvre sur l'hommage au Père, « La Famille du sage ». Ainsi s'accomplit un cycle. En outre, il ne peut être lu qu'en conjonction avec les notes de *Pour un Malherbe* et « Joca Seria » (« ce cyclope qui ne sculpterait que des chèvres » [*L'Atelier contemporain*, p. 172-173]), qui sont élaborées dans le même temps, comme si coexistaient d'une même vision de l'invention créatrice une version poétique, une version critique, une version artistique. En assimilant la chèvre à la génération du poème, Ponge retrouvait une vieille donnée mythologique qui l'associait à la manifestation du dieu. L'épaisseur du dossier, le nombre des versions qui se veulent définitives, le travail opéré jusqu'à la fin de septembre 1957 témoignent d'un intérêt particulièrement vif. Il s'agit en effet d'une fable exemplaire qui associe étroitement toutes les significations du mot, tous les traits propres à l'animal et leurs possibles analogiques dans le domaine de la poétique, non sans maintenir ce que Ponge nomme des niveaux de significations instables, des chevauchements et comme un certain clignotement du texte (Entretien sur ce texte avec B. Beugnot au Mas des Vergers, printemps 1977). Mais la forme à donner à cet emblème a prêté à bien des hésitations ; relisant le premier livre du Taô le 25 février 1954, Ponge écrit : « J'y ai admiré ces caractères chinois et j'ai eu envie de réduire mon poème sur la chèvre à une simple transcription calligraphique variée de ce mot, comment dire ? à une idéo-calligraphisation de ce mot » (note inédite des *AF*). Il est naturel que l'attention de la critique ait été vive ; dès 1958, Margaret Bloom Douthat (« Francis Ponge's Untenable Goat », *Yale French Studies*, n° 21, p. 172-181) livrait un commentaire détaillé qui voyait dans la chèvre la figure de la condition humaine, et, en 1980, Thomas Aron (*L'Objet du texte et le Texte objet. La chèvre de Francis Ponge*, Éditeurs français réunis) proposait, non sans polémique superflue, une minutieuse et stimulante analyse d'inspiration sémiotique.

  1. Ajoutés tardivement (Les Fleurys, 9 août 1957), ces deux vers signalent une parenté sans être l'idée génératrice du texte. Ils appartiennent à la strophe 4 des stances « Il plaint la captivité de sa maîtresse ». Pour

Alcandre » (*Œuvres*, Bibl. de la Pléiade, p. 96). Ils figurent dans une page datée d'août 1952 : « Expressions à quelque titre significatives ».

2. La dédicace n'apparaît que le 9 septembre 1955 ; elle signe des souvenirs partagés de promenades méditerranéennes : « Ce sont les couches de sédimentations, d'impressions que j'ai eues, d'émotions, pour les chèvres, et je sais exactement lesquelles, à quels endroits » (« Questions à Francis Ponge », dans *Ponge inventeur et classique*, colloque de Cerisy, p. 411).

3. La syntaxe complexe est à la fois descriptive et suggestive ; au « notre » qui désigne aussi bien le poète en majesté, au dire de Ponge, que Francis et Odette, que l'écrivain et son lecteur, succède un ensemble de traits qui font de la chèvre un animal paradoxal ou oxymorique (« lait »-« pierres ») et qui implicitement déjà convoquent Malherbe (« La mauvaise herbe en question, celle qui pousse, relativement rare mais dure, drue comme le chiendent » [*Pour un Malherbe*, p. 13]).

4. La séquence du chevreau est travaillée pour la première fois dans le manuscrit du 14 décembre 1953 : l'escabeau était d'abord évoqué à propos de la chèvre qui « dresse assez souvent ses pattes de devant comme un escabeau », souvenir possible de Jules Renard (*Histoires naturelles*, 1896).

5. Allusion discrète, qui sera plus développée dans les textes consacrés à Giacometti (voir *L'Atelier contemporain*, « Joca Seria » et « Réflexions sur les statuettes, figures et peintures d'Alberto Giacometti », p. 93-98 et 153-190), à la chèvre Amalthée. Est-ce façon de rendre à Malherbe l'hommage d'une paternité poétique ?

6. Ironiquement parti d'un proverbe, ce paragraphe est cosmologique (l'étoile Alpha du cocher, comme il sera fait allusion plus bas à la Voie lactée) et religieux par le mouvement d'élévation que suscite la fidélité au « devoir », terme de plus en plus fréquent pour dire la persistance d'objet dans sa loi. Le néologisme « décrucifiant » décrit un mouvement en même temps qu'il correspond à une résurrection. L'état manuscrit du 10 août 1957 associe « galaxies » au mythe de Galatée qui est mis en œuvre dans le texte sur Giacometti.

7. Le calembour apparaît dans un ajout manuscrit sur la dactylographie du 14 septembre 1955 et sera d'emblée retenu.

8. Allusion possible à « La Chèvre de M. Seguin » d'Alphonse Daudet qui tirait sur sa corde pour répondre à l'appel de la montagne, et probable à « la corde tendue de la lyre » (*Le Peintre à l'étude*, « Braque le Réconciliateur », p. 133 ; *L'Atelier contemporain*, « Joca Seria », p. 175, et *Pour un Malherbe*, *passim*). La mèche d'une corde est aussi « la partie intérieure qui n'est presque pas tortillée » (Littré).

9. « D'abord la petite barbiche. Mon père aussi la portait » (*Pour un Malherbe*, p. 11) ; « La barbiche des Guise était beaucoup trop effilée et ressemblait un peu à celle de Satan » (*ibid.*, p. 17).

10. Le verbe exprime à la fois le harcèlement, l'obstination et, par retour étymologique, l'idée d'un siège. « Il y a, d'Alberto Giacometti à ses sculptures, le rapport d'un rocher [...] à une chèvre » (*L'Atelier contemporain*, « Joca Seria », p. 176). Comment n'y pas entendre aussi l'écho du mythe de Sisyphe qui inspire l'épigraphe de *Pour un Malherbe* (p. 7) dont le début est emprunté à l'*Enfer* de Dante : « Au milieu du "torrent de ma vie" / ou de ce qu'on appelle / euphémiquement / "le cours de mes pensées" / fut roulé un jour / ce petit rocher. »

11. Comme souvent, il y a ici légitimation descriptive et phonétique des composantes du mot « chèvre ». Dans « Proclamation et petit four » de 1957 (*Méthodes*, p. 642), Ponge précise : « L'accent grave est très important (bêlement, différence avec cheval, barbichette, etc.). » Le manuscrit du 21 février 1954 où s'ébauche ce paragraphe ajoute une sorte de note

de régie : « Il faut encore prendre les mots de sa rime ("mièvre", "fièvre", "lièvre", "bièvres") et les employer de façon qu'on fasse exactement vers eux varier le sens, autant selon la logique que selon la sensibilité verbale. Se trouverait ainsi réalisé une sorte de comble en poésie : que le vers ne soit que l'acheminement logique vers la rime qui le termine, c'est-à-dire l'explication du mot placé à la rime. »

12. Le terme est d'ancienne mémoire dans l'œuvre puisqu'il apparaît déjà dans les « Notes d'un poème *(sur Mallarmé)* » de 1926 (*Proêmes*, p. 181). L'expression de « loque fautive », en ce temps de la composition de *Pour un Malherbe*, ne peut que renvoyer à la lecture des « Larmes de saint Pierre » comme allégorie de la parole fautive, et confirme le lien implicite que souligne Michel Collot avec le latin *loquor*, parler. La chèvre se fait figure du « tas de vieux chiffons » (*Proêmes*, « Des raisons d'écrire », p. 196) que sont les paroles que le poète métamorphose, comme elle produit le lait (B. Beugnot, *Poétique de Francis Ponge. Le palais diaphane*, p. 184-190). « Harde » et « charpie » ne sont que des variantes de « loque ». Cette thématique a été préparée par la qualification de « pauvresse » qui y ajoutait la sensibilité apitoyée.

13. Voir « La Figue (sèche) », n. 6, p. 804.

14. Le verbe renvoie nécessairement à la définition de l'« objeu » dans « Le Soleil placé en abîme » (p. 776-778).

15. Le « nous » résout ici sans la résorber l'ambiguïté de l'adjectif possessif initial, et identifie la production du lait au processus même de l'écriture, elle-même ébauche et lambeau : « Faire notre deuil d'une certaine perfection » (« L'Anthracite », p. 732). Le terme « lambeau » est employé par Mallarmé dans « Le Démon de l'analogie » et « Autobiographie » (*Œuvres*, Bibl. de la Pléiade, t. I, p. 416 et p. 786 [« À Paul Verlaine »]).

16. « Ainsi » est le pivot de l'allégorie qui fait passer de l'animal à sa figuration poétique, la production du texte.

17. La séquence du bouc est une des plus travaillées, mais les états n'en sont pas datés ; elle n'apparaît sur les mises au net que pendant l'été 1957. Voir B. Beugnot, « Le travail de la séquence », *Genesis*, n° 12, 1997.

18. Cette formule oxymorique, substituée à « mirifique animal » en passant par « majestueux corniaud », qui conjoint épithète encomiastique et substantif argotique dont l'attrait tient moins à son sens courant qu'à son association avec « corne », évoque la pièce de Fernand Crommelynck, *Le Cocu magnifique* (Paris, La Sirène, 1921), pour dire que le poète est toujours l'époux admirable et trompé de la parole.

19. Il y a ici détournement vers l'acte reproducteur de la formule célèbre de Breton, « La beauté sera convulsive ou ne sera pas » (*Nadja*, dans *Œuvres complètes*, Bibl. de la Pléiade, t. I, p. 753).

20. Avec les formules écartées de la version finale (« la poésie en chef » ; « DEVISE : Arborons nos idées et soignons nos amours »), il est évident que le vocabulaire et le modèle héraldiques informent cette ultime séquence.

DANS L'ATELIER
DU « GRAND RECUEIL »

◆ [NOTE DACTYLOGRAPHIÉE DU 11 NOVEMBRE 1947]. — Ce document est conservé dans les archives Gallimard.

◆ [EXTRAITS D'UNE LETTRE À GASTON GALLIMARD]. — Ce document

manuscrit est conservé dans les archives Gallimard. Voir la Notice générale, p. 1050-1055.

♦ [NOUVEAU PROÈME DU 18 FÉVRIER 1954]. — Manuscrit conservé dans les *AF*.

1. Nous n'avons pu identifier le personnage.

♦ [NOTE MANUSCRITE DU 8 MARS 1954]. — Manuscrit conservé dans les *AF*.

1. En marge, on lit ce titre : « La Galerie des Machins ».

DANS L'ATELIER DE « LYRES »

♦ [NOTE MANUSCRITE SANS DATE]. — Manuscrit conservé dans les *AF*.

♦ [EXTRAITS DU MANUSCRIT DU « MONUMENT »]. — Manuscrit conservé dans les *AF*. Voir la notule du « Monument », p. 1062.

1. « Mon fils, — me disais-tu » est biffé.

♦ [DÉBUT DU MANUSCRIT DE « CHER HELLENS »]. — Manuscrit conservé dans les *AF*. Voir la notule de « Cher Hellens », p. 1071.

DANS L'ATELIER DE « MÉTHODES »

♦ [RÉPARTITION DES NOTES DE VOYAGE ENTRE « MY CREATIVE METHOD » ET « POCHADES D'ALGER »]. — Manuscrit conservé dans les *AF*. Voir « Les Textes d'Algérie », p. 1085-1089.
Ce tableau établi par Ponge met en évidence le travail de montage des deux textes à partir d'un journal suivi dont l'auteur répartit les diverses séquences chronologiques.

♦ [MY CREATIVE METHOD].
  ♦ ENVOI À UN CRITIQUE PHILOSOPHE. — Manuscrit conservé dans les *AF*. Voir n. 6, p. 519.
  ♦ [LETTRE DE GERDA ZELTNER]. — Lettre dactylographiée conservée aux *AF*. Voir « Les Textes d'Algérie », p. 1087, et la notule de « My creative method », p. 1089.

♦ [POCHADES EN PROSE].
  ♦ [DACTYLOGRAMME]. — Extrait du dactylogramme conservé dans les *AF*. Voir la notule de « Pochades en prose », p. 1092.
  ♦ [EXTRAITS DE LA PRÉORIGINALE]. — Voir la notule de « Pochades en prose », p. 1092-1093.

♦ [DACTYLOGRAMME DE LA DERNIÈRE LETTRE DU « PORTE-PLUME D'ALGER »]. — Conservé dans les *AF*. Voir la notule du « Porte-plume d'Alger », p. 1096.

1. Sans que l'on ait une autre proposition rédactionnelle, « véritable libation première » est biffé.

♦ [LE VERRE D'EAU]. — Les manuscrits que nous donnons en fac-similés ou retranscrits sont conservés dans les *AF*. Voir la notule du « Verre d'eau », p. 1098-1099.

  ♦ [ÉTAT MANUSCRIT DU 6 AVRIL 1948].

Dans l'atelier de « Pièces »

1. *Sic.*
2. Le terme « d'abord » est un ajout interlinéaire.

◆ [PASTELS D'EUGÈNE DE KERMADEC POUR L'ÉDITION ORIGINALE]. — Voir la notule du « Verre d'eau », p. 1099.

◆ [FABLES LOGIQUES]. — Ce document est conservé dans les *AF*. Voir la notule de ces textes, p. 1102.

◆ [DOSSIER DE « PROLOGUE AUX QUESTIONS RHÉTORIQUES »].

◆ [EXTRAITS DU MANUSCRIT]. — Le manuscrit donné en fac-similé est conservé dans les *AF*. Voir la notule de « Prologue aux questions rhétoriques », p. 1105-1106.

◆ [AVANT-PROPOS DE LA PRÉORIGINALE]. — Sur cet Avant-propos qui est dû à Ponge, voir la notule de « Prologue aux questions rhétoriques », p. 1106.

1. Ici, le manuscrit des archives Tortel porte ce passage, que *préorig.* a remplacé par « d'autres » : « Jean Paulhan ou à son défaut Maurice Blanchot par exemple ou Brice Parain, ou Julien Benda, ou Roger Cailloix peut-être ».
2. Après la parenthèse et un point, le manuscrit poursuit : « L'officielle rhétorique est des plus connes. Mal dit ! Répétition ! Avez-vous fait un plan ? Nous avons plutôt à la désapprendre, puis à la réapprendre tout seuls, à tâtons. Guidés par nos goûts, nos expériences (nos échecs), notre respect de ce que nous avons dire, de l'interlocuteur supposé, du sujet en cause. »
3. Le manuscrit porte, après ce mot : « de ce nom ».
4. Le manuscrit donne un exemple : « M. Henry Michaux croit écrire des poèmes. Je tiens qu'il écrit des contes philosophiques. Dans la suite de Swift, Voltaire, Kafka. Ou plutôt qu'il écrit toujours le même […]. S'il savait que ce sont des contes philosophiques, peut-être seraient-ils meilleurs ? Peut-être varierait-il un peu ses sujets ? Je n'en sais rien. Je me le demande. Ou plutôt je le lui demande. »

◆ [NOTE MANUSCRITE AU SUJET DU « MURMURE ». — Cette note est conservée dans les *AF*. Voir la notule du « Murmure », p. 1106.

◆ [ÉTAT MANUSCRIT DE « PROCLAMATION ET PETIT FOUR »]. — Le manuscrit donné en fac-similé est conservé dans les *AF*. Voir la notule de « Proclamation et petit four », p. 1118.

◆ [TENTATIVE ORALE]. — Pour les documents (conservés dans une collection particulière) que nous donnons sous cette rubrique, voir la notule de « Tentative orale », p. 1121.

DANS L'ATELIER DE « PIÈCES »

◆ [BURIN DE GÉRARD VULLIAMY POUR « LA CREVETTE DANS TOUS SES ÉTATS »]. — Voir la notule de « La Crevette dans tous ses états », p. 1137.

◆ [LA FENÊTRE]. — Pour les documents (conservés dans les *AF*) que nous donnons sous cette rubrique, voir la notule de « La Fenêtre », p. 1139.

◆ [ÉTAT MANUSCRIT DE « L'ANTHRACITE »]. — Ce document donné en fac-similé est conservé dans les *AF*. Voir la notule de « L'Anthracite ou le Charbon par excellence », p. 1152.

◆ [EAU-FORTE DE JEAN SIGNOVERT POUR « LE LÉZARD »]. — Voir la notule du « Lézard », p. 1161.

◆ [EAUX-FORTES DE GEORGES BRAQUE POUR « CINQ SAPATES »]. — Voir la Note sur le texte de *Cinq sapates*, p. 1004-1005 ; la notule des « Olives », p. 1165, et la notule d'« Ébauche d'un poisson », p. 1166.

◆ [MANUSCRIT DE « LA PAROLE ÉTOUFFÉE SOUS LES ROSES »]. — Ce manuscrit donné en fac-similé est conservé aux *AF*. Voir la notule de « La Parole étouffée sous les roses », p. 1175.

◆ [LE SOLEIL PLACÉ EN ABÎME]. — Pour le document donné en fac-similé (conservé à la *BJ-D*) et pour l'eau-forte de Jacques Hérold, voir la notule du « Soleil placé en abîme », p. 1178-1179.

À LA RÊVEUSE MATIÈRE

NOTE SUR LE TEXTE

À l'occasion de l'exposition « Vues sur la matière », présentée à Lausanne, à la galerie Bonnier (1963), cette brochure est parue en 1963 dans cette ville, aux Éditions du Verseau (achevé d'imprimer le 16 mai 1963 sur les presses des maîtres imprimeurs Ruth et Sauter). Le tirage est à 230 exemplaires, 8 sur Japon nacré Raji et 200 sur Vélin de Rives à la cuve. L'ouvrage comprend une préface (« À la rêveuse matière »), suivie de quatre textes réunis sur une page-dépliant illustrée. À l'exception de « La Terre », qui est imprimée, tous sont reproduits en fac-similés de manuscrits. L'achevé d'imprimer précise que la plaquette-estampe présentée sous emboîtage est une « tentative de lier intimement trois vues sur la matière : l'écriture de Francis Ponge, la photographie de Henriette Grindat, le dessin de A. E. Yersin […] au moment où, après un long et terrible hiver, la nature s'est enfin parée de son plus bel habit fleuri ». L'exemplaire n° 1 comprend le manuscrit de la préface, les exemplaires n°ˢ 2 à 4, une page manuscrite. La B.N.F. conserve l'exemplaire n° 44 (Res mz 485).

Le dossier des archives familiales.

Il comprend la correspondance échangée avec les imprimeurs (à partir de mars 1963) et Jean Ruunqvist, de la galerie Bonnier (17 mai 1963), ainsi que les copies des pages du *Grand Recueil* et la transcription des « Ombelles » sur feuillet transparent.

Éditions antérieures.

Elles sont détaillées dans la notule des « Ombelles » et de « La Terre[1] ».

*

Nous donnons ici, sans annotation, la préface, qui sera reprise dans *Nouveau recueil* et qui figurera dans le tome II.

JACINTHE MARTEL.

---

1. Voir p. 1144 et 1164.

TABLE

Introduction	IX
Le « Scriptorium » de Francis Ponge	XXXI
Chronologie	XLIX
Note sur la présente édition	XCVII

DOUZE PETITS ÉCRITS

Excusez cette apparence de défaut…   3
Forcé souvent de fuir…   3

Trois poésies
  Pour la ruée écrasante…   4
  Quel artificier…   4
  Ces vieux toits…   5

Quatre satires
  Le Monologue de l'employé   6
  Le Compliment à l'industriel   7
  Le Patient ouvrier   8
  Le Martyre du jour ou « Contre l'évidence prochaine »   8

Trois apologues
  Le Sérieux défait   10
  La Desserte du sang bleu   10
  Sur un sujet d'ennui   11

LE PARTI PRIS DES CHOSES

Pluie   15
La Fin de l'automne   16

Pauvres pêcheurs	17
Rhum des fougères	17
Les Mûres	17
Le Cageot	18
La Bougie	19
La Cigarette	19
L'Orange	19
L'Huître	21
Les Plaisirs de la porte	21
Les arbres se défont à l'intérieur d'une sphère de brouillard	22
Le Pain	22
Le Feu	23
Le Cycle des saisons	23
Le Mollusque	24
Escargots	24
Le Papillon	28
La Mousse	28
Bords de mer	29
De l'eau	31
Le Morceau de viande	32
Le Gymnaste	33
La Jeune Mère	33
R. C. Seine n°	34
Le Restaurant Lemeunier rue de la Chaussée-d'Antin	36
Notes pour un coquillage	38
Les Trois Boutiques	41
Faune et flore	42
La Crevette	46
Végétation	48
Le Galet	49

Dans l'atelier du « Parti pris des choses »

Honte et repentir des « Mûres »	57
Histoire de l'huître	58
Le Feu	58
[L'Escargot]	58
D'un papillon	59
Le Papillon	59
Sur les bords marins	60
[Dossier de « La Jeune Mère »]	63
[Plan de « Faune et flore »]	65
Crevette (autre)	66
[Suite de « Végétation »]	66
[À propos du « Galet »]	67

DIX COURTS SUR LA MÉTHODE [témoin]	73

L'ŒILLET. LA GUÊPE. LE MIMOSA [témoin] 77

LIASSE

I. 1921-1924
Esquisse d'une parabole [témoin] 81
Carrousel [témoin] 81
Fragments métatechniques [témoin] 81
Le Jour et la Nuit [témoin] 81
Dimanche ou l'Artiste [témoin] 81
Peut-être trop vicieux [témoin] 81
Règle [témoin] 82
L'Insignifiant [témoin] 82

II. 1930-1935
Dialectique non prophétie [témoin] 83
Soir d'août [témoin] 83
Cinq septembre [témoin] 83
Feu et cendres [témoin] 83
14 Juillet [témoin] 83

III. 1941-1945
Sombre période 84
Le Platane [témoin] 84
La Pomme de terre [témoin] 84
Détestation [témoin] 84
La Lessiveuse [témoin] 85
L'Eau des larmes 85
La Métamorphose [témoin] 86
Baptême funèbre [témoin] 86

LE PEINTRE À L'ÉTUDE

Émile Picq 89
Note sur *Les Otages*. Peintures de Fautrier 92
Matière et mémoire 116
Courte méditation réflexe aux fragments de miroir 124
Braque le Réconciliateur 127
Braque ou l'Art moderne comme événement et plaisir 136
Prose sur le nom de Vulliamy 142

Dans l'atelier du « Peintre à l'étude »

[Lettre d'Émile Picq] 143
[Premières notes manuscrites préparatoires d'« Émile Picq »] 152
[Première mise au net d'« Émile Picq »] 153
[Extraits des premières notes manuscrites à « Matière et mémoire »] 156
[Extraits du dossier manuscrit de « Braque le Réconciliateur »] 158

PROÊMES

Tout se passe (du moins l'imaginé-je souvent)...   165

I. Natare piscem doces
Mémorandum	167
L'Avenir des paroles	168
Préface aux *Sapates*	168
Opinions politiques de Shakespeare	169
Témoignage	170
La Forme du monde	170
Pas et le saut	171
Conception de l'amour en 1928	172
Les Façons du regard	173
Flot	173
De la modification des choses par la parole	174
Justification nihiliste de l'art	175
Drame de l'expression	175
Fable	176
La Promenade dans nos serres	176
Natare piscem doces	177
L'Aigle commun	179
L'Imparfait ou les Poissons volants	180
Notes d'un poème (*sur Mallarmé*)	181
La Dérive du sage	183
Pelagos	183
L'Antichambre	184
Le Jeune Arbre	184
Caprices de la parole	185
Phrases sorties du songe	186
Le Parnasse	187
Un rocher	188
Fragments de masque	189
La Mort à vivre	189
Il n'y a pas à dire	190
Mon arbre	190
Prospectus distribués par un fantôme	191
Les Écuries d'Augias	191
Rhétorique	192
À chat perché	193
La Loi et les Prophètes	194
Des raisons d'écrire	195
Ressources naïves	197
Raisons de vivre heureux	197
Ad litem	199
Strophe	201
Introduction au « Galet »	201

II. Pages bis	
1. Réflexions en lisant l'*Essai sur l'absurde*	206
II	209
III	210
IV	211
V	213
VI	215
VII	216
VIII	218
IX	220
X	221
III. Notes premières de « L'Homme »	223
IV. Le Tronc d'arbre	231

Dans l'atelier de « Proêmes »

[Frontispice de l'édition originale]	233
Plus-que-raisons	234
[Feuillets écartés de la version définitive de « Pages bis »]	234

DES CRISTAUX NATURELS *[témoin]*	239

LA SEINE

La Seine	243

Dans l'atelier de la « La Seine »

[Bibliographie]	299
Plan du discours	300
Table	301
[Calligrammes]	302

CINQ SAPATES *[témoin]*	305

L'ARAIGNÉE

[Frontispice de l'édition originale]	308
[Sommaire]	309
Exorde en courante	311
Proposition thématique	314
Courante en sens inverse	315
Sarabande la toile ourdie	318
Fugue en conclusion	322

Dans l'atelier de « L'Araignée »

[Extraits du dossier de travail]	325
[In-plano]	333

LA RAGE DE L'EXPRESSION

Berges de la Loire ... 337
La Guêpe ... 339
Notes prises pour un oiseau ... 346
L'Œillet ... 356
Le Mimosa ... 366
Le Carnet du Bois de pins
    Leur assemblée ... 377
    Le plaisir des bois de pins ... 377
    Formation d'un abcès poétique ... 387
    Tout cela n'est pas sérieux ... 397
    Appendice au « Carnet du Bois de pins » ... 404
La Mounine ou Note après coup sur un ciel de Provence ... 412

Dans l'atelier de « La Rage de l'expression »

Recherche du titre ... 433
[Manuscrit de « La Guêpe »] ... 434
[Gouaches de Jean Dubuffet pour « L'Œillet »] ... 435
[« Le Mimosa » (honte et repentir)] ... 436
[Brouillon de lettre à Linette Fabre] ... 437
[Quatre pages du cahier de « La Mounine »] ... 438

LE GRAND RECUEIL

I. LYRES

« Le Grand Recueil » rassemble... ... 445
La Famille du sage ... 447
Naissance de Vénus ... 448
Le Troupeau de moutons ... 448
Carrousel ... 448
Peut-être trop vicieux ... 449
Le Jour et la Nuit ... 449
Règle ... 449
Dimanche, ou l'Artiste ... 450
Frénésie des détails, calme de l'ensemble ... 451
L'Herbe ... 451
Le Nuage ... 452
Couple ardent ... 452
Grand nu sous bois ... 452
Le Monument ... 453
Le Ministre ... 454
Soir d'août ... 454
Cinq septembre ... 455
Feu et cendres ... 455
Coriolan ou la Grosse Mouche ... 456
Marine ... 456

Bois des tabacs	457
L'Allumette	457
Au printemps	458
Le Quartier des affaires	458
Détestation	459
Prose De profundis à la gloire de Claudel	459
À la gloire d'un ami	464
Baptême funèbre	465
Note hâtive à la gloire de Groethuysen	466
Paul Nougé	472
Henri Calet	472
Cher Hellens	473
Pour une notice (*sur Jean Paulhan*)	475
[Textes repris dans « L'Atelier contemporain »]	477
Prose à l'éloge d'Aix	478
Les « Illuminations » à l'Opéra-Comique	479
Interview à la mort de Staline	483
Réflexions sur la jeunesse	484
Le « Mariage » en 57	486
Texte sur l'électricité	488
Interview sur les dispositions funèbres	512

II. MÉTHODES

My creative method	515
Pochades en prose	538
Le Porte-plume d'Alger	569
Le Verre d'eau	578
Fables logiques	
1. Un employé	612
2. Un vicieux	613
3. Du logoscope	614
4. La Logique dans la vie	615
L'Homme à grands traits	616
Prologue aux questions rhétoriques	621
Le Murmure (condition et destin de l'artiste)	622
Le monde muet est notre seule patrie	629
Des cristaux naturels	632
Le Dispositif Maldoror-Poésies	633
La Société du génie	635
Proclamation et petit four	641
L'Ustensile	643
Réponse à une enquête radiophonique sur la diction poétique	644
Tentative orale	649
La Pratique de la littérature	670
Entretien avec Breton et Reverdy	684

III. PIÈCES

L'Insignifiant	695
Le Chien	695
La Robe des choses	695
Le Pigeon	696
Le Fusil d'herbe	697
Particularité des fraises	697
L'Adolescente	698
La Crevette dans tous ses états	699
La Maison paysanne	713
La Fenêtre	714
La Dernière Simplicité	717
La Barque	718
14 Juillet	718
Le Grenier	719
Fabri ou le Jeune Ouvrier	720
Éclaircie en hiver	720
Le Crottin	721
Le Paysage	721
Les Ombelles	722
Le Magnolia	722
Symphonie pastorale	723
La Danseuse	723
Une demi-journée à la campagne	724
La Grenouille	725
L'Édredon	725
L'Appareil du téléphone	726
La Pompe lyrique	727
Les Poêles	728
Le Gui	728
Le Platane	729
Ode inachevée à la boue	729
L'Anthracite ou le Charbon par excellence	732
La Pomme de terre	733
Le Radiateur parabolique	735
La Gare	736
La Lessiveuse	737
L'Eau des larmes	740
La Métamorphose	741
Mœurs nuptiales des chiens	742
Le Vin	743
Le Lézard	745
La Radio	748
La Valise	749
La Terre	749
La Cruche	751
Les Olives	753

Ébauche d'un poisson	754
Le Volet, suivi de sa scholie	757
L'Atelier	759
L'Araignée	762
Première ébauche d'une main	765
Le Lilas	767
Plat de poissons frits	768
La Cheminée d'usine	769
L'Assiette	770
La Parole étouffée sous les roses	771
Le Cheval	773
Le Soleil placé en abîme	776
Les Hirondelles ou Dans le style des hirondelles (RANDONS)	795
La Nouvelle Araignée	799
L'Abricot	802
La Figue (sèche)	803
La Chèvre	806

Dans l'atelier du « Grand Recueil »

[Note dactylographiée du 11 novembre 1947]	811
[Extraits d'une lettre à Gaston Gallimard]	813
[Nouveau proême du 18 février 1954]	814
[Note manuscrite du 8 mars 1954]	815

Dans l'atelier de « Lyres »

[Note manuscrite sans date]	818
[Extraits du manuscrit du « Monument »]	818
[Début du manuscrit de « Cher Hellens »]	819

Dans l'atelier de « Méthodes »

[Répartition des notes de voyage entre « My creative method » et les « Pochades en prose »]	821
[My creative method]	
Envoi à un critique philosophe	822
[Lettre de Gerda Zeltner]	823
[Pochades en prose]	
[Dactylogramme]	824
[Extraits de la préoriginale]	825
[Dactylogramme de la dernière lettre du « Porte-plume d'Alger »]	826
[Le Verre d'eau]	
[État manuscrit du 30 au 31 mars 1948]	828
[État manuscrit du 6 avril 1948]	829
[Plan du 30 août 1948]	830
[État manuscrit du 4 septembre 1948]	831
[État manuscrit du 5 septembre 1948]	831

       [Extraits d'un état manuscrit du 30 septembre 1948] . . . 831
       [Pastels d'Eugène de Kermadec pour l'édition originale] . . . 833
       [« Fables logiques »] . . . 835
       [Dossier de « Prologue aux questions rhétoriques »]
          [Extraits du manuscrit] . . . 836
          [Avant-propos de la préoriginale] . . . 837
       [Note manuscrite au sujet du « Murmure »] . . . 839
       [État manuscrit de « Proclamation et petit four »] . . . 840
       [Tentative orale]
          [Note manuscrite] . . . 841
          [Feuillet du dossier du *Savon*] . . . 842
          [Lettre inédite à Jean Paulhan] . . . 843

Dans l'atelier de « Pièces »

       [Burin de Gérard Vulliamy pour *La Crevette dans tous ses états*] . . . 845
       [La Fenêtre]
          [Extraits du manuscrit] . . . 846
          [Folio dactylographié] . . . 848
       [État manuscrit de « L'Anthracite »] . . . 849
       [Eau-forte de Jean Signovert pour *Le Lézard*] . . . 851
       [Eaux-fortes de Georges Braque pour *Cinq sapates*] . . . 856
       [Manuscrit de « La Parole étouffée sous les roses »] . . . 858
       [Le Soleil placé en abîme »
          [État dactylographié] . . . 864
          [Eau-forte de Jacques Hérold pour l'édition originale] . . . 865

À LA RÊVEUSE MATIÈRE

À la rêveuse matière . . . 869
Les Ombelles *[témoin]* . . . 869
Le Paysage *[témoin]* . . . 869
La Robe des choses *[témoin]* . . . 869
La Terre *[témoin]* . . . 869

NOTICES ET NOTES

Sigles utilisés 872

DOUZE PETITS ÉCRITS

Notice 873
Note sur le texte 881
Notes 882

LE PARTI PRIS DES CHOSES

Notice 889
Note sur le texte 897
Notes 898
Notes de l'Atelier 920

DIX COURTS SUR LA MÉTHODE

Notice 921

L'ŒILLET. LA GUÊPE. LE MIMOSA

Note sur le texte 924

LIASSE

Notice 924
Note sur le texte 925
Notes 925

LE PEINTRE À L'ÉTUDE

Notice 926
Note sur le texte 930
Notes 931
Notes de l'Atelier 951

PROÊMES

Notice 953
Note sur le texte 962
Notes 964
Notes de l'Atelier 992

DES CRISTAUX NATURELS

Notice 992

LA SEINE

Notice 993

Table

Note sur le texte	996
Notes	997
Notes de l'Atelier	1002

CINQ SAPATES

Notice	1003
Note sur le texte	1004

L'ARAIGNÉE

Notice	1005
Note sur le texte	1007
Notes	1008

LA RAGE DE L'EXPRESSION

Notice	1009
Note sur le texte	1023
Notes	1023
Notes de l'Atelier	1049

LE GRAND RECUEIL

Notice générale	1050
Note sur le texte	1056

I. LYRES

Notice	1056
Note sur le texte	1058
Notes	1058

II. MÉTHODES

Notice	1082
Note sur le texte	1085
Les Textes d'Algérie	1085
Notes	1089

III. PIÈCES

Notice	1131
Note sur le texte	1133
Notes	1134
Notes des Ateliers	1191

À LA RÊVEUSE MATIÈRE

Note sur le texte	1194

*Ce volume, portant le numéro
quatre cent cinquante-trois
de la « Bibliothèque de la Pléiade »
publiée aux Éditions Gallimard,
mis en page par Interligne
à Liège,
a été achevé d'imprimer
sur Bible des Papeteries Bolloré Thin Papers
le 28 juillet 2014
par Normandie Roto Impression s.a.s.
à Lonrai,
et relié en pleine peau,
dorée à l'or fin 23 carats,
par Babouot à Lagny.*

ISBN : 978-2-07-011271-5.

*N° d'édition : 270377. N° d'impression : 1402013.
Dépôt légal : juillet 2014.
Premier dépôt légal : janvier 1999.
Imprimé en France.*